westermann

Klaus Hegemann, Udo Schaefer

Basiswissen IT-Berufe

Vernetzte IT-Systeme

9. Auflage

Bestellnummer 11176

Zusatzmaterialien zu Vernetzte IT-Systeme

Für Lehrerinnen und Lehrer

Lösungen zum Schulbuch: 978-3-427-11265-5
Lösungen zum Schulbuch Download: 978-3-427-11180-1

BiBox Einzellizenz für Lehrer/-innen (Dauerlizenz)
BiBox Klassenlizenz Premium für Lehrer/-innen und bis zu 35 Schüler/-innen (1 Schuljahr)
BiBox Kollegiumslizenz für Lehrer/-innen (Dauerlizenz)
BiBox Kollegiumslizenz für Lehrer/-innen (1 Schuljahr)

Für Schülerinnen und Schüler

BiBox Einzellizenz für Schüler/-innen (1 Schuljahr)
BiBox Einzellizenz für Schüler/-innen (4 Schuljahre)
BiBox Klassensatz PrintPlus (1 Schuljahr)

Druck und Bindung: Westermann Druck GmbH, Georg-Westermann-Allee 66, 38104 Braunschweig

ISBN 978-3-427-11176-4

Vorwort

Das vorliegende Buch ist Teil einer Fachbuchreihe, die für die informations- und telekommunikationstechnischen Berufe (IT-Berufe) konzipiert wurde und bereits seit vielen Jahren auf dem Markt etabliert ist. Es baut auf den Inhalten des zugehörigen Fachbuchs „Einfache IT-Systeme“ auf.

Die fachsystematisch strukturierten Inhalte des vorliegenden Buchs decken hierbei maßgeblich die technischen Unterrichtsinhalte ab, die im Bildungsplan für (technische) Informatik vorgesehen sind.

Das Buch lässt sich daher insbesondere für die Ausbildung zu informationstechnischen Assistentinnen und Assistenten sowie generell zur Vermittlung weiterführender IT-Grundlagen an technischen Gymnasien oder anderen Bildungsinstitutionen verwenden.

Die inhaltlichen Schwerpunkte der entsprechenden fachspezifischen Handlungsfelder sind kapitelweise gegliedert und in lerndidaktisch sinnvoller Weise aufbereitet. Hierbei finden insbesondere die aktuellen Themen IT-Security (z. B. Datenschutz, Datensicherheit, Datenverfügbarkeit), Cloud-Computing sowie neue Netzstrukturen und Übertragungstechniken (z. B. 5G) die erforderliche Beachtung. Praxisrelevante Fachbezeichnungen werden grundsätzlich auch in englischer Sprache angegeben.

Jedes Kapitel schließt mit Fragen zur (Selbst-)Überprüfung erworbener Fachkompetenzen ab. Teilweise sind auch Aufgaben integriert, die eine selbstständig durchzuführende Internetrecherche erfordern. Zusätzlich findet sich am Ende des Buchs eine umfassende fach- bzw. kursübergreifende Handlungsaufgabe.

Handhabung

Das vorliegende Fachbuch ist sowohl Informationsbasis als auch unterrichtsbegleitendes Nachschlagewerk bei der Lösung komplexer Handlungsaufgaben.

Neben den grundlegenden Kapiteln über lokale Netze und Protokolle, Betriebssysteme sowie öffentliche Kommunikationsstrukturen (Kap. 1–3) kann bei Bedarf auch auf das Kapitel über die Grundlagen der elektrischen und optischen Übertragungstechnik (Kap. 4) zurückgegriffen werden.

Die chronologische Bearbeitung der Kapitel ist nicht zwingend erforderlich, vielmehr kann sie sich an den Erfordernissen der jeweils in den Unterricht eingebrachten Lern- und Handlungsaufgaben orientieren. Ein umfangreiches Sachwortverzeichnis ermöglicht den schnellen und direkten Zugriff auf gesuchte fachliche Inhalte. Die unterrichtenden Fachlehrkräfte haben zudem die Möglichkeit, die Bearbeitungstiefe einzelner Kapitel in Abhängigkeit vom jeweiligen Kenntnisstand einer Lerngruppe anzupassen.

Aufgrund der sachlogischen Struktur ist das Buch auch zum individuellen Selbststudium und zur Prüfungsvorbereitung geeignet.

Die Autoren

Inhaltsverzeichnis

1 Planung, Aufbau und Konfiguration von Netzwerken

IT-Komponenten wie der Laptop am Arbeitsplatz, der Abteilungsdrucker oder das geteilte Teamverzeichnis sind zwingend auf einen Datenaustausch untereinander, also auf eine Art Vernetzung, angewiesen. Solche Computernetze und die für ihre Umsetzung notwendigen Netzwerkkomponenten werden im Folgenden genauer beschrieben.

1.1 Computernetze

Vernetzte und nicht vernetzte Computer weisen viele Gemeinsamkeiten auf. Aus Sicht der Anwendungsprogramme unterscheiden sie sich zunächst nicht. So kann man bei derselben Anwendung auf einem nicht vernetzten Computer eine Datei z. B. auf einem USB-Stick abspeichern, während man sie auf einem vernetzten Computer z. B. in der Cloud sichern kann. Das gelingt in beiden Fällen, ohne dass die Anwendung Details über das Speichermedium wissen muss. Erreicht wird das durch die Vereinbarung einer Abstraktionsschicht, z. B. in Form einer **API** (**A**pplication **P**rogramming **I**nterface, siehe „Einfache IT-Systeme", Kap. 2.3.1). Damit bietet das Betriebssystem der Anwendung Funktionen zum Lesen und Schreiben von Dateien an, unabhängig vom konkret verwendeten Medium (USB-Stick, Festplatte, Cloud-Verzeichnis). Treiberprogramme sorgen dabei für die Umsetzung von festgelegten Elementarfunktionen der konkreten Speichertechnik (Dateneinheit löschen, schreiben, lesen).

Der Austausch von Daten zwischen Anwendungen geschieht aber nicht nur dateibasiert, sondern auch nachrichtenbasiert. Dabei senden und empfangen die Anwendungen Datenpakete (Nachrichten). Die Vereinbarungen über Aufbau und Struktur der einzelnen Nachrichten und der Kommunikationsregeln bezeichnet man als **Protokoll** (Kap. 1.8).

Halten sich beide Gegenstellen an das vereinbarte Protokoll und sprechen damit die gleiche Sprache, ist es irrelevant, wie sehr sich die Geräte ansonsten unterscheiden.

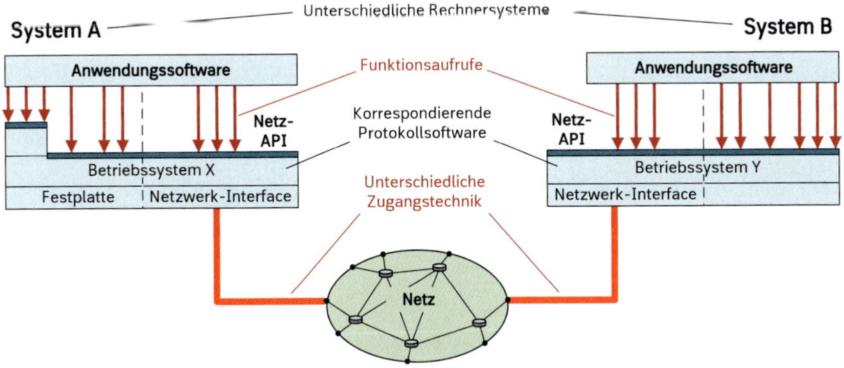

Bild 1.1: Funktionsmodell vernetzter Computer

Vernetzung ermöglicht den Datenaustausch zwischen ansonsten inkompatiblen Computersystemen.

Die Vernetzung von Computersystemen eröffnet damit auch eine Vielzahl netzorientierter Anwendungen, die folgende wichtige Zielsetzungen haben:

- Lastverteilung (*load balancing*; Teilaufgaben werden auf mehrere Rechner verteilt)
- gemeinsame Nutzung von Ressourcen (z. B. ist ein Internetzugang für alle Rechner eines lokalen Netzes zugänglich)
- Überbrückung räumlicher Entfernungen (z. B. für die Fernwartung)

Eine vom Betriebssystem bereitgestellte Netzwerkkommunikation setzt aber nicht zwingend eine Verbindung mit anderen Rechnern oder Netzen voraus. So können die Netzwerkfunktionen auch zur Kommunikation zwischen Anwendungen und Diensten auf demselben Rechner genutzt werden.

Beispiel: Webcam
Um möglichst viele Anwendungsfälle abdecken zu können, entscheiden sich viele Hersteller von Webcams dafür, ihr Produkt für Nutzende so einzurichten, dass die Kamera über einen Webbrowser eingestellt und genutzt werden kann. Sie stellen also lokal Webdienste für die Webcam zur Verfügung.

Die Webadresse (URL) besteht in diesem Beispiel aus einem Adressteil, der den lokalen Rechner referenziert, und einer Portnummer, über die die Webcam-Webdienste bereitgestellt werden. Werden Webcam und Webbrowser an demselben Rechner mit derselben Rechneradresse (IP-Adresse) genutzt, findet die gesamte Netzwerkkommunikation lokal statt. Eine Verbindung zu anderen Rechnern oder Netzen ist dabei nicht erforderlich.

Lokale Netzwerkkommunikation ist auch auf nicht vernetzten Geräten möglich.

Ist der Webcam-Rechner mit anderen Computern über ein Netzwerk verbunden, kann automatisch auch von den anderen Computern aus auf die Webcam-Dienste zugegriffen werden.

Auf diese Weise stellen Abstraktionsschichten beispielsweise sicher, dass Anwendungen oder Betriebssysteme nicht bei einer Trennung der Einsatzorte oder für jede neue Laufwerksart umprogrammiert werden müssen.

Eine solche Abstraktion schafft Flexibilität, aber auch Möglichkeiten, die sowohl den Anwendungsentwickelnden als auch den Nutzenden nicht immer bewusst sind. Daraus können sich Sicherheitsprobleme ergeben (Kap. 1.9).

Ein allgemeines Modell einer Schichteneinteilung liefert das ISO-standardisierte OSI-Referenzmodell, auf das in Kap. 1.5 genauer eingegangen wird.

1.1.1 Netzarchitekturen

Für die Vernetzung von Rechnern untereinander unterscheidet man zwei wesentliche Architekturformen: Peer-to-Peer- und Client-Server-Netzwerke.

1.1.1.1 Peer-to-Peer

In Peer-to-Peer-Netzen sind die angeschlossenen Rechner gleichberechtigt (engl. *peer*: Partner). Das heißt, alle vernetzten Computer sind grundsätzlich mit allem ausgestattet, was erforderlich ist, um mit allen anderen in Verbindung zu treten. Sie können sowohl Client- als auch Serverfunktionalität besitzen und kommen ohne zentralen Server aus. Peer-to-Peer-Netze weisen demnach eine **dezentrale Struktur** auf.

Darüber hinaus kann eine spezielle Aufgabenverteilung unterschiedliche Ausstattungen zur Folge haben. Vernetzte Unix-/Linux- sowie Windows-Systeme repräsentieren diesen Ansatz.

Rechnerorientierte Anwendungen können in diesem Kontext ebenfalls sowohl die Client- als auch die Serverrolle annehmen. Sie befinden sich vollständig auf dem jeweiligen Rechner und benötigen zum Datenaustausch neben den Kommunikationspartnern keine weiteren Server.

Vorteile:

- Ein wesentlicher Vorteil von Peer-to-Peer-Netzen ist die sehr gute Skalierbarkeit. Je mehr Teilnehmer ein solches Netz hat, desto mehr Ressourcen stehen zur Verfügung. Jeder Teilnehmer erweitert das Gesamtsystem um seine Rechenkapazität, seine Übertragungsbandbreite und seinen Speicherplatz.
- Die vielen unabhängig voneinander arbeitenden Teilnehmer gewährleisten eine hohe Ausfallsicherheit, weil ein ausgefallener Rechner kaum Auswirkungen auf das Gesamtsystem hat. Stattdessen werden die Dienstleistungen von einem anderen Teilnehmer bezogen.
- Zerlegt man komplexe Berechnungen in separate Einzelschritte, können diese auf mehrere Teilnehmer im Netz verteilt und gleichzeitig ausgeführt werden. Auf diese Weise können Aufgaben mithilfe des Peer-to-Peer-Ansatzes gelöst werden, die ansonsten einen Hochleistungsserver erforderlich machen würden.

Nachteile:

- Die dezentrale Struktur von Peer-to-Peer-Netzen bedingt einen hohen Verwaltungsaufwand. Werden Teilnehmer aus dem Netz entfernt oder neue hinzugefügt, müssen alle anderen Teilnehmer im Netz darüber informiert werden.
- Das Kommunikationsaufkommen steigt in solchen Fällen überproportional mit der Anzahl der Teilnehmer. Effektiv wird dadurch die Zahl der Teilnehmer begrenzt.

1.1.1.2 Client-Server

In einer Client-Server-Struktur befindet sich der überwiegende Teil der Netzsoftware und -funktionalität im Server, der Client verfügt nur über Basisfunktionen zur Kommunikation mit einem Server. Folgt die Systemsoftware diesem Ansatz, können Clients nicht direkt miteinander kommunizieren, außer über gemeinsam genutzte Dateien, die sich beim Server befinden.

Vorteile:

- Ressourcenschonung beim Client, weil z. B. nur sehr wenig Treibersoftware geladen werden muss, um den Server zu erreichen.

- Einfachere Administrierbarkeit durch die zentrale Pflege und Bereitstellung von
  a) Client-Systemen, die als virtuelle Maschinen auf den Servern betrieben und von den Client-PCs angezeigt und bedient werden, oder
  b) Konfigurationsdaten, die die Client-PCs beim Booten vom Server herunterladen.
- Anwendungssoftware kann in Client- und Serverteile aufgespalten werden. Beispielsweise können Client-PCs ressourcenaufwendige Verarbeitungsschritte von einem gut ausgestatteten Server erledigen lassen, ohne dass jeder Client-PC über eine umfangreiche Ausstattung verfügen muss.

Nachteile:
- Ist in einem kleinen Netz der alleinige Server gestört, kann keine Kommunikation mehr stattfinden. Um wichtige Dienste vor einem solchen Totalausfall zu schützen, müssen Redundanzen bereitgestellt werden.
- Es werden hohe Leistungsanforderungen an die Servermaschine gestellt, um alle Clients bedienen zu können.
- Eine hohe Serverauslastung verlangsamt die Antwortzeiten für alle Clients.

1.1.2 Netzwerktypen

Netzwerke werden bekanntlich aufgrund der von ihnen abgedeckten Gebiete in unterschiedliche Typen eingeteilt. Dabei erfolgt die Einteilung aber nicht immer strikt nach der jeweiligen geografischen Ausformung, sondern vielfach auch nach den funktionalen Eigenschaften, die mit den jeweiligen Ausdehnungstypen verbunden sind. Gerade im Übergangsbereich zwischen den einzelnen Ausdehnungstypen verschwimmen die geografischen Grenzen, während die funktionale Abgrenzung deutlicher ausfällt. Einige wesentliche Merkmale werden im Folgenden kurz benannt.

Ausdehnung *(expansion)*		
Abkürzung	**Merkmale/typische Größe**	**Beispiel**
BAN	**B**ody **A**rea **N**etwork Funkvernetzte Körpersensoren (0,1 m bis 1 m)	Verbindung von Fitnesstracker mit Smartphone
CAN	**C**ontroller **A**rea **N**etwork Vernetzung von Steuerelementen in der Automatisierungstechnik (0,1 m bis 5 m)	Sensoren und Aktoren an einem Fließband
PAN	**P**ersonal **A**rea **N**etwork Heimvernetzung von Geräten aller Art (bis zu 10 m); teilweise auch **WPAN** (Wireless PAN) genannt	Bluetoothverbindung zwischen Smartphone und PC; Funkmaus am PC
LAN	**L**ocal **A**rea **N**etwork Auf ein Grundstück begrenzte Vernetzung von IT-Geräten (1 m bis einige 100 m)	Heimnetzwerk
MAN	**M**etropolitan **A**rea **N**etwork Vernetzung einzelner LANs innerhalb eines Stadtgebiets (mehrere Kilometer)	Backbone-Netz innerhalb einer Stadt

Ausdehnung *(expansion)*		
Abkürzung	**Merkmale/typische Größe**	**Beispiel**
WAN	**W**ide **A**rea **N**etwork Weitverkehrsnetz, Verbindung geografisch getrennter Regionen (mehrere 100 km)	Landesweites Kommunikationsnetz, z. B. IP-Netz der Deutschen Telekom
GAN	**G**lobal **A**rea **N**etwork Interkontinentale Vernetzung von Kommunikationseinrichtungen (weltweit)	Internet
VPN	**V**irtual **P**rivate **N**etwork Vernetzung von geografisch getrennten LANs über speziell gesicherte Leitungen eines öffentlichen Weitverkehrsnetzes, wobei bei der Nutzung der Eindruck entsteht, es handle sich um ein einziges Firmen-LAN	Lokale Firmennetze an unterschiedlichen Standorten

Bild 1.2: Unterscheidung nach Netzgrößen

Topologie *(topology)*		
Bezeichnung	**Merkmale**	**Visualisierung (Grundprinzip)**
Sternnetz	▪ Alle Stationen sind über einen „Verteiler" (Hub, Switch) miteinander verbunden. ▪ Leicht erweiterbar durch weitere Verteiler, die dann wiederum direkt miteinander verbunden sind (**erweitertes Sternnetz**) ▪ Keine Störungen des Gesamtnetzes bei Ausfall einer Station ▪ Teilausfall des erweiterten Netzes bei Störung *eines* Verteilers ▪ Anwendungsbeispiel: bevorzugte Struktur bei lokalen Netzen	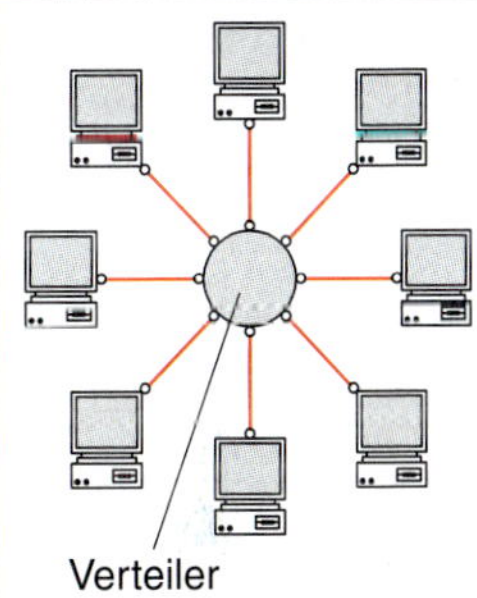
Ringnetz	▪ Alle Stationen sind in Form eines Ringes miteinander verbunden. ▪ Die Stationen werden über Adapter angeschlossen, die bei Entfernen einer Station Ein- und Ausgang des Kabels so miteinander verbinden, dass der Ring immer geschlossen ist. ▪ Datenübertragung stets in einer Richtung auf dem Ring ▪ Ausfall der Leitung führt zum Ausfall des gesamten Netzes. ▪ In der Praxis daher meist ein Doppelring zur Erhöhung der Ausfallsicherheit ▪ Anwendungsbeispiel: Backbone-Vernetzung von Teilnetzen innerhalb eines Stadtgebiets	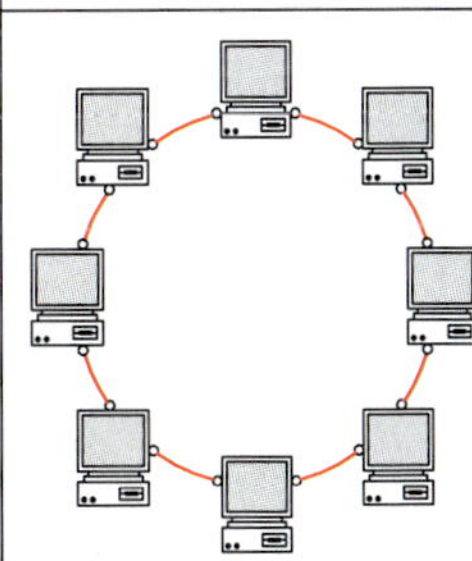

Topologie *(topology)*		
Bezeichnung	**Merkmale**	**Visualisierung (Grundprinzip)**
Busnetz	▪ Alle Stationen liegen parallel am gemeinsamen Übertragungsmedium. ▪ Geringe Verkabelungskosten ▪ Bei gleichzeitiger Kommunikation mehrerer Stationen muss die Übertragungskapazität des Mediums aufgeteilt werden (*shared medium*). ▪ Bei Punkt-zu-Mehrpunkt-Verbindungen ist zwingend ein Zuteilungsverfahren für das Senderecht erforderlich. ▪ Anwendungsbeispiel: industrielle Steuerungen	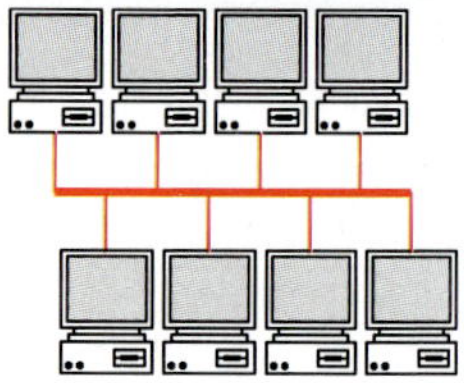
Maschennetz	▪ Eine Station ist mit jeder anderen Station verbunden (**Vollvermaschung**). ▪ Bei Vollvermaschung höchste Ausfallsicherheit, aber verbunden mit dem größten Aufwand; daher in der Praxis meist nur für Teile eines Netzes realisiert (**Teilvermaschung**; z. B. Verbindung von Backbone-Netzknoten, aber nicht bei Endgeräten im Anschlussbereich) ▪ Anwendungsbeispiel: Weitverkehrsnetze	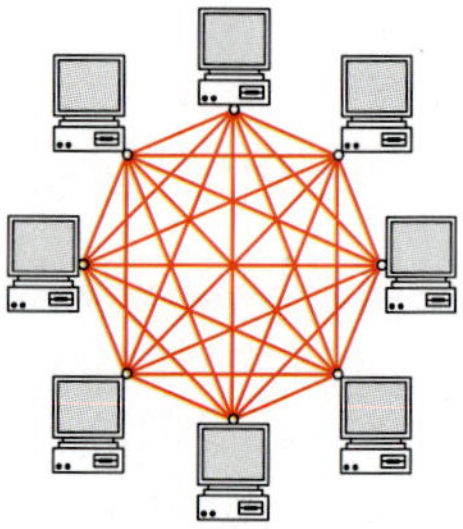

Bild 1.3: Unterscheidung nach Topologien

Übertragungsmedium *(transmission medium)*		
Bezeichnung	**Merkmale**	**Beispiele**
Leitungsnetz	Leitungsgebundene Übertragung von a: **elektrischen Signalen** über Kupferleitungen oder b: **Lichtsignalen** über Glasfaserleitungen (Lichtwellenleiter)	a: DSL-Anschlussbereich b: Verbindungen der Festnetzknoten der Deutschen Telekom
Funknetz	Leitungsungebundene Übertragung von a: **Funkwellen** (elektromagnetische Wellen vom kHz- bis zum GHz-Bereich) oder b: **Lichtwellen** (elektromagnetische Wellen im THz-Bereich; meist wird bei Licht die zugehörige Wellenlänge angegeben, die in der Größenordnung einiger Nanometer liegt); Anwendung nur als Richtfunk über kurze Strecken	a: Richtfunkstrecken im WAN b: Kommunikation zwischen Gebäuden eines Firmengeländes bei fehlenden Leitungen

Bild 1.4: Unterscheidung nach Art des Übertragungsmediums

Andere Kriterien sind beispielsweise die Übertragungsgeschwindigkeit (z. B. 1-Gbit/s-, 40-Gbit/s-, 100-Gbit/s-, 400-Gbit/s-Netz), das verwendete Netzwerkbetriebssystem (z. B. Windows-Netz, UNIX-Netz) oder die verwendeten Protokollstrukturen und Zugriffsverfahren.

1.1.2.1 CAN

Beim **C**ontroller **A**rea **N**etwork (**CAN**) handelt es sich um das gleichnamige Bussystem (CAN-Bus), das von Bosch für die Kommunikation zwischen Steuergeräten (**E**lectronic **C**ontrol **U**nits, **ECU**s) in einem Fahrzeug entwickelt und 1986 vorgestellt wurde. Der CAN-Bus wurde für den Einsatz in elektromagnetisch verrauschten Umgebungen entwickelt und trägt mit seinem Zweidraht-Bussystem wesentlich zur Reduzierung des Kabelbaums bei. Mit einer Leitungslänge von maximal 40 Metern sind Übertragungsraten von bis zu 1 Mbit/s möglich. Mit Einschränkungen sind auch längere Leitungen möglich. Die physikalischen Aspekte des CAN-Bus sind im ISO-Standard 11898 definiert.

Über den Einsatz im Automobilbereich hinaus wird der CAN-Bus vor allem dann eingesetzt, wenn eine sichere Datenübertragung wichtig ist. Dazu zählen u. a. Flugzeug- und Raumfahrttechnik, Medizintechnik, Agrartechnik, Schienenfahrzeugtechnik, Pyrotechnik und Sicherheitstechnik.

Ein typischer Busnetz-Aufbau besteht aus mehreren Busteilnehmern und 120-Ω-Abschlusswiderständen an beiden Leitungsenden.

Am CAN-Bus können mehrere Teilnehmer die Rolle eines Bus-Masters einnehmen. Kollisionen werden nach einem **CSMA/CA**-Verfahren behandelt (**C**arrier **S**ense **Mu**ltiple **A**ccess/**C**ollision **A**voidance), ohne die höher priorisierte Nachricht zu beschädigen. Das wird durch „dominante“ und „rezessive“ Signalpegel realisiert. Eine logische 1 ist rezessiv, eine logische 0 dominant. Damit kann sich eine logische 1 (rezessiv) nur dann durchsetzen, solange kein anderer Busteilnehmer zugleich eine logische 0 (dominant) sendet.

Für die Kommunikation stehen vier verschiedene Arten von Nachrichten-Frames zur Verfügung:

- Daten-Frame (zur Nutzdatenübertragung)
- Remote-Frame (zur Anforderung eines Nutzdaten-Frames von einem Kommunikationspartner)
- Error-Frame (Signalisierung einer fehlerhaften Übertragung)
- Overload-Frame (erzwingt Kommunikationspause zwischen Daten- und Remote-Frame)

1.1.2.2 PAN

Das **PAN** (**P**ersonal **A**rea **N**etwork) deckt den persönlichen Bereich und damit Entfernungen bis ca. 10 m ab. Die Vernetzung erfolgt leitungsgebunden oder drahtlos. Die Verbindungen werden jeweils ad hoc aufgebaut. Das heißt, zwei oder mehr Geräte bauen eine Verbindung untereinander auf und besitzen bereits alle dazu notwendigen Bestandteile, ohne dass es einer vorab eingerichteten Infrastruktur aus Routern oder Access-Points bedarf.

Zu den leitungsgebundenen Verfahren zählen USB und IEEE 1394/Firewire. Die Begrenzung der Leitungslängen auf maximal 5 m bzw. 4,5 m erlaubt den Einsatz günstiger Leitungstreiber für die physikalische Signalumsetzung und ermöglicht hohe Übertragungsraten („Einfache IT-Systeme“, Kap. 1.6.3 und 1.6.4).

Drahtlose Verbindungen werden im PAN beispielsweise über Bluetooth, ZigBee und IrDA realisiert. Während IrDA Daten per Infrarotlicht überträgt und meist eine direkte Sichtverbindung zwischen den Kommunikationseinheiten erfordert, setzen die anderen drahtlosen Verfahren auf Funktechnik. Dabei funken Bluetooth (Kap. 1.6.4.2, sowie "Einfache IT-Systeme", Kap. 1.7.8) und ZigBee (Kap. 1.6.4.2) im weltweit lizenzfrei nutzbaren ISM-Band im Frequenzbereich von 2,408 GHz bis 2,48 GHz, der u. a. auch von WLAN genutzt wird. So belegen beispielsweise die überlappungsfreien WLAN-Kanäle 1, 6 und 11 das gleiche Spektrum wie die ZigBee-Kanäle 11 bis 26. Für einen möglichst störungsfreien Betrieb muss die Kanalauswahl deshalb aufeinander abgestimmt werden. Bluetooth unterteilt den gleichen Frequenzbereich in 79 Kanäle („Einfache IT-Systeme", Kap. 1.7.8). Die Einstellung eines konkreten Kanals durch die Anwendenden ist nicht vorgesehen. Störungen durch andere sendende Teilnehmer werden dadurch minimiert, dass der aktiv genutzte Kanal etwa 1 600-mal pro Sekunde gewechselt wird. In neueren Bluetooth-Versionen geschieht das adaptiv, d. h., bei Erkennung einer Störung wird zu einem anderen Kanal gesprungen (Adaptive Frequency Hopping).

ZigBee dient vorrangig zum energiesparenden Austausch geringer Datenmengen, wie etwa Sensor-Messwerte und Steuersignale für Aktoren. Technisch basiert ZigBee auf dem Standard IEEE 802.15.4 für **L**ow-**r**ate **W**ireless **P**ersonal **A**rea **N**etworks (**LR-WPAN**) und weist eine Datenübertragungsrate von 250 kBit/s mit niedriger Latenz auf. ZigBee-Netze können eine Stern-, Baum- oder Mesh-Struktur aufweisen und werden insbesondere in der Gebäude- und Heimautomatisierung eingesetzt. Dabei verbindet sich ein ZigBee-Gerät, z. B. ein batterie- oder solarbetriebener Temperatursensor, über einen in der Regel per Netzspannung versorgten ZigBee-Router mit dem Netzwerk. Befindet sich der Sensor im Schlafmodus, puffert der Router die an den Sensor adressierten Nachrichten, bis er beispielsweise zeit- oder ereignisgesteuert „aufwacht" und sie abruft.

Bluetooth ist aufwendiger und kann pro Datenpaket weniger Nutzdaten versenden. Ein zu versendender Datenblock muss deshalb in deutlich mehr Segmente aufgeteilt und versendet werden. Daraus ergibt sich eine erhöhte Latenz. Ist diese weniger relevant, stehen mit Bluetooth LE (**L**ow **E**nergy) und Bluetooth Mesh Alternativen für ZigBee zur Verfügung. Typische Bluetooth-Geräte und Kommunikationspartner sind Smartphones, Headsets, Lautsprecherboxen, Tastaturen und Mäuse.

1.1.2.3 LAN

Als **LAN** (**L**ocal **A**rea **N**etwork) bezeichnet man bekanntlich ein lokal begrenztes Netzwerk, das z. B. eine Wohnung, ein Gebäude oder ein Grundstück abdeckt und eine Größe von bis zu mehreren hundert Metern betragen kann. Das LAN verbindet zunächst die lokalen Teilnehmer und ermöglicht damit die Kommunikation untereinander. So kann vom Arbeitsplatzrechner beispielsweise auf Netzwerklaufwerke, Netzwerkdrucker oder das lokale Zeiterfassungsportal zugegriffen werden.

In Firmen werden oft die einzelnen Geschäftsbereiche in separate lokale Netze eingeteilt. So werden beispielsweise die Bereiche Einkauf/Vertrieb, Personal, Entwicklung, Produktion und Service in zunächst unabhängige lokale Netze gruppiert. Um eine betriebsweite Kommunikation zu ermöglichen, werden sie dann über Router zu einem lokalen Verbundnetz zusammengefasst. An den Verbindungspunkten besteht die Möglichkeit, Zugriffsbeschränkungen vorzunehmen, z. B. mithilfe einer Firewall. So können etwa Zugriffe zwischen dem Netz der Personalabteilung und den anderen lokalen Netzen auf

E-Mail und die Personalinfo-Webseite beschränkt werden. Technisch sind damit Zugriffe auf sensible Daten, z. B. Personalakten, nur von den Rechnern der Personalabteilung möglich.

> Wird das LAN mit dem Internet verbunden, bezeichnet man das lokale Netz zur Abgrenzung auch als **Intranet**.

1.1.2.4 WLAN

> **WLAN** (**W**ireless **L**ocal **A**rea **N**etwork) bezeichnet ein drahtloses, lokales Funknetz, basierend auf dem Standard **IEEE 802.11**.

Dieser Standard beinhaltet eine ganze Normen-Familie, deren Entwicklungsstufen durch jeweils einen oder mehrere nachfolgende Buchstaben näher gekennzeichnet sind und sich in ihren Eigenschaften voneinander unterscheiden. Als Oberbegriff für den 802.11-Standard hat sich auch die Bezeichnung **WiFi** (**Wi**reless **Fi**delity) etabliert. Mit dem Standard **802.11ax** hat die WiFi-Allianz zusätzlich ein neues, vereinfachtes Namensschema veröffentlicht, das rückwirkend auch auf zwei ältere, weit verbreitete Standards übertragen wird (WiFi 4, WiFi 5, WiFi 6; Bild 1.5).

IEEE	Frequenzbereich (in Europa genutzte Frequenzen sowie Kanalzahl)	Bitrate (theoretisch, brutto)*	Sonstiges
802.11**a**	5 GHz	54 Mbit/s	kompatibel zu 802.11h
802.11**b**	2,4 GHz	11 Mbit/s	lizenzfreies Frequenzband; Mischbetrieb möglich, dann aber geringerer Datendurchsatz
802.11**g**	2,4 GHz	54 Mbit/s	
802.11**h**	5 GHz	54 Mbit/s	kompatibel zu 802.11a
802.11**n** WiFi 4	2,4 GHz; 5 GHz	600 Mbit/s	Verwendung von **MIMO**-Technik (**M**ultiple **I**nput **M**ultiple **O**utput: Geräte, die gleichzeitig mehrere Eingangs- und Ausgangssignale verarbeiten können); maximal 4-fach-MIMO
802.11**ac** WiFi 5	5 GHz	6,93 Gbit/s	„Gigabit-WLAN"; Erweiterung zu 802.11n; gleichzeitige Nutzung von mehreren Verbindungen in Kombination mit 8-fach-MIMO; wegen begrenzter Übertragungsmöglichkeiten im 5-MHz-Band Nutzung des 60-GHz-Bandes (physikalisch bedingt nur mit sehr geringer Reichweite)
802.11**ad**	60 GHz	6,76 Gbit/s	
802.11**p**	5 GHz	27 Mbit/s	Erweiterung zu 802.11a; Anwendung speziell für intelligente Verkehrssysteme; Car-to-Car-Communication

IEEE	Frequenzbereich (in Europa genutzte Frequenzen sowie Kanalzahl)	Bitrate (theoretisch, brutto)*	Sonstiges
802.11**ax** **WiFi 6** **WiFi 6E**	WiFi 6: 2,4 GHz (2,3995–2,4845 GHz; 13 Kanäle); 5 GHz (5,150–5,350 GHz und 5,470–5,725 GHz; insgesamt 70 Kanäle) WiFi 6E zusätzlich: 6 GHz (5,925–6,425 GHz; 59 Kanäle)	Bis ca. 1,2 Gbit/s pro Kanal (Kanalbandbreite bis zu 160 MHz)	Durch Streambündelung bis zu 10 Gbit/s möglich; Multi-User MIMO-Technik (maximal 8-fach-MIMO). Bei gleich großer Übertragungsrate pro Kanal kann WiFi 6E gleichzeitig den zusätzlichen 6 GHz-Frequenzbereich nutzen und dadurch eine größere Anzahl freier Kanäle verwenden (ermöglicht in der Summe höhere Übertragungsraten).
802.11 **be** **WiFi 7**	gleiche Frequenzbereiche wie bei WiFi 6E	bis zu ca. 30 Gbit/s pro Kanal (bei verfügbaren Kanalbandbreiten von 320 MHz)	Maximale Übertragungsrate nur im 6-GHz-Band realisierbar bei Nutzung von 16-fach-MIMO sowie höherwertigeren Modulationsverfahren (4096 QAM; Kap. 4.1.5.2)

*Bild 1.5: Auswahl von IEEE-802.11-Spezifikationen (Hinweis: Datenraten können auch mit Binärpräfixen angegeben werden; „Einfache IT-Systeme", Kap. 4.3.2; * In der Praxis meist wesentlich geringer.)*

Der jeweils zur Verfügung stehende Frequenzbereich der einzelnen Standards wird in mehrere Übertragungskanäle unterteilt (Bild 1.5). Die Reichweite beträgt bei der in Deutschland maximal zulässigen Sendeleistung von 100 mW je nach Gebäude- bzw. Geländebeschaffenheit bis zu 100 m. Die Kommunikation kann erfolgen im:

- **Infrastrukturmodus:** Endgeräte müssen sich je nach Einstellung mit ihrer MAC-Adresse bzw. ihrer IP-Adresse (Kap. 1.5.4) bei einem zentralen Knotenpunkt (Access Point) anmelden oder erhalten vom Knoten eine IP zugewiesen. Die Kommunikation wird vom Access Point gesteuert und überwacht, er kann auch eine Verbindung in ein anderes Netz (z.B. Internet) herstellen. Diese Struktur wird meistens verwendet.
- **Ad-hoc-Modus:** Zwei oder mehr Endgeräte bilden ein vermaschtes Netz und kommunizieren miteinander. Es ist *kein* zentraler, konfigurierender und steuernder Knotenpunkt erforderlich. Die Geräte bilden selbst jeweils die Knotenpunkte. Dieser Modus wird nur für „spontane" Vernetzung von Endgeräten verwendet, da Routing und Protokollierung aufwendiger sind.

Vom Ad-hoc-Modus abzugrenzen ist der **WiFi-Direct**-Standard, bei dem lediglich *zwei* (entsprechend zertifizierte) Geräte unter Verwendung vereinfachter, spezieller Protokolle direkt miteinander kommunizieren.

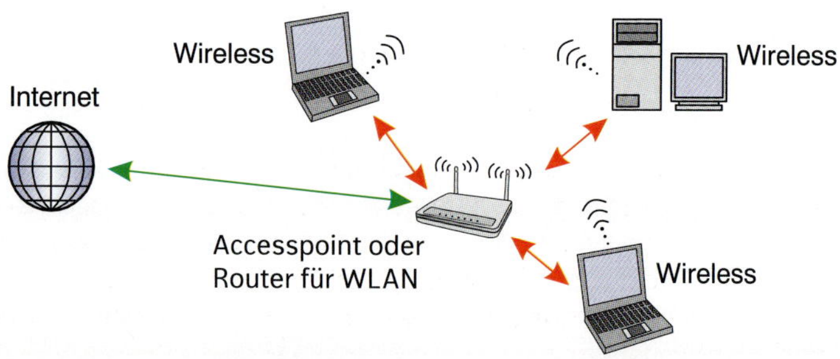

Bild 1.6: Infrastrukturmodus Wireless LAN

Alle Geräte in einem WLAN müssen zur Identifikation denselben Netzwerknamen (**SSID**: **S**ervice **S**et **Id**entifier; Länge bis zu 32 Zeichen) verwenden. Um ein unerwünschtes Einloggen in ein WLAN und ein Abhören übertragener Daten zu verhindern, ist eine Verschlüsselung zwingend erforderlich. Sie ist Teil des 802.11-Standards. Es sollte eine WPA2- oder **WPA3**-Verschlüsselung verwendet werden (**WPA**: **W**iFi **P**rotected **A**ccess; die Versionen 2 bzw. 3 bieten jeweils verbesserte Verschlüsselungen; Verschlüsselungssystem **AES**: **A**dvanced **E**ncryption **S**tandard, Schlüssellänge bis 256 bit; Bezeichnung des zugrunde liegenden Verschlüsselungsprotokolls: CCMP).

Die Verschlüsselung muss gleichermaßen im Access Point und im Endgerät eingestellt werden. Im Bereich privater Netzwerke wird üblicherweise das WPA/WPA2/WPA3-**PSK**-Verfahren verwendet (**PSK**: **P**re-**S**hared **K**ey; Alternativbezeichnung: **WPA-Personal**). Die Eingabe dieses gemeinsamen „vorher ausgetauschten Schlüssels“ ermöglicht prinzipiell das Einloggen jedes beliebigen WLAN-Geräts in das entsprechende Netzwerk.

Eine Vereinfachung bietet hierbei das sog. **WPS** (**W**iFi **P**rotected **S**etup), bei dem durch Drücken der WPS-Taste am Router beim Einrichten eines neuen WLAN-Clients diesem das erforderliche Passwort automatisch übermittelt wird, wodurch eine manuelle Eingabe nicht mehr erforderlich ist (**WPS-PBC**: WPS-**P**ush **B**utton **C**onfiguration).

Je nach Einstellung kann alternativ zur Kopplung ggf. auch eine mehrstellige Ziffernfolge (**WPS-PIN**) zwischen Router und Client ausgetauscht werden (wird teilweise auch zur sicheren Kopplung von Bluetooth-Geräten verwendet; Kap. 1.6.4.2, sowie „Einfache IT-Systeme“, Kap. 1.7.8).

Damit nicht beliebige Geräte eingeloggt werden können, lässt sich als Filtermöglichkeit beispielsweise die Beschränkung auf Geräte mit bereits bekannten MAC-Adressen (Kap. 1.5.3) aktivieren.

Die Gefahr der schnellen Verbreitung eines allgemein gültigen Zugangsschlüssels lässt sich unterbinden, indem man – wie bei Firmennetzen aufgrund erhöhter Sicherheitsstandards meist üblich – eine Anmeldung mit individuellen Zugangsdaten verwendet. Dieses Verfahren trägt die Bezeichnungen **WPA-Enterprise** bzw. **EAP/WPA-Enterprise RADIUS** oder auch **IEEE 802.1x** (Bezeichnung der Norm; **EAP**: **E**xtensible **A**uthentication **P**rotocol; siehe RFC 3748 und RFC 5247; RADIUS; Kap. 2.1.4.1).

1.1.2.5 Ethernet

Ethernet bezeichnet eine Technologie für Kommunikationsnetze, die ursprünglich nur für den lokalen Einsatz (LAN) gedacht war. Inzwischen werden ethernetbasierende Strukturen auch in öffentlichen Festnetzen eingesetzt. Die Spezifikationen dieser Technologie umfassen die zu verwendende Hardware (Kabel, Verteiler, Stecker und Buchsen), die Software (Protokolle) und die Übertragungsformen (Signale, Paketformate).

Ethernet basiert darauf, dass die Teilnehmer innerhalb eines gemeinsamen Leitungsnetzes Informationen im sog. **Basisbandverfahren** (Kap. 3.3) übertragen. Hierbei werden die einzelnen Datenströme ohne den Einsatz von Modulationsverfahren (Kap. 4.1.5) übertragen, d.h., sie werden in ihrem ursprünglichen Frequenzbereich – dem Basisband – belassen. Bei der Übertragung kommen verschiedene digitale Multiplexverfahren (Kap. 4.1.8) zum Einsatz.

Sämtliche Teilnehmer sind an einem gemeinsamen Leitungsnetz bzw. einem Leitungssegment angeschaltet. Jede Teilnehmerschnittstelle besitzt einen weltweit eindeutigen 48-Bit-Schlüssel (MAC-Adresse; Kap. 1.5.3) und ist somit eindeutig identifizierbar. Entsprechende Protokolle regeln den Zugriff auf das gemeinsame Übertragungsmedium und verhindern Datenkollisionen (siehe auch Kap. 1.6).

Im Laufe der Zeit wurden unterschiedliche Ethernet-Technologien entwickelt, die sich in der Protokollierung, der Schnittstellenart, der Leitungscodierung, der Leitungslänge oder der Art des Übertragungsmediums voneinander unterscheiden. Im Bereich der öffentlichen Netze sind insbesondere zu finden:

Einsatzbereich	Ethernet-Technologien	Standards	Datenraten
Anschlussbereich	▪ Ethernet in the First Mile (EFM) ▪ 10G-EPON	▪ 802.3ah ▪ 802.3av	▪ 1 Gbit/s ▪ 10 Gbit/s
Metro-Netze	▪ Metro-Ethernet (MEN)	▪ 802.3ak ▪ 802.3ae ▪ 802.3an	▪ 10 Gbit/s bis 100 Gbit/s
Weitbereichsnetze	▪ 40-Gigabit-Ethernet (40GbE) ▪ 100-Gigabit-Ethernet (100GbE) ▪ 400-Gigabit-Ethernet (400GbE)	▪ 802.3ba ▪ 802.3bs ▪ 802.3cu	▪ 40 Gbit/s ▪ 100 Gbit/s ▪ 400 Gbit/s

Bild 1.7: Ethernet-Technologien innerhalb öffentlicher Netze (Auswahl)

Ethernet in the first Mile (EFM) bezeichnet den Einsatzbereich von Ethernet in dem Anschlussbereich, der üblicherweise als „letzte Meile“ (*last mile*; Kap. 3.1) bekannt ist. Die Betrachtungsrichtung geht hierbei aber vom LAN aus, dem ursprünglichen Einsatzbereich von Ethernet, und nicht vom öffentlichen Weitbereichsnetz.

EFM überträgt die Ethernet-LAN-Strukturen und -Protokolle (IEEE 802.3) auf den Anschlussbereich. Hierdurch entfallen ansonsten erforderliche Protokollumsetzungen zwischen unterschiedlichen Zugangstechniken, die Netzinfrastruktur eines Teilnehmers kann direkt mit der eines Diensteanbieters verbunden werden. EFM unterstützt sowohl Kupfer- als auch Glasfaseranbindung (Cu-Leitung: ≤ 10 Mbit/s bis 750 m; LWL: ≤ 1 Gbit/s bis 10 km). Alternativ ist auch Ethernet über VDSL realisierbar (**EoVDSL**), hierbei sind entfernungsabhängig Downstreamraten bis ca. 100 Mbit/s erreichbar.

10G-EPON (**10 G**igabit **E**thernet **P**assiv **O**ptical **N**etwork) stellt eine Erweiterung von EFM dar, die bei symmetrischer Nutzung eine Datenrate von bis zu 10 Gbit/s im Anschlussbereich zur Verfügung stellen kann. Die auf rein optischer Basis funktionierenden Anschlüsse ermöglichen die Überbrückung von Distanzen bis zu 20 km (Kap. 3.2.1).

Metro-**E**thernet-**N**etze (**MEN**) sind ethernetbasierte **M**etropolitan-**A**rea-**N**etzwerke (**MAN**; Kap. 3.5.1) mit Übertragungsraten ab 10 Gbit/s (**10 G**iga**b**it **E**thernet; **10GbE**) auf der Basis von Lichtwellenleitern.

Im Bereich der 10GbE-Technologie sind unterschiedliche Schnittstellenstandards definiert, deren Bezeichnungen der bekannten (Bild 1.23), fest vorgegebenen Struktur unterliegen (z. B. 10GBase-LW4). Der Information über die Datenrate (hier: 10G für 10 Gbit/s) folgt die Bezeichnung „Base“ als Kennzeichen für die Basisbandübertragung. Die sich anschließenden Buchstaben bzw. Ziffern haben folgende Bedeutungen:

Kennzeichnung	Bedeutung	Beispiele
1. Buchstabe	Wellenlänge des verwendeten Lichts	▪ **S** (Short): 850 nm ▪ **L** (Long): 1 310 nm ▪ **E** (Extremely Long): 1 550 nm ▪ zusätzlich: **K** (für den Einsatz im Backplanebereich)
2. Buchstabe	Codierung oder Wellenlängenmultiplex	▪ **X:** 8B/10B-Code (Kap. 4.1.11.3); wird auch im LAN verwendet ▪ **R:** 64B/66B-Code; wird auch im LAN verwendet ▪ **W:** Wellenlängenmultiplex (Kap. 4.1.8.3); wird auch im WAN verwendet, kompatibel zu SDH mit STM-64 (Kap. 4.1.10)
Ziffer	Anzahl der Pfade/Leitungen/Lanes oder Anzahl der Wellenlängen (Hinweis: Im LAN werden auch Kupferleitungen und elektrische Schnittstellen verwendet.)	▪ **1:** eine Leitung oder eine Lane (mit serieller Übertragung), bzw. eine Wellenlänge; die Ziffer „1" kann ggf. auch fehlen ▪ **4:** vier Leitungen oder vier Lanes (mit serieller Übertragung) bzw. vier verwendete, nahe beieinander liegende Wellenlängen

Bild 1.8: Bezeichnungen bei 10GbE-Schnittstellen

Abhängig vom jeweiligen Standard können Entfernungen bis zu 40 km überbrückt werden (z. B. 10 GBase-EW mit Monomodefaser, Kap. 4.2.3). Die 10GbE-Technologie ist aber auch im Backplanebereich in Kombination mit Kupferleitungen zu finden (z. B. 10 GBase-KX4; vier Kupferleitungen bis zu 1 m; zur Verbindung von Servern, Routern, Switches).

40-Gigabit-Ethernet (40GbE) ist eine Technologie, die speziell darauf abzielt, die in der optischen Transporthierarchie (OTH, Kap. 4.1.10) benutzte Datenrate von 40 Gbit/s (OTM 3) zu unterstützen. Über Monomodefasern sind hierbei Entfernungen bis zu 10 km überbrückbar (z. B. 40GBase-LR4, d. h. pro Faser 10 Gbit/s). Es existieren aber auch hier Spezifikationen für Kupferschnittstellen (z. B. 40GBase CR4; C steht für engl. *copper*: Kupfer).

100-Gigabit-Ethernet (100GbE) ist eine Höchstgeschwindigkeitstechnologie für Backbone- und Server-Anbindungen. Um diese hohe Übertragungsgeschwindigkeit zu erreichen, werden unterschiedliche Techniken eingesetzt:

- Verwendung verschiedener Wellenlängen über einen Lichtwellenleiter (Wellenlängenmultiplex, Kap. 4.2.8)
- Verwendung von vier Lichtwellenleitern mit je 25 Gbit/s bei Verwendung nur einer Wellenlänge (Raummultiplex; z. B. 100GBase-SR4)
- Kombination verschiedener Multiplextechniken, z. B. Wellenlängenmultiplex und Zeitmultiplex (Kap. 4.2.8)

Als Übertragungsmedien werden für kurze Entfernungen neben der Glasfaser auch Kupferleitungen – insbesondere Twinaxialkabel (Kap. 4.1.1.2) – eingesetzt (z. B. 100GBase-CR10; 10 Twinaxialleitungen mit je 10 Gbit/s).

400-Gigabit-Ethernet (400GbE) stellt die nächste Entwicklungsstufe im Bereich der Höchstgeschwindigkeitsnetze dar und wird unter den Bezeichnungen IEEE 802.3bs und 802.3cu spezifiziert. Die Übertragung dieser Datenrate lässt sich – über die bereits genannten Verfahren hinaus – z. B. durch eine größere Anzahl von optischen Leitungen bzw. Lanes realisieren, aber auch durch den Einsatz effizienterer Modulationsverfahren. In ersten Versuchen ließen sich auf diese Weise 400 Gbit/s über spezielle Monomodefasern bereits auf einer Entfernung von ca. 5 km übertragen. Übertragungsgeschwindigkeiten oberhalb von 100 Gbit/s werden zu den sog. **Terabit-Ethernet-Standards** gezählt. Durch Kopplung von zwei 400GbE-Verbindungen lassen sich auf Ethernet-Basis auch bis zu 800 Gbit/s übertragen (Spezifikation 800GBase-R).

Power over Ethernet

Geräte, die per Ethernetkabel an ein Netzwerk angeschlossen sind, benötigen zusätzlich noch eine Form der Energieversorgung. Sie besteht in der Regel aus der Stromversorgung durch die Steckdose. Beides zusammen ist jedoch örtlich nicht immer gegeben. Daraus entstand die Idee, zumindest kleinere Verbraucher auch direkt über das Ethernetkabel mit Energie zu versorgen. Umgesetzt wurde die Idee unter der Bezeichnung **Power over Ethernet (PoE)**. Bedeutender als die dadurch entbehrliche Steckdose am Endgerät ist in der Praxis aber die Möglichkeit, dass die PoE-versorgten Geräte (*Powered Devices*, PD), wie WLAN-Access-Points, VoIP-Telefone oder IP-Kameras, im Falle eines Stromausfalls unterbrechungsfrei weiter mit Energie versorgt werden können. Das setzt allerdings voraus, dass die leistungseinspeisende Ausrüstung (*Power Sourcing Equipment*, PSE), wie beispielsweise ein PoE-Switch (Bild 1.9), von einer unterbrechungsfreien Stromversorgung (USV, „Einfache IT-Systeme", Kap. 5.3.1.3) gespeist wird.

Bild 1.9: Router und Switch mit PoE-Ports (Endspan PSE)

Verfügt ein Netzwerkgerät wie ein Router oder ein Switch an seinem Ende der Verbindungsleitung zum PD über einen PoE-LAN-Port, nennt man es deshalb Endpoint-PSE oder Endspan-PSE. Umgekehrt gilt das Gleiche für PDs. Sind Switches oder Router nicht selbst PoE-fähig, kann die Leistungseinspeisung nachträglich über einen PoE-Injektor, einen sog. Midspan-PSE, erfolgen (Bild 1.11). Ein PoE-Splitter koppelt die eingespeiste Leistung wieder aus und stellt sie dem nicht PoE-fähigen Endgerät separat zur Verfügung (Bild 1.10).

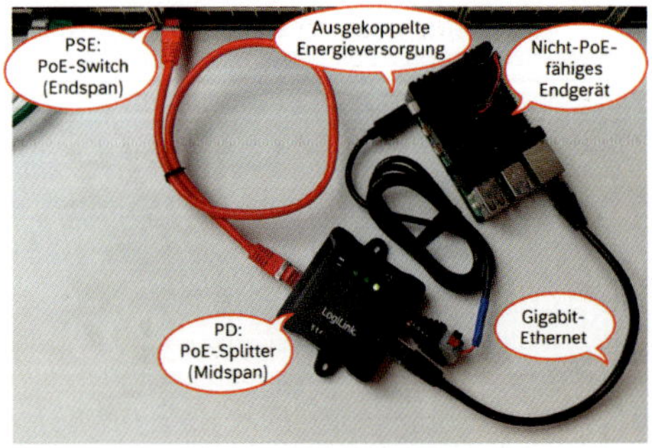

Bild 1.10: Anschlussbeispiel mit PoE-Splitter

Inzwischen gibt es eine Vielzahl von PoE-Versionen, die sich nach Funktionsweise, übertragbarer Leistung und nutzbarer Datenkommunikation unterscheiden.

Technisch unterscheidet man zunächst zwischen aktivem PoE und passivem PoE.

Passives PoE bedeutet, dass die über das Ethernetkabel bereitgestellte Versorgungsspannung dauerhaft bereitgestellt wird. **Aktives PoE** aktiviert den Arbeitsbetrieb der Spannungsversorgung erst nach einem Datenaustausch zwischen PSE und PD oder nach Messung des Widerstandswerts zwischen den Versorgungsspannungs-Pins im PD.

Bild 1.11: PoE-Injektoren und PoE-Splitter (Midspan)

Der Standard IEEE 802.3af definiert passives PoE in zwei Ausführungen:

Modus A: Die Gleichspannung wird über Mittelabgriffe von Übertragern in die beiden Aderpaare 1,2 und 3,6 eingespeist (Bild 1.12).
Durch diese sog. Phantomspeisung bleiben diese Aderpaare weiterhin für die Datenübertragung nutzbar, z. B. über 1000BASET (Gigabit-Ethernet).

Modus B: Die Gleichspannung erfolgt über die Aderpaare 4,5 und 7,8.
Im PoE-Standard IEEE 802.3af werden für den Modus B nicht genutzte Aderpaare zur Energieversorgung verwendet. Die Gleichspannung wird dabei direkt (oder wahlweise auch über vorhandene Mittelabgriffe von Überträgern) an die Aderpaare angeschlossen (Bild 1.13). Sie dienen damit ausschließlich der Energieversorgung und können nicht zur Datenübertragung verwendet werden. Damit bleibt die Datenrate auf 100 Mb/s beschränkt.

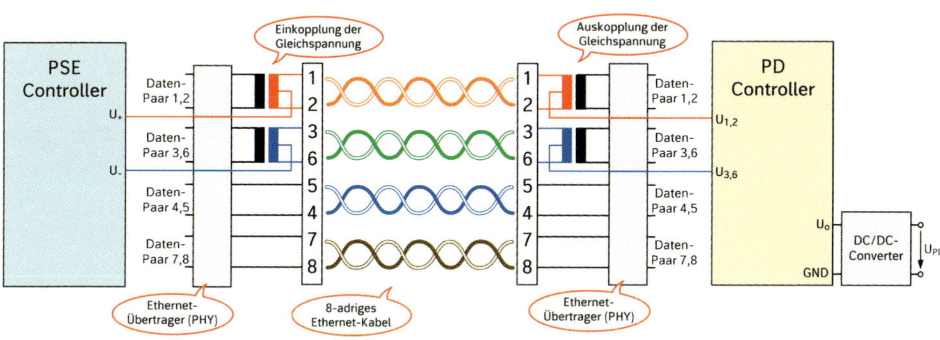

Bild 1.12: PoE mit Phantomspeisung auf Datenleitungen (Modus A)

Der **Betriebsmodus** kennzeichnet die für die Energieversorgung (mit)benutzten Aderpaare. **Modus A** belegt die Aderpaare 1,2 und 3,6 und **Modus B** die Aderpaare 4,5 und 7,8.

IEEE 802.3af Modus B ist der einzige PoE-Standard, bei dem Aderpaare ausschließlich für die Energieversorgung belegt werden und nicht für die Datenkommunikation zur Verfügung stehen. PoE Modus A und beide Modi in allen nachfolgenden Standards (PoE+, PoE++/4PPoE) ermöglichen durch Phantomspeisung die *gleichzeitige* Nutzung von Aderpaaren zur Datenübertragung und zur Energieversorgung.

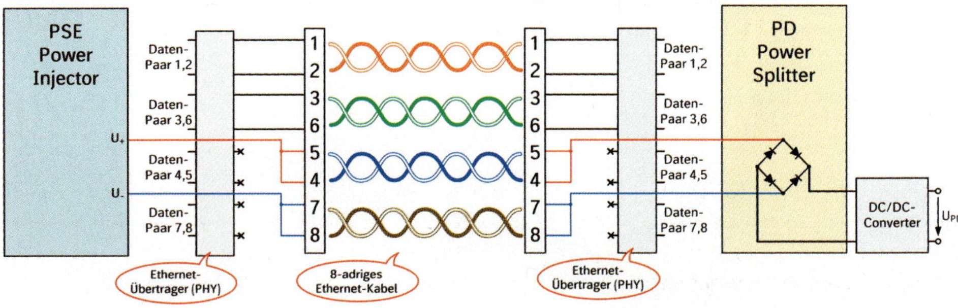

Bild 1.13: PoE mit getrennter Energieversorgung und Datenübertragung (Modus B)

Für beide PoE-Modi nach IEEE 802.3af gilt, dass von maximal 15,4 W an der PSE eingespeisten Leistung aufgrund von Leitungsverlusten am PD 12,95 W zur Verfügung stehen.

Die Erweiterung von PoE lautet **PoE+** und stellt PDs eine Leistung von 25,5 W zur Verfügung. Ist noch mehr Leistung am PD erforderlich, kann PoE++ 51 W oder sogar 71,3 W bereitstellen. Um das zu ermöglichen, gelten strengere Anforderungen an den maximalen Aderpaar-Leitungswiderstand und die Anzahl der zur Energieversorgung verwendeten Aderpaare (Bild 1.14).

Eigenschaft*	PoE IEEE 802.3af bzw. IEEE 802.3at Type 1	PoE+ IEEE 802.3at Type 2	PoE++/4PPoE IEEE 802.3bt Type 3	Poe++/4PPoE IEEE 802.3bt Type 4
P_{PD}	12,95 W	25,5 W	51 W	71,3 W
P_{PSE}	15,4 W	30 W	60 W	99,8 W
I_{max}	350 mA	600 mA	600 mA pro Paar	960 mA pro Paar
R_{max}	20 Ω	12,5 Ω	12,5 Ω	12,5 Ω
U_{PSE}	44 V ... 57 V	50 V ... 57 V	50 V ... 57 V	52 V ... 57 V
U_{PD}	37 V ... 57 V	42,5 V ... 57 V	42,5 V ... 57 V	41,1 V ... 57 V
Modi	A, B	A, B	A, B, 4-Paar	4-Paar

**) P_{PD}: maximale an PD verfügbare Leistung bei kleinster Spannung; P_{PSE}: maximale von PSE eingespeiste Leistung; I_{MAX}: maximaler Strom; R_{MAX}: maximaler Gesamtschleifenwiderstand der Zuleitung; U_{PSE}: Spannungsbereich an PSE; U_{PD}: Spannungsbereich an PD; Modi: unterstützte Betriebsmodi bzw. zur Energieversorgung verwendete Aderpaare.*

Bild 1.14: Eigenschaften der PoE-Standards im Vergleich

Nachteilig ist an der Energieversorgung mittels PoE vor allem die Verlustleistung. Sie entsteht im Ethernetkabel, bei der Spannungswandlung zur PoE-Einspeisespannung und anschließend bei der erneuten Wandung zur benötigten Betriebsspannung des angeschlossenen Geräts. Wegen der Begrenzung der PoE-Spannung auf 57 V bleibt zur Steigerung der übertragenen Leistung nur die Erhöhung der Stromstärke. Entsprechend steigen die Leitungsverluste, wenn nicht gleichzeitig der effektive Widerstandswert reduziert wird (z. B. durch Nutzung weiterer Aderpaare). Allein die Leitungsverluste machen beim größtmöglichen PoE-Verbraucher bis zu 29 % der eingespeisten Leistung aus. Dies muss bei der Betrachtung des Mehrwerts durch eine PoE-gestützte unterbrechungsfreie Stromversorgung in der Kosten-Nutzen-Abwägung berücksichtigt werden.

1.1.2.6 Internet

> Das **Internet** (***Inter**connected **Net**works*) ist ein globales Kommunikationsnetz, das aus einer Vielzahl einzelner, unterschiedlich großer Computernetzwerke besteht. Diese sind über zentrale Knotenpunkte, die regional von öffentlichen Netzbetreibern zur Verfügung gestellt werden, weltweit miteinander verbunden.

Das Internet stellt für die Kommunikation – so wie jedes lokale Netz – eine Infrastruktur zur Verfügung, auf deren Basis die Anwendenden (**Clients**) auf angebotene **Dienstleistungen** (*services*) zugreifen können. Diese Dienstleistungen (kurz: **Dienste**) werden von speziellen Computern – sog. **Servern** (engl. *to serve*: (be-)dienen) – bereitgestellt.

Hierbei wird im allgemeinen Sprachgebrauch der Begriff Server sowohl für die erforderliche Hardware (d. h. die Dienste bereitstellende *Servermaschine*) als auch für die auf dieser Maschine laufenden *Serverprozesse* (Software) verwendet. Dies kann zu Missverständnissen führen, denn auf einer Servermaschine können durchaus mehrere Serverprozesse laufen.

Das für den jeweiligen Prozess erforderliche **Protokoll** legt fest, nach welchen Regeln und in welcher Form die Kommunikation zwischen einer Servermaschine und einem Client-PC abläuft. Hierzu ist auf dem Client-PC die Installation entsprechender Client-Software erforderlich, sofern diese nicht bereits Bestandteil des verwendeten Client-Betriebssystems ist („Einfache IT-Systeme“, Kap. 2.5).

Die bekanntesten Protokolle bei Kommunikationsnetzen sind die Protokolle der TCP/IP-Protokollfamilie sowie diverse Hilfsprotokolle. Diese werden in Kap. 1.5 einführend erörtert und ab Kap. 1.7 vertiefend behandelt.

Im Zuge der ständig zunehmenden Vernetzung von technischen Geräten beschränkt sich die Verwendung des Internets heute nicht mehr auf die klassischen Kommunikationsmittel (PC, Notebook, Tablet, Smartphone usw.), sondern umfasst auch andere Geräte oder Gegenstände. Diese werden mit entsprechenden technischen Komponenten ausgestattet (Sensoren, Funkmodule) und können so aus der Ferne – mit und ohne Eingriff der Nutzenden – unter Verwendung der Ressourcen des Internets den Zustand von Geräten und Dingen ermitteln oder aktuelle Daten über physische Objekte und Vorgänge sammeln und übertragen (z. B. Fitnesstracker; Paketverfolgung im Internet; Heizungssteuerung eines Wohnhauses von unterwegs; Auto mit automatischem Polizeinotruf und Unfallortübermittlung bei einem Verkehrsunfall). In diesem Zusammenhang spricht man daher vom **Internet der Dinge** (engl. **IoT**: **I**nternet **o**f **T**hings; Kap. 2.4.4). Stehen nicht die

Verbraucher/-innen und Anwendenden im Fokus, sondern primär industrielle Prozesse und Abläufe, so verwendet man auch die Bezeichnung **IIOT** (**I**ndustrial **I**nternet **o**f **T**hings; Kap. 2.4.4).

Die Netzabschnitte des öffentlichen Internets liegen in der administrativen Verwaltung *verschiedener* Betreiber, bei denen sich beispielsweise anbieterabhängig auch temporäre Kapazitätsengpässe ergeben können.

Als autarker Teil des Internets können aus heutiger Sicht prinzipiell auch diejenigen Kommunikationsnetze angesehen werden, die sich aus den ursprünglich nur der Sprachkommunikation dienenden Netzstrukturen (z. B. analoges Telefonnetz, ISDN-Netz) entwickelt haben. Diese verwenden – bis auf wenige Ausnahmen im Anschlussbereich – die gleiche IP-Technik wie andere Internetbereiche, werden aber jeweils von einem *einzigen* Netzanbieter verwaltet, d. h. es werden primär eigene, vom jeweiligen Netzbetreiber kontrollierte Netzknoten und Übertragungsstrecken mit einer größtenteils reservierten und garantierten Übertragungsbandbreite (**QoS**: **Q**uality **o**f **S**ervice) verwendet. So können die Daten auf dem kürzesten Weg zum Empfangsgerät geleitet und bei Bedarf auf der gesamten Strecke priorisiert werden. Hierdurch verringert sich beispielsweise die Wahrscheinlichkeit von Störungen bei der Übertragung.

Internetzugang

Der Zugang eines einzelnen Computers oder eines anderen IT-Geräts zum Internet kann grundsätzlich auf unterschiedliche Arten realisiert werden:

1. Das Gerät wird in ein lokales Computernetz (LAN; Kap. 1.1.2.3) eingebunden. Diese Anbindung kann kabelgebunden oder über eine Funkschnittstelle erfolgen (WLAN; Kap. 1.1.2.4). Das LAN verfügt über einen zentralen Zugang für alle angeschlossenen PCs zu einem Internetknotenpunkt. Die Verwaltung erfolgt über einen zuständigen Administrator, LAN- und Internet-Einstellungen werden zentral verwaltet.
2. Das Gerät hat einen direkten, leitungsgebundenen Internetzugang, entweder über einen **DSL-Anschluss**, einen **Glasfaser-Anschluss** oder über einen **BK-Kabelanschluss**. Das Gerät wird hierbei über seinen Netzwerkanschluss mit dem **DSL-Modem**, dem **Glasfaser-NT-Adapter** oder dem **BK-Kabelmodem** verbunden.
3. Ein Smartphone oder ein Tablet mit Mobilfunkmodem verfügt naturgemäß über einen drahtlosen Zugang zu einem Funknetz. Dieser Zugang kann auch für die Datenkommunikation mit dem Internet genutzt werden. Geräte, die über keine solche Funkschnittstelle verfügen, können per Tethering („Einfache IT-Systeme", Kap. 1.1.4) die Funkschnittstelle eines Smartphones oder Tablets nutzen. Alternativ lassen sie sich auch per USB-Stick mit einer eigenen GSM-/LTE-/5G-Funkschnittstelle nachrüsten. Erforderlich sind eine jeweilige Netzverfügbarkeit und ein entsprechender Mobilfunkvertrag.
4. Alternativ zu einem der genannten klassischen Mobilfunknetze ist auch ein Internetzugang über ein Funknetz gemäß dem **IEEE-802.16-Standard** denkbar. Dieser Standard ist auch unter der Bezeichnung **WiMax** (**W**orldwide **I**nteroperability for **M**icrowave **A**ccess) bekannt und ermöglicht – sofern er von einem Netzbetreiber angeboten wird – einen drahtlosen bidirektionalen Breitbandzugang mit Datenraten bis zu 1 Gibit/s Download bei geländeabhängigen Entfernungen bis zu 5 km. Dabei stellt ein WiMax-Router dem Client eine IEEE-802.3-Schnittstelle zur Verfügung (in Deutschland kaum verbreitet). Derzeit im Aufbau befindet sich ein vom US-Unternehmen SpaceX betriebenes

Satellitennetzwerk („Starlink"), das prinzipiell beliebigen Endgeräten mithilfe spezieller Terminals und Sende-/Empfangsantennen weltweit einen bidirektionalen Internetzugang ermöglichen kann (Downstream bis ca. 450 Mbit/s, Upstream bis ca. 100 Mbit/s).

Bei Internetanschlüssen im Businessbereich sind neben technischen Anschlussaspekten eine Reihe zusätzlicher Anforderungen zu erfüllen. Hierzu zählen neben der telefonischen Erreichbarkeit auch:

- schnelle Entstörung bei Problemen
- einfache Erweiterbarkeit
- Zusatzleistungen (z. B. feste IP-Adresse, mehrere Rufnummern)
- firmenmäßige Web-Präsentation und Social-Media-Zugang
- flexible Kommunikationswege (z. B. Homeoffice)
- 24-Stunden Business-Hotline

Der zunehmende Bedarf an Übertragungsbandbreite führt sowohl bei Firmen- als auch bei Privatanschlüssen speziell in Ballungsgebieten dazu, dass die Netzbetreiber ihre Kupferanschlussleitungen durch Glasfaserleitungen ersetzen (**FTTH**: **F**iber **T**o **T**he **H**ome; Kap. 3.2.1). Hierdurch wird auch ohne DSL-Techniken ein Datenanschluss möglich, der weitaus höhere Datenraten zur Verfügung stellen kann.

1.1.3 Netzwerkvirtualisierung

Netzwerkvirtualisierung stellt eine **Abstraktionsschicht** zwischen bereitgestellten Netzwerkstrukturen und -diensten einerseits und physischer Hardware und Infrastruktur andererseits dar.
Auf diese Weise können bedarfsabhängig logische Netzwerkstrukturen realisiert und genutzt werden, ohne dass Änderungen an der physischen Hardware vorgenommen werden müssen. Damit lassen sich beispielsweise Netzwerke in Segmente unterteilen oder ausschließlich in Software umgesetzte Netzwerke zwischen virtuellen Maschinen erstellen.

Nachfolgend werden Netzwerkdienste beschrieben, die verschiedene Formen der Netzwerkvirtualisierung ermöglichen.

1.1.3.1 Virtual Private Network (VPN)

Unter einem **Virtual Private Network (VPN)** versteht man im Allgemeinen ein in sich geschlossenes logisches Kommunikationsnetz, bei dem private Endgeräte oder lokale Firmennetze über Einrichtungen eines öffentlichen Netzes miteinander kommunizieren. Die zu übertragenden Daten werden durch entsprechende Sicherheitsmechanismen gegen unbefugte Zugriffe geschützt.

Die Betreiber des öffentlichen Netzes stellen hierbei lediglich die Infrastruktur für den Datentransport zur Verfügung.

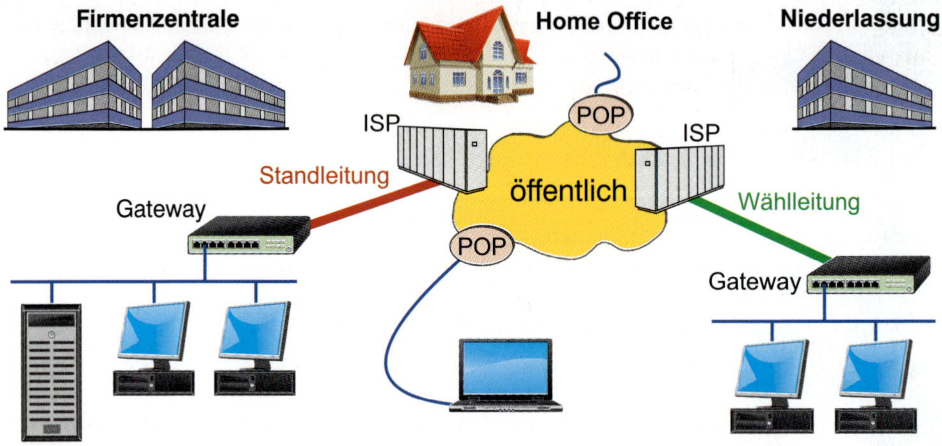

Bild 1.15: Beispiel für den Aufbau eines VPN (ISP: Internet Service Provider; POP: Point of Presence)

Auf diese Weise lassen sich z. B. die lokalen Kommunikationsnetze voneinander entfernter Niederlassungen einer Firma ohne große Investitionskosten für Verbindungsleitungen miteinander verbinden. Die Standorte werden in der Regel über VPN-Gateways mit dem öffentlichen Netz verbunden. Für Nutzende erscheint die gesamte Kommunikationsstruktur als ein einziges, zusammenhängendes privates Netz (daher die Bezeichnung „virtuelles privates Netz"). Mit einer entsprechenden VPN-Software (VPN-Client) ist auch die individuelle Einwahl von Mitarbeitenden des Außendienstes in ein solches Netz weltweit über flexible Zugangstechnologien möglich (Remote-Access-VPN). Man unterscheidet folgende Anschlussszenarien:

Bezeichnung	Beschreibung
Side-to-Side	Verbindung von VPN-Gateway zu VPN-Gateway
Side-to-End	Verbindung eines VPN-Gateways zu einem (Privat-)PC
End-to-End	Verbindung eines (Privat-)PCs zu einem (Firmen-)PC, z. B. einem Server

Bild 1.16: Anschlussvarianten bei einem VPN

Über eine End-to-End-Verbindung ist es auch möglich, temporär ein logisch abgekapseltes virtuelles Netz nur zwischen Teilnehmern aufzubauen, die sich ebenfalls mit dem Server verbunden haben.

Die Höhe der bereitgestellten Datenrate wird in allen Fällen nur begrenzt durch die Übertragungskapazität der verfügbaren Übertragungsleitungen des Anbieters. Nutzende können den erforderlichen Bandbreitenbedarf hierbei selbst definieren oder dynamisch konfigurieren (Bandwidth-on-Demand). Die Verbindungen werden heutzutage in der Regel IP-basierend aufgebaut. In Abhängigkeit von der Art der bereitgestellten Verbindungsleitungen kann man zwischen „Internet-VPN" und „Backbone-VPN" unterscheiden:

VPN	Aufbau und Eigenschaften
Internet-VPN	▪ Verbindet Firmenstandorte zu einem Gesamtnetzwerk über das öffentliche Internet ▪ Verbindungsaufbau über die Firmenzentrale mittels DSL, Standleitung oder Funk, auch mobiler Zugriff über LTE/5G oder WLAN ▪ Weiterleitung der Daten erfolgt durch Auswertung von Routingtabellen in jedem Router ▪ Im Allgemeinen keine Bandbreitenreservierung, da nur freie Übertragungskapazitäten zur Verfügung stehen ▪ Bandbreitenreduzierung durch erforderliche Verschlüsselung zum Schutz vor unberechtigtem Zugriff ▪ Investitionskosten für Endgeräte oder Einrichtungsgebühren
Backbone-VPN	▪ Nutzung von nicht öffentlichen Backbone-Netzen entsprechender Anbieter ▪ Direkter Verbindungsaufbau ohne Umweg über eine Firmenzentrale möglich ▪ Datenfluss erfolgt über fest vorgegebene Wege bei definierter Bandbreite ▪ Vereinfachtes Routing: Durch den Einsatz von MPLS-Technologie erfolgt das Suchen von IP-Adressen in einer Routingtabelle jeweils nur am Anfang und am Ende einer Verbindung.

Bild 1.17: Merkmale verschiedener VPN-Realisierungen

VPN setzen in der Regel auf den Schichten 2 oder 3 des OSI-Referenzmodells auf und verwenden Tunneling-Mechanismen für den IP-Verkehr. Zum Schutz vor Datenspionage werden Verschlüsselungsmechanismen eingesetzt (IP-Sec, SSL; siehe auch Kap. 1.10.5.2).

Ähnlich wie bei der Kommunikation über öffentliche Netze können auch beliebige Clients eines Firmennetzes ein separates, speziell gesichertes und datentechnisch abgekapseltes VPN-Netz bilden. Diese Clients verwenden bis zum VPN-Gateway dieselbe physikalische Leitung wie alle anderen Clients des Netzes – mit dem Unterschied, dass sämtliche VPN-Netzpakete bis zum Gateway verschlüsselt übertragen werden können.

WireGuard

WireGuard ist ein neueres Kommunikations- und Tunnelprotokoll für die Erstellung von VPN-Verbindungen. Die gleichnamige Software ist als freie Open-Source-Software für alle relevanten Plattformen verfügbar.

WireGuard entstand mit dem Ziel, eine leicht zu bedienende, sichere und leistungsstarke Alternative zu den klassischen VPN-Implementierungen wie IPsec oder OpenVPN zu bieten. Die Beschränkung auf wenige, auf geringen Ressourcenverbrauch optimierte Algorithmen sorgte für eine übersichtliche, weniger komplexe und dadurch leichter abzusichernde Codebasis. Dieser Umstand hat wesentlich dazu beigetragen, dass WireGuard in den Linux-Kernel ab Version 5.6 integriert ist und damit einen zusätzlichen Geschwindigkeitsvorteil gegenüber IPsec und OpenVPN hat.

Technisch baut WireGuard eine ausschließlich UDP-basierte Tunnelverbindung auf. Die zu tunnelnden IP-Daten betrachtet WireGuard nur auf Layer 3, sodass keine Unterscheidung zwischen UDP oder TCP/IP gemacht wird. WireGuard ist in der Lage, IPv4- wie IPv6-Nutzdaten zu tunneln sowie den Tunnel selbst auf Basis von IPv4 oder IPv6 aufzubauen. Ebenfalls unterstützt wird die Kapselung von IPv4 in IPv6 und umgekehrt.

1.1.3.2 VLAN und VXLAN

Ein physikalisches LAN kann in logisch voneinander getrennte Segmente aufgespaltet werden. Jedes dieser Segmente verhält sich wie ein vermeintlich separates physikalisches Netzwerk. Man spricht von einem virtuellen LAN, oder kurz **VLAN** (***v**irtual **l**ocal **a**rea **n**etwork*).

Das ermöglicht es z. B. einem Unternehmen, getrennte Netzwerke für Buchhaltung, Entwicklung und Produktion durch Segmentierung des gemeinsamen Unternehmensnetzwerks zu erreichen. Insbesondere müssen dafür keine neuen Netzwerkleitungen verlegt werden. Selbst bei Nutzungsänderungen von Büroräumen reicht eine Konfigurationsänderung der Segmentzugehörigkeit.

Zur Segmentierung werden die einzelnen Datenpakete jeweils mit einem Tag (engl. *tag*: Markierung, Etikett) versehen, das ihre Zugehörigkeit zu einem bestimmten Segment beschreibt. Bei Ethernet-Netzwerken wird es als Q-Tag direkt nach der Quelladresse eingefügt (Bild 1.18).

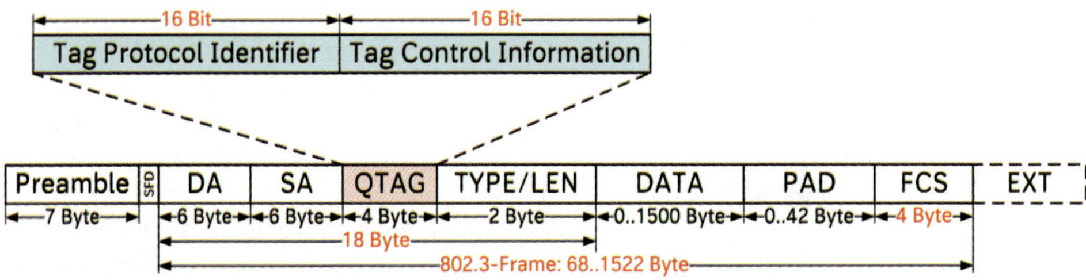

QTAG: Q-Tag Header gemäß IEEE 802.1Q:

Tag Protocol Identifier (TPID): 10000001 00000000 (hex.: 81 00)
Tag Control Information (TCI): uuucvvvv vvvvvvvv
uuu: 3 Bit User defined priority (0..7)
c: 1 Bit Flag für Adressformat, normalerweise 0
v..v: 12 Bit VID (VLAN Identifier, 0..4095)

TYPE/LEN: Ethertype- bzw. Längenangabe der Nutzlast in Byte wie vor Einfügen des QTAGs!

Bild 1.18: Ethernet-Ramen mit Q-Tag

Angebracht und ausgewertet werden diese Tags hauptsächlich von Netzwerk-Switches (Kap. 1.3.4). Sie ordnen eingehende Datenpakete eines PCs einem VLAN zu. Je nach Switch gibt es unterschiedliche Methoden zur Klassifizierung:

- über den jeweiligen LAN-Port (Layer-1-Classification)
- über die MAC-Adresse des Senders (Layer-2-Classification)
- über die IP-Adresse des Senders (Layer-3-Classification)

Die entsprechend getaggten Frames werden dann an die passenden LAN-Ports oder an andere Switches weitergeleitet. Die Verbindung zu anderen Switches erfolgt dabei über einen als Trunk (Fernleitung) konfigurierten LAN-Port. Über ihn werden die getaggten Frames aller VLANs versandt. Vor der Aussendung des Frames an ein Endgerät werden die Tags wieder entfernt, da Endgeräte getaggte Frames üblicherweise nicht verarbeiten können.

Bild 1.19 zeigt ein Beispiel mit zwei VLANs. Die PCs 1, 2, 3, 5, 8 und 9 sind dem ersten VLAN zugeordnet, die PCs 4, 6, 7 und 10 dem zweiten VLAN. Bei einem solchen Aufbau ist es nicht möglich, dass Geräte aus verschiedenen VLANs Ethernet-Frames untereinander austauschen. Das gilt im gesamten LAN mit mehreren, entsprechend konfigurierten Switches.

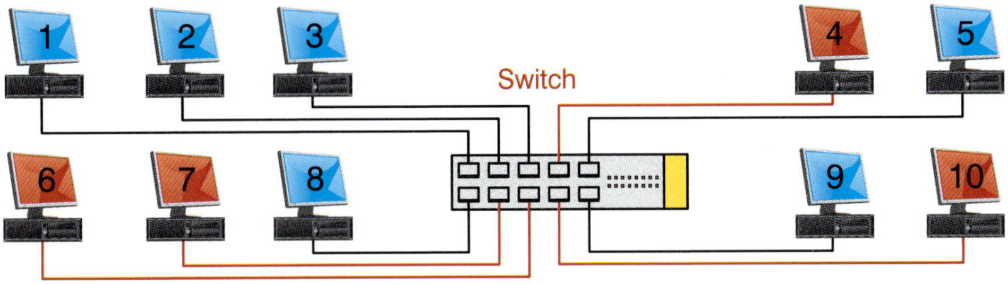

Bild 1.19: Zwei virtuelle LANs (VLANs)

Es ist jedoch auch möglich, mehrere VLANs einem LAN-Port zuzuweisen, um auf diese Weise einen Netzwerkübergang zu schaffen.

Ein allgemeiner Vorteil der Segmentierung ist beispielsweise, dass Broadcast-Nachrichten nicht immer direkt das gesamte Netz betreffen, sondern immer auf das jeweilige Segment beschränkt bleiben. Dadurch wird das segmentierte Netzwerk insgesamt performanter. Wie eingangs im Beispiel gezeigt, lässt sich ein bestehendes Gesamtnetzwerk logisch so unterteilen und bei Bedarf flexibel umstrukturieren, dass es beispielweise der Firmenstruktur mit nach Arbeitsbereichen getrennten Netzen entspricht.

Da es sich jedoch nicht wirklich um physikalisch vollständig getrennte Netze handelt, müssen schädliche Auswirkungen von Störungen oder Angriffen betrachtet werden. Erfolgt beispielsweise das VLAN-Tagging eingehender Pakete auf Basis der MAC-Adresse, so könnten Angreifende diese fälschen (*MAC spoofing*) und damit Zugang zum betreffenden VLAN-Segment erlangen. Das gilt entsprechend auch bei IP-basierter Klassifizierung. Üblich und schwerer zu überwinden ist daher die LAN-Port-basierte VLAN-Zuordnung. Dann könnten jedoch Angreifende den Switch solange mit Datenpaketen mit ständig wechselnden, zufälligen MAC-Adressen überschütten, bis der MAC-Tabellenspeicher im Switch überläuft. Wenn der Rückfallmodus (*fallback mode*) nicht deaktiviert wurde, verhält sich der Switch anschließend wie ein Hub. Damit erhalten die Angreifenden Zugriff auf alle Datenpakete. Ein weiterer Angriffsvektor ist das sog. *double tagging*. Dabei statten Angreifende ihre Pakete mit zwei aneinandergehängten Q-Tags aus: Das erste entspricht dem ihres regulären LAN-Ports und das zweite dem des Angriffsziels. Der Switch wird das Paket sehr wahrscheinlich akzeptieren, da das (erste) Q-Tag korrekterweise dem des LAN-Ports entspricht. Bei aktiviertem *Autotrunking* gelangt das Datenpaket dann wegen des zweiten Q-Tags in das VLAN des Angriffsziels. Entsprechend sollte sichergestellt sein, dass die Autotrunking-Optionen deaktiviert sind.

Die Netzwerksegmentierung per VLAN bietet generell überwiegend Vorteile. Dennoch muss man bei einer Sicherheitsbetrachtung den Unterschied zu vollständig physikalisch getrennten Netzen berücksichtigen und mögliche Angriffs- und Fehlerszenarien einbeziehen.

Virtual Extensible LAN

In sehr großen Topologien, z. B. bei Cloud-Dienstleistern, kommt es zu Situationen, in denen die Anzahl von maximal 4096 Tags bei VLANs nicht mehr ausreicht. Hier bietet sich Virtual Extensible LAN (VXLAN) als Lösung an.

Für die Netzaufteilung stellt VXLAN 24 Bit zur Verfügung, sodass sich 16777215 VXLAN-Segmente ergeben, die wiederum jeweils 4096 VLAN-Segmente aufspannen können.

Zur Segmentierung wird das Original-Ethernet-Paket (ohne PAD und FCS) um einen VXLAN-Header erweitert (Bild 1.20). Dem Ergebnis wird ein UDP-Header mit der standardisierten VXLAN-Zielportnummer vorangestellt und danach in ein IP-Paket gekapselt. Abschließend wird das IP-Paket in einen Ethernet-Frame gepackt und versendet.

Mit Blick auf das OSI-Schichtenmodell (Kap. 1.4.2) wird deutlich, dass hier die ursprünglichen Ethernet-Frames (Layer 2: Data-Link-Layer) in IP-Paketen verpackt und damit über eine höhere Schicht (Layer 3: Network Layer) verschickt werden – man sagt auch: getunnelt.

Auf diese Weise lassen sich separate und damit kleinere Layer-2-Domänen betreiben. Herkömmliche Netzwerke mit einer Segmentierung alleine über VLAN erzwingen hingegen große Layer-2-Domänen mit den einhergehenden Beschränkungen.

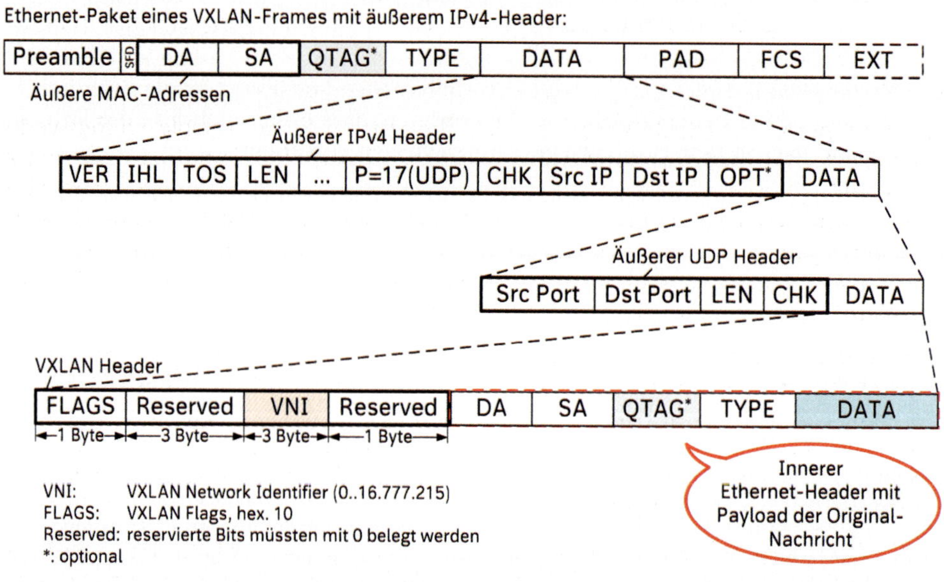

Bild 1.20: Aufbau eines Ethernet-Frames mit VXLAN-Segment-Zuordnung

Beispiel

Auf einem Serverrack bei einem Cloud-Dienstleister betreiben vier Firmenkunden jeweils ein VM-Hostsystem. Jedes dieser VM-Hostsysteme stellt eine Vielzahl von VMs bereit. Die Netzwerkverbindungen der Kundensysteme werden per VLAN getaggt und hängen am Rack-Switch. Die Kunden sind per VPN mit dem Data Center verbunden und können durch VLAN-Tagging nur auf ihre Systeme zugreifen.

1. *Jede bereitgestellte VM (mit virtueller Netzwerkkarte und eigener MAC-Adresse) kann über ihre IP angesprochen werden, der Rack-Switch ordnet sie wegen des VLAN-Tags den richtigen Hostsystemen zu. Übersteigt die Zahl der Netzwerkgeräte die Größe der MAC-Adresstabelle im Rack-Switch, kommt es zu stark ansteigendem Netzwerkverkehr, der die verfügbare Bandbreite mindert oder gar zu einem Ausfall führen kann.*
2. *Der VPN-Einwahlpunkt des Kunden ist per VXLAN mit seinem VM-Hostsystem verbunden. Alle Kommunikation mit den einzelnen VMs ist deshalb ausschließlich an die IP des VXLAN-Endpunkts im VM-Hostsystem gerichtet. Die Entkapselung und anschließende Zustellung der Nutzdaten an die adressierte VM findet im virtuellen VXLAN-Switch des VM-Hostsystems statt. Die MAC-Adresstabelle im Rack-Switch wird dabei kaum gefüllt.*

1.1.3.3 SDN

Software Defined Networking (SDN) betrachtet die gesamte, durchaus sehr heterogene Hardware-Infrastruktur eines Netzwerks und zielt auf eine zentrale Verwaltung der Netzwerk-Flusssteuerung ab.

Software-Steuerelemente kommunizieren dabei anhand von Programmierschnittstellen (APIs) mit der Hardware-Infrastruktur, um Hardware-Ressourcen anzufordern, Informationen über die Hardware oder aktuelle Netzwerkstatistiken abzurufen oder um Konfigurationen zu verändern.

Auf der Anwendungsschicht wird damit die Administration eines komplexen Netzwerks vereinfacht. Aber auch automatisierte, regelbasierte zentrale Konfigurationsänderungen sind damit möglich, z.B. um bei einem Ausfall von wichtigen Netzkomponenten eine effektive und netzschonende Konfigurationsanpassung zu erreichen. Denn anders als ein einzelner Router, der wenig mehr als seine unmittelbare Umgebung kennt, zentralisiert SDN diese Informationen und kann damit schnell die effizienteste Alternative finden und umsetzen.

Die zentrale Definition der Netzwerkeigenschaften kapselt die tatsächlichen Konfigurationsschritte und bietet auch ein hohes Maß an Flexibilität. So lässt sich beispielsweise ein großes Gesamtnetzwerk bequem in Netzwerksegmente unterteilen, oder es können umgekehrt einzelne Netzwerke zu einem Gesamtnetzwerk zusammengefasst werden. Das geschieht, ohne dass Administrierende mit konkreten VLAN- oder VXLAN-Konfigurationen behelligt werden müssen.

SDN wird insbesondere von Cloud-Anbietern eingesetzt und ermöglicht komfortable IaaS-Angebote (*Infrastructure as a Service*). Die konkrete Hardware-Infrastruktur wird dabei als Pool von verfügbaren Einzelkomponenten abgebildet, aus denen sich Interessierte die gewünschte Infrastruktur zusammenstellen können (siehe z.B. Ionos Data Center Designer; Kap. 2.4.1.4). Algorithmisch wird die effizienteste Nutzung der tatsächlichen Hardwarekomponenten ermittelt und ggf. im laufenden Betrieb angepasst. Das bedeutet auch, dass beispielsweise Cloud-Rechenzentren kontinuierlich ausgebaut oder neue Standorte integriert werden können, ohne dass es zu Unterbrechungen kommt oder kundenseitige Anpassungen erforderlich sind.

Ein SDN besteht vor allem aus den folgenden Komponenten:

- **Applikationen/Apps** – stellen eingeholte Informationen über das Netzwerk dar oder fordern konkrete Hardware-Ressourcen oder deren Verfügbarkeitsinformationen an.
- **SDN Controller** – kommuniziert mit den Apps, um die Ziele der Datenpakete zu bestimmen. Der oder die Controller arbeiten damit als Load Balancer innerhalb des SDNs.
- **Netzwerkgeräte** – erhalten Anweisungen von den Controllern, wie die Pakete weiterzuleiten sind.
- **Open Source** – liefert programmierbare Netzwerkprotolle wie OpenFlow, mit denen der Datenfluss zwischen Netzwerkgeräten gesteuert werden kann. OpenFlow wurde mithilfe der Open Network Foundation (ONF) neben weiteren Open-Source-SDN-Techniken standardisiert.

Durch die Kombination dieser Komponenten erhalten Unternehmen eine einfachere, zentralisierte Möglichkeit, ihre Netzwerke zu managen. SDN trennt die Routing- und Paketweiterleitungsfunktionen, auch als *control pane* (Steuerungsebene) bezeichnet, von der *data pane* (Datenweiterleitungsebene) oder der darunterliegenden Infrastruktur. SDN setzt dann Controller ein, die man auch als „Gehirn“ des SDN betrachten kann, und schichtet sie über das Netzwerk. Dadurch lässt sich regelbasiertes Management zur direkten Netzwerksteuerung erreichen.

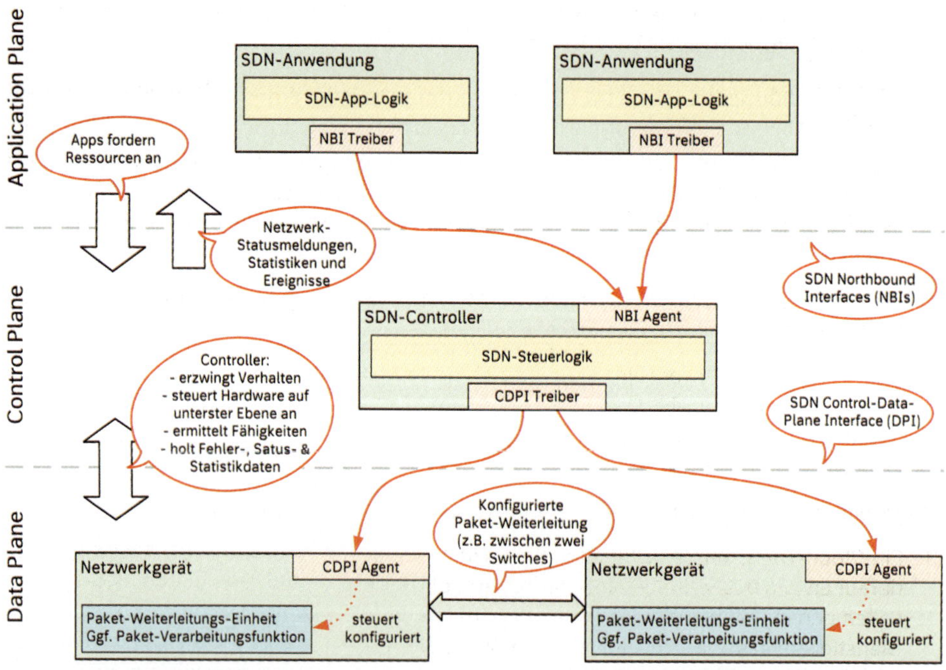

Bild 1.21: Prinzipieller Aufbau eines SDN

Durch die zentrale Administration lässt sich ein hoher, einheitlicher Sicherheitsstandard etablieren. Wenn Fehler bei der Umsetzung gemacht werden, ergeben sich besondere Sicherheitsrisiken. Der Controller ist ausschlaggebend für die Sicherheit des Netzwerks. Durch die Zentralisierung stellt er damit einen schwachen Punkt dar, einen sog. *single point of failure*. Deshalb werden SDN-Controller in der Regel redundant ausgelegt, um Ausfälle überbrücken zu können (*failover*). Darüber hinaus gilt es auch, die einschlägigen IT-Sicherheitsempfehlungen umzusetzen, um insbesondere auch gegen Cyberangriffe gewappnet zu sein und im Schadensfall bestmöglich reagieren zu können.

AUFGABEN

1. Warum können inkompatible Computersysteme vernetzt werden, und welche Vorteile ergeben sich daraus?
2. Wann und zu welchem Zweck findet Netzwerkkommunikation auch auf nicht vernetzten Computern statt?
3. a) Was versteht man im Zusammenhang mit Kommunikationsnetzen unter „Topologie“?
   b) Welche grundsätzlichen Topologien unterscheidet man bei Kommunikationsnetzen? Nennen Sie jeweils markante Eigenschaften. (Erweiterte Aufgabenstellung: Erstellen Sie eine entsprechende Visualisierung der Topologien.)
   c) Nennen Sie neben der Ausdehnung und Topologie andere mögliche Merkmale, nach denen sich Kommunikationsnetze voneinander unterscheiden lassen.
4. Was versteht man unter einem lokalen Netz?
5. Welchen Zweck hat es, ein lokales Netz in separate lokale Netze aufzuspalten und sie anschließend wieder mit einem Router zu verbinden?
6. Welche Unterschiede bestehen bei WLAN zwischen dem „Infrastrukturmodus“ und dem „Ad-Hoc-Modus“?
7. Während Ihrer Ausbildung arbeiten Sie zeitweise im Support. Ein Kunde, der ein WLAN einrichten möchte, bittet um Hilfestellung bei der Auswahl im Zusammenhang mit den im Einstellungsmenü vorkommenden Bezeichnungen SSID, WPA und AES. Welche Informationen geben Sie ihm?
8. Welche Ethernet-Technologien werden im Bereich öffentlicher Netze eingesetzt? Nennen Sie technische Merkmale dieser Technologien.
9. Der Router in Bild 1.9 hat einen separaten Netzteilanschluss für die PoE-Einspeisespannung mit der Beschriftung „48VDC 1,67A“ (rechts im rot gestrichelten Rahmen). Welchem PoE-Standard (Bild 1.14) entspricht die PSE und welche maximale Leistung dürfen angeschlossene PDs beziehen?
10. In wie viele Segmente kann ein Netz per VLAN unterteilt werden?
11. Ein Cloud-Dienstleister vermietet einen Hochleistungsserver an eine Firmenkundin, die darauf etwa 3 000 virtuelle Maschinen betreiben will. Alle VMs sind per LAN vernetzt und sollen nun mit dem Firmennetzwerk per VPN verbunden werden. Warum setzt der Cloud-Dienstleister in seinem Rechenzentrum zwischen Einwahlpunkt der Kundin und der Servermaschine VXLAN statt VLAN ein?
12. Welche Vor- und Nachteile hat die Administration eines SDN gegenüber einer klassischen Netzwerkadministration?

1.2 Passive Netzkomponenten

Neben den aktiven Komponenten wie DSL-Adapter, Switches und Router besteht ein Netzwerk vor allem auch aus passiven Komponenten wie Netzwerkleitungen und Verteilerschränken. Obwohl Verteilerschänke zunehmend auch aktive elektronische Komponenten enthalten, z. B. zur Temperatur- und Luftfeuchtigkeitsregelung oder für eine unterbrechungsfreie Spannungsversorgung (USV), zählen sie nicht zu den aktiven Netzwerkkomponenten. Im Folgenden wird der Fokus auf die Verbindung in lokalen Netzen gelegt. Die Komponenten der Weitverkehrsnetze werden hier nicht betrachtet (siehe hierzu Kap. 3).

1.2.1 Übertragungsmedien

Die wichtigsten passiven Netzkomponenten sind als Medium die drahtgebundenen (elektrischen) Leitungen, die hier kurz vorgestellt werden, und die Lichtwellenleiter, die ausführlich in Kap. 4.2 behandelt werden. Abhängig vom jeweiligen Leitertyp bestehen besondere, nach physikalischen Erfordernissen gestaltete Stecksysteme. Auf diese Einzelheiten wird in Kap. 4 näher eingegangen.

Bei Kupferleitungen wird in einem Ethernet-LAN zurzeit ein Stecksystem mit der Bezeichnung RJ-45 verwendet (Registered Jack: genormte Buchse; Bild 1.22), auch bekannt als Ethernet-Stecker oder Western-Stecker (Name der Entwicklungsfirma). Dieses Stecksystem verfügt über acht Kontakte und wird auch in anderen Bereichen der Kommunikationstechnik eingesetzt (z. B. DSL-Anschluss). Die Anschlussdosen verfügen in der Regel über zwei RJ-45-Buchsen. Zu beachten ist, dass diese beiden Buchsen bei dem im LAN verwendeten Dosentyp separat anzuschließen sind (d. h. zwei Zuleitungen).

Bild 1.22: RJ-45-Stecker

Bei komplexen Leitungsstrukturen erfolgt die Verteilung über Kabelverteiler, auch Rangierfeld, Patchfeld oder Patchpanel genannt. Diese stellen jeweils eine Anzahl durchnummerierter Buchsen (Ports) bereit, in die mit RJ-45-Steckern versehene Kabel gesteckt werden können. Diese Leitungen werden auch als Patchkabel bezeichnet.

Die verwendeten Leitungen sind mehradrig, die einzelnen Adern sind jeweils mit einem isolierenden Kunststoff überzogen und werden innerhalb einer gemeinsamen Ummantelung üblicherweise paarweise miteinander verdrillt. Entsprechend ist die Bezeichnung **TP**-Kabel gebräuchlich (**T**wisted **P**air; engl. *to twist*: verdrehen; Kap. 4.1.1.3).

Hier begann die Entwicklung bei den anfänglich üblichen 10 MBit/s und führte zur Kurzbezeichnung 10Base-T; die „Längenangabe" T bedeutete automatisch maximal 100 m, bedingt durch die Dämpfung. Mitte der 1990er-Jahre kam 100Base-T und Ende der 1990er-Jahre 1000Base-T hinzu. Diese Kabel haben in der Regel acht Adern, von denen je zwei zu einem Paar verdrillt sind.

Bezeichnung	Bedeutung
10Base-T	10 Mbit/s bis zu 100 m über TP, 2 Aderpaare
100Base-T	100 Mbit/s bis zu 100 m über TP, 2 Aderpaare
100Base-T4	100 Mbit/s bis zu 100 m über TP, 4 Aderpaare, Cat. 3
100Base-T2	100 Mbit/s bis zu 100 m über TP, 2 Aderpaare, Cat. 3
100Base-TX	100 Mbit/s bis zu 100 m über TP, 2 Aderpaare, Cat. 5
1000Base-T	1 000 Mbit/s bis zu 100 m über TP, 4 Aderpaare, Cat. 5
1000Base-CX	1 000 Mbit/s bis zu 25 m über spezielles 150-Ω-Kabel
2.5GBase-T	2,5 Gbit/s bis zu 100 m über TP, 4 Aderpaare, Cat. 5e
5GBase-T	5 Gbit/s bis zu 100 m über TP, 4 Aderpaare, Cat. 6
10GBase-T	10 Gbit/s bis zu 100 m über TP, 4 Aderpaare, Cat. 7

Bild 1.23: Varianten mit TP-Kabeln

Mit TP-Kabeln werden Punkt-zu-Punkt-Verbindungen hergestellt, die mit zentralen Komponenten (Hub/Switch; Kap. 1.3.2, Kap. 1.3.3) einen **topologischen Stern** formen, aber elektrisch **Stern, Ring** oder **Bus** darstellen.

Dieser Vielseitigkeit verdanken TP-Kabel ihre weite Verbreitung.

1.2.2 Strukturierte Verkabelung

Heute würde niemand ein Gebäude beziehen, das keine Heizung und keine Wasserinstallation besitzt. Mit der gleichen Selbstverständlichkeit wird bei neuen Zweckbauten die Verkabelungsinfrastruktur als anwendungsunabhängiger Bestandteil des Gebäudes betrachtet. Die ständige Weiterentwicklung im Netzwerkbereich hat dazu geführt, dass moderne Kabelstrukturen sich deutlich von denen der vergangenen Jahre unterscheiden. Dieser Strukturwandel ist notwendig geworden, da sich das Anforderungsprofil innerhalb der Unternehmen erheblich verändert hat.

Die Verkabelung selber, die einen großen Kostenanteil beim Aufbau eines Netzwerks ausmacht, soll auch dann noch gültig und einsatzfähig sein, wenn andere Netzwerkkomponenten durch eine neue Generation ersetzt werden. Daher müssen die neuen Verkabelungsinfrastrukturen Installationsreserven enthalten, die auch die Kommunikationsanforderungen für die nächsten zehn bis 15 Jahre erfüllen können.

Ein weiterer wichtiger Aspekt einer strukturierten Verkabelung ist die Dienstneutralität des Anschlusspunktes. Der Ansatz sollte alle LAN-Konzepte umfassen, aber auch Dienste aus dem Weitverkehrsbereich, z. B. die Sprachübertragung. Beim Aufbau einer neuen Netzinfrastruktur sollte darauf geachtet werden, dass das Netz problemlos auf zukünftige LAN-Technologien umgestellt werden kann und damit vorhandene und neue Produkte in das Netzwerk einbezogen werden können. Es sollte unempfindlich gegenüber Störeinflüssen sein und eine sichere Übertragung gewährleisten.

Als **strukturierte Verkabelung** bezeichnet man eine Verkabelungsinfrastruktur, die anwendungsunabhängig ist und angemessene Installationsreserven bietet.

Hierbei unterscheidet man zwischen der **Primär-**, der **Sekundär-** und der **Tertiärverkabelung** (Bild 1.24).

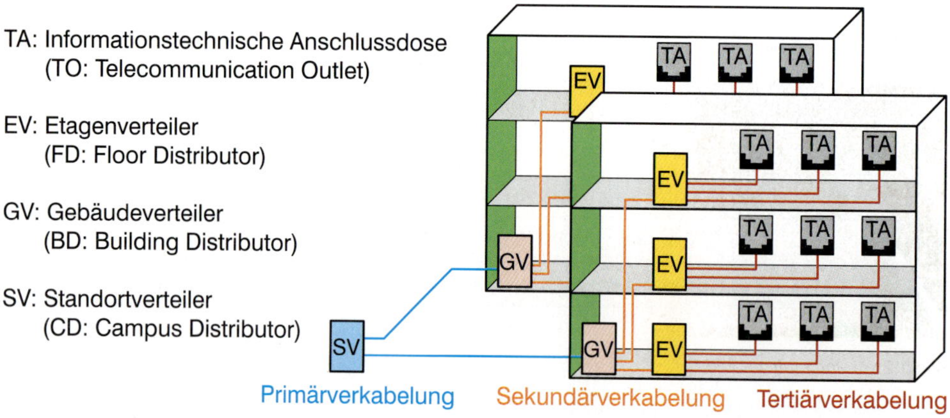

Bild 1.24: Verkabelungsbereiche einer universell einsetzbaren „Verkabelungsplattform" nach EN 50173

Die Untergliederung ist **unabhängig** von der Art oder der Form des Netzwerkes (Kap. 1.1.1, Kap. 1.1.2). Der genaue Geltungsbereich der strukturierten Verkabelung ist von der internationalen Standardisierungsorganisation (ISO) definiert und in der Norm ISO/IEC 11801 „Informationstechnik – Anwendungsneutrale Verkabelung von Standorten" dargelegt worden. Sie wurde in die Europanorm **EN 50173** umgesetzt und europäischen Verhältnissen angepasst. Zu den funktionalen Elementen gehören entsprechend der jeweiligen Kabel die Verteiler (Switch, Hub etc.), eventuelle Kabelverteiler (Patchfelder) und die Telekommunikationsanschlussdosen. Der Definitionsbereich endet an der Dose, das Anschlusskabel bleibt unberücksichtigt. Neuere Normen allerdings behandeln auch den sog. **Channel-Link** (im Gegensatz zum Permanent-Link).

Als **Link** bezeichnet man die Kombination aus Patchfeld, symmetrischem Kupferkabel und Datendose.

Der Channel-Link wird auch mit Patch- und Anschlusskabel erfasst, der Permanent-Link allerdings nur wie bisher mit Dose-Kabel-Patchfeld.

Verteiler

Leitungen führen, von der TA-Dose am Arbeitsplatz abgesehen, immer zu Verteilern (Bild 1.27). Diese bestehen aus Schränken mit 19"-Aufbausystemen und Patchfeldern (Patchpanel; Bild 1.28), auf denen die Leitungen mechanisch festgelegt werden. Die Adern werden auf Anschlussdosen eines Panels geführt, sodass mit Patchkabeln rangiert werden kann, d. h., es werden gezielt Verbindungen mit anderen Verteilern, TA-Dosen, Switches oder Routern geschaltet. Sinngemäß gilt dies für LWL (Kap. 4.2.2) und die zugehörigen Spleißboxen.

Ankommende oder abgehende LWL können über SFP-Module (SFP: *small form-factor pluggable*) am Switch angeschlossen werden. Switches im 19"-Format stellen üblicherweise mindestens zwei SFP-Ports bereit (Bild 1.25), bei Bedarf sind aber auch Modelle mit wesentlich mehr SFP-Steckplätzen erhältlich.

Die SFP-Module gibt es allgemein für eine Vielzahl von Übertragungsmedien. Bild 1.26 zeigt links ein SFP-Modul für den Anschluss eines Kupfer-Ethernetkabels mit RJ-45-Stecker, rechts für Duplex LWL.

Bild 1.25: Switch mit zwei SFP-Ports

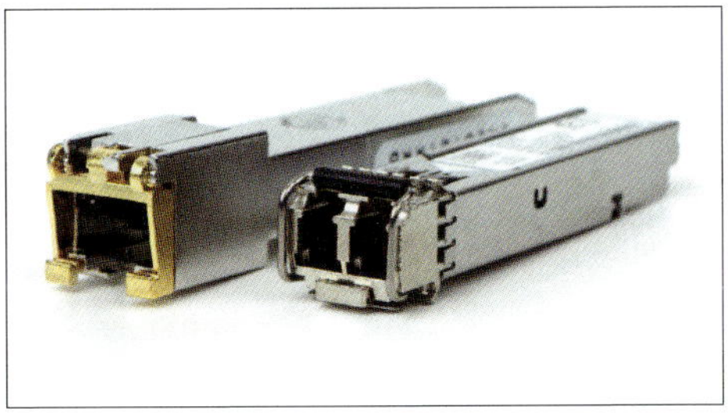

Bild 1.26: SFP-Module

Neben der Medienkonversion werden sie zur Sekundär- oder Primärverkabelung eingesetzt. Für ausreichend hohe Übertragungsraten reicht SFP in der Regel nicht mehr aus. Hier sollten Switches und Module mindestens nach SFP-plus Format eingesetzt werden, um beispielsweise eine Übertragungsrate von bis zu 16 Gigabit zu erreichen (z. B. 10GBASE-T Ethernet). Darüber hinaus gibt es weitere Varianten des Modulstandards, die auch noch wesentlich höhere Datenraten erlauben.

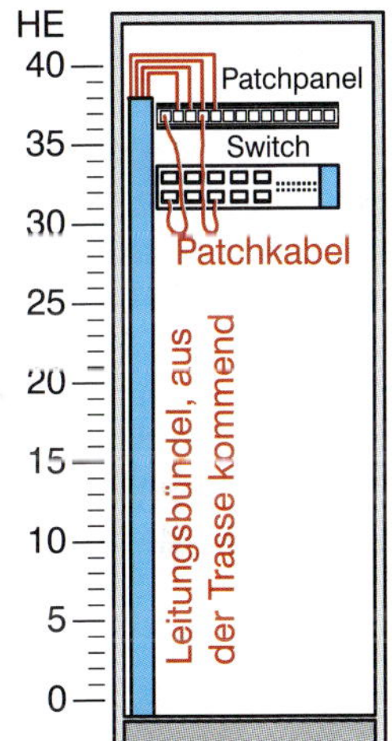

Bild 1.27: 19"-Verteilerschrank (1" = 25,4 mm; 1 HE = 44,45 mm)

Primärbereich

Der Primärbereich bezieht sich auf die **Geländeverkabelung**. Man kann sich hier eine Firma vorstellen, die über verschiedene benachbarte freistehende Gebäude verfügt. Der Primärbereich verbindet die Gebäude untereinander. Dabei werden die **Gebäudeverteiler** über das **Primärkabel** mit dem **Standortverteiler** verbunden. Im Primärbereich werden in aller Regel **LWL** eingesetzt. Nach den Spezifikationen des Standards EN 50173 ist die maximale Entfernung zwischen Standort- und Gebäudeverteiler auf **1 500 m** begrenzt, auch wenn die heutigen LWL technisch gesehen größere Entfernungen überbrücken können. Die Primärverkabelung kann als Ring- oder Stern-Topologie erfolgen. Da sternförmige Verkabelungen anfällig sind gegenüber Fehlern im zentralen Konzentrator und auch gegenüber Streckenausfall, empfiehlt sich der Aufbau einer doppelten oder einer kombinierten Topologie.

Sekundärbereich

Der Sekundärbereich befasst sich mit der **Gebäudeverkabelung**. Hier sind der Steigleitungsbereich und die Gebäudeverteiler angesiedelt. Es ist also eine Vertikalverkabelung, mit der die einzelnen Stockwerke sternförmig an den Gebäudeverteiler angeschlossen werden. In den Verkabelungsstandards werden für eine universelle Verkabelung im Sekundärbereich entweder symmetrische Kupferkabel wie **TP-Kabel** oder **LWL** vorgeschlagen. Die Sekundärverkabelung ist auf **500 m** begrenzt und darf eine maximale Dämpfung von **11 dB** nicht überschreiten. Bei Hochgeschwindigkeitsanwendungen über Twisted-Pair-Kabel ist die maximale Entfernung auf **100 m** begrenzt. Es hat sich allerdings durchgesetzt, dass im Sekundärbereich ausschließlich LWL zum Einsatz kommen (wegen Potenzialverschleppung, hohen Datendurchsatzes und auch aufgrund der Längenrestriktion).

Tertiärbereich

Der Tertiärbereich umfasst die Verkabelung einzelner Etagen sowie den Anschluss der Arbeitsplätze und wird daher auch **Etagenverkabelung** genannt. In diesen Bereich gehören die Etagenverteiler und die Anschlussdosen. Die Streckenlänge zwischen Verteiler und Telekommunikationsanschlussdosen ist in den Verkabelungsstandards auf **90 m** festgelegt. Dieser Wert kann allerdings flexibel behandelt werden. Wenn die Güte des Links um ein Vielfaches höher ist, als die Norm dies vorschreibt, könnten die Linklängen auch erweitert werden.

Wird dieser Bereich mit **LWL** verkabelt, um „Fiber to the Desk" (Kap. 3.2.1) zu realisieren, kann für die Ermittlung des Dämpfungsbudgets von einer Streckendämpfung von **11 dB/km** ausgegangen werden. Dieser Wert gilt für Multimodefasern (Kap. 4.2.3) und berücksichtigt jeweils einen Spleiß und eine Steckverbindung an jedem Kabelende.

Werden TP-Kabel eingesetzt, ist es sinnvoll, ein Kabel mit vier Aderpaaren (acht Adern) zu wählen, auch wenn bei den heutigen Übertragungsgeschwindigkeiten, die Ethernet und Fast Ethernet bieten, nur vier Adern benötigt werden. Ein Kabel mit acht Adern kann geteilt werden, sodass ein Kabel so lange zwei Anschlüsse bedienen kann (Cable Sharing mit Doppeldosen). Soll in Zukunft dann z. B. auf Gigabit-Ethernet umgestellt werden, benötigt man nach heutigem Stand der Erfahrung alle vier Aderpaare. Es ist heute auch möglich, in eine Verkabelung mit hochwertigem Kupferkabel über entsprechende Geräte Fernsehsignale mit einzuspielen, sodass eine eigene Koax-Verkabelung für die Videosignale entfallen kann.

Anschlussleitungen

Sie verbinden die Endgeräte mit den Anschlussdosen und werden vom Standard nicht abgedeckt, sollten in ihrer Länge allerdings **10 m** nicht überschreiten. Im Gegensatz zu den bisher genannten Verlegekabeln sind sie flexibler und am besten vorkonfektioniert zu verwenden.

1.2.3 Verkabelungsmesstechnik

Die strukturierte Verkabelung erfüllt ihren Sinn als infrastrukturelle Basiskomponente natürlich nur dann, wenn sie die in sie gesetzten Erwartungen tatsächlich erfüllt. Dafür gibt es Qualitätsstandards, nach denen sowohl die Einzelkomponenten *kategorisiert* als auch deren Kombination zu einem Link *klassifiziert* werden. Bei Errichtung des Verkabelungssystems wird der oder dem Auftraggebenden die Einhaltung oder Überschreitung dieser Standards i. d. R. durch eine Abnahme nachgewiesen, zu der auch eine Abnahmemessung gehört. Beispielhaft ist hier der häufige Fall einer symmetrischen Kupferverkabelung im Tertiärbereich angeführt.

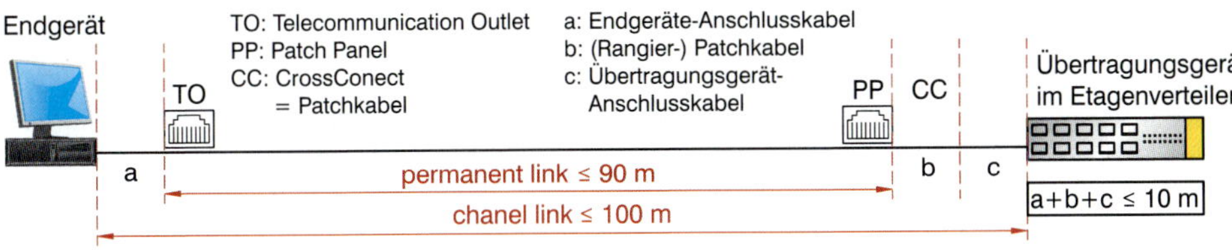

Bild 1.28: Definitionsbereich der EN 50173

Der Standard definiert aktuell acht Netzanwendungsklassen:

Klasse	Frequenz	Netzanwendungen	Kabel/ Verbinder
A	< 100 kHz	Sprache	Cat. 1
B	< 1 MHz	Daten mit niedriger Bitrate, z. B. ISDN	Cat. 2
C	< 16 MHz	Daten mit höherer Bitrate, z. B. Ethernet	Cat. 3
D	< 100 MHz	Daten mit hoher Bitrate, z. B. Fast Ethernet (100 Mbit/s) oder Gigabit Ethernet (1 000 Mbit/s)	Cat. 5
E	< 250 MHz	Daten mit sehr hoher Bitrate, z. B. Gigabit Ethernet (1 000 Mbit/s)	Cat. 6
E_A	< 500 MHz	Daten mit sehr hohen Bitraten (10 GBit/s)	Cat. 6_A
F	< 600 MHz	Daten mit sehr hohen Bitraten (ab 10 GBit/s)	Cat. 7
F_A	< 1 000 MHz	Daten mit sehr hohen Bitraten (ab 10 GBit/s), Multimedia-Anwendungen	Cat. 7_A

Bild 1.29: Netzanwendungsklassen nach EN 50173

Um die Anforderungen einer Klasse zu erfüllen, müssen die Einzelkomponenten jeweils die Mindestanforderung hinsichtlich ihrer Eignung erfüllen. Für Kabel, Stecker und Buchsen sind dazu in den Standards ISO/IEC 11801 und IEC 61156 Kategorien definiert, die sich im Wesentlichen an der Übertragungsfrequenz orientieren. Für die heutigen Anforderungen sind dabei nur noch die Kategorien 5 und höher interessant.

Links der Klasse D erfordern mindestens Kabel der Kategorie 5.

Ob jedoch durch die Verwendung von Kategorie-5-Bauteilen ein Klasse-D-Link entstanden ist, kann nur durch Messung nach Qualitätskriterien nachgewiesen werden. Eine Reihe von Verdrahtungsfehlern (Wackelkontakt, Nebenschlüsse, Adervertauschung innerhalb eines Paares, kreuzende Paare, gesplittete Paare; Bild 1.30) lassen sich zwar durch Sorgfalt von vornherein vermeiden, müssen aber trotzdem immer als Erstes überprüft werden. Eine häufige Fehlerquelle sind die scheinbar widersprüchlichen Farblegenden z. B. in den Anschlussdosen (Bild 1.30 e). Die beiden Farbzuordnungsvarianten T568A und T568B gehen auf die nordamerikanische Norm ANSI/TIA-568 für die strukturierte Verkabelung zurück (Kap. 1.2.2). Sie unterscheiden sich lediglich darin, dass zwei Aderpaare vertauscht wurden (Orange und Grün). Deshalb spielt es letztlich keine Rolle, welches Farmschema man verwendet, solange es dasselbe auf beiden Seiten der Leitung ist. Verdrahtet man eine Anschlussdose nach dem falschen Farbschema, ergibt das eine Fehlersituation wie in Bild 1.30 d.

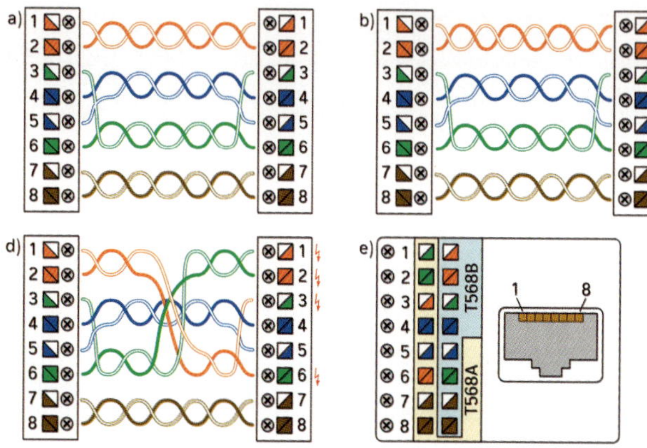

Bild 1.30: Ethernet-Anschlussdose und Beispiele elementarer Verdrahtungsfehler

Um die Verkabelung auf solche Fehler zu prüfen, verwendet man üblicherweise Ethernet-Kabeltester. Sie bestehen aus zwei Komponenten: dem Hauptgerät und einem Abschlusselement. Beide Teile müssen am jeweils anderen Ende der zu prüfenden Leitung angeschlossen werden.

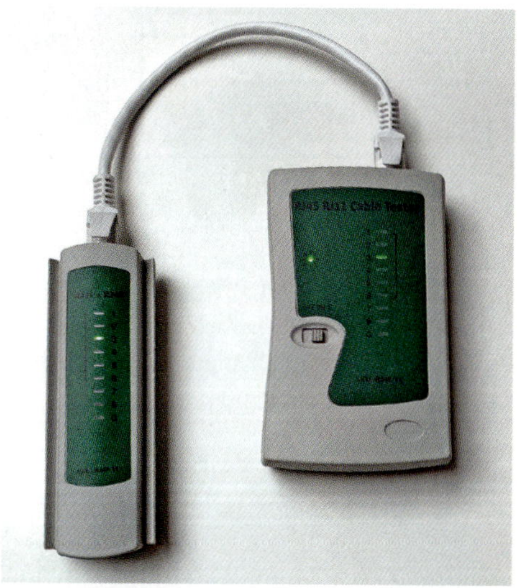

Bild 1.31: Einfacher Kabeltester

Bild 1.32: Kabeltester mit besserer Fehlererkennung und zusätzlichen Hilfsfunktionen

Einfache Modelle (Bild 1.31) prüfen in einer Dauerschleife jede Ader einzeln auf Durchleitung. Pro Ader zeigt eine LED am Sender die Ader an, die gerade geprüft wird. Leuchtet die zugehörige LED am Abschlusselement auf, besteht eine leitende Verbindung. Bei Kurzschlüssen mit anderen Adern leuchten die entsprechenden LEDs zusätzlich mit auf. Sind Adern an einem Ende vertauscht, leuchten die LEDs am Abschlussteil in der falschen Reihenfolge auf. Gesplittete Paare (Bild 1.30 c) können von einfachen Kabeltestern allerdings nicht erkannt werden. Weil die Fehlersuche unter dem Eindruck der vermeintlich fehlerfreien Leitung sehr zeitraubend ausfallen kann, empfiehlt sich der Griff zu einem besseren Kabeltester, der auch solche Fehler erkennen kann (Bild 1.32) und darüber hinaus nützliche Zusatzfunktionen bietet. Die mitgelieferten konfektionierten und durchnummerierten RJ-45-Stecker helfen bei der Identifizierung von Leitungssträngen. Dazu werden sie z. B. im Patchfeld des Serverracks mit den ankommenden Leitungen verbunden (Bild 1.33).

Bild 1.33: Patchfeld mit ID-Stecker und Kabeltester zur Identifizierung

Am anderen Ende können die jeweiligen Leitungen dann mit dem Tester identifiziert werden. Im Display auf Bild 1.33 ist zu erkennen, dass für die angeschlossene Leitung die ID 5 erkannt wurde, die Leitung im vorliegenden Fall also zum Patchfeldanschluss Nr. 5 führt.

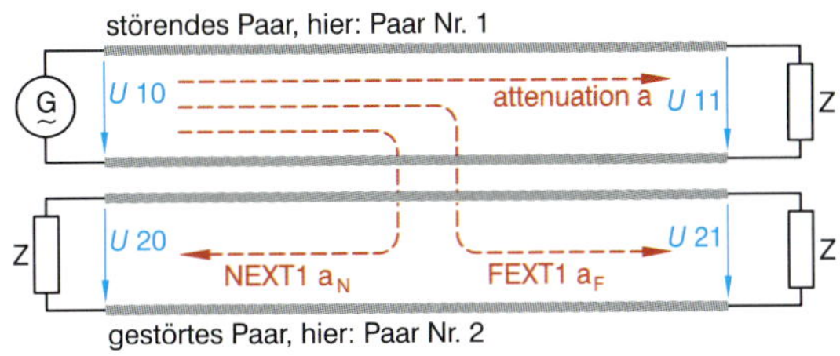

Bild 1.34: Messprinzip der Abnahmemessung

Andere Kenngrößen sind hochfrequenztechnischer Art (Bild 1.34 und Bild 1.35) und erfordern Spezialmessgeräte. Die wichtigsten Kenngrößen sind die **Dämpfung a** (Attenuation) in dB/100 m und die **Nahnebensprechdämpfung NEXT** in dB (siehe auch Kap. 1.1.3.1).

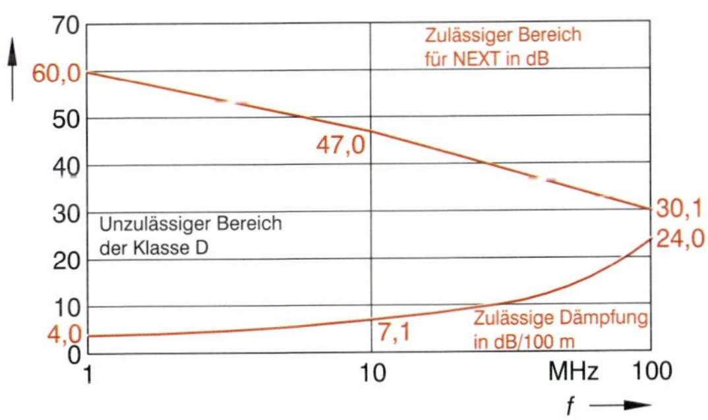

Bild 1.35: Zulässige Werte für Dämpfung und Nebensprechen bei Klasse-D-Links

Bestimmt werden (hier beispielhaft bezogen auf Paar Nr. 2 in Bild 1.34):

- **Dämpfung** (a in Bild 1.34)
- **Rückflussdämpfung**
- **NEXT1** (Near-End-Cross-Talk, a_N in Bild 1.34)
- **FEXT1** (Far-End-Cross-Talk, a_F in Bild 1.34)
- **ACR1** (Attenuation Crosstalk Ratio) = NEXT1 − a
- **ELFEXT1** (Equal Level Far End Crosstalk = Far End ACR) = FEXT1 − a
- **PSNEXT** (Power Sum NEXT) = NEXT1 + NEXT3 + NEXT4
- **PSELFEXT** (Power Sum ELFEXT) = ELFEXT1 + ELFEXT3 + ELFEXT4
- **PSACR** (Power Sum ACR) = ACR1 + ACR3 + ACR4

Bei den drei letzten Größen wird die summierte Wirkung auf Paar Nr. 2 aus drei anderen störenden Paaren bestimmt. Dabei drückt NEXT1 den Einfluss aus Paar 1 aus, NEXT3 aus Paar 3 usw. Für alle diese Werte gibt es einzuhaltende Grenzen (Bild 1.36).

Kenngröße bei	100 MHz in dB bezogen auf (alle Angaben ohne Gewähr)	
Klasse D	Permanent-Link, ≤ 90 m	Channel-Link, ≤ 100 m
Dämpfung	< 20,4	< 24,0
Rückflussdämpfung >	12,0	10,0
NEXT >	32,3	30,1
PSNEXT >	29,3	27,1
ACR >	11,9	6,1
PSACR >	8,9	3,1
ELFEXT >	18,6	17,4
PSELFEXT >	15,6	14,4

Bild 1.36: Anforderungen der Klasse D am Messpunkt 100 MHz; die vollständige Begrenzung bezieht sich auf ein Toleranzfeld im Frequenzbereich 1–100 MHz, vgl. Bild 1.29

AUFGABEN

1. Welche Segmentlängen konnten von 10Base-T erreicht werden?
2. Welche Distanz kann von TP-Kabeln mit Switches überbrückt werden?
3. Welche Bestandteile zählen zum Channel-Link?
4. Wie lang sollte das Kabel vom Etagenverteiler zur TA-Dose höchstens sein?
5. Unter welcher Bedingung darf der Wert aus Aufgabe 4 überschritten werden?
6. Welche Dämpfung darf ein Klasse-D-Link höchstens aufweisen?
7. Wie hoch ist der zulässige ACR-Wert bei 10 MHz für einen Klasse-D-Link?
8. Bewerten Sie den im Bild dargestellten Vorschlag zur Linkaggregation (der Server hat zwei Netzwerkkarten [NICs]).

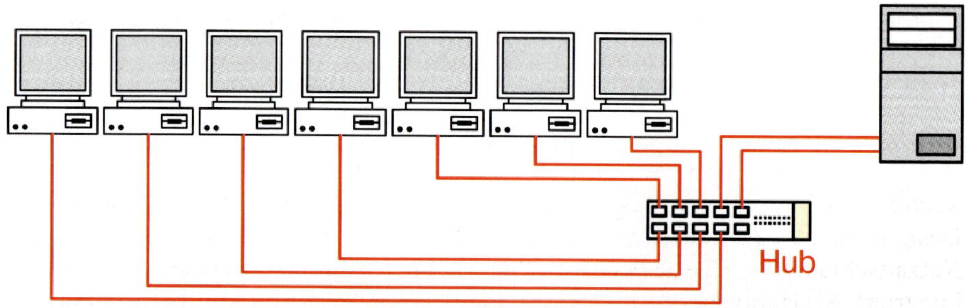

9. Ein Kunde hat Netzwerkprobleme. Ein einfacher Kabeltester (Bild 1.31) zeigt keinen Fehler. Trotzdem verschwinden die Probleme, sobald Sie eine andere Netzwerkleitung verwenden. Wie erklären Sie dieses Verhalten?

1.3 Aktive Netzkomponenten

Sehr häufig bestehen Netze aus Teilnetzen oder Teilstrecken unterschiedlicher Technologien. Sie unterscheiden sich hinsichtlich der Übertragungsgeschwindigkeit, der verwendeten Übertragungsmedien und der Zugriffsregelungen der Endsysteme auf das Medium. Außerdem sind alle diese Technologien in ihrer physischen Ausdehnung begrenzt und decken diesbezüglich oft nicht die Erfordernisse der Anwendenden ab. In diesen Fällen müssen Netzteilstrecken durch **Datenübertragungsgeräte** miteinander gekoppelt werden. Zu diesen zählen:

- **Repeater/Hub** (Kap. 1.3.2)
- **Bridge** (Kap. 1.3.3)
- **Switch** (Kap. 1.3.4)
- **Router** (Kap. 1.3.5)
- **Gateway** (Kap. 1.3.6)

Router können immer zur Netzkopplung eingesetzt werden. Sie greifen dazu in die Pakete ein und müssen Prüfwerte anpassen. Das ist aufwendig und begrenzt die Verarbeitungsgeschwindigkeit. Deshalb sollten Router immer nur dann eingesetzt werden, wenn es wirklich erforderlich ist. Stattdessen ist der Einsatz anderer Komponenten (Repeater/Hub, Bridge, Switch) häufig sinnvoller. Diese Lösungen sind unabhängig vom verwendeten Transportprotokoll (Kap. 1.7).

Hosts sind **Datenendgeräte** und stellen Informationsquellen und -senken dar. Handelt es sich dabei um Computer, unterscheidet man im Wesentlichen nach:

- **Workstation** (Kap. 1.3.1.1)
- **Server** (Kap. 1.3.1.2)

1.3.1 Host

Als Host bezeichnet man ein Gerät, das als Kommunikationsteilnehmer mit dem Netzwerk verbunden ist. Das können beispielsweise Computer, Netzwerkdrucker oder TV-Streaminggeräte sein. Bei Computern unterscheidet man zwischen Workstations und Servern.

1.3.1.1 Workstations

Unter einer **Workstation** verstand man früher ausschließlich einen sehr leistungsstarken Rechner mit besonderen Ressourcen, z. B. einen CAD-Arbeitsplatz (**C**omputer **A**ided **D**esign). Heute ist das Wort ein Synonym für einen „normalen" Arbeitsplatzrechner mit Netzanschluss. Die Clientsoftware ist weitestgehend in die aktuellen Betriebssysteme integriert. Als Hardwareergänzung für die Vernetzung kommen im professionellen Umfeld fast ausschließlich Ethernet-**NIC**s (**N**etwork **I**nterface **C**ards) infrage, zunehmend auch WLAN-NICs. Im privaten Umfeld werden Einzelrechner über die USB-Schnittstelle oder ebenfalls über den vorhandenen Ethernetanschluss des Anschlussadapters am Netzabschlusspunkt mit dem Einwahlserver eines **ISP** (**I**nternet **S**ervice **P**rovider) verbunden.

1.3.1.2 Server

Server sind Computer, die anderen Computern Dienste anbieten. Technisch kann grundsätzlich jeder Arbeitsplatz-PC diese Aufgabe wahrnehmen. Für Kleinstnetze, Test- oder Übungszwecke ist dies auch durchaus sinnvoll. In der Praxis wird man für größere Netze jedoch die Server hard- und softwaremäßig auf ihre spezielle Aufgabe hin auslegen. Server müssen

- eine hohe Dauerlast verarbeiten können und
- niedrige Ausfallzeiten = hohe Verfügbarkeit gewährleisten (angestrebt werden dabei „Five Nines“, also fünf Neuner: 99,999 %).

Daraus leiten sich Forderungen für die verwendeten Komponenten ab, die über diejenigen von Arbeitsplatzrechnern hinausgehen. Für typische Fileserver in serverzentrierter Umgebung sind dies:

1. **Hauptplatine:** fehlertoleranter Hauptspeicher, Speicherausbau bis ca. 256 GiByte möglich, mehrere PCIe x16-Steckplätze
2. **Prozessor:** Prozessorvariante mit optimiertem I/O-Durchsatz anstelle von hoher Rechenleistung (für Grafik), SMP (**S**ymmetrischer **M**ulti**p**rozessorbetrieb) möglich
3. **Festplatten:** redundante Festplattensysteme, Spiegelbetrieb und RAID (**R**edundant **A**rray of **I**nexpensive **D**isks)
4. **Gehäuse:** größeres Volumen, robustere Konstruktion, mehr Montageschächte für Massenspeicher, abschließbar, auch im peripheren Anschlussbereich, mehr Gehäusedurchbrüche für Verbindungselemente (Stecker/Buchsen), Netzteil ausgelegt für Vollbestückung, zweites redundantes Stand-by-Netzteil, das auch im laufenden Betrieb ausgetauscht werden kann (Hot Swap)
5. **NIC:** ggf. mit mehreren Ports für eine Bandbreitenerhöhung durch Linkaggregation (Bild 1.38, Kap. 1.3.2)
6. **Systemsoftware:** Servervariante eines Betriebssystems wie beispielsweise Windows Server 2022, Red Hat Enterprise Linux, SuSE Linux Enterprise Server

Diese Forderungen (insbesondere die vierte) führten zu stattlichen Gehäusen.

Standardmäßig wird für den Einsatz als Kommunikationsserver der 19“-Einschub in ein bis zwei Höheneinheiten verwendet, der eine hohe „Serverdichte“ im Rack (Rahmengestell des Aufbausystems) des Gebäude- oder Standortverteilers gestattet (vgl. Bild 1.27). Eine noch höhere Dichte erreicht man mit **Blade-Servern** (engl. *blade*: Klinge), die selbst nur Einschübe in einem 19“-Rack sind. Allerdings kann dann der Abwärmehaushalt problematisch werden.

Zur Gewährleistung einer hohen Betriebssicherheit werden Server sowie die im nachfolgenden Unterkapitel beschriebenen aktiven Netzkomponenten nicht direkt am Stromnetz betrieben, sondern sind über USV (**U**nterbrechungsfreie **S**trom-**V**ersorgungseinheiten; „Einfache IT-Systeme“, Kap. 5.3.1.3) angeschlossen. Wenn die Versorgung durch das Stromnetz ausfällt, wird

- das Gerät aus Akkumulatoren mit nachgeschaltetem Wechselrichter für eine Übergangszeit weiterbetrieben und

- eine Alarmmeldung an das Serverbetriebssystem geschickt, das daraufhin ein geordnetes Herunterfahren einleitet.

Alle diese Forderungen (außer der fünften und sechsten in der Aufzählung) haben nicht direkt etwas mit Vernetzung zu tun, sondern beschreiben Maßnahmen, die bei jeder Maschine (auch bei unvernetzten Einzelsystemen) mit hoher Leistung und hoher Betriebssicherheit erforderlich sind. Insbesondere Server zählen dazu.

Alternativ zu einem Server am eigenen Standort (*on premises*) bietet sich oft das Anmieten von Server-Ressourcen bei einem Dienstleister an. Diese fassen ihre Ressourcen zusammen und stückeln sie dann dynamisch in Form von virtuellen Maschinen. Während bei einer On-Premises-Servermaschine die nicht genutzten Ressourcen verpuffen, kann ein Dienstleister die vorhandenen Ressourcen durch Virtualisierung auf eine Vielzahl von Kundinnen und Kunden so aufteilen, dass sich im Durchschnitt eine effiziente Auslastung bei ausreichender Reserve ergibt. Dadurch können auch sehr leistungsstarke virtuelle Server eine günstige Alternative zu lokal vorgehaltener Serverhardware sein.

In jedem Fall verbleibt der angemietete Server dabei im Rechenzentrum des Betreibers. Je nach gewähltem Angebot erhält man eine der folgenden Serverarten:

- **Dedicated Server/Bare Metal Server**
  Hierbei handelt es sich um eine physikalische Servermaschine (*bare metal*), die den Kundinnen und Kunden zur exklusiven Nutzung überlassen wird. Dabei ist es ausgeschlossen, dass einzelne Serverkomponenten durch andere mitgenutzt werden. Das kann z. B. bei sicherheitskritischen Anwendungen erforderlich sein.
- **Virtual Dedicated Server (VDS)**
  Es können bestimmte Komponenten für die virtualisierte Servermaschine ausgewählt werden, auf die man dann exklusiv zugreifen kann und auf die niemand sonst Zugriff hat. Alle anderen Komponenten können allerdings auch durch andere mitgenutzt werden.
- **Virtual Private Server (VPS)**
  Die in diesem Fall bereitgestellte VM teilt sich die Ressourcen prinzipiell auch mit anderen Kundinnen und Kunden. Wurden beispielsweise nur ein CPU-Core und 2 GiB Arbeitsspeicher ausgewählt, laufen auf den anderen Kernen derselben CPU und im restlichen Arbeitsspeicher Virtualisierungsprozesse für andere. In Phasen, in denen die eigene VM wenig ausgelastet ist, wenn die CPU also im Wesentlichen wartet (*idle*), werden zeitweise alle CPU-Kerne für die Prozesse anderer Kundinnen und Kunden genutzt. Dasselbe kann für nicht genutzte Anteile des Arbeitsspeichers gelten.

> Das Wort „Server“ wird im alltäglichen Sprachgebrauch auch für Serverprozesse gebraucht. Man spricht von einem „Webserver“ oder einem „Mailserver“. Das kann zu Missverständnissen führen, denn auf einer Servermaschine können durchaus mehrere Serverprozesse laufen.

Die nachfolgende Tabelle zeigt einige Beispiele verschiedener Servertypen mit ihren jeweiligen Diensten und einer Auswahl der Protokolle, die dabei zum Einsatz kommen.

Server-typ	Serverdienst	Protokolle (Auswahl)/Merkmale	Clientsoftware/ Bemerkungen
Web-Server	**WWW**: **W**orld **W**ide **W**eb; über das Internet abrufbares Hypertext-System	**HTTP** (**H**yper **T**ext **T**ransfer **P**rotocol): Protokoll für die Kommunikation mit einem Webserver **HTTPS** (**H**yper **T**ext **T**ransfer **P**rotocol **S**ecure): Protokoll für *verschlüsselten* Datentransfer mit einem Webserver; verwendet **TLS** (**T**ransport **L**ayer **S**ecurity) als Verschlüsselungsprotokoll **HTML** (**H**yper **T**ext **M**arkup **L**anguage): „Programmiersprache", in der die Hypertextseiten geschrieben sind **URL** (**U**niform **R**esource **L**ocator): eindeutige Adresse im Internet bzw. Bezeichnung einer Hypertextseite	Webbrowser, z. B. Edge, Firefox, Google Chrome
Mail-Server	Über das Internet übertragene, ggf. auch zwischengespeicherte briefartige Nachrichten, auch mit Dateianhängen	**SMTP** (**S**imple **M**ail **T**ransfer **P**rotocol): Protokoll für den Mailversand; die Version **SMTPS** verwendet **TLS** zur Verschlüsselung (s. o.) **POP3** (**P**ost **O**ffice **P**rotocol): Protokoll zum Abrufen einer E-Mail von einem Mailserver **IMAP** (**I**nteractive **M**essage **A**ccess **P**rotocol): Weiterentwicklung von POP3; ermöglicht Verwaltung von Nachrichtenordnern auf dem Server; **IMAPS:** verschlüsselte Version; arbeitet auf der Anwendungs-schicht* des OSI-Modells	E-Mail-Programm, z. B. Outlook (bei Web-Mail: Webbrowser)
Name-Server, DNS-Server (Kap. 1.5.6)	Ermöglicht die Umsetzung zugewiesener Domain-namen (z. B. www.westermann.de), die man sich als Mensch besser merken kann als Zahlen, in die zugehörige IP-Adresse (z. B. 217.13.73.82)	**DNS** (**D**omain **N**ame **S**ystem): Das DNS kann als weltweit auf verschiedenen Servern verteilte hierarchische Datenbank aufgefasst werden; arbeitet auf der Anwendungsschicht* des OSI-Modells. DNS-Anfragen werden meist mittels **UDP** (**U**ser **D**atagram **P**rotocol; Kap. 1.8.2) zu einem DNS-Server geschickt; arbeitet auf der Transportschicht* des OSI-Modells.	Der DNS-Dienst lässt sich auch lokal für ein Intranet einrichten.
DHCP-Server	Ermöglicht die dynamische Zuweisung einer IP-Adresse und weiterer Konfigurationsparameter (z. B. Netzmaske, Gateway) an Computer in einem Netzwerk	**DHCP** (**D**ynamic **H**ost **C**onfiguration **P**rotocol): Durch DHCP ist die vollautomatische Einbindung eines neuen Computers in ein bestehendes Firmennetzwerk ohne weitere Konfiguration möglich; arbeitet auf der Anwendungsschicht* des OSI-Modells.	Am Client muss im Normalfall lediglich der automatische Bezug der IP-Adresse eingestellt sein.

Servertyp	Serverdienst	Protokolle (Auswahl)/Merkmale	Clientsoftware/ Bemerkungen
FTP-Server	Übertragung von Dateien, die von entsprechenden FTP-Servern zur Verfügung gestellt werden	**FTP** (**F**ile **T**ransfer **P**rotocol): Protokoll zur Dateiübertragung über ein TCP/IP-Netzwerk; arbeitet auf der Anwendungsschicht* des OSI-Modells	FTP-Server- bzw. FTP-Client-Software
Chat-Server	Echtzeitkommunikation (*instant messaging*) in Schriftform über das Internet, auch kombinierbar mit Datei-, Video- oder Audiotransfer	Meist verschiedene, untereinander nicht kompatible Protokolle	Skype, WhatsApp, Threema, Signal
Terminal-Server	Stellt PCs mit geringer Leistungsfähigkeit (Workstation, Terminal) eine Arbeitsumgebung zur Verfügung, auf die sie über das Netz zugreifen können	**RDP** (**R**emote **D**esktop **P**rotocol): Microsoft-Basisprotokoll für die Bereitstellung von Bildschirmausgaben von einem Terminal-Server auf einem Terminal-Client; arbeitet auf der Anwendungsschicht* des OSI-Modells	Sämtliche Arbeitsprozesse laufen auf dem Server ab, der Client dient lediglich zur Ein-/Ausgabe, dadurch hohe Netzbelastung
Print-Server	Ermöglicht Client-PCs den Zugriff auf Netzwerkdrucker	**LPDP** (**L**ine **P**rinter **D**aemon **P**rotocol); arbeitet auf der Anwendungsschicht* des OSI-Modells	Einsatz im LAN bzw. Intranet (z. B. internes Firmennetzwerk)

Bild 1.37: Beispiele für Server-Dienste (: siehe hierzu auch Bild 1.96)*

1.3.2 Repeater/Hub

Wenn die maximal zulässige Leitungslänge den Anforderungen nicht entsprach, setzte man in der Vergangenheit bei koaxialen Leitungen nach einer maximalen Segmentlänge von 185 m sog. Repeater ein, die man als bidirektionale Verstärker auffassen kann, d. h., der Eingang ist auch Ausgang.

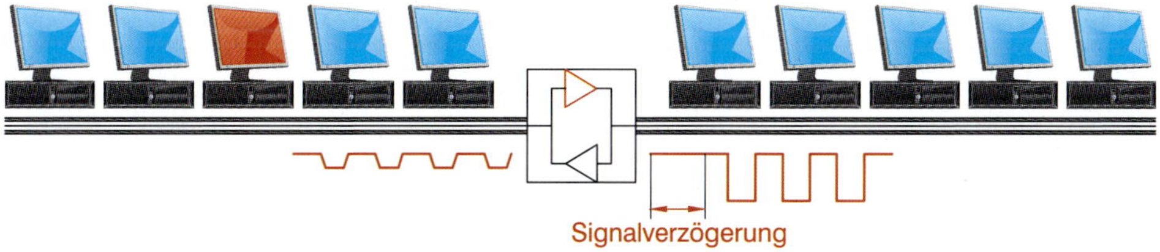

Bild 1.38: Wirkung eines Repeaters zwischen zwei koaxialen Segmenten

Repeater verändern nur das elektrische Signal (Bild 1.38) durch:

- Anhebung des Pegels und Versteilerung der Signalflanken
- Regeneration der Präambel und des SFD

Nachteil hierbei ist die Verzögerung um einige (bis 168) Bitzeiten. Das entspricht einer Verlängerung der Leitung, die von der zulässigen Leitungslänge wieder abgezogen werden muss.

Repeater sind nur für **eine** Übertragungsgeschwindigkeit geeignet.

Für die Verwendung mit CSMA/CD (Ethernet) ist ferner wichtig, dass die Kollisionsdomäne ausgeweitet wird.

Die **Kollisionsdomäne** ist der räumliche Bereich, in dem alle Stationen am Shared Medium alle Signale empfangen können (Diffusionsnetz).

Repeater sind Geräte der **Bitübertragungsschicht** (Bild 1.39).

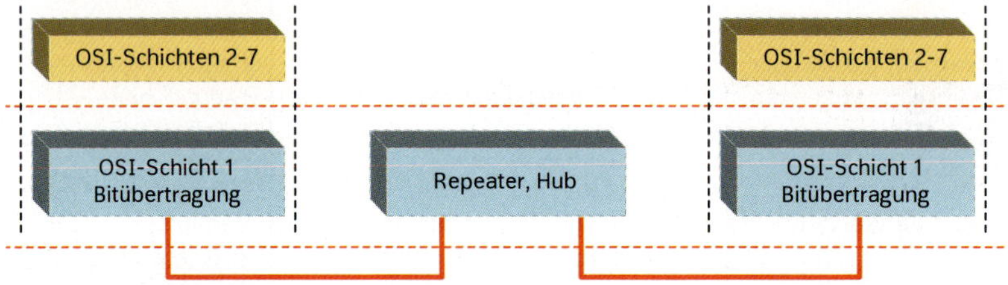

Bild 1.39: Netzkopplung auf der Bitübertragungsschicht: Repeater und Hub

Da die koaxiale Verkabelung der sternförmigen TP-Verkabelung gewichen ist, bedurfte es ohnehin eines zentralen Sternpunktes, sodass dieser eine aktive Komponente darstellte, als Hub bezeichnet wurde und als Multiport-Repeater aufgefasst werden konnte (Bild 1.40). Er hatte vier bis 16 Anschlüsse.

Ein **Hub** (engl. *hub*: Mittelpunkt, Nabe) ist ein Verstärker im Mittelpunkt einer sternförmigen Verkabelung, der auf allen Ports die Summe aller Eingangssignale aussendet. Die elektrische **Busstruktur** bleibt erhalten (Bild 1.3).

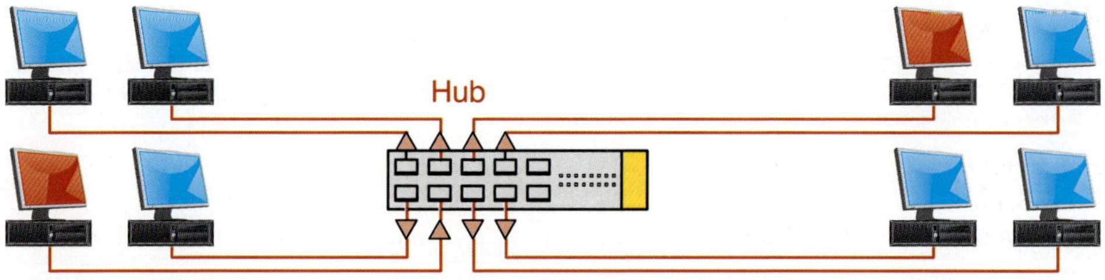

Bild 1.40: Hub in sternförmiger Verkabelung: Ausgabe auf allen Ports (Bus: Punkt zu Mehrpunkt)

Hubs werden heute nicht mehr verwendet.

1.3.3 Bridge

Vorteilhafter, wenn auch teurer, ist eine Bridge (Brücke). Sie arbeitet in der OSI-Schicht 2 (Bild 1.41) und wird deshalb auch als Layer-2-Switch bezeichnet.

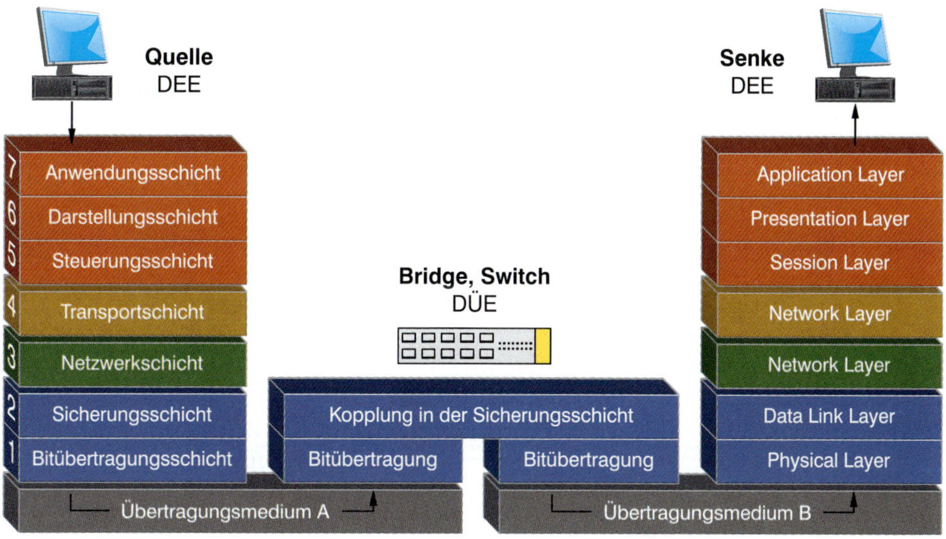

Bild 1.41: Netzkopplung auf der Sicherungsschicht: Brücke und Switch

> Bridges nehmen einen Rahmen in einem Netzsegment vollständig auf und senden ihn auf dem jeweils anderen Netzsegment erneut aus. Die für die Kollisionserkennung wichtige **Längenbeschränkung** endet an einer Bridge.

Dabei lernen Bridges die MAC-Adressen der beiden verbundenen Segmente und transportieren einen Rahmen nicht, wenn Quelle und Ziel im gleichen Segment liegen. Zu jedem Port wird eine **MAC-Adresstabelle** angelegt (siehe auch Kap. 1.4.3.3).

> Brücken separieren den Netzverkehr, begrenzen die Kollisionsdomänen und entlasten damit das Netz, weil die Kollisionswahrscheinlichkeit abnimmt.

Remote Bridge

Einen Sonderfall stellen die Remote Bridges (entfernt gelegene Brücke) dar (Bild 1.42). Je zwei Bridges mit einer WAN-Schnittstelle „verpacken" komplette Ethernet-Rahmen in Rahmen des WAN-Protokolls und transportieren sie in das entfernt gelegene Teilnetz.

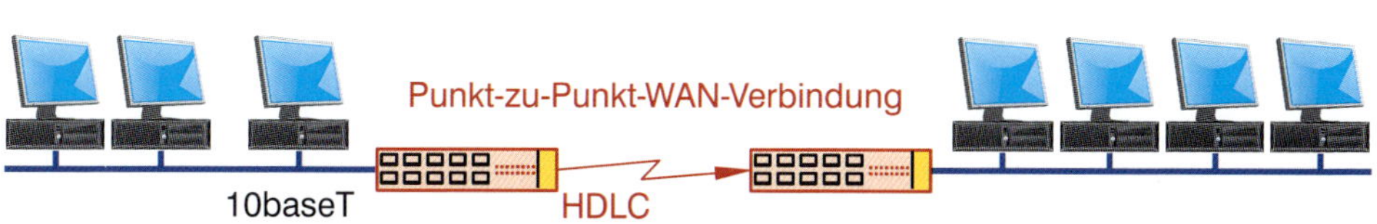

Bild 1.42: Netzkopplung auf der Sicherungsschicht: Bridge und Switch

Solche Remote Bridges basieren heute auf einem einzigen Chip. Trotz einer Gerätegröße von einem Steckergehäuse weisen sie einige Spezialitäten auf, beispielsweise die Verarbeitung von „Tinygrams“: Einem Ethernet-Rahmen wird ein eventuell vorhandenes PAD-Feld vor der WAN-Aussendung entfernt und nach dem WAN-Empfang neu einverleibt, es werden keine Füllbits übertragen.

1.3.4 Switch

Wie die Repeater den Hubs gewichen sind, so sind die Bridges bei der Sternverkabelung den Switches gewichen (Bild 1.43).

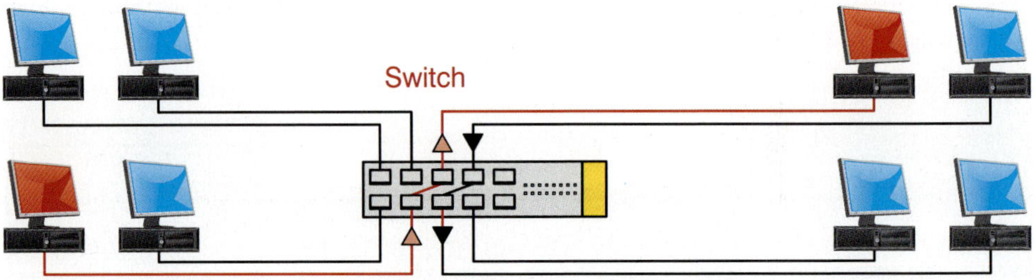

Bild 1.43: Switch in sternförmiger Verkabelung: Ausgabe auf benötigten Port (Punkt zu Punkt)

Sie schalten intern elektronisch zwischen je zwei beteiligten Ports durch. Dabei sind zwei unterschiedliche Verfahren gebräuchlich:

1. **Store-and-Forward:** Ein Rahmen wird empfangen und komplett zwischengespeichert (engl. *to store*: speichern), bevor er am Zielport (engl. *to forward*: weiterleiten) wieder ausgesendet wird. Nachteil: Zeitverzögerung, große Rahmen werden länger verzögert als kleine, was ungünstig für Echtzeit-Datenverarbeitung ist. Vorteil: Der Rahmeninhalt kann analysiert werden.
2. **Cut-Through:** Es werden nur die ersten 48 bits eines Rahmens (seine MAC-Zieladresse) analysiert, dann wird sofort der Zielport bestimmt und alle nachfolgenden Bits werden über diesen gesendet. Das ist vorteilhaft für Echtzeit-Datenverarbeitung, hat aber den Nachteil, dass auch unbrauchbare Rahmenfragmente wieder ausgesendet werden, anstatt sie zu verwerfen (wie dies beim Store-and-Forward-Verfahren der Fall ist). Weiter ist von Nachteil, dass keine Geschwindigkeitsanpassung stattfinden kann.

Cut-Through-Switches sind keine Bridges!

(Store-and-Forward-)Switches verhalten sich nicht nur wie schnelle Multiport-Brücken mit

- Adresstabellen für jeden Port (insgesamt einige tausend MAC-Adressen) und
- Ports für verschiedene Technologien und Übertragungsgeschwindigkeiten (meist modular durch Geräteeinschübe konfigurierbar/nachrüstbar),

sondern warten auch mit weitergehenden Eigenschaften auf, z. B.:

- Ausnutzung der Punkt-zu-Punkt-Verbindung zwischen DEE und DÜE für Vollduplex-Betrieb je Port

- Linkaggregation (Bündelung) zur Vervielfachung der Bandbreite
- Bildung von **VLANs** (virtuelle LANs)

Bei der Sternverkabelung findet kein Multiple Access auf das einzelne Leitungsstück statt, sondern auf die Gesamtheit aller an einen Hub angeschlossenen Leitungsstücke. Prinzipbedingt ist also nur Halbduplex-Betrieb möglich. Der Switch begrenzt nicht nur die Kollisionsdomäne (Bild 1.44), sondern zwischen Switches sowie zwischen Switch und Endgerät treten erst gar keine Kollisionen auf. Auf diesen Teilstrecken stehen für jede Übertragungsrichtung eigene Aderpaare zur Verfügung, sodass auf der Leitung im Vollduplex-Betrieb die doppelte Bandbreite zur Verfügung steht. Zwischen einem Endgerät ganz rechts in Bild 1.44 und dem rechten Switch steht die doppelte Bandbreite zur Verfügung, verglichen mit der Bandbreite einer Leitung, die von einem der linken Endgeräte zum Hub führt. Zwischen den Switches ist durch die Bündelung der zwei Leitungen damit die vierfache Bandbreite vorhanden.

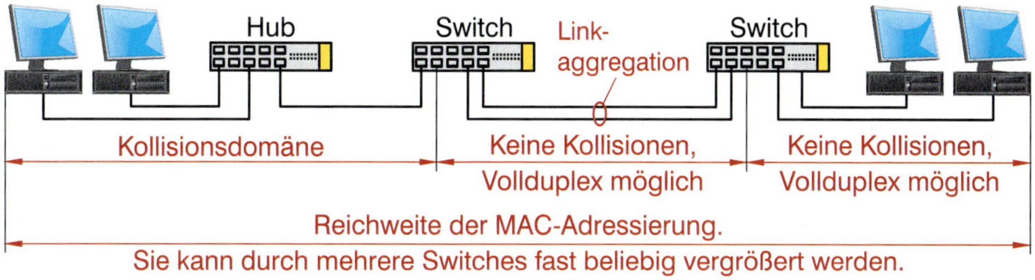

Bild 1.44: Switch und Hub in einem Netzwerk

Das „Spanning Tree"-Verfahren

Bei Switches (und Bridges) besteht die Gefahr der Schleifenbildung (engl. *loop*: Schleife), sodass Rahmen endlos kreisen und in kurzer Zeit eine Überlastung herbeiführen. Sie verhindern dies, indem sie untereinander kommunizieren, um auf der Basis einer gegebenen Verkabelung eine topologische Struktur zu bestimmen, die alle Teilnetze einbindet und Schleifenbildung unterdrückt. Eine derartige Struktur ist der sog. Spanning Tree (vollständiger, alles überspannender Baum). Algorithmus und Protokoll wurden als **IEEE 802.1D** standardisiert.

> Das Spanning-Tree-Protocol wird von Switches benutzt, um eine (virtuelle) Baumstruktur in einem dazu geeigneten vermaschten Verkabelungssystem zu installieren (Bild 1.45).

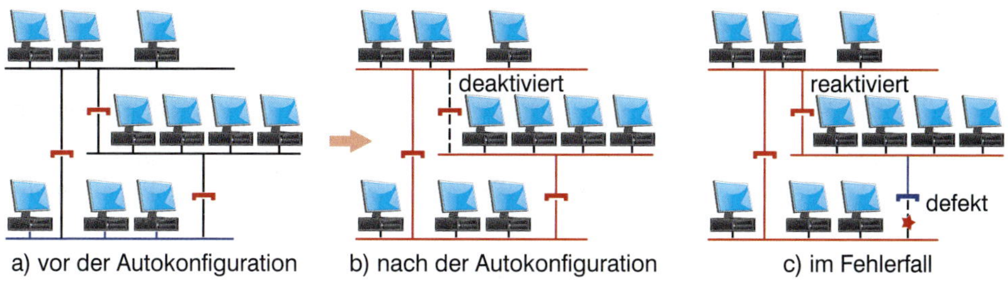

Bild 1.45: Die „Eigenintelligenz" von Switches mit Spanning-Tree-Protocol

Nicht benutzte Teilstrecken werden deaktiviert (Bild 1.45 b) und im Fehlerfall reaktiviert (Bild 1.45 c). Die jeweils optimale Baumkonfiguration bestimmen die Switches ebenfalls selbsttätig durch Ausmessen der Leitungen.

1.3.5 Router

Sollen große Netzwerke in separate Netzwerke untergliedert werden und soll danach weiterhin eine Kommunikation zwischen den Teilnehmern aller Netze möglich sein, müssen Router eingesetzt werden. Router stellen also eine Verbindung zwischen verschiedenen Netzwerken her.

Dazu wertet ein Router die IP-Adresse (OSI-Schicht 3) eines Datenpakets aus und leitet es in das zugehörige Netzwerk weiter. Pakete mit Adressen, die in keines der vermittelten Netzwerke gehören oder als Broadcast versandt wurden, werden nicht weitergeleitet.

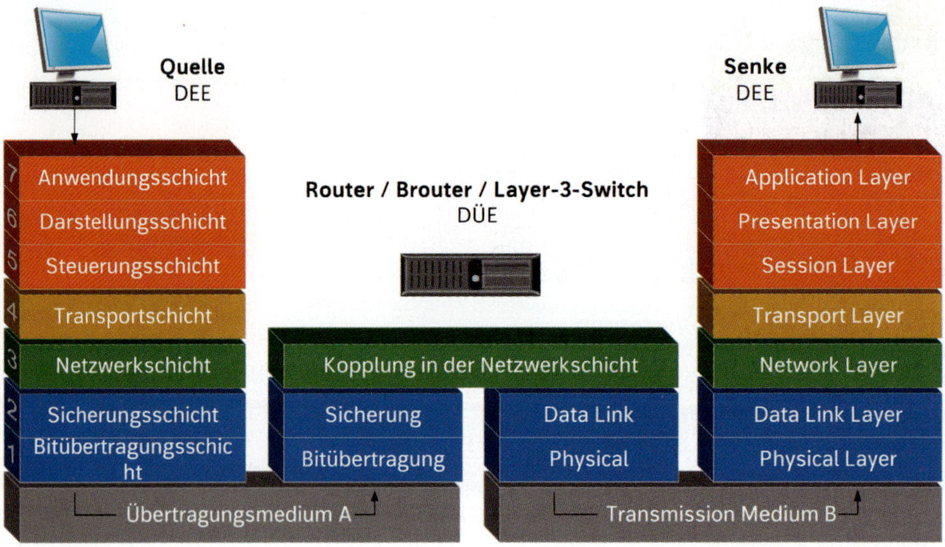

Bild 1.46: Netzkopplung auf der Netzwerkschicht

Bridging Router (Brouter), Layer-3-Switch

Unter einem Brouter (Bridging Router) versteht man ein Gerät, das beispielsweise gegenüber (nicht routingfähigen) Net-BEUI-Paketen als Switch agiert, aber gegenüber IP-Paketen als Router.

Noch intelligenter sind Layer-3-Switches: Sie erkennen den ersten Rahmen, der zu einer IP-Kommunikation gehört, analysieren IP-Quelladresse und IP-Zieladresse (wie ein richtiger Router) und versuchen anschließend, nachfolgende Rahmen dieses Stationspaares zu switchen. Sie kennen auch IPv6-basierte Protokollabläufe und entlasten damit einzelne Netzstränge.

Brouter und Layer-3-Switches sind bislang nicht standardisiert, sondern nur proprietär realisiert worden.

1.3.6 Gateway

Bei einem Router spricht man davon, dass er Netze miteinander verbindet, da er auf der Netzwerkschicht des OSI-Modells arbeitet und nur den Weg von Paketen lenkt – ungeachtet ihres Inhaltes. Dagegen können sog. **Applikations-Gateways** (**ALG: A**pplication **L**ayer **G**ateway) Dienste ineinander überführen bzw. miteinander koppeln. Sie werden im OSI-Modell so dargestellt wie in Bild 1.47.

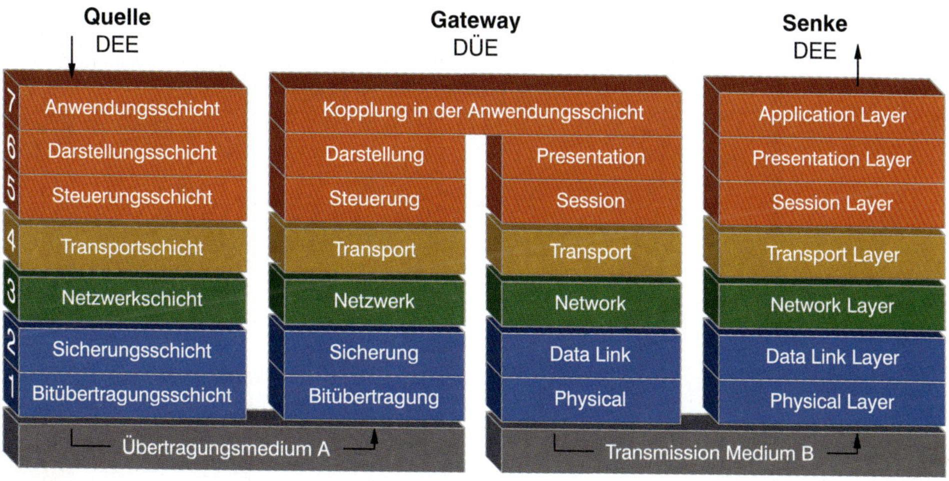

Bild 1.47: Gateways arbeiten in der Applikationsschicht

Beispiel

Beispiele für Applikations-Gateways findet man

- *bei jeder CGI-Anwendung (Common Gateway Interface),*
- *zwischen proprietären E-Mail-Systemen (Lotus, Novell) und den SMTP-Servern im Internet*
- *sowie insbesondere bei Dienstleistern, die E-Mail über ein Web-Interface anbieten.*

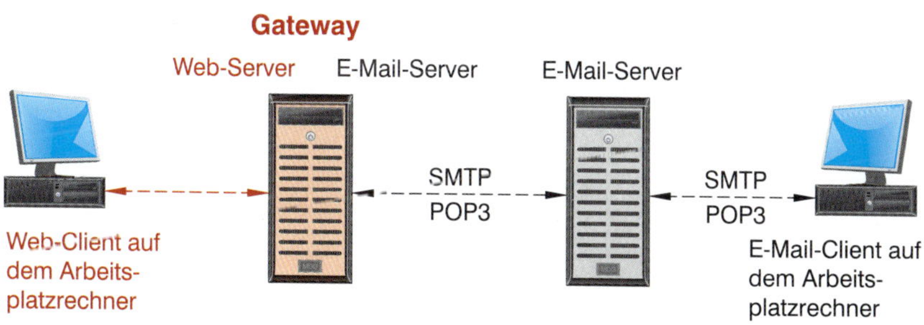

Bild 1.48: Gateway zwischen HTTP und Internet-Mail

Diese Gateways (Bild 1.48) erzeugen eine HTTP-Benutzerschnittstelle mit hohem Komfort (Bild 1.49) zum Internet-E-Mail-System und machen IMAP4 damit teilweise überflüssig.

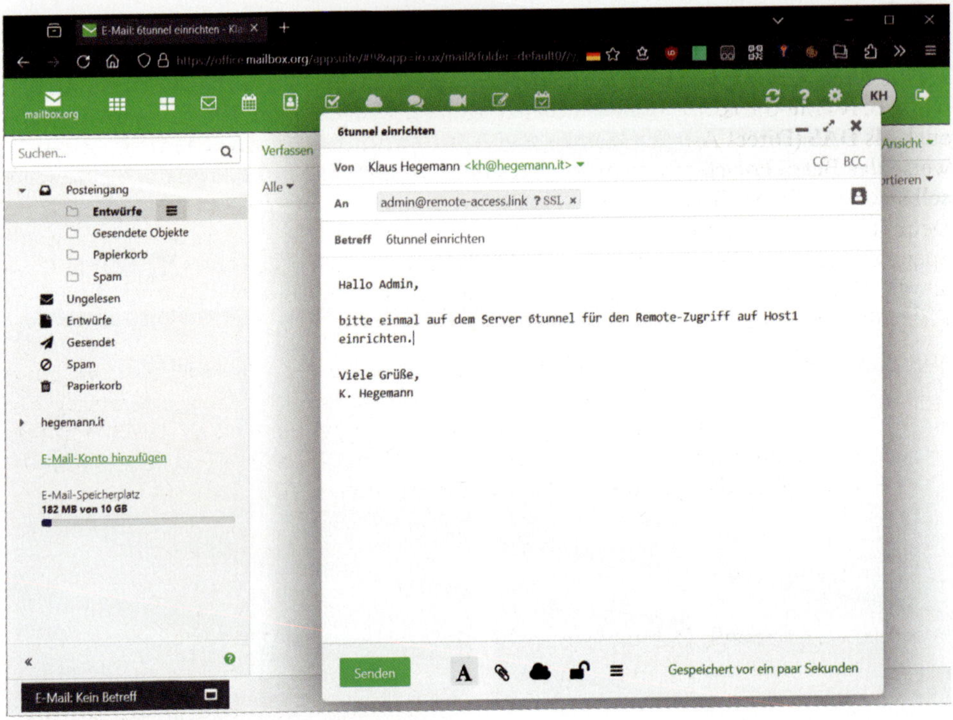

Bild 1.49: Der „E-Mail"-Client von mailbox.org

Multimedia-Gateways verbinden sogar völlig unterschiedliche Netzarten wie IP-Netze mit herkömmlichen Telefonnetzen (Bild 1.50).

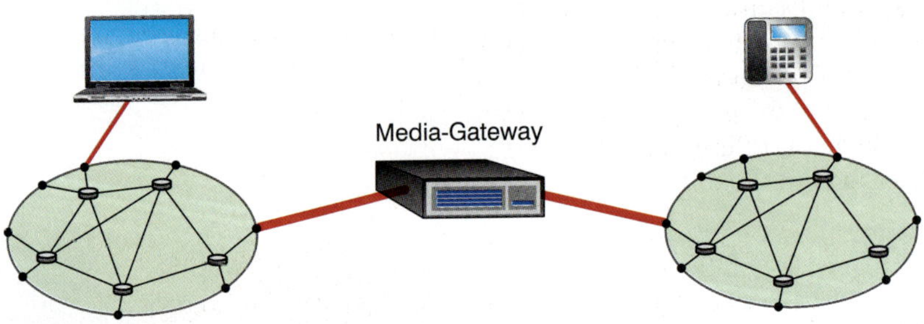

Bild 1.50: Media-Gateway

Dabei verhält sich das Gateway in jedem der Netze wie ein Terminal. Seine Aufgaben sind „Übersetzungs- und Anpassfunktionen" (Transcodierung) der Mediaströme für Sprache und Video sowie der Signalisierung (**MGCP**: **M**edia **G**ateway **C**ontrol **P**rotocol). Es kann Verbindungen zu beiden Netztypen auf- und wieder abbauen.

1.3.7 Netzwerkspeicher

Lokale Speichermedien sind in der Regel direkt an den PC oder den Server angeschlossen, wie z. B. NVMe-SSDs, SATA-HDDs oder USB-Speichersticks. Man bezeichnet sie deshalb auch als **DAS** (**D**irect **A**ttached **S**torage). Sie werden üblicherweise benötigt, um beispielsweise das Betriebssystem zu starten. Für Nutzdaten, auf die andere Nutzende oder man selbst von anderen Geräten aus zugreifen können soll, kann das unpraktisch werden. Denn dann muss sichergestellt sein, dass der Computer dauerhaft eingeschaltet bzw. das Speichermedium jederzeit verfügbar ist. Als Alternative bieten sich NAS-Speichersysteme an, die Dateiablagen z. B. anhand von eingehängten Verzeichnissen über das Netzwerk erreichbar machen.

Für Rechenzentren ist es unwirtschaftlich, alle Server in den Server-Racks jeweils mit der maximal von Kundinnen und Kunden möglicherweise angeforderten Festplattengröße auszustatten. Die auf Dateisystem arbeitenden NAS-Systeme sind hier keine Option. Stattdessen kommen mit SAN-Systemen blockorientierte Netzwerkspeicher zum Einsatz, die es ermöglichen, dass lokal keine Hardwarefestplatten vorgehalten werden müssen.

1.3.7.1 NAS

Werden Speicher zur Dateiablage nicht direkt, sondern über das lokale Netzwerk angeschlossen, bezeichnet man solche Fileserver konsequenterweise auch als **Net**work **A**ttached **S**torage (**NAS**).

Die Auswahl eines konkreten Modells hängt maßgeblich vom Einsatzzweck und von den sich daraus ergebenden Anforderungen ab. Beim Einsatz in Rechenzentren werden besonders hohe Schreib- und Leseraten sowie eine entsprechend breitbandige Netzwerkverbindung gefordert. Sie werden ausschließlich zum Einbau in 19"-Serverracks angeboten (Bild 1.51 a).

a) Hochleistungs-NAS für Rechenzentren im 19"-Format

b) NAS im Minitower-Gehäuse für kleinere Unternehmensnetzwerke

Bild 1.51: NAS-Formfaktoren

Generell bieten NAS-Systeme RAID-Konfigurationen (siehe „Einfache IT-Systeme“, Kap. 1.7.3) für die verwendeten Festplatten an. RAID stellt eine lokale Virtualisierung der physikalisch angeschlossenen Datenträger dar. Dabei können mehrere Datenträger zu einem virtuell größeren – oder in Summe auch einem kleineren – Datenträger zusammengefast werden. Das wird getan, um einen Datenverlust bei Festplattendefekten zu vermeiden und um die Lese- und Schreibraten zu erhöhen. Die erreichbaren Übertragungsgeschwindigkeiten hängen von der Anzahl der Festplatten, der ausgewählten RAID-Konfiguration, der Geschwindigkeit und Bandbreite des NAS-Chipsets sowie von der Bandbreite der Netzwerkverbindung ab.

Mögliche Auswahlkriterien sind:

- **Formfaktor**
  19"-Gehäuse für den Einbau in ein Serverrack oder (Mini-)Tower- oder Benchtop-Gehäuse, wenn das NAS separat (*stand-alone*) betrieben werden soll
- **Netzwerkanbindung**
  Einen oder mehrere 1- oder 2,5-Gigabit-Ethernet-Anschlüsse oder SFP-Ports, die ggf. per Link-Aggregation zusammengeschaltet werden können
- **Effektive Datenträgergeschwindigkeit**
  Erreichbare Lese- und Schreibraten aus dem Zusammenschluss der angeschlossenen Datenträger
- **Art und Anzahl anschließbarer Datenträger**
  Anschlussart der Festplatten (SAS, SATA, M.2/NVMe), Speichertechnologie (Festspeicher/SSD-Festplatte, Magnetfestplatte), Bauform (z. B. 2,5 oder 3,5 Zoll, M.2 2280), Anzahl der verfügbaren Aufnahmeplätze
- **Filesystem**
  OpenZFS und Btrfs basieren auf einem Filesystem, dessen Volume-Manager mittels Copy-on-Write Snapshots (inkrementelle Backups der geschriebenen Daten) erstellt. Beide Systeme komprimieren Daten und bieten integrierte RAID-Funktionen (Brtfs: RAID 0, 1, 10, 5 und 6; OpenZFS: RAID-Z).
- **Betriebssystem**
  Open-Source, wie z. B. TrueNAS (ehem. FreeNAS), Unraid, OpenMediaVault
  Proprietäre Betriebssysteme von NAS-Geräteherstellern, wie z. B. QNAP QTS, Synology DSM
  Vom Betriebssystem hängt die Versorgung mit Updates ab und u. a. auch, welche konkreten Filesysteme unterstützt werden.
- **VM-/Container-Hosting**
  Viele NAS-Systeme bieten die Möglichkeit, die vorhandenen und in der Regel nur selten voll ausgeschöpften Ressourcen in einem gewissen Rahmen für den Betrieb von VMs oder Anwendungen in VM-Containern einsetzen zu können. Sinnvoll ist das für Anwendungen, die ebenfalls nur einen eingeschränkten Ressourcenbedarf haben. Ein Beispiel stellen Gebäudeautomatisierungsdienste wie ioBroker und Node-RED dar, die sich hervorragend als Docker-Instanzen betreiben lassen.
- **Umfang der RAID-Unterstützung**
  Nutzbare RAID-Level für die verschiedenen Einsatzzwecke (Schutz vor Datenverlust bei einem Festplattendefekt, Aggregation gestückelter Speicherkapazitäten, Erhöhung der Lese-/Schreibraten), siehe folgenden Exkurs

Exkurs: Auswahl- und Beurteilungshilfe für RAID-Level

Eine umfassende Beschreibung der verschiedenen RAID-Levels kann im Grundlagenband nachgeschlagen werden („Einfache IT-Systeme“, Kap. 1.7.3). Die nachfolgende Tabelle listet einige wichtige Systemeigenschaften der jeweiligen RAID-Levels auf und dient damit zur Unterstützung bei der Auswahl und Beurteilung von RAID-Systemkonfigurationen.

RAID-Level	Anzahl der Festplatten (n)	Netto-kapazität (C)	Ausfallsicherheit (S)	Lese-/Schreib-leistung
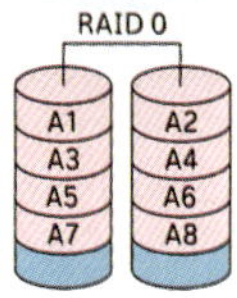	≥ 2	$n \cdot C_{min}$	0	++ / ++
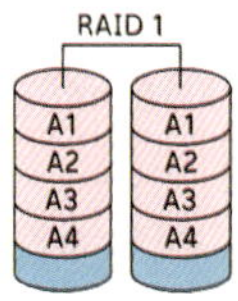	≥ 2	C_{min}	$n - 1$	+ / =
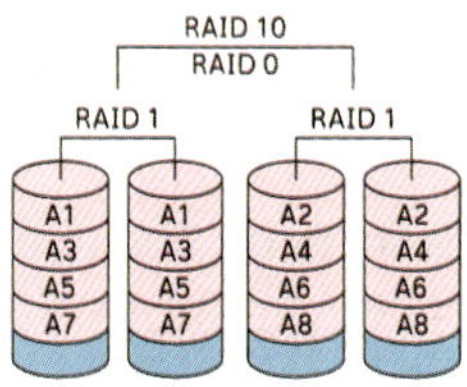	$n = n_0 \cdot n_1$ ≥ 4	$n \cdot C_{min} / n_1 = n_0 \cdot C_{min}$	$n_0 \cdot (n_1 - 1)$	+ / =+
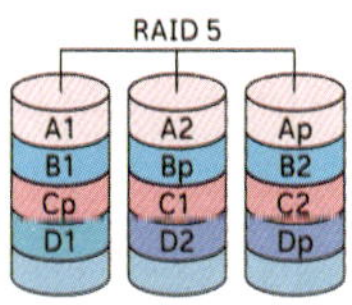	≥ 3	$(n - 1) \cdot C_{min}$	1	++ / –
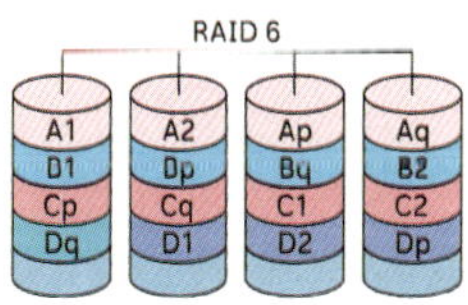	≥ 4	$(n - 2) \cdot C_{min}$	2	++ / –

Bild 1.52: Betriebseigenschaften verschiedener RAID-Levels

C_{min}: Speicherkapazität der kleinsten Festplatte des Gesamtverbunds
n_0: Anzahl der RAID-0-Stränge bzw. Anzahl der RAID-1-Verbünde (in einer RAID-10-Konfiguration)
n_1: Anzahl der Festplatten eines RAID-1-Verbunds

Beispiele:

a) Es stehen sechs Festplatten mit folgenden Kapazitäten zur Verfügung: 4 × 4 TB, 2 × 2 TB. Die je nach verwendeter RAID-Konfiguration (RAID-Level) gebotene Ausfallsicherheit (S) und nutzbare Gesamtfestplattenkapazität (C) errechnen sich wie folgt:

- *RAID 0:* $C = n \cdot C_{min} = 6 \cdot 2\ TB = 12\ TB$; $S = 0$
- *RAID 1:* $C = C_{min} = 2\ TB$; $S = 5$
- *RAID 10:* $C = n \cdot C_{min} / n_1 = n_0 \cdot C_{min} = 3 \cdot 2\ TB = 6\ TB$; $S = n_0 \cdot (n_1 - 1) = 3$ $(n_0 = 3, n_1 = 2)$

- *RAID 10:* $C = n \cdot C_{min} / n_1 = n_0 \cdot C_{min} = 2 \cdot 2$ *TB = 4 TB; S = 4* ($n_0 = 2$, $n_1 = 3$)
- *RAID 5:* $C = (n - 1) \cdot C_{min} = 5 \cdot 2$ *TB = 10 TB; S = 1*
- *RAID 6:* $C = (n - 2) \cdot C_{min} = 4 \cdot 2$ *TB = 8 TB; S = 2*

b) *Verwendet man nur die vier größten Festplatten aus a), ergeben sich für die unterschiedlichen RAID-Konfigurationen folgende Ausfallsicherheiten und Gesamtfestplattenkapazitäten:*

- *RAID 0:* $C = n \cdot C_{min} = 4 \cdot 4$ *TB = 12 TB; S = 0*
- *RAID 1:* $C = C_{min} = 4$ *TB; S = 3*
- *RAID 10:* $C = n \cdot C_{min} / n_1 = n_0 \cdot C_{min} = 2 \cdot 4$ *TB = 8 TB; S = 2* ($n_0 = 2$, $n_1 = 2$)
- *RAID 5:* $C = (n - 1) \cdot C_{min} = 3 \cdot 4$ *TB = 12 TB; S = 1*
- *RAID 6:* $C = (n - 2) \cdot C_{min} = 2 \cdot 4$ *TB = 8 TB; S = 2*

Beim Ausfall einer Festplatte einer redundanten RAID-Konfiguration kann der Verbund noch ohne Datenverlust weiter betrieben werden. Die defekte Festplatte sollte dann schnellstmöglich ersetzt werden, um die ursprüngliche Ausfallsicherheit wieder herzustellen. RAID-Controller bieten oft die Möglichkeit, zusätzlich eine Ersatzfestplatte anzuschließen. Man bezeichnet eine solche Festplatte als ***hot spare****. Sobald eine Festplatte im Verbund ausfällt, wird der hot spare automatisch hochgefahren und für die Wiederherstellung* ***(RAID Rebuild)*** *in den Verbund integriert.*

Im einwandfreien Normalbetrieb lautet der RAID-Status ***„RAID Optimal“****. Sobald im redundanten Verbund eine Festplatte ausfällt, wechselt der Status zu* ***„RAID Degraded“****. Damit wird deutlich, dass der Verbund noch arbeitsfähig ist, aber nun nicht mehr die volle Ausfallsicherheit bietet, falls noch weitere Schäden auftreten. Bietet der verbleibende Verbund keine weitere Redundanz mehr und fällt eine weitere Festplatte aus, ist der Verbund nicht mehr intakt. Der Status wechselt zu* ***„RAID Failed“****.*

Wichtig ist, dass im Fehlerfall ruhig und besonnen reagiert wird. Vor allem muss der defekte Datenträger eindeutig in seiner Einbauposition identifiziert werden. Der Tausch des falschen Datenträgers kann zur Zerstörung des gesamten Verbund-Datenbestandes führen. Grundsätzlich sollte das Vorgehen an einem Testsystem mit gleichartigem RAID-Aufbau anhand diverser simulierter Fehlerfälle eingeübt werden.

*Ebenso wichtig ist präventives Vorgehen. Neben der regelmäßigen Anfertigung von Backups zählt dazu das kontinuierliche Monitoring der Festplatten-Fitnessdaten über ihre SMART-Funktionen (**s**elf-**m**onitoring, **a**nalysis and **r**eporting **t**echnology). Auf diese Weise lassen sich oft schon frühzeitig drohende Ausfälle erkennen. Meistens verkürzen sich die Intervalle zwischen korrigierten Schreib- und Lesefehlern rapide, bevor es schließlich zum Ausfall kommt. Entsprechend identifizierte Laufwerke können dann noch vor einem tatsächlichen Ausfall ersetzt werden.*

1.3.7.2 SAN

In Rechenzentren von Server-Farmen, Cloud-Anbietern oder größeren Unternehmen kommen SAN-Systeme (**S**torage **A**rea **N**etwork) zum Einsatz. Sie sind aus dem Bedarf nach blockorientiertem, skalierbarem Datenzugriff entstanden. Zuvor mussten für schnellen, blockbasierten Datenzugriff Festplatten in die einzelnen Server eingebaut werden.

Die Festplatten limitierten mit ihrer begrenzten Speicherkapazität nicht nur die Einsatzmöglichkeiten der Server, sie verursachten auch beträchtliche Kosten.

SAN setzt an diesem Punkt an und stellt über ein separates Gerät netzwerkübertragenen Speicherplatz bereit. Damit wird die Geschwindigkeit von DAS mit der Flexibilität von NAS geboten, allerdings zum Preis erheblich komplexer ausfallender Konfigurations- und Wartungsarbeiten.

SAN-Systeme kommunizieren über **Fibre Channel**. Lokal werden Kupferkabel verwendet, entfernte Speichersysteme werden bis zu einer Distanz von ca. 10 km per Glasfaser angebunden. Fibre Channel spezifiziert Datenübertragungsraten von bis zu 32 Gbit/s. Gängig sind derzeit aber pro Kabel maximal 8 Gbit/s.

Statt separate Kabel für Fibre Channel zu verlegen und diese zusätzliche Infrastruktur zu warten, ist es oft günstiger, die bestehende Infrastruktur auszubauen und mitzunutzen. Fibre Channel wird dann beispielsweise mittels Fibre Channel over Ethernet (FCoE) über eine 10-Gbit-Ethernet-Leitung transportiert.

Zur Durchsatzsteigerung auf 16 Gbit/s kann sog. Multi-Pathing eingesetzt werden, indem die Strecken jeweils doppelt ausgelegt werden.

Im Rechenzentrum verbinden sich die einzelnen Server aus den Server-Racks über einen Host-Bus-Adapter (HBA) mit dem Fibre-Channel-Switch, bzw. bei Multi-Pathing mit den beiden Fibre-Channel-Switches. Für den auf diese Weise mit Speicherressourcen versorgten Server besteht kein Unterschied zu einer lokal verbauten Festplatte.

AUFGABEN

1. Was unterscheidet Server grundsätzlich von Workstations?
2. Welche Geräte in einem Netzwerk sind Hosts und welche nicht? Nennen Sie Beispiele.
3. Wie viele Minuten im Jahr darf ein „Five Nine"-System ausfallen?
4. Was unterscheidet ein Switch von einem Hub?
5. Worin unterscheidet sich das Cut-Through- vom Store-and-Forward-Verfahren?
6. Wozu benötigt man Router in einem Netzwerk?
7. Warum sind redundante Netzwerkverbindungen (*loops*) problematisch und was lässt sich dagegen tun?
8. Erklären Sie den Unterschied zwischen DAS und NAS.
9. Welches Problem löst SAN, das sich nicht von NAS lösen lässt?
10. Welche Eigenschaften sollten die Festplatten eines RAID-Verbundes idealerweise haben?
11. Ihnen stehen sieben Festplatten zur Verfügnung: 4 x 4 TB, 2 x 6 TB und 1 x 8 TB. Schlagen Sie eine sinnvolle RAID-Konfiguration (RAID-Level und die konkrete Anschlussstruktur der einzelnen Festplatten) vor für
    a) eine möglichst große nutzbare Gesamtfestplattenkapazität,
    b) eine möglichst große Ausfallsicherheit,
    c) eine möglichst große nutzbare Gesamtfestplattenkapazität bei einer Ausfallsicherheit von mindestens $S = 1$.

12. Es werden drei gleichgroße Festplatten in einer RAID-0-Konfiguration betrieben. Welche der folgenden drei Statusmeldungen wird nach dem Ausfall einer Festplatte angezeigt?
    a) RAID Optimal
    b) RAID Degraded
    c) RAID Failed

1.4 Kommunikationsprotokolle und Modelle

Für eine vollständige, fehlerfreie und effiziente Übertragung von Daten sind Regeln erforderlich, die genau festlegen, wie eine Kommunikation zwischen dem Ausgangspunkt einer Nachricht (Quelle) und dem Zielpunkt einer Nachricht (Senke) durchzuführen ist. Dazu müssen einzelne Funktionen identifiziert, definiert sowie sinnvoll und praxisgerecht gruppiert werden. Das ist das Aufgabengebiet von Kommunikationsprotokollen (Kap. 1.4.1 sowie 1.5 bis 1.8). Für das Zusammenspiel und die Austauschbarkeit von Protokollen sind die Vereinbarung der Kommunikationsschnittstellen und die Abgrenzung der Aufgabengebiete notwendig. Schichtenmodelle bieten hierfür eine Richtlinie (Kap. 1.4.2).

In den folgenden Abschnitten werden zunächst die Funktionen von Kommunikationsprotokollen vorgestellt. Danach folgt der Blick auf Schichtenmodelle und deren praktische Umsetzungen.

1.4.1 Protokollfunktionen

Für einen sicheren Datentransfer sind u. a. festzulegen: Synchronisationsart, Übertragungsgeschwindigkeit, Datenformat, Codierung, Sicherungsverfahren, Betriebsarten.

Ein Kommunikationsprotokoll beinhaltet beispielsweise die folgenden Funktionen:

Funktion	Beschreibung
Zugangskontrolle	Regelungen über Zugangsberechtigungen von Endeinrichtungen
Initialisierung	Prozess zum Starten und Beenden der Übertragung; Informationen zum Verbindungsauf- und -abbau
Adressierung	Identifizierung von Endsystemen
Blockbildung	Regeln zur Kennzeichnung von Blockbeginn und Blockende
Blocknummerierung	Fortlaufende Nummerierung von Datenblöcken, um den Verlust von Datenblöcken zu erkennen
Steuerung	Überwachung des Ablaufs der Datenübertragung
Flusskontrolle	Mechanismus zur Drosselung des Datenverkehrs, damit ein Sender einen Empfänger nicht mit Daten überschwemmt
Fehlererkennung	Erkennen von Übertragungsfehlern durch entsprechende Sicherungsverfahren

Bild 1.53: Protokollfunktionen

1.4.2 OSI-Schichtenmodell

In der Kommunikationstechnik unterscheidet man sog. geschlossene und offene Kommunikationssysteme:

- Ein **geschlossenes System** ist ein herstellerabhängiges (proprietäres) System, welches mit individuellen firmenbezogenen Protokollen, Zeichensätzen und Übertragungssequenzen arbeitet, die in der Regel seitens der Hersteller nicht veröffentlicht werden. Das Einbinden von Fremdsystemen ist hierbei nicht möglich.
- Im Gegensatz dazu werden bei **offenen Systemen** bestimmte Richtlinien eingehalten, die es anderen Herstellern erlauben, entweder kompatible Geräte zu bauen oder entsprechende Schnittstellenanpassungen vorzunehmen, die eine Einbindung ermöglichen. Um hierbei einen einheitlichen Standard herzustellen, wurde ein **„Referenzmodell für die Kommunikation offener Systeme“** geschaffen.

Dieses Referenzmodell trägt die Bezeichnungen ISO-Modell, OSI-Modell oder, da es in sieben verschiedene Schichten gegliedert ist, 7-Schichten-Modell (OSI: **O**pen **S**ystems **I**nterconnection; siehe auch Kap 1.1.2.6).

Die **sieben Schichten des OSI-Referenzmodells** standardisieren hardware- und softwaremäßig die Struktur der Kommunikation innerhalb eines offenen Kommunikationssystems.

Die **Schichten** werden auch als **Ebenen** oder **Layer** bezeichnet. Jeder Schicht ist eine klar umrissene Aufgabe zur Durchführung der Kommunikation zugewiesen. Hierdurch wird das komplexe Problem der Datenkommunikation innerhalb eines Kommunikationssystems in kleinere Teilprobleme zerlegt. Die Schichten 1 bis 4 werden auch als **transportorientierte** Schichten und die Schichten 5 bis 7 als **anwendungsorientierte** Schichten bezeichnet. Da die Schichten bildhaft als übereinandergestapelt erscheinen, bezeichnet man ihre Gesamtheit häufig auch als „Protokollstapel“ oder „Protokoll-Stack“ (engl. *stack*: Stapel).

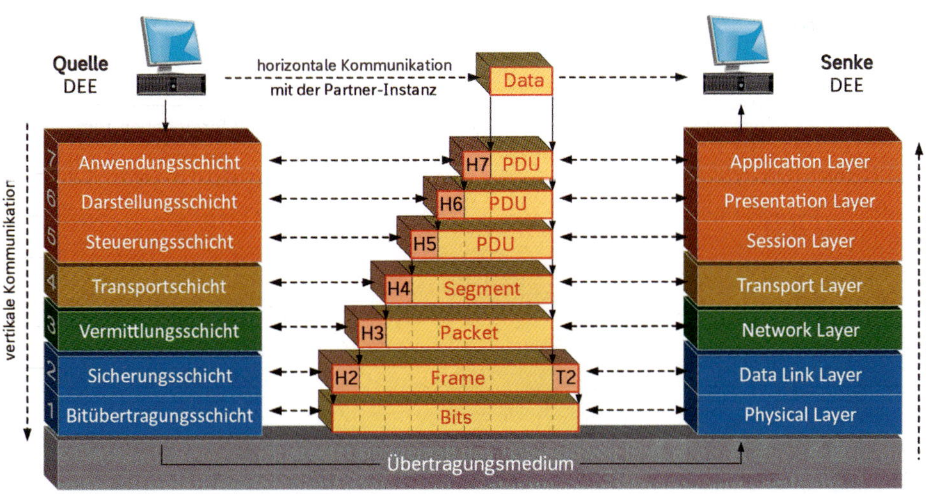

*Bild 1.54: OSI-Modell eines Protokollstapels (linker Stapel: deutsche Bezeichnung; rechter Stapel: zugehörige englische Bezeichnung; PDU: **P**rotocol **D**ata **U**nit)*

Den Ablauf einer Kommunikation zwischen einer Quelle und einer Senke kann man sich modellhaft folgendermaßen vorstellen: Ein zu übertragendes Datenpaket wird auf der Senderseite von der **Datenendeinrichtung (DEE)** erzeugt und durchläuft die Schichten 7 bis 1 des OSI-Modells (Bild 1.53).

Vertikale Kommunikation

> Durchläuft ein Datenpaket die einzelnen Schichten des OSI-Modells, so spricht man von einer **vertikalen Kommunikation**.

Jede Schicht fügt dem übergebenen Nutzdatenpaket (Payload) Protokollinformationen zu. Befinden sich diese am Paketanfang, werden sie als **Header** (Protokollkopf, -vorspann; in Bild 1.54: H7 bis H2) bezeichnet. Befinden sie sich am Paketende, nennt man sie **Trailer** (Protokollnachspann; in Bild 1.54: T2). Die Protokollinformationen einer höheren Schicht werden in der niedrigeren Schicht quasi als „Nutzdaten" betrachtet und damit vollkommen transparent behandelt, d. h., sie werden von der unteren Schicht in keiner Weise interpretiert und unverändert übertragen. Auf der Schicht 1 wird das von der Quelle erzeugte Nutzdatenpaket inklusive aller Protokollinformationen in technisch übertragbare Signale umgewandelt und über das physikalisch vorhandene Übertragungsmedium transportiert (z. B. Kupferkabel, Lichtwellenleiter, Funk). Die Protokolle werden ineinander geschachtelt.

Auf der Empfängerseite durchläuft das Paket dann umgekehrt die Schichten 1 bis 7 (Bild 1.54). Die auf der Senderseite schichtweise hinzugefügten Protokollinformationen müssen auf der Empfängerseite wieder entfernt werden. Dieser Vorgang erfolgt ebenfalls schichtweise, d. h., jede Schicht auf der Empfängerseite interpretiert die von der entsprechenden Schicht auf der Senderseite hinzugefügten Informationen und entfernt sie anschließend.

Horizontale Kommunikation

> Jede Schicht der Senderseite kann nur mit der ihr entsprechenden Schicht auf der Empfängerseite korrespondieren (**horizontale Kommunikation**).

Bei der horizontalen Kommunikation zwischen gleichen Ebenen handelt es sich um eine rein logische Verbindung. Lediglich auf Ebene 1 erfolgt eine physische Verbindung und eine Übertragung von Daten.

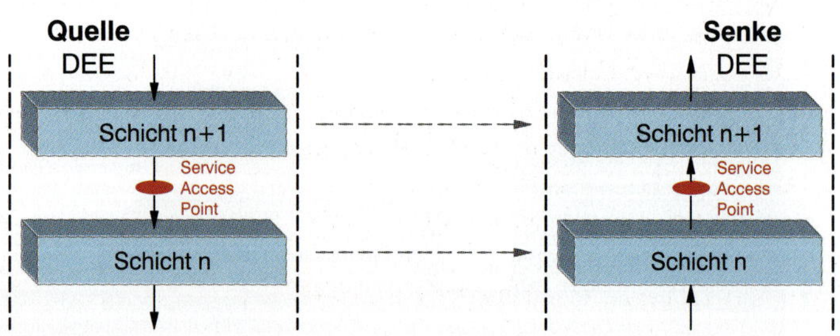

Bild 1.55: SAPs zwischen den Schichten

Jede der Schichten des OSI-Referenzmodells erfüllt ganz bestimmte Dienstleistungen, die sog. **Services**. Diese Dienstleistungen stellt eine Schicht der jeweils nächsthöheren zur Verfügung. Hierbei wird auf die von der nächstniedrigeren Schicht zur Verfügung gestellten Dienste zugegriffen. Für diese Zugriffe sind Schnittstellen zwischen den Schichten definiert, an denen ganz bestimmte Dienste über Dienstzugangspunkte zur Verfügung gestellt werden. Diese Dienstzugangspunkte werden als **Service Access Points (SAP)** bezeichnet (Bild 1.55).

Bei einer Kommunikation zwischen einer Quelle und einer Senke werden fast immer zwischengeschaltete Übertragungsgeräte benötigt. Diese werden auch als **Datenübertragungseinrichtung (DÜE)** bezeichnet. Sie erfüllen nur bestimmte Funktionalitäten des OSI-Modells, weswegen nicht alle Schichten implementiert sind (Bild 1.56). Solche DÜE heißen im LAN (je nachdem, ob sie auf der Schicht 1, 2, 3 oder darüber koppeln) Hubs, Bridges, Router oder Gateways (siehe auch Kap. 1.3).

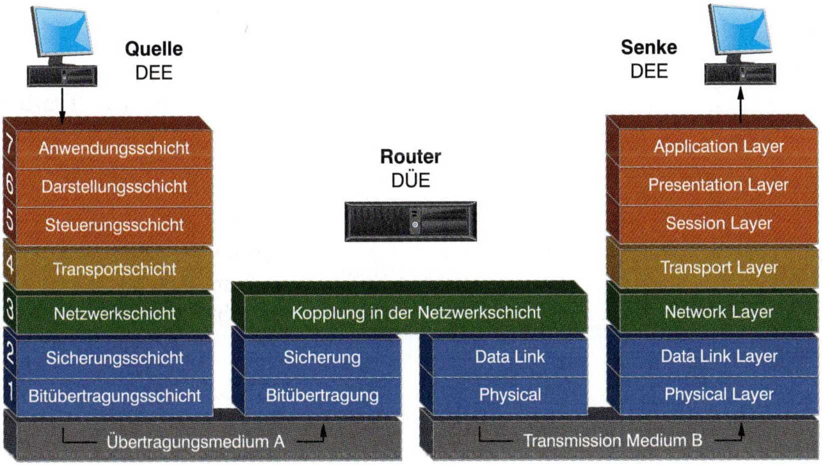

Bild 1.56: Datenübertragungseinrichtungen in der Netzwerkschicht

DEE müssen auch nicht immer alle Schichten implementieren: Es gibt in der Automatisierungstechnik Feldbussysteme, die kurz als „1-2-7-Systeme" klassifiziert werden, weil die typischen Funktionen der Schichten 3 bis 6 nicht gebraucht und deshalb weggelassen werden.

Aufgaben der OSI-Schichten

Schicht 7: Anwendungsschicht (*application layer*)

- Stellt der Anwendungssoftware Dienste zur Verfügung.
- Aus Sicht der Anwendenden ist dies die wichtigste Schicht.
- Sie stellt den Anwendenden bzw. den Anwendungsprozessen (Software), die auf ihr aufsetzen, bestimmte Dienstleistungen direkt zur Verfügung.
- Die Anwendungen selbst befinden sich außerhalb des OSI-Modells.
- Die Anwendungsschicht enthält Dienste und Protokolle, die es Anwendungen erlauben, auf das Netz zuzugreifen, z. B.:
  - FTP (*file transfer protocol*) zur Dateiübertragung
  - TELNET (virtuelles Terminal)
  - HTTP (*hypertext transfer protocol*)

Schicht 6: Darstellungsschicht (*presentation layer*)

- Vereinbart die verwendeten Datenformate bzw. Datenkodierungen.
- Führt Umwandlungen zwischen verschiedenen Darstellungen durch.
- Überträgt Dateninhalte unter Wahrung ihres Informationsgehaltes.

- Da in Endsystemen unterschiedliche Kodierungen vorliegen können, wird eine einheitliche, genormte Kodierung für die Übertragung verwendet.
- Setzt die systemabhängige Darstellung von Daten (z. B. ASCII) in eine unabhängige Form um und ermöglicht somit den Datenaustausch zwischen unterschiedlichen Systemen.

Schicht 5: Sitzungsschicht (*session layer*)
- Sorgt für den Auf- und Abbau von Kommunikationsbeziehungen (Sitzungen).
- Stellt diese nach Störungen im Transportsystem wieder her.

Schicht 4: Transportschicht (*transport layer*)
- Stellt sicher, dass Folgen von Datenpaketen fehlerfrei, vollständig und in der richtigen Reihenfolge vom Sender zum Empfänger gelangen.
- Sie ist die oberste Schicht des Transportsystems (OSI-Schichten 3 und 4).
- Die Vermittlungsschicht steht unter der Kontrolle des Netzbetreibers.
- Die Transportschicht kümmert sich um Probleme, die von der Vermittlungsschicht behandelt werden, z. B. Nachlieferung von Paketen, die in der Vermittlungsschicht verloren gegangen sind.
- Segmentierung von Datenpaketen:
  - Die Transportschicht kann beliebig lange Nachrichten übertragen.
  - Eine (lange) Nachricht wird in Segmente unterteilt, die einzeln übertragen werden.
  - Beim Empfänger werden die Segmente wieder zur ursprünglichen Nachricht zusammengesetzt.

Schicht 3: Netzwerkschicht oder Vermittlungsschicht (*network layer*)
- Ist verantwortlich für die Adressierung des Zielsystems und die Wegesuche durch mehrere Zwischensysteme.
- Befasst sich mit der Verbindung von Endsystemen und
- Routing.

Schicht 2: Sicherungsschicht (*data link layer*)
- Befasst sich mit der Verbindung von Teilstrecken.
- Stellt sicher, dass trotz gelegentlicher Störungen ein fehlerfreier Bitstrom übertragen wird.
- Überträgt ganze Rahmen (Frames).
- Die Rahmen müssen fehlerfrei übertragen werden.
- Da Übertragungsfehler grundsätzlich nicht zu vermeiden sind, muss es Möglichkeiten zur Fehlererkennung und -beseitigung geben.
- Fehlersicherung:
  - Fehlererkennung durch Paritätsbits, Prüfsummen oder Fehler erkennende Codes
  - Fehlerkorrektur durch fehlerkorrigierende Codes oder nochmaliges Anfordern der verfälschten Pakete beim Sender
- Rahmensynchronisation:
  - Anfang und Ende eines Rahmens müssen erkannt werden.
  - Die Bildung von Rahmen soll sicherstellen, dass die übertragenen Signale einer Kommunikationsbezeichnung zugeordnet und korrekt interpretiert werden.
  - Die Rahmensynchronisation ermöglicht die eindeutige Erkennung von Rahmenanfang und -ende.
- Flusssteuerung:
  - Der Sender darf den Empfänger nicht mit Rahmen überschwemmen, er muss die Empfangsbereitschaft des Empfängers berücksichtigen.

- Die Flusssteuerung soll verhindern, dass ein schneller Sender einen langsameren mit Daten überschwemmt.
- Große Pufferspeicher sind vorteilhaft, aber teuer.
- Der Empfänger benötigt einen Mechanismus, mit dem er den Sender dazu veranlassen kann, eine bestimmte Zeit zu warten.

Schicht 1: Bitübertragungsschicht (*physical layer*)

- Ist nur für die Übertragung einzelner Bits verantwortlich.
- Definiert die physikalischen und technischen Eigenschaften der Übertragungsmedien.
- Überträgt einzelne Bits zwischen benachbarten Stationen.
- Mechanisch: definiert die Schnittstelle zwischen der Station und dem Übertragungsmedium (i. d. R. eine mehrpolige Steckverbindung).
- Elektrisch: definiert die Kodierung der Bits (Spannungspegel, z. B. bei NRZ-, NRZI-, Manchester-Code).
- Prozedural: beschreibt Abläufe, die für die Bitübertragung erforderlich sind.

1.4.3 Netzwerkmodelle und Protokolle in der Praxis

Die heutige Netzwerklandschaft ist ein Gemisch aus:

- LAN-Technologien der Gerätehersteller
- Techniken der öffentlichen Weitverkehrsnetze, die von staatlichen Behörden oder deren Nachfolgeunternehmen bestimmt werden
- Internet, das im universitären Umfeld geprägt worden ist.

Das **OSI-Modell** ist ein ***Referenzmodell***, kein Standard und auch kein Produkt. Sein unschätzbarer Wert besteht darin, dass es überhaupt ermöglicht, die Begrifflichkeiten der verschiedenen Herkunftsumfelder einander zuzuordnen und vergleichbar zu machen. Während im Bereich der öffentlichen Netze fast zwangsläufig eine stärkere Affinität zu internationalen Normierungen zu verzeichnen ist, verwundert es nicht, dass in vielen anderen Bereichen (z. B. Firmen, Hochschulen) bereits vor der Vorstellung des OSI-Modells (im Jahr 1983) Netzwerkmodelle existierten und auch heute noch bestehen.

Teilt man die transportorientierten Schichten noch einmal zwischen den Schichten 2 und 3 auf, so erhält man die in Bild 1.57 abgebildete funktionale Grobstruktur.

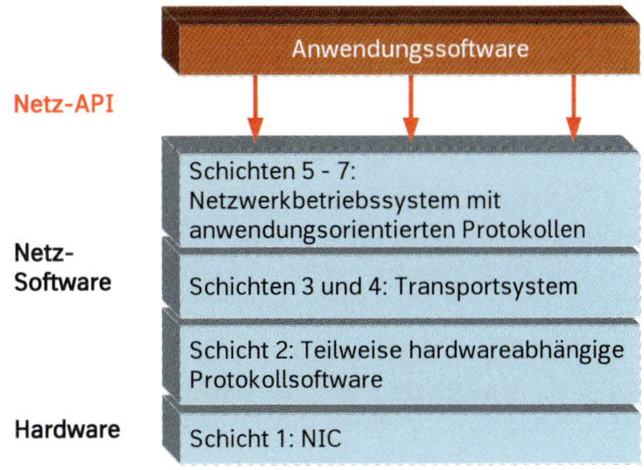

Bild 1.57: Grobstruktur eines Netzwerkmodells

Die anwendungsorientierten Schichten realisieren den von Benutzenden wahrgenommenen funktionalen Charakter des Netzes als Dienstleister, vergleichbar einem „Versandhandelshaus" als Mittler zwischen Produzent und Verbraucher. Die Schichten 3 und 4 (im Folgenden Transportsystem genannt) repräsentieren – unabhängig von den stark physikalisch geprägten Schichten 1 und 2 – die Dienste eines „Logistikunternehmens", das Aufträge so abwickelt, dass für den Auftraggeber (Versandhaus) das benutzte Verkehrsmittel (Schichten 1 und 2) bedeutungslos bleibt.

1.4.3.1 Transportsysteme

Die anwendungsorientierten Schichten sind sehr eng mit dem jeweils verwendeten Netzwerkbetriebssystem verknüpft, eventuell sogar dessen integraler Bestandteil. Windows, Netware und Linux bringen aus ihrer spezifischen Entwicklungsgeschichte eigene Transportsysteme mit:

- Windows: **NetBEUI** (von IBM und Microsoft entwickelt, inzwischen aber verworfen)
- Netware: **IPX/SPX** (als Eigenentwicklung von Novell)
- Linux: **TCP/IP** (von UNIX übernommen, für das Internet entwickelt)

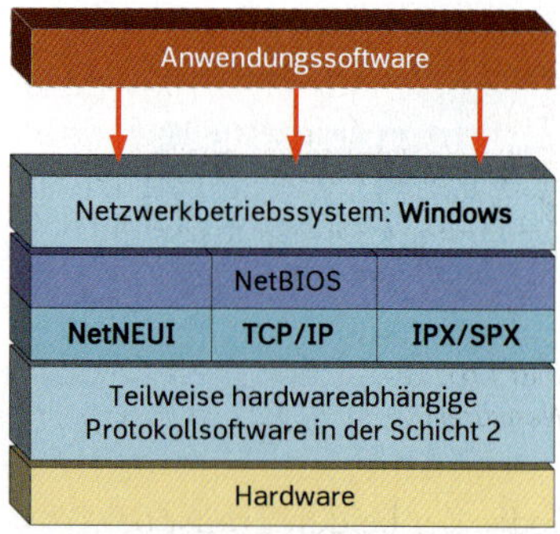

Bild 1.58: Windows kann mit mehreren Transportsystemen arbeiten

Diese drei Transportsysteme sind untereinander vollständig inkompatibel, aber jedes kann seinerseits auf verschiedenen „Verkehrsmitteln" aufsetzen und jedes kann vom Windows-Netzwerk verwendet werden.

Dadurch ergibt sich die bemerkenswerte Flexibilität von Windows: Sein Netzwerk-API „NetBIOS" besitzt nicht nur Schnittstellen zu allen drei Transportsystemen, sondern alle drei Transportsysteme können sogar gleichzeitig betrieben werden (Bild 1.58).

Nicht weniger flexibel zeigt sich Netware mit seiner „Open Protocol Technology" (kurz OPT). Zwar wird NetBEUI nicht unterstützt, dafür aber IBMs „System Network Architecture" (SNA) und AppleTalk (Bild 1.59). Die Intranetware-Dienste setzen auf dem verallgemeinerten Transportsystem auf, das von Novell „Netware Streams" genannt wird.

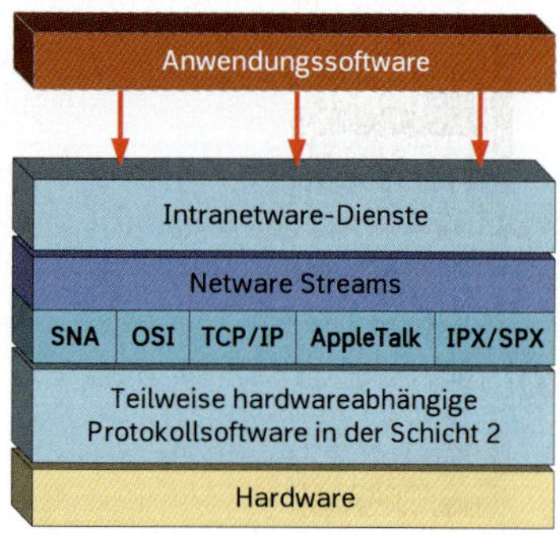

Bild 1.59: Novells offene Protokolltechnologie

Für Linux ist naturgemäß als Transportsystem TCP/IP die erste Wahl.

Die größte Bedeutung hat letztlich TCP/IP erlangt, was schon daran erkennbar ist, dass sowohl Microsoft (seit WinNT 4.0) als auch Novell (seit Netware 5.0) ihre Betriebssysteme mit diesem als primärem Transportsystem ausrüsten – anstelle der hauseigenen, früher mit TCP/IP konkurrierenden Transportsysteme.

1.4.3.2 Verbindungssysteme

Die durch die OSI-Schichten 1 und 2 beschriebenen Medien, physikalischen Parameter, Zugriffs- und Sicherungsprotokolle sind jeweils aufeinander abgestimmte Einheiten, die austauschbar gegenüber einem Transportsystem sind.

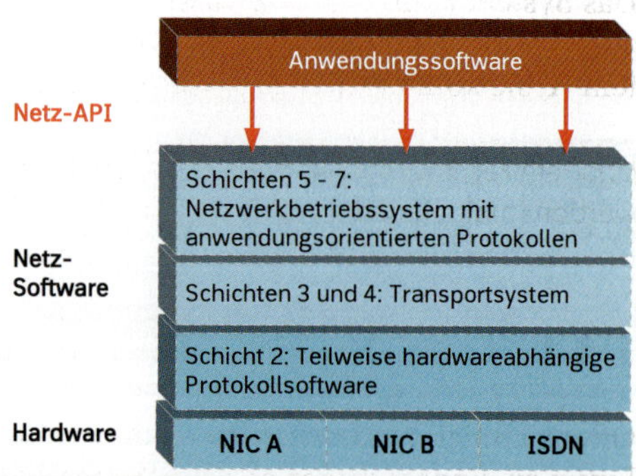

Bild 1.60: Die physikalisch orientierten Schichten

Es ist sogar möglich, einem bestimmten Transportsystem ein bestimmtes technisches Verbindungssystem zuzuweisen (Bild 1.61).

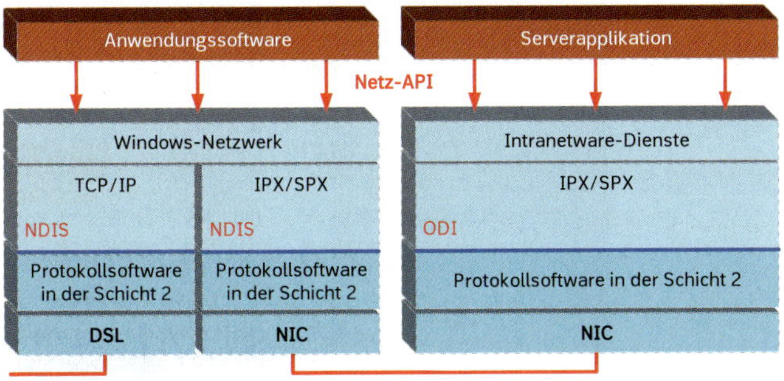

Bild 1.61: Eine an das Internet angeschlossene Workstation (dual homed host), die ihre Dateien auf einem Netware-Fileserver ablegen kann. Der Fileserver ist vom Internet abgeschottet.

Jedes der beiden Transportsysteme hat seine eigene Schnittstellendefinition zum technischen Verbindungssystem: Windows definiert mit **NDIS** (**N**etwork **D**evice **I**nterface **S**pecification) und Netware mit **ODI** (**O**pen **D**ata-Link **I**nterface) eine virtuelle Netzwerkkarte, an die ein Transportsystem angebunden werden kann (Bild 1.61).

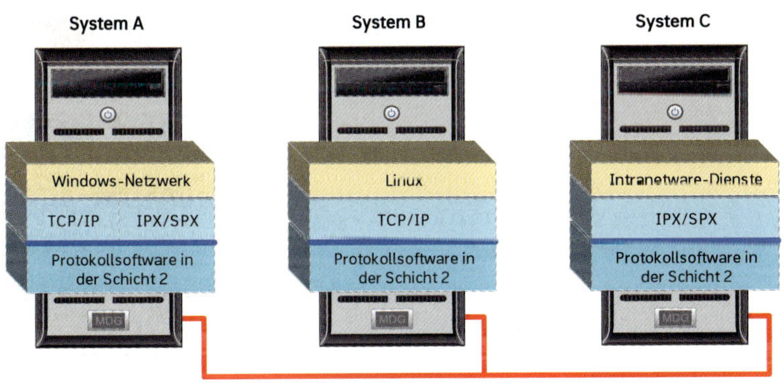

Bild 1.62: Zwei Transportsysteme benutzen ein technisches Verbindungssystem

Das System A in Bild 1.62 kann sowohl mit System B als auch mit System C kommunizieren – System B und System C hingegen „sehen“ ihrerseits jeweils ausschließlich System A, sie können sich gegenseitig nicht wahrnehmen.

Über ein technisches Verbindungssystem können unterschiedliche Transportsysteme bedient werden (multiplexen).

1.4.4 ISO/OSI- und TCP/IP-Modell

Offensichtlich tendieren die drei betrachteten Betriebssysteme Windows, Netware und Linux zu einer weniger differenzierten (im Vergleich zur OSI-Modellierung) und damit praktikableren Sichtweise, wie sie insbesondere im Internet mit TCP/IP benutzt wird.

Bei der DoD-Architektur (DoD: US-**D**epartment **of** **D**efence; es veranlasste die Entwicklung der TCP/IP-Protokolle) sind die Applikationen selbst für die Ausführung derjenigen Funktionen zuständig, die in den Schichten 5 bis 7 des OSI-Modells definiert sind. Über die Art des technischen Verbindungssystems (OSI-Schichten 1 und 2) werden keinerlei Annahmen gemacht oder Vorgaben gesetzt. Wenn bisher von Protokollen die Rede war, die in unterschiedlichen Systemen vorkommen, darf eines nicht vergessen werden:

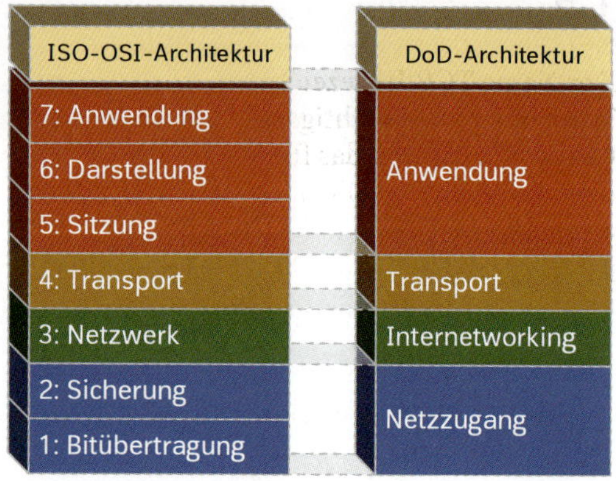

Bild 1.63: Gegenüberstellung der Architekturen ISO/OSI und DoD (TCP/IP)

Protokolle sind zunächst nur **Definitionen** und müssen innerhalb jedes Betriebssystems erst eigens implementiert (programmiert und kompiliert/assembliert) werden. Damit werden sie zu dessen Bestandteil („Protokolltreiber").

AUFGABEN

1. Sie erkundigen sich bei Ihrem Ausbilder über die Aufgabenplanung für die nächsten Tage. Erstellen Sie ein Beispiel des möglichen Kommunikationsablaufs unter Angabe aller Funktionselemente aus Bild 1.53.
2. Zu welcher OSI-Schicht gehört die Bestimmung des korrekten Zeichensatzes?
3. Welche OSI-Schicht verwendet einen Trailer?
4. Welche OSI-Schichten bezeichnet man als die „anwendungsorientierten Schichten"?
5. Wie bezeichnet man die anderen OSI-Schichten?
6. Erläutern Sie im Zusammenhang mit dem OSI-Modell die Begriffe der horizontalen und der vertikalen Kommunikation.
7. Welche Transportsysteme werden von Windows unterstützt?
8. Welche Transportsysteme unterstützt Netware?
9. Wie heißt das NetBIOS entsprechende API bei Netware?
10. Wie nennt man die Zuordnung eines Transportsystems zu einer Schnittstelle (NIC)?

1.5 Grundlagen der TCP/IP-Protokolle

Der Name TCP/IP bezeichnet eine Gruppe von Protokollen, von denen die Namensgeber TCP und IP die wichtigsten Einzelprotokolle sind. Es gibt Alternativen, etwa bei IBM-Großrechnern oder das früher in lokalen Netzen weit verbreitete Protokollsystem Netware der Firma Novell. Die TCP/IP-Protokolle sind aufeinander abgestimmt und bilden ein einheitliches System. Eine Vermischung der Protokolle verschiedener Systeme untereinander ist nicht möglich. Über sog. Gateways können aber beispielsweise ein TCP/IP-Netz und ein Netware-Netz miteinander verbunden werden.

1.5.1 Adressierungsebenen

Computernetzwerke oder allgemein Kommunikationsnetzwerke bestehen üblicherweise aus mehr als zwei Teilnehmern. Damit eine Kommunikation einzelner Teilnehmer untereinander möglich ist, muss jede Netzwerkschnittstelle ein eindeutiges Kennzeichen aufweisen. Für Postsendungen ist die Anschrift das eindeutige Kennzeichen für die zielgenaue Zustellung. In lokalen Computernetzwerken kennzeichnen **MAC**-Adressen (**M**edia **A**ccess **C**ontrol) die Netzwerkschnittstellen der einzelnen Teilnehmer.

Hat ein Kommunikationsnetz mehr als zwei Teilnehmer, müssen die Netzwerkschnittstellen mit individuellen Adressen versehen sein, damit einzelne Teilnehmer untereinander kommunizieren können.

Diese fest zugewiesene Adresse heißt **MAC-Adresse** (***M**edia **A**ccess **C**ontrol*). Sie wird auch physikalische Adresse, Hardwareadresse oder Geräteadresse genannt.

Während ein Postpaket anhand der Empfangsadresse weltweit zugestellt werden kann, stellt die MAC-Adresse lediglich die Zuordnung der Teilnehmer in einem gemeinsamen lokalen Netz sicher. Für eine weitere Ausdifferenzierung eignet sie sich nicht, denn sie wird bei der Herstellung der Netzwerkschnittstelleneinheit fest vergeben und hat keinen Bezug zum finalen Einsatzort. Die MAC-Adressen der Teilnehmer-Interfaces in einem lokalen Netz unterscheiden sich üblicherweise drastisch und lassen keine Struktur erkennen. Eine globale Adressierung ist damit völlig unpraktikabel.

Mit der **MAC-Adresse** kann ein benachbarter Teilnehmer (im gleichen lokalen Netz) gezielt adressiert werden. Zwischen den MAC-Adressen einer willkürlich zusammengestellten Teilnehmergruppe besteht keinerlei Zusammenhang (Bild 1.64). Deshalb eignet sie sich nur im LAN zur Lokalisierung der Zielschnittstelle.

Kommunikation über Netzwerkgrenzen hinweg nennt man Internetwork (lat. *inter* = zwischen; engl. *net* = Netz; engl. *work* = Arbeit/Prozess). Danach ist auch das weltweite Internet benannt. Für die Kommunikation in diesem weltweiten Netzverbund wird ein globales, ortsbezogenes Adressierungssystem eingesetzt. Die zugeteilten Adressen lassen über ihren Ortsbezug den Zielort finden. Die genaue Arbeitsweise wird im **I**nternet(work) **P**rotocol (**IP**) beschrieben.

Mit der **IP-Adresse** kann ein anderer Netzteilnehmer gezielt adressiert werden, selbst wenn er sich nicht im gleichen lokalen Netz befindet.

Die aus Zahlengruppen bestehenden IP-Adressen sind für den menschlichen Gebrauch unhandlich. Deshalb wurde eine Adressierungsschicht darübergelegt, die eine Adressierung anhand beschreibender Namen erlaubt. So lässt sich beispielsweise „www.westermann.de" viel besser merken als „217.13.73.82". Die dafür notwendige Übersetzung der Namen in die entsprechenden IP-Adressen erledigt ein eigener Dienst im Internet, das **Domain Name System** (DNS).

Die örtliche Zuordnung bezieht sich in erster Linie auf die Position in der Netzstruktur. Diese fällt oft, aber nicht zwingend, auch mit geografischen Abgrenzungen zusammen.

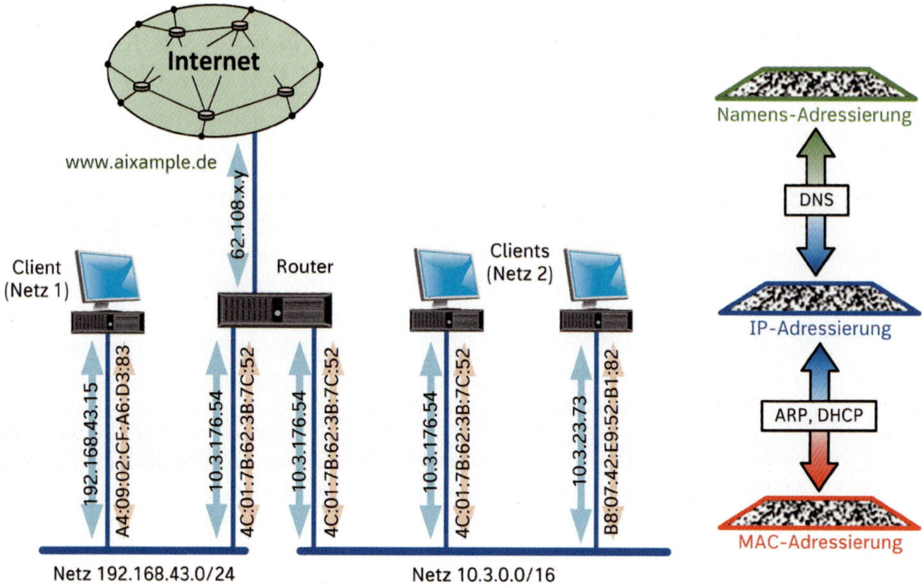

Bild 1.64: Ebenen der Adressierung

1.5.2 Adressierungsarten

In den meisten Adressierungssystemen gibt es verschiedene Arten, Kommunikationspartner zu adressieren:

- Mit einer **Unicast**-Adresse wird genau ein Teilnehmer adressiert (Bild 1.65 a).
- Die **Broadcast**-Adresse richtet sich an alle erreichbaren Teilnehmer (Bild 1.65 b).
- Über die **Multicast**-Adresse wird eine Gruppe von Teilnehmern angesprochen (Bild 1.65 c).

IPv6 bietet noch die **Anycast**-Adressierung (Bild 1.65 d), bei der aus einer Gruppe von Teilnehmern der davon als Erster erreichbare die versandte Nachricht erhält. Auf diesen Sonderfall wird hier nicht näher eingegangen.

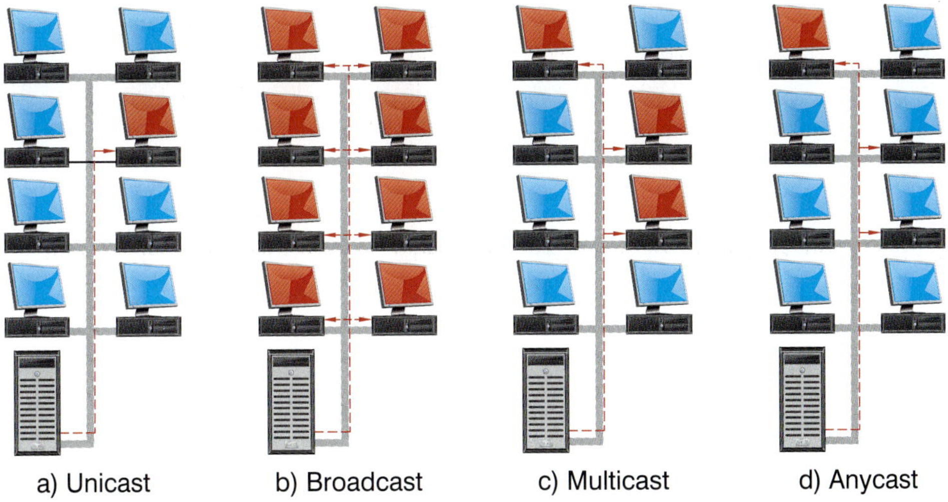

Bild 1.65: Adressierungsarten

1.5.3 MAC-Adressierung

Jede drahtgebundene oder drahtlose Netzwerkschnittstelle von Endgeräten (nicht Hubs, Switches, Repeater usw.) weist eine MAC-Adresse auf, die für diese Schnittstelle weltweit eindeutig ist. Sie wird vom Hersteller vergeben und ist üblicherweise 48 bit lang (Bild 1.66, blaue Markierung).

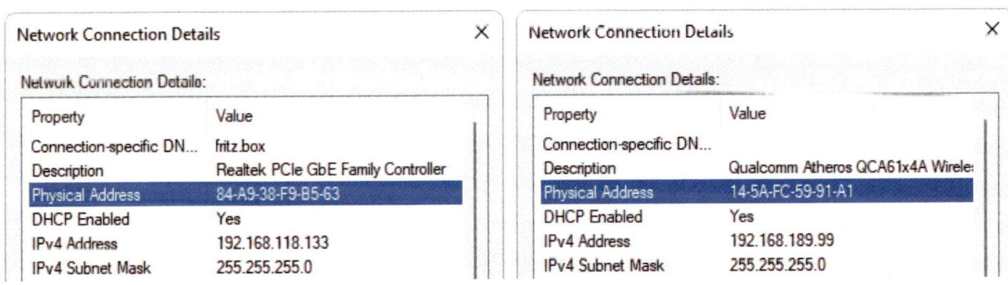

Bild 1.66: MAC als physikalische Adresse in den Netzwerkverbindungsdetails (links Kabel, rechts WiFi)

> Die physikalische Adresse ist immer gleich, unabhängig vom aktuell verwendeten Protokollsystem.

Die MAC-Adresse besteht aus 48 Bits (sechs Bytes), von denen die erste Hälfte die Herstellerkennung (**OUI: O**rganizationally **U**nique **I**dentifier) abdeckt und die zweite Hälfte als fortlaufende Nummer in etwa der Seriennummer des Produkts entspricht.

> Der Gültigkeitsbereich von MAC-Adressen erstreckt sich über ihr lokale Netz. An den Verbindungspunkten zu anderen Netzen gilt: Jenseits des Netzkopplers (Router) sind die diesseitigen MAC-Adressen unbekannt.

Die nach IEEE 802.3 für Ethernet standardisierte MAC-Adressierung läuft wie folgt ab.

Den über das Netzwerk zu transportierenden Nutzdaten werden die MAC-Adressen des Senders und des Empfängers sowie einige Protokollinformationen vorangestellt (Ethernet-Header). Ein über die Nutzdaten gebildeter Prüfwert wird an das Ende angehängt (Trailer). Weil diese Schicht-2-Protokolldaten aus Header und Trailer die Nutzdaten einrahmen, spricht man auch von einem Ethernet-Rahmen oder Ethernet-Frame (Bild 1.67).

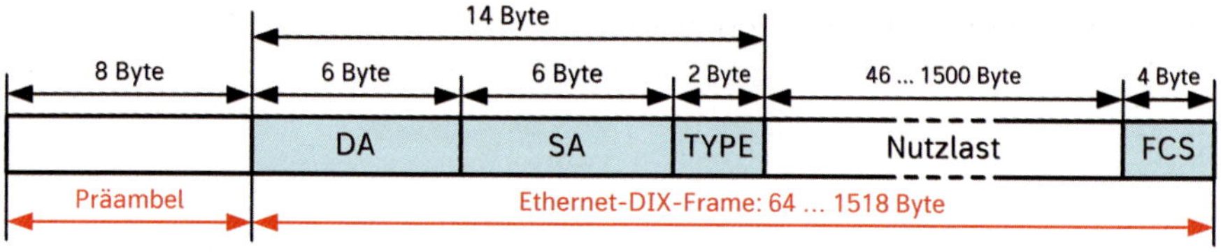

Präambel: 10101010 10101010 10101010 10101010 10101010 10101010 10101010 10101010
DA: Hardware-Zieladresse (Destination Address)
SA: Hardware-Quelladresse (Source Address)
TYPE: Nutzlast-Protokolltyp; Kodierung wie bei SNAP, 0800_{hex} für IP
FCS: Frame Check Sequence, CRC-Prüfwert (Cyclic Redundancy Check)

Bild 1.67: Ethernet-Frame

1.5.4 IP-Adressierung

Damit Geräte in einem globalen Netzwerk eindeutig erkannt und zugeordnet werden können, benötigen sie jeweils eine eindeutige IP-Adresse.

Die **IP-Adresse** (Internet Protocol Address) ist ein weltweit eindeutiges Kennzeichen für Netzwerkgeräte, die über das Internet miteinander kommunizieren.

Die Zuweisung der global gültigen IP-Adressen muss eindeutig sein und koordiniert erfolgen, um Störungen zu vermeiden. Sie wurde anfangs von der zentralen Internetorganisation **IANA** (**I**nternet **A**ssigned **N**umbers **A**uthority) durchgeführt. Heute sind alle IPv4-Adressen nach RFC 2050 in größeren Kontingenten („/8"-Blöcke mit je 16,7 Mio. Adressen) **RIR**s zugewiesen (**R**egional **I**nternet **R**egistries = regionale Registrierstellen/Registrare; Bild 1.68), die diese wiederum an regionale Registrare und Provider, also kommerzielle Netzbetreiber, vergeben. Die Provider verkaufen die Adressen dann an die Endkundschaft.

AFRINIC	African Network Information Center
APNIC	Asia Pacific Network Information Center
ARIN	American Registry for Internet Numbers
LACNIC	Latin American and Caribbean Internet Addresses Registry
RIPE NCC	Réseaux IP Européens (FR), Network Coordination Centre (EN)

Bild 1.68: Regional Internet Registries

Neben den global gültigen IP-Adressen sind spezielle IP-Adressbereiche für die ausschließlich lokale Verwendung reserviert (Bild 1.71). Diese Adressen können von jedem

Betreiber eines lokalen Netzes frei verwendet werden. Im globalen Netz haben sie allerdings keine Gültigkeit. Datenpakete mit solchen Adressen werden außerhalb von lokalen Netzen nicht weitergeleitet.

> IP-Adressen können nicht beliebig gewählt werden. Globale (offizielle) Adressen vergibt der Provider, lokale Adressen vergibt die örtliche Administration.

Für die Übersendung von IP-adressierten Daten wird den Nutzdaten ein Header vorangestellt, der neben einigen anderen Protokollinformationen die IP-Adressen des Senders und des Empfängers enthält (Bild 1.69). Bei IPv4 umfasst der IP-Header mindestens 20 Bytes, die zusammen mit den Nutzdaten zum Empfänger gesendet und auf dem Transportweg ggf. auch verändert werden. Die Headerdaten und ihre Bedeutung werden in Kap. 1.7.1 zusammen mit dem IP-Protokoll genauer beschrieben.

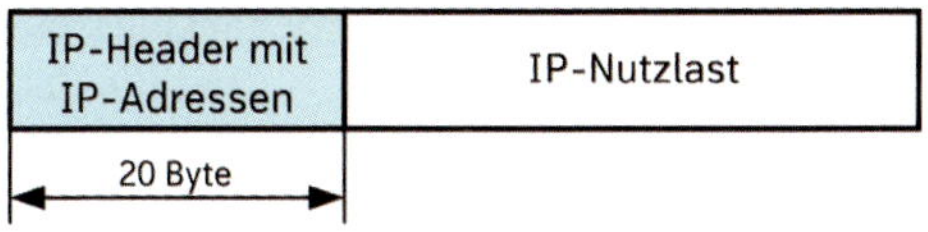

Bild 1.69: IP-Datagramm (vereinfacht)

1.5.4.1 Adress- und Netzbildung

Auch in einem privaten, lokalen Netz wird diese Art der Kennzeichnung verwendet. Eine IP-Adresse in der IP-Version 4 (IPv4) besteht aus 4 Bytes = 32 bit. Hiermit lassen sich 2^{32} verschiedene IP-Adressen zuordnen. Dieser – aus heutiger Sicht – zu kleine Adressraum wird durch die Nachfolgeversion IPv6 auf 2^{128} IP-Adressen erweitert, bei der 16 Bytes für die Adressierung verwendet werden.

IPv4

Eine IPv4-Adresse wird binär folgendermaßen angegeben (Bild 1.70):

	1. Byte	2. Byte	3. Byte	4. Byte
binär:	0 0 0 0 1 0 1 0	1 0 1 1 0 0 0 0	1 1 0 1 0 1 0 1	0 1 0 1 0 1 1 1
dezimal:	10	176	213	87
a)	Netz-Adressteil	Host-Adressteil		
b)	Netz-Adressteil			Host-Adressteil

Bild 1.70: Aufbau einer IPv4-Adresse mit zwei Netz- und Host-Adressteil-Varianten (Beispiel)

Die 32 Bits werden in vier Bytes aufgeteilt, die üblicherweise jeweils als Dezimalzahl und durch Punkte voneinander getrennt angegeben werden (`10.176.213.87`).

Die IPv4-Adresse besteht aus zwei Teilen: dem Netz-Adressteil und dem Host-Adressteil, vergleichbar mit Vorwahl und Rufnummer einer Telefonnummer. Während der Netz-Adressteil zunächst das Netz auswählt, in dem sich der adressierte PC befindet, kennzeichnet der Host-Adressteil eindeutig den konkreten PC in diesem Netz. Die Anzahl der in einem Netz adressierbaren PCs hängt von der Länge des Host-Adressteils ab: Im Beispiel b) aus Bild 1.70 stehen dafür 12 bit zur Verfügung, die 2^{12} = 4096 Host-Adressen ermöglichen. Davon sind zwei Adressen für andere Zwecke reserviert (s. u.), sodass insgesamt 4094 PCs eindeutig adressierbar sind.

Anfangs hat man die zur Verfügung stehenden IP-Adressen sehr verschwenderisch in Klassen unterteilt. Mit **CIDR** (**C**lassless **I**nter-**D**omain **R**outing; Anm.: Domain ist hier nicht gleichbedeutend mit DNS- oder Windows-Domäne) regelt jetzt ein klassenloses Konzept die Netzeinteilung (RFC 1466/2050), das mit **VLSM** (**V**ariable-**L**ength **S**ubnet **M**asking) nun eine variable Netzmaskenlänge von 13 bis 27 bit Länge erlaubt. In diesem Zusammenhang wurde auch die verkürzte Schreibweise für die Netzmaske mit Schrägstrich und ihrer Länge in Bits eingeführt, die sog. CIDR-Notation.

Damit lassen sich die Netze bedarfsgerechter unterteilen. Trotzdem sind inzwischen alle IPv4-Adressen „verbraucht“. Im Januar 2022 hat die IANA die letzten verfügbaren Adressbereiche den regionalen Registraren zugeteilt. In Europa wurde Ende 2019 von der RIPE NCC der letzte noch freie /22-Bereich (1 024 Adressen) vergeben[1]. Seitdem können nur noch zurückgegebene Adressbereiche neu vergeben werden.

Länge der Netzmaske in bit	Netzmaske in *dotted decimal* Notation	Anzahl der Adressen je Netz (1 K = 1 024)
13	255.248.0.0	512 K
14	255.252.0.0	256 K
usw.	usw.	usw.
26	255.255.255.192	64
27	255.255.255.224	32

Bild 1.71: Netzmasken bei CIDR

IPv4 kennt u. a. die folgenden Ausnahmeregelungen für die Verwendung von Adressen:

Adressen	Bedeutung
`0.0.0.0`	Keine Netzadresse im eigentlichen Sinne; diese Adresse wird für die Wegelenkung (Routing) benötigt.

`10.0.0.0/8`
`172.16.0.0/12`
`192.168.0.0/16`
	Diese Bereiche werden offiziell nicht vergeben und bei der Wegeseteuerung nicht berücksichtigt (d. h. im globalen Routing). Sie gelten als „private“ Adressen für lokale Netze (RFC 1918).

`100.64.0.0/10`	„Private“ Adressen für Carrier Grade NAT: Shared Address Space on Service Provider Networks (RFC 6598)
`127.0.0.1` `(127.0.0.0/8)`	Diese Adresse bezeichnet (wie auch alle anderen Host-Adressen aus dem genannten Adressbereich) stets den eigenen Rechner (und ist bei Linux dem virtuellen Interface **lo** für **lo**cal zugeordnet).
`169.254.0.0/16`	Dynamic Configuration of IPv4 Link-Local Addresses (RFC 3927); Behelfsadressen bei Ausfall des DHCP-Servers; auch als APIPA (**A**utomatic **P**rivate **IP** **A**dressing) bezeichnet

Bild 1.72: Ausnahmebereiche der IPv4-Adressierung (Auswahl)[2]

1 *Vgl. Sokolov, Daniel AJ: Das war's mit IPv4-Adressen in Europa, veröff. am 26.11.2019 unter http://ct.de/-4596197.html [letzter Zugriff: 11.11.2024]*

2 *Genaueres siehe RFC 6890/8190/5735, 1918, 6598 unter: https://www.rfc-editor.org/ und/oder unter: https://www.iana.org/help/abuse-answers [letzter Zugriff: 11.11.2024].*

Um einen PC eindeutig einem Netz zuordnen zu können, gehört neben der IP-Adresse auch die Information über die Länge des Netz-Adressteils. Das kann man auf zweierlei Arten ausdrücken:

1. Der IP-Adresse folgt ein Schrägstrich und dann die Länge des Netz-Adressteils in bit (CIDR-Notation). Für das Beispiel a) aus Bild 1.70 schreibt man: `10.176.213.87/8`
2. Zusammen mit der IP-Adresse nennt man die Netzmaske bzw. Subnetzmaske. Diese ist wie eine IP-Adresse aufgebaut, bei der alle Bits des Netz-Adressteils zu 1 und der Rest zu 0 gesetzt sind. Für das Beispiel b) schreibt man: IP: `10.176.213.87`, Subnetzmaske: `255.255.240.0`

Mithilfe der Subnetzmaske lassen sich private Netze in kleinere Teilnetze (Subnetze) unterteilen. In Firmen nutzt man das, um das verfügbare Netz nach Standorten, Geschäftsbereichen und Abteilungen zu unterteilen, weil sich dadurch leichter die unterschiedlichen Zugriffs- und Schutzanforderungen umsetzen und administrieren lassen.

Ein Host-Interface ist in einem IPv4-Netz erst durch **IP-Adresse** (Unicast) und **Subnetzmaske** eindeutig gekennzeichnet.

In vielen Fällen werden die angeschlossenen PCs automatisch in das Netz eingebunden. Die dafür notwendigen Konfigurationsdaten, wie IP-Adresse und Subnetzmaske, werden ihnen dabei von einem DHCP-Server zugeteilt.

Ein Netzwerk lässt sich auch manuell einrichten. Dabei muss berücksichtigt werden, dass die meisten IP-Adressen von einer zentralen Organisation an Netzbetreiber, Hosting-Firmen usw. vergeben sind. Für die Nutzung in privaten Netzen sind IP-Adressen aus festgelegten Adressbereichen reserviert. Solche Adressen werden in öffentlichen Netzen nicht geroutet (weitergeleitet) und können in privaten Netzen frei verwendet werden. Die bekanntesten beiden dafür reservierten Netze sind `10.0.0.0/8` und `192.168.0.0/16`.

Unabhängig von der Länge des Host-Adressteils gilt, dass von allen resultierenden IP-Adressen eines Netzes zwei Adressen reserviert sind.

Die **Netzadresse** ist die niedrigste einem Netz zugeordnete Adresse (alle Bits im Host-Adressteil sind 0). Sie kennzeichnet ein Netz von außerhalb (z. B. aus einem anderen lokalen Netz oder dem Internet).

Die **Broadcastadresse** ist die höchste Adresse, die einem Netz zugeordnet ist (alle Bits im Host-Adressteil sind 1). Mit ihr werden alle PCs in einem Netz zugleich angesprochen.

Diese Adressen können nicht an einzelne Hosts vergeben werden.

Die Netzwerkadresse lässt sich durch die bitweise logische UND-Verknüpfung der IP-Adresse eines der Teilnehmer aus dem Netz mit der Subnetzmaske bilden. Die Broadcastadresse ergibt sich aus der invertierten Subnetzmaske (alle 0-Bits werden zu 1 und alle 1-Bits zu 0 gesetzt) bitweise ODER-verknüpft mit der IP-Adresse eines Netzteilnehmers.

Beispiel

In einem privaten Netz wird ein IPv4-Adresse `192.168.132.16` *vergeben. Die Netzmaske lautet* `255.255.255.0`.

a) Welche Informationen beinhaltet die angegebene Netzmaske?
b) Wie lauten die zugehörige Netzadresse und die Broadcastadresse?
c) Wie viele Hosts sind maximal adressierbar?

Lösung

a) Die ersten 24 Bits (1. bis 3. Byte) der Netzmaske haben den Wert 1 ($255_{dez} = 11111111_{bin}$). Damit bilden die ersten 3 Bytes der IP-Adresse den Netz-Adressteil. Die verbleibenden 8 Bits (4. Byte) bildet den Host-Adressteil.

b) Die Netzadresse wird durch bitweise UND-Verknüpfung der IP-Adresse mit der Subnetzmaske ermittelt:

	1. Byte								2. Byte								3. Byte								4. Byte							
IPv4-Adresse	1	1	0	0	0	0	0	0	1	0	1	0	1	0	0	0	1	0	0	0	0	1	0	0	0	0	0	1	0	0	0	0
Subnetzmaske	1	1	1	1	1	1	1	1	1	1	1	1	1	1	1	1	1	1	1	1	1	1	1	1	0	0	0	0	0	0	0	0
Netzadresse	1	1	0	0	0	0	0	0	1	0	1	0	1	0	0	0	1	0	0	0	0	1	0	0	0	0	0	0	0	0	0	0

Damit lautet die Netzadresse: `192.168.132.0`

Die Broadcastadresse wird durch bitweise ODER-Verknüpfung mit der invertierten Subnetzmaske gebildet:

	1. Byte								2. Byte								3. Byte								4. Byte							
IPv4-Adresse	1	1	0	0	0	0	0	0	1	0	1	0	1	0	0	0	1	0	0	0	0	1	0	0	0	0	0	1	0	0	0	0
inv. Subnetzmaske	0	0	0	0	0	0	0	0	0	0	0	0	0	0	0	0	0	0	0	0	0	0	0	0	1	1	1	1	1	1	1	1
Netzadresse	1	1	0	0	0	0	0	0	1	0	1	0	1	0	0	0	1	0	0	0	0	1	0	0	1	1	1	1	1	1	1	1

Die zugehörige Broadcastadresse lautet damit: `192.168.132.255`

c) Der Host-Adressteil besteht nur aus dem 4. Byte. Mit Abzug von Netzadresse und Broadcastadresse lassen sich damit maximal $2^8 - 2 = 254$ Hosts adressieren.

IPv6

Eine IPv6-Adresse ist mit 128 Bits viermal länger als eine IPv4-Adresse. Um sie etwas kompakter darstellen zu können, schreibt man sie in hexadezimaler Form. Anders als bei MAC-Adressen verwendet man hier die Kleinschrift. Die Zahl wird dann in Blöcke von jeweils vier Stellen (16 bit) aufgeteilt und mit Doppelpunkt getrennt notiert.

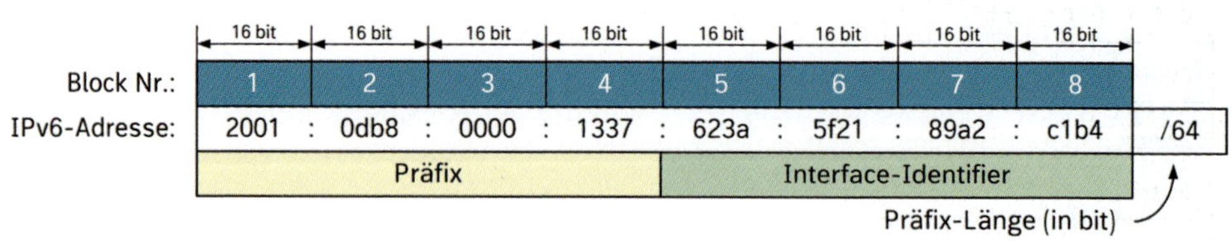

Bild 1.73: Aufbau einer IPv6-Adresse mit Präfix und Interface-Identifier (Beispiel)

Die Unterscheidung in Netz- und Host-Adressteil von IPv4 gibt es auch bei IPv6, allerdings mit anderen Bezeichnungen. Der Netz-Adressteil einer IPv6-Adresse wird mit **Präfix** bezeichnet, der Host-Adressteil mit **Interface-Identifier**.

Die Länge von Präfix und Interface-Identifier können gleich sein, also beide 64 bit betragen, oder sich unterscheiden, also z. B. Präfix: 96 bit, Interface-Identifier: 32 bit. Die Summe muss allerdings stets 128 ergeben. Die Information über die Präfixlänge definiert die Netzmaske und wird mit einem Schrägstich an die IPv6-Adresse angehängt (Bild 1.73).

IPv6-Adressen lassen sich oft in verkürzter Schreibweise darstellen, für die die folgenden Regeln gelten:

Schreib- und Verkürzungsregel	Beispiele

Führende Nullen können innerhalb eines Blocks weggelassen werden.	`2001:0db8:0000:0071:0002:7f3e:0c3b:0001`
	⇩
	`2001:db8:0:71:2:7f3e:c3b:1`

Beträgt der Wert eines oder mehrerer aufeinander folgender Blöcke 0, dann können sie dort **einmalig** weggelassen werden. Im Ergebnis ist diese Stelle durch zwei aufeinanderfolgende Doppelpunkte zu erkennen.	`2001:db8:0:0:0:ab:52:1`
	⇩
	`2001:db8::ab:52:1`
	
	`2001:db8:0:ab:0:0:0:c721`
	⇩
	`2001:db8::ab:0:0:0:c721` oder
	`2001:db8:0:ab::c721`

Die letzten 32 bit (Block 7 und 8) entsprechen der IPv4-Adresslänge von 4 Bytes und dürfen in der herkömmlichen dezimalen Schreibweise notiert werden.	`64:ff9b::d90d:4952`
	`64:ff9b::217.13.73.82`
	
	`::ffff:7f00:1`
	`::ffff:127.0.0.1`

Bild 1.74: Schreib- und Verkürzungsregeln

Auch bei IPv6 gibt es Adresstypen, also Adressen und Adressbereiche mit einer besonderen Bedeutung. Der Adresstyp wird anhand der ersten Bits der IPv6-Adresse festgelegt. Bild 1.75 zeigt eine Auswahl der in RFC 4291 definierten Typen:

Präfix	Typ
0000 0000$_2$	Reserviert für spezielle Anwendungen, u. a.: `0:0:0:0:0:0:0:0` (bzw. `::0`) als unspezifizierte (z. B. Absender-)Adresse und `0:0:0:0:0:0:0:1` (bzw. `::1`) als Loopback-Adresse (wie z. B. `127.0.0.1` bei IPv4)
0:0:0:0:0:0000$_{16}$	IPv4-kompatible IPv6-Adressen
0:0:0:0:0:ffff$_{16}$	Auf IPv4 abgebildete IPv6-Adressen
0000 001$_2$	Reserviert für OSI-Protokolle (NSAP)
`64:ff9b::/96`	IPv4-embedded IPv6-Address (RFC 6052) für **NAT64**
001$_2$	Aggregierbare (bündelbare) globale Unicast-Adressen
2002$_{16}$	Tunnelverfahren **6to4**

Präfix	Typ
1111 1110 10_2	LLA, **L**ink **L**ocal **A**ddresses (eindeutig im gleichen Netzwerksegment)
1111 110_2	ULA: **U**nique **L**ocal **A**ddresses (RFC 4193)
1111 1111_2	Multicast-Adressen
2001:db8::/32	Präfix ausschließlich für Dokumentationszwecke (db8 = „debate"), „Spielmaterial" nach RFC 3849

Bild 1.75: Definierte IPv6-Adresstypen

Die bündelbaren globalen Unicast-Adressen (Bild 1.77) ersetzen die derzeitigen öffentlichen IPv4-Adressen. Die zur Verteilung durch die regionalen Registraturen freigegebenen Adressen haben die folgende interne Struktur der 64-Bit-Netzidentifikation:

3	45	16
001	global routing prefix	Subnetz-ID
Verwaltung öffentlich: „/48"		Verwaltung durch ISP oder Endkundschaft

Bild 1.76: Struktur der 64-Bit-Netzidentifikation

Der **„Global Routing Prefix"** ist zwar hierarchisch strukturiert, aber die Grenzen zwischen den Bits der RIRs und denen der ISPs sind seit 2003 nicht mehr starr wie früher, sondern Verhandlungssache (empfiehlt RFC 3587). Üblicherweise werden bei RIPE NCC durch die ISPs /48-Blöcke an große und /56-Blöcke an kleine Kundinnen und Kunden zugewiesen.

Zusammen mit dem Adresstyp- Präfix 001 ergeben sich die RIR-Präfixe der regionalen Internetregistraturen[1]:

RIR/Bezeichnung	Präfix
6to4	2002::/16
AFRINIC	2001:4200::/23 2c00::/12
APNIC	2001:0200::/23 2001:0c00::/23 2001:0e00::/23 2001:4400::/23 2001:8000::/19 2001:a000::/20 2001:b000::/20 2400::/12

RIR/Bezeichnung	Präfix
IANA	3000::/5, 3800::/6, 3c00::/7, 3e00::/8, 3f00::/9, 3f80::/10, 3fc0::/11, 3fe0::/12, 3ff0::/13, 3ff8::/14, 3ffc::/15, 3ffe::/16
LACNIC	2001:1200::/23 2800::/12

1 *Vgl. IANA: IPv6 Global Unicast Address Assignments, veröff. am 10.09.2024 unter: https://www.iana.org/assignments/ipv6-unicast-address-assignments/ipv6-unicast-address-assignments.xhtml [letzter Zugriff: 11.11.2024]*

RIR/Bezeichnung	Präfix
ARIN	2001:0400/23 2001:1800/23 2001:4800::/23 2600::/12 2610:0000::/23 2620:0000::/23 2630::/12
IANA	2001:0000::/23 2d00::/8 2e00::/7

RIR/Bezeichnung	Präfix
RIPE NCC	2001:0600::/23 2001:0800::/22 2001:1400::/22 2001:1a00::/23 2001:1c00::/22 2001:2000::/19 2001:400::/23 2001:4600::/23 2001:4a00::/23 2001:4c00::/23 2001:5000::/20 2003:0000::/18 2a00::/12 2a10::/12
Documentation	3fff::/20

Bild 1.77: Bündelung bei der 64-Bit-Netzidentifikation

Angestrebt wurde eine besser an der existierenden Netztopologie orientierte Routenbündelung, wie sie sich bei CIDR erst aus der Not heraus entwickeln musste. Das Prinzip unserer Postleitzahlen sollte erheblich besser realisiert werden, als es bei IPv4 möglich war. Das kürzt die Routertabellen. Die restlichen 64 bit stellen den Interface-Teil der Adresse (Suffix) dar, in den auch die Layer-2-Adresse eingebettet wird (siehe hierzu auch Kap. 1.5).

Die Link-Local-Adressen gestatten eine automatische Selbstkonfiguration (SLAAC: **State**l**ess A**ddress **Auto**configuration) eines gerade eingeschalteten Geräts mit dem Präfix `fe80::/64` (Bild 1.75) und dem Interfaceteil (s. o.). Damit kann innerhalb der Ethernet-Broadcastdomäne bereits kommuniziert und, z. B. über eine Anycast-Adresse, der nächste zuständige Router befragt werden. Dieser kann dann zumindest ein im lokalen Netz gültiges Präfix (Bild 1.75; Subnetz-ID) liefern, womit automatisch entweder eine Unique-Local-Adresse (Präfix `fc0::/7`) oder eine bündelbare globale Unicast-Adresse (siehe Bild 1.76; Präfix z. B. `2001:600` ...) gebildet werden kann.

Die 6to4-Adressen (RFC 3056; Präfix $\texttt{2002}_{16}$) gestatten einen IPv4-Tunnel durch ein IPv6Netz, indem einer IPv4-Adresse ein IPv6-Netz zugeordnet wird.

Beispiel

`192.168.16.254` *wird zu* `2002:c0a8:10fe::/48`

IPv6-Multicast-Adressen (RFC 4291/RFC7346; Präfix `ff00::/8`) werden nach dem in Bild 1.78 dargestellten Schema gebildet:

Scope	Präfix	Gruppen-Suffix, rollenabhängig			
		Alle Knoten	Alle Router	Alle Zeitserver	Alle DHCP-Server
		::1	::2	::101	::1:2 bzw. ::1:3
reserved					
interface	**ff01**				
link	**ff02**	**ff02::1**	**ff02::2**		**ff02::1:2**

Scope	Präfix	Gruppen-Suffix, rollenabhängig			
		Alle Knoten	Alle Router	Alle Zeitserver	Alle DHCP-Server
		::1	::2	::101	::1:2 bzw. ::1:3
realm	**ff03**				
admin	**ff04**				
site	**ff05**				**ff05::1:3**
unassigned					
organization	**ff08**				
global	**ff0e**				
reserved	**ff0f**				

Bild 1.78: IPv6-Multicast-Adressen

Die wichtigsten IPv6-Multicast-Adressen für alle Netznachbarn, für alle Router und alle DHCP-Server im gleichen Netz sind beispielhaft in Bild 1.78 eingetragen. Eine Ergänzung folgt im Abschnitt zur Selbstkonfiguration (SLAAC; Kap. 1.7.8.2).

1.5.4.2 Adresszuweisung

IP-Adressen können **nicht beliebig** gewählt werden. Lokale Adressen vergibt der **Administrator** bzw. die **Administratorin**, globale Adressen werden vom **ISP (Internet Service Provider)** zugewiesen.

Üblicherweise wird die Netzwerkadresse nicht mehr direkt am Endgerät eingestellt, sondern werden vom Endgerät beim Systemstart automatisch bezogen (Bild 1.79).

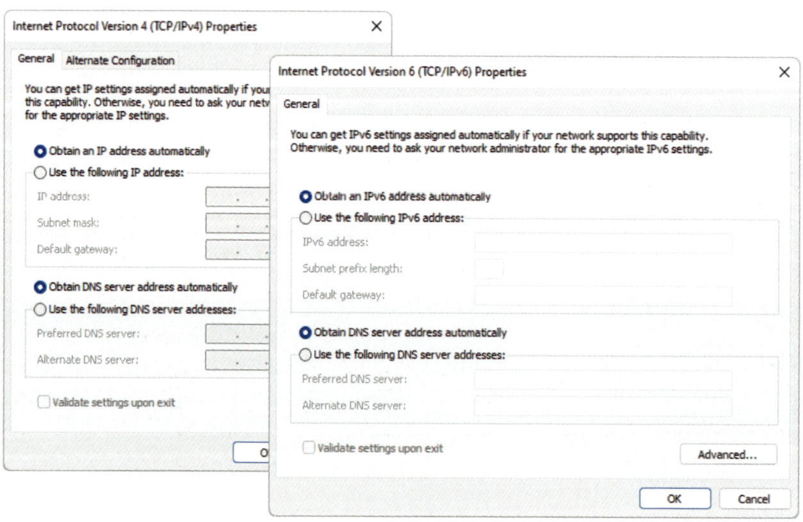

Bild 1.79: IP-Adresse automatisch beziehen

Für die automatische IP-Adresskonfiguration wird ein **DHCP**-Server (**D**ynamic **H**ost **C**onfiguration **P**rotocol) im lokalen Netz vorausgesetzt. Dieser antwortet auf die Anfrage eines DHCP-Clients mit:

- IP-Adresse und Subnetzmaske für den anfragenden Client
- IP-Adresse des Standard-Gateways, also des Routers, über den das nächstgrößere Netz (Firmennetz oder Internet) erreichbar ist
- IP-Adresse des DNS-Servers

Dieser Dienst wird von allen Routern bereitgestellt. Bei gesteigerten Anforderungen, z. B. in größeren Netzen, werden separate DHCP-Server eingesetzt.

Für die Zuweisung der globalen IP-Adresse, die der Internetrouter beim Verbindungaufbau durch den ISP erhält, kommt ein ähnliches Protokoll zum Einsatz.

Muss trotzdem einmal lokal eine feste IP-Adresse eingestellt werden, ist man auf die Einstellmöglichkeiten des Betriebssystems angewiesen.

Adressauflösung mit ARP bei IPv4

Nach dieser Zuweisung (manuell oder per DHCP) benötigt der PC aber noch weitere Informationen über die anderen Teilnehmer im lokalen Netz. Der Grund liegt darin, dass Nachrichten anhand von IP-Adressen versendet werden sollen. Dabei handelt es sich allerdings um eine Protokolladresse der Netzwerkschicht (OSI-Schicht 3); die Sicherungsschicht (OSI-Schicht 2) benötigt für den physikalischen Versand jedoch ausschließlich Hardwareadressen.

Während die eigene Hardwareadresse bekannt ist, werden die zugehörigen Hardwareadressen anderer IP-Adressen in einer Liste geführt. Wird kein passender Eintrag gefunden, wird mithilfe des **A**ddress **R**esolution **P**rotocol (**ARP**; Kap. 1.7.8.1) die gesuchte Zuordnung ermittelt. Dazu wird ein ARP-Request per Broadcast Nachricht an alle Teilnehmer im lokalen (Teil-)Netz gesandt. Der Inhaber der angefragten IP-Adresse antwortet mit seiner Hardwareadresse per ARP-Reply. Mit dieser Information kann der Rahmen nun vervollständigt und versandt werden.

Adressauflösung bei IPv6

IPv6-Interfaces erhalten im Rahmen der Autokonfiguration (SLAAC; Kap. 1.7.8.2) u. a. eine Link-Local-IPv6-Adresse, die aus der Hardwareadresse gebildet wird. Aus solch einer Adresse lässt sich auch direkt die Hardwareadresse ablesen. ARP wie bei IPv4 wird für IPv6 nicht benötigt.

1.5.4.3 Adressauswertung

Aus Bild 1.96 wird die Bedeutung der IP-Schicht (auch als Vermittlungs-, Netzwerk-, Internetworking-schicht oder Schicht 3 des OSI-Modells bezeichnet; Bild 1.64) schnell klar: Sie ist der zentrale Dreh- und Angelpunkt des gesamten Gebäudes. Trotz einiger Schwächen verdankt der gesamte Protokollstapel seine Langlebigkeit ihrer Robustheit.

Die **OSI-Schicht 3** (**Vermittlungsschicht**, *network layer*) sorgt dafür, dass ein Datenpaket den richtigen Zielrechner findet, z. B. durch den Einsatz der Protokolle IP und/oder ICMP (Kap. 1.5.7.3).

Dazu werden folgende drei Aufgaben gelöst:

1. Adressierung
2. Wegesteuerung
3. Paketgrößenanpassung an die Schicht 2 (Kap. 1.5.7.2)

In Kap. 1.5.4.1 wurde die Adressierung schon beschrieben. Das Adressierungssystem ist so aufgebaut, dass zwei Rechner über einen koppelnden Router miteinander kommunizieren können (z. B. in Bild 1.80 der Rechner mit der IP-Adresse `192.168.1.3` mit dem Rechner mit der IP-Adresse `10.1.1.9`). Die Protokollsoftware erkennt, dass der Zielrechner nicht im eigenen Netz (`192.168.1.0/24`) liegt und delegiert die Aufgabe der Zustellung an den ihm (via DHCP) bekannten Router (mit `192.168.1.9` am linken Interface im eigenen Netz). Das Paket wird an den Router gesendet, nachdem eine ARP-Abfrage nach der MAC-Adresse des Routers erfolgt ist. Die dazu erforderliche IP-Adresse des Routers ist schon durch die DHCP-Konfiguration bekannt.

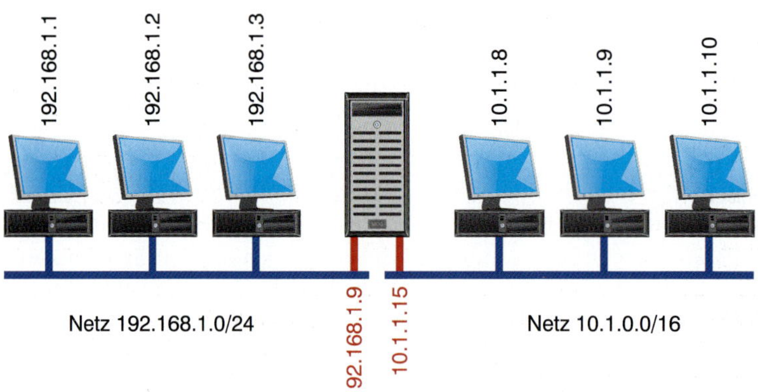

Bild 1.80: Kopplung zweier Netze durch einen Router

Aus dessen Sicht liegt der Zielrechner im eigenen Netz (`10.1.0.0/16`) am rechten Interface. Es wird noch einmal daran erinnert, dass die MAC-Adressierung auf jeder der beiden Seiten am Router endet, aber die IP-Adressierung durch den Router hindurch wirkt. Der Router ist ein *dual homed host*, der auch automatisch Pakete weiterleiten kann. Dazu muss das Betriebssystem zunächst grundsätzlich konfiguriert sein. Größere Router besitzen ein proprietäres spezialisiertes Betriebssystem. Darüber hinaus muss angegeben werden, „wie die Umgebung aussieht", d. h., für jedes Netz, das erreichbar sein soll, muss angegeben werden, über welchen Router es erreichbar ist. Voraussetzung dabei ist, dass der Router selbst erreichbar ist.

Bei deutlich mehr als zwei Netzen kann dies aufwendig sein (Bild 1.81). Die Router führen Tabellen, in denen verzeichnet ist, welches Netz über welches seiner Interfaces erreicht werden kann. Diese Tabellen können bei internationalen Routern im Kernnetz der Provider schnell sehr umfangreich werden.

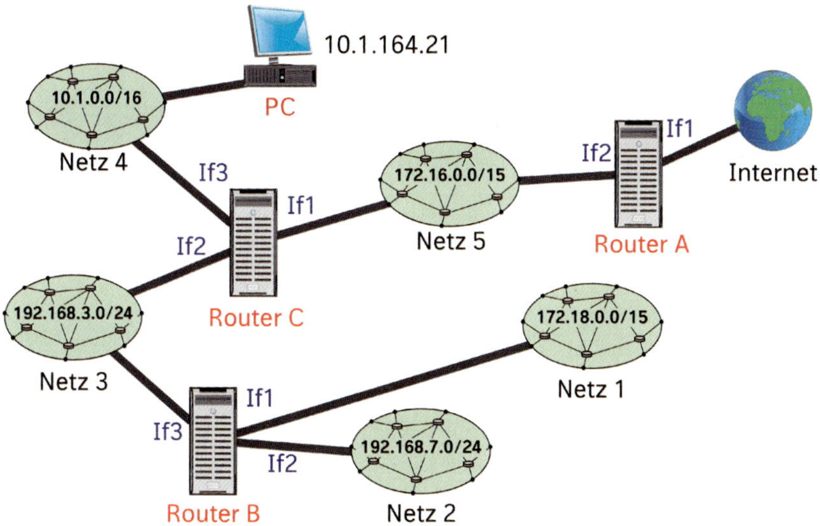

Bild 1.81: Großes Firmennetz eines Standorts mit mehreren Rechnern und Routern

Die folgenden Tabellen zeigen die angenommene Interface-Konfiguration bei den Routern in Bild 1.81.

	Interface 1	Interface 2	Interface 3
Router A	62.225.255.13/24	172.16.255.254/16	
Router B	172.18.255.254/16	192.168.7.254/24	192.168.3.253/24
Router C	172.16.255.253/16	192.168.3.254/24	10.1.255.254/16

Bild 1.82: Interface-Konfiguration bei den Routern in Bild 1.81

Weg zu	Netz 1	Netz 2	Netz 3	Netz 4	Netz 5	Internet
Router A	Router C	Router C	Router C	Router C	Interface 2	Interface 1
Router B	Interface 1	Interface 2	Interface 3	Router C	Router C	Router C
Router C	Router B	Router B	Interface 2	Interface 3	Interface 1	Router A

Bild 1.83: Weiterleitungs- (Routing-) Information bei den Routern (zu Bild 1.81)

Weg zu	Netz 1	Netz 2	Netz 3	Netz 4	Netz 5	Internet
von Netz 1	direkt	Router B	Router B	Router B	Router B	Router B
von Netz 2	Router B	direkt	Router B	Router B	Router B	Router B
von Netz 3	Router B	Router B	direkt	Router C	Router C	Router C
von Netz 4	Router C	Router C	Router C	direkt	Router C	Router C
von Netz 5	Router C	Router C	Router C	Router C	direkt	Router A

Bild 1.84: Routinginformation in den übrigen Rechnern der einzelnen Netze (zu Bild 1.81)

Von Router C in seiner zentralen Position abgesehen, fällt auf, dass fast immer zu vielen verschiedenen Zielangaben nur wenige verschiedene Wegangaben erforderlich sind.

Die Routingtabellen können verkürzt werden, wenn man Ziele zusammenfasst, die über gleiche Wege erreicht werden (*route aggregation*).

Die Routingtabellen weisen dann nur noch lokal erreichbare Routen einzeln aus, alle anderen werden zu einer Standardroute zusammengefasst. Danach sehen die Routinginformationen in den Rechnern der einzelnen Netze so aus:

Weg zu	Netz 1	Netz 2	Netz 3	Netz 4	Netz 5	Internet
von Netz 1	direkt	Standardroute via Router B				
von Netz 2	Router B	direkt	Standardroute via Router B			
von Netz 3	Router B	Router B	direkt	Standardroute via Router C		
von Netz 4	Standardroute via Router C			direkt	Standardroute via Router C	
von Netz 5	Standardroute via Router C				direkt	Router A

Bild 1.85: Vereinfachte Routinginformation zu Bild 1.81

1.5.4.4 Netzaufteilung in Subnetze

Kundinnen und Kunden können von ihrem Provider einen Block von aufeinanderfolgenden IP-Adressen samt zugehöriger Netzmaske beziehen und diesen Block durch eigene Verlängerung der Netzmaske in Subnetze unterteilen.

In den folgenden Beispielen wird die IPv4-Adressierung verwendet, weil sich die kürzeren Adressen besser zur Darstellung eignen; die Zusammenhänge sind bei IPv6 identisch. Wenn dieser Block beispielsweise den Adressraum `10.109.x.x/16` darstellt, könnte man diesen Adressraum in vier gleich große Subnetze aufteilen, indem man von den 16 Bit des bisherigen Hostadressteils 2 Bit „umwidmet", um die Netzmaske zu verlängern.

Die Grundlage bildet das Netz `10.109.0.0/16`. Das heißt, die ersten 16 Bits sind fix, die restlichen Bits stehen den Kundinnen und Kunden zu Verfügung:

<table>
<tr><th colspan="8">1. Byte</th><th colspan="8">2. Byte</th><th colspan="8">3. Byte</th><th colspan="8">4. Byte</th></tr>
<tr><td colspan="8">10</td><td colspan="8">109</td><td colspan="8">X</td><td colspan="8">X</td></tr>
<tr><td>0</td><td>0</td><td>0</td><td>0</td><td>1</td><td>0</td><td>1</td><td>0</td><td>0</td><td>1</td><td>1</td><td>0</td><td>1</td><td>1</td><td>0</td><td>1</td><td>X</td><td>X</td><td>X</td><td>X</td><td>X</td><td>X</td><td>X</td><td>X</td><td>X</td><td>X</td><td>X</td><td>X</td><td>X</td><td>X</td><td>X</td><td>X</td></tr>
<tr><td colspan="16">Netzadressteil</td><td colspan="16">Hostadressteil</td></tr>
</table>

Bild 1.86: Ursprüngliches, nicht unterteiltes Netzwerk

Ohne den insgesamt zugeteilten Adressbereich zu verändern, kann jetzt die Netzmaske um 2 Bit verlängert werden. Damit gibt der Hostadressteil zwei Bits an den Netzadressteil ab. Diese zwei Bits können vier Zustände codieren (002, 012, 102 und 112). Daraus ergeben sich vier Subnetze (Bild 1.87 bis 1.90).

<table>
<tr><th colspan="8">1. Byte</th><th colspan="8">2. Byte</th><th colspan="8">3. Byte</th><th colspan="8">4. Byte</th></tr>
<tr><td>0</td><td>0</td><td>0</td><td>0</td><td>1</td><td>0</td><td>1</td><td>0</td><td>0</td><td>1</td><td>1</td><td>0</td><td>1</td><td>1</td><td>0</td><td>1</td><td>0</td><td>0</td><td>X</td><td>X</td><td>X</td><td>X</td><td>X</td><td>X</td><td>X</td><td>X</td><td>X</td><td>X</td><td>X</td><td>X</td><td>X</td><td>X</td></tr>
<tr><td colspan="16">Netzadressteil</td><td colspan="2">+2</td><td colspan="14">Hostadressteil</td></tr>
</table>

Netzadresse: `10.109.0.0/18`
Broadcastadresse: `10.109.63.255`

Bild 1.87: 1. Subnetz (die beiden Bits der Netzmaskenverlängerung sind 00)

<table>
<tr><th colspan="8">1. Byte</th><th colspan="8">2. Byte</th><th colspan="8">3. Byte</th><th colspan="8">4. Byte</th></tr>
<tr><td>0</td><td>0</td><td>0</td><td>0</td><td>1</td><td>0</td><td>1</td><td>0</td><td>0</td><td>1</td><td>1</td><td>0</td><td>1</td><td>1</td><td>0</td><td>1</td><td>0</td><td>1</td><td>X</td><td>X</td><td>X</td><td>X</td><td>X</td><td>X</td><td>X</td><td>X</td><td>X</td><td>X</td><td>X</td><td>X</td><td>X</td><td>X</td></tr>
<tr><td colspan="18">Netzadressteil</td><td colspan="14">Hostadressteil</td></tr>
</table>

Netzadresse: `10.109.64.0/18`
Broadcastadresse: `10.109.127.255`

Bild 1.88: 2. Subnetz (die beiden Bits der Netzmaskenverlängerung sind 01)

<table>
<tr><th colspan="8">1. Byte</th><th colspan="8">2. Byte</th><th colspan="8">3. Byte</th><th colspan="8">4. Byte</th></tr>
<tr><td>0</td><td>0</td><td>0</td><td>0</td><td>1</td><td>0</td><td>1</td><td>0</td><td>0</td><td>1</td><td>1</td><td>0</td><td>1</td><td>1</td><td>0</td><td>1</td><td>1</td><td>0</td><td>X</td><td>X</td><td>X</td><td>X</td><td>X</td><td>X</td><td>X</td><td>X</td><td>X</td><td>X</td><td>X</td><td>X</td><td>X</td><td>X</td></tr>
<tr><td colspan="18">Netzadressteil</td><td colspan="14">Hostadressteil</td></tr>
</table>

Netzadresse: `10.109.128.0/18`
Broadcastadresse: `10.109.191.255`

Bild 1.89: 3. Subnetz (die beiden Bits der Netzmaskenverlängerung sind 10)

<table>
<tr><th colspan="8">1. Byte</th><th colspan="8">2. Byte</th><th colspan="8">3. Byte</th><th colspan="8">4. Byte</th></tr>
<tr><td>0</td><td>0</td><td>0</td><td>0</td><td>1</td><td>0</td><td>1</td><td>0</td><td>0</td><td>1</td><td>1</td><td>0</td><td>1</td><td>1</td><td>0</td><td>1</td><td>1</td><td>1</td><td>X</td><td>X</td><td>X</td><td>X</td><td>X</td><td>X</td><td>X</td><td>X</td><td>X</td><td>X</td><td>X</td><td>X</td><td>X</td><td>X</td></tr>
<tr><td colspan="18">Netzadressteil</td><td colspan="14">Hostadressteil</td></tr>
</table>

Netzadresse: `10.109.192.0/18`
Broadcastadresse: `10.109.255.255`

Bild 1.90: 4. Subnetz (die beiden Bits der Netzmaskenverlängerung sind 11)

Für jedes Subnetz bleiben damit 14 bit im Hostadressteil für 16 382 Hostadressen + Netzadresse + Broadcastadresse = 16 384 = 2^{14} IP-Adressen.

> Der Vorteil in der Subnetzbildung (subnetting) liegt darin, dass sich die Subnetze leicht voneinander abgrenzen und getrennt verwalten lassen.

Alle vier Subnetze in ihrer Gesamtheit werden von den Einrichtungen des Providers als Netz `10.109.0.0/16` betrachtet, hier muss also weniger Detailinformation vorliegen, als wenn der Provider vier Kundennetze in seiner Routingtabelle vorhalten müsste.

1.5.4.5 Supernetze

Auf dem gleichen Prinzip beruht die Zusammenführung bzw. Verschmelzung zweier Adressblöcke. Hat ein Provider zwei, vier oder acht (usw.) benachbarte Adressblöcke im Vorrat, z. B. `203.0.113.0/26`, `203.0.113.64/26`, `203.0.113.128/26` und `203.0.113.192/26`, so kann er diesen durchgehenden Adressraum von `203.0.113.0` bis `203.0.113.255` durch Verkürzung der Netzmaske um 2 Bit zu einem Supernetz verschmelzen, das danach als `203.113.0/24` in Erscheinung tritt.

Besonderheit bei IPv6

Der Provider weist dem lokalen Administrator bzw. der Administratorin globale Unicast-Adressblöcke zwischen /48 und /56 zu. Der Administrator bzw. die Administratorin darf daraus keine kleineren Netze als /64 machen.

1.5.4.6 Hilfsprotokolle der IP-Schicht

Neben dem Hilfsprotokoll ARP, das bereits in Kap. 1.7.8.1 kurz vorgestellt wurde, gibt es noch weitere Hilfsprotokolle, z. B. IGMP und ICMP. Diese sind oberhalb von IP angesiedelt, d. h., sie benutzen IP zur Erfüllung ihrer Aufgaben (siehe dazu auch Bild 1.96).

IGMP

Das **IGMP** (**I**nternet **G**roup **M**anagement **P**rotocol) dient dazu, eine Multicast-Adressierung auf IP-Ebene zu ermöglichen. Dazu gibt es Gruppenadressen, die bei IPv4 mit `224.x.x.x` bis `239.x.x.x` beginnen, wie im unteren Teil von Bild 1.165. Bei IPv6 beginnen die Multicast-Adressen mit `ff01::` bis `ff0f::`.

ICMP

Das **ICMP** (**I**nternet **C**ontrol **M**essage **P**rotocol) dient der Steuerung der IP-Adressierung (Kap 1.7.3). Es werden Diagnosenachrichten, Fehlermeldungen und Informationen zur Konfigurationsunterstützung ausgetauscht (z. B. Zeitmarken-Anforderung, Subnetzmaske ermitteln). Beispielsweise kann ein Router einem anderen Router eine bessere Route zu einem Zielnetz mitteilen als die ursprüngliche.

Zu den wichtigsten Fehlermeldungen gehören, neben vielen anderen, „Netz nicht erreichbar" und „Host nicht erreichbar". Ein wichtiges Diagnosehilfsmittel bei der Konfiguration ist die Echoanforderung, mit der man die Erreichbarkeit und die Verbindungsqualität testen kann. Es gibt dafür ein eigenes Frontend mit dem klangvollen Namen „Ping".

1.5.5 TCP/UDP-Adressierung und Transportschicht-Dienste

Mit den bisherigen Adressierungen konnten in der Schicht 2 mit den Hardwareadressen die Interfaces im physikalisch direkt angeschlossenen Netz und in der Schicht 3 mit den IP-Adressen die Interfaces in einem globalen Netz adressiert werden.

Die Endpunkte der technischen Kommunikation sind jedoch die Prozesse (Tasks; in Ausführung befindliche Programme; Bild 1.91): Der Clientprozess kommuniziert über die

Protokolle, die Interfaces und das dazwischen liegende Netz mit einem Serverprozess. Hierzu dient die Transportschicht (OSI-Schicht 4) mit den Protokollen TCP, UDP und SCTP.

Die **OSI-Schicht 4** (**Transportschicht**, *transport layer*) sorgt dafür, dass ein Clientprozess mit dem passenden Serverprozess im Zielrechner kommunizieren kann.

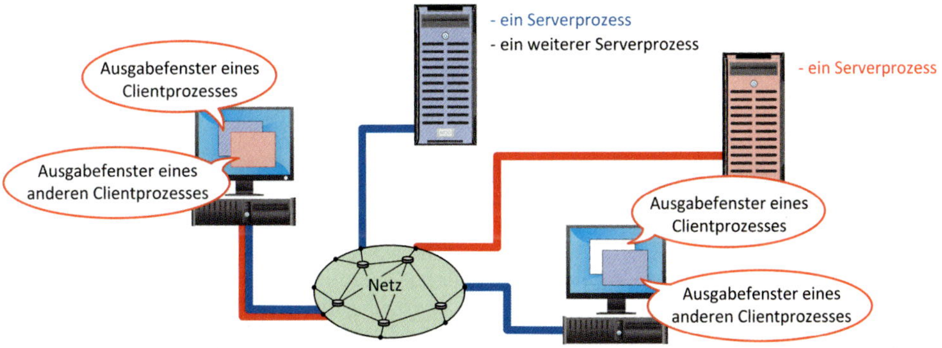

Bild 1.91: Mehrere Server kommunizieren mit mehreren Clients

1.5.5.1 Transportprotokoll TCP

Einige Dienste erfordern eine hohe Zuverlässigkeit. Sie werden über das Transportprotokoll TCP (**T**ransmission **C**ontrol **P**rotocol) abgewickelt, das vergleichsweise aufwendig ist.

Der Protokoll-Vorspann (Header), der den abschnittsweise übertragenen Daten vorangestellt wird, ist mindestens 20 Bytes groß. Jedes übertragene Byte wird gezählt und die Zeit bis zur Empfangsbestätigung durch den Kommunikationspartner wird überwacht. Parameter dazu befinden sich ebenfalls im TCP-Header. Der zentrale Begriff bei TCP ist die Verbindung.

1.5.5.2 Transportprotokoll UDP

Es gibt daneben auch Anwendungen und zugehörige Dienste, in denen es weniger auf Vollständigkeit ankommt als auf flüssige Übertragung, z.B. beim Bild einer Webcam. Dabei ist es tolerierbar, wenn ein Teilbild (eine Fünfundzwanzigstelsekunde) einer Übertragung fehlt (Nachliefern macht meistens keinen Sinn). Für diese Fälle wird das Transportprotokoll **UDP** (**U**ser **D**atagram **P**rotocol; Datagram ist ein Kunstwort aus *data* und *telegram*) verwendet. Der UDP-Header, der jedem Paket vorangestellt wird, ist 8 Bytes groß. Davon beschreiben 2 Bytes die Gesamtgröße des UDP-Pakets.

Ein wichtiger UDP-basierter Dienst ist der schon erwähnte DHCP-Dienst. Der Client (Bild 1.92) sendet ein UDP-Paket (Meldungstyp: Discover) als Broadcast ins Netz, woraufhin ein oder mehrere DHCP-Server dem Host eine IP-Adresse anbieten (Offer), der Host diese Adresse bei einem Server anfordert (Request) und dieser DHCP-Server die Adresse bestätigt (Acknowledge). Nicht ausgewählte Angebote anderer Server können wiederverwendet werden. Das Protokoll kennt noch weitere Meldungstypen für Sonderfälle außerhalb des normalen Ablaufs.

Unterschiede zwischen TCP und UDP zeigt Bild 1.93.

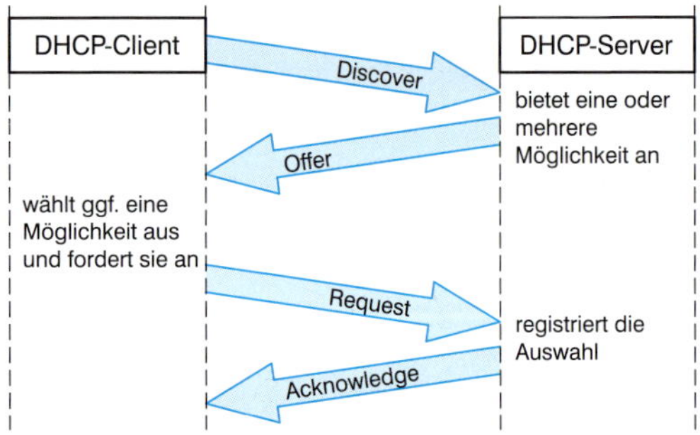

Bild 1.92: DHCP-Protokollablauf

UDP	TCP
Beim Datagrammversand von UDP kann es vorkommen, dass der Socket (Kap. 1.5.5.4) beim sendenden System schon wieder verschwunden ist, wenn das Datagramm beim Empfänger ankommt, und dadurch erst die Erzeugung eines Sockets beim empfangenden System veranlasst wird („Verpacken – Verschicken – Vergessen").	Bei TCP wird erst eine Verbindung aufgebaut, d. h., dass zunächst auf beiden Seiten Sockets eingerichtet werden und beide Seiten sich der „Zuwendung" durch die Gegenseite „bewusst" sind, bevor Daten ausgetauscht werden.
Die Anwendung strukturiert ihre Daten durch ihre Ausgabeoperationen in UDP-Pakete und bestimmt dadurch indirekt die Größe der IP-Pakete, aber beschränkt auf knapp 64 K.	TCP bietet der Anwendung die Möglichkeit, eine beliebig große Datenmenge als unstrukturierten Bytestrom (Stream) zu übertragen. TCP zerlegt nach eigenen Kriterien diesen Strom in sog. Segmente, die dann in je ein IP-Paket eingebettet werden.
Nach dem Verschicken des Datagramms ist für UDP der Vorgang endgültig abgeschlossen.	TCP legt großen Wert auf Zuverlässigkeit in der Ausführung des Transportauftrags.
Eine UDP-Kommunikation ist simplex: Es gibt nur die Richtung vom Sender zum Empfänger.	TCP bietet eine Vollduplex-Kommunikation an, beide Partner können über die Verbindung gleichermaßen senden und empfangen.

Bild 1.93: Unterschiede zwischen TCP und UDP

Bild 1.93 zeigt, dass es nicht genügt, einen Rechner bzw. sein Interface zu adressieren.

Am Anfangspunkt und am Endpunkt einer Kommunikationsbeziehung muss ein Prozess identifizierbar und adressierbar sein.

Die Prozesse der Anwendungsschicht (im TCP/IP-Modell entspricht das den OSI-Schichten 5–7, siehe Bild 1.96 und Kap. 1.4.4) werden beim Transportsystem TCP/IP durch sog. Portnummern identifiziert. Das sind 16-Bit-Kennzahlen, die von der Systemsoftware zur eindeutigen Kennzeichnung einer Kommunikationsbeziehung vergeben werden. Dabei unterscheidet man Portnummern für Serverprozesse und Portnummern für Clientprozesse.

1.5.5.3 Portnummern für Server- und Clientprozesse

Serverprozesse

Diese Portnummern (Bild 1.94) umfassen den Bereich von 0 bis 1023. Sie heißen auch

- privilegierte Portnummern, weil nur systemnahe Prozesse sie benutzen dürfen, oder
- *well known ports*, weil sie von der **IANA** (**I**nternet **A**ssigned **N**umbers **A**uthority) standardisiert sind.

Dienstanforderungen an einen bestimmten Dienst werden somit an eindeutige Ports gestellt, z. B. HTTP an den Port 80.

Die folgende Tabelle führt eine Auswahl der wichtigsten Server-Portnummern für TCP (links) und UDP (rechts) auf.

TCP	
Portnr.	Adressierter Serverprozess
20, 21	FTP
25	SMTP (E-Mail-Versand)
587	SMTP verschlüsselt
53	Domain Name System
80	HTTP
110	POP3 (E-Mail-Abholung)
443	HTTPS
995	POP3 verschlüsselt

UDP	
Portnr.	Adressierter Serverprozess
53	Domain Name System
67	DHCP-Zielport beim Server
68	DHCP-Quellport beim Client
111	Network File System
137	Zur Realisierung von NetBIOS (Microsoft) auf Basis des TCP/IP-Transportsystems
138	
139	
162	Netzwerkmanagement
1645	Benutzerauthentifizierung
5060	Einleiten von VoIP-Verbindungen (Internet-Telefonie: **V**oice **o**ver **IP**)

Bild 1.94: Auswahl verschiedener TCP- und UDP-Portnummern

Clientprozesse

Die Portnummern von 1024 bis 65535 werden den Clientprozessen vom Betriebssystem auf Anforderung zugeteilt. Einige Bereiche sind jedoch für spezielle Zwecke reserviert.

1.5.5.4 Konzept der Sockets

Da mit der IP-Adresse ein Rechner eindeutig adressiert wird und mit der Portnummer ein kommunizierender Prozess identifiziert werden kann, stellt das Zahlenpaar (IP-Adresse, Portnummer) eindeutig eine Seite einer Kommunikationsbeziehung dar.

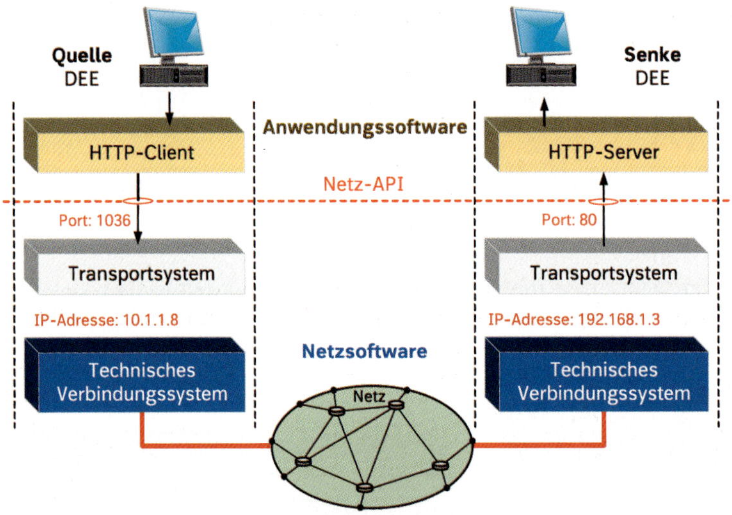

Bild 1.95: IP-Adressen und Portnummern an jedem Ende der Verbindung

Da aber der HTTP-Server in Bild 1.95 gleichzeitig auch einen weiteren Client bedienen könnte, ist das Zahlenpaar (`192.168.1.3, 80`) auch der Endpunkt dieser zweiten Kommunikationsbeziehung.

> Das Zahlenpaar (IP-Adresse, Portnummer) kann eine Kommunikationsbeziehung nicht eindeutig kennzeichnen.

Die Eindeutigkeit wird erst dadurch erreicht, dass auch das Zahlenpaar des jeweils anderen Endes einbezogen wird. Diese vier „Adressen", zusammen mit Angaben, wie und über welches Protokoll kommuniziert werden soll, werden zu einer Datenstruktur zusammengefasst und als **Socket** (Steckdose) bezeichnet. Oft heißt aber auch nur das Paar (IP-Adresse, Portnummer) so.

Die Socketstruktur und die Funktionen, die auf dieser Datenstruktur arbeiten, bilden unter dem Namen Socketschnittstelle ein Netz-API zum Umgang mit dem Transportsystem TCP/IP. Der Socket ist der zentrale Begriff der TCP/IP-Kommunikation, weil er aus Sicht der Applikation das Netz vereinfachend „auf den Punkt bringt".

> Man schreibt – auch in der Adresszeile – einen Socket in der Form **IPADRESSE:PORTNUMMER** (mit Doppelpunkt), also etwa `http://217.13.73.82:8080`.

Beim Betriebssystem Linux sind die Funktionen der Socketschnittstelle in den Systemkern integriert. Bei Windows sind sie (in größerem Umfang als bei Linux und mit Windows-spezifischen Erweiterungen) in der `winsock.dll` als Library implementiert.

1.5.5.5 Transportprotokoll SCTP

Das Stream Control Transmission Protocol SCTP ist das „jüngste" Protokoll und kann für die Übertragung von Multimediadaten verwendet werden. Auch hier werden Sockets gebildet. Da aber die Varianz möglicher Kommunikationsformen größer ist, wird nicht weiter auf SCTP eingegangen.

1.5.5.6 Protokollstapel

Noch aus der Gründerzeit des Internets stammt der erste Entwurf des TCP/IP-Protokollstapels (Bild 1.96) mit IP in der zentralen Position („IP-Spinne"). Die dort abgebildeten IP-Nutzlast-Protokollnummern kennzeichnen jeweils das übergeordnete Protokoll, für das in dieser Schicht der Dienst erbracht wird. Die Portnummern könnte man also folgerichtig auch als TCP-/UDP-Nutzlast-Protokollnummern bezeichnen, was aber unüblich ist.

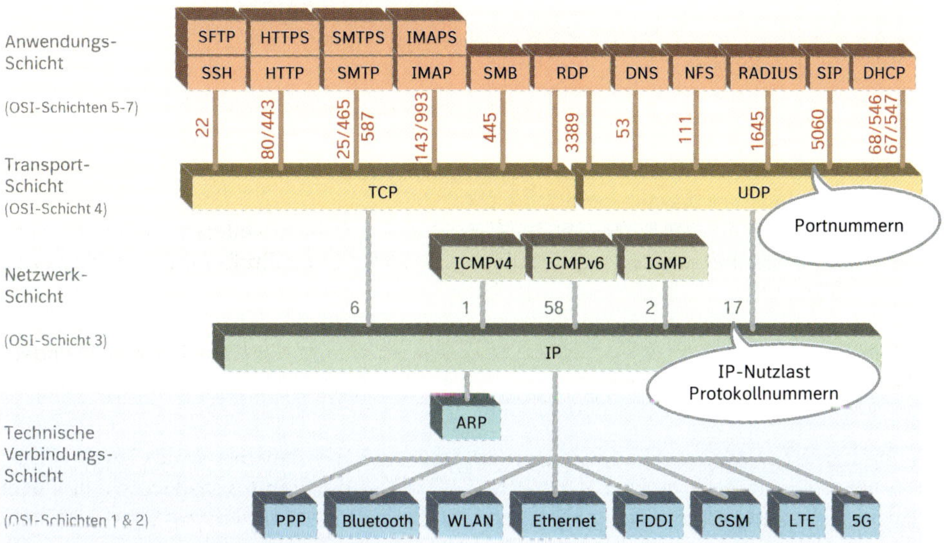

Bild 1.96: Der TCP/IP-Protokollstapel

1.5.6 Namensadressierung mit DNS

Die in der Netzwerkschicht verwendeten Adressen sind 32-Bit-Zahlen (bei IPv6 sogar 128-Bit-Zahlen), die zwar gut für Maschinen, weniger aber für Menschen geeignet sind. Da eine Adressierung mit Namen sinnhaft Bedeutungen darstellt, ist sie für den Menschen viel einfacher zu merken als Zahlengruppen.

Rechner im Internet werden mit Namen belegt und in immer größeren Gruppen, sog. Namensdomänen, zusammengefasst. Eine Domäne kann fast beliebig in weitere Unterdomänen (*subdomains*) untergliedert werden. Ein Name muss damit nur noch innerhalb einer solchen Unterdomäne eindeutig sein. Daher können alle Webserver den lokalen („Vor"-) Namen „www" tragen, weil sie sich durch ihre „Nachnamen" voneinander unterscheiden.

> Der **DNS**-Dienst bildet Namen auf IP-Adressen ab (und umgekehrt). Ein DNS-Server ist unter dem **UDP-Port 53** erreichbar.

Das **DNS** (**D**omain **N**ame **S**ystem) ist eine weltweit verteilte Datenbank, weil eine zentralisierte Datenhaltung bei diesem Volumen und der hohen Änderungsgeschwindigkeit nicht möglich ist. Die **I**nternet **C**orporation for **A**ssigned **N**ames and **N**umbers (ICANN) hat auf der obersten Ebene dieses hierarchischen Systems die sog. **T**op **L**evel **D**omains (TLD) festgelegt (Bild 1.97).

TLD	Beschreibung	Anzahl Domains*
	Traditionelle TLD (USA, Generic Domains, **gTLD**)	
com	Kommerzielle Betreiber	163,2 Mio.
edu	Universitäten	
gov	US-Bundesregierung	
int	Internationale Organisationen, basierend auf internationalen Abkommen	
mil	Militär	
net	Netzprovider	13,2 Mio.
org	Sonstige Organisationen	11,3 Mio.
	New gTLD, unsponsored: **uTLD** (Auswahl)	
biz		1,3 Mio.
info		3,9 Mio.
name		104.803
pro		554.110
	New gTLD, sponsored: **sTLD** (Auswahl)	
aero	Luftfahrtindustrie	13414
asia	Region Asien/Australien/Pazifik	339.201
coop	Genossenschaftliche Organisationen	8.686
jobs	Personalwirtschaft	10.422
museum	Museen	1.046
travel	Touristikbranche	23.560
	ccTLD: Länderkürzel nach ISO 3166 (Country Code Domänen) (Auswahl)	
au	Australien	4,2 Mio.
cu	Kuba	8.166
de	Deutschland	17,7 Mio.
fr	Frankreich	4,2 Mio.
nl	Niederlande	6,3 Mio.
uk	Großbritannien	10,7 Mio.

TLD	Beschreibung	Anzahl Domains*
	Special-Use Domain Names der IETF nach RFC 6761	
arpa	DNS-Rückwärsauflösung und VoIP	
example	Nur für Dokumentationszwecke; auch: example.com, example.net, example.org	
localhost	Name der IPv4-Adresse 127.0.0.1; auch local	
onion	Kein DNS; nur für das Anonymisierungsnetz TOR	
Test	Nur für Testzwecke im lokalen Netz; auch invalid	

** Stand: September 2024*

Bild 1.97: Top-Level-Domains (TLD)[1]

In den einzelnen Ländern gibt es Registraturen, in denen sich Behörden, Unternehmen oder Privatpersonen die sog. Second Level Domains gegen Gebühr einrichten lassen können. Diese Registraturen (meist Provider) sind in Deutschland in der Genossenschaft DENIC e. G. zusammengeschlossen. Diese Genossenschaft betreibt auch die für die TLD „.de" zuständigen Nameserver. Die Betreiber der europäischen ccTLDs haben sich zu einem Interessenverband zusammengeschlossen, der sich unter www.centr.org darstellt. Wer Inhaber einer Domain ist, kann sich mit eigenen Nameservern eine weitere Unterteilung in Subdomains einrichten.

Ein Rechner wird nun dadurch adressiert, dass man sich von seiner (Blatt-)Position im Domainbaum (Iridium) in Richtung der Baumwurzel („.(root)" in Bild 1.98) bewegt, alle durchlaufenen Knoten auflistet und die Namen (auch „Labels" genannt) durch Punkte trennt. Der durch den Pfeil in Bild 1.98 gekennzeichnete Rechner heißt mit vollem Namen (FQDN: **F**ully **Q**ualified **D**omain **N**ame) also

`iridium.rechenzentrum.th-beispiel.de`

Arbeitet dieser Rechner nach außen als Webserver, so kann er einen Zweitnamen mit „www" erhalten und unter `www.rechenzentrum.th-beispiel.de` angesprochen werden.

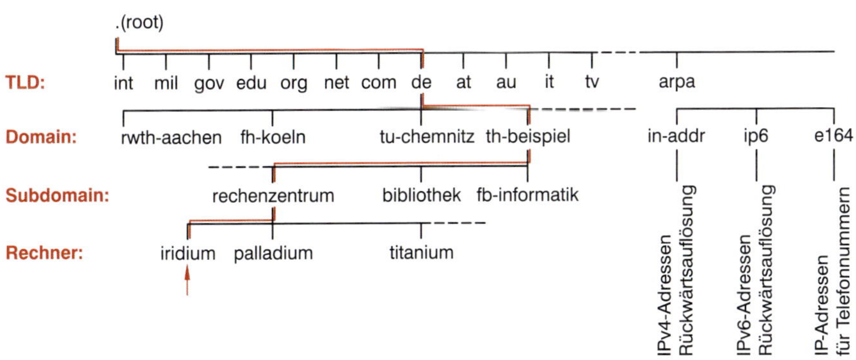

Bild 1.98: Hierarchie des DNS

1 *Siehe auch: CENTRStats: Domain Counts Tables, veröff. unter: https://stats.centr.org/public/registrations [letzter Zugriff: 12.11.2024]*

Nameserver (NS)

Weltweit gibt es derzeit 13 Root-NS, die bei einer Anfrage wiederum auf die untergeordneten NS der (Top-Level-)Domainbetreiber (z.B. DENIC) verweisen, diese ggf. wieder auf die NS in den Subdomains usw. Durch diese hierarchische Anordnung müssen die ohnehin hoch belasteten Root-NS nicht die Details in den einzelnen lokalen Netzen kennen.

Der Domainbetreiber setzt seinen eigenen (primary) NS auf, der dann für diese Domain und die Subdomains zuständig ist. Zusätzlich muss wegen der Wichtigkeit dieses Dienstes mindestens ein weiterer (secondary) NS existieren.

NS werden so konfiguriert, dass sie automatisch ein Update (hier Zonentransfer genannt) zum sekundären NS durchführen. Eine wichtige Eigenschaft der Nameserver ist ihre Fähigkeit, bereits beschaffte Adressinformationen mittelfristig in einem Cachespeicher abzulegen.

> Lokale Nameserver vermindern das Verkehrsaufkommen nach außen und entlasten damit die Internetanbindung und die übergeordneten Netzebenen.

Ein Einzelplatzrechner (im privaten Bereich) kann so konfiguriert werden, dass er auf einen elementaren NS im Heimrouter zugreift, der seinerseits alle Anfragen an den NS des Providers durchleitet. Aber gerade bei größeren lokalen Netzen sind eigene NS empfehlenswert, wenn sie nicht ohnehin vorgeschrieben sind (für Domainbetreiber). Häufig lässt sich clientseitig ein weiterer NS einstellen, der dann befragt würde, wenn Störungen im DNS weltweit oder beim eigenen Provider vorlägen. Hierfür kann man einen der im nächsten Abschnitt beschriebenen alternativen NS verwenden.

Alternative Nameserver

Die Federführung in der Verwaltung des traditionellen DNS liegt bei der ICANN, die vom US-Handelsministerium kontrolliert wird. Um sich von dieser Abhängigkeit ein Stück zu lösen, wurden Alternativen geschaffen. Diese gruppieren sich unter der Bezeichnung OpenNIC und verwalten eigene alternative TLDs (www.opennic.org).

Clients

Die Clientapplikationen (Browser, E-Mail-Programme usw.) akzeptieren grundsätzlich sowohl die numerischen Netzwerkadressen – soweit bekannt – als auch die Domainnamen. Im zweiten Fall versuchen sie selbsttätig, eine Namensauflösung in die numerische Adresse durchzuführen. Die Benutzenden bemerken dies normalerweise nicht.

Manuelle Anfrage bei einem NS

Mit dem Programm `nslookup` (ein DNS-Frontend aus den Windows-Bordmitteln) kann in der Eingabe-Aufforderungs-Konsole der aktuelle NS befragt werden (Bild 1.99).

```
C:\>nslookup www.westermann.de
Server:  zentralverwaltung.local
Address:  192.168.43.1

Non-authoritative answer:
Name:    westermann.de
Address:  217.13.73.82
Aliases:  www.westermann.de

C:\>nslookup 217.13.73.82
Server:  zentralverwaltung.local
Address:  192.168.43.1

Name:    w19.westermann.de
Address:  217.13.73.82
```

Bild 1.99: Manuelle Anfrage bei einem NS

Aus dem Bildschirmprotokoll lässt sich entnehmen, dass die Abbildung DNS-Name → IP-Adresse auch umkehrbar ist (bei korrekt aufgesetztem NS) und dass der Server eigentlich „w19“ heißt und „www“ nur sein „Künstlername“ ist.

1.5.7 Zusammenspiel

1.5.7.1 Ein (fast) vollständiger Ablauf

Angenommen, am lokalen Rechner soll die Website www.westermann.de aufgerufen werden.

1. Der oder die Benutzende startet dazu den Webbrowser und gibt die Webadresse ein.
2. Der Browser fordert beim TCP/IP-Subsystem des Betriebssystems den Aufbau einer Verbindung zu Port 80 an.
3. Zuerst muss dafür aber die IP-Adresse bestimmt werden. Dazu wird eine Anfrage beim NS erforderlich.
4. Bei einem Rechner in einem kleinen Netz ist das der NS im Router (gleiche IP-Adresse). Dazu muss eine DNS-Anfrage nach der IP-Adresse zum Namen „www.westermann.de“ abgesetzt werden. Die IP-Adresse des NS ist durch DHCP bekannt, die DNS-Portnummer ist standardmäßig 53.
5. Um das UDP-Paket mit der DNS-Abfrage zum NS zu schicken, muss aber erst die MAC-Adresse des NS/Routers bekannt sein.
6. Um die MAC-Adresse des Routers zu gewinnen, wird zuerst die ARP-Tabelle durchsucht. Wenn sie hier gefunden wird, kann sie sogleich verwendet werden (Bild 1.165).
7. Ansonsten wird ein ARP-Request als Ethernet-Broadcast verschickt, auf die der NS mit seiner MAC-Adresse antwortet (Bild 1.163, Bild 1.164 und Bild 1.166).
8. Jetzt kann das UDP/DNS-Paket an den NS verschickt werden, der seinerseits den NS beim Provider befragt. Der NS (im Router, vgl. Bild 1.99) beantwortet die DNS-Anfrage mit `217.13.73.82`.

9. Das TCP/IP-Subsystem erkennt, dass der Zielrechner nicht im eigenen Netz liegt, und formuliert ein TCP-Paket mit Verbindungswunsch an den Socket `217.13.73.82:80`, das in ein IP-Paket gesteckt und an den Router geschickt wird.
10. Der Webserver nimmt die Verbindung an und antwortet mit der Auslieferung eines HTML-Dokuments an den anfragenden Browser. Der Inhalt wird der oder dem Benutzenden angezeigt.

Der hier dargestellte Ablauf ist stark vereinfacht, weil

- bei MAC-Frames die Unterform der LLC-Rahmung vernachlässigt wurde,
- nicht auf den Vorgang der TCP-Verbindungsherstellung eingegangen wurde,
- die übliche Adressumsetzung im (Heim-)Router zwischen lokalen und globalen Adressen weggelassen wurde,
- die Leitweglenkung jenseits des Heimrouters unberücksichtigt bleibt,
- der Abfrageablauf durch verschiedene DNS-Server nicht beschrieben wurde

und insbesondere, weil Punkt 10 nur bis vor einigen Jahren so gültig gewesen wäre.

Heute müsste es heißen:

10. Der Webserver nimmt die Verbindung an und antwortet mit einem Verweis auf seinen Port 443, um aus der http-Verbindung eine https-Verbindung zu machen.
11. Der Browser fordert beim TCP/IP-Subsystem des Betriebssystems den Aufbau einer gesicherten Verbindung zu Socket `217.13.73.44:443` an (in der Adresszeile des Browsers erscheint ein Vorhängeschloss-Symbol vor „`https://www.westermann.de`“).
12. Über das Sicherungsverfahren TLS wird eine gesicherte Verbindung etabliert. TLS ist eine Verarbeitungsschicht zwischen TCP und Anwendung, die Verschlüsselung und – in ausgebauter Version – auch Teilnehmerauthentifizierung bietet.

1.5.7.2 Ein vollständiges Paket

Die Protokollelemente der einzelnen Ebenen werden ineinander geschachtelt.

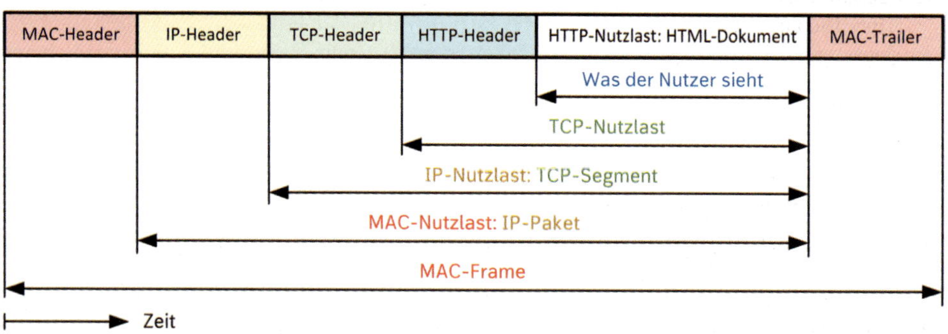

Bild 1.100: Ein vollständig gerahmtes „Paket“

Auf den unterschiedlichen Protokollebenen sind verschiedene Bezeichnungen für die jeweiligen „Einheiten“ üblich.

Bei **TCP** spricht man von **Segmenten**, bei **IP** und **UDP** spricht man von **Paketen** und auf **MAC**-Ebene spricht man von **Frames**.

Die Einheiten können unterschiedlich lang sein (Bild 1.101).

Ebene	Größe der „Einheit“
	OSI-Schicht 3 und 4
TCP-Segment	Theoretisch beliebig groß, praktisch aber vom Speicher des Empfängers abhängig (MSS: **M**aximum **S**egment **S**ize, wird beim Verbindungsaufbau ausgehandelt)
UDP-Paket	64 KiB; Nutzlast bei IPv4: 0-65.507 B; bei IPv6: 0-65.527 B
IP-Paket	IPv4: 64 KiB, Nutzlast 64KiB – 20 B Vorspann; IPv6: 64 Kib + 40 B
	OSI-Schicht 1 und 2
MAC-Frame	64–1 518 B, Nutzlast: 46–1 500 B; Proprietäre „Jumbo“-Frames: 9 000 B

Bild 1.101: Größen von Daten-„Einheiten“

Da TCP-Segmente durchaus größer sein können als die maximale IP-Paketgröße, ist es normal, dass sich ein TCP-Segment über mehrere IP-Pakete erstreckt. Diese IP-Pakete vollständig und in der richtigen Reihenfolge beim Empfängerprozess abzuliefern, ist eine der Aufgaben des **TCP-Protokolls**.

IP-Pakete ihrerseits können größer sein als die **MTU** (**M**aximum **T**ransmission **U**nit) der Schicht 2. Das Ursprungspaket muss dann in kleinere Pakete zerlegt werden (**Fragmentierung**), die in die MTU passen. Dies ist die dritte Aufgabe der Netzwerkschicht. Man versucht, eine Fragmentierung möglichst zu vermeiden.

AUFGABEN

1. Recherchieren Sie im Internet: Welcher Hersteller verbirgt sich hinter der OUI `44-8A-5B`? (Tipp: Die Lösung ist in einer reinen Textdatei enthalten (*.txt).)
2. Recherchieren Sie im Internet: Was bedeutet die Abkürzung FCS und welches Verfahren wird dafür benutzt? (Tipp: Suche in der englischen Wikipedia, Stichwort „frame check sequence").
3. Rechnen Sie ausführlich nach, dass es im Adressbereich von `192.0.0.0` bis `223.255.255.255` bei einer Netzlänge von 24 genau 209 715 2 Netze gibt.
4. Berechnen Sie, wie viele zuweisbare Rechneradressen es in einem Netz mit der Netzlänge 18 gibt.
5. Bestimmen Sie für das Interface mit der IP-Adresse `172.16.63.170` die Broadcastadresse durch bitweise ODER-Verknüpfung mit der invertierten Netzmaske `255.255.0.0`.
6. Wie viele PCs kann die Administratorin oder der Administrator dem Netz 3 in Bild 1.81 zuweisen?

1

7. Im Netz 3 wird ein PC mit der IP-Adresse `192.168.3.24` und der Subnetzmaske `255.255.248.0` eingerichtet. Der Versuch, einen PC in Netz 2 zu erreichen, schlägt fehl. Beschreiben Sie, weshalb die Kommunikation gestört ist und wie sich der Fehler beheben lässt.
8. Deuten Sie im folgenden Bildschirmprotokoll die hohe Echozeit beim ersten Ping (markiert mit „<<<==“).

```
C:\>ping 8.8.8.8

Ping wird ausgeführt für 8.8.8.8 mit 32 Bytes Daten:
Antwort von 8.8.8.8: Bytes=32 Zeit=1924ms TTL=49    <<<==
Antwort von 8.8.8.8: Bytes=32 Zeit=77ms   TTL=49
Antwort von 8.8.8.8: Bytes=32 Zeit=95ms   TTL=49
Antwort von 8.8.8.8: Bytes=32 Zeit=45ms   TTL=49

Ping-Statistik für 8.8.8.8:
    Pakete: Gesendet = 4, Empfangen = 4, Verloren = 0
    (0% Verlust),
Ca. Zeitangaben in Millisek.:
    Minimum = 45ms, Maximum = 1924ms, Mittelwert = 535ms
```

9. Unter welcher Portnummer ist ein DNS-Server zu erreichen?
10. Recherchieren Sie im Internet: Welche weitere Portnummer (außer 587) wird für verschlüsseltes SMTP verwendet?
11. Warum kann ein UDP-Datagramm maximal gerade 65 507 Bytes transportieren?
12. Mit welchem Kommando in der Eingabeaufforderung stellen Sie die DNS-Abfrage auf den NS von Google ein?
13. Zeichnen Sie Bild 1.100 so um, dass eine DNS-Abfrage („Query“) dargestellt wird.

1.6 Protokolle der technischen Verbindungsschicht, Zugriffsverfahren

Die **technische Verbindungsschicht** kann verschiedenen Transportsystemen mit deren verschiedenen Adressierungsverfahren dienen (Bild 1.103). Sie muss deshalb ein von höheren Protokollschichten unabhängiges Subsystem sein, das seinerseits die Verwendung unterschiedlicher physikalischer (elektrischer und optischer) Übertragungstechniken (OSI-Schicht 1) ermöglicht. Die technische Verbindungsschicht fasst die OSI-Schichten 1 und 2 zusammen und entspricht der **Netzzugangsschicht** im TCP/IP-Schichtenmodell (Bild 1.63). Die Art der

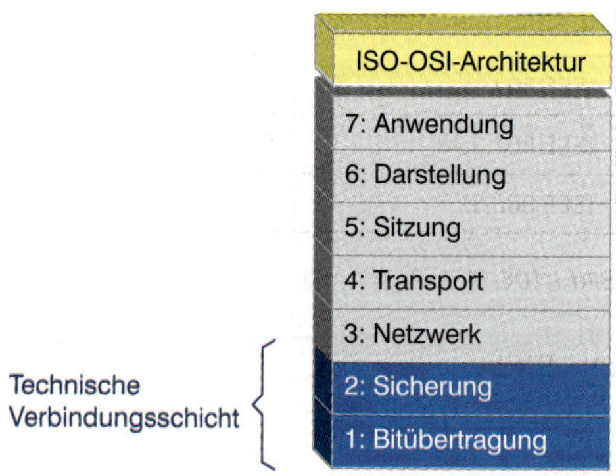

Bild 1.102: OSI-Modell

physikalischen Übertragung bestimmt die Zugriffsregeln auf das Übertragungsmedium und die hardwarenahen Protokolle.

Bild 1.103: Das technische Verbindungssystem

1.6.1 IEEE-802 für LAN und MAN

Für die Netzgrößen PAN, LAN und MAN (Kap. 1.1.2 und Kap. 3.5.1) hat die IEEE-Arbeitsgruppe 802 eine Reihe von Spezifikationen erarbeitet, über die die Bilder 1.104 und 1.105 einen Überblick geben, der allerdings nur ausschnittartig sein kann.

Standard	Gegenstand der Standardisierung
IEEE 802.1	Netzkopplungen und anderes
IEEE 802.2	Diensttypen und logische Verbindungssteuerung
IEEE 802.3	CSMA/CD-Zugriffsverfahren
IEEE 802.4	Token-Bus-Zugriffsverfahren
IEEE 802.5	Token-Ring-Zugriffsverfahren
IEEE 802.6	Metropolitan Area Network (MAN)
IEEE 802.9	Sprache/Daten-Integration im LAN
IEEE 802.10	LAN-Sicherheit
IEEE 802.11	Funknetze (Wireless LAN)
IEEE 802.12	Demand-Priority-Zugriffsverfahren (100VG-AnyLAN)
IEEE 802.15	Wireless PAN
IEEE 802.16	WiMax
IEEE 802.3u	Fast „Ethernet“ mit CSMA/CD
IEEE 802.3z	Gigabit-„Ethernet“

Bild 1.104: IEEE-802-Standards (Auswahl)

Die IEEE-Standards decken die meisten verwendeten Techniken ab.

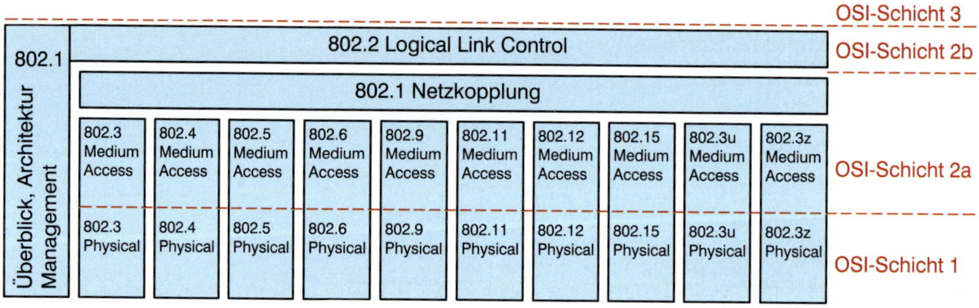

Bild 1.105: Die IEEE-Architektur (Auszug)

1.6.2 OSI-Schicht 2: LLC und MAC

Die IEEE-802.2-Arbeitsgruppe hat die OSI-Schicht 2 (Sicherungsschicht) in zwei Teilschichten aufgeteilt:

- Die OSI-Teilschicht 2b wird für die ISO-Protokolle gebraucht und **LLC-Schicht** (**L**ogical **L**ink **C**ontrol) genannt. Sie grenzt an die Netzwerkschicht (OSI-Schicht 3).
- Die OSI-Teilschicht 2a wird **MAC-Schicht** (**M**edium **A**ccess **C**ontrol) genannt und grenzt an die Bitübertragungsschicht (OSI-Schicht 1, **PHY-Schicht** bei IEEE).

1.6.2.1 LLC-Teilschicht

Über die LLC-Teilschicht bietet die Sicherungsschicht den Transportsystemen als eine einheitliche Schnittstelle u. a.

- einen Datagrammdienst (Typ 1, RFC 1042: IP in IEEE-802-Netzen) und
- einen Verbindungsdienst (Typ 2) an.

Ferner ist eine eigenständige horizontale Kommunikation zwischen Geräten der Sicherungsschicht möglich. Zusätzlich **können**, um für alle Wechselfälle gerüstet zu sein, Dienstzugangspunkte (**SAP**: **S**ervice **A**ccess **P**oint, **DSAP**: **D**estination **SAP**; **SSAP**: **S**ource **SAP**; Bild 1.106) ähnlich den TCP/UDP-Ports definiert werden. Diese SAPs können Instanzen höherer Protokollebenen adressieren. Die LLC-Schicht verwendet dazu einen 3 Byte großen Header.

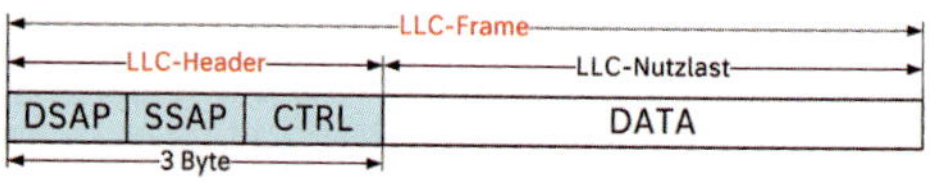

Bild 1.106: Einbettung in einen LLC-Rahmen

Allerdings werden in den beiden SAP-Bytes je zwei Bits für eine Unterscheidung nach *global/lokal* und **Unicast/Multicast** verbraucht. Der verbleibende Adressraum mit 64 verschiedenen Kennungen fällt ziemlich eng aus, sodass nur einige bedeutende Organisationen und Protokolle bedacht werden können. Für alle anderen wurde DSAP = SSAP = AA_{16} und CTRL = 3 festgelegt. Dann wird aber ein weiterer, mit fünf Bytes recht großzügiger Header zusätzlich eingefügt, in dem zwei Bytes zur Kennzeichnung des übergeordneten Protokolls dienen (TYPE = 0800_{16} für IP; Bild 1.108). Diese Erweiterung heißt **SNAP** (**Sub**n**etwork** **A**ccess **P**rotocol).

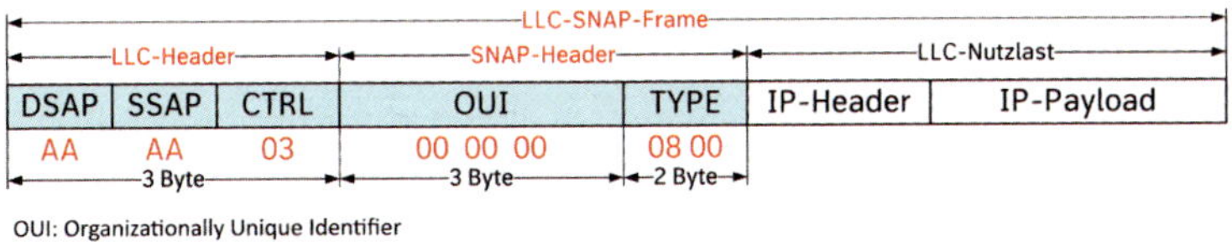

Bild 1.107: Einbettung in einen LLC-SNAP-Rahmen

Beispiele für TYPE-Codierungen

Code (hex.)	Protokoll	Code (hex.)	Protokoll	Code (hex.)	Protokoll	Code (hex.)	Protokoll
0800	IP	0806	ARP	8863	PPPoE-Discovery	809B	Appletalk
8137	IPX	86DD	IPv6	8864	PPPoE-Session	88ab	Powerlink

Bild 1.108: Codierungen für Nutzlastprotokolle

1.6.2.2 MAC-Teilschicht

Die MAC-Teilschicht definiert die Parameter, die für das Zusammenarbeiten der verbundenen einzelnen Endsysteme erforderlich sind. Dazu zählen u. a. die **MAC-Adressen** (siehe Kap. 1.5.3) und die **Zugriffsverfahren** (im Folgenden ab Kap. 1.6.3).

1.6.2.3 Aufbau der MAC-Adressen

IEEE definiert zwei Formate von MAC-Adressen: 16 bit und 48 bit. In Ethernet-Frames werden 48 Adressbits verwendet (Bild 1.109). Die beiden niedrigstwertigen Bits des ersten Bytes gestatten eine Unterscheidung zwischen Unicast-Adressierung und Multicast-/Broadcast-Adressierung sowie ein Attribut global/lokal (lokal koppelt die Bedeutung der nachfolgenden Bits von IEEE ab).

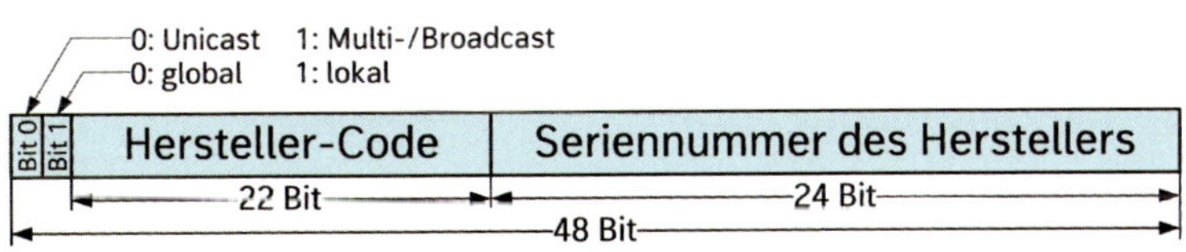

Bild 1.109: Format der 48-Bit-MAC-Adressen in Sendereihenfolge

Der Herstellercode heißt auch **OUI** (**O**rganizationally **U**nique **I**dentifier) und bildet mit der exemplarspezifischen Seriennummer zusammen eine Adresse, die weltweit eindeutig sein dürfte, sodass die Wahrscheinlichkeit zweier gleicher MAC-Adressen in einem LAN/MAN praktisch null ist.

1.6.3 IEEE 802.3 (Ethernet) und CSMA/CD

Unter dem Sammelnamen „Ethernet" versteht man eine Reihe von Varianten mit verschiedenen Übertragungsgeschwindigkeiten, Übertragungsmedien, Signalcodierungen und Rahmentypen (Ethernet-Frames). Am Anfang der Entwicklung standen das dicke Koaxialkabel (10Base5) mit 500 m und das dünne Koaxialkabel (10Base2) mit 185 m maximaler Segmentlänge, die elektrisch einen Bus darstellten (siehe hierzu auch Kap. 1.2.1). Aus diesen physikalischen Gegebenheiten resultierten einige technische Beschränkungen, die seinerzeit nötig und sinnvoll waren, wegen der Rückwärtskompatibilität aber noch bis heute nachwirken.

1.6.3.1 Zugriffsregeln

CSMA/CD (**C**arrier **S**ense **M**ultiple **A**ccess with **C**ollision **D**etection) sieht vor, dass mehrere Stationen (Multiple Access) gleichberechtigt an ein Übertragungsmedium angeschlossen werden (Shared Medium) und wohlerzogen Konversation betreiben:

Eine Station darf nur senden, wenn gerade keine andere sendet.

Dazu muss das Übertragungsmedium ständig abgehört werden (Carrier Sense), weil der Zugriff asynchron erfolgt. Wird vom Interface das Übertragungsmedium als frei erkannt, muss eine Pause (**IFG: I**nter **F**rame **G**ap) von 96 Bitzeiten eingehalten werden, bevor die Aussendung gestartet wird. Dabei kann es passieren, dass zwei Stationen diesen Zustand gleichzeitig erkennen und zu Recht zu senden beginnen. Als Folge davon werden sich die Signale beider Stationen überlagern und verfälschen. Eine solche Kollision ist ein zwar unerwünschter, aber dennoch kalkulierter, normaler Vorgang und *kein* Fehlerzustand.

Wird vom Interface eine Kollision erkannt, wird die Datenübertragung abgebrochen und ein definiertes **Störsignal** (*jam signal*) gesendet.

Durch das Jam-Signal (32–48 bit) soll sichergestellt werden, dass der Kollisionszustand von allen Stationen wahrgenommen wird.

Kollisionserkennung (*collision detection*) ist zwingend erforderlich. Für die Kollisionserkennung ist wichtig, dass ein Rahmen eine Mindestlänge von 64 Byte besitzt (ggf. mit Füllbits aufzufüllen; PAD in Bild 1.112). Diese richtet sich nach der sog. Slottime des Netzes.

Die unterbrochene Datenübertragung wird anschließend erneut versucht. Um nicht wiederholte Kollisionen vorzuprogrammieren, kommt der Zufall ins Spiel. Muss bei einer Station eine Rahmenaussendung erstmalig abgebrochen werden, kann die Station (durch Zufall) auswählen, ob sie sofort oder nach Abwarten einer Slottime (s. u.) erneut zu senden versucht. Für weitere Versuche wird nach dem in Bild 1.110 dargestellten Schema vorgegangen.

Sendewiederholung für diesen Rahmen	Wartezeit aus diesem Intervall wählen
1	0 bis 1
2	0 bis 3
3	0 bis 7
...	...
10	0 bis 1 023
...	...
16	0 bis 1 023

Bild 1.110: Der Algorithmus „Truncated Binary Exponential Backoff" in Tabellenform

So wird gewährleistet, dass die Sendeversuche bei schwacher Netzlast (geringere Kollisionswahrscheinlichkeit) in kürzeren, bei hoher Netzlast in längeren Zeitabständen erfolgen. Nach 16 erfolglosen Versuchen wird der Rahmen verworfen und ein Fehler an die höheren Protokollschichten gemeldet.

Gesendet wird ein – asynchron beginnender – Burst von Rechtecksignalen. Vor den eigentlichen Daten (Layer-2-Header) wird ein „Einschwingsignal" (genannt Präambel) von 64 Bitzeiten Länge gesendet: 31 Mal „01" und dann „11"; diese letzte Unregelmäßigkeit (**SFD**: **S**tart **F**rame **D**elimiter) kennzeichnet den Beginn der Nutzdaten mit dem nächsten Bit. Für die Kollisionserkennung ist wichtig, dass ein Rahmen eine bestimmte Mindestlänge besitzt. Diese richtet sich nach der sog. Slottime des Netzes.

Unter der **Slottime** eines Netzes versteht man die doppelte Signallaufzeit von einem Leitungsende zum anderen.

Tritt bis zum Ablauf der Slottime keine Kollision auf, dann tritt bei ansonsten regelkonformer Konfiguration auch danach keine mehr auf.

Koaxialkabel wurden inzwischen von Twisted-Pair-Kabeln (Kap. 1.2.1) abgelöst, bei denen je Senderichtung mindestens zwei Adern zur Verfügung stehen und bei Verwendung von Switches statt Hubs (siehe Kap. 1.3) keine Kollisionen mehr auftreten. Die hier eigentlich überflüssigen Protokollelemente Präambel und SFD sind aber in die sehr ausgefeilte Übertragungstechnik integriert worden, um Kompatibilität zu gewährleisten. Die beteiligten Interfaces synchronisieren jetzt bei Herstellung der physikalischen Verbindung und arbeiten mit 3- bis 5-stufigen Signalpegeln, um mehr als ein Bit pro Schritt übertragen zu können.

1.6.3.2 Rahmentypen

Bevor IEEE den Standard 802.3 in den frühen 1980er-Jahren schuf, verwendete man die Version 2 des ursprünglich vom DIX-Konsortium (DIX: **D**EC, **I**ntel und **X**EROX) entwickelten Rahmentyps (Bild 1.111), der auch Ethernet-II-Rahmen heißt.

Preamble: 10101010 10101010 10101010 10101010 10101010 10101010 10101010 10101011
DA: Hardware-Zieladresse (Destination Address)
SA: Hardware-Quelladresse (Source Address)
TYPE: Nutzlast-Protokolltyp, Kodierung wie bei SNMP, 0800 (hex.) für IP
DATA: Nutzlast
FCS: Frame Check Sequence, CRC (Cyclic Redundancy Check)-Prüfwert

Bild 1.111: Der klassische Ethernet-II-Rahmen

Bei diesem Rahmentyp ist die (8-Byte-)Präambel identisch mit der späteren Kombination aus (7-Byte-)Präambel und SFD, die Teile heißen nur anders. Das Typfeld nach den Ethernet-Adressen (MAC-Adressen) kennzeichnet direkt den Nutzlasttyp. Hier kann die Software aus dem Längenfeld des IP-Headers (Bild 1.141) die Gesamtlänge des Rahmens errechnen. Header und Trailer sind zusammen 18 Byte lang, sodass als Nutzlast minimal 46 Byte zulässig sind, um die geforderte Mindestlänge von 64 Byte zu erreichen.

Seit 1985 ist der IEEE-802.3-Rahmen der **Standard**.

Der Rahmen (Bild 1.112) ohne Tag (engl. *tag*: Markierung, Etikett) unterscheidet sich vom DIX-Rahmen dadurch, dass

- anstelle des Type-Feldes ein Längenfeld auftritt, wobei „zu kleine" Nutzlasten mit Nullen im PAD-Feld aufgefüllt werden,
- die Nutzlast grundsätzlich ein LLC-Rahmen (mit oder ohne SNAP) ist und
- bei Übertragungsgeschwindigkeiten oberhalb von 100 Mbit/s nach der FCS eine Rahmenerweiterung (Extension) gesendet wird, die den Rahmen auf die Länge der Slottime auffüllt.

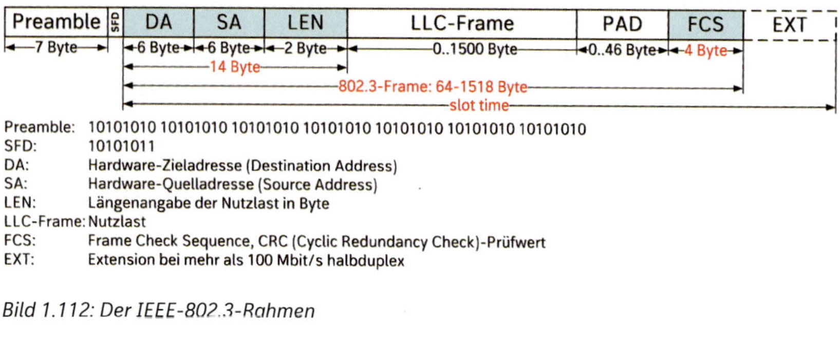

Preamble: 10101010 10101010 10101010 10101010 10101010 10101010 10101010
SFD: 10101011
DA: Hardware-Zieladresse (Destination Address)
SA: Hardware-Quelladresse (Source Address)
LEN: Längenangabe der Nutzlast in Byte
LLC-Frame: Nutzlast
FCS: Frame Check Sequence, CRC (Cyclic Redundancy Check)-Prüfwert
EXT: Extension bei mehr als 100 Mbit/s halbduplex

Bild 1.112: Der IEEE-802.3-Rahmen

Die Werte im Type-Feld sind immer größer oder gleich 1 536, sodass es sich von der Längencodierung unterscheidet. Treibersoftware kann daher in vielen Fällen die Koexistenz beider Rahmentypen im gleichen Übertragungsmedium gestatten.

Als Kuriosität sei noch der Ethernet-Novell-Rahmen aufgeführt (Bild 1.113):

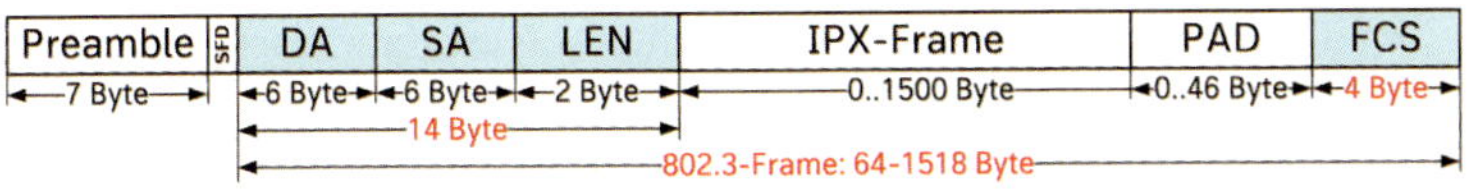

Preamble: 10101010 10101010 10101010 10101010 10101010 10101010 10101010
SFD: 10101011

Bild 1.113: Der Ethernet-Rahmen à la Novell

Novell ignorierte LLC (IEEE 802.2) und nannte den Rahmentyp zunächst „Ethernet 802.3“. Stattdessen definierte man als die ersten zwei Byte des eingekapselten IPX-Pakets einen IPX-Header-Prüfwert, berechnete diesen aber dann doch (meistens) nicht, sondern setzte dafür $FFFF_{16}$ ein. Bei den LLC-SAPs wurde FF nicht definiert, sodass man glücklicherweise diesen Rahmentyp von 802.3-Rahmen unterscheiden kann – es sei denn, eine Novell-Version berechnet den Prüfwert doch. Später benannte Novell den Rahmen in „Ethernet 802.3 raw“ um, empfiehlt und unterstützt jedoch heutzutage vollständige IEEE-802.2-Konformität.

1.6.4 Funknetze

Während CSMA/CD nach IEEE 802.3 und Token Ring nach IEEE 802.5 auf Leitungen (Kupfer-/Lichtwellenleiter) eingesetzt werden, kommen mittlerweile zunehmend Funkstrecken als Übertragungsmedium zum Einsatz.

Vorteile:

- Oft das einzig mögliche Medium, z. B. in historischen Gebäuden
- Vergleichsweise unempfindlich gegen Erdbeben und andere Katastrophen
- Hohe Mobilität von Nutzenden und Stationen möglich (Fahrzeugbetrieb bei nicht zu hoher Geschwindigkeit)

Nachteil:

- Eine Verschlüsselung ist erforderlich.

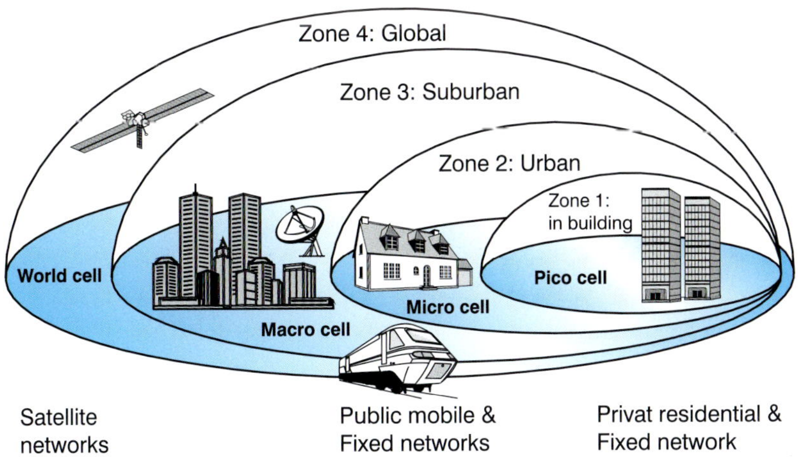

Bild 1.114: Im Bereich der öffentlichen Funknetze wird nach Zonen gegliedert

Bei der Betrachtung „drahtloser“ Medien muss unterschieden werden zwischen

- den etablierten Standards (Bild 1.104) nach IEEE **802.11a**, **802.11g**, **802.11n** und **Bluetooth** (IEEE **802.15.1**, adaptiert von Bluetooth SIG, Inc.) sowie
- den weniger verbreiteten Ansätzen für Wireless PANs (**WPAN**s) wie **HomeRF** (USA) und **Wireless USB**.

Dieses Kapitel soll die grundlegenden Eigenschaften von Funknetzen aufzeigen (siehe auch Kap. 3.6., Kap. 3.7).

Wesentliche Unterschiede zu leitungsbasierten Netzen sind:

1. Die Verwendung von Funk unterliegt unterschiedlichen nationalen gesetzlichen Regelungen.
2. Kein Schutz vor äußerlichen Störeinflüssen und damit verbundene höhere Störanfälligkeit
3. Ständig sich ändernde räumliche Anordnung der Stationen
4. Stationen können sich gegenseitig überdecken; nicht jede Station kann jede Aussendung „hören“.
5. Die Ausbreitungseigenschaften der Funksignale können sich zeitabhängig ändern.
6. Stationen mit Batteriebetrieb müssen Energieverbrauch steuern.

All diese Restriktionen müssen vor den höheren Protokollschichten (ab LLC aufwärts) verborgen bleiben.

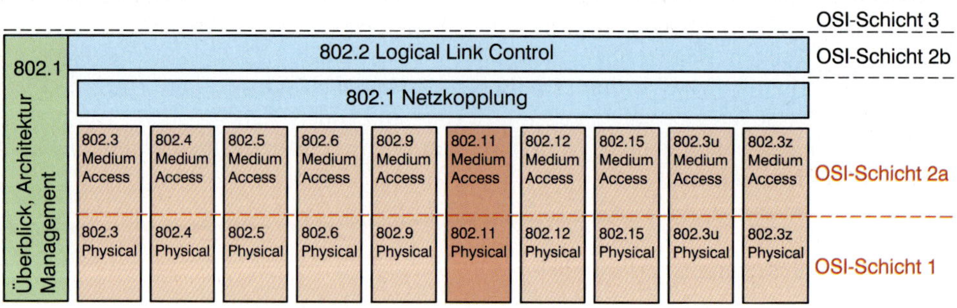

Bild 1.115: IEEE 802.11 beschreibt Funk- und Infrarot-Vernetzung

1.6.4.1 Das WLAN-Architekturmodell

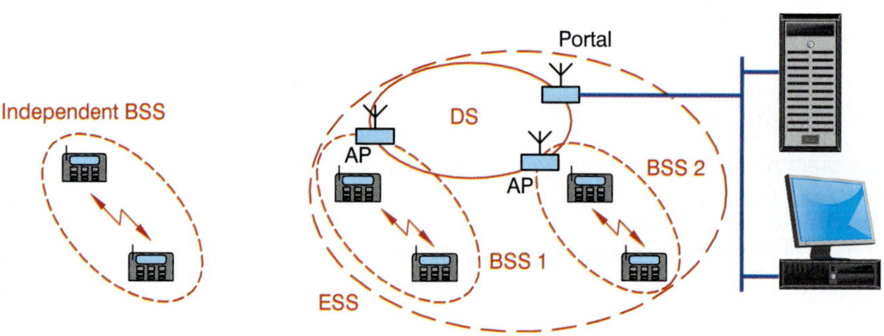

Bild 1.116: WLAN-Architekturmodell nach IEEE 802.11

Der Standard nennt einige wenige architektonische Komponenten (Bild 1.117). Portale und Access Points wirken als Brücken.

Komponente	Beschreibung
Station	Rechner mit Zugriff auf das Funk-NIC
Basic Service Set (BSS)	Gruppe von Stationen, die dieselbe Frequenz benutzen
Independent BSS (IBSS)	Spontan (ad hoc) zusammengefasste Stationen
Distribution System (DS)	Verbindungsnetz beliebiger Technologie, das BSS verbindet
Extended Service Set (ESS)	Zusammenfassung von DS und verbundenen BSS (Infrastruktur)
Access Point (AP)	Station, die in ein DS und in ein BSS integriert ist
Portal	Station, die in ein DS und in ein Festnetz integriert ist

Bild 1.117: Komponenten im WLAN-Architekturmodell nach IEEE 802.11

Für dieses Architekturmodell wurde eine Reihe von Diensten der Verbindungsschicht definiert, die den o. g. Besonderheiten Rechnung tragen (Bild 1.118). Es wird zwischen Stationsdiensten und Diensten des DS unterschieden:

Stationsdienst	Beschreibung
Authentication	Echtheitsprüfung der Identitätsdeklaration auf Stationsebene (nicht Benutzende!)
Deauthentication	Aufhebung der Authentication, die zur Disassociation führt
Privacy	Verschlüsselung für WEP (Wired Equivalent Privacy reicht heute nicht mehr!)
MSDU delivery	Datentransport (**M**AC **S**ervice **D**ata **U**nit Delivery)
Association	Anmelden einer Station bei einem DS über genau einen AP
Disassociation	Abmelden von einem DS
Distribution	Weiterleitung von Datenpaketen im DS über einen AP
Integration	Weiterleitung von Datenpaketen vom DS über ein Portal ins Festnetz
Reassociation	Ummelden zu einem anderen AP bei Bewegung von einer BSS zu einer anderen innerhalb des gleichen ESS

Bild 1.118: Dienste im IEEE-802.11-WLAN

IEEE 802.11 definiert mehrere Verkehrsarten (Bild 1.119) und die Vergabe von Prioritäten (Bild 1.120 und Bild 1.121).

Verkehrsart	Beschreibung
DCF (Distributed Coordination Function)	asynchron, Konkurrenzbetrieb
PCF (Point Coordination Function)	Medium zeitlich begrenzt reserviert

Bild 1.119: Verkehrsarten im IEEE-802.11-WLAN

Als Zugriffsarten gibt es (neben anderen Optionen) als Standard das Verfahren CSMA/CA, wobei CA für **C**ollision **A**voidance (Vermeidung von Kollisionen statt ihrer Erkennung) steht (Bild 1.120).

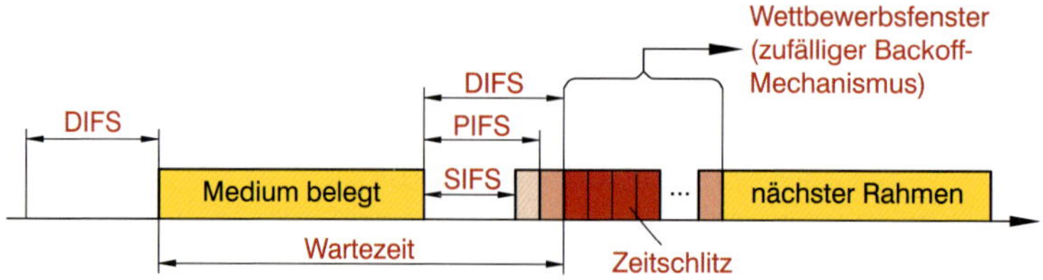

Bild 1.120: Priorisierung und Collision Avoidance im IEEE-802.11-WLAN

Die Prioritäten werden durch unterschiedliche Wartezeiten (**IFS**: **I**nter **F**rame **S**pace) für unterschiedliche Diensttypen realisiert (Bild 1.121).

IFS-Typ	Priorität	Diensttyp
DCF-basiert: DIFS	niedrigste	Standard; asynchrone Datendienste
PCF-basiert: PIFS	mittlere	konkurrenzfreie Übertragung, vom AP gesteuert
Short: SIFS	höchste	Steuerinformation

Bild 1.121: Priorisierung im IEEE-802.11-WLAN

Zur Vermeidung von Kollisionen wird wie folgt verfahren:

1. Sendewillige Station hört das Medium ab.
2. Ist das Medium für die Dauer eines IFS frei, wird ein kompletter Rahmen gesendet (IFS je nach Sendeart gewählt).
3. Ist das Medium belegt, wird auf einen freien IFS gewartet und dann zusätzlich um eine zufällige Backoff-Zeit in Vielfachen der Slottime verzögert (Kollisionsvermeidung, CSMA/CA).
4. Wird das Medium während der Backoff-Zeit von einer anderen Station belegt, bleibt der Backoff-Timer so lange stehen.

Die verschiedenen, überaus variantenreichen Rahmentypen des Standards würden den Rahmen dieses Buches sprengen und bleiben deswegen unbehandelt.

1.6.4.2 Andere Funknetze

Bezogen auf das Zusammenwirken der Protokolle passten sich 802.11-Protokolle als reine Übermittlungsprotokolle harmonisch in die bisher betrachteten Modelle (TCP/IP, DoD) ein. Diese waren für LAN bzw. Internet konzipiert. Manchen Aufgabenumfeldern werden diese jedoch nicht vollständig gerecht, sodass oft nach besser angepassten (Gesamt-) Lösungen gesucht wird. ZigBee und Bluetooth (Bild 1.122) sind beispielhafte Repräsentanten hierfür.

Typ. Eigenschaft	ZigBee	Bluetooth
Anwendung	Messen, Steuern	Kabelersatz am PC
Stationsanzahl im Piconet	viele (≦ 65535)	wenige (≦ 8)
Eintritt ins Netz in ca.	15 ms	3000–10000 ms
Datenvolumen	klein (Nachrichten)	groß (Multimedia)
Datenrate	≦ 250 kbit/s	1 Mbit/s

Bild 1.122: Vergleich zweier WPAN-Funktechniken

Bluetooth

Dieses Nahbereichsfunksystem wurde für viele unterschiedliche Aufgabengebiete entwickelt, deren Spektrum von der Anbindung eines Headsets an ein Mobiltelefon bis zum Anschluss einer Tastatur oder Maus an einen PC reicht (siehe auch „Einfache IT-Systeme“, Kap. 1.7.8). Aus dieser Sicht ist die Datenübertragung innerhalb eines LAN nur eine von vielen Anwendungen. Entsprechend umfassend ist der Protokollstapel ausgelegt (Bild 1.123) und entsprechend grob können hier nur einige Eigenschaften skizziert werden.

Auf eine von der Bluetooth-SIG entwickelte und dann nach IEEE 802.15.1 standardisierte OSI-Schicht 1 und 2 setzen spezifische Protokolle auf, deren gesamte Dienstleistung für Anwendungen als Menge von sog. Profilen definiert ist.

Ein **Profil** ist eine Zusammenfassung von Diensten für eine Klasse von Anwendungen.

Natürlich müssen und können nicht alle Geräte alle Profile anbieten. Das **GAP** (**G**eneric **A**ccess **P**rofile) ist unverzichtbar und allen gemeinsam. Darauf bauen folgende weitere Profile auf:

- **SDAP** (**S**ervice **D**iscovery **A**pplication **P**rofile, die „Gelben Seiten“ eines Geräts)
- Telephony Profile = **INTP** (**Int**ercom **P**rofile, Walkie-Talkie-Funktion zwischen Headsets) + **CTP** (**C**ordless **T**elephony **P**rofile)
- **SPP** (**S**erial **P**ort **P**rofile), das seinerseits allen anderen Profilen als Grundlage dient

SPP-basierte Profile sind u. a.:

- **HSP** (**H**ead**s**et **P**rofile)
- **LAP** (**L**AN **A**ccess **P**rofile)
- **FAXP** (**Fax** **P**rofile)
- **DUNP** (**D**ial **U**p **N**etwork **P**rofile)
- **GOEP** (**G**eneric **O**bject **E**xchange **P**rofile)

Diese Anwendungsklassen werden durch das Zusammenwirken verschiedener Bluetooth-interner Dienste mit ihren Protokollen ermöglicht.

So stellt etwa der RFCOMM-„Treiber“ (Bild 1.123) als „Kabelersatzprotokoll“ bis zu 60 virtuelle COM-Ports für Anwendungen zur Verfügung.

Kommunizierende Stationen nehmen eine Rolle als Primary oder als Secondary an, in der Regel wird der Initiator zum Primary. Im einfachsten Fall spricht man dann von einem **Piconetz** (siehe auch Bild 1.114). Eine Primary-Station eines Piconetzes kann aber auch

Secondary in einem anderen Piconetz sein. Man spricht dann von einem **Scatternetz** (Bild 1.124; siehe auch „Einfache IT-Systeme", Kap 1.7.8).

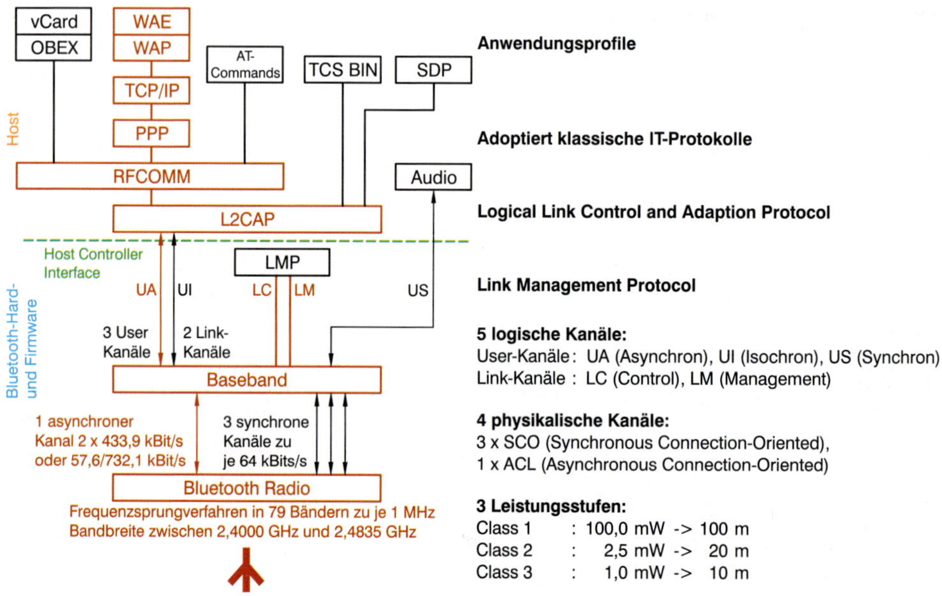

Bild 1.123: Der Protokollstapel bei Bluetooth

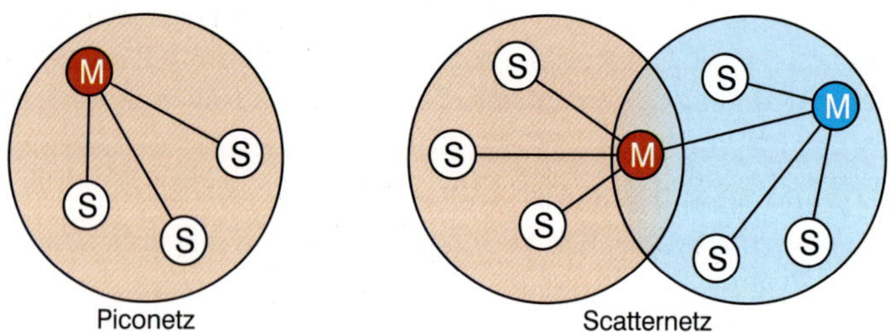

Bild 1.124: Piconetz und Scatternetz

Für den Einsatz in Unternehmen könnte sich die Beschränkung auf lediglich acht simultan aktive Stationen nachteilig auswirken, große Vorteile sind hingegen:

- geringe Strahlenbelastung
- verhältnismäßig hoher Datendurchsatz
- geringer Energieverbrauch
- günstige Kosten (einstellige Eurobeträge je Interface)
- hohes Sicherheitsniveau durch eingebaute Verschlüsselung
- Ad-hoc-Netzwerkfähigkeit
- hohe Konnektivität (durch Zertifizierung der Standardkonformität)

ZigBee

ZigBee ist ein von der ZigBee-Allianz entwickeltes, auf der Spezifikation IEEE 802.15.4 basierendes Übertragungsprotokoll zur Steuerung von Smart-Home-Geräten innerhalb eines Gebäudes. Das Protokoll ist auf die energieeffiziente Funkübertragung geringer Datenmengen für den Nahbereich (*short range wireless*) optimiert und verwendet Funkfrequenzen in lizenzfreien Bereichen.

ZigBee wird von vielen namhaften Endgeräteherstellern unterstützt und ermöglicht den Aufbau intelligenter Hausautomationssysteme, mit denen sich beispielsweise Geräte ein- und ausschalten, Lichthelligkeit- und -farbe ändern oder Raumtemperaturen steuern lassen. Die Bedienung kann manuell per App oder automatisch per Sensor erfolgen. Die Funkreichweite beträgt abhängig von der Sendeleistung und der Gebäudebeschaffenheit (z. B. Wandstärke) zwischen 10 m und 70 m, die Datenübertragungsrate ist abhängig vom verwendeten Frequenzbereich (Bild 1.125).

Frequenzband	Frequenzbereich	Kanalzahl	Kanalbandbreite	Datenrate	Region
868 MHz	868–870 MHz	1	2 MHz	20 kbit/s	Deutschland
915 MHz	902–928 MHz	10	2 MHz	40 kbit/s	USA
2,4 MHz	2,405–2,480 GHz	15	5 MHz	250 kbit/s	Global

Bild 1.125: Frequenzbereich und Datenübertragungsrate bei ZigBee

Zur Ansteuerung von ZigBee-Geräten ist eine Steuerzentrale erforderlich, die an das 230-V-Energieversorgungsnetz anzuschließen ist. Diese wird per LAN-Kabel oder WLAN mit einem vorhandenen Router verbunden, der die Verbindung mit dem Internet herstellt. Die Steuerzentrale fungiert als Gateway für alle mit ihr per (ZigBee-)Funk verbundenen Endgeräte. Bei der Erstanmeldung im ZigBee Netz erhält jedes Endgerät eine interne 16-bit-ID-Nummer. Die Konfiguration und anschließende Steuerung der Geräte erfolgt über eine entsprechende Hersteller-App mit dem Smartphone, dem Tablet oder dem PC. Durch die Anbindung des Gateways an den Router ist auch eine Fernsteuerung über das Internet möglich. Es lassen sich auch wiederkehrende automatisch ablaufende Aktionen programmieren.

ZigBee ist ein offener Smart-Home-Standard, dessen Protokollstapel aus mehreren Schichten besteht und dessen Anwendungsschicht anpassbar ist. Produkthersteller können dadurch zwar eigene Ergänzungen zu ZigBee realisieren, allerdings können sich dadurch auch Inkompatibilitäten ergeben

Mit der abwärtskompatiblen Version **ZigBee 3.0** wird seitens der ZigBee-Allianz ein vereinheitlichender Standard für alle Geräte in vernetzten Gebäuden eingeführt. Hierdurch wird eine herstellerübergreifende Interoperabilität vorhandener unterschiedlicher ZigBee-3.0-zertifizierter Geräte verbessert. ZigBee unterscheidet zwischen definierten Anwendungs- und Geräteprofilen, die verschiedene Einsatzgebiete abdecken.

Anwendungsprofil	Geräteprofil/Beispiele
Gebäudeautomation (*building automation*)	▪ **ZigBee Building Automation** (ZBA): Gebäudesicherung ▪ **ZigBee Home Automation** (ZHA): Klimaanlage, Heizung, Haushaltsgeräte ▪ **ZigBee Remote Control** (ZRC): Funkfernbedienungen, Unterhaltungselektronik (**ZigBee RF4CE: R**adio **F**requency **for C**onsumer **E**lectronics)
Energiemanagement (*energy management*)	▪ **ZigBee Smart Energy** (ZSE): Stromzähler, Wasserzähler
Gesundheitsversorgung (*health care*)	▪ **ZigBee Health Care** (ZHC): Gesundheitsüberwachung (Blutdruck, Herzfrequenz, Blutzucker)
Telekommunikation (*telecommunication*)	▪ **ZigBee Telecommunication Services** (ZTS): Kommunikationsgeräte und -dienste, Mobile Payment
Beleuchtungsmanagement (*lighting management*)	▪ **ZigBee Light Link** (ZLL): Schalter, Dimmer, Farbwahl

Bild 1.126: ZigBee Anwendungs- und Geräteprofile (Auswahl)

In der Variante ZigBee Pro lassen sich auch Sensoren mit **Micro Energy Harvesting** verwenden (Geräteprofil **ZGP**: **ZigBee Green Power**). Diese Technik ermöglicht Sensoren ohne Energieversorgung (z. B. durch eine eingebaute Batterie) die für eine Datenübertragung erforderliche Energie selbst zu erzeugen. Hierzu reichen geringste Temperaturunterschiede, Vibrationen, Luftströmungen usw. aus, die etwa durch das Drücken eines Tasters, Drehen eines Dimmers, Betätigen eines Schalters hervorgerufen werden.

Die Datenübertragung zwischen der Controller-App und den mit dem ZigBee-Gateway verbundenen Geräten erfolgt Ende-zu-Ende-verschlüsselt. Die Verschlüsselung nutzt gemäß der ZigBee-Spezifikation einen AES-CCM-Algorithmus (CCM: **C**ounter with **C**BC-**M**AC, Betriebsmodus für eine zusätzliche Blockverschlüsselung) mit 128 Bit und gilt dadurch als nahezu abhörsicher.

Endgeräte haben im aktiven Betrieb eine Stromaufnahme von ca. 15 mA, im Stand-by-Betrieb ca. 1 µA. Im sog. **Beacon-Betrieb** lassen sich Endgeräte in regelmäßigen, vorprogrammierbaren Intervallen abfragen (z. B. aktuelle Temperatur), im **Non-Beacon-Betrieb** reagieren Endgeräte nur auf auslösende Aktionen (z. B. Schließen eines Schalters).

Geräte in einem ZigBee-Netz lassen sich in einer Stern- oder einer Baumstruktur miteinander verbinden. Entsprechend geeignete ZigBee-Geräte können auch in einer Peer-to-Peer-Topologie quasi ein Mesh-Netz aufbauen und untereinander kommunizieren. Die Mesh-Struktur sorgt für höhere Zuverlässigkeit und Effizienz, da ein entsprechendes Endgerät gleichzeitig Empfänger und Sender sein kann und damit als Repeater für die benachbarten Geräte funktioniert.

Thread

Thread ist ein auf der Spezifikation IEEE 802.15.4 basierendes Übertragungsprotokoll, das speziell für Smart-Home-Anwendungen entwickelt wurde. Es handelt sich hierbei um einen offenen Standard, der von jedem Anbieter lizenzkostenfrei verwendet werden kann.

Im Gegensatz zu Zigbee, das auf der gleichen Spezifikation beruht, ist bei Thread keine steuernde Zentrale für die Kommunikation mit angeschlossenen Endgeräten erforderlich. Vielmehr bauen die Thread-kompatiblen Geräte grundsätzlich untereinander jeweils voneinander unabhängige Funkverbindungen auf.

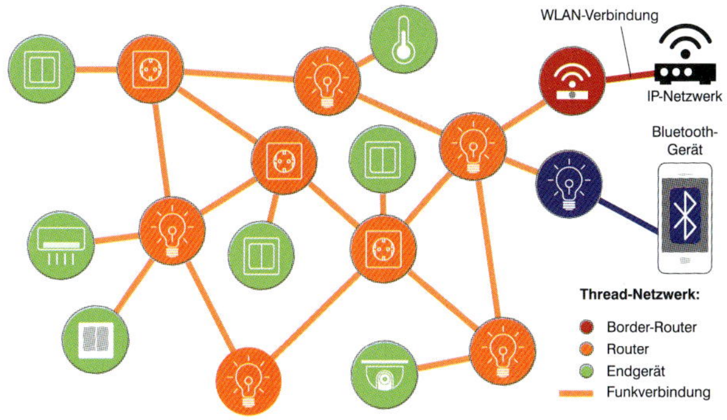

Bild 1.127: Thread-Mesh-Netz (Grundprinzip)

Hierdurch ergibt sich ein Mesh-Netz (Kap. 3.6.5), bei dem man prinzipiell drei Gerätetypen unterscheidet:

Thread-Gerätetypen	Merkmal/Funktion
Border Router	▪ Thread-Gerät, das eine Verbindung zum IP-Netzwerk des heimischen WLAN-Routers und damit zum Internet herstellen kann; Hinweis: Dieses Gerät ist trotz der Bezeichnung „Router" nicht gleichzusetzen mit den Funktionen eines klassischen „Netzwerkrouters". ▪ In jedem Thread-Netz existiert mindestens ein Gerät mit Border-Router-Funktion, es lassen sich aber auch mehrere installieren, die sich gegenseitig nicht stören. ▪ Über einen Border Router sind die vorhandenen Thread-Geräte auch vom Smartphone oder online über das Internet erreichbar.
Router	▪ Thread-Geräte, die das Funksignal an andere Geräte im Thread-Netzwerk weiterleiten können ▪ Hierbei handelt es sich in der Regel um Geräte mit Stromanschluss, da diese jederzeit sende- und empfangsbereit sein müssen und daher einen höheren Energiebedarf haben (z. B. Steckdosen-Zwischenstecker oder Leuchtmittel). ▪ Sie verstärken gleichzeitig das Signal und erhöhen dadurch die mögliche Reichweite, wodurch das Mesh-Netz robuster und stabiler wird. ▪ Sie arbeiten selbstorganisierend mit dynamischer Verbindungsanpassung, wenn sich die Netzwerkbedingungen ändern.
Endgeräte	▪ Thread-Geräte mit geringem Energiebedarf; besitzen keine netzunterstützenden Funktion (z. B. Sensoren, Taster, Regler) ▪ Meist batteriebetriebene Komponenten, die nur bei Bedarf Daten senden oder empfangen

Bild 1.128: Thread-Gerätetypen

Über einen Border Router können Geräte im Thread-Netzwerk vom Smartphone per App konfiguriert werden. Manche Thread-fähigen Geräte sind zusätzlich auch mit einem Bluetooth-Chip ausgestattet. In einem solchen Fall kann das Smartphone die Gerätekonfiguration auch direkt mittels **B**luetooth **L**ow **E**nergy (**BLE**; „Einfache IT-Systeme", Kap. 1.7.8) durchführen. Erst anschließend übernimmt dann ein Border Router die weiteren Kommunikationsaufgaben. Jedes Gerät im Thread-Netzwerk erhält eine eindeutige IPv6-Adresse, die es ermöglicht, Daten direkt an das Gerät zu senden. Eine Adressumwandlung wie bei den meisten anderen Systemen, die mit einer Funk-Bridge arbeiten, ist nicht erforderlich (z. B. Zigbee, Z-Wave). Thread ermöglicht es auch, Geräte im Netzwerk automatisch zu aktualisieren, um sicherzustellen, dass sie immer auf dem neuesten Stand sind. Eine Vielzahl von Herstellern bieten Thread-fähige Geräte an (z. B. Amazon Echo 4; Apple HomePod mini; Google Nest Hub max; aktuelle Eve-Produkte). Das Thread-Netzwerk kann der **LoWPAN**-Technologie (**Lo**w **W**ireless **P**ersonal **A**rea **N**etwork; siehe entsprechenden Abschnitt auf den folgenden Seiten) zugeordnet werden und ist auch für eine geringe Datenrate und eine geringe Leistungsaufnahme ausgelegt.

Im Gegensatz zu ZigBee definiert der Thread-Standard im Protokollstapel allerdings keine **Applikationsschicht** (*application layer*; vgl. Kap. 1.4.2), sondern stellt lediglich die Vermittlungsinfrastruktur zur Verfügung (ISO/OSI-Modell Schichten 1 bis 4), auf deren Basis unterschiedliche Applikationen und andere Standards miteinander kommunizieren können. Als Kommunikationsprotokoll (quasi als „gemeinsame Sprache") der Applikationsschicht kann entweder herstellerseitig ein eigener Layer verwendet werden (z. B. *Weave*, Fa. Nest) oder das von der Zigbee-Allianz entwickelte Protokoll *dotdot*.

Sigfox

Sigfox ist die Bezeichnung einer proprietären LPWAN-Technologie, die von dem gleichnamigen französischen Telekommunikationsunternehmen speziell für schmalbandige IIoT-Anwendungen entwickelt wurde und inzwischen in zahlreichen Ländern verbreitet ist.

LPWAN steht abkürzend für **L**ow **P**ower **W**ide **A**rea **N**etwork und bezeichnet Weitverkehrsinfrastrukturen für die energieeffiziente, drahtlose Vernetzung einer großen Anzahl von ressourcen- und leistungsbeschränkten, meist batteriebetriebenen IT-Geräten. Ein LPWAN ermöglicht bei hoher Netzabdeckung die sichere Übertragung mit niedrigen Datenraten über eine Entfernung von mehreren Kilometern.

Neben der reinen Übertragungstechnologie mit entsprechenden – zu anderen Systemen inkompatiblen – Protokollstrukturen bietet Sigfox auch die erforderliche Infrastruktur mit einem Netzwerk aus Basisstationen sowie speziellen Sigfox-Servern und Cloud-Systemen, die über das Internet vernetzt sind. Jede Sigfox-Basisstation kann die Daten mehrerer hunderttausend Objekte empfangen, verarbeiten und entsprechend weiterleiten. Die Anzahl von Nachrichten pro angebundenem Endgerät ist allerdings vielfach auf einen Maximalwert von etwas über 100 pro Tag begrenzt.

Zur Nutzung ist die vorherige Einrichtung eines Sigfox-Benutzeraccounts erforderlich. Nach entsprechender Registrierung angeschlossener Geräte können diese Daten an Sigfox-Basisstationen senden und auch von dort empfangen. Jede Nachricht beinhaltet neben der Geräte- und Standortidentifizierung ein 12 Byte großes Nutzdatenfeld im Upload und 8 Byte im Download, in dem genormte Mess-, Zustands-, Positions- oder andere technische Daten übertragen werden können. Hierfür steht in Europa im 868-MHz-Band (USA: 902 MHz) insgesamt (lediglich) ein Frequenzbereich von 200 kHz zur Verfügung, der in acht Kanäle zu je 25 kHz aufgeteilt ist (**Ultra-Schmalband-Funkverfahren**; *ultra narrow band transmission technique*). Die Datenrate beträgt jeweils nur 100–600 bits pro Sekunde. Für die Übertragung derart kleiner Datenmengen steht der Protokoll-Overhead von Standard-Netzwerkprotokollen wie TCP/IP (40 Bytes Headerdaten) oder UDP/IP (28 Bytes) in keinem Verhältnis. Sigfox nutzt daher einen eigenen schlanken Protokollstapel (Bild 1.129). Dieser sieht keine Signalisierung vor. Ein Endgerät sendet eine Nachricht auf drei zufällig gewählten Frequenzen im Ultraschmalband-Funkverfahren aus. Dadurch ist eine hohe Wahrscheinlichkeit einer sicheren Übertragung gegeben. Der Empfang einer Nachricht wird der Sigfox-Funkstation mit einer Bestätigungsnachricht quittiert. Sofern es akzeptabel ist, dass gelegentlich Nachrichten verloren gehen, ist auch der nur einmalige Versand möglich, um auf diese Weise z.B. die Batterielaufzeit zu erhöhen. Die vernetzten Endgeräte benötigen im aktiven Übertragungszustand nur wenige Milliampere Strom und erzielen mit einer einfachen Batterieversorgung (z.B. AA-Batterien) Betriebszeiten von zehn Jahren und mehr. Für die Vernetzung ist eine Sigfox-kompatible Hardware (Modems und Funkchips) erforderlich.

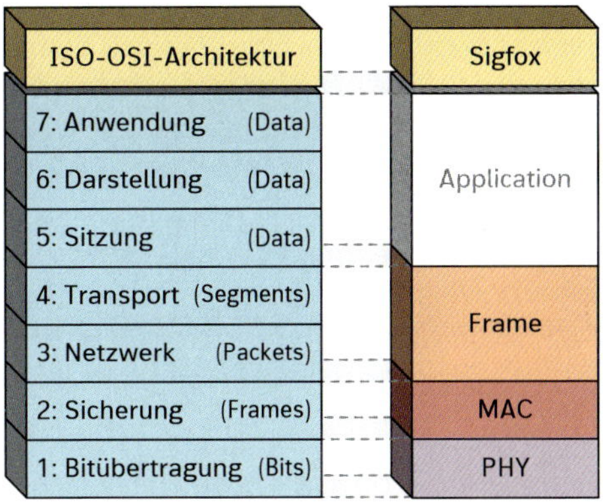

Bild 1.129: Vergleich OSI-Modell und Sigfox-Protokollstapel

Sigfox stellt lediglich die erforderliche Kommunikationsinfrastruktur zur Verfügung, d.h. die Datenaufbereitung für den Transport. Eine inhaltliche Auswertung von Nachrichten erfolgt nur auf den Geräten der oder des entsprechend registrierten Nutzenden. Die Kosten werden bei Sigfox über ein vertraglich zu vereinbarendes Lizenzmodell abgerechnet.

Zur Realisierung einer sicheren Datenübertragung sind bei Sigfox eine Reihe von Maßnahmen vorgesehen. Hierzu gehören:

- Authentifizierung und Prüfung der Integrität von Nachrichten durch fest vergebene symmetrische Authentifizierungsschlüssel (AES-128; während der Produktion geräteindividuell erzeugt und sowohl im jeweiligen Endgerät als auch in der Sigfox Cloud gespeichert)
- Scrambling von Nachrichten
- Schutz gegen Replay-Angriffe
- Endgeräteschutz durch Einsatz spezieller Sicherheitskomponenten (Secure Elements)

Zu den Vorteilen von Sigfox zählen:

- Hohe Energieeffizienz und lange Betriebszeiten batteriebetriebener Endgeräte
- Überbrückung großer Entfernungen von bis zu 50 km
- Wegen niedrigem Frequenzbereich auch Durchdringung fester Objekte, d.h. auch innerhalb von Gebäuden problemlos einsetzbar
- Große Anzahl teilnehmender Endgeräte möglich, d.h. für den Masseneinsatz geeignet
- Keine Roamingkosten
- Nutzung lizenzfreier Funkbänder
- Mechanismen zur Authentifizierung und sicheren Übertragung der Daten
- Keine eigene Netzinfrastruktur notwendig; vollständig vom Betreiber gemanagtes Netzwerk
- Transparente Abrechnung der Leistungen in einem Abonnementmodell

Da die Firma Sigfox im Jahr 2022 nach Insolvenz vom in Singapur ansässigen Technologiekonzern UnaBiz übernommen wurde, ist derzeit unklar, inwieweit die Sigfox-Technologie als LPWAN-Standard erhalten bleibt bzw. weiterentwickelt wird.

Z-Wave

Z-Wave ist ein proprietärer Kommunikationsstandard, der für die drahtlose Steuerung von Geräten im Smart-Home-Bereich entwickelt wurde (z. B. Heizungs-, Lüftungs-, Beleuchtungs-, Klima- und Alarmanlagen). Er ist auf geringen Energieverbrauch und eine sichere Datenkommunikation optimiert.

Eine Vielzahl von Unternehmen hat sich zu der sog. Z-Wave-Allianz zusammengeschlossen und entwickelt den Z-Wave-Standard kontinuierlich weiter.

Z-Wave nutzt Funkfrequenzen im Bereich von 850 MHz bis 950 MHz, die allerdings weltweit uneinheitlich verfügbar sind (in Europa meist 868,4 MHz). In den Geräten werden zertifizierte SoC-ASIC-Komponenten verwendet, die den Funk-Transceiver gemäß ITU-T G.9959, einen 8051-kompatiblen Mikrocontroller sowie eine Vielzahl von Peripherieschnittstellen enthält. Die Software auf dem SoC besteht aus von jedem kompatiblen Z-Wave-Gerät verwendbaren Programmbibliotheken für die Kommunikation sowie der jeweiligen gerätespezifischen Anwendung. Aufgrund der zertifizierten Hardware und Softwarebibliotheken besteht eine nahtlose Interoperabilität aller Z-Wave-Geräte unabhängig vom Hersteller.

Die Übertragungsraten können je nach Anwendung und Frequenzbandbreite 9,6 kbit/s, 40 kbit/s oder 100 kbit/s betragen. Die Übertragung erfolgt mittels Frequenzumtastung (FSK bzw. GFSK; Kap. 4.1.5.1 und 4.1.5.2) mit 20 kHz Trägerfrequenzabstand. Z-Wave verwendet eine Zweiwegekommunikation mit Rückbestätigung. Nur vom Endgerät bestätigte Datenpakete gelten als erfolgreich versendet. Bei auftretenden Übertragungsfehlern wird der Sendevorgang bis zu dreimal wiederholt.

Die Adressierung von Z-Wave-Geräten erfolgt mit einer aus 4 Byte bestehende **Home-ID** zur Netzkennzeichnung sowie mit einer aus 1 Byte bestehenden **Node-ID** zur Endgerätekennzeichnung. Die Verwendung verschiedener Home-IDs ermöglicht den gleichzeitigen, voneinander unabhängigen Betrieb mehrere Funknetze in einem Gebäude. Insgesamt können bis zu 232 Endgeräte in einem Netz verwaltet werden. Ein Endgerät kann immer nur einem einzigen Netz angehören.

Die Zuweisung der ID wird bei Z-Wave als **Inclusion** bezeichnet und vom sog. **Primärcontroller** gesteuert. Hierbei handelt es sich um die Steuerzentrale (**Controller-Node**), die meist auch über einen IP-Netzwerkzugang verfügt und somit auch über einen entsprechenden Heimrouter mit dem Internet verbunden werden kann. Über Bridges können unterschiedliche Z-Wave-Netze miteinander verbunden werden.

Am Energieversorgungsnetz betriebene Endgeräte sind ständig aktiv und können daher auch – gesteuert durch den Primärcontroller – Daten an andere, benachbarte Geräte weiterleiten (**Routing-Nodes**). Diese Weiterleitung ist jedoch auf maximal vier Zwischenstrecken (Hobs) begrenzt, sodass über diese Geräte nur eine begrenzte Mesh-Funktionalität gegeben ist. Wird in einem Z-Wave-Netz ein Knoten mit weiterleitenden Kommunikationsfunktionen entfernt oder hinzugefügt, so rekonfiguriert sich das Z-Wave-Netz automatisch. Batteriebetriebene Endgeräte verfügen nicht über diese Weiterleitungsfunktion, da sie meist nur periodisch aktiv werden. Die Kommunikation erfolgt nach der Inclusion grundsätzlich Ende-zu-Ende verschlüsselt (Z-Wave-Spezifikation Security Architecture Version 2).

Bild 1.131 vergleicht die zuvor beschriebenen Funkstandards zusammenfassend miteinander.

Funkstandard	WLAN	Bluetooth	Zigbee	Thread	Sigfox	LoRaWAN	Z-Wave
Frequenz	2,4 GHz 5 GHz	2,4 GHz ISM-Band	2,4 GHz ISM-Band	2,4 GHz ISM-Band	868 MHz SRD-Band	433 MHz ISM-Band 868 MHz SRD-Band	850 MHz – 950 MHz
Mesh-fähig	ja	ja	ja	ja	nein	nein	begrenzt
Daten-durchsatz	bis 1 200 Mbit/s	bis 2 Mbit/s	bis 250 kbit/s	bis 250 kbit/s	bis 1 kbit/s	bis 50 kbit/s	bis 100 kbit/s
Typ. Reich-weite innen/außen	20 m/300 m 10 m/50 m	40 m/100 m	100 m/300 m	100 m/300 m	bis 1 km/ 50 km	bis 2 km/ 15km	40 m*/150 m
Interne Adress-struktur	IPv6	IPv6	16 bit Home-ID	IPv6	32 bit Device-ID	32 bit und 64 bit Kennun-gen	4 Byte Home-ID
Standard	IEEE 802.11xx	IEEE 802.15.1	IEEE 802.15.4	IEEE 802.15.4	proprietär	ITU-T Y.4480	ITU G.9959
LPWAN-fähig	nein	ja	ja	ja	ja	ja	ja
Verschlüsse-lung	AES-256	PIN-Code	AES-128	AES-128	AES-128	AES-128	AES-128

** Ab der 700er Generation von Z-Wave: bis zu 70 m bei minimalem Stromverbrauch*

Bild 1.131: Vergleich Funkstandards im Home-Bereich

1.6.5 PPP für die Punkt-zu-Punkt-Verbindung

PPP (**P**oint-to-**P**oint **P**rotocol, RFC 1661) ist eigentlich eine Familie von Protokollen (LCP, PAP, CHAP, NCP; siehe Aufzählung weiter unten), die verwendet wird, um Pakete verschiedener Schicht-3-Protokolle auch über reine Punkt-zu-Punkt-Verbindungen übertragen zu können, wie beispielsweise DSL (Kap 3.1.2) in der Variante **PPP over Ethernet** (**PPPoE**, RFC 2516). Im Gegensatz etwa zu Ethernet stellt PPP ein verbindungsorientiertes Schicht-2-Protokoll dar.

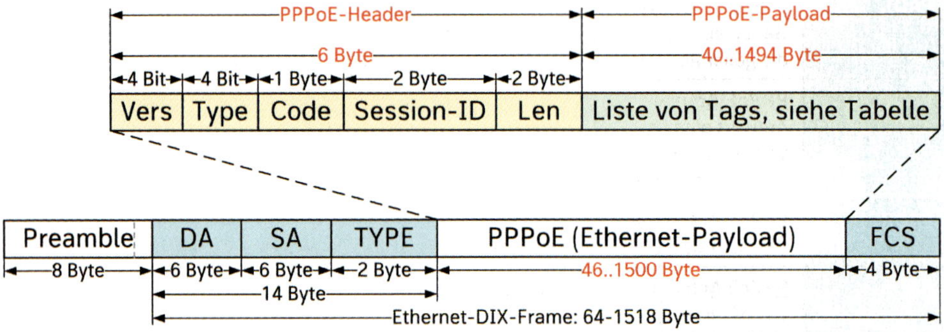

Preamble: 10101010 10101010 10101010 10101010 10101010 10101010 10101010 10101011
DA: Hardware-Zieladresse (Destination Address)
SA: Hardware-Quelladresse (Source Address)
TYPE: Nutzlast-Protokolltyp, 8863 (hex.) für PPPoE Discovery
FCS: Frame Check Sequence, CRC (Cyclic Redundancy Check)-Prüfwert

Vers: Version, aktuell: 1
Type: Typ, aktuell: 1
Len: Länge von PPPoE-Payload
Session-ID: 0 für Discovery-Phase
Code: siehe Tabelle

Bild 1.132: Rahmenstruktur bei PPPoE während der Discovery-Phase

PPPoE stellt eine Zwischenschicht zwischen Ethernet und PPP dar, in welcher der Verbindung suchende Host (H) zunächst per Ethernet-Broadcast einen (von mehreren möglichen) **A**ccess-**C**oncentrator (**AC**, Zugangsserver beim ISP, „edge-router") sucht (Discovery-Stage). Die folgende Tabelle (Bild 1.133) enthält die Werte aus einem realen Mitschnitt:

Quelle	Code (hex.)	Session-ID	Länge	Tagtyp, -länge, -wert (numerische Werte hexadezimal)	Bemerkung
H →	09 (PADI)	0	12	0103,4,C0700808 (HOST_UNIQ) 0101,0	Ethernet-Broadcast Tag: vom Host gewählter ID-Wert Tag: Service Name
AC ←	07 (PADO)	0	46	0102,10,"KLNX12-erx" 0103,4,C0700808 0101,0 0104,16, 20 44 EB .... (AC-Cookie)	Ethernet-Unicast zum Host; Tag: Name des Telekom-AC (wie bei PADI) " Tag: vom AC gewählter ID-Wert
H →	19 (PADR)	0	32	0101,0 0103,4,C0700808 0104,16,20 44 EB	Ethernet-Unicast zum AC (wie bei PADI) " "
AC ←	65 (PADS)	397	12	0101,0 0103,4,C0700808	Zuteilung einer Session-ID, beendet die Discovery-Phase

Bild 1.133: Ablauf der Discovery-Phase

PADI	**PPPoE Active Discovery Initiation packet** Genau ein Tag des Typs 0101 ist obligatorisch; die gesamte Framelänge darf 1 484 Byte nicht überschreiten.
PADO	**PPPoE Active Discovery Offer packet** Antwort eines dienstwilligen AC, Name des AC ist obligatorisch, ebenso die Wiederholung des Service-Name-Tag aus dem PADI-Paket. Der AC kann mit weiteren Tags weitere Dienste offerieren.
PADR	**PPPoE Active Discovery Request packet** Der Host wählt aus mehreren möglichen PADO-Offerten einen AC aus.
PADS	**PPPoE Active Discovery Session-confirmation packet** Der AC erzeugt eine eindeutige Sitzungskennung (Session-ID).
PADT	**PPPoE Active Discovery Terminate packet** Jeder der beiden Partner kann durch dieses Paket (mit dem Code $A7_{16}$) die Sitzung beenden, die Session-ID verfällt umgehend und darf nicht mehr benutzt werden.

Bild 1.134: Bedeutung der Discovery-Pakete

Bei dem dargestellten Discovery-Vorgang war der Host ein Linux-Rechner, in dessen zentraler Log-Datei durch den Sitzungsaufbau folgende Meldungen hervorgerufen wurden (Bild 1.135):

```
Dec 13 13:48:20 fiwa pppd[19758]: Plugin pppoe.so loaded.
Dec 13 13:48:20 fiwa pppd[19758]: PPPoE Plugin Initialized
Dec 13 13:48:20 fiwa pppd[19758]: Plugin passwordfd.so loaded.
Dec 13 13:48:20 fiwa pppd[19758]: pppd 2.4.1 started by root, uid 0
Dec 13 13:48:20 fiwa pppd[19758]: Using interface ppp0
Dec 13 13:48:20 fiwa pppd[19758]: Couldn't increase MTU to 1500.
Dec 13 13:48:20 fiwa pppd[19758]: Couldn't increase MRU to 1500
Dec 13 13:48:20 fiwa pppd[19758]: local  IP address 192.168.99.1
                                              #^ Platzhalter
Dec 13 13:48:20 fiwa pppd[19758]: remote IP address 192.168.99.99
                                              #^ Platzhalter
Dec 13 13:49:16 fiwa pppd[19758]: Starting link
Dec 13 13:49:16 fiwa pppd[19758]: Sending PADI
Dec 13 13:49:16 fiwa pppd[19758]: HOST_UNIQ successful match
Dec 13 13:49:57 fiwa pppd[19758]: HOST_UNIQ successful match
Dec 13 13:49:57 fiwa pppd[19758]: Got connection: 397
Dec 13 13:49:57 fiwa pppd[19758]: Connecting PPPoE socket:\
                                  00:90:1a:10:0f:f3 9703 eth2 0x80870c0
Dec 13 13:49:57 fiwa pppd[19758]: using channel 10
Dec 13 13:49:57 fiwa pppd[19758]: Connect: ppp0 <--> eth2
```

Bild 1.135: Logfile-Auszug während eines PPPoE-Sitzungsaufbaus

Sobald eine Sitzung etabliert ist, geht das Discovery-Stadium in das Session-Stadium (*session stage*) über. Die PPPoE-Nutzlast bekommt eine andere Struktur (Bild 1.137).

Es werden PPP-Pakete ausgetauscht, die ihrerseits eine simple Struktur haben: Einem 2 Byte großen Header folgt die Nutzlast. Dieser Header kennzeichnet per Protokolltyp eines der folgenden Sub-Protokolle:

- **LCP**: **L**ink **C**ontrol **P**rotocol zur Festlegung von Übertragungsparametern, zum Verbindungsaufbau (PPP-Protokolltyp $C021_{16}$) sowie zum Prüfen des Bestehens der Verbindung durch Echo-Anforderungen.

Ein wichtiger Übertragungsparameter ist der **MRU**-Wert (**M**aximum **R**eceive **U**nit, PPP-Standardwert: 1 500 Byte) eines Empfängers, an den der Sender in speziellen Fällen seinen **MTU**-Wert (**M**aximum **T**ransmission **U**nit) anpasst, z. B. hier (bei PPPoE) auf 1 492 Byte, damit die PPP-Protokoll-Information noch in den MTU-Wert 1 500 Byte von Ethernet „hineinpasst“.

LCP-Pakete haben eine Struktur wie in Bild 1.136 dargestellt:

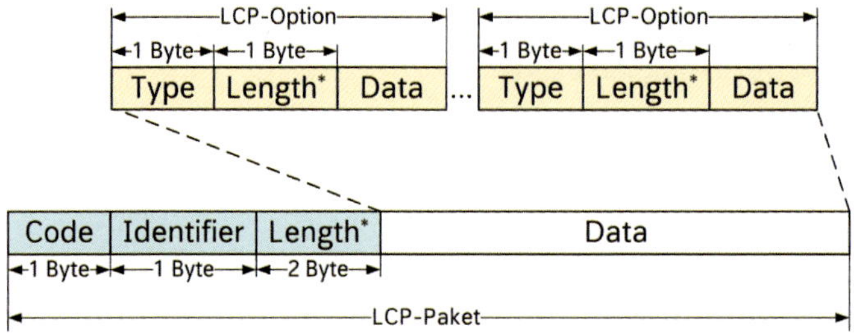

* Die Längenangabe erstreckt sich über alle Felder, d.h. beim LCP-Paket schließt es Code, Identifier und die Länge selbst mit ein. Bei einer LCP-Option das Type-Feld und ebenfalls die Länge.

Bild 1.136: Struktur der LCP-Pakete und der enthaltenen Optionen

Dabei ist das Datenfeld eine Liste aus Optionen, die ebenfalls einfach strukturiert sind (Bild 1.136).

- **NCP**: **N**etwork **C**ontrol **P**rotocol, abhängig vom zu transportierenden Nutzlastprotokoll, z. B. **IPCP** (**IP C**ontrol **P**rotocol, PPP-Protokolltyp 8021_{16}) zum Festlegen der IP-Adressen der PPP-Partner durch den AC. Der formale Aufbau der IPCP-Pakete entspricht dem von LCP-Paketen.
- **CHAP** (PPP-Protokolltyp $C223_{16}$): zur Authentisierung zwecks Abrechnung und Logging, typischerweise beim Aufbau von Einwahlverbindungen
- **IP**: Nutzlast-Protokoll, z. B. IP (PPP-Protokolltyp 0021_{16})

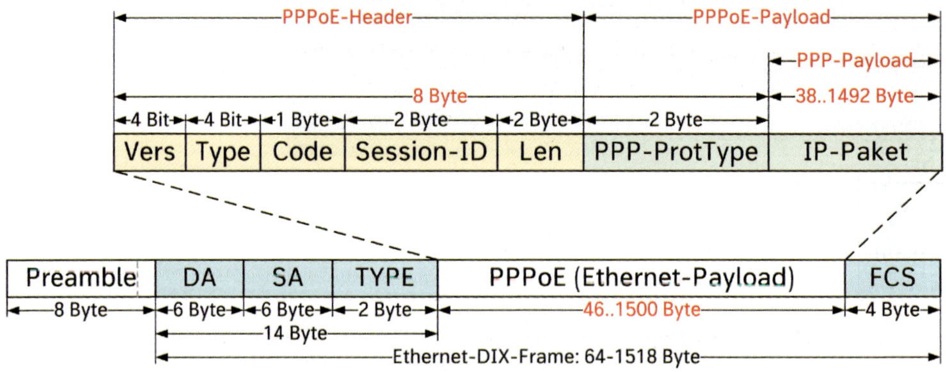

Preamble:	10101010 10101010 10101010 10101010 10101010 10101010 10101010 10101011
DA:	Hardware-Zieladresse (Destination Address)
SA:	Hardware-Quelladresse (Source Address)
TYPE:	Nutzlast-Protokolltyp, 8864 (hex.) für PPPoE bei bestehender Verbindung
FCS:	Frame Check Sequence, CRC (Cyclic Redundancy Check)-Prüfwert

Vers:	Version, aktuell: 1	Session-ID:	Eindeutige Kennung der Verbindung
Type:	Typ, aktuell: 1	Code:	0 bei bestehender Verbindung
Len:	Länge von PPPoE-Payload = Länge von PPP-Payload + 2	PPP-ProtType:	Protokolltyp: 0021 (hex.) für IP, 8021 (hex.) für IPCP, C021 (hex.) für LCP

Bild 1.137: Rahmenstruktur eines mit PPPoE transportierten IP-Pakets bei bestehender Verbindung

Die Verbindungsaufbauphase wird meist um eine Authentisierungsphase mit dem Protokoll CHAP (RFC1334) ergänzt.

Anschließend erfolgt die Konfiguration jedes übergeordneten Schicht-3-Protokolls, z. B. IP oder IPX, durch das jeweils zugehörige Network-Layer-Control-Protocol (NCP). So wird beispielsweise mit **IPCP** (als NCP, IPCP: RFC 1332) eine IP-Adresse zugewiesen, eine Kompression kann auch vereinbart werden.

Erst dann folgt die eigentliche Network-Layer-Protocol-Phase, in der die IP-Pakete übertragen werden. Die Tabelle in Bild 1.138 zeigt den Fortgang der Verbindungsaufnahme bis zur Eröffnung der TCP-Verbindung.

Quelle	PPP-Header	Code	Optionen/Daten
H	LCP	Configure-Request(01)	MRU = 1492; Magic Number = 7E 36 44 FE
←AC	LCP	Configure-Request(01)	MRU = 1492; Authentification Protocol = PAP Magic Number = 1D FC 67 BA
H	LCP	Configure-Ack(02)	MRU = 1492: Authentification Protocol = PAP Magic Number = 1D FC 67 BA
←AC	LCP	Configure-Ack(02)	MRU = 1492; Magic Number = 7E 36 44 FE
H→	LCP	Echo-Request(09)	Magic Number = 7E 36 44 FE
H→	PAP	Auth-Req	<Benutzerkennung, Passwort>
←AC	LCP	Echo-Reply(10)	Magic Number = 1D FC 67 BA
←AC	PAP	Auth-Ack	
H	IPCP	Configure-Request(01)	IP-Address = 192.168.99.1, Host schlägt vor
←AC	IPCP	Configure-Request(01)	IP-Address = 217.5.98.47, AC gibt vor
H→	IPCP	Configure-Ack(02)	IP-Address = 217.5.98.47, Host akzeptiert
←AC	IPCP	Configure-Nak(03)	IP-Address = 80.133.18.192, AC lehnt ab, gibt Vorschlag vor
H→	IPCP	Configure-Request(01)	IP-Address = 80.133.18.192, Host schlägt vor
←AC	IPCP	Configure-Ack(02)	IP-Address = 80.133.18.192, AC akzeptiert (seine Vorgabe!)
H→	IP	80.133.18.192:2026 → 217.5.98.47:540, TCP-Verbindungsaufbau	

Bild 1.138: Ablauf der PPP-Sitzung bis zum Beginn der Netzwerkprotokoll-Phase

Das erste in der Tabelle berücksichtigte Paket ist in Bild 1.139 in hexadezimaler Form vollständig wiedergegeben (ohne Ethernet-CRC-Wert).

```
0000 00 90 1A 10 0F F3 00 60 97 9B 6D B1 88 64 11 00
0010 03 97 00 10 C0 21 01 01 00 0E 01 04 05 D4 05 06
0020 7E 36 44 FE 44 FE 44 FE 44 FE 44 FE 44 FE 44 FE
0030 44 FE 44 FE 44 FE 44 FE 44 FE 44 FE
```

Bild 1.139: LCP-Paket im PPPoE-Paket im Ethernet-Frame (Zur Orientierung: Die PPPoE/PPP-Elemente sind gerahmt, die Configure-Request-Option für die MRU von 1492 ist in Blau dargestellt.)

AUFGABEN

1. Zwischen welchen OSI-Schichten beschreibt der technische Standard IEEE 802 Schnittstellen?
2. Warum stehen die Zieladressen (DA in Bild 1.111 bis 1.113) immer „links" im Rahmen?
3. An welchem TYPE-Code erkennt man ein IPX-Paket als Nutzlast eines IEEE-802.3-Rahmens?
4. Bestimmen Sie in Prozenten das Verhältnis (Nutzlastbytes)/(übertragene Bytes) im günstigsten und im ungünstigsten Fall eines IEEE-802.3-Rahmens.
5. Worin besteht der Unterschied zwischen dem PAD-Feld und dem Extension-Feld in einem IEEE-802.3-Rahmen?
6. Was ist ein „802.3 raw"-Rahmen?
7. Welches Übertragungsmedium wird vom Standard IEEE 802.5 vorgeschrieben?
8. Was ist ein „Basic Service Set"?
9. Warum ist ein Portal eine Brücke?
10. ZigBee soll für die Datenübertragung eines Telemetriedaten-Loggers eingesetzt werden. Stellen Sie das Verfahren anhand einiger Eckdaten kurz vor, indem Sie die folgenden Fragen beantworten:
    a) Welche Frequenzbereiche nutzt ZigBee zur Datenübertragung?
    b) Welche Übertragungsraten sind möglich?
    c) ZigBee unterscheidet verschiedene Anwendungsprofile. Benennen Sie drei dieser Profile und ordnen Sie entsprechende Geräteprofile mit Beispielen zu.
11. In einem häuslichen Bereich soll probehalber erstmals ein Smart-Home-System zur Steuerung einiger vorhandener Geräte installiert werden. Das System soll zu einem späteren Zeitpunkt ggf. auch mit batteriebetriebenen Geräten anderer Hersteller erweitert werden und ohne großen Aufwand auch über das Internet bedienbar sein. Die Kommunikation soll entweder mit Thread oder mit WLAN erfolgen. Vergleichen Sie tabellarisch die technischen Spezifikationen beider Systeme und geben Sie eine Empfehlung ab.

1.7 Protokolle und Verfahren der Netzwerkschicht

Kernelement der Netzwerkschicht (Schicht 3 im OSI-Modell; Bild 1.140), ist das Protokoll **IP** (**I**nternet **P**rotocol). Die Schicht wird deshalb auch als IP-Schicht bezeichnet. Ihre Aufgaben (Adressierung, Wegesteuerung, Paketgrößenanpassung an die Schicht 2) wurden in Kap. 1.5.4 vorgestellt. Darauf aufbauend folgt nun ein vertiefender Blick in die Protokolle und Verfahren der IP-Schicht.

Bild 1.140: Netzwerkschicht im OSI-Modell

1.7.1 Das Protokoll IPv4

Die IP-Schicht der Netzsoftware erhält Versandaufträge für Datenpakete von der übergeordneten Transportschicht. Diesen Paketen werden IP-schichtspezifische Headerinformationen vorangestellt. Durch diese „Paketaufkleber“ können die Pakete einzeln und voneinander unabhängig bis zum richtigen Interface transportiert werden. Der Header ist bitweise definiert und wie in Bild 1.141 dargestellt in Gruppen von 32 Bit aufgelistet, wobei die Zahlen der Kopfzeile die Sendereihenfolge angeben.

MSB (erstes gesendetes Bit)				LSB
0	4	8	16	19 … 31
Version	IHL	TOS	Gesamtlänge (Header + Nutzlast)	
Identifikation			Flags	Fragmentoffset
TTL		Nutzlastprotokoll		Kopfprüfsumme
IP-Adresse des Absenders				
IP-Adresse des Empfängers				
Eventuelle Optionen				
IP-Nutzlast = Daten der Transportschicht				

Bild 1.141: Der IPv4-Protokollkopf

Die sog. **„network byte order“** (RFC 791) legt fest, dass die Bits in der Reihenfolge von links nach rechts, beginnend mit dem höchstwertigen Bit (**MSB**: **M**ost **S**ignificant **B**it; **LSB**: **L**east **S**ignificant **B**it), gesendet werden, also wie der Mensch sie niederschreibt. Diese Schreibweise heißt auch **big endian**.

Ein IP-Header ohne Optionen ist demnach 20 Byte lang. Allerdings hat sich im Zusammenhang mit Netzprotokollen die Bezeichnung Oktett für acht aufeinanderfolgende Bits durchgesetzt, um auszudrücken, dass diese Bits deswegen nicht auch miteinander in einem Sinnzusammenhang aufgefasst werden müssen.

In anderen Darstellungen wird meistens die Bitnummerierung entgegengesetzt durchgeführt, d. h., das niederwertigste Bit (**LSB**) wird also als Bit Nr. 0 bezeichnet; demnach würde Bit Nr. 31 (**MSB**) als Erstes gesendet.

Die einzelnen Felder in Bild 1.141 haben die folgenden in Bild 1.142 zusammengefassten Bedeutungen:

Feld	Bedeutung/Anmerkung
Version (4 bit)	Versionsnummer, hier 4
IHL (4 bit)	**I**P-**H**eader **L**ength gemessen in 32-Bit-Gruppen: 5 ≤ IHL ≤ 15
TOS (8 bit)	**T**ype **O**f **S**ervice: Anforderung höherer Protokollschichten an eine bestimmte Dienstgüte, z. B. minimale Verzögerung/minimale Kosten/maximale Zuverlässigkeit/maximaler Durchsatz

Feld	Bedeutung/Anmerkung
Gesamtlänge (16 bit)	maximale Länge eines IP-Datagramms ist 65535 Oktette; jedes System sollte 576 Oktette große IP-Pakete verarbeiten können
Identifikation (16 bit)	siehe nachfolgenden Text
Flags (3 bit)	
Fragmentoffset (13 bit)	
TTL (8 bit)	**T**ime **T**o **L**ive: begrenzt die Anzahl der Weiterleitungen, um Endlosschleifen fehlgeleiteter Pakete zu vermeiden
Nutzlastprotokoll (8 bit)	1 = ICMP, 2 = IGMP, 6 = TCP, 17 = UDP, 41 = gekapselte IPv6 Pakete
Kopfprüfsumme (16 bit)	Ein Prüfwert, den die sendende Instanz aus allen Oktetten des Headers errechnet und einträgt. Die empfangende Instanz rechnet auch, vergleicht mit dem gesendeten Prüfwert und verwirft das Paket bei fehlender Übereinstimmung.

Bild 1.142: Bedeutung der Felder im IPv4-Protokollkopf

Die Adressangaben sind selbsterklärend. Mit den Optionen können Sonderfunktionen veranlasst werden, z. B. Wegaufzeichnung, Wegevorgaben und Zeitmarken. Die Software der IP-Schicht muss die Paketgrößen der höheren Schichten an die Paketgrößen der darunterliegenden technischen Verbindungssysteme anpassen. Diese **MTU** (**M**aximum **T**ransmission **U**nit) genannten Werte sind eigentlich immer kleiner als das größtmögliche IP-Datagramm und außerdem je nach verwendeter Technologie stark unterschiedlich. Ein IP-Paket musste früher bei Weiterleitung in ein anderes Netz kleinerer MTU daher in Fragmente zerlegt werden (Bild 1.143), deren Größe die jeweilige MTU nicht überstieg:

- Alle Fragmente des ursprünglichen IP-Pakets erhalten dazu dieselbe Identifikation.
- Für jedes Fragment wird ein IP-Paket erzeugt, in dessen Header das Feld Fragmentoffset die Position des Fragments im Original angibt.
- In jedem Paket, außer im letzten (!), wird das **MF**-Flag (**M**ore **F**ragments, Bit 18) auf 1 gesetzt.
- Im IP-Header des letzten Fragments wird das Flag MF auf 0 gesetzt.

Die empfangende IP-Schicht muss das Paket aus den Fragmenten reassemblieren (wieder zusammensetzen), bevor es an die Transportschicht weitergegeben wird.

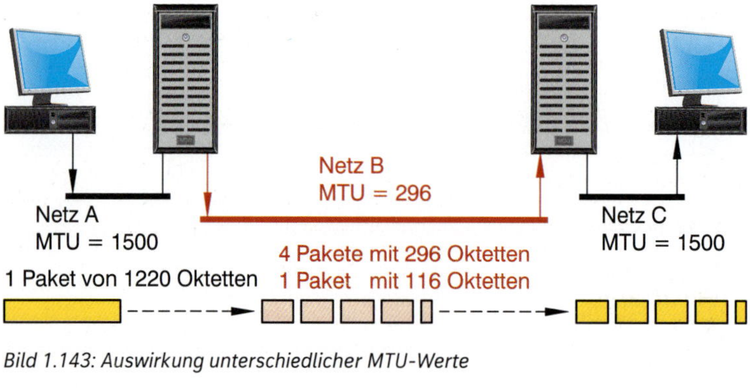

Bild 1.143: Auswirkung unterschiedlicher MTU-Werte

Durch die Fragmentierung wird der Verwaltungsaufwand größer, weil mehr Header erforderlich sind und die Reassemblierung durchgeführt werden muss. Moderne IP-Implementierungen benutzen dazu das Hilfsprotokoll **PMTUD** (**P**ath **MTU** **D**iscovery), indem sie das DF-Flag (**D**on't **F**ragment, Bit 17) setzen. Sie beginnen mit großen MTU-Werten und erhalten die Fehlermeldung „Fragmentierung notwendig" über das ICMP-Protokoll (Kap. 1.7.3), dann vermindern sie so lange den MTU-Wert, bis die Fehlermeldungen ausbleiben.

1.7.2 Das Protokoll IPv6

Der IPv6-Header (Bild 1.144) ist zwar länger als der IPv4-Header, aber dafür einfacher in der Handhabung für die Router, weil weniger Elemente enthalten sind. Er kann bei Bedarf erweitert werden.

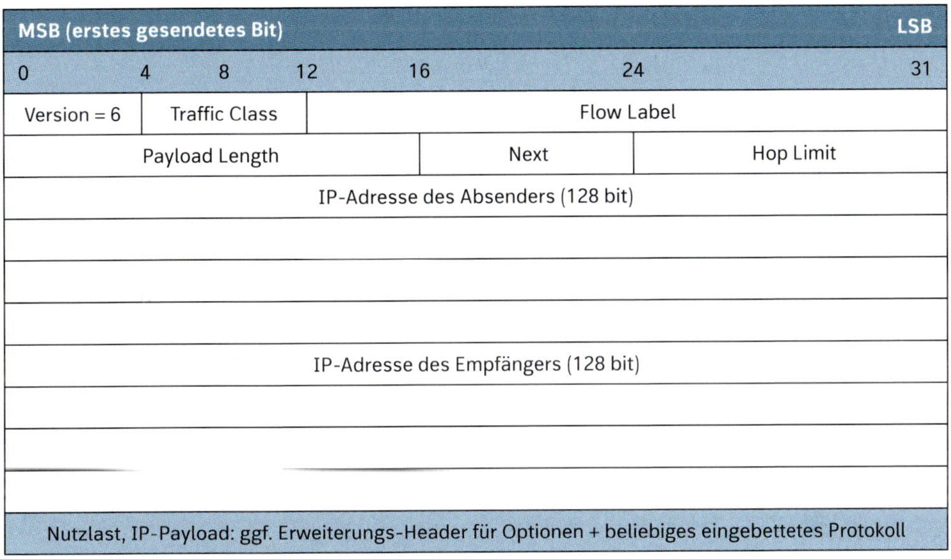

Bild 1.144: Der IPv6-Protokollkopf (Minimalfall)

Weggefallen sind im Vergleich zum IPv4-Header folgende Elemente:

- die Kopfprüfsumme, weil ganz der Sicherungsschicht vertraut wird
- das Optionsfeld bzw. die Optionsfelder, die durch Erweiterungs-Header ersetzt wurden
- die **I**P **H**eader **L**ength (**IHL**), weil diese nun konstant ist
- die Identifikation, weil dieses Feld in den Erweiterungs-Header verlegt wurde

Die Bedeutung der neuen Felder zeigt die Tabelle in Bild 1.145.

Feld	Bedeutung/Anmerkung
Traffic Class	ersetzt sinngemäß das TOS-Feld von IPv4
Flow Label	Identifikation für zusammengehörige Pakete
Payload Length	Längenangabe aller Bytes, die dem Basis-Header folgen

Feld	Bedeutung/Anmerkung
Hop Limit	ersetzt den TTL-Wert von IPv4
Next	kennzeichnet, was dem Basis-Header folgt (siehe Bild 1.146)

Bild 1.145: Bedeutung der Kopffelder bei IPv6

Wenn kein Erweiterungs-Header folgt, markiert das Feld Next z. B. eine TCP-Nutzlast durch den Protokoll-Identifier 6 (vgl. Bild 1.147). Das Next-Feld enthält also entweder einen der Werte aus der Tabelle in Bild 1.146 oder eine IP-Nutzlastprotokollnummer der IANA (1 = ICMPv4, 6 = TCP, 17 = UDP usw., vgl. Kap. 1.5.5.7). Werden Erweiterungs-Header eingesetzt, dann ist ihre Reihenfolge vorgeschrieben.

	Next (Auszug)	Header für	Bedeutung
1	0	Hop-by-Hop-Optionen	muss jeder Router auswerten
2	60	Ziel-Optionen	muss jeder Router auswerten
3	43	Routing	Routenwunsch (RFC 2460)
4	44	Fragmentierung	Fragmentoffset (13 bit), Identifikationsfeld (32 bit), More-Flag (ähnlich IPv4)
5	51	Authentisierung	ähnlich IPsec (vgl. Kap. 1.10.5.2), VPN
6	50	Verschlüsselung	" "
7	60	Ziel-Optionen für Endgerät	nur vom Zielsystem ausgewertet; Vorbereitung für Erweiterungen
8	135	Mobility Header	Mobile IP Support nach RFC 6275

Bild 1.146: Kennungen der Erweiterungs-Header

Die Erweiterungs-Header selbst verfügen über ein Next-Feld. Dadurch entsteht eine verkettete Liste von Headern. Im Next-Feld des letzten Erweiterungs-Headers steht dann z. B. der Protokoll-Identifier. Auf diese Weise sind spätere Erweiterungen einfach möglich. Auf die innere Struktur der Erweiterungs-Header kann aus Platzgründen hier nicht weiter eingegangen werden.

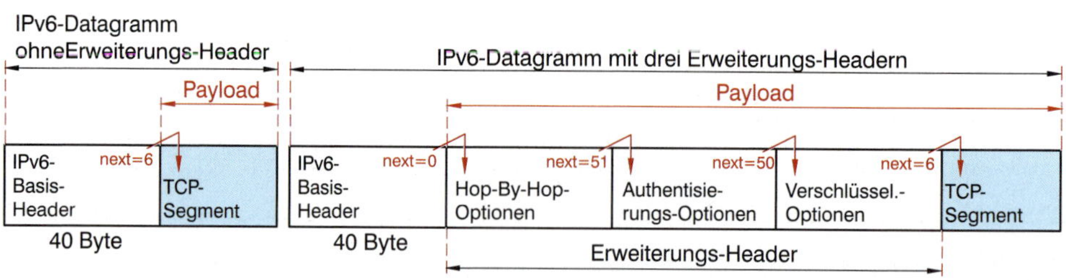

Bild 1.147: IPv6-Datagramm ohne und mit Erweiterungs-Header

1.7.3 Hilfsprotokolle

1.7.3.1 ICMPv4

Während einer Netzwerkkommunikation können gelegentlich Störungen auftreten. Um beispielsweise mit einem Neuversand eines verlorengegangenen Pakets reagieren zu können, müssen die Betroffenen darüber informiert werden. Im TCP/IP-Protokollstapel ist dafür das Protokoll **ICMP** (**I**nternet **C**ontrol **M**essage **P**rotocol) zuständig. Es ist Teil der IP-Schicht, setzt aber auf IP auf. Damit wird es von IP wie ein Protokoll einer höheren Schicht behandelt. Spezifiziert wurde ICMP bereits 1981 und im Laufe der Zeit im Funktionsumfang erweitert (RFC 950, 1256 und 4884).

Zu den wesentlichen Aufgaben von ICMP gehören:

- **Diagnose-Unterstützung:**
  - Zur Überprüfung, ob ein Host erreichbar ist, sendet das Programm **Ping** die ICMP-Nachricht „Echo Request" an die Zieladresse und wartet auf ein „Echo Reply" als Antwort. Ping gibt dann die Anzahl der empfangenen Antworten und die Zeitspanne zwischen Anfrage und Antwort aus.
  - Zur Routenverfolgung sendet das Programm **Traceroute** ebenfalls „Echo Request"-Nachrichten. Dabei erhöht es schrittweise den **TTL**-Wert (*time to live*; „Lebenszeit" des Pakets in Hops), beginnend bei 1, und wertet die eintreffenden Fehlermeldungen aus. Daraus kann Traceroute die einzelnen Stationen auf der Route bis zum Zielhost auflisten.
- **Fehlermeldungen**, z. B. bei abgelaufenen Zeitmarken (*timestamps*) von IP-Paketen (ICMP-Nachrichten *„time exceeded"*, *„parameter problem"*, *„destination unreachable"*)
- **Verwaltung von Routing-Tabellen** (ICMP-Nachrichten *„router advertisement"*, *„router solicitation"*, *„redirect"*)
- **Ermittlung der geltenden Subnetzmaske** (ICMP-Nachrichten *„address mask request"*, *„address mask response"*).

1.7.3.2 ICMPv6

Der Protokollkopf enthält nur die drei Felder Type, Code und Checksum (Bild 1.148).

8 bit	8 bit	16 bit
Type	Code	Checksum
	Message Body	
	....	

Bild 1.148: ICMPv6-Protokollkopf

Type-Werte von 0 bis 127 bedeuten Fehlermeldungen, von 128 bis 255 Informationen (Bild 1.149).

Fehlermeldungen		Informative Meldungen	
Type	Bedeutung	Type	Bedeutung
1	Ziel unerreichbar	128	Echo-Anforderung
2	Paket zu groß	129	Echo-Rückmeldung
3	Zeitüberschreitung		....
4	Parameterproblem	133	Router solicitation (Anforderung)
	....	134	Router advertisement (Annoncierung)
		135	Neighbor solicitation
		136	Neighbor advertisement
	....		....
127	reserviert	255	reserviert

Bild 1.149: ICMPv6-Type-Werte (Auszug)

Für jeden Type-Wert hat Code eine unterschiedliche Bedeutung, beispielsweise gelten für Type 1 (*destination unreachable*) die folgenden Codes:

Code	Bedeutung
0	no route to destination
1	communication with destination administratively prohibited
2	beyond scope of source address
3	address unreachable
4	port unreachable
5	source address failed ingress/egress policy
6	reject route to destination

Bild 1.150: ICMPv6-Code-Werte zu Type 1

Dem Protokollkopf folgt ein „*message body*", der z. B. das Fehler verursachende Paket enthalten kann.

Im folgenden Beispiel (Bild 1.151) wurde ein Echo von einem nicht existierenden Ziel angefordert.

```
reinhard@ubuntuserver:~$ ping6 -I enp0s8 2001:3003::001
```

Bild 1.151: Ping an eine IPv6-Adresse

Unter Windows kann das „Ping"-Kommando mit der Option „-6", gefolgt von der IPv6-Adresse, verwendet werden.

Bild 1.152 zeigt die aufgezeichnete resultierende ICMPv6-Fehlermeldung.

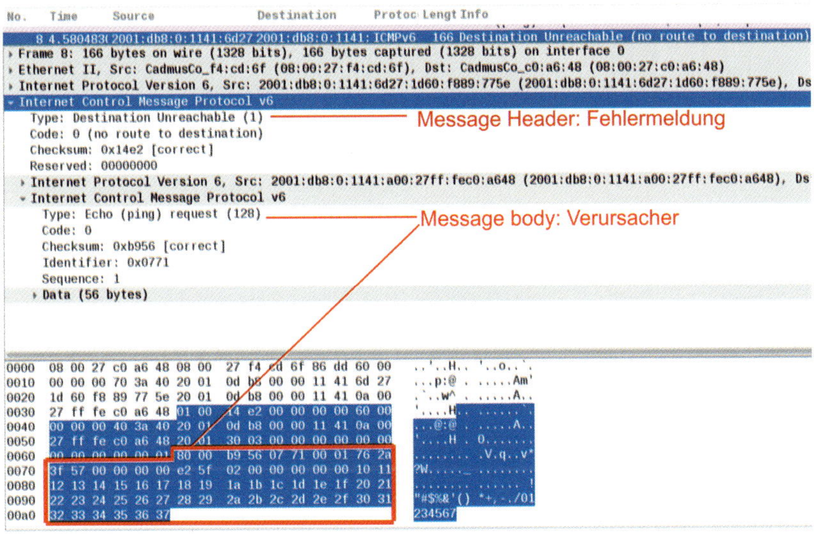

Bild 1.152: Vollständige ICMPv6-Fehlermeldung; der Message Body ist dasjenige ICMPv6-Paket, das nicht zugestellt werden konnte

1.7.4 Statische Wegesteuerung mit Routern

Der Einsatzzweck von Routern ist es, Netze zu verbinden. Das heißt, sie vermitteln zwischen separaten Netzen, sodass eine Kommunikation zwischen den verschiedenen Netzteilnehmern möglich ist. Nachrichtenpakete an Teilnehmer eines anderen Netzes werden vom Router in das passende Netz weitergeleitet. Router verwenden dazu sog. **Routingtabellen**, die pro Interface Netzangaben verzeichnen. Gehört die Zieladresse eines Datenpakets zu einem solchen Eintrag, leitet der Router das Datenpaket über den verzeichneten Anschluss (Interface) weiter. Eine Beispielkonfiguration für ein umfangreiches Firmennetz mit mehreren Netzen und Routern wurde in Kap. 1.5.4.3 vorgestellt.

Hostrouten

In besonderen Fällen können auch Routen zu einzelnen Hosts angelegt werden. Beispielsweise kann wie in Bild 1.153 ein Host zwar organisatorisch zu Netz 2 gehören, physisch aber nur in Netz 5 angeschlossen werden.

Dann müssen zumindest die lokalen Router B und C für ihn eine spezielle Eintragung in ihrer Routingtabelle führen. Diese sieht für den Router B dann aus wie in Bild 1.154 dargestellt.

Für die **Standardroute** ist generell die IP-Adresse 0.0.0.0 definiert. Folgende beispielhafte Fälle können auftreten:

- Erreicht ein IP-Paket mit der Zieladresse 172.18.1.5 den Router C aus Netz 5, wird der Router diese Tabelle nach dem bestmöglich passenden Eintrag durchsuchen. In einem ersten Durchgang prüft er für alle Einträge, ob sie eine Hostroute für 172.18.1.5 darstellen. Hier ist das nicht der Fall, deshalb sucht er im zweiten Durchgang nach einer Netz-

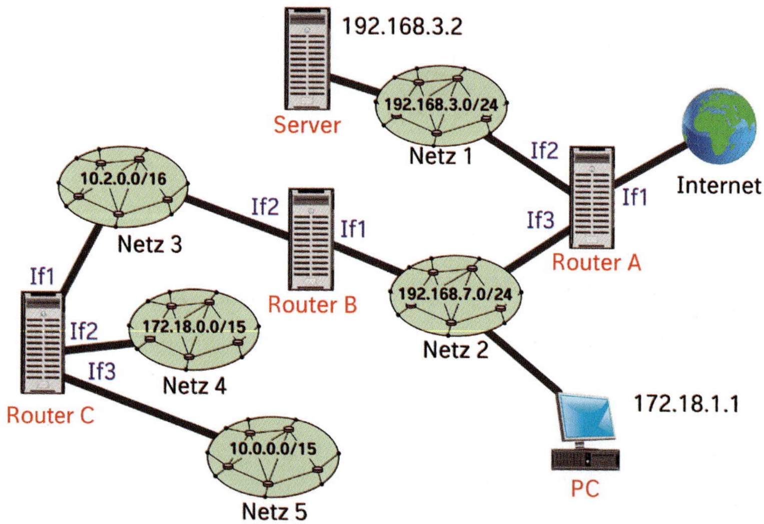

Bild 1.153: Routing mit spezieller Hostroute

Lfd. Nr.	IP-Adresse	Weg dorthin
1	10.2.0.0/16	Netzroute (Netz 3) direkt an Interface 1
2	172.18.0.0/15	Netzroute (Netz 4) direkt an Interface 2
3	10.0.0.0/15	Netzroute (Netz 5) direkt an Interface 3
4	172.18.1.1	Hostroute via Router B
5	0.0.0.0	Standardroute via Router B

Bild 1.154: Routingtabelle von Router C in Bild 1.153 mit Host- und Standardroute

adresse und findet diese unter der laufenden Nummer 2. Das Paket wird in das direkt angeschlossene Netz 4 über Interface 2 ausgesendet.

- Ein Paket mit der Zieladresse 172.18.1.1 erreicht den Router. Er findet im ersten Durchlauf diese Adresse als Hostroute unter Nummer 4 in der Tabelle und sendet das Paket zur Weiterleitung an Router B, der als Host des Netzes 3 (10.2.255.254) direkt über Interface 1 erreichbar ist.
- Ein Paket mit der Zieladresse 193.53.55.127 kann im ersten Durchlauf keiner Hostroute zugeordnet werden. Im zweiten Durchlauf wird auch keine passende Netzroute gefunden. Folglich wird das Paket über die Standardroute des Routers C gesendet (Nummer 5 in der Tabelle) und zur Weiterleitung an Router B in das direkt angeschlossene Netz 3 über Interface 1 ausgesendet.

Router B, der sinngemäß verfährt, wird das Paket mit Zieladresse 172.18.1.1 entsprechend der ihm vorliegenden Hostrouteneintragung über sein Interface 1 an den Zielhost senden. Er wird das Paket mit der Zieladresse 193.53.55.127 entsprechend der vorliegenden Standardroute über sein Interface 1 an Router A senden usw.

> **!** Jeder Router vermindert den TTL-Wert im IP-Header eines weitergeleiteten Paketes um 1.

Wenn der TTL-Wert 0 ist, verwirft der Router das Paket; so werden endlose Irrläufe verhindert. Ursprünglich sollte TTL ein Zeitmaß werden. Heute dient es nur noch als Zähler für sog. Hops (Weiterleitungen).

Konkrete Konfiguration

Ausgehend von der Konfiguration in Bild 1.81 und der Planung aus Bild 1.154 sollen nun ein Arbeitsplatzrechner in Netz 1 und der Router B konfiguriert werden.

Der Arbeitsplatzrechner benötigt als Routinginformation in der Regel nur seine IP-Adresse, die Netzmaske und den als „Standard-Gateway" bezeichneten Router.

Weil das direkt angeschlossene Netz 172.18.0.0 implizit aus der Netzmaske und der IP-Adresse abgeleitet ist, würden auch Pakete an den Rechner 172.18.1.1 in dieses Netzt geleitet. Deshalb muss für den Rechner 172.18.1.1 noch eine entsprechende statische Route angelegt werden (Bild 1.156).

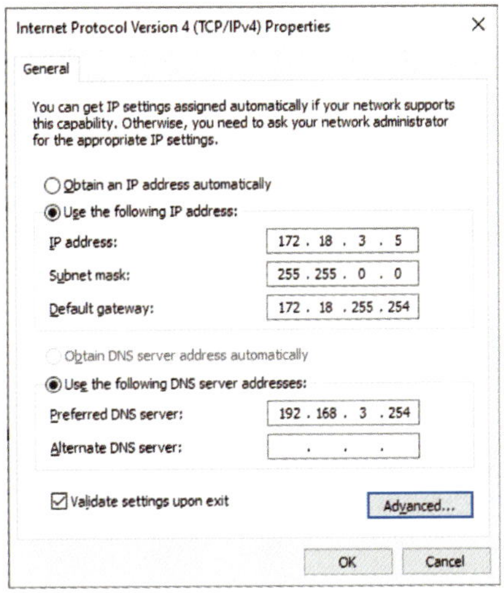

Bild 1.155: IP-Konfiguration eines Arbeitsplatzrechners mit Windows

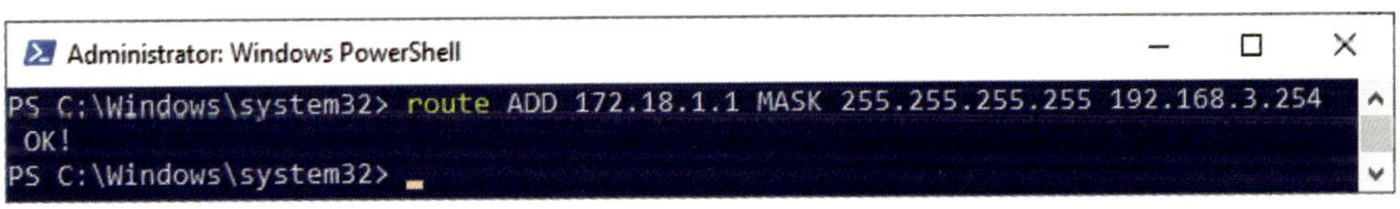

Bild 1.156: Konfiguration einer statischen Hostroute auf einem Arbeitsplatzrechner mit Windows

Die Routerkonfiguration könnte dann (auszugsweise) etwa mit folgenden Kommandos geschehen:

```
# Netz 192.168.3.0/24 schon an ethxy definiert!
reinhard@ubuntuserver:~$ ip addr add 172.18.255.254/16 dev eth0
...
reinhard@ubuntuserver:~$ ip route addr 172.18.1.1/32 via 192.168.3.254
reinhard@ubuntuserver:~$ ip route addr to 0/0 via 192.168.3.254
```

Bild 1.157: IP-Konfiguration des Routers B aus Bild 1.153

Je nach Linuxversion kann die Angabe „/16" entfallen, wenn nicht sub- oder supernettiert wird, sondern die klassische Bildung von Netzen unterstellt werden darf.

1.7.5 Dynamische Wegesteuerung mit Router-Protokollen

Die in Kap. 1.7.4 dargestellte statische Wegesteuerung eignet sich nur für kleinere Netze, in denen nicht viele strukturelle Veränderungen zu erwarten sind. Ganz anders sind die Verhältnisse in großen Netzen und dem Internet. Ständig kommen Routen hinzu, andere fallen weg, einige sind zeitweilig gestört, Alternativrouten tun sich auf, Netze werden umstrukturiert. Aus diesem Grund werden große Router nicht mehr statisch konfiguriert, sondern dynamisch. Das heißt:

> Router können untereinander kommunizieren, um sich gegenseitig über die aktuelle „Verkehrslage" zu informieren.

Dazu werden wiederum Protokolle eingesetzt. Auch in diesem Bereich herrscht Vielfalt und stetiger Wandel. Im Internet werden die dort zusammengeschlossenen lokalen Netze zu sog. Autonomen Systemen (AS) gruppiert:

> Ein AS ist die Zusammenfassung aller lokalen Netze, die unter einer gemeinsamen Verwaltung und einer einheitlichen Routingstrategie stehen.

Das gesamte Netz einer großen Firma, z. B. IBM, repräsentiert ein AS. Ein AS wird wiederum in Areas unterteilt.

1.7.5.1 IGP

Innerhalb eines AS kann die Verwaltung ein geeignetes beliebiges **Interior Gateway Protocol (IGP)** verwenden.

Es sollte folgende Eigenschaften haben:

1. Schnelle Reaktion auf Änderungen innerhalb des AS
2. Kurzfristige Instabilitäten bei Geräten führen nicht zu permanenten Updates.
3. Schnelle Selbstkonfiguration zu schleifenfreien Routen
4. Bandbreitenschonung
5. Gleichwertige Routen werden zur Lastverteilung benutzt.
6. Updates bedürfen ihrer Authentifizierung.

Ein weitverbreitetes IGP ist **OSPF**, die offene Implementierung des „Shortest Path First"-Algorithmus von **E. W. Dijkstra** für das **Link State Routing**. OSPF-Router lassen sich in Hierarchiestufen anordnen und verschicken **L**ink-**S**tate-**A**dvertisements, kurz **LSA** genannt (Mitteilungen darüber, welche Ziele sie erreichen können), an ihre Nachbar-Router. Sie sammeln diese Informationen und berechnen daraus nach dem SPF-Algorithmus den günstigsten Pfad. In diese Kalkulation wird nicht nur einbezogen, wie viele Router auf dem Weg zum Ziel passiert werden müssen (weniger = besser), sondern auch sog. **Metriken**. Das sind Bewertungszahlen, in denen beispielsweise die Übertragungsrate einer Teilstrecke oder andere im TOS-Feld (Bild 1.141) des IP-Headers repräsentierte Eigenschaften ausgedrückt werden. Es kann zu einem Ziel durchaus alternative Routen mit unterschiedlichen Metriken geben.

1.7.5.2 EGP

Das Internet setzt sich aus AS zusammen, zwischen denen natürlich auch geroutet werden muss.

> Die zentralen Router des Internets heißen auch **Core-Router**; sie verwenden einen eigenen Protokolltyp.

Aus dem früher nach der Gattung benannten **Exterior Gateway Protocol (EGP)** wurde das heute verwendete **Border Gateway Protocol (BGP)** entwickelt.

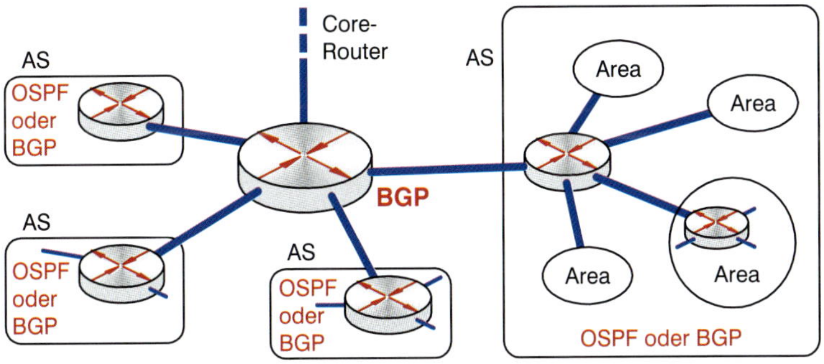

Bild 1.158: Routingprotokolle im Internet

BGP ist in der Lage

- zwischen AS zu routen,
- innerhalb von AS zu routen (als IGP) und
- durch AS hindurch zu routen, innerhalb derer kein BGP verwendet wird.

BGP-Router führen keine regelmäßig geplanten Updates aus; ändert sich ihre Routingtabelle, so versenden sie den Teil, der sich geändert hat. Sie geben immer nur **einen** optimalen Pfad zu einem Ziel bekannt und tauschen mit ihren Nachbarn Keep-Alive-Meldungen aus.

> Das BGP setzt auf TCP auf und stellt somit ein höheres Protokoll dar, obwohl es unmittelbar in der Netzwerkschicht wirkt.

1.7.6 Multicasting und Tunneling

Soll Multicasting über Netzgrenzen hinweg funktionieren, müssen auch die Router damit umgehen können.

1. Sie müssen wissen, ob von ihnen „abhängige" Hosts einer Multicastgruppe angehören und, wenn ja, welcher.
2. Sie müssen multicastfähige Routen einrichten.

Gruppenbildung

Zur Lösung der ersten Aufgabe dient das Internet Group Management Protocol (IGMP), manchmal auch Internet Group Membership Protocol genannt. Mit diesem Protokoll stellt der Multicast-Router, der durchaus vom „normalen" Unicast-Router verschieden sein kann, über regelmäßige Abfragen oder spontane „Beitrittsmeldungen" von Hosts die Gruppenzuordnungen fest. Dabei wird von Adressen der Klasse D (224.0.0.0 bis 239.255.255.255) Gebrauch gemacht. IGMPv3 ist in RFC 2236, 3376, 4604 spezifiziert.

Routenbildung

Zur Lösung der zweiten Aufgabe kommen die speziellen Multicast-Routingprotokolle **DVMRP** (**D**istance **V**ector **M**ulticast **R**outing **P**rotocol), **MOSPF** (**M**ulticast **OSPF**) und **PIM** (**P**rotocol **I**ndependent **M**ulticast) zum Einsatz (RFC 5110). Die beiden Erstgenannten benötigen spezielle Unicast-Routingprotokolle – im Gegensatz zu PIM, der jüngsten Entwicklung. PIM kann sich in zwei Betriebsarten verhalten, je nachdem, ob die Gruppenmitglieder „dicht" in den angeschlossenen Netzen verteilt sind (Dense Mode) oder ob sie weit gestreut liegen (Sparse Mode).

Tunneling

Manchmal kann es erforderlich sein, komplette IP-Pakete (Header und Nutzlast) zur Nutzlast eines neuen IP-Paketes mit neuem Header zu machen, z. B. bei Virtual Private Networks (VPNs) oder bei „mobile IP". Diese Verschachtelung oder Kapselung nennt man auch einen Tunnel (Bild 1.159). Es ist die Aufgabe des Routers, die Tunnelbildung vorzunehmen, da er mit der öffentlichen Adresse agiert.

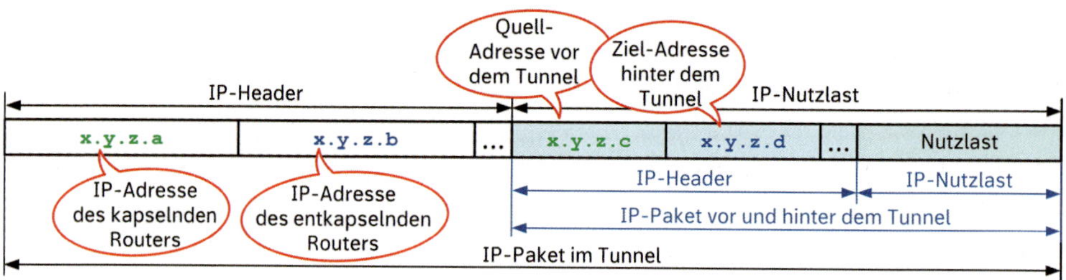

Bild 1.159: Prinzip der Tunnelbildung

Siehe hierzu auch:

- Kap. 1.1.3.1, Bild 1.15, Beispiel für den Aufbau eines VPN: Der Tunnel kann dort zwischen den Gateways gebildet werden; die Clients an den Gateways befinden sich im gleichen IP-Netz.
- Kap. 1.9.5.2, Abschnitt VPN.

1.7.7 Multimediaanwendungen

Die Paketvermittlung im Internet ist nicht für die Übertragung multimedialer Daten ausgelegt. Stellt schon die IP-Telefonie (Voice over IP) mit ca. 4000 Bit/s zwischen zwei Endpunkten eine beträchtliche Herausforderung dar, so erfordern Anwendungsszenarien wie Video-Multicast-Streaming mit Bandbreiten von 0,5 bis 10 Mbit/s mehr, als im Weitverkehr über verschiedenste Teilstrecken geleistet werden kann. Die Verkehrscharakteristik wird von

- der Zahl der eintreffenden Datenpakete,
- der Verarbeitungsgeschwindigkeit des Routers sowie
- der verfügbaren Bandbreite zwischen den Routern

bestimmt. Härter als die Bandbreitenanforderung ist jedoch die Forderung nach minimalen Laufzeitschwankungen. Zurzeit gibt es noch keine allgemeingültige Definition von **QoS** (**Quality of Service**: Dienstqualität). Die IETF definiert vier Parameter:

1. Durchsatz (*throughput*)
2. Paketverzögerung vom Aussenden bis zum Eintreffen im Ziel (engl. *latency*, Latenz)
3. Laufzeitschwankung zwischen zwei aufeinanderfolgenden Paketen (*jitter*)
4. Verlustrate (*packet loss*)

Die Tabelle in Bild 1.160 gibt einen Eindruck von den realen, noch tolerierbaren Werten.

Übertragungs-Medium	Throughput (Mbit/s)	Latency (s)	Jitter (ms)	Bitfehlerrate	Packet Loss
Audio	0,032–1,41	0,025–0,400	25	10^{-2}	10^{-2}
Video	140–270	0,250	25	10^{-2}	10^{-3}
Video (komprim.)	0,100–60	0,250	2,5	10^{-6}	10^{-9}
Daten	0,010–100	–	–	–	–

Bild 1.160: Parameter für Dienstqualität, QoS

Im Internetbackbone sind für diese Parameter keine Werte erreichbar, die zu einer akzeptablen Qualität führen. Daher gibt es für Anbieter entsprechender Dienste nur zwei Möglichkeiten:

- Sie stellen ein eigenes Verteilnetz auf, das den Anforderungen entspricht. Aus Kostengründen scheidet diese Lösung aber meistens aus.
- Sie platzieren Streaming Caches am „Rand" des Internets bei den Zugangsprovidern räumlich nahe zu den Kundinnen und Kunden. So wird die Anzahl der erforderlichen Router für die streamingtaugliche Übertragung minimiert. Diese Caches werden durch ein Overlay-Netz vom Anbieter über das „nur datentaugliche" Netz mit Inhalten versorgt. Es wird zur Erhöhung der Ausfallsicherheit stark vermascht.

Für die Auslieferung zum Empfänger müssen die Router in der Lage sein, die QoS der angeschlossenen Netze zu registrieren. Die Ressourcen wie Bandbreite und Speicherkapazität müssen vom Betriebssystem des Routers geeignet verwaltet werden können. Dazu gehört u. a., dass Datenströme von Endgeräten gedrosselt und IP-Pakete (TOS-Feld des IP4-Headers bzw. Traffic Class bei IPv6; Kap. 1.6.2 und 1.6.3) nach Klassen markiert und differenziert bearbeitet werden. Über Dienste höherer Protokollebenen, insbesondere **RSVP** (**R**esource Re**S**er**V**ation **P**rotocol), werden dann Routen geeigneter Qualität organisiert. Daraus folgt, dass es nicht „die" Route zu einem Ziel gibt, sondern dass je nach erforderlicher Dienstgüte unterschiedliche Routen existieren können, die wiederum zeitabhängig sind.

Obwohl die drei letzten Abschnitte die jeweiligen Problematiken nur angerissen haben, wird das komplexe Aufgabenfeld der Router deutlich.

Zu den ständigen Aufgaben der Netzadministration gehört die Entlastung der Router, denen mit Multimediadaten stets neue Aufgaben zuwachsen.

1.7.8 Layer-2-Adressen

Bisher wurden besonders die Bezüge der Netzwerkschicht zu höheren Protokollebenen behandelt. Die Netzwerkschicht muss aber auch zwei Parameter des ihr unterlegten technischen Verbindungssystems berücksichtigen:

- Maximum Transmission Unit (MTU)
- eigene Adressierungsschemata

Auf die MTU wurde bereits im Zusammenhang mit der Fragmentierung eingegangen. Schon in Bild 1.62 wurde angedeutet, dass mehrere Transportsysteme nebeneinander das gleiche technische Verbindungssystem benutzen können. IP-Adressen sind aber für IPX/SPX bedeutungslos, und umgekehrt. Das gleiche technische Verbindungssystem benutzt deswegen ein vom Transportsystem unabhängiges eigenes Adressierungssystem. Die dabei verwendeten Adressen werden auch **Hardware-Adressen** genannt, weil jedes Interface eine einmalige und damit eindeutige Adresse besitzt, die ihm fest „eingebrannt“ ist.

Hardware-Adressen beinhalten eine Herstellerkennung und herstellereigene Nummerierungen, sodass zwischen den Hardware-Adressen einer willkürlich in einem Netz zusammengestellten Gruppe von Interfaces keinerlei Zusammenhang besteht.

Jedes Interface hat also (mindestens) eine IP-Adresse und genau eine Hardware-Adresse. Will die Software der Netzwerkschicht Pakete über das technische Verbindungssystem verschicken, muss zuerst die Hardware-Adresse des Ziel-Interfaces bestimmt werden.

1.7.8.1 IPv4: Address Resolution Protocol (ARP)

Am weitesten verbreitet ist Ethernet als technisches Verbindungssystem mit einem 48-Bit-Adressierungssystem. Die dabei verwendeten Hardware-Adressen werden auch als MAC-Adressen bezeichnet (Kap. 1.5.3).

Bild 1.161 zeigt den lokalen Netzaufbau aus Bild 1.64, der im Folgenden betrachtet werden soll.

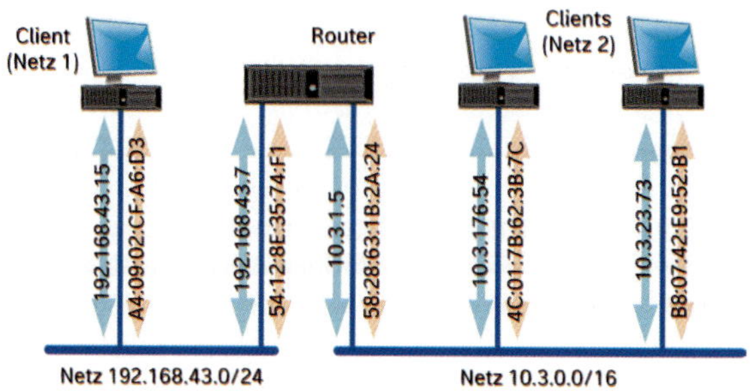

Bild 1.161: IP-Adressen und Hardware-Adressen

Zur Kommunikation soll vom Host mit der IP-Adresse `10.3.176.54` ein IP-Paket an den Host mit der IP-Adresse `10.3.23.73` gesendet werden (Bild 1.161). Dazu werden die Nutzdaten mit einem IP-Header versehen (Bild 1.162) und von der Netzwerkschicht (OSI-Schicht 3) an die Sicherungsschicht (OSI-Schicht 2) übergeben.

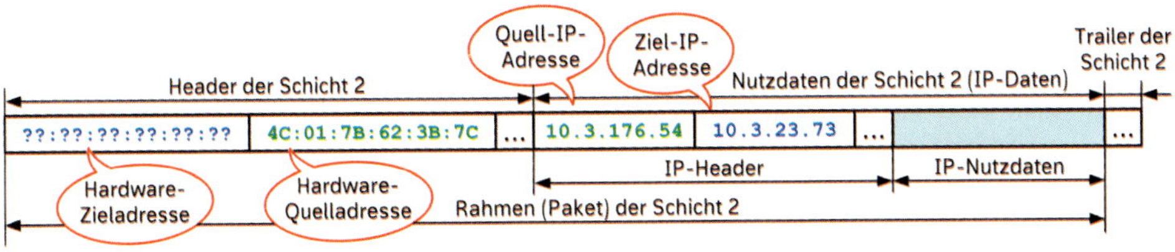

Bild 1.162: Die Schicht-2-Protokolldaten rahmen die IP-Daten ein

Die Sicherungsschicht kann mit den IP-Adressen erst einmal nichts anfangen, denn sie benötigt für den physikalischen Versand Hardware-Adressen. Damit eine IP-adressierte Nachricht auch wirklich versandt werden kann, wird also eine Gegenüberstellung zwischen IP-Adresse und Hardware-Adresse benötigt. Solch eine Liste wird bei Bedarf mithilfe des **A**ddress **R**esolution **P**rotocol (**ARP**) erstellt bzw. erweitert. Im vorliegenden Fall ist die Hardware-Adresse des Empfängers unbekannt und muss erst ermittelt werden, bevor der Rahmen aus Bild 1.162 versendet werden kann. Entsprechend wird zunächst per ARP-Request die Rundfrage ins lokale Netz versandt: „Wer hat die IP-Adresse `10.3.23.73`?“ (Bild 1.163).

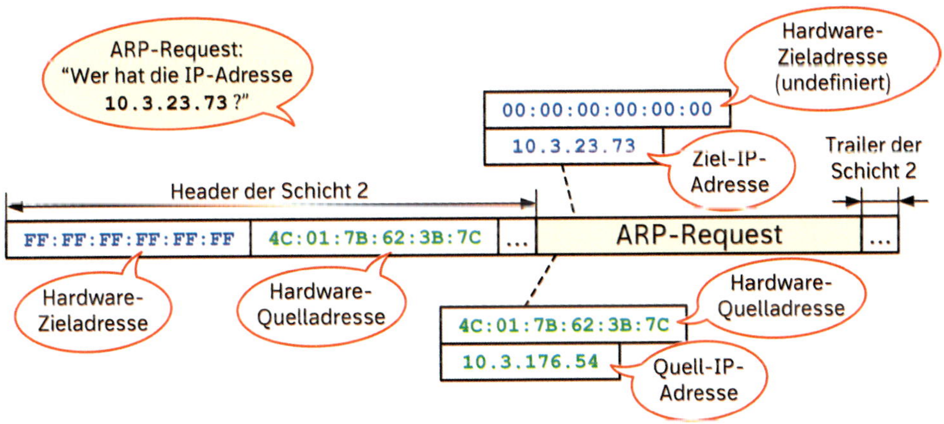

Bild 1.163: Die Anfrage (ARP-Request)

Technisch wird der ARP-Request als Schicht-2-Nachricht an die Hardware-Zieladresse `FF:FF:FF:FF:FF:FF` gesandt, also per Broadcast an alle Teilnehmer im lokalen Netz. In die Nachricht werden die eigenen Quell-Adressdaten (Hardware- und IP-Adresse) gepackt, als Zieladresse wird nur die betreffende IP-Adresse angegeben. Das Feld mit der Hardware-Ziel-Adresse bleibt mit `00:00:00:00:00:00` undefiniert, denn sie soll noch herausgefunden werden. Sobald sich ein Netzwerkgerät angesprochen fühlt, es also seine IP-Adresse in dem ARP-Request als Adressaten wiederfindet, sendet es mit einem ARP-Reply die Antwort: „Ich habe die IP-Adresse `10.3.23.73` und meine MAC-Adresse lautet `B8:07:42:E9:52:B1`.“ (Bild 1.164).

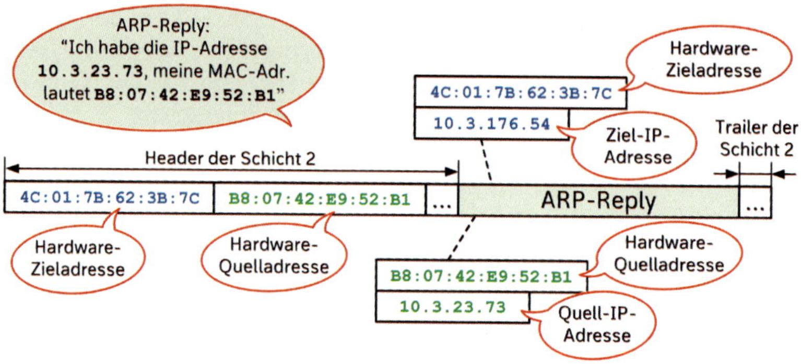

Bild 1.164: Antwort (ARP-Reply)

Andere Netzteilnehmer bekommen diese Antwort zwar nicht mit, allerdings können sie bereits die allgemein versandte Anfrage nutzen, um ihre Liste zu erweitern. Schließlich enthält der ARP-Request sowohl die IP- als auch die Hardware-Adresse des anfragenden PCs.

Die Zuordnungen werden auf dem lokalen PC in einer Tabelle gespeichert, damit bereits mitgeteilte Zuordnungen nicht ständig erneut angefragt werden müssen. Diese Tabelle, der sog. **APR-Cache**, kann über die Befehlseingabe ausgegeben werden:

```
C:\>arp -a

Interface: 10.3.176.54 --- 0x4
  Internet Address      Physical Address      Type
  10.3.1.5              58-28-63-1b-2a-24     dynamic
  10.3.23.73            b8-07-42-e9-52-b1     dynamic
  10.3.255.255          ff-ff-ff-ff-ff-ff     static
  224.0.0.22            01-00-5e-00-00-16     static
  224.0.0.251           01-00-5e-00-00-fb     static
  224.0.0.252           01-00-5e-00-00-fc     static
  239.255.255.250       01-00-5e-7f-ff-fa     static
  255.255.255.255       ff-ff-ff-ff-ff-ff     static

C:\>
```

Bild 1.165: Abfrage des ARP-Cache mit Windows-Bordmitteln in der Konsole

Mit der nun bekannten Zuordnung zwischen IP- und Hardware-Adresse kann das Schicht-2-Paket (Bild 1.166) nun vervollständigt und verschickt werden.

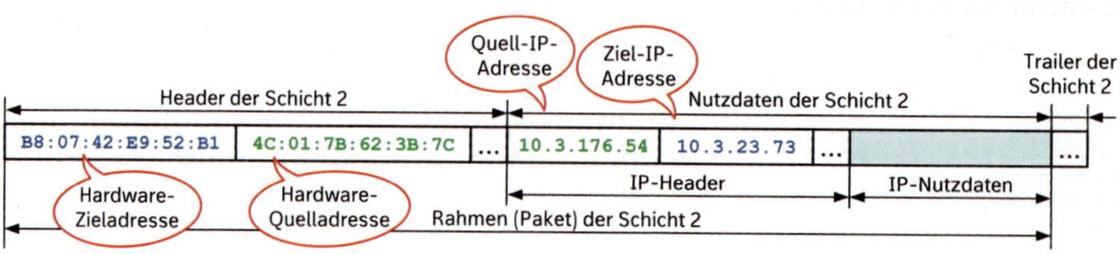

Bild 1.166: Vollständiger Rahmen

Der Host erlernt so die Zuordnung zwischen IP-Adresse und Hardware-Adresse und legt beide in einer Tabelle ab (Bild 1.165). Dadurch muss für einen wahrscheinlichen nachfolgenden Zugriff kein neuer ARP-Request durchgeführt werden. Wird ein Eintrag in der ARP-Tabelle längere Zeit (z. B. einige Minuten) nicht verwendet, wird er gestrichen.

Der Host mit der IP-Adresse `10.3.176.54` will jetzt ein IP-Paket an den Host mit der IP-Adresse `192.168.43.15` senden. Es macht keinen Sinn, einen ARP-Request nach der Adresse `192.168.43.15` zu verschicken, denn das Ziel befindet sich nicht im physikalisch direkt angeschlossenen Netz und der Router leitet Broadcasts nicht weiter.

> Router begrenzen die Reichweite eines Broadcasts.

Stattdessen wird (nach RFC 1433) die Hardware-Adresse `58:28:63:1B:2A:24` des Router-Interfaces `10.3.1.5` erfragt und das IP-Paket zum Router geschickt, der seinerseits in diesem Fall im anderen Netzabschnitt wieder auf ARP zurückgreifen muss, um die Hardware-Adresse `A4:09:02:CF:A6:D3` des Hosts `192.168.43.15` zu erfragen.

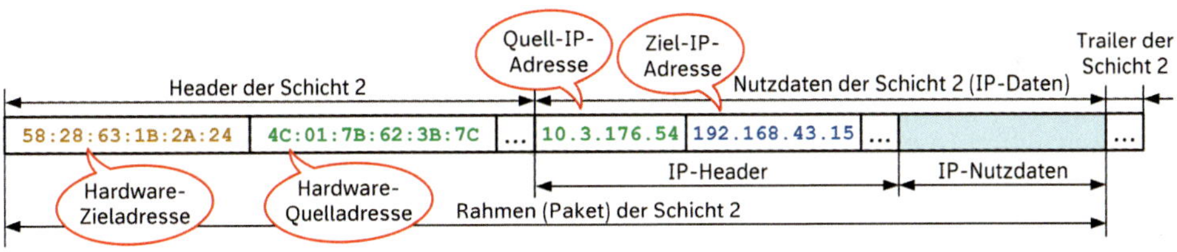

Bild 1.167: Die Einrahmung des gleichen IP-Pakets vor dem Router ...

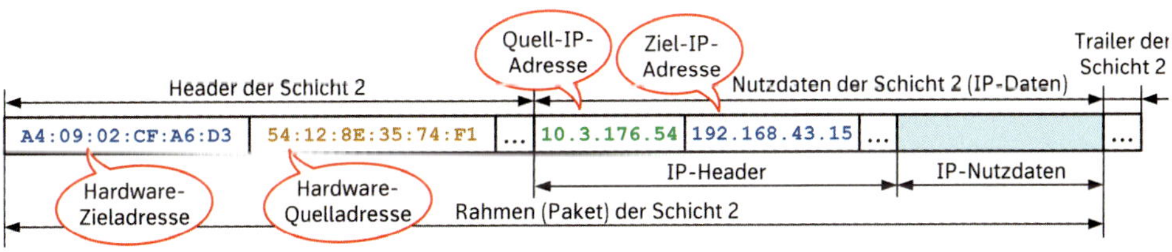

Bild 1.168: ... und hinter dem Router

1.7.8.2 IPv6: Stateless Address Autoconfiguration (SLAAC)

IPv6 braucht im Prinzip kein DHCP. Für die Bildung der Interface-Identifikation (IID) einer IPv6-Adresse wird die 48-Bit-MAC-Adresse (Beispiel: `0A:00:27:F4:CD:6F`) in der Mitte geteilt und durch den Code `fffe`$_{16}$ auf 64 bit ergänzt, wie Bild 1.169 zeigt. Dies geschieht automatisch bei der Systeminitialisierung und ist wartungsfrei.

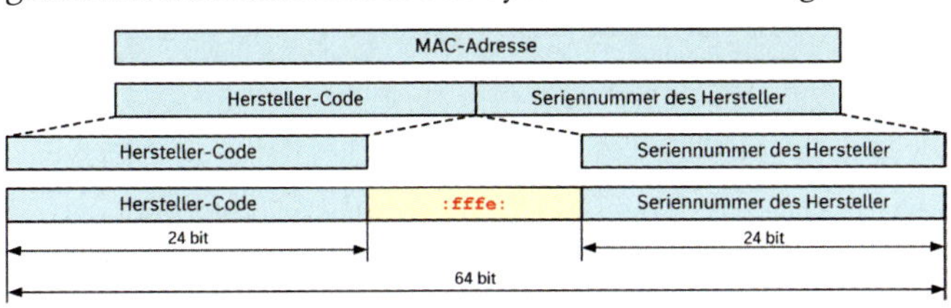

Bild 1.169: IPv6-Interface-Identifikation (EUI-64)

Der Beispiel-Host in Bild 1.170 bekommt sofort die Adresse `fe80::a00:27ff:fef4:cd6f/64`, mit der er im eigenen Netz kommunizieren kann. Diese Adresse heißt deswegen **link local**. Vorher wird jedoch geprüft, ob diese Adresse tatsächlich noch nicht belegt ist (**DAD**: **D**ouble **A**ddress **D**etection nach RFC 4862). Dieser **Neighbor Discovery** genannte Vorgang wird über die ICMPv6-Typen 135 (Neighbor Solicitation) und 136 (Neighbor Advertisement) abgewickelt.

Das Besondere hierbei ist zum einen die IPv6-Multicast-Adresse, an die das Neighbor-Solicitation-ICMPv6-Paket geschickt wird. Sie setzt sich zusammen aus:

- dem speziellen Präfix `ff02:0:0:0:0:1:ff00::/104`
- den untersten 24 bit der IID

Im obigen Beispiel lautet sie `ff02::1:fff4:cd6f/104` und wird **Solicited-Node Multicast-Adresse** genannt. Sie ist dem sendenden Interface nun ebenfalls fest zugeordnet, eingehende Pakete an diese Adresse müssen verarbeitet werden. Die IPv6-Absenderadresse ist die unspezifizierte Adresse `::0`. Erfolgt keine Reaktion von anderen Hosts, wird die Adresse als gültig eingestuft und verwendet. Andernfalls verwerfen beide Seiten die Adresse und melden einen Fehler.

> Jede neue IPv6-Adresse muss auf Eindeutigkeit geprüft werden.

Zum anderen ist wichtig zu wissen, dass alle IPv6-Multicasts auch eine spezielle Multicast-MAC-Adresse (siehe auch Kap. 1.5.2) verwenden: `33:33:00:00:00:00` bis `33:33:FF:FF:FF:FF`; hier für Neighbor Solicitation die MAC-Adresse `33:33:FF:F4:CD:6F` und resultierend für Neighbor Advertisement die MAC-Adresse `33:33:00:00:00:01`.

> IPv6-Multicast Aussendungen erhalten spezielle MAC-Adressen.

Neighbor Discovery wird auch benutzt, um die zugehörigen MAC-Adressen anderer IPv6-Hosts in Erfahrung zu bringen. Im Gegensatz zum ARP bei IPv4 wird nun aber nur ein Host „belästigt“ und nicht alle.

> IPv6 braucht kein ARP.

Mit unangeforderten (*unsolicited*) Neighbor Advertisements kann ein Host auch die Änderung seiner MAC-Adresse schnell bekanntgeben.

In ähnlicher Weise (Multicast-Adresse jetzt `ff02::2`) wird durch ICMPv6-Pakete der Typen 133 (Router Solicitation) und 134 (Router Advertisement) die Erreichbarkeit des Routers bzw. der Router sichergestellt.

Zur Kommunikation mit anderen Netzen holt er sich vom Router (*router solicitation*) einen lokalen (**unique local**) und ggf. auch einen globalen (**unique global**) Präfix. Dann verfügt er schon über mindestens drei Unicast-Adressen (für dieses eine Interface). Die Auflistung in Bild 1.170 zeigt sogar fünf Adressen.

```
linux-client:~ # ip address show dev eth1
3: eth1: <BROADCAST,MULTICAST,UP,LOWER_UP> mtu 1500 qdisc pfifo_fast state
UP group default qlen 1000
    link/ether 08:00:27:f4:cd:6f brd ff:ff:ff:ff:ff:ff
   inet6 fde2:e4f8:400e:1:7430:36e2:b691:ecde/64 scope global temporary
       dynamic valid_lft 86400sec preferred_lft 14400sec
   inet6 fde2:e4f8:400e:1:a00:27ff:fef4:cd6f/64 scope global mngtmpaddr
       dynamic valid_lft 86400sec preferred_lft 14400sec
   inet6 2001:db8:0:1141:7430:36e2:b691:ecde/64 scope global temporary
       dynamic valid_lft 86400sec preferred_lft 14400sec
   inet6 2001:db8:0:1141:a00:27ff:fef4:cd6f/64 scope global mngtmpaddr
       dynamic valid_lft 86400sec preferred_lft 14400sec
   inet6 fe80::a00:27ff:fef4:cd:6f/64 scope link
       valid_lft forever preferred_lft forever
```

Bild 1.170: Ein Interface kann mehrere IPv6-Adressen haben

Unter anderem sind folgende Besonderheiten erkennbar: Nur die mit „mngtmpaddr" gekennzeichneten Adressen besitzen eine Interface-Identifikation wie oben beschrieben. Die mit „temporary" gekennzeichneten Adressen besitzen eine zufällig gewählte Identifikation, die Privacy Extension genannt wird. Sie wurde nachträglich eingeführt (RFC 4941), um Datenschutzansprüchen gerecht zu werden. Sie wird automatisch regelmäßig erneuert.

Parameter	Mögliche Werte	Kommentar
scope (Gültigkeitsbereich)	host	nur Adresse `::1/128`, localhost
	link local	erkennbar am Präfix `fe80::/64`, nur vor einem Router, auf Layer 2
	unique local	erkennbar am Präfix `fdxx::/64` für lokal generierte, aber global gültige Adressen, die nicht ins Internet geroutet werden dürfen (ULA); Präfix `fcxx::/64` für zentral verwaltete lokale Adressen (RFC 4193)
	unique global	erkennbar hier am Präfix `2001:xx/64`
lifetime (Lebensdauer)	valid_lft	nach Ablauf dieser Zeit wird die Adresse ungültig: 86 400 s = 24 h
	preferred_lft	nach Ablauf dieser Zeit soll diese Adresse nicht mehr für neue Verbindungen benutzt werden: 14 400 s = 4 h, kleiner als valid_lft

Bild 1.171: Parameter einer IPv6-Adresse

Diese und andere Konfigurationsparameter, etwa IP-Adressen von Nameservern, versendet ein IPv6-Router in seinem Router Advertisement in regelmäßigen Abständen automatisch oder auf besondere Anforderung (Router Solicitation) eines gerade eingeschalteten Hosts.

Zu einem Interface gehören im Normalfall mehrere IPv6-Multicast- und Unicast-Adressen, die bis zum Ende ihrer *valid lifetime* betreut werden müssen.

1.7.8.3 Migration von IPv4 zu IPv6

Die Umstellung von IPv4 auf IPv6 erfordert tiefgreifende Änderungen an sehr vielen Stellen, gerade auch in anderen Protokollen oberhalb von IP. Ein abrupter Wechsel ist somit nicht vorstellbar. Vielmehr werden in einer jahrzehntelangen Übergangsphase beide Protokolle koexistieren. Für eine bestmögliche Erreichbarkeit zwischen Netzteilnehmern sollten sie idealerweise beide Protokolle, IPv4 und IPv6, unterstützen. Mit Gateways, Tunneln und Portmappern haben insbesondere Netzbetreiber und Netzadministrierende Mittel zur Verfügung, um fast jede Art von IPV4/IPv6-Protokollabweichung überwinden zu können. NAT64/DNS64 ermöglicht beispielsweise, dass ein IPv4-Server von IPv6-Clients erreicht werden kann. Mit 464XLAT können IPv4-CHosts über ein IPv6-Netz kommunizieren. Weitere Verfahren stellen Teredo, 6over4 und ISATAP dar.

ISPs teilen ihrer (Endverbraucher-)Kundschaft grundsätzlich nur noch Adressen im **DS-Lite**-Verfahren zu. Dabei bekommt der Kunde bzw. die Kundin IPv6- und IPv4-Adressen zugeteilt. Während die zugeteilten IPv6-Adressen global gültig sind, erhält der Kunde bzw. die Kundin jedoch nur eine private **Carrier-Grade-NAT**-IPv4-Adresse (Kap. 1.7.4). Als Konsequenz auf die sinkende Nachfrage entspannten sich auch die Preise für IPv4-Adressen, was wiederum den Druck zur vollständigen Migration abmildert.

Router für Heimanwendung und kleinere Netze vergeben in der Standardkonfiguration per DHCP sowohl IPv4- also auch IPv6-Adressen. Beide Systeme werden von allen aktuellen Client-Betriebssystemen gleichzeitig unterstützt (Dual-Stack). Wird z.B. mittels einer Internetdomain und nicht ausdrücklich über eine IPv4-Adresse kommuniziert, dann wird vorrangig IPv6 verwendet.

Gerade in größeren Netzwerken mit vielen Clients ist es aus Sicherheitsgründen ratsam, redundante Protokolle zu deaktivieren, um eine mögliche Angriffsfläche durch Fehler in den Protokollimplementierungen zu vermeiden. Deshalb wird in Unternehmen häufig ausschließlich IPv4 für das lokale Firmennetz eingesetzt. Hier besteht auch für sehr große lokale Netzwerke keine Knappheit an privaten IP-Adressen.

Außerdem wird IPv4 von allen Netzwerkgeräten unterstützt und von allen Administrierenden beherrscht. Die Verbindung zum Internet erfolgt dann meist ebenfalls ausschließlich über IPv4, sodass dadurch weiterhin eine Nachfrage nach IPv4-Unterstützung bestehen bleibt. Die Ablösung von IPv4 wird sich nicht über Jahre, sondern über Jahrzehnte erstrecken.

AUFGABEN

1. Rechnen Sie ausführlich nach, dass ein `10.0.0.0/8`-Netz in 16384 einzelne`/22`-Netze aufgeteilt werden kann.
2. Erstellen Sie eine vollständige Version der Tabelle in Bild 1.71, die die Netzmasken mit den Längen 15 bis 25 einschließt.

3. Berechnen Sie, wie viele Hostadressen es insgesamt in allen `/16`-Netzen des IP-Adressbereichs von `128.0.0.0` bis `191.255.255.255` gibt.

4. Berechnen Sie, wie viele Adressen es im Adressbereich `240.0.0.0` bis `255.255.255.255` gibt.

5. Bestimmen Sie für das Interface mit der IP-Adresse `172.16.63.170` die Broadcast-Adresse durch bitweise ODER-Verknüpfung mit der invertierten Netzmaske `255.255.0.0`.

6. Stellen Sie (analog zu Bild 1.154) die Routing-Tabelle für Router B in Bild 1.153 auf.

7. Eine Schule will den Adressraum `192.168.1.x` auf acht gleich große Subnetze verteilen.
   a) Geben Sie dazu die Subnetzmaske an.
   b) In einem dieser Subnetze befindet sich der Host `192.168.1.84`. Nennen Sie die Subnetzadresse dieses Subnetzes (mit dem Host `192.168.1.84`).
   c) Nennen Sie die höchstmögliche Hostadresse in diesem Subnetz (mit dem Host `192.168.1.84`).
   d) Wie viele Hosts können nach der Subnettierung noch insgesamt im Adressraum `192.168.1.x` betrieben werden?

8. Kann man den Adressraum `192.168.1.x` anders aufteilen?
   a) Wenn der Adressraum `192.168.1.x` auf 64 Subnetze verteilt wird, wie viele Hosts können dann insgesamt betrieben werden?
   b) Wenn der Adressraum `192.168.1.x` auf 128 Subnetze verteilt wird, wie viele Hosts können dann insgesamt betrieben werden?

9. Die Netze `172.30.0.0/16` und `172.31.0.0/16` werden zu einem Supernetz zusammengefasst.
   a) Wie lautet die neue Netzmaske?
   b) Wie heißen die neue Netzadresse und die neue Broadcastadresse?

10. Tunneling mit 6to4 ermöglicht die Verbindung von IPv6-Clouds über ein IPv4-Netzwerk. Vervollständigen Sie die IPv6-Adresse:

IPv4-Adresse (dezimal)	212.204.101.210		
IPv6-Adresse (hexadezimal)	2002:	:	::/48

1.8 Protokolle der Transportschicht

Bild 1.172: Transportschicht im OSI-Modell

Erhält eine Firma ein Paket mit der Post, muss ggf. als Nächstes geklärt werden, an wen genau innerhalb des Hauses das Paket adressiert ist. Zudem muss ermittelt werden, ob dies das einzige Paket einer Lieferung ist, ob noch weitere folgen oder schon vorher eingetroffen sind. Welcher Bestellung ist die Lieferung zuzuordnen? Was ist zu tun, wenn das Paket beschädigt oder die Lieferung unvollständig ist? Diese und andere Fragen klären – bezogen auf die Netzwerksoftware – die Manager. Es wird sich zeigen, dass für unterschiedliche Aufgaben auch unterschiedliche Strategien verfolgt werden.

1.8.1 Adressierung mit Portnummern

Mit den bisherigen Adressierungen konnten in der Schicht 2 mit den Hardware-Adressen die Interfaces im physikalisch direkt angeschlossenen Netz und in der Schicht 3 mit den IP-Adressen die Interfaces in einem globalen Netz adressiert werden.

Die Endpunkte der technischen Kommunikation sind jedoch die Prozesse (Tasks; in Ausführung befindliche Programme): Der Clientprozess kommuniziert über die Protokolle, die Interfaces und das zwischen diesen liegende Netz mit einem Serverprozess.

Die Prozesse der Anwendungsschicht werden beim Transportsystem TCP/IP durch sog. **Portnummern** identifiziert. Das sind 16-Bit-Kennzahlen, die von der Systemsoftware zur eindeutigen Kennzeichnung einer Kommunikationsbeziehung vergeben werden. Dabei unterscheidet man Portnummern für Serverprozesse (Ports 0 bis 1 023) und Portnummern für Clientprozesse (1 024 bis 64 435). Beispiele für vereinbarte (*well known*) Serverports mit den adressierten Serverprozessen zeigt Kap. 1.5.5.3).

1.8.2 Verbindungslose Kommunikation mit UDP

Anwendungen können über **UDP** (**U**ser **D**atagram **P**rotocol) Daten von maximal 65 507 Byte Länge versenden. Jede Ausgabeoperation eines Prozesses erzeugt ein eigenes UDP-Paket, das in ein eigenes IP-Paket eingebettet wird.

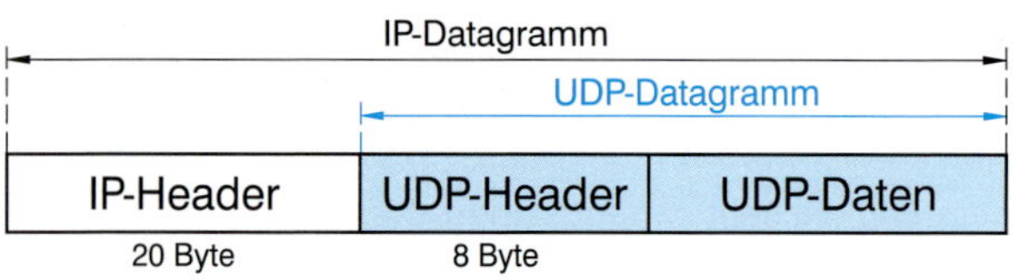

Bild 1.173: IP-Datagramm mit eingebettetem TCP-Segment

Das UDP-Protokoll stellt keine Mechanismen bereit,

- um zu prüfen, ob ein Datagramm sein Ziel erreicht hat, oder
- um eine Flusskontrolle zu gewährleisten.

Das bleibt der Anwendung überlassen, die UDP verwendet. UDP ist unzuverlässig – genau wie bereits IP. Der Vorteil von UDP liegt darin, dass es im Gegensatz zum zuverlässigen TCP Multicasting ermöglicht. Entsprechend einfach ist der Protokollkopf (Bild 1.174).

Bit 0 15	16 31
UDP-Quellport	UDP-Zielport
Länge des UDP-Datagramms in Byte	UDP-Prüfsumme (optional)
Daten (falls vorhanden)	

Bild 1.174: Der UDP-Header

Die Berechnung der UDP-Prüfsumme unterscheidet sich stark von der für IP-Pakete, denn in die UDP-Prüfsumme fließen Daten des IP-Headers (IP-Adressen), der UDP-Header und der UDP-Datenteil mit ein. Der Datenteil kann leer sein, wenn mit dem

Datagramm nur eine besondere Signalisierung erreicht werden soll (Anfordern von Daten). Pakete, deren Prüfsumme nicht stimmt, werden beim Empfänger verworfen.

> Die UDP-Portnummerierung ist prinzipiell unabhängig von der TCP-Portnummerierung.

In den meisten Fällen werden einem Dienst jedoch gleiche TCP- und UDP-Portnummern zugeordnet. Bild 1.93 zeigt eine Liste der wichtigsten UDP-Ports.

1.8.3 Verbindungsorientierte Kommunikation mit TCP

TCP (**T**ransmission **C**ontrol **P**rotocol) bietet im Unterschied zu UDP einen verbindungsorientierten, zuverlässigen Datentransport (Kap. 1.5.5). Zuverlässigkeit wird auf Basis des unzuverlässigen IP-Datagrammversands bei TCP durch folgende Merkmale erreicht:

- Fehlererkennung und -korrektur: Durch Sequenzierung und Zeitmessung kann eine (Folge von) Sendewiederholung(en) veranlasst werden.
- Flusskontrolle erfolgt durch den Empfänger
- Neuordnen von Segmenten, die wegen verschiedener Routen in der falschen Reihenfolge eintreffen, und Verwerfen von Duplikaten

Das Ausmaß des Aufwandes, den TCP hierfür betreibt, ist schon an der Komplexität des TCP-Headers erkennbar. Bild 1.175 zeigt ein IP-Datagramm mit eingebettetem TCP-Segment.

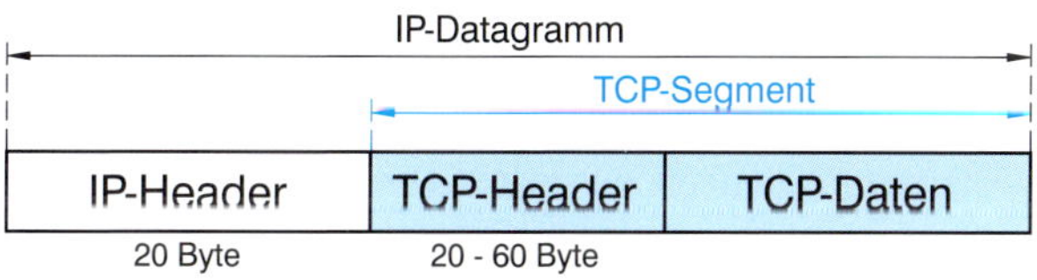

Bild 1.175: IP-Datagramm mit eingebettetem TCP-Segment

TCP-Header

Die Felder des TCP-Headers haben die folgenden Funktionen und Aufgaben:

- Quell- und Zielport haben die bereits von UDP bekannte Bedeutung.
- Über die **Sequenznummer** kann die Byteposition des ersten Datenbytes des jeweiligen Segments innerhalb des gesamten Datenstromes eindeutig bestimmt werden. Enthält das Segment beispielsweise 1 024 Byte, dann ist die Sequenznummer des nächsten Segments um 1 024 größer. Erreicht man bei der Zählung den Maximalwert von 4 294 967 295 (232–1), so wird danach mit 0 fortgesetzt.
- In der Gegenrichtung bestätigt der Empfänger den korrekten Empfang aller bisher gesendeten Bytes, indem er als **Bestätigungsnummer** die Sequenznummer des nächsten erwarteten Bytes übermittelt.
- Die **Kopflänge** gibt die Anzahl der 32-Bit-Worte des gesamten Headers an und hat deswegen mindestens den Wert 5. Da mit den zur Verfügung stehenden 4 bit der maxi-

male Wert auf 15 festgelegt ist, kann ein Header maximal 60 Byte lang sein, also nur 40 Byte für Protokoll-Optionen enthalten.

- Die **TCP-Prüfsumme** wird analog zur UDP-Prüfsumme gebildet, ist aber obligatorisch.
- Die **Fenstergröße** wird weiter unten erläutert.
- Dringende (*urgent*) Daten können außer der Reihe vorn in den Datenteil eines Segments aufgenommen werden; der **Zeiger auf Vorrangdaten** gibt dann die segmentbezogene Position des ersten folgenden „regulären" Bytes an.

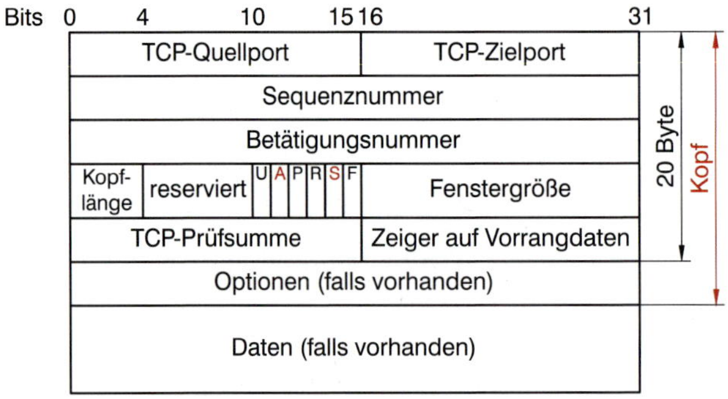

Bild 1.176: Der Header von TCP

Daneben enthält der Header eine Reihe von Flags (1-Bit-Variable), die für den weiteren Protokollablauf von Bedeutung sind. So ist der Wert im Feld „Bestätigungsnummer" nur dann relevant, wenn das **A**CK-Flag gesetzt ist (engl. *acknowledgement*: Bestätigung). Der Zeiger auf Vorrangdaten ist nur relevant, wenn das **U**RG-Flag gesetzt ist (engl. *urgent*: dringend). Das **P**SH-Flag (engl. *to push*: schubsen) fordert den Empfänger auf, umgehend alle Empfangsdaten (einschließlich des aktuellen Segments) aus dem Empfangspuffer an die empfangende Anwendung zu übergeben. Die restlichen Flags werden weiter unten erläutert.

TCP-Verbindung

Eine Verbindung kennt eine Reihe von Zuständen, die während ihrer Existenz durchlaufen werden (können). Bild 1.177 zeigt ein sehr stark vereinfachtes Zustandsdiagramm einer TCP-Verbindung.

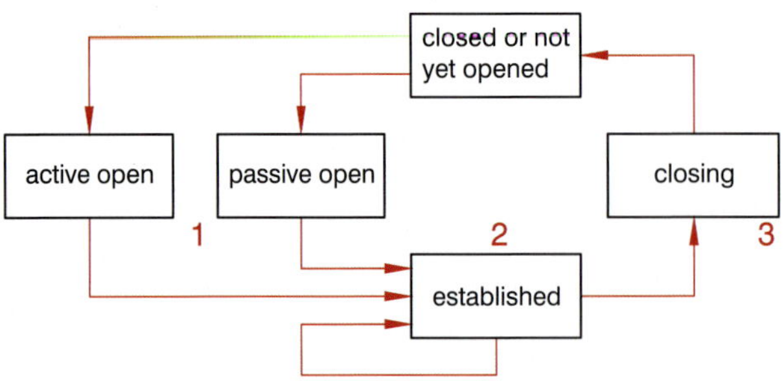

Bild 1.177: Vereinfachtes Zustandsdiagramm einer TCP-Verbindung

Streng genommen kann es den Zustand „closed or not yet opened“ gar nicht geben, weil es dazu noch keine Verbindung bzw. keine Verbindung mehr gibt, die diesen Zustand einnehmen könnte. Die Verbindung besteht aus drei Phasen:

1. Ein Client, der sich mit einem Server verbindet, führt ein „active open“ aus. Der empfängliche und den Verbindungswunsch annehmende Server dagegen geht in den Zustand „passive open“ über.
2. Anschließend sind beide im Zustand „established“ und können Daten austauschen.
3. Einer von beiden schließt die Verbindung und beendet sie damit.

Verbindungsaufbau

Um den Verbindungsaufbau einzuleiten, richtet der Client einen Socket ein und wählt nach dem Zufallsprinzip eine **ISN** (**I**nitial **S**equence **N**umber). Er sendet ein Eröffnungssegment mit gesetztem **SYN**-Flag (Bild 1.176) und der ISN im Header über die IP-Schicht an den Server. Dieser nimmt die Verbindung dadurch an, dass er auch einen Socket einrichtet, seinerseits eine ISN wählt und mit einem Bestätigungssegment antwortet. In dessen Header ist das SYN-Flag gesetzt und zusätzlich das ACK-Flag, weil er den Empfang des SYN-Flags bestätigt, welches ausnahmsweise wie ein Byte im Datenstrom zählt. Die eingetragene Bestätigungsnummer ist um eins höher als die empfangene Sequenznummer. Die serverseitige ISN ist natürlich die Sequenznummer im Antwortsegment. Durch diesen als Synchronisation bezeichneten Vorgang werden die Bytezähler (Sequenznummer und Bestätigungsnummer) beider Seiten miteinander abgeglichen. Die Bezeichnung Synchronisation ist leicht irreführend, weil es bei dem Abgleich nicht um Zeitinformationen geht.

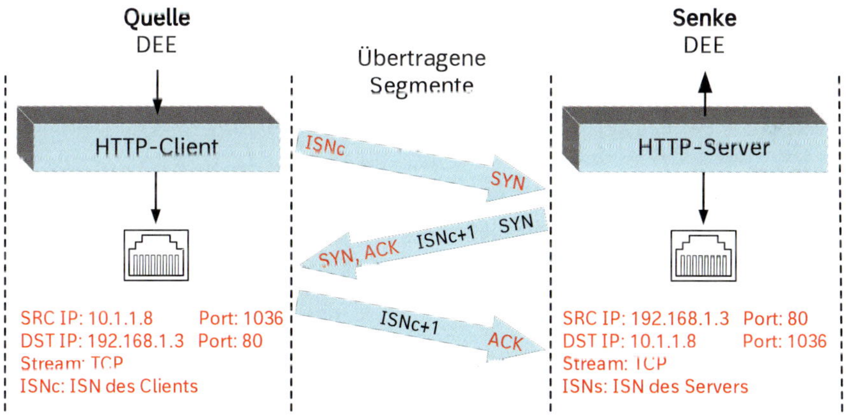

Bild 1.178: TCP-Verbindungsaufbau

Dieses Verfahren wird **Three-Way-Handshake** genannt. Es bereitet keine Probleme, wenn beide Seiten gleichzeitig einen „Active-open“-Vorgang einleiten. Man spricht dann von „simultaneous open“.

Das SYN-Flag wird nur beim Verbindungsaufbau verwendet.

Nach erfolgtem Verbindungsaufbau können beide Seiten senden und empfangen.

Eine wichtige TCP-Option heißt **MSS** (**M**aximum **S**egment **S**ize). Sie kann nur im ersten Segment bei gesetztem SYN-Flag verwendet werden. Mit ihr gibt die sendende Seite die Größe des größten Segments an, das sie empfangen kann. Die meisten hier deklarierten Werte liegen zwischen 1024 und 16384 Byte. Fehlt die MSS, wird 536 als Standardwert angenommen.

Eine TCP-Verbindung ist virtuell; sie „besteht" nur aus den Zuständen der Sockets. Wenn gerade keine Daten ausgetauscht werden, darf die physikalische Verbindung sogar zeitweilig unterbrochen sein, ohne dass dies die TCP-Verbindung berührt.

Verbindungsabbau

Der Verbindungsabbau läuft nach einem modifizierten Three-Way-Handshake ab. Wegen des Vollduplex-Charakters der Verbindung kann jede Seite getrennt einen Abbau einleiten (**FIN**-Flag), wenn sie keine Daten mehr zu übertragen hat. Die Gegenseite kann aber dennoch weitersenden, bis auch sie ihre Hälfte schließt. Dieser reguläre Ablauf heißt auch Graceful Close (anmutiges Verschließen). Bild 1.179 stellt ihn analog zum Verbindungsaufbau dar.

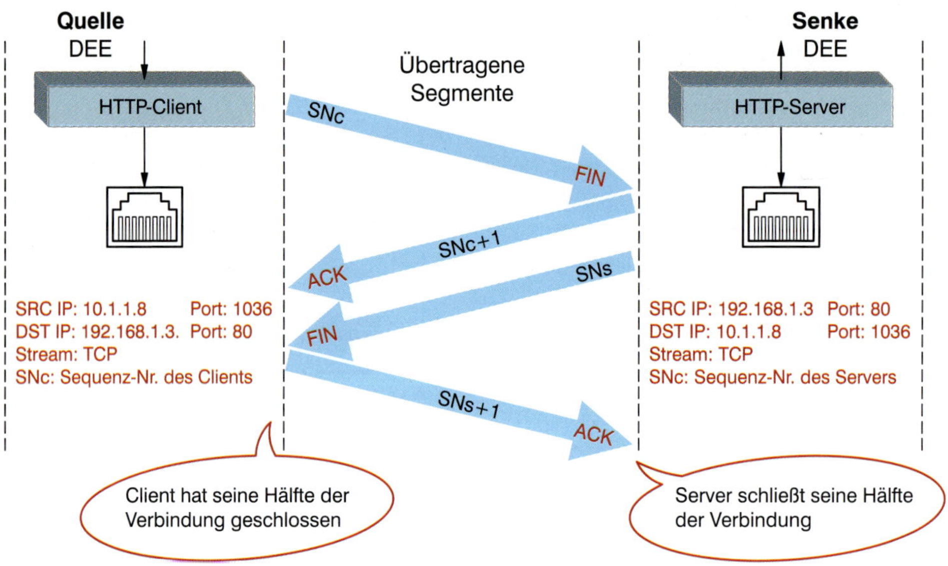

Bild 1.179: Normaler Abbau einer TCP-Verbindung

Das FIN-Flag wird nur beim Verbindungsabbau verwendet.

In Ausnahmesituationen gibt es noch die Möglichkeit, die Verbindungen abrupt zu beenden, indem das **RST**-Flag (Reset) im Header gesendet wird. Solche Situationen könnten sein:

- Auf dem Zielport lauscht kein Server.
- Ein System ist abgestürzt und hat alle Daten verloren.
- Trotz erfolgter Wiederholungen ist nach einer bestimmten Zeit keine Empfangsbestätigung der Gegenseite eingetroffen.

Der Empfang solcher Segmente wird nicht mehr bestätigt. Stattdessen werden die Verbindung und ggf. noch in Puffern gehaltene Daten unmittelbar verworfen.

Übertragungsphase

Das grundlegende Konzept von TCP heißt **PAR** (**P**ositive **A**cknowledgement with **R**etransmission): Ein Segment wird verschickt und ein diesem Segment zugeordneter Retransmission Timer gestartet. Dann wartet TCP darauf, von der Gegenseite ein Segment zu empfangen, dessen Bestätigungsnummer größer ist als die Sequenznummer des zu quittierenden Pakets (ein gesetztes ACK-Flag deklariert dabei die Sequenznummer als gültig). Dies kann ein reines ACK-Segment sein, wenn es in Gegenrichtung nichts zu übertragen gibt, es kann aber auch ein „normales" Datensegment dazu verwendet werden. Trifft ein solches Segment ein, bevor der Timer abgelaufen ist, gilt das Paket als ordnungsgemäß zugestellt. Läuft der Timer jedoch vorher ab (Bild 1.180), beginnt eine zeitlich begrenzte Folge von Sendewiederholungen.

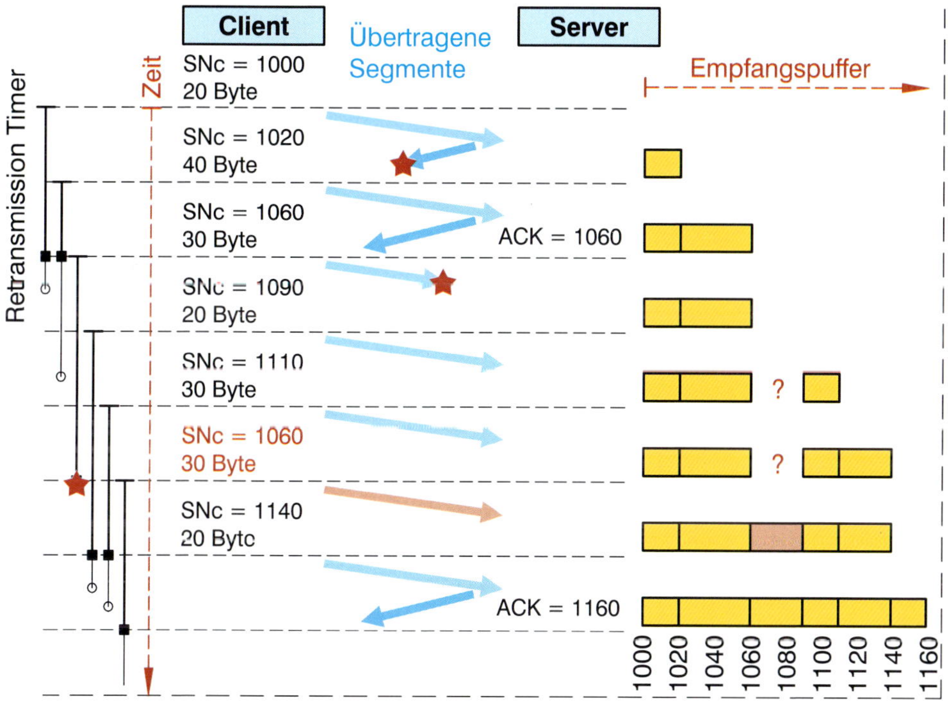

Bild 1.180: Schiebefenster mit Retransmission bei einer interaktiven Anwendung

Soweit das Prinzip – nun folgen einige ausgesuchte Spezialitäten.

Interaktive Anwendungen

Von der Applikation eintreffende Daten werden in internen Puffern so lange akkumuliert, bis ein maximal großes Segment (MSS) verschickt werden kann. Dadurch wird vermieden, viele kleine Segmente zu senden. Für die geschlossene Übertragung größerer Datenmengen ist dieses Verhalten angemessen, nicht jedoch für interaktive Anwendungen, wie zum Beispiel SSH. Hier müssen Tastatureingaben vom Client zum Server und als Bildschirmecho zurückübertragen werden. Da den Benutzenden nicht zugemutet werden kann, so lange blind zu schreiben, bis die MSS erreicht ist, wird durch das Setzen des PSH-Flags erzwungen, dass für jeden Tastendruck bis zu vier Segmente über das Netz gehen.

Fensterbildung

Bei jedem Segment zu warten, bis die Bestätigung eintrifft, ist ineffektiv. TCP gewährt daher der Gegenseite einen Sende-„Kreditrahmen", der im Headerfeld „Fenstergröße" (Bild 1.176) an den Sender übermittelt wird. Er wird in Byte gemessen und gibt an, wie viele Daten der Sender aussenden darf, ohne dass er eine Bestätigung erhalten hat. Der Empfänger muss dann nicht jedes Segment einzeln bestätigen, sondern immer so viel wie möglich – im Idealfall eine ganze Fenstergröße auf einmal. Mit dem letzten Segment bestätigt er auch automatisch alle vorangegangenen (Bild 1.180), deswegen ist auch der Verlust eines reinen Bestätigungssegments nicht weiter tragisch. Dadurch, dass er die Fenstergröße eigenen Bedürfnissen (Speichermangel) entsprechend bis zum Wert 0 herunterfahren kann, ist eine optimale Flusskontrolle gewährleistet. Man spricht auch von einem „Schiebefensterprotokoll".

Retransmission Timer

Die Zeit für die richtige Einstellung des Retransmission Timers ist kritisch, weil er die Performance (Leistungsfähigkeit) der Verbindung bestimmt und sein Optimalwert abhängig von der Netzlast stark schwanken kann.

> Ist der Wert des Retransmissionstimers zu niedrig, werden zu viele unnötige Sendewiederholungen ausgelöst, was die Netzlast erhöht.
>
> Ist der Wert des Retransmissionstimers zu hoch, wird ein verlorenes Segment zu spät nachgesendet, was zum Puffer-Engpass beim Empfänger führen kann, der alle bis dahin aufgelaufenen Segmente zwischenspeichern muss.

Dazu misst TCP ständig die als **RTT** (**R**ound **T**rip **T**ime) bezeichnete Zeit zwischen dem Aussenden eines Paketes und dem Eintreffen der Bestätigung. Es existieren mehrere Algorithmen, die dazu dienen, abhängig von der Verkehrslast im Netz den jeweils optimalen Wert für diesen Timer zu bestimmen.

> TCP optimiert die Round Trip Time in Abhängigkeit von der Netzlast.

Diese Algorithmen, die hier nicht behandelt werden können, sind in der speziellen Fachliteratur unter folgenden Namen geführt:

- Slow-Start-Algorithmus
- Congestion-Avoidance-Algorithmus
- Karn-Algorithmus
- Fast-Retransmit-Algorithmus
- Fast-Recovery-Algorithmus
- Silly-Window-Avoidance-Algorithmus

1.8.4 Verbindungsorientierte Kommunikation mit QUIC

Bei QUIC handelt es sich um einen relativ jungen Internet-Standard, der im Mai 2021 in der Version 1 (QUICv1) veröffentlicht wurde (RFCs 9000, 8999, 9001, 9002). Ursprünglich wurde QUIC als Abkürzung für Quick UDP Internet Connection vorgeschlagen, offiziell handelt es sich bei QUIC aber um einen Namen und nicht um eine Abkürzung. Dennoch macht die inoffizielle Langform die beiden Kerneigenschaften des neuen Protokolls deutlich:

QUIC ist wie TCP (Kap. 1.8.3) ein **verbindungsorientiertes Transportprotokoll**, das allerdings auf dem **verbindungslosen** Protokoll UDP (Kap. 1.8.2) aufsetzt (Bild 1.181).

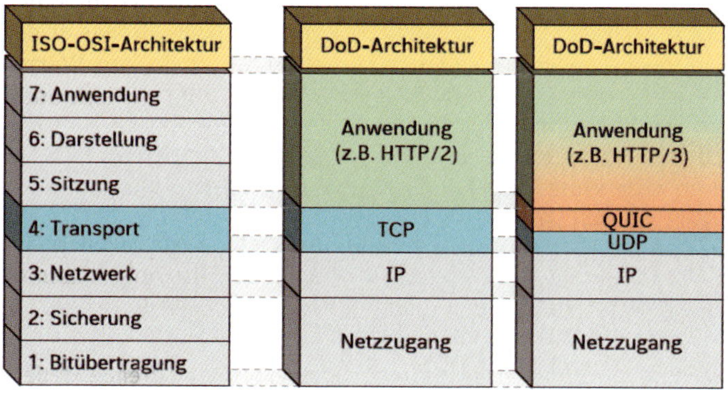

Bild 1.181: Das QUIC-Transportprotokoll im Schichtenmodell

Mit QUIC wurde eine Alternative zu TCP geschaffen, die einige problematische Eigenschaften von TCP behebt. Als wesentliche Merkmale von QUIC gegenüber TCP gelten insbesondere:

- Schnellerer Verbindungsaufbau

  Während bei einer klassischen TCP-Kommunikation zunächst die Kommunikationsverbindung aufgebaut wird und erst danach die Aushandlung der TLS-Sitzung erfolgt, fasst QUIC diese beiden Vorgänge zusammen. Für den ersten QUIC-Verbindungsaufbau werden noch zwei Pakete benötigt. Später sind Schlüssel und Zertifikate schon bekannt und es reicht lediglich ein Paket für einen neuen Verbindungsaufbau. Darüber hinaus kann dieses Paket auch bereits Nutzdaten enthalten.

  Diese Art des verkürzten Verbindungsaufbaus ermöglicht allerdings sog. Replay-Angriffe. Dabei schicken Angreifende bereits zuvor versandte Pakete erneut an den Server. Da der Server die Wiederholung in diesem Fall nicht erkennen kann, verarbeitet er die Pakete genauso wie zuvor auch. Wenn das im vorliegenden Anwendungsfall problematisch ist, kann der Server so konfiguriert werden, dass er den verkürzten QUIC-Verbindungsaufbau nicht erlaubt.

- Multiplexverbindungen

  TCP garantiert, dass alle Pakete den Empfänger erreichen und dass sie in der richtigen Reihenfolge bei ihm ankommen (Kap. 1.8.3). Das vereinfacht die Arbeit für die darauf aufbauenden Dienste sehr. Statt nun ressourcenverschlingend für jeden Dienst eine eigene TCP-Verbindung mit TLS-Absicherung aufzubauen, kann die Kommunikation auch im Multiplex über eine abgesicherte TCP-Verbindung erfolgen. Über die Portadresse werden dabei die Pakete den jeweiligen Diensten zugeordnet. Kommt es bei der Übertragung zu einem Paketverlust, stockt die Übertragung. Erst nachdem das betroffene Paket erneut versandt wurde und schließlich den Empfänger erreicht, erhält er in strenger Einhaltung der Sendereihenfolge die folgenden Pakete. Grundsätzlich hätten die Pakete der nicht betroffenen Dienste außer der Reihe weiter empfangen und verarbeitet werden können, aber TCP unterscheidet nicht nach Paketinhalten und lässt auch keine veränderte Paketreihenfolge zu. Diese bei TCP nicht vermeidbare Verzögerung der gesamten Übertragung durch ein einzelnes betroffenes Paket wird mit **Head-of-Line-Blocking** bezeichnet.

QUIC nutzt UDP und kennzeichnet die Pakete intern mit Paketnummern, anhand derer der Empfänger die Reihenfolge rekonstruieren kann. Fehlende Pakete werden nachgefordert, während die aktive Übertragung davon unbehelligt weiterläuft. Das heißt, dass es hier nicht zu einem Head-of-Line-Blocking kommen kann.

Bei TCP wird die Art der Nutzlast anhand der Portadresse unterschieden. QUIC arbeitet anders und unterteilt die Daten in Streams mit jeweils eigener Stream-ID. Die Stream-ID ist unabhängig vom konkreten Dienst und ermöglicht so auch mehrere Datenströme desselben Diensts. Das ist bei TCP wegen der festen Beziehung zwischen Port und Dienst nicht direkt möglich.

Die Daten eines Streams werden in Stream-Frames und mehrere dieser Frames in Pakete zusammengefasst. Auf diese Weise ermöglicht QUIC das Multiplexing sogar innerhalb eines übertragenen Pakets (Bild 1.182).

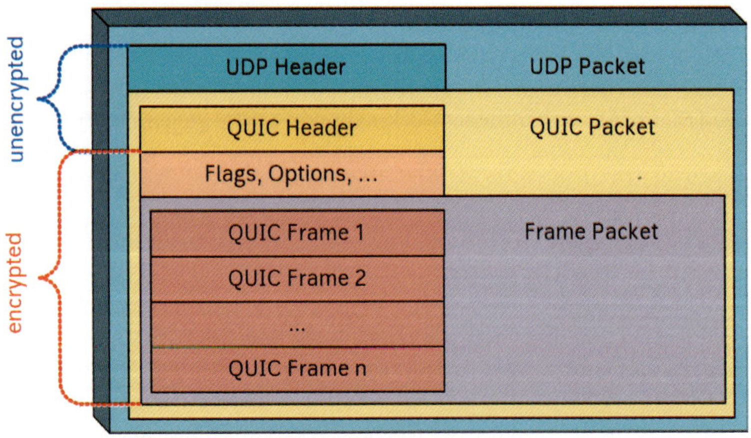

Bild 1.182: Aufbau eines QUIC-Pakets mit Frames

- Verschlüsselung von Nutz- und Metadaten

  Die Verschlüsslung ist bei QUIC obligatorischer Bestandteil und fest in das Protokoll integriert. Sie erstreckt sich nicht nur über die Nutzdaten, sondern umfasst auch einen großen Teil der Header-Metadaten (Bild 1.182). Lediglich einige öffentliche Flags und die Connection-ID werden unverschlüsselt übertragen. Der verschlüsselte Teil enthält unter anderem die Paket-Sequenznummer und Flags zur Datenflusssteuerung. Das bedeutet aber auch, dass Netzwerkkomponenten weniger Möglichkeiten haben, den Datenstrom einer Verbindung zu analysieren und zu steuern.

- Anwendungsseitig implementiert

  Das Vorgehen, mit QUIC ein zusätzliches Transportprotokoll einzuführen, das außerdem mit UDP auf ein bestehendes aufsetzt, hat rein praktische Gründe. Um eine optimale Leistung zu erreichen, laufen die TCP-Treiber im sog. Kernel-Space der Betriebssysteme. Das bedeutet aber auch, dass Änderungen oder gar die Erweiterungen um ein gänzlich neues Protokoll nahezu unmöglich sind. Die bestehende Netzwerk-infrastruktur muss in jedem Fall mit den Protokollen zurechtkommen. Für TCP- und UDP-Pakete ist das weltweit gegeben. Entsprechend wurde schließlich UDP als Grundlage für QUIC gewählt, weil es ein etabliertes und einfaches Protokoll mit einem schlanken Paket-Header (Bild 1.173) ist. Damit wurde grundsätzlich die weltweite Übertragung der in UDP eingepackten QUIC-Pakete sichergestellt. Außerdem erlaubt die Verwendung von UDP die programmtechnische Umsetzung des QUIC-Transportprotokolls alternativ auch auf Anwendungsebene bzw. aus Sicht des Betriebssystems im sog. User-Space (vgl. Bild 1.181). Änderungen und Weiterentwicklungen des neuen Protokolls können damit sehr viel einfacher und schneller umgesetzt werden.

Der wichtigste Einsatzbereich für QUIC ist derzeit HTTP. Durch die darauf zugeschnittene Protokollversion HTTP/3 wird QUIC inzwischen von bereits allen gängigen Web-Browser (u. a. Firefox, Chrome, Safari) und einigen Web-Servern (z. B. nginx) unterstützt.

1.8.5 Adressübersetzung mit NAT

Der zweite Ausweg aus einer sich abzeichnenden Krise knapp werdender IP-Adressen neben CIDR (Kap. 1.5.4.1) ist die Verwendung offizieller globaler Adressen nur noch dort, wo es nötig ist: bei den Routern, die den Übergang von einem lokalen Netz ins Internet darstellen. Dadurch kann man innerhalb der lokalen Netze die hierfür reservierten, immer gleichen Adressbereiche (Bild 1.72) verwenden und braucht keine der globalen Adressen.

Lokale Adressen sparen globale Adressen ein.

Das Problem ist jedoch, dass die privaten Adressen außerhalb der lokalen Netze nicht gelten und die Pakete spätestens beim Router des Providers verworfen werden.

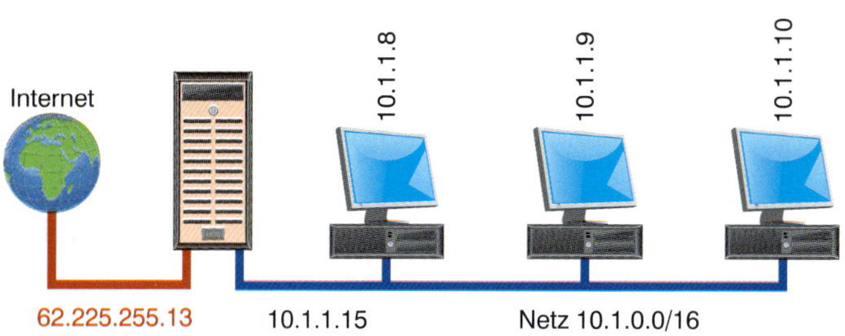

Bild 1.183: Der NAT-Router zwischen Internet und Intranet

Der lokale Router muss dazu eine Adressübersetzung durchführen, bei der alle lokalen Adressen auf seine offizielle IP-Adresse abgebildet werden. Dieser Vorgang heißt allgemein **NAT** (**N**etwork **A**ddress **T**ranslation, RFC 1631) oder bei Linux auch Masquerading (siehe hierzu auch Kap. 1.9.5.1). Nach außen tritt allein der NAT-Router als Kommunikationspartner in Erscheinung.

Zu diesem Zweck werden die Ports ab 61 000 verwendet, die tabellarisch mit den Kommunikationsbeziehungen der lokalen Clients verknüpft werden.

Externe Verbindungen		Interne Verbindungsanforderungen	
		von Client	zu Server
212.1.39.34:80	**62.225.255.13:61000**	**10.1.1.8:1036**	212.1.39.34:80
194.95.249.246:80	**62.225.255.13:61001**	**10.1.1.9:1028**	194.95.249.246:80
212.63.159.72:80	**62.225.255.13:61002**	**10.1.1.10:1234**	212.63.159.72:80
	......		
	62.225.255.13:65096		

Bild 1.184: Beispiel für die Zuordnungstabelle eines NAT-Routers (rot gerahmt)

Dem unbestreitbar großen Vorteil der Adresseneinsparung steht aber gegenüber, dass keiner der vom NAT-Router maskierten lokalen Rechner (ohne Weiteres) von außen ansprechbar ist.

Zu lokalen Rechnern hinter einem NAT-Router kann von außen keine Kommunikationsbeziehung aufgebaut werden.

CG NAT (Carrier Grade NAT)

Besonders unangenehm wird es, wenn Provider, bzw. Carrier (siehe auch Kap. 3), aus Mangel an IPv4-Adressen ihren Kundinnen und Kunden keine öffentlichen und damit eindeutigen IP-Adressen zuweisen, sondern Adressen aus dem hierfür „privatisierten" Adressbereich `10.64.0.0/10` (Bild 1.185).

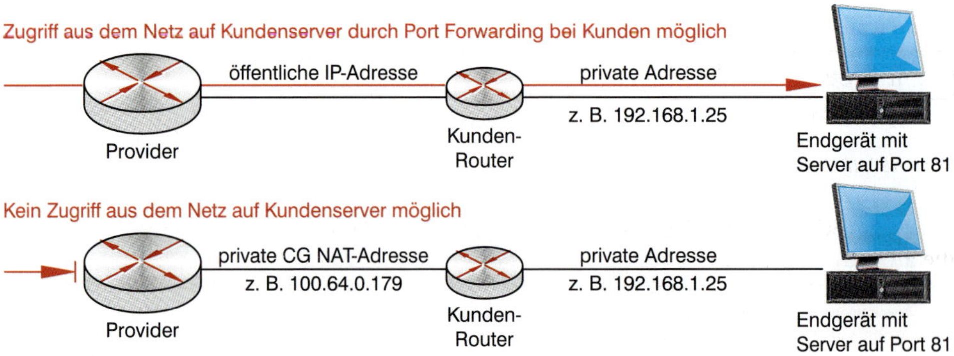

Bild 1.185: Nachteil von CG NAT

Ein weiteres Einsatzgebiet von NAT sind **Load Balancer (Lastverteiler)**, die Anfragen an einen virtuellen Server auf mehrere physische Server umlenken, um alle etwa gleichmäßig stark auszulasten.

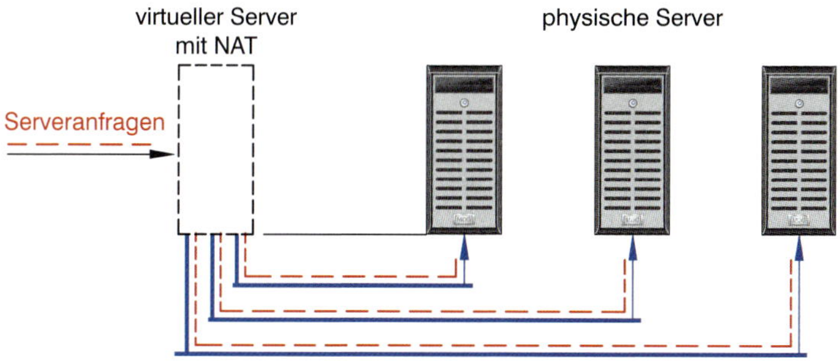

Bild 1.186: Virtueller Server als Lastverteiler

NAT64

Über einen NAT64-fähigen Router können IPv6-Clients Verbindungen zu IPv4-basierten Servern aufbauen. Der Router muss dazu aus einer Adresse des Adressbereichs `64:ff9b::/96` aus den untersten 32 Bit die IPv4-Adresse entnehmen und auf seinem IPv4-Interface aussenden.

1.8.6 Media-Streaming mit SCTP

TCP und UDP können die Anforderungen für Multimediaanwendungen nicht vollständig erfüllen. Deshalb hat die IETF, sozusagen als Weiterentwicklung von TCP, in RFC 4960 dafür das **Stream Control Transmission Protocol (SCTP)** spezifiziert. Während in einer bidirektionalen TCP-Verbindung (*connection*) ein unidirektionaler Stream in jede der beiden Richtungen führt, gehören zu einer SCTP-**Association** mehrere unidirektionale Streams in beide Richtungen, auch verknüpft mit mehreren IP-Adressen auf jeder Seite. Im Gegensatz zum byte-orientierten Stream von TCP bestehen die Streams bei SCTP aus Nachrichten (*messages*).

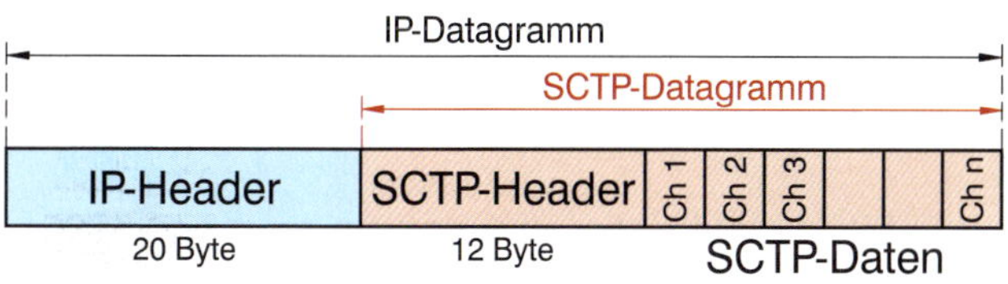

Bild 1.187: IP-Datagramm mit eingebettetem SCTP-Paket

Bei einem SCTP-Paket folgen einem gemeinsamen Header einzelne „Container“ (Chunks), die zu unterschiedlichen Datenströmen gehören können: Nutzlast (User Data) oder Verbindungssteuerungsnachrichten (Bild 1.187).

AUFGABEN

1. Wie viele Bytes ist ein IP-Paket mit UDP-Inhalt mindestens groß?
2. Warum kann ein UDP-Datagramm maximal gerade 65 507 Byte transportieren?
3. Wie viele externe Kommunikationsbeziehungen zwischen Intranet und Internet kann ein Linux-basierter NAT-Router gleichzeitig unterstützen?
4. Wie viele Bits im TCP-Header sind reserviert (noch nicht definiert)?
5. Warum wird 536 als Standardwert der MSS gewählt?
6. Welche Fenstergröße bietet der Server in Bild 1.180 mindestens an?
7. Warum wird für das verbindungsorientierte Protokoll QUIC nicht auf TCP, sondern auf das verbindungslose UDP-Protokoll zurückgegriffen?
8. Ein lokales Netz mit vielen Clients ist über einen Router mit dem Internet verbunden. Der Router erhält vom Provider eine öffentliche IP-Adresse. Trotzdem können alle Clients unabhängig voneinander z. B. verschiedene Webseiten abrufen. Wie schafft es der Router, die Antworten der Webserver an die jeweils richtigen Clients zu senden?
9. Um Smart-Home-Funktionen von unterwegs steuern zu können, wurde der Heimrouter so konfiguriert, dass der Smart-Home-Webserver über den Port 443 (https) aus dem Internet erreichbar ist. Der Router erhält vom ISP die IP-Adresse `10.64.177.13`. Woran liegt es, dass der Webserver aus dem Internet heraus jedoch nicht erreicht werden kann?

1.9 Protokolle und Dienste der Anwendungsschicht

Bild 1.188: Anwendungsschicht im OSI-Modell

Menschen sprechen *durch* das Telefon mit Menschen, sie sprechen meistens nicht *mit* dem Telefon. Clients kommunizieren durch das Transportsystem mit Servern und umgekehrt (horizontale Kommunikation). An dieser Stelle kommen Protokolle und Dienste zum Einsatz, die der Anwendungsschicht im TCP/IP-Modell zugeordnet sind (Kap. 1.4.4). Diese Schicht deckt im OSI-Modell die oberen drei Schichten ab. Weil das TCP/IP-Modell hier keine weitere Unterteilung vorsieht, wird in der folgenden Betrachtung auch nicht weiter auf eine konkrete OSI-Schichtenzuordnung eingegangen.

Serverprogramme und die Clientprogramme der einzelnen Betriebssysteme tragen oft den Namen der Dienste/Protokolle bzw. sind direkt aus ihnen abgeleitet. Beispielsweise heißt der Telnet-Client von Windows einfach *telnet*, während der Telnet-Server auf vielen Unix-Servern *telnetd* heißt.

Heute ist Telnet für normale Nutzende wegen der üblichen grafischen Benutzeroberflächen und vor allem wegen der fehlenden Verschlüsselung nicht mehr von Bedeutung. SSH-basierte Nachfolger wie PuTTY (Windows) oder ssh (Linux) leisten in der Systembetreuung gute Dienste bei der Fernwartung. Wie später noch gezeigt wird (siehe Kap. 1.9.3 und 1.9.5), lassen sich damit auch Serverprozesse anderer Dienste ganz grundlegend auf ihre Funktion prüfen. Über den bloßen Telnet-Ersatz hinaus kann SSH aber auch andere, von sich aus unsichere Protokolle tunneln. Beispielsweise wird ftp durch den SSH-Tunnel zu **sftp**.

1.9.1 Host-Konfiguration mit DHCP

DHCP ist das **D**ynamic **H**ost **C**onfiguration **P**rotocol (nach RFC 1541) und vereinfacht die Systemverwaltung erheblich, da die manuelle Konfiguration jedes einzelnen Hosts sehr mühselig ist, gerade in größeren Netzen mit häufigen Veränderungen. Man muss den Host nur darauf einstellen, sich bedienen zu lassen (Bild 1.189).

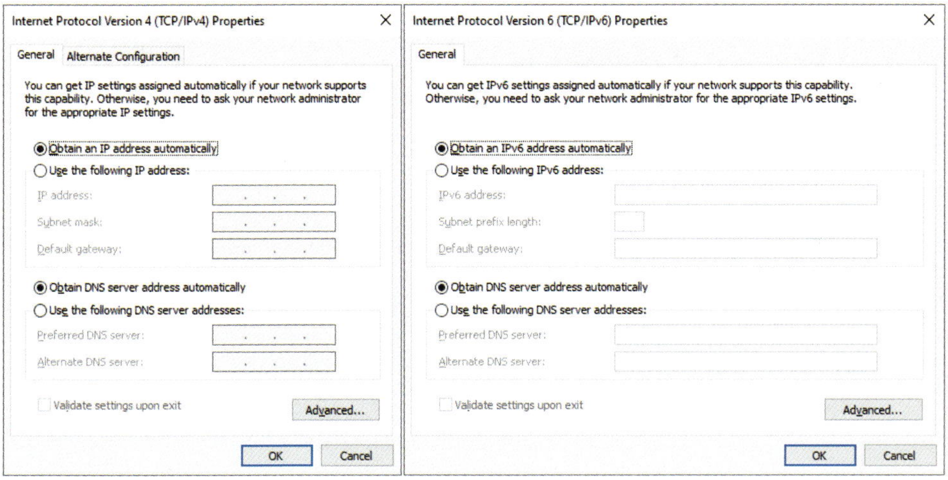

Bild 1.189: Host unter Windows als DHCP-Client einstellen

Voraussetzung ist natürlich, dass ein (oder mehrere) DHCP-Server direkt (d.h. ohne Router) erreichbar und passend konfiguriert ist bzw. sind. Das DHCP-Protokoll wurde aus dem Protokoll BOOTP abgeleitet, mit dem festplattenlose Clients ihr Betriebssystem von einem Server laden können (z.B. in Schulen oder Hochsicherheitsumgebungen).

DHCP bei IPv4

Der Client sendet ein UDP-Paket (Meldungstyp: Discover) von Port 68 als Broadcast auf Port 67 zielend ins Netz (Bild 1.190 und Bild 1.191).

Daraufhin bieten ein oder mehrere DHCP-Server (`192.68.1.252`) dem Host die IP-Adresse `192.168.1.83` an (Offer), der Host fordert diese Adresse bei einem Server an (Request) und dieser DHCP-Server bestätigt die Adresse (Acknowledge). Nicht ausgewählte Angebote anderer Server können wiederverwendet werden. Das Protokoll kennt noch weitere Meldungstypen für Sonderfälle außerhalb des normalen Ablaufs.

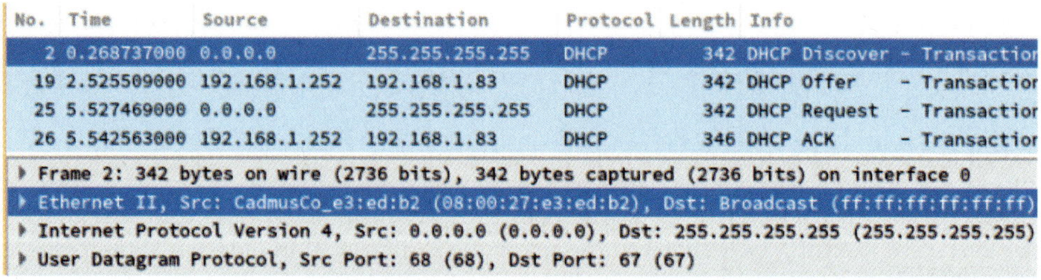
No. Time Source Destination Protocol Length Info
2 0.268737000 0.0.0.0 255.255.255.255 DHCP 342 DHCP Discover - Transactio
19 2.525509000 192.168.1.252 192.168.1.83 DHCP 342 DHCP Offer - Transactio
25 5.527469000 0.0.0.0 255.255.255.255 DHCP 342 DHCP Request - Transactio
26 5.542563000 192.168.1.252 192.168.1.83 DHCP 346 DHCP ACK - Transactio
Frame 2: 342 bytes on wire (2736 bits), 342 bytes captured (2736 bits) on interface 0
Ethernet II, Src: CadmusCo_e3:ed:b2 (08:00:27:e3:ed:b2), Dst: Broadcast (ff:ff:ff:ff:ff:ff)
Internet Protocol Version 4, Src: 0.0.0.0 (0.0.0.0), Dst: 255.255.255.255 (255.255.255.255)
User Datagram Protocol, Src Port: 68 (68), Dst Port: 67 (67)

Bild 1.190: Mitgeschnittener DHCP-Ablauf (4 Frames = 4 Rahmen, siehe Kap. 1.5.2)

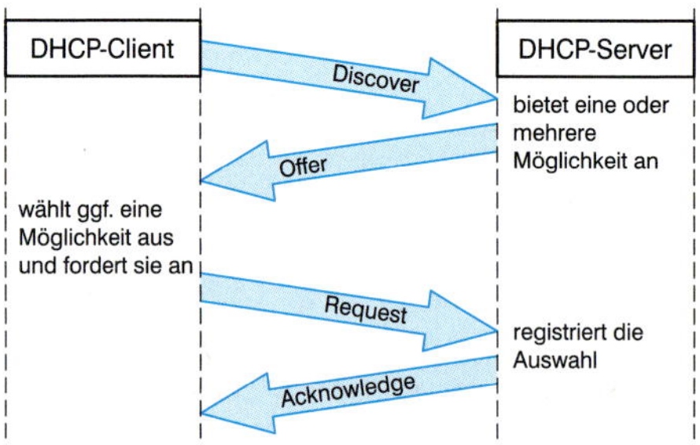

Bild 1.191: Normaler DHCP-Protokollablauf

Das vollständige Angebot im zweiten Frame (lfd. Nr. 19) zeigt die folgende Auflistung (Bild 1.192).

```
Option: (53) DHCP Message Type (Offer)
   Length: 1          DHCP: Offer (2)
Option: (54) DHCP Server Identifier
   Length: 4          DHCP Server Identifier: 192.168.1.252 (192.168.1.252)
Option: (51) IP Address Lease Time
   Length: 4          IP Address Lease Time: (43200s) 12 hours
Option: (58) Renewal Time Value
   Length: 4          Renewal Time Value: (21600s) 6 hours
Option: (59) Rebinding Time Value
   Length: 4          Rebinding Time Value: (37800s) 10 hours, 30 minutes
Option: (1) Subnet Mask
   Length: 4          Subnet Mask: 255.255.255.0 (255.255.255.0)
Option: (28) Broadcast Address
   Length: 4          Broadcast Address: 192.168.1.255 (192.168.1.255)
Option: (3) Router
   Length: 4          Router: 192.168.1.252 (192.168.1.252)
Option: (6) Domain Name Server
   Length: 4          Domain Name Server: 192.168.1.252 (192.168.1.252)
Option: (255) End
   Option End: 255
```

Bild 1.192: Vollständiges DHCP-Angebot

DHCP bei IPv6

Bei IPv6 kann DHCPv6 (nach RFC 3315) die Möglichkeiten ergänzen, die schon mit **Router Advertisement** gegeben sind.

Verschieden sind natürlich die größere Adressenlänge und die verwendeten UDP-Ports: Clients verwenden Port 546, Server werden am Port 547 angesprochen. Der Protokollablauf ist der gleiche wie in Bild 1.191 dargestellt, allerdings mit anderen Bezeichnungen.

DHCP	DHCPv6
DHCP-Discover	DHCPv6-Solicitation
DHCP-Offer	DHCPv6-Advertisement
DHCP-Request	DHCPv6-Request
DHCP-Acknowledgement	DHCPv6-Reply

Bild 1.193: DHCP-Meldungstypen

Die 95-seitige Spezifikation in RFC 3315 kennt darüber hinaus noch neun weitere Nachrichtentypen.

Neu ist in DHVPv6 auch, dass sich Server und Clients mit **DUID**s (**D**HCP **U**nique **Id**entifier) in den Optionsfeldern der Meldungen identifizieren. Diese werden nach unterschiedlichen Verfahren bestimmt:

Nr.	Name	Beschreibung
1	DUID-LLT	Link-layer address plus time
2	DUID-EN	Enterprise Number, bei IANA registrierte Unternehmen[1] (63 195 Stück, Stand: März 2025)
3	DUID-LL	Link-layer address
4	?	Weitere nicht ausgeschlossen

Bild 1.194: Typen der DHCP Unique Identifier

Befinden sich der Client und der Server nicht im selben Netzsegment, kann der Client den Server nicht erreichen. Für diesen Fall sieht DCPv6 die Rolle eines **DHCP Relay Agent** vor, der im Netzsegment des Clients angesiedelt ist und stellvertretend mit einem Server kommunizieren kann, ggf. auch über weitere Relay Agenten.

Da sich Router Advertisements (in der folgenden Tabelle als rote Dreiecke) und DHCPv6 (grüne Quadrate) teilweise überlappen, sind mehrere Szenarien möglich.

1 *Vgl. IANA: Private Enterprise Numbers, zul. aktualisiert am 03.03.2025, veröff. unter: https://www.iana.org/assignments/enterprise-numbers/enterprise-numbers [letzter Zugriff: 04.03.2025]*

Scenario	Default-Route	IPv6-Adresse	DNS-Adresse	Mehr
1	▲	▲	▲*	■
2	▲	▲	■	■
3	▲	■	■	■

** Wird nicht von allen Clients unterstützt.*

Bild 1.195: Konfigurationsszenarien bei DHCPv6

1.9.2 Namensadressierung mit DNS

Eine grundlegende Beschreibung des **Domain Name System (DNS)** liefert Kap. 1.5.6). Eine weitergehende Beschreibung zur Installation und Nutzung eines DNS-Servers befindet sich in Kap. 2.1.2.

DNS-Anfragen erfolgen in der Regel unverschlüsselt über den UDP-Port 53. Eine Abfrage über den TCP-Port 53 ist beispielsweise für die Fälle vorgesehen, in denen die Daten nicht mehr in ein UDP-Frame passen.

Problematisch ist die Abfrage von DNS-Datensätzen im üblichen Verfahren, denn:

- DNS-Einträge können injiziert werden.
- DNS-Einträge können unterdrückt werden.
- DNS-Einträge können verändert werden.

> DNS ist **nicht** vertrauenswürdig!

Um dieses Problem zu lösen, gibt es verschiedene Ansätze.

DNSSEC

Der Lösungsansatz von DNSSEC zu den oben genannten Angriffsvektoren sieht die folgenden Maßnahmen vor:

Zur Absicherung gegen unberechtigte Veränderung setzt DNSSEC digitale Signaturen ein. Damit kann nur der Inhaber des Signierschlüssels Einträge erstellen oder verändern. Die Erkennbarkeit einer Unterdrückung von DNS-Einträgen ermöglicht DNSSEC durch eine Anordnung, die einem signierten Inhaltsverzeichnis entspricht. Die Absicherung der Vertraulichkeit war nicht gefordert und sie kann von DNSSEC auch nicht erfüllt werden.

Zur Umsetzung wurden für DNSSEC einige neue RR-Typen definiert (Bild 1.196).

Name	Class	Type	Resource Data
domainname.	IN	DNSKEY	Enthält den öffentlichen Signierschlüssel. Die übergeordnete Stelle führt diesen DNSKEY in einer signierten Schlüsselliste.
hostname.	IN	RRSIG	Signatur über alle Einträge für hostname des angegebenen RR-Typs

Name	Class	Type	Resource Data
hostname.	IN	NSEC	Zeigt auf den nächsten hostname – der letzte Eintrag zeigt wieder auf den ersten. Außerdem werden alle zu diesem hostname gehörenden Resource records aufgelistet. Der NSEC-Eintrag wird mit einem RRSIG-Eintrag signiert (signiertes Inhaltsverzeichnis).
hostname.	IN	NSEC3	Alternative zu NSEC: Statt hostname wird hier lediglich der Hashwert des Namens angegeben. Sonst wie NSEC.

Bild 1.196: DNSSEC RR-Typen

Beispiel

Die DNS-Einträge von paypal.de werden zwar inzwischen mit DNSSEC über NSEC3 geschützt, jedoch wird für das nachfolgende Beispiel auf das zuvor eingesetzte Verfahren mit NSEC zurückgegriffen. Die dabei verwendeten Klartext-Hostnamen machen die Abläufe anschaulicher und leichter nachvollziehbar.

Es gilt, die folgenden beiden Einträge zu schützen:

```
paypal.de. 300    IN    A        64.4.250.38
paypal.de. 300    IN    A        64.4.250.39
```

Das erledigt der folgende RRSIG-Eintrag:

```
paypal.de. 300    IN    RRSIG    A 5 2 300 20201023113034 20200923112754
                                 35040 paypal.de. IX6855u47IEMuf81P6PqDk
                                 HXXq9rbltTUTd/ONp20udix2+0u/ ihlAgWoAEu9
                                 T2mQ+I2h8kAAmdj3cgOG +SYW+JOZxdGe4N [...]
```

Die signierten Einträge sind im Datensatz angegeben (rot markiert). Hier bezieht sich die Signatur auf die Resource Records vom Typ A für den Hostnamen paypal.de.

Zum Prüfen der Signatur ist der Signaturschlüssel in zwei DNSKEY-Einträgen hinterlegt:

```
paypal.de. 3600   IN    DNSKEY   256 3 5 AwEAAcQJ9o0hcbp4qWu6rp0s78DBWWg
                                 ukGT5GwA+2Vs4DjU2mi1fHY8suaN8IrWvWO5Kqk
                                 DbUlXIiUOEdzLecTpUmJl0ES7COfhWVT2bXmDcT
                                 ZXn nGN2GaN2ipLnbU+6OwRC3ItR8N6dgw [...]
paypal.de. 3600   IN    DNSKEY   257 3 5 AwEAAeiJ7Xc8P/rNJHAmn2GSDV65p0p
                                 uYluqwAG yWyESME9dDx540zxo 2TAo398XDha6
                                 slhZ9cJFA eaLwjYrELaaNMuxcoVeQH1MZxZbEK
                                 Afv3x7 BLJABfaurkuBZNwMZSFI3jEuCXR [...]
```

Paypal nutzt die offen einsehbare signierte NSEC-Verkettung:

paypal.de.60	*IN NSEC*	*_dmarc.paypal.de.*	*A DNSKEY MX NS NSEC RRSIG SOA TXT TYPE65534*
_dmarc.paypal.de. 60	*IN NSEC*	*_adsp.domainkey. paypal.de.*	*NSEC RRSIG TXT*
domainkey.paypal.de. 60	*IN NSEC*	*dphr2._domainkey. paypal.de.*	*NSEC RRSIG TXT*
dphr2._ domainkey.		*gld2._domainkey.*	*NSEC RRSIG*

paypal.de.	*60 IN NSEC*	*paypal.de.*	*TXT*
gld2._ domainkey.		*pp-dkim1._domainkey.*	*NSEC RRSIG*
paypal.de.	*60 IN NSEC*	*paypal.de.*	*TXT*
pp-dkim1._ domainkey.		*pp2._domainkey.*	*NSEC RRSIG*
paypal.de.	*60 IN NSEC*	*paypal.de.*	*TXT*
…	… … …	…	…
pp-epsilon1._ domainkey.		*safetyhub.paypal.de.*	*NSEC RRSIG*
mail.paypal.de.	*60 IN NSEC*		*TXT*
safetyhub.paypal.de.	*60 IN NSEC*	*business.sandbox.*	*CNAME NSEC*
		paypal.de.	*RRSIG*
business.sandbox.paypal.de.	*60 IN NSEC*	*reports.sandbox.paypal.de.*	*A NSEC RRSIG*
reports.sandbox.paypal.de.	*60 IN NSEC*	*www.paypal.de.*	*A NSEC RRSIG*
www.paypal.de.	*60 IN NSEC*	*paypal.de.*	*CNAME NSEC*
			RRSIG

Die Liste zeigt, wie der letzte Eintrag „www.paypal.de" wieder auf den ersten Eintrag der Liste „paypal.de" verweist.

DNS over TLS (DoT)

Einen anderen Ansatz mit teilweise anderen Zielen verfolgt **DNS over TLS (DoT)**. Dabei wird für die DNS-Kommunikation eine verschlüsselte TLS-Verbindung (**T**ransport **L**ayer **S**ecurity) aufgebaut (TCP-Port 853). Über diese Verbindung werden dann die DNS-Nachrichten getunnelt.

Auf diese Weise bleibt die DNS-Kommunikation vertraulich. Außerdem ist es damit nicht möglich, dass sich Angreifende in die Verbindung einklinken (*man in the middle*) und Teile der Kommunikationsdaten unterdrücken, einfügen oder verändern. Gegen Veränderungen der DNS-Datensätze auf den DNS-Servern schützt DoT nicht.

> DNS over TLS kann DNSSEC ergänzen, aber nicht ersetzen!

1.9.3 HTTP

Unter Zuhilfenahme des DNS ist **HTTP** (**H**ypertext **T**ransfer **P**rotocol) heute das am meisten eingesetzte Anwendungsprotokoll im Internet. Der mit HTTP erreichbare Teil des Internets wird auch Web genannt und häufig mit dem Internet gleichgesetzt. Seine Beliebtheit verdankt es der Tatsache, dass es mit ihm erstmals gelungen ist, die Internetkommunikation drastisch zu vereinfachen und damit für alle zu ermöglichen. Auf den Dokumenten, die den Benutzenden dargeboten werden, kann durch Mausklick auf Textstellen und Bilder zu weiteren Dokumenten verzweigt werden (Hypertext). Ähnlich einfach können Optionsschalter betätigt und Datenfelder ausgefüllt werden, sodass fast beliebige Anwenderdaten über Webserver zu jeglichen Servern transportiert werden können.

> Das **HTTP**-Protokoll darf nicht mit der Seitenbeschreibungssprache **HTML** (**H**ypertext **M**arkup **L**anguage) verwechselt werden.

Im Gegensatz zu älteren Protokollen, bei denen binär codierte Elemente ausgetauscht wurden, findet bei HTTP der Dialog (Client-Request/Server-Response) weitgehend in Klartext (ASCII-Text) und ebenfalls über eine TCP-Verbindung statt.

Der in Bild 1.198 dargestellte Mitschnitt eines kleinen Client-Server-Dialogs stellt beispielhaft einige wesentliche Elemente dar. Zeile 1 zeigt, dass ein einfacher Telnet-Client dazu dienen kann, die Dinge zu enthüllen, die der Browser (HTTP-Client) verbirgt.

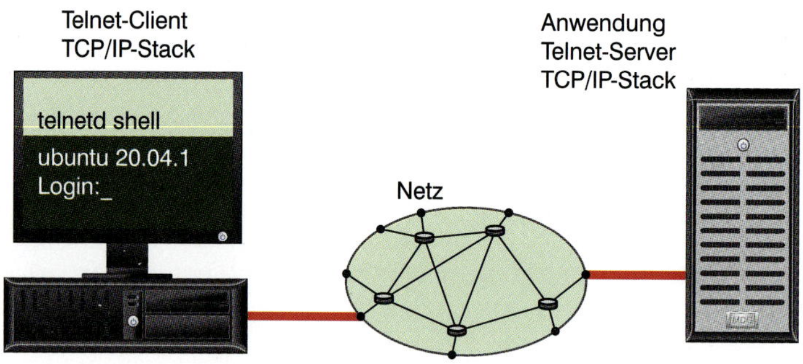

Bild 1.197: Telnet-Verbindung zu einem Webserver

Telnet gestattet die Fernsteuerung eines Rechners im Textmodus; der dazu benutzte Rechner wird zum Terminal des entfernten (Beispielsitzung siehe Bild 1.198).

Der Telnet-Client wird aufgerufen, eine Verbindung zum Port 80 (HTTP-Standard-Port) eines Web-Servers aufzubauen. In Zeile 2 hat der Telnet-Client bereits den DNS befragt und die IP-Adresse erhalten. In Zeile 3 meldet er das Zustandekommen der Verbindung und Zeile 4 informiert die Benutzenden, wie sie in den Telnet-Kommandomodus gelangen (hier nicht verwendet).

```
01 reinhard@ubuntuserver:~$ telnet aixample.de 80
02 Trying 62.108.32.136...
03 Connected to aixample.de.
04 Escape character is '^]'.
05 GET /hello.html HTTP/1.1
06 Host: aixample.de
07
08 HTTP/1.1 301 Moved Permanently
09 Server: nginx
10 Date: Mon, 28 Sep 2020 20:05:25 GMT
11 Location: http://test.aixample.de/hello.html
12 Content-Type: text/html
13 Content-Length: 90
14 Connection: keep-alive
15 Vary: Accept-Encoding
16 X-Accel-Version: 0.01
17 Last-Modified: Mon, 28 Sep 2020 19:58:42 GMT
18 ETag: "5a-5b06517e608be"
19 Accept-Ranges: bytes
20 Vary: Accept-Encoding
```

```
21 X-Powered-By: PleskLin
22
23 <!DOCTYPE HTML PUBLIC "-//W3C//DTD HTML 2.0//EN">
24 <html>
25 <body>hello world!</body>
26 </html>
27 Connection closed by foreign host.
28 reinhard@ubuntuserver:~$
```

Bild 1.198: Bildschirmprotokoll eines HTTP-Dialogs

HTTP-Request und HTTP-Response

Die Zeilen 5 bis 7 des obigen Beispieldialogs sind der obligatorische Teil eines HTTP-Requests nach RFC 2616:

1	**Request-Line**		
	Methode	Request-URI	HTTP-Version
	GET	**/hello.html**	**HTTP/1.1**
2	**Message Header**		
	Angabe Hostadresse für die URI (obligatorisch für HTTP 1.1)		Hostadresse
	Host:		**aixample.de**
	Weitere Header-Zeilen (optional)		
3	**Leerzeile**		
4	**Message Body (optional)**		

Bild 1.199: Struktur eines HTTP-Requests

Mit der Methode GET wird die durch den **URI** (**U**niform **R**esource **I**dentifier) spezifizierte Ressource und eine Fortsetzung des Dialogs nach Version 1.1 des Protokolls angefordert. Der Request in Bild 1.198 enthält die für diese Version zwingend anzugebende Netzadresse des Hosts, auf den sich die Request-URI bezieht. Danach folgen keine weiteren Headerzeilen und auch kein Message Body. Die Zeilen 8 bis 26 stellen die Antwort des Servers (Response) dar:

1	**Status-Line**		
	HTTP-Version	Status-Code	Status-Text
	HTTP/1.1	**301**	**Moved Permanently**
2	**Message Header (optional), variable Zeilenzahl**		
3	**Leerzeile**		
4	**Message Body (abhängig von Methode und Status-Code)**		

Bild 1.200: Struktur einer HTTP-Response

Zeile 7 heißt **Status-Line** und zeigt an, dass der Server auch die Protokollversion 1.1 versteht. Sie verweist ferner in diesem Fall darauf, dass das angeforderte Dokument „umgezogen" ist. Einige andere Statusmeldungen, denen man häufig begegnet, zeigt Bild 1.201.

Status-Code	Name
200	OK (der Regelfall – eine solche Statusmeldung ist im Browser nie zu sehen.)
401	Unauthorized
403	Forbidden
404	Not Found
451	Unavailable For Legal Reasons[1]

Bild 1.201: HTTP-Statusmeldungen (Auswahl)

Die Zeilen 9 bis 21 sind der **Message Header**: allgemeine, meist für sich sprechende Informationen wie die Serverimplementation etc. Das Feld „Connection" hat den Wert „keep-alive", was bedeutet, dass der Server gemäß Protokollversion 1.1 die Verbindung nach der Antwort noch bis zu einem Timeout für nachfolgende Requests (z. B. zur Anforderung von Grafiken) aufrechterhält. Mit dem Wert „close" würde die Verbindung vom Server direkt nach der Response getrennt. Die obligatorische Leerzeile (Zeile 22) markiert das Ende des Message Headers.

Die Zeilen 23 bis 26 stellen den (in Bild 1.198 rot wiedergegebenen) **Message Body** dar, eine HTML-Seite (mit eigenem Body). Eine HTML-Seite als Message Body ist der Normalfall. Es können aber auch binäre Daten übertragen werden, dann wird im Message Header ein Feld „Content-Length" mit der exakten Länge in Byte vorangestellt.

Zeile 27 stammt wieder vom Telnet-Client, der das Ende der Verbindung meldet. Ein Browser würde an dieser Stelle die Umleitungsanweisung verstehen und einen neuen Request an die angegebene Adresse versenden. Für den Telnet-Client ist der Fall erledigt.

HTTP-Methoden

Diese Methoden können in einem HTTP-Request angegeben werden:

Methode	Beschreibung	
OPTIONS	Abfrage der verfügbaren Optionen	(optional)
HEAD	Holen der Kopfinformation eines Dokuments	(obligatorisch)
GET	Holen eines durch den URI spezifizierten Dokuments	(obligatorisch)
POST	Übergabe des Message Body, z. B. Formulareingaben, URI spezifiziert das CGI-Programm	(optional)

1 *Die Zahl 451 wurde in Anlehnung an den Roman „Fahrenheit 451" von Ray Bradbury gewählt, in dem es u. a. um staatliche Zensur und die Verbrennung von Büchern geht. Vgl. Beuth, Patrick: „451 – Diese Seite wird zensiert", veröff. am 21.12.2015 unter: https://www.zeit.de/digital/internet/2015-12/fehlermeldung-451-statuscode-zensur [letzter Zugriff: 14.11.2024].*

Methode	Beschreibung	
PUT	Übergabe des Message Body, URI spezifiziert das Übergabeobjekt	(optional)
DELETE	Löschen des durch den URI spezifizierten Objekts	(optional)
TRACE	Diagnosefunktion	(optional)

Bild 1.202: HTTP-Methoden

Die Methode POST ist die Standardmethode, um Eingabedaten aus Formularen an die Applikationen über die CGI-Schnittstelle des Servers zu senden. Bild 1.203 zeigt ein Beispiel.

Browserfenster: Vorname: reinhard [Senden]

HTLM-Code:

```
<html><body>
<form action="/cgi-bin/textresponder.phtml" method="post">
Vorname:<input name="Vorname" type="text"
value="vergessen">
<input type="submit" value="Senden">
</form>
</body></html>
```

HTTP-Request:

```
POST /cgi-bin/textresponder.phtml
HTTP/1.1
(… Message Header …)

Vorname=reinhard
```

Bild 1.203: Eingabedaten („reinhard“) auf dem Benutzerbildschirm, ihre Behandlung in HTML und der resultierende HTTP-Request (auszugsweise) zur Weitergabe über den Server an ein CGI-Programm

HTTPS

Zur Sicherstellung von Vertraulichkeit und Integrität (siehe „Einfache IT-Systeme“, Kap. 2.6.2) einer HTTP-Kommunikation wird HTTP-over-TLS (HTTPS) eingesetzt. Entsprechend abgesicherte Verbindungen erfolgen typischerweise über Port 443 und sind daran zu erkennen, dass ihre URL mit „https://“ beginnt. Beim Verbindungsaufbau wird zuerst ein sog. TLS-Handshake durchgeführt. Der Server übersendet dabei ein Zertifikat, das der Client prüft. Bei erfolgreicher Prüfung wird auf Grundlage des Zertifikatsschlüssels ein Verbindungsschlüssel vereinbart. Danach beginnt die abgesicherte HTTP-Kommunikation.

1.9.4 Dateiübertragung

Für die netzwerkbasierte Dateiübertragung gibt es verschiedene Verfahren und Protokolle, die unterschiedliche Anwendungsfälle aufweisen. Ein Netzwerk-Dateisystem stellt Speicherplatz auf einem entfernten Rechner als virtuelles lokales Laufwerk oder Verzeichnis zur Verfügung (z.B. NFS). Zur Ablage insbesondere großer Dateien, z.B. Backup-Archiven, setzt man in der Regel auf ftp-, ftps- oder scp-Anwendungen.

1.9.4.1 FTP

FTP (**F**ile **T**ransfer **P**rotocol) setzt auf TCP auf und bietet einen Dienst zur Übertragung von Dateien jeden Typs zwischen verschiedenen Computersystemen mit unterschiedlichen Dateisystemen. Zwischen einem Client und einem Server werden standardmäßig zwei Verbindungen aufgebaut: eine **Steuerverbindung** und eine **Datenverbindung**.

Die Steuerverbindung geht immer vom Client aus und zielt auf den Port 21 des Servers („active open"). Sie bleibt während der ganzen Sitzung bestehen, in der ein/-e Benutzende/-r angemeldet ist, und verwendet das Telnet-Protokoll, um die Übertragungsparameter der Datenverbindung einzustellen. Der Client führt für jeden Übertragungsauftrag ein „passive open" mit einem Clientport aus (z. B. 1 036 in Bild 1.191) und teilt dem Server Portnummer und IP-Adresse des Clients über die Steuerverbindung mit.

Der Server öffnet daraufhin von seinem Port 20 aus („active open") die Datenverbindung zu diesem Clientport, überträgt die Daten und schließt anschließend die Datenverbindung.

> Auch für eine Directory-Anzeige ist eine Datenverbindung nötig!

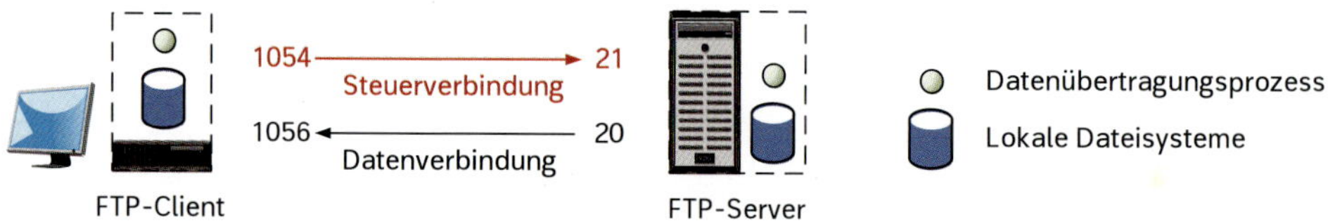

Bild 1.204: Das FTP-Arbeitsmodell (aktives FTP)

Die in Bild 1.204 veranschaulichte standardmäßige Arbeitsweise heißt **aktives FTP**. Es hat jedoch den Nachteil, dass es von Clients hinter einem NAT-Router oder einer Firewall nicht benutzt werden kann.

Dafür kann die Betriebsart zum **passiven FTP** wechseln, bei dem auch die Datenverbindung vom Client zum Server aufgebaut wird.

Unabhängig von der Betriebsart (aktiv/passiv) kennt FTP die Übertragungstypen **ascii** und **binary**. Der Übertragungstyp binary überträgt Byte für Byte exakt. Für alle Dateien, die nicht reine ASCII-Texte enthalten, ist das angemessen. Bei den Unix-artigen Betriebssystemen wie Linux wird jedoch das Ende einer Textzeile durch das Steuerzeichen Linefeed (ASCII 10) abgeschlossen, bei den Microsoft-Betriebssystemen hingegen mit Linefeed und zusätzlichem Carriage Return (ASCII 13). Wird dies nicht berücksichtigt, entstehen bei einer Übertragung zwischen diesen Systemen sehr unschöne Ergebnisse (Bild 1.205).

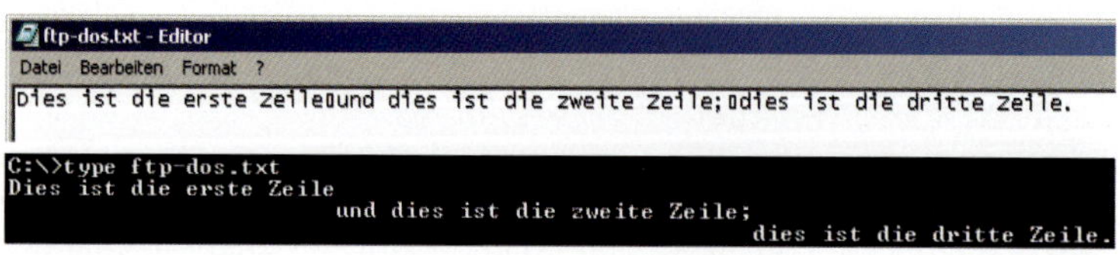

Bild 1.205: Textzeilen, die binary von Linux transferiert wurden

Wird im Client ascii eingestellt, findet immer die richtige Konvertierung statt. Für alle anderen Dateitypen ist die Konvertierung jedoch katastrophal. Auch für eine Directory-Anzeige ist eine Datenverbindung nötig.

Nur reine ASCII-Text-Dateien dürfen mit dem Übertragungstyp ascii übertragen werden. Voreinstellungen der Clients beachten!

Alle infrage kommenden Betriebssysteme bringen als Bordausstattung einen FTP-Client mit. Diese „elementaren" Clients basieren auf einer Kommandozeilenoberfläche und bieten unterschiedliche Sätze von etwa 30 Kommandos an. Darüber hinaus existieren für Windows einige Clients von anderen Anbietern (Bild 1.206).

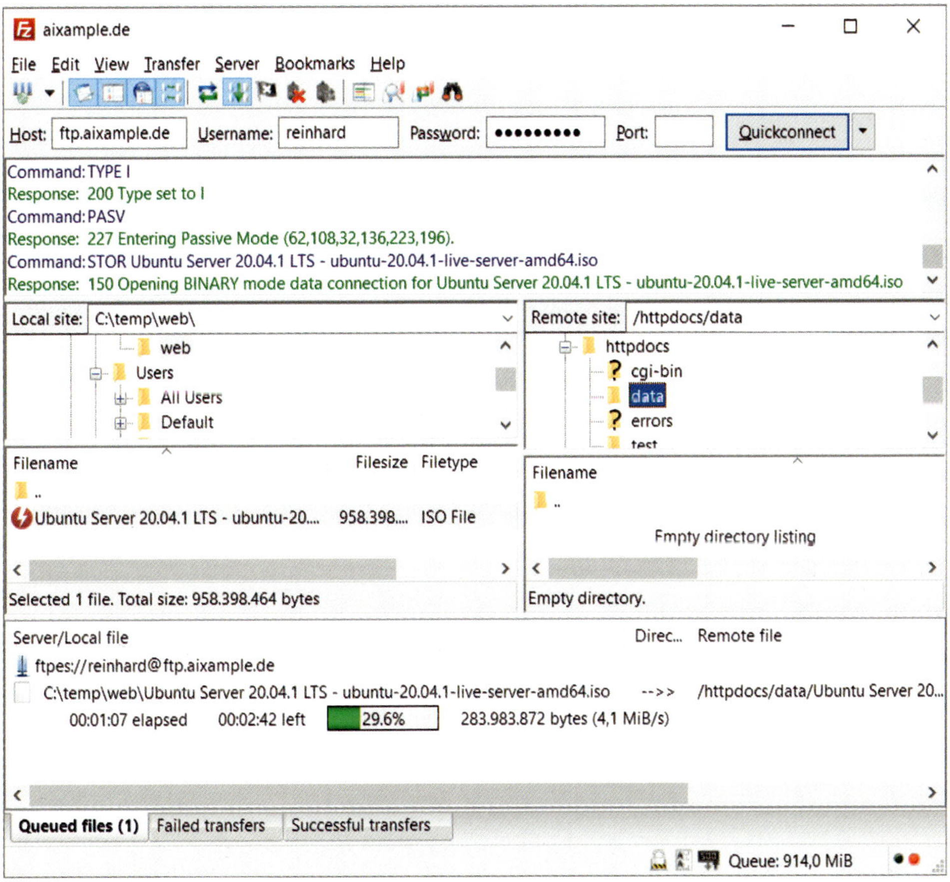

Bild 1.206: Beispiel eines Windows-Clients mit Explorer-ähnlicher Oberfläche

Die wichtigsten Kommandos der elementaren Clients zeigt Bild 1.207.

Kommando	Bedeutung
open	Verbindung zum Server eröffnen
passive (*)	Umschalten in die Betriebsart passiv

dir	Anzeige des entfernten Verzeichnisses
cd	Wechseln des entfernten Verzeichnisses
lcd	Wechseln des lokalen Verzeichnisses
get	Download einer Datei vom entfernten ins lokale Verzeichnis
reget (*)	Fortsetzen einer unterbrochenen Übertragung
put	Upload einer Datei vom lokalen ins entfernte Verzeichnis
ascii	Umschalten in den Übertragungstyp ascii
binary	Umschalten in den Übertragungstyp binary
help	Anzeigen von Hilfen
close	Schließen der Steuerverbindung
quit	Verlassen des Clients

*Bild 1.207: Die wichtigsten FTP-Kommandos (*fehlt bei DOS/Windows-Client)*

Die dreistelligen Zahlen im Protokollablauf-Fenster in Bild 1.206 sind Statusmeldungen, ähnlich denen bei HTTP.

Als Besonderheit sind noch die öffentlichen FTP-Server zu erwähnen, bei denen man sich standardisiert als „anonymous“ einloggt und aus Höflichkeit als Passwort seine E-Mail-Adresse angibt. Beispielsweise bieten Universitäten auf diese Weise Public-Domain-Software an.

FTPS

FTP-over-TLS (FTPS) erlaubt die Absicherung der FTP-Kommunikation über eine TLS-Verbindung. Dabei kann zunächst eine ungesicherte Standard-FTP-Verbindung über den TCP-Port 21 aufgebaut werden. Mit dem Kommando „AUTH TLS“ fordert man den Server zu einem TLS-Handshake auf:

```
01 reinhard@ubuntuserver:~$ telnet ftp.aixample.de 21
02 Trying 62.108.32.136...
03 Connected to ftp.aixample.de.
04 Escape character is '^]'.
05 220 ProFTPD Server (ProFTPD) [62.108.32.136]
06 AUTH TLS
07 234 AUTH TLS successful
```

Bild 1.208: Anforderung einer TLS-Verbindung in einer FTP-Sitzung

Ein solcher TLS-Handshake kann nicht mehr einfach manuell über telnet abgewickelt werden. Als Ersatz bietet das Programm openssl die Möglichkeit an, die TLS-Verbindung auszuhandeln und danach weitere Eingaben wie telnet zu erlauben:

```
reinhard@ubuntuserver:~$ openssl s_client -connect ftp.aixample.de:21 -starttls ftp -quiet -crlf
depth=2 C = US, ST = New Jersey, L = Jersey City, O = The USERTRUST Network, CN = USERTrust RSA Certification Authority
verify return:1
depth=1 C = GB, ST = Greater Manchester, L = Salford, O = Sectigo Limited, CN = Sectigo RSA Domain Validation Secure Server CA
verify return:1
depth=0 CN = *.org-dns.com
verify return:1
220 ProFTPD Server (ProFTPD) [62.108.32.136]
QUIT
221 Goodbye.
```

Bild 1.209: Aufbau einer TLS-gesicherten FTP-Verbindung mit openssl

Alternativ besteht die Möglichkeit, über die TCP-Ports 990 (Command) und 989 (Data) direkt eine gesicherte TLS-Verbindung aufzubauen.

Anders als sftp (Kap. 1.8.4.4) erlaubt ftps beispielsweise auch einen unverschlüsselten Datenkanal. Auf diese Weise erfolgt zwar die Authentifizierung verschlüsselt, aber große Datenmengen könnten dann wegen der abgeschalteten Verschlüsselung mit höheren Transferraten übertragen werden.

1.9.4.2 NFS

Das **Network File System (NFS)** ist eine Entwicklung der Firma Sun, die schon in den 1980er-Jahren diesen Verzeichnisexport zwischen Unix-artigen und anderen Betriebssystemen ermöglichte. Diese Komponente eines Netzbetriebssystems gestattet es, Verzeichnisse über das Netz in andere Dateisysteme einzubinden, so wie man es heute meist von Windows kennt. Windows benutzt dazu allerdings in der Regel sein eigenes Subsystem mit dem SMB-Protokoll (**S**erver **M**essage **B**lock). Die Funktionsgrundlage von NFS bilden sog. **Remote Procedure Calls** (**RPC**: Kap. 1.9.7).

Bild 1.210 zeigt das Vorgehen unter Windows mit installierten Client Services for NFS.

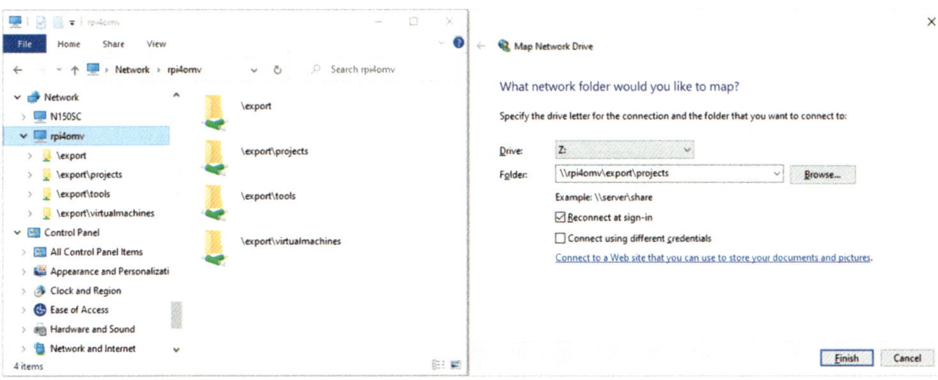

Bild 1.210: Einbindung einer NFS-Freigabe als Laufwerk unter Windows

Das Vorgehen unter Linux zeigt Bild 1.211.

```
reinhard@ubuntuserver:~$ mount -t nfs rpi4omv:/export/projects /mnt/projects
```

Bild 1.211: Import von Verzeichnissen

Das Verzeichnis /export/projects des Rechners „rpi4omv“ erscheint nach dem Export unter dem Laufwerksbuchstaben Z: auf dem importierenden Windows-Rechner beziehungsweise im Verzeichnisbaum des Linux-Rechners unter dem Verzeichnisknoten /mnt/projects.

Bild 1.212 zeigt das Arbeitsmodell von NFS.

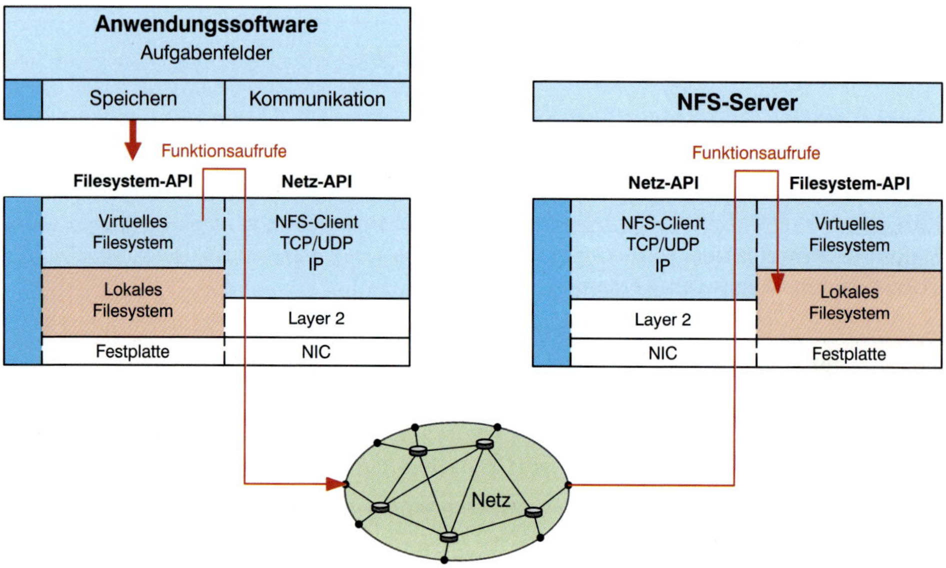

Bild 1.212: Das Arbeitsmodell von NFS

1.9.4.3 WebDAV

WebDAV ist ein webbasiertes Dateisystem, das http nutzt (Kap. 1.9.3). Um einzelne Dateien nicht nur entweder laden oder speichern zu können, wurden (in RFC 4918) die HTTP-Methoden aus Bild 1.202 ergänzt (Bild 1.213).

Methode	Beschreibung	
PROPFIND	find properties	Eigenschaften eines Objekts erfragen
PROPPATCH	patch properties	Eigenschaften eines Objekts ändern
MKCOL	make collection (= directory)	Verzeichnis erstellen
COPY	copy	kopieren
MOVE	move	verschieben

Methode	Beschreibung	
LOCK	lock	sperren
UNLOCK	unlock	entsperren

Bild 1.213: Neue HTTP-Methoden für WebDAV

Damit wird der Browser zum Dateimanager und es braucht außer Port 80 (bzw. Port 443 für HTTPS) kein anderer Port geöffnet zu sein, wie etwa bei FTP (Kap. 1.9.4.1). Dieser Standard heißt **Web**based **D**istributed **A**uthoring and **V**ersioning (**WebDAV**).

1.9.4.4 SCP, SFTP, RSYNC

Die Protokolle **S**SH **F**ile **T**ransfer **P**rotocol (**sftp**) und **S**ecure **C**o**p**y (**scp**) nutzen SSH (Kap. 1.9.7) als Grundlage, rsync kann mit SSH für die Absicherung der Übertragung verwendet werden.

SCP

Secure Copy (scp) dient zur verschlüsselten Übertragung von Dateien und damit als sichere Alternative zum nicht verschlüsselnden ftp. Scp basiert auf SSH und wird wegen seiner einfachen Benutzung vielfach genutzt (Bild 1.214).

```
frieda@ubuntuserver:~$ scp /tmp/angb-svr.pdf reinhard@aixample.de:/a1/
angebot.pdf
```

Bild 1.214: Kopieren einer lokalen Datei zum entfernten Host mit scp

In Bild 1.214 wird die lokale Datei /tmp/angeb-svr.pdf auf den entfernten Host aixample.de nach /a1/angebot.pdf kopiert. Die umgekehrte Richtung zeigt Bild 1.215.

```
frieda@ubuntuserver:~$ scp reinhard@aixample.de:/a1/auftrag.pdf /tmp/
auftr-svr.pdf
```

Bild 1.215: Kopieren einer Datei vom entfernten Host zum lokalen Rechner mit scp

SFTP

Sftp wurde als sichere Alternative zu ftp entworfen, hat mit ftp aber kaum Gemeinsamkeiten. Zur Übertragung wird der SSH-Port 22 – und damit nur ein Port – benötigt. Befehle wie „put“ und „get“ bei ftp sind im sftp-Protokoll nicht vorhanden, sondern müssen von der Client-Software aus elementaren Protokollkommandos zusammengesetzt werden. Sftp ist Teil von SSH-2.

RSYNC

Rsync dient vor allem der Synchronisation von Dateien, also der Sicherstellung, dass Dateien an zwei Standorten auf demselben Stand gehalten werden. Um bei Veränderungen nicht immer die gesamte Datei zu übertragen, teilt rsync die Dateien in Blöcke auf und bildet dafür jeweils eigene Checksummen. Anhand des Checksummenvergleichs müssen dann nur noch die veränderten Blöcke übertragen werden.

Rsync nutzt den TCP-Port 873 und arbeitet unverschlüsselt. Zur Absicherung kann es aber auch SSH nutzen und seine Kommunikation auch die gesicherte SSH-Verbindung „tunneln“.

1.9.5 E-Mail-Abruf

Für den lesenden Zugriff auf E-Mails sind die beiden Protokolle **POP** (**P**ost **O**ffice **P**rotocol) und **IMAP** (**I**nteractive **M**essage **A**ccess **P**rotocol) zuständig.

1.9.5.1 POP3

Bis heute hat sich nichts daran geändert, dass die Empfangenden eingetragene Benutzende des Ziel-**MTA**s (**M**ail **T**ransfer **A**gent) sein müssen. Neu ist nur, dass sie sich nicht mehr über ein direkt angeschlossenes Terminal oder eine Telnet-Verbindung auf diesem MTA einloggen – sie würden dabei auf das Vorhandensein von (neuer) Mail hingewiesen. Heute möchten Benutzende die Mail auf ihren Arbeitsplatzrechnern bearbeiten und müssen sie folglich vom Mailserver abholen. Spätestens jetzt machen sich zwei Dinge bemerkbar:

1. Die E-Mail-Adresse der oder des Empfangenden kann von ihrer/seiner Benutzerkennung auf dem MTA verschieden sein (Bild 1.216). Über sog. **Alias-Listen** kann der E-Mail-Administrator bzw. die -Administratorin (*postmaster*) die entsprechende Zuordnung herstellen.
2. Der Server zum Abholen (Authentifizierung erforderlich) der Mail (POP-Server) kann vom MTA verschieden sein (Bild 1.216).

Darum bietet ein MUA (**M**ail **U**ser **A**gent; Kap. 1.9.6) grundsätzlich beide Konfigurationsfelder an.

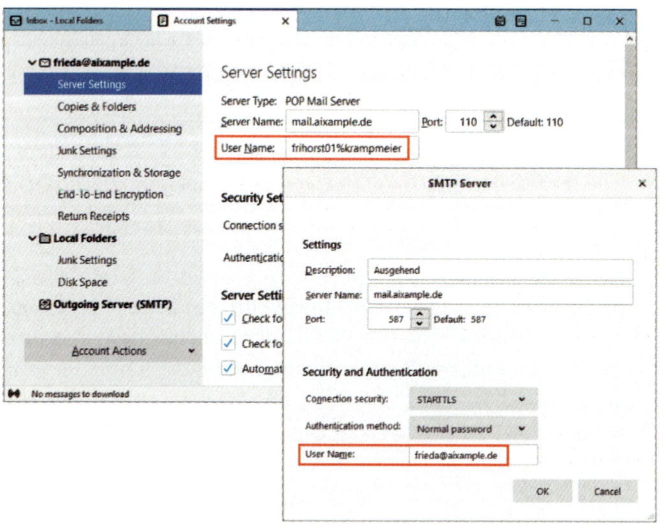

Bild 1.216: MUA-Konfiguration: MTA, POP-Server, E-Mail-Adresse und Benutzernamen

Zum Abholen genügt wieder ein Telnet-Client (Bild 1.217).

```
frieda@ubuntuserver:~$ telnet
mail.aixample.de 110
Trying 62.108.32.136...
Connected to mail.aixample.de.
Escape character is '^]'.
+OK Dovecot ready. <6c96.65579e.5f74b0ba.mwyYQh63P***gww==@ha01s016.
org-dns.com>
USER reinhard@aixample.de
+OK
PASS □□□□□□□□□□□□□□□□□□□ [ Vorsicht, hier ist bei Telnet das Passwort
sichtbar! ]
+OK Logged in.
LIST
+OK 1 messages:
1 1078
.
RETR 1
+OK 1078 octets
 [ Inhalt der E-Mail aus Bild 1.224, 21 Zeilen ]
.
DELE 1
+OK Marked to be deleted.
QUIT
+OK Logging out.
Connection closed by foreign host.
frieda@ubuntuserver:~$
```

Bild 1.217: E-Mail vom POP3-Server abholen; Benutzereingaben sind rot geschrieben, die blaue Schrift ist nachträglicher Kommentar

Das Post Office Protocol in der Version 3 (POP3, RFC 1939) arbeitet mit TCP-Portnummer 110 und wickelt wieder einen Klartextdialog ab (auch beim Passwort). Die wichtigsten Kommandos zeigt die Tabelle in Bild 1.218.

Kommando	Beschreibung
USER	übergibt die Benutzerkennung
PASS	übergibt das Passwort
STATUS	gibt Status des Postfachs (Anzahl, Größe der Mails) aus
LIST	listet eine oder alle Mails auf
RETR	holt die über Index spezifizierte Mail ab
DELE	markiert die über Index spezifizierte Mail als gelöscht
RSET	macht DELE rückgängig
QUIT	beendet die Verbindung und löscht markierte Mails

Bild 1.218: Die wichtigsten POP3-Kommandos

Der im obigen Beispiel demonstrierte Zugriff fand über eine unverschlüsselte Verbindung statt, über die auch das Passwort im Klartext übertragen wurde. Für den praktischen Einsatz sollte deshalb unbedingt eine verschlüsselte Verbindung genutzt werden, z. B. mittels STARTTLS.

1.9.5.2 IMAP4

Eine Weiterentwicklung stellt die Version 4 des **Interactive Message Access Protocol (IMAP)** dar, die inzwischen so weit verbreitet ist wie POP3. Die wichtigsten Eigenschaften sind:

- Filterfunktionen zum selektiven Abholen der E-Mails
- Teile von E-Mails können separat übertragen werden, z. B. nur bestimmte Anhänge.
- Ablageverzeichnisse auf dem Server

IMAP4 ist in RFC 3516 spezifiziert (als Version 4rev1) und benutzt die TCP-Portnummer 143. Die Befehlsliste für den Dialog ist erwartungsgemäß umfangreicher (Bild 1.219).

Kommando	Beschreibung
CAPABILITY	gibt die im aktuellen Zustand verfügbaren Fähigkeiten an, z. B. STARTTLS, LOGINDIABLED, AUTH=PLAIN
NOOP	keine Operation; gibt allerdings den aktuellen Status zurück und soll daher z. B. zur Prüfung auf neue E-Mails verwendet werden
LOGOUT	meldet die/den Benutzende/-n ab und schließt die Verbindung
STARTTLS	beginnt den TLS-Verbindungsaufbau
LOGIN	Anmelden, z. B. mit Benutzerkennung und Passwort
AUTHENTICATE	Benutzer-Authentifikation
LIST	listet Mailboxen (Ordner) auf
SELECT	eine Mailbox (Ordner) auswählen
SEARCH	durchsucht die Mailbox nach dem angegebenen Muster
FETCH	gesamte E-Mail oder eine Komponente wie Betreff oder Absender-Adresse holen
APPEND	Nachricht an Mailbox anhängen (nicht versenden)
STORE	Speichern einer Nachricht

Bild 1.219: Die wichtigsten IMAP-Kommandos

Für den Zugriff auf die Mailbox ist bei IMAP die Verschlüsselung obligatorisch. Mit dem Kommando STARTTLS (Bild 1.220, Zeile 6) kann per telnet die Aushandlung der TLS-Verbindung zwar noch angefragt werden. Die notwendigen Interaktionen sind dann aber per telnet im Klartextmodus nicht mehr zu erreichen.

```
reinhard@ubuntuserver:~$ telnet mail.aixample.de 143
Trying 62.108.32.136...
Connected to mail.aixample.de.
Escape character is '^]'.
* OK [CAPABILITY IMAP4rev1 SASL-IR LOGIN-REFERRALS ID ENABLE IDLE
LITERAL+ STARTTLS AUTH=PLAIN AUTH=LOGIN AUTH=DIGEST-MD5 AUTH=CRAM-MD5]
Dovecot ready.
s1 STARTTLS
s1 OK Begin TLS negotiation now.
```


Bild 1.220: Der IMAP-Server wartet auf die Aushandlung der TLS-Verbindung

Das Shell-Programm „openssl" kann aber eingesetzt werden, um die Transportverschlüsselung zu verarbeiten und ansonsten Telnet-Funktionalität zu bieten. Über die Kommandozeilenparameter „-starttls imap" teilt man mit, dass im IMAP-Protokoll per STARTTLS-Kommando die TLS-Verhandlung durchgeführt werden soll (Bild 1.221).

```
01 reinhard@ubuntuserver:~$ openssl s_client -connect
mail.aixample.de:143 starttls imap -crlf -quiet
02 depth=2 C = US, ST = New Jersey, L = Jersey City, O = The USERTRUST
Network, CN = USERTrust RSA Certification Authority
03 verify return:1
04 depth=1 C = GB, ST = Greater Manchester, L = Salford, O = Sectigo
Limited, CN = Sectigo RSA Domain Validation Secure Server CA
05 verify return:1
06 depth=0 CN = *.org-dns.com
07 verify return:1
08 . OK Pre-login capabilities listed, post-login capabilities have more.
09 l1 LOGIN reinhard@aixample.de □□□□□□□□□□□□□□□□□□□
10 * CAPABILITY IMAP4rev1 SASL-IR LOGIN-REFERRALS ID ENABLE IDLE SORT
SORT=DISPLAY THREAD=REFERENCES THREAD=REFS THREAD=ORDEREDSUBJECT
MULTIAPPEND URL-PARTIAL CATENATE UNSELECT CHILDREN NAMESPACE UIDPLUS
LIST-EXTENDED I18NLEVEL=1 CONDSTORE QRESYNC ESEARCH ESORT SEARCHRES
WITHIN CONTEXT=SEARCH LIST-STATUS BINARY MOVE SNIPPET=FUZZY PREVIEW=FUZZY
STATUS=SIZE LITERAL+ NOTIFY SPECIAL-USE QUOTA
11 l1 OK Logged in
12 s1 SELECT "INBOX"
13 * FLAGS (\Answered \Flagged \Deleted \Seen \Draft)
14 * OK [PERMANENTFLAGS (\Answered \Flagged \Deleted \Seen \Draft \*)]
Flags permitted.
15 *1 EXISTS
16 *1 RECENT
17 * OK [UNSEEN 1] First unseen.
18 * OK [UIDVALIDITY 1601477559] UIDs valid
19 * OK [UIDNEXT 6] Predicted next UID
20 * OK [HIGHESTMODSEQ 14] Highest
21 s1 OK [READ-WRITE] Select completed (0.002 + 0.000 + 0.001 secs).
22 f1 FETCH 1 RFC822
23 *1 FETCH (FLAGS (\Seen \Recent) RFC822 {1078}
   [ Inhalt der E-Mail aus Bild 1.224, 21 Zeilen ]

45 )
46 f1 OK Fetch completed (0.002 + 0.000 + 0.001 secs).
47 l2 LOGOUT
48 * BYE Logging out
49 l2 OK Logout completed.
51 reinhard@ubuntuserver:~$
```

Bild 1.221: Verlaufsprotokoll zum E-Mail-Abruf per IMAP mit openssl

Das Beispiel (Bild 1.221) zeigt, dass bei IMAP dem Kommando ein mit Leerzeichen abgetrenntes Kürzel vorangestellt wird (z. B. „f1" vor dem Kommando „FETCH" in Zeile 22). Dabei handelt es sich um ein sog. Tag (engl. *tag*: Etikett, Kennzeichen), mit dem der Client das jeweils folgende Kommando markiert. Bei Antworten stellt der Server dieses Tag ebenfalls voran. Der Grund dafür ist, dass der Client im Gegensatz zu SMTP und POP3 nicht auf die Fertigstellung eines Kommandos warten muss, bevor er das nächste senden darf. Der Client kann also mehrere Kommandos starten und dann die eintreffenden Antworten anhand der Tags zuordnen (vgl. Zeile 46: „f1"-markierte Antwort auf das Kommando aus Zeile 22).

1.9.6 E-Mail-Versand

Während sich für den E-Mail-Abruf mit IMAP eine moderne Alternative zu POP entwickelt hat, steht beim E-Mail-Versand das im Folgenden vorgestellte Protokoll SMTP alleine da. Der Grund ist klar: Während sich die E-Mail-Lesegewohnheiten geändert haben, die POP nicht mehr angemessen bedienen konnte, handelt es sich beim E-Mail-Versand per SMTP um eine im Vergleich sehr elementare Operation. Für sie haben sich die Anforderungen bislang kaum verändert.

SMTP

Das **Simple Mail Transfer Protocol (SMTP)** dient ausschließlich zum Versand von E-Mails und wurde zu einer Zeit entwickelt (RFC 821, 1982), als UNIX noch ein Betriebssystem nur für vergleichsweise große Rechnersysteme war und E-Mail-Empfangende deren eingetragene Benutzende. Da es fast noch keine PCs gab, bedeutete Arbeit am Computer Arbeit an einem der wenigen „großen" Rechner, die, wenn sie überhaupt ans Internet angeschlossen waren, auch ständig angeschlossen waren. Deswegen leitet SMTP Mail ggf. bis auf den Rechner der oder des Empfangenden.

SMTP setzt auf TCP, Port 25 oder anderen zuverlässigen Transportsystemen auf und verarbeitet nur Text in 7-Bit-ASCII-Codierung (ASCII 0–127, vergleichbar Telnet). Zur Benutzung genügt minimal wieder ein Telnet-Client.

Kommando	Beschreibung
HELO	Client stellt sich vor
LOGIN AUTH	startet den Anmeldedialog
MAIL FROM:	Absenderadresse
RCPT TO:	Empfangsadresse
DATA	leitet den Beginn des Nachrichtentextes ein
QUIT	absenden und abmelden

Bild 1.222: Minimaler Befehlssatz zum E-Mail-Versand mit Telnet

Das Verlaufsprotokoll (Bild 1.223) zeigt in Rot die Benutzereingaben.

```
frieda@ubuntuserver:~$ telnet mail.aixample.de 25
Trying 62.108.32.136...
Connected to mail.aixample.de.
Escape character is ,^]'.
220 ha01s016.org-dns.com ESMTP Postfix (Debian/GNU)
AUTH LOGIN
334 VXNlcm5hbWU6
ZnJpZWRhQGFpeGFtcGxlLmRl
334 UGFzc3dvcmQ6
aG9□□□□□□□□□□2tvZXR0ZXIh
235 2.7.0 Authentication successful
MAIL FROM: frieda@aixample.de
250 2.1.0 Ok
RCPT TO: reinhard@aixample.de
250 2.1.5 Ok
DATA
354 End data with <CR><LF>.<CR><LF>
Date: Wed, 30 Jan 2025 18:00:00 +0200 (MEST)
From: Frieda Horstmannskoetter <frieda@aixample.de>
To: Reinhard Horstmannskoetter <reinhard@aixample.de>
Subject: ganz wichtig!

Test 123!
.
250 2.0.0 Ok: queued as 7284622A2EDF
QUIT
221 2.0.0 Bye
Connection closed by foreign host.
frieda@ubuntuserver:~$
```

Bild 1.223: Verlaufsprotokoll mit minimalem Befehlssatz zum E-Mail-Versand mit Telnet

Die Statusmeldungen sind wiederum ähnlich denen bei HTTP und FTP.

Der Telnet-Client hat für diese Beispielsitzung die Rolle eines **MUA** (**M**ail **U**ser **A**gent) eingenommen. Den SMTP-Server bezeichnet man auch als **MTA** (**M**ail **T**ransfer **A**gent). Natürlich ist dieser „MUA“ nicht praktikabel, da er keine Unterstützung bietet, nicht einmal ein Edieren des Textes. Echte MUAs bieten Adressbücher, Anhänge, 7-bit-kompatible Codierung binärer Daten und vieles mehr. Der MTA könnte grundsätzlich schon der Rechner sein, an dem die oder der Empfangende ein eingetragener Benutzer bzw. Benutzerin ist; in der Regel muss er aber über andere MTAs diesen Ziel-MTA erst erreichen.

```
Return-Path: <frieda@aixample.de>
X-Spam-Checker-Version: SpamAssassin 4.0.0 (2022-12-13) on ha01s016.
org-dns.com
X-Spam-Level: *****
X-Spam-Status: No, score=-0.2 required=7.0 tests=DKIM_SIGNED,
        DKIM_VALID, DKIM_VALID_AU,DKIM_VALID_EF,SPF_HELO_NONE,
        SPF_PASS autolearn=ham autolearn_force=no version=4.0.0
X-Original-To: reinhard@aixample.de
Delivered-To: reinhard@aixample.de
Received: from unknown (unknown [94.31.86.103])
        by ha01s016.org-dns.com (Postfix) with SMTP id 7284622A2EDF
        for <reinhard@aixample.de>; Wed, 30 Jan 2025 17:58:16 +0200
(CEST)
Authentication-Results: ha01s016.org-dns.com;
        spf=pass (sender IP is 94.31.86.103) smtp.mailfrom=frieda@
aixample.de smtp.helo=aixample.de
Received-SPF: pass (ha01s016.org-dns.com: connection is authenticated)
Date: Wed, 30 Jan 2025 18:00:00 +0200 (MEST)
From: Frieda Horstmannskoetter <frieda@aixample.de>
To: Reinhard Horstmannskoetter <reinhard@aixample.de>
Subject: ganz wichtig!
X-PPP-Message-ID: <20200930160139.22098.99684@ha01s016.org-dns.com>
X-PPP-Vhost: aixample.de

Test 123!
```

Bild 1.224: Die vollständige Mail beim Empfänger bzw. der Empfängerin

Durch das Schriftbild in Bild 1.224 unterstützt, erkennt man die drei Bestandteile einer E-Mail:

1. **Umschlag (Envelope)** für den MTA, hier in Schwarz
2. **Briefkopf (Header)** für den MUA, hier in Grün
3. **Inhalt (Body)** für die oder den Nutzende/-n, hier in Blau, durch eine Leerzeile vom Header abgetrennt

Die Teile 2 und 3 entsprechen wie schon bei HTTP einem gemeinsamen Schema, das in RFC 822 definiert ist.

Die E-Mail würde so wie in dem Beispiel praktiziert wahrscheinlich nicht von jedem MTA akzeptiert, weil kein vollständiger Header eingegeben wurde. Mögliche Felder eines E-Mail-Headers sind (auszugsweise) in Bild 1.225 dargestellt.

Feld	Bedeutung
From:	Absenderadresse
To:	Empfangsadresse
Date:	Datum
Subject:	Betreff

Feld	Bedeutung
Cc:	Durchschrift
Message-Id:	wird automatisch erzeugt
Reply-To:	Antwortadresse, falls vom Inhalt des „From:"-Feldes verschieden

Bild 1.225: Felder des E-Mail-Headers

Man erkennt weiterhin am „Umschlag", dass jedes weiterleitende „Postamt" seinen „Bearbeitungsvermerk" hinterlässt. Aus Sicherheitsaspekten und zur Gewährleistung formaler Korrektheit einer E-Mail wird dem Zugang zum MTA-Verbund mit SMTP (Port 25) ein MSA (**M**essage **S**ubmission **A**gent) vorgeschaltet, den der MUA unter Port 587 anspricht (RFC 6409).

1.9.7 Entfernte Aktionsausführung

Die entfernte Bedienung von Computern war schon vor der Entstehung des Internets wichtig und Telnet ermöglichte Angestellten der Sachbearbeitung oder Forschenden, aus der Ferne auf die Datenbanken in Großrechnern zuzugreifen. Heute gibt es beispielsweise oft keine andere Möglichkeit, als netzgebunden per SSH auf Rechner in der Cloud zuzugreifen, Kleinstcomputer zu administrieren oder mehrere Shell-Sitzungen bereitzustellen. Für die entfernte Funktionsausführung und darauf aufbauende Protokolle und Anwendungen bieten sich RPCs als schlanke Alternative zu SSH an.

Telnet

Telnet ist eines der ersten Client-/Server-Netzwerkprotokolle. Es dient zum bidirektionalen, zeichenorientierten Datenaustausch über TCP und wurde ursprünglich mit dem Zweck entwickelt, Großrechner auch aus der Ferne nutzen zu können.

Problematisch ist, dass Telnet unverschlüsselt arbeitet und deshalb in öffentlichen Netzen nur mit Vorsicht eingesetzt werden sollte. Telnet ist grundsätzlich ein sehr einfaches Protokoll. Deshalb ist es auch weiterhin beliebt, z. B. in der Entwicklung als Werkzeug zur Fehlersuche und darüber hinaus für nicht sicherheitsrelevanten Einsatz. Die Beispiele in den vorangegangenen Abschnitten zeigen, dass sich textbasierte Protokolle mit Telnet direkt und ohne Client-Anwendung einsetzen lassen können.

Ein Telnet-Client verbindet sich mit einem Telnet-Server über TCP-Port 23. Der Client gibt jedes empfangene Byte an den Server weiter – mit Ausnahme des Bytes mit dem Zahlenwert 255. Dieser Wert trägt die Bezeichnung **I**nterpret **A**s **C**ommand (IAC) und kennzeichnet, dass das nachfolgende Byte ein Kommando ist. Folgt als Kommando erneut der Wert 255, dann wird dieser Wert an den Server weitergeleitet. Das heißt, es lassen sich alle Byte-Werte per Telnet übermitteln, solange man den Wert 255 einfach verdoppelt.

Die Kommandos sind an den Terminaleinsatz angelehnt und sorgen etwa für das Löschen eines Zeichens oder einer Zeile, konfigurieren Terminal-Parameter, können lange Kommandoausgaben bis zum Eingabeprompt unterdrücken oder beenden die Sitzung.

SSH

Die **Secure Shell (SSH)** stellt eine gesicherte Verbindung auch über unsichere Leitungen her und bietet darüber z.B. eine oder mehrere Shell-Sitzungen (Linux-Shell, Windows-PowerShell/-Kommandozeile usw.). SSH liegt in der Version 2 als SSH-2 vor und ist nach RFC 4251 standardisiert. Der TCP-Port 22 wird standardmäßig für SSH verwendet. Daneben sind auch der UDP-Port 22 und der SCTP-Port 22 für SSH reserviert.

In vielen Anwendungsfällen kann SSH damit das unsichere Telnet ersetzen. Daneben nutzen andere verbreitete Anwendungen und Protokolle das Potenzial von SSH, wie das SSH File Transfer Protocol (SFTP), Secure Copy (SCP) oder die Dateisynchronisationsanwendung rsync.

RPC

Die **RPC** (**R**emote **P**rocedure **C**all, RFC 1831) genannte Möglichkeit, Funktionen aufzurufen, die auf einem anderen Rechnersystem ausgeführt werden, stellt einen weiteren Mechanismus der Interprozess-Kommunikation dar, neben Pipes, Signalen, Events etc. (vgl. Bild 2.2).

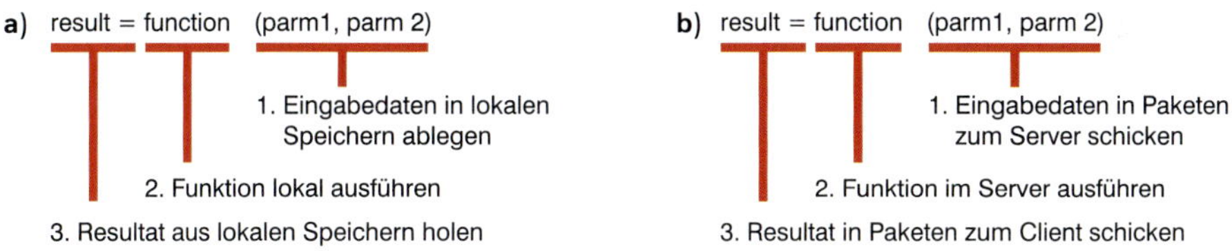

Bild 1.226: a) Local Procedure Call; b) Remote Procedure Call

Für die Applikation macht es dabei keinen Unterschied, wo die Funktion ausgeführt wird – abgesehen von der um mindestens ein bis zwei Zehnerpotenzen geringeren Ausführungsgeschwindigkeit des RPC. RPC arbeitet mit verschiedenen Transportsystemen, u.a. auch mit TCP/IP. Die Serverprozesse verfügen deshalb über sog. RPC-Programmnummern (Bild 1.227), ähnlich den standardisierten Serverports von TCP/UDP. Beim Systemstart registrieren sich Serverprozesse auf dem Serverhost dazu bei einem sog. **Portmapper**, der ihnen einen Port zuweist. Der Portmapper ist selbst ein RPC-Server; er hat die feste (hexadezimale) Nummer 100 000 und normalerweise den TCP/UDP-Port 111.

Programm	Nummer (hex.)	Bedeutung
portmapper	100000	Portmapper
rstatd	100001	Statistik des Betriebssystemkerns
rusersd	100002	Auskunft über eingeloggte Benutzende
nfs	100003	Network File System
ypserv	100004	Network Information System
mountd	100005	Exportieren von Dateisystemen

Bild 1.227: RPC-Programmnummern (Auszug)

1.9.8 VoIP und Videokonferenzen

Das Internet nimmt mittlerweile die Rolle des Haupttransportmediums für die Übertragung von Multimediadaten ein. Deutlich hat sich beispielsweise das Fernsehverhalten verändert: Statt Fernsehkabelanschluss oder Sat-TV kann der vorhandene Internetanschluss zum Fernsehgucken genutzt werden. Die meisten traditionellen TV-Stationen bieten Livestreams mit dem aktuell ausgestrahlten Fernsehprogramm an und darüber hinaus Mediatheken mit Inhalten aus vergangenen Sendungen. Daneben gibt es Anbieter, die Inhalte ausschließlich auf Abruf (*on demand*) bereitstellen, z. B. Netflix, Amazon Prime Video, Disney Plus usw.

Am wenigsten direkt spürbar, aber technisch umso deutlicher, hat sich das klassische **Telefonnetz** (Festnetz; vgl. Kap. 3.1) verändert. So ist es anbieterseitig inzwischen fast flächendeckend durch ein modernes IP-Netz ersetzt worden. In der Regel handelt es sich dabei um ein logisch vom Internet getrenntes Verbindungsnetz, für das der Netzbetreiber in seinem Netz technisch dieselbe Infrastruktur nutzt (vgl. VLAN, Kap. 1.1.3.2). Auf diese Weise können sich die Netzbetreiber die hohen Kosten für Ausbau und Betrieb eines separaten Telefonleitungsnetzes sparen.

VoIP

Neben diesen klassischen „Festnetz"-Betreibern gibt es zahlreiche Anbieter von Internettelefonie mit **VoIP** (**V**oice-**o**ver-**IP**). Sie bieten Kundinnen und Kunden die Möglichkeit, z. B. mit einem Headset und einem Laptop über einen beliebigen Internetzugang zu telefonieren. Als Voraussetzungen muss beispielsweise ein Übergang in die herkömmlichen Telefonnetze gegeben sein, damit Benutzende diese Technik akzeptieren können. Hierzu wiederum dient u. a. der Vorschlag **ENUM**, bei dem das DNS dahingehend erweitert wird, dass Telefonnummern über die Domain **e164.arpa.** als Rechnernamen gedeutet und zu IP-Adressen aufgelöst werden können (siehe Kap. 1.9.8.2).

Signalisierung (Verbindungsauf- und -abbau)

Wie beim herkömmlichen Telefonnetz muss bei der Internettelefonie (VoIP) zunächst eine Verbindung aufgebaut werden, d. h., es muss ein Zielteilnehmer adressiert und Verbindungsmittel müssen belegt werden, nach Gesprächsende muss alles wieder abgebaut werden usw. Dazu existieren mehrere Protokollansätze, die im Folgenden vorgestellt werden.

1.9.8.1 H.323

Von der ITU-T stammt ein sehr umfassendes Rahmenwerk (*framework*) von Protokollen, das unter der Bezeichnung **H.323** bekannt ist. Es beinhaltet die technischen Voraussetzungen für die multimediale Kommunikation über Netzwerke, die selbst keinen **Q**uality-**o**f-**S**ervice (**QoS**), also keine Dienstgüte zur Verfügung stellen (z. B. ein einfaches LAN). Darin enthalten sind die technischen Anforderungen an die für eine Verbindung erforderlichen Komponenten, an die Verarbeitung der Informations-

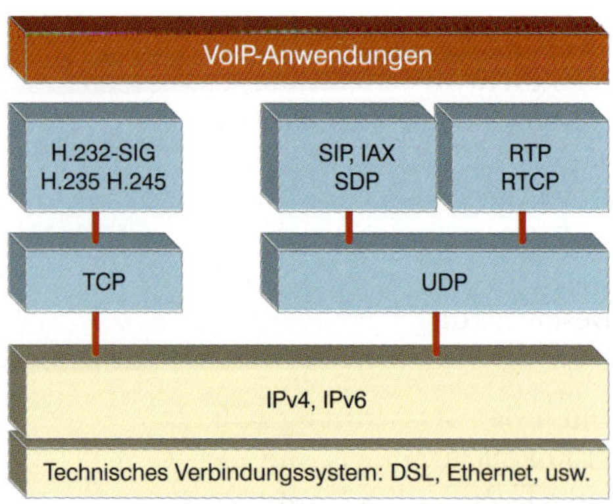

Bild 1.228: Die VoIP-Protokolle im TCP/IP-Umfeld

ströme, an das Verbindungsmanagement sowie die Anbindung verschiedener Netztypen. Als H.323-SIG (abgeleitet von SIGnalisierung) bezeichnet man die beiden Protokolle H.225.0 und H.245, die zum Verbindungsaufbau dienen können. H.323-SIG setzt auf TCP auf.

1.9.8.2 SIP

Besser an die anderen im Internet verwendeten Protokolle angepasst ist das später entwickelte und inzwischen sehr verbreitete **S**ession **I**nitiation **P**rotocol (**SIP**). Bei diesem ebenfalls von ITU-T und IETF geförderten Protokoll handelt es sich um ein Signalisierungsprotokoll auf Anwendungsebene (OSI-Schichten 5–7). Dadurch kann es sowohl UDP als auch TCP als Transportmedium nutzen, wobei UDP vorzuziehen ist, da in diesem Fall eine ganze SIP-Meldung in ein einziges Datenpaket passt. Bei Verteilung auf mehrere Pakete steigt die Wahrscheinlichkeit eines Verlustes. Es dient zum Aufbau, zur Veränderung und zum Abbau von Verbindungen mit einem oder mehreren Teilnehmern. Im Unterschied zu H.323 beschreibt es aber nicht die Art der Datenübertragung; hier wird auf RTP bzw. RTCP zurückgegriffen. Das SIP-Protokoll ist einfacher strukturiert als H.323 und wird im RFC 2543 und 3261 ausführlich beschrieben. SIP ist textbasiert und nutzt die Möglichkeiten des Internets, wie etwa das HTTP-Format. Jeder Client wird in einer SIP-Umgebung mittels einer eindeutigen SIP-Adresse identifiziert, die ähnlich einer E-Mail-Adresse in der Form „user@host“ aufgebaut ist. Der User-Teil kann ein Name oder eine Telefonnummer sein, der Host-Teil ist ein Domain-Name oder eine Netzwerkadresse. Für die Auflösung einer derartigen SIP-Adresse zur IP-Adresse verwendet SIP das **D**omain **N**ame **S**ystem (DNS). Alle Clients müssen sich hierzu zunächst immer bei einem SIP-Server registrieren. Ein Verbindungsaufbau erfolgt stets mit der Suche nach einem SIP-Server, gefolgt von einer REQUEST-Anfrage, in der sämtliche Informationen enthalten sind, die der gerufene Teilnehmer benötigt, um einen oder mehrere Datenkanäle zum rufenden Teilnehmer aufzubauen. SIP setzt auf UDP auf und verwendet die Ports 5060 (Server) und 5070 (Client). SIP-Terminals können auch mit H.323-Endgeräten kommunizieren, sofern ein spezielles Gateway dazwischengeschaltet ist, das die Umsetzung der SIP-Kommandos in entsprechende H.323-Befehle vornimmt. Die verschlüsselte Variante heißt **SIPS** (analog zu HTTP und HTTPS). Der Vergleich beider Protokollstrukturen zeigt, dass SIP einfacher strukturiert ist als H.323 und einen schnelleren Verbindungsaufbau ermöglicht. Da SIP das bei TCP/IP eingesetzte Domain Name System nutzt, muss außerdem keine entsprechende Datenbank mit Namenszuordnungen angelegt werden, wie bei einem H.323-Gatekeeper.

Bei SIP-Telefonen hinter einem NAT-Router (vgl. Kap. 1.8.5 und Bild 1.184) muss erst die öffentliche IP-Adresse des maskierenden Routers bekannt sein, bevor der Client adressiert werden kann. Diese Adresse beschafft sich der Client über das **STUN**-Protokoll (**S**imple **T**raversal of **U**DP through **N**ATs) von einem STUN-Server (beim ISP). Der Vorgang heißt **Binding**. Danach muss bei einem **Registrar**-Server die dem Telefon eigene SIP-Adresse (z. B. sip:03222424****@tel.t-online.de) mit dieser öffentlichen IP-Adresse (z. B. `80.137.211.77`) verknüpft werden. Ein weiterer Bestandteil der Initialisierung ist eine Beschreibung der Sitzungsparameter (etwa Art der Sprachcodierung, z. B. PCM; vgl. Kap. 4.1.5.4); dazu wird von SIP das **S**ession **D**escription **P**rotocol (**SDP**) verwendet.

Unter der Bezeichnung **ICE** (**I**nteractive **C**onnectivity **E**stablishment) hat die IETF ein Protokoll formuliert, um das zuvor geschilderte NAT-Problem zu lösen. Es nutzt dabei mit STUN, **TURN** (**T**raversal **U**sing **R**elay **N**AT), SIP, RDP und **RSIP** (**R**ealm **S**pecific **IP**) bereits bestehende Protokolle.

Verbindungsphase

Die digitalisierte Sprache wird über das Protokoll **RTP** (**R**ealtime **T**ransport **P**rotocol, RFC 3550; verschlüsselte Variante: SRTP) mit Echtzeitcharakteristik übertragen: ein logischer Kanal aus Paketen mit Zeitmarken, der auch verschiedene Multimediaformate (RTP-Profile, Payload-Typen) erweiterbar unterstützt.

Es handelt sich um ein reines Übertragungsprotokoll ohne Rückmeldung. Deshalb wird ihm das **RTCP** (**R**eal**T**ime **C**ontrol **P**rotocol) zur Seite gestellt, mit dem sich Sende- und Empfangseinrichtung über die Qualität der Kommunikation austauschen können. Beide werden immer zusammen benutzt, setzen auf UDP auf und verwenden Portnummern, die in der Verbindungsaufbauphase dynamisch vereinbart werden. Vereinbarungsgemäß erhält RTP eine gerade Portnummer (2n), die zugehörige RTCP-Kommunikation erhält die nächsthöhere Portnummer (2n+1).

1.9.8.3 IAX

Bei **I**nter**A**sterisk e**X**change (IAX), das inzwischen in der Version 2 (**IAX2**) vorliegt (RFC 4546), handelt es sich um ein neueres Protokoll, das vom Open-Source-Telefonanlagenprojekt Asterisk stammt. Vordere Ziele waren die Vermeidung von NAT-Problemen und eine effiziente Bandbreitennutzung. Die NAT-Probleme konnten weitgehend entschärft werden, indem IAX2 die gesamte Kommunikation, also Signalisierung und Sprachübertragung, über den UDP-Port 4569 und damit einen einzigen Port desselben Transportprotokolls überträgt. Für eine effizientere Bandbreitennutzung setzt IAX2 auf ein binäres Protokoll, d. h., die Signalisierungen können nicht mehr z. B. per Telnet im Klartext erfolgen (vgl. Beispiele aus Kap. 1.9.3, 1.9.5 und 1.9.6).

Nachteile von IAX2 sind u. a. der festgelegte Port, der die Telefonie für Denial-of-Service-Angriffe anfällig macht, und die serverbasierte Kommunikation (Signalisierung und Sprachdaten gehen über den Server), die für eine schlechte Skalierbarkeit sorgt. Das heißt, mit steigender Nutzerzahl steigt die Serverbelastung stark an, sodass der Kreis der Nutzenden nur sehr beschränkt erweitert werden kann.

1.9.8.4 WebRTC

Web Real Time Communication (WebRTC) ist ein offener Standard des Word Wire Web Consortiums (W3C) für die Web-(Browser-)basierte Echtzeitkommunikation. Der Standard legt eine Reihe von Kommunikationsprotokollen und Programmierschnittstellen (API) fest, die beispielsweise Videokonferenzen, Dateiaustausch und Desktop-Sharing ermöglichen. Für die Überwindung von NAT-Problemen wird wie bei SIP ein STUN-/TURN-Server benötigt. Dabei werden die bekannten Protokolle und Verfahren zum Verbindungsaufbau von WebRTC über API-Funktionen bereitgestellt.

WebRTC wird inzwischen von allen gängigen Browsern unterstützt. Bild 1.229 zeigt den vollständigen HTML-Code, um den Livestream der lokalen Webcam im Browser darzustellen. Für eine (simulierte) Peer-to-Peer-Verbindung wie in Bild 1.230 dargestellt ist nur wenig mehr Aufwand erforderlich (Bild 1.231).

```
<!DOCTYPE html>
<!-- Stark gekürzte und veränderte Fassung von „Basic getUserMedia demo“:
 https://webrtc.github.io/samples/src/content/getusermedia/gum/
 Lizenz: siehe Bild 1.231; Stand: 03.03.2025
 Copyright (c) 2015 The WebRTC project authors. All Rights Reserved. -->
<html>
<body>
  <button id="showVideo">Open camera</button><br/>
  <video id="gum-local" autoplay playsinline></video>
  <script>
    'use strict';
    async function showVideo(e) { try {
      document.querySelector('video').srcObject = await
      navigator. mediaDevices.getUserMedia( {
         audio: false, video: true } );
      e.target.disabled = true;
    } catch (e) { } }
    document.querySelector('#showVideo').addEventListener('click',
    e => showVideo(e));
  </script>
</body>
</html>
```

Bild 1.229: WebRTC-Beispiel mit Zugriff auf die lokale Webcam

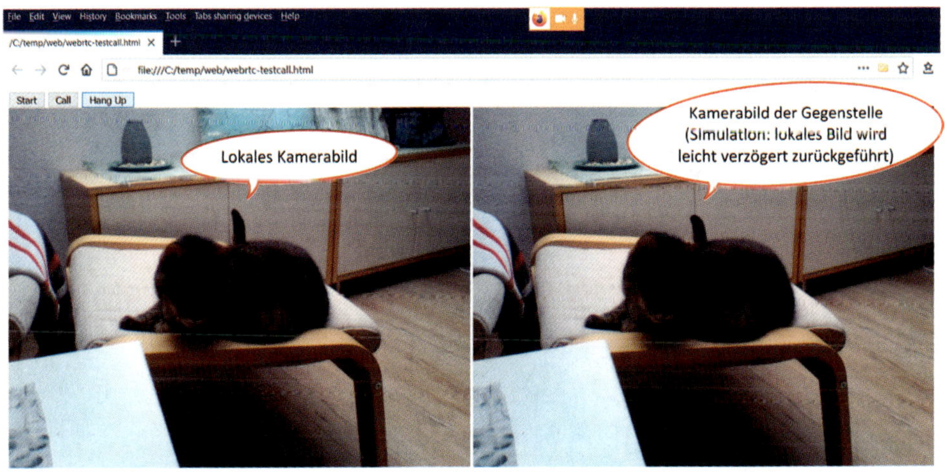

Bild 1.230: WebRTC-Beispiel mit Peer-to-Peer-Verbindung

```
<!DOCTYPE html>
<!-- Stark gekürzte und veränderte Fassung von
     "Basic peer connection demo":
 https://webrtc.github.io/samples/src/content/peerconnection/pc1/
 Lizenz: siehe unten. Stand: 03.03.2025 -->
<html>
<body>
 <button id="startButton">Start</button>
 <button id="callButton">Call</button>
 <button id="hangupButton">Hang Up</button><br/>
 <video id="localVideo" playsinline autoplay muted></video>
 <video id="remoteVideo" playsinline autoplay></video>
 <script>
  'use strict';
  const localVideo = document.getElementById('localVideo');
  const remoteVideo = document.getElementById('remoteVideo');
  let pc1, pc2, localStream;
  document.getElementById('startButton').addEventListener('click',
  async function start() {
   try {
    const stream = await navigator.mediaDevices.getUserMedia({audio:
    true, video: true});
    localVideo.srcObject = stream;
    localStream = stream;
   } catch (e) { }
  } );
  document.getElementById('callButton').addEventListener('click',
  async function call() {
   const videoTracks = localStream.getVideoTracks();
   const audioTracks = localStream.getAudioTracks();
   pc1 = new RTCPeerConnection({});
   pc1.addEventListener('icecandidate', e => onIceCandidate(pc1, e));
   pc2 = new RTCPeerConnection({});
   pc2.addEventListener('icecandidate', e => onIceCandidate(pc2, e));
   pc2.addEventListener('track', gotRemoteStream);
   localStream.getTracks().forEach(track => pc1.addTrack(track,
   localStream));
   try {
    const offer = await pc1.createOffer({ offerToReceiveAudio: 1,
    offerToReceiveVideo: 1 });
    await onCreateOfferSuccess(offer);
   } catch (e) { }
  } );

  document.getElementById('hangupButton').addEventListener('click',
  function hangup() {
   pc1.close(); pc2.close(); pc1 = null; pc2 = null;
  } );
```

```
  async function onCreateOfferSuccess(desc) { try {
   await pc1.setLocalDescription(desc);
   await pc2.setRemoteDescription(desc);
   const answer = await pc2.createAnswer();
   await onCreateAnswerSuccess(answer);
  } catch (e) { } }

  function gotRemoteStream(e) {
   if (remoteVideo.srcObject !== e.streams[0]) { remoteVideo.srcObject =
   e.streams[0]; }
  }

  async function onCreateAnswerSuccess(desc) { try {
   await pc2.setLocalDescription(desc);
   await pc1.setRemoteDescription(desc);
  } catch (e) { } }

  function getOtherPc(pc) { return (pc === pc1) ? pc2 : pc1; }
  async function onIceCandidate(pc, event) { try {
   await (getOtherPc(pc).addIceCandidate(event.candidate));
  } catch (e) { } }
 </script>
</body>
</html>

Copyright (c) 2014, The WebRTC project authors. All rights reserved.
Redistribution and use in source and binary forms, with or without
modification, are permitted provided that the following conditions are
met:
Redistributions of source code must retain the above copyright notice,
this list of conditions and the following disclaimer.
Redistributions in binary form must reproduce the above copyright
notice, this list of conditions and the following disclaimer in the
documentation and/or other materials provided with the distribution.
Neither the name of Google nor the names of its contributors may be used
to endorse or promote products derived from this software without speci-
fic prior written permission.
THIS SOFTWARE IS PROVIDED BY THE COPYRIGHT HOLDERS AND CONTRIBUTORS „AS
IS“ AND ANY EXPRESS OR IMPLIED WARRANTIES, INCLUDING, BUT NOT LIMITED
TO, THE IMPLIED WARRANTIES OF MERCHANTABILITY AND FITNESS FOR A PARTICU-
LAR PURPOSE ARE DISCLAIMED. IN NO EVENT SHALL THE COPYRIGHT HOLDER OR
CONTRIBUTORS BE LIABLE FOR ANY DIRECT, INDIRECT, INCIDENTAL, SPECIAL,
EXEMPLARY, OR CONSEQUENTIAL DAMAGES (INCLUDING, BUT NOT LIMITED TO,
PROCUREMENT OF SUBSTITUTE GOODS OR SERVICES; LOSS OF USE, DATA, OR
PROFITS; OR BUSINESS INTERRUPTION) HOWEVER CAUSED AND ON ANY THEORY OF
LIABILITY, WHETHER IN CONTRACT, STRICT LIABILITY, OR TORT (INCLUDING
NEGLIGENCE OR OTHERWISE) ARISING IN ANY WAY OUT OF THE USE OF THIS
SOFTWARE, EVEN IF ADVISED OF THE POSSIBILITY OF SUCH DAMAGE.
```

Bild 1.231: WebRTC-Beispiel mit simulierter Peer-to-Peer-Verbindung

AUFGABEN

1. Was ist der Unterschied zwischen den HTTP-Status-Codes 404 und 451?
2. Was ist der Unterschied zwischen aktivem und passivem FTP?
3. Auf welches Protokoll stützen sich SCP und SFTP jeweils?
4. Warum lässt sich für den IMAP-E-Mail-Abruf nicht Telnet benutzen?
5. Welchen Zweck hat das Tag, das einem IMAP-Kommando vorangestellt wird?
6. Als IT-Servicetechniker/-in müssen Sie mit PC_A auf PC_B eines Kunden zugreifen. Wie gut eignen sich Telnet und SSH jeweils in den folgenden Szenarien?
   a) PC_A und PC_B sind als alleinige Teilnehmer in einem lokalen Netz verbunden.
   b) PC_A ist per VPN mit dem lokalen Netz von PC_B verbunden.
   c) PC_A ist über ein offenes WLAN mit dem durch bewaffnete Sicherheitskräfte bewachten PC_B verbunden.
7. Was sind die wesentlichen Unterschiede der VoIP-Protokolle H.323, SIP und IAX?
8. Welche Vor- und Nachteile hat SIP gegenüber WebRTC?

1.10 Informationssicherheit, Planung und Administration

Die Informationstechnik ist in den letzten Jahrzehnten in fast alle Lebensbereiche eingezogen. In der Wirtschaft, Verwaltung und Produktion ist sie integraler Bestandteil geworden und nicht mehr wegzudenken („Industrie 4.0"). Die damit geschaffenen Abhängigkeiten werden durch die fortschreitende Digitalisierung und Vernetzung weiter gefestigt. Daraus ergibt sich ein hoher Organisations- und Schutzbedarf, der Unternehmen und Behörden vor grundlegende Herausforderungen stellt. Im Fokus steht dabei die Informationssicherheit, die vor allem durch ihre drei Grundwerte Vertraulichkeit, Integrität und Verfügbarkeit geprägt ist (vgl. Schutzziele; „Einfache IT-Systeme", Kap. 2.6.2).

1.10.1 Schutz- und Handlungsbedarf

Ein Blick auf die ständig neuen Nachrichtenmeldungen, insbesondere über Ransomware-Angriffe („Einfache IT-Systeme", Kap. 2.6.7), macht deutlich, dass dringend und zunehmend Handlungsbedarf besteht. Denn die im Rahmen eines solchen Angriffs in Beschlag genommenen Daten können die Existenz eines Unternehmens ruinieren. Angreifende drohen nicht selten mit der Preisgabe oder dem Weiterverkauf besonders schutzbedürftiger Daten wie beispielsweise Personalakten, Gehaltsabrechnungen, Software-Quelltexte oder Geschäftsgeheimnisse, sofern das geforderte Lösegeld nicht gezahlt wird. Gleichzeitig besteht für den Betrieb in der Regel so lange auch kein Zugriff auf die betroffenen Daten, was die Fortführung des Geschäftsbetriebs unmöglich machen kann. Dass die Angreifenden nach der Lösegeldzahlung Wort halten, ist völlig ungewiss und kann den Schaden unter Umständen sogar noch vergrößern.

Der konkrete Schutzbedarf hängt in den einzelnen Fällen sehr von den individuellen Umständen ab („Einfache IT-Systeme“, Kap 2.6.1). Ein vollständiger IT-Verzicht ist dabei nur ein theoretischer Ausweg, der aber selbst für IT-ferne Betriebe nicht infrage kommt: Während beispielsweise von Kundschaft und Zulieferbetrieben die Nutzung moderner Interaktionskanäle (E-Mail, Social Media, Shop-Portale) erwartet wird, zwingen darüber hinaus gesetzliche Vorschriften zum Einsatz digitaler Meldeverfahren. Es ist also völlig klar, dass im Rahmen der Informationssicherheit gehandelt werden muss. Die scheinbar einfache Grundfrage, die sich dann stellt, lautet: Was muss wovor geschützt werden – und vor allem, wie?

Was?	Wovor?	Wie?
Vertraulichkeit	Preisgabe, Ausspähung	?
Integrität	Veränderung/Manipulation	
Verfügbarkeit	Verlust/Ausfall, Sabotage/ Denial of Service	

Bild 1.232: Grundfragen der Informationssicherheit

Sollen Antworten auf diese (Teil-)Fragen gefunden werden, muss man sich intensiv mit dem vorliegenden betrieblichen oder behördlichen Umfeld befassen. Schnell wird dann deutlich, dass sich in der Folge weitere Fragen ergeben, die sich wiederum auf immer neue Teil- und Randbereiche erstrecken. Mit jedem hinzukommenden Element wächst die Zahl der tatsächlichen und möglichen Beziehungen untereinander, d.h., die Komplexität nimmt zu. Eine einzelne Person ist damit schnell überfordert.

Der Gesetzgeber ist sich dem Stellenwert der Informationssicherheit und der Dimension der Umsetzungsproblematik bewusst. Das ist allein schon daran zu erkennen, dass mit dem Bundesamt für Sicherheit in der Informationstechnik (**BSI**) bereits vor über 30 Jahren eine eigene Behörde geschaffen wurde, die die Problematik in ihrer ganzen Breite erfasst, analysiert, differenziert, modelliert und mit Handreichungen zu Hilfe und Selbsthilfe versieht. Als zentrales Werk gilt hier das **IT-Grundschutz-Kompendium**.

1.10.2 Phasen des Sicherheitsprozesses

Für einen nachhaltigen Schutz der Informationssicherheit reicht es nicht aus, einmalig einen umfangreich abgesicherten Zustand herzustellen. Vielmehr muss er kontinuierlich überwacht und an die sich verändernden Gegebenheiten angepasst werden. Sicherheit ist damit ein komplizierter und vielschichtiger Prozess. Die BSI-Publikationen (Kap. 1.10.3) helfen Unternehmen und Behörden dabei, einen solchen Sicherheitsprozess zu etablieren.

- Durch den Einsatz von Informationstechnik entstehen Risiken. Aus Risiken lassen sich Schutzbedarfe ableiten, die wiederum Handlungsbedarf nach sich ziehen.
- Sicherheit ist ein ständiger und vielschichtiger Prozess (Sicherheitsprozess). Sie kann nicht allein durch eine einmalige technische Maßnahme, eine einmalige Aktion oder ein Produkt erreicht werden.
- Einzelne Elemente dürfen nicht isoliert betrachtet werden, sondern müssen immer auch im Gesamtkontext gesehen werden.
- Einen absoluten Schutz (100 % Sicherheit) gibt es nicht, allenfalls ist ein „Höchstmaß“ möglich.

Für die Schaffung eines **Sicherheitsprozesses** bedarf es eines Sicherheitskonzepts und einer Organisation von Abläufen und Strukturen (Sicherheitsorganisation), die jeweils an den Leitlinien der ausgearbeiteten **Sicherheitsstrategie** orientiert sind (Bild 1.233).

Bild 1.233: Mit der Sicherheitsstrategie zum Sicherheitsprozesses

Für ein systematisches Vorgehen zur Gestaltung des Sicherheitsprozesses im Rahmen des IT-Grundschutzes benennt das BSI konkrete Phasen (Bild 1.234).

- Initiierung des Sicherheitsprozesses:
  Die Leitungsebene legt die Verantwortlichkeiten fest („Einfache IT-Systeme", Kap. 2.6.9.2) und stellt die notwenigen finanziellen, personellen und zeitlichen Ressourcen zur Verfügung.
- Erstellung einer Leitlinie zur Informationssicherheit:
  In der Leitlinie werden die Sicherheitsziele, das angestrebte Sicherheitsniveau und die umzusetzenden Maßnahmen und Strukturen dokumentiert.
- Aufbau einer geeigneten Organisationsstruktur für das **ISMS** (**I**nformation **S**ecurity **M**anagement **S**ystem):
  In diesem Schritt erfolgt die Festlegung der organisatorischen Maßnahmen, z. B. die Übertragung von Rollen und Aufgaben an qualifizierte Beschäftigte, Benennung von Informationssicherheitsbeauftragten (**ISB**) für einzelne Bereiche und Projekte, Bestellung einer/eines Datenschutzbeauftragten (**DSB**; vgl. Kap. 1.10.6) sowie die Dokumentation und Protokollierung von Projektfortschritten.

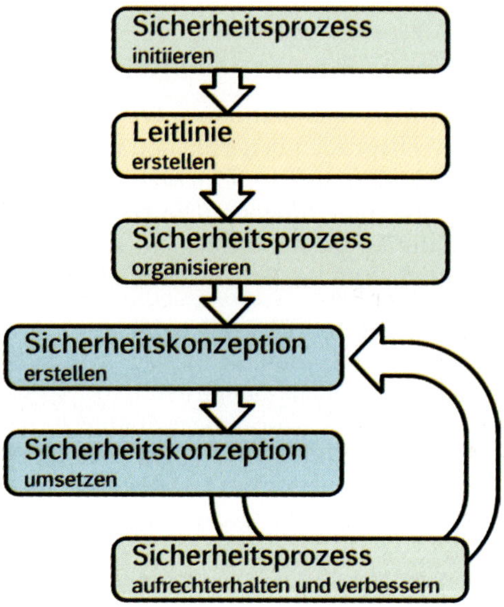

Bild 1.234: Phasen des Sicherheitsprozesses

- Erstellung einer Sicherheitskonzeption:
  In dieser Phase wird ein Sicherheitskonzept auf Basis von Bausteinen des IT-Grundschutz-Kompendiums erstellt. Je nach Situation und Bedarf können dabei die Vorgehensweise der Basis-, Kern- oder Standard-Absicherung durchlaufen werden.

Je nach gewählter Vorgehensweise schließen sich in unterschiedlicher Ausprägung eine Strukturanalyse für den Soll-Ist-Vergleich, eine Schutzbedarfsfeststellung und eine Risikoanalyse an.

Zur Beurteilung eines Schutzbedarfs können qualitativ die Schadensszenarien und quantitativ die Schutzbedarfskategorien herangezogen werden („Einfache IT-Systeme", Kap. 2.6.1).

Umsetzung der Sicherheitskonzeption

Für die Umsetzung werden die vorangegangenen Untersuchungsergebnisse herangezogen und eine Kosten- und Aufwandsabschätzung durchgeführt. Es folgt die Festlegung der Umsetzungsreihenfolge, der dazugehörigen Aufgaben und Verantwortlichkeiten. Wichtig sind insbesondere umsetzungsbegleitende Maßnahmen (z. B. Sensibilisierungsmaßnahmen), die darauf abzielen, alle Betroffenen innerhalb der Belegschaft über die Notwendigkeit und die Konsequenzen der Maßnahmen zu informieren. Werden Beteiligte nicht angemessen geschult, kann das schnell dazu führen, dass Maßnahmen nicht umgesetzt werden können und die betreffenden Personen eine ablehnende Haltung gegenüber der Informationssicherheit entwickeln.

Aufrechterhaltung und kontinuierliche Verbesserung der Informationssicherheit

Ein wesentlicher Teil des Sicherheitsprozesses ist damit auch die ständige kritische Betrachtung und Nachbesserung des eigenen Sicherheitskonzepts („Lebenszyklus der Informationssicherheit"; „Einfache IT-Systeme", Kap. 2.6.9.1).

1.10.3 IT-Grundschutz und ISMS-Standards

Zu Informationssicherheits-Managementsystemen (ISMS; „Einfache IT-Systeme", Kap. 2.6.9) existieren bereits die internationalen ISO-Normen ISO/IEC 27000 bis ISO/IEC 27002. Sie beschreiben Anforderungen, Definitionen und Empfehlungen und blicken hauptsächlich auf den abschließenden Soll-Zustand eines ISMS. Das ist sicherlich brauchbar bei der Beurteilung eines bestehenden ISMS, bietet aber kaum Hilfestellung bei Aufbau und Umsetzung der Anforderungen. Hier kommen die BSI-Standards 200-1 bis 200-4 zusammen mit dem IT-Grundschutz-Kompendium[1] ins Spiel (Bild 1.235).

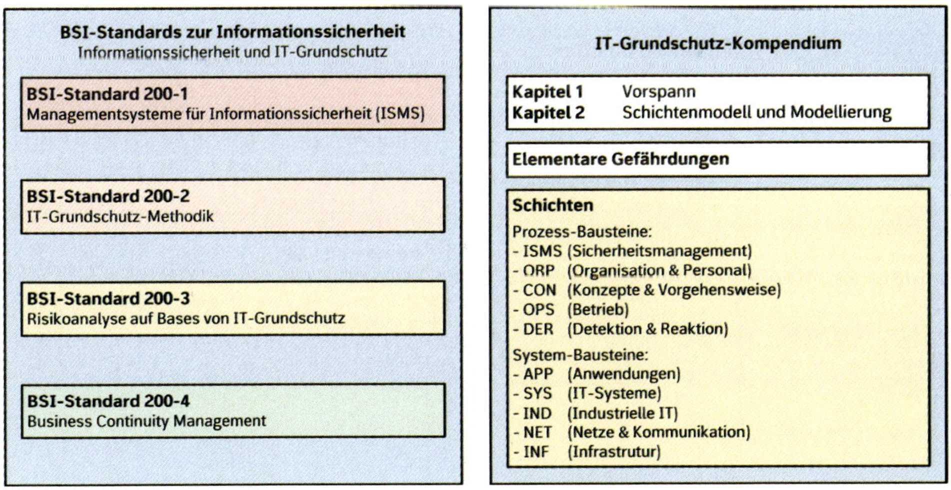

Bild 1.235: BSI-Publikationen zum Sicherheitsmanagement

1 *Bundesamt für Sicherheit in der Informationstechnik (BSI): IT-Grundschutz-Kompendium – Werkzeug für informationssicherheit, Edition 2023, veröff. am 01.02.2023 unter: https://www.bsi.bund.de/DE/Themen/Unternehmen-und-Organisationen/Standards-und-Zertifizierung/IT-Grundschutz/IT-Grundschutz-Kompendium/it-grundschutz-kompendium_node.html [letzter Zugriff: 24.02.2025]*

Der BSI-Standard 200-1[1] ist vollständig kompatibel zur ISO-Norm ISO/IEC 27001 und beschreibt die allgemeinen Anforderungen an ein ISMS und mit welchen Methoden Informationssicherheit in Unternehmen und Behörden ganz grundsätzlich aufgebaut und betrieben werden kann. Das BSI behandelt in seinen Standards einige Themen ausführlicher und ermöglicht damit eine insgesamt verständlichere Darstellung der Inhalte. Die Bestandteile aus ISO/IEC 27000 (Begriffsdefinitionen) und ISO/IEC 27002 (Empfehlungen) werden ebenfalls berücksichtigt. Die Gliederung ist so gestaltet, dass sie zur IT-Grundschutz-Vorgehensweise passt.

In den BSI-Publikationen wird zur Präzisierung der Begriff **„Informationssicherheit“** eingeführt und von **„IT-Sicherheit“** abgegrenzt. Damit soll ausgedrückt werden, dass es bei den Schutzbemühungen grundsätzlich darum geht, Informationen zu schützen – und zwar unabhängig davon, ob sie auf Papier, mit IT-Komponenten oder in den Köpfen der Mitarbeitenden gespeichert und verarbeitet werden.

Da in diesem Kapitel die IT-Aspekte im Fokus stehen, wird zur Verdeutlichung auch weiterhin der Begriff „IT-Sicherheit“ verwendet.

Der BSI-Standard 200-2[2] beschreibt anhand der IT-Grundschutz-Methodik das Vorgehen in der Praxis. In Einzelschritten wird dargestellt, wie ein ISMS in der Praxis aufgebaut und betrieben werden kann, wie man ein Sicherheitskonzept erstellt und worauf bei der Umsetzung geachtet werden muss. Bild 1.236 zeigt grob die Stationen eines typischen Sicherheitsprozesses für eine Standard-Absicherung.

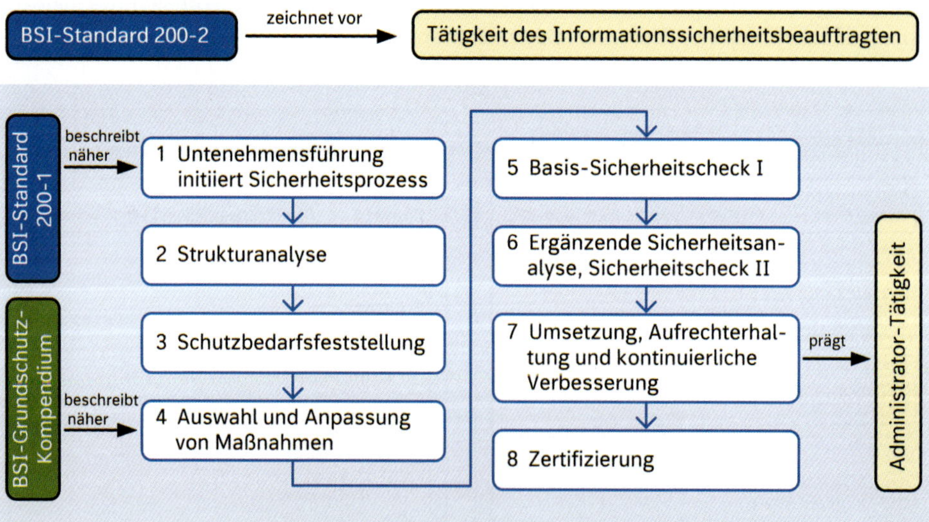

Bild 1.236: Grobdarstellung des Informationssicherheitsprozesses nach BSI-Standard 200-2

1 *Bundesamt für Sicherheit in der Informationstechnik (BSI): BSI-Standard 200-1 – Managementsysteme für Informationssicherheit (ISMS), veröff. am 15.11.2017 unter: https://www.bsi.bund.de/SharedDocs/Downloads/DE/BSI/Grundschutz/BSI_Standards/standard_200_1.pdf?__blob=publicationFile&v=2 [letzter Zugriff: 12.04.2024]*

2 *Bundesamt für Sicherheit in der Informationstechnik (BSI): BSI-Standard 200-2 – IT-Grundschutz-Methodik, veröff. am 15.11.2017 unter: https://www.bsi.bund.de/SharedDocs/Downloads/DE/BSI/Grundschutz/BSI_Standards/standard_200_2.pdf?__blob=publicationFile&v=2 [letzter Zugriff: 16.11.2024]*

Der BSI-Standard 200-2 strukturiert den Informationsverbund in einem Schichtenmodell (Bild 1.237). In der obersten Schicht ist das ISMS als zentrale Koordinationsstelle des Informationssicherheitsprozesses verortet. Darunter folgt ein Schichtenblock mit Prozess-Bausteinen, gefolgt von einem Schichtenblock mit System-Bausteinen. Das Fundament bildet schließlich die DER-Schicht mit Prozessblöcken zur Detektion von Sicherheitsvorfällen und der Reaktion darauf.

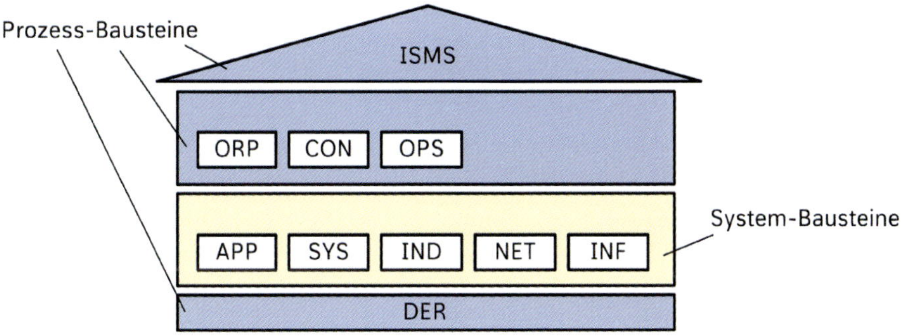

Bild 1.237: Schichtenmodell des IT-Grundschutzes[1]

Die einzelnen Schichten des Modells nach Bild 1.237 beinhalten Prozess- und System-Bausteine für den Aufbau eines Sicherheitsprozesses. In der nachfolgenden Tabelle (Bild 1.238) werden die einzelnen Bezeichnungen der Schichten erläutert und Beispiele für die zugehörigen Bausteine genannt.

Schicht	Bedeutung und enthaltene Bausteine (Beispiele)	
ISMS	**Managementsysteme für Informationssicherheit** Der Baustein *Sicherheitsmanagement* bildet die Grundlage für alle weiteren Aktivitäten im Sicherheitsprozess.	Prozess-Bausteine
ORP	**Organisation und Personal** Die Bausteine *Organisation* und *Personal* decken die organisatorischen und personellen Sicherheitsaspekte ab.	
CON	**Konzepte und Vorgehensweisen** (*concepts and procedures*) Bausteine sind z. B. *Kryptokonzept, Datenschutz.*	
OPS	**Betrieb** (*operations*) Bausteine für den operativen IT-Betrieb. Sie umfassen sowohl die in Eigenleistung betriebene als auch die in Teilen oder als Ganzes von Dritten betriebene IT. Baustein-Beispiele: *Schutz vor Schadprogrammen und Outsourcing.*	
DER	**Detektion und Reaktion** Bausteine zur Überprüfung der eingesetzten Sicherheitsmaßnahmen, für die Detektion von Sicherheitsvorfällen und für geeignete Reaktionen darauf. Beispiele: *Behandlung von Sicherheitsvorfällen* und *Forensik.*	

1 *Bundesamt für Sicherheit in der Informationstechnik (BSI): BSI-Standard 200-2 – IT-Grundschutz-Methodik, veröff. am 15.11.2017 unter: https://www.bsi.bund.de/SharedDocs/Downloads/DE/BSI/Grundschutz/BSI_Standards/standard_200_2.pdf?__blob=publicationFile&v=2, S. 136 [letzter Zugriff: 12.04.2024]*

Schicht	Bedeutung und enthaltene Bausteine (Beispiele)	
APP	**Anwendungen** (*applications*) Absicherung von Anwendungen und Diensten u. a. aus den Bereichen Kommunikation, netzbasierte Dienste/Verzeichnisdienste, Business-/Client-Anwendungen. Beispiele für typische Bausteine: *Groupware, Office-Produkte, Webserver, Browser*.	System-Bausteine
SYS	**IT-Systeme** Bausteine für IT-Systeme eines Informationsverbunds, wie Server, Desktop-Systeme, Mobile Devices, Netzwerkdrucker und TK-Anlagen. Typische Bausteine sind die zu konkreten Betriebssystemen, *Smartphones, Tablets, Drucker, Kopierer, Multifunktionsgeräte*.	
IND	**Industrielle IT** Bausteine für die Sicherheitsaspekte der industriellen IT, z. B. *Maschinen, Sensoren, Speicherprogrammierte Steuerungen* (*SPS*).	
NET	**Netze und Kommunikation** Betrachtet Netzverbindungen und Netzkommunikation. Beispiele: *Netzmanagement, Firewall* und *WLAN-Betrieb*.	
INF	**Infrastruktur** Bausteine der infrastrukturellen Sicherheit. Sie beziehen sich auf die baulich-technische Umgebung. Beispiele: *Gebäude, Rechenzentrum*.	

Bild 1.238: Schichten und Bausteine des IT-Grundschutzes

Abhängig von der betrachteten Situation bietet der BSI-Standard unterschiedliche Vorgehensweisen an. Hat die Institution bereits Erfahrungen mit IT-Grundschutz und besteht für einzelne Geschäftsbereiche kein dringender Handlungsbedarf, kann direkt in die „Standard-Absicherung" eingestiegen werden. In dringlichen Fällen oder wenn zuvor noch keine Erfahrungen mit IT-Grundschutz gemacht wurden, kann es ratsam sein, zunächst eine „Basis-Absicherung" und ggf. noch eine „Kern-Absicherung" vorzunehmen. Dadurch können erste Erfahrungen mit dem IT-Grundschutz gesammelt und die größten Risiken schnell gesenkt werden, bevor im Nachgang die Standard-Absicherung angegangen wird. Die Bausteine des IT-Grundschutz-Kompendiums erklären, was gemacht werden sollte, und geben Umsetzungshinweise, wie eine konkrete Anforderung technisch erfüllt werden kann.

> **!** Ein Vorgehen nach IT-Grundschutz ist eine erprobte und effiziente Möglichkeit, alle Anforderungen der ISO-Normen ISO/IEC 27000 bis ISO/IEC 27002 zu erfüllen.

Arbeitet ein Unternehmen oder eine Behörde bereits erfolgreich mit dem IT-Grundschutz, kann die im BSI-Standard 200-3[1] beschriebene vereinfachte Analyse von Risiken für die Informationsverarbeitung genutzt werden. Sie basiert auf den im IT-Grundschutz-Kompendium beschriebenen elementaren Gefährdungen.

1 *Bundesamt für Sicherheit in der Informationstechnik (BSI): BSI-Standard 200-3 – Risikoanalyse auf der Basis von IT-Grundschutz, veröff. am 15.11.2017 unter: https://www.bsi.bund.de/SharedDocs/Downloads/DE/BSI/Grundschutz/BSI_Standards/standard_200_3.pdf?__blob=publicationFile&v=2 [letzter Zugriff: 16.11.2024]*

Abschließend beschreibt der BSI-Standard 200-4[1] ein Business Continuity Management (**BCM**) und richtet sich dabei an Personen, die für Notfallsituationen die Aufrechterhaltung des Geschäftsbetriebs planen und sicherstellen sollen.

1.10.4 Absicherung nach IT-Grundschutz

1

Im Folgenden werden die einzelnen Schritte zum Aufbau einer Standard-Absicherung nach IT-Grundschutz vorgestellt. Vorbereitend wurde durch die Leitungsebene genau umrissen, für welche Organisationseinheiten, Geschäftsprozesse und Infrastrukturbereiche der Institution die Sicherheitskonzeption erstellt und umgesetzt werden soll. Ein so definierter Geltungsbereich für die Sicherheitskonzeption wird im IT-Grundschutz als „Informationsverbund" bezeichnet. Die Bestandteile des Informationsverbunds sind genau die Komponenten, die es mithilfe der Bausteine des IT-Grundschutz-Kompendiums abzusichern gilt.

Das IT-Grundschutz-Kompendium listet 47 elementare Gefährdungen, die von den Anforderungen der einzelnen Bausteine adressiert werden. Das BSI stellt eine Excel-Kreuzreferenztabelle zur Verfügung, das für jede Anforderung der einzelnen Bausteine die jeweils adressierten elementaren Gefährdungen angibt.

Bez.	Elementare Gefährdung	Bez.	Elementare Gefährdung
G.0.1	Feuer	G.0.25	Ausfall von Geräten oder Systemen
G.0.2	Ungünstige klimatische Bedingungen	G.0.26	Fehlfunktion von Geräten oder Systemen
G.0.3	Wasser	G.0.27	Ressourcenmangel
G.0.4	Verschmutzung, Staub, Korrosion	G.0.28	Software-Schwachstellen oder -Fehler
G.0.5	Naturkatastrophen	G.0.29	Verstoß gegen Gesetze oder Regelungen
G.0.6	Katastrophen im Umfeld	G.0.30	Unberechtigte Nutzung oder Administration von Geräten und Systemen
G.0.7	Großereignisse im Umfeld	G.0.31	Fehlerhafte Nutzung oder Administration von Geräten und Systemen
G.0.8	Ausfall oder Störung der Stromversorgung	G.0.32	Missbrauch von Berechtigungen
G.0.9	Ausfall oder Störung von Kommunikationsnetzen	G.0.33	Personalausfall
G.0.10	Ausfall oder Störung von Versorgungsnetzen	G.0.34	Anschlag
G.0.11	Ausfall oder Störung von Dienstleistungsunternehmen	G.0.35	Nötigung, Erpressung oder Korruption

1 *Bundesamt für Sicherheit in der Informationstechnik (BSI): Business Continuity Management – BSI-Standard 200-4, veröff. in 2023 unter: https://www.bsi.bund.de/SharedDocs/Downloads/DE/BSI/Grundschutz/BSI_Standards/standard_200_4.pdf?__blob=publicationFile&v=8 [letzter Zugriff: 16.11.2024]*

Bez.	Elementare Gefährdung	Bez.	Elementare Gefährdung
G.0.12	Elektromagnetische Störstrahlung	G.0.36	Identitätsdiebstahl
G.0.13	Abfangen kompromittierender Strahlung	G.0.37	Abstreiten von Handlungen
G.0.14	Ausspähen von Informationen (Spionage)	G.0.38	Missbrauch personenbezogener Daten
G.0.15	Abhören	G.0.39	Schadprogramme
G.0.16	Diebstahl von Geräten, Datenträgern oder Dokumenten	G.0.40	Verhinderung von Diensten (Denial of Service)
G.0.17	Verlust von Geräten, Datenträgern oder Dokumenten	G.0.41	Sabotage
G.0.18	Fehlplanung oder fehlende Anpassung	G.0.42	Social Engineering
G.0.19	Offenlegung schützenswerter Informationen	G.0.43	Einspielen von Nachrichten
G.0.20	Informationen oder Produkte aus unzuverlässiger Quelle	G.0.44	Unbefugtes Eindringen in Räumlichkeiten
G.0.21	Manipulation von Hard- oder Software	G.0.45	Datenverlust
G.0.22	Manipulation von Informationen	G.0.46	Integritätsverlust schützenswerter Informationen
G.0.23	Unbefugtes Eindringen in IT-Systeme	G.0.47	Schädliche Seiteneffekte IT-gestützter Angriffe
G.0.24	Zerstörung von Geräten oder Datenträgern		

Bild 1.239: Elementare Gefährdungen gemäß IT-Grundschutz-Kompendium

1.10.4.1 Strukturanalyse

Die Strukturanalyse besteht aus einer nachfolgend dargestellten Reihe von Teilaufgaben. Dabei gilt, dass nicht jedes Objekt einzeln erfasst werden muss, sondern sinnvoll in Gruppen zusammengefasst werden kann. Zur Komplexitätsreduktion lassen sich Objekte immer dann in eine Gruppe zusammenfassen, wenn sie vom gleichen Typ sind, ähnliche Aufgaben haben, ähnlichen Rahmenbedingungen unterliegen und den gleichen Schutzbedarf aufweisen. Eine Gruppenbildung bietet sich bei IT-Komponenten auch immer dann an, wenn sie ähnlich konfiguriert oder ähnlich in das Netz eingebunden sind (z. B. im gleichen Netzsegment), wenn sie ähnlichen administrativen und infrastrukturellen Rahmenbedingungen unterliegen, ähnliche Anwendungen bedienen und den gleichen Schutzbedarf aufweisen.

- Bei allen Teilaufgaben gleichartige Objekte zu Gruppen zusammenfassen
- Typ und Anzahl der jeweils zusammengefassten Objekte vermerken

Die Teilaufgaben der Strukturanalyse lauten:

1. Erfassung der Geschäftsprozesse und zugehörigen Informationen
   - Überblick über die Geschäftsprozesse erstellen
   - Geschäftsprozesse mit eindeutigen Nummern oder Kürzeln kennzeichnen
   - Zusammenhang zwischen Geschäftsprozessen und Anwendungen darstellen

2. Erfassung der Anwendungen und der zugehörigen Informationen
   - Unter Einbeziehung der Verantwortlichen bzw. der Anwendungsnutzenden herausfinden, welche Anwendung für die betrachteten Geschäftsprozesse erforderlich sind
   - Übersicht über die Anwendungen erstellen und mit eindeutigen Nummern oder Kürzeln kennzeichnen

3. Netzplanerhebung
   - Existierende grafische Darstellungen des Netzes sichten, z. B. Netztopologiepläne
   - Netzpläne ggf. aktualisieren oder neu erstellen
   - Existierende Zusatzinformationen über die enthaltenen IT-, ICS-[1] und IoT-Systeme sichten und ggf. aktualisieren und vervollständigen
   - Existierende Zusatzinformationen über die enthaltenen Kommunikationsverbindungen sichten und ggf. aktualisieren und vervollständigen

4. Erhebung von IT-Systemen, ICS- und IoT-Komponenten und ähnlichen Objekten
   - Prüfen, ob existierende Datenbanken oder Übersichten über die vorhandenen oder geplanten IT-, ICS-Systemen sowie die sonstigen Geräte als Ausgangsbasis für die weitere Vorgehensweise geeignet sind
   - Liste der vernetzten und nicht vernetzten IT-Systeme, IoT- und ICS-Geräte erstellen, bzw. aktualisieren und vervollständigen
   - IT-, ICS- und IoT-Systeme bzw. -Systemgruppen mit eindeutigen Nummern oder Kürzeln kennzeichnen
   - Die Anwendungen den IT-, ICS- oder IoT-Systemen (Server, Clients, Netzkoppelelementen usw.) zuordnen, die für ihre Ausführung benötigt werden

5. Erfassung der Räume und Gebäude
   - Liste aller bei der Erfassung der IT-, ICS- und IoT-Systeme notierten Liegenschaften, Gebäude und Räume erstellen
   - Weitere Räume ergänzen, in denen schutzbedürftige Informationen aufbewahrt oder auf andere Weise verarbeitet werden

1.10.4.2 Schutzbedarfsfeststellung

Der Schutzbedarf von Geschäftsprozessen und der zugehörigen Informationen bildet die Grundlage für die weiteren Schutzbedarfsfeststellungen. Das heißt, der ermittelte Schutzbedarf überträgt sich durch **Vererbung** auf alle Objekte des Informationsverbunds, die bei der Verarbeitung genutzt werden, also Anwendungen, IT-Systeme, ICS- und IoT-Komponenten, Räume und Kommunikationsverbindungen. Ähnlich wirken auch Abhängigkeiten der Objekte untereinander. Eine eigentlich unwichtige Anwendung kann an Bedeutung gewinnen, wenn ihre Ausgabedaten als Eingangsinformation für eine wichtige Anwendung verwendet werden.

---

1 *ICS (Industrial Control System) steht als Oberbegriff für industielle Steuer- und Regelungssysteme wie SCADA (Supervisory Control and Data Acquisition)-Systeme und PLC (Programmable Logic Controller) bzw. SPS (speicherprogrammierbare Steuerungen).*

Für den Schutzbedarf eines Objekts müssen Schäden der Teilobjekte im Ganzen betrachtet werden. Meist bestimmt der Schaden mit der schwerwiegendsten Auswirkung den Schutzbedarf des Objekts (**Maximierungsprinzip**). Der Schutzbedarf wird bezüglich der drei Grundwerte Vertraulichkeit, Integrität und Verfügbarkeit dokumentiert. Daraus wird der Gesamtschutzbedarf nach Maximierungsprinzip gebildet, entspricht also dem der höchsten Einzeleinstufung.

Der **Kumulationseffekt** besagt, dass der Schutzbedarf eines Objekts – beispielsweise ein Server, auf dem zahlreiche Anwendungen laufen – dadurch steigt, dass durch Kumulation kleinerer Schäden insgesamt ein höherer Gesamtschaden entstehen kann.

Umgekehrt müssen Anwendungen mit hohem Schutzbedarf diesen nicht unbedingt auf ein betrachtetes IT-System übertragen. Bei redundanter Auslegung der IT-Systeme bestehen bei Ausfall der betrachteten Komponente Ausweichmöglichkeiten (**Verteilungseffekt**).

Allgemein erfolgt die Schutzbedarfsfeststellung in den folgenden Schritten:

1. Definition der Schutzbedarfskategorien
   - Der Schutzbedarf wird in drei grundlegende Kategorien eingeteilt: „normal“ für begrenzte und überschaubare, „hoch“ für beträchtliche und „sehr hoch“ für existenzbedrohliche, katastrophale Schadensauswirkungen. Bei Bedarf können weitere Kategorien zur Abstufung hinzugefügt werden, z. B. „unkritisch“ für vernachlässigbare Schadensauswirkungen.

2. Schutzbedarfsfeststellung für Geschäftsprozesse und Anwendungen
   - Schutzbedarf anhand von Schadensszenarien und Fragenkatalogen ermitteln
   - Wenn möglich, sollten Geschäftsprozesse mit sehr hohem Schutzbedarf in Teilprozesse aufgespalten werden. Diese können unterschiedlich abgestufte Schutzbedarfe aufweisen, sodass sich die Zahl der Objekte reduziert, an die ein sehr hoher Schutzbedarf vererbt wird.
   - Schutzbedarf und zugehörige Begründung tabellarisch dokumentieren

3. Schutzbedarfsfeststellung für IT-Systeme, IoT- und ICS-Geräte
   - Schutzbedarf der IT-, ICS-Systeme und sonstigen Geräte anhand des Schutzbedarfs der Geschäftsprozesse und Anwendungen ermitteln
   - Abhängigkeiten, das Maximumprinzip und ggf. den Kumulations- bzw. Verteilungseffekt berücksichtigen
   - Schutzbedarf und zugehörige Begründung tabellarisch dokumentieren

4. Schutzbedarfsfeststellung für Gebäude, Räume, Werkshallen usw.
   - Schutzbedarf der Räume aus dem Schutzbedarf der Geschäftsprozesse, Anwendungen, IT-, ICS-Systeme und sonstigen Geräte ableiten und das Ergebnis mit Begründung tabellarisch dokumentieren
   - Abhängigkeiten, das Maximumprinzip und ggf. den Kumulationseffekt berücksichtigen

5. Schutzbedarfsfeststellung für Kommunikationsverbindungen
   - Außenverbindungen erfassen und in tabellarischer oder grafischer Form dokumentieren
   - Verbindungen, über die kritische Informationen übertragen werden, identifizieren
   - Alle kritischen Kommunikationsverbindungen in tabellarischer oder grafischer Form dokumentieren

6. Schlussfolgerungen aus den Ergebnissen der Schutzbedarfsfeststellung
   - Die Ergebnisse der Schutzbedarfsfeststellung geben Anhaltspunkte für die weitere Vorgehensweise der Sicherheitskonzeption. Für jeden ermittelten Schutzbedarf bieten die IT-Grundschutz-Bausteine eine Schutzwirkung durch Umsetzung der darin aufgeführten Sicherheitsanforderungen (Bild 1.240).

Schutzbedarf	Beurteilung
„normal“	Schutz durch erfüllte Sicherheitsanforderungen nach IT-Grundschutz ist im Allgemeinen ausreichend und angemessen.
„hoch“	Schutz durch erfüllte Sicherheitsanforderungen nach IT-Grundschutz liefert eine Standard-Absicherung, ist aber möglicherweise nicht ausreichend. Weitere Maßnahmen nach Risikoanalyse werden empfohlen.
„sehr hoch“	Schutz durch erfüllte Sicherheitsanforderungen nach IT-Grundschutz liefert eine Standard-Absicherung, sie reicht aber alleine im Allgemeinen nicht aus. Erforderliche Maßnahmen müssen durch Risikoanalyse ermittelt werden.

Bild 1.240: Sicherheitsanforderungen nach Schutzbedarf

Eine Risikoanalyse muss auch bei Schutzbedarf „normal“ durchgeführt werden, wenn der Informationsverbund mit den Bausteinen des IT-Grundschutzes nicht modelliert werden kann oder in Einsatzszenarien betrieben wird, die im Rahmen des IT-Grundschutzes nicht vorgesehen sind.

- Prüfen, ob Objekte mit erhöhten Sicherheitsanforderungen in Sicherheitszonen konzentriert werden können
- Objekte mit erhöhten Sicherheitsanforderungen für eine Risikoanalyse vormerken

1.10.4.3 Modellierung des Informationsverbunds

Mit den Ergebnissen der Strukturanalyse und der Schutzbedarfsfeststellung können jetzt die Bausteine des IT-Grundschutz-Kompendiums verwendet werden, um ein IT-Grundschutz-Modell des Informationsverbunds zu erstellen.

Neben den Prozess- und System-Bausteinen (Bild 1.237 und Bild 1.238) beinhaltet das IT-Grundschutz-Kompendium eine umfangreiche Liste von **elementaren Gefährdungen** (Bild 1.239). Mit ihnen lässt sich eine erste vereinfachte Risikoanalyse für typische IT-Umgebungen durchführen und das erforderliche Sicherheitsniveau für einen normalen Schutzbedarf erreichen, ohne dass weitere aufwendige Analysen erforderlich sind. Die Bausteine listen eine Reihe von Anforderungen auf, die für die betrachteten Geschäftsprozesse und ihre Ressourcen konsequent erfüllt werden müssen. Die Sicherheitsanforderungen sind in Prioritätsstufen aufgeteilt:

- **Basis-Anforderungen** müssen zuerst und uneingeschränkt erfüllt werden. Sie erlauben mit relativ geringem Aufwand größtmöglichen Nutzen und bilden die Grundlage für das Vorgehen zur Basis-Absicherung.
- **Standard-Anforderungen** bauen auf den Basis-Anforderungen auf und bedienen den normalen Schutzbedarf. Um eine Standard-Absicherung zu erreichen, müssen die Ziele der Standard-Anforderungen erreicht werden. Das bedeutet allerdings nicht, dass alle

genannten Anforderungen wie beschrieben umgesetzt werden müssen. Vielmehr ist es möglich, dass die Sicherheitsziele durch andere Sicherheitsmaßnahmen erreicht werden.

- **Anforderungen bei erhöhtem Schutzbedarf** thematisieren die weiterführende Absicherung mit einer Sammlung von Vorschlägen, um daraus für die erhöhten Sicherheitsanforderungen geeignete Anforderungen und Maßnahmen zu formulieren.

Das BSI bietet zu einigen Bausteinen zusätzlich Umsetzungshinweise an, mit einer detaillierten Beschreibung, mit welchen Sicherheitsmaßnahmen die in den Bausteinen genannten Anforderungen in der Praxis erfüllt werden können.

Neben den Sicherheitsanforderungen innerhalb der Bausteine lassen sich auch die Bausteine selbst für die empfohlene **Bearbeitungsreihenfolge** priorisieren und entsprechend kennzeichnen (Bild 1.241).

R1	Vorrangig umzusetzen, da sie Grundlage für einen effektiven Sicherheitsprozess bilden. Dabei handelt es sich insbesondere um die Bausteine aus den Bereichen ISMS, ORP und OPS. 1.1 (Kern-IT-Betrieb).
R2	Nachfolgend umzusetzen, da sie für nachhaltige Sicherheit in wesentlichen Teilen des Informationsverbundes notwendig sind.
R3	Nachrangig umzusetzen, da sie für das angestrebte Sicherheitsniveau erforderlich sind, allerdings zunächst Blöcke aus R1 und R2 priorisiert umgesetzt werden sollten.

Bild 1.241: Bearbeitungsreihenfolge der Sicherheits-Bausteine

Daraus ergeben sich die folgenden Arbeitsschritte:

- Zuordnung von Bausteinen zu Zielobjekten erstellen und zusammen mit der Angabe der jeweiligen Ansprechperson dokumentieren
- Zielobjekte, die nicht modelliert werden können, für eine Risikoanalyse vormerken
- Umsetzungsreihenfolge der Bausteine festlegen
- Sicherheitsanforderungen der Bausteine sorgfältig bearbeiten und die passenden Sicherheitsmaßnahmen festlegen

1.10.4.4 IT-Grundschutz-Check

Mit den Ergebnissen aus der Strukturanalyse und der Schutzbedarfsfeststellung lieferte die Modellierung eine Abbildung des Informationsverbunds auf Bausteinen des IT-Grundschutzes. Diese Modellierung dient nun als Prüfplan, um anhand eines Soll-Ist-Vergleichs zu ermitteln, ob die Anforderungen ausreichend erfüllt wurden. Dazu wird in drei Schritten vorgegangen:

1. Organisatorische Vorbereitungen:
   Zusätzlich zu den Ergebnisdokumenten der vorangegangenen Schritte müssen alle hausinternen Unterlagen (z. B. Organisationsverfügungen, Arbeitshinweise, Sicherheitsanweisungen, Handbücher und informelle Vorgehensweisen), die sicherheitsrelevante Abläufe regeln, zusammengetragen und gesichtet werden. Zu allen Dokumenten muss eine zuständige Person notiert werden.
   Im nächsten Schritt muss geklärt werden, ob und in welchem Umfang externe Stellen bei der Ist-Aufnahme einbezogen werden müssen. Das kann beispielsweise bei Betrieb

des Rechenzentrums durch einen externen Dienstleister oder bei einem IT-Service-Outsourcing der Fall sein.
Für die Ist-Analyse müssen dann Interview-Termine mit den jeweils als zuständig notierten Ansprechpersonen vereinbart werden. Die Interviews sollten von Zweier-Teams geleitet werden: Eine Person führt das Interview und eine andere fertigt das Protokoll an.

2. Durchführung des Soll-Ist-Vergleichs:
Die befragten Personen geben Auskunft über den Umsetzungsstatus. Dabei kommen die folgenden Antworten in Betracht:

„Entbehrlich“	Die Anforderung ist für den betrachteten Informationsverbund nicht relevant oder wird durch andere Maßnahmen abgedeckt. Sie muss deshalb nicht erfüllt werden und gilt damit als „entbehrlich“. Wird ein Risiko im betreffenden Baustein der elementaren Gefährdungen pauschal akzeptiert oder ausgeschlossen, dürfen die Anforderungen nicht als „entbehrlich“ markiert werden.
„Ja“	Die Anforderung wurde durch angemessene und ausreichende Maßnahmen vollständig erfüllt.
„Teilweise“	Die Anforderung wurde nur teilweise erfüllt.
„Nein“	Die Anforderung wurden nicht erfüllt, d. h., dass geeignete Maßnahmen überwiegend noch nicht umgesetzt wurden.

Damit lauten die Arbeitsschritte:
- Checklisten pro Fachgebiet vorab erstellen
- der interviewten Person die Zielsetzung des IT-Grundschutz-Checks erlautern
- Umsetzungsstatus der einzelnen Anforderungen erfragen
- Antworten anhand von Stichproben am Objekt überprüfen
- den befragten Personen die Ergebnisse mitteilen

3. Dokumentation der Ergebnisse:
Arbeitsschritte zur Erstellung der Ergebnisdokumentation:
- Stamminformation über jedes Zielobjekt erfassen
- Standort, Nummer und Bezeichnung des Objekts/der Objektgruppe, der der Baustein bei der Modellierung zugeordnet wurde
- Ansprechperson, Erfassungsdatum und Name der/des Erfassenden
- Informationen zum Soll-Ist-Vergleich und Umsetzungsstatus dokumentieren
- Mit Blick auf eine mögliche Zertifizierung sollte zu den jeweiligen Anforderungen neben dem Umsetzungsstatus auch notiert werden, durch welche Maßnahmen die Anforderungen konkreten erfüllt werden.
- Felder/Platzhalter für die Realisierungsplanung vorsehen

Beispiele:
„Umsetzung bis ...“ wird ggf. erst bei der Realisierungsplanung ausgefüllt, um zu dokumentieren, bis wann die Anforderung vollständig erfüllt sein soll. Kann das Feld „Verantwortliche“ beim IT-Grundschutz-Check nicht eindeutig befüllt werden, muss bei der Realisierungsplanung eine verantwortliche Person benannt und hier eingetragen werden. Zur späteren Nachvollziehbarkeit, insbesondere bei Zertifizierungen, muss das Feld „Bemerkung/Begründung“ beispielsweise bei entbehrlichen Anforderungen mit den jeweiligen Begründungen befüllt

werden. Im Fall von nur teilweiser Umsetzungen sollte hier etwa notiert werden, welche Maßnahmen noch umgesetzt werden müssen. Auch weitere Bemerkungen sollten hier eingetragen werden, die bei der späteren Beseitigung von Mängeln helfen können. Bei nur teilweise erfüllten Anforderungen sollte das damit verbundene Risiko ermittelt und im Bereich „Defizite/Kostenschätzung" festgehalten werden. Außerdem sollten dort die geschätzten finanziellen und personellen Aufwände zur Beseitigung der Mängel eingetragen werden.

1.10.4.5 Risikoanalyse

Für die verwendeten IT-Grundschutz-Bausteine wurde bei ihrer Erstellung bereits implizit eine Risikobewertung für die Bereiche mit normalem Schutzbedarf durchgeführt. Dabei handelt es sich um Gefährdungen, die ein besonders großes Risiko darstellen, also entweder eine so hohe Eintrittswahrscheinlichkeit aufweisen oder eine so gravierende Auswirkung haben, dass Sicherheitsmaßnahmen ergriffen werden müssen. Der Vorteil an dem Vorgehen nach IT-Grundschutz ist, dass für den Großteil des Informationsverbunds keine eigene Bedrohungs- und Schwachstellenanalyse mehr durchgeführt werden muss, weil sie bereits vorab erfolgt ist.

Wenn Objekte im Informationsverbund einen höheren Schutzbedarf aufweisen, mit den IT-Grundschutz-Bausteinen nicht modelliert werden können oder außerhalb des vom IT-Grundschutz vorgesehenen Rahmens betrieben werden, muss eine explizite Risikoanalyse durchgeführt werden. Damit stellen sich die folgenden Fragen:

- Welche Gefährdungen werden nach der Umsetzung der relevanten IT-Grundschutz-Bausteine nicht oder nicht ausreichend adressiert?
- Müssen zusätzliche Sicherheitsmaßnahmen eingeplant und umgesetzt werden, die über das IT-Grundschutz-Modell hinausgehen?

Die Risikoanalyse nach BSI-Standard 200-3 liefert darauf Antworten.

Eine **Risikoanalyse** (*risk analysis*) nach IT-Grundschutz ist enorm aufwendig und zeitintensiv. Ihr Zweck ist es, Sicherheitsvorkehrungen zu ermitteln, die über die Sicherheitsanforderungen des IT-Grundschutz-Kompendiums hinausgehen. Allerdings ist es oft zweckmäßig, zunächst die IT-Grundschutz-Anforderungen vollständig zu erfüllen und erst nachgelagert die Risikoanalyse durchzuführen, auch wenn dadurch einige Schritte mehrfach durchlaufen werden. Die Risikoanalyse gestaltet sich zudem oft einfacher, wenn sie nacheinander für einzelne Teilbereiche durchgeführt wird.

Die Risikoanalyse besteht aus den folgenden Arbeitsschritten:

- Grundsätzliche Vorgehensweise zur Durchführung von Risikoanalysen in einer Richtlinie dokumentieren und der Leitungsebene zur Verabschiedung vorlegen
- Ermitteln, für welche Zielobjekte oder Gruppen von Zielobjekten eine Risikoanalyse durchgeführt werden soll
- BSI-Standard 200-3 „Risikoanalyse auf Basis von IT-Grundschutz" systematisch durcharbeiten
- Ergebnisse der Risikoanalysen in das Sicherheitskonzept integrieren

1.10.5 Technische Mittel der IT-Sicherheit

Im Folgenden werden einige wichtige Komponenten zur Absicherung der Netzwerkkommunikation vorgestellt.

1.10.5.1 Firewall

Die Firewall (engl. Brandschutzmauer) ist eine unverzichtbare Komponente in Unternehmens- und Behördennetzwerken. Sie bildet eine Hürde zwischen zwei Netzen, die für Unberechtigte möglichst unüberwindlich sein soll. Angesiedelt ist sie meistens auf dem Router zwischen lokalem Netz und öffentlichem Weitverkehrsnetz (Bild 1.242). Für die Konstruktion einer Firewall stehen grundsätzlich zwei Elemente zur Verfügung: Proxys und Paketfilter.

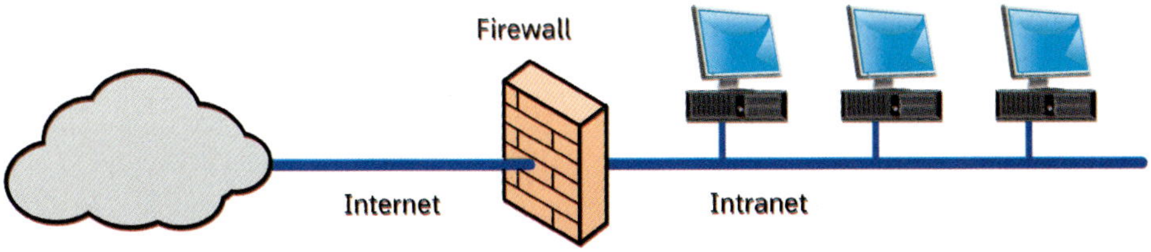

Bild 1.242: Firewall zwischen Netzen unterschiedlicher Vertrauenswürdigkeit

Ein **Proxy** wird auch als **Application Level Gateway (ALG)** oder **Application Firewall** bezeichnet, weil er auf der OSI-Schicht 7 (Application Layer) arbeitet. Soll nicht für jedes Anwendungsprotokoll ein gesonderter Proxy betrieben werden, gestaltet sich die Konfiguration eines Universal-Proxys kompliziert. Möglicherweise sind auch Anpassungen an der Anwendungssoftware notwendig.

Zu den Vorteilen einer Firewall beziehungsweise von Proxys und Paketfiltern zählen:

- Oft weisen Anwendungsprogramme Schwachstellen in der Behandlung von Netzwerkdaten auf. Ein Proxy ist in seinem Kernbereich in der Regel deutlich sicherer und kann damit alle nachgelagerten Anwendungen gleichermaßen vor der Ausnutzung vieler Schwachstellen schützen.
- Einzelne Protokollnachrichten können abhängig vom Sender, der Zeit oder der Protokollparameter gefiltert werden (z. B. HTTP-Nachrichten mit POST-Request).
- Unerwünschte Inhalte können aus den übertragenen Daten entfernt werden.
- Angriffsversuche durch speziell fehlformatierte Headerdaten können abgewehrt werden.
- Die Absenderadresse eines weitergeleiteten IP-Pakets kann durch die IP-Adresse der Netzschnittstelle ersetzt werden, über die das Paket den Proxy verlässt. Dadurch werden IP-Adressen des vertrauenswürdigen Netzes verheimlicht. Im DNS muss zudem nur eine IP-Adresse eingetragen werden.
- Es kann eine starke Authentisierung erzwungen werden.
- Für die Verbindungen auf der Anwendungsebene stehen umfangreiche Protokollierungsmöglichkeiten zur Verfügung, u. a. über die Benutzeridentifikation, Portnummern, Quell- und Ziel-IP-Adressen, Datum und Uhrzeit.

- In Abhängigkeit vom verwendeten Protokoll können weitergehende Informationen protokolliert werden, z. B. die URL bei HTTP.

Paketfilter (*packet filter firewalls*) sind Router, die ihre Weginformation (*routing*) überhaupt nur dann zum Einsatz bringen, wenn vorgegebene Richtlinien (*policy of forwarding*) dies zulassen. Paketfilter inspizieren die einzelnen Felder in den TCP/UDP- und den IP-Headern und vergleichen sie mit ihrem Regelwerk. So kann ein Paketfilter z. B. dazu konfiguriert werden,

- sowohl UDP-Pakete an Port 53 nur dann durchzulassen, wenn sie von einem Host mit vorgegebener IP-Adresse stammen (der standardmäßige Nameserver des Providers etwa),
- als auch TCP-Verbindungen von außen nach innen generell nicht zuzulassen (Inspektion des SYN-Flags), es sei denn, sie stammen aus einem ganz bestimmten Subnetz,
- oder abgehende Verbindungsaufbaupakete aus bestimmten internen Subnetzen an einen bestimmten externen SMTP-Server zuzulassen, an einen anderen aber zu sperren,
- und alle oder manche Aktionen zu protokollieren.

Details folgen weiter unten.

Wenn der Paketfilter darüber hinaus „weiß", um was für Pakete es sich handelt, z. B. FTP-Datenverbindungen, die in einer bestehenden FTP-Steuerverbindung veranlasst worden sind, dann spricht man von ***stateful inspection*** und nennt den Filter **Stateful Inspection Firewall**.

Auf diesem Wege können die Datenflüsse durch den Paketfilter sehr fein gesteuert werden. Nachteilig ist jedoch die mit der Anzahl der Regeln zunehmende Komplexität und die daraus resultierende Fehleranfälligkeit. Daneben können den Nutzenden Unannehmlichkeiten entstehen (z. B. bei FTP).

Gegen einige Bedrohungen können Firewalls, die nur den Netzwerkverkehr zwischen den Netzbereichen schützen, nicht eingesetzt werden, und zwar:

- Angriffe aus dem eigenen Netz
- Kommunikationsbeziehungen, die an der Firewall vorbeigehen, z. B. durch zusätzliche Modem-Einwahl einer Station des eigenen Netzes
- völlig neuartige Angriffstechniken
- Computerviren, Trojaner etc.

Einen Schritt weiter als die Stateful Packet Inspection (SPI) geht die **Deep Packet Inspection (DPI)**. Sie untersucht nicht nur die Paket-Header, sondern auch den Nutzdatenanteil. DPI wird in Unternehmensnetzwerken vor allem gegen Malware und zur (begrenzt möglichen) Erkennung von Hackerangriffen eingesetzt. Diese Form der Untersuchung setzt allerdings voraus, dass die DPI-Firewall in der Lage ist, die Nutzdaten einzusehen. Bei einer HTTPS-Verbindung ist das beispielsweise wegen der Ende-zu-Ende-Verschlüsselung nicht direkt möglich. Die Lösung besteht in der Regel darin, dass der Firmen-Proxy als Man-in-the-Middle agiert. Das heißt, der Arbeitsplatz-PC baut eine Verbindung zum Proxy auf und der Proxy eine Verbindung zum Ziel-Webserver. Die Verschlüsselung der HTTPS-Verbindung zwischen PC und Proxy stützt sich dabei auf ein firmeneigenes Root-Zertifikat, das zuvor allerdings auf dem PC installiert werden muss.

Die Kreuzreferenztabelle zum IT-Grundschutz-Kompendium listet zu den einzelnen Anforderungen eines betrachteten Bausteins die jeweils dadurch adressierten elementaren Gefährdungen auf (Bild 1.239). Für den Firewall-Baustein NET.3.2 ergeben sich die nachfolgend dargestellten Abhängigkeiten.

Anforderung	Name	Elementare Gefährdungen
NET.3.2.A1	Erstellung einer Sicherheitsrichtlinie	18
NET.3.2.A2	Festlegung der Firewall-Regeln	14, 19, 23
NET.3.2.A3	Einrichten geeigneter Filterregeln am Paketfilter	23, 40, 53
NET.3.2.A4	Sichere Konfiguration der Firewall	19, 22, 23, 30, 46
NET.3.2.A6	Schutz der Administrationsschnittstelle	23, 30
NET.3.2.A7	Notfallzugriff auf die Firewall	27
NET.3.2.A8	Unterbindung von dynamischem Routing	22, 23, 43
NET.3.2.A9	Protokollierung	37
NET.3.2.A10	Abwehr von Fragmentierungsangriffen am Paketfilter	41, 43
NET.3.2.A14	Betriebsdokumentationen	18
NET.3.2.A15	Beschaffung einer Firewall	18, 20
NET.3.2.A16	Aufbau einer „P-A-P“-Struktur	23, 40
NET.3.2.A17	Deaktivierung von IPv4 oder IPv6	23
NET.3.2.A18	Administration über ein gesondertes Managementnetz	9, 23, 30
NET.3.2.A19	Schutz vor TCP SYN Flooding	40, 41
NET.3.2.A20	Absicherung von grundlegenden Internetprotokollen	23
NET.3.2.A21	Temporäre Entschlüsselung des Datenverkehrs	18, 23, 29, 39
NET.3.2.A22	Sichere Zeitsynchronisation	22, 43, 46
NET.3.2.A23	Systemüberwachung und -auswertung	9, 18, 25, 27
NET.3.2.A24	Revision und Penetrationstests	18
NET.3.2.A25	Erweiterter Integritätsschutz für die Konfigurationsdateien	22, 23, 43, 46
NET.3.2.A26	Auslagerung von funktionalen Erweiterungen auf dedizierte Hardware	18, 25, 27
NET.3.2.A27	Einsatz verschiedener Firewall-Betriebssysteme und -Produkte in einer mehrstufigen Firewall-Architektur	14, 19, 21, 23, 26
NET.3.2.A28	Zentrale Filterung von aktiven Inhalten	39
NET.3.2.A29	Einsatz von Hochverfügbarkeitslösungen	9, 18, 25, 27
NET.3.2.A30	Bandbreitenmanagement für kritische Anwendungen und Dienste	27
NET.3.2.A31	Einsatz von zertifizierten Produkten	18
NET.3.2.A32	Notfallvorsorge für die Firewall	9, 18, 27

Bild 1.243: Firewall-Anforderungen und die adressierten elementaren Gefährdungen

Für den Aufbau eines Firewall-Systems bieten sich im Wesentlichen zwei sinnvolle Grundstrukturen an, die im Folgenden vorgestellt werden.

1. „P-A-P"-Struktur: Paketfilter – Application-Level-Gateway – Paketfilter

Bei dieser Grundstruktur werden ein Paketfilter, ein Application-Level-Gateway (ALG) und ein weiterer Paketfilter hintereinandergeschaltet, sodass der gesamte Datenverkehr alle drei Komponenten überqueren muss. In der folgenden Abbildung (Bild 1.244) sind beispielhaft einige Möglichkeiten zur Einrichtung von **„demilitarisierten Zonen" (DMZ)** eingezeichnet, in denen weitere Komponenten des Firewall-Systems in einer geschützten Umgebung betrieben werden können.

Die DMZ ist der Bereich zwischen den Grenzen (ein „Niemandsland"). Hier platzierte Servermaschinen heißen auch **Bastion Host** (engl. *bastion*: Bollwerk) und hosten z.B. einen öffentlich erreichbaren Webserver.

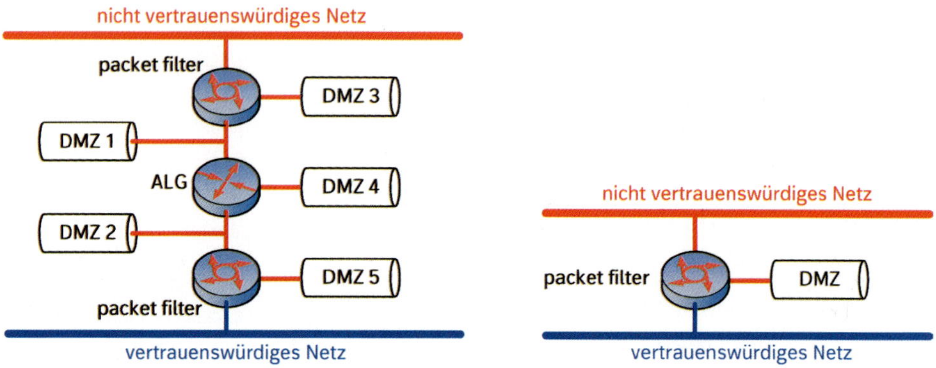

Bild 1.244: Links mehrstufiger und rechts einstufiger Aufbau einer Firewall

2. Nur Paketfilter

Die einfachste Grundstruktur eines Firewall-Systems besteht aus nur einem Paketfilter. Problematisch ist an dieser Anordnung, dass die Entscheidung darüber, ob ein Zugriff erlaubt oder abgewiesen wird, allein anhand der leicht fälschbaren Daten aus den Headern der verschiedenen IP-basierten Protokolle gefällt werden kann.

Zu den Einsatzbereichen zählen deshalb vor allem:

- Trennung zweier Netze, falls sich das Maß der Vertrauenswürdigkeit dieser Netze nur wenig voneinander unterscheidet (z.B. Trennung des Internets von einem Intranet mit nur geringem Schutzbedarf)
- Trennung zweier organisationsinterner Netze
- Privater Bereich (Schutz des „heimischen" Rechners beim Zugriff auf das Internet)[1]

Die Eigenschaften dieser Grundtypen werden in Bild 1.245 einander gegenübergestellt.

1 *Bundesamt für Sicherheit in der Informationstechnik (Hrsg.): IT-Grundschutz-Kataloge, 15. Ergänzungslieferung – 2016, veröff. im September 2016 unter: https://download.gsb.bund.de/BSI/ITGSK/IT-Grundschutz-Kataloge_2016_EL15_DE.pdf, S. 1611 [letzter Zugriff: 31.03.2025].*

Paketfilter – ALG – Paketfilter (P-A-P)	Paketfilter
▪ Kann als Grundlage für die Sicherstellung eines hohen Sicherheitsniveaus dienen ▪ Hohe Komplexität aufgrund der Verwendung mehrerer Module ▪ Nicht in jedem Anwendungszusammenhang einsetzbar ▪ Beispielsweise kann IPsec-Verkehr nicht über einen TCP/IP-Proxy geleitet werden ▪ Einfache Erweiterungsmöglichkeiten, z. B. kann ein Virenscanner oder ein Spam-Filter ohne großen Aufwand an das ALG angeschlossen werden ▪ Ausnutzung von Sicherheitslücken in Clientsoftware kann teilweise verhindert werden ▪ Umfangreiche Protokollierungsmöglichkeiten	▪ Kein hohes Sicherheitsniveau, höchstens für normalen Schutzbedarf ausreichend ▪ Gegenüber einem P-A-P-Aufbau relativ einfache Administration ▪ Geringe Investitionskosten (kostenlose Software unter verschiedenen Betriebssystemen vorhanden) ▪ Keine wesentliche Einschränkung des maximalen Datendurchsatzes am Netzübergang ▪ Einfache, grundlegende Absicherung ▪ Integration auf einem zu schützenden Rechner theoretisch möglich (z. B. kann ein Webserver gleichzeitig als Paketfilter genutzt werden) ▪ Bereitstellung neuer Dienste gegenüber P-A-P-Aufbau stark vereinfacht

Bild 1.245: Vergleich der Grundstrukturen von Firewalls[1]

Ein Beispiel für kostenlose Firewallsoftware ist z. B. der Netfilter von Linux (Bild 1.246), der mit dem Frontend Iptables konfiguriert wird. Der Linux-Kernel behandelt IP-Pakete gemäß den Eintragungen in drei Tabellen (daher auch der Name Iptables). In jeder Tabelle existieren Regelketten (Ipchains), die Verfahrensregeln (Rules) für die Paketbehandlung enthalten (können). Treffen Regelmerkmale zu (Matches), wird das Paket einer Zielbestimmung (Target) zugeführt. Anfangs sind diese Ketten leer, d. h., mangels spezieller Regeln ist alles möglich. Eine der drei Tabellen heißt „NAT", in ihr wird die Network Address Translation durchgeführt (siehe auch Kap. 1.8.5). Eine weitere heißt „Mangle", sie dient für spezielle Paketbehandlungen (engl. *to mangle*: zerfleischen).

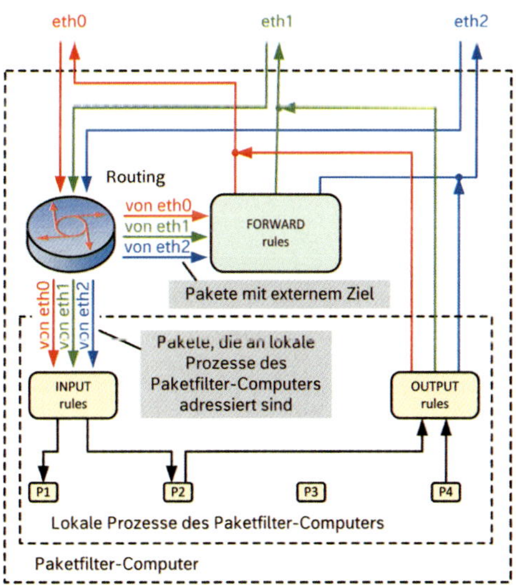

Bild 1.246: Vereinfachtes Funktionsmodell des Linux-Netfilters

1 *Bundesamt für Sicherheit in der Informationstechnik (Hrsg.): IT-Grundschutz-Kataloge, 15. Ergänzungslieferung – 2016, veröff. im September 2016 unter: https://download.gsb.bund.de/BSI/ITGSK/IT-Grund schutz-Kataloge_2016_EL15_DE.pdf, S. 1613/1614 [letzter Zugriff: 31.03.2025].*

Für die Paketfilterung dient die Tabelle „Filter". Sie wird bei Konfigurationsbefehlen standardmäßig verwendet, wenn nicht über die Option -t eine andere Tabelle für diesen Befehl festgelegt wird. Die Tabelle besitzt drei Regelketten: INPUT, OUTPUT und FORWARD. Der Einflussbereich geht aus Bild 1.246 hervor.

Wichtigste Paket-Merkmale (Matches) sind: Quell-IP-Adresse/Ziel-IP-Adresse, Protokoll (UDP/TCP), Quell- und Zielport sowie gesetzte Flags (SYN, ACK usw.).

Built-in Targets	Bedeutung
DROP	Das Paket wird ohne Weiteres verworfen.
ACCEPT	Das Paket wird durchgereicht.
REJECT	Wie DROP, meist mit ICMP-Fehlermeldung an den Absender.
LOG	Es wird ein Vermerk im sog. Kernellogging bewirkt.

Bild 1.247: Standardaktionen im Paketfilter

Andere, gerade auch benutzerdefinierte Chains können selbst als Target dienen. Filterregeln für einen einfachsten Paketfilter ohne DMZ könnten so aussehen, wie Bild 1.248 zeigt. Diese Befehlsfolge kann in ein Initialisierungsskript für die Runlevel 3 und 5 eingebunden werden. Auf sie aufbauend können weitere Eigenschaften implementiert werden (siehe weiter oben; das Zeichen # leitet Kommentare ein):

```
## Regelkette ‚block‘ erstellen, die neue Verbindungen blockt -
## es sei denn, sie kommen von innen (eth0)
iptables -N block # New chain (neue Kette in Tabelle filter)

# Fügt Regel in Kette block ein (-A: ADD)
# -m matches ‚state‘; hier Zustände ESTABLISHED und RELATED
# ESTABLISHED meaning that the packet is associated with a
# connection which has seen packets in both directions
# RELATED meaning that the packet is starting a new connection
# but is associated with an existing connection,
# such as FTP data transfer
# -j jumps to a target; hier: ACCEPT
iptables -A block -m state --state ESTABLISHED,RELATED -j ACCEPT

# NEW meaning that the packet has started a new connection
# -i ! ethl; Das in-Interface ist nicht (!) ethl
iptables -A block -m state --state NEW -i ! eth1 -j ACCEPT

# Letzte Regel in der Kette bestimmt Standardverhalten: Keine
# akzeptable Eigenschaft festgestellt, dann verwerfen!
iptables -A block -j DROP

## Von INPUT- und FORWARD-Ketten zu dieser Kette springen
iptables -A INPUT -j block
iptables -A FORWARD -j block
```

Bild 1.248: Konfiguration einer Paketfilter-Regelkette mit iptables

Appliances und Personal Firewalls

Wenn die komplette Funktionalität einer Firewall (Paketfilter + ALG) in einem Gerät zusammengefasst wird (*embedded*), dann spricht man von einer **Firewall Appliance**, einer externen Firewall oder – fälschlicherweise – von einer Hardware-Firewall. Dies ist die professionellste Lösung, weil die Firewall-Software in diesem Fall auf proprietären Betriebssystemen oder gehärteten Linux-Derivaten aufsetzt.

Im Gegensatz dazu spricht man von einer **Personal Firewall**, wenn diese Software das Betriebssystem des Arbeitsplatzrechners ergänzt, um insbesondere zu verhindern, dass Software unkontrolliert eine Verbindung ins Internet herstellt.

1

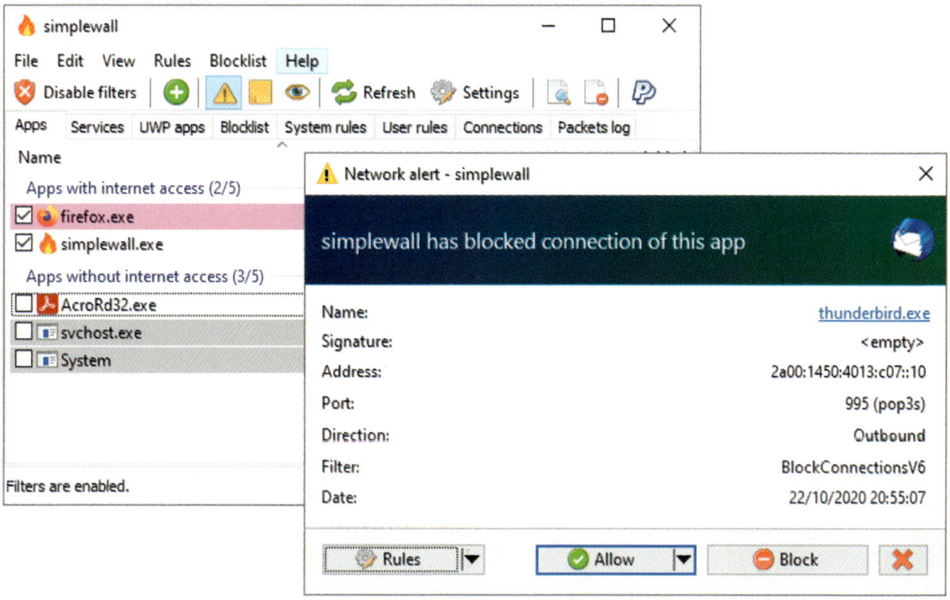

Bild 1.249: Akkreditierung einer Anwendung mit einer Personal Firewall

Solche Verbindungen sind aus Sicht einer externen Firewall nämlich meist zulässig. Dazu müssen Anwendende entweder jeden Verbindungsaufbau im Netz einzeln akzeptieren oder einzelnen Anwendungen eine Akkreditierung erteilen (Bild 1.249).

In dem seltenen Fall, dass ein (meist privater) Rechner ohne zwischengeschalteten Router ins Internet geht, muss die Personal Firewall natürlich auch Verbindungen von außen nach innen generell abblocken.

1.10.5.2 VPN

Eines der primären Ziele der Vernetzung ist die Überbrückung von räumlicher Entfernung. Heute besteht vielfach der Wunsch, die Rechner der Angestellten im Homeoffice oder im Außendienst sowie die LANs entfernter Niederlassungen und Geschäftspartner/-innen an das firmeneigene Netz anzukoppeln. Dies kann vorteilhaft mit VPNs (Kap 1.1.3.1) über das Internet geschehen.

Dem steht allerdings ein großer Nachteil gegenüber: Das Internet ist **öffentlich** – und damit alles andere als privat. Schutzmaßnahmen wie Zugangskontrollen sind nicht durchführbar:

- Unerlaubter Zugriff auf lokale Einrichtungen von außen muss abgewehrt werden (Firewall).
- **Authentizität** der Kommunikationspartner und **Integrität** (Unverfälschtheit) der Daten muss gewährleistet sein.
- Übertragene Daten müssen durch **Verschlüsselung** gegen Ausspähung geschützt werden.

Als Methoden der Netzkopplung bieten sich an:

1. Kopplung auf der Sicherungsschicht: Frames der OSI-Schicht 2 werden komplett in IP-Pakete verpackt. In der Vergangenheit gab es dazu einige proprietäre Ansätze wie das **PPTP** (**P**oint-to-**P**oint **T**unneling **P**rotocol) von Microsoft, das allerdings nur einen Kanal zuließ, oder das **L2F**-Protokoll (**L**ayer **2** **F**orwarding) der Firmen Cisco, Nortel und Shiva, welches mehrere Tunnel bot, aber keine Verschlüsselung.
2. Kopplung auf der Netzwerkschicht durch **IPsec**.

IPsec ist eine Erweiterung des IP-Protokolls um Schutzfunktionen zur Authentifizierung, Integritätsprüfung und Verschlüsselung. IPsec kann zur IP-Version 4 hinzugefügt werden und ist fester Bestandteil von IP-Version 6.

IPsec ist in den RFCs 4301, 4302, 4303 und 4305 definiert. Seine zentralen Elemente sind:

- das **AH-Protokoll** (**A**uthentication **H**eader, Bild 1.250)
- das **ESP-Protokoll** (**E**ncapsulating **S**ecurity **P**ayload, Bild 1.251)
- die Schlüsselverwaltung (Key Management)

Dabei ist IPsec nicht auf bestimmte Authentifizierungs- und Verschlüsselungstechniken festgelegt. Zur Erzielung einer minimalen Kompatibilität ist jedoch im **AH-Protokoll** das Verfahren **MD5** (RFC 1321) Pflichtbestandteil jeder Implementierung. Dabei wird aus den Nutzdaten und einem geheimen Schlüssel eine Prüfbitfolge erzeugt, die eine Manipulation des Dateninhalts aufdeckt (Integritätsprüfung) und einen Absender authentifiziert. Beim **ESP-Protokoll** ist das **DES**-Verfahren Standard (RFC 1829), um die Vertraulichkeit durch Verschlüsselung zu gewährleisten. Beide Protokolle fügen einen neuen Header ein und kennen jeweils einen Transport-Modus und einen Tunnel-Modus.

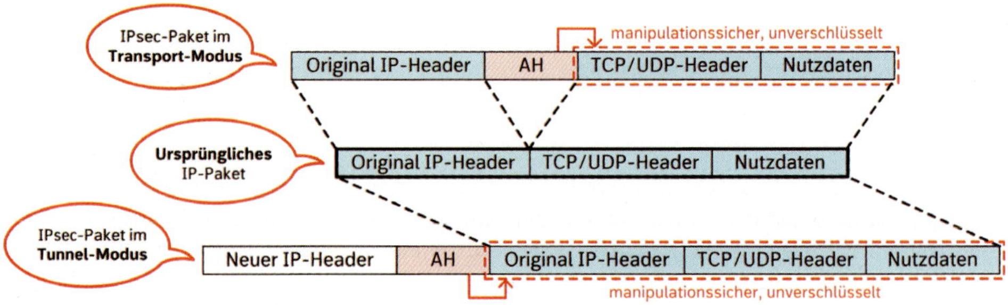

Bild 1.250: Transport- und Tunnel-Modus bei IPsec-Paketen mit AH-Protokoll

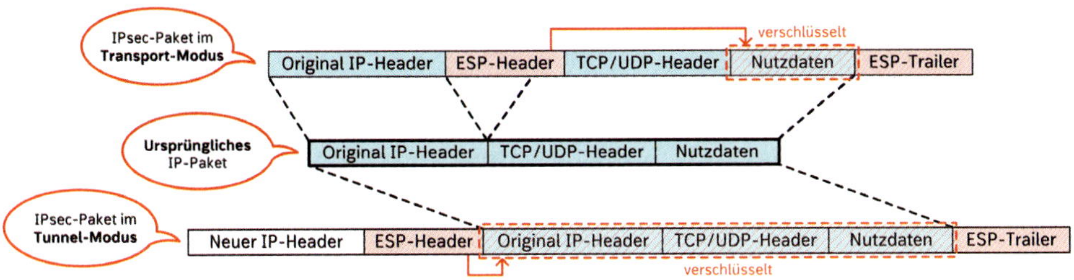

Bild 1.251: Transport- und Tunnel-Modus bei IPsec-Paketen mit ESP-Protokoll

Der **Transport-Modus** ist nur für die Host-zu-Host-Kommunikation geeignet, denn es muss jede Station im VPN IPsec beherrschen; die Pakete werden geringfügig größer. Die Kommunikationsbeziehungen können analysiert werden, die Daten sind natürlich nicht einsehbar.

Beim **Tunnel-Modus** wird ein neues IP-Paket erzeugt, die Pakete werden also größer als im Transport-Modus, bei gleichzeitiger Verwendung von AH und ESP um mehr als 60 Byte – es droht Fragmentierung und die damit verbundene Leistungseinbuße. Dafür müssen nur die Gateways an den Tunnelendpunkten IPsec beherrschen. Bei der Durchtunnelung des Internets und innerhalb der Intranets ist nicht mehr erforderlich als die Fähigkeit, IP-Pakete weiterleiten zu können. Nur die Kommunikationsbeziehungen von Tunnelendpunkten können analysiert werden.

Damit eine gesicherte Punkt-zu-Punkt-Kommunikation funktioniert, ist die Anpassung vieler Parameter erforderlich (Authentifizierung und/oder Verschlüsselung, Verschlüsselungsalgorithmen, Schlüssel etc.), die zumindest bei jedem Verbindungsaufbau neu ausgehandelt werden müssen.

> Für jede Richtung einer Punkt-zu-Punkt-Kommunikation und für jedes Protokoll (AH/ESP) wird ein eigener Parametersatz benötigt.

Die jeweils nötigen Parametersätze werden zusammengefasst als **SA** (**S**ecurity **A**ssociation) bezeichnet und in einer **SPD** (**S**ecurity **P**olicy **D**atabase) genannten Datenbank abgelegt. Die Verwaltung und die Verteilung der vielen erforderlichen Schlüssel können ein organisatorisches Problem werden, wenn sie „manuell" durchgeführt werden. Alternativ sollte das **IKE** (**I**nternet **K**ey **E**xchange Protocol, RFC 4306) und das **ISAKMP** (**I**nternet **S**ecurity **A**ssociation and **K**ey **M**anagement **P**rotocol) eingesetzt werden.

1.10.5.3 Grundlagen der Verschlüsselung

Der Schutz vor Ausspähung von Informationen durch nicht autorisierte Personen entspricht einem alten Menschheitswunsch. Früher wurden Nachrichten dadurch verschlüsselt, dass ihre Zeichen durch andere Zeichen ersetzt oder nach komplizierten und geheimen Verfahren „durcheinandergewürfelt" wurden. Ein heute noch gelegentlich verwendetes Verfahren heißt ROT13 und zählt zu den Cäsar-Codierungen, die zur Verschlüsselung eine lineare Verschiebung von Buchstaben im Alphabet durchführen. Die jeweilige Schiebedistanz *d* stellt dabei den Schlüssel dar.

Beispiel:

Beträgt etwa die Distanz d = 2, so wird A → C, B → D, ..., Z → B usw. abgebildet. Aus dem sog. Klartext „GEHEIM“ wird der Schlüsseltext „IGJGKO“. Zur Entschlüsselung muss eine Verschiebung um d' = −2 bzw. um d' = 26 − d = 26 − 2 = 24 durchgeführt werden, weil mit d = 26 jeder Buchstabe auf sich selbst abgebildet wird (vollständige Rotation des Alphabets).

Am einfachsten in der Handhabung ist somit ROT13, da d = d' einfach zu realisieren ist.

Im Computerzeitalter ist dies nicht ernsthaft als Verschlüsselung aufzufassen. ROT13 dient z. B. in Newsgroups dazu, bei Scherzfragen die mitgelieferte Lösung nicht gleich offensichtlich zu machen, und ist in manche News-Clients integriert (gewesen).

Heutige Verschlüsselungsverfahren sind wissenschaftlich basiert und beruhen auf standardisierten und öffentlich bekannten Algorithmen (siehe auch „Einfache IT-Systeme“, Kap. 2.6.8.1). Die zu verschlüsselnden Daten werden nicht mehr zeichenweise, sondern bitweise verschlüsselt. In das Verfahren gehen sowohl der „Klartext“ als auch ein Schlüssel ein (Bild 1.253), der ein möglichst zufälliges und möglichst langes Bitmuster darstellt. Die Erzeugung zufälliger Muster ist mit Digitalrechnern nicht wirklich, aber annähernd möglich.

Exkurs: Sichere Schlüssellänge

Ist einer angreifenden Person der Schlüssel nicht bekannt, kann sie alle Möglichkeiten durchprobieren, bis sie den richtigen Schlüssel gefunden hat. Je länger der Schlüssel ist, desto mehr Möglichkeiten gibt es und desto länger dauert die Suche. Als sicher gilt eine Schlüssellänge, bei der der passende Schlüssel nicht in einer realistischen Zeit ermittelt werden kann.

Optimistische Überschlagsrechnung

Annahme:

- *CPU und GPU aus Bild 1.252 können im Turbo-/Boost-Modus pro Takt und Kern einen Schlüssel berechnen (in der Realität schaffen sie das jedoch nicht).*
- *Der richtige Schlüssel wird bereits nach Durchprobieren von 1 % aller Möglichkeiten gefunden.*
- *Die Schlüssellänge beträgt 128 Bit.*

Berechnungsdauer:

- $t_{CPU} = \dfrac{0{,}01 \cdot 2^{128}\ Schlüssel}{64\ Kerne \cdot 4{,}5\ GHz \cdot 1 \dfrac{Schlüssel}{Kern}} = 3{,}75 \cdot 10^{17} a$
- $t_{GPU} = \dfrac{0{,}01 \cdot 2^{128}\ Schlüssel}{10\,496\ Kerne \cdot 1{,}7\ GHz \cdot 1 \dfrac{Schlüssel}{Kern}} = 6{,}05 \cdot 10^{15} a$

	AMD Ryzen Threadripper 3970X (CPU)	NVIDIA GeForce RTX 3090 (GPU)
Kerne	64 (logisch) / 32 (physikalisch)	10496
Takt	3,75 GHz (Turbo: 4,5 GHz)	1,4 GHz (Boost: 1,7 GHz)

Bild 1.252: Kenndaten von HPC-Komponenten (High Performance Computing)

Je größer die Schlüssellänge (in Bit), desto stärker ist die Verschlüsselung gegenüber der Kryptoanalyse.

Wird, wie in Bild 1.253 dargestellt, mit dem gleichen geheimen Schlüssel sowohl ver- als auch entschlüsselt, so spricht man von symmetrischer Verschlüsselung.

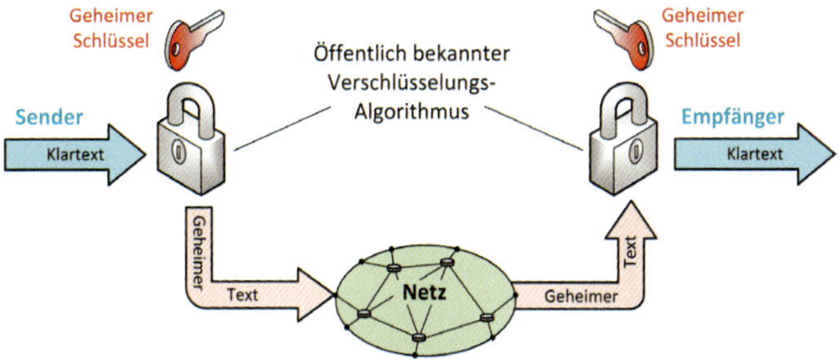

Bild 1.253: Symmetrische Verschlüsselung: ein Schlüssel zum Verschlüsseln und zum Entschlüsseln

Zu den bekanntesten Vertretern dieser Art zählen **DES** (**D**ata **E**ncryption **S**tandard) mit 56 bit (relevanter) Schlüssellänge, **Triple-DES** mit 108 bit (relevanter) Schlüssellänge und **AES** (**A**dvanced **E**ncryption **S**tandard, Rijndael-Algorithmus, ab 1998) mit wahlweise 128/192/256 bit Schlüssellänge. Es werden „Klartext"-Blöcke in der Größe der Schlüssellänge nacheinander verarbeitet, daher auch der Name **Blockchiffren**. Die Schutzwirkung ist stark, allerdings haben die Kommunikationspartner das Problem, dass der geheim zu haltende und daher selbst zu schützende Schlüssel gesichert übergeben werden muss.

Dazu verwendet man zumeist eine asymmetrische Verschlüsselung, etwa das nach seinen Entwicklern benannte **RSA**-Verfahren (**R**ivest, **S**hamir und **A**dleman, 1978). Bild 1.254 skizziert das Verfahren im Groben.

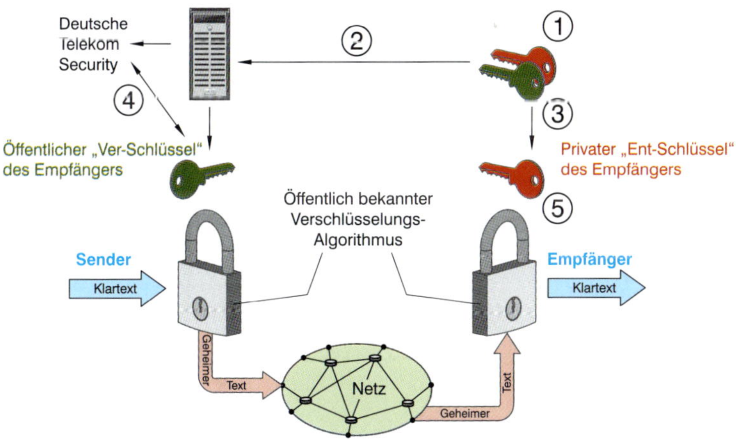

Bild 1.254: Asymmetrische Verschlüsselung: ein Schlüssel zum Verschlüsseln und ein anderer zum Entschlüsseln

Die asymmetrische Verschlüsselung läuft wie folgt ab:

1. Die Empfangsperson erzeugt ein Paar aus verschiedenen (asymmetrischen), aber exakt **aufeinander eingestellten** Schlüsseln.
2. Der öffentliche Schlüssel (**Public Key**) wird allen potenziellen Kommunikationspartnern (z. B. auf einem Schlüssel-Server) zugänglich gemacht und bei einer Zertifizierungsstelle hinterlegt (z. B. Deutsche Telekom Security).

3. Der private Schlüssel bleibt Geheimnis der Empfangsperson.
4. Jeder kann eine Nachricht an die Empfangsperson mit deren öffentlichem Schlüssel **verschlüsseln**. Zweifel an der Echtheit des Schlüssels beseitigt ein Zertifikat einer vertrauenswürdigen Stelle. In Deutschland werden solche Stellen von der Bundesnetzagentur (vormals RegTP) ihrerseits zertifiziert.
5. Einzig die Empfangsperson kann mit ihrem **privaten Schlüssel (Private Key)** die Nachricht **ent**schlüsseln.

Der **Vorteil** des asymmetrischen Verfahrens besteht darin, dass kein geheimer Schlüssel ausgetauscht werden muss. Von **Nachteil** ist, dass es um den Faktor 100 bis 1 000 rechenintensiver (= zeitaufwendiger) ist als etwa DES und daher weniger gut für größere Datenmengen geeignet.

Die Lösung liegt in einem Kompromiss: Mit dem asymmetrischen Verfahren wird zuerst ein Schlüssel für symmetrische Verschlüsselung geschützt übertragen (Größenordnung: 128 bis 256 bit) und diese anschließend für die eigentliche Datenübertragung eingesetzt. Mit der gleichen Technik – vorzugsweise, aber nicht zwingend mit einem anderen Schlüsselpaar – ist es auch möglich, mit dem eigenen geheimen Schlüssel Dokumente elektronisch zu signieren (zu unterschreiben) und gegen Verfälschung zu schützen. Dabei wird ein Prüfwert (**Hash**) erzeugt und der Nachricht hinzugefügt. Alle können dann mit dem öffentlichen Schlüssel des Absenders bzw. der Absenderin die Authentizität prüfen. Nicht ganz so aufwendig ist die Erzeugung von Prüfwerten zur Sicherstellung der Unverfälschtheit mit den Verfahren **RIPEMD-160** (**RIPE M**essage **D**igest **160**-Bit; engl. *digest*: Auszug, Extrakt) und **SHA-2** (**S**ecure **H**ash **A**lgorithm Version **2**). Die in der Vergangenheit häufig eingesetzten Verfahren **MD5** und **SHA-1** gelten nicht mehr als sicher und sollten deshalb nicht mehr verwendet werden.

1.10.6 Datenschutz

Im Gegensatz zur Datensicherheit (Verfügbarkeit, Vertraulichkeit, Unverfälschtheit) geht es beim Datenschutz um etwas anderes:

> **Datenschutz** (*data privacy*) soll vor missbräuchlicher Datenverarbeitung schützen, beinhaltet das Recht auf informationelle Selbstbestimmung und soll den Schutz der Privatsphäre und des Persönlichkeitsrechts bei der Datenverarbeitung garantieren.

Dieses Recht auf informationelle Selbstbestimmung ist als spezielle Ausprägung des allgemeinen Persönlichkeitsrechts nach der Rechtsprechung des Bundesverfassungsgerichts (1983) ein Datenschutzgrundrecht und auch nach Art. 8 der EU-Grundrechtecharta geschützt.

Laut Art. 1 Abs. 3 Grundgesetz binden „Grundrechte die Gesetzgebung, vollziehende Gewalt und Rechtsprechung als unmittelbar geltendes Recht“. Gesetze und Verordnungen sind also dem Grundgesetz verpflichtet: Auch dieses Grundrecht darf nur durch ein Gesetz (aber unter festgelegten Bedingungen) eingeschränkt werden. Maßnahmen von Ermittlungsbehörden unterliegen der Anordnung oder Genehmigung durch Ermittlungsrichterinnen und -richter.

Ein Blick ins deutsche Strafgesetzbuch (StGB) zeigt, dass der früher schon existierende § 202 (Verletzung des Briefgeheimnisses) ergänzt worden ist um § 202a (Ausspähen von

Daten), § 202b (Abfangen von Daten), § 202c (Vorbereiten des Ausspähens und Abfangens von Daten) und § 202d (Datenhehlerei). Daneben sind noch § 203 bis § 206 von Bedeutung.

Ein Verstoß gegen § 202a StGB kann mit einer Freiheitsstrafe bis zu drei Jahren bestraft werden.

Wenn also Gesetze den Grundrechten unterworfen sind – wozu benötigt man dann noch ein **Bundesdatenschutzgesetz** (BDSG)? Der Stellenwert und die Funktion unterschiedlicher rechtlicher Regelwerke lassen sich vergleichend auch bei technischen Regeln im Zusammenhang mit Abläufen und Strukturen finden:

- Beispiel 1: Beim IP-Routing kommt die Standardroute (Default Route) erst dann zum Tragen, wenn es keine passende Host- oder Netzroute gibt.
- Beispiel 2: Bei den Firewall-Regeln kommt die letzte Regel (Standardverhalten der Regelkette) erst dann zur Wirkung, wenn vorher keine zutreffende Regel passt (Match).
- Beispiel 3: In der Programmiersprache „C" gibt es die Case-Anweisung, in der eine Variable für eine Fallunterscheidung mit einer Liste potenzieller Konstanten verglichen wird. Am Ende dieser Liste steht der Default-Eintrag, der regelt, was getan werden soll, wenn kein Listenelement mit dem Inhalt der Variablen übereinstimmt.

Die Gemeinsamkeit dieser Beispiele kann eine mögliche Antwort auf die Eingangsfrage liefern:

Das **BDSG** kommt dann zum Tragen, wenn es keine speziellen Gesetze, Verordnungen oder sonstigen juristisch bindenden gesetzeskonformen Regelungen gibt. Es dient in diesem Fall dazu, dennoch den übergeordneten Zweck zu erfüllen. Ein solches Gesetz wird auch „Auffanggesetz" genannt.

Vorrangige Rechtsvorschriften können z. B. sein:

- Telemediengesetz und Rundfunkstaatsvertrag (TMG, RfStV)
- Bestimmungen über die ärztliche Schweigepflicht
- Statistikgesetze
- Lohnsteuergesetz (LStG), Abgabenordnung (AO) und Einkommensteuergesetz (EStG)
- Datenerfassungs- und Übermittlungsverordnung (DEÜV)
- Zivilprozessordnung (ZPO)
- Arbeits- und Sozialgesetze (ArbG, BetrVG, SGB, RVO, AFG)

Alle, die mit personenbezogenen Daten umgehen (außer im familiären oder persönlichen Bereich), müssen das BDSG beachten.

Überblick über die Datenschutzgesetzgebung

Im BDSG in der alten Fassung von 2009 hieß es schlicht: „Zweck dieses Gesetzes ist es, den Einzelnen davor zu schützen, dass er durch den Umgang mit seinen personenbezogenen Daten in seinem Persönlichkeitsrecht beeinträchtigt wird." (§ 1 Abs. 1 BDSG) Es wurde am 25. Mai 2018 aufgrund übergeordneter EU-Vorgaben abgelöst (Bild 1.255). Durch diese **EU-Datenschutzgrundverordnung (DSGVO)** wurde das alte Bundesdatenschutzgesetz wesentlich komplexer, da es an internationale EU-Bestimmungen angepasst wurde.

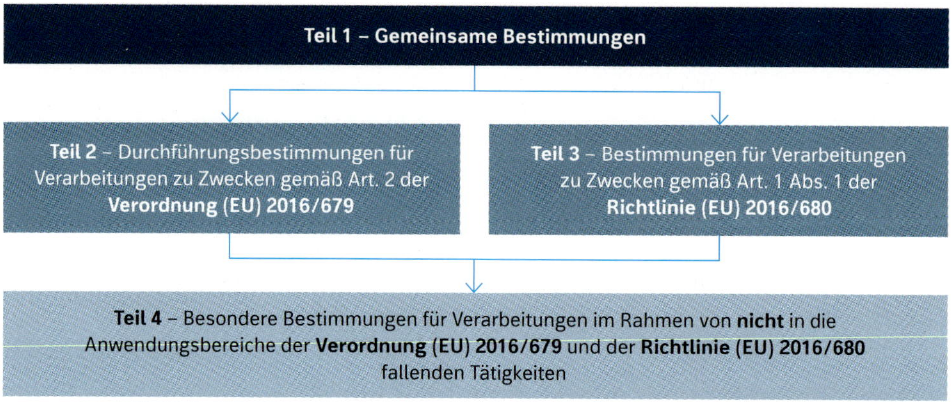

Bild 1.255: Abschnitte des BDSG

In diesem Buch wird nur auf Teil 1, Teil 2 und die EU-Datenschutzgrundverordnung (DSGVO) eingegangen.

Das BDSG nutzt die Öffnungsklauseln

- der DSGVO, Verordnung (EU) 2016/679 und
- der EU-Datenschutzrichtlinie in den Bereichen Polizei und Justiz, Richtlinie (EU) 2016/680

für deutsches (Bundes-)Recht. Es bezieht sich an vielen Stellen auf seine Vorlagen, sodass es oft nur zusammen mit den EU-Dokumenten verstanden werden kann. Diese bilden den größeren Rahmen. Peter Schaar, der Vorsitzende der Europäischen Akademie für Informationsfreiheit und Datenschutz EAID[1] und langjährige Bundesbeauftragte für den Datenschutz, empfahl zur Einführung der DSGVO Unternehmen, sich an der DSGVO zu orientieren[2]. Verbleibende Abweichung im BDSG von der DSGVO würden nicht lange Bestand haben. Außerdem seien viele Unternehmen sowieso europaweit tätig. Die Gesellschaft für Datenschutz und Datensicherheit e. V. (GDD) empfiehlt sogar, immer die Regelung der DSGVO anzuwenden, sobald das BDSG oder andere Rechtsvorschriften im Widerspruch zur DSGVO stehen.

Die europäische Datenschutzgrundverordnung (DSGVO)

In Art. 1 der EU-Verordnung 2016/679 (Gegenstand und Ziele) ist „personenbezogene Daten“ ein zentraler Begriff. Dort wird als erster von zwölf Erwägungsgründen Folgendes ausgeführt:

Art. 1 Verordnung (EU) 2016/679

Der Schutz natürlicher Personen bei der Verarbeitung personenbezogener Daten ist ein Grundrecht. Gemäß Artikel 8 Absatz 1 der Charta der Grundrechte der Europäischen Union [...] sowie Artikel 16 Absatz 1 des Vertrags über die Arbeitsweise der Europäischen Union (AEUV) hat jede Person das Recht auf Schutz der sie betreffenden personenbezogenen Daten.

---

1 *Siehe Homepage der European Academy for Freedom of Information and Data Protection, abrufbar unter: https://www.eaid-berlin.de/ [letzter Zugriff: 16.11.2024]*

2 *Peter Schaar: DS-GVO und/oder BDSG? Was gilt denn jetzt?, Videomanterial zur Veranstaltung „11. Praxistage Datenschutz“ vom 28.02.2018 bis zum 01.03.2018, abrufbar unter: https://vimeo.com/249380993 [letzter Zugriff: 16.11.2024]*

Der Begriff der personenbezogenen Daten ist neben anderen Begriffen zum Verständnis der Texte von BDSG und DSGVO erforderlich. In Art. 4 DSGVO und § 46 BDSG werden 26 Begriffsbestimmungen (Definitionen) vorgenommen. Die wichtigsten sind:

- **Personenbezogene Daten:** „[...] alle Informationen, die sich auf eine identifizierte oder identifizierbare natürliche Person (im Folgenden „betroffene Person“) beziehen; als identifizierbar wird eine natürliche Person angesehen, die direkt oder indirekt, insbesondere mittels Zuordnung zu einer Kennung wie einem Namen, zu einer Kennnummer, zu Standortdaten, zu einer Online-Kennung oder zu einem oder mehreren besonderen Merkmalen, die Ausdruck der physischen, physiologischen, genetischen, psychischen, wirtschaftlichen, kulturellen oder sozialen Identität dieser natürlichen Person sind, identifiziert werden kann“ (Art. 4 Abs. 1 DSGVO und § 46 Abs. 1 BDSG)

Beispiel

Der Betreiber einer Website gelangt – technisch unvermeidbar, wenn Nutzende nicht das Anonymisierungsnetz TOR verwenden – an die IP-Adresse der Nutzenden. Die DSGVO ordnet IP-Adressen in Erwägungsgrund 30 am Ende von Kap. I als personenbezogene Daten ein und der Bundesgerichtshof (BGH) entschied im Mai 2017, dass es sich selbst bei dynamischen IP-Adressen um personenbezogene Daten handelt.[1]

- **Verarbeitung:** „[jeder] mit oder ohne Hilfe automatisierter Verfahren ausgeführte Vorgang oder jede solche Vorgangsreihe im Zusammenhang mit personenbezogenen Daten wie das Erheben, das Erfassen, die Organisation, das Ordnen, die Speicherung, die Anpassung oder Veränderung, das Auslesen, das Abfragen, die Verwendung, die Offenlegung durch Übermittlung, Verbreitung oder eine andere Form der Bereitstellung, den Abgleich oder die Verknüpfung, die Einschränkung, das Löschen oder die Vernichtung“ (Art. 4 Abs. 2 DSGVO und § 46 Abs. 2 BDSG)
- **Dateisystem:** „[...] jede strukturierte Sammlung personenbezogener Daten, die nach bestimmten Kriterien zugänglich sind, unabhängig davon, ob diese Sammlung zentral, dezentral oder nach funktionalen oder geografischen Gesichtspunkten geordnet geführt wird“ (Art. 4 Abs. 6 DSGVO und § 46 Abs. 6 BDSG)

Beispiel

Man beachte hier die Formulierungen „mit oder ohne Hilfe automatisierter Verfahren“ und „jede strukturierte Sammlung“, d. h., ein manuell geführter Zettelkasten kann auch betroffen sein.

- **Verantwortliche/-r:** „[...] die natürliche oder juristische Person, Behörde, Einrichtung oder andere Stelle, die allein oder gemeinsam mit anderen über die Zwecke und Mittel der Verarbeitung von personenbezogenen Daten entscheidet [...]“ (Art. 4 Abs. 7 DSGVO und § 46 Abs. 7 BDSG); diese ist nach Art. 5 Abs. 2 DSGVO verantwortlich für die Einhaltung der Grundsätze für die Verarbeitung personenbezogener Daten, die in Art. 5 Abs. 1 DSGVO festgelegt sind.

Beispiel

Als verantwortlich für die Einhaltung der BDSG-Vorschriften gilt die Behördenleitung bzw. der Unternehmensvorstand, GmbH-Geschäftsführer/-in, Vereinsvorsitzende, Einzelunternehmer/-in.

---

1 *Vgl. Bleich, Holger: BGH bestätigt: Dynamische IP-Adressen sind personenbezogene Daten, veröff. am 16.05.2017 unter: https://ct.de/-3714967 [letzter Zugriff: 16.11.2024]*

- **Auftragsverarbeiter/-in:** „[...] eine natürliche oder juristische Person, Behörde, Einrichtung oder andere Stelle, die personenbezogene Daten im Auftrag des Verantwortlichen verarbeitet" (Art. 4 Abs. 8 DSGVO und § 46 Abs. 8 BDSG); bedeutende Auftragsverarbeiter sind etwa Cloud-Anbieter.
- **Weitere Begriffe sind:** Einschränkung der Verarbeitung, Profiling, Pseudonymisierung, Empfänger/-in, Dritte/-r, Einwilligung, Verletzung des Schutzes personenbezogener Daten, genetische Daten, biometrische Daten, besondere Kategorien personenbezogener Daten, Gesundheitsdaten, Hauptniederlassung, Vertreter/-in, Unternehmen, Unternehmensgruppe, verbindliche interne Datenschutzvorschriften, Aufsichtsbehörde, betroffene Aufsichtsbehörde, grenzüberschreitende Verarbeitung, maßgeblicher und begründeter Einspruch, Dienst der Informationsgesellschaft und internationale Organisation (siehe Art. 4 Abs. 9 ff. DSGVO und § 46 BDSG).

> § 2 BDSG regelt Begriffe wie „öffentliche Stelle" (d. h. staatliche Stellen).

Verantwortliche/-r, Auftragsverarbeiter/-in und Datenschutzbeauftragte/-r (DSB)

Die DSGVO definiert u. a. folgende Verantwortlichkeiten:

- **Verantwortliche/-r und/oder Auftragsverarbeiter/-in:**
  - Organisations- und Gesamtverantwortung für den Datenschutz
  - Risikoanalyse und Bestimmung der technisch-organisatorischen Maßnahmen (Pseudonymisierung, Verschlüsselung, Gewährleistung der Vertraulichkeit, Gewährleistung der Integrität, Gewährleistung der Verfügbarkeit, Gewährleistung der Belastbarkeit der Systeme und Dienste etc.)
  - Sicherstellung ordnungsgemäßer Überwachung
  - Bereitstellung erforderlicher finanzieller, sachlicher und personeller Ressourcen
  - Einrichtung einer Datenschutzorganisation
  - Dokumentation[1] aller Verarbeitungsvorgänge (Art. 30 DSGVO), ggf. mit Meldepflicht bei der Aufsichtsbehörde vor der Inbetriebnahme
  - Meldepflicht bei „Datenpannen" (= Datenschutzverletzung bei personenbezogenen Daten) nur 72 Stunden an die Aufsichtsbehörde
  - Sicheres Löschen der Daten von Betroffenen
  - Auftragsverarbeitung nur auf Grundlage eines detaillierten Vertrages (Art. 28 DSGVO)
- **Fachabteilungen:**
  - Prozessverantwortung
  - Verantwortung für die Vermeidung datenschutzrechtlicher Risiken
  - Erfüllung von Transparenz- und Informationspflichten sowie Gewährleistung der Betroffenenrechte (Art. 12 bis 23 DSGVO)
  - Arbeitsplatzbezogene Instruktionen
  - Frühzeitige Einbindung der oder des Datenschutzbeauftragten

---

1 *Siehe hierzu auch Bitkom e. V. (Hrsg.): Das Verarbeitungsverzeichnis. Verzeichnis von Verarbeitungstätigkeiten nach Art. 30 EU-Datenschutz-Grundverordnung (DS-GVO), veröff. 2017 unter: https://www.bitkom.org/sites/default/files/file/import/180529-LF-Verarbeitungsverzeichnis-online.pdf [letzter Zugriff: 18.11.2024]*

- **Mitarbeiterinnen und Mitarbeiter:**
  - Vertrautmachen mit Vorschriften
  - Bei Datenschutzverstößen ggf. persönliche Haftung
  - In datenschutzrechtlichen Zweifelsfällen stets den oder die Datenschutzbeauftragte/-n zurate ziehen
- Der bzw. die Verantwortliche delegierte früher den operativen Teil an eine oder einen Datenschutzbeauftragte/-n (§ 4 f BDSG alt).

> Der oder die **Datenschutzbeauftragte** (DSB, engl.: Data Privacy Officer, DPO) ist **nicht** der/die **Informationssicherheitsbeauftragte** (ISB, engl.: Chief Information Security Officer, CISO) nach BSI.

Heute ist der oder die DSB, zumindest aus Sicht des Gesetzgebers, ein Kontroll- und Beratungsorgan (§ 38 BDSG) für die oder den Verantwortliche/-n und den oder die Auftragsverarbeiter/-in. Diese tragen die operative Last. Faktisch werden aber wohl der oder dem DSB einige Aufgaben übertragen werden, denn oft sind sie die einzigen, die sich wirklich mit der Materie auskennen. Abschnitt 4 der DSGVO und § 5 BDSG neu regeln die Benennung der oder des DSB (Bild 1.256).

Die Aufgaben der oder des **Datenschutzbeauftragten** nach Art. 39 DSGVO sind:

- Unterrichtung und Beratung der oder des Verantwortlichen oder des Auftragsverarbeiters bzw. der -verarbeiterin und der Beschäftigten
- Überwachung der Einhaltung aller Datenschutzvorschriften („Anwalt der Betroffenen"), auch der folgenden Grundprinzipien:
  - Datenvermeidung und Datensparsamkeit
  - IT-Sicherheit nach dem „Stand der Technik" (§ 64 BDSG)
  - Privacy by Design – Privacy by Default (Art. 25 DSGVO): direkte Auswirkung auf die Voreinstellung von Systemen sowie auf die Produktauswahl und -entwicklung
- Beratung im Zusammenhang mit der Datenschutz-Folgenabschätzung nach Art. 35 DSGVO
- Zusammenarbeit mit und Anlaufstelle für die Aufsichtsbehörde

In der Regel besteht für Unternehmen keine gesetzliche Pflicht, eine oder einen **Informationssicherheitsbeauftragte /-n (ISB)** zu benennen. Soll jedoch ein ISMS aufgebaut werden, steht die oder der ISB im Mittelpunkt. Soll zudem eine Zertifizierung nach ISO 27001 erfolgen, ist diese Stelle unverzichtbar.

Zu den Aufgaben einer oder eines Informationssicherheitsbeauftragte/-n (ISB) zählen:

- Informationssicherheits-Managementsystem (ISMS) entwickeln, implementieren, kontinuierlich anzupassen und verbessern
- Erstellung von Sicherheitskonzepten und Koordination der Erstellung von Teilkonzepten und Richtlinien
- Umsetzungspläne erstellen, Umsetzung starten und beaufsichtigen
- Informationssicherheitsschulungen initiieren und koordinieren
- Sicherheitsrelevante Projekte koordinieren und sicherheitsrelevante Vorfälle untersuchen
- Der Führungsebene berichten

Durchsetzung des Datenschutzrechts

Das BDSG sieht in § 42 Freiheitsstrafen von bis zu drei Jahren vor.

Art. 83 Abs. 6 DSGVO

Bei Nichtbefolgung einer Anweisung der Aufsichtsbehörde gemäß Artikel 58 Absatz 2 werden im Einklang mit Absatz 2 des vorliegenden Artikels Geldbußen von bis zu 20 000 000 EUR oder im Fall eines Unternehmens von bis zu 4 % seines gesamten weltweit erzielten Jahresumsatzes des vorangegangenen Geschäftsjahrs verhängt, je nachdem, welcher der Beträge höher ist.

Die Strafbewehrung bringt klar zum Ausdruck, dass Verstöße gegen das Datenschutzrecht keine „Kavaliersdelikte" sind.

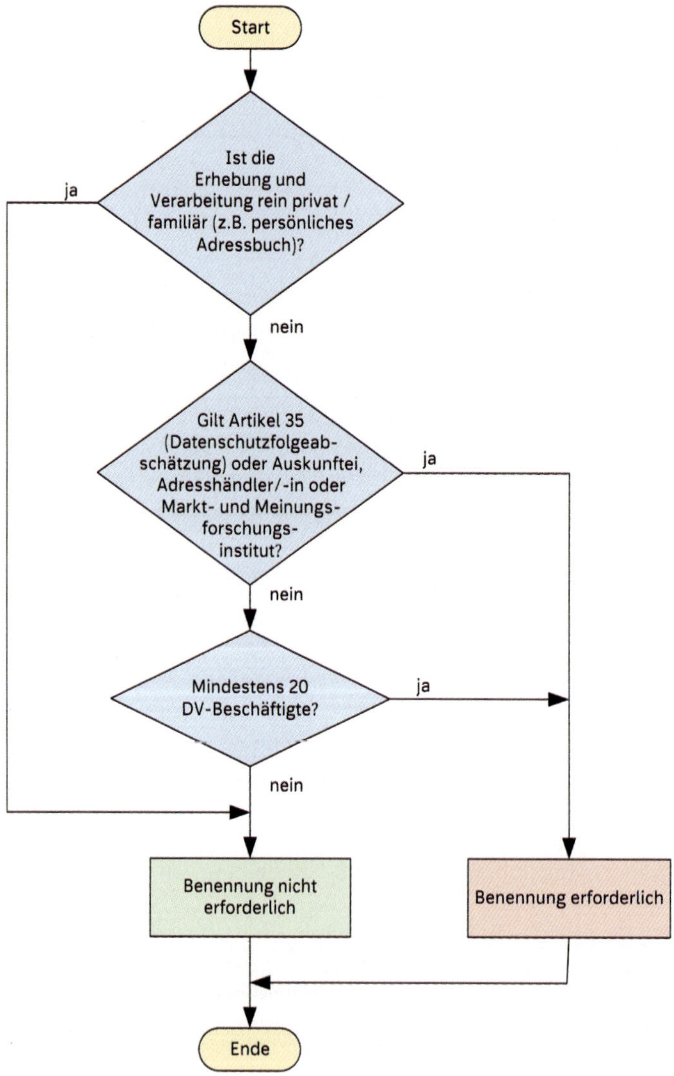

Bild 1.256: Benennung einer/eines Datenschutzbeauftragten

1.10.7 Zertifizierung

Die wichtigen IT-Sicherheitsstandards, für die das BSI auch Konformitäts-Zertifizierungen anbietet, unterscheiden sich darin, was Gegenstand der Sicherheitsbetrachtung ist:

- Informationsverbünde in Unternehmen und Behörden
  → **ISO/IEC 27001**, BSI **Standard-Absicherung nach IT-Grundschutz**
- Hard- und Software
  → **ISO/IEC 15408, CC:2022** Common Criteria 2022
- IT-Produkte, die für den Einsatz in hoheitlichen und demnach sicherheitskritischen Bereichen der Bundesrepublik Deutschland vorgesehen sind
  → **Technische Richtlinien** des BSI

Für Unternehmen und Behörden ist es wichtig, dass sie die IT-Sicherheit ihres Informationsverbunds im Rahmen eines Zertifizierungsverfahrens überprüfen und bestätigen lassen können. Einschlägig ist hier die ISO-Norm **ISO/IEC 27001** (Kap. 1.10.3). Das BSI hat die Vorgehensweisen nach IT-Grundschutz und die Inhalte ihrer ISMS-Standards und des IT-Grundschutz-Kompendiums an dieser Norm orientiert, sodass eine BSI-Zertifizierung über die Standard-Absicherung nach IT-Grundschutz auch direkt die ISO/IEC 27001-Zertifizierung abdeckt.

Bild 1.257: Konformitätsbewertung des BSI im Überblick

Mit einem **Zertifikat** über die **Standard-Absicherung** können Unternehmen oder Behörden nachweisen, dass sie einen umfangreichen Schutz der IT-Sicherheit durch Maßnahmen und Prozesse auf Basis des IT-Grundschutzes bieten. Mit einer **Kern-Absicherung** werden Geschäftsbereiche, Geschäftsprozesse und Ressourcen mit besonders hohem Schutzbedarf abgesichert. In der Regel ergänzt die Kern-Absicherung eine zuvor durchgeführte Basis- oder Standard-Absicherung.

Die **Basis-Absicherung** wendet sich an kleine und mittelständische Unternehmen (KMU) oder auch kleinere Kommunen. Die reduzierten Anforderungen ermöglichen ihnen einen schlanken Einstieg in den Aufbau eines ISMS. Gleichzeitig können sie dadurch die größten Risiken minimieren. Für eine gelungene Umsetzung der Basis-Absicherung kann ein **Testat** ausgestellt werden. Es ist zwar nur eine Vorstufe zum Zertifikat, aber Unternehmen und Behörden können damit ihr Bewusstsein für IT-Sicherheit nach außen kenntlich machen.

Testate dürfen nur durch BSI-zertifizierte Auditorinnen bzw. Auditoren ausgestellt werden. Über die Ausfertigung eines Zertifikats entscheidet allerdings das BSI. Die Entscheidungsgrundlage bilden der Auditreport und alle auditrelevanten Unterlagen.

Zertifikate zu Technischen Richtlinien des BSI werden von Unternehmen in der Regel dann benötigt, wenn diese im Zusammenwirken mit Behörden gefordert werden, beispielsweise im Rahmen von Auftragsvergabeverfahren für technische Anlagen.

Bild 1.258 zeigt die Rollenverteilung beim Zertifizierungsverfahren, dessen zentraler Vorgang das Audit (Anhörung, Untersuchungsverfahren) ist.

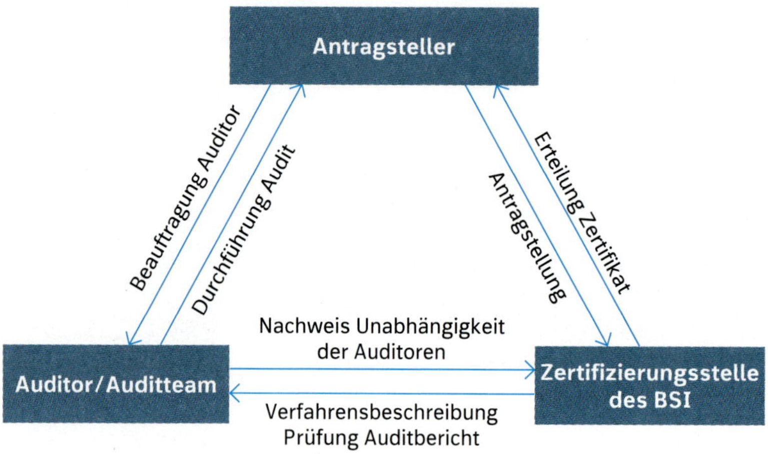

Bild 1.258: Rollenverteilung bei der Zertifizierung nach BSI

Auditorinnen und Auditoren selbst müssen vom BSI zertifiziert sein. Sie müssen berufsethisch integre Persönlichkeiten sein und die Prüfschemata des BSI genau einhalten, um die Vergleichbarkeit unterschiedlicher Zertifizierungen zu gewährleisten.

Bild 1.259 zeigt den zeitlichen Ablauf. Ein Zertifikat muss jährlich durch ein Überwachungsaudit aufrechterhalten und nach drei Jahren durch eine Rezertifizierung erneuert werden.

Die Dokumentenprüfung in Phase 1 (Bild 1.259) erfordert die Erstellung und Vorlage einer Reihe von Referenzdokumenten, die dann auch in den Auditbericht eingehen:

- **Richtlinien für Informationssicherheit** (Leitlinie zur Informationssicherheit, Richtlinie zur Risikoanalyse, Richtlinie zur Lenkung von Dokumenten und Aufzeichnungen, Richtlinie zur internen ISMS-Auditierung, Richtlinie zur Lenkung von Korrektur- und Vorbeugungsmaßnahmen)

- **IT-Strukturanalyse** (Abgrenzung des Informationsverbunds, bereinigter Netzplan, Liste der IT-Systeme, Liste der IT-Anwendungen und Geschäftsprozesse, Liste der Kommunikationsverbindungen, Liste der Gebäude und Räume)
- **Schutzbedarfsfeststellung** (Definition der Schutzbedarfskategorien, Schutzbedarf der IT-Anwendungen, Schutzbedarf der IT-Systeme, Schutzbedarf der Kommunikationsverbindungen, Schutzbedarf der Gebäude und Räume)
- **Modellierung des Informationsverbundes**
- **Ergebnis des Basis-Sicherheitschecks**
- **Ergänzende Sicherheitsanalyse**
- **Risikoanalyse**
- **Risikobehandlungsplan**

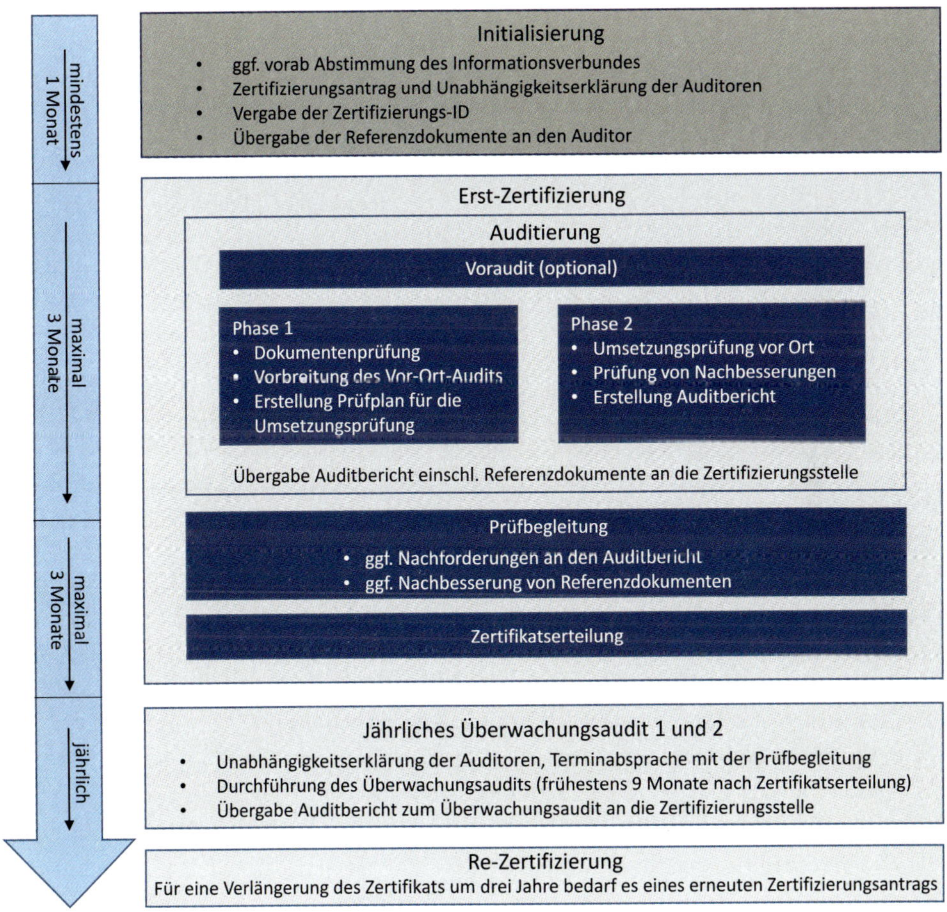

Bild 1.259: Prinzipieller Zeitablauf der Zertifizierung

Der formale Aufwand hierzu kann bei großen Informationsverbünden beträchtlich werden. Allerdings bieten der TÜV, aber z. B. auch die DEKRA und die GDD (Gesellschaft für Datenschutz und Datensicherheit e. V.) u. a. Zertifikatsprüfungen als Datenschutzbeauftragte/-r an. Dazu gibt es eine Anzahl von Dienstleistern, die sowohl Kurse auf diesem Gebiet vermitteln als auch Mandate als externe DSB annehmen.

AUFGABEN

1. Nennen Sie Gründe, weshalb auch Betriebe von typischerweise IT-fernen Berufen von IT-Sicherheit betroffen sind.
2. Wie lauten die drei Grundfragen der Informationssicherheit?
3. Ein Unternehmer lässt während der Betriebsferien seinen Betrieb einmalig von einem Dienstleister absichern, um das Thema IT-Sicherheit für die nächsten Jahre bedient zu haben. Wie bewerten Sie diese Maßnahme?
4. Was ist ein Sicherheitsprozess?
5. Weshalb gibt es die BSI-Standards 200-1 bis 200-4, wenn die Inhalte doch schon von den ISO-Normen ISO/IEC 27000-27002 abgedeckt werden?
6. Führen Sie für die Firma Schmitz-Kunststofftechnik eine Schutzbedarfsfeststellung mit der Betrachtung der drei Grundwerte für die folgenden Abteilungen durch:
   1) Personalverwaltung, 2) Produktionssteuerung, 3) Produktentwicklung.
7. Um die Produktionsmaschinen in der Firma auch unterwegs per Smartphone überwachen zu können, hat der Produktionsleiter einen 5G-Router (vgl. Kap. 3.6.4) an das Werksnetz angeschlossen. Per Webbrowser kommt er so direkt an die Weboberfläche der einzelnen Maschinen. Wie beurteilen Sie diese Situation? Was würden Sie verändern? Begründen Sie Ihre Entscheidung.
8. Ein Telemetrieserver sammelt Daten über logistische Aktivitäten im Materiallager und speichert sie komprimiert auf einem Speichermodul. Der Server ist für die Abholung und Weiterverarbeitung der Daten per ssh aus dem Internet erreichbar. Als System kommt openSUSE MicroOS zum Einsatz mit XZ Utils 5.6.1 für die Kompression. Analysieren und bewerten Sie das System mit Blick auf die Informationssicherheit und die Risiken. Führen Sie dazu eine Internetrecherche durch. Machen Sie Änderungsvorschläge und begründen Sie sie.
9. Was bedeutet „Vererbung von Schutzbedarfen"?
10. Was bedeuten Kumulations- und Verteilungseffekt bei Schutzbedarfen?
11. Wann muss eine Risikoanalyse durchgeführt werden?
12. Warum kann es zweckmäßig sein, eine Risikoanalyse erst nach Durchlaufen einer Standard-Absicherung durchzuführen?
13. Aus welchen Komponenten lässt sich eine Firewall konstruieren?
14. Wogegen schützen Firewalls nicht?
15. Welche Tabellen enthält der Linux-Netfilter außer „Filter"?
16. Welche eingebauten Regelketten enthält „Filter"?
17. Nennen Sie drei Vorteile eines VPN.
18. Nennen Sie drei Protokolle zur Netzkopplung über VPNs.
19. Welches Recht schützt das Bundesdatenschutzgesetz (BDSG)?
20. Recherchieren Sie den Text der DSGVO und beantworten Sie folgende Frage: Welche elf besonderen Kategorien personenbezogener Daten kennt und nennt die DSGVO?

2 Netzwerkbetriebssysteme

2

Der Begriff „Netzwerkbetriebssystem“ stammt aus der Zeit, als man begann, die meisten bis dahin noch stand-alone arbeitenden PCs zu vernetzen. Diese Client-PCs waren aus heutiger Sicht sehr „schmalbrüstig“: 16-Bit-Prozessoren mit einem aus wenigen Megabyte bestehenden RAM und Taktraten deutlich unter 1 GHz. Entsprechend wurde die Last aufgeteilt und die vorhandenen Ressourcen gemeinsam genutzt (Kap. 1.1), um dadurch die „Netzlast“ des zentralen Rechners zu verringern. Es entstand der unter Kap. 1.1.1.2 beschriebene serverzentrierte Ansatz mit einem für diesen Zweck spezialisierten **Netzwerkbetriebssystem**. Typischer Repräsentant war Novells Netware. Nach der Jahrtausendwende erreichten Desktop-PCs die Leistung früherer Großrechner und Server, sodass zunächst bei stationären Client-PCs mit Microsoft Windows der „Peer-to-Peer-Ansatz“ verfolgt wurde: Client und Server arbeiten mit unterschiedlich skalierten Ausführungen des gleichen Grundbetriebssystems. Bei den leistungsstärkeren Systemen ist dann besser von einem **Server-Betriebssystem** zu sprechen. Die wesentlichen Unterschiede liegen in den anwendungsorientierten OSI-Schichten; in den transportorientierten Schichten differieren sie kaum bis gar nicht (Kap. 1.4.2). Daher genügt es, in den folgenden Kapiteln bei der Beschreibung von transportorientierten Fragestellungen nur noch dort zwischen Client und Server zu unterscheiden, wo dies nötig sein sollte. Auch werden hier nur Aspekte thematisiert, die noch nicht im zugehörigen Band „Einfache IT-Systeme“ auftraten.

Aktuelle Entwicklungen scheinen das Pendel aber teilweise zurückschwingen zu lassen, seit in der abstrakten Cloud alles Mögliche „as-a-Service“ angeboten wird, z. B. Software-as-a-Service, und die Benutzenden – neben einer schnellen Verbindung – nur noch einen Webbrowser benötigen. Der Besitz physischer Server-Hardware ist damit nicht mehr nötig.

Dies spiegelt die Asymmetrie zwischen „Thin Clients“ und Mobilgeräten auf der einen Seite und der Macht von Server-Verbünden auf der anderen Seite wider. Einfache Beispiele sind Google Docs (Bild 2.1) mit Google Drive und Microsoft Office Online mit OneDrive.

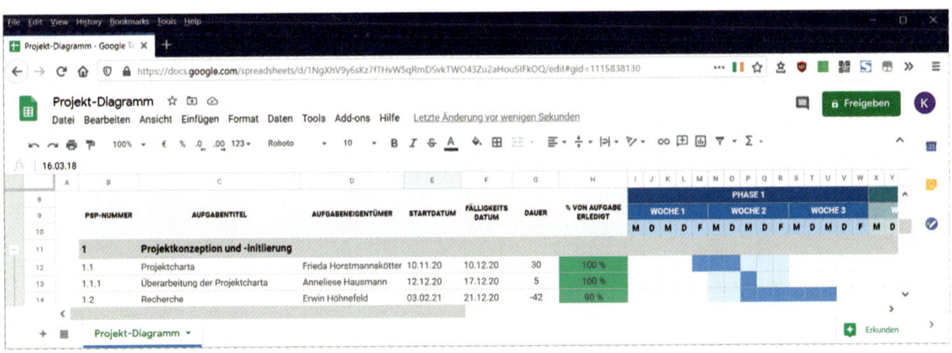

Bild 2.1: Google Docs: Software-as-a-Service

In diesem Kapitel werden zunächst einige Gemeinsamkeiten in heterogenen (aus verschiedenartigen Komponenten zusammengesetzten) Netzen behandelt, um danach die beiden wichtigsten Systemfamilien Windows und Unix/Linux zu beschreiben.

2.1 Gemeinsamkeiten in heterogenen Umgebungen

In diesem Abschnitt werden einige Grundlagen geklärt und die gemeinsamen Elemente in Netzwerk-Betriebssystemen beschrieben.

2.1.1 Programme und Prozesse

Für die weitere Betrachtung werden im Folgenden einige Kernbegriffe näher erläutert. Dies erfolgt in Ergänzung zu Kap. 2.2 des zugehörigen Bands „Einfache IT-Systeme".

2.1.1.1 Programme (Computerprogramme)

Ein **Programm** ist ein in einer Programmiersprache ausformulierter **Algorithmus**, der auf einer **Maschine** ausgeführt werden kann: eine Folge von Anweisungen.

Dabei versteht man unter einem Algorithmus vereinfacht eine Abfolge von Handlungsanweisungen, die

- zur Lösung einer konkreten Aufgabe nötig ist,
- aus endlich vielen ausführbaren Einzelanweisungen besteht und
- nach endlich vielen Schritten einen Endpunkt erreicht.

Die Vorstufe zum geschriebenen Programm ist der als Programmablaufplan oder Nassi-Shneidermann-Diagramm symbolisch formulierte Algorithmus. Er präzisiert die Lösungsidee und ist unabhängig von der Programmiersprache. Unter einer Maschine (Computer) wird dabei im Allgemeinen ein digitaler Rechner nach dem Von-Neumann-Prinzip verstanden.

Daseinsformen

Ein in einer Programmiersprache formuliertes Programm kann als geschriebener Text ohne Computer existieren, ist aber wirkungslos. Um eine Wirkung zu haben, muss jemand den Text (**Quelltext**) in eine Textdatei überführen, damit er gezielt so übersetzt werden kann, dass ein bestimmter Computer ihn ausführen kann. Dies geschieht maschinell durch ein **Übersetzerprogramm** (Compiler oder Interpreter). Das Ergebnis der Übersetzung ist eine **Programmdatei** aus Maschinenbefehlen (z. B. eine *.exe-Datei bei Windows). Meistens müssen dabei zu der in einem ersten Schritt vorübersetzten Quelldatei (Objektdatei) noch Software-**Bibliotheken** (Libraries) in einem zweiten Schritt angebunden werden (durch den sog. **Linker**).

2.1.1.2 Prozesse

Wird ein solches Programm gestartet, entsteht ein Vorgang (Abarbeitung dieses Programms).

Ein **Prozess** ist ein in Ausführung befindliches Programm.

In einer einfachen, nur singletaskingfähigen Systemumgebung (siehe „Einfache IT-Systeme“, Kap. 2.1.1) scheint diese Unterscheidung schwer verständlich und willkürlich. Wird jedoch in einer multitaskingfähigen Systemumgebung das gleiche Programm ein weiteres Mal aufgerufen, entsteht ein weiterer Prozess, der vom ersten unterscheidbar sein muss. Beide Prozesse erhalten vom Betriebssystem unterschiedliche Prozessnummern zugewiesen (**P**rocess **Id**entification, **PID**). Sie können sich in einem Multi-User-Betriebssystem auch durch ihren jeweiligen Besitzer bzw. ihre Besitzerin (Aufrufende/-r, dessen/deren Rechte sie erhalten) unterscheiden, durch den Fortschritt in der Abarbeitung, den Gegenstand ihrer Tätigkeit (z. B. zwei Textdateien werden durch den gleichen Texteditor bearbeitet, zwei Benutzende kommunizieren über die gleiche Shell mit dem System), durch ihre Ein- und Ausgabekanäle u. v. m. Gemeinsam ist ihnen nur das Programm, nach dem sie voranschreiten (lat. *procedere*).

Die Datenbereiche zweier Prozesse müssen streng getrennt bleiben – auch wenn sie nach dem gleichen Programm ablaufen.

Das Prinzip der strikten Trennung von Programm und Daten findet auch Anwendung bei der „Containerisierung“ von Applikationen (vgl. Cloud-Computing, Kap. 2.4.6).

Andere Prozesse können nach anderen Programmen arbeiten. Ein Prozess (**Parent**) kann einen anderen Prozess (**Child**) auslösen. Ihm vererbt der Parent Prozess seine **Prozessumgebung** (PID, User, Priorität, E/A-Kanäle, Aufrufparameter usw.), aber möglicherweise mit fatalen Konsequenzen.

Lädt ein/-e Systemverwaltende/-r einen **Trojaner** herunter, darf dieser mit den **Rechten der/des Systemverwaltenden** handeln.

Folgerung: Nur als Systemverwaltende/-r arbeiten, wenn es wirklich nötig ist!

Reine Hintergrundprozesse für Dienste (**Backends**) haben nicht Tastatur, Maus oder Bildschirm als Ein- und Ausgabekanäle, so wie benutzerinteraktive Prozesse. Sie kommunizieren mit anderen Prozessen über Mittel der Interprozess-Kommunikation (Bild 2.2) und lassen sich nur indirekt über ihre **Frontends** („normale“ Programme zur Kommunikation mit Backends) ansprechen.

Methoden der **Interprozess-Kommunikation** sind (Auswahl):

Methode	Beschreibung
Shared memory	Ein reservierter Bereich des Speichers kann von mehreren Prozessen verwendet werden. Semaphoren (s. u.) garantieren exklusiven Zugriff.
Semaphoren	„Signalvariablen“; Zähler, auf die nur mit **Systemfunktionen** zugegriffen werden kann. Im Gegensatz zu Benutzerprogrammen sind Systemprogramme **nicht unterbrechbar**.

Methode	Beschreibung
Signale	Eine Ganzzahl mit festgelegter Bedeutung wird dem Prozess zwangsweise und zu einem nicht vorhersehbaren Zeitpunkt (asynchron) zugeführt. Der Prozess reagiert oder stirbt ggf.
Pipes	Ausgabedaten eines Prozesses werden *direkt* zu Eingabedaten eines anderen Prozesses. Schon die MSDOS-Eingabeaufforderung konnte eine Pipe nach Unixart bilden, z. B.: „`C:\> type longtext.txt	more`“, wobei der *more*-Prozess immer jeweils nur eine Bildschirmseite mit den Textdaten füllte und wartete, bis der/die Benutzende die Leertaste drückte.
Events	Vergleichbar einer Kombination aus Pipe und Signal

Bild 2.2: Methoden der Interprozess-Kommunikation (vereinfacht)

2.1.2 DNS

Der Dienst **Domain Name System (DNS)** ermittelt zu einem Domain-Namen (Kap. 1.9.2) die zugehörige IP-Adresse. Die Installation und Inbetriebnahme eines lokalen Nameservers stellt einen ersten Schritt der „Grundversorgung“ dar. Im einfachsten Fall ist dies ein Caching-Only-Server, der wie ein Proxy-Server für den **NS** (**N**ame**s**erver) des Providers wirkt, d. h., er verwaltet nicht wirklich, sondern nur formal eine eigene Datenbank (Bild 2.5). Er kann schnellere Antwortzeiten bewirken. Die folgenden Beispiele beziehen sich auf den NS von ISC[1], der unter Linux und unter Windows verwendbar ist. Der Windows-eigene NS ist bezüglich der Zonendateien kompatibel. Für die Konfiguration müssen einige Begriffe bekannt sein (Bild 2.3).

Begriff	Bedeutung
forwarder	„anzapfbarer“ zuliefernder NS, z. B. NS des Providers
domain	Teilbaum des DNS-Baums (Kap. 1.5.6)
zone	Teilbereich des DNS-Baums, zu dem der NS Adressinformationen liefern kann; entspricht meist einer (Sub-)Domain
root zone	Adressen der 13 internationalen Root-Server zur „Initialzündung“ beim Start eines NS; Zonenname ist „.“
Zonendatei	Textdatei in spezieller Form, die die Zonendaten beschreibt; die eigentliche Datenbankdatei
Primärzone	Zone, für die dieser NS federführend ist; ein NS kann viele Primärzonen führen
Primary NS	Ein NS, der eine Primärzone führt, ist für sie ein Primary NS.
Sekundärzone	Kopie einer Primärzone eines anderen NS, deren Inhalt in Vertretung aufgeliefert wird
Secondary NS	Ein NS, der eine Sekundärzone führt, ist für sie ein Secondary NS. Zu jedem offiziellen NS gehört mindestens ein Secondary NS.

1 *Vgl. Internet Systems Consortium (ISC): Non-Profit-Organisation, administriert auch F-Rootserver und 50 ccTLDs.*

Begriff	Bedeutung
authorative	Daten aus geführten (Primär- oder Sekundär-)Zonen im Gegensatz zu lediglich gecachten Daten.
FQDN	**F**ully **Q**ualified **D**omain **N**ame, z. B. www.firma123.de. (endet mit einem Punkt)
reverse lookup	Rückwärtsauflösung: IP-Adresse → FQDN
Zonentransfer	Update einer Sekundärzonendatei durch eine geänderte Primärzonendatei über eine TCP-Verbindung

Bild 2.3: Begriffe der Nameserver-Administration

Für einen Caching-Only-Server werden keine Zonen definiert, außer den obligatorischen:

- für die Adressen der 13 internationalen Root-Server
- für die Vor- und Rückwärtsauflösung „localhost“ ↔ 127.0.0.1 (IPv4) bzw. ::1 (IPv6)

Diese Zonendateien werden schon bei der Installation erzeugt, platziert und bedürfen keiner weiteren Zuwendung. In diesem Buch werden die Zonendateien in einem eigenen Abschnitt besprochen (Kap. 2.1.2.1).

Die Zonendatei für die Root-NS sollte vom Systemverwalter bzw. der -verwalterin etwa ein- bis zweimal jährlich auf die Notwendigkeit eines Updates überprüft werden. Die jeweils neueste ISC-Version kann von FTP.INTERNIC.NET (www.internic.net/domain/named.root) heruntergeladen werden (Bild 2.4)[1].

```
;       This file holds the information on root name servers needed to
;       initialize cache of Internet domain name servers
;       (e.g. reference this file in the "cache . <file>"
;       configuration file of BIND domain name servers).
;
;       This file is made available by InterNIC
;       under anonymous FTP as
;           file                /domain/named.cache
;           on server           FTP.INTERNIC.NET
;       -OR-                    RS.INTERNIC.NET
;
;       last update:     November 07, 2024
;       related version of root zone: 2024110701
;
; FORMERLY NS.INTERNIC.NET
;
.                        3600000    NS     A.ROOT-SERVERS.NET.
A.ROOT-SERVERS.NET.      3600000    A      198.41.0.4
A.ROOT-SERVERS.NET.      3600000    AAAA   2001:503:ba3e::2:30
```

Bild 2.4: Update von „named.root“, wird in den Bestriebssystemen unter abweichenden Namen verwendet (Stand: November 2024)

1 *Die vollständige Dokumentation findet sich unter https://www.isc.org/download/ [letzter Zugriff: 18.11.2024].*

2.1.2.1 Zonendatei

Es wird nun beispielhaft die obligatorische **Zonendatei** betrachtet (Bild 2.5).

```
# /var/lib/named/localhost.zone
$TTL 1w
@      IN    SOA  @      root (
             42   ; serial
             2d   ; refresh
             4h   ; retry
             6w   ; expire
             1w   ; minimum
       )

       IN    NS   @
       IN    A    127.0.0.1
       IN    AAAA ::1
```

Bild 2.5: Die Zonendatei für „localhost" aus einer ISC-NS-Konfiguration

Eine Zonendatei besteht aus Direktiven ($INCLUDE, $ORIGIN, $TTL) und aus Datensätzen, die **RR (Resource Records)** genannt werden.

Die Textfelder (durch Leerzeichen oder Tabulatorzeichen getrennt) der RRs haben die folgende Grundstruktur:

name	ttl	class	type	resource data

Die Bedeutung des letzten Feldes hängt vom Typ (Feld 4) ab; nicht alle RRs müssen immer alle Felder haben. So bewirkt die Direktive $TTL 1W, dass die Lebensdauer (**T**ime **T**o **L**ive) in einem Cache für alle nachfolgenden RRs auf eine Woche gesetzt wird. Dies gilt bis auf Widerruf (weiter unten in der Zonendatei), der aber meist nicht erfolgt. Das ttl-RR-Feld kann dann leer bleiben.

Das Feld „name" gibt den Domain-Namen an, auf den sich die RR-Angaben beziehen. Zur Vereinfachung wird das Zeichen „@" als Platzhalter für den Zonennamen verwendet, der in der Deklaration (Bild 2.13) verwendet wurde, **Origin** (Ursprung) genannt, hier als „localhost" und zusätzlich mit Punkt.

Origin wird automatisch an alle Namensfelder **angehängt**, die **nicht** mit einem **Punkt** enden.

Die Direktive $ORIGIN kann diesen Bezug ändern.

In einer Zonendatei sind **absolute** Domain-Angaben **immer** mit einem **Punkt** abzuschließen.

Das Feld „class" kennzeichnet die Adressierungsfamilie: Hier kommt nur der Wert IN für Internet (= IP-Adressierung) infrage (als DNS konzipiert wurde, gab es noch andere Adressierungsfamilien).

Es gibt viele Typen von RRs; ein unverzichtbarer, aber leider verwirrender, ist der Typ **SOA**. Die Abkürzung steht für **S**tart **O**f **A**uthority und stellt sozusagen den Verwaltungsteil der Zonendatei dar.

SOA	Name der Zone	E-Mail-Adresse des Zonenverwalters	Regelung für Update-Zyklen durch Zonentransfer (zum Secondary NS)

Die E-Mail-Adresse des Zonenverwalters bzw. der -verwalterin wird (nur hier!) mit einem Punkt anstelle des schon benutzten @-Zeichens verwendet, also beispielsweise root.nams.example.org anstelle von root@nams.example.org.

Die Regelung für den Zonentransfer (Bild 2.6) wird durch fünf 32 Bit große Parameter bestimmt:

Parameter	Bedeutung
serial	Eine regelmäßig erhöhte Zahl, an der ein Secondary NS erkennen kann, dass eine Sekundärzone ein Update benötigt
refresh	Zykluszeit für reguläre Update-Prüfungen in Sekunden
retry	Wartezeit nach fehlgeschlagenem Update bis zum nächsten Versuch in Sekunden
expire	Nach dieser Zeit in Sekunden werden die Zonendaten ungültig.
minimum	Minimaler TTL-Wert: Überschreibt ggf. kleinere TTL-Feld-Werte aus RRs bei Antworten auf Client-Anfragen

Bild 2.6: Parameter für Zonentransfer

Anmerkung zum Parameter „serial“: Bei den unveränderlichen obligatorischen Zonen steht hier eine 1. Ansonsten ist es üblich, hier das Tagesdatum im Format JJJJMMTT und einen Tageszähler (ab 00) zu kodieren. Wenn beispielsweise am 17.11.2024 zum zweiten Mal eine Aktualisierung der Primärzone erforderlich wird, wird der Wert auf 2024111701 gesetzt.

Bei den Zeitangaben der übrigen vier Parameter sind vereinfachend auch englische Abkürzungen erlaubt, wie beispielsweise 1D (1 Tag) statt 86 400 (Sekunden).

Nachfolgend sind die fünf wichtigsten RR-Typen beschrieben (Bild 2.7).

name	class	type	resource data
`domain-name.`	**`IN`**	NS	IP-Adresse eines autoritativen NS, immer angeführt vom Primary NS, dann dem Secondary NS und gefolgt von weiteren *NS*-RR
	`IN`	MX	Priorität (relativ, kleiner bevorzugt), **M**ail-E**x**changer, Mailserver
`hostname`	**`IN`**	A	IPv4-Adresse zu hostname
	`IN`	AAAA	IPv6-Adresse zu hostname
`nickname`	**`IN`**	CNAME	**`hostname`**; z. B. ein Server, der eigentlich **`saturn`** (*A*-RR) heißt, kann als **www** adressiert werden.

Bild 2.7: Die wichtigsten RR-Typen einer Zonendatei

Weil der Server sehr empfindlich bezüglich des Textformates der Zonendateien ist, sollte man diese – wann immer möglich – mithilfe eines spezialisierten Hilfsprogramms erstellen. Das sind meistens die Dialoge des Servermangers (Windows) oder YaST (SLES).

Die Erstellung einer Zonendatei allein genügt nicht – sie muss im jeweiligen Betriebssystem mit Name, Pfadangabe und Funktion (primary/secondary) registriert werden.

2.1.2.2 Vollständiges Konfigurationsbeispiel einer Zone

Zum besseren Verständnis wird nun eine Zone komplett konfiguriert (Bild 2.8).

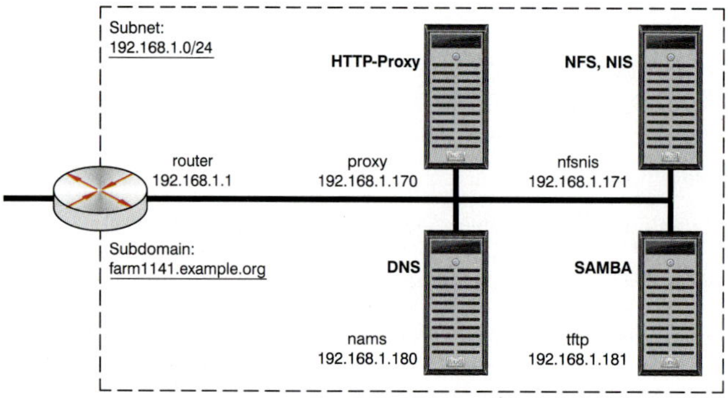

Bild 2.8: Netz zur Zonen-Konfiguration

Dazu zählen:

- Zonendatei für die Vorwärtsauflösung (Name → IP-Adresse: forward lookup)
- Zonendatei für die Rückwärtsauflösung (IP-Adresse → Name: reverse lookup)
- Deklarationen für beide Zonen

Die Zonendaten für die Vorwärtsauflösung erstellt z. B. YaST (Bild 2.9):

```
# /var/lib/named/localhost.zone
$TTL 1w
@      IN    SOA   sles.example.org.       root.sles.example.org. (
                         2024111201  ; serial
                         3h          ; refresh
                         1h          ; retry
                         1w          ; expire
                         1d          ; minimum
         )
farm1141.example.org.    IN     NS     nams.farm1141.example.org.
proxy                    IN     A      192.168.1.170
nfsnis                   IN     A      192.168.1.171
nams                     IN     A      192.168.1.180
tftp                     IN     A      192.168.1.181
sles                     IN     CNAME  nams
```

Bild 2.9: Zonendatei für Vorwärtsauflösung

Ein Funktionstest kann mit dem Abfrage-Frontend „nslookup“ oder „dig“ durchgeführt werden.

Als DNS konzipiert wurde, waren Rechenzeit und Speicherplatz knapp und teuer, sodass man bestrebt war, Vor- und Rückwärtsauflösung nach dem gleichen Algorithmus durchzuführen. Dabei gibt es aber ein Problem: Bei FQDN steht die TLD als höchstwertige Komponente ganz hinten, bei IP-Adressen steht aber ganz hinten (bei IPv4 nach dem letzten Punkt) der niederwertigste Teil der Hostadresse. Man schätzte Administrierende für intelligent genug ein, um die Anpassung im eigenen Kopf durchzuführen.

Bei **Reverse-Zonen** wird die IP-Adresse in **Dotted-Decimal-Form** als Zeichenkette angesehen, dann **rückwärts** aufgeschrieben und der Pseudo-Domain **in-addr.arpa** unterstellt.

Im folgenden Beispiel (Bild 2.10) sind „nams“, „nfsnis“ etc. „Vornamen“ mit dem gleichen „Familiennamen“: farm1141.example.org.

IP-Adresse	Pseudo-Domain 1.168.192 in-addr.arpa.	FQDN
192.168.1. 170 ->	170 .1.168.192.in-addr.arpa.	proxy .farm1141.example.org.
192.168.1. 171 ->	171 .1.168.192.in-addr.arpa.	nfsnis .farm1141.example.org.
192.168.1. 180 ->	180 .1.168.192.in-addr.arpa.	nams .farm1141.example.org.
192.168.1. 181 ->	181 .1.168.192.in-addr.arpa.	tftp .farm1141.example.org.

Bild 2.10: IP-Adresse als Text invertiert

In der Rückwärtsauflösung sind folglich 170, 171, 180 und 181 die „Vornamen“ mit dem gleichen „Familiennamen“ 1.168.192.in-addr.arpa, und nur sie müssen in der Auflistung erscheinen, weil ein Namensfeld in einer Zonendatei so lange gilt, wie es nicht geändert wird, d.h., Origin wird automatisch ergänzt. Für den Rückwärtsverweis gibt es den RR-Typ PTR (**Pointer**, Bild 2.11 bis Bild 2.13).

name	class	type	resource data
Hostadressteil	IN	**PTR**	FQDN, mit Punkt beendet

Bild 2.11: Rückwärts mit PTR-RR in der Reverse Zonendatei (für die Rückwärtsauflösung)

```
; primary/1.168.192.in-addr.arpa
$TTL 2d
@     IN    SOA   sles.example.org.       root.sles.example.org. (
                        2024111201  ; serial
                        3h          ; refresh
                        1h          ; retry
                        1w          ; expire
                        1d          ; minimum
      )
@                       IN     NS     nams.farm1141.example.org.
170                     IN     A      proxy.farm1141.example.org.
```

```
171                      IN    A     nfsnis.farm1141.example.org.
180                      IN    A     nams.farm1141.example.org.
181                      IN    A     tftp.farm1141.example.org.
```

Bild 2.12: Zonendatei für die Rückwärtsauflösung

```
zone "1.168.192.in-addr.arpa" {
     allow-transfer { any; }
     file "primary/1.168.192.in-addr.arpa";
     type master; # Primary
};
```

Bild 2.13: Zugehöriger Abschnitt (rückwärts) der Konfigurationsdatei named.conf beim ISC-NS

Bei IPv6 verwendet man den ***AAAA***-RR (Resource Record) und schreibt die Adressen, wie bei IPv6 üblich, als hexadezimale Zahlen. Für die Rückwärtsauflösung in der **Pseudo-Domain ip6** wird es allerdings arbeitsaufwendig, weil jede Hexadezimalziffer einzeln mit Punkten getrennt in den PTR-RR geschrieben wird. Bild 2.14 zeigt dies beispielhaft für den DNS-Root-Server A.

```
0.3.0.0.2.0.0.0.0.0.0.0.0.0.0.0.0.0.0.0.0.e.2.a.b.3.0.5.0.1.0.0.2.ip6.arpa IN PTR a.root-servers.net.
```

Bild 2.14: IPv6 Adresse in Reverse-Schreibweise

Weitere RR-Typen

Gelegentlich findet man auch einige weitere Typen von RR (Bild 2.15).

name	class	type	resource data
	IN	HINFO	**Host Info**rmation über CPU und Betriebssystem; heute aus Sicherheitsgründen nicht mehr verwendet
	IN	SRV	Information über Dienstangebot: Priorität, Gewicht (bei gleicher Priorität bevorzugt höherer Wert), Port, Host
Beispiel:			
	IN	TXT	Frei gestaltbarer Text, aber mit RFC 7208 auch zur Mailserver-Autorisierung eingesetzt

Beispiel:

service name	ttl	class	type	prio	weight	port	hostname
_sip._tcp.example.org	86400	IN	SRV	10	10	5066	userbox1.example.org
_sip._tcp.example.org	86400	IN	SRV	20	0	5060	backupbox.example.org

Bild 2.15: Gelegentlich verwendete RR-Typen

Darüber hinaus gibt es zahlreiche weitere RR-Typen. Die vollständige Liste mit Links zu den entsprechenden RFC-Dokumenten kann bei der IANA eingesehen werden.[1]

1 *Internet Assigned Numbers Authority (IANA): Domain Name System (DNS) Parameters - Resource Record (RR) TYPEs, veröff. am 24.10.2024 unter https://www.iana.org/assignments/dns-parameters/dns-parameters.xhtml#dns-parameters-4 [letzter Zugriff: 18.11.2024]*

2.1.3 Gesicherte Übertragung mit TLS

Die Protokollschicht **TLS** (**T**ransport **L**ayer **S**ecurity) wurde aus dem Vorgänger **SSL** (**S**ecure **S**ocket **L**ayer) weiterentwickelt und liegt im OSI-Protokollstapel in der Sitzungsschicht, im DoD-Modell über der TCP-Schicht (Bild 2.16).

Sie realisiert das in Kap. 1.10.5.3 dargestellte Prinzip der asymmetrischen Verschlüsselung zum Austausch symmetrischer Sitzungsschlüssel (= Einmal-„Passwort"). TLS ist in den RFCs 2246, 4346 und 5246 definiert, liegt mittlerweile in der Version 1.3 vor und ist integraler Bestandteil der gängigen Webbrowser (Bild 2.17) sowie von Windows (unter dem Namen Secure Channel/Schannel).

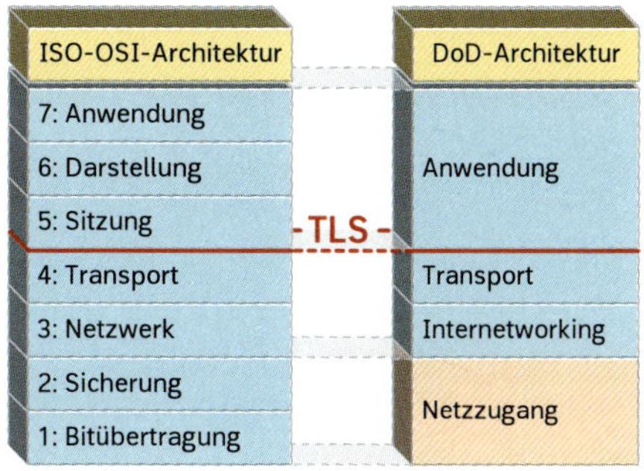

Bild 2.16: Verortung der TLS-Schicht

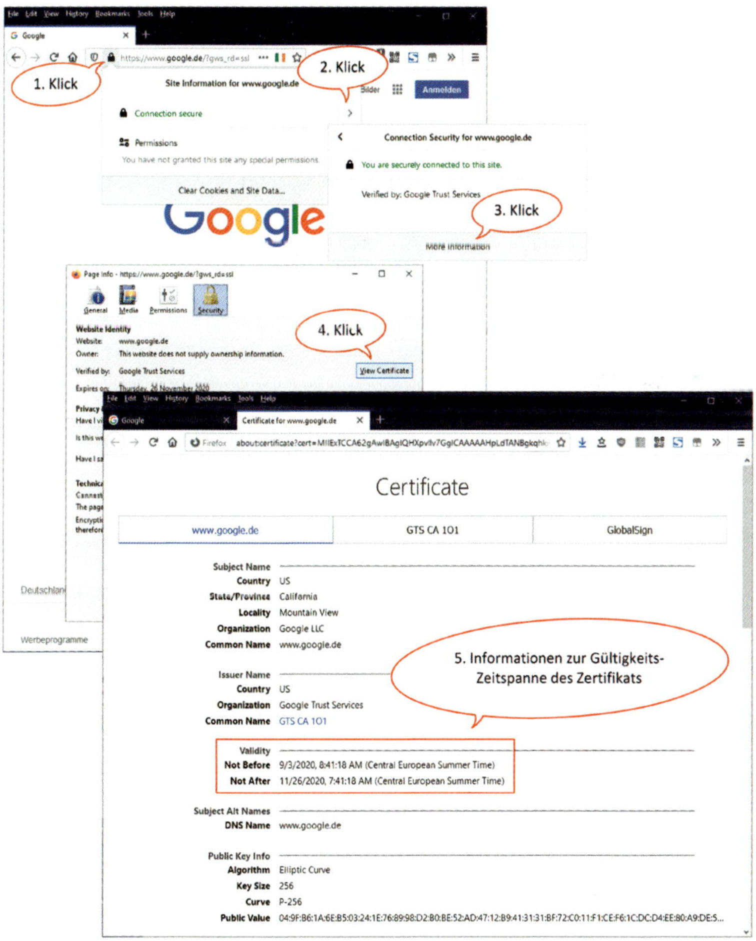

Bild 2.17: Google-Zertifikat (in Firefox)

TLS ist nicht auf die Authentifizierung von Webservern beschränkt, sondern kann auch den Client gegenüber dem Server authentifizieren sowie verschiedene andere Dienste unterstützen.

Wird ein TCP-basierter Dienst mit TLS gesichert, wird an den Namen der Dienstanforderung ein „s" angehängt (Bild 2.18).

Ungesicherte Dienstanforderung	http://	ftp://	ldap://	usw.
Gesicherte Dienstanforderung	https://	ftps://	ldaps://	

Bild 2.18: Kennzeichnung von Dienstanforderungen mit TLS

Für die Verwendung mit UDP, speziell bei SIP, wurde die Variante **DTLS** (**D**atagram **TLS**) entwickelt, in RFC 6347 standardisiert und in RFC 7525 ergänzt.

Unter folgenden Links können weitere Informationen abgerufen werden (Stand: November 2024):

- https://de.wikipedia.org/wiki/Transport_Layer_Security
- https://learn.microsoft.com/en-us/windows-server/security/tls/datagram-transport-layer-security-protocol

2.1.4 Zentrale Authentifizierung

Die beiden folgenden Einsatzgebiete haben das gleiche Problem: die Nutzer-Authentifizierung.

- Kundinnen und Kunden eines Internet-Zugangsanbieters erhalten entsprechende Zugangsdaten, mit denen sich der Router jedes Mal beim Verbindungsaufbau als berechtigt ausweisen muss. Das Gleiche gilt beim Verbinden mit VPNs oder dem WLAN größerer Firmen oder Universitäten.
- Die Mitarbeitenden in einem Betrieb benötigen oft den Zugang zu mehreren Rechnern. Ebenso muss es für Schüler/-innen und Studierende möglich sein, sich an einer Vielzahl von PCs in unterschiedlichen Kursräumen, Laboren und IT-Pools anmelden zu können.

Es wäre nicht nur außerordentlich mühsam, an jedem Einwahlpunkt oder auf jedem PC die notwendigen Benutzerdaten (Credentials) aller infrage kommenden Benutzenden immer aktuell und zum Abgleich vorzuhalten. Auch unter IT-Sicherheitsbetrachtungen ist es ratsam, eine andere Lösung zu finden.

2.1.4.1 RADIUS

RADIUS setzt genau hier an und steht als Abkürzung für **R**emote **A**uthentication **D**ial-**I**n **U**ser **S**ervice. Bei der Einwahl einer/eines Nutzenden in ein zugangsbeschränktes Netz setzt RADIUS einen **AAA**-Prozess um: *authentication, authorization and accounting*, d. h., es führt nutzerbezogen eine Authentifizierung, Autorisierung und Buchführung durch.

Beim Verbindungsaufbau sendet der Netzzugangsserver (**N**etwork **A**ccess **S**erver, **NAS**) als RADIUS-Client eine Autorisierungsanfrage an den RADIUS-Server. Die zurückgelieferten Ergebnisdaten können bei erfolgreicher Authentifizierung noch weitere Daten enthalten, z. B. die zugeteilte Bandbreite für diese/-n Benutzende/-n oder andere Konfigurationsdaten.

Über sog. Accounting-Nachrichten teilt der Netzzugangsserver dem RADIUS-Server nach einer erfolgreichen Anmeldung beispielsweise mit „Start" den Beginn der Netznutzung durch eine/-n Benutzende/-n mit, mit „Stop" signalisiert er das Nutzungsende. Sind die Nutzungszeiträume nicht abrechnungsrelevant, z. B. bei Flatrate-Internettarifen, können die notwendigen Zugangsdaten, wie die zugeteilte IP-Adresse und die Session-ID, bereits in der Access-Accept-Antwort des Servers enthalten sein. Dann kann im Folgenden auf Accounting-Nachrichten verzichtet werden.

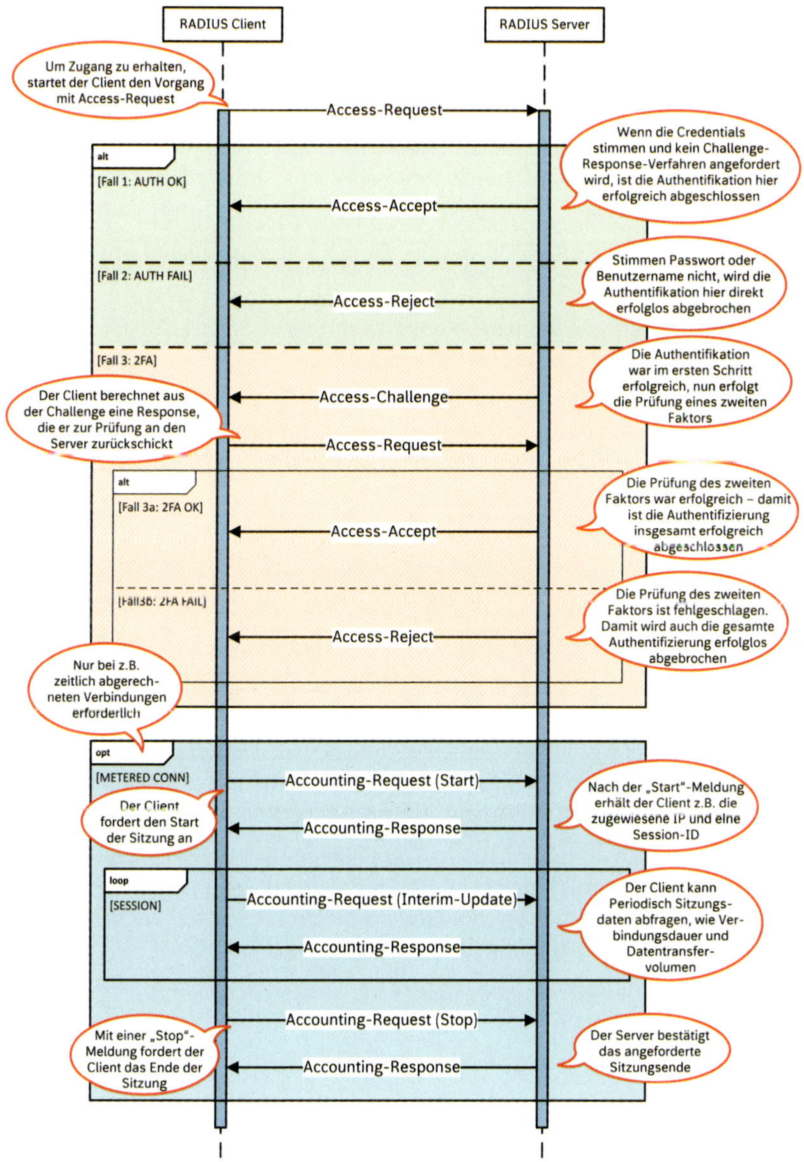

Bild 2.19: Sequenzdiagramm einer RADIUS-Sitzung

Der Verbindungsaufbau mit RADIUS läuft nach Bild 2.19 in folgenden Schritten ab:

- Der/die Benutzende startet einen Verbindungsaufbau zum Netzzugangsserver unter Angabe der Credentials (Benutzername, Passwort).
- Der Netzzugangsserver sendet als RADIUS-Client einen Access-Request per UDP an Port 1812 des RADIUS-Servers.
- Der RADIUS-Server prüft die Authentizität des RADIUS-Clients.
- Der RADIUS-Server prüft die Identität der/des Benutzenden. Dazu greift er auf seine Benutzerdatenbank zu oder bezieht die Daten von einem LDAP-Server.
- Der RADIUS-Server schickt im Erfolgsfall eine Access-Accept-Nachricht zusammen mit einigen Zusatzdaten (RADIUS-Attribute). Andernfalls wird der Verbindungsaufbau mittels Access-Reject abgelehnt. Ist eine Zwei-Faktor-Authentifizierung erforderlich, sendet der Server als Antwort eine Request-Challenge-Nachricht, auf die der Client mit den passenden Response-Daten in Form einer Access-Request-Nachricht reagieren muss. Im Erfolgsfall quittiert der Server das mit einem Access-Accept, sonst mit Access-Reject.
- Der Client sendet ein Accounting-Request mit Acct-Status-Type = Start per UDP an Port 1813. Mittels Accounting-Response teilt ihm der Server z. B. die zugeteilte IP-Adresse und die Session-ID mit.
- Periodisch sendet der Client Accounting-Requests mit Acct-Status-Type = Interim-Update. Der Server liefert in seiner Antwort Informationen z. B. über die Sitzungsdauer und das Datentransfervolumen.
- Zur Trennung der Verbindung sendet der Client ein Accounting-Request mit Acct-Status-Type = Stop. Der Server quittiert das Ende der Sitzung mit einer Accounting-Response-Nachricht.

2.1.4.2 Kerberos5

„[...] Einen Antrag auf Erteilung eines Antragsformulars [...][1]“

Auszug aus dem Lied „Einen Antrag auf Erteilung“ von Reinhard Mey aus dem Album „Menschenjunges“ (1976)

Diesen Text kannten die Erfinder des Kerberos-Protokolls wahrscheinlich nicht, aber er beschreibt gut den Grundgedanken dieser Autorisierung. Microsofts **Active Directory Sevices** bauen auf Kerberos auf, Linux unterstützt Kerberos ebenfalls.

Das Szenario ist wie folgt: Ein/-e Benutzende/-r (im Folgenden auch User genannt) will die Dienste von Servern in Anspruch nehmen. Er oder sie muss aber zuerst am Höllenhund „Zerberus“ (aus der griechischen Mythologie) vorbei und die eigene Identität nachweisen, um die zugehörige Berechtigung geltend machen zu können.

Das Konzept steht auf drei Säulen:

- Third-Party-Instanz, der alle vertrauen
- Einmal-„Passworte“ und Verfallsdatum
- Verschlüsselung

1 *Quelle: Mey, Reinhard: „Einen Antrag auf Erteilung“, von: Menschenjunges, Schwalmtal: edition reinhard mey GmbH 1976.*

Mitwirkende sind der Kerberos-Server (**KDC**, **K**ey **D**istribution **C**enter) und seine sog. **Principale**:

- User (U)
- sein Client-Rechner (C)
- Dienste-Server (DS1 ... DSn)

Sie gehören zum Verantwortungsbereich (**Realm**) des KDC (Bild 2.20).

Voraussetzungen bei C, KDC und DS1 ... DSn sind:

- Sie haben in etwa (± 5 Min.) synchron laufende Systemzeit durch Zugriff auf einen Zeitserver (NTP).
- Sie verwalten geheime Schlüssel sicher.
- U ist berechtigt, die Dienste zu benutzen (Authentifizierung ≠ Autorisierung!).
- C und DS1 ... DSn haben Kerberos-Client-Software installiert.
- Die Principale haben jeweils einen gemeinsamen, symmetrischen Schlüssel (K) in der Datenbank des KDC.
- U ist beim KDC registriert.
- Für die Namensdomain funktioniert ein DNS-Server.

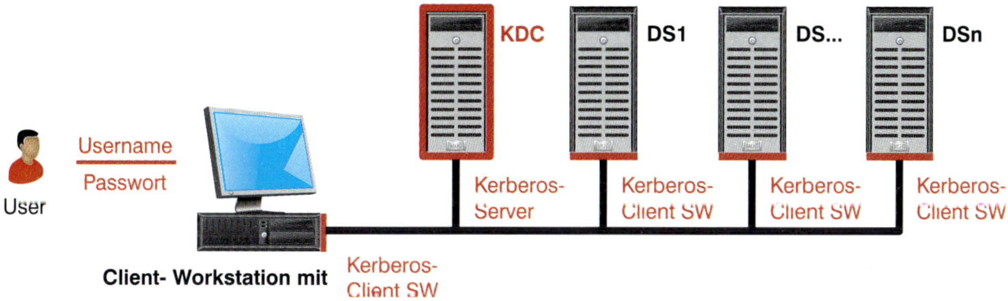

Bild 2.20: Netz mit Kerberos-Realm

Für die Benutzenden U ändert sich durch Kerberisierung nichts: Sie melden sich wie immer mit Benutzername und Passwort an der Workstation an. Die hier installierte Kerberos-Software C erledigt den großen Rest. Der KDC enthält zwei Teilserver. Der erste authentisiert U anhand seiner Datenbank und stellt C ein „Ticket" aus; dieser Teil des KDC heißt Authentisierungsserver (AS).

Das Ticket heißt **TGT** (**T**icket **G**ranting **T**icket) und berechtigt C, für jeden von U gewünschten Dienst ein Service-Ticket beim zweiten Teil des KDC zu beziehen, der **TGS** (**T**icket **G**ranting **S**erver) heißt. Diese Tickets tragen Zeitmarken und haben eine beschränkte Gültigkeitsdauer, einige Bestandteile (Authentikatoren) sind nur einmal gültig und alles ist beim Transport über das Netz sehr geschickt verschlüsselt. Die kerberisierten Server erkennen die Tickets an und verzichten auf erneute Authentisierung. Der Ablauf wiederholt sich für jede neue Dienstanforderung mit jeweils neuen Service-Tickets. U muss sich nicht jedes Mal bei jedem Server aufs Neue authentifizieren. Dieser Komfort heißt **Single-Sign-On** und hält an, bis U sich ausloggt. Dann werden alle Spuren beseitigt. Von all dem merkt U nichts.

Zur „Kerberisierung" der Dienste-Server müssen angepasste Versionen der Server-Software verwendet werden.

Das Verfahren (Kerberos) ist genauer beschrieben in RFC 4120 und die Überlegungen zum Entwurf einer **MIT**-Variante (**M**assachusetts **I**nstitute of **T**echnology) sind auf der Seite http://web.mit.edu/kerberos/dialogue.html erläutert (Stand: November 2024).

Kerberos ist eine Implementierung des **G**eneric **S**ecurity **S**ervice **A**pplication **P**rogram **I**nterface (**GSSAPI**, auch **GSS-API**), welches selbst einen IETF-Standard (RFC 2743) darstellt.

2.1.5 LDAP-Verzeichnisdienst

Soll ein Netzwerk zentral verwaltet werden, ergibt sich zwangsläufig eine zentrale Haltung aller Verwaltungsdaten: Diese werden in einem Verzeichnis (Directory) gespeichert. Dabei sollte man eher an ein Telefonbuch oder einen DNS-Verzeichnisdienst (Kap. 1.9.2) als an einen Dateiordner denken.

Hier steht bei der Netzwerkverwaltung die Bedienung einer Vielzahl konkurrierender Auskunftsanfragen im Vordergrund, während Änderungen der Datensätze seltener stattfinden und in der Regel nur von wenigen Administratorinnen oder Administratoren vorgenommen werden.

Bei Datenbanken liegen die Schwerpunkte jedoch üblicherweise vor allem darauf, größte Datenmengen in kürzester Zeit aufzunehmen sowie Daten konsistent zu speichern und zu verarbeiten. Beispielsweise ist es bei Finanzdaten wichtig, dass die Abzugs- und die Zugangsoperation einer Umbuchung zusammen in einer Transaktion ausgeführt werden. Auf diese Weise wird sichergestellt, dass systemweit die Bilanz im Gleichgewicht bleibt.

Netzwerk-Verzeichnisdienste stellen hingegen sehr viel geringere Anforderungen. Kurzzeitige Inkonsistenzen sind hier im Gegensatz zu relationalen Datenbanken mit ihren strengen Konsistenzanforderungen in der Regel akzeptabel.

Ein Verzeichnisdienst ist daher eher auf schnellen Zugriff von vielen Seiten ausgelegt. Um von verschiedenen Stellen auf das Verzeichnis zugreifen zu können (engl. *to access*), werden Netzwerkprotokolle verwendet. Das bekannteste davon ist **LDAP** (**L**ightweight **D**irectory **A**ccess **P**rotocol).

2.1.5.1 Herkunft

Die ITU-T hat den Standard X.500 für Verzeichnisdienste beschrieben, bezogen auf die Verwendung mit dem OSI-Protokollstapel. Mit den OSI-Protokollen teilt das zu X.500 gehörende **D**irectory **A**ccess **P**rotocol (**DAP**) das Schicksal, nicht akzeptiert worden zu sein. Erst die abgespeckte (engl. *lightweight*) Version **LDAP** erfuhr große Akzeptanz, u. a. in Windows, OES, macOS (OS X) und Linux. Es wurde auch als RFC 4511 (RFC 4510-4532) standardisiert.

> **LDAP** ist ein Protokoll zur Abfrage eines **Verzeichnisservers** (**D**irectory **S**ystem **A**gent, DSA). Zusammen mit einem **Client** (**D**irectory **U**ser **A**gent, DUA) entsteht ein **Verzeichnisdienst**.
>
> **LDAP** verwendet standardmäßig TCP mit **Port 389**, **LDAPS** den **Port 636**.

Der Verzeichnisserver muss die Daten (**D**irectory **I**nformation **B**ase, **DIB**) in einer Struktur speichern, die dem Protokoll (LDAP) entspricht. Deswegen spricht man oft auch von einem LDAP-Server.

2.1.5.2 Datenstruktur im LDAP-Verzeichnis

Die DIB wird gebildet aus Verzeichniseinträgen, welche

- einen Baum bilden (**D**irectory **I**nformation **T**ree, **DIT**), im informatischen Sinne (= Wurzel oben, Blätter unten);
- zwei Bereiche abdecken: die Nutzlast *(user information)* und die Verwaltungsinformation *(administrative and operational information)*;
- aus einer Anzahl von Attributen gebildet werden, die Objekte der realen Welt beschreiben: Personen, Organisationen, Geräte etc.;
- zu Objektklassen zusammenfassbar sind und von übergeordneten Klassen geerbt sein können.

Am einfachsten erkennt man einen Teil dieser Zusammenhänge, wenn man sich einen bestehenden Eintrag eines real existierenden Verzeichnisses anschaut (Bild 2.21):

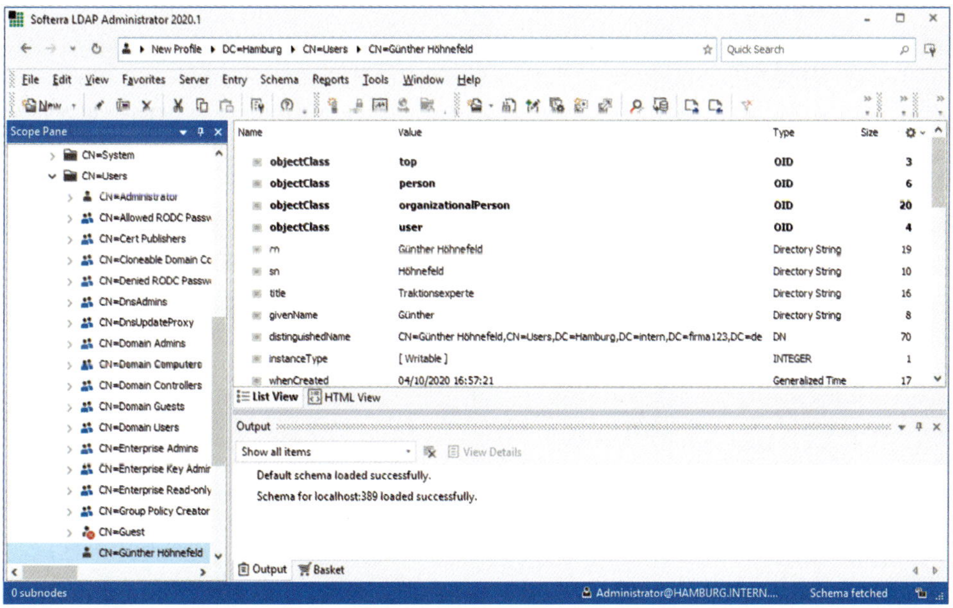

Bild 2.21: Sicht auf die LDAP-Datenstruktur mit einem Betrachtungsprogramm unter Windows

Der Verzeichniseintrag für den Benutzer *Günther Höhnefeld* versammelt alle Attribute, die schon in den im oberen Teil aufgelisteten Objektklassen definiert sind – u.a. auch der Objektklasse *organizationalPerson*. Diese Objektklasse enthält erforderliche und optionale Attribute (Bild 2.22).

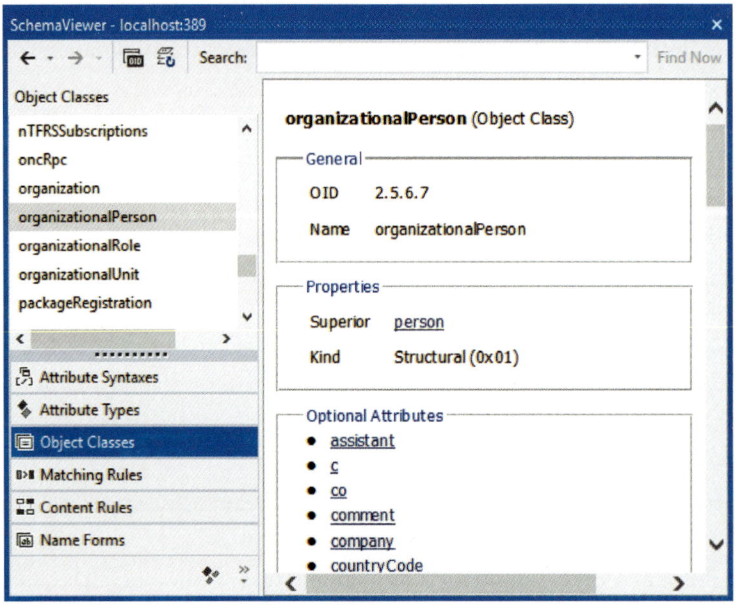

Bild 2.22: Windows LDAP SchemaViewer (Betrachtungsprogramm)

Die Objektklasse *organizationalPerson* ist abgeleitet von *person*, hat deren Attribute geerbt und neue hinzubekommen (Bild 2.22); *person* wird dann **Superklasse** in Bezug auf *organizationalPerson* genannt und *organizationalPerson* die **Subklasse** in Bezug auf *person*.

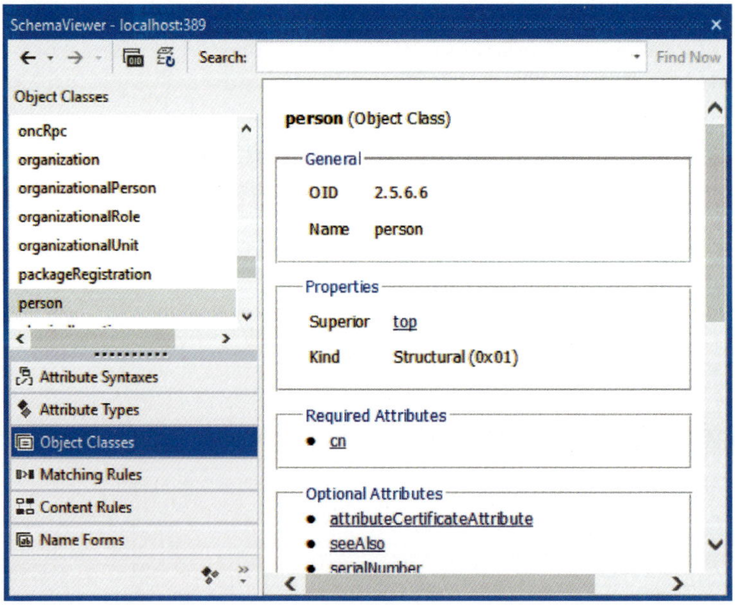

Bild 2.23: Die Objektklasse „person"

Eine Objektklasse gehört immer zu einer der folgenden Arten:

- **abstract** (Basisklassen): Die Klasse *top* ist das „Basis-Chassis" für alle abgeleiteten Klassen. Sie beschreibt also das Minimum an Attributen eines Objektes. Die Klassen *person* und *organization* sind direkt von *top* abgeleitet (weitere in RFC 4519). Aus einer Basisklasse werden keine Objekte direkt abgeleitet, sondern nur Subklassen.
- **structural** (Strukturklassen): Objekte einer solchen Klasse bilden Objekte der realen Welt ab; aus ihnen können keine *auxiliary*-Klassen abgeleitet werden. Die Klasse *person* ist ein Beispiel.
- **auxiliary** (Hilfsklassen): Die durch Klassenzugehörigkeit vermittelten Attribute stellen eine Zusatzausstattung der Objekte dar; aus ihnen können keine *structural*-Klassen abgeleitet werden.

Die abgebildeten verwendeten Attribute sowie alle verwendbaren Attribute sind hinsichtlich ihres Namens, ihres Typs und der möglichen annehmbaren Werte nicht frei wählbar, sondern in diesen Kategorien in einem sehr umfangreichen und strengen Regelwerk festgelegt (RFCs 4510–4519). Auch ihre Zusammenstellung unterliegt einem sog. Schema (z. B.: *person* oder *organization*).

Einige Attribute sind aus Bild 2.21 ablesbar. Im Beispiel sind sie serverseitig z. T. vorgegeben (Bild 2.24).

Bild 2.25 zeigt häufig verwendete Attribute wie in RFC 4519 definiert.

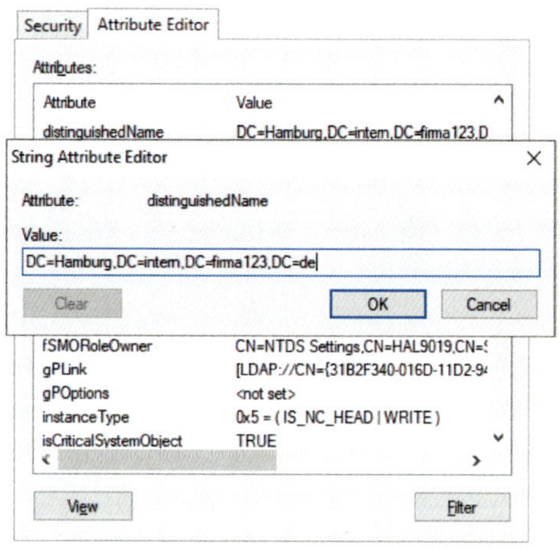

Bild 2.24: LDAP-Server-Sicht auf das Verzeichnis

Attribut-Typ	Bedeutung	Beispiel
dc	domain component	firma123
o	organization	Firma 123 GmbH
ou	organizational unit	People
c	country	Deutschland
cn	common name	Günther Höhnefeld
sn	surname	Höhnefeld
givenName	given name	Günther
uid	user id	treckerfahrer1
homeDirectory	home directory	/home/treckerfahrer1
mail	e-mail address	Guenther.hoehnefeld@firma123.de
userPassword	user password	{SSHA}Ty62F8EaFmGz8qPeEpLNIu7Bugly0aNX

Bild 2.25: Attribute von LDAP-Objekten

Die **Schlüsselkomponente** (d. h. das eindeutige Unterscheidungskriterium) eines Verzeichniseintrags ist sein **D**istinguished **N**ame (**DN**):

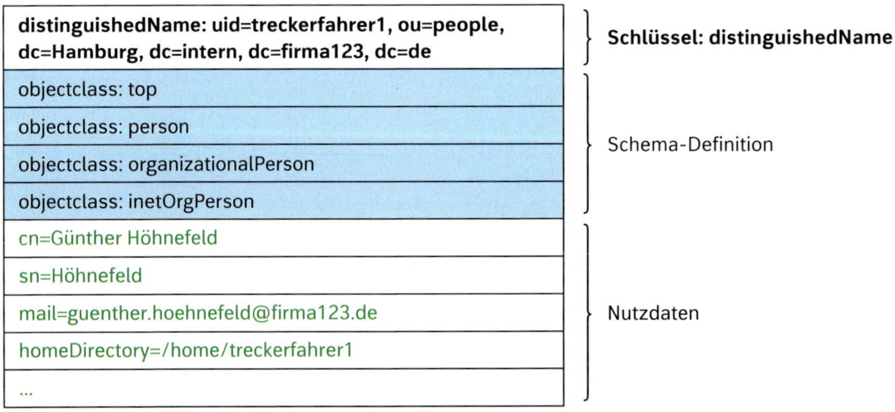

Bild 2.26: Ein möglicher Verzeichniseintrag als Blatt in einem Baum (DIT)

Der **DIT** (**D**irectory **I**nformation **T**ree) dazu könnte prinzipiell so aussehen wie in Bild 2.27 dargestellt:

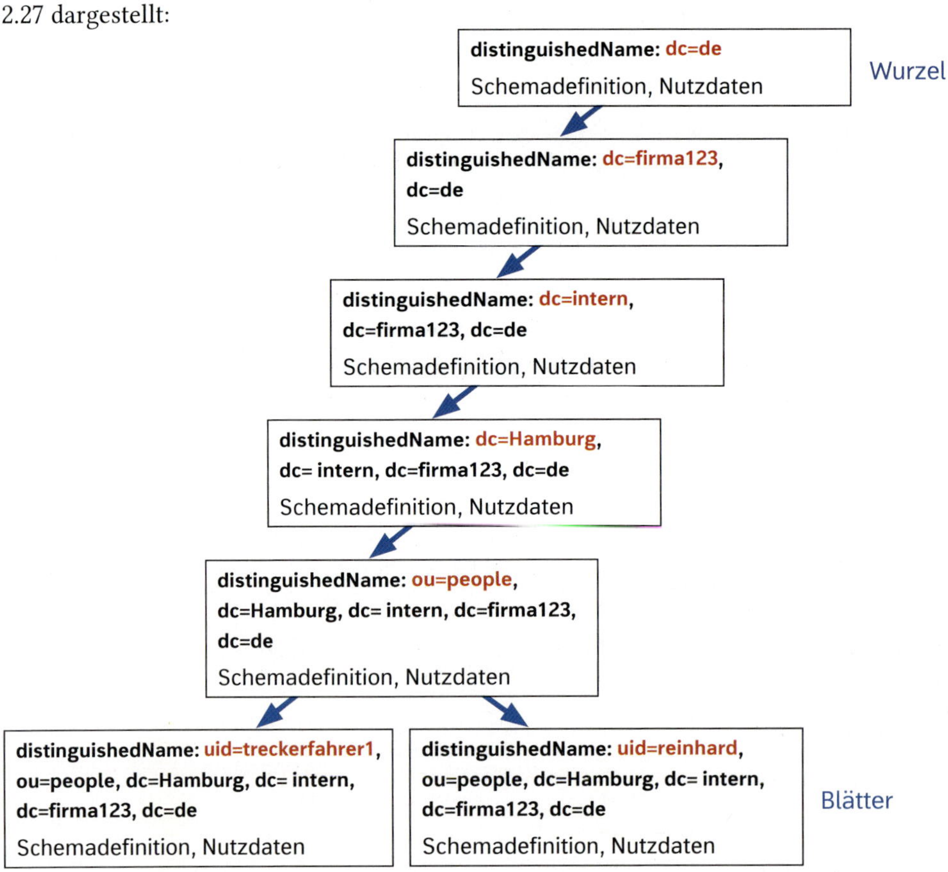

Bild 2.27: Directory Information Tree

Der DN setzt sich zusammen aus dem **R**elative **D**istinguished **N**ame (**RDN**, in Bild 2.27 rot dargestellt) und dem DN des unmittelbaren Vorgängers. Er heißt relativ, weil er im Beispiel *treckerfahrer1* nur unterhalb von „ou=people, dc=Hamburg, dc=intern, dc=firma123, dc=de“ eindeutig sein muss.

Ein großer DIT kann in Teilbäume zerlegt werden, die auf verschiedene Servermaschinen ausgelagert werden können, vergleichbar den TLD-Servern des DNS. Um ein Backup zu haben, können Spiegelserver eingerichtet werden, die dann einen „sekundären“ Status einnehmen, ebenfalls vergleichbar mit Secondary-DNS-Servern.

2.1.5.3 Implementierungen von LDAP-Verzeichnisservern

Proprietäre Implementierungen

Hier sind (neben anderen) vor allem die herstellerspezifischen Entwicklungen von Novell (eDirectory) und von Microsoft mit dem Active Directory zu erwähnen (siehe auch Kap. 2.2.5).

Freie Implementierungen (Open Source)

Das freie Software-Projekt OpenLDAP von der OpenLDAP Foundation wird bei fast allen Open-Source-Betriebssystemen und auch bei macOS (OS X) eingesetzt. Das Projekt entwickelte

- Treibersoftware für das eigentliche Protokoll und
- einen eigenständigen, „slapd“ genannten Server, der mit „Overlays“ und „Backends“ an verschiedene Datenbanksysteme angebunden werden kann.

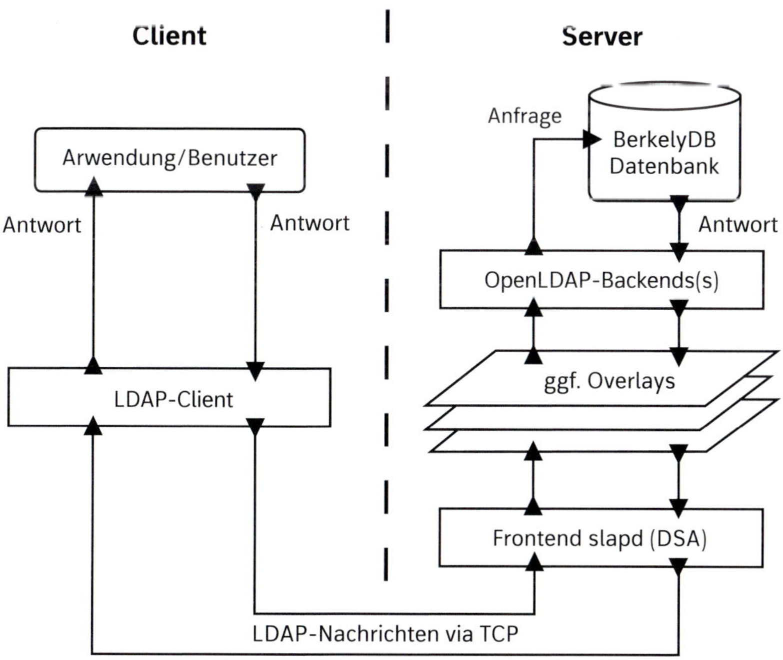

Bild 2.28: Überblick über die Architektur von OpenLDAP (nach BSI)

2.1.5.4 Das Protokoll LDAP

Das in RFC 4511 beschriebene Protokoll sieht Sitzungen vor, die vom Client eingeleitet werden.

Der Client öffnet eine TCP-Verbindung und sendet eine Request-Message, worauf der Server mit einer Response-Message antwortet. Dabei werden festgelegte Operationen ausgeführt, von denen hier nur die wichtigsten aufgelistet sind (siehe folgendes Beispiel): „bind“ und „unbind“ eröffnen bzw. schließen eine Sitzung; „search“, „modify“, „add“, „delete“ und „compare“ tun das, was der Name verspricht. Programme für diese Operationen heißen ldap*-Werkzeuge.

Beim Einsatz der **ldap***-Werkzeuge **muss** der **Server** slapd **laufen**.

Jede Request-Message enthält eine eindeutige Message-ID (ganze Zahl, die normalerweise bei aufeinanderfolgenden Messages hochgezählt wird und in der Response-Message wieder enthalten ist).

Beispiel

Die Ausführung einer search-Operation auf der Kommandozeile könnte so aussehen:

```
ldapsearch -h ldap.acme.com -p 389 -s sub -D "cn=Directory
Manager,o=acme" -W -b "ou=person,o=acme" "(&(mail=joe*)
(c=germany))"
mail
```

Erklärung: Das Kommandozeilenprogramm kontaktiert über LDAP den Directory-Server ***ldap.acme.com*** *(Port* ***389****) und meldet sich über den Account des* ***Directory Managers*** *an diesem System an, wobei das Passwort interaktiv abgefragt wird (*`-W`*). Die Anfrage zielt auf alle Benutzereinträge (unterhalb des Zweiges* `ou=person,o=acme`*) und sucht nach Personen aus Deutschland, deren E-Mail-Adresse mit* `joe` *beginnt (*`(&(mail=joe*) (c=germany))`*). Werden Personen gefunden, auf die dieser Filter passt, wird deren E-Mail-Adresse zurückgegeben (*`mail`*).*

Neben den ldap*-Werkzeugen gibt es noch einen Satz von Werkzeugen, die slap*-Werkzeuge genannt werden. Sie sind auf der Servermaschine des slapd installiert und modifizieren direkt die Konfigurationsdateien.

Beim Einsatz der **slap***-Werkzeuge **darf** der **Server** slapd **nicht laufen**.

AUFGABEN

1. Welche Aussage ist richtig?
   a) Zu einem Programm gehört immer auch ein Prozess.
   b) Zu einem Prozess gehört immer auch ein Programm.
2. Welche Aussage ist richtig?
   a) Der Compiler erzeugt die EXE-Datei.
   b) Der Linker erzeugt die EXE-Datei.
3. Nennen Sie zwei Elemente, die zu einer Prozessumgebung gehören.
4. Nennen Sie drei Methoden der Interprozesskommunikation.
5. Was ist ein „Forwarder"?
6. Was ist ein FQDN und mit welchem Zeichen endet er immer?
7. Woher bekommt der Administrator bzw. die Administratorin eines Nameservers die Adressen der Root-Nameserver?
8. Wo kann es die Angabe einer E-Mail-Adresse ohne das Zeichen „@" geben?
9. Geben Sie einen vollständigen PTR-Record zur Rückwärtsauflösung von „localhost" an.
10. Wofür braucht man einen *AAAA*-Record?
11. Geben Sie den *AAAA*-Record passend zu Bild 2.14 (A.root.server PTR) an.
12. Korrigieren Sie die folgende Aussage: „TLS dient zur Authentifizierung eines Webservers gegenüber einem Client."
13. Wozu dient ein TGT in einem Kerberos-Realm?
14. Nennen Sie die zwei erforderlichen Attribute der Objektklasse *person* in einem LDAP-Verzeichnis-Baum.
15. Internetrecherche: Wofür stehen die Abkürzungen LAP-D, LDAP und LAPD?

2.2 Windows Server 2022 zur Netzwerkverwaltung

Im Serversegment hieß das Windows-as-a-Service-Produkt schlicht Windows Server und war auf größere Unternehmenskunden ausgerichtet. Updates wurden über den Semi-Annual Channel eingespielt (vgl. „Einfache IT-Systeme", Kap. 2.5.1.2). Die für April geplante und Ende Mai 2020 veröffentlichte Version trägt die Versionsnummer 2004. Die für die zweite Jahreshälfte geplante Fassung mit der Versionsnummer 20H2 (Bild 2.29) war zugleich auch die letzte. Microsoft stellte das WaaS-Produkt mit der ständig aktualisierten und um Features erweiterten Serverversion danach ein. Als Alternative verweist Microsoft auf sein Cloudangebot Azure Stack HCI (**H**yper **C**onverged **I**nfrastructure), bei dem es weiterhin schnelle Innovationszyklen geben soll.

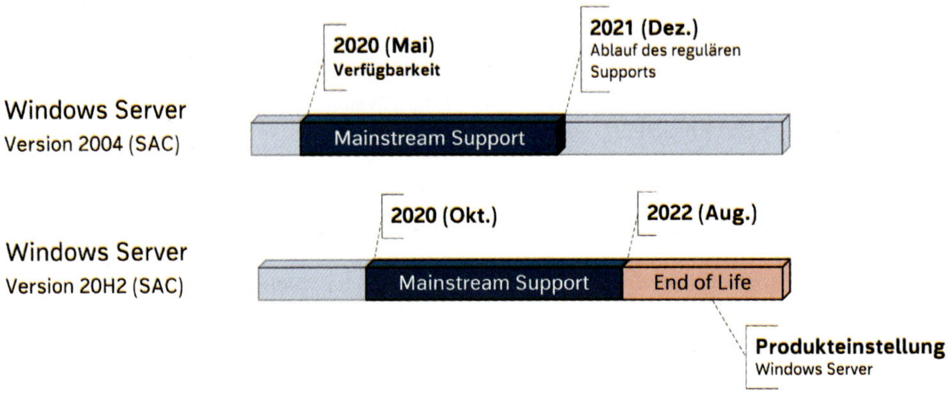

Bild 2.29: Windows Server mit Feature-Updates im Semi-Annual-Channel

Die Veröffentlichung von **Windows Server 2025** erfolgte im November 2024 erwartet. Auch wenn die umfangreichen Aktualisierungen der internen Systemkomponenten (Kap. 2.2.10) verlockend sind, zögern die Systemverantwortlichen mit einem frühen Einsatz neuer Betriebssystemversionen – in diesem Fall sicherlich ganz besonders. Während die Vorgängerversion ausführlich erprobt ist, sind die Macken und Probleme der neuen Version noch weitgehend unbekannt. Solange nicht genügend Erfahrungswerte vorliegen, werden Neuinstallationen deshalb regelmäßig weiterhin mit der aktuellen Vorgängerversion (Windows Server 2022) erfolgen.

Windows Server 2022

Windows Server 2022 ist dem Long-Term Servicing Channel zugeordnet und erhält damit kontinuierlich Qualitäts-Updates, jedoch keine Feature-Updates. Den Updateverlauf dieser Ausgabe zeigt Bild 2.30.

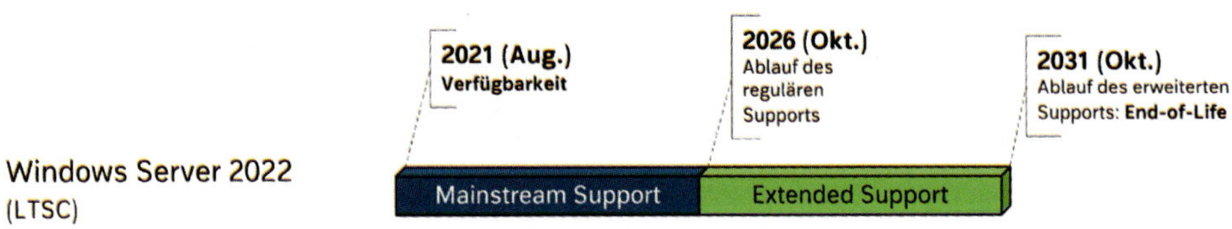

Bild 2.30: Windows Server 2022 im Long-Term Servicing Channel

> **Windows Server 2022** wird im **L**ong-**T**erm **S**ervicing **C**hannel **(LTSC)** mit Qualitäts-Updates versorgt. Feature-Updates gibt es nicht. Der erweiterte Support (Extended Support) verlängert die Versorgung mit Updates um fünf Jahre.

Nach der Installation ist Windows Server 2022 kein Server, sondern eine Workstation wie Windows 11. Damit könnte man Peer-to-Peer-Netzwerke aufbauen und verwalten. Peer-to-Peer bedeutet, dass alle Computer gleichberechtigt in einer Arbeitsgruppe integriert sind. Bei größeren Netzen führt dies schnell zu chaotischen Zuständen, weil es keine zentrale Verwaltung gibt. Erst wenn man Windows Server 2022 zum Server heraufstuft, kann man das Netz zentral über eine Domäne verwalten und Ordnung schaffen. Als Clients werden Windows 10 und Windows 11 eingesetzt.

2.2.1 Installation

Die Installation von Windows Server 2022 beginnt mit den Spracheinstellungen (Bild 2.31). Im zweiten Schritt muss die zu installierende Betriebssystemedition ausgewählt werden (Bild 2.32). Das ist im vorliegenden Beispiel die englischsprachige Standardausgabe von Windows Server 2022 mit Desktopdarstellung.

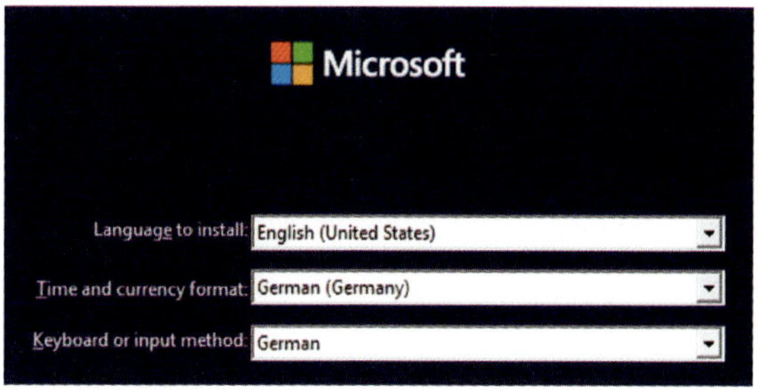

Bild 2.31: Spracheinstellungen

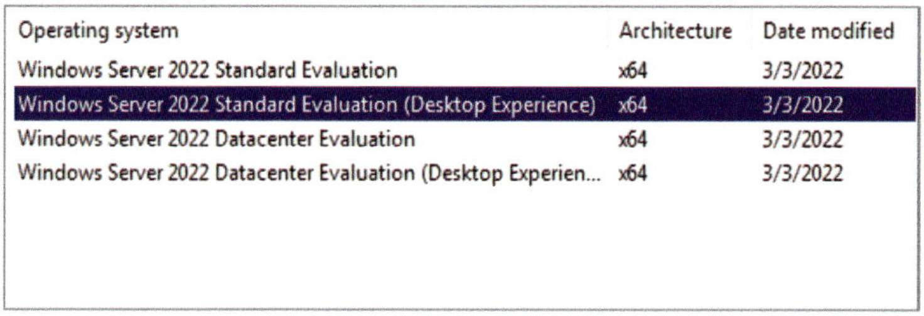

Bild 2.32: Auswahl der Server-Editionen

Nach Akzeptieren der Rechtshinweise und Lizenzbedingungen erscheinen zwei Optionen zur Installationsart (Bild 2.33). Die erste erlaubt ein Upgrade einer bestehenden Serverinstallation. Zum Einsatz kommt aber hier die zweite Option, da Windows Server 2022 auf dem Computer neu installiert werden soll.

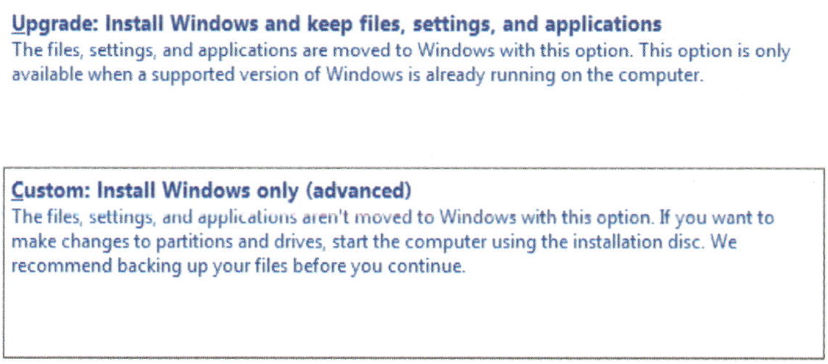

Bild 2.33: Auswahl der Installationsart

Nun folgt die Festlegung, auf welchem Datenträger die Installation erfolgen soll. Dazu zeigt das Auswahlfenster (Bild 2.34) die verfügbaren Laufwerke mit ihren Partitionen an. Der Beispielcomputer verfügt nur über eine unformatierte Festplatte. Über die Schaltflächen unter dem Auswahlfeld kann der Zieldatenträger partitioniert und formatiert werden. Falls erforderlich, lassen sich die entsprechenden Treiber für den Laufwerkcontroller manuell nachladen.

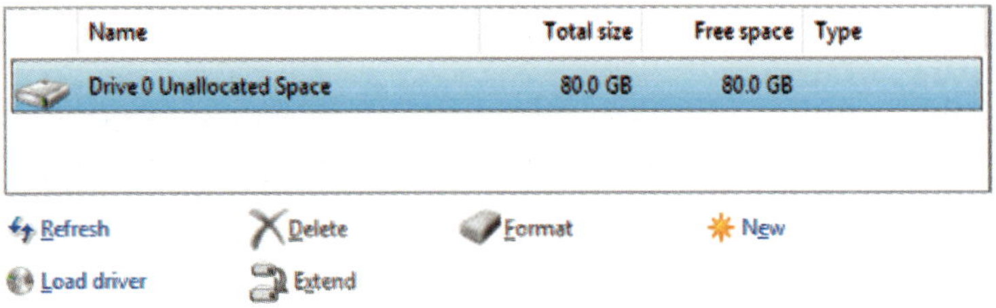

Bild 2.34: Auswahl und Einrichtung des Zieldatenträgers

Ist dieser Schritt erledigt, wird mit der Durchführung der Installation begonnen (Bild 2.35). Nach einigen automatischen Neustarts schließt die Installation mit der Festlegung des Administrator-Passworts ab (Bild 2.36).

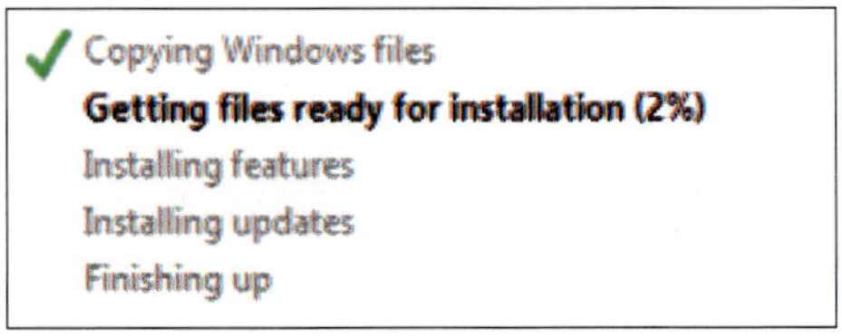

Bild 2.35: Durchführung der Installation

Der oder die Benutzende kann sich jetzt als Administrator/-in anmelden (Bild 2.53). Nach der Anmeldung öffnet sich auf dem Arbeitsplatz automatisch bildschirmfüllend das Dashboard des Server-Managers (Bild 2.37). Es ist die zentrale Konfigurations- und Informationsanwendung des Servers. Von hier ausgehend müssen Rollen installiert und konfiguriert werden, um die gewünschten Serverdienste bereitstellen zu können. Darauf wird im folgenden Abschnitt eingegangen.

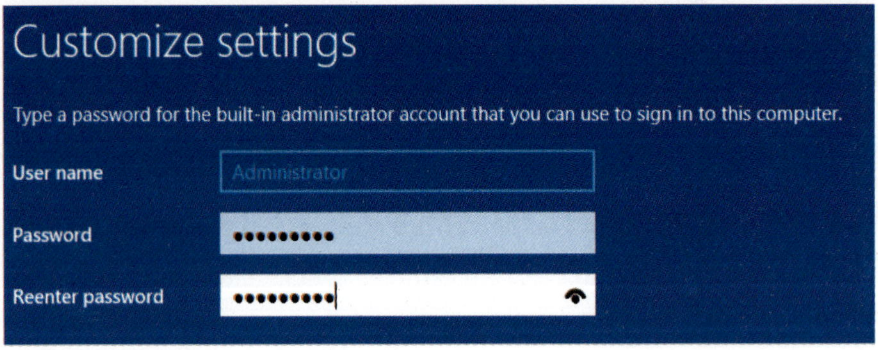

Bild 2.36: Festlegung des Administrator-Passworts

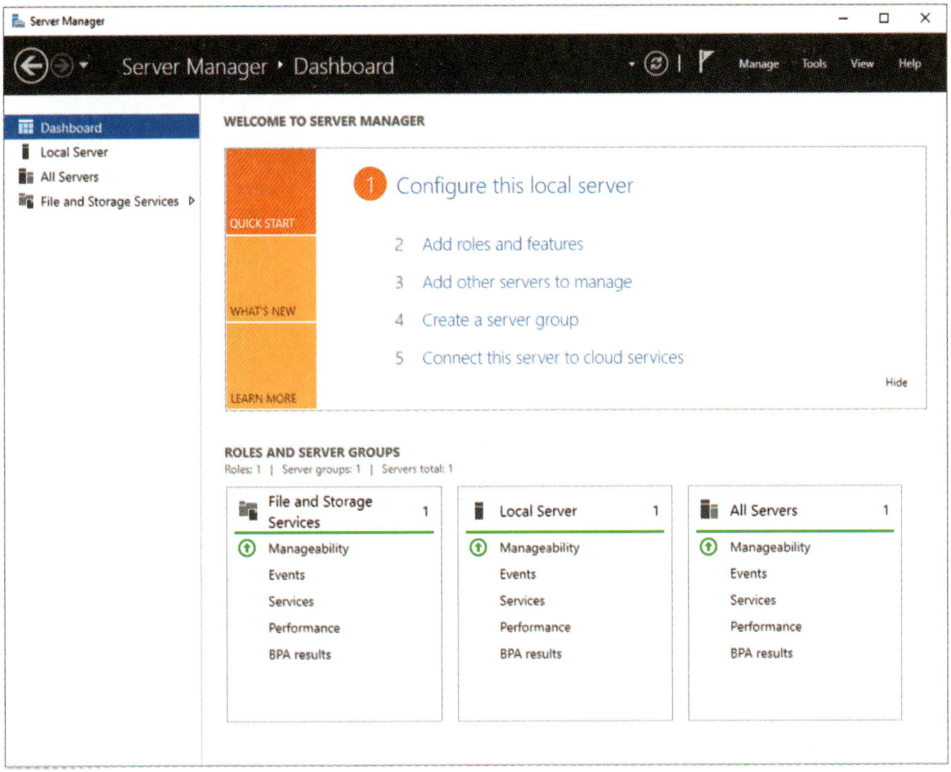

Bild 2.37: Dashboard des Server-Managers

2.2.2 Serverrollen und Features

Nach der Installation ist der Computer noch kein Server, sondern nur eine Workstation. Zum Server wird er erst, wenn mindestens eine der zahlreichen Rollen installiert wird. Die Installation muss gut vorbereitet sein, damit sie reibungslos gelingt. Folgende Voraussetzungen müssen erfüllt sein:

- Der Computer muss eine statische Adresse erhalten.
- Die statische Adresse sollte als primäre DNS-Server-Adresse eingetragen werden.
- Ein funktionierender Internetanschluss für Updates sollte vorhanden sein.
- Während der Installation müssen Angaben über die Gesamtstruktur des Netzes gemacht werden.
- Es sollte überlegt werden, welchen Namen (DNS-Suffix) der erste Domänencontroller erhalten soll.

Bild 2.38 zeigt, welche Rollen (Server Roles) der Computer im Netz einnehmen kann. Es müssen mindestens der DNS-Server, die Active Directory Domain Services und der DHCP-Server installiert werden. Die Installation sollte in dieser Reihenfolge durchgeführt werden.

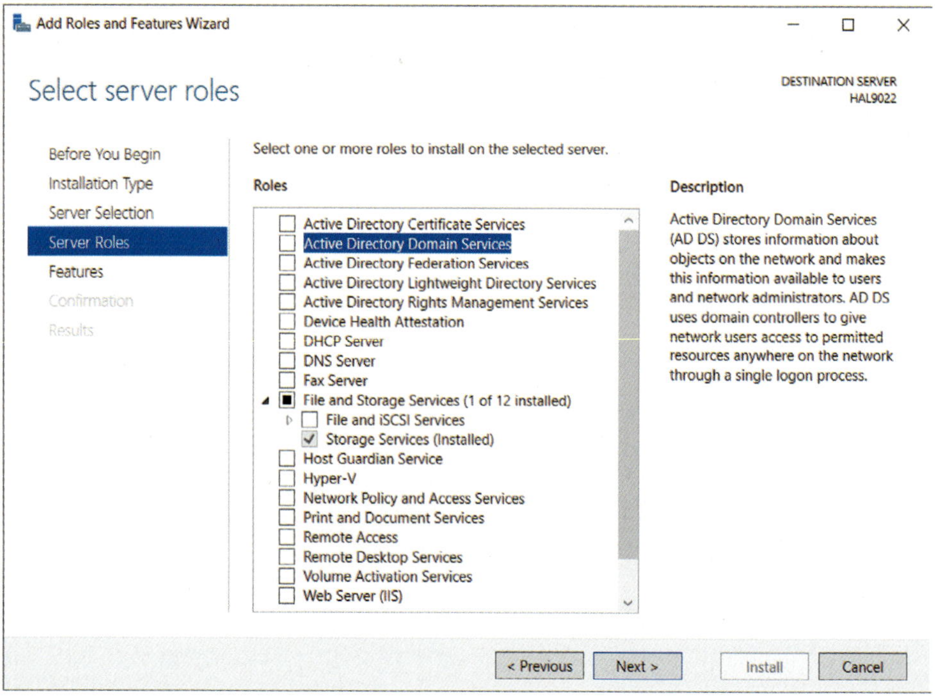

Bild 2.38: Serverrollen

In Windows Server 2022 gibt es fünf verschiedene Active Directory Services, die im Folgenden erläutert werden.

Active Directory Lightweight Directory Services (AD LDS)

Dieser Service ist ein **LDAP**-Verzeichnisdienst (**L**ightweight **D**irectory **A**ccess **P**rotocol, siehe auch Kap. 2.1.5), der AD-aktivierte Anwendungen ohne die Abhängigkeiten und domänenbezogenen Einschränkungen von Active-Directory-Domänendiensten (**A**ctive **D**irectory **D**omain **S**ervices, **AD DS**) unterstützt. Vor allem auf Mitgliedsservern oder auf eigenständigen Servern wird dieser Service eingesetzt. Man kann auch mehrere Instanzen von AD LDS auf einem Server ausführen. Jede Instanz erhält dabei ein eigenes, unabhängiges Schema.

Active-Directory-Domänendienste (AD DS)

Dieser Verzeichnisdienst wird von Microsoft in allen Servern eingesetzt. Er ist eine Datenbank, in der alle Objekte des Netzes gespeichert werden. Dieser zentrale Dienst muss installiert werden, um Domänen überhaupt einrichten zu können.

Active-Directory-Rechteverwaltungsdienste (AD RMS)

Dieser Dienst bietet Lösungen zum Schützen von Informationen an. Die RMS-Technologie arbeitet unabhängig von Formaten und Anwendungen. Sie stellt dauerhafte Nutzungsrichtlinien für vertrauliche Informationen bereit und kann mit jeder beliebigen RMS-fähigen Anwendung eingesetzt werden. Zu den Informationen, die mit RMS geschützt werden können, gehören Intranet-Websites, E-Mail-Nachrichten und Dokumente.

Active-Directory-Verbunddienste (AD FS)

Mit diesem Dienst kann man Web-SSO-Technologien (**S**ingle-**S**ign-**O**n, einmalige Webanmeldung) bereitstellen. Ein/-e Benutzende/-r kann z. B. während einer Onlinesitzung bei mehreren Webanwendungen authentifiziert werden. Dies wird möglich durch die sichere gemeinsame Nutzung der digitalen Identität.

Active-Directory-Zertifikatsdienste (AD CS)

Dieser Dienst erstellt und verwaltet Zertifikate mit öffentlichen Schlüsseln (Public Keys).

Installation der Rollen

Die Installation gelingt am leichtesten mit dem Rollen-Installations-Wizard, der über den Server-Manager gestartet wird.

Der Assistent installiert die Active Directory Services und den DNS-Server. Die Installation sollte im erweiterten Modus durchgeführt werden, um alle Komponenten entsprechend einstellen zu können. Zwingend notwendig ist die Erstellung einer neuen Domäne in einer neuen Gesamtstruktur. Spätestens jetzt muss man sich Gedanken machen, wie die Gesamtstruktur untergliedert werden soll. Dafür gibt es viele Möglichkeiten (siehe Bild 2.39).

Eine Gesamtstruktur kann in eine oder mehrere Strukturen untergliedert werden. Jede Struktur kann aus einer Domäne und vielen Unterdomänen bestehen.

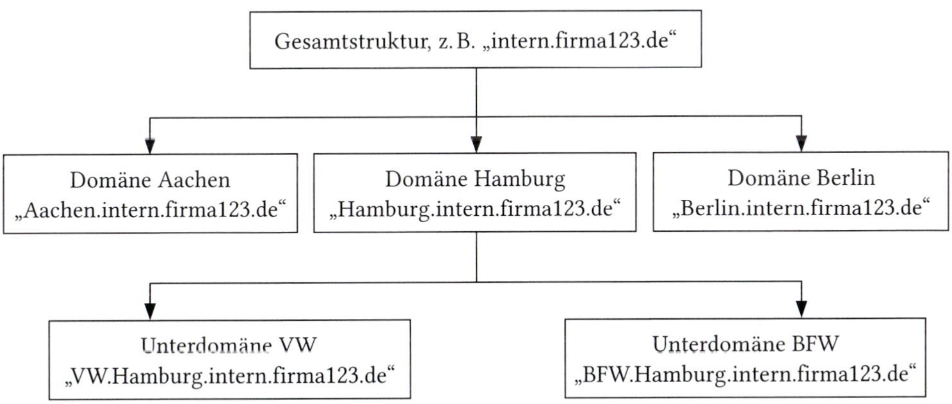

Bild 2.39: Beispiel einer Gesamtstruktur

Der Name der Gesamtstruktur kann zwar beliebig gewählt werden, jedoch sollte er idealerweise einmalig sein, um später mögliche Kollisionen zu vermeiden. In der Vergangenheit wurde oft die reservierte Endung „.local“ empfohlen, um damit eine Abgrenzung von gültigen Internet-Domain-Adressen zu erreichen. Kollisionen sind damit aber keinesfalls ausgeschlossen. Inzwischen wird die Verwendung der eigenen Internet-Domain-Adresse empfohlen. Ist man z. B. im Besitz der Adresse „firma123.de“ (Bild 2.39), dann könnte man die Subdomain „intern“ für die netzinterne Struktur reservieren. Im Kontext des Internets bleibt „intern.firma123.de“ undefiniert. Auf diese Weise lassen sich Kollisionen sicher ausschließen.

Die Hierarchie der Bezeichnung der Domänen der Gesamtstruktur entspricht der DNS-Namensgebung und muss unbedingt eingehalten werden.

Tipp: Für die erste Installation eines Netzes sollte man nur eine Domäne erstellen und nicht gleich eine komplizierte Struktur aufbauen.

Der Computer ist nun zu einem Domänencontroller geworden, mit dem man folgende Aufgaben durchführen kann:

- Richtlinien konfigurieren, die alle Objekte des ADS betreffen
- Benutzende zu der Domäne hinzufügen und den Zugriff konfigurieren
- Gruppen entsprechend der Firmenstruktur definieren und die Benutzenden diesen Gruppen hinzufügen
- Berechtigungen für den Zugriff auf Ordner und Dateien vergeben
- Anwendungssoftware installieren und dem Netz zur Verfügung stellen
- Überwachung der Systemabläufe mit den entsprechenden Tools
- Datensicherung durchführen bzw. diese Sicherung automatisieren
- die interne und externe Sicherheit durch Firewalls und andere Maßnahmen gewährleisten
- Dokumentation aller Vorgänge, um Sicherheitslücken aufzuspüren

2.2.3 Einrichtung eines DHCP-Servers

In den folgenden Abschnitten werden Softwarekomponenten installiert (engl. *to install*), die Dienste (Services) bereitstellen (engl. *to serve*). Diese Software bezeichnet man üblicherweise als „Server". Ist hingegen die Hardware gemeint, wird in diesem Buch zur Abgrenzung der Begriff „Servermaschine" verwendet (Kap. 1.3.1.2).

Für die Vergabe von IP-Adressen gibt es grundsätzlich zwei Möglichkeiten: einerseits anhand einer automatischen Verteilung durch einen Computer, auf dem der DHCP-Dienst läuft, andererseits manuell durch den Administrator bzw. die Administratorin des Netzes.

Beide Varianten haben Vor- und Nachteile. Während bei der manuellen Verteilung der IP-Adressen jeder Client eine feste Adresse erhält, hängt dies bei der automatischen Verteilung der IP-Adressen von der Reihenfolge der Anmeldung im Netz ab. Dadurch erhalten die Clients bei jeder Anmeldung eine andere Adresse, zumindest wenn keine oder eine zu kurze Lease-Time eingestellt wurde.

Installation des DHCP-Dienstes

Den DHCP-Dienst erreicht man im Server-Manager über den Dashboard-Eintrag „DHCP" oder den „DHCP"-Eintrag im „Tools"-Menü.

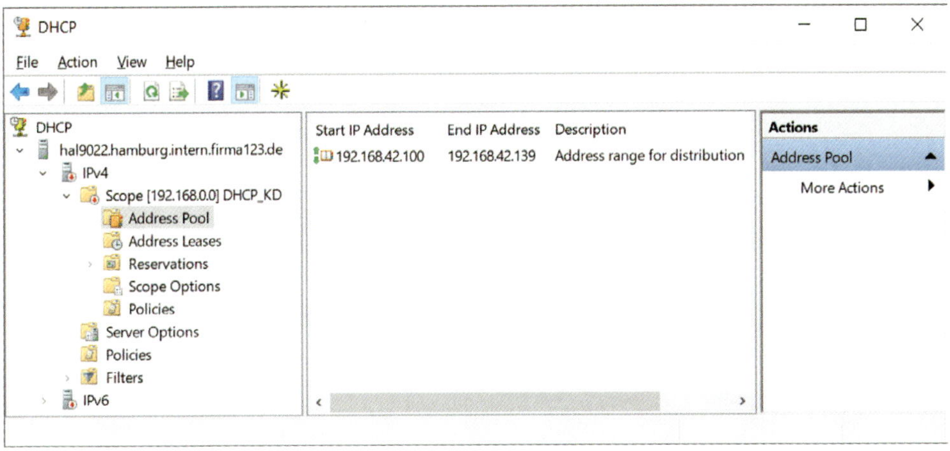

Bild 2.40: DHCP-Dienst

In der Struktur des DHCP-Dienstes ist in Bild 2.40 an erster Stelle der Server mit seiner IP-Adresse aufgeführt. Diese Adresse kann hier nicht geändert werden, sondern nur in der Netzwerkumgebung.

Folgende Einstellungen kann man vornehmen:

- Der Bereich der Adressen, die verteilt werden sollen, muss mit dem Bereich der IP-Adresse des Servers übereinstimmen. In Bild 2.40 gehören z. B. die Server-Adresse und der Bereich, der verteilt werden soll, zu einem /24-Netz. Im Kontextmenü können neue Bereiche erstellt und aktualisiert werden.
- Der Adressen-Pool listet die Adressen auf, die der DHCP-Server an die Clients vergeben darf. Der Bereich wird durch eine Anfangs- und Endadresse markiert. Neben der Subnetzmaske wird noch ein Ausschlussbereich von IP-Adressen angegeben. Dieser Bereich wird dann vom DHCP-Server nicht vergeben. Im Kontextmenü „Eigenschaften“ kann ein neuer Ausschlussbereich erstellt werden.
- Im Feld „Adress-Leases“ wird die Dauer der Vergabe der IP-Adressen angezeigt.
- Im Feld „Reservierungen“ werden alle statischen Adressen aufgelistet. Statisch bedeutet, dass die aufgelisteten Clients bei der Anmeldung immer die gleiche vorgegebene IP-Adresse vom DHCP-Dienst erhalten. Im Kontextmenü können neue Reservierungen erstellt werden. Dabei müssen der Name des Clients und dessen IP- und Mac-Adresse angegeben werden.

Nach den Bereichseinstellungen muss der Server im Active Directory autorisiert werden; dieser Vorgang kann einige Minuten dauern. Nur dann kann er die IP-Adressen an die Clients verteilen. Die Autorisierung erkennt man an dem grünen Haken im Server-Symbol.

DHCP und DNS

Der DHCP-Dienst kann den DNS-Dienst dynamisch aktualisieren, indem er nach der IP-Zuteilung die Daten der Clients an den DNS-Dienst weiterleitet. Im Kontextmenü „Eigenschaften“ des Adressbereiches auf der Registerkarte „DNS“ wird die Weiterleitung der Client-Namen und deren IP-Adressen an den DNS-Dienst aktiviert.

DHCP-Client

Auf jedem Client muss der DHCP-Client aktiviert werden. Diese Aktivierung erreicht man über die Netzwerkumgebung und Eigenschaften des TCP/IP-Protokolls sowie die Aktivierung des entsprechenden Kontrollkästchens.

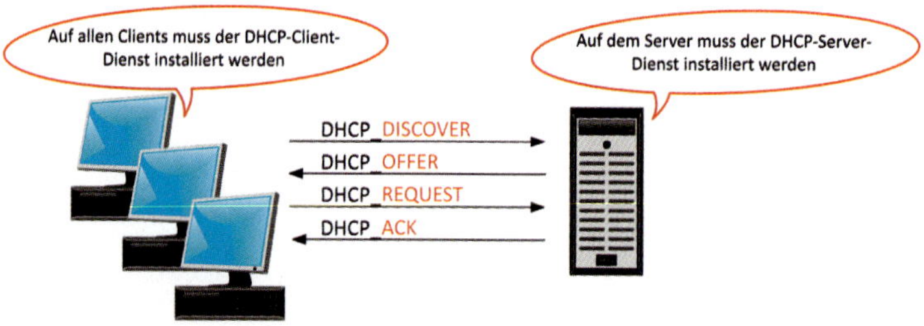

Bild 2.41: Client-Server-Modell

Für den Ablauf des automatischen IP-Adress-Bezugs mittels DHCP siehe Kap. 1.9.1 (Bild 1.191).

> Die IP-Adressen, die durch den DHCP-Server vergeben wurden, können an jedem Client mit dem Konsolenbefehl „ipconfig /all" angezeigt werden.

DHCP-Datenbank

Alle Einstellungen des DHCP sind in einer Datenbank gespeichert. Diese befindet sich auf dem DHCP-Server im Verzeichnis „\Windows\system32\dhcp". In diesem Verzeichnis befinden sich mehrere Dateien. Die Datei „dhcp.mdb" ist die eigentliche Datenbank. Die anderen Dateien sind Hilfsdateien zur Eintragung der Daten. Die Sicherung der Datenbank erfolgt standardmäßig jede Stunde. Dabei wird die Sicherungskopie in das Verzeichnis „.\backup\new" übertragen.

2.2.4 Einrichtung eines DNS-Servers

Ein lokaler DNS ist nicht nötig, wenn jeder Computer über eine öffentliche Adresse verfügt. In diesem Fall lösen DNS-Server des Providers die DNS-Namen in IP-Adressen auf. In großen Netzen mit sehr vielen PCs müssten die DNS-Namen der einzelnen Computer und deren IP-Adressen zur Namensauflösung im DNS-Server des Providers gespeichert werden. Dies ist prinzipiell möglich, verursacht aber Kosten, weil kein Provider diesen Service kostenlos zur Verfügung stellt.

Da ein lokaler DNS-Server Bestandteil von Windows Server 2022 ist, bietet es sich an, diesen auch einzusetzen. Er verursacht dadurch kaum Mehrkosten und lässt sich leicht installieren und verwalten.

DNS-Server

Während der Installation des ADS mithilfe des Assistenten wird auch der DNS-Server automatisch installiert. Alternativ kann man ihn über den Server-Manager ebenfalls installieren. Danach steht er als eigenständiges Snap-In in der Verwaltung zur Verfügung und kann entsprechend den Vorgaben konfiguriert werden. Allen Clients muss der DNS-Server bekanntgegeben werden.

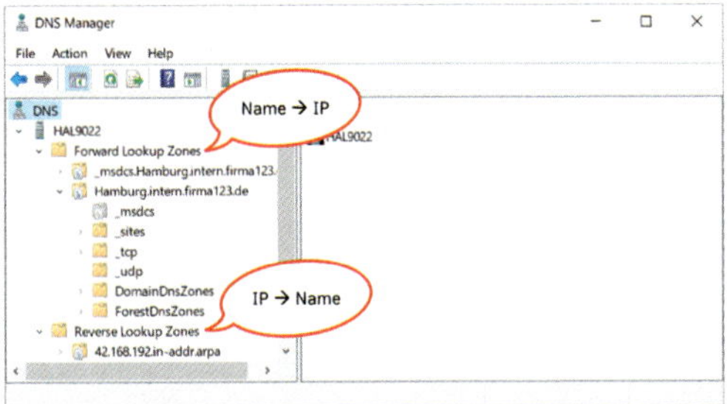

Bild 2.42: DNS-Server

In Bild 2.42 ist die Struktur des DNS-Dienstes dargestellt. Die Angabe „HAL9022" ist der Host-Name des Computers, auf dem der DNS-Dienst installiert wurde. Die Angabe „Forward Lookup Zones" bedeutet, dass DNS-Namen in IP-Adressen aufgelöst werden. Reverse Lookup Zones lösen IP-Adressen in DNS-Namen auf. Während der Installation wurde nach Angaben des Administrators die Forward Lookup Zone „Hamburg.intern.firma123.de" eingerichtet. Solche Namen sind beliebig wählbar, solange sie sich nicht mit den öffentlichen Namen überschneiden.

Struktur einer DNS-Namensauflösung

Die Strukturierung des DNS-Dienstes unter Windows Server 2022 gliedert sich in Zonen, Domänen, Unterdomänen und Hosts (siehe Kap. 1.9.2 und Kap. 2.1.2). In den Forward und Reverse Lookup Zones muss man mindestens jeweils eine Zone erstellen. Man kann aber auch, wie Bild 2.42 zeigt, mehrere Zonen einrichten. Jede Zone kann in beliebig viele Domänen unterteilt werden, z. B. Einkauf und Verkauf. Diese Domänen können durch beliebig viele Subdomänen, z. B. Raum 12 und Raum 13, weiter strukturiert werden. Zu jeder Zone oder Domäne können Computernamen und deren IP-Adressen eingetragen werden. Durch diese Strukturierung kann man die Computer einer Firma den einzelnen Abteilungen zuordnen und eine optimale DNS-Namensauflösung erreichen. In kleinen Firmen kann die DNS-Strukturierung auch auf eine einzige Zone begrenzt werden.

Der FQND des Computers „client1" aus Bild 2.42 lautet: „client1.Raum12.Verkauf.Hamburg.intern.firma123.de." Damit ist der Computer genau lokalisiert.

Ein **FQDN** (**f**ully **q**ualifies **d**omain **n**ame) ist ein vollständiger Domain-Name, der einen Host im DNS weltweit eindeutig adressiert.

Von hinten nach vorne aufgebaut besteht ein FQDN aus dem root-label, der Top-Level-Domain und der Second-Level-Domain (Domain-Name). Danach folgen optional weitere Ebenen. Üblich ist mindestens die Third-Level-Domain, die auch Subdomain genannt wird. Zwischen jeder Ebene wird zur Trennung ein Punkt gesetzt. Beispiel: www.westermann.de.

Der FQDN endet immer auf einen Punkt, weil das abschließende root-label leer ist. In der Praxis wird deshalb üblicherweise auf die Angabe des abschließenden Punkts verzichtet. Allerdings handelt es sich dann streng genommen um einen relativen Adressnamen und nicht mehr um einen FQDN.

Unter Windows Server 2022 wird die DNS-Datenbank in eine oder mehrere Zonen unterteilt. Diese Zonen können weiter durch Domänen gegliedert werden. Die Namen der Computer mit den zugehörigen IP-Adressen werden manuell in den entsprechenden Zonen oder Domänen eingetragen.

DNS-Client

Der DNS-Client-Dienst wird auch als Resolver bezeichnet, weil er die Anfragen des Clients zunächst durch seinen internen Cache auflöst (engl. *to resolve*) und die Anfrage erst dann an den DNS-Server weiterleitet, wenn diese Auflösung fehlschlägt.

Auf allen Clients muss unter „Netzwerk" die IP-Adresse des DNS-Servers eingetragen werden.

DDNS (Dynamisches DNS)

Ursprünglich sollte DNS nur für die Auflösung statischer Adressen eingesetzt werden. Die DNS-Namen und deren IP-Adressen können in einem statischen Modell nur manuell in den entsprechenden Zonen bzw. Domänen eingetragen werden (Bild 2.43). Das hat natürlich schwerwiegende Folgen, wenn sich die Namen oder die IP-Adressen ändern. Im besten Fall muss der Administrator bzw. die Administratorin die Daten neu eingeben, andernfalls ist eine Namensauflösung nicht mehr möglich. Deshalb ist es unter Windows Server 2022 möglich, eine dynamische Namensauflösung zu nutzen. Dynamisch bedeutet dabei, dass jede Änderung automatisch der DNS-Datenbank mitgeteilt wird.

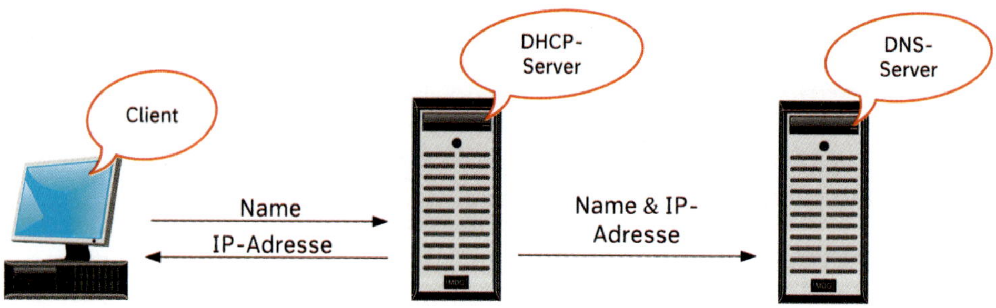

Bild 2.43: Dynamische Namensauflösung (DDNS)

Während des Anmeldevorgangs bittet der Client den DHCP-Server um eine IP-Adresse. Der DHCP-Server gibt dem Client eine freie IP-Adresse und teilt dem DNS-Server den Namen des Computers mit der dazugehörigen IP-Adresse mit. Mit diesen Daten wird die DNS-Datenbank dynamisch aktualisiert.

Primäre und sekundäre DNS-Server

Man kann in einem LAN mehrere DNS-Server installieren. Während der erste Server als primärer DNS-Server installiert werden muss, kann der zweite Server als sekundärer DNS-Server konfiguriert werden. Analog zur Funktion des PDC und BDC des NT-Netzes (siehe Kap. 2.3.6) beinhaltet der sekundäre DNS-Server eine Kopie des primären DNS-Servers. Bei Ausfall des primären DNS-Servers ist durch diese Kopie die Namensauflösung weiterhin möglich. Um die Ausfallsicherheit zu erhöhen, sollten sich die geografische und die netztopologische Position beider DNS-Server möglichst stark unterscheiden. Für DNS-Server im Internet wird dieses strengere Prinzip vom Internet-Standard RFC 2182 gefordert.

2.2.5 Aufgaben und Merkmale von Domänen und Domänencontrollern

Im Gegensatz zu einem Peer-to-Peer-Netzwerk besitzt ein serverbasierendes Netzwerk mindestens einen **Domänencontroller** für die zentrale Verwaltung des Netzes. Diese zentrale Verwaltung erhöht die Sicherheit, weil eine Verteilung der Verwaltung auf viele Computer viel leichter angreifbar ist. Außerdem ist eine zentrale Verwaltung wesentlich einfacher zu kontrollieren und zu administrieren. Die zentrale Verwaltung wird in einer Datenbank-**SAM** (**S**ecurity **A**ccount **M**anager) gespeichert.

Wie bereits seit Windows Server 2012 R2 können unter Windows Server 2022 beliebig viele Domänencontroller in einer Domäne vorhanden sein. Da sie alle gleichberechtigt sind, tauschen sie ständig alle Verwaltungsdaten der Domäne untereinander aus. Das hat den Vorteil, dass für Wartungszwecke jeder Domänencontroller ohne Probleme abgeschaltet werden kann, weil die anderen die Verwaltung der Domäne sofort übernehmen. Beim Einschalten gleicht er sich automatisch mit den anderen Domänencontrollern ab.

Wie in vorherigen Serversystemen können unter Windows Server 2022 in einer Domäne noch mehrere Mitgliedsserver eingerichtet werden. Im Unterschied zu Domänencontrollern befinden sich auf Mitgliedsservern keine SAM für die Verwaltung der Netze. Sie können dem Netz daher nur Daten und Programme zur Verfügung stellen.

In diesen Netzwerken übernimmt immer ein Server die zentrale Verwaltung aller Computer einer Domäne. Alle Computer müssen Mitglied der Domäne sein und alle Benutzenden müssen ein Konto in dieser Domäne besitzen.

Grundlage der Verwaltung ist der Verzeichnisdienst **ADS** (**A**ctive **D**irectory **S**ystem; Kap. 2.1.5.3). Dieser Dienst ist eine Datenbank, die sich auf dem Server befindet. Alle Objekte und deren Attribute werden in dieser Datenbank gespeichert und gesichert. Die Datenbank erhält während der Installation einen beliebigen Namen, der als Domäne bezeichnet wird.

> Eine Domäne ist eine Datenbank, in der Objekte des Netzes mit ihren Attributen gespeichert werden.

Die Datenbank kann wie eine Festplatte untergliedert werden. Alle Teilabschnitte bekommen individuelle Namen und werden als **Organisationseinheiten** bezeichnet. Damit kann man die Struktur einer Firma im Netz abbilden, ohne mehrere Domänen einzurichten. Bei sehr großen Netzen können mehrere Domänen zu Strukturen und mehrere Strukturen zu Gesamtstrukturen zusammengefasst werden.

Unter Windows Server 2022 können folgende Komponenten zur Erstellung von logischen Verzeichnissen benutzt werden:

- **Objekte** (siehe Kap. 2.1.5.2) sind die kleinsten Einheiten, die in einer Datenbank verwaltet werden können. Alle Ressourcen und jeder einzelne Vorgang im Netz sind Objekte. Ein/-e Benutzende/-r, ein Drucker, ein Computer oder eine Software sind Objekte. Jedes

Objekt besitzt einen Namen und einen Satz von Attributen. Außerdem können gleichartige Objekte in Klassen zusammengefasst werden. Benutzende können z. B. zu der Klasse *Benutzer* zusammengefasst werden.

- Die **Domäne** ist das Kernstück von ADS. In ihr können Millionen von Objekten gespeichert werden (siehe Bild 2.44).

- Um eine Domäne übersichtlicher gestalten zu können, gliedert man sie in Organisationseinheiten (**OU: O**rganizational **U**nit). Die Domäne „Meier & Schulze" kann z. B. in die OU „Verwaltung", „Verkauf", „Warenannahme" usw. unterteilt werden. Der Aufbau der Domäne entspricht dann der Struktur der Firma Meier & Schulze. In die einzelnen OU werden die gewünschten Objekte wie beispielsweise Drucker, Dateien und Benutzende integriert.

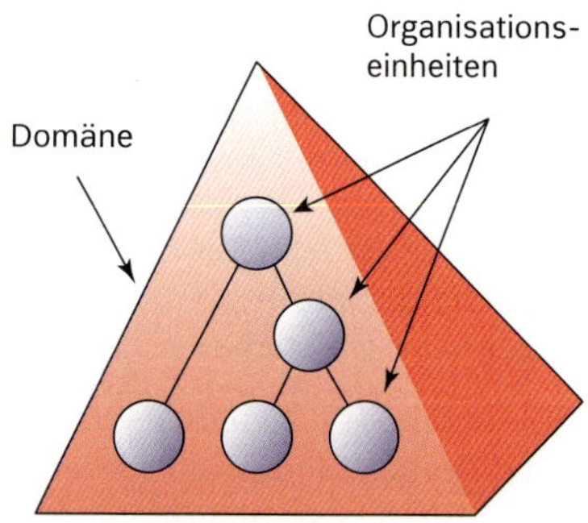

Bild 2.44: Domäne

Organisationseinheiten können nebeneinander und untereinander organisiert werden. Die OU „Verwaltung" kann z. B. nochmals in die OU „Einkauf" und „Verkauf" gegliedert werden.

> Eine Domäne kann in Organisationseinheiten (OU) gegliedert werden. OU können weitere OU beinhalten.

- Mehrere hierarchisch angeordnete Domänen ergeben eine **Struktur**. Häufig wird diese Struktur als **Baum** bezeichnet. In Bild 2.45 sind die Domänen A bis C hierarchisch angeordnet, d. h., Domäne A leitet Berechtigungen zu B und C weiter, Domäne B kann nur Berechtigungen zu C weiterleiten und Domäne C kann überhaupt keine Berechtigungen weiterleiten. Der Berechtigungsfluss geht nur in eine Richtung, und zwar von oben nach unten und nicht umgekehrt.
Verwaltet werden die Domänen durch den globalen Katalog. Diese Datenbank beinhaltet die wichtigsten Informationen aller Objekte aller Domänen. Das hat zur Folge, dass sich Benutzende in einer beliebigen Domäne anmelden und auf ihre zugeteilten Ressourcen zugreifen können, egal in welcher Domäne sich diese befinden.

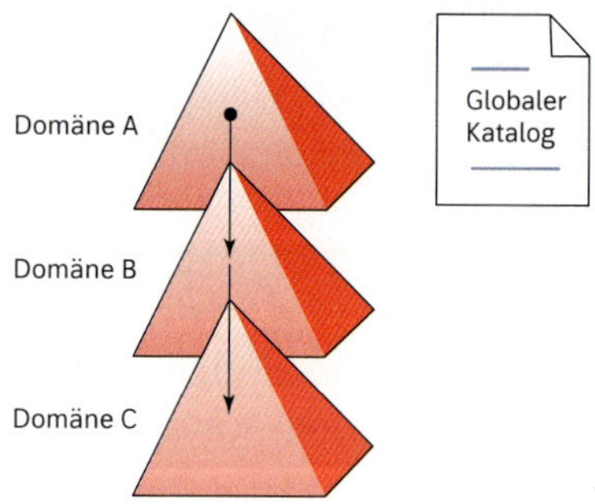

Bild 2.45: Struktur

- Mehrere Strukturen (Bäume bzw. *trees*) ergeben eine **Gesamtstruktur**, die man auch als Wald *(forest)* bezeichnet.

- Alle Strukturen (Bäume) einer Gesamtstruktur benutzen ein gemeinsames Schema, d. h. Regeln über die Organisation von Objekten. Auch hier wird der Zusammenhalt der Gesamtstruktur durch einen **globalen Katalog** gewährleistet. Benutzende können sich von jedem Ort der Gesamtstruktur anmelden und auf ihre Ressourcen zugreifen, zu denen sie die entsprechende Berechtigung besitzen.

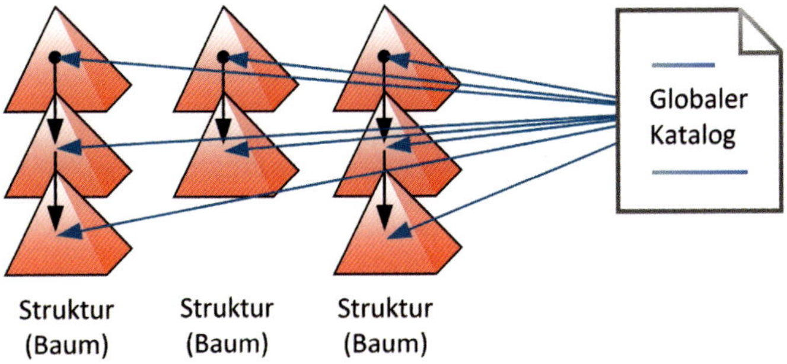

Bild 2.46: Gesamtstruktur (Wald, Forest)

- Attribute aller Objekte einer Gesamtstruktur werden in einer **zentralen Datenbank** gespeichert. Diese Datenbank befindet sich auf dem ersten Domänencontroller der Gesamtstruktur. Der Domänencontroller wird auch als globaler Katalogserver bezeichnet. Für seine eigene Domäne speichert er alle Attribute seiner Objekte. Von den Objekten aller anderen Domänen speichert er nur die am häufigsten gebrauchten Objektattribute für Suchzwecke. Das sind z. B. Vor- und Nachnamen von Benutzenden, Anmeldenamen usw.
- **Replikation** bedeutet Abgleich von Daten, die sich auf verschiedenen Servern befinden. So müssen z. B. die Daten des globalen Katalogs ständig abgeglichen werden, damit Benutzende sich an allen Geräten des Netzwerks anmelden können. Innerhalb einer Domäne erfolgt die Replikation automatisch. Innerhalb einer Struktur bzw. Gesamtstruktur kann man die Replikation steuern. Der Administrator bzw. die Administratorin kann z. B. festlegen, wann und wie oft die Replikation erfolgen soll. Geschicktes Administrieren verringert dabei die Netzlast.

Windows Server 2022 unterscheidet zwei Typen von Vertrauensstellungen, und zwar die *transitive* und die *nicht transitive* **Vertrauensstellung**. Von einer transitiven (indirekten) Vertrauensstellung spricht man, wenn zwei Domänen ihre gegenseitige Vertrauensstellung über eine dritte Domäne erhalten.

In Bild 2.47 besteht nur eine direkte gegenseitige Vertrauensstellung zwischen den Domänen A und B und zwischen den Domänen C und B. Dadurch besteht in Windows Server 2022 auch eine gegenseitige Vertrauensstellung zwischen den Domänen A und C. Auf Grundlage dieser Beziehung vertrauen sich alle Domänen in Windows Server 2022 untereinander.

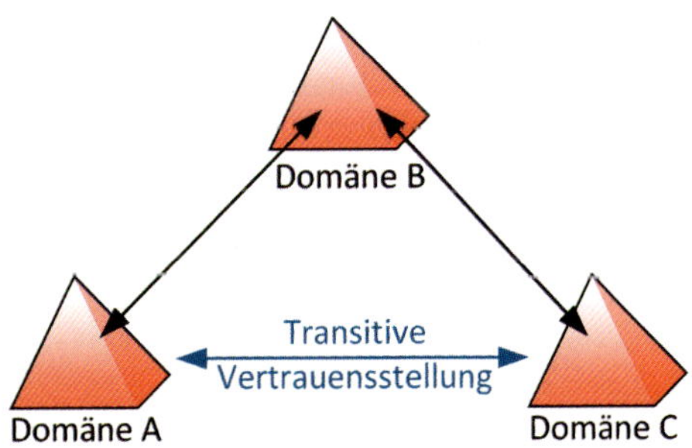

Bild 2.47: Transitive Vertrauensstellung

Nicht transitiv bedeutet, dass sich die Domänen A und C in Bild 2.47 nicht gegenseitig vertrauen. Die nicht transitive Vertrauensstellung kommt unter Windows Server 2022 bis auf eine Ausnahme nicht vor. Diese Ausnahme macht Windows Server 2022 nur bei einseitigen Vertrauensstellungen, weil beim Zusammenschluss von Windows Server 2022 mit den älteren Windows-NT-4.0-Domänen die transitive Vertrauensstellung von Windows NT 4.0 nicht unterstützt wird.

2.2.6 Einrichten und Verwalten eines AD mit Domänencontroller

Die Installation des Domänencontrollers ist mithilfe des Rolleninstallationsassistenten schnell erledigt. Dazu wählt man im Abschnitt „Server roles“ die Rolle „Active Directory Domain Services“ aus. Es folgt ein Hinweis über weitere Komponenten, die benötigt werden und gleichzeitig mitinstalliert werden sollen (Bild 2.48).

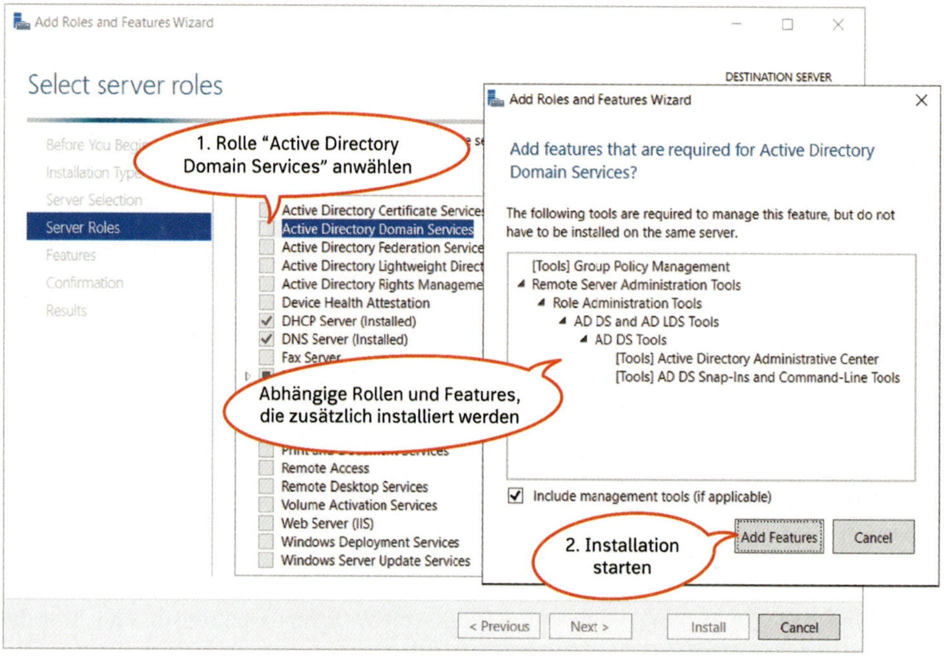

Bild 2.48: Installation der Domänendienste-Rolle

Nach Bestätigung erfolgt die Installation. Sobald diese abgeschlossen ist, bietet der Assistent die Heraufstufung des Servers zum Domänencontroller an (Bild 2.49).

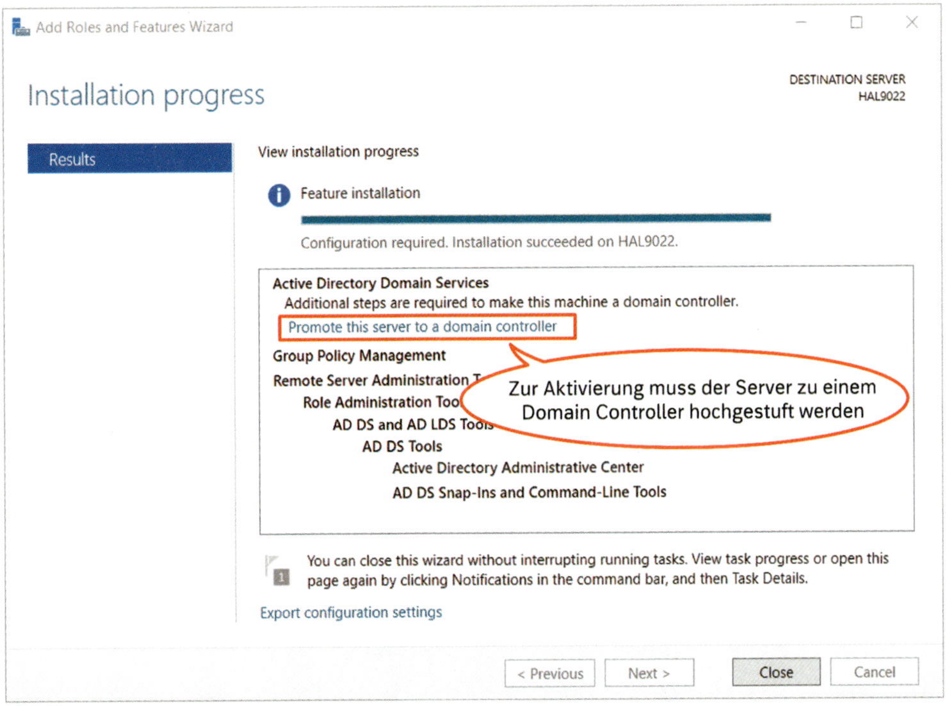

Bild 2.49: Abschluss der Rolleninstallation

Die Verknüpfung zur Heraufstufung kann auch im Benachrichtigungsmenü gefunden werden, sollte man den Assistenten irrtümlich zu schnell beendet haben.

Mit der Heraufstufung wird der Domänencontroller aktiviert. Im Rahmen der Aktivierung werden einige notwendige Einstellungen und Optionen abgefragt. Weil im vorliegenden Fall noch keine Domäne besteht, muss die Gesamtstruktur neu aufgebaut werden (Bild 2.50 oben). Als Name für die Stammdomäne ist im Beispiel „Hamburg.intern.firma123.de“ angegeben. Im folgenden Dialog muss ein Passwort für den Wiederherstellungsmodus festgelegt werden, die restlichen Vorgaben können beibehalten werden (Bild 2.50 unten).

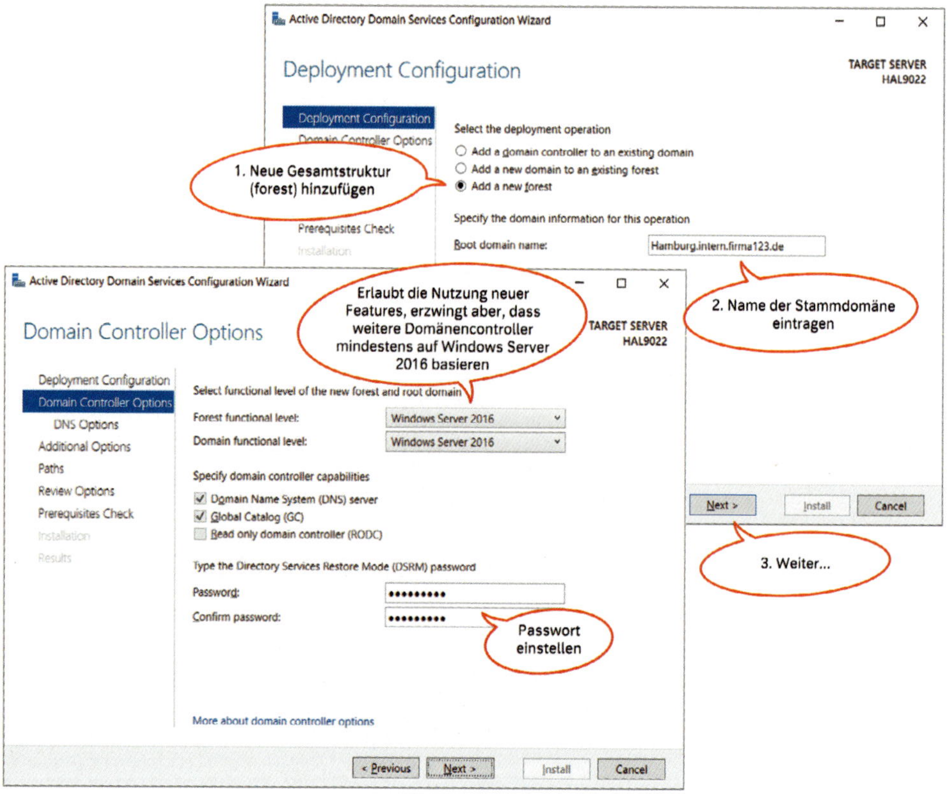

Bild 2.50: Einstellen der Konfigurationsoptionen

Da der **Stammdomänenname** (Root Domain Name) über DNS aufgelöst wird, versucht der Installationsassistent, die DNS-Einstellungen an übergeordnete DNS-Server zu delegieren. Da die Intranet-Domäne ohnehin nicht aus dem Internet erreicht werden soll, bestätigt die Warnmeldung oben in Bild 2.51 letztlich genau die verfolgte Absicht und kann ansonsten ignoriert werden.

Die Einstellung des NetBIOS-Domänennamens ist unabhängig vom zuvor als Stammdomäne angegebenen DNS-Domänennamen. Im Beispiel wurde die Vorgabe abgeändert auf „FIRMA123HH" (Bild 2.51). Die voreingestellten Verzeichnispfade können in der Regel direkt übernommen werden.

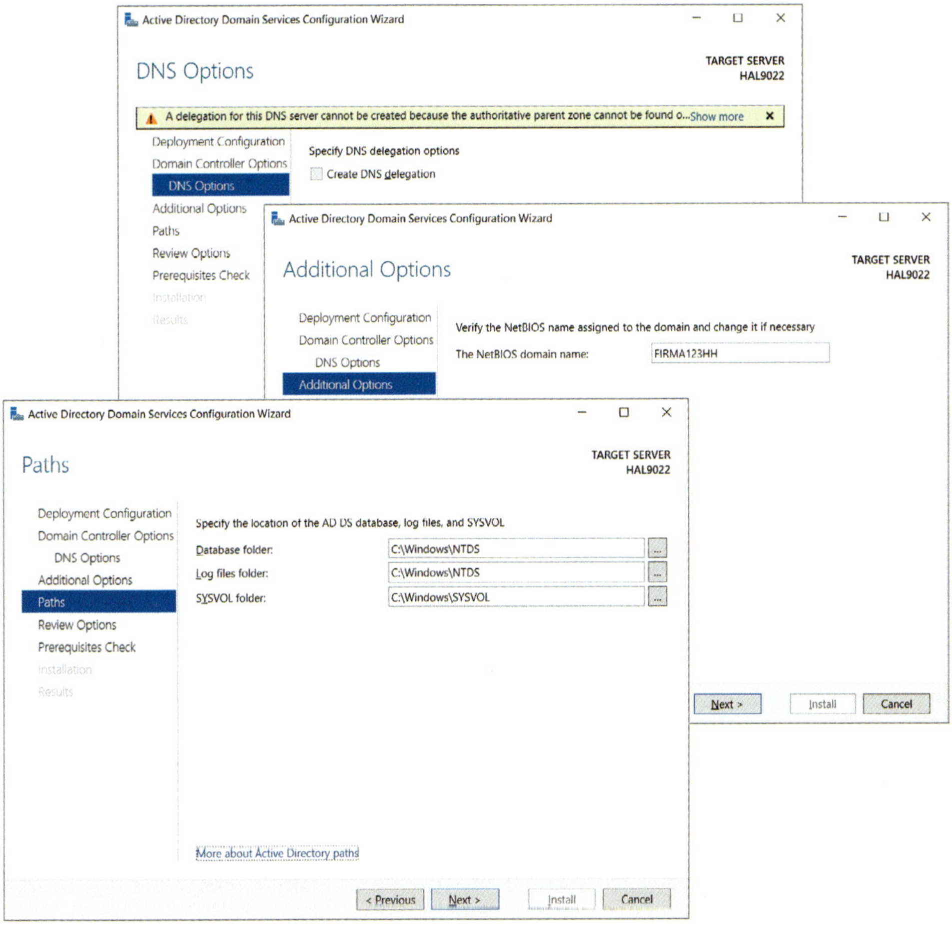

Bild 2.51: DNS-Warnmeldung, Einstellung des NetBIOS-Domänennamens und der Verzeichnispfade

Danach ist der Domänencontroller ausreichend konfiguriert und wird nach dem automatischen Neustart direkt aktiv.

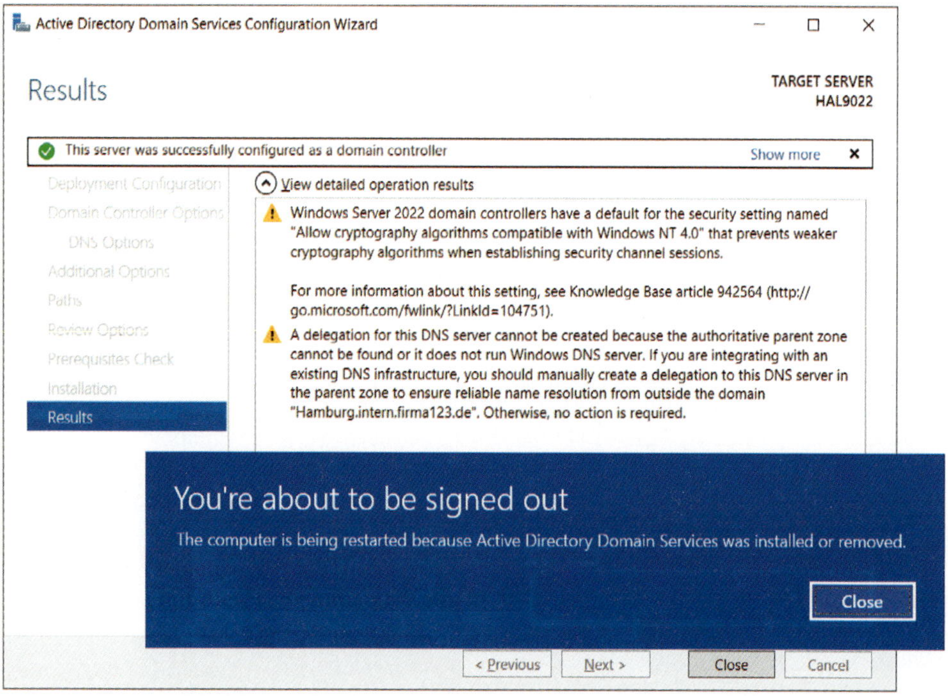

Bild 2.52: Installationsende mit anschließendem Neustart

Der Anmeldebildschirm zeigt jetzt die typische Schreibweise der Login-Kennung aus NetBIOS-Domänenname, Backslash und dem Benutzernamen (Bild 2.53). Alternativ ist die Anmeldung mit den DNS-Domänennamen möglich. Die Anmeldekennung hat dann die Form „Benutzername@DNS-Domänenname", im Beispiel also „Administrator@ Hamburg. intern.firma123.de".

Bild 2.53: Anmeldung nach dem Neustart

Um sich über ein lokales Benutzerkonto anzumelden, trägt man statt des NetBIOS-Domänennamens den NetBIOS-Computernamen oder einfach einen Punkt ein, in diesem Fall also „.\Administrator". Allerdings müssen bei einem Server, der zum Domänencontroller hochgestuft wurde, alle Anmeldungen über die Domäne erfolgen. Eine Anmeldung über ein lokales Benutzerkonto ist nicht mehr möglich.

Verwaltung der AD-Komponenten

Das Dashboard des Server-Managers bietet über die Kacheln im mittleren Bereich und die Rollenmenüs am linken Rand vor allem Unterstützung in der Überwachung und Steuerung des laufenden Active-Directory-Betriebs. Programme zur Konfiguration können im Tools-Menü gefunden werden (Bild 2.54).

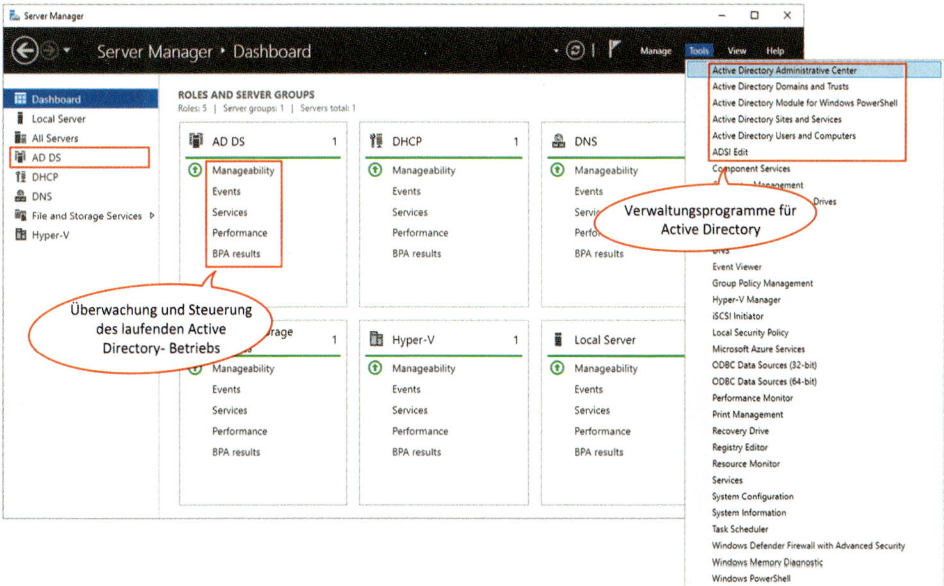

Bild 2.54: Konfiguration und Überwachung des Active Directory

Es stehen eine PowerShell-Verknüpfung, ein Schnittstellen-Editor und drei kompakte Konfigurationsanwendungen sowie das Active-Directory-Verwaltungscenter zur Verfügung. Zwar kapselt das neue Verwaltungscenter die Funktion der drei kompakten Anwendungen, trotzdem wirkt die Windows-11-Optik dadurch überladen.

Einrichten eines Benutzerkontos

Im folgenden Beispiel soll ein neuer Windows-11-Arbeitsplatzrechner an das Active Directory angeschlossen werden. Die Nutzerin „Anneliese" soll sich nur an diesem Computer während der Arbeitszeiten einloggen können.

Die Erstellung eines Benutzerkontos kann auf unterschiedliche Weisen erfolgen. Bild 2.55 zeigt die Verwendung des Active-Directory-Verwaltungscenters. Der Domänenname wird hier mit „Hamburg (local)" abgekürzt. In der Strukturansicht kann der Domäneneintrag „Hamburg (local)" ausgeklappt werden. Aus der Liste der Organisationseinheiten muss „Users" ausgewählt werden. Im rechten Menüstreifen erscheint der Bereich „Users" mit der Option „New" und dem Unterpunkt „User".

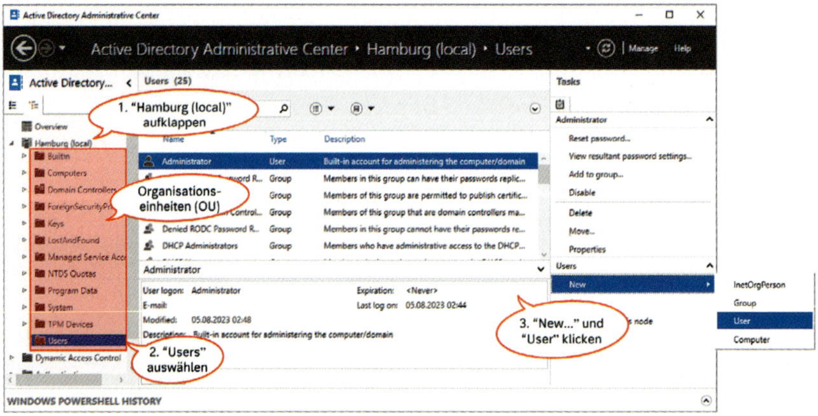

Bild 2.55: Anlegen eines neuen Active-Directory-Benutzerkontos im Verwaltungscenter

Die notwendigen Eingaben beschränken sich auf den oberen Teil der Parameterseite. Dazu gehören der vollständige Name, der Anmeldename und ein vorläufiges Kennwort. Über die Verknüpfung „Log on hours“ wird die zeitliche Anmeldebeschränkung in einem Wochenraster konfiguriert. Die Festlegung, dass das gerade erstellte Benutzerkonto ausschließlich für Anmeldungen an dem Computer HAL9001 verwendet werden kann, wird über die Verknüpfung „Log on to...“ erledigt (Bild 2.56).

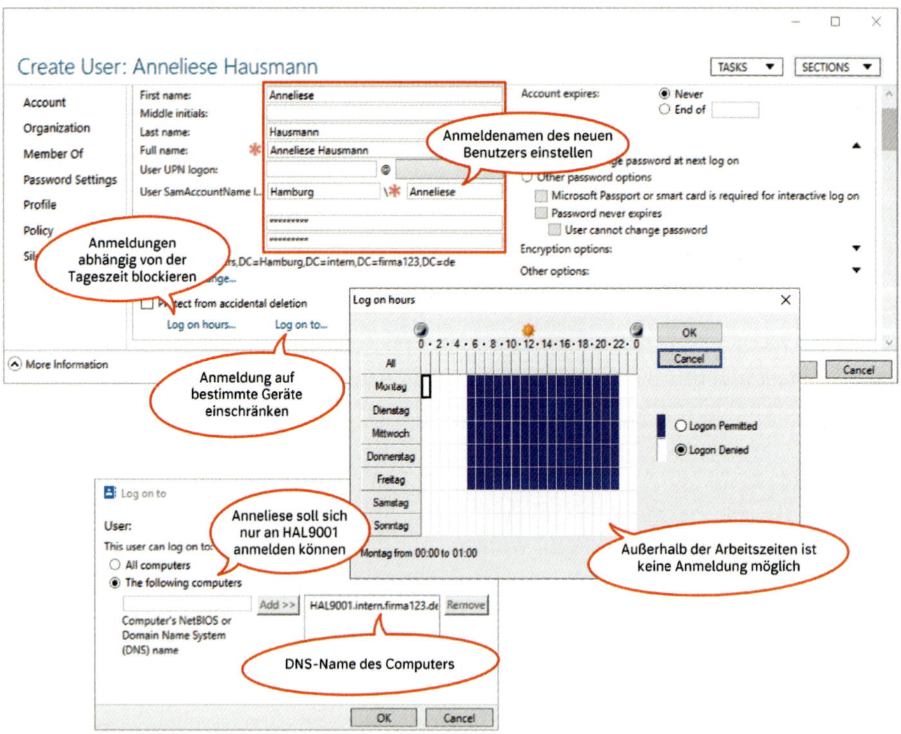

Bild 2.56: Einstellen der Benutzerkontodaten

Domänenbeitritt

Damit der Benutzerprofildienst des Domänencontrollers zur Abwicklung von Benutzeranmeldungen mit einem Computer verwendet werden kann, muss der Computer der Domäne beitreten.

Im Systemeigenschaften-Fenster (Windows+R „sysdm.cpl“) muss der Schalter auf die Domänenmitgliedschaft umgestellt und die Domäne eingetragen werden. Nach „OK“ erscheint der Dialog zur Passwortabfrage, der mit den neuen Zugangsdaten bedient wird. Läuft alles wie geplant, ist der Beitritt danach erfolgreich abgeschlossen.

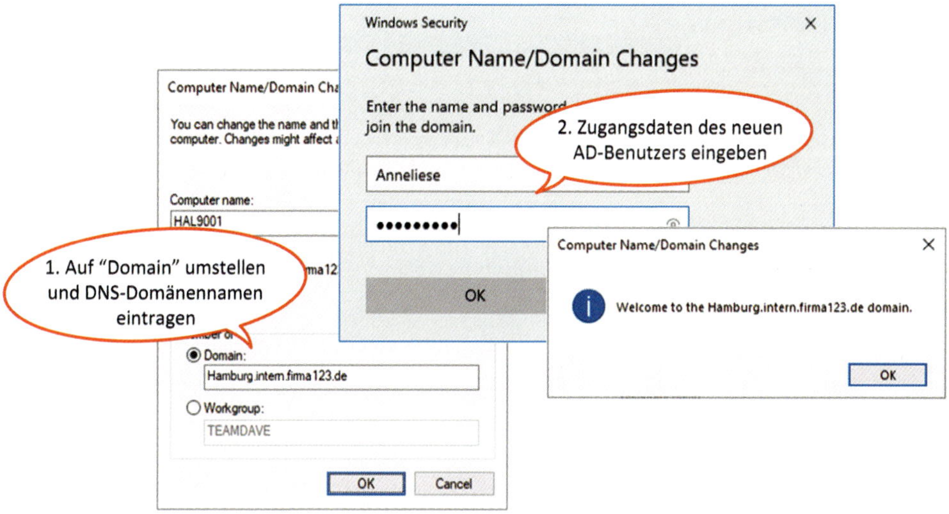

Bild 2.57: Domänenbeitritt eines Windows-10-Computers

Servergespeicherte Profile

Der Domänencontroller bietet neben der zentralen Verwaltung der Anmeldeinformationen für jedes Benutzerkonto die Option, die Daten und Einstellungen des Benutzerprofils zentral zu speichern. Zu den Benutzerprofildaten zählen Einstellungen wie das Desktop-Hintergrundbild und die Anordnung von Icons auf dem Arbeitsplatz, aber vor allem auch die Nutzerdaten wie die Verzeichnisse „Eigene Dateien“, „Downloads“ usw.

Mit **servergespeicherten Profilen** (Roaming User Profiles) würden Benutzende, die häufig an wechselnden Computern arbeiten, überall die gleichen Einstellungen und Dokumente vorfinden. Zu bedenken ist aber, dass mit jedem An- und Abmeldevorgang die Benutzerprofildaten mit denen auf dem Server synchronisiert werden. Deshalb muss der Einsatz von servergespeicherten Profilen genau überlegt werden. Denn je nach Anzahl der Benutzenden und der Menge der zu synchronisierenden Daten können sich erhebliche Nachteile ergeben. Das reicht beispielsweise von verlängerten An-/Abmeldevorgängen bis hin zu Datenverlust durch Synchronisationsfehler. Im Beispiel aus Bild 2.56 ist das Benutzerkonto nur für einen Computer gültig, sodass ein servergespeichertes Profil in dieser Situation wenig sinnvoll erscheint.

Um servergespeicherte Profile nutzen zu können, müssen der Ablageort auf dem Server eingerichtet und die Einstellungen der Benutzerkonten angepasst werden. Zuerst muss ein Verzeichnis erzeugt werden, in dem die Profildaten abgelegt werden sollen. Im folgenden Beispiel ist das der Ordner „C:\Profiles“. Danach wird für diesen Ordner im Server-Manager eine Freigabe eingerichtet (Bild 2.58 bis Bild 2.61).

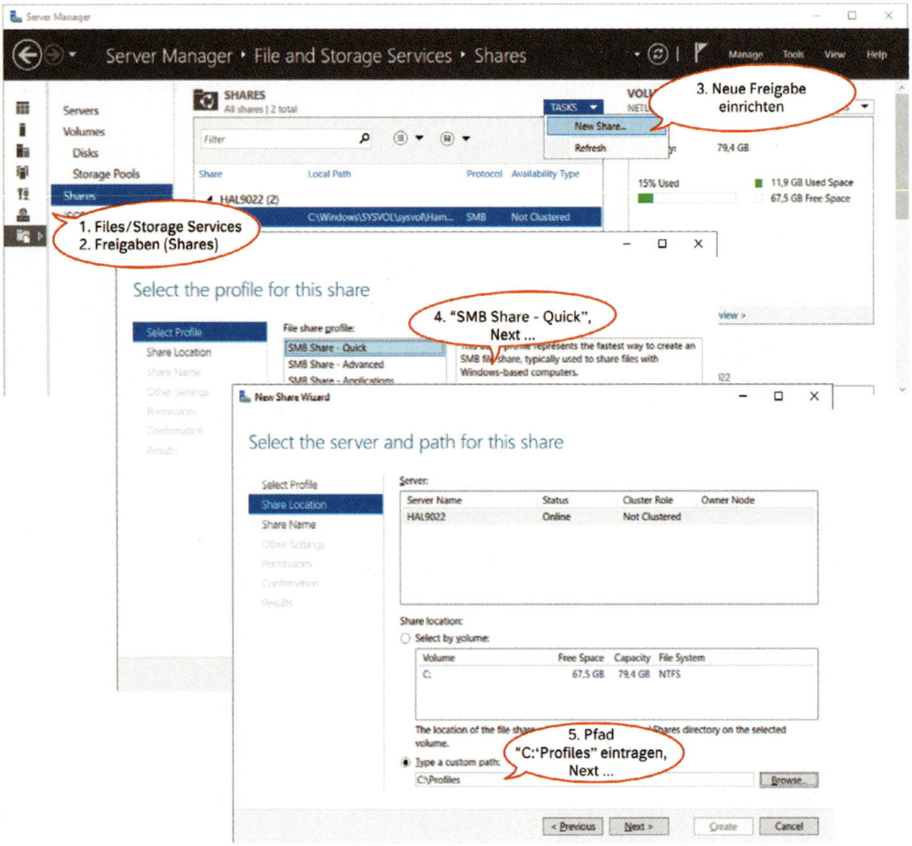

Bild 2.58: Freigabe des Profilablageordners

Das vom Assistenten vorgeschlagene Freigabeprofil „SMB Share - Quick“ wird übernommen. Im nächsten Schritt wird der Pfad benutzerdefiniert auf „C:\Profiles“ eingestellt. Danach wird als Freigabename „Profiles$“ angegeben, während die restlichen Vorgaben übernommen werden. Durch das angehängte „$“-Zeichen wird der Ordner als versteckt markiert. Beim Freigabeverhalten ist nur das obere der beiden Häkchen zu setzen. Anschließend müssen die Zugriffsberechtigungen angepasst werden.

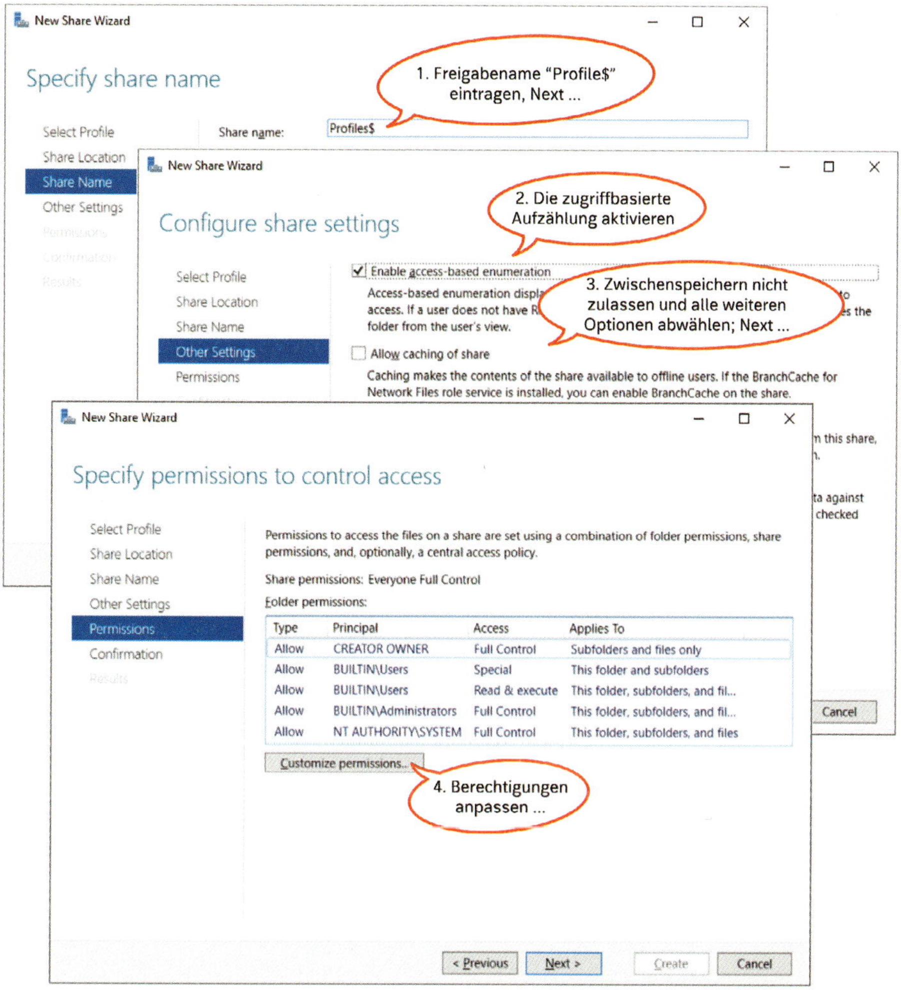

Bild 2.59: Freigabe des Profilablageordners (Fortsetzung)

Ein Klick auf „Customize permissions" öffnet ein weiteres Fenster. Unter dem Reiter „Permissions" werden die konfigurierten NTFS-Zugriffsrechte angezeigt (Bild 2.60). Mit Ausnahme der Einträge „System", „Administrators" und „Creator Owner" werden alle anderen gelöscht. Dazu muss aber vorher die Vererbung deaktiviert werden – der Button ist in dem Fall entsprechend beschriftet. Anschließend muss ein Eintrag für „Authenticated Users" hinzugefügt werden (Bild 2.61).

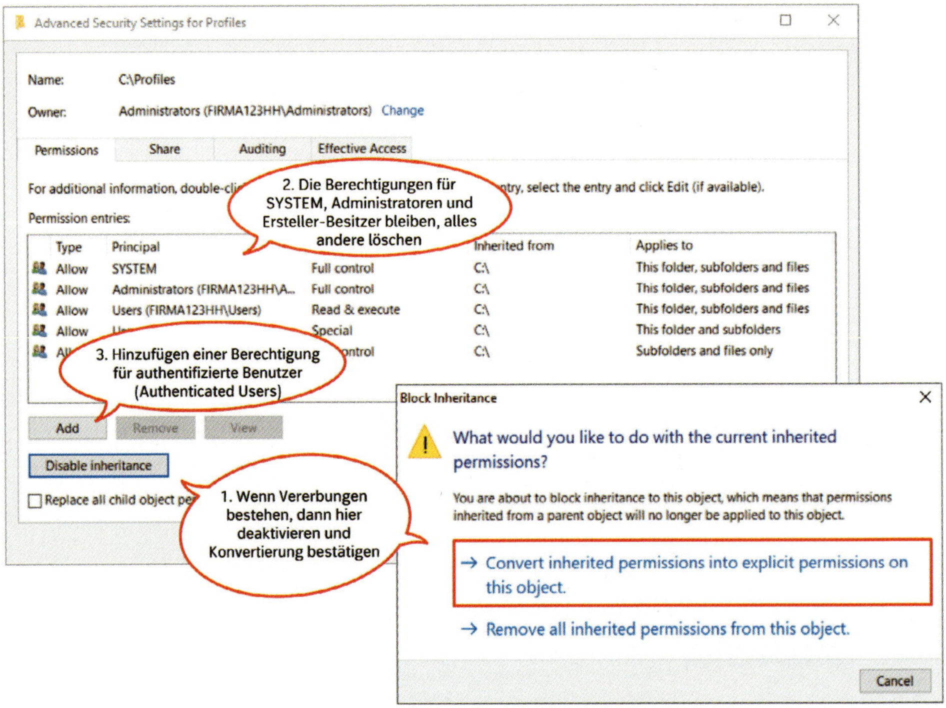

Bild 2.60: Anpassung der Zugriffsberechtigungen

„Add" öffnet das in Bild 2.61 abgebildete Fenster. Als Prinzipal muss „Authenticated Users" angegeben werden. Die Berechtigungseinstellungen sind auf „Allow" und „This folder only" einzustellen (Bild 2.60). Nach Erweiterung der Berechtigungs-Auswahlliste werden „Traverse folder / execute file", „List folder / read data", „Read attributes", „Read extended attributes" und „Create folders / append data" ausgewählt.

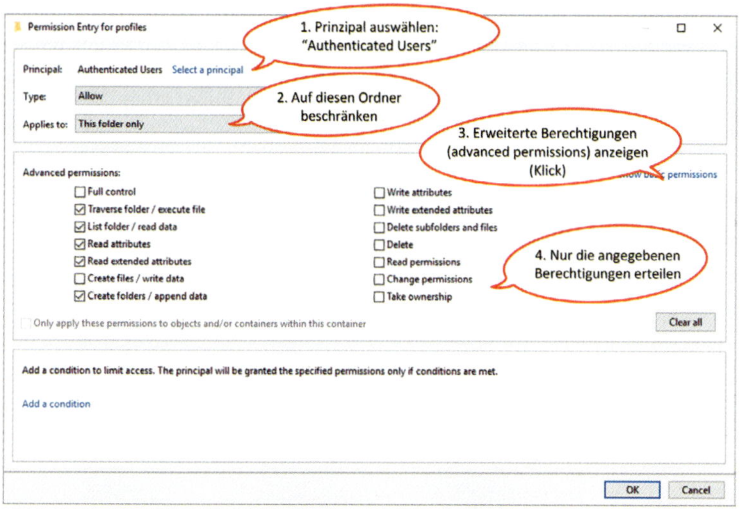

Bild 2.61: Anpassung der Zugriffsberechtigungen (Fortsetzung)

Nun sind alle Parameter erfasst und die Freigabeerstellung kann abgeschlossen werden.

Die Umstellung eines Benutzerkontos auf ein servergespeichertes Profil ist mit der Angabe des Profilpfads bereits erledigt (Bild 2.62).

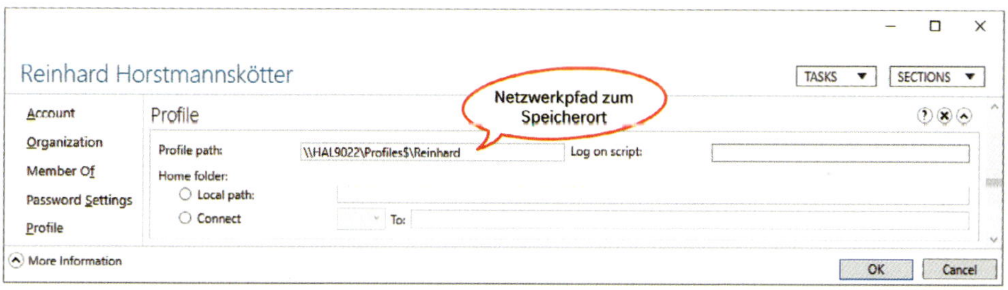

Bild 2.62: Benutzerkontoumstellung auf servergespeichertes Profil

Die Pfadangabe erfolgt nach **UNC**-Notation (**U**niversal **N**aming **C**onvention) in der Form „\\Servername\Freigabeverzeichnisname\Benutzername“. Im Beispiel lautet der Pfad für den Benutzer „Reinhard“ zu seiner Profildatenablage im Verzeichnis mit dem Freigabenamen „Profiles$“ auf dem Domänencontroller HAL9022: „\\HAL9022\Profiles$\Reinhard“.

Das Benutzerkonto „Reinhard“ ist für Anmeldungen an allen Computern der Domäne freigegeben.

Organisationseinheiten

Alle neuen Benutzerkonten werden üblicherweise im Container „Users“ angelegt. Mit steigender Zahl von Benutzenden wird dies schnell unübersichtlich. Deshalb ist es sinnvoll, eine logische Unterteilung vorzunehmen. Handelt es sich z. B. um die Mitarbeitenden eines Unternehmens, bietet sich die Unterteilung in Unternehmensbereiche an, also beispielsweise Verwaltung, Entwicklung, Produktion usw. Diese Unternehmensbereiche können im Active

Directory durch Organisationseinheiten (OUs) abgebildet werden. Bild 2.63 zeigt den Ablauf zur Erstellung der OU „Verwaltung“ und „Entwicklung“. Diese OUs könnten auch weiter über OUs untergliedert werden, z. B. die OU „Entwicklung“ in die OU „Elektronik“ und „Software“.

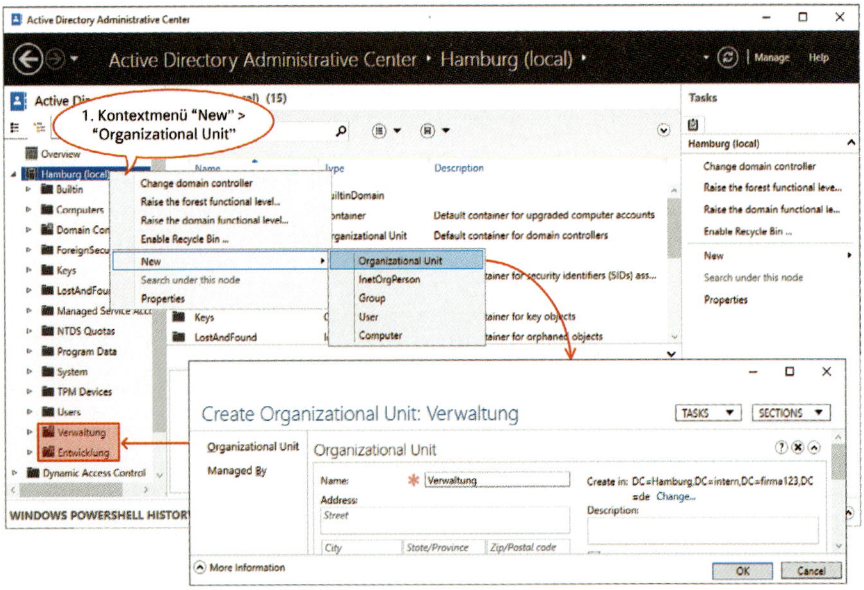

Bild 2.63: Hinzufügen von Organisationseinheiten

Als Nächstes werden die Benutzerkonten und die Computer in die entsprechenden OU verschoben. Bild 2.64 zeigt das Vorgehen am Beispiel des Benutzers „Reinhard“.

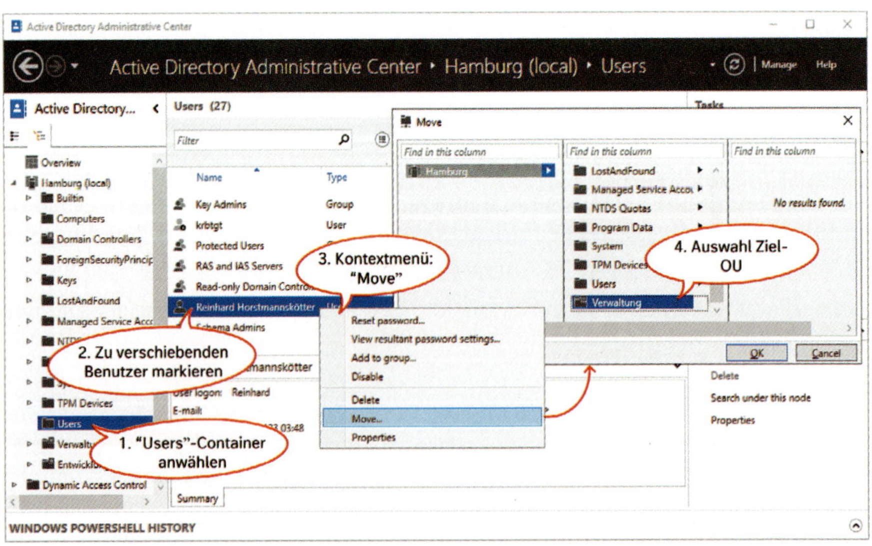

Bild 2.64: Verschieben eines Benutzerkontos in eine Organisationseinheit

Das Ergebnis der Umorganisation zeigt Bild 2.65. Schwierigkeiten könnte die Zusammenfassung verschiedener Objekte wie Computer und Benutzerkonten in derselben OU bereiten. Abhilfe schaffen könnte eine weitere Unterteilung der OU oder eine bessere Objektfilterung und Fehlerbehandlung in den betreffenden PowerShell-Skripten.

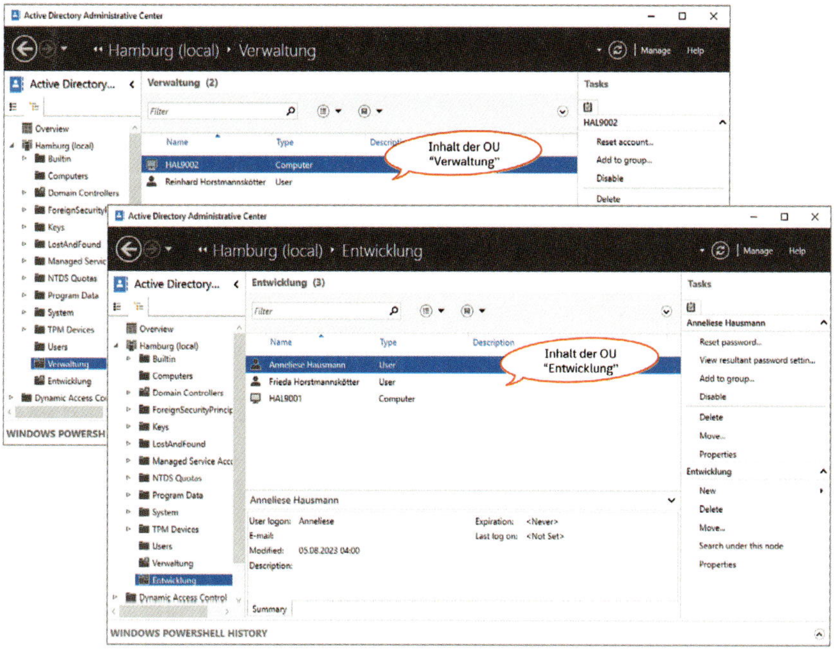

Bild 2.65: Inhalt der Organisationseinheiten „Verwaltung" und „Entwicklung"

2.2.7 Einrichten eines Druckerservers

Für einen am Arbeitsplatzrechner genutzten Drucker bestehen im Wesentlichen die folgenden vier Möglichkeiten:

- lokal (z. B. über USB) angeschlossener Drucker
- Drucker mit Netzwerkfreigabe
- Netzwerkdrucker (Drucker mit Netzwerkanschluss)
- in einer Active-Directory-Domäne bereitgestellter Drucker

Ein lokal angeschlossener Drucker kann zunächst nur vom angeschlossenen Arbeitsplatzrechner verwendet werden. Mit zusätzlicher Netzwerkfreigabe steht er auch anderen Computern zur Verfügung. Allerdings muss der Computer dazu eingeschaltet bleiben. Abhilfe schafft z. B. ein Drucker mit Netzwerkanschluss. Oder der zu benutzende Drucker wird an einen Computer angeschlossen, der ohnehin ständig eingeschaltet bleibt, z. B. der Server.

Im einfachsten Fall kann ein Drucker am Windows-Server durch eine Netzwerkfreigabe verfügbar gemacht werden. Dagegen sind die Einrichtung der Druckerserver-Komponenten mithilfe des Serverrollen-Installationsassistenten und die Freigabe des Druckers in der Domäne mit geringem Aufwand ebenfalls recht schnell erledigt. Dafür bietet die

Umsetzung mit dem Druckerserver neben weiteren Funktionen einen vergleichsweise geringeren Administrationsaufwand.

Für den Betrieb des Druckerservers muss die Rolle „Print and Document Services" installiert werden (Bild 2.66).

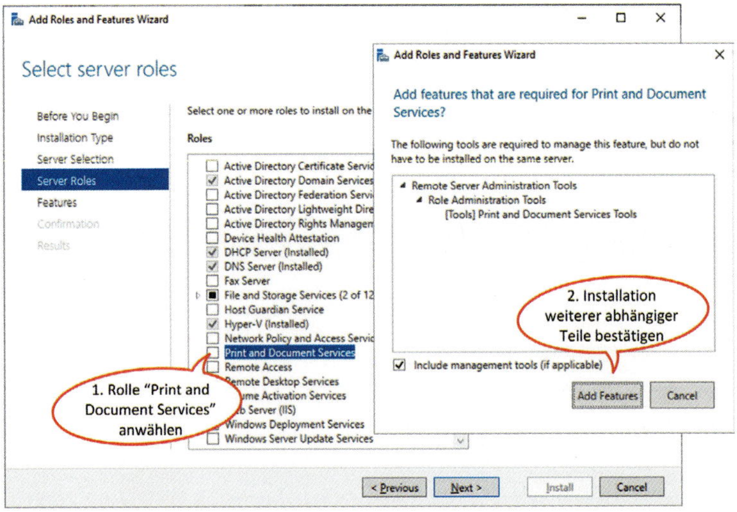

Bild 2.66: Installation der Druck- und Dokumentdienstrolle

Weitere Bestandteile, die in diesem Zusammenhang ebenfalls benötigt werden, sind automatisch zur Installation vorgemerkt. Nach einigen Klicks erfolgt die Auswahl der einzurichtenden Rollendienste. Hier ist darauf zu achten, dass „Print Server" per Haken ausgewählt ist. Die restlichen Dienste werden hier nicht benötigt und müssen nicht installiert werden (Bild 2.67).

Ist die Installation durchlaufen, muss nun ein Drucker in der Domäne freigegeben werden. Dazu wird die Anwendung „Print Management" aus dem Tools-Menü des Server-Managers heraus gestartet (Bild 2.68).

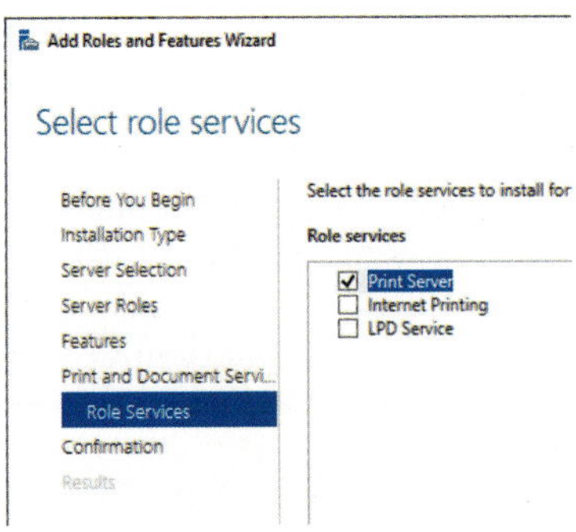

Bild 2.67: Auswahl des Druckerserver-Rollendienstes

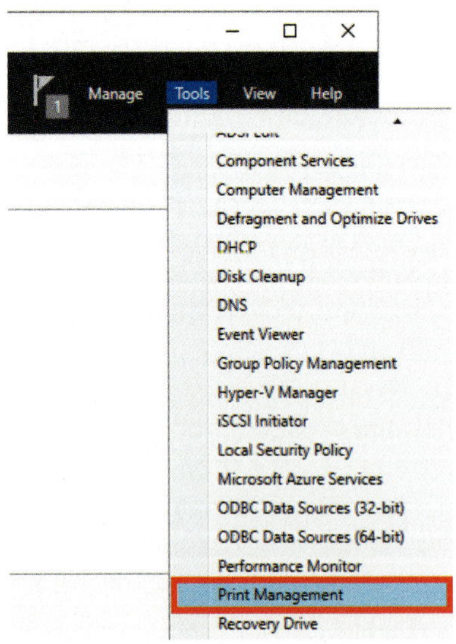

Bild 2.68: Druckverwaltungs-Anwendung im Tools-Menü

Links im Navigationsbereich der Anwendung muss die Druckerverwaltung bis zum Element „Printers“ aufgeklappt und „Printers“ angewählt werden (Bild 2.69). Im Mittelbereich erscheinen dann die auf dem Server installierten Drucker. Ist der Drucker, der freigegeben werden soll, noch nicht installiert, kann das jetzt nachgeholt werden: Auf einer freien Stelle im mittleren Feld kann per Kontextmenü (rechter Maus-Button) über den Eintrag „Add Printer...“ ein Installationsassistent gestartet werden.

Im abgebildeten Beispiel soll der vorhandene Drucker „UTAX CDC 5626L“ freigegeben werden. Die entsprechende Zeile wird angeklickt und im Kontextmenü „Manage Sharing ...“ aufgerufen.

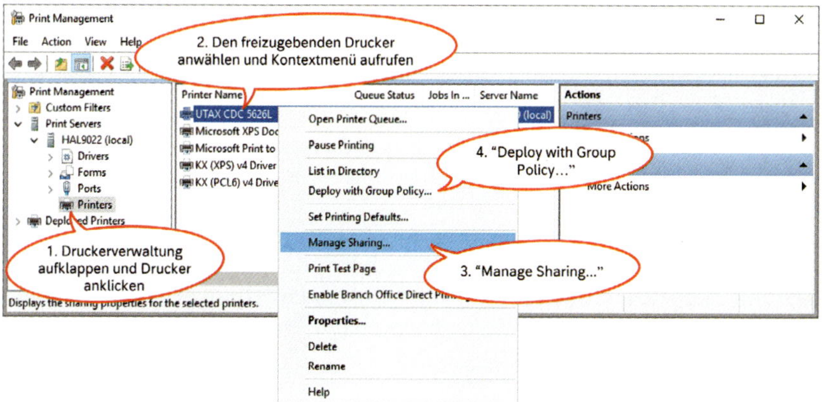

Bild 2.69: Druckerverwaltung

Im Freigabedialog (Bild 2.70) müssen alle drei Optionen angewählt werden. Die erste Option gibt den Drucker im Netzwerk frei. Der Freigabename kann im Eingabefeld auf Wunsch geändert werden. Die dritte Option sorgt dafür, dass der Drucker im Windows-Netzwerk unter dem Freigabenamen im Active Directory angezeigt wird. Die zweite Option bewirkt, dass die Druckauftragswarteschlange vom Drucker verwaltet wird.

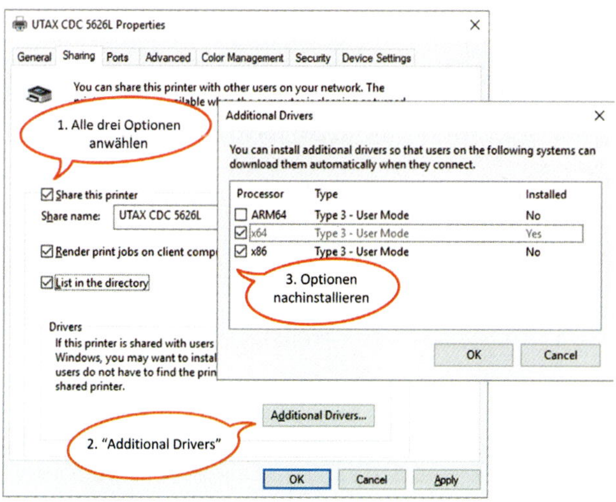

Bild 2.70: Druckerverwaltung (Fortsetzung)

Über die Schaltfläche „Additional Drivers..." können optionale Treiber installiert und anderen Benutzenden mit unterschiedlichen Windows-Versionen zur Verfügung gestellt werden. Im Beispiel wurde der optionale x86-Treiber nachinstalliert.

Jetzt ist der Drucker im Active Directory verfügbar und kann von den Benutzenden eingebunden und installiert werden. Die benötigten Treiber bietet der Druckerserver zum Download direkt mit an. Das funktioniert allerdings nur bei treiberkompatiblen Betriebssystemen.

Bereitstellung über Gruppenrichtlinien

Um die Benutzenden in einer Domäne nicht mit einer manuellen Druckerinstallation zu behelligen, kann dieser Vorgang auch automatisiert werden. Das geschieht über eine sog. Gruppenrichtlinie.

Im folgenden Beispiel soll der Drucker für die Computer der OU „Entwicklung" bereitgestellt werden. Dazu wird in der Druckerverwaltung über das Kontextmenü des freigegebenen Druckers der Menüpunkt „Deploy with Group Policy..." aufgerufen (Bild 2.69, Schritt 4). Es öffnet sich ein Dialogfenster, das die Angabe eines Gruppenrichtlinienobjekts erwartet (Bild 2.71). Mit Klick auf „Browse..." erscheint eine Liste, die u.a. die OU „Entwicklung" enthält. Durch Doppelklick wird in diese OU gewechselt. In dem leeren Feld kann nun ein Gruppenrichtlinienobjekt mit dem Namen „Drucker" erstellt werden (Kontextmenü „New"). Danach wird dieses Fenster per Doppelklick auf „Drucker" verlassen.

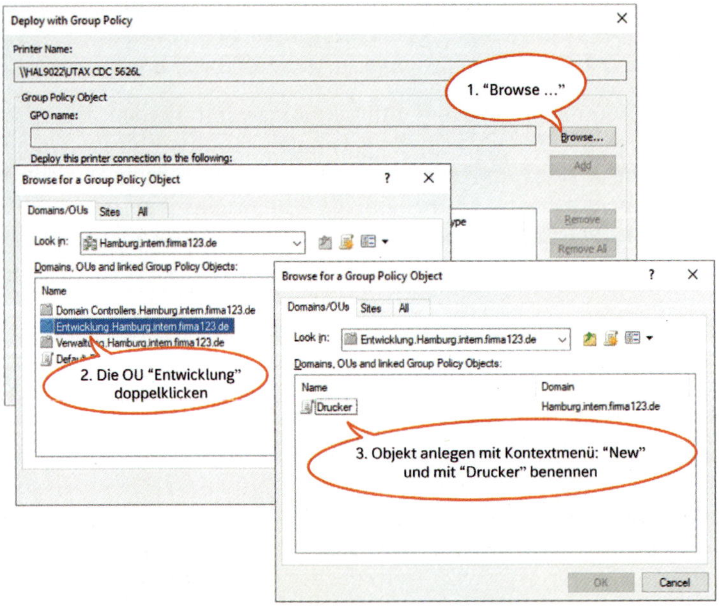

Bild 2.71: Gruppenrichtlinienobjekt anlegen

Damit ist das Gruppenrichtlinienobjekt ausgewählt. Jetzt muss die Art der Bereitstellung angegeben werden. Da der Drucker für alle Benutzenden eines Computers bereitgestellt werden soll, wird nur die zweite Option für die Installationsoption pro Computer ausgewählt (Bild 2.72).

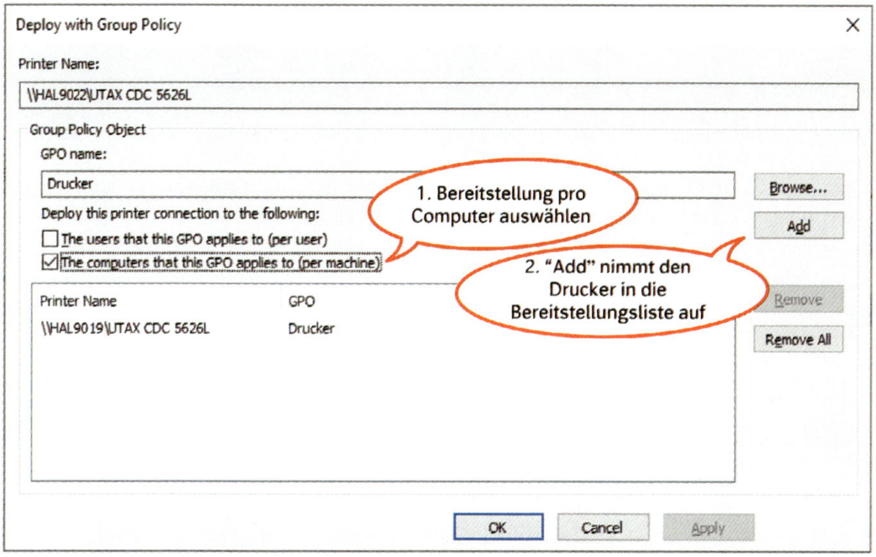

Bild 2.72: Gruppenrichtlinie für die Bereitstellung festlegen

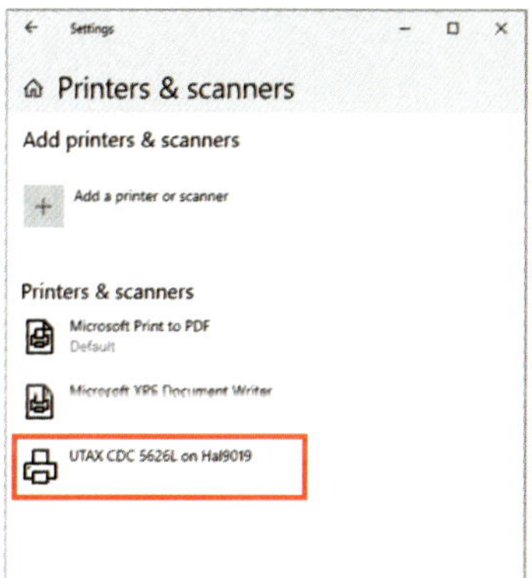

Bild 2.73: Erfolgte Bereitstellung auf dem Computer HAL9019

Mit Klick auf „Add“ wird dieser Installationsschritt in die Liste aufgenommen. Anschließend könnten die Schritte wiederholt werden, um diesen oder auch einen anderen Drucker für die Computer in einer anderen OU bereitzustellen. Wenn das Fenster mit „OK“ geschlossen wird, ist die Bereitstellung beauftragt. Die Umsetzung auf den betreffenden Computern geschieht umgehend und ohne Interaktion mit den Benutzenden.

Nach erfolgter Bereitstellung erscheint der Drucker in der Liste der installierten Drucker (Bild 2.73) und kann von den Benutzenden verwendet werden.

2.2.8 Server-Virtualisierung mit Hyper-V

Von **Server-Virtualisierung** spricht man, wenn einer oder mehrere physikalische Server verwendet werden, um darauf mithilfe von Virtualisierungssoftware virtuelle Server bereitzustellen. Diese virtuellen Server, auch **Virtual Private Server (VPS)** genannt, sind virtuelle Maschinen, bei denen die jeweiligen Benutzende je nach Vorgabe nur virtuelle Hardware-Komponenten sehen. Die physikalische Hardware bleibt vor ihnen verborgen. Cloud-Computing-Produkte (Kap. 2.4.1) wie Azure von Microsoft oder AWS von Amazon sind nach diesem Prinzip aufgebaut. Sie bieten je nach Bezahlung z. B. die Leistung eines Arbeitsplatz-PCs bis hin zu der eines Großrechners.

Im kleineren Maßstab findet dieses Vorgehen oft auch in der betrieblichen IT Anwendung.

Beispiel: Einsatz von Server-Virtualisierung in einem kleinen Unternehmen
Ein Internet-Dienstleister benötigt zehn Webserver. Um auch umfangreiche dynamisch erzeugte Webseiten ausreichend schnell bereitstellen zu können, ist pro Server die Rechenleistung X erforderlich. Auch wenn die Rechenleistung X nur gelegentlich ausgeschöpft wird, muss sie dennoch für jeden einzelnen Sever abrufbereit gehalten werden.

Alternativ könnte ein Computer mit der Rechenleistung 10 · X gewählt und zur Server-Virtualisierung eingesetzt werden. Aus den geplanten Servern würden dann virtuelle Server. Die pro Server geforderte maximale Rechenleistung X würde dann zur Mindestrechenleistung, denn die nicht abgerufene Leistung einzelner virtueller Server könnte infolgedessen den anderen zusätzlich zur Verfügung gestellt werden.

Einen virtualisierten Server oder allgemein eine virtuelle Maschine bezeichnet man auch als **Gast** (Guest). Das System, das die virtuelle Umgebung bereithält, also diesen Gast und meist auch weitere Gäste beherbergt, bezeichnet man als **Wirt** (Host).

Das oben genannte Beispiel kann noch um weitere Hardware-Ressourcen erweitert werden, z. B. Arbeitsspeicher oder Festplattenspeicher. Entsprechend treffen die allgemeinen **Vorteile durch Virtualisierung** auch auf virtualisierte Server zu:

- Die nicht genutzten Ressourcen einzelner Gast-Systeme können von anderen Gästen zusätzlich genutzt werden. Das erlaubt eine **effizientere Ausnutzung der Hardware** des Wirt-Systems.
- Jeder physikalische Server weist eine elektrische Mindestleistungsaufnahme auf, selbst wenn er untätig auf Arbeit wartet; ebenso das Host-System. Bei mehreren Gästen fällt dieser Mindestverbrauch damit also nur einmal an, sodass **geringere Energiekosten** entstehen. Mit wachsender Prozessorauslastung steigt allerdings die Leistungsaufnahme, sodass der Unterschied immer weniger deutlich ausfällt.
- Defekte Hardware kann es bei Gast-Systemen nicht geben. Aber auch der **Austausch** und die **Erweiterung von Komponenten** (Arbeitsspeicher, Festplattenspeicher, zusätzliche Netzwerkkarten) sind **einfach und schnell** während des laufenden Betriebs erledigt. Ein physikalisches System muss immer noch ausgeschaltet und manuell umgebaut werden. Die vom Host betriebenen Gast-Systeme können hingegen im laufenden Betrieb unterbrechungsfrei von einer Hardware-Plattform auf eine andere übertragen (migriert) werden, während dann z. B. die ursprüngliche Hardware gewartet oder erweitert wird.
- Mit **wenig Administrationsaufwand** ist ein neuer **virtueller Server** durch ein paar Mausklicks eingerichtet und betriebsbereit, man sagt auch: **provisioniert**. Langwierige Bestellprozesse und Lieferzeiten entfallen. Nicht mehr benötigte Server werden vollständig „recycelt“, indem sie gelöscht und die belegten Ressourcen wieder freigegeben werden.
- Die virtuelle Hardware-Ausstattung der Gastsysteme lässt sich beliebig einstellen. Auf diese Weise kann man **alte Software**, die mit aktueller Hardware nicht mehr kompatibel ist, noch **länger betreiben**.

Windows Server 2022 und Windows 11 bringen (mit Ausnahme von Windows 11 Home) bereits alle notwendigen Mittel mit, um selbst als Wirt-System virtuelle Maschinen zu „hosten“. Die Virtualisierungssoftware benennt Microsoft in Anlehnung an die Bezeichnung Hypervisor mit **Hyper-V**. Der **Hypervisor**, auch **Virtual Machine Monitor (VMM)** genannt, ist das Kernstück der Virtualisierungssoftware. Er bildet die Grundlage für den Betrieb der virtuellen Maschinen.

Je nach Ausführung kann ein Hypervisor auch ganz ohne Betriebssystem quasi auf der „blanken Hardware“ (**„bare metal“**) betrieben werden. In solch einem Fall spricht man von einem **Typ-1-Hypervisor**.

Wenn auf der Hardware ein **Betriebssystem** installiert ist, z. B. Windows 11, und die Virtualisierungssoftware auf diesem Betriebssystem läuft, dann kommt ein **Typ-2-Hypervisor** zum Einsatz.

Um Hyper-V unter Windows (oder „bare metal“) nutzen zu können, müssen einige Voraussetzungen erfüllt sein. **Systemanforderungen** für den Einsatz von Hyper-V sind:

- Host-Betriebssystem: Windows 10/11 Pro/Education/Enterprise, Windows Server 2016/2019/2022/2025
- Mindestens 4 GiB Arbeitsspeicher
- 64-Bit-Prozessor
- Prozessor mit Adressübersetzung in der zweiten Ebene (SLAT)
- Prozessor mit VM-Überwachungsmonitormodus (Intel VT bzw. AMD-V)
- Prozessor mit Datenausführungsverhinderung (Intel DEP bzw. AMD NX)

2

Die letzten beiden Prozessorerweiterungen sind konfigurierbar. Deshalb sollte sichergestellt werden, dass beide Optionen im BIOS aktiviert sind.

Alternativ gibt Windows Auskunft, ob die vorliegende Hardware zum Betrieb von Hyper-V geeignet ist. In der PowerShell oder in der Eingabeaufforderung liefert das Kommando „systeminfo“ die relevante Information (Bild 2.74).

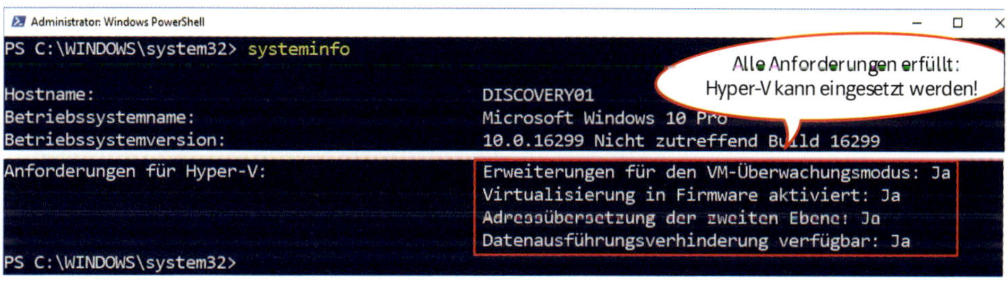

Bild 2.74: Das Kommando „systeminfo“ informiert über die Hyper-V-Anforderungen

Alle vier Punkte müssen erfüllt sein. Sobald ein „Nein“ auftaucht, kann Hyper-V nicht eingesetzt werden. Das liegt daran, dass diese Prozessorerweiterungen inzwischen zur Standardausstattung aktueller Prozessoren gehören, mit Ausnahme von Modellen im Niedrigpreissegment. Hyper-V und andere moderne Hypervisors haben ihren Betrieb auf diese Prozessorerweiterungen ausgelegt und machen sie damit zur zwingenden Voraussetzung. Das war ursprünglich anders. Als es diese Erweiterungen noch nicht gab, bzw. sie noch nicht nennenswert verbreitet waren, war die Virtualisierung aufwendiger und mit spürbaren Geschwindigkeitseinbußen verbunden.

Exkurs: Virtualisierung mit und ohne Hardwareunterstützung:

Ein Betriebssystem ist in verschiedene Teilbereiche untergliedert, die mit unterschiedlichen Aufgaben und Privilegien ausgestattet sind. Das Schalenmodell („Einfache IT-Systeme", Kap. 2.3.1) verdeutlicht diesen Zusammenhang. Unterstützt wird die Umsetzung dieses Prinzips von den Prozessoren durch verschiedene Privilegierungsstufen, auch Ringe genannt. Bild 2.75 a) zeigt die Ringstruktur am Beispiel des x86-Prozessors („Einfache IT-Systeme", Kap. 1.3). Ring 0 ist dabei die am meisten privilegierte Stufe, Ring 3 die am stärksten eingeschränkte. Im nicht virtualisierten Normalbetrieb sind der Betriebssystemkernel und teilweise die Hardwaretreiber dem Ring 0 zugeordnet. Die Ringe 1 und 2 bleiben ungenutzt. Anwendungsprogramme und generische Teile des Betriebssystems werden schließlich im unprivilegierten Ring 3 ausgeführt. Die Ringe 1 und 2 waren ursprünglich für Treiber gedacht, haben sich jedoch nicht durchgesetzt: einerseits, weil Windows ursprünglich auch für andere Prozessoren mit nur zwei Privilegierungsstufen entwickelt wurde, und andererseits, weil jeder Kontextwechsel, also ein Wechsel in einen anderen Ring, zeitverzögernd wirkt.

Zur Virtualisierung führte man den Hypervisor in Ring 0 aus und verschob die Betriebssystemteile in Ring 1 (Bild 2.75 b).

Die in Ring 1 nicht mehr erlaubten Zugriffe wurden dann vom Hypervisor abgefangen und entsprechend behandelt. In der Regel waren noch zusätzliche Eingriffe am Gastsystem in Ring 1 erforderlich. Das war insgesamt aufwendig und die Virtualisierung insgesamt nicht besonders schnell.

Erst die Prozessorerweiterungen zur Virtualisierung entspannten die Situation: Der Kernel kann seitdem grundsätzlich unverändert im Ring 0 verbleiben und der Hypervisor genießt notwendige Zusatzprivilegien.

Entsprechend der Ring-Zählweise ordnet man den Hypervisor damit dem Ring -1 zu (Bild 2.75 c).

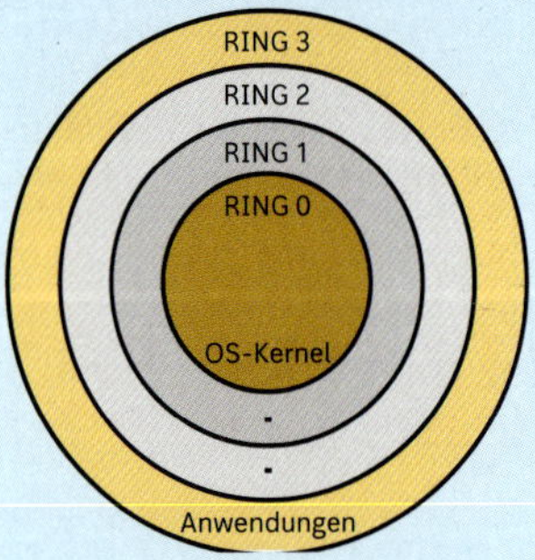

a) Normalbetrieb ohne Virtualisierung

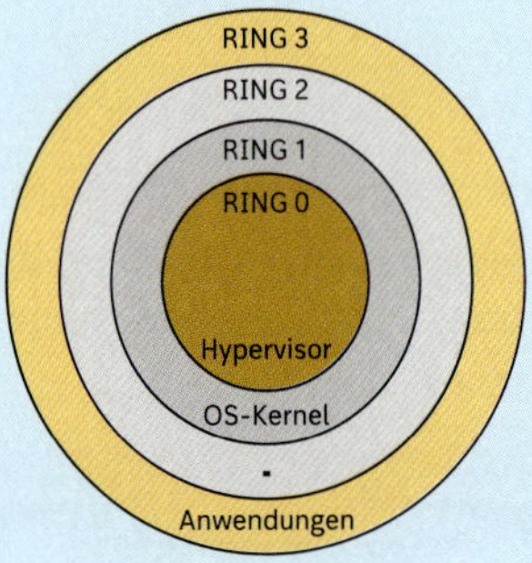

b) Virtualisierung ohne Hardware-Unterstützung

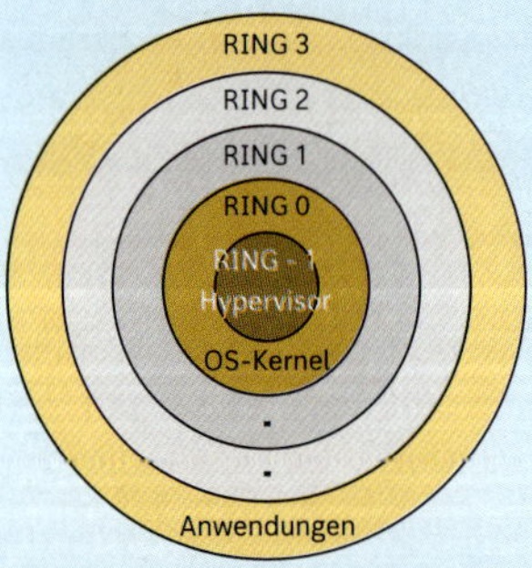

c) Virtualisierung mit Hardware-Unterstützung

Bild 2.75: x86-Privilegierungsstufen

Hyper-V-Installation unter Windows 11

In Windows 11 ist Hyper-V als Windows-Feature nachinstallierbar. In das Einstellungsmenü gelangt man im „Apps"-Einstellungsbereich über „Optional features" und nach Klicken auf „More Windows features" (Bild 2.76). Alternativ geht es auch über die Befehlsausführung (Windows+R): „appwiz.cpl".

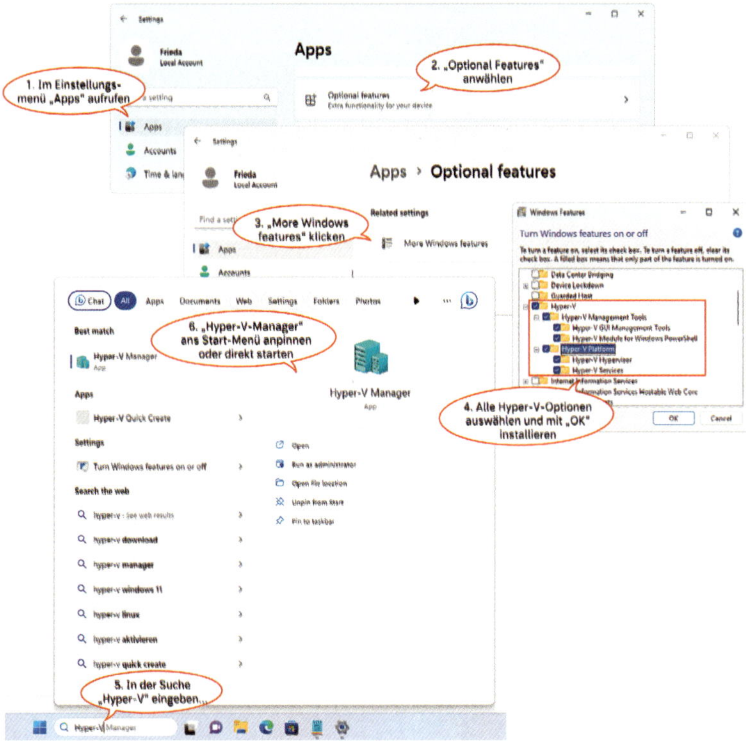

Bild 2.76: Installation von Hyper-V in Windows 11

2

Mit dem Einstellungsdialog „Windows features" öffnet sich ein Relikt vorangegangener Windows-Versionen. Aktuell ist es notwendig, mittels Klick auf „More Windows features" im neuen Fenster die Hyper-V-Unterstützung per Maussteuerung zu aktivieren. Mit Klick auf „OK" startet die Installation, die durch einen Neustart abgeschlossen wird. Danach steht der Hyper-V-Manager im Start-Menü im Ordner „Windows-Tools" zur Verfügung.

Alternativ kann die Installation über das Cmdlet „Enable-WindowsOptionalFeature" in der PowerShell erfolgen. Der Schalter „-Online" besagt, dass sich die Aktion auf das laufende lokale System beziehen soll. Nach der Einleitung mit „-FeatureName" folgt mit „Microsoft-Hyper-V" der Name des gewünschten Features. Durch den Schalter „-All" werden alle abhängigen Softwarepakete mitinstalliert.

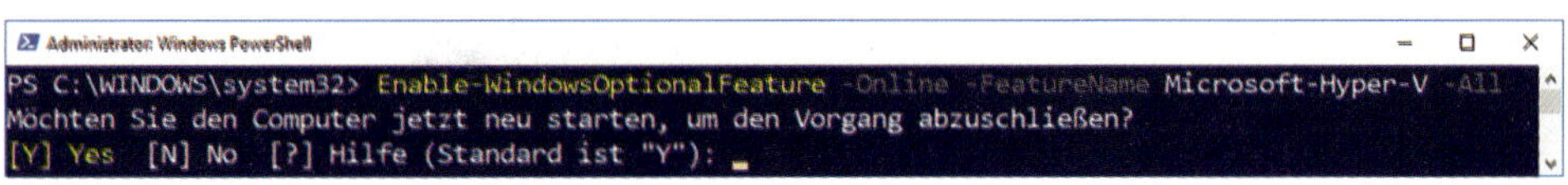

Bild 2.77: PowerShell-Kommando zur Installation von Hyper-V in Windows 11

Hyper-V-Installation unter Windows Server 2022

Die Hyper-V-Unterstützung wird in Windows Server 2022 genauso wie andere Serverrollen installiert: Der Klick auf „Hyper-V" öffnet ein Fenster mit dem Hinweis auf die abhängigen und deshalb ebenfalls zu installierenden Komponenten (Bild 2.78). Das bestätigt man und wählt bei der folgenden Nachfrage einen Netzwerkanschluss aus, der zur Versorgung der virtuellen Maschinen an einen virtuellen Switch angeschlossen wird. Alle weiteren Nachfragen können mit der Voreinstellung beantwortet werden. Ist die Installation abgeschlossen, muss noch ein Neustart des Computers erfolgen. Danach ist der Hyper-V-Manager sowohl im Start-Menü unter „Windows Administrative Tools“ zu erreichen als auch im Tools-Menü des Server-Managers.

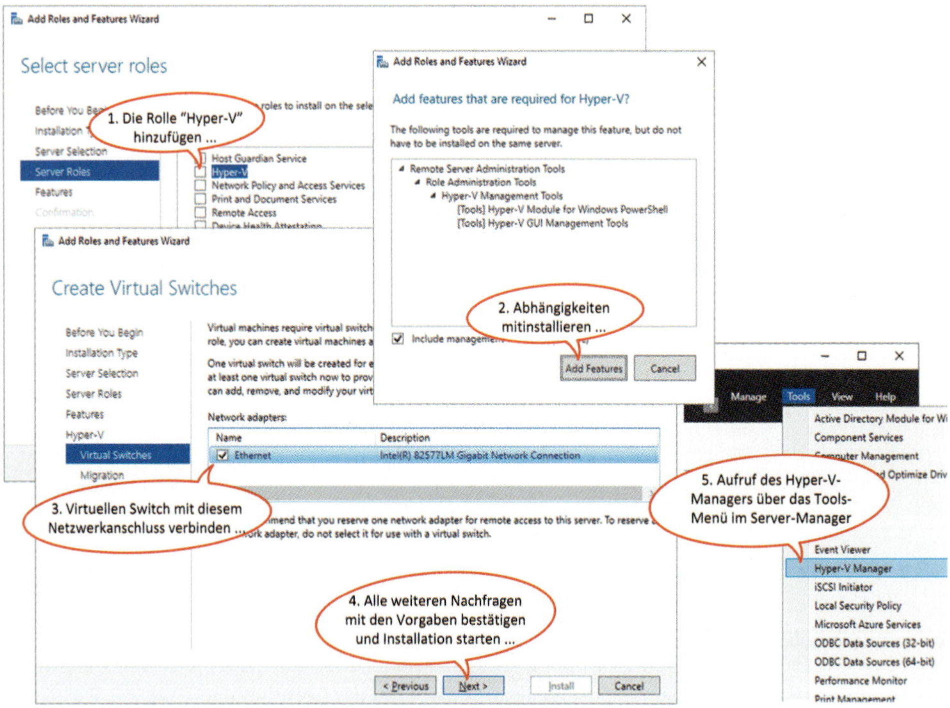

Bild 2.78: Installation der Hyper-V-Rolle in Windows Server 2022

Auch mit Windows Server 2022 kann die Installation ersatzweise in der PowerShell erfolgen. Auf das Cmdlet „Install-WindowsFeature“ folgt als Positionsparameter („-Name“) der Feature-Name „Hyper-V“. Der Schalter „-IncludeManagementTools“ stellt sicher, dass die Hyper-V-Verwaltungs-Tools ebenfalls installiert werden.

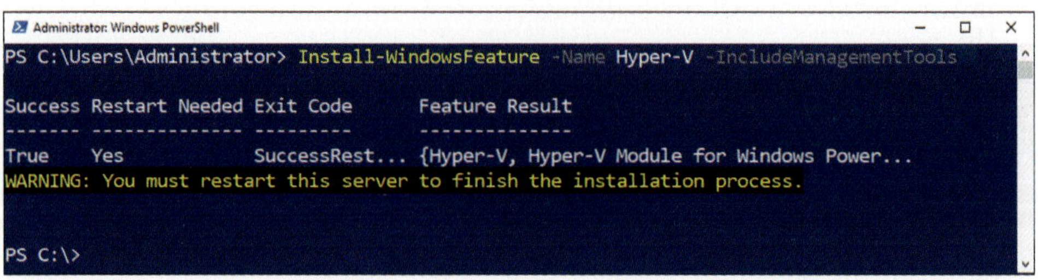

Bild 2.79: PowerShell-Kommando zur Installation von Hyper-V in Windows Server 2022

Hyper-V-Manager

Der Hyper-V-Manager ist die grafische Verwaltungskonsole des Hypervisors Hyper-V. Mit ihm lassen sich virtuelle Maschinen, Netzwerke, Ablagespeicher und Systemressourcen verwalten, Daten- und Zustandssicherungen vornehmen und Gast-Systeme migrieren.

Direkt nach dem Start (siehe jeweils Schritt 5 in Bild 2.76 und Bild 2.78) erscheint das Dialogfenster des Hyper-V-Managers in einer dreispaltigen Ansicht (Bild 2.80). In der linken Spalte ist die Verbindung zum lokalen Hyper-V aufgeführt und ggf. noch weitere Hyper-V-Instanzen, die z. B. über eine Netzwerkverbindung eingebunden wurden. Die rechte Spalte zeigt die jeweils verfügbaren Host- und Gast-Aktionen an. Alle Aktionen lassen sich aber auch über das Kontextmenü des Host- bzw. Gast-Eintrags oder über das Aktionsmenü erreichen, sodass die beiden äußeren Spalten bei Bedarf über die Symbolleiste ausgeblendet werden können.

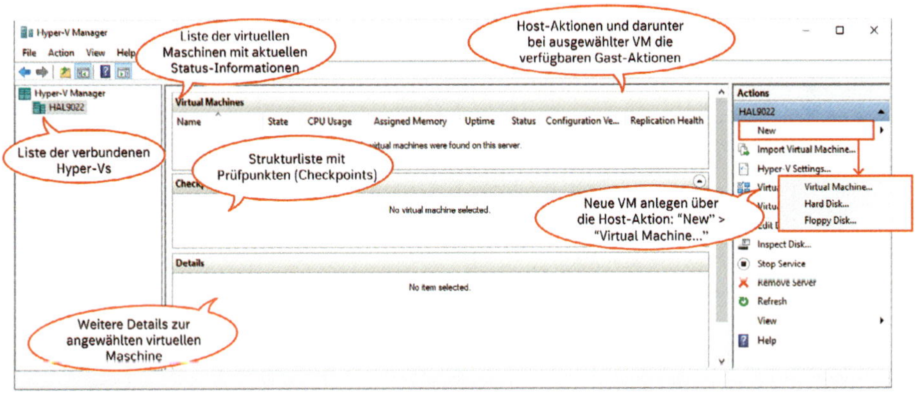

Bild 2.80: Hyper-V-Manager

Erstellen eines virtuellen Servers

Im Folgenden soll ein virtueller Server mit Desktop-Darstellung auf Basis von Windows Server 2022 aufgebaut werden. Die Erstellung virtueller Maschinen wird vom Hyper-V-Manager mit einem Assistenten unterstützt. Er wird über „New" > „Virtual Machine..." im Host-Aktionsmenü gestartet (Bild 2.80).

Nach den Vorbemerkungen muss ein Name für die neue virtuelle Maschine angegeben und bei Bedarf der Speicherpfad geändert werden. Danach muss im Punkt „Specify Generation" (Bild 2.81) die Generation der zu erstellenden virtuellen Maschine ausgewählt werden (Bild 2.82).

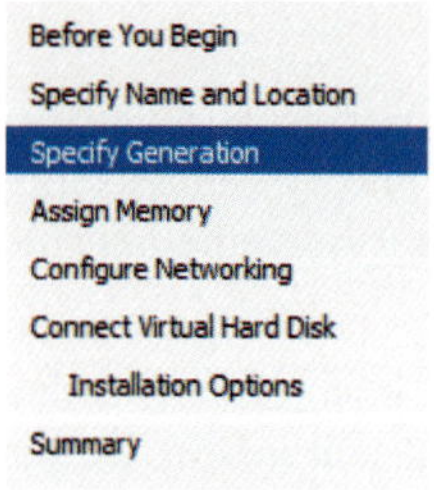

Bild 2.81: Ablauf: Assistent für neue VM

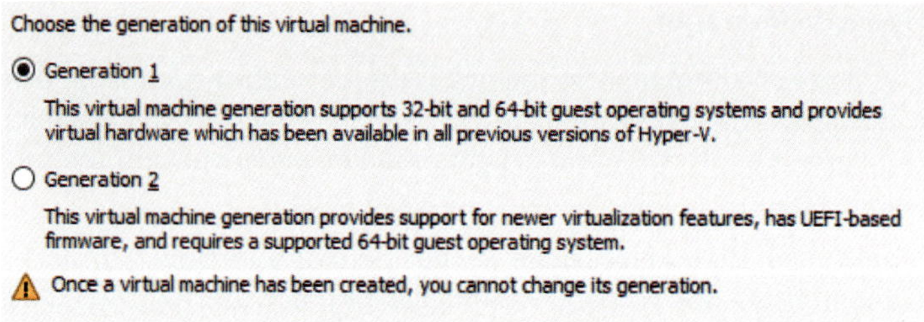

Bild 2.82: Auswahl der VM-Generation

Im Unterschied zu den anderen Einstellungen kann die **Generation** nach der Erstellung der VM nicht mehr geändert werden und sollte deshalb sorgfältig überlegt sein.

Die Generation 2 unterstützt ausschließlich 64-Bit-Betriebssysteme und verwendet statt eines konventionellen BIOS eine UEFI-Firmware („Einfache IT-Systeme", Kap. 3.1.1) mit erzwungenem Secure Boot. Das schränkt die infrage kommenden Gast-Systeme spürbar ein. Vorteilhaft ist aber, dass einige Treiber, die Host-Ressourcen an den Gast durchreichen, moderner umgesetzt wurden und dabei ressourcensparsamer und effizienter sind. Auch der Boot-Datenträger ist jetzt nicht mehr auf 2 TiB begrenzt. Dennoch dürften die Unterschiede für die Benutzenden nur selten spürbar sein.

Im Punkt „Speicher zuweisen" sind 1 024 MiB vorgegeben. Da Microsoft für Windows Server 2022 mit Desktopdarstellung als Mindestanforderung 2 GiB angibt, muss dieser Wert auf 2 048 MiB erhöht werden.

Soll der Gast Zugang zum Host-Netzwerk haben, um beispielsweise auch auf das Internet zugreifen zu können, muss im nächsten Schritt ein Netzwerkanschluss ausgewählt werden. Dieser wird dann mit einem virtuellen Switch verbunden, an dem auch der virtuelle Server angeschlossen ist.

Die Vorgaben für die neu anzulegende virtuelle Festplatte können direkt übernommen werden. Bei Bedarf kann diese Einstellung nachträglich noch angepasst werden.

Zur Installation startet man den Server mit der Installations-DVD (Bild 2.83). Liegt diese als Abbilddatei im ISO-Format vor, kann sie direkt angegeben werden. Ansonsten gibt man das Laufwerk mit der eingelegten DVD an.

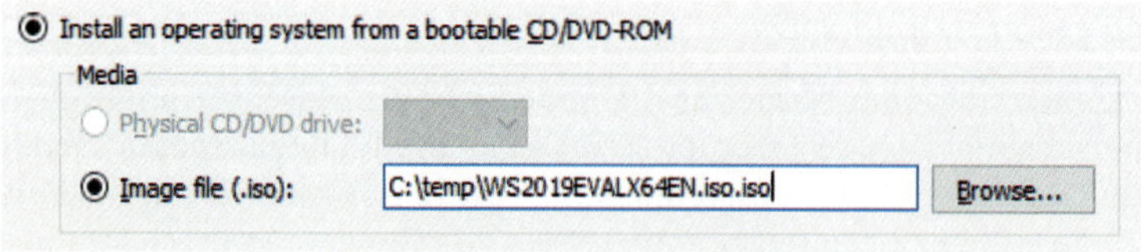

Bild 2.83: Einbinden der Installations-DVD als ISO-Abbild

Zum Abschluss werden alle Einstellungen in einer Zusammenfassung aufgelistet. Mit dem Klick auf „Finish" wird die Erstellung durchgeführt. Anschließend ist die VM im Bereich „Virtual Machines" aufgeführt (Bild 2.84).

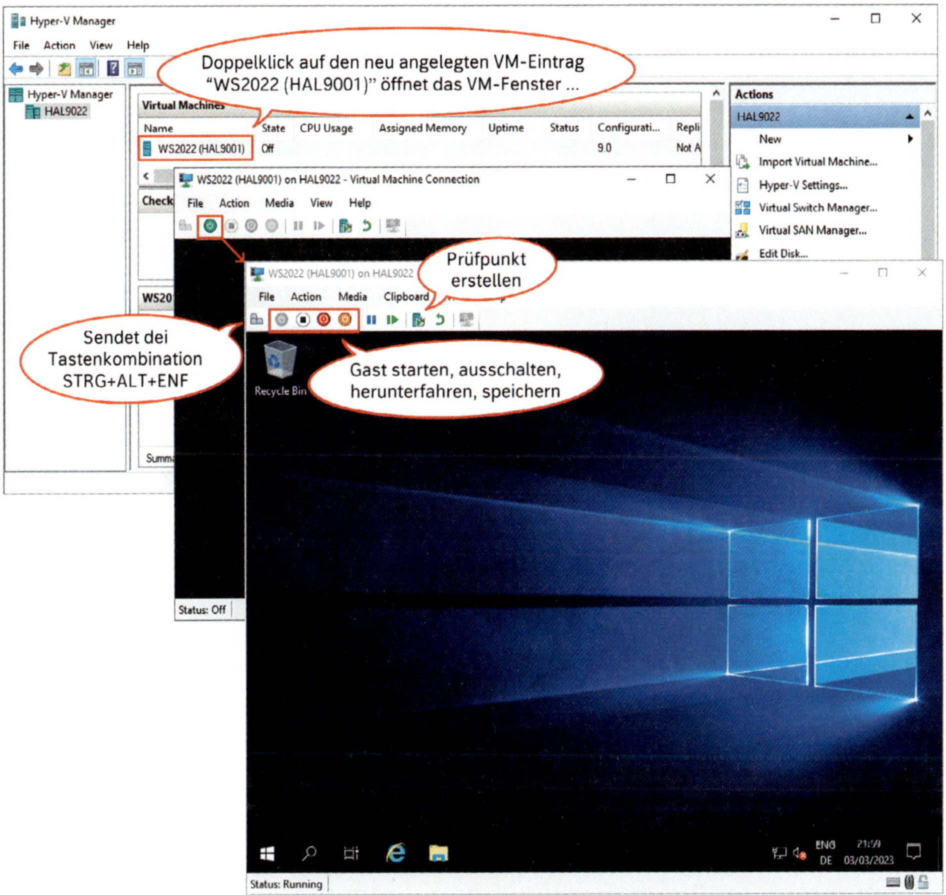

Bild 2.84: Starten der VM

Ein Doppelklick auf den neu angelegten Eintrag „WS2022 (HAL9001)“ öffnet das VM-Fenster. Mit „Action“ > „Start“ oder Klick auf den Start-Button fährt die VM hoch und beginnt mit der Server-Installation.

Virtuelle Hardware-Erweiterung

In der Standardkonfiguration sind die virtuellen Computer beispielsweise mit nur einem Netzwerkanschluss ausgestattet. Server benötigen aber oft mindestens noch einen zweiten Netzwerkanschluss. Die Nachrüstung ist bei virtuellen Maschinen allerdings kein Problem: Im Kontextmenü der virtuellen Maschine öffnet der Punkt „Settings“ das Einstellungsfenster der VM. Gleich der oberste Punkt im Navigationsbereich (Bild 2.86) führt zum Einstellungsbereich „Add Hardware“ (Bild 2.85).

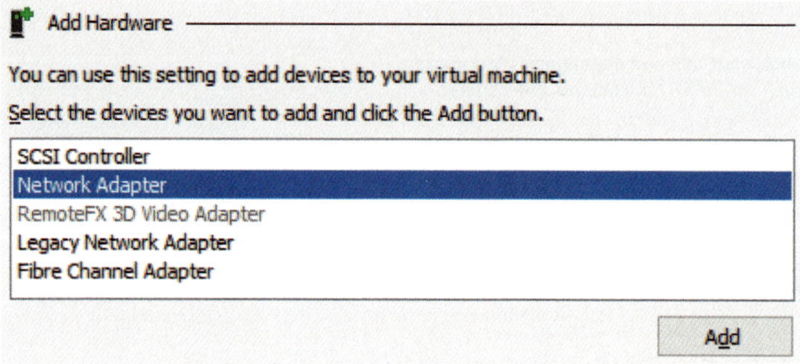

Bild 2.85: Hinzufügen von virtueller Hardware

Der „Legacy Network Adapter“ sollte nur dann verwendet werden, wenn eine netzwerkbasierte Installation des Gast-Systems beabsichtigt ist. In allen anderen Fällen ist „Network Adapter“ die bessere Wahl. Nach dem Hinzufügen muss die neue Netzwerkkarte noch konfiguriert werden. Die Voreinstellungen können in der Regel beibehalten werden. Nur im Feld „Virtual Switch“ muss noch eine Netzwerkverbindung angegeben werden, z. B. über den virtuellen Switch zum Netzwerkanschluss des Host-Rechners.

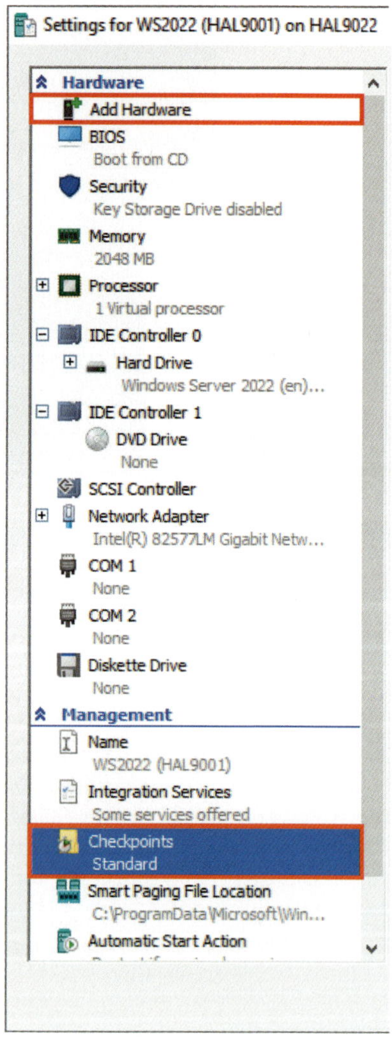

Bild 2.86: VM-Einstellungen für Prüfpunkte und zusätzliche Hardware

Prüfpunkte

Ein großer Vorteil von virtuellen Maschinen ist es, dass man ihren aktuellen Zustand auch im laufenden Betrieb auf Knopfdruck einfrieren und abspeichern kann. Später, z. B. nach einer fehlgeschlagenen Installation, kann man zum vorherigen oder zu einem beliebigen anderen Speicherpunkt zurückkehren und den Betrieb fortsetzen. Dieser Komfort ist inzwischen gewohnter Standard.

Microsoft bietet für Hyper-V mit der Wahl des Prüfpunkttyps nun aber die Entscheidung zwischen zwei Strategien an, wie diese Sicherung erfolgen soll.

- Bei **Standardprüfpunkten** (*standard checkpoints*) handelt es sich um sog. anwendungskonsistente Prüfpunkte, bei denen neben den Daten auch der aktuelle Ausführungszustand der Anwendungen gespeichert wird. Wenn ein Standardprüfpunkt z. B. während eines Datenbankabgleichs erzeugt wird, kann es nach Wiederherstellen des Zustands zu Dateninkonsistenzen kommen. Microsoft sieht Standardprüfpunkte in erster Linie für Entwicklungs- und Testzwecke vor. Das Funktionsprinzip ist vergleichbar mit dem des Windows-Ruhezustands im Abschaltmenü.

- **Produktionsprüfpunkte** (*production checkpoints*) sind datenkonsistente Prüfpunkte, bei denen keine Informationen zum Ausführungszustand der Anwendungen gesichert werden. Am Namen ist erkennbar, dass Microsoft diese Prüfpunkttypen für den Produktiveinsatz vorgesehen hat. Das Funktionsprinzip eines Produktionsprüfpunkts entspricht dem einer System-Datensicherung (Backup). Nach Rückspielen eines Prüfpunktes befindet sich die VM im abgeschalteten Zustand.

Die Produktionsprüfpunkte sind immer voreingestellt. Unter Windows-Gastsystemen kommt dabei der Volume Shadow Copy Service zum Einsatz, unter Linux-Gästen ein File System Freeze. Wenn Anwendungen z. B. die Signale dieser Dienste zur Datensicherung nicht beachten und diese Anwendungen bei Prüfpunkterstellung gestartet sein müssen, sollten die Standardprüfpunkte eingestellt werden.

Die Prüfpunkteinstellungen erreicht man im Navigationsbereich des Einstellungsmenüs ganz unten im Abschnitt „Management“ (Bild 2.86).

2

Ein Prüfpunkt (*checkpoint*) ersetzt keine Datensicherung. Erstellt man einen Prüfpunkt, werden keine Daten, sondern nur die ab diesem Punkt vorgenommenen Änderungen gespeichert. Kommt es zum Datenverlust, kann ein Prüfpunkt in der Regel auch keine Daten mehr rekonstruieren.

Einsatz von Prüfpunkten

Ein Prüfpunkt kann über die Symbolleiste des VM-Fensters (Bild 2.84) oder über den Eintrag „Checkpoints“ im Kontextmenü der VM angelegt werden. Er erscheint als neuer Eintrag in der „Checkpoints“-Strukturliste im Hyper-V-Manager.

Beispiel: Einsatz von Prüfpunkten

Eine Windows-Server-VM wurde zum Domänencontroller hochgestuft und ein Druckserver eingerichtet. Zwischendurch wurden Prüfpunkte angelegt und aussagekräftig benannt (Bild 2.87). Um die Situation vor dem Hochstufen zum Domänencontroller untersuchen zu können, wird zunächst der aktuelle Zeitpunkt als Ausgangspunkt festgehalten. Da nach den Untersuchungen wieder hierher zurückgekehrt werden soll, wird der vorgegebene Prüfpunktname übernommen. Er setzt sich aus dem VM-Namen und einem Zeitstempel zusammen.

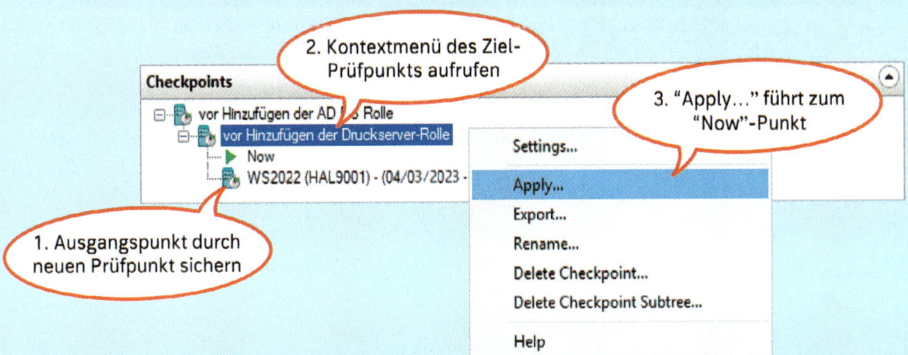

Bild 2.87: Erstellen und Anwenden von Prüfpunkten

Der Wechsel zum Zustand „vor Hinzufügen der AD DS Rolle“ geschieht durch Selektieren des Prüfpunktes und Auswahl des Eintrags „Apply“ im Kontextmenü. Ist der neue Systemzustand hergestellt, verschiebt sich der „Now“-Marker und fügt sich in die Zeile direkt unterhalb des Prüfpunktes ein.

Sind die Untersuchungen beendet, kann auf gleiche Weise zum Ausgangspunkt zurückgekehrt werden. Weil der Prüfpunkt damit seinen Zweck erfüllt hat und nicht mehr benötigt wird, kann er über das Kontextmenü gelöscht werden.

Geschachtelte Virtualisierung

Durch den Einsatz von Virtualisierungssoftware kann das Verhalten mehrerer Computer untersucht werden, ohne dass entsprechend viel Computer-Hardware zur Verfügung stehen muss. Übertragen auf einen Server mit Virtualisierungssoftware und mehrere virtuelle Server bedeutet das, dass der Virtualisierungsserver ebenfalls virtualisiert werden müsste.

Hyper-V ist seit Windows Server 2016 bzw. Windows 10 in der Version 1607 (Anniversary Update) zu dieser **geschachtelten Virtualisierung** (*nested virtualization*) in der Lage.

Voraussetzungen für geschachtelte Virtualisierung sind:

- Die virtuellen Maschinen müssen die VM-Konfiguration 8.0 oder höher aufweisen. Diese Konfiguration ist mit Windows 10 bzw. Windows Server 2016 von Hyper-V eingeführt worden.
- Der Prozessor muss die Erweiterungen Intel VT-x und EPT bereitstellen. Gegenwärtig wird die geschachtelte Virtualisierung nur für Intel-Prozessoren unterstützt.
- Die geschachtelte Virtualisierung funktioniert nur mit Windows-Systemen ab Windows Server 2016 beziehungsweise ab Windows 10 (ab Version 1607), d.h., sowohl Gast als auch Host müssen jeweils eines dieser beiden Windows-Betriebssysteme einsetzen.
- Für die Schachtelung ist der Zugriff des virtualisierten Hosts auf die Prozessorerweiterungen erforderlich. Die Freigabe kann über das in Bild 2.88 gezeigte PowerShell-Kommando erfolgen.

Bild 2.88: Aktivierung der geschachtelten Virtualisierung

Das Cmdlet „Set-VMProcessor“ referenziert die VM des virtualisierten Hosts mit dem Namen „WS2022 (HAL9001)“. Durch Setzen des Parameters „-ExposeVirtualization-Extensions“ auf „True“ erhält der virtualisierte Host vom physikalischen Host Zugriff auf die benötigten Prozessorerweiterungen.

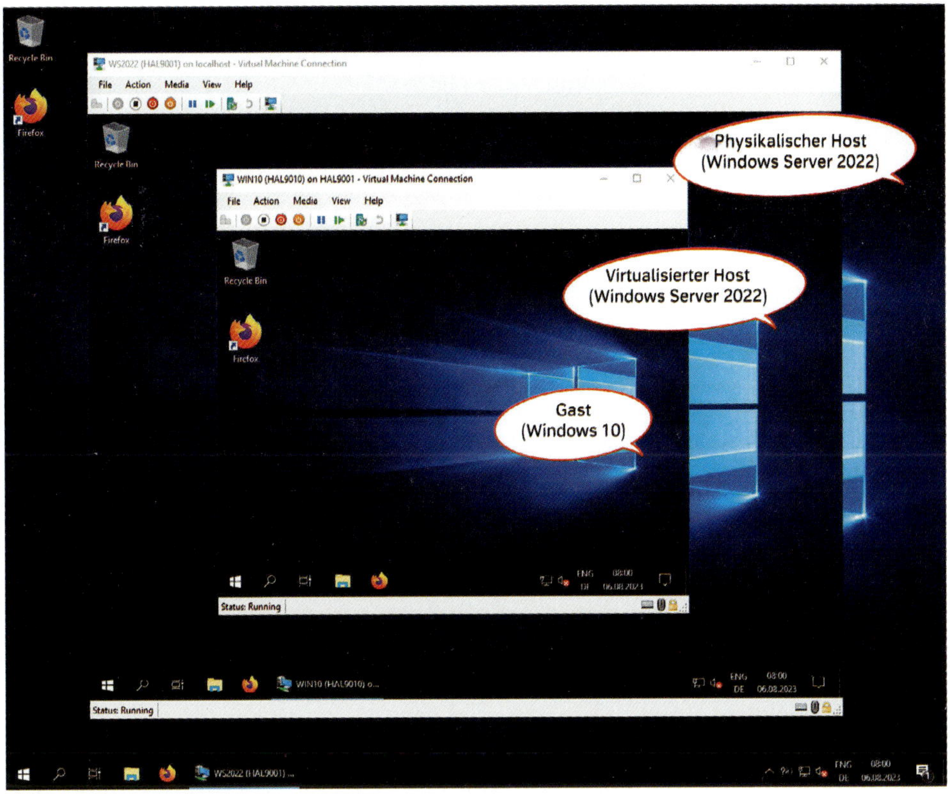

Bild 2.89: Beispiel einer geschachtelten Virtualisierung

Windows-Evaluierungsversionen

Microsoft bietet u. a. Windows 11 Enterprise und Windows Server 2025 kostenlos zum Ausprobieren an. Die Fassungen sind jeweils in ihrer Laufzeit beschränkt. Windows 11 Enterprise ist auf 90 Tage begrenzt, Windows Server 2025 auf 180 Tage.

Windows 11 Enterprise:
https://www.microsoft.com/de-de/evalcenter/evaluate-windows-11-enterprise [letzter Zugriff: 03.03.2025]

Windows Server 2025:
https://www.microsoft.com/de-de/evalcenter/evaluate-windows-server-2025 [letzter Zugriff: 03.03.2025]

Erstellung von bootfähigen USB-Sticks zur Installation:
Als Alternative zum Brennen von Installations-DVDs ermöglicht das Anwendungsprogramm Rufus die Erstellung von bootfähigen USB-Sticks auf Basis der bereitgestellten ISO-Dateien.
https://rufus.ie/ [letzter Zugriff: 03.03.2025]

2.2.9 Systemwartung

Befehlsaufruf in der Kommandozeile/DOS-Box (cmd.exe)
Befehlsaufruf in der PowerShell-Konsole (powershell.exe)

Im Folgenden wird eine Auswahl nützlicher Kommandozeilen-Befehle, PowerShell-Kommandos und Tools zur Systemwartung vorgestellt. Zur besseren Orientierung sind Kommandozeilenbefehle und PowerShell-Kommandos wie oben abgebildet farblich voneinander abgegrenzt.

`sfc /scannow`
Der *system file checker* prüft die Windows-Systemdateien. Stimmen die Datei-Signaturen nicht mit den erwarteten Werten überein, werden sie durch vorgehaltene Sicherheitskopien ersetzt.
`chkdsk /f /r`
`Repair-Volume -DriveLetter D -OfflineScanAndFix`
Das *check disk*-Programm prüft das Dateisystem auf Fehler und kennzeichnet defekte Sektoren, sodass Windows sie nicht mehr verwendet. Durch die Option „/f" wird versucht, gefundene Fehler direkt zu reparieren. Die Option „/r" veranlasst die Suche nach defekten Sektoren und rettet die noch lesbaren Informationen. Das PowerShell-Kommando schaltet das Laufwerk D offline, um Fehler zu untersuchen und zu reparieren.
`driverquery /v`
`Get-WindowsDriver -Online -All`
Dieses beiden Tools geben Details und Pfade zu allen installierten Hardwaretreibern aus. Das kann bei der Analyse von gleichgelagerten Fehlersymptomen auf verschiedenen Rechnern hilfreich sein, um beispielsweise nach identischen Treibern als Gemeinsamkeit und mögliche Ursache zu suchen.

2.2.9.1 Windows-Updates

Das Management von Windows-Updates lässt sich auch anhand von PowerShell-Kommandos steuern. Die Befehle sind Teil des PowerShell-Moduls „PSWindowsUpdate", das ggf. noch mit den folgenden Kommandos installiert und importiert werden muss.

`Install-Module -Name PSWindowsUpdate -Force` `Import-Module -Name PSWindowsUpdate`
Installiert und importiert die Befehle der PowerShell-Funktionsbibliothek „PSWindowsUpdate"

`Get-WindowsUpdate`
Prüft auf Updates und gibt eine Liste der installierbaren bzw. noch nicht installierten Updates aus

```
Install-WindowsUpdate -KBArticleID KB5029250
Install-WindowsUpdate -AcceptAll -AutoReboot
```

Das erste Kommando installiert das Update mit der Knowledge-Base-Artikelnummer, die das betreffende Update eindeutig kennzeichnet.
Das Kommando aus der zweiten Zeile installiert alle verfügbaren Updates und führt die erforderlichen Neustarts automatisch durch.

```
Hide-WindowsUpdate -KBArticleID KB5019081
```

Updates, die nicht installiert werden sollen, können mit diesem Kommando versteckt werden. Sie tauchen dann nicht mehr auf der Liste installierbarer Updates auf.

```
Remove-WindowsUpdate -KBArticleID KB5019081
```

Mit diesem Kommando wird das angegebene Update deinstalliert. Damit es anschließend nicht mehr zur Installation angeboten wird, muss es mit „Hide-WindowsUpdate" versteckt werden.

```
Get-WUHistory
Get-WUHistory -Last 5
```

Mit dem ersten Kommando wird die komplette Liste der installierten Windows-Updates ausgegeben. Das zweite Kommando listet nur die letzten fünf Updates auf.

2.2.9.2 Windows Server Backup

Die Backup-Software kann als Feature **„Windows Server Backup"** über den Server-Manager nachinstalliert werden. Alternativ ist das auch über die PowerShell möglich:

```
Install-WindowsFeature Windows Server Backup
```

Installiert das Windows-Feature „Windows Server Backup", zu dem auch die PowerShell-Funktionsbibliothek (PowerShell-Module) „WindowsServerBackup" zählt

```
Get-Command -Module WindowsServerBackup
```

Listet die Kommandos des PowerShell-Moduls „WindowsServerBackup"

Detailliertere Hilfe, auch anhand von Beispielen, liefert die eingebaute Hilfe: „Get-Help Start-WBBackup -Examples". Ggf. ist vorher ein „Update-Help" erforderlich.

Backup-Konfigurationen wie Zeitpläne und Regeln lassen sich sowohl über die mitinstallierten PowerShell-Befehle als auch über die grafische Anwendung „Windows Server Backup" aus dem Tools-Menü des Server-Managers erstellen und verwalten.

Nach dem Start der Backup-Anwendung öffnet sich die Benutzeroberfläche (Bild 2.90). Rechts im Menü lassen sich Backup-Zeitpläne erstellen (1), außer der Reihe (Voll-)Backups starten (2) oder Daten aus Backups wiederherstellen (3). Den Backup-Modus kann man im Backup-Performance-Menü (4) auch für einzelne Datenträger anpassen.

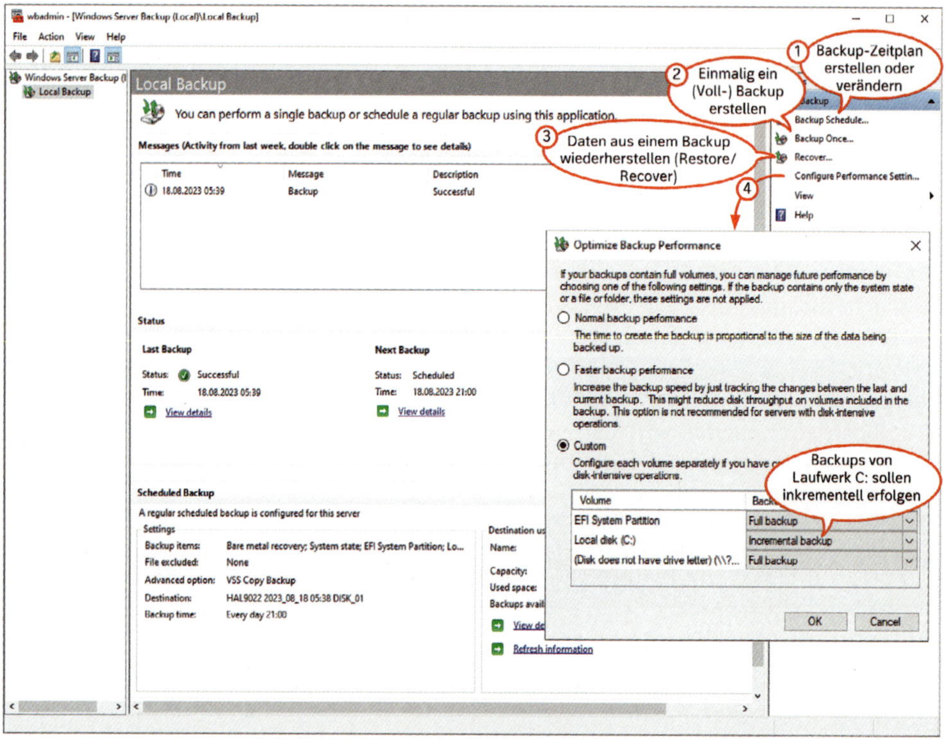

Bild 2.90: Grafische Benutzeroberfläche von Windows Server Backup

Im abgebildeten Beispiel (Bild 2.90) wurde ein einmaliges Voll-Backup (für *bare metal recovery*) erstellt. Damit die zeitgesteuerten Backups nur inkrementelle Sicherungen der Systemfestplatte C erstellen, muss die Konfiguration (4) entsprechend angepasst werden.

Danach kann die zeitgesteuerte Backuperstellung eingerichtet werden (1). Als zu sichernde Komponente wird der gesamte Server ausgewählt. Anschließend werden die Zeitpunkte für das tägliche Backup-Intervall eingestellt. Voreingestellt ist ein Backup pro Tag um 21:00 Uhr.

Die Wiederherstellung von einzelnen Dateien, Ordnern, Laufwerken oder des gesamten Systemzustands ist anhand des Wiederherstellungs-Assistenten (*Recovery Wizard*) sehr komfortabel durchführbar. Nach der Bestätigung, dass aus einem lokalen Backup wiederhergestellt werden soll, wählt man für den wiederherzustellenden Datenstand einen der angebotenen Zeitpunkte aus. Als Modus wird hier beispielsweise die Datei- und Ordner-Wiederherstellung ausgewählt, anschließend werden die konkret zu restaurierenden Dateien und Ordner selektiert. Zum Schluss wird nach dem Ziel gefragt und wie mit bestehenden (Alt-)Dateien umgegangen werden soll, falls die Dateien an ihrer ursprüngliche Stelle wiederhergestellt werden sollen.

Die grafische Anwendung eignet sich für den einzelnen und gelegentlichen Einsatz. Sollen mehrere Servermaschinen mit einheitlichen und unter Umständen komplexen Backup-Konfigurationen ausgestattet werden, führt kaum ein Weg an einer automatisierten Lösung vorbei. Die mitinstallierten PowerShell-Befehle bieten hier sogar noch deutlich mehr Möglichkeiten als die grafische Anwendung.

2.2.9.3 Netzwerk-Tools

Windows Server 2022 ermöglicht grundsätzlich alle Wartungs- und Konfigurationsarbeiten anhand von PowerShell-Befehlen. Sie eignen sich hervorragend zur Automatisierung, gerade von komplexen oder sich wiederholenden Aufgaben. Daneben bietet das einfache Kommandozeilen-Fenster/DOS-Box viele Werkzeuge in Form zugeschnittener kleiner Programme. Sie bieten oft weniger Funktionen als ihre PowerShell-Pendants und eignen sich schlechter für die skriptbasierte Automatisierung, sind aber für viele manuelle Arbeiten ausreichend und oft einfacher zu handhaben.

Die nachfolgende Darstellung enthält eine Auswahl nützlicher Kommandozeilen- oder PowerShell-Befehle speziell für den Einsatz in der Netzwerkadministration.

`arp -a`
`Get-NetNeighbor -AddressFamily IPv4`
Gibt die in der ARP-Tabelle gespeicherte Zuordnung von IP- und MAC-Adressen der Netznachbarn aus (Kap. 1.7.8).
`ipconfig /all`

`Get-NetIPConfiguration`
`Get-NetIPAddress`
`Get-DnsClientServerAddress`

Gibt detaillierte Informationen zu den IP-Konfigurationen der Schnittstellen (LAN-Port, WLAN usw.) aus, beispielsweise IPv4/IPv6-Adressen, Netzmasken/Präfixlängen, DNS-/Gateway-Adressen (Kap. 1.7).
`ipconfig /displaydns`
`Get-DnsClientCache`
Listet die zwischengespeicherten DNS-IP-Namensauflösungen (Kap. 1.9.2).
`ipconfig /flushdns`
`Clear-DnsClientCache`
Löscht den Speicher mit den gepufferten DNS-IP-Namensauflösungen (Kap. 1.9.2).
`ipconfig /renew`
`Get-CimInstance -ClassName Win32_NetworkAdapterConfiguration -Filter "DHCPEnabled=$true" | Invoke-CimMethod -MethodName RenewDHCPLease`
Triggert das erneute Abrufen der IP-Konfiguration vom DHCP-Server (Kap. 1.9.1).
`route print`
`Get-NetRoute`
Gibt die aktiven IPv4- und IPv6-Routen aus (Kap. 1.7.4).

```
nslookup bildungsverlag1.de
```

```
Resolve-DnsName -Name bildungsverlag1.de
```

Ermittelt die dem angegebenen Domainnamen zugeordnete IP-Adresse. Sofern sich diese Information nicht bereits im Zwischenspeicher befindet, wird der konfigurierte DNS-Server kontaktiert (Kap. 1.9.2).

```
nslookup 217.13.73.44
```

```
Resolve-DnsName -Name 217.13.73.44
```

Reverse-Lookup des für diese IP hinterlegten Domainnamen. Da mehrere Domainnamen auf dieselbe IP auflösen können, liefert ein Reverse-Lookup nur eine mögliche Zuordnung.

```
netstat -p tcp
```

```
Get-NetTCPConnection
```

Listet die aktiven TCP-Verbindungen auf (Kap. 1.8.3).

```
netstat -p tcp -b
```

```
Get-NetTCPConnection | Select-Object -Property *, @{'Name' = 'Pro-
cessName'; 'Expression' = {(Get-Process -Id $_.OwningProcess).Name}}
| Select ProcessName,LocalAddress,LocalPort,State
```

Listet die aktiven TCP-Verbindungen mit den Namen der Anwendungsprozesse auf.

```
ping mak3.de
```

```
Test-NetConnection -ComputerName mak3.de
```

Sendet ICMP-Ping-Pakete an die angegebene Zieladresse (Kap. 1.7.3). Sofern diese Pakete den Ziel-Host erreichen und dieser auch generell auf Pings antwortet, kann mit diesem Kommando schnell die Verbindung zu einem Host überprüft werden.

```
tracert remote-access.link
```

```
Test-NetConnection -ComputerName remote-access.link -Traceroute
```

Zeigt die Strecke zwischen dem lokalen und dem angegebenen Ziel-Computer mit allen dazwischenliegenden Routern.

```
pktmon filter add -p 9000
pktmon start --etw --pkt-size 0 --comp 13
pktmon format PktMon.etl -o logfile.txt
pktmon stop
pktmon filter remove
```

pktmon ist ein umfangreiches Monitoring-Tool. Im Beispiel wird ein Filter auf Port 9000 gesetzt und das Logging der gesamten Pakete für die Netzwerkschnittstelle mit der ID 13 gestartet. In der dritten Zeile wird das Logfile geschrieben. Mit den letzten beiden Zeilen wird das Monitoring gestoppt und die Filterliste geleert.

```
netsh interface ip show interfaces
netsh interface set interface "Ethernet" disabled
netsh interface set interface "Ethernet" enabled
```

```
Get-NetAdapter
Disable-NetAdapter -Name "Ethernet"
Enable-NetAdapter -Name "Ethernet"
```

Das erste Kommando listet die dem System bekannten Netzwerkadapter auf, das zweite schaltet die Netzwerkkarte mit dem Namen „Ethernet" ab, das dritte Kommando schaltet sie wieder ein.

```
net stop "DHCPServer" & net start "DHCPServer"
net stop "DNS" & net start "DNS"
net stop "DNSCache" & net start "DNSCache"
net stop "TermService" & net start "TermService"
```

```
Restart-Service -Name "DHCPServer"
Restart-Service -Name "DNS" # DNS-Server
Restart-Service -Name "DNSCache" # DNS-Client
Restart-Service -Name "TermService" # Remote Desktop Service
```

Startet die angegebenen Server- bzw. Client-Dienste neu

```
typeperf -q "Network Interface"
typeperf "\Network Interface(*)\Packets Received/sec"
typeperf "\Network Interface(Realtek*)\Packets Outbound Discarded"
```

```
Get-Counter -Counter "\Network Interface (*)\Packets Received/sec"
Get-Counter -Counter "\Network Interface (Realtek*)\*)\Packets Out-
bound Discarded"
```

Gibt Netzwerkstatistiken aus. Die erste DOS-Zeile listet mögliche Statistik-Anfragen auf, die in den nachfolgenden Zeilen beispielhaft zur Anwendung kommen. Im Klammerausdruck hinter „Network Interface" ist der Hardware-Name bzw. ein Suchmuster für den Hardware-Namen des Netzwerkadapters anzugeben. Ein Stern beinhaltet alle Netzwerkadapter, „Realtek*" bezieht sich auf alle Adapter, die sich mit einem Realtek-Chipsatz zu erkennen geben.

2

2.2.9.4 Windows Admin Center

Microsoft arbeitet als großer Cloud-Anbieter daran, die Anbindung seiner klassischen Betriebssystemprodukte mit den Diensten seiner Azure Cloud zu verbessern.

Dies wird auch deutlich am Windows Admin Center, das als Ergänzung zum Server-Manager dient. Ein Hinweisdialog beim Start des Server-Managers weist darauf hin. Hat man es heruntergeladen und installiert, steht das Windows Admin Center danach per HTTPS über die Adresse der Servermaschine zur Verfügung (Bild 2.91).

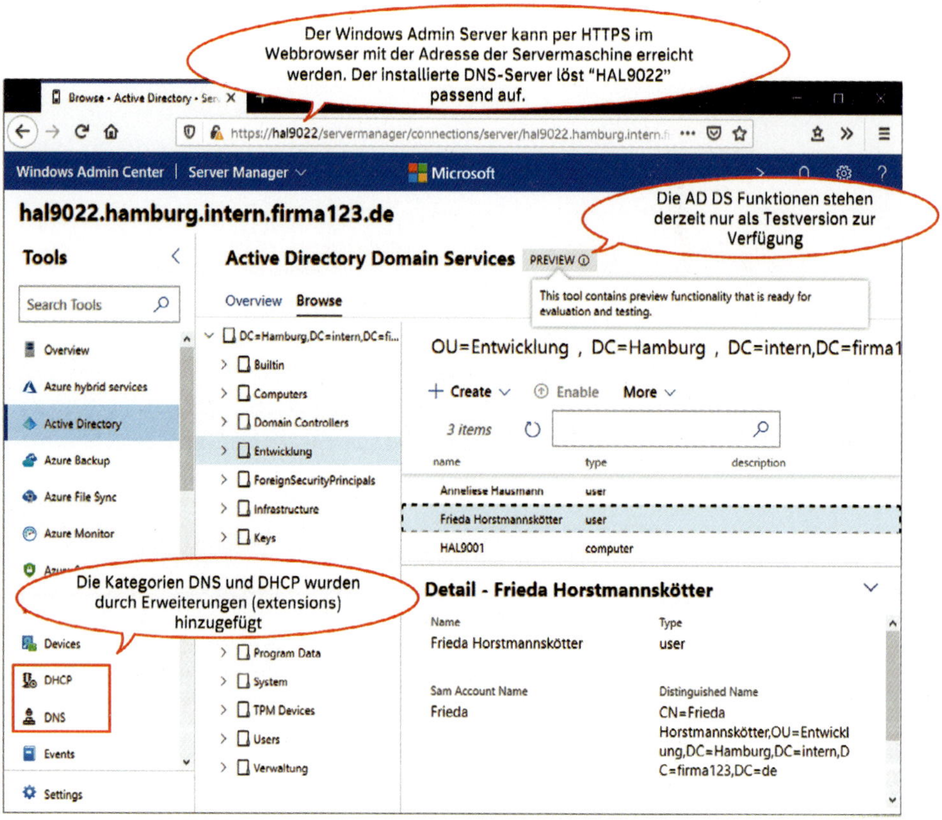

Bild 2.91: Windows Admin Center – Active-Directory-Verwaltung

Windows Admin Center fasst die Funktionen der einzelnen Konfigurationsprogramme unter einer Web-Oberfläche zusammen, auf die aus der Ferne zugegriffen werden kann. Windows-Server ohne Desktopumgebung können auf diese Weise auch grafisch und ohne zwischen verschiedenen Anwendungen wechseln zu müssen administriert werden. Im Gegensatz zu den jeweiligen Konfigurationsanwendungen ist Windows Admin Center an vielen Stellen noch langsamer.

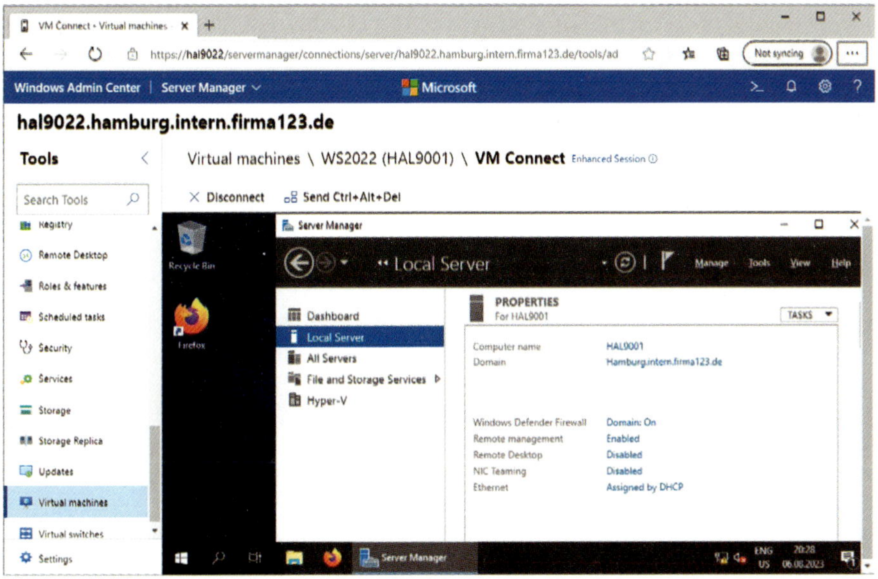

Bild 2.92: Windows Admin Center – VM-Verwaltung und -Zugriff

Über Erweiterungen (*extensions*) können weitere Kategorien hinzugefügt werden. Einige Drittanbieter stellen Erweiterungen zur grafischen Administration ihrer Komponenten an (z. B. Rackserver-, Speicher- und Netzwerklösungen, Server-Monitoring oder Datenauswertung).

2.2.10 Unterschiede zur Vorgänger- und Nachfolgerversion

Besonders starke Änderungen hat es beim Ausstattungsumfang von Datacenter- und Standard-Edition gegeben. Während beide Fassungen bislang den gleichen Funktionsumfang aufwiesen und sich lediglich in den Virtualisierungsrechten unterschieden, sind wichtige Bestandteile jetzt lediglich der Datacenter-Edition vorbehalten. Das betrifft insbesondere Speicherlösungen wie Storage Spaces Direct und Storage Replica sowie das Virtualisierungsfeature „Shielded Virtual Machines“.

Verschlüsselung und Signatur sollen bei Shielded Virtual Machines unautorisierte Einsichtnahme und Manipulation verhindern. Konkret wird dies genutzt, um mithilfe von Hardware-Sicherheitselementen wie einem **TPM** (**T**rusted **P**latform **M**odule) sicherzustellen, dass Shielded Virtual Machines nur von autorisierter Hardware ausgeführt wird. Sollten beispielsweise durch Hack-Angriffe Daten von Shielded Virtual Machines abgegriffen worden sein, wären sie ohne die notwendigen kryptografischen Schlüssel nicht zu entschlüsseln und damit wertlos.

Die Virtualisierungsrechte sehen vor, dass die Standard-Edition maximal zwei virtuelle Betriebssysteminstanzen und maximal zwei Hyper-V-Container erlaubt. Für die Datacenter-Edition gelten diese Beschränkungen nicht. Windows-Container sind generell ohne Limit belegt.

Eine weitere wichtige Neuerung stellt die Unterstützung von Docker-kompatiblen Containern dar. Microsoft unterscheidet dabei zwei Laufzeitfassungen: den Windows Server

Container und den Hyper-V-Container. In dem Zusammenhang ist auch Nano Server zu sehen, der zwar unbeschränkt eingesetzt werden kann, dazu aber einen Wartungsvertrag mit Microsoft braucht.

Hyper-V wartet mit Nested Virtualization (Kap. 2.2.8) und VM-Snapshots für den Produktiveinsatz (Produktionsprüfpunkte, Kap. 2.2.8) auf und erlaubt das Hinzufügen von Netzwerkkarten und virtuellem Arbeitsspeicher im laufenden Betrieb. Darüber hinaus sind die Ausbaugrenzen des physikalischen Hosts mit Blick auf Could-Service-Provider deutlich angehoben worden (24 TiB RAM und 512 logische Prozessoren pro physikalischem Host, 16 TiB RAM und 240 virtuelle Prozessoren pro virtueller Maschine).

Wer ein Upgrade auf Windows Server 2022 plant, hat also einiges zu berücksichtigen. Zwar besteht die Möglichkeit, mithilfe des Upgrade-Assistenten nach einigen Überprüfungen ein Upgrade durchzuführen, nur garantiert das keinen reibungslosen Ablauf. Microsoft rät ohnehin davon ab und empfiehlt in solchen Fällen die Neuinstallation. Auch andere Komponenten, die unter einer Vorversion funktionierten, müssen nicht zwangsläufig auch unter Windows Server 2022 laufen. Ein Umstieg zur Probe in einer virtuellen Umgebung ist sicherlich in jedem Fall eine empfehlenswerte Option.

Die Desktop-Edition von Windows Server 2022 bringt den Browser Microsoft Edge auf Chromium-Basis mit, der nun auch bei den Server-Betriebssystemen den veralteten Internet-Explorer ablösen soll. Alle Editionen warten mit umfangreichen Sicherheitsverbesserungen auf. So wird im Netzwerkbereich auf der Transportprotokollebene nun TLS 1.3 unterstützt und bei der SMB-Netzwerkkommunikation die AES-256-Verschlüsselung ermöglicht. Darüber hinaus wurde der Datendurchsatz bei verschlüsselter SMB-Datenübertragung verbessert. Eine weitere Durchsatzsteigerung kann durch die neue Möglichkeit der SMB-Datenkompression erreicht werden.

Die Veränderungen, die **Windows Server 2025** mitbringt, sind deutlich größer. Neben den offensichtlichen, wie der Übernahme des Windows 11 Desktop User Interface, hat sich vor allem „unter der Haube" einiges getan.

Windows Server 2025 ist nun auch als On-Premise-Installation Hotpatching-fähig. Damit können Updates eingespielt werden, die sogar laufende Programme im Arbeitsspeicher anpassen. Die monatlichen Sicherheitsupdates kommen auf diese Weise ohne Neustarts aus.

Die Active Directory Domain Services (ADDS) haben eine umfassende Auffrischung erfahren. Intern wurden Algorithmen und Datenbankeigenschaften optimiert und viele Sicherheitsverbesserungen eingeführt, z. B. Kerberos PKINIT und LDAP-over-TLS mit TLS 1.3. Außerdem gilt für die Protokolle eine sichere Voreinstellung, z. B. die Verschlüsselung der LDAP-Kommunikation. Administrierende können die Domain-Controller-Replizierung steuern, indem sie Prioritäten festlegen. Mit Windows Local Administrator Password Solution (LAPS) werden lokale Administrator-Passwörter automatisiert angelegt, verwaltet und verschlüsselt im AD gespeichert.

Die Datei- und Verzeichnisfreigabe per SMB (**S**erver **M**essage **B**lock) wird nun immer verschlüsselt. Mit SMB-over-QUIC und TLS 1.3 wird außerdem nur noch die Firewall-Freigabe von UDP-Port 443 benötigt, der in der Regel ohnehin bereits freigegeben ist.

Darüber hinaus beanspruchen die neuen NVMe-SSDs-Treiber weniger CPU-Ressourcen und sorgen für eine deutlich verbesserte Performance. Bluetooth-Geräte wie Tastaturen, Mäuse und Headsets werden nun auch unterstützt. Mit der Systeminstallation werden auch WLAN-Support, OpenSSH und der Paketmanager Winget mitinstalliert.

AUFGABEN

1. Was ist der grundsätzliche Unterschied zwischen Windows Server und Windows Server 2022?
2. Weshalb ist es ratsam, ein Administratorkonto als lokales Benutzerkonto einzurichten?
3. Welche Voraussetzungen müssen erfüllt sein, um Serverrollen erfolgreich installieren und nutzen zu können?
4. Ist für den Betrieb eines Domänencontrollers die AD-DS-Rolle erforderlich oder genügt die AD-LDS-Rolle (Antwort mit Begründung)?
5. Welche Aufgaben und Tätigkeiten führt ein Domänencontroller aus?
6. Ihnen wird das Beispiel einer Gesamtstruktur vorgelegt, die auf dem Domänennamen „ad.local" basiert. Wie beurteilen Sie die Namensentscheidung?
7. Die PCs der zwei Firmenstandorte Bonn und Aachen der Firma Meier sollen unabhängig voneinander in Domänen organisiert werden. Jeder Standort hat drei Abteilungen (Verwaltung, Entwicklung, Kundendienst). Als zukünftige Option soll eine Verbindung der beiden Domänen untereinander und mit Geschäftspartnern möglich sein. Schlagen Sie Domänennamen für die beiden Standorte vor und begründen Sie Ihre Entscheidung.
8. Nachdem Sie einen DHCP-Serverdienst eingerichtet und konfiguriert haben, muss er im Active Directory autorisiert werden. Woran erkennen Sie, dass die Autorisierung erfolgt ist?
9. Was sind Forward- und Reverse-Lookup-Zonen?
10. Was gilt idealerweise für die logische und für die örtliche Platzierung von DNS-Servern?
11. Wie viele Domänencontroller dürfen einer Domäne angehören?
12. Erläutern Sie die Begriffe „Domäne", „Objekte" und „Organisationseinheiten".
13. Was bedeuten die Begriffe „Baum" und „Wald" in einer Gesamtstruktur?
14. Wann ist das Vertrauen zwischen zwei Domänen transitiv und wann nicht transitiv?
15. Was müssen Sie tun, um sich an einem Domänencontroller mit dem lokalen Administratorkonto anzumelden?
16. Der Benutzer Kurt aus der Domäne BEIGERTRUD möchte sich an seinem PC mit seinem lokalen Benutzerkonto „Kurt" anmelden. Was muss er bei der Anmeldung in das Feld für den Benutzernamen eintragen?
17. Was sind servergespeicherte Profile? Welche möglichen Vorteile bieten sie und wann sind sie eher von Nachteil?
18. Welchen Vorteil hat die Bereitstellung eines Druckers über das Active Directory?
19. Was bedeutet Server-Virtualisierung und welche möglichen Vorteile bietet sie?
20. Worin unterscheiden sich Hypervisors vom Typ 1 und Typ 2?
21. Was ist damit gemeint, wenn man sagt, dass Windows in den Ringen 0 und 3 ausgeführt wird?
22. Kann Virtualisierung genutzt werden, wenn der Prozessor keine Virtualisierungserweiterungen aufweist (Antwort mit Begründung)?
23. Was sind Prüfpunkte?

24. Sie öffnen Wordpad in einem Gast-System und schreiben einen Text, ohne ihn abzuspeichern. Welchen Prüfpunkttyp müssen Sie setzen, damit Sie nach einer Wiederherstellung am Text weiterarbeiten können? Was passiert, wenn Sie den anderen möglichen Prüfpunkttyp verwenden?
25. Was versteht man unter „Nested Virtualization"?
26. Auf einem Windows Server 2022 mit AMD Ryzen-Prozessor betreiben Sie einen Windows-10-Hyper-V-Gast. In diesem Gast soll wiederum eine virtuelle Maschine mit Hyper-V eingerichtet werden. Als Gast-System soll dabei Windows 7 zum Einsatz kommen. Sind alle Voraussetzungen erfüllt? Begründen Sie Ihre Antwort und schlagen Sie ggf. Änderungen vor.
27. Um Ihren Server immer auf dem aktuellsten Stand zu halten, möchten Sie Ihr Windows-Server-2016-System mit Erscheinen von Windows Server 2022 direkt mithilfe des Upgrade-Assistenten auf das neue System umstellen. Wie bewerten Sie dieses Vorgehen?

2.3 Ubuntu-Linux-Server zur Netzwerkverwaltung

Bei Ubuntu-Linux handelt es sich um eine populäre Linux-Distribution auf Debian-Basis. Hinter der Entwicklung und Vermarktung steht maßgeblich die Firma Canonical. Aufgrund der großen Beliebtheit hat sich im Internet eine große Nutzergemeinschaft gebildet, sodass bei Fragen und Problemen in der Regel schnell die passende Hilfe gefunden werden kann.

Im Folgenden wird zunächst die Installation des Serversystems beschrieben. Anschließend wird auf die Installation und Konfiguration der verschiedenen Serverprozesse und -dienste eingegangen.

2.3.1 Installation

Im Folgenden wird die Installation der **LTS**-Version (**L**ong **T**erm **S**upport) von Ubuntu Server 24.04.1 beschrieben. Ein entsprechendes Installationsmedium kann anhand der frei herunterladbaren ISO-Datei selbst erstellt werden:

Ubuntu Server 24.04.1 LTS

- https://releases.ubuntu.com/24.04.1/ubuntu-24.04.1-live-server-amd64.iso [letzter Zugriff: 20.11.2024]

Ein bootfähiger USB-Stick kann auf Basis dieser ISO-Datei mit dem Anwendungsprogramm Rufus erstellt werden (Kap. 2.2.8).

Während der Installation von Ubuntu Server wird der oder die Nutzende nach grundlegenden Einstellungen befragt. In der Regel wird aus den zur Auswahl stehenden Möglichkeiten eine sinnvolle Option vorausgewählt, die in den meisten Fällen auch direkt übernommen werden kann.

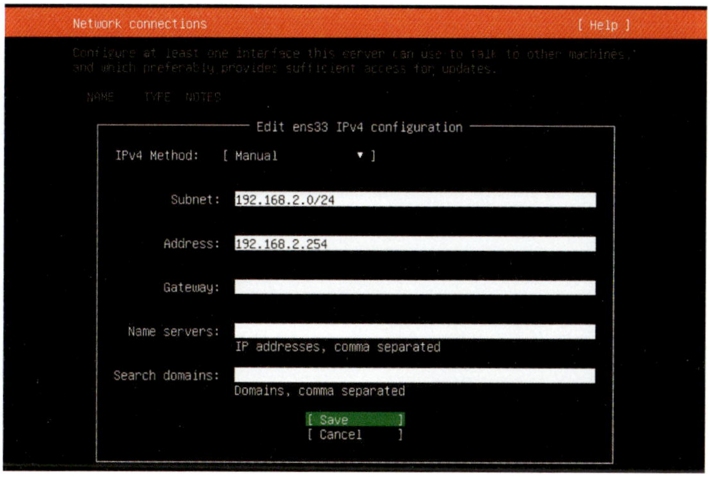

Bild 2.93: Netzwerkeinstellung mit statischer IP-Konfiguration

Nach Auswahl der Sprache und der Tastaturbelegung folgt die erste Konfiguration der Netzwerkverbindung. Im vorliegenden Fall ist der Server zur Installation bereits mit einem bestehenden Computernetzwerk verbunden, das seine Clients per DHCP mit Konfigurationsdaten versorgt. Entsprechend wird ein Betrieb als DHCP-Client vorgeschlagen. Für einen Server ist das in der Regel aber nicht sinnvoll, sodass hier auf eine statische Konfiguration umgestellt werden sollte (Bild 2.93).

Die weiteren Einstellungen werden wie vorgeschlagen übernommen. Falls mehrere Festplatten verbaut sind, muss hier ggf. die passende Festplatte ausgewählt werden. Im vorliegenden Fall ist nur eine Festplatte verbaut, die auch komplett für den Ubuntu-Server verwendet werden soll. Das entspricht auch dem Vorschlag, der direkt übernommen werden kann. Die angebotene „LUKS"-Option bietet eine Festplattenverschlüsselung an. Sind alle Einstellungen vorgenommen, wird im nächsten Schritt die Festplatte entsprechend partitioniert und formatiert. Eventuell noch auf der Festplatte vorhandene Daten gehen dabei verloren. Deshalb wird erst nach ausdrücklicher Bestätigung fortgefahren (Bild 2.94).

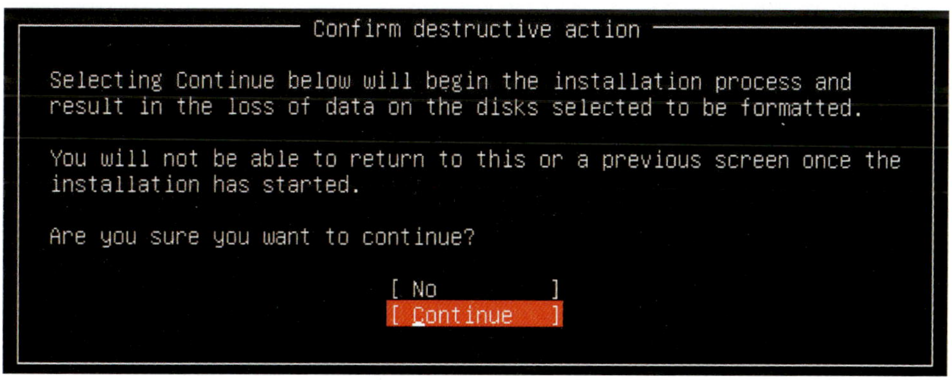

Bild 2.94: Bestätigungsdialog

Anschließend erfolgt die Konfiguration des Systemprofils mit Anlegen eines Benutzerkontos (Bild 2.95).

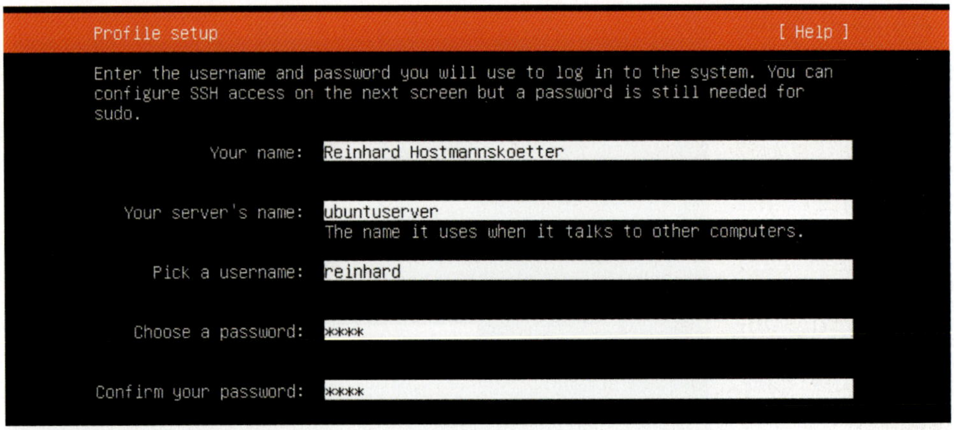

Bild 2.95: Anlegen eines Benutzerkontos

Im Beispiel trägt der Server den Namen *ubuntuserver*. Für den Benutzer Reinhard Horstmannskoetter wurde ein Benutzerkonto mit dem Benutzernamen *reinhard* angelegt.

Im nächsten Schritt besteht die Möglichkeit, einen SSH-Serverdienst (OpenSSH) zu installieren (Bild 2.96). Es ist sinnvoll, diese Auswahl bereits jetzt zu treffen, um direkt nach der Installation von anderen Rechnern aus über das Netzwerk auf die Shell zugreifen zu können. Alternativ kann der Dienst auch jederzeit später manuell nachinstalliert werden.

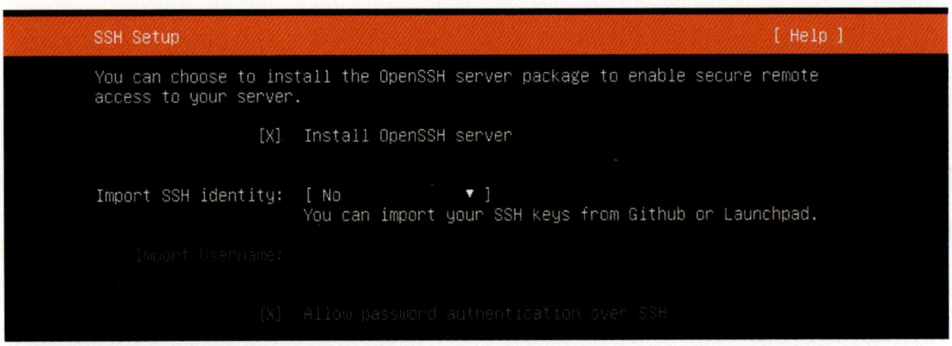

Bild 2.96: Option zur Installation eines SSH-Servers

Danach wird das System entsprechend der ausgewählten Einstellungen installiert und konfiguriert. Zum Abschluss muss ein Neustart bestätigt werden. Danach ist die Grundkonfiguration erledigt und der Server ist einsatzbereit.

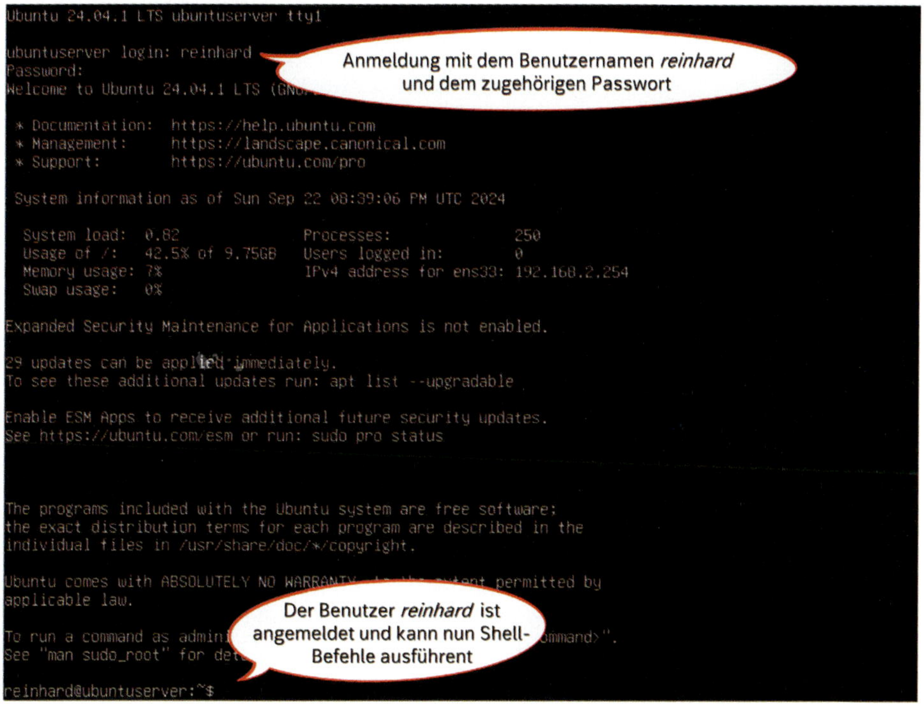

Bild 2.97: Shell-Fenster mit angemeldetem Benutzer

2.3.2 Server-Konfiguration

> Das Wort Server bezeichnet im Folgenden einen **Serverprozess** (meist im Hintergrund). Wenn eine Maschine (Host) gemeint ist, auf der solch ein Prozess abläuft, wird die Bezeichnung **Servermaschine** gebraucht (vgl. auch Kap. 1.1.2.6).

Hintergrundprozesse für **Dienste** (daemons) können grundsätzlich in zwei Betriebsarten ausgeführt werden:

- Als sog. Stand-Alone-Dienst, der ständig läuft und schnell einsatzbereit ist, dafür aber Rechenzeit und Speicherplatz beansprucht. Diese Betriebsart verwendet man für stark nachgefragte Dienste, z. B. Webserver.
- Bei gelegentlichem Bedarf nach Aufruf durch einen Wrapper (Superdaemon xinetd), der stellvertretend für andere Serverprozesse Aufrufe annimmt und diesen Dienst dann in Gang setzt, z. B. Ftp-Server auf der Maschine eines Webservers.

Die Namen dieser Hintergrundprozesse enden stets mit einem „d“ (z. B. „ftpd“ für den Ftp-Server), womit ihre „daemonische“ Eigenschaft deutlich wird. Frühere Linux-Versionen führten ihren Systemstart nach der klassischen **„System-V-Init“**-Methode durch, einem System von Shell-Scripts. Der Kernel startete als ersten und einzigen den Prozess **init**, welcher der Urvater aller anderen Prozesse war. Scriptgesteuert wurde das System in einen als **Runlevel** bezeichneten Zustand versetzt (Bild 2.98). Zu jedem Runlevel gehörte ein bestimmter Satz von Diensten.

Run-level	Bedeutung	Systemd Ziel-Units (lt. SLES15-SP5 Administrations-handbuch[1])
0	Shutdown mit Halt	runlevel0.target, halt.target, poweroff.target
1	Singel-User-Betrieb zur ungestörten Systemverwaltung	runlevel1.target, rescue.target
2	Multi-User-Betrieb ohne Netzwerk	runlevel2.target, multi-user.target
3	Multi-User-Betrieb mit Netzwerk, aber ohne grafische Oberfläche (X-Window), typisch Server	runlevel3.target, multi-user.target
4	--	runlevel4.target (nicht verwendet)
5	Multi-User-Betrieb mit Netzwerk und mit grafischer Oberfläche (X-Window), typisch Desktop	runlevel5.target, graphical.target
6	Shutdown mit Reboot	runlevel6.target, reboot.target

Bild 2.98: Bedeutung der System-V-Runlevel

Der Ubuntu-Server und SLES verwenden den moderneren **systemd** als Nachfolger; er ist ein kompiliertes Programm und läuft schneller ab. Auch er ist der Urvater aller anderen, von ihm und seinen Kindern gezeugten Prozesse. Allerdings werden bei systemd Prozesse prinzipiell erst dann gestartet, wenn sie gebraucht werden; das gilt auch für xinetd. Die Konfiguration erfolgt nicht durch Scripts, sondern über einfache Textdateien; an die Stelle der Runlevel sind **Ziel-Units** (Bild 2.100) oder **Targets** getreten. Es gibt darüber hinaus aber noch mehr Targets, z. B. startet das mail-transfer-agent.target alle Dienste, die zum Senden und Empfangen von E-Mails erforderlich sind. Das Konzept ist flexibler, weil Targets kombinierbar sind. Das Frontend zur Steuerung von Diensten heißt **systemctl**.

Die allgemeine Befehlssyntax lautet:

```
systemctl start | status | stop | reload | restart … <servicename>
```

Beispiele sieht man in Bild 2.99 und Bild 2.100.

```
reinhard@ubuntuserver:~$ systemctl status swap.target
● swap.target - Swaps
     Loaded: loaded (/lib/systemd/system/swap.target; static)
     Active: active since Mon 2025-03-03 15:59:01 CEST; 1h 53min ago
       Docs: man:systemd.special(7)
reinhard@ubuntuserver:~$
```

Bild 2.99: Beispiel für systemctl

1 *SUSE Software Solutions Germany GmbH: SUSE Linux Enterprise Server 15 SP5 - Administration Guide, veröff. am 14.11.2024 unter https://documentation.suse.com/sles/15-SP5/single-html/SLES-administration/index.html#app-nwscheme [letzter Zugriff: 20.11.2024]*

```
reinhard@ubuntuserver:~$ systemctl list-units --type=target
 UNIT                     LOAD   ACTIVE SUB DESCRIPTION
 basic.target             loaded active active Basic System
 bluetooth.target         loaded active active Bluetooth
 cloud-config.target      loaded active active Cloud-config availability
 cloud-init.target        loaded active active Cloud-init target
 cryptsetup.target        loaded active active Local Encrypted Volumes
 getty.target             loaded active active Login Prompts
 graphical.target         loaded active active Graphical Interface
 local-fs-pre.target      loaded active active Local File Systems (Pre)
 local-fs.target          loaded active active Local File Systems
 multi-user.target        loaded active active Multi-User System
 network-online.target    loaded active active Network is Online
 network-pre.target       loaded active active Network (Pre)
 network.target           loaded active active Network
 nfs-client.target        loaded active active NFS client services
 nss-lookup.target        loaded active active Host and Network Name Lookups
 nss-user-lookup.target   loaded active active User and Group Name Lookups
 paths.target             loaded active active Paths
 remote-fs-pre.target     loaded active active Remote File Systems (Pre)
 remote-fs.target         loaded active active Remote File Systems
 rpcbind.target           loaded active active RPC Port Mapper
 slices.target            loaded active active Slices
 sockets.target           loaded active active Sockets
 sound.target             loaded active active Sound Card
 swap.target              loaded active active Swap
 sysinit.target           loaded active active System Initialization
 time-set.target          loaded active active System Time Set
 time-sync.target         loaded active active System Time Synchronized
 timers.target            loaded active active Timers
LOAD   = Reflects whether the unit definition was properly loaded.
ACTIVE = The high-level unit activation state, i.e. generalization of SUB.
SUB    = The low-level unit activation state, values depend on unit type.

28 loaded units listed. Pass --all to see loaded but inactive units, too.
To show all installed unit files use 'systemctl list-unit-files'.
reinhard@ubuntuserver:~$
```

Bild 2.100: Auflisten aller Targets

Detailliertere Informationen zu systemd erhält man unter: https://systemd.io/ [letzter Zugriff: 20.11.2024].

Die aktuelle Prozesslage kann man sich mit den folgenden Kommandos ansehen:

- ps (statisch, Bild 2.101)
- pstree (Stammbaum, Bild 2.102)
- top (dynamisch, Bild 2.103)

```
reinhard@ubuntuserver:~$ ps
    PID TTY          TIME CMD
   2112 tty1     00:00:00 bash
   9577 tty1     00:00:00 ps
reinhard@ubuntuserver:~$
```

Bild 2.101: Prozesse des Benutzers reinhard

```
reinhard@ubuntuserver:~$ pstree
systemd-┬-VGAuthService
        |-accounts-daemon---2*[{accounts-daemon}]
        |-atd
        |-cron
        |-dbus-daemon
        |-login---bash
        |-multipathd---6*[{multipathd}]
        |-networkd-dispat
        |-polkitd---2*[{polkitd}]
        |-rsyslogd---3*[{rsyslogd}]
        |-snapd---7*[{snapd}]
        |-sshd
        |-systemd---(sd-pam)
        |-systemd-journal
        |-systemd-logind
        |-systemd-network
        |-systemd-resolve
        |-systemd-timesyn---{systemd-timesyn}
        |-systemd-udevd
        |-unattended-upgr---{unattended-upgr}
        '-vmtoolsd---{vmtoolsd}
reinhard@ubuntuserver:~$
```

Bild 2.102: Stammbaum mit pstree

```
top - 21:52:22 up  1:05,  2 users,  load average: 0.03, 0.04, 0.01
Tasks: 209 total,   1 running, 208 sleeping,   0 stopped,   0 zombie
%Cpu(s): 0.0 us, 0.0 sy, 0.0 ni,100.0 id, 0.0 wa, 0.0 hi, 0.0 si, 0.0 st
MiB Mem :  1895.5 total,  1093.9 free,  310.2 used,  491.1 buff/cache
MiB Swap:  2048.0 total,  2048.0 free,    0.0 used. 1415.8 avail Mem

 PID USER PR  NI   VIRT   RES  SHR S %CPU %MEM    TIME+ COMMAND
   1 root 20   0 103552 13020 8316 S  0.0  0.7 0:06.48 systemd
   2 root 20   0      0     0    0 S  0.0  0.0 0:00.00 kthreadd
   3 root  0 -20      0     0    0 I  0.0  0.0 0:00.00 rcu_gp
   4 root  0 -20      0     0    0 I  0.0  0.0 0:00.00 rcu_par_gp
   6 root  0 -20      0     0    0 I  0.0  0.0 0:00.00 kworker/0:0H-kblockd
   9 root  0 -20      0     0    0 I  0.0  0.0 0:00.00 mm_percpu_wq
  10 root 20   0      0     0    0 S  0.0  0.0 0:00.20 ksoftirqd/0
  11 root 20   0      0     0    0 I  0.0  0.0 0:00.72 rcu_sched
  12 root rt   0      0     0    0 S  0.0  0.0 0:00.01 migration/0
```

Bild 2.103: Top zeigt sekündlich die „Hitparade“ der CPU-Belastung (Ende mit Taste „q“)

Außer Kontrolle geratene (eigene) Prozesse lassen sich mit „kill -9 4711“ gewaltsam unter Angabe der PID (hier 4711) beenden. Dem Prozess wird das Signal 9 geschickt. Nur der Systemverwalter bzw. die Verwalterin darf fremde Benutzerprozesse beenden.

Server für Netzdienste

Bei der Planung eines Netzes spielen die Kosten eine wichtige Rolle. Daher lockt die Versuchung, möglichst viele Server(prozesse) auf möglichst wenigen Servermaschinen (oder gar nur einer) anzusiedeln. Für kleine und/oder unkritische Versuchsaufbauten mag das zulässig sein – für Produktivumgebungen oder etwa sicherheitskritische Anwendungen kann nur davon abgeraten werden, dieser Verlockung nachzugeben. Das alte Prinzip „Teile und herrsche“ ist der bessere Rat: ein Dienst – eine Maschine. Störungen lassen sich so viel besser eingrenzen. Außerhalb von Produktivumgebungen kann man natürlich mehrere Server auf einer Maschine konzentrieren.

Zusätzlich empfiehlt es sich, die Serverfunktionalität in ein separates Subnetz zu verlagern, das durch eine Firewall vom Netz der Client-Workstations getrennt ist. Im Administrationshandbuch von SLES ist in Anhang A eine sinnvolle Beispielkonfiguration angegeben (Bild 2.104). Diese „Serverfarm“ ist vorzugsweise in einem separaten und abgeschlossenen Raum untergebracht.

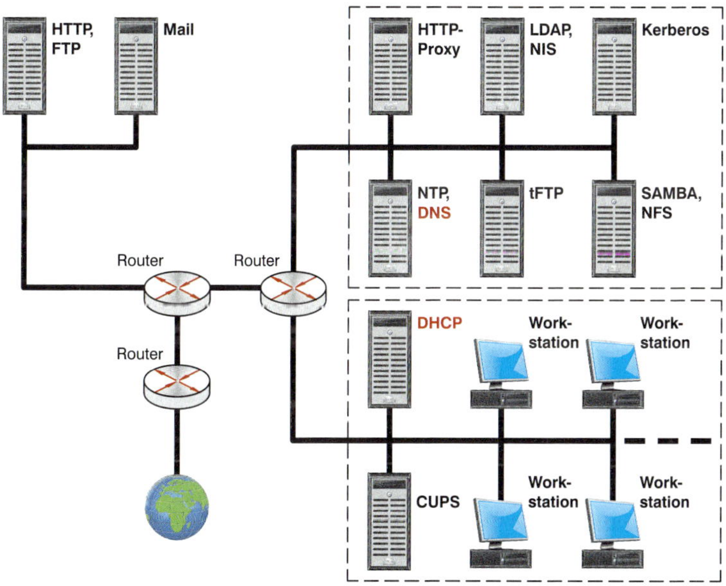

Bild 2.104: Beispielkonfiguration, frei nach SLES-Administrationshandbuch

Unabdingbar sind die Basisdienste DHCP für IPv4-Clients und DNS, alle anderen sind optional, je nach Anforderung. In jedem Fall gilt:

Für jeden angebotenen Dienst muss der zugehörige **Server-Port**

- auf der Firewall der **Servermaschine** und
- den Firewalls dazwischenliegender **Router**

freigeschaltet werden.

Die ab Kap. 2.3.5 beschriebenen Vorgehensweisen können nur als die „Schönwettervariante für einfache Anforderungen" angesehen werden. Angesichts der Komplexität der Thematik muss auf die spezifische Dokumentation von Betriebssystemen und Anwendungssoftware verwiesen werden.

2.3.3 Benutzer- und Rechteverwaltung

Der im Laufe der Installation angelegte initiale Benutzer *reinhard* (Bild 2.95) besitzt keine Administratorrechte. Jedoch sind für einige Installations- und Konfigurationsschritte die erweiterten *root*-Rechte erforderlich. Nach der Installation ist der *root*-Benutzer inaktiv und muss durch Setzen eines Passworts aktiviert werden. Das erreicht man durch das Kommando „`sudo passwd root`" (Bild 2.105).

```
reinhard@ubuntuserver:~$ sudo passwd root
[sudo] password for reinhard:
New password:
Retype new password:
Passwd: password updated successfully
reinhard@ubuntuserver:~$
```

Bild 2.105: Setzen des root-Passworts

2.3.4 Paketmanager zur Softwareverwaltung

Ein **Paketmanager** sorgt für eine komfortable und automatisierte Installation und Deinstallation von Softwarekomponenten. Dabei wertet er Abhängigkeiten aus und lädt und installiert alle notwendigen Bestandteile. Bei der Deinstallation werden alle zuvor installierten Komponenten wieder gelöscht, sofern sie nicht noch von einer anderen Software verwendet werden.

Je nach Linux-Distribution werden unterschiedliche Paketmanager bevorzugt. So verwenden Ubuntu und Debian APT (Advanced Package Tool), SUSE Linux nutzt Zypper und Red Hat Enterprise Linux setzt RPM (Red Hat Packet Manager) ein.

Probleme ergeben sich, wenn es bei der Installation von Abhängigkeiten zu Kollisionen kommt. Das ist z. B. dann der Fall, wenn eine Software auf konkrete Pakete angewiesen ist, die aber inkompatibel mit der vorliegenden Installation sind. Solche Inkompatibilitäten treten immer dann auf, wenn es für dieselbe Funktionalität verschiedene Implementierungen gibt, die die gleichen Ressourcen belegen. Eine gleichzeitige Installation ist dann in der Regel nicht möglich.

Solche Probleme versuchen andersartige Paketmanager wie Snappy, Flatpak und AppImage zu lösen. Sie arbeiten containerbasiert und bringen alle notwendigen Abhängigkeiten bereits mit. Die Software läuft dabei in einer Sandbox mit eingeschränktem Zugriff auf das Hostsystem. Paketkonflikte und weitere Kompatibilitätsprobleme werden dadurch weitgehend vermieden. Im Gegensatz zur konventionellen Paketverwaltung müssen die Erstellenden dieser Pakete selbst für die Aktualisierung der enthaltenen abhängigen Komponenten sorgen. Tun sie das nicht, bleibt die jeweilige Software zwar in der Regel weiterhin lauffähig, macht das System damit aber möglicherweise durch Sicherheitslücken anfällig für Malware. Kritiker bemängeln z. B. an Snappy, das vom Ubuntu-

Hersteller Canonical stammt, dass derzeit ausschließlich Pakete aus dem von Canonical betriebenen Snap-Store installiert werden können. Linux Mint blockiert deshalb inzwischen die Installation von Snap-Paketen.

2.3.5 Einrichten eines DHCP-Servers

Zunächst muss mithilfe des Paketmanagers apt die DHCP-Serversoftware isc-dhcp-server mit *root*-Rechten installiert werden (Bild 2.106).

```
reinhard@ubuntuserver:~$ sudo apt-get install isc-dhcp-server
Reading package lists... Done
Building dependency tree... Done
Reading state information... Done
Suggested packages:
  isc-dhcp-server-ldap policycoreutils
The following NEW packages will be installed:
  isc-dhcp-server
0 upgraded, 1 newly installed, 0 to remove and 4 not upgraded.
Need to get 0 B/1,236 kB of archives.
After this operation, 4,151 kB of additional disk space will be
used.
Preconfiguring packages ...
Selecting previously unselected package isc-dhcp-server.
(Reading database ... 80972 files and directories currently ins-
talled.)
Preparing to unpack .../isc-dhcp-server_4.4.3-P1-4ubuntu2_amd64.deb
...
Unpacking isc-dhcp-server (4.4.3-P1-4ubuntu2) ...
Setting up isc-dhcp-server (4.4.3-P1-4ubuntu2) ...
Processing triggers for man-db (2.12.0-4build2) ...
Scanning processes...
Scanning candidates...
Scanning linux images...

Running kernel seems to be up-to-date.

Restarting services...

Service restarts being deferred:
  /etc/needrestart/restart.d/dbus.service
  systemctl restart systemd-logind.service
  systemctl restart unattended-upgrades.service

No containers need to be restarted.

User sessions running outdated binaries:
  reinhard @ session #1: login [1033]
  reinhard @ user manager service: systemd[1324]
```

```
No VM guests are running outdated hypervisor (qemu) binaries on this
host.
reinhard@ubuntuserver:~$ _
```

Bild 2.106: Installation des ISC-DHCP-Servers bei Ubuntu

Die Konfigurationsdatei im Verzeichnis „/etc/dhcp/dhcpd.conf" ist ein Muster mit vielen, aber auskommentierten Beispielen und Vorlagen. Da sie von Hand editiert werden muss, sollte zuerst eine Sicherheitskopie angelegt werden, wie beispielhaft gezeigt in Abbildung 2.107.

```
reinhard@ubuntuserver:/etc/dhcp$ sudo cp dhcpd.conf dhcpd.conf.orig
```

Bild 2.107: Erstellen einer Sicherheitskopie

Mit den entsprechenden Anpassungen ergibt sich folgende Konfiguration:

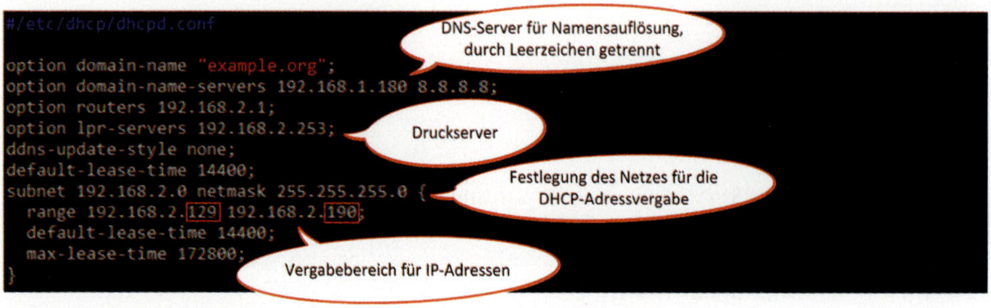

Bild 2.108: Angepasste Konfiguration in dhcpd.conf

Der Server lässt sich nicht wie erwartet mit „systemctl" starten (Bild 2.109).

```
reinhard@ubuntuserver:/etc/dhcp$ sudo systemctl start dhcpd
Failed to start dhcpd.service: Unit dhcpd.service not found.
reinhard@ubuntuserver:/etc/dhcp$ service isc-dhcp-server start
==== AUTHENTICATING FOR org.freedesktop.systemd1.manage-units ===
Authentication is required to start 'isc-dhcp-server.service'.
Authenticating as: Reinhard Horstmannskoetter (reinhard)
Password:
==== AUTHENTICATION COMPLETE ===
Failed to start isc-dhcp-server.service: Unit isc-dhcp-server.service
is masked.
reinhard@ubuntuserver:/etc/dhcp$
```

Bild 2.109: Inbetriebnahme des ISC-DHCP-Servers bei Ubuntu

Als Funktionsnachweis genügt hier die Inspektion der Datei „/var/lib/dhcp/dhcpd.leases" (Bild 2.110).

```
# The format of this file is documented in the dhcpd.leases(5) manual page.
# This lease file was written by isc-dhcp-4.4.3-P1

# authoring-byte-order entry is generated, DO NOT DELETE
authoring-byte-order little-endian;

server-duid "\000\001\000\001\018\157\001\391\013\021'\002C\172";
lease 192.168.3.129 {
  starts 2 2025/03/02 19:01:17;
  ends 2 2025/03/02 23:01:17;
  cltt 2 2025/03/02 19:01:17;
  binding state active;
  next binding state free;
 rewind binding state free;
  hardware Ethernet 00:0c:29:27:cd:ff;
}
```

Bild 2.110: Die Datei dhcpd.leases bei Ubuntu

Besondere Einstellungen beim ISC-DHCP-Server (Auswahl)

- **Binden an einen Server:** Der Client in Bild 2.110 soll daran gehindert werden, von einem anderen als dem Ubuntu-Server die IP-Adresse zu beziehen; die Adress-„ranges" beider Server sind verschieden. Bestimmte Server kann man ausschließen, indem man beim Client in „dhclient.conf" z. B. die folgende Zeile einfügt: „reject 192.168.1.1, 192.168.1.180".
- **Binden an ein Interface:** Hat die Servermaschine des DHCP-Servers mehr als ein Interface, kann der Dienst an ein bestimmtes Interface gebunden werden, indem das Statement „interface eth0;" im subnet-Abschnitt der Datei „dhcpd.conf" eingefügt wird.
- **Binden an eine MAC-Adresse:** Man kann die IP-Adresse fest einer MAC-Adresse zuordnen, wenn ein entsprechender Host-Abschnitt da ist.

```
host testclient {
  hardware ethernet 00:0c:2e:17:d2:a6;
  fixed-address 192.168.2.129;
  option host-name "testclient";
}
```

Bild 2.111: Binden an eine MAC-Adresse

Der ISC-DHCP-Server kann auch als DHCPv6-Server arbeiten (siehe entsprechendes Manual).

2.3.6 Einrichten eines DNS-Servers

Bei den meisten Linux-Systemen wird das Softwarepaket ISC-BIND verwendet. Die zentrale Konfigurationsdatei heißt „named.conf". Sie enthält einen Abschnitt globaler Optionen (Schlüsselwort „options") mit globalen Definitionen (Bild 2.112) sowie einen Abschnitt mit Zonen-„Deklarationen", die jede Zone (Schlüsselwort „zone") mit Namen, Typ (primary/secondary/...) und Pfadnamen zur jeweiligen Zonendatei zuordnen.

Parameter	Bedeutung
directory	Arbeitsverzeichnis des Servers, alle folgenden Angaben beziehen sich hierauf
forwarders	Liste von IP-Adressen von Forwardern
listen-on-v6	auch IPv6-Unterstützung
...	(weitere 144 mögliche Optionen)

Bild 2.112: Drei der wichtigsten globalen Optionen des BIND-NS

Mithilfe von Include-Anweisungen können Teile in andere Dateien ausgelagert werden. Das steigert die Übersichtlichkeit und vermindert die Fehlerwahrscheinlichkeit, wenn nur an diesen Dateien administriert wird.

Installation und Inbetriebnahme des DNS-Servers mit dem Paketnamen „bind9" gestalten sich in bekannter Weise:

```
reinhard@ubuntuserver:/var/cache/bind$ sudo apt-get install bind9
Reading package lists... Done
Building dependency tree... Done
Reading state information... Done
Suggested packages:
  bind-doc
The following NEW packages will be installed:
  binds
0 upgraded, 1 newly installed, 0 to remove and 4 not upgraded.
Need to get 0 B/254 kB of archives.
After this operation, 953 kB of additional disk space will be used.
Selecting previously unselected package bind9.
(Reading database ... 81059 files and directories currently installed.)
Preparing to unpack .../bind9_1%3a9.18.30-0ubuntu0.24.04.2_amd64.deb ...
Unpacking bind9 (1:9.18.30-0ubuntu0.24.04.2) ...
Setting up bind9 (1:9.18.30-0ubuntu0.24.04.2) ...
named-resolvconf.service is a disabled or a static unit not running, not
starting it.
Processing triggers for man-db (2.12.0-4build2) ...
Processing triggers for ufw (0.36.2-6) ...
Scanning processes...
Scanning linux images...

Running kernel seems to be up-to-date.

No services need to be restarted.
```

```
No containers need to be restarted.

No user sessions are running outdated binaries.

No VM guests are running outdated hypervisor (qemu) binaries on this
host.
reinhard@ubuntuserver:/var/cache/bind$
```

Bild 2.113: Installation des BIND-NS unter Ubuntu Server

Die zentrale Konfigurationsdatei „named.conf" befindet sich in „/etc/bind"; sie enthält Include-Anweisungen (Bild 2.114) für drei weitere Dateien mit selbsterklärenden Namen.

```
// This is the primary configuration file for the BIND DNS server named.
//
// Please read /usr/share/doc/bind9/README.Debian for information on the
// structure of BIND configuration files in Debian, *BEFORE* you customize
// this configuration file.
//
// If you are just adding zones, please do that in
// /etc/bind/named.conf.local

include "/etc/bind/named.conf.options";
include "/etc/bind/named.conf.local";
include "/etc/bind/named.conf.default-zones";
```

Bild 2.114: Datei „named.conf" beim Ubuntu-Server

In „named.conf.options" wird u. a. das Arbeitsverzeichnis des Servers als „/var/cache/bind" definiert.

Namen der deklarierten Zonen in „named.conf"	Bedeutung
Nie veränderte Zonen (master)	
„localhost" Dateiname „localhost.zone"	Vorwärts- u. Rückwärtsauflösung zwischen „localhost" und ↔ 127.0.0.1 bei IPv4 bzw. ↔ ::1 bei IPv6
„0.0.127.in-addr.arpa" Dateiname „127.0.0.0.zone"	
„0.0.0.0.0.0.0.0.0.0.0.0.0.0.0.0.0.0.0.0.0.0.0.0.0.0.0.0.0.0.0.0.ip6.arpa" Dateiname „127.0.0.0.zone"	
Selten veränderte Zonendatei	
„." Dateiname „root.hint"	Adressen der 13 internationalen Root-NS

Bild 2.115: Obligatorische Zonen beim Ubuntu-Server

Um den lokalen Rechner mit der IP-Adresse 192.168.2.10 mit der Domain-Adresse „firma.de" erreichen zu können, wird die Zonen-Datei „db.firma.de" im Arbeitsverzeichnis „/var/cahce/bin" mit dem folgenden Inhalt angelegt (Bild 2.116):

```
$TTL 1d

$ORIGIN firma.de.

@       IN      SOA     ns1     root (
                20200923        ; serial
                12h             ; refresh
                15 m            ; retry
                3w              ; expire
                2h              ; minimum
        )

@       IN      A       192.168.2.10

@       IN      NS      ns1
ns1     IN      A       192.168.2.10

@       IN      NS      ns2.firma.de.
ns2     IN      A       192.168.2.11

@       IN      MX      10 mail
mail    IN      A       192.168.2.10

www     IN      A       192.168.2.10
```

Bild 2.116: Zonen-Datei „db.firma.de"

Nach dem Abspeichern empfiehlt es sich, die Zonen-Datei auf Fehler zu untersuchen (Bild 2.117).

```
reinhard@ubuntuserver:/var/cache/bind$ named-checkzone firma.de db.firma.de
zone firma.de/IN: loaded serial 2025030401
OK
reinhard@ubuntuserver:/var/cache/bind$
```

Bild 2.117: Prüfen der Zonen-Datei auf Fehler

Anschließend muss die Datei „named.conf.local" bearbeitet und um einen Zonen-Eintrag erweitert werden (Bild 2.118). Dieser Eintrag legt die Zonen-Konfigurationsdatei „db. firma.de" für die Zone „firma.de" fest.

```
//
// Do any local configuration here
//

// Consider adding the 1918 zones here, if they are not used in your
// organization
// include „/etc/bind/zones.rfc1918";
```

```
zone "firma.de" {
 type master;
 file "db.firma.de";
};
```

Bild 2.118: Konfigurationsdatei „named.conf.local"

Damit die veränderte Konfiguration korrekt übernommen wird, muss BIND neu gestartet werden (Bild 2.119).

```
reinhard@ubuntuserver:/var/cache/bind$ sudo systemctl restart bind9
```

Bild 2.119: Neustarten des BIND-NS unter Ubuntu Server

Abschließend wird untersucht, ob die Namensauflösung korrekt arbeitet. Mithilfe des Befehls „dig" kann eine Anfrage zur Namensauflösung nach der Domain „firma.de" an den lokalen Nameserver gesendet werden (Bild 2.120).

```
reinhard@ubuntuserver:/var/cache/bind$ dig @localhost firma.de any
; <<>> DiG 9.18.30-0ubuntu0.24.04.2-Ubuntu <<>> @localhost firma.de any
; (1 server found)
;; global options: +cmd
;; Got answer:
;; ->>HEADER<<- opcode: QUERY, status: NOERROR, id: 987
;; flags: qr aa rd ra; QUERY: 1, ANSWER: 5, AUTHORITY: 0, ADDITIONAL: 4

;; OPT PSEUDOSECTION:
; EDNS: version: 0, flags:; udp: 4096
; COOKIE: d90e69e4d6b96a2f010000005f7a36f627f7c47c8abcb49f (good)
;; QUESTION SECTION:
;firma.de.                  IN    ANY

;; ANSWER SECTION:
firma.de.           86400   IN    SOA    ns1.firma.de. root.firma.de.
20250225 43200 900 1814400 7200
firma.de.           86400   IN    A      192.168.2.10
firma.de.           86400   IN    NS     ns2.firma.de.
firma.de.           86400   IN    NS     ns1.firma.de.
firma.de.           86400   IN    MX     10 mail.firma.de.

;; ADDITIONAL SECTION:
ns1.firma.de.       86400   IN    A      192.168.2.10
ns2.firma.de.       86400   IN    A      192.168.2.11
mail.firma.de.      86400   IN    A      192.168.2.10
```

```
;; Query time: 0 msec
;; SERVER: 127.0.0.1#53(127.0.0.1)
;; WHEN: Mon Mar 03 17:56:22 UTC 2025
;; MSG SIZE rcvd: 227

reinhard@ubuntuserver:/var/cache/bind$
```

Bild 2.120: Funktionsprüfung mithilfe des Kommandos „dig“

2.3.7 Einrichten eines Druckerservers mit CUPS

CUPS enthält einen integrierten Webserver, der über Port 631 erreichbar ist. Die Fernadministration muss separat freigeschaltet werden (Bild 2.121).

```
reinhard@ubuntuserver:/var/cache/bind$ sudo apt-get install cups
reinhard@ubuntuserver:/var/cache/bind$ sudo cupsctl --remote-admin
```

Bild 2.121: Installation von CUPS und Freigabe der Fernkonfiguration

Danach kann von einem beliebigen Client aus per Webbrowser auf den CUPS-Server zugegriffen werden (Bild 2.122).

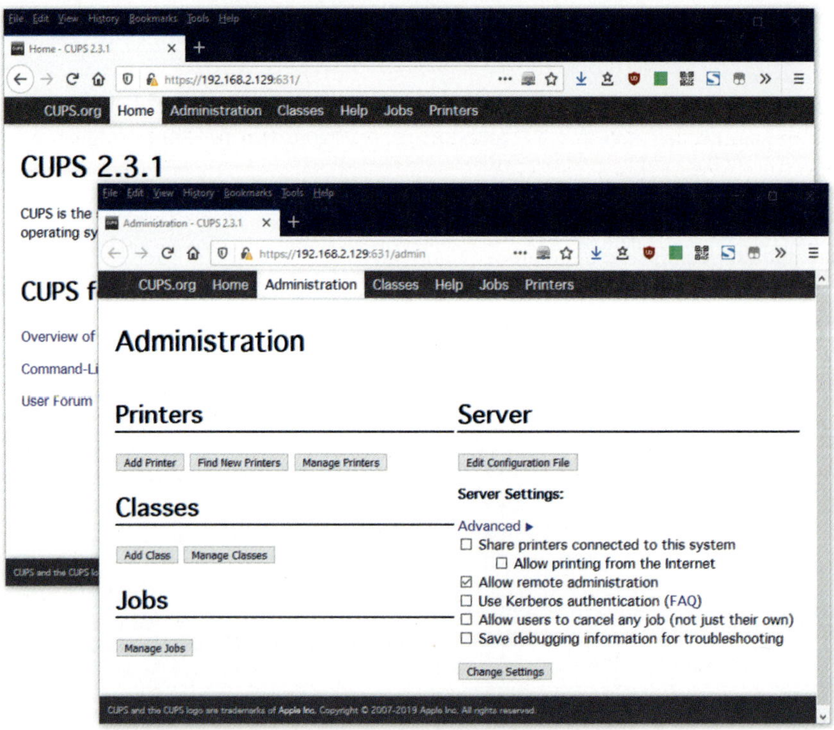

Bild 2.122: Zugriff auf den CUPS-Server mit einem Webbrowser

2.3.8 Dateiserver mit NFS und CIFS/SAMBA

Zu den gefragtesten Dienstleistungen in einem Netz gehört es, Verzeichnisse mit ihren Unterverzeichnissen und Dateien netzweit zur Verfügung zu stellen (Freigaben, Shares).

Das im Weitverkehr des Webs beliebte WebDAV (Kap. 1.9.4.3) stellt keinen eigenen Dienst dar, sondern eine Erweiterung des Webservers. Daneben existieren schon länger spezielle Dienste, die im Wesentlichen auf Unternehmensumgebungen ausgelegt sind.

Dies sind:

- **NFS** (**N**etwork **F**ile **S**ystem) aus der Unix-Welt
- **CIFS** (**C**ommon **I**nternet **F**ile **S**ystem) aus der Windows-Welt als Erweiterung von **SMB** (**S**erver **M**essage **B**lock)

In reinen Unix-/Linux-Umgebungen trifft man eher auf NFS, in gemischten Umgebungen eher auf CIFS/SMB, obwohl NFS-Clients auch für Betriebssysteme von Microsoft verfügbar sind.[1]

NFS

Um NFS-Freigaben einrichten zu können, muss bei Ubuntu Server zunächst der NFS-Server installiert werden (Bild 2.123).

```
reinhard@ubuntuserver:/var/cache/bind$ sudo apt-get install nfs-
kernel-server
```

Bild 2.123: Installation des NFS-Servers unter Ubuntu Server

Alle Freigaben müssen in der NFS-Konfigurationsdatei „/etc/exports" entsprechend angelegt werden. Bild 2.124 zeigt ein Beispiel.

```
# /etc/exports: the access control list for filesystems which may be
#               exported to NFS clients. See exports(5).
#
# Example for NFSv2 and NFSv3:
# /srv/homes       hostname1(rw,sync,no_subtree_check) hostname2(
ro,sync,no_subtree_check)
#
# Example for NFSv4:
# /srv/nfs4        gss/krb5i(rw,sync,fsid=0,crossmnt,no_subtree_check)
# /srv/nfs4/homes  gss/krb5i(rw,sync,no_subtree_check)
```

1 *Wie man den Client für NFS unter Windows installiert, kann man z. B. hier nachlesen: Cameron_MSFT_SAP_PM (Autor), Microsoft Community Hub (Hrsg.): Installation & Configuration of Windows NFS Client to enable Windows to Mount a UNIX File System, veröff. am 13.03.2019 unter: https://techcommunity.microsoft.com/t5/running-sap-applications-on-the/installation-configuration-of-windows-nfs-client-to-enable/ba-p/367084 [letzter Zugriff: 21.11.2024]*

```
# sample /etc/exports entries:
/               master(rw) trusty(rw,no_root_squash)
/projects       proj*.local.domain(rw)
/usr            *.local.domain(ro) @trusted(rw) # @nisgruppe
/home/joe       pc001(rw,all_squash,anonuid=150,anongid=100)
/pub            *(ro,insecure,all_squash)
/srv/www        -sync,rw server @trusted @external(ro)
/foo            2001:db8:9:e54::/64(rw) 192.0.2.0/24(rw)
/build          buildhost[0-9].local.domain(rw)
```

Bild 2.124: Datei „/etc/exports" mit Beispiel aus dem Manual für einen NFS-Export

Zuerst wird das freizugebende Verzeichnis angegeben. Danach müssen die Rechner aufgeführt werden, denen der Zugriff darauf gestattet sein soll. Voreinstellung ist „*", d. h., dass allen Nutzenden der Zugriff gestattet ist. In Klammern folgen darauf NFS-spezifische Optionen. Voreingestellt sind die defensiven Optionen ro, root_squash, sync und no_subtree_check (Bild 2.125). Bei Bedarf können sie entsprechend modifiziert werden.

Export-Option	Bedeutung
ro/rw	nur lesen/lesen und schreiben
root_squash	Client mit Root-Rechten auf entferntem Rechner wird auf lokalen User „nobody" abgebildet, der wenig Rechte hat
sync/async	Client-Request erst beantworten, wenn Speicheroperation stabil/Client-Request schon vorher beantworten
no_subtree_check	lockert bestimmte Sicherheitsüberprüfungen auf dem exportierenden Server
...	(mehr im Manual, abrufbar über das Konsolenkommando „`man 5 exports`")

Bild 2.125: NFS-Export-Optionen (Auszug)

Will eine/-e Benutzende/-r als Client beispielsweise mit Ubuntu Desktop auf solch eine Freigabe zugreifen, kann er oder sie es entweder vorübergehend (mit dem Kommando in Bild 2.126) oder dauerhaft mounten. Letzteres kann erreicht werden, indem der Datei „/etc/fstab" (Bild 2.127), die beim Systemstart ausgewertet wird, eine Zeile hinzugefügt wird.

```
reinhard@ubuntuserver:~$ sudo mount.nfs <IP-Adresse-oder-Name>:
/<Export-Dir> /<Mount-Dir>
```

Bild 2.126: Vorübergehender NFS-Import

```
# sample /etc/fstab: static file system information.

<IP-Adresse-oder-Name>:/<Export-Dir> /<Mount-Dir> nfs <Mount-Optionen>
```

Bild 2.127: NFS-Import-Eintrag in „/etc/fstab"

In dieser Form wird NFS in der Version 3 (NFSv3) genutzt. Die Einrichtung und Nutzung gestalten sich sehr einfach, bringen allerdings auch große Nachteile mit sich.

Nachteile von **NFSv3** sind:

- keine Verschlüsselung
- Clientseitige Benutzende werden nur durch ihre UID/GID repräsentiert und erhalten die Rechte, die auf dem Server zu dieser UID gehören.
- weitere Schwächen bezüglich der Performance, besonders im Weitverkehr

NFSv4 behebt diese Mängel u. a. durch Einsatz eines „ID-Mappers" und GSS-Sicherheit mit Kerberos 5 (Kap. 2.1.4.2). Der ID-Mapper bildet die lokalen Benutzer-Identitäten auf Repräsentationen ab, nach dem Muster „reinhard@aixample.de". Der oder die Benutzende kann jetzt auf allen Rechnern der Domain „aixample.de" identifiziert werden. Voraussetzung ist, dass der Server kerberisiert ist.

Diese Protokollversion ist erwartungsgemäß deutlich aufwendiger.

SAMBA

Samba ist die Windows-Implementierung vom CIFS/SMB, um geteilte Zugriffe (*shared access*) auf Dateien und Drucker zu ermöglichen. Damit der Ubuntu-Server Samba-Freigaben anbieten kann, sodass sie von Windows-Rechnern genutzt werden können, müssen zunächst einige Pakete installiert werden (Bild 2.128).

```
reinhard@ubuntuserver:~$ sudo apt install samba samba-common-bin smbclient
cifs-utils
```

Bild 2.128: Installation des CIFS/SAMBA-Servers unter Ubuntu Server

Danach ist der Samba-Server direkt „online", hat aber noch keine Freigaben. Die Konfiguration erfolgt durch Bearbeiten der Datei „/etc/samba/smb.conf". Sie kann sehr komplex sein und ihre innere Logik ist nicht immer leicht nachvollziehbar; deshalb wird unbedingt auf

- das Manual (Konsolenkommando „`man smb.conf`") bzw.
- die Seite https://www.samba.org/samba/docs/current/man-html/smb.conf.5.html [letzter Zugriff: 03.03.2025] sowie
- auf spezielle Literatur

verwiesen.

Eine adäquate Behandlung sprengt den Rahmen dieses Buches. Deshalb beschränkt es sich auf den Minimalfall eines frei zugänglichen Nur-Lese-Servers. Eine minimale Version der „smb.conf" ist auf der Samba-Projektseite angegeben. Diese Darstellung dient nur einem ersten Verständnis. Man sollte die mit der Linux-Distribution mitgelieferte Version als Basis für eigene Modifikationen verwenden (vorher Sicherheitskopie anfertigen).

Die Datei ist in mehrere Abschnitte gegliedert:

- **global:** Parameter für den Server als Ganzes, z. B. der NetBios-Name, mit dem der Server in der Netzwerkumgebung auftaucht, oder die Arbeitsgruppe
- **homes:** automatisches Verbinden der/des Benutzenden mit dem Home-Directory

- **printers:** freigegebene Drucker
- **<srv>:** wählbarer „Dienst"-Name: Dateifreigabe oder Druckdienst

Der Abschnitt „homes" (Bild 2.129) zeigt den prinzipiellen Aufbau und auch die Gestaltungsmöglichkeiten mit Variablen.

```
[homes]
  comment = Home Directories
  valid users = %s, %D%w%S
  browsable = no
  read only = no
  inherit acls = yes
```

Bild 2.129: „homes"-Abschnitt (Beispiel) in der Datei „smb.conf"

Die Variable „%S" steht z. B. für den Namen des aktuellen „Dienstes", hier der Benutzername, „%D" ist der Name der Arbeitsgruppe (*workgroup*) aus dem global-Abschnitt.

SAMBA als Druckserver

Ein bestehender CUPS-Druckdienst lässt sich auch via Samba an Clients vermitteln. Dazu sind keine weiteren Maßnahmen erforderlich, die vorhandenen Sektionen „printers" und „print$" in „smb.conf" (Bild 2.130) genügen. Der Drucker erscheint dann als Freigabe von Ubuntu Server.

```
[printers]
  comment = All Printers
  browsable = no
  path = /var/tmp
  printable = yes
  create mask = 0600

[print$]
  comment = Printer Drivers
  path = /var/lib/samba/printers
  write list = @ntadmin root
  force group = ntadmin
  create mask = 0664
  directory mask = 0664
```

Bild 2.130: Standardmäßige Druckdienst-Konfiguration in „smb.conf"

SAMBA im Windows-Umfeld

Soll der Samba-Server in eine Windows-Domäne bzw. in ein **A**ctive **D**irectory (AD) integriert werden, muss noch (nach smb und nmb) als Drittes der Dienst „winbind" installiert werden. Ab Version 4 kann Samba bis zum AD-Controller ausgebaut werden. Weitere Informationen erhält man auf dieser Seite: https://wiki.samba.org/index.php/User_Documentation [letzter Zugriff: 21.11.2024].

2.3.9 Erweiterte DNS-Konfiguration

In größeren Organisationen (example.org) kann sich die Notwendigkeit ergeben, das gesamte Netz den organisatorischen (Unter-)Einheiten (farm1141, work1141; Bild 2.131) strukturell anzugleichen. Auf der IP-Ebene geschieht dies durch Subnettierung, auf DNS-Ebene entspricht ihr die Einführung von Subdomains.

Zonendelegation

Dazu muss die DNS-Struktur entsprechend angepasst werden: Die Subnetze erhalten eigene Zonen, die theoretisch alle von einem NS geführt werden können. Erfolgt die Zergliederung jedoch wegen der Größe, macht es Sinn, die Last zu verteilen. Von außen betrachtet ist kein Unterschied erkennbar.

Anfragen zu

- example.org,
- farm1141.example.org oder
- work1141.example.org

können alle an den zentralen NS „ns.example.org" (Bild 2.131) gerichtet werden.

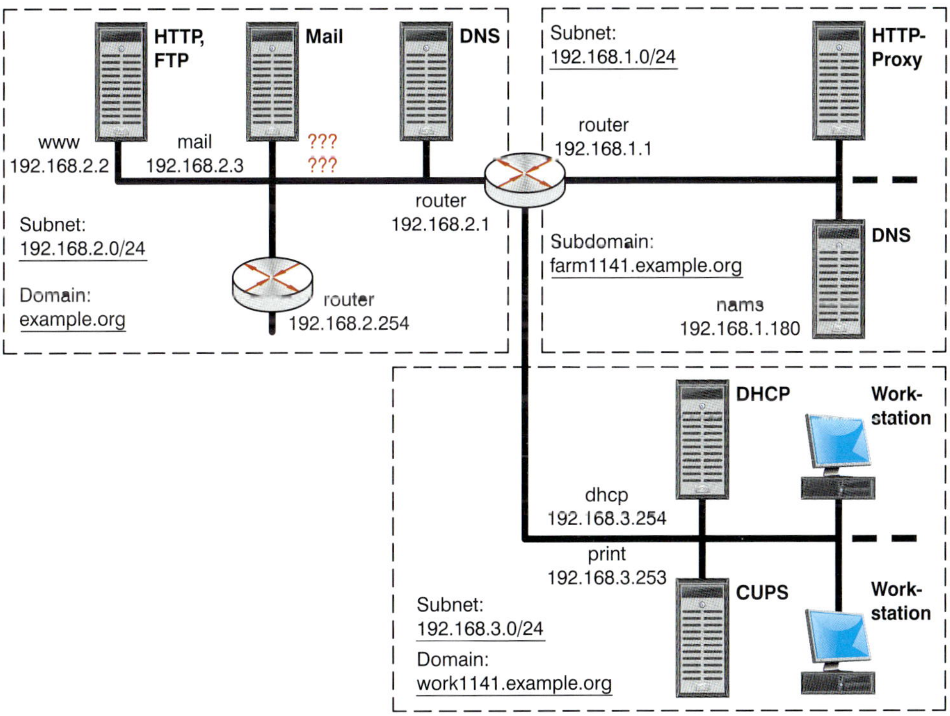

Bild 2.131: Netz zur erweiterten DNS-Konfiguration

In Wirklichkeit werden aber nur Anfragen zu example.org von ns.example.org beantwortet, Anfragen beispielsweise zu „farm1141.example.org" werden via NS-RR an „nams. farm1141. example.org" durchgereicht und dort beantwortet. Damit dies funktioniert, muss die **Zonendatei** für die Zone example.org entsprechend angepasst werden. Dies geht allerdings nicht ohne einen „kalten Umschlag“. Der markierte A-RR in Bild 2.132 heißt auch **Glue-Record**.

```
$TTL 2d
@          IN   SOA   ns.example.org. root.ns.example.org. (
                2025030401     ; serial
                3h             ; refresh
                1h             ; retry
                1w             ; expire
                1d             ; minimum
           )
          IN   NS            ns.example.org.
           IN   MX     10      mail.example.org.
; -- Start Delegation -- @ = example.org wird nicht angehängt
farm1141.example.org.          IN    NS    nams.farm1141.example.org.
nams.farm1141.example.org.     IN    A     192.168.1.180
; -- Ende Delegation -- @ = example.org wird wieder angehängt
www        IN   A              192.168.2.2
mail       IN   A              192.168.2.3
ns         IN   A              192.168.2.4
```

Bild 2.132: Zonendatei auf dem delegierenden NS

Secondary NS und Zonentransfer

Der NS „nams.farm1141.example.org“ kann unabhängig von der Delegation die Rolle eines Secondary NS für „ns.example.org“ übernehmen. Dazu muss er zusätzlich in die Zonendatei beim Primary „ns.example.org“ eingetragen werden, wie Bild 2.133 zeigt.

```
$TTL 2d
@          IN   SOA            ns.example.org. root.ns.example.org. (
                2025030402     ; serial
                3h             ; refresh
                1h             ; retry
                1w             ; expire
                1d             ; minimum
           )

           IN   NS             ns.example.org.
           IN   NS             nams.farm1141.example.org.
           IN MX 10 mail.example.org.
; -- Start Delegation -- @ = example.org wird nicht angehängt
farm1141.example.org.          IN    NS    nams.farm1141.example.org.
nams.farm1141.example.org.     IN    A     192.168.1.180
; -- Ende Delegation -- @ = example.org wird wieder angehängt
www        IN   A              192.168.2.2
mail       IN   A              192.168.2.3
ns         IN   A              192.168.2.4
```

Bild 2.133: Zonendatei für Vorwärtsauflösung mit Secondary NS-RR beim Primary

In die Zonendeklaration „named.conf“ beim Primary wird die IP-Adresse des Secondary eingetragen (Bild 2.134).

```
zone "example.org" in {
     allow-transfer { 192.168.1.180 }; # IP-Adresse des Secondary
     file "primary/farm1141.example.org";
     notify yes;
     type master; # Primary
};
```

Bild 2.134: Geänderter Abschnitt in „named.conf“ auf dem Primary

Zusätzlich kann hier die Option „notify“ auf den Wert „yes“ gesetzt werden. Dadurch wird ein Zonentransfer sofort ausgelöst, ohne den im SOA-RR vorgesehenen Zyklus abzuwarten.

Der Secondary NS „nams.farm1141.example.org“ hingegen bekommt seine Zuständigkeit durch einen Eintrag in die zentrale Konfigurationsdatei „named.conf“ zugewiesen (Bild 2.135).

```
zone "example.org" in {
     file "secondary/example.org";
     type slave; # Secondary
     masters( 192.168.2.4; ); # IP-Adresse des Primary
};
```

Bild 2.135: Geänderter Abschnitt in named.conf auf dem Secondary

```
reinhard@ubuntuserver:~$ journalctl | grep named
Mar 04 19:51:32 reinhard named[6478]: running
Mar 04 19:51:32 reinhard named[6478]: zone example.org/IN: Transfer started.
Mar 04 19:51:32 reinhard named[6478]: transfer of example.org/IN
                                      from 192.168.2.4#53: connected
                                      using 192.168.1.180#52287
Mar 04 19:51:32 reinhard named[6478]: zone example.org/IN:
                                      transferred serial 2024041202
Mar 04 19:51:32 reinhard named[6478]: transfer of example.org/IN
                                      from 192.168.2.4#53: Transfer
                                      completed: 1 messages, 8
                                      records, 251 bytes, 0.001 secs
                                      (251000 bytes/sec)
```

Bild 2.136: Zonentransfer im Systemprotokoll

2.3.10 Systemwartung

Linux-Server werden in der Regel per Shell administriert und ohne grafischen Desktop betrieben. Nachfolgend wird eine kleine Auswahl nützlicher Shell-Kommandos und -Tools zur Systemwartung vorgestellt.

```
top
btop
```

Beide Ressourcenmonitorprogramme zeigen, den Konsolenbildschirm füllend, kontinuierlich den aktuellen Ressourcenbedarf der einzelnen Prozesse an. Btop muss ggf. vorher per „sudo apt install btop“ installiert werden.

```
du
du -d 1 /var/backup
```

Disk usage zeigt die Datenmenge pro Verzeichnis an. Mit dem Parameter „-d 1“ wird die Anzahl der Verzeichnisebenen angegeben, bis zu der herabgestiegen werden soll, bevor der Platzbedarf der enthaltenen Dateien zusammengefasst wird. Zuletzt erfolgt die zusammengefasste Ausgabe für das Startverzeichnis.

```
df -h
```

Das Kommando zeigt die Speicherplatzbelegung der eingehängten Datenträger.

```
watch -n 2 ls /var/backup
```

Watch führt hier durch den Parameter „-n 2“ im Zweisekundentakt das nachfolgende Shell-Kommando aus: „ls /var/backup“. Vor jedem Durchgang wird der Bildschirm gelöscht und mit der Ausgabe oben angefangen.

```
lsof -u reinhard
lsof -i tcp
lsof -i udp
```

List open files zeigt ohne Optionen alle geöffneten Dateien (und weitere belegte Ressourcen). Mit der Option „-u reinhard“ werden alle vom Benutzer *reinhard* geöffneten Dateien angezeigt.
Geöffnete TCP-Verbindungen werden mit „-i tcp“ und laufende UDP-Übertragungsvorgänge mit der Option „-i udp“ ausgegeben.

2.3.10.1 Software-Updates

```
sudo apt update
```

Aktualisiert die Paketinformationen aller verwalteten Softwarepakete, führt allerdings noch kein Update der Softwarepakete selbst durch

```
sudo apt upgrade
```

Aktualisiert alle Softwarepakete auf Basis der vorliegenden Paketinformationen

Die Trennung zwischen „update“ und „upgrade“ ist durchaus sinnvoll. Soll beispielsweise nur das Paket „nginx“ geupdatet werden, ist es nicht immer sinnvoll, per „upgrade“ direkt alle Pakete zu updaten. Stattdessen nutzt man die folgenden Kommandos:

`sudo apt update` `sudo apt install nginx`
Das erste Kommando aktualisiert zuerst die Paketinformationen aller verwalteten Softwarepakete. Mit dem zweiten Kommando wird „nginx“ installiert – wenn es bereits installiert ist, wird es auf die neue Version (gemäß der aktuellen Paketinformationen) upgedatet. Sollen mehrere Pakete installiert (oder upgedatet) werden, können die Paketnamen mit Leerzeichen getrennt aneinandergereiht werden.
`sudo apt remove nginx`
Mit dem apt-Kommando „remove“ wird das angegebene Softwarepaket deinstalliert. Sollen direkt mehrere Pakete deinstalliert werden, kann man sie auch hier mit Leerzeichen voneinander getrennt angeben.
`sudo do-release-upgrade`
Mit diesem Kommando wird auf ein neues OS-Release upgedatet bzw. migriert.

2.3.10.2 Backups

Für Linux-Systeme gibt es zahlreiche Backup-Lösungen. Hier soll exemplarisch „Timeshift“ kurz erläutert werden.

`sudo apt install timeshift`
Installiert die Backup-Software „Timeshift“

Timeshift kann sowohl über die Shell als auch über die bei Desktopsystemen mitinstallierte Desktopanwendung (Bild 2.137) bedient werden.

Es bietet Snapshots und implizit inkrementelle Backups. Gleichgebliebene Dateien zwischen zwei Backups werden per Hardlink realisiert. Das heißt, dass statt der Datei ein Verweis auf die zuvor vorhandene gleiche Datei angelegt wird. Damit werden die Verzeichnisse mit den Dateien der inkrementellen Backups zu Abbildern von Voll-Backups, ohne dass dafür zusätzlicher Festplattenplatz verbraucht wird. Entsprechend kann auf die Dateien der Snapshots auf Verzeichnisebene pro Erstellungszeitpunkt direkt zugegriffen werden.

`sudo timeshift --create`
Erstellt nach interaktiver Rückfrage ein Backup und speichert die Einstellungen nach /etc/timeshift.json
`sudo timeshift --list`
Listet alle derzeit erstellten System-Backups (Snapshots)

`sudo timeshift --restore --snapshot "2025-02-25_12-42-16"`
Führt eine Wiederherstellung aus dem Snapshot mit dem angegebenen Namen (Zeitstempel) aus
`sudo timeshift --delete --snapshot "2025-02-25_12-42-16"`
Löscht das angegebene Backup

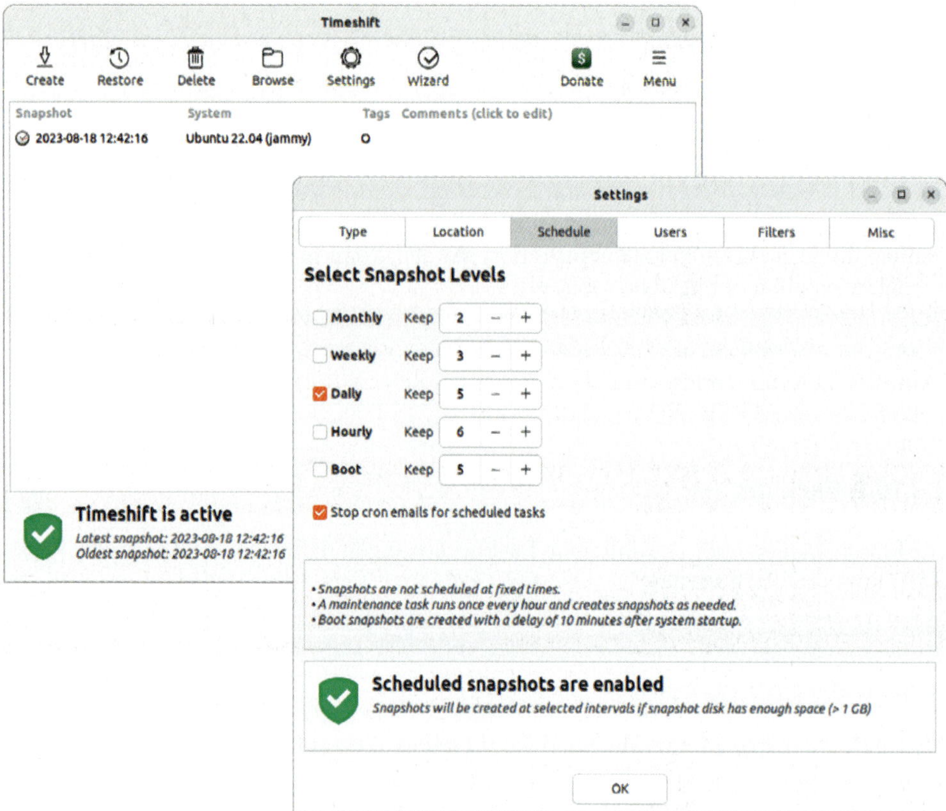

Bild 2.137: Timeshift als Desktopanwendung

2.3.10.3 Netzwerk-Tools

Alle Wartungs- und Konfigurationsarbeiten sind bei Linux seit jeher über die Shell möglich. Entsprechend umfangreich sind die Möglichkeiten. Viele kleine Zusatztools ermöglichen eine skriptbasierte Automatisierung. Dennoch basiert der Datenaustausch zwischen Shell-Kommandos auf den nicht objektorientierten Standard-Ein- und Ausgabedatenströmen. Python ist objektorientiert, sehr populär und verfügt über eine große unterstützende Community, hat bislang aber nicht den Stellenwert und die enge Verzahnung mit dem Betriebssystem wie PowerShell unter Windows-Systemen.

Die nachfolgende Tabelle enthält eine Auswahl nützlicher Shell-Kommandos speziell für die Netzwerkadministration.

`arp` `ip neighbor`
Gibt die in der ARP-Tabelle gespeicherte Zuordnung von IP- und MAC-Adressen der Netznachbarn aus (Kap. 1.7.8)
`ip address` `systemd-resolve --status`
Gibt detaillierte Informationen zu den IP-Konfigurationen der Schnittstellen (LAN-Port, WLAN usw.) aus, z. B. IPv4/IPv6-Adressen, Netzmasken/Präfixlängen. Das zweite Kommando gibt Auskunft über den verwendeten DNS-Server. Die Gateway-Adresse muss der IP-Routenliste (s. u.) entnommen werden (Kap. 1.7).
`sudo killall -SIGUSR1 systemd-resolved` `sudo journalctl -u systemd-resolved`
Das erste Kommando beendet den Dienst nicht, sondern führt dazu, dass systemd die DNS-Cache-Daten ins Systemlog schreibt. Anschließend kann die Liste der zwischengespeicherten DNS-IP-Namensauflösungen mit dem zweiten Kommando ausgegeben werden (Kap. 1.9.2).
`sudo systemd-resolve --flush-caches`
Löscht den Speicher mit den gepufferten DNS-IP-Namensauflösungen (Kap. 1.9.2)
`sudo dhclient -v -r` `sudo dhclient`
Triggert das erneute Abrufen der IP-Konfiguration vom DHCP-Server, indem zuerst der DHCP-Lease gelöst wird und durch den zweiten Befehl der Bezugsvorgang neu gestartet wird (Kap. 1.9.1)
`ip route` `ip -6 route`
Gibt die aktiven IPv4- bzw. IPv6-Routen und das Default-Gateway aus (Kap. 1.7.4)
`nslookup bildungsverlag1.de` `dig bildungsserver1.de any +all +recurse`
Ermittelt die dem angegebenen Domainnamen zugeordnete IP-Adresse. Sofern sich diese Information nicht bereits im Zwischenspeicher befindet, wird der konfigurierte DNS-Server kontaktiert. Das zweite Kommando gibt alle gelesenen DNS-Records zum genannten Domainnamen aus (Kap. 1.9.2).

```
nslookup 217.13.73.44
dig -x 217.13.73.44
```

Reverse-Lookup des für diese IP hinterlegten Domainnamen. Da mehrere Domainnamen auf dieselbe IP auflösen können, liefert ein Reverse-Lookup nur eine mögliche Zuordnung.

```
netstat
```

Listet die aktiven TCP-Verbindungen und Netzwerkstatistiken auf

```
netstat -p
```

Listet die aktiven TCP-Verbindungen und Netzwerkstatistiken mit der Prozess-ID (PID) und dem Namen der Anwendungsprozesse auf

```
ping mak3.de
ping6 mak3.de
```

Sendet ICMPv4- bzw. ICMPv6-Ping-Pakete an die angegebene Zieladresse (Kap. 1.7.3). Sofern diese Pakete den Ziel-Host erreichen und dieser auch generell auf Pings antwortet, kann mit diesem Kommando schnell die Verbindung zu einem Host überprüft werden.

```
traceroute remote-access.link
traceroute -6 remote-access.link
```

Zeigt die Strecke zwischen dem lokalen und dem angegebenen Ziel-Computer mit allen dazwischenliegenden Routern

```
tcpdump
tcpdump -i ens33 port 22
```

Untersucht den aktiven Datentransfer und gibt eine Beschreibung der Paketinhalte aus. Beim zweiten Kommando wird ausschließlich der Datenaustausch auf Port 22 an der Netzwerkschnittstelle „ens33“ untersucht.

```
iftop -i ens33
```

Zeigt den aktuellen Datenverkehr mit Angabe der beanspruchten Bandbreite an, sodass bandbreitenintensive Zielverbindungen schnell identifiziert werden können. Die zu untersuchende Schnittstelle wird mit der Option „-i“ angegeben, hier „ens33“.

```
nethogs ens33
```

Zeigt den aktuellen Datenverkehr mit Angabe der beanspruchten Bandbreite zwar weniger grafisch an, dafür aber mit Angabe des Kommandos oder Prozesses, von dem die Kommunikation ausgeht. Die zu untersuchenden Netzwerk-Interfaces werden mit ihren Bezeichnungen als Hauptoptionen direkt angegeben. In diesem Fall wird nur der Datentransfer auf dem Interface „ens33“ untersucht.

AUFGABEN

1. Mit welchem Konsolenkommando installiert man Softwarepakete beim Ubuntu-Server?
2. Welche Vorteile bieten containerbasierte Paketverwaltungssysteme und was sind die Nachteile?
3. Was versteht man in der Unix-/Linux-Welt unter einem daemon?
4. Welcher Vorgang geht bei der Anmeldung am System der Authentifizierung voraus?
5. Was bedeutet die Abkürzung ACL?
6. Mit welchem Kommando wird beim Ubuntu-Server ein neuer Benutzer bzw. eine neue Benutzerin angelegt?
7. Wie heißt das in modernen Linux-Systemen gebräuchliche Drucksystem?
8. Warum ist die DHCP-Servermaschine nicht auch bei den anderen Servermaschinen separiert?
9. Warum ist die HTTP-Servermaschine nicht auch bei den anderen Servermaschinen in der „Farm" abgetrennt?
10. Wie informieren Sie sich auf der Kommandozeile über den Zustand des DHCP-Servers?
11. Welcher Port muss für den Nameserver geöffnet sein?
12. Warum beginnt wohl in Bild 2.108 der Bereich (*range*) bei 129 und nicht bei 128?
13. Warum wird an einer Stelle in Bild 2.132 nicht „example.org" angehängt?
14. Woher hat der GLUE-Record seinen Namen?
15. Ist der NS „ns.example.org" ein Primary oder ein Secondary NS?
16. Wie heißt das Kommando zum Stoppen des Samba-Servers?

2

2.4 Weitere IT-Architekturen

Neben den „klassisch" gewachsenen Strukturen aus Servern und Servergruppen, die bei den Anwendenden stehen (engl. *on premises*: im eigenen Gebäude), entwickeln sich derzeit drei IT-Einsatzgebiete mit einem rasanten Tempo: **Cloud-Computing**, das **Internet of Things** (IoT) und der Bereich der **künstlichen Intelligenz** (KI).

2.4.1 Cloud-Computing

Der Begriff **Cloud-Computing** bezeichnet eine Form der bedarfsgerechten und flexiblen Bereitstellung von IT-Ressourcen, die von entsprechenden dienstleistenden Unternehmen (IT-Service-Providern) mittels verteilter Hard- und Software-Infrastrukturen angeboten werden. Diese Dienstleistungen werden in Echtzeit über das Internet **als Service** angeboten, mithilfe eines schnellen Datenzugangs bereitgestellt und nach unterschiedlichen Preismodellen abgerechnet.

> Der Begriff **Cloud** (Wolke) steht hierbei synonym für die örtlich nicht genau identifizierbare Hardware (Router, Server, Speicher), die weltweit irgendwo im Internet angesiedelt ist und über eine skalierbare Netzstruktur mit höchsten Datenraten untereinander verbunden ist.

Vorreiter der (industriellen) Cloud-Entwicklung sind zahlreiche Gratisangebote im Internet, die zunächst meist von Privatkunden genutzt werden, z. B.:

- webgestützte E-Mail-Dienste wie Google Mail oder Web.de
- Auslagerung von Bildern auf Plattformen wie Picasa oder Flickr
- Sammlung und Bereitstellung von Dokumenten auf Informationsservern wie Dropbox

Neben Privatpersonen verlagern inzwischen auch immer mehr Unternehmen ihre Daten, Anwendungen und Netze auf die Hardware entsprechender externer Serviceprovider. Nutzende Unternehmen können sich hierüber Speicherplatz und Rechenkapazität genau im benötigten Umfang buchen (Skalierbarkeit) und jederzeit von jedem Ort aus nutzen.

2.4.1.1 Cloud-Arten

Die bereitgestellten Cloud-Strukturen umfassen unterschiedliche Arten, die sich hinsichtlich des Zugriffs, der Sicherheit und der Kosten voneinander unterscheiden (Bild 2.138).

Private Cloud	▪ Von einer nutzenden Firma selbst betriebene Cloud-Umgebung, vielfach auch im eigenen Rechenzentrum ▪ Effiziente, standardisierte und sichere IT-Betriebsumgebung ▪ Beschränkter Zugang (z. B. nur nutzende Firma, Geschäftspartner, Lieferanten) ▪ Zugriff über Intranet oder VPN ▪ Hoher Datenschutz, da komplette Kontrolle durch die nutzende Firma ▪ Erforderliche Services lassen sich optimal an die Firmenstruktur anpassen.
Public Cloud	▪ Von einem externen Internet-Provider angebotene Cloud-Umgebung ▪ Öffentlich, prinzipiell von jeder/jedem nutzbar ▪ Vielfach werden standardisierte Services angeboten, die nicht auf individuelle Bedürfnisse eines Unternehmens abgestimmt sind. ▪ Zugriff über Internet (potenziell unsicher) ▪ International agierende Provider verletzen ggf. nationale Datenschutzbestimmungen. ▪ Unterscheidung zwischen „Exclusive Clouds“ (Anbietende und Nutzende kennen sich; fester Vertrag) und „Open Clouds“ (Anbietende und Nutzende kennen sich nicht; Beschreibung des Dienstangebots in Form von SLAs: **S**ervice **L**evel **A**greements, siehe weiter unten)
Hybrid Cloud	▪ Kombination aus Privater Cloud und Public Cloud ▪ Public Cloud wird nur bei Bedarf genutzt (z. B. bei Belastungsspitzen oder zur Erweiterung des eigenen Dienstangebotes)
Community Cloud	▪ Cloud-Umgebung wird von mehreren Unternehmen einer Branche geteilt („Shared Infrastucture“) ▪ Cloud-Anbieter kann eines der beteiligten Unternehmen oder ein Drittanbieter sein ▪ Höhere Sicherheit als Public Cloud; einfachere, firmenübergreifende Zusammenarbeit bei geringeren Kosten

Virtual Private Cloud	▪ Spezielle Form der Private Cloud, die als Teil einer Public Cloud betrieben wird ▪ Nutzung öffentlicher Cloud-Infrastrukturen, aber eingeschränkter Kreis nutzender Personen durch entsprechende Zugangsberechtigungen
Multi Cloud	▪ Cloud-Infrastrukturen und Cloud-Dienste verschiedener anbietender Unternehmen werden zu einer zentralisierenden Gesamtstruktur zusammengefasst ▪ Erhöht die Verfügbarkeit, ermöglicht flexiblere Firmenzugriffe ▪ Aufgrund höherer Komplexität umfassendere Datenschutzkonzepte erforderlich

Bild 2.138: grundsätzliche Cloud-Arten beim Cloud-Computing (Beispiele)

Im Bereich von Private Cloud sind zwei Entwicklungen hervorzuheben, die unter den Bezeichnungen **ownCloud** und **Nextcloud** vermarktet werden. Hierbei handelt es sich um funktionsstarke softwarebasierende Open-Source-Lösungen, die es Privatpersonen oder Unternehmen ermöglichen, auf eigener Hardware oder im Netz einen individuell konfigurierbaren Cloud-Dienst selbst zu hosten und zu verwalten. Die hierzu jeweils erforderlichen PHP-programmierten Cloud-Server lassen sich auf Linux-basierenden Systemen installieren, die jeweils erforderliche Client-Software steht für alle gängigen Betriebssysteme zur Verfügung (Linux, Windows, MacOS, iOS, Android). Während bei der ownCloud-Version sowohl kostenfreie als auch kostenpflichtige Varianten (Standard, Enterprise) und Features (z. B. Volltextsuche, Workflow-Management) existieren, gibt es bei Nextcloud (als Angebot des ursprünglichen Entwicklerteams) nur Komponenten, die unter der freien Lizenz GNU-AGPLv3 laufen. Darüber hinaus beinhaltet deren Nextcloud-Version zusätzliche Komponenten im Bereich der Collaboration-Tools. Auch kommerzielle (und damit kostenpflichtige) Nextcloud-Angebote sind aufgrund folgender Aspekte (zusammengefasst) für Unternehmen interessant:

- Hohe, DSGVO-konforme Datensicherheit und Datenhoheit
- Zentrales Speichern und geräteübergreifendes Synchronisieren von Dateien
- Orts- und geräteunabhängige Cloud-Nutzung mit Desktop-PCs und mobilen Endgeräten
- Integrierte Verschlüsselung für Up- und Downloads sowie für serverseitig gespeicherte Daten
- Individuelle Zugriffsrechte und Passwortvergabe
- Integrierte oder durch Apps und Plugins erweiterbare Office-Features
- Flexible Abos je nach Unternehmensgröße, Speicheranforderungen, Support und integrierten Nextcloud-Funktionen

Die Integration einer Nextcloud in eine Unternehmensstruktur bedeutet zwar höhere Datensicherheit, aber auch erhöhten Verwaltungs- und Personalaufwand für damit verbundene IT-Tätigkeiten. Insbesondere für kleine und mittelständige Unternehmen bietet sich daher als Alternative eine Managed Nextcloud an. Hierbei übernehmen externe Mitarbeitende eines Nextcloud-Providers diese Aufgaben, ohne dass sie Zugriff auf firmenspezifische Daten erhalten.

Die Nutzung einer **Managed Nextcloud** bietet mit sehr hohen Sicherheitsstandards (ggf. zusätzlich auch durch Verwendung firmeneigener Hardware) die volle Kontrolle über vorhandene Firmendaten bei gleichzeitiger Einrichtung, Pflege und Wartung verwendeter Strukturen durch fachkompetentes, externes IT-Fachpersonal.

Vom Grundsatz her handelt es sich bei Cloud-Computing generell um eine **Outsourcing-Technik**, bei der bisher firmenintern erledigte IT-Aufgaben an ein externes Unternehmen vergeben werden. Diese Form der Bereitstellung von serverbasierender Hard- und

Software wird mit dem Begriff **„Off-Premises“** bezeichnet und hat andere Lizenz- und Nutzungsmodelle als zuvor meist verwendete Verfahren, die unter dem Begriff **„On-Premises“** geläufig sind.

On-Premises bezeichnet ein Lizenz- bzw. Nutzungsmodell für serverbasierende Anwendungssoftware und Betriebssysteme sowie ggf. auch für deren Nutzung erforderliche Servermaschinen. Sowohl die genutzte Software als auch die zugehörige Hardware (z. B. Servermaschinen, Datenspeicher) befindet sich (im Gegensatz zum Cloud-Computing) komplett im lokalen Umfeld des lizenznehmenden Unternehmens.

Die nachfolgende Tabelle (Bild 2.139) vergleicht einige Vor- und Nachteile beider Modelle für nutzende Unternehmen.

	Cloud-Services („Off-Premises“)	On-Premises-Service
Vorteile	▪ Geringere Investitionskosten, da Server und Software-Lösungen bedarfsorientiert gemietet und nicht vom Unternehmen selbst angeschafft werden ▪ Bei Problemen, Skalierungen und Aktualisierungen von Applikationen meist professioneller 24/7-Support durch den Provider ▪ Kein Personal- und Verwaltungsaufwand für die Pflege und Wartung von Hard- und Software ▪ Kosten für den Austausch defekter Hardware trägt der Provider ▪ Nur geringer Aufwand und Kosten bei Funktionserweiterungen ▪ Problemloser Zugriff von Außendienstpersonal auf alle gemieteten Anwendungen über einen beliebigen Webbrowser ohne Nutzung von Firmen-IT-Strukturen	▪ Größere Sicherheit gegenüber unautorisiertem Fremdzugriff, da sämtliche Daten lokal auf Computern und Servern des Unternehmens gespeichert werden ▪ Keine laufenden Miet- oder Lizenzkosten ▪ Schneller Datenzugriff über das Intranet ▪ Prinzipiell kein Internetzugang zur Nutzung lokal installierter Softwarepakete erforderlich (allerdings ist dann auch kein externer Zugriff von Personen im Außendienst möglich) ▪ On-Premises-Applikationen lassen sich vielfach exakt auf die Unternehmensanforderungen zuschneiden (im Gegensatz zu vielen Cloud-Services).
Nachteile	▪ Durch zu langsame oder ggf. gestörte Internetverbindung Verringerung der Produktivität möglich ▪ Während der vertraglich festgelegten Nutzungsdauer sind fortlaufend Gebühren zu zahlen (monatlich/jährlich). ▪ Aufgrund weltweit verteilter Serverressourcen prinzipiell erhöhter Aufwand zum Schutz vor unautorisierten Zugriffen auf sensible Unternehmensdaten erforderlich ▪ Ggf. Probleme beim Anbieterwechsel, wenn deren Systeme nicht zueinander kompatibel sind (fehlende Interoperabilität zwischen den verschiedenen Cloud-Services) ▪ Geringere Kontrollmöglichkeiten über die Daten auf fremden Servern ▪ Ggf. Probleme beim sicheren Datentransfer zwischen den Nutzenden und den meist länderübergreifenden Standorten webbasierter Server ▪ Ggf. gelten unbekannte Datenschutzregeln in anderen Ländern.	▪ Die (Erst-)Anschaffung von Hard- und Software ist mit erhöhten Investitionskosten verbunden. ▪ Für Aktualisierungen und Wartung ist (zusätzlich) firmeneigenes IT-Personal erforderlich. ▪ Größerer und teurerer zeitlicher und kostenmäßiger Aufwand bei erforderlichen Umskalierungen (z. B. bei Firmen- oder Funktionserweiterungen)

Bild 2.139: Vor- und Nachteile von Cloud-Services und On-Promises-Services

Mit der Kommerzialisierung der Cloud-Strukturen hat sich eine Einteilung der angebotenen IT-Leistungen in mehrere Ebenen bzw. Kategorien etabliert (Bild 2.140). Allen Cloud-Arten ist hierbei gemeinsam, dass die entsprechenden IT-Leistungen **als Dienst** (*as a Service*) bereitgestellt werden. Grundsätzlich unterscheidet man:

Struktur	Bezeichnung	Grundsätzliche Merkmale
1. Ebene	**SaaS:** **S**oftware-**as**-**a**-**S**ervice	▪ Bereitstellung von Software-Sammlungen, Applikationen oder Anwendungsprogrammen ▪ Beispiele: Microsoft 365, Adobe Creative Cloud, Google Workspace
2. Ebene	**PaaS:** **P**latform-**as**-**a**-**S**ervice	▪ Nutzungszugang zu Programmierungs- oder Laufzeitumgebungen mit flexiblen, dynamisch anpassbaren Rechen- und Datenkapazitäten ▪ Entwicklung von Softwareanwendungen innerhalb einer von einem dienstleistenden Unternehmen bereitgestellten Softwareumgebung ▪ Beispiele: technische Frameworks, Datenbanken, Middleware oder die gesamte Anwendungssoftware
3. Ebene	**IaaS:** **I**nfrastructure-**as**-**a**-**S**ervice	▪ Bereitstellung einer (für Nutzende meist virtuellen) Infrastruktur von IT-Komponenten durch ein entsprechendes IT-Dienstleistungs-Unternehmen ▪ Beispiele: Server, Rechenleistung, Netzkapazitäten, Kommunikationsgeräte, Speicher, Archivierungs- und Backup-Systeme

Bild 2.140: Drei-Ebenen-Modell von Cloud-Services

Darüber hinaus wird der Begriff *„as a Service"* inzwischen auch für eine Vielzahl anderer, spezieller Angebote (allgemein: ***„XaaS"***) genutzt, die sich meist einer der in Bild 2.140 genannten Kategorien zuordnen lassen. Hierzu zählen beispielsweise:

- **FaaS** (**F**unction-**as**-**a**-**S**ervice): Bereitstellung vorgegebener oder von Nutzenden selbst programmierter Funktionen, um Applikationen zu entwickeln, zu betreiben oder zu managen; spezielle Form von SaaS, arbeitet aber nicht prozessbasiert; nur in Anspruch genommene Funktionen werden vom Provider nutzungsabhängig und zeitgenau abgerechnet, die Inanspruchnahme erfolgt aufgrund bestimmter „Trigger", die die gewünschte Funktion in Gang setzen; Vorteil: keine Bereitstellung von Programmier-Infrastrukturen durch Entwickler/-innen erforderlich (Beispiel: Web-Requests, z. B. Alexa-Sprachanfrage)
- **BaaS** (1) (**B**ackend-**as**-**a**-**S**ervice): Bereitstellung eines Cloud-Dienstes, bei dem Anwendende beim Schreiben eines Anwendungscodes (z. B. für eine App) über entsprechende **API**s (**A**pplication **P**rogramming **I**nterface; „Einfache IT-Systeme"; Kap. 2.3.1) bereits vorhandene Backend-Funktionen integrieren können, ohne diese neu schreiben zu müssen (Beispiele für serverseitig bestehende Software: Benutzerauthentifizierung, Push-Benachrichtigungen; **MBaaS:** Mobile BaaS, dient speziell dem Erstellen von Mobil-Apps)
- **BaaS** (2) (**B**ackup-**as**-**a**-**S**ervice): Sicherung von Unternehmens- und Geschäftsdaten in der Cloud, ist als **Cloud-Backup** vielfach Teil eines SaaS-Modells; dient in der Ausprägung **Offsite-Backup** auch zur Wiederherstellung verlorener, beschädigter oder durch Malware verschlüsselter, *lokal* gespeicherter Daten bzw. Software, sowie in der Ausprägung **Cloud-to-Cloud-Backup** zur Absicherung von *Cloud*-Datenquellen
- **DBaaS** (**D**ata**B**ase-**as**-**a**-**S**ervice): Bereitstellung einer Cloud-Datenbank, die Unternehmen nutzen können, ohne Hardware oder Software kaufen, installieren, konfigurieren, warten und aktualisieren zu müssen; abhängig von den bereitgestellten Datenbank-

services und dem abgeschlossenen Lizenzvertrag kann der DB-Anbietende die Verwaltung der Daten, die Administration, die Wartung und operative Aufgaben übernehmen; verschiedene Implementierungsmodelle („Selbstverwaltet“, „Automatisiert“, „Managed Services“, „Autonom“) bieten unterschiedliche Vor- und Nachteile; Vorteile: z. B Konzentration auf Anwendung und Entwicklung, keine firmeninterne administrative Datenbankverwaltung, Expertenunterstützung, bedarfsorientierte Skalierung, keine Investitionen in erforderliche Hardware; Nachteile: z. B. Fremdzugriff auf sensible, ausgelagerte Daten, ggf. Probleme beim Anbieterwechsel

- **SECaaS** (**S**ecurity-**as**-**a**-**S**ervice): Bereitstellung diverser softwaremäßiger Sicherheitstechnologien durch einen Provider, die man ansonsten in Rechenzentren oder Gateways findet (z. B. E-Mail-Sicherheit, Schutz bei Web-Anwendungen, Identity and Access Management)

Bei den jeweils anfallenden Nutzungsentgelten sind verschiedene Tarifmodelle mit unterschiedlichen Vor- und Nachteilen möglich (Bild 2.141):

Tarifmodell	Merkmale	Vor- und Nachteile (Beispiele)
Abhängig von der Anzahl nutzender Person	Entgelt für jede angemeldete Person (Bezahlung erfolgt in der Regel in äquidistanten Zeitabschnitten)	**Vorteil:** ▪ Unabhängig vom Umfang der Nutzung seitens der angemeldeten Person (innerhalb des gebuchten Zeitabschnitts) ▪ Individuelle, personenbezogene Buchung von Services möglich **Nachteil:** ▪ Kosten steigen mit zunehmender Anzahl der nutzenden Personen
Abhängig von der Vertragslaufzeit	Zeitraumabhängiges (täglich, monatlich, jährlich), gleichbleibendes Entgelt für die Nutzung eines Services	**Vorteil:** ▪ Unabhängig von der Anzahl der nutzenden Personen ▪ Unabhängig vom realen Nutzungsumfang ▪ Kann bedarfsorientiert auch für kurze Zeiträume gebucht werden **Nachteil:** ▪ Kosten entstehen auch bei Nichtnutzung
Abhängig vom Funktionsumfang	Servicepakete können ganz oder nur teilweise gebucht werden.	**Vorteil:** ▪ Unternehmensabhängige, zielgerichtete Auswahl von erforderlichen Funktionen ▪ Unabhängig von der Anzahl nutzender Personen und der Zeitdauer der Nutzung **Nachteil:** ▪ Umständlich für Unternehmen mit ständig wechselnden, erforderlichen Funktionen
Abhängig von der Zeitdauer der realen Nutzung oder der Anzahl der Transaktionen	Abgerechnet wird lediglich nach aktiver Nutzungsdauer eines gebuchten Services; bei E-Commerce-Plattformen Abrechnung auch pro generierter Bestellung (z. B. prozentualer Anteil vom Verkaufspreis).	**Vorteil:** ▪ Nur abhängig von der realen, aktiven Nutzungsdauer ▪ Unabhängig von der Anzahl nutzender Personen ▪ Ggf. kostenneutral durch Aufschlag des prozentualen Anteils bei Transaktionen auf den Verkaufspreis **Nachteil:** ▪ Kosten steigen mit zunehmender Nutzungsdauer ▪ Kosten schlecht kalkulierbar

Bild 2.141: Mögliche Preismodelle bei Cloud-Service-Angeboten

Die dargestellten Tarifmodelle werden auch untereinander kombiniert eingesetzt. Vielfach stehen interessierten Firmen oder Personen zunächst auch kostenlose Probephasen zur Verfügung, in denen die meisten Funktionalitäten unentgeltlich getestet werden können. Das sog. **Freemium**-Preismodell bietet grundsätzlich Basisfunktionen kostenlos an, erweiterte Funktionen sind dann kostenpflichtig.

Darüber hinaus gibt es auch weitere Preismodelle, wie Abrechnungen nach übertragener Datenmenge oder einen konstanten Preis über eine bestimmte, meist längere Vertragslaufzeit. Abhängig vom ausgehandelten Vertrag können Servicenehmenden zusätzlich zu den genannten Preismodellen bei umfangreichen Hard- oder Softwareprodukten auch noch Implementierungs- oder Wartungskosten berechnet werden.

Bei den bereitgestellten Cloud-basierten IT-Dienstleistungen muss sichergestellt sein, dass die tatsächliche Leistung dem erwarteten und vereinbarten Umfang vollkommen entspricht. Ebenso muss festgelegt werden, wie zu verfahren ist, wenn es Abweichungen von der vereinbarten Leistung gibt. Für ein Unternehmen spielt hierbei stets die Risikoabwendung für seine Geschäftsprozesse eine entscheidende Rolle (z. B. zeitliche Verfügbarkeit einer ausgelagerten Applikation), die neben der technischen auch immer eine juristische Dimension aufweist. Neben festen Verträgen (ggf. mit Sonderkonditionen) zwischen einem Dienstleister und einer nutzenden Firma bieten Serviceprovider ihre Services oft generalisierend in unterschiedlichen *Service Levels* an).

Zu den wesentlichen Parametern eines solchen **S**ervice **L**evel **A**greements (**SLA**) speziell bei Cloud-Dienstleistungen zählen beispielsweise:

- Antwortzeiten (z. B. auf eingehende Anfragen)
- Performance (z. B. Geschwindigkeit der Datenverarbeitung und Übertragungsraten der Schnittstellen)
- Verfügbarkeit (z. B.: Wie viele Stunden pro Tag muss ein Dienst abrufbar sein?)
- Reaktions- bzw. Entstörzeiten (z. B.: Wie schnell ist nach einem Ausfall der Normalbetrieb wiederhergestellt?)

2.4.1.2 Software-as-a-Service

SaaS-Angebote sind primär für Personen oder Unternehmen gedacht, die einfach nur bereits vorhandene Softwareanwendungen nutzen möchten. Diese Anwendungen besitzen meist eine leicht zu bedienende, oft auch bereits bekannte Bedienoberfläche, sind aber nicht mehr auf dem Computer vor Ort installiert, sondern laufen in der Cloud (z. B. Microsoft Office 365).

SaaS-Software ist vielfach in der sog. **Multi-Tenant-Architektur** aufgebaut, die unabhängig voneinander mehreren Nutzenden die Verwendung einer einzelnen Anwendung sowie der dazu erforderlichen Ressourcen ermöglicht (Vorteil: einfachere Verwaltung gegenüber der Single-Tenant-Architektur). Anwendungsdaten, Systemdaten und personenbezogene Konfigurationen der einzelnen Tenants (Nutzenden) werden voneinander isoliert verwaltet und sind untereinander nicht sichtbar.

SaaS-nutzende Unternehmen lagern ggf. auch sensible Daten ihrer eigenen Kundinnen und Kunden nicht mehr auf firmeneigenen Rechnern, sondern extern bei einem SaaS-

Service-Provider. Zwischen den Unternehmen und dem SaaS-Service-Provider liegt dann ein Fall der Auftragsverarbeitung nach Art. 28 der Datenschutz-Grundverordnung (DSGVO) vor. Das SaaS nutzende Unternehmen bleibt hierbei für die Rechtmäßigkeit der Datenverarbeitung voll verantwortlich.

Einige SaaS anbietende Firmen stellen auch eine Anwendungsprogrammierschnittstelle (API) zur Verfügung, über die Nutzende eine gebuchte SaaS-Anwendung zusätzlich in andere Softwareprogramme integrieren können.

Am Beispiel von SaaS werden in Bild 2.142 Vor- und Nachteile aus der Sicht von servicegebenden und servicenehmenden Unternehmen exemplarisch gegenübergestellt. Mit entsprechenden Anpassungen lassen sich diese auf die anderen Service-Ebenen (Bild 2.140) übertragen.

Software-as-a-Service		
Sichtweise	**Für Servicegebende**	**Für Servicenehmende**
Vorteile	▪ Erweiterung des IT-Leistungsangebots, dadurch Erzielung zusätzlicher Umsatzerlöse ▪ Sicherung längerfristiger Einnahmequellen durch entsprechende Langzeitverträge ▪ Geringere Wahrscheinlichkeit des Auftretens von Softwarepiraterie	▪ Geringes Investitionsrisiko, da keine IT-Hardware-Anschaffung erforderlich ▪ Transparente IT-Kosten, da nur Softwarenutzung bezahlt wird ▪ Nur kurze Implementierungszeit für SaaS-Lösung erforderlich ▪ Verringerung der firmeninternen IT-Prozesskomplexität ▪ Hohe Mobilität durch zeit- und ortsunabhängigen Softwarezugriff ▪ Durch Konzentration auf das Kerngeschäft größere Wettbewerbsfähigkeit
Nachteile	▪ Investitionsrisiko durch Anschaffung und Verwaltung der erforderlichen IT-Infrastruktur ▪ Ggf. Akzeptanzprobleme auf dem IT-Markt aufgrund bestehender Sicherheitsbedenken	▪ Abhängigkeit vom Serviceprovider (z. B. bei Softwareabschaltung wegen Insolvenz und Inkompatibilität zu alternativen Softwareprodukten) ▪ Dauerhaft sichere und hinreichend schnelle Internetverbindungen erforderlich ▪ Generell geringere Daten- und Transaktionssicherheit durch Cloud-Nutzung

Bild 2.142: Vor- und Nachteile von SaaS aus unterschiedlichen Blickwinkeln

Beispiele für gängige SaaS-Angebote sind:

- **Adobe Creative Cloud:** Abonnement-Modell für Anwendungen zur Fotobearbeitung (Photoshop), Grafikdesign und Webentwicklung.
- **Google Workspace:** Gmail, Google Kalender, Google Drive, Hangouts, Google Docs
- **Cisco WebEx:** Videoanrufe und Konferenzen, Online-Schulungsmanagement, Remote-Support-Management
- **Box:** umfassende Workflow-Management-Anwendung
- **Microsoft 365:** Microsoft Office als Online-Software-Abonnement

2.4.1.3 Platform-as-a-Service

PaaS umfasst die Bereitstellung einer Plattform, mit der in der Softwareentwicklung individuell Anwendungen erstellt werden können. Hierbei wird von einem anbietenden Unternehmen serverbasiert entweder eine **Laufzeitumgebung** (***r**untime **e**nvironment*; **RE**) oder eine (integrierte) **Entwicklungsumgebung** (***i**ntegrated **d**evelopment **e**nvironment*; **IDE**) zur Verfügung gestellt.

Eine Laufzeitumgebung lädt vorhandene Programme und lässt sie auf einer Plattform laufen, für welche die Laufzeitumgebung zwecks Anpassung gemacht worden ist. Auf diese Weise kann beispielsweise ein Programm auf verschiedenen Webbrowsern mit unterschiedlichen Betriebssystemen ausgeführt werden.

Eine IDE besteht aus einer Sammlung von Programmierbausteinen, die eine Entwicklung von Softwareanwendungen erleichtert. Sie umfasst im Allgemeinen ein Texteditor, diverse Syntaxbausteine sowie entsprechende Kompilierungswerkzeuge (z. B. Compiler, Interpreter usw.).

Zu PaaS-Angeboten gehört in der Regel auch die Bereitstellung von erforderlicher, skalierbarer Rechenleistung, Speicher- und Datenbankfunktionen.

Platform as a Service	
Vorteile	▪ Keine Anschaffung von IT-Infrastrukturen für die Entwicklung und Testung von Applikationen ▪ Dadurch keine Administration zusätzlicher IT-Systeme erforderlich ▪ Entfall von Wartungskosten ▪ Ortsunabhängiger Zugriff auf verwendete Pattformen (Homeoffice, internationale Zusammenarbeit verschiedener Entwicklungsteams) ▪ Automatische Softwareaktualisierungen seitens des Plattformanbieters ▪ Zeitersparnis, da die Hardware für die Entwicklung einer Applikation sofort nach dem Projektentwurf via Internet zur Verfügung steht
Nachteile	▪ Abhängigkeit vom Provider (z. B. Verlust der Softwareumgebung aufgrund von Insolvenz) ▪ Stets schnelle und stabile Internetverbindungen erforderlich ▪ Meist keine Anpassung bereitgestellter Softwareumgebungen an firmeninterne Erfordernisse möglich ▪ Potenziell größere Gefahr von unautorisiertem Zugriff auf sensible Informationen zu Entwicklungsprojekten, da die Daten außerhalb des Firmennetzwerks lagern

Bild 2.143: Vor- und Nachteile von PaaS (Auswahl)

In der Praxis findet man eine Vielzahl von öffentlichen und privaten PaaS-Angeboten, die sich mehr oder weniger voneinander unterscheiden. Alle bieten Application-Hosting und eine Entwicklungsumgebung in Kombination mit Integration-Services an.

Beispiele für öffentliche und private PaaS-Angebote sind:

- Dimension Data Public Cloud und Dimension Data Private Cloud
- Google Cloud Platform
- IBM Cloud Foundry
- Red Hat Openshift
- Salesforce App Cloud
- SAP Business Technology Platform
- Swisscom Enterprise Application Cloud
- Open Telekom Cloud (T-Systems)

2.4.1.4 Infrastructure-as-a-Service

IaaS stellt im Gegensatz zum herkömmlichen „Hosting“ eine komplett ausgelagerte IT-Infrastruktur für die verschiedensten Anwendungsbereiche zur Verfügung (z. B. Datenbanken, Back-up-Lösungen, Bereitstellung von Web-Anwendungen, Entwicklungs- und Testumgebungen bei der Programmentwicklung, Auswertungen von Big Data; Kap. 2.4.2). Die Einrichtung einer gewünschten Infrastruktur erfolgt vielfach innerhalb weniger Minuten automatisiert nach dem Baukastensystem durch Anklicken gewünschter Module, ohne dass auf die Installation zusätzlicher firmeninterner Hardware gewartet werden muss (Bild 2.144).

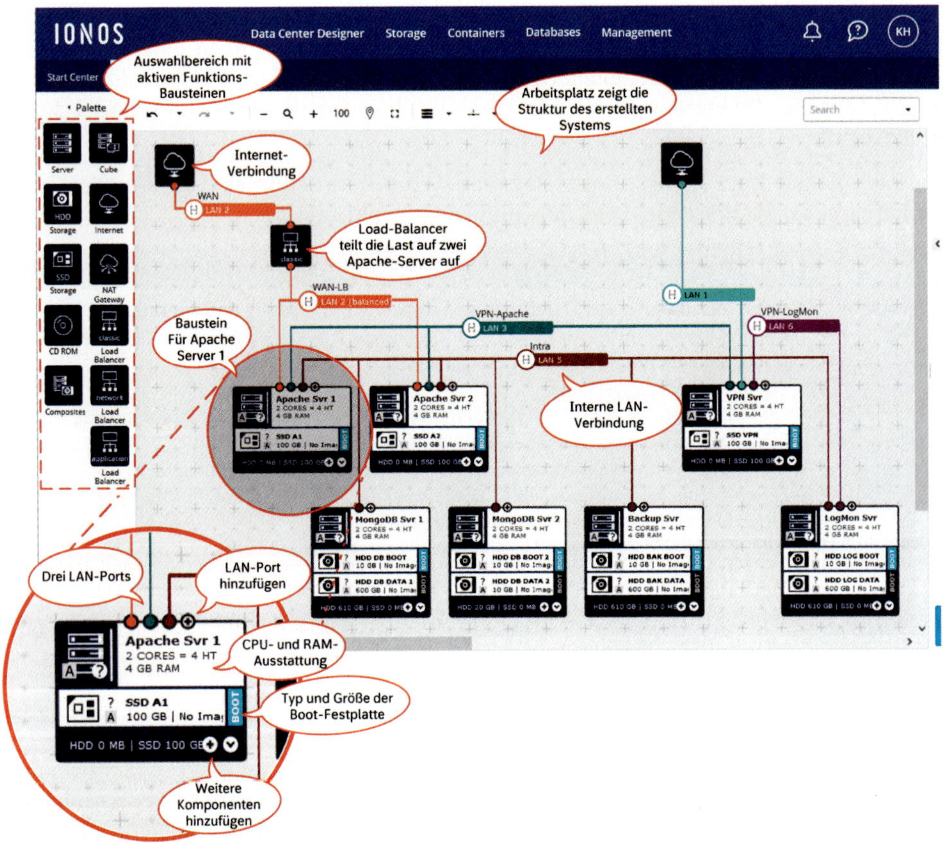

Bild 2.144: Benutzeroberfläche des Baukastens für Infrastrukturen beim Anbieter IONOS

IaaS-Anwendungen eignen sich insbesondere für Firmen mit einem stark schwankenden Bedarf an Server-, Netzwerk- oder Speicherkapazität. Der beauftragte Serviceprovider ist in der Regel verantwortlich für sämtliche Belange, die die Bereitstellung erforderlicher Hardware betreffen. Hierzu gehören auch die Stromversorgung, die Kühlung der Komponenten, das Kapazitätsmanagement, die Sicherung und Entstörung bei Hardwaredefekten sowie das Updaten und Patchen der Firmware. Im Verantwortungsbereich der nutzenden Firma verbleiben die Betriebssysteme, die Anwendungen, die Datenhaltung, mögliche Verschlüsselungen, das Benutzer- und Rechtemanagement sowie Sicherheitsaspekte wie die Konfiguration der Firewall oder die Einhaltung von Datenschutzvorgaben.

In der Praxis findet man eine Reihe von Anbietern für proprietäres IaaS, z. B.:

- Amazon Webservices (AWS) von Amazon
- Azure von Microsoft
- Google Cloud Platform (GCP) von Google

Bild 2.145 zeigt exemplarisch das Angebot von Microsofts Azure, darunter neben anderen auch Ubuntu Server.

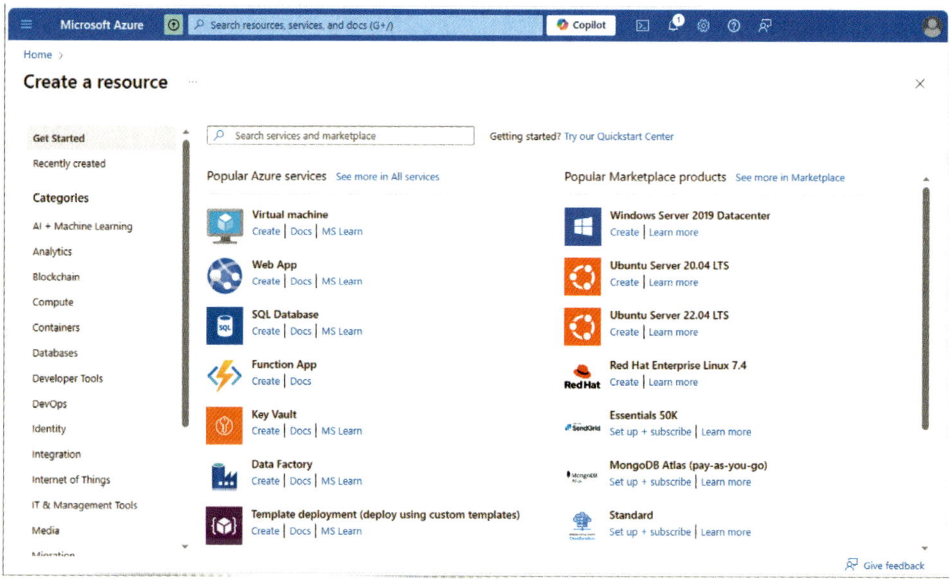

Bild 2.145: Verfügbare Ressourcen bei MS Azure (Beispiele)

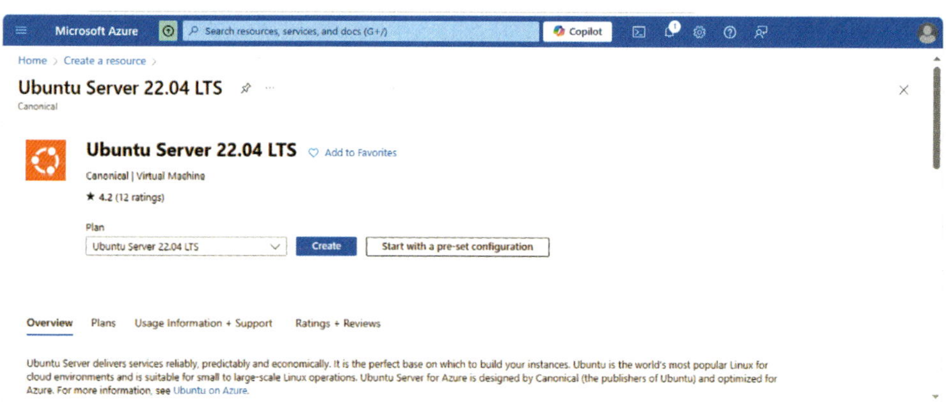

Bild 2.146: Ubuntu Server bei MS Azure

Daneben gibt es eine Gruppe namhafter IT-Firmen, die zu der Marktdominanz von AWS ein Gegengewicht bilden wollen und Iaas-Cloud-Dienste auf der Basis von Open-Source-Software bereitstellen. Diese Software heißt **OpenStack** und gestattet einen Einblick in die Komplexität solcher Software (Bild 2.147). Man bezeichnet OpenStack (wie auch die drei oben genannten Konkurrenten) deswegen auch als „Betriebssystem für die Cloud“, im Vergleich zu Windows/Linux als Betriebssystem für einen Server.

Zu den Unterstützenden und/oder Verwendenden von OpenStack gehören beispielsweise IBM, Intel, AMD, Cisco Systems, Oracle, VMware, NASA, Citrix Systems, EMC2, SUSE Linux GmbH, Canonical, Red Hat, Hewlett-Packard Enterprise, Deutsche Telekom, SAP und viele mehr.

Dienst	Projektname	Beschreibung
Dashboard	**Horizon**	Kunden-Webinterface als Selbstbedienungsportal für die OpenStack-Konfiguration
Compute	**Nova**	Verwaltet Computing Ressources: Startet und stoppt VMs, unterstützt verschiedene Hypervisor-Varianten
Networking	**Neutron**	Managt das **S**oftware **D**efined **N**etworking (SDN), alle VMs an einem „Switch“
Object Storage	**Swift**	Bietet *Object Storage* für beliebige unstrukturierte Daten an, einschließlich automatischem Backup
Block Storage	**Cinder**	Stellt persistenten Speicher für VMs zur Verfügung
Identity Service	**Keystone**	Authentifizierung und Autorisierung von Benutzenden; kennt Richtlinien und unterstützt auch LDAP-Backend
Image Service	**Glance**	Repository für Festplatten-Images, auch von Kundinnen und Kunden bestückbar
Telemetry	**Ceilometer**	Protokolliert Dienstleistungen für Abrechnung, Leistungsmessung und Statistik
Orchestration	**Heat**	Flexibles Kombinieren mehrerer Dienste zu einer Komposition, die einen ausführbaren Geschäftsprozess beschreibt

Bild 2.147: Die wichtigsten Komponenten von OpenStack

Eine konkrete Abgrenzung zwischen den drei Cloud-Service-Ebenen ist in der Praxis oftmals schwierig, da viele PaaS anbietende Unternehmen ihre Angebote bündeln und gleichzeitig IaaS-Angebote implementieren. Jedoch lassen die meisten PaaS-Angebote keinen direkten Zugriff auf das Betriebssystem zu, die PaaS-Dienste sind nur über APIs ansprechbar.

Die Konfiguration von PaaS- und IaaS-Diensten kann sowohl über eine Weboberfläche als auch selbst wieder über eine API erfolgen. Nutzende einer PaaS-Umgebung müssen sich nicht um das Betriebssystem, die Middleware und Laufzeitumgebung für die Anwendung kümmern, wie es bei IaaS-Angeboten der Fall ist.

PaaS- und SaaS-Angebote unterscheiden sich bei der jeweiligen Zielgruppe. SaaS-Anwendungen sind primär für Endanwendende gedacht, sie besitzen eine grafische Bedienoberfläche und können auf IaaS- oder PaaS-Angeboten aufbauen.

PaaS-Angebote hingegen sind eher für Entwickler/-innen gedacht, sie bieten eine Entwicklungsumgebung, einen Container (vgl. Kap. 2.2.10) für die jeweiligen Anwendungen sowie weitere Middleware-Dienste an. Entwickler/-innen können somit ihre gesamten

Anwendungen in eine PaaS-Umgebung verteilen. Der Zugriff auf angebotene Middleware-Dienste erfolgt über APIs.

2.4.2 Big Data

Der Begriff „Big Data“ ist nicht klar definiert, es handelt sich eher um ein Schlagwort. Allgemein wird unter dem Begriff eine Datenmenge verstanden, die zu groß, zu komplex und zu schnelllebig ist, um sie mit „klassischen“ Methoden der Datenverarbeitung (z. B. relationale Datenbanken) zu erfassen, zu strukturieren und auszuwerten.[1] Hierbei spielen neben der reinen **Datenmenge** (*data volume*) insbesondere auch die Aspekte der **Geschwindigkeit** (*velocity*), mit der Daten entstehen (immer mehr Daten werden in immer kürzerer Zeit generiert), und die **Vielfalt** (*variety*) der unterschiedlichen Datenquellen und Datenformen eine entscheidende Rolle.

2

Bereich	Anwendungsbeispiele und Merkmale
Vertrieb und Marketing	▪ Auf der Grundlage von Kundeninformationen (z. B. Alter, Wohnort, Interessen) können Muster bei Kaufentscheidungen abgeleitet werden ▪ Erstellung zielgerichteter Produktsegmente ▪ Ggf. Kostenreduzierung durch Wegfall umsatzschwacher Produkte ▪ Einsatz zielführender Werbemaßnahmen ▪ Ggf. Angebot von artverwandten oder ergänzenden Produkten (*cross selling*)
Produkt-entwicklung	▪ Erfassung von Kundenbewertungen zwecks Analyse von Produktschwächen oder zur Umsatzsteigerung ▪ Produktverbesserung oder Entwicklung neuer Produkte ▪ Erfassung der Marktwahrnehmung
Produktion und Support	▪ Verhinderung von Verzögerungen und Ausfällen ▪ Überwachung von Produktionsprozessen ▪ Meldung von Problemen und Störungen in Echtzeit ▪ Einsparung von Zeit und Ressourcen
Lieferketten-management	▪ Supply Chain Management ▪ Aufbau und Verwaltung integrierter Logistikketten ▪ Erfassung von Rohstoffgewinnung, Produktionsstandorten, Lagerbeständen und Transportwegen ▪ Zeitgewinn bei der Produktion und bei Transportzeiten

Bild 2.148. Beispiele für Big Data in Unternehmensbereichen

Die alleinige Existenz solcher Datenmengen bringt zunächst keine unternehmerischen Vorteile mit sich. Diese meist aus verschiedenen Quellen stammenden Daten müssen entsprechend verifiziert, strukturiert und analysiert werden, um einen Nutzen zu erbringen. Hierbei kommen auch Methoden der künstlichen Intelligenz (Kap. 2.4.3) zum Einsatz.

Der Datenaufbereitungsprozess umfasst in der Regel die folgenden Schritte:

- **Datensammlung** (*data collecting*)
  Aus einer Vielzahl von unterschiedlichen Quellen werden Daten zusammengetragen. Gängige Quellen sind Internet-Clickstream-Daten, Webserverprotokolle, Cloud-

1 *Diese Definition stützt sich auf die Verwendung im Gartner Glossary; vgl. Gartner, Inc. (Hrsg.): IT Glossary, Big Data, veröff. unter: https://www.gartner.com/it-glossary/big-data [letzter Zugriff: 31.03.2025].*

Anwendungen, Mobile Apps, Social-Media-Inhalte, Texte aus Kunden-E-Mails und Umfrageantworten, Aufzeichnungen von Mobiltelefonen, aber auch Maschinendaten, die von Sensoren erfasst werden. Die Daten werden in einem **Data Lake** oder in einem **Data Warehouse** gespeichert.

- **Datenverarbeitung** (*data processing*)
  Die vorhandenen Daten müssen für analytische Abfragen richtig organisiert, konfiguriert und partitioniert werden. Bei einem Data Lake werden die Daten aus den unterschiedlichen Quellen in ihrem Rohformat aufgenommen und unstrukturiert abgelegt.
  Aufgrund der Vielzahl an bereitgestellten Informationen sind aussagekräftige und tiefgehende Analysen möglich. Im Gegensatz zu einem Data Warehouse bietet der Data Lake daher wesentlich mehr Möglichkeiten für die Auswertung der Daten.
  Das Data Warehouse hingegen sortiert nach vorgegebenen Kriterien bereits bei der Speicherung der Informationen diejenigen Daten aus, die für spätere Analysen nicht benötigt werden. Hierbei lässt sich ggf. auch eine automatische Anonymisierung sensibler Personendaten durchführen.
  Ein Data Lake erfordert höhere Anforderungen in Bezug auf Datenschutz und Datensicherheit, da sich wesentlich umfangreichere Zusammenhänge zwischen verschiedenen Daten herstellen lassen, je mehr Daten gespeichert werden. Der Data Lake benötigt daher ein durchdachtes Sicherheits- und Datenschutzkonzept sowie eine ausgereifte, rollenbasierte Nutzerkontrolle mit unterschiedlichen Zugriffsrechten.
- **Datenbereinigung** (*data cleansing, data editing*)
  Mithilfe von Skripting Tools oder Unternehmenssoftware werden die Daten nach Fehlern oder Inkonsistenzen, Duplikaten oder Formatierungsfehlern untersucht und anschließend bereinigt (z. B. falsche, veraltete und redundante Daten, Duplikate, Vollständigkeit, Validität). Die Bereinigung verbessert die vorhandene Datenqualität.
- **Datenanalyse** (*data analytics*)
  Die gesammelten, verarbeiteten und bereinigten Daten werden mit Analysesoftware ausgewertet.

Der Begriff **Big Data Analytics** beschreibt die Nutzung von erweiterten analytischen Techniken zur Auswertung sehr großer, komplexer Datenmengen, die *strukturiert*, *semi-strukturiert* oder *unstrukturiert* aus unterschiedlichen Quellen und in unterschiedlichen Größen vorliegen können. Zu den eingesetzten Analysetechniken gehören neben klassischen statistischen Modellen und Methoden (z. B. Mittelwertbildung, Varianz, Standardabweichung, lineare Regression) auch **Data Mining**, **Text Mining**, **Process Mining** und **Machine Learning**.

Das Ziel von Big Data Analytics ist die Untersuchung großer Datenmengen nach versteckten Mustern, Korrelationen, Markttrends und Kundenpräferenzen, die Unternehmen dabei helfen können, eine Optimierung von Geschäftsprozessen in allen Bereichen der Wertschöpfungskette vorzunehmen (z. B. verbesserte Risikomanagement- und Marketingstrategien, Kosteneinsparungen, gezielte Werbung).

Diese und andere statistische Methoden können neben der Auswertung vergangener Prozesse auch Vorhersagen über die Wahrscheinlichkeit von zukünftigen Ereignissen treffen (**„Predictive Analytics“**). Die anschließende Analyse erfolgt mithilfe von Big Data Software (z. B. Apache Sparc, Hadoop) und statistischen Methoden.

Data Mining gewinnt insbesondere im Marketingbereich zunehmend an Bedeutung. Durch die Auswertung von Personendaten (z. B. Alter, Geschlecht, Kaufverhalten, Verhalten im Internet) lassen sich beispielsweise wirksame Werbestrategien entwickeln. Data Mining führt nur dann zu aussagekräftigen Ergebnissen, wenn die verwendeten Daten vollständig und fehlerfrei sind. Bei der Erhebung personenbezogener Daten sind die gesetzlichen Bestimmungen der Datenschutzgrundverordnung zu beachten (Kap. 1.10.6). Außerdem müssen die Daten hinreichend vor unautorisierten Fremdzugriffen geschützt werden.

Text Mining ist eine Teilkategorie des Data Minings. Es ermöglicht die Verarbeitung und Nutzung von Informationen aus Texten, um diese zueinander in Beziehung zu setzen, sie eigenständig auszuwerten und ihnen eine Bedeutung entnehmen zu können (vgl. Exkurs ChatGPT, Kap. 2.4.3).

Prozess Mining umfasst die Analyse, die Optimierung und das Monitoring von ablaufenden Geschäftsprozessen mit dem Ziel, diese effizienter zu gestalten

2.4.3 Künstliche Intelligenz und maschinelles Lernen

Im Bereich der künstlichen Intelligenz existieren viele Schlagworte, die jedoch nicht immer klar definiert sind und damit oft synonym verwendet werden oder abhängig vom Einsatzgebiet zu abweichenden Auslegungen führen.

Künstliche Intelligenz (KI)

Die Bezeichnung **künstliche Intelligenz** (engl.: *artificial intelligence*, **AI**) gilt gemeinhin als Oberbegriff und bezieht sich auf das Verhalten von Maschinen, die intelligentes menschliches Verhalten nachahmen. Nach dieser Definition können auch vergleichsweise einfach aufgebaute Steuerungsprogramme eine Form von künstlicher Intelligenz darstellen, wenn sie z. B. adaptiv auf Störungen reagieren und ihr Verhalten dadurch intelligent erscheint (Beispiel: Lagerhallenroboter sucht sich bei Hindernissen selbstständig Ausweichrouten).

Die derzeit kommerziell relevanten KI-Strukturen bezeichnet man vielfach auch als sog. **schwache KI**, die prinzipiell einen sehr komplexen Algorithmus darstellen, der jeweils bestimmte, spezielle „Probleme“ lösen kann, weil deren Lösungswege vorher *selbstständig* erlernt wurden. Eine – derzeit (noch) nicht existierende – **starke KI** wäre eine Maschine, die in der Lage ist, jegliche Art von an sie herangetragenen Problemen zu verstehen und zu lösen.

Heutige KIs werden u. a. dazu eingesetzt, häufig unstrukturiert vorliegende Datenmengen (Big Data, Kap. 2.4.2) zu sortieren und nach bestimmten Mustern zu durchsuchen (z. B. Durchsuchen von Bildern verschiedener Formate und unterschiedlicher Herkunft nach einem bestimmten Gesicht). Eine solche KI ist beispielsweise in der Lage, aus einer Vielzahl von vorhandenen Bildern zu lernen, wie eine Person aussieht, und die Merkmale zur Erkennung millionenfach und in kürzester Zeit auf bis dato unbekannte Bilder anzuwenden. Hierbei ist die KI dem Menschen bereits haushoch überlegen, Informationen aus Daten zu erkennen, die ein Mensch aufgrund der hohen Anzahl und der zugrunde liegenden komplexen Muster niemals erfassen könnte.

Maschinelles Lernen

Maschinelles Lernen (*machine learning*) kennzeichnet die Methode, nach der Maschinen sich selbstständig Zusammenhänge aus großen Datenmengen erschließen. Um Wissen aus Erfahrung zu generieren, werden zunächst relevante Daten, Algorithmen und Regeln benötigt. Mit den Daten (Trainingsdaten) wird das System „trainiert", es lernt ausschließlich anhand von Beispielen. Ist die Lernphase abgeschlossen, steht ein statisches Modell zur Verfügung, das aus Eingangsdaten verallgemeinern kann. Die Qualität der Ergebnisse hängt direkt von der Art und dem Umfang der Trainingsdaten ab. Besonders wichtig sind hierbei möglichst umfangreiche Trainingsdaten. Sie bilden die Voraussetzung, um anschließend weitere Daten auf Muster und Zusammenhänge hin untersuchen zu können. Machine Learning kann dann eingesetzt werden, um bezogen auf den neuen zu untersuchenden Eingabedatenbestand

- relevante Daten zu finden, zu extrahieren und zusammenzufassen,
- Vorhersagen zu treffen,
- Wahrscheinlichkeiten für bestimmte Ereignisse anzugeben.

Beim Anlernen (Training) unterscheidet man im Wesentlichen zwei Verfahren: das **überwachte Lernen** (*supervised learning*) und das **unüberwachte Lernen** (*unsupervised learning*). Eine Mischung aus beiden Verfahren stellt das teilüberwachte Lernen dar.

Supervised Learning

Beim Supervised-Learning-Verfahren erfolgt das Training anhand von Eingangsdaten mit Angabe der erwarteten Ausgabedaten (z.B. Eingabe: Fotos von Verkehrsampeln, Ausgabe: rot, rot/gelb, gelb oder grün). Das auf diese Weise trainierte künstliche neuronale Netz (Bild 2.149) kann anschließend die so erlernte Gesetzmäßigkeit auch auf neue Daten anwenden.

Unsupervised Learning

Sind die Gesetzmäßigkeiten im Vorfeld unklar oder nicht bekannt, oder liegen keine konkreten Beispieldaten vor, wird das System im Unsupervised Learning trainiert. Dabei versucht das System, in den Eingangsdaten Gemeinsamkeiten (Muster) zu erkennen und unterteilt sie in Gruppen (Cluster). Um das System später nutzen zu können, müssen diese Cluster identifiziert werden.

Machine Learning findet im Alltag breite Anwendung, z.B. in der Sprachverarbeitung (Siri, Alexa, Google Assistant), in der Gesichts-/Bilderkennung (Face Unlock bei Smartphones, Gesichtserkennung bei Digitalkameras), der Erkennung von SPAM-E-Mails oder der Identifizierung von Bot-Kommentatoren in Internetforen. Im medizinischen Bereich wird Machine Learning erfolgreich zur Erkennung von Krankheiten eingesetzt.

Deep Learning

Deep Learning (tiefergehendes Lernen) macht die Qualität der komplexeren Zusammenhangserschließung deutlich: Mithilfe tiefschichtiger künstlicher neuronaler Netze und großer Datenmengen trainieren sich die Maschinen selbst.

Der Begriff **neuronales Netz** entstammt der Biologie und bezeichnet eine vernetzte Struktur von Nervenzellen (Neuronen) die das Nervensystem eines biologischen Organismus bilden. Die einzelnen Nervenzellen stehen untereinander über neuronale Verbindungen (sog. Synapsen) in Kontakt. Menschliches Lernen besteht in der Interaktion der Nervenzellen im Gehirn sowie in der Bildung neuer neuronaler Verbindungen.

Wie konventionelle Machine-Learning-Systeme setzt Deep Learning künstliche neuronale Netze ein (Bild 2.149), jedoch mit einer tiefen (*deep*) Schichtbildung. Die genaue Anzahl der verdeckten Zwischenschichten, ab der man von Deep Learning spricht, ist jedoch nicht festgelegt. Künstliche neuronale Netze bestehen aus einer Eingabeschicht, in der Regel mehreren verdeckten Zwischenschichten und einer Ausgabeschicht. In der Eingabeschicht in Bild 2.149 wird jedes einzelne Eingangsdatenelement x mit einem individuellen Gewichtungsfaktor w multipliziert und dem künstlichen Neuron aus der ersten Zwischenschicht zugeführt. Die Ausgabe des künstlichen Neurons wird wiederum mit einem eigenen Gewichtungsfaktor multipliziert und an ein Neuron der nächsten Zwischenschicht weitergegeben usw. Die Ausgabedatenelemente y entstehen schließlich aus der Zusammenfassung der Neuronenausgaben der letzten Zwischenschicht.

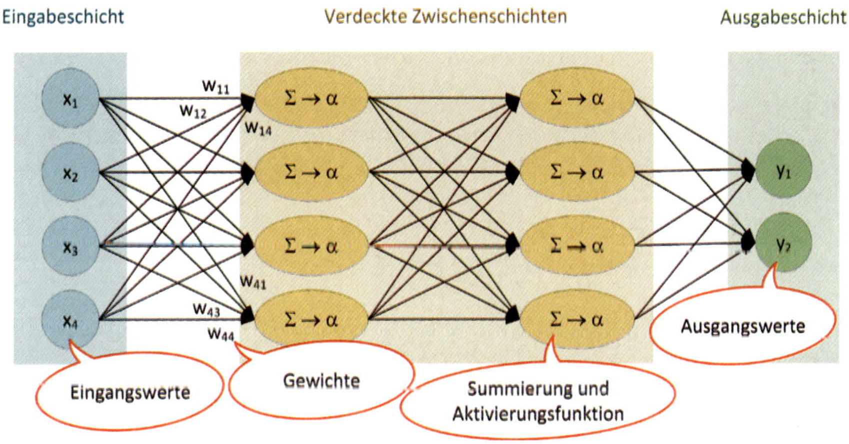

Bild 2.149: Schema eines künstlichen neuronalen Netzes

In der Lernphase stellt ein künstliches Neuron eine Abweichung zwischen den gewichteten Eingabedaten (Nettoeingabe) und dem gewünschten Ausgabeergebnis fest (Bild 2.150). Dieser „Fehler“ führt dann zu einer geeigneten Anpassung der Gewichtungsfaktoren w. Mit jedem neuen Trainingsdatensatz wird dieser Vorgang wiederholt, sodass im Idealfall keine Abweichungen mehr auftreten, das Neuron also das Gewünschte korrekt „gelernt“ hat. Je tiefer die Schichtung, desto komplexer wird das System. Deep-Learning-Systeme können pro Eingabedatensatz viele hundert Millionen Parameter aufweisen, die zu mehreren Milliarden Rechenoperationen führen. Damit bildet sich ein intransparentes System, in dem die Bedeutung der einzelnen Parameter und das Zustandekommen von Entscheidungen gar nicht mehr oder nur noch schwer nachvollzogen werden können.

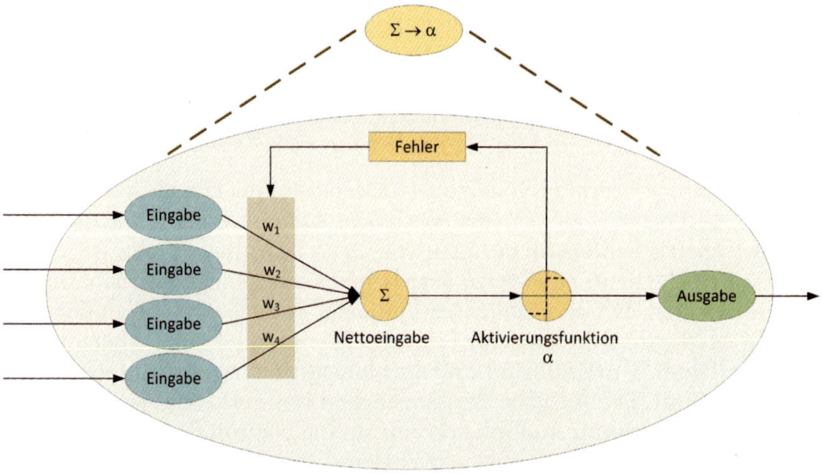

Bild 2.150: Aufbau eines künstlichen Neurons mit vier Eingaben und einer Ausgabe

Eine Anwendung künstlicher Intelligenz stellen auch sog. Chatbots dar.

Ein **Chatbot** ist ein computerbasiertes Dialogsystem, das einen Dialog zwischen Mensch und technischem System in Echtzeit ermöglicht. Die Konversation erfolgt dabei via gesprochener Sprache oder Textein- und -ausgabe.

Chatbots stellen somit eine Form von automatisiertem Service dar. Abhängig vom Leistungsvermögen kann man verschiedene Chatbot-Arten unterscheiden.

Art	Merkmale
Regelbasierter Chatbot	▪ Basiert auf vordefinierten Regeln und Skripten ▪ Nur begrenzt fähig, ein komplexes Gespräch zu führen ▪ Reagiert auf im Eingabetext vorkommende „Keywords“ mit vorformulierten Antworten, die als Regel bzw. Vorgabe in einer Datenbank gespeichert sind ▪ Kann nur auf vorher programmierte Standardfragen antworten ▪ Teilweise keine Eingabe von freiem (gesprochenem) Text möglich, sondern nur die Auswahl vorgegebener Antworten, durch die sich Nutzende „durchklicken“ können
KI-gestützter Chatbot	▪ Verwendet maschinelles Lernen und natürliche Sprachverarbeitung ▪ Kann komplexe menschenähnliche Konversationen führen und kontextbezogene Antworten geben ▪ Kann durch kontinuierliche Lernprozesse Antworten und Handlungen anpassen
Hybrider Chatbot	▪ Kombiniert regelbasierte und KI-gestützte Strukturen ▪ Kann einerseits (einfache) Anfragen schnell beantworten, darüber hinaus aber auch situativ erkennen, wenn eine komplexe Frage zusätzlich menschliche Unterstützung erfordert, um dann die Kommunikation an eine reale Person durchzuschalten
Sprachbasierter Chatbot	▪ Verwendet Spracherkennungstechnologien und Text-to-Speech-Software ▪ Ermöglicht dadurch eine (begrenzte) Sprachkommunikation mit Nutzenden (z. B. Sprachassistent im Kfz)

Bild 2.151: Unterschiede bei Chatbots

Exkurs

ChatGPT *(Chat **G**enerative **P**retrained **T**ransformer) ist ein Textgenerator, der auf der GPT-Architektur von OpenAI (US-amerikanisches Unternehmen) basiert. Er wurde entwickelt, um schriftlich vorliegende Texte sowie natürliche Sprache zu verstehen und menschenähnliche Konversationen zu führen. ChatGPT kann eine Vielzahl von Aufgaben ausführen, zum Beispiel:*

- *Beantwortung einer Frage zu einem bestimmten Thema*
- *Generieren von Texten, etwa Gedichte, fiktive Geschichten oder Fachartikel*
- *Übersetzung von Texten in verschiedene Sprachen*
- *Zusammenfassung von langen Texten*
- *Erstellung von Bildbeschreibungen*
- *Bots generieren, die menschenähnliche Konversationen führen können*

Um diese Aufgaben zu bewältigen, verwendet ChatGPT eine Vielzahl von Techniken, beispielsweise:

- ***Training mit riesigen Textmengen**, um Sprachmuster und Sprachzusammenhänge zu lernen. Dadurch kann das Modell auf neue Fragen und Kontexte reagieren und genaue Antworten geben.*
- ***Transformer-Architektur** (Methode zur Umsetzung von Eingabesequenzen in eine andere Form von Zeichenfolgen), die speziell für die Verarbeitung von Sprache entwickelt wurde. Diese Architektur ermöglicht es dem System, Kontexte zu verstehen und zu berücksichtigen, um eine genaue Antwort zu generieren.*
- ***Aufmerksamkeitsmechanismus** (Verfahren zur Effizienzsteigerung von Machine-Learning-Modellen), um bestimmte Teile des Eingabetextes zu betonen und die Relevanz von Informationen zu erhöhen. Dadurch kann ChatGPT eine präzisere Antwort formulieren.*
- ***Feinabstimmung auf spezifische Aufgaben**, indem es auf einem kleineren Datensatz trainiert wird, der sich auf diese spezifische Aufgabe bezieht. Dadurch kann das Modell besser auf eine bestimmte Fragestellung eingehen.*

ChatGPT kann auch den Kontext berücksichtigen, in dem eine Frage gestellt wird. Das Modell kann den Zusammenhang von vorherigen Sätzen und Informationen verstehen, um eine zielgerichtete Antwort zu geben.

Alternative Konkurrenzprodukte sind beispielsweise Google Gemini, Microsoft Copilot, DeepSeek, YouChat oder GitHub Copilot.

KI-Hardwareunterstützung

Soll ein trainiertes KI-Modell sinnvoll auf der lokalen Computerhardware betrieben werden, müssen ausreichend Rechenkapazitäten vorgehalten werden. Hier bieten sich besonders Systeme mit integriertem KI-Koprozessor an (**NPU**: ***n**eural **p**rocessing **u**nit*; „Einfache IT-Systeme“, Kap. 1.3.1). Damit lassen sich Laptops und Tablets mit ausreichend Rechenleistung für Alltagsanwendungen und mit der notwendigen Unterstützung von KI-Anwendungen realisieren.

Mit der Coral-Plattform bietet Google seit einiger Zeit KI-Koprozessoren für den Einsatz in Embedded Systems oder IoT-Geräten an (Bild 2.152). Die von Google als TPU (*tensor processing unit*) bezeichneten Beschleuniger sind für den Betrieb der von Google bereitgestellten TensorFlow-Lite-Modelle vorgesehen.

Anhand der bereitgestellten Beispiele können mit angeschlossenem Kameramodul Gesten erkannt sowie Personen und Tiere nachverfolgt werden. Die Spracherkennung ermöglicht die sichere Erkennung von bis zu 140 kurzen Sequenzen zur Auslösung von vordefinierten Aktionen.

Bild 2.152: Google Coral Dev Board Mini (oben) und USB Accelerator

Die hohe KI-Unterstützungsleistung der aktuellen Mobilprozessoren (Bild 2.153) ist nicht zuletzt auch auf die Anforderung von Microsoft zurückzuführen, die für den Einsatz des lokal betriebenen KI-Assistenten Copilot+ („Einfache IT-Systeme", Kap. 2.5.1.6) eine NPU-Leistung von mindestens 40 TOPS verlangt.

Name	CPU	NPU/TPU
Qualcomm Snapdragon X Plus	ARMv8.7-A (8–10 Kerne)	45 TOPS
Qualcomm Snapdragon X Elite	ARMv8.7-A (12 Kerne)	45 TOPS
AMD Ryzen AI 9 365	x86-64 (10 Kerne)	50 TOPS
AMD Ryzen AI 9 HX375	x86-64 (12 Kerne)	55 TOPS
Intel Core Ultra 5/7/9	X86-64 (8 Kerne)	48 TOPS
Google Coral USB Accelerator	–	4 TOPS
Google Coral Dev Board Mini	ARMv8-A (4 Kerne)	4 TOPS
Google Coral M.2 Accelerator (2 TPUs)	–	8 TOPS

Bild 2.153: Aktuelle Notebookprozessoren und Entwicklersysteme mit KI-Koprozessoren

Probleme

Die verblüffende Qualität von generierten Texten, Sprachausgaben, Bildern oder Videos durch eine sogenannte **generative künstliche Intelligenz** wirft eine Reihe von ethischen und rechtlichen Fragen und Problemen auf. Urheberrechtsschutz genießen die KI-Werke in der EU grundsätzlich nicht, weil dieser nur „eigenen geistigen Schöpfungen" eines Menschen vorbehalten ist[1]. Darüber hinaus gibt es jedoch andere Schutzrechte (etwa für Film- und Tonträger), unter denen KI-Werke durchaus Schutz genießen können.

Andererseits können durch KI-Werke aber auch Urheberrechte verletzt werden, z. B. wenn darin die urheberrechtlich geschützten Werke erkennbar sind, die als Trainingsmaterial eingesetzt wurden. Überhaupt dürfen urheberrechtlich geschützte, also von Menschen geschaffene Werke nur dann zu KI-Trainingszwecken verwendet werden, wenn der oder die Rechteinhaber/-innen das erlauben.

1 *Siehe Bundesministerium der Justiz: Künstliche Intelligenz und Urheberrecht – Fragen und Antworten, veröff. am 05.03.2024 unter: https://www.bmj.de/SharedDocs/Downloads/DE/Themen/Nav_Themen/240305_FAQ_KI_Urheberrecht.pdf [03.03.2025]*

Von **Deep Fakes** spricht man bei der täuschend echten Nachbildung beispielsweise der Stimme oder des Aussehens einer Person, oft mit Aussagen oder Darstellungen, die die betreffende Person so nicht getätigt hat.

Zwar sind Stimme und Aussehen einer Person urheberrechtlich nicht geschützt, allerdings können Deep Fakes das allgemeine Persönlichkeitsrecht verletzen. Auch deshalb sieht die europäische KI-Verordnung eine Kennzeichnungspflicht für Deep Fakes vor.

Ein ganz anders gelagertes Problem entsteht aus der mangelnden Erfahrung im Einsatz von KI-Systemen, die zu überhöhten oder falschen Erwartungen führen kann. Die verblüffenden Ausgaben von KI-Chatbots wie ChatGPT verleiten schnell dazu, diesen maschinengenerierten Aussagen unhinterfragt zu glauben, ähnlich wie den Rechenergebnissen eines Taschenrechners. Trotzdem können KIs, selbst wenn sie mit völlig korrekten Daten trainiert wurden, „halluzinieren" (s. u.) und falsche Behauptungen aufstellen.

Halluzination

Als **Halluzination** bezeichnet man die Rückmeldung einer KI, die meist plausibel klingt oder aussieht, aber faktisch falsch ist.

Halluzinationen werden insbesondere mit großen Sprachmodellen (**LLM**: ***l**arge **l**anguage **m**odel*) in Verbindung gebracht. Sie treten aber auch bei KI-Bildgeneratoren auf und können verschiedene Ursachen haben:

- Unzureichende Trainingsdaten können zu Wissenslücken führen, die das KI-Modell interpoliert und damit falsch „erinnert".
- Fehlender Kontext in der Anfrage kann das KI-Modell zu einer Fehlzuordnungen verleiten.
- Überanpassung (*overfitting*) tritt dann auf, wenn ein KI-Modell zu stark an die Trainingsdaten angepasst wurde und sprichwörtlich „den Wald vor lauter Bäumen nicht mehr sieht". Dann erkennt es Muster in eigentlich irrelevanten Schwankungen oder im Rauschen der Eingangsdaten.

Als Gegenmaßnahme und um Entscheidungsprozesse zurückverfolgen zu können, werden in der Forschung und z. B. im medizinischen Bereich KIs mit **Retrieval Augmented Generation** eingesetzt. Die Ausgaben der KI sind dann immer begleitet mit Referenzen auf die betreffenden Dokumente. Ein solcher KI-Einsatz erleichtert die Quellensuche ganz erheblich, weil für gleiche Sachverhalte oft ganz verschiedene Bezeichnungen und Umschreibungen existieren, die eine einfache Volltextsuche gar nicht erfassen kann.

Degeneration

Der sich rasant ausbreitende Einsatz von KI-Werkzeugen sorgt auch dafür, dass uns im Internet immer mehr KI-generierte Texte und Bilder begegnen. Weil KIs oft mit aus dem Internet abgeschürften Daten trainiert werden, wächst damit auch der Anteil KI-generierter Trainingsdaten.

Weil ein trainiertes KI-Modell deutlich weniger Speicherplatz umfasst als die Summe der Trainingsdaten, muss die Datenmenge entsprechend reduziert werden: Detailinformationen fallen weg, ähnlich wie bei MP3-Musikstücken oder JPEG-Bilddateien. Das lässt sich auch an der Textausgabe der KI beobachten: Der Generator bevorzugt Wörter und Wortgruppen mit hohen Wahrscheinlichkeiten. Entsprechend weisen KI-generierte Texte statistisch weniger ungewöhnliche Wörter auf als von Menschen erstellte.

Forscher der Oxford-Universität untersuchten die Auswirkung von KI-generierten Eingabedaten und trainierten dazu zunächst eine KI mit menschlich verfassten Texten. Anschließend wurde eine neue KI-Instanz ausschließlich mit den generierten Ausgaben ihres Vorgängers trainiert. Nach fünf bis zehn Wiederholungen kam es zum „Kollaps“: Die Ausgaben der KI waren nicht mehr zu gebrauchen – Texte waren kaum noch verständlich und Bilder realitätsfern.[1]

Mit jeder Iteration wurden Wörter und Umschreibungen synonym ersetzt. Dadurch gingen nicht nur Detailinformationen verloren, sondern Details wurden auch wegen der leicht abweichenden Bedeutung geringfügig verfälscht. Nach mehreren Iterationen war der Bezug zur Kerninformation verloren und die Ausgabe zusammenhanglos und unverständlich.

2.4.4 IoT und IIoT

IoT ist die Abkürzung für **I**nternet **o**f **T**hings (Internet der Dinge) und bezeichnet als Oberbegriff eine globale Kommunikationsinfrastruktur, mit deren Hilfe sich physische Objekte miteinander vernetzen lassen. Die im IoT vorhandenen Funktionalitäten ermöglichen automatisiert ablaufende Interaktionen sowohl zwischen Mensch und technischem System als auch zwischen technischen Systemen untereinander.

IIoT (**I**ndustrial **I**nternet **o**f **T**hings) bezeichnet die spezielle industrielle Ausprägung des IoT. Hierbei steht die Vernetzung intelligenter Sensoren und Aktoren zur Steuerung, Überwachung und Echtzeitanalyse von Fertigungs- und Produktionsprozessen im Vordergrund.

Im **„klassischen“ Internet** erfolgt die Kommunikation meist zwischen Nutzenden oder als Zugriff einer Person auf von einer Maschine angebotene Services. Hierzu zählen beispielsweise der private Informationsaustausch (Mailen, Chatten, Dateiübertragung), geschäftliche Aktivitäten (E-Commerce, Online-Shopping), die gemeinsame Nutzung von Ressourcen (Online-Datenbanken) oder die Unterhaltung (Onlinespiele, Videostreaming).

Im **Internet der Dinge (IoT)** kommunizieren „Smart Objects“ miteinander, also Objekte, die durch entsprechende technische Ausstattung in der Lage sind, auch ohne die direkte Aktion durch eine Person miteinander Daten auszutauschen (**IED**: **I**ntelligent **E**lectronic **D**evice). Beim IoT handelt es sich aber nicht um ein neuartiges Kommunikationsnetz, sondern vielmehr um eine Erweiterung der Funktionalität bestehender Internetstrukturen. Der Einsatz entsprechender Geräte (z. B. Sensoren, „Einfache IT-Systeme“, Kap. 5.5.6.1) kann den Menschen bei seinen Tätigkeiten entlasten, unterstützen oder überwachen. Einsatzbereiche sind beispielsweise:

- Medizinische Geräte zur Patientenüberwachung, ggf. mit automatischer Notrufeinrichtung („Smart Wearables“; „Einfache IT-Systeme“, Kap. 1.1.8)

1 *Siehe Gieselmann, Hartmut: Vererbte Dummheit, c't 19/2024, 23.08.2024, Hannover: Heise Medien GmbH & Co. KG, S. 34*

- Produktüberwachung eines Warensortiments, sodass ggf. rechtzeitig automatisiert eine Nachbestellung erfolgen kann
- Logistik zur Überwachung von Transportwegen, z. B. mittels NFC/RFID-Technologie („Einfache IT-Systeme", Kap. 1.1.5)
- Gebäudeautomation zur Steuerung von Heizung und Rollläden, ggf. mit automatischer Schadens- oder Einbruchsmeldung
- Verbrauchserfassung für Heizungen mit Wärmemessern an jedem Heizkörper

Im IoT ist jedes einzelne Objekt mit mehr oder weniger „intelligenter" Kommunikationstechnik ausgestattet und wird eindeutig mit einer IP-Adresse gekennzeichnet, über die es lokalisiert und angesprochen werden kann. Eine hinreichend große Anzahl von Adressen steht bei der Verwendung von IPv6 (Kap. 1.7.2) zur Verfügung. Gleichzeitig kann jedes dieser Objekte bei Bedarf selbstständig und damit ohne menschliche Aktion mit anderen Komponenten interagieren, bei entsprechender technischer Ausstattung auch leitungsungebunden über Funkfrequenzen (**WIoT**: **W**ireless **I**nternet **of** **T**hings). Im Aufbau befindliche Systeme sind hierbei beispielsweise die **C**ar-**to**-**C**ar-Communication (**C2C**) und die **C**ar-**to**-**I**nfrastructure-Communication (**C2I**), um Verkehrsinformationen untereinander auszutauschen (siehe auch Kap. 3.6.4).

Das **industrielle Internet der Dinge (IIoT)** ist ein Netzwerk, bei dem der Schwerpunkt auf der Kommunikation von physischen Geräten und Maschinen liegt, die zu produktionstechnischen Systemen verbunden sind, die Daten selbstständig überwachen, sammeln, austauschen und analysieren. Somit stellt das IIoT eine maßgebliche Kommunikationsplattform für die digitale Vernetzung cyber-physischer Systeme dar (Kap. 3.4.2).

Das IIoT bieten insbesondere Unternehmen bei allen industriellen Produktions- und Fertigungsprozessen viele Vorteile, z. B.:

- Erfassung von Produktionsdaten in Echtzeit
- Frühzeitige Erkennung potenziell auftretender Störungen, z. B. aufgrund von Verschleißerkennung („*predictive maintenance*")
- Überwachung von Standort, Status und Zustand von Produkten in einer gesamten Lieferkette („*asset tracking*")
- Energiemanagement und Qualitätskontrolle

Durch die ständig steigende Anzahl von Geräten im IIoT (z. B. Sensoren zur Produktionsüberwachung) vergrößern sich auch die Anforderungen an die Datenübertragungsleistung, die Verfügbarkeit und die Echtzeitfähigkeit der verwendeten Netzinfrastrukturen. Neben den herkömmlichen leitungsgebundenen Übertragungswegen werden zunehmend auch Funkstrecken eingesetzt. Zusätzlich zum 5G-Netz (Kap. 3.6.4) kommen hierbei auch alternative, spezielle energiesparende Funknetzwerke zum Einsatz (z. B. LPWAN; Kap. 3.7).

2.4.4.1 Edge- und Fog-Computing

Für die meist langfristige Speicherung großer Datenmengen (Big Data; Kap. 2.4.2) stehen im IIoT entsprechende Cloud-Systeme (Kap. 2.4.1) zur Verfügung. Eine Echtzeitverarbeitung ist hierbei aber nicht immer im nötigen Umfang gewährleistet, da durch die weltweite Verteilung auf (vielfach unbekannte) Cloud-Speicher die Wahrscheinlichkeit von Übertragungsengpässen oder Übertragungsunterbrechungen aufgrund der zu überbrückenden Entfernungen steigt. Auch wenn Sensoren mehrmals pro Sekunde Daten erfassen und diese über eine 5G- oder LPWAN-Funkstrecke übertragen, kann die für diese (in der Summe sehr großen) Datenmengen zur Verfügung stehende Übertragungsbandbreite in schlecht angebundenen Bereichen zu gering sein. Um diesen prinzipiellen Problemen zu begegnen, werden im IIoT zusätzliche Verarbeitungs- bzw. Speicherebenen eingesetzt, die als Edge-Computing und Fog-Computing bezeichnet werden.

Edge-Computing bezeichnet die Nutzung von Rechen- bzw. Speicherleistung von Geräten am Rande (Edge) eines Netzwerks, mit deren Hilfe sich anfallende Daten reduzieren lassen, bevor sie weiter transportiert werden. Hierbei sind nur einfache Filterungen, Komprimierungen und ggf. Verschlüsselungen fest vorgegebener Datenstrukturen möglich.

Eine solche Vorverarbeitung kann direkt im datenerzeugenden Endgerät erfolgen, sofern entsprechende Prozessoren oder Speicher vorhanden sind (z. B. intelligente Stromzähler). Batteriebetriebene Endgeräte (z. B. einfache Sensoren) werden hingegen an sog. **Edge-Gateways** angeschlossen (Bild 2.155), die zusätzlich als Hardware zu beschaffen sind. Durch die Auslagerung der Datenanalysen verlängert sich die Batterielebensdauer eines angeschlossenen Endgeräts. Ein Edge-Gateway kennt nur die physisch oder per Funk angeschlossenen Komponenten, erledigt die vorgesehenen Analysen und schickt die Daten weiter an den nächsten Verbindungsknoten im IIoT-Netzwerk. Weitere Kommunikationen finden nicht statt. Edge-Gateways müssen mindestens die von den angeschlossenen Endgeräten verwendeten Kommunikations-Protokolle verstehen und auswerten können (z. B. Thread, LoRaWAN, SigFox usw.; Kap. 1.6.4.2 und 3.7.1).

Fog Computing bezeichnet die Nutzung von Rechen- bzw. Speicherleistung von lokalen Geräten, die zwischen den zentralen (Cloud-)Systemen und den Edge-Geräten liegt. Diese Geräte werden als **Fog-Nodes** (alternativ auch **IoT-Gateways**) bezeichnet. Fog-Nodes in einem lokalen Netz kommunizieren und interagieren untereinander, sie bilden quasi eine lokale Cloud, die begrenzt Analyse- und Speicherfunktionen ausführt.

Der Begriff Fog-Computing beschreibt ein Architekturmodell ohne Spezifikationen erforderlicher technischer Realisierungen. Das Modell basiert auf den folgenden, im Standard IEEE 1934-2018 (Standard for Adaption of OpenFog Reference Architecture for Fog Computing) aufgeführten maßgeblichen Grundprinzipien:

Principle	Explanation
security	▪ trust ▪ attestation ▪ pricacy
scalability	▪ localized command, control and processing ▪ orchestration and analytics ▪ avoidance of network taxes
open	▪ resource visibility and control ▪ white box decision making ▪ interoperation and data normalisation

Principle	Explanation
autonomy	▪ flexible ▪ cognition and agility ▪ value of data
RAS	▪ reliability ▪ availability ▪ serviceability
agility	▪ tactical and strategic decision making ▪ „data to wisdom“
hierarchy	▪ fully cloud enabled ▪ computational and system autonomy at all levels
programmability	▪ programmable hard- and software ▪ virtualisation and multi-tenant ▪ app fluidity

Bild 2.154: Grundprinzipien des Fog-Computings gemäß IEEE 1934-2018[1]

Der Einsatz von Fog-Computing bietet eine Reihe von Vorteilen:

- Die Latenzen sind gegenüber dem herkömmlichen Cloud-Computing deutlich geringer; Echtzeitanforderungen können dadurch besser eingehalten werden.
- Die Datenmengen, die in dem hinter dem Fog-Bereich liegenden Netzwerk anfallen, verringern sich, da sie bereits vorab analysiert und zusammengefasst werden können.
- Daten liegen nicht mehr auf unbekannten Servern an unbekannten Orten, sondern werden lokal verarbeitet (Datenschutz).
- Können Daten nicht komplett in der Fog verarbeitet werden, so lassen sie sich vor der Übertragung in die Cloud zumindest in der Fog anonymisieren oder verschlüsseln.
- Die Performance in der lokalen Fog ist bedarfsorientiert skalierbar.
- Daten batteriebetriebener Endgeräte können auf den nächstgelegenen Fog-Node ausgelagert und dort ortsnah bearbeitet werden.

Ein **Fog-Node** (Bild 2.155) kann den zeitkritischen Teil einer Analyse übernehmen, um eine schnelle Reaktion zu gewährleisten. Weitere Funktionen, die dann weniger zeitkritisch oder komplexer sind, können dann in der Cloud ausgeführt werden.

Beispiel

Ein einfacher, selbstfahrender Transportroboter in einer Industriehalle erkennt mithilfe eines optischen Sensors die Bewegung eines Menschen auf seinem Transportweg und stoppt daraufhin. Die Stoppreaktion muss in Echtzeit erfolgen, da der Mensch durch einen Zusammenstoß verletzt werden könnte. Hier ist es möglich, die direkte Reaktion („Maschine Stopp“) von einem Fog-Node zu erhalten. Weitere Schritte, die in einem solchen Fall nötig sein können (z. B. Bericht erstellen, Arbeit ggf. wieder aufnehmen), kann von einem weiter entfernten Steuerungsmodul in der Cloud übernommen werden.

1 *Siehe i-SCOOP: The OpenFog Reference Architecture and the IEEE 1934 standard, veröff. unter: https://www.i-scoop.eu/openfog-reference-architecture-ieee-1934-standard/ [letzter Zugriff: 08.02.2025]*

Beim Fog-Computing werden Geräte als Fog-Nodes verwendet, die bereits im lokalen Netz vorhanden sind (z. B. Router, Gateways, Server). Diese müssen lediglich durch entsprechende Software in ein Fog-Netz eingebunden werden. Alternativ können auch Dienstleister vor Ort eine Fog-Infrastruktur bereitstellen. Neben den genannten Vorteilen des Fog-Computings ist zu beachten, dass es sich hierbei um eine Dezentralisierung der Datenverarbeitung handelt, für die ein eigenes Management erforderlich ist (d. h. größere Komplexität des eigenen Netzes, höherer Verwaltungsaufwand). Zudem muss sichergestellt werden, dass es durch die Vorverarbeitung nicht zu einem Datenverlust für eine spätere Big-Data-Analyse (Kap. 2.4.2) in der Cloud kommt.

Da Fog-Nodes leistungsfähiger sind als die Endgeräte, können hier auch komplexere Protokolle wie **AMQP** (**A**dvanced **M**essage **Q**ueuing **P**rotocol) oder ein vergleichbares, jeweils für den Anwendungsfall passendes Protokoll ausgewählt werden.

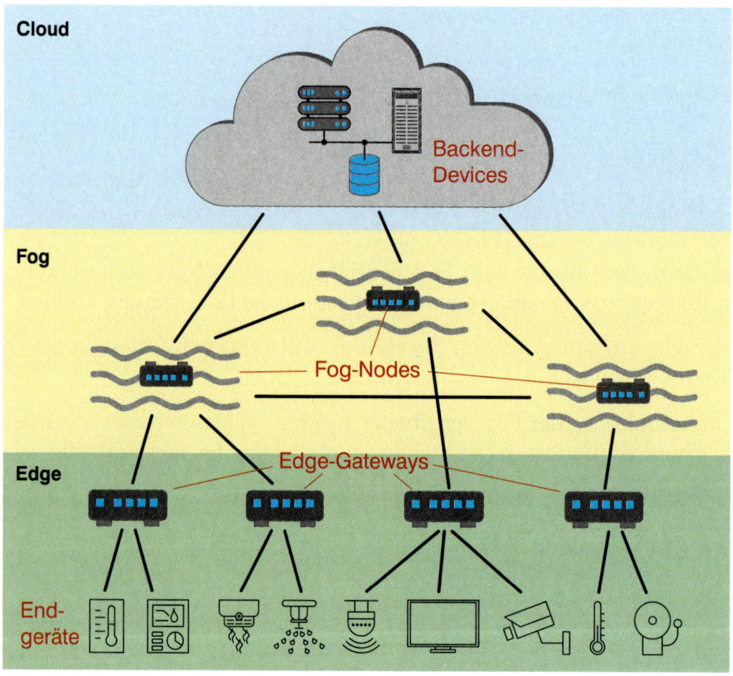

Bild 2.155: Visualisierung von Edge-, Fog- und Cloud-Computing

2.4.4.2 Datenschutz und Gerätemanagement

Im IoT bieten die stattfindende Kommunikation und die angeschlossenen Geräte eine breite Angriffsfläche für Hackerangriffe. Angriffe auf ein einzelnes IoT-Gerät dienen dabei weniger dazu, das angegriffene Gerät an sich zu hacken und Daten abzugreifen, sondern es für eigene Zwecke (z. B. als Teil in einem Bot-Netz) zu verwenden oder als Plattform für einen Angriff auf andere lokale Netzwerkressourcen zu nutzen. Viele IoT-Geräte verfügen über keine oder nicht ausreichende Sicherheitsmechanismen gegen unerwünschte Zugriffe, haben Firmware-Schwachstellen oder könnten möglicherweise bereits Malware beinhalten. Oft wird der Zugriff auch lediglich mit einem Standardpasswort abgesichert, welches dann nicht – wie eigentlich empfohlen – bei der Ersteinrichtung geändert wird. Die Kommunikation zwischen den angeschlossenen Geräten erfolgt zudem oftmals unverschlüsselt.

Da IoT-Geräte meist ständig mit dem Internet verbunden sind und der Remote-Zugriff aktiv ist, damit autorisierte Personen sie ggf. auch über das Internet verwalten können, lässt sich dieser Weg prinzipiell auch von nicht autorisierten Personen nutzen. Durch automatisierte Abfragen von öffentlich verfügbaren IP-Adressen lassen sich IoT-Geräte finden, die sich durch Eingabe des Standardpassworts hacken lassen.

Während **Cybersicherheit** (*cyber security*) den Schutz von mit dem Internet verbundenen Computersystemen vor Cyberbedrohungen betrifft, geht es bei **IoT-Sicherheit** (*IoT security*) darum, untereinander verbundene Geräte (z. B. Aktoren, Sensoren, Überwachungskameras) zu schützen. Grundsätzliche Angriffspunkte sind hierbei das verbundene IoT-Gerät selbst, die App bzw. das Anwendungsprogramm, mit dem IoT-Daten verwaltet werden, der Übertragungsweg und die meist in der Cloud befindlichen Backend-Systeme (Server, Datenbanken usw.).

Zur Verbesserung der Sicherheit von IoT-Geräten und IoT-Anwendungen vor Bedrohungen aus dem Internet bieten sich folgende grundsätzliche Maßnahmen an:

- Bewusstsein für mögliche Bedrohungslagen schaffen, z. B. durch Schulungen („**Security Awareness**"); viele Menschen sind sich nicht bewusst, dass ihre IoT-Geräte gehackt werden können, und unternehmen daher nichts, um sie zu schützen
- Standardpasswörter bei Erstinstallation ändern, für jedes IoT-Gerät im eigenen Netz und jeden aktivierten Service ein anderes Passwort verwenden
- Multifaktor-Zugriffskontrolle einrichten; nur bekannten, autorisierten externen IoT-Geräten oder Personen den Zugriff gewähren; diesen ggf. zeitlich einschränken
- Eigene IoT-Geräte in einem separaten Netzwerk betreiben, das von anderen Systemen mit ggf. sensiblen Daten getrennt ist
- Verschlüsselungstechniken bei der Datenübertragung verwenden
- Bei IoT-Geräten vorhandene, aber nicht benötigte Zugangstechniken (z. B. WLAN oder Bluetooth bei Anschluss über LAN) deaktivieren
- Verwendung eines zentralen Geräte- und Zertifikats-Managements, um die Identität und die Echtheit aller vernetzten Geräte festzustellen und zu gewährleisten
- Einsatz von speziellen Security-Lösungen zur Erkennung und Abwehr von Angriffen oder zum Schutz von IoT-Geräten und -Anwendungen, Industrieanlagen oder anderen kritischen Infrastrukturen (**IAM**: **I**dentity und **A**ccess **M**anagement; **IPS: I**ntrusion **P**revention **S**ystem)

Die meisten modernen Unternehmen nutzen eine riesige Anzahl von IoT-Geräten für Datenerfassung, Routing und Edge-Computing. Die Verwaltung dieser Geräte erfolgt über entsprechende IoT-Geräte-Managementsysteme. Beispiele für Plattformen zum IoT-Gerätemanagement sind etwa Cisco IoT Control Center, Azure IoT Hub, AWS IoT Device Management oder Google Cloud IoT Core.

Neben den allgemeinen Managementfunktionen (z. B. Geräteinstallation, Authentifizierung, allgemeine Konfigurationstools, Überwachung und Wartung) bieten diese Plattformen zusätzlich auch folgende Funktionen an:

- Fernzugriff
- Automatische Inbetriebnahme

- Organisation von Geräten in Funktionsgruppen
- Suche und Indizierung vorhandener Geräte
- Problemdiagnose und -behebung
- Individuell anpassbare Dashboards
- Übertragung benutzerdefinierter Skripte
- Sicherheitsüberprüfung und Verbindungsüberwachung

2.4.5 Echtzeit-Betriebssysteme und Embedded Systems

Abhängig von der Komplexität ihrer Funktionen benötigen IoT-Geräte eine Firmware oder eine mehr oder weniger umfangreiche Betriebssystemumgebung. Hierbei wird allerdings weniger ein allumfassender Funktionsumfang benötigt, der Fokus liegt vielmehr auf der Schnelligkeit, mit der auf eintretende Ereignisse reagiert werden kann. Diese *Reaktionsschnelligkeit* ist nicht zu verwechseln mit der *Verarbeitungsgeschwindigkeit* laufender Prozesse.

Herkömmliche Betriebssysteme (Windows, Linux, macOS) sind in ihrem Umfang viel zu mächtig, als dass ihr Einsatz für diesen Zweck sinnvoll wäre. Sie haben meist einen breit angelegten Anwendungsbereich und müssen gleichzeitig sehr viele, parallel ablaufende Programme verwalten. Sie unterbrechen laufende Tasks häufig, um andere Programme und Prozesse auszuführen (z.B. zur Systemwartung). Die Zuteilung von CPU-Bearbeitungszeit erfolgt zwar bedarfsorientiert, aber doch mehr oder weniger gleich verteilt auf alle aktiven Programme und Prozesse. Außerdem lassen sich bestimmte, in der Mikrokernel-Architektur ablaufende Routinen meist nicht unterbrechen. Daher ist eine extrem schnelle Reaktion auf ein äußeres Ereignis, wie sie erforderlich wäre, nicht immer gegeben und sie sind – trotz ihrer vergleichsweise hohen Verarbeitungsgeschwindigkeit – für Echtzeitanwendungen zunächst einmal weniger geeignet. In solchen Anwendungsfällen sind daher sog. Echtzeit-Betriebssysteme vorzuziehen.

Als **Echtzeit-Betriebssystem** (*real-time* ***o****perating* ***s****ystem*; **RTOS**) bezeichnet man ein Betriebssystem, bei dem garantiert ist, dass es in einem typischen maximalen Zeitraum auf nicht vorhersagbare externe Ereignisse reagiert. Ein RTOS ist stets erforderlich, wenn eine zeitliche (auch sehr kurze) Verzögerung einer Reaktion schwerwiegende Folgen haben kann. Die Anforderungen an die Reaktionszeit werden in Millisekunden gemessen und sollten im Anwendungsfall exakt spezifiziert sein.

Solche Betriebssysteme werden auch als **deterministische Systeme** bezeichnet. So sollte beispielsweise ein laufendes Anwendungsprogramm auf eine externe Anfrage oder ein plötzlich auftretendes steuerndes Ereignis (z.B. Signal an einer Schnittstelle) stets extrem schnell reagieren, was bei den weit verbreiteten, herkömmlichen Betriebssystemen mit der erforderlichen Reaktionsschnelligkeit nicht immer realisierbar ist.

Echtzeit-Betriebssysteme sind meist für spezielle Anwendungsbereiche konzipiert und werden vorwiegend bei zeitkritischen Anwendungen eingesetzt (z.B. Flugsicherungssysteme, Airbag- und Antiblockiersysteme, medizinische Geräte).

Echtzeit-Betriebssysteme können ebenfalls mehrere Prozesse gleichzeitig verarbeiten, sie stellen hierbei aber sicher, dass diese Prozesse stets innerhalb einer sehr kurzen, vorher definierten maximalen Zeitspanne reagieren. Hierbei werden die Prioritäten einzelner Tasks ständig überwacht und bei Bedarf auch angepasst.

Ein Echtzeit-Betriebssystem, das über Multitasking verfügt, muss zwingend mit präemptivem Multitasking arbeiten, da bei kooperativem Multitasking einem Prozess durch einen zweiten Task bis zum Erreichen des Timeouts die CPU-Arbeitszeit entzogen werden könnte (vgl. „Einfache IT-Systeme"; Kap. 2.1.1).

Präemptives Multitasking bedeutet, dass der Scheduler einen gerade laufenden Task an jeder Stelle anhalten kann, wenn er erkennt, dass ein anderer Task sofort ausgeführt werden muss.

In einem RTOS werden die einzelnen Tasks streng nach Priorität ausgeführt. Sobald ein Task mit einer höheren Priorität ausführbereit wird, wird er innerhalb eines sehr kleinen, begrenzten Zeitintervalls die CPU-Arbeitszeit von einem geringer priorisierten Task übernehmen (niedrige Context-Switch-Zeiten). Der priorisierte Task kann dann ohne Unterbrechung laufen, bis er seine Aufgabe erfüllt hat.

Sofern ein Standard-Betriebssystem als „Echtzeiterweiterung" über einen unterbrechbaren Betriebssystem-Kernel verfügt, bestehen dennoch viele nicht unterbrechbare Zeitabschnitte, die länger als bei einem RTOS sind.

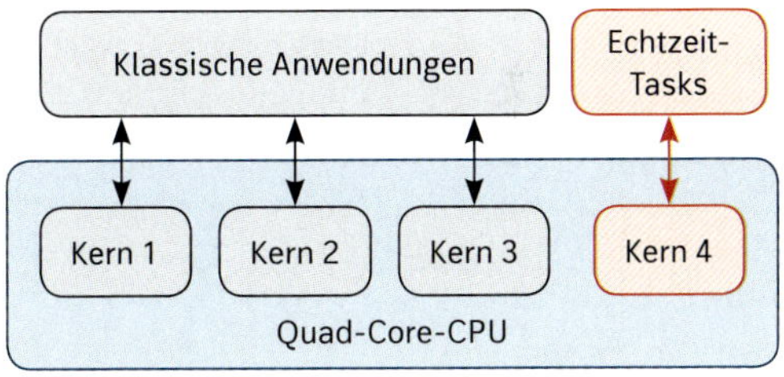

Bild 2.156: RTOS-Funktion auf einer Mehrkern-CPU

Bei einem PC mit einer Mehrkern-CPU besteht allerdings prinzipiell die Möglichkeit, das Standard-Betriebssystem anzuweisen, stets nur eine begrenzte Anzahl von CPU-Kernen zu benutzen. Auf den freien Kernen kann dann ein (passendes) Echtzeit-Betriebssystem laufen, welches fortan wie ein eigenständiges RTOS funktioniert, während das Standard-Betriebssystem auf den übrigen CPU-Kernen seine volle Funktionalität behält. Beide Systeme laufen ab diesem Zeitpunkt also gleichzeitig und parallel auf einem einzigen Rechner, ohne dass sie sich gegenseitig einschränken. Durch diese Vorgehensweise erhält das Echtzeitsystem einen geschützten Bereich und garantiert somit, dass Standard-Systemprozesse nicht die Priorität über zeitkritische Operationen bekommen und sich negativ auf die Echtzeitleistung auswirken.

Bei Echtzeit-Betriebssystemen unterscheidet man unterschiedliche Anforderungen bezüglich des Zeitrahmens, der zur Reaktion auf eintretende Ereignisse erlaubt ist. Bei einem sog. **„weichen" RTOS** darf die Reaktionszeit ≤ 100 ms betragen, während bei einem **„harten" RTOS** eine Reaktionszeit ≤ 10 ms garantiert sein muss. Durch den erhöhten Anspruch ist das Erreichen von „harten" Echtzeiteigenschaften wesentlich komplexer und aufwendiger. Jedoch ist dieses deterministische Zeitverhalten vor allem in automatisierten industriellen Bereichen, speziell bei Mess-, Steuer- und Regelungsanwendungen, unbedingt erforderlich.

Ein RTOS verhilft zeitkritischen Applikationen zu einem berechenbaren und zuverlässigen Verhalten. Die Auswahl des richtigen RTOS ist allerdings nicht einfach. Die Architektur des Systems ist ein wichtiges Kriterium, aber daneben gibt es noch weitere, wie beispielsweise Unterstützung von Standard-APIs, Wahlmöglichkeit bei den Scheduling-Algorithmen, Unterstützung von Zeitpartitionierung (Überwachung und Steuerung der CPU-Arbeitszeitzuteilung für einzelne Tasks) oder auch grafische Benutzeroberflächen.

Beispiele für Echtzeit-Betriebssysteme sind FreeRTOS, VxWorks, Nucleus, RIOT, RTX oder Zephyr.

Einen Anwendungsbereich für Echtzeit-Betriebssysteme stellen auch eingebettete Systeme dar, die beispielsweise über angeschlossene Sensoren Signale der Umwelt registrieren und ggf. schnell darauf reagieren müssen.

> Als **eingebettetes System** (*embedded system*) bezeichnet man ein eigenständig arbeitendes Computersystem, das integraler Bestandteil einer komplexeren technischen Funktionseinheit ist, mit der es in Wechselwirkung steht. Hierbei übernimmt es meist Überwachungs-, Steuerungs- oder auch Kommunikationsfunktionen, für die es jeweils speziell konzipiert wurde.

Die Leistungsfähigkeit von Embedded Systems ist vielfach wesentlich geringer als die eines herkömmlichen Computersystems. Sie verfügen meist nur über einen kleinen Arbeits- und Programmspeicher, haben aber teilweise spezielle Eingangs- und Ausgangsschnittstellen, über die sie mit der Umwelt kommunizieren können. Sämtliche Komponenten sind in einem einzigen Chip untergebracht oder auf einer kleinen Platine platziert.

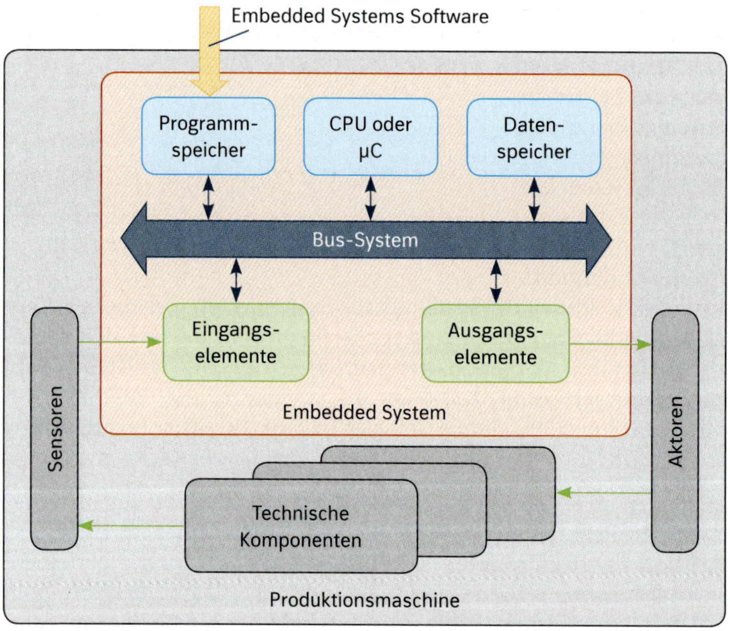

Bild 2.157: Embedded System als Teil einer Funktionseinheit (Grundprinzip)

Aufgrund ihrer Spezialisierung auf bestimmte eingegrenzte Funktionen bieten sie einige wesentliche Vorteile:

- Geringe Abmessungen, geringe Stromaufnahme, kostengünstig herstellbar
- Durch programmierbare Firmware (Bild 2.157: *Embedded Systems Software*) für jeweils eine spezielle Anwendung einsetzbar
- Für **Echtzeit-Applikationen** (*real-time applications*) geeignet

Beispiele für Anwendungsbereiche von Embedded-Systems sind:

- Kommunikations- und Steuermodule im Kfz-Bereich
- Steuerungen von Haushaltsgeräten (Waschmaschine, Spülmaschine, Kaffeemaschine, Kühlschrank usw.)
- Funktionen in Geräten der Unterhaltungsindustrie (Digitalradio, TV, Set-Top-Box usw.)
- Industrielle Steuerungen, medizinische Geräte

Neben der Integration in Geräten stehen auch zahlreiche externe Systeme mit verschiedenen Leistungsklassen auf Platinen oder in unterschiedlichen Gehäusen für den industriellen oder privaten Einsatz zur Verfügung.

AUFGABEN

1. a) Was versteht man allgemein unter dem Begriff Cloud-Computing?
   b) Nennen Sie unterschiedliche Cloud-Arten. Worin liegen die Unterschiede?

2. Die Outsourcing-Technik von serverbasierter Hard- und Software mittels Cloud-Computing wird auch mit dem Begriff „Off-Premises" bezeichnet. Alternativ existieren Lizenz- und Nutzungsmodelle, die mit dem Begriff „On-Premises" benannt werden.
   a) Erläutern Sie den Begriff „On-Premises".
   b) Benennen Sie Vor- und Nachteile beider Nutzungsmodelle.

3. a) Nennen und erläutern Sie die drei grundsätzlichen Service-Ebenen beim Cloud-Computing.
   b) Recherchieren Sie weitere Angebote, die innerhalb des Cloud-Computings als spezielle Dienste („as a Service") angeboten werden, und erläutern Sie diese.

4. Ein Unternehmen, das PaaS anbietet, fordert von einer Firma für die bereitgestellten Serviceleistungen pauschal ein monatliches Entgelt von 120 Euro pro nutzender Person, unabhängig vom jeweiligen Nutzungsumfang der bereitgestellten Serviceleistungen.
   a) Wie hoch sind die jährlichen Kosten bei 30 nutzenden Firmenangehörigen?
   b) Die Hälfte der nutzenden Angestellten benötigt lediglich einen Teil der bereitgestellten Dienstleistungen. Bei personenbezogener Entgeltabrechnung gewährt die anbietende Firma einen Rabatt von 40 % pro Monat für jede Person mit eingeschränkten Nutzungsrechten. Wie viel Euro kann die Firma durch eine entsprechende Vertragsanpassung jährlich einsparen?
   c) Alternativ bietet das PaaS-Unternehmen ein Jahresabonnement ihrer Serviceleistungen für 60 000 Euro, unabhängig von der Anzahl nutzender Personen und ohne Nutzungseinschränkungen. Ab welcher Anzahl voll nutzender Firmenangehöriger ist dieses Angebot günstiger als eine personenbezogene Abrechnung?

5. Bei Cloud-basierten IT-Dienstleistungen wird ein entsprechendes **S**ervice **L**evel **A**greement zwischen Providern und dienstnehmenden Firmen vereinbart.
   a) Was versteht man unter einem Service Level Agreement?
   b) Nennen Sie mögliche technische Parameter, die speziell bei Cloud-Dienstleistungen zwischen den Dienstleistenden und einer dienstnutzenden Firma vereinbart werden sollten.

6. Die mittels Cloud-Computing angebotenen „as a Service"-Angebote werden mit unterschiedlichen Tarifmodellen abgerechnet. Nennen Sie mindestens zwei mögliche Tarifmodelle, zugehörige Merkmale sowie deren jeweilige Vor- und Nachteile.

7. Ihre Firma beabsichtigt, ein PaaS-Angebot eines dienstleistenden Unternehmens anzunehmen.
   a) Welchen Leistungsumfang kann ein PaaS-Angebot prinzipiell umfassen?
   b) Welche möglichen Vor- und Nachteile ergeben sich bei Nutzung eines solchen PaaS-Angebots?
8. Ihre Firma möchte zur Verwaltung von Personendaten den von einem Provider angebotenen Cloud-Dienst DBaaS nutzen.
   a) Erläutern Sie den genannten Dienst und nennen Sie mögliche Vorteile gegenüber einer herkömmlichen firmeninternen Datenverwaltung.
   b) Welche Implementierungsmodelle sind möglich und wie unterscheiden sie sich? (Hinweis: Ggf. Internetrecherche erforderlich)
9. a) Was versteht man unter den Begriffen ownCloud und Nextcloud?
   b) Recherchieren Sie im Internet mögliche Nextcloud-Features und erläutern Sie diese.
10. Was bedeutet der Begriff „Big Data"? Wozu dienen die in vielen Unternehmen eingesetzten Big-Data-Analysetechniken?
11. Erläutern Sie die Unterschiede zwischen Data Mining, Process Mining und Text Mining.
12. Gesammelte Datenmengen werden firmenintern entweder in einem „Data Lake" oder in einem „Data Warehouse" gespeichert. Nennen Sie den Unterschied sowie jeweilige Vor- und Nachteile.
13. Beim Training einer KI unterscheidet man zwischen „Supervised Learning" und „Unsupervised Learning". Erläutern Sie den Unterschied.
14. Was versteht man unter einem Chatbot? Welche Chatbot-Arten unterscheidet man?
15. Sie haben Ihre Webpräsenz mit einigen vollständig KI-generierten Grafiken ausgestattet. Eines dieser Bilder wird nun ohne Ihre Einwilligung auch auf anderen Webseiten eingesetzt. Können Sie dagegen vorgehen? (Begründung)
16. Bewerten Sie die Aussage: Wenn ein KI-System ausschließlich mit korrekten Daten trainiert wird, dann liefert es auch immer korrekte Ergebnisse.
17. Wie schützt man sich in der Forschung und im medizinischen Bereich beim Einsatz von KI-Systemen beispielsweise vor Halluzinationen?
18. a) Erläutern Sie die Unterschiede zwischen IoT und IIoT.
    b) Nennen Sie mögliche Vorteile für Unternehmen bei Nutzung des IIoT.
19. Bei einer Teambesprechung innerhalb Ihrer Firma fallen die Begriffe „Edge-Computing" und „Fog-Computing". Sie werden gebeten, die beiden Bezeichnungen kurz zu erläutern. Welche Antworten geben Sie?
20. a) Was versteht man unter einem Echtzeit-Betriebssystem?
    b) Welche Anforderungen muss ein Echtzeit-Betriebssystem erfüllen?
    c) Nennen Sie Beispiele innerhalb eines Produktionsprozesses, bei denen der Einsatz eines Echtzeit-Betriebssystems erforderlich ist.
21. Was versteht man unter einem Embedded System? Nennen Sie Anwendungsbeispiele.

3 Öffentliche Kommunikationsnetze

Die ersten übertragungstechnischen Infrastrukturen dienten ursprünglich nur der *Sprach*kommunikation zwischen Personen. Die *Daten*übertragung zwischen Computern erfolgte später zunächst nur über lokale Kommunikationsnetze, deren technische Konzeptionen und erforderliche Protokolle in den vorherigen Kapiteln dargelegt wurden (PC-Netze; Kap. 1 und 2).

Für eine regionale oder globale Vernetzung von Computern und anderen Kommunikationsgeräten wurden zusätzlich erweiterte Netzstrukturen realisiert. Solche existierenden regionalen und globalen Netze bezeichnet man als **öffentliche Kommunikationsnetze** *(public communication networks)*, da sie prinzipiell für alle zugänglich sind und für unternehmensspezifische oder private Kommunikation genutzt werden.

3

Als **nicht öffentliches Netz** kann prinzipiell jedes firmeninterne Kommunikationsnetz angesehen werden, das einigen Nutzungsbeschränkungen unterliegt (z. B. eingeschränkter Personenkreis). Diese Netze sind räumlich meist auf den Firmenstandort beschränkt. Ein solches Netz wird heute aber weniger als „nicht-öffentliches Netz“, sondern eher mit der aktuelleren Bezeichnung **Campus-Netz** charakterisiert.

Verfügt eine Firma über verschiedene geografisch getrennte Standorte, werden die dort jeweils lokal existierenden Kommunikationsstrukturen oftmals über öffentliche Datenleitungen miteinander vernetzt. In einem solchen Fall spricht man auch von einem virtuellen privaten Netz (**VPN: V**irtual **P**rivate **N**etwork; Kap. 1.1.3.1).

Von großer Bedeutung ist inzwischen auch die Übertragung von Signalen zur Steuerung elektronischer und mechanischer Komponenten (Maschinen, Anlagen, Roboter, Aktoren) sowie zur Kontrolle komplexer Infrastrukturen und autonomer Systeme. Dazu liefern Sensoren aus der physischen (und damit meist analog ablaufenden) Welt digitalisierte Messdaten, die über Kommunikationsnetzwerke an prozesssteuernde Komponenten übertragen und von diesen mit entsprechender Software ausgewertet werden. In diesem Zusammenhang spricht man auch von sog. **cyber-physischen Systemen** (vgl. Kap. 3.4.2).

Öffentliche Kommunikationsnetze werden national von verschiedenen Netzbetreibern angeboten, die größtenteils über eigene, unabhängig von anderen Netzen funktionierende Infrastrukturen verfügen. Aus diesem Grund sind in vielen geografischen Regionen mehrere gleichartige Kommunikationsnetze vorhanden, die zwar die gleichen Dienste anbieten (z. B. Sprachkommunikation), jedoch völlig unabhängig voneinander arbeiten und gegeneinander konkurrieren. Hierbei ist prinzipiell zu unterscheiden zwischen **Betreibern von Kommunikationsnetzen** (sog. **Carrier**), **Anbietern von Dienstleistungen** (sog. **Service Provider**) und **Lieferanten von Kommunikationslösungen** (sog. **Supplier**).

Bei den Strukturen öffentlicher Netze unterscheidet man grundsätzlich zwischen Festnetzen und Funknetzen.

Der Begriff **Festnetz** (*landline network, fixed network*) umfasst generalisierend die Gesamtheit aller öffentlichen, *leitungsgebundenen* Kommunikationsnetze. Hierzu gehört (namensgebend) auch die über ein Kupfer- oder Glasfaserkabel realisierte stationäre Anschlusstechnik, die durch Verwendung entsprechender Endgeräte (z.B. Festnetztelefon) den *ortsgebundenen* Zugang zu einem Kommunikationsnetz ermöglicht (**Festnetzanschluss**).
Als **Funknetz** (*radio network*) bezeichnet man Netzstrukturen, bei denen der Zugang zu einem öffentlichen Kommunikationsnetz *leitungsungebunden* mithilfe elektromagnetischer Wellen hoher Frequenz über eine **Funkschnittstelle** realisiert wird. Im Wirkungsbereich eines Funknetzes ermöglichen entsprechende Endgeräte (z.B. Smartphones) einen *ortsunabhängigen* Zugang zu einem Kommunikationsnetz.

Während Festnetze sowohl dem Zugang als auch der Verteilung von Datenströmen dienen, werden Funknetze primär als Zugangstechnik zu im Hintergrund eingesetzten leitungsgebundenen Netzen verwendet. Beide Netzarten unterscheiden sich daher in ihrem strukturellen Aufbau, nicht aber in ihrem auf IP-Technologie basierenden Datentransport.

Die maßgeblichen, grundsätzlichen Strukturen, Übertragungstechnologien sowie die jeweiligen Zugangstechniken öffentlicher Netze werden in ihren existierenden, unterschiedlichen Ausprägungen in den folgenden Kapiteln umfassend dargestellt. Prinzipiell kann hierbei jedes für sich autarke Kommunikationsnetz eines Betreibers auch als integraler Bestandteil des Internets angesehen werden.

3.1 Öffentliche Festnetze

Öffentliche Festnetze bestehen prinzipiell aus **Netzzugangspunkten** (*network access points*; Netzschnittstellen), **Netzknoten** (*network nodes*; Steuerungs- und Verteilstellen) und den Leitungsverbindungen zwischen diesen Knoten. Bei den Netzknoten unterscheidet man allgemein zwischen **Durchgangs(netz)knoten**, die lediglich als Verteiler arbeiten, und **Zugangs(netz)knoten**, an denen die Netzzugangspunkte sternförmig angeschlossen sind. Den Zugangs(netz)knoten vorgelagert, findet man zur Bündelung von Anschlüssen vielfach auch spezielle **Anschluss(netz)knoten**.

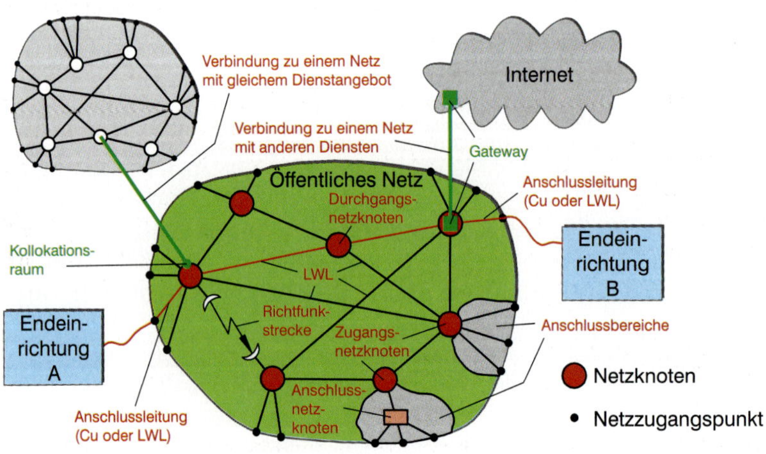

Bild 3.1: Prinzipielle Struktur eines öffentlichen Festnetzes

Bild 3.1 visualisiert vereinfacht den prinzipiellen Aufbau eines solchen Netzes, es beinhaltet zunächst aber keine Informationen zu den in den Knoten verwendeten technischen Einrichtungen. Die Knoten sind untereinander maschenförmig oder ringförmig verbunden. Es können auch Mischformen auftreten. Die Verbindung zwischen den einzelnen Knoten erfolgt meist über **Glasfaserkabel** (**LWL: L**icht**w**ellen**l**eiter; Kap. 4.2.2). Verbindungstechnisch handelt es sich bei diesem Teil des Festnetzes somit um ein optisches Netz (Kap. 3.2), in dem bei Bedarf aber auch terrestrische Richtfunkstrecken oder Satellitenfunkverbindungen (Kap. 4.1.12) integriert sind.

Die Netzknoten und die dazwischenliegenden Verbindungswege eines Betreibers bezeichnet man als **Verbindungsnetz** (*backbone network*), **Kernnetz** (*core network*) oder **Transportnetz** (*transport network*).

Damit auch teilnehmende Personen oder Geräte miteinander kommunizieren können, die an Netzen konkurrierender Betreiber angeschlossen sind, muss zwischen diesen Netzen eine Verbindung hergestellt werden können. Diese Verbindung erfolgt in den sog. **Kollokationsräumen** (*collocation rooms*; lat. *collocare* = zusammenkommen, sich treffen; Bild 3.1). Verbindungen zwischen Netzen mit unterschiedlichen Dienstangeboten werden über entsprechende **Gateways** hergestellt (Kap. 1.3.6).

3

Der Bereich zwischen einem Netzknoten des Kernnetzes und den jeweils angeschlossenen Netzzugangspunkten wird **Anschlussbereich** (*local exchange area*) genannt (Bild 3.1). Die Netzzugangspunkte befinden sich in der Regel direkt bei den jeweils nutzenden Personen bzw. angeschlossenen Geräten (z. B. 1. TAE; Kap. 3.1.1).

Die Verbindungswege zwischen einem Core-Netzknoten und den von diesem verwalteten Netzzugangspunkten werden als **Zugangsnetz** (*access network*) bezeichnet.

In Deutschland basiert das Zugangsnetz vielfach noch auf dem vorhandenen Leitungsnetz der Deutschen Telekom AG (**DTAG**), das aus Kupferdoppeladern (**a/b-Ader**; Kap. 3.1.1) besteht und aus dem analogen Telefonnetz stammt. Dieser Bereich wird umgangssprachlich oft auch als **„die letzte Meile“** (*the last mile*) bezeichnet.

Ursprünglich wurden diese Kupferleitungen im Anschlussbereich nur für die Übertragung schmalbandiger Sprachsignale (Datenrate < 128 kbit/s) genutzt. Heutzutage erfolgt über diese Leitungen mithilfe von DSL-Techniken (Kap. 3.1.2) die breitbandige Datenkommunikation mit den angeschlossenen Endgeräten. Hierbei werden spezielle **Anschlussknoten** (Bild 3.1) eingesetzt, um die Signale aller im Umkreis liegender, mit Kupferleitungen angeschlossener Netzzugangspunkte zu bündeln und diese dann zusammen über eine einzige Glasfaserleitung zum nächstgelegenen Core-Netzknoten zu leiten. Inzwischen wird auch der Ausbau einer Glasfaser-Infrastruktur im Anschlussbereich zügig vorangetrieben. Diese ersetzt dann die vorhandenen Kupferleitungen bis hin zum Netzzugangspunkt im Privat- oder Firmengebäude.

Die Leitung zwischen einem Zugangsknoten (bzw. einem Anschlussknoten) und einem Netzzugangspunkt bezeichnet man allgemein als **Anschlussleitung** (*connection cable, subscriber line*).

Mehrere Anschlussknoten können im Zugangsbereich auch zu einer eigenständigen Netzstruktur ausgebaut werden, die dann dem Kernnetz vorgelagert ist. Bild 3.2 stellt die unterschiedlichen Anschlussszenarien vereinfacht dar.

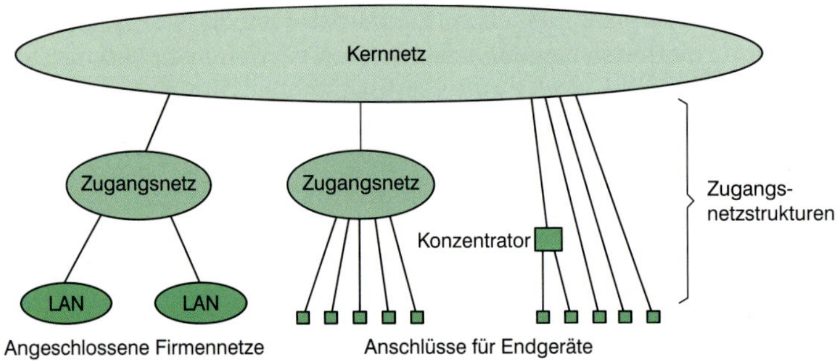

Bild 3.2: Anschlussszenarien an ein öffentliches Festnetz (Grundprinzip)

Die Verwendung anderer leitungsgebundener Zugangswege (z. B. BK-Kabelnetz; Kap. 3.3) oder der Einsatz von Funktechnologien (z. B. LTE, 5G; Kap. 3.6.2, Kap. 3.6.4) bieten alternative Möglichkeiten zu einer breitbandigen Überbrückung der letzten Meile.

Der zunehmende Einsatz cyber-physischer Systeme und die damit verbundene Entwicklung des **IoT** bzw. des **IIoT** (**I**nternet **o**f **T**hings; **I**ndustrial **I**nternet **o**f **T**hings; siehe Exkurs in Kap. 3.7) verändert das Anforderungsprofil öffentlicher Netze massiv. Vorhandene Kommunikationsstrukturen im Backbone-Bereich lassen sich zwar weiter verwenden, im Zugangs- und Anschlussbereich hingegen kommen an die M2M-Kommunikation angepasste, neu entwickelte Technologien zum Einsatz (z. B. LPWAN; Kap. 3.7).

An den Netzzugangspunkten (Netzschnittstellen) endet im Allgemeinen die Zuständigkeit eines Netzbetreibers. An einem solchen Netzzugangspunkt kann eine beliebige **Endeinrichtung** (**TE: T**erminal **E**quipment; z. B. Router, Telefon, PC) angeschlossen werden, sofern diese die jeweiligen Schnittstellenspezifikationen erfüllt. Gegebenenfalls sind hierzu auch entsprechende Wandler zur Anpassung der zu übertragenden Signale an die Eigenschaften des Übertragungsmediums erforderlich (z. B. A/D-Wandler, e-o-Wandler; Kap. 4.1.4). Bild 3.3 stellt modellhaft eine Kommunikationsverbindung über ein öffentliches Kommunikationsnetz dar.

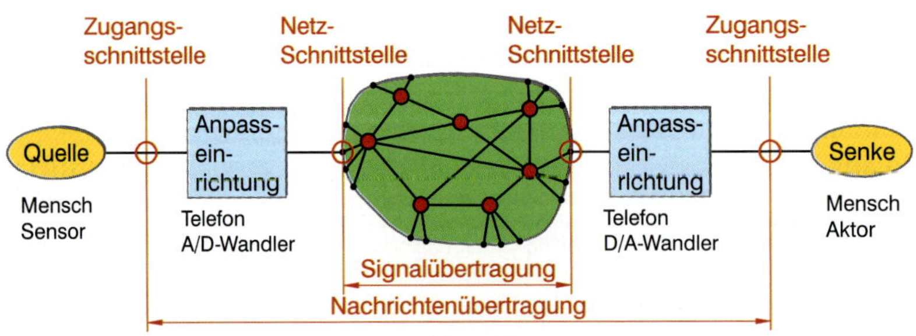

Bild 3.3: Technisches Kommunikationsmodell einer Verbindung über ein öffentliches Netz

Im technischen **Kommunikationsmodell** (*communication model*) wird der Ursprungsort einer Nachricht als **Quelle** (*source*) und der Zielort als **Senke** (*drain, sink*) bezeichnet. Die Signalübertragung erfolgt über einen sog. **Kanal** (*channel*). Dieser Kanal wird auch **Übertragungskanal** (*transmission channel*) oder **Kommunikationskanal** (*communication channel*) genannt.

Im technischen Kommunikationsmodell wird meist nur eine Übertragungsrichtung visualisiert (Bild 3.3). Erfolgt die Kommunikation bidirektional, so fungieren beide Kommunikationsendpunkte wechselseitig als Quelle und als Senke (Kap. 4.1.7).

Im Laufe der Entwicklung wurde der „Übertragungskanal" technisch unterschiedlich realisiert. Im analogen Telefonnetz war dies z.B. das Hintereinanderschalten einzelner Leitungsabschnitte (d.h. jeweils ein *physisch vorhandenes Medium*) zwischen Quelle(n) und Senke(n). Diese wurden für die Dauer einer Verbindung *zeitkontinuierlich* („Einfache IT-Systeme", Kap. 4.1.2) mit ihrer gesamten Übertragungskapazität bereitgestellt, unabhängig davon, ob diese Kapazität benötigt wurde oder nicht (d.h. auch in möglichen Sprechpausen).

Die heutigen Systeme arbeiten (nahezu) ausnahmslos IP-basierend (Kap. 1.5.4) und stellen den Kommunikationsparteien nur dann die jeweils erforderliche Übertragungskapazität auf einem physisch vorhandenen Medium zur Verfügung, wenn tatsächlich auch Informationen ausgetauscht werden (*bedarfsorientierte zeitliche Zuordnung von Übertragungskapazität*). Da es sich für die Teilnehmenden aber scheinbar um eine ständige Verbindung handelt, spricht man auch von einer **virtuellen Verbindung** (*virtual circuit*).

3

Die vor einer Übertragung von Nutzdaten zunächst erforderlichen Signalisierungsinformationen (z.B. Rufnummernübermittlung) werden zwar meist auf den gleichen physischen Leitungen übertragen wie die Nutzdaten, aber grundsätzlich in unterschiedlichen, voneinander unabhängigen Kanälen. Im Kernbereich einiger Netze gibt es hierzu auch Netzknoten, die nur Signalisierungsinformationen verarbeiten (**Signalisierungsnetzknoten**; *signalling nodes*). Diese Netzknoten bilden zusammen mit den Signalisierungskanälen das sog. **Signalisierungsnetz** (*signalling network*), das unabhängig vom Verbindungsnetz arbeitet und sämtliche Einrichtungen eines Kommunikationsnetzes mittels entsprechender Signalisierungsprotokolle steuert.

Ein technisch ausgereiftes öffentliches Kommunikationsnetz muss grundsätzlich folgende Anforderungen erfüllen können:

- Abgesehen von Ausnahmen in besonderen Fällen muss zu jeder Zeit eine Verbindungsmöglichkeit von einem Zugangspunkt A zu jedem beliebigen anderen Zugangspunkt B möglich sein.
- Alle Benutzenden müssen das gewünschte Ziel selbst bestimmen können, d.h., sie müssen steuernd eingreifen können. Die Zielbestimmung erfolgt durch entsprechende Wahlinformationen (z.B. Rufnummer oder IP-Adresse).
- Das Netz muss durch geeignete technische Maßnahmen sicherstellen, dass übertragene Daten nur am gewünschten Zielort zur Verfügung stehen und ein unerlaubter Zugriff insbesondere auf sensible Daten möglichst verhindert wird.
- Das Netz muss hinreichend groß dimensioniert sein, um eine genügende Anzahl gleichzeitiger Verbindungsmöglichkeiten für verschiedene nutzende Personen bzw. Endeinrichtungen zur Verfügung zu stellen.
- Das Netz muss von seinen technischen Übertragungsmöglichkeiten so dimensioniert sein, dass für jede Verbindung eine bedarfsgerechte Übertragungsrate zur Verfügung gestellt werden kann.

Aus Kostengründen muss insbesondere bei den beiden letztgenannten Punkten der notwendige technische Aufwand bei der Bemessung der Anzahl der verfügbaren Übertragungswege sowie der Übertragungsbandbreite durch statistische Auswertung des praktischen Verkehrsaufkommens begrenzt werden. Bei den im IoT verwendeten Low-Power-Netzstrukturen (Kap. 3.7) sind bei einigen Punkten geringere Anforderungen zu stellen.

Weitere wichtige Aspekte der Architektur sind die Ausfallsicherheit, die Flexibilität und die Validierung der Leistungsfähigkeit.

Unter der **Netzausfallsicherheit** (*network reliability*) versteht man die Fähigkeit eines Netzes, bei Ausfall einer Netzkomponente (z. B. einer kompletten Übertragungsleitung oder eines Netzknotens) den Verkehr wiederherzustellen. Da Ausfallzeiten eines Kommunikationsnetzes in der Regel mit Umsatzverlusten angeschlossener Firmen verbunden sind, ist das Ziel eines jeden Netzbetreibers die schnelle und automatische Beseitigung einer Störung. Darüber hinaus gehören Kommunikationsnetze zu den sog. **Kri**tischen **I**nfra**s**trukturen (**KRITIS**). Hierunter versteht man Einrichtungen und Organisationen mit wichtiger Bedeutung für das öffentliche Allgemeinwesen, bei deren Ausfall oder Beeinträchtigung erhebliche Störungen auftreten können (z. B. Versorgungs- oder Kommunikationsengpässe, Störung der öffentliche Sicherheit).

Zum besseren Schutz solcher kritischen Infrastrukturen sind am 16.01.2023 zwei EU-Richtlinien[1] in Kraft getreten:

- **CER**-Richtlinie (**C**ritical **E**ntities **R**esilience; alternativ: RCE-Directive, Resilience Critical Entities; EU-Directive 2022/2557), Richtlinie über die Resilienz kritischer Einrichtungen (Resilienz: Stärkung der Widerstandsfähigkeit bzw. Abwehr unerwünschter, zerstörender oder schädigender Einflüsse)
- **NIS**-2-Richtlinie (**N**etwork and **I**nformation **S**ecurity; EU-Directive 2022/2555), Richtlinie für ein erhöhtes (daher Version 2) gemeinsames Cybersicherheitsniveau innerhalb der EU

Beide Richtlinien dienen dazu, einen EU-einheitlichen Schutz vor physischen Störungen und Cyberangriffen zu gewährleisten

Die **Flexibilität** (*flexibility*) stellt ein Maß für die Möglichkeit des Netzes dar, auf veränderte zukünftige Verkehrsanforderungen zu reagieren.

Unter **Validierung** (*validity check*) versteht man die Analyse von Verkehrsdaten mit dem Ziel, ihre Vollständigkeit und Konsistenz hinsichtlich vordefinierter Parameter zu prüfen. Hierzu gehören Prozeduren zur Qualitätsüberwachung, zur Fehlererkennung und zur Fehlerreduzierung (**TCM: T**andem **C**onnection **M**onitoring; **POM: P**ath **O**verhead **M**onitoring). Die Überwachung erfolgt durch vorhandene Management-Systeme und Wartungszentren.

---

1 siehe z. B. https://www.bsi.bund.de/DE/Das-BSI/Auftrag/Gesetze-und-Verordnungen/NIS-Richtlinien/nis-richtlinie_node.html [letzter Zugriff: 08.02.2025]
https://nis2-navigator.de/was-ist-die-cer-richtlinie/ [letzter Zugriff: 08.02.2025]
https://www.openkritis.de/eu/index.html [letzter Zugriff: 08.02.2025]
https://www.openkritis.de/it-sicherheitsgesetz/kritis-dachgesetz-sicherheitsgesetz-3-0.html [letzter Zugriff: 06.02.2025]

3.1.1 Elektrischer Festnetzanschluss

Der Anschluss von Endgeräten an das Festnetz erfolgt in vielen Fällen über die vorhandene, noch aus Kupferleitungen bestehende Infrastruktur im Anschlussbereich. Um diese Leitungen auch für breitbandige Datenübertragungen nutzen zu können, werden DSL-Übertragungstechniken eingesetzt (Kap. 3.1.2). Inzwischen erfolgt zunehmend aber auch die Anbindung mit einer Glasfaserleitung, die bis ins Haus verlegt wird (FTTH: Fiber to the Home; Kap. 3.2.1). Hieraus resultieren prinzipiell unterschiedliche Anschlussszenarien (Bild 3.4).

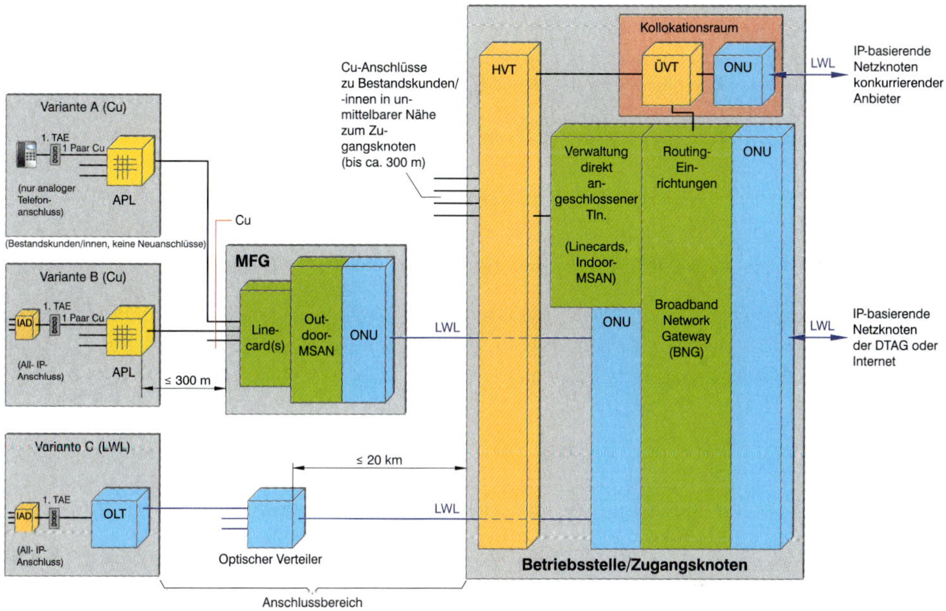

Bild 3.4: Varianten bei Festnetzanschlüssen (Grundprinzipien)

Der Einsatz der DSL-Technologie erfordert möglichst kurze Kupferleitungen, da ihre Signaldämpfung (Kap. 4.1.2) bei den hohen Frequenzen, die zur Übertragung heutiger Datenmengen erforderlich sind, zu groß ist. Daher können über vorhandene Kupferleitungen nur Endgeräte direkt an eine Betriebsstelle (Zugangsknoten) angeschlossen werden, die sich in unmittelbarer Nähe (< 300 m) von dieser befinden (Bild 3.4).

Weiter von einer Betriebsstelle entfernte Endgeräte müssen über einen zwischengeschalteten Anschlussknoten verbunden werden. Hierbei handelt es sich in den meisten Fällen um ein sog. **MFG** (**M**ulti**f**unktions**g**ehäuse; *multi-functional cabinet, multi-functional enclosure*), einen am Straßenrand platzierten Verteilkasten, der mit aktiven elektronischen Komponenten ausgestattet ist.

Das MFG ist über eine Glasfaserleitung (LWL; Kap. 4.2.2) mit der nächstgelegenen Betriebsstelle verbunden. Das **ONU** (**O**ptical **N**etwork **U**nit) ist hierbei quasi der Signalwandler (Kap. 4.1.4) für die elektrisch-optische bzw. optisch-elektrische Anpassung an das jeweilige Übertragungsmedium. Lediglich die Verbindung zwischen dem MFG und dem Anschlussort für die Endgeräte erfolgt über Kupferleitungen.

Im MFG befinden sich eine oder mehrere **Linecards**, die über jeweils bis zu 96 Ports für Cu-Anschlussleitungen (Cu = Kupfer) verfügen. Die Anschlüsse werden über eine verwaltende Komponente zusammengefasst, die als **Multi Service Access Node (MSAN)** bezeichnet wird. Der MSAN stellt auf der Endgeräte-Anschlussseite die verschiedenen IP-Services (VoIP, DSL, Internet, IP-TV usw.) zur Verfügung und passt sowohl die erforderlichen Übertragungsprotokolle als auch die zu übertragenden Signale entsprechend an. Darüber hinaus übernimmt er auch die Terminierung der Leitungsverbindung (Kap. 4.1.3.3).

Bei Bedarf kann der MSAN prinzipiell auch Ports bereitstellen, die einen klassischen analogen Telefonanschluss verwalten können. Hierbei führt er die erforderliche AD/DA-Wandlung der Sprache durch und stellt auch die Spannungsversorgung eines angeschlossenen, herkömmlichen Analogtelefons bereit (wie es im klassischen Analognetz üblich war). Dies erfolgt aber nur noch für alte bestehende Anschlüsse, sofern es sich um einen reinen Single-Play-Sprachanschluss (d. h. ohne DSL) handelt (Bild 3.4, Anschlussvariante A).

Ansonsten wird allen anschaltbaren Endgeräten nur noch ein sog. All-IP-Anschluss zur Verfügung gestellt (Bild 3.4, Anschlussvariante B).

Der Begriff **All-IP** bezeichnet die vereinheitlichende Umstellung von den vorher in Festnetzen eingesetzten unterschiedlichen Übertragungstechniken im Anschlussbereich auf die Basis des **I**nternet-**P**rotokolls **(IP)**. Damit einhergehend erfolgt auch die einheitliche Umstellung vorhandener Backbone-Netze auf das TCP/IP-basierende Routing.

Durch den Einsatz der All-IP-Technik wird beispielsweise die Signalauftrennung durch einen sog. Splitter überflüssig, der noch bei der kombinierten Übertragung von analogen Sprach- und digitalen DSL-Signalen auf der Anschlussleitung erforderlich war (Kap. 3.1.2).

Der Einsatz der All-IP-Technik besitzt zwar Vorteile für den Netzbetreiber (z. B. Abbau von Anschalttechnik, Einsparung von Wartungs- und Energiekosten), aber auch einige Nachteile für Nutzende:

- Damit man für eingehende Anrufe jederzeit erreichbar ist, muss das Media Gateway am Anschlussort der Endgeräte (allgemeine Bezeichnung **IAD**: **I**ntegrated **A**ccess **D**evice) permanent online sein. Einige Anbieter bauen hierbei eine für die Anwendenden unsichtbare separate Verbindung zum Netzknoten auf („PPPoE-Session“, Kap. 1.6.5).
- All-IP-Festnetz-Anschlüsse erhalten keine Stromversorgung vom Netzknoten, wie sie bei den vorherigen Netzen (z. B. Analognetz) vorzufinden war. Die Energiekosten des erforderlichen Media-Gateways gehen dadurch stets zulasten der Kundinnen und Kunden.
- Bei Stromausfall am Aufstellungsort funktioniert der All-IP-Anschluss nicht mehr, da dann auch das Media Gateway – aufgrund der fehlenden Energieversorgung durch den Netzbetreiber – stromlos ist.
- Aufgrund der fehlenden Stromversorgung durch den Netzbetreiber ist ein Festnetzanschluss über ein Media Gateway auch nur bedingt für Hausnotrufe oder ähnliche Dienste geeignet, die stets eine garantiert ununterbrochene Verfügbarkeit voraussetzen. Hier ist dann zusätzlich eine hausinterne Notstromspeisung erforderlich.
- Die Nutzung von herkömmlichen Faxgeräten ist bei einem All-IP-Anschluss nicht bzw. nur eingeschränkt möglich (abhängig von den unterstützten Protokollen des IAD, z. B. T.38, sowie von entsprechenden Fax-Gateways seitens des Netzbetreibers).

Der leitungstechnische Gebäudeanschluss erfolgt im **APL** (**A**bschluss**p**unkt-**L**inientechnik), der sich in der Regel im Hausanschlussraum („Einfache IT-Systeme", Kap. 5.6.7) befindet. Bei Neuinstallationen ist hierfür auch ein Bereich im Verteilerschrank vorgesehen, der dann als **HÜP** (**H**aus**ü**bergabe**p**unkt) bezeichnet wird. Die vom MFG kommenden Leitungen zum APL bzw. HÜP werden bei der Erstinstallation meist mehrpaarig ausgeführt (z.B. Sternvierer, Kap. 4.1.1.3), damit bei späteren Erweiterungen entsprechende Reserveleitungen zur Verfügung stehen.

Alternativ kann der Anschluss auch mit einer Glasfaserleitung erfolgen, die bis ins Gebäude geführt wird (Bild 3.4, Anschlussvariante C). Hierbei sind vergleichsweise verlustarm wesentlich größere Entfernungen überbrückbar als mit Kupferleitungen. Auf der Strecke zwischen Betriebsstelle und angeschlossenen Gebäuden befinden sich ggf. nur passive, optische Verteiler (Kap. 3.2.1). Das **ONT** (**O**ptical **N**etwork **T**ermination) fungiert als optischer Leitungsabschluss und setzt das Signal erst im Anschlussgebäude auf Kupferleitungen um (**FTTH:** **F**iber **t**o **t**he **H**ome; Kap. 3.2.1).

Die elektrische Anschaltung von Endgeräten erfolgt dann in den anzuschließenden Gebäuden über die sog. 1. TAE.

Als **1. TAE** (1. **T**elekommunikations-**A**nschluss-**E**inheit; *telecommunications connection unit*) bezeichnet man die erste vom Netzbetreiber in Gebäuden installierte genormte elektrische Anschlussdose.

An diese Anschlussdose wird bei einem All-IP-Anschluss eine Komponente angeschlossen, die allgemein als **IAD** (**I**ntegrated **A**ccess **D**evice) bezeichnet wird. Dies bildet den Netzabschluss für die Anschlussleitung und fungiert gleichzeitig als Media Gateway. Meist besteht es aus einer Kombination von DSL-Modem, LAN- bzw. WLAN-Router sowie den erforderlichen Schnittstellen für den Anschluss unterschiedlicher Kommunikationsgeräte (LAN-Buchsen, USB-Anschluss, je nach Ausstattung z.B. Analog-, DECT-Telefon; IPTV-fähige AV-Geräte). Das IAD wird landläufig als „WLAN-Router" bezeichnet.

TAE-Stecker und -Dosen verfügen jeweils über sechs elektrische Kontakte, die zweiadrige Anschlussleitung liegt stets auf den Kontakten 1 und 2 (an der Dose auch mit „La" und „Lb" bezeichnet; Leitung a, Leitung b; kurz: a/b-Ader). In dieser 1. TAE befindet sich zusätzlich ein sog. **passiver Prüfabschluss (PPA)**, bestehend aus einem Widerstand und einer Diode („Einfache IT-Systeme", Kap. 5.1.4.3 und Kap. 5.5.4.1). Hiermit ist es möglich, die elektrischen Eigenschaften der Anschlussleitung von der Betriebsstelle aus messtechnisch zu überprüfen, ohne dass Endgeräte angeschlossen sind.

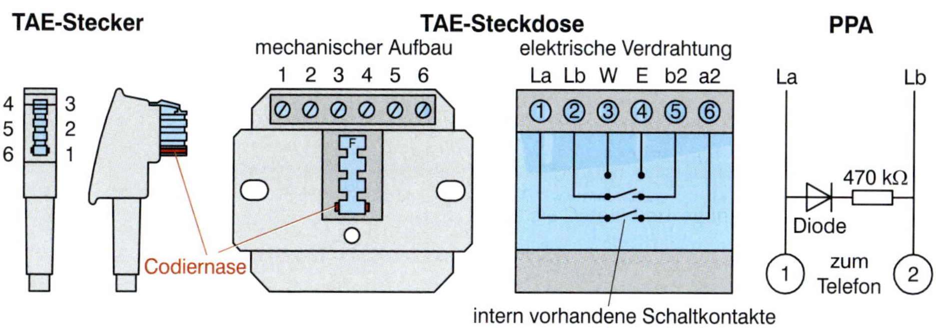

Bild 3.5: F-codierter TAE-Stecker und TAE-Steckdose mit passivem Prüfabschluss

Möchte man an anderer Stelle eine zusätzliche TAE-Dose platzieren, so darf die Anschlussleitung zu dieser TAE nur an die Klemmen 5 und 6 der 1. TAE angeschlossen werden, sodass die Dosen in Reihe zueinander liegen (Reihenschaltung; „Einfache IT-Systeme“, Kap. 5.2.1). Hierbei bewirkt der mechanische Aufbau des TAE-Stecksystems, dass stets nur eine einzige Dose aktiv genutzt werden kann, da das Einführen eines Steckers in eine Dose die intern vorhandenen Kontakte öffnet, sodass nachgeschaltete Dosen automatisch vom Netz getrennt werden. Die mit „W“ und „E“ bezeichneten Anschlüsse (sofern vorhanden) stammen noch aus dem Analognetz und werden heute nicht mehr benutzt.

Das TAE-Stecksystem verfügt zusätzlich über eine ebenfalls noch aus dem Analognetz stammende mechanische Codiernase (in Bild 3.5 rot markiert). Hiermit wurde im Analognetz zwischen dem Anschluss von **F**ernsprechapparaten („F-Codierung“) und **N**icht-Fernsprechapparaten („N-Codierung“, Codiernase bei Kontakten 3 und 4; z.B. bei Anrufbeantworter und Fax) unterschieden, die an einer 1. TAE mit drei entsprechenden Anschlussbuchsen gleichzeitig betrieben werden konnten. Viele bestehende Anschlüsse verfügen noch über eine solche NFN-codierte 1. TAE. Bei einem All-IP-Anschluss wird nur noch der F-Anschluss benötigt.

In der **Betriebsstelle** (*central office, operating control center*; ehemalige Bezeichnung: „Vermittlungsstelle“) gelangen sämtliche Verbindungs- und Anschlussleitungen zunächst zum **HVT** (**H**aupt**v**er**t**eiler; *main distribution frame, main distributor*; ein im Keller befindlicher Anschlussraum). Von hier werden sämtliche Leitungen (LWL und Cu) über entsprechende Innenkabel zum weiteren signalverarbeitenden Equipment geführt. Die vermittlungstechnischen Kernkomponenten jeder Betriebsstelle sind die sog. **Broadband Network Gateways (BNG)**, die für das gesamte Routing der Datenströme zuständig sind. An ihnen sind sowohl die MSANs in den MFGs **(„Outdoor-MSAN“)** als auch der MSAN in der Betriebsstelle **(„Indoor-MSAN“)** angeschlossen.

Exkurs

BNGs werden u. a. von der Firma Cisco vertrieben, die in einem Exposé hierzu einführend formuliert:

„Broadband Network Gateway (BNG) is the access point for subscribers, through which they connect to the broadband network. When a connection is established between BNG and Customer Premise Equipment (CPE), the subscriber can access the broadband services provided by the Network Service Provide (NSP) or Internet Service Provider (ISP). BNG establishes and manages subscriber sessions. When a session is active, BNG aggregates traffic from various subscriber sessions from an access network, and routes it to the network of the service provider. BNG is deployed by the service provider and is present at the first aggregation point in the network, such as the edge router. An edge router needs to be configured to act as the BNG. Because the subscriber directly connects to the edge router, BNG effectively manages subscriber access, and subscriber management functions such as:

- *Authentication, authorization and accounting of subscriber sessions*
- *Address assignment*
- *Security*
- *Policy management*
- *Quality of Service (QoS)*

Some benefits of using BNG are:

- *The BNG router not only performs the routing function but also communicates with*
- *authentication, authorization, and accounting (AAA) server to perform session management and billing functions. This makes the BNG solution more comprehensive.*
- *Different subscribers can be provided different network services. This enables the service provider to customize the broadband package for each customer based on their needs."*

Quelle: *Cisco Systems, Inc. (Hrsg.): Broadband Network Gateway Configuration Guide for Cisco ASR 9000 Series Routers, IOS XR Release 6.2.x – Chapter: Broadband Network Gateway Overview, letztes Update: 10.09.2020, veröff. unter: https://www.cisco.com/c/en/us/td/docs/routers/asr9000/software/asr9k-r6-2/bng/configuration/guide/b-bng-cg-asr9000-62x/b-bng-cg-asr9000-62x_chapter_010.html [letzter Zugriff: 09.10.2024]*

Vom BNG gelangen die verarbeiteten Signale direkt ins eigene IP-Backbone-Netz des jeweiligen Netzbetreibers oder über einen im Kollokationsraum vorhandenen **Übergabeverteiler** (**ÜVT**; *collocation distributor*) in das Netz eines konkurrierenden Anbieters. Zur Erzielung hoher Datenraten wird für die Übertragung auf den Glasfaserleitungen im Backbone-Bereich das Wellenlängenmultiplex eingesetzt (Kap. 4.1.8.3).

Alternativ zu der aus zwei Kupferleitungen oder einer Glasfaserleitung bestehenden Infrastruktur lässt sich ein Festnetzanschluss an ein öffentliches Kommunikationsnetz auch mit einer Koaxialleitung über das sog. BK-Netz realisieren (Kap. 3.3).

3

3.1.2 DSL-Anschlusstechniken

DSL ist die Abkürzung für **D**igital **S**ubscriber **L**ine (digitale Anschlussleitung) und bezeichnet Übertragungsverfahren zur breitbandigen Nutzung vorhandener Telefonleitungen (Kupferdoppeladern) zwischen einem Anschlussnetzknoten eines Festnetzes und einem Gebäude mit anzuschließenden Endgeräten.

Die DSL-Technik ist nur auf Kupferleitungen einsetzbar.

Hierbei wird mit folgenden Bezeichnungen zwischen den beiden Übertragungsrichtungen unterschieden:

- **Upstream** für die Richtung vom angeschlossenen Endgerät zum Netzknoten
- **Downstream** für die Richtung vom Netzknoten zum angeschlossenen Endgerät

Die entwickelten DSL-Übertragungsverfahren werden grundsätzlich in asymmetrische und symmetrische Verfahren unterteilt (Bild 3.6):

Bezeichnung	Merkmal	Beispiele
Asymmetrisches Verfahren	Die Downstream-Datenrate ist wesentlich höher als die Upstream-Datenrate.	**ADSL:** Asymmetrical Digital Subscriber Line
Symmetrisches Verfahren	Die übertragbaren Datenraten sind Upstream und Downstream gleich groß.	**SDSL:** Symmetrical Digital Subscriber Line **VDSL:** Very High Bit-Rate Digital Subscriber Line

Bild 3.6: Grundsätzliche Unterscheidung der DSL-Übertragungsverfahren

Die asymmetrischen DSL-Verfahren wurden ursprünglich entwickelt, um eine vorhandene zweiadrige Telefonanschlussleitung *gleichzeitig und unabhängig* von einem analogen Telefonanschluss (**POTS:** ***P**lain **O**ld **T**elephone **S**ervice*) oder den ersten digital arbeitenden Netzanschlüssen (**ISDN:** ***I**ntegrated **S**ervices **D**igital **N**etwork*; inzwischen abgeschaltet) für den breitbandigen Downstream aus dem Internet zu nutzen, da dieser meist wesentlich umfangreicher ist (z. B. ein Videostream) als der zugehörige Upstream (z. B. eine Suchanfrage).

Damit sich beide Anwendungen bei gleichzeitiger Nutzung nicht gegenseitig stören, erfolgte die Übertragung der ADSL-Signale ursprünglich oberhalb derjenigen Frequenzen, die für die jeweilige Sprachkommunikation erforderlich waren (POTS: bis 4 kHz; ISDN: bis 120 kHz). Obwohl theoretisch eine ADSL-Übertragung in Kombination mit POTS – inklusive eines Schutzabstandes – bereits ab ca. 20 kHz möglich gewesen wäre (Bezeichnungen: „ADSL-over-POTS"; **Annex A**; lat. *annexus*: Anhang, Verbindung), wurde in Deutschland stets nur die international spezifizierte, in Kombination mit ISDN verwendete ADSL-Übertragung ab 138 kHz geschaltet (Bezeichnungen: „ADSL-over-ISDN", **Annex B**; Bild 3.7 a). Die Telefon- und die ADSL-Signale wurden gemeinsam über die zweiadrige Anschlussleitung übertragen und sowohl bei den Teilnehmenden als auch im ersten Netzknoten durch eine passive Frequenzweiche (**Splitter**) voneinander getrennt und anschließend separat weiterverarbeitet.

Die symmetrischen Verfahren nutzten ursprünglich ebenfalls Übertragungsfrequenzen oberhalb von 138 kHz. Sie dienten dazu, bidirektional einen gleichgroßen Datentransport zu ermöglichen (z. B. für Videokonferenzen mit vielen Teilnehmenden). Mit symmetrischen Verfahren lassen sich die Daten bei Bedarf aber auch asymmetrisch übertragen.

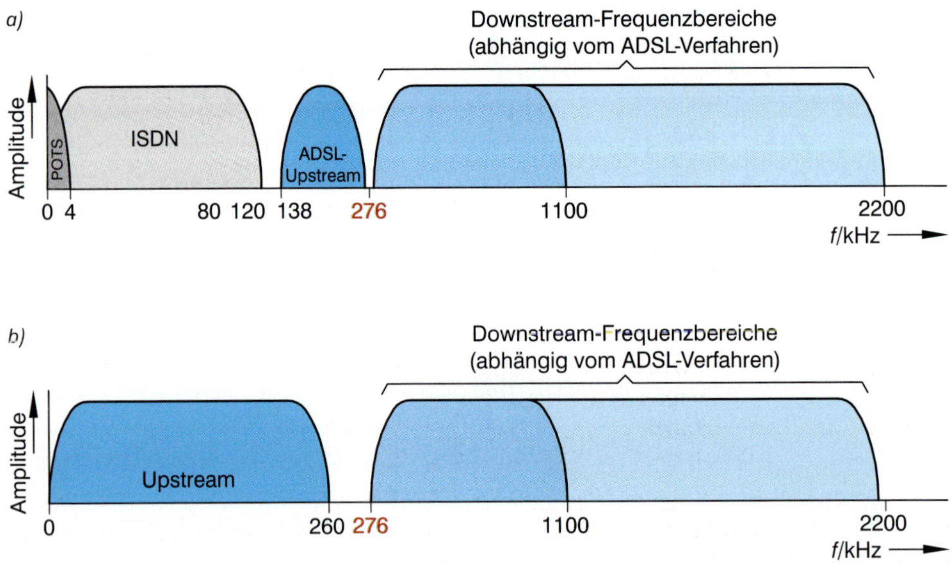

Bild 3.7: Grundprinzip der Frequenzaufteilungen am Beispiel von ADSL-Systemen:
a) Annex B („ADSL-over-ISDN")
b) Annex J („All-Digital-ADSL")

Inzwischen kommt bei allen unsymmetrischen und symmetrischen Verfahren nur noch eine Spezifikation zum Einsatz, bei der auch der gesamte Frequenzbereich unterhalb von 138 kHz zur Übertragung des DSL-Signals genutzt wird (Bild 3.7 b). Ein Splitter ist nicht mehr erforderlich. Dieses Verfahren trägt allgemein die Bezeichnung „All-Digital-DSL“ (**Annex J**). Eine Sprachkommunikation ist hierbei nur in Form von VoIP möglich (Kap. 3.8.1).

Die Annex-J-Anbindung eines Endgeräts wird auch als **entbündeltes DSL** (*unbundled DSL*) oder **splitterloses DSL** (*splitter-less DSL*) bezeichnet.

Für den Up- und den Downstream verwenden die heutigen DSL-Verfahren bedarfsorientiert vielfach auch andere Aufteilungen und höhere Frequenzen als in Bild 3.7 b dargestellt. Die Aufteilungen sind dann teilweise auch ineinander verschachtelt (z. B. bei VDSL; Bild 3.11). Bei allen Verfahren wird die praktisch erreichbare Übertragungsrate bestimmt durch die frequenzabhängige Dämpfung der Leitung (Kap. 4.1.2), den Leitungsdurchmesser sowie durch Störeinflüsse, die von Funkdiensten oder anderen elektrischen Geräten und Leitungen ausgehen können oder die durch elektromagnetische Kopplungseffekte von gleichlaufenden Adern im selben Kabel verursacht werden (Nebensprechen; Kap. 4.1.3.1).

3

Charakteristisch für alle DSL-Varianten ist die Anwendung eines Übertragungsverfahrens auf der zweiadrigen Anschlussleitung mit der Bezeichnung **DMT** (**D**iscrete **M**ultitone **T**ransmission: diskrete Mehrträgerübertragung). Bei diesem Verfahren wird der auf der Leitung verfügbare Frequenzbereich in einzelne schmale Frequenzbänder – sog. **Sub-Channels** – unterteilt.

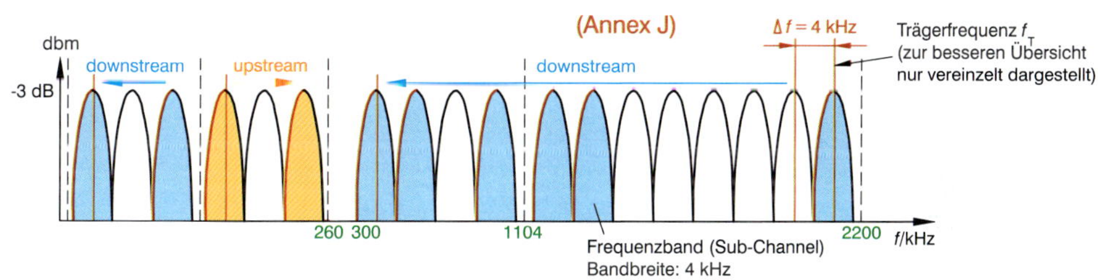

Bild 3.8: Grundprinzip der Discrete Multitone Transmission (Beispiel für eine mögliche Frequenzaufteilung)

In der Mitte eines jeden Sub-Channels liegt die jeweilige Trägerfrequenz (f_{T1}, f_{T2} usw.; Bild 3.8). Der Abstand zwischen den Trägerfrequenzen beträgt bei ADSL ca. 4 kHz (bei VDSL abhängig vom Frequenzprofil auch mehr). In jedem Sub-Channel wird ein unabhängiger Übertragungskanal mit einer Bandbreite (Kap. 4.1.5.3) von etwa 4 kHz aufgebaut (bei VDSL abhängig von der Frequenzbandaufteilung auch größer).

Die Nutzdaten werden auf die Kanäle verteilt und jeweils mittels Quadratur-Amplitudenmodulation (QAM; Kap. 4.1.5.2) übertragen. Vor Inbetriebnahme des Systems wird jeder Kanal auf seine Übertragungsqualität geprüft.

Die Qualitätsprüfung der einzelnen Kanäle in einem DSL-System wird als **Bitallokation** (*bit allocation*) bezeichnet. Durch sie wird bestimmt, wie viele Bits auf jedem einzelnen Kanal übertragen werden können.

Ist die Qualität eines Kanals gut, so wird über ihn eine hohe Nutzdatenrate übertragen. Ist sie schlechter, so wird eine geringere Rate zugeteilt. Die Zuteilung der Datenraten für die einzelnen Kanäle erfolgt durch eine Software in Echtzeit. So kann sich das System immer optimal an die Übertragungsqualität der Kanäle anpassen. Die insgesamt im System übertragene Datenrate ist die Summe der auf den einzelnen Kanälen übertragenen Bitraten. Zur Erhöhung der übertragbaren Nutzdatenrate lässt sich das standardmäßig implementierte **Interleaving** abschalten (Interleaving = verbesserte Fehlerkorrektur durch verschachtelte Übertragung von kleineren Datenpaketen). Hierdurch wird die sog. Ping-Zeit (Hin- und Rücklaufzeit der Datenpakete; siehe auch Kap. 1.5.4.6, Kap. 1.7.3.1) verkürzt.

3.1.3 ADSL- und VDSL-Spezifikationen

Im Laufe der technischen Entwicklung wurden unterschiedliche ADSL-Spezifikationen entwickelt. Hierbei wurden die Upstream- und die Downstream-Raten stetig vergrößert – insbesondere durch Erweiterung des Frequenzbereiches für die Übertragung. Die größte Marktpräsenz erlangten hierbei die Varianten mit den Bezeichnungen ADSL1, ADSL2 und ADSL2+ (Bild 3.9). Die technischen Informationen zu den jeweiligen Verfahren werden in den aufgeführten ITU-Standards dokumentiert und entsprechend aktualisiert.

Kenngrößen	ADSL1	ADSL2	ADSL2+
ITU-Standard (inkl. Aktualisierung)	G.992.1	G992.3	G.992.5
Anschlussleitung	1 Cu-DA	1 Cu-DA	1 Cu-DA
Upstream	≤ 3,5 Mbit/s	≤ 3,5 Mbit/s	≤ 3,5 Mbit/s
Downstream	≤ 8 Mbit/s	≤ 12 Mbit/s	≤ 24 Mbit/s
Frequenzbereich	0–1,1 MHz	0–1,1 MHz	0–2,2 MHz
Reichweite	≤ 5 km	≤ 5,5 km	≤ 1,5 km
Übertragungsverfahren	DMT	DMT	DMT

Bild 3.9: Kenngrößen klassischer ADSL-Varianten (Auszug aus dem ITU-Standard; angegebene Werte beziehen sich auf Annex J; Tarifangebote sind meist abweichend)

Im Zuge des stetig anwachsenden Bedarfs an Übertragungsbandbreite haben die rein asymmetrischen Verfahren gegenüber den symmetrischen Verfahren inzwischen an Bedeutung verloren.

VDSL (**V**ery High Bit-Rate **D**igital **S**ubscriber **L**ine) bezeichnet eine Gruppe symmetrischer Verfahren, mit denen sich die Daten bei Bedarf aber auch asymmetrisch übertragen lassen. Eine Kompatibilität zu ADSL2/2+ ist meist gegeben, sie besteht jedoch nicht zwischen den verschiedenen VDSL-Varianten.

VDSL1 verwendet zur Übertragung den Frequenzbereich bis 12 MHz (Annex J), welcher in zwei Downstream- und zwei Upstream-Bereiche aufgeteilt ist (Bild 3.11). Allerdings ist diese Variante in Deutschland kaum verbreitet. VDSL2 kann theoretisch Frequenzen bis 30 MHz nutzen. In Deutschland wird aber meist das sog. **Frequenzprofil 17a** eingesetzt, d. h., die genutzte Frequenzbandbreite beträgt ca. 17 MHz, verteilt auf bis zu 4 000 Trägerfrequenzen mit mehreren Upstream- und Downstream-Bereichen (Bild 3.10). Das theoretisch mögliche Frequenzprofil 30a wird nicht angeboten.

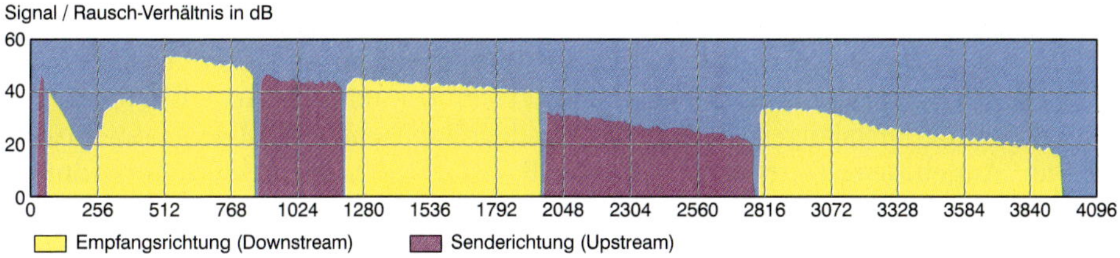

Bild 3.10: Reales DMT-Frequenzspektrum 17a bei einem VDSL-Anschluss (Hinweis: Aufgrund des Darstellungsmaßstabs liegen die Trägerfrequenzen mit ihren Übertragungskanälen gemäß Bild 3.8 so eng beieinander, dass sie nicht mehr einzeln erkennbar sind, sondern wie zusammenhängende Blöcke erscheinen; siehe auch Kap. 4.1.5.3)

VDSL nutzt in der Annex-J-Variante auch den Frequenzbereich unterhalb von 138 kHz. Neben den in Bild 3.11 dargestellten Frequenzbandaufteilungen sind auch andere Frequenzbandprofile einstellbar, sodass insbesondere VDSL2 auch kompatibel zu ADSL2/2+ betrieben werden kann, sofern dies (noch) erforderlich sein sollte. Ein entsprechender VDSL2-Chipsatz bietet somit sämtliche technischen Voraussetzungen, sowohl als VDSL2- als auch als ADSL2/2+-Baustein zu arbeiten. Dies erlaubt den Betreibern einen problemlosen Wechsel zwischen den in einem Netz eingesetzten Verfahren mit nur einer einzigen Chip-Technologie. Die hohen Datenraten bei VDSL2 lassen sich allerdings nur auf wenigen hundert Metern erreichen. Daher lässt sich VDSL nur durch den Einsatz entsprechender VDSL-kompatibler Hardware im MFG (Kap. 3.1.1) oder in Verbindung mit FTTC (Kap. 3.2.1) flächendeckend anwenden.

3

	VDSL1 (wenig verbreitet)	VDSL2
ITU-Standard	G.993.1	G.993.2
Frequenzbereich	0 Hz–12 MHz (Annex J)	0 Hz–30 MHz (Annex J)
Bandaufteilung (Beispiele)	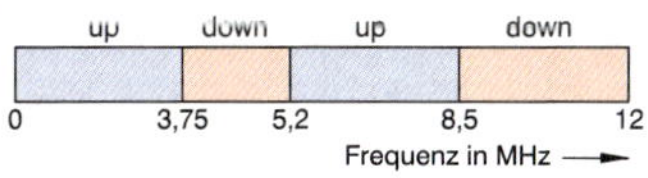	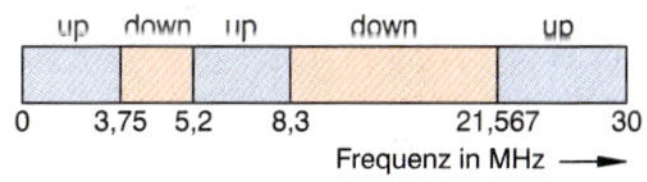
Reichweite	≤ 300 m ≤ 1,0 km	≤ 300 m ≤ 1,0 km ≤ 5 km
Up-/Downstream[1] (symmetrisch)	≤ 50/50 Mbit/s ≤ 25/25 Mbit/s	≤ 100/100 Mbit/s ≤ 50/50 Mbit/s ≤ 5/5 Mbit/s
Up-/Downstream[1] (asymmetrisch)	≤ 10/50 Mbit/s* ≤ 5/25 Mbit/s	50/150 Mbit/s* ADSL 2/2+ kompatible Datenraten
Modulationsverfahren	QAM oder DMT	DMT

** Theoretischer Wert, jeweils ohne Vectoring; Tarifangebote sind jeweils abweichend*

Bild 3.11: Kenngrößen verschiedener VDSL-Verfahren[1]

1 *Maximalwerte nur unter Laborbedingungen über kurze Strecken realisierbar; derzeitige Werte in der Praxis z. B. bei VDSL2: 40/100 Mbit/s unter Einsatz von Vectoring.*

Die angegebenen Werte sind theoretische Maximalwerte, die nur unter Laborbedingungen über kurze Strecken realisierbar sind. Die in Tarifangeboten aufgeführten Datenraten sind daher meist geringer als in Bild 3.11 angegeben. Die realisierbaren Werte hängen zudem von der Leitungslänge zwischen dem Endgeräteanschluss und dem ersten Netzknoten ab. Angebotene Datenraten liegen z. B. bei VDSL2 in einer Größenordnung zwischen 10 Mbit/s Upstream und 50 Mbit/s Downstream. Bei höheren Werten sind in der Regel zusätzliche technische Maßnahmen zur Optimierung der Datenübertragung erforderlich (z. B. Vectoring; Kap. 3.1.4).

Zu beachten ist, dass DSL-Tarifangebote vielfach Formulierungen wie „Datenrate bis zu" enthalten. Effektiv steht Kundinnen und Kunden dann oft nur ein Bruchteil der jeweils aufgeführten Datenrate für den Download zur Verfügung. Diesem Umstand hat die Bundesnetzagentur durch eine sog. **Transparenzverordnung** entgegengewirkt, die jeden Anbieter in Deutschland u. a. dazu verpflichtet, exakt Auskunft über die tatsächlich verfügbaren Datenraten zu geben.

3.1.4 DSM, Vectoring und G.fast

Unter der Bezeichnung **Dynamic Spectrum Management (DSM)** fasst man unterschiedliche Optimierungsverfahren zusammen, die bei DSL zur Erhöhung der Übertragungsrate auf der Anschlussleitung eingesetzt werden.

Einerseits lässt sich eine solche Erhöhung erreichen, indem die Anzahl der Leitungen eines teilnehmenden Anschlusses vergrößert wird und diese mittels Bonding oder durch eine Phantomschaltung genutzt werden.

Beim **Bonding** werden lediglich mehrere vorhandene Kupferdoppeladern zur Anschaltung von Endgeräten parallel genutzt. Hierzu ist allerdings ein spezieller **Multipath-Router** für die Lastverteilung (*load-balancing*) auf den Leitungen erforderlich.

Bei der **Phantomschaltung** werden die einzelnen Adernpaare zunächst jeweils einzeln als DSL-Verbindung genutzt; so ergibt sich z. B. bei zwei Adernpaaren zunächst eine Verdopplung der Datenrate. Zusätzlich lässt sich dann eine weitere, „virtuelle" DSL-Verbindung zwischen den beiden Adernpaaren schalten, wodurch sich ohne zusätzlichen Leitungsaufwand die Datenrate nochmals erhöht. Beide Verfahren werden allerdings nur vereinzelt eingesetzt.

Andererseits lässt sich eine Erhöhung erreichen, indem diejenigen Störeffekte kompensiert werden, die bei der Übertragung durch **Übersprechen** (*crosstalk*; Kap. 4.1.3.1) zwischen zwei Kupferdoppeladern entstehen. Dies tritt auf den Anschlussleitungen auf, da diese im Leitungsbündel über keine Paarabschirmung verfügen (Kap. 4.1.1.3). Bei der Kompensation dieser Effekte unterscheidet man verschiedene DSM-Level.

Alle in Bild 3.12 genannten Verfahren werden einzeln oder kombiniert eingesetzt. Bei Level 1 und 2 ist eine zentrale Steuerung erforderlich, welche den MSAN jeweils in Echtzeit darüber informiert, mit welcher Sendeleistung und in welchem Frequenzbereich die überwachten, eigenen Anschlussleitungen jeweils gespeist werden müssen, um eine effiziente Übertragung zu realisieren. Von Fremdanbietern angemietete Leitungen werden nicht in die Überwachung einbezogen. Level 3 bedarf einer komplexeren Steuerung und wird beim sog. Vectoring eingesetzt.

Spectrum Balacing und Interferenzunterdrückung in Echtzeit bilden die Basis für das Vectoring, das insbesondere von der DTAG bei VDSL2 eingesetzt wird.

DSM-Level	Merkmale
1	**Bitratenadaption** (**B**it **R**ate **A**daption, **BRA**) Für jede DMT-Trägerfrequenz (Bild 3.8) einer DSL-Leitung wird ein eigener Sendepegel festgelegt, der sich an der Anzahl der entstehenden Bitfehler orientiert. Der Signalpegel und damit die Anzahl übertragbarer Bits (Minimum: 1 bit pro Sub-Channel; Kap. 3.1.2) kann dabei so weit gesenkt werden, dass er gerade noch über dem Rauschpegel (Kap. 4.1.3.2) liegt, um die Störeinflüsse durch Übersprechen so gering wie möglich zu halten.
2	**Spectrum Balancing** In einem Leitungsbündel mit mehreren Anschlussleitungen erfolgt eine Anpassung (in Form unterschiedlicher Aufteilung) der jeweils verwendeten DMT-Trägerfrequenzen (Kap. 3.1.2) für jede einzelne DSL-Leitung, damit diese sich gegenseitig so wenig wie möglich beeinträchtigen.
3	**Interferenzunterdrückung** (**I**nterference **C**ancellation, **IFC**) Unter Interferenz versteht man die Überlagerung und gegenseitige Beeinflussung von Wellen gleicher oder eng benachbarter Frequenzen. Diese entstehen durch Übersprechen von Signalen zwischen nebeneinanderliegenden Kupferleitungen. Mittels IFC werden diese gegenseitigen Interferenzen unterdrückt, wodurch sich der Störabstand (Kap. 4.1.3.2) und damit die übertragbare Datenrate vergrößert.

Bild 3.12: DSM-Level

3

Vectoring bezeichnet ein von der ITU standardisiertes, leitungsübergreifendes Verfahren zur Reduzierung von Störeinflüssen durch Übersprechen im Anschlussbereich auf der Kupferdoppelader (ITU-Standard G.933.5).

Hierbei wird das Signal einer Kupferdoppelader ständig analysiert und das eingespeiste Originalsignal mit dem gestörten Signal verglichen. Mittels komplexer mathematischer Algorithmen werden Kompensationssignale berechnet, die gegenphasig zum Störsignal sind und dem gestörten Signal in Echtzeit überlagert werden. Hierdurch wird das Störsignal ausgelöscht.

Vectoring kann aber nur dann effizient bei VDSL2 eingesetzt werden, wenn alle Leitungen eines MSAN (Kap. 3.1.1) zentral überwacht und entsprechend gesteuert werden. Dies ist in der Praxis nur dann möglich, wenn sie von einem einzigen Anbieter stammen. Konkurrierende Mitanbieter können daher zwangsläufig keine VDSL-Anschlüsse über einzelne angemietete Leitungen der DTAG realisieren, die an MFGs mit Vectoring-Funktion angeschaltet sind. Hierzu ist entweder ein eigenes Zugangsnetz erforderlich oder die Anmietung und anschließende Komplettversorgung eines gesamten Anschlussbereichs durch den Fremdanbieter.

Entsprechende gesetzliche, regulatorische Vorgaben seitens der Bundesnetzagentur, die in diesem Geschäftsfeld den Belangen aller beteiligten Anbieter gerecht werden sollen und die den EU-Richtlinien entsprechen, sehen vor, dass konkurrierende Mitanbieter ihre Datenraten drosseln müssen, sofern sie durch eigene Zugänge die Vectoring-Anschlüsse der DTAG stören.

In Kombination mit Vectoring lässt sich mit VDSL2 in der Praxis derzeit eine Download-Datenrate bis zu 100 Mbit/s und eine Upload-Datenrate bis zu 40 Mbit/s für eine wesentlich größere Anzahl von Hausanschlüssen als bisher bereitstellen, die gemeinsam an einem bis zu 300 m langen Leitungsbündel angeschlossen sind. Die nächste Entwicklungsstufe mit der

Bezeichnung **Super-Vectoring** (Alternativbezeichnungen: **Vectoring Plus, V Plus, VDSL Annex Q**; ITU-Standard G.993.2 Annex Q) erhöht bei einem gleichbleibenden Upstream mit bis zu 40 Mbit/s die Datenrate im Downstream auf bis zu 250 Mbit/s. Hierzu wird der verwendete Frequenzbereich von VDSL2 auf 35 MHz vergrößert (Frequenzprofil 35a).

Eine weitere Möglichkeit, den Datendurchsatz auf der Anschlussleitung nochmals zu erhöhen, bietet **G.fast**. Diese Übertragungstechnik für DSL wird als Nachfolger von VDSL2 angesehen. Hierbei werden – anders als bei VDSL2 – OFDM-modulierte Frequenzen (Kap. 4.1.5.2) zunächst bis 106 MHz verwendet, in einer zweiten Entwicklungsstufe – unter der Bezeichnung **NG.fast** – dann auch bis 212 MHz. In beiden Fällen werden die Frequenzen per **Time Division Duplex** (TDD; Kap. 4.1.7.4) wechselweise für den Up- und den Downstream genutzt. Mit G.fast soll in der zweiten Ausbaustufe eine Gesamtübertragungsrate von bis zu 2 Gbit/s auf einer Kupferdoppelader realisiert werden, wobei sich diese Gesamtrate bedarfsorientiert richtungsweise splitten und dynamisch anpassen lässt. Aufgrund der bei diesen hohen Frequenzen auftretenden Dämpfungen (Kap. 4.1.2) kann G.fast allerdings nur bei Entfernungen bis 250 m sinnvoll eingesetzt werden. Damit die Anschlussleitungen bei diesen hohen Frequenzen nicht wie lange Antennen wirken und Störungen verursachen (z. B. im UKW-Bereich 87,5–108 MHz) wird dieser Bereich herausgefiltert (Notchfilter, Kerbfilter). Wegen der bei diesen Frequenzen erheblichen Anfälligkeit für Übersprechen ist auch hier Vectoring unbedingt erforderlich. G.fast wird in den ITU-Spezifikationen G.9700 und G.9701 beschrieben. Da aber die Datenübertragungsraten über Kupferdoppeladern langsam an ihre Grenze kommen, gehört die Zukunft der leitungsgebundenen Anschlüsse zweifelsfrei der Glasfasertechnik.

AUFGABEN

1. Bei öffentlichen Kommunikationsnetzen unterscheidet man generell zwischen Festnetzen und Funknetzen. Erläutern Sie den Unterschied.
2. Beschreiben Sie allgemein den Aufbau und die Struktur eines öffentlichen Festnetzes.
3. Welcher Unterschied besteht bei einem öffentlichen Festnetz zwischen einem Zugangsnetzknoten, einem Durchgangsnetzknoten und einem Anschlussnetzknoten?
4. Die Verbindungswege in öffentlichen Kommunikationsnetzen werden mit LWL-Leitungen, Cu-Leitungen oder Richtfunkstrecken realisiert.
   a) Erläutern Sie die Abkürzungen LWL und Cu.
   b) In welchen Netzbereichen werden die drei genannten Realisierungen eingesetzt, und welche Vor- und Nachteile weisen sie jeweils auf?
5. Im Bereich der technischen Kommunikation verwendet man auch die Begriffe „Quelle“ und „Senke“. Erläutern Sie in diesem Zusammenhang die jeweilige Bedeutung.
6. Welche allgemeinen Anforderungen muss ein öffentliches Kommunikationsnetz generell erfüllen können?
7. Skizzieren Sie eine mögliche Anschaltung eines elektrischen Festnetzanschlusses. Benennen Sie alle dargestellten Elemente und geben Sie deren jeweilige Funktion an.
8. a) Was versteht man allgemein unter einem elektrischen All-IP-Festnetzanschluss?
   b) Nennen Sie mögliche Vor- und Nachteile eines solchen Anschlusses.

9. In Privatgebäuden hat man vielfach die Auswahl, den Internetanschluss über eine zweiadrige Kupferleitung oder über eine Koaxialleitung zu realisieren.
   a) Welche Art von Anschlussdosen benötigt man hierzu jeweils, und welche Anschlussbuchsen stellen diese zur Verfügung?
   b) In welcher dieser Anschlussdosen befindet sich ein sogenannter PPA und wozu dient dieser?
   c) Vergleichen Sie die technisch möglichen Downloadraten beider Anschlusstechniken und bewerten Sie diese.
10. a) Was bedeutet die Abkürzung DSL, und wo werden die damit bezeichneten Verfahren eingesetzt?
   b) Wodurch unterscheiden sich symmetrische von asymmetrischen DSL-Verfahren?
11. Mit Annex A, Annex B und Annex J werden bei ADSL unterschiedliche Standards der Frequenzausnutzung bei der Datenübertragung bezeichnet.
   a) Erläutern Sie die technischen Unterschiede und geben Sie an, welcher dieser Standards aktuell verwendet wird. Visualisieren Sie die Unterschiede für eine Präsentation zu Übungszwecken mit einer Skizze.
   b) Welche Bedeutung hat hierbei das sogenannte „entbündelte DSL" für die Übertragung von Sprache?
12. Bei der bidirektionalen Datenübertragung unterscheidet man generell zwischen dem Gleichlageverfahren und dem Getrenntlageverfahren. Beschreiben Sie den Unterschied. Welches dieser Verfahren wird bei der DSL-Übertragung eingesetzt? (Lösungshinweis: siehe auch Kap. 4.1.7)
13. ADSL und VDSL verwenden zur Übertragung auf der Anschlussleitung das DMT-Verfahren. Benennen und beschreiben Sie das Verfahren (ggf. auch mit einer Skizze). Welche Vorteile ergeben sich (insbesondere in Kombination mit Annex J)?
14. Bild 3.10 visualisiert das Frequenzprofil 17a, das bei der DSL-Übertragung meist verwendet wird.
   a) Welche Information kann man der waagerechten Achse entnehmen?
   b) Legen Sie mithilfe von Informationen aus dem vorliegenden Fachbuch dar, dass es sich tatsächlich um das genannte Frequenzprofil handelt.
15. a) Unter der Bezeichnung Dynamic Spectrum Management werden verschiedene Verfahren zur Erhöhung der Datentransferrate auf einer DSL-Anschlussleitung zusammengefasst. Benennen und erläutern Sie diese Verfahren.
   b) Was versteht man in diesem Zusammenhang unter Vectoring?
16. Aus welchem Grund werden im Zusammenhang mit DSL sogenannte Outdoor-MSANs eingesetzt?

3.2 Optische Netze

Als **optisches Netz** (**ON: O**ptical **N**etwork) bezeichnet man allgemein ein breitbandiges Hochgeschwindigkeitsnetz, das auf einer optischen Übertragungstechnologie beruht. Ein optisches Netz verwendet Lichtwellenleiter (LWL) zur Übertragung modulierter Lichtsignale. Alternativ werden auch die Bezeichnungen **Glasfasernetz** oder **photonisches Netz** verwendet.

Als **passives optisches Netz** (**PON: P**assive **O**ptical **N**etwork) bezeichnet man ein optisches Netzwerk, das bei der Übertragung modulierter Lichtsignale von der Signalquelle bis zur Empfangseinrichtung ohne aktive (Verstärker-)Komponenten auskommt.

Als **aktives optisches Netz** (**AON: A**ctive **O**ptical **N**etwork) bezeichnet man ein optisches Netzwerk, das aktive verteilende oder verstärkende Komponenten enthält.

Passive optische Netze findet man als Zugangsnetze, im Anschlussbereich und als Firmennetze. Aktive optische Netze werden als Hochgeschwindigkeits-Backbones im Weitverkehrsbereich und im Metro-Bereich eingesetzt, als Transportstrukturen werden SDH- oder OTH-Hierarchien verwendet (Kap. 4.1.10).

Abhängig vom Einsatzbereich werden zur optischen Datenübertragung Multimode- oder Monomodefasern verwendet (Kap. 4.2.4). Ebenso wie eine elektrische Leitung weist auch die Glasfaserleitung eine Dämpfung auf, die von den Herstellern als **Dämpfungsbelag** angegeben wird (typischer Wert z. B. 3 dB/km, Kap. 4.1.2.2). Die auf einer Übertragungsstrecke maximal erlaubte Dämpfung, die daraus resultierende maximale Leitungslänge sowie die mögliche Anzahl von Regeneratoren sind in entsprechenden ITU-Spezifikationen festgelegt (Bild 3.13).

Bezeichnung		Leitungslänge	Max. Dämpfung	Bemerkung
I	Intra-Office	bis 25 km *	6 dB	Anschlussbereich und Firmengelände; Multimode- oder Monomodefaser
SH	Short Haul	bis 40 km *	10 dB	Erweiterter Anschlussbereich, Stadtnetze; Monomodefaser
LH	Long Haul	bis 80 km *	22 dB	Weitverkehrsbereich; durch Zwischenverstärkung erweiterbar bis auf 640 km; Monomodefaser
VLH	Very Long Haul	bis 120 km *	33 dB	Weitverkehrsbereich; durch Zwischenverstärkung erweiterbar bis auf 720 km; Monomodefaser
ULH	Ultra Long Haul	bis 160 km *	44 dB	Weitverkehrsbereich; Monomodefaser

** Abhängig von der Wellenlänge*

Bild 3.13: ITU-spezifizierte Leitungslängen

Die Dämpfung einer Glasfaser wird von unterschiedlichen Faktoren bestimmt und weist eine andere Abhängigkeit von der Frequenz auf als eine elektrische Leitung. Daher findet eine Signalübertragung in optischen Netzen auch nur in bestimmten Wellenlängenbereichen statt, in denen die Dämpfungswerte vergleichsweise gering sind. Diese Bereiche werden optische Fenster genannt (Kap. 4.2.3.3). Zur Mehrfachausnutzung der Glasfaserleitungen wird Raummultiplex (SDM), Zeitmultiplex (TDM) und Wellenlängenmultiplex (WDM) eingesetzt (Kap. 4.2.8).

3.2.1 Passive optische Netze

Passive **o**ptische **N**etze **(PON)** haben eine Baumstruktur und verfügen über eine maximale Reichweite von ca. 20 km. Zwar wäre eine sternförmige Verkabelung, bei der jeder Hausanschluss eine eigene Glasfaser ab dem letzten Netzknoten bekommt (Point-to-Point-Verkabelung zwischen Betriebsstelle und Gebäudezugang), aus übertragungstechnischen Gründen wünschenswert, diese ist jedoch aus Kostengründen nicht realisierbar. Gegenüber einem aktiven optischen Netz sind die Installations- und Betriebskosten wesentlich geringer, da ein PON von der Signalquelle im letzten Netzknoten bis zum Empfänger ohne aktive Komponenten auskommt. Es werden lediglich passive Elemente wie Lichtwellenleiter, Spleiße, optische Verteiler und Wellenlängensplitter eingesetzt. Man unterscheidet nach Bild 3.14 verschiedene PON-Varianten.

Bezeichnung	Eigenschaften und Merkmale
EPON	Ethernet PON; symmetrische Datenrate bis ca. 1,25 Gbit/s bei 1G-EPON und 10,3125 Gbit/x bei 10G-EPON; Entfernungen bis ca. 20 km; Übertragungstechnik Ethernet-basierend (IP-Protokoll); inzwischen weniger verbreitet
GPON	Gigabit PON; symmetrische Datenrate bis ca. 2,5 Gbit/s; Entfernungen bis ca. 20 km, mit FEC bis zu 60 km; Übertragungstechnik Ethernet-basierend; meist verwendet bei FTTH-Anschlüssen (Bild 3.16); Downstream-Bereich bei 1 490 nm; Upstream-Bereich bei 1 310 nm
10GPON XG(S)-PON	10 Gigabit PON (X: römisches Zeichen für 10, S: symmetrisch); XGS: symmetrische Datenrate bis 10 Gbit/s, XG: Downstream bis 10 Gbit/s, Upstream bis 2,5 Gbit/s; Entfernungen bis ca. 100 km; Ethernet-basierend; Downstream-Bereich bei 1 577 nm; Upstream-Bereich bei 1 270 nm
WDM-PON	Wavelength Division Multiplex PON; symmetrische Datenübertragung; Wellenlängenmultiplex; pro Wellenlänge bis zu 10 Gbit/s; Entfernung bis ca. 20 km
100GPON	100 Gigabit PON; verwendet eine Kombination aus Zeitmultiplex (TDM; Kap. 4.1.8.4) und Wellenlängenmultiplex (WDM; Kap. 4.2.8) zur Übertragung einer Datenrate von bis zu 4 × 25 Gbit/s downstream und bis zu 4 × 10 Gbit/s upstream im Backbone-Bereich

Bild 3.14: PON-Varianten

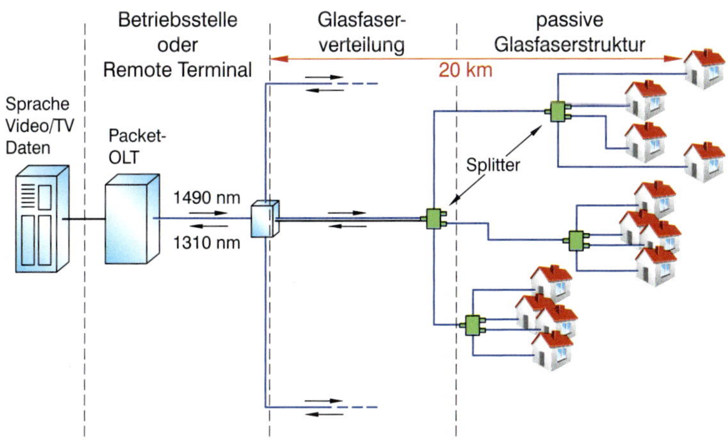

Bild 3.15: Prinzipieller Aufbau eines GPON mit Beispielen für benutzte Wellenlängen

Am weitesten verbreitet ist zurzeit GPON, der Ausbau von 10GPON und WDM-PON wird in vielen Bereichen zügig vorangetrieben. Inzwischen ist auch 100GPON labortechnisch entwickelt und steht vor der Markteinführung. Die PONs sind meist so konzipiert, dass ein einziger Lichtwellenleiter die Sprach-, Daten- und Videoströme (Triple Play) von bis zu 32 Hausanschlüssen bidirektional bewältigen kann. Die in Bild 3.14 jeweils genannten zur Verfügung stehenden Leitungsdatenraten werden dann auf die einzelnen Anschlüsse verteilt. Je nach Anbieter und gebuchtem Datentarif sind aktuell pro Anschluss bis zu 2 Gbit/s down und bis zu 1 Gbit/s up möglich. Beide Kommunikationsrichtungen arbeiten per Wellenlängenmultiplex mit mehreren Wellenlängen (z. B. 1490 nm, 1310 nm, 1550 nm). Über eine solche Struktur ist ebenfalls die direkte, permanente Übertragung digitaler Kabelfernsehkanäle an jede Gebäude-Anschlussdose möglich (**RFoG: R**adio **F**requency **o**ver **G**lass; „RF-Overlay-Technik“). Ein PON stellt somit auch eine Alternative zu einem BK-Netz-Anschluss dar (Kap. 3.3).

Zu den Hauptkomponenten eines PON gehören eine **OLT** (**O**ptical **L**ine **T**ermination) im Netzknoten, passive Verteiler zur Aufteilung der für jeden Anschluss einzeln verschlüsselten Kanäle (Splitter) sowie das Endgerät (**ONU: O**ptical **N**etwork **U**nit bzw. **ONT: O**ptical **N**etwork **T**ermination), das bei FTTH/FTTB-Systemen direkt bei den Kundinnen und Kunden installiert wird. Je nach Anschlussvariante unterscheidet man gemäß Bild 3.16:

Abürzung	Glasfaser-Anschlusstechnik
FTTEx	**Fiber to the Exchange** ▪ Glasfaser wird nur bis zum letzten Netzknoten geführt. ▪ Die Signalumsetzung auf Kupferleitung erfolgt im Netzknoten. ▪ Im Allgemeinen wird pro Anschluss eine separate Kupferleitung geschaltet. ▪ Typische Datenrate: entsprechend dem jeweiligen DSL-Angebot (Kap. 3.1.2)
FTTN **FTTC** **FTTS**	**Fiber to the Node, Fiber to the Curb, Fibre to the Street** ▪ Glasfaser wird bis zum ,,Schaltverteiler“ geführt. ▪ Im Schaltverteiler (meist der MFG; Kap. 3.1.1) erfolgt die Signalumsetzung auf Kupferleitung. ▪ Im Allgemeinen wird ab dem Schaltverteiler pro Anschluss eine separate, zweiadrige Kupferleitung geschaltet. ▪ Typische Datenrate: entsprechend dem jeweiligen DSL-Angebot (Kap. 3.1.2)
FTTB	**Fiber to the Building (auch: Fiber to the Basement)** ▪ Glasfaser wird bis in das Gebäude (mit einer Vielzahl von Anschlüssen) geführt. ▪ Im Gebäude erfolgt (meist im Anschlussraum) die Signalumsetzung auf Kupferleitungen im **oAPL** (optischer APL, vgl. Kap. 3.2.3). Diese führen dann bis zu den einzelnen Anschlussdosen. ▪ Typische Datenrate: bis zu 1000 Mbit/s im Download bei Cu-Leitungslängen im Gebäude bis 50 m
FTTH	**Fiber to the Home** ▪ Glasfaser wird bis in das Gebäude der oder des Teilnehmenden geführt, bei einer Vielzahl von Teilnehmenden im Gebäude bis in die Wohnung. ▪ Alternativ: Teilnehmeranschaltungsmöglichkeit innerhalb eines PON (Glasfaser als Shared Medium) oder als individuelle Festverbindung (Point-to-Point; individuell konfigurierbar) ▪ Theoretisch mögliche Datenrate bei PON: gemäß PON-Variante; bei Festverbindung: bis 10 Gbit/s bidirektional (in der Praxis tarifabhängig, individuelle Angebote meist wesentlich geringer)

Abürzung	Glasfaser-Anschlusstechnik
FTTD	**Fiber to the Desk** ▪ Glasfaser wird bis zur Anschlussdose am Arbeitsplatz geführt. ▪ Ggf. kann auch das Endgerät direkt optisch angeschaltet werden. ▪ Hohe Bandbreite am Arbeitsplatz ▪ Keine Längenbeschränkung der Anschlussleitung am Arbeitsplatz ▪ Immun gegen Störstrahlung ▪ Theoretisch mögliche Datenrate: je nach Anschlussvariante bis zu 10 Gbit/s bidirektional (in der Praxis tarifabhängig geringer)

Bild 3.16: Bezeichnungen der optischen Anschlussvarianten (angegeben sind theoretisch mögliche Datenraten; in der Praxis sind die nutzbaren Datenraten auch abhängig vom gebuchten Tarif)

3.2.2 Aktive optische Netze

Aktive **o**ptische **N**etze **(AON)** weisen entweder eine Ringstruktur oder eine Baumstruktur auf (vgl. Kap. 1.1.2). Obwohl prinzipiell eine bidirektionale Datenübertragung auf einer einzigen Glasfaser möglich ist, indem man z. B. jeder Richtung unterschiedliche Wellenlängen zuordnet, werden in einem AON für jede Übertragungsrichtung separate Lichtwellenleiter verwendet.

Ein aktives optisches Netz basiert zwar auf einer optischen Übertragungstechnologie, das Routing von Datensignalen sowie die Signalverstärkung und die Signalregeneration erfolgt jedoch vielfach (noch) auf elektrischer Basis. Hierzu muss in jedem Netzknoten zunächst eine optisch-elektrische Umwandlung (**o-e-Wandlung**; Kap. 4.1.4) durchgeführt werden. Anschließend werden die elektrischen Signale je nach Netz mit Soft-Switches, IP-Routern, SDH-Multiplexern oder Ethernet-Switches vermittelt. Diese elektrischen Techniken und Strukturen werden in anderen Kapiteln dargestellt (z. B. Kap. 1.3.4, Kap. 1.3.5, Kap. 4.1.10).

Nach dem Routing werden die Informationen wieder mit einem elektrisch-optischen Wandler **(e-o-Wandler)** in Lichtsignale umgesetzt.

Der Entwicklungstrend geht jedoch zunehmend in Richtung einer rein optischen Routing-, Verstärkungs- und Regenerationstechnik, da bei sehr großen Übertragungsraten (> 40 Gbit/s) die erforderlichen Schaltfunktionen nur mit sehr großem Aufwand durch elektrisch-optische Verfahren realisiert werden können. Eine o-e- bzw. e-o-Wandlung ist dann im Idealfall nur noch einmal in Kundennähe oder direkt bei den Kundinnen und Kunden erforderlich (z. B. FTTC, FTTH; Bild 3.16).

Ein aktives optisches Netz, bei dem das Routing und die Zwischenverstärkung der Lichtsignale (Signalregeneration) auf rein optischer Basis erfolgt, d. h. ohne die zwischenzeitliche Umsetzung des Lichtsignals in ein elektrisches Signal, nennt man **All Optical Network**.

Durch den Einsatz aktiver Komponenten ergeben sich im Vergleich zu einem PON zwar höhere Investitions- und Betriebskosten, jedoch lassen sich größere Entfernungen überbrücken. An der Datenübertragung in einem solchen Netz sind verschiedene optische Komponenten beteiligt. Maßgeblich erforderlich für eine einwandfreie Funktion des Gesamtsystems sind die in Bild 3.17 dargestellten Funktionseinheiten.

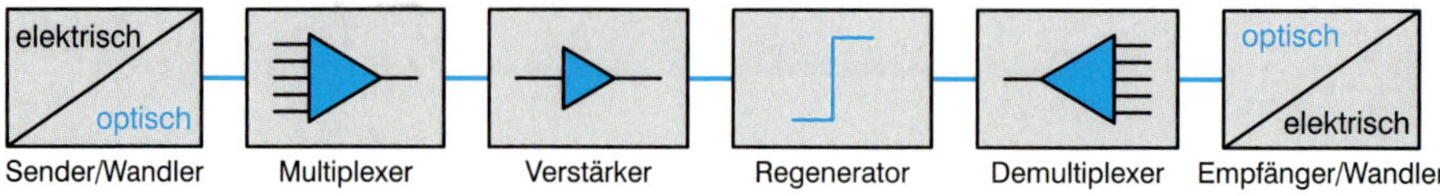

Bild 3.17: Komponenten einer Übertragungsstrecke im All Optical Network

Als **optischer Sender** (*optical transmitter*) fungiert meist eine Laserdiode mit fester oder veränderbarer Wellenlänge (Kap. 4.2). Diese wandelt das elektrische Signal in ein optisches Signal um (e-o-Wandler). Die Lichtmodulation erfolgt entweder direkt durch die Laserdiode oder durch einen nachgeschalteten Modulator (Kap. 4.2.7). Die optischen Signale werden mit einer NRZ-Codierung übertragen (Kap. 11.1).

Bei den **Multiplexern** ist zu unterscheiden zwischen denjenigen, die mehrere Datenströme zeitlich auf einer einzigen Wellenlänge ineinander verschachteln (Zeitmultiplex; Kap. 4.1.8.4), und denjenigen, die mehrere unterschiedliche Wellenlängen auf einer einzigen Glasfaser zusammenführen (Wellenlängenmultiplex; Kap. 4.2.8). Das Zusammenführen mehrerer unterschiedlicher Wellenlängen erfolgt durch **optische Wellenlängenkoppler** (*optical wavelength coupler*; auch OWMUX; Kap. 4.2.8), die Trennung erfolgt durch entsprechende **optische Wellenlängenfilter** (*optical wavelength filter*; auch OWDEMUX, Kap. 4.2.8).

In ihrer einfachsten Form erfolgt die Wellenlängenverteilung statisch in Abhängigkeit von der jeweiligen Wellenlänge. Bild 3.18 stellt das Prinzip mit jeweils drei Ein- und Ausgängen sowie jeweils drei Signalen unterschiedlicher Wellenlängen dar. Zur Verdeutlichung sind die einzelnen Wellenlängen farblich verschieden gezeichnet (Blau, Grün, Rot), in der Praxis handelt es sich aber nicht um Wellenlängen im sichtbaren Bereich.

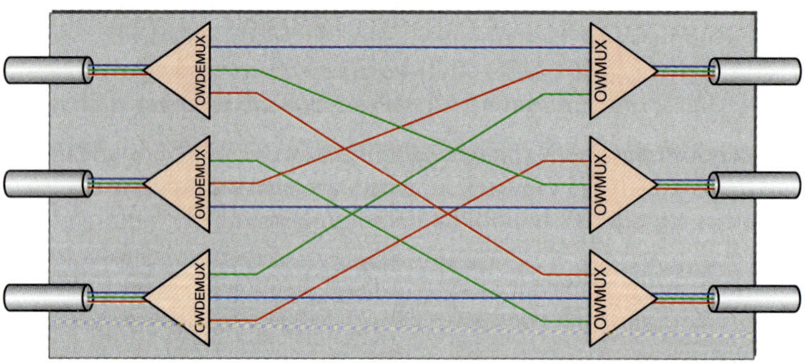

Bild 3.18: Optische Multiplexer und Demultiplexer (Grundprinzip)

Einen erweiterten Funktionsumfang bietet der sog. **OADM** (**O**ptical **A**dd-**D**rop-**M**ultiplexer), der neben den Leitungsanschlüssen auch über lokale Ein- und Ausgänge verfügt. Zusätzlich zu den Wellenlängen, die direkt zwischen den Leitungsanschlüssen verteilt werden, kann hierbei von einem lokalen Sender ein Signal eingespeist oder von einem lokalen Empfänger herausgefiltert werden. Damit lassen sich optische Kanäle in einem optischen Knoten nach Bedarf konfigurieren. Eingesetzt wird entweder ein FOADM oder ein ROADM.

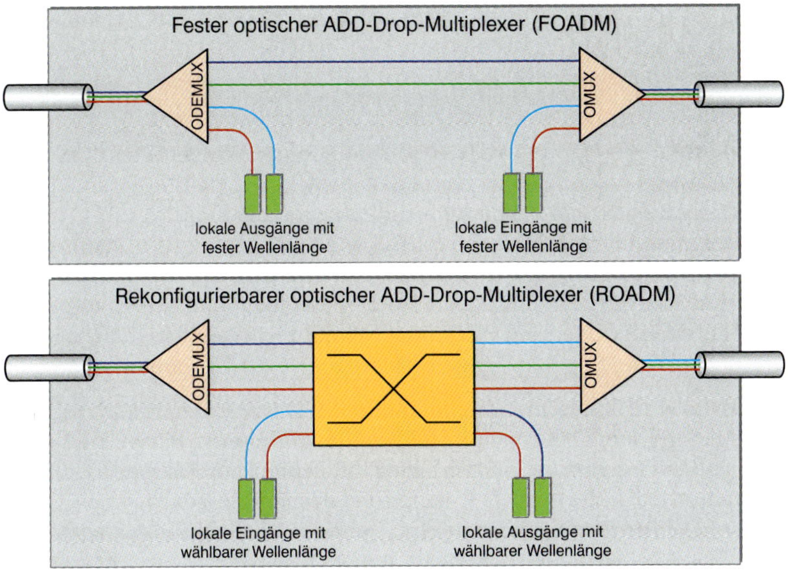

Bild 3.19: Funktionsprinzip des FOADM und des ROADM

Bei einem **FOADM** (**F**ixed **O**ptical **A**dd-**D**rop-**M**ultiplexer) kann lediglich auf eine festgelegte Wellenlänge oder einen Wellenlängenbereich zugegriffen werden. Eine Veränderung ist nur durch einen manuellen Eingriff im Netzknoten möglich. Bei einem **ROADM** (**R**econfigurable **O**ptical **A**dd-**D**rop-**M**ultiplexer) hingegen lassen sich die herauszufilternden Wellenlängen frei wählen und per Fernzugriff einstellen (Remote-Betrieb).

Darüber hinaus gibt es auch ROADMs, bei denen eine vom Netzwerkmanagement gesteuerte Vermittlung zwischen ganzen Wellenlängenbereichen (**Waveband Switching**), zwischen einzelnen Wellenlängenkanälen (**Wavelength Channel Switching**) und zwischen allen angeschlossenen Glasfaserleitungen (**Fiber Switching/Port Switching**) auf optischer Basis möglich ist. Ein solches Schaltelement wird als **optischer Cross-Connect**, als **WXC** (**W**avelength **Cross**-**C**onnect) oder als **Optical Switch Fabric** bezeichnet.

Ein **optischer Verstärker** (*optical amplifier*) wird benötigt, um die Amplitude eines optischen Signals zu erhöhen, damit man größere Entfernungen überbrücken kann. Ein solcher auf Halbleiterbasis funktionierender Verstärker (**SOA: S**emiconductor **O**ptical **A**mplifier) kann Lichtsignale auf rein optischer Basis ohne den Umweg über eine o-e-o-Wandlung verstärken. Er kann ein Lichtsignal um bis zu 30 dB (vgl. Kap. 4.1.2.1) intensivieren.

Der **optische Regenerator** (*optical regenerator*) ist zur Kompensation der Auswirkungen von Störfaktoren bei größeren Entfernungen erforderlich. Er verstärkt nicht nur das optische Signal in seiner Amplitude, sondern regeneriert auch die durch Dispersionen (Kap. 4.2.3.1) hervorgerufenen Abweichungen in seiner Frequenz und seiner Pulsform.

Die vollständige Wiederaufbereitung von Signalen in optischen Übertragungssystemen wird auch als **3R-Regeneration** bezeichnet. 3R steht für:

- **Re-Amplification** (Wiederherstellen der Signalamplitude)
- **Re-Shaping** (Wiederherstellen der Pulsform und Entfernen von Rauschanteilen)
- **Re-Timing** (Wiederherstellen der zeitlichen Lage/der Frequenz)

Die Rückwandlung des Lichtsignals in ein elektrisches Signal wird mit speziellen, lichtempfindlichen Dioden bzw. Photodetektoren durchgeführt (o-e-Wandler).

Ein optisches Netz, bei dem das Netzwerkmanagement die Steuerung des Routings der Nutzdaten in sämtlichen Bereichen automatisch durchführt, wird auch **A**utomatically **S**witched **O**ptical **N**etwork **(ASON)** genannt. Die Benutzenden legen hierbei durch ein entsprechendes Anforderungsprofil lediglich den Zielort, die erforderliche Bandbreite und die Dienstgüte fest. Die Komponenten des ASON verfügen über die erforderliche Intelligenz und die Prozessorleistung, um den optimalen Pfad durch das Netz festzulegen. Die Signalisierung erfolgt hierbei mit dem GMPLS-Protokoll (Kap. 3.5.2).

3.2.3 Glasfaser-Festnetzanschluss

Bei einem Glasfaseranschluss erfolgt die Verlegung von Lichtwellenleitern bis in das anzuschließende Gebäude (FTTB, FTTH). Innerhalb des Gebäudes kann auch die interne Verkabelung bis hin zu den Endgeräten mit Lichtwellenleitern ausgeführt sein (FTTD).

Der Anschlussbereich und der Gebäudeanschluss ist in verschiedene Netzabschnitte (alternativ: Netzebenen) unterteilt und umfasst mehrere Komponenten (Bild 3.20).

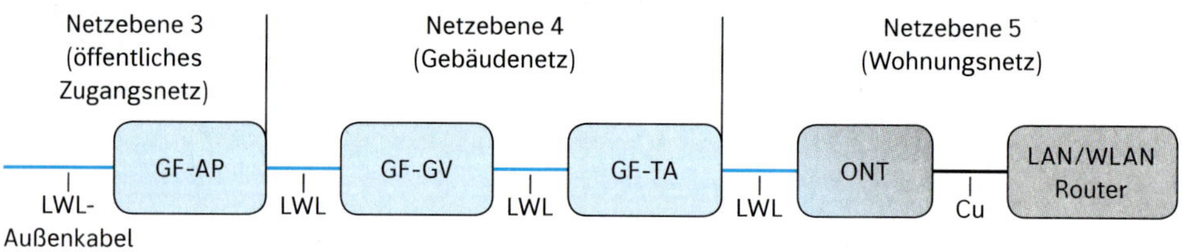

Bild 3.20: Telekommunikationseinrichtungen bei einem Glasfaseranschluss

Bezeichnung	Funktion
GF-AP	**G**las**f**aser-**A**bschluss**p**unkt (alternativ: Hausübergabepunkt **HÜP**, optischer Abschlusspunkt Linientechnik **oAPL**) ▪ Fester Anschluss des Glasfaser-Außenkabels innerhalb des Gebäudes ▪ Wird vom Netzbetreiber in unmittelbarer Nähe (im Umkreis bis zu 3 m) des bauseits vorgesehenen Installationsortes für den GF-GV platziert und mit einem gespleißten (Kap. 4.2.6) optischen Anschlussstecker versehen; befindet sich meist im Hausanschlussraum, bei neuen Gebäuden ggf. auch direkt im Elektro-Installationsverteilerkasten („Einfache IT-Systeme", Kap. 5.6.7) ▪ Hier endet kabeltechnisch die Zuständigkeit des Netzbetreibers.

Bezeichnung	Funktion
GF-GV	**G**las**f**aser-**G**ebäude**v**erteiler ▪ Verwendung bei industriell genutzten Gebäuden und Mehrfamilienhäusern ▪ Arbeitet ohne elektronische Komponenten, daher kein Anschluss an die Energieversorgung erforderlich („passiver GF-GV“) ▪ Netzseitige Verbindung mit dem GF-AP erfolgt über ein konfektioniertes optisches Patchkabel; meist LC-APC-Steckverbindungen (Kap. 4.2.6) ▪ Gebäudeseitige optische Verteilung zu den einzelnen Wohnungs- oder industriell genutzten Bereichen ▪ Kann in einem Verteilkasten auch zusammen mit dem GF-AP verbaut sein **(„Onebox“)** ▪ Bei umfangreichen Gebäudeverteilungen können auch zusätzlich noch Etagenverteiler eingesetzt werden (**GF-SP: G**las**f**aser-**S**ammel**p**unkte; in Bild 3.20 nicht dargestellt).
GF-TA	**G**las**f**aser-**T**eilnehmer**a**nschlussdose ▪ Installation in der Wohnung oder am industriell genutzten Verwendungsort ▪ Verbindung mit dem GF-GV mit GF-Innenkabel mittels LC-Kupplungen (Kap. 4.2.6) ▪ In der GF-TA sind Glasfaser-Kupplungen eingebaut, an welche dann der ONT mittels Glasfaserverbindungskabel angeschlossen wird.
ONT	**O**ptical **N**etwork **T**ermination (alternativ: **Glasfasermodem**) ▪ Optisch-elektrische Wandlung des Signals ▪ Anschluss an das Energieversorgungsnetz erforderlich, da aktive elektrische Komponenten enthalten sind ▪ Anschluss an die GF-TA über optisches Patchkabel ▪ Anschluss eines nachgeschalteten Routers über eine RJ-45-Buchse; Hinweis: Vielfach verfügen von entsprechenden Herstellern angebotene Router auch über eine integrierte ONT-Funktionalität **(„Glasfaserrouter“)**

Bild 3.21: Bezeichnung und Funktion der Komponenten bei einem Glasfaseranschluss

Da im Anschlussbereich meist passive LWL-Netze verwendet werden, muss aus übertragungstechnischen Gründen für die optische Gebäudeverkabelung ein identischer Kabeltyp verwendet werden (Singlemode oder Multimode). Hierbei sollten vorzugsweise biegeunempfindliche Fasern gemäß ITU-T G.657.A2 zum Einsatz kommen, da diese bei der Montage um Ecken und Kanten nur geringe Dämpfungserhöhungen haben. Aber auch Standard-Einmodenfasern gemäß ITU-T G.652.D sind geeignet. Bei diesem Glasfasertyp ist besonders auf den minimal einzuhaltenden Biegeradius von 30 mm zu achten. Bei Wohngebäuden sollten mindestens zwei Glasfasern pro Wohnung, bei industriell genutzten Anschlüssen mindestens vier Glasfasern pro Anschluss verlegt werden.

Nach Fertigstellung von Glasfaserinstallationen sollten einige Prüfungen durchgeführt werden, um einen ordnungsgemäßen Betrieb zu gewährleisten. Hierzu zählen beispielsweise:

- gespleißte Glasfasern mit entsprechendem Durchgangsprüfgerät auf Dämpfungswert prüfen (sollte ≤ 0,1 dB sein; vgl. Kap. 4.1.2.1)
- Prüfung der Übertragungseigenschaften des gesamten optischen Gebäudenetzes; Dokumentation der Messergebnisse in einem Messprotokoll oder einem Gebäudedämpfungsplan[1]
- Gemäß EN 61280-4-2 darf die Dämpfung im Bereich 1 260–1 625 nm insgesamt maximal 1,5 dB betragen, die Gesamt-Rückflussdämpfung sollte ≥ 30 dB sein (Kap. 4.2.6).

---

1 *Siehe z. B. https://www.telekom.de/hilfe/bauherren/messprotokoll-ftth [letzter Zugriff: 08.02.2025]*

Für die ordnungsgemäße Überprüfung der optischen Parameter sind entsprechend geeignete Messgeräte zu verwenden. Hierzu bieten die Herstellen entsprechende, auf optischer Basis funktionierende Geräte an, z. B. optische Multimeter, optische Pegelmessgeräte oder optische Reflektometer (**OTDR: O**ptical **T**ime **D**omain **R**eflectometer).

Optische Multimeter sind Messgeräte, die auf Basis einer Rückstreumessung arbeiten und speziell für die Anwendung in der Netzebene 4 konzipiert sind. Mit diesen Geräten können beispielsweise die Einfügedämpfung und die Rückflussdämpfung gemessen werden (Kap. 4.2.6). Darüber hinaus kann auch eine Ortung von Fehlerstellen vorgenommen werden.

Optische Pegelmessgeräte erfassen die jeweils vorhandenen wellenlängenabhängigen Lichtleistungen (eingekoppelte Leistung, austretende Leistung), setzen sie zueinander ins Verhältnis und ermöglichen hierdurch eine Bestimmung vorhandener Dämpfungen auf optischen Übertragungsstrecken (vgl. Kap. 4.1.2.1).

Ein **OTDR** sendet kurze Lichtimpulse in eine Glasfaser. Die zurückgestreuten bzw. reflektierten Lichtanteile werden detektiert und ausgewertet. Die hierauf basierenden **Rückstreumessverfahren** ermöglichen die Ortsbestimmung und Bewertung von Faserbrüchen, punktuellen Dämpfungserhöhungen sowie anderen auf die Lichtausbreitung wirkenden Einflussfaktoren (z. B. Stecker, Spleiße, Faserlänge usw.).

AUFGABEN

1. Im Zusammenhang mit optischen Netzen findet man die Bezeichnungen ON, AON und PON. Welche Bedeutungen haben diese Abkürzungen?
2. Was wird mit den von der ITU spezifizierten Bezeichnungen „Short Haul" und „Very Long Haul" bei optischen Netzen angegeben? Nennen Sie zugehörige Merkmale. Welche weiteren Bezeichnungen dieser Art gibt es?
3. Was versteht man unter einem All Optical Network? Welche maßgeblichen Funktionseinheiten sind für die Funktion erforderlich?
4. Wozu benötigt man bei optischen Netzen einen OADM? Erläutern Sie den Unterschied zwischen einem FOADM und einem ROADM.
5. Im Zusammenhang mit optischen Netzen spricht man von der 3R-Regeneration. Erklären Sie diesen Begriff.
6. Bei optischen Teilnehmeranschlüssen unterscheidet man u. a. die Varianten FTTC, FTTB, FTTH und FTTD. Erläutern Sie die Abkürzungen und die Unterschiede.
7. Nennen Sie Vor- und Nachteile der Glasfaseranschlusstechnik gegenüber Kupferleitungen.
8. Der Glasfaseranschluss eines Gebäudes umfasst die Komponenten GF-AP, GF-GV, GF-TA und ONT. Geben Sie die Bedeutung der Abkürzungen an und erläutern Sie die jeweiligen Merkmale bzw. Funktionen.
9. Glasfaserleitungen lassen sich auf verschiedene Arten miteinander verbinden. Benennen Sie die beiden grundsätzlichen Verbindungstechniken und erörtern Sie deren Vor- und Nachteile. (Lösungshinweis: Verwenden Sie ggf. Informationen aus Kap. 4.2)

10. Nach der Installation eines Glasfaseranschlusses mit mehreren Fasern in einem Gebäude müssen diese messtechnisch überprüft werden. Hierbei werden die Einfügedämpfung und die Rückflussdämpfung gemessen.
    a) Was versteht man generell unter Dämpfung?
    b) Welche Informationen kann man den beiden genannten Dämpfungsarten entnehmen? Sollten sie möglichst groß oder möglichst klein sein?

3.3 Breitband-Kabelnetz (BK-Netz)

Der Begriff Breitbandnetz bzw. Breitband-Kabelnetz wird im allgemeinen Sprachgebrauch mit unterschiedlicher Bedeutung verwendet.

- Als **Breitbandnetz** bzw. **Breitband-Kabelnetz** wird einerseits generalisierend ein Kommunikationsnetz bezeichnet, das – unabhängig von der Übertragungsart – über eine hohe Datenübertragungsrate verfügt.
- Als **Breitbandnetz** bzw. **Breitband-Kabelnetz** wird andererseits ein Netz bezeichnet, das die Nutzsignale – unabhängig von der Datenübertragungsrate – auf unterschiedliche (in der Regel höhere) Trägerfrequenzen aufmoduliert und in einzelnen Frequenzkanälen überträgt. Erfolgt die Übertragung hingegen im natürlichen Frequenzbereich des Nutzsignals, spricht man im Gegensatz dazu von einem **Basisbandnetz** bzw. **Basisband-Kabelnetz**.
- Die Abkürzung **BK-Netz** wird für beide Bedeutungen des Begriffs verwendet.

Legt man den erstgenannten Bedeutungsinhalt zugrunde, so handelt es sich heutzutage bei jeglicher Art von Backbone-Netzen prinzipiell um BK-Netze (aufgrund der hohen Datenübertragungsraten).

In Deutschland hat sich der Begriff BK-Netz allerdings in erster Linie als Bezeichnung für das ehemalige **TV-Kabelnetz** eingebürgert. Dieses Kabelnetz basiert auf den in den 1980er-Jahren vor allem durch die Deutsche Bundespost verlegten Koaxialkabeln (Kap. 4.1.1.2) und wurde ursprünglich als **unidirektionales Breitband-Verteilnetz** (Informationsfluss nur vom Sender zu den Empfängern) konzipiert. Hierbei wurde eine trägermodulierte Technik verwendet, um die einzelnen TV-Sender zu übertragen. Die Bezeichnung BK-Netz resultiert somit aus der Verwendung einzelner modulierter Frequenzkanäle für die Übertragung der vergleichsweise geringen Datenmengen der TV-Sender. Durch entsprechende technische Erweiterungen hat sich das ursprüngliche TV-Kabelnetz zu einem **bidirektionalen Breitband-Kommunikationsnetz** (*bidirectional broadband communications network*) weiterentwickelt.

3.3.1 BK-Netzstruktur

Organisatorisch wird das deutsche BK-Netz in 4 bzw. 5 Netzebenen unterteilt (Bild 3.22; Ebene 5 wird teilweise nicht als „offizielle" Ebene anerkannt).

Vom Studio oder einem externen Veranstaltungsort (Ebene 1) gelangt das Signal über Lichtwellenleiter oder eine Richtfunkstrecke zu einer Sendestation (Ebene 2). Von dort wird das Signal terrestrisch oder über Satellit zu den regional verteilten **Kopfstationen** (*head end stations*) übertragen. Die Signale der verschiedenen Fernsehsender (ARD, ZDF, RTL usw.) werden mit entsprechenden Wandlern auf unterschiedliche Trägerfrequenzen aufmoduliert (früher Analog-TV und analoge Radiosender, heute nur noch digital). Die Trägerfrequenzen werden dann in die Stammleitungen (LWL) des Netzes zur regionalen Weiterverbreitung eingespeist (Ebene 3). Über Verteilstellen (Hubs), Verstärker und Abzweiger gelangt das Signal dann über Koaxialleiter zu den Teilnehmenden (z. B. RG-6-Kabel: doppelt geschirmtes Kabel, Außendurchmesser 8,4 mm, Durchmesser Innenleiter 0,72 mm). Die Zuständigkeit des Netzbetreibers endet am Übergabepunkt im angeschlossenen Gebäude.

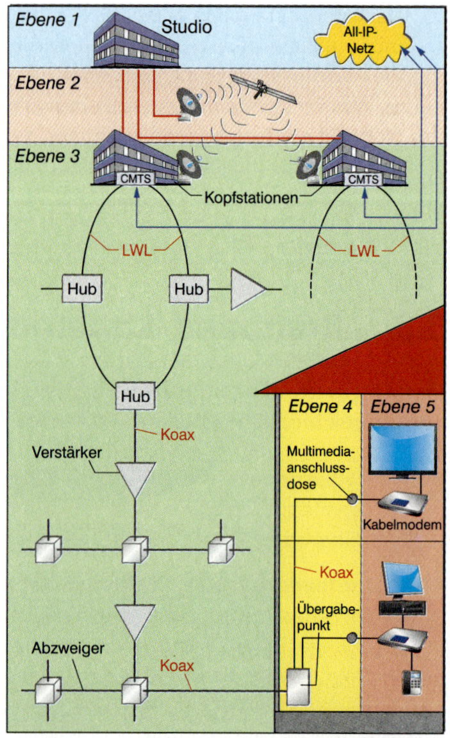

Bild 3.22: Prinzipielle Struktur des deutschen BK-Netzes

Die hausinterne Signalverteilung erfolgt über die stationär verlegten Koaxialleitungen zwischen dem Übergabepunkt und den sternförmig angeschlossenen Geräteanschlussdosen (Ebene 4). An jede Geräteanschlussdose **(Multimediadose)** können Teilnehmende mit flexiblen Koaxialleitungen ihre Endgeräte anschließen (Ebene 5). Eine Anschlussdose verfügt hierzu meist über zwei getrennte Buchsen für Radio und TV sowie eine zusätzliche Buchse für den Anschluss eines Kabelmodems (Bild 3.23).

Ein Netz, das aus einer Kombination aus Glasfaser- und Koaxialleitungen besteht, wird auch als **HFC-Netz** (**H**ybrid **F**iber **C**oax) bezeichnet.

Die Netzebenen 2 und 3 des BK-Netzes (hellbraune und grüne Tönung in Bild 3.22) sind in Deutschland inzwischen überregional im Besitz einiger weniger privater Netzbetreiber (z. B. Vodafone). Hinzu kommen einige lediglich regional tätige Kabelnetzbetreiber mit unterschiedlichen Tätigkeitsschwerpunkten auf den Ebenen 2 bis 4 (z. B. NetCologne, NetAachen). Um die vorhandenen Netzstrukturen auch für den bidirektionalen Betrieb nutzen zu können, wurden diese mit einem Rückkanal ausgestattet. Hierzu mussten sämtliche Abzweiger und Verstärker technisch nachgerüstet werden. Der Rückkanal ermöglicht den Teilnehmenden neben dem Fernsehempfang auch den individuellen Zugang zum Internet sowie die Nutzung von Telefondiensten.

Die Bereitstellung von TV-Zugang, breitbandigem Internetzugang und Telekommunikation über ein gemeinsames Zugangsmedium bezeichnet man als **Triple-Play-Dienst**.

3.3.2 CMTS und Kabelmodem

Die Verbindung des Kabelnetzes zu allen erforderlichen Daten- und Kommunikationsnetzen (Internet, Stadtnetze, Telefon-Festnetz usw.) sowie zum TV-Angebot erfolgt über das in der Kopfstelle befindliche **CMTS** (**C**able **M**odem **T**ermination **S**ystem, Bild 3.22).

Das CMTS besteht aus mehreren Downstream- und Upstream-Modulatoren, die jeweils einen logischen Port bilden und die bidirektionale Verbindung zum Kabelmodem bei den Teilnehmenden herstellen. Seine Funktion ist vergleichbar mit einem MSAN in einem DSL-Netzwerk (Kap. 3.1.2). Da Up- und Downstream jeweils in unterschiedlichen Frequenzbereichen übertragen werden (Getrenntlageverfahren; Kap. 4.1.7.3), sind für eine bestehende Duplexverbindung immer zwei physikalische Ports im CMTS pro Anschluss nötig. Ein CMTS kann mehrere tausend Anschlüsse verwalten. Die Aufgaben des CMTS kann auch von der **C**onverged **C**able **A**ccess **P**latform (**CCAP**) übernommen werden, eine Funktionseinheit, die TV-Signale und IP-basierende Kommunikation wesentlich effizienter zusammenfassen kann.

Zur Nutzung sämtlicher angebotener Dienste ist bei Teilnehmenden ein sog. **Kabelmodem** erforderlich. Dieses wird mit einem Koaxialkabel (Kap. 4.1.1.2) mit dem Datenanschluss (sog. IEC-Buchse) der Multimedia-Anschlussdose verbunden und stellt den Netzabschluss des Kabelnetzes am Aufstellungsort dar. Es übernimmt die Anpassung der Signalisierung eines angeschlossenen Endgerätes an die Kanalstruktur des Kabelnetzes. Das Kabelmodem stellt Schnittstellen für die Telekommunikation und den Datentransfer zur Verfügung (z. B. TAE oder RJ11, Ethernet, USB). Die mit dem Kabelmodem verbundenen Endgeräte (z. B. PC über LAN-Kabel, TV-Gerät über WLAN) sind über das CMTS mit dem gewünschten Backbone-Kommunikationsnetz (z. B. Internet) verbunden. Ohne ein Kabelmodem kann lediglich ein entsprechender TV- und ein Radioempfänger direkt an einer Multimediadose angeschlossen werden. Hierbei besteht jedoch keine vollständige Multimediafunktionalität.

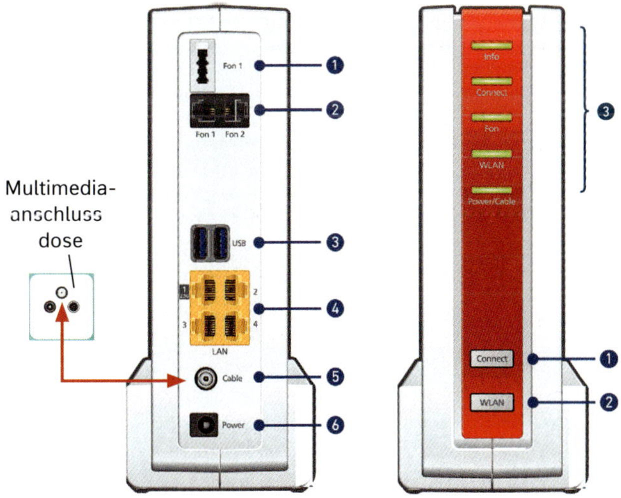

Bild 3.23: Frontseite und rückseitige Anschlüsse an einem Kabelmodem (Fritz!Box 6690 Cable)

Nr.	Bezeichnung	Funktion
Frontseite		
1	Connect	WLAN-Geräte per WPS anmelden
2	WLAN	WLAN ein- und ausschalten
3	Optische Anzeige	Zustandsanzeigen (Info, Connect, Fon, WLAN, Power/Cable)
Rückseite		
1	FON 1	TAE-Buchse für den Anschluss eines Analogtelefons, Faxgeräts, Anrufbeantworters oder einer Türsprechanlage
2	FON 1 und FON 2	RJ-11-Buchsen für den Anschluss je eines Analogtelefons, Faxgeräts, Anrufbeantworters oder einer Türsprechanlage
3	2x USB 3.0	USB-3.0-Buchsen für den Anschluss von USB-Geräten wie Drucker oder Speichermedien
4	LAN 1 bis LAN 4	RJ-45-Buchen zum Anschluss von Computern und anderen netzwerkfähigen Geräten
5	Cable	Koax-Buchse für die Verbindung mit dem Anschluss an der Multimediadose
6	Power	Buchse zum Anschluss des Steckernetzteils

Bild 3.24: Funktionen der Bedienelemente und Anschlüsse

Ein Kabelmodem besteht aus den in Bild 3.25 dargestellten wesentlichen Funktionseinheiten.

Bezeichnung	Funktion
Tuner	Sender/Empfänger für die erforderlichen Frequenzen (upstream und downstream)
Diplexer	Richtungstrennung kommender und gehender Signale
Modulator/ Demodulator	Umsetzung digitaler Daten auf die für den Upstream erforderlichen Frequenzen; Umsetzung der für den Downstream verwendeten Frequenzen in digitale Daten
Media Access Controller	Codierung/Decodierung der zu übertragenden Daten, Fehlerkorrektur, Trennung/ Zusammenführung von TV-/Internet-/Telefondaten usw. und Verteilung auf die bereitgestellten Anschlüsse (z. B. Ethernet, USB, HDMI usw.); Zugriffssteuerung und Kontrolle in Verbindung mit der CPU
CPU	Gerätesteuerung und Überwachung sämtlicher Vorgänge und Funktionen

Bild 3.25: Wesentliche Funktionseinheiten eines Kabelmodems

3.3.3 DOCSIS

Die angebotenen Triple-Play-Dienste stellen unterschiedliche Anforderungen an die bidirektionale Übertragungstechnik vorhandener BK-Netze. Dies führte letztendlich zur Entwicklung eines gemeinsamen Standards für die bidirektionale Übertragung von Daten über ein solches Netz.

Die Standardisierung von bidirektionalen Datenübertragungen im Breitband-Kabelnetz trägt die Bezeichnung **DOCSIS** (**D**ata **O**ver **C**able **S**ervice **I**nterface **S**pecification). Dieser Standard ermöglicht die gleichzeitige Nutzung bestehender HFC-Netze für TV-Empfang, bidirektionale Internetanwendungen und Telekommunikationsdienste.

DOCSIS existierte zunächst auch in einer nur im europäischen Raum eingesetzten Version (**EuroDOCSIS**). Diese orientierte sich bei ihrer Frequenzaufteilung für die Triple-Play-Dienste an den ursprünglich in Europa verwendeten Bereichen für die analogen Radio- und Fernsehkanäle (Frequenzbereich bis 862 MHz, bis zu 75 TV-Kanäle; statischer Frequenzplan mit festen Kanalbandbreiten, Bandbreite pro TV-Kanal 7 MHz; Übertragung mittels Frequenzmultiplex; Kap. 4.1.8.2). Seit der Version 3.1 und der Abschaltung der analogen TV-Einspeisung ins deutsche Kabelnetz werden nur noch weltweit einsetzbare DOCSIS-Spezifikationen verwendet. Diese umfassen im Wesentlichen die Festlegungen für die dynamisch einsetzbaren Übertragungsfrequenzen, die bedarfsorientiert skalierbaren Kanalbandbreiten, die unterstützten Protokolle und die verwendeten Modulationsverfahren für den TV-Empfang, den Internetzugang und die Telekommunikationsdienste. Darüber hinaus werden die Anschlussschnittstellen sowie die Anbindung des Kabelnetzes an Daten- und Kommunikations-Backbonenetze (z. B. Internet, All-IP-Netze) festgelegt.

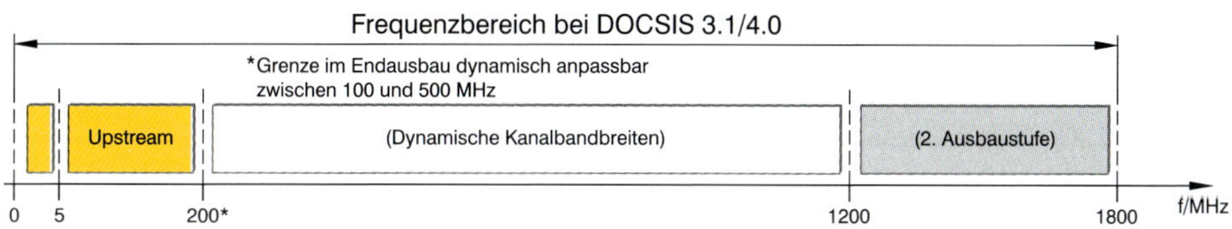

Bild 3.26: Frequenzaufteilung und Frequenznutzung im BK-Netz

Der bidirektional nutzbare Frequenzbereich bis 5 MHz dient der Netzwerküberwachung und dem Netzwerkmanagement. Hierüber kann der Kabelnetzbetreiber den teilnehmenden Anschluss steuern und überwachen, Übertragungsbandbreiten anpassen sowie bestimmte Dienste aktivieren oder sperren.

Da in einem Breitband-Kabelnetz wegen seiner Baumstruktur gesendete Informationen prinzipiell von mehreren angeschlossenen Teilnehmeranschlüssen empfangen werden können, ermöglicht zudem die MAC-Verschlüsselung, die Privatsphäre der Teilnehmenden untereinander zu schützen (DES = **D**ata **E**ncryption **S**tandard; 128-Bit-Verschlüsselung).

Nach der Abschaltung der analogen TV-Kanäle ermöglicht der Einsatz digitaler Techniken pro Kanal die Übertragung einer wesentlich größeren Anzahl von Sendern sowie zusätzliche interaktive Angebote und Dienstleistungen.

Exkurs

DVB *ist die Abkürzung für* ***D****igital* ***V****ideo* ***B****roadcasting und bezeichnet einen Standard zur flächendeckenden digitalen Übertragung von Video-, Audio- und Datensignalen in einem* ***Broadcast-Netz*** *(broadcast network). Prinzipiell können entsprechend geeignete Endgeräte in einem solchen Netz Informationen empfangen (z. B. öffentliche TV-Sender), ohne sich vorher identifizieren zu müssen (z. B. mit Telefonnummer, IP- oder MAC-Adresse).*

Abhängig vom verwendeten Übertragungsweg unterscheidet man zwischen ***DVB-S*** *(Satellit),* ***DVB-C*** *(Kabel) und* ***DVB-T*** *(terrestrischer Funk). Verbesserte, mit geringerer Bandbreite übertragende, aber nicht abwärtskompatible Nachfolgestandards werden mit DVB-S2, DVB-C2 bzw. DVB-T2 bezeichnet. Die Standards beschreiben jeweils die physikalische Bitübertragungsschicht, bezogen auf das verwendete Übertragungsmedium. Mit DVB-C2 codierte Radio- und Fernsehkanäle werden in den DOCSIS-Standard implementiert und digital übertragen. Zusätzlich existiert ein DVB-Standard für die Übertragung von Audio- und Videodiensten über das Internetprotokoll (****DVB-IPTV*** *bzw.* ***DVB-IPI****: DVD-****I****nternet* ***P****rotocol* ***I****nfrastructure). Hierbei werden die Audio- und Videodaten wie bei DVB-C2 zunächst digital aufbereitet und komprimiert und können dann eingebettet in eine IP-Rahmenstruktur über jedes IP-basierende Netz verteilt werden.*

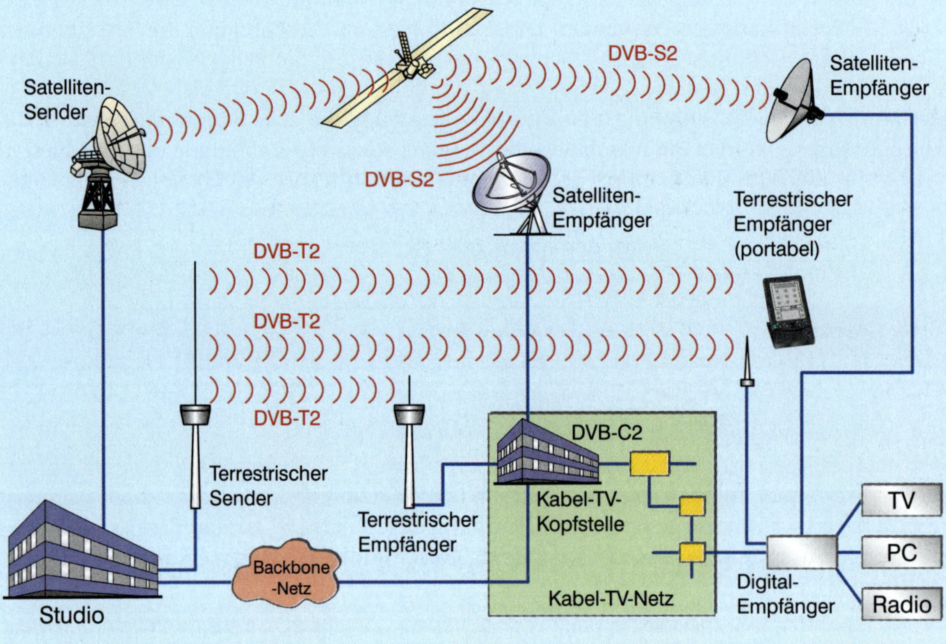

Bild 3.27: DVB-Technologien

Sofern ein Broadcast-Netz technisch bedingt keinen Rückkanal zur Verfügung stellen kann (z.B. bei DVB-S), besteht die Möglichkeit, einen solchen Rückkanal über andere existierende Netze bereitzustellen (z.B. über das 5G-Netz). Eine Kommunikationsstruktur, die für eine interaktive Kommunikation verschiedene Netzarten nutzt, bezeichnet man als ***hybrides Netz*** *(hybrid network).*

Im Gegensatz zu einem DSL-Anschluss (Kap. 3.1.2), bei dem jeder Anschluss über eine eigene Leitung verfügt (zweiadrige Telefonleitung), sind bei einem Kabelanschluss alle Teilnehmenden eines Baumes an ein gemeinsames Übertragungsmedium angeschlossen (Koaxialleitung). Diese müssen sich ggf. die für den Datenverkehr reservierten Frequenzbereiche teilen (Shared Medium; die verfügbare Datenrate ist abhängig vom Anbieter und vom jeweils gebuchten Tarif, z.B. 1 Gbit/s down, 50 Mbit/s up).

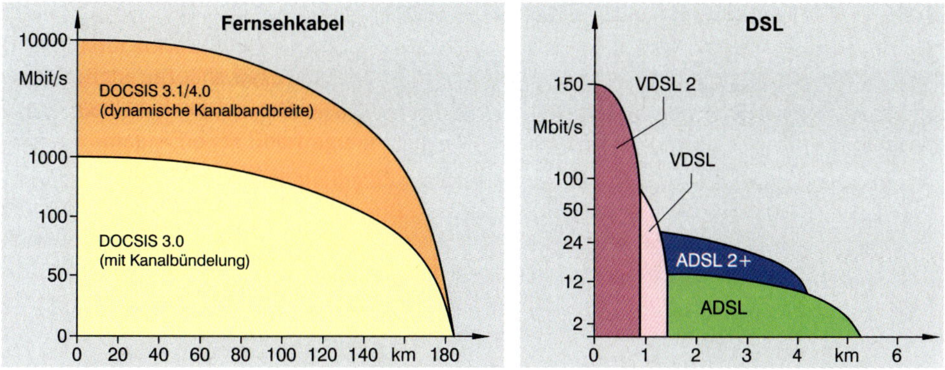

Bild 3.28: Vergleich möglicher Datenraten bei BK-Anschluss und DSL-Anschluss (theoretische Werte downstream)

Die ab 2016 sukzessiv eingesetzte Version DOCSIS 3.1 übernimmt die Spezifikationen von DVB-C2 unter Verwendung einer wesentlich effizienteren Modulation auf der Basis von **OFDM** (**O**rthogonal **F**requency **D**ivision **M**ultiplex mit bis zu 4096-QAM; Kap. 4.1.5.2). Das vorherige starre Kanalraster von 7 MHz wird hierbei zugunsten einer jeweils erforderlichen, dynamisch anpassbaren Kanalbandbreite aufgehoben, die im Downstream maximal 192 MHz und im Upstream maximal 96 MHz betragen kann (Bild 3.26). Hierdurch sind pro Kanal bis zu 10 Gbit/s im Downstream und bis zu 1 Gbit/s im Upstream möglich, ohne dass die bestehende HFC-Struktur des Kabelnetzes wesentlich verändert werden muss. Der erweiterte Standard Full-Duplex-DOCSIS 3.1 sieht außerdem vor, Up- und Downstream nicht mehr in getrennten Frequenzbereichen, sondern im selben Frequenzband zu übertragen (Gleichlageverfahren; Kap. 4.1.7.4). Zudem wird der verfügbare Übertragungsbereich auf bis zu 1 800 MHz erweitert. Der 2020 veröffentlichte (aufgrund hoher Investitionskosten in Deutschland nicht flächendeckend verfügbare) Standard **DOCSIS 4.0** beinhaltet als wesentliche Verbesserung einen Upstream von bis zu 6 Gbit/s.

AUFGABEN

1. Der Begriff Breitbandnetz bzw. Breitband-Kabelnetz wird in der Übertragungstechnik mit verschiedenen Bedeutungen verwendet.
   a) Erläutern Sie die Bedeutungsunterschiede.
   b) Was bezeichnet man im Gegensatz dazu als Basisbandnetz bzw. Basisband-Kabelnetz?
   c) Nennen Sie Anwendungsbeispiele für die genannten Netztypen (ggf. Internetrecherche erforderlich).
2. Welche Netzebenen unterscheidet man bei einem BK-Netz? Erläutern Sie diese.
3. Was versteht man unter einem Triple-Play-Dienst?
4. Was verbirgt sich hinter den Abkürzungen DOCSIS und CMTS? Erläutern Sie diese.
5. Über das BK-Kabelnetz werden die TV-Kanäle mittels DVB-C2 übertragen.
   a) Erläutern Sie die Abkürzung DVB-C2.
   b) Welche weiteren DVB-Standards gibt es und wie unterscheiden sie sich technisch voneinander? (Hinweis: Abhängig von der Bearbeitungstiefe ist ggf. eine Internetrecherche erforderlich.)
6. Aus welchen wesentlichen Funktionsbaugruppen besteht ein Kabelmodem?
7. Was versteht man unter einem hybriden Netz?

3.4 Powerline Communication

Der Begriff **Powerline Communication (PLC)** bezeichnet allgemein unterschiedliche Techniken der Datenkommunikation über vorhandene elektrische Energieversorgungsleitungen. Man unterscheidet:

- **Inhouse-Powerline:** Datenübertragung auf den Energieversorgungsleitungen innerhalb eines Gebäudes, um z. B. ein vorhandenes LAN zu erweitern, ohne dass zusätzliche Datenkabel verlegt werden müssen
- **Access-Powerline:** Datenübertragung auf den Anschlussleitungen des Energieverteilnetzes außerhalb eines Gebäudes, um z. B. einen Zugang zu einem öffentlichen Kommunikationsnetz (z. B. Internet, All-IP-Netz) oder die Übertragung von Steuerungs- und Messdaten zu realisieren (z. B. im Smart Grid)

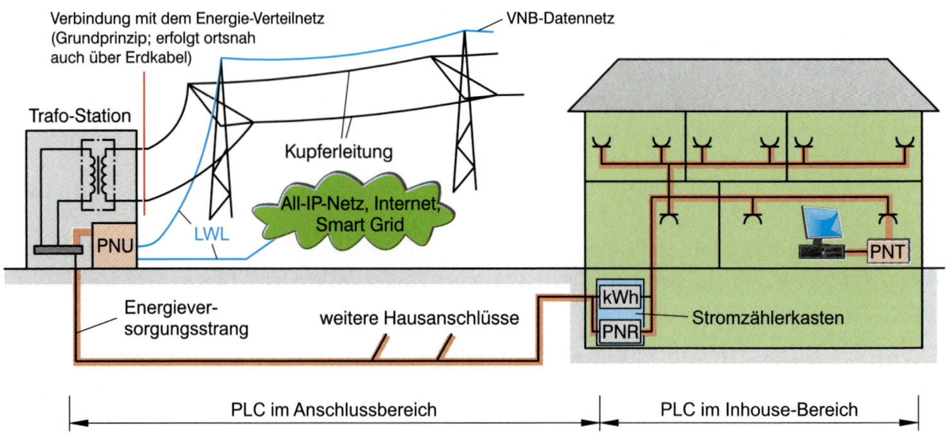

Bild 3.29: PLC im Inhouse- und im Anschlussbereich (Grundprinzip; VNB: Verteilnetzbetreiber)

Der **Inhouse-Bereich** (*inhouse area*) besteht prinzipiell aus sämtlichen elektrischen Leitungen und Einrichtungen (z. B. Steckdosen, Schalter, Verteiler), die im Rahmen der Elektroinstallation in einem Wohngebäude hinter dem Stromzähler verlegt worden sind („Einfache IT-Systeme“, Kap. 5.6.7). Diese Leitungen gehören dem jeweiligen Hauseigentümer bzw. der Eigentümerin.

Der **Anschlussbereich** (*connection area, connection range, access area*) umfasst die Leitungen zwischen dem Stromzählerkasten in einem Gebäude und der Trafostation, in der die Versorgungsspannung des Energieversorgungsnetzes auf 230/400 V heruntertransformiert wird (Niederspannungsbereich; „Einfache IT-Systeme“, Kap. 5.6.7). Dieser Teil des elektrischen Leitungsnetzes weist eine Baumtopologie auf und ist Eigentum des zuständigen **Verteilnetzbetreibers** (VNB).

Auch die Kupferleitungen hinter der Trafostation (Mittelspannungsbereich) können – zusätzlich zu anderen vorhandenen Kommunikationsstrukturen (z. B. LWL, Smart Grid Backbone; Bild 3.29) – prinzipiell für die Datenübertragung genutzt werden.

In allen Bereichen erfolgt die Übertragung auf den Energieversorgungsleitungen, indem jeweils die Nutzdaten mit entsprechenden Modulationsverfahren auf Trägerfrequenzen aufgeprägt werden (Kap. 4.1.5).

3.4.1 Inhouse-Powerline

Im Inhouse-Bereich hat sich die Datenkommunikation über die vorhandenen Energieversorgungsleitungen als mögliche Alternative zu anderen Techniken (LAN, WLAN) mittlerweile etabliert. Hierbei wurden im Laufe der Zeit von verschiedenen Gremien unterschiedliche, meist breitbandige Übertragungsstandards entwickelt. Hierzu gehören:

- der von der **H**omePlug **P**owerline **A**lliance (**HPA**; Zusammenschluss diverser Entwicklungs- und Herstellerfirmen) entwickelte **HomePlug-Standard**. Dieser existiert in den Versionen **HomePlug AV** (AV = Audio Video) und **HomePlug AV2**. Trotz dieser Standardisierungen sind die entsprechenden Adapter unterschiedlicher Herstellerfirmen meist nicht zueinander kompatibel.
- der von der ITU für die breitbandige Vernetzung im Heimbereich entwickelte und vom Industrieverband **HomeGrid-Forum** unterstützte internationale Standard **G.9960** (Alternativbezeichnungen: **G.hn** = **G**igabit **h**ome **n**etworking, bzw. **HomeGrid-Standard**).

Beide Standards verwenden ein Trägerfrequenzverfahren, bei dem bedarfsorientiert mehrere Teildatenströme mittels OFDM in Verbindung mit QAM (Kap. 4.1.5.2) auf mehrere Träger aufmoduliert und über das jeweilige Medium geschickt werden. Die PLC-Spezifikationen der jeweiligen Normierungsgremien sind zwar ähnlich, und darauf basierende Geräte können innerhalb eines Stromnetzes gleichzeitig genutzt werden, sie sind jedoch nicht zueinander kompatibel. So unterscheiden sie sich u. a. in der Aufteilung und der Anzahl der verwendeten Trägerfrequenzen. Spezielle zusätzliche Techniken (z. B. Fehle rkorrekturverfahren) ermöglichen beim G.hn-Standard zudem eine größere Übertragungsrate bei höheren Reichweiten. Daher gelten die genannten Home-Plug-Standards inzwischen als veraltet.

Die in Bild 3.30 aufgeführten Frequenzbereiche werden jeweils nicht durchgängig für die Datenübertragung verwendet. Da die Stromleitungen bei den hohen Übertragungsfrequenzen quasi wie Antennen wirken, werden mit speziellen Filterschaltungen (sog. **Kerbfilter** bzw. **Notchfilter**) bestimmte Frequenzbereiche ausgeblendet, die andere Dienste stören könnten (z. B. 20-Meter-Amateurfunkbereich, 14–14,35 MHz). Die aufgeführten maximalen Brutto-Übertragungsraten werden in idealisierten Testumgebungen ermittelt, sie sind zudem wegen der frequenzabhängigen Leitungsdämpfung (Kap. 4.1.2) entfernungsabhängig und werden im praktischen Umfeld nicht erreicht. Zusätzlich können unvorhersehbare Störeinflüsse (z. B. Schaltvorgänge im Netz, elektronische Dimmer, Überspannungsableiter in Mehrfachsteckdosen) die Übertragungsraten und Reichweiten verringern.

Standard	HomePlug AV	HomePlug AV2	G.hn
Frequenzbereich	2–32 MHz	2–68 MHz (mit MIMO bis 86 KHz)	2–86 MHz
Max. Übertragungsrate (brutto)	≤ 200 Mbit/s	≤ 1,2 Gbit/s	≤ 2,4 Gbit/s
Reichweite (theor./prakt.)	≤ 300 m/≤ 200 m	≤ 400 m/≤ 300 m	≤ 500 m/≤ 400 m
Zugriffsverfahren	TDMA	TDMA	TDMA

Standard	HomePlug AV	HomePlug AV2	G.hn
Modulationsverfahren (Kap. 4.1.5.2)	OFDM	OFDM, zum Teil auch kombiniert mit MIMO	OFDM, kombiniert mit MIMO
Verschlüsselung (Kap. 1.10.5.3)	AES mit 128 bit (Advanced Encryption Standard)	AES mit 128 bit (Advanced Encryption Standard)	AES mit 128 bit (Advanced Encryption Standard)
Triple Play	ja	ja	ja

Bild 3.30: Vergleich von PLC-Spezifikationen (Auszüge)

Der G.hn-Standard ist zudem so konzipiert, dass er neben dem Einsatz als Punkt-zu-Punkt-Verbindung über Energieversorgungsleitungen prinzipiell auch zur Datenübertragung auf anderen Kabelarten verwendet werden kann. Hierzu gehören neben den Energieversorgungsleitungen innerhalb eines Gebäudes auch die Netzwerkkabel (TP-Leitung), die Telefonkabel (Zweidrahtleitung) sowie die Fernsehkabel (Koaxleitung).

Über entsprechende Bridges (Konverter, Extender) lassen sich die verschiedenen Medien miteinander koppeln und übertragungstechnisch anpassen. Bei entsprechenden Konvertern ist auch eine Energieversorgung angeschlossener Geräte möglich – vergleichbar mit PoE (Kap. 1.1.2.5). Das bei G.hn verwendete Trägerfrequenzverfahren ermöglicht eine dynamische Anpassung der übertragbaren Datenrate an die vorhandene Streckendämpfung des jeweils verwendeten Mediums.

Um die diversen übertragungstechnischen Anforderungen erfüllen zu können, sind von der ITU für G.hn generell verschiedene Frequenzbereiche für die Übertragung definiert worden (**Basisband:** 2 MHz bis 100 MHz; **Bandpass-Bereich:** 100 MHz bis 200 MHz; **HF-Bereich:** 300 MHz bis 2,5 GHz). Die PLC-Technik verwendet hiervon lediglich das Basisband (*baseband*).

Die Inhouse-PLC-Technik stellt selbst keine direkte Verbindung zu einem externen Kommunikationsnetz her (z. B. Internet). Hierzu ist ein separater Internetzugang in einem Gebäude erforderlich (z. B. ein DSL-Anschluss; Kap. 3.1.2). Der vorhandene Internetrouter (DSL-Router) wird über ein handelsübliches Patchkabel (RJ-45-Anschlüsse) mit einem **Powerline-Adapter** verbunden (Bild 3.29; **PNT: P**owerline **N**etwork **T**ermination). Die vom Router stammenden Datensignale werden dann über den in einer Steckdose befindlichen Adapter auf die Netzspannung aufmoduliert und übertragen. Diese Daten sind anschließend im Inhouse-Bereich prinzipiell an jeder Steckdose verfügbar, die an der gleichen Phase angeschlossen ist. Meist sind die Stromleitungen (L1, L2, L3, N; „Einfache IT-Systeme", Kap. 5.7.4.1) der Elektroenergieversorgung eines Gebäudes über längere Strecken im gleichen Installationsrohr verlegt. Aufgrund von kapazitiver Kopplung (vgl. "Kapazitätsbelag" in Bild 4.3) werden die auf einer Phase eingekoppelten Signale dann auch auf den anderen Leitungen übertragen. Somit kann zwischen allen über Adapter angeschlossenen Datenendgeräten innerhalb eines Gebäudes eine Kommunikation stattfinden.

Für den Fall, dass diese kapazitive Kopplung nicht ausreicht, können die drei Phasen des hausinternen Leitungsnetzes im Sicherungskasten (hinter dem RCD; „Einfache IT-Systeme", Kap. 5.7.4.3) zusätzlich mit einem speziellen **Phasenkoppler** verbunden werden.

Dieser soll nur für die Datenübertragungsfrequenzen eine Verbindung zwischen den drei Stromleitungen herstellen (Phasen L1, L2 und L3) und muss daher an den verwendeten Frequenzbereich der Adapter angepasst sein. Die Adapter verfügen in der Regel auch selbst über eine integrierte Steckdose, die zur Stromversorgung eines Endgeräts verwendet werden kann (Bild 3.31).

Die innerhalb des gleichen Gebäudes angeschlossenen Powerline-Adapter erkennen sich jeweils anhand eines zugeordneten Kennwortes. Sämtliche Adapter mit dem gleichen Kennwort bilden ein zusammengehörendes logisches Netz. Aus Sicherheitsgründen sollte das werksseitig eingestellte Standardkennwort mittels der Software, die den Geräten beiliegt oder die von der jeweiligen Hersteller-Homepage downloadbar ist, bei Erstbetrieb geändert werden.

Bild 3.31: Beispiel für PLC-Adapter

Adapter auf G.hn-Basis verbinden sich nach dem Einstecken in eine entsprechende Schutzkontakt-Steckdose („Einfache IT-Systeme“, Kap. 5.6.2) automatisch miteinander und bauen direkt ein individuell verschlüsseltes Netzwerk auf.

Die Hersteller bieten auch Adapter an, die ein lokales WLAN entsprechend den aktuellen WLAN-Standards (Kap. 1.1.2.4) aufbauen, in das sich die dort vorhandenen Geräte (Tablets, Smartphones usw.) einloggen können.

3

Die hohen (theoretischen) Datenraten werden durch Einsatz von MIMO-Techniken (Multiple In – Multiple Out; Kap. 4.1.9) realisiert. Hierbei werden bei PLC alle drei an einer Steckdose angeschlossenen Leitungen in die Datenübertragung einbezogen („Einfache IT-Systeme“, Kap. 5.6.7 und Kap. 5.7.4.1). Dies ergibt prinzipiell einen höheren Datendurchsatz. Bei Störungen oder betriebsbedingten Dämpfungen auf einer der Leitungen kann die Datenkommunikation über die anderen Leitungen weiterhin aufrechterhalten werden, was letztendlich zu einer stabileren Powerline-Kommunikation führt. Bei einer Datenübertragung zwischen zwei Endgeräten wird stets der gesamte zur Verfügung stehende Frequenzbereich belegt. Wollen mehrere Geräte gleichzeitig kommunizieren, konkurrieren sie miteinander um die verfügbare Übertragungsbandbreite.

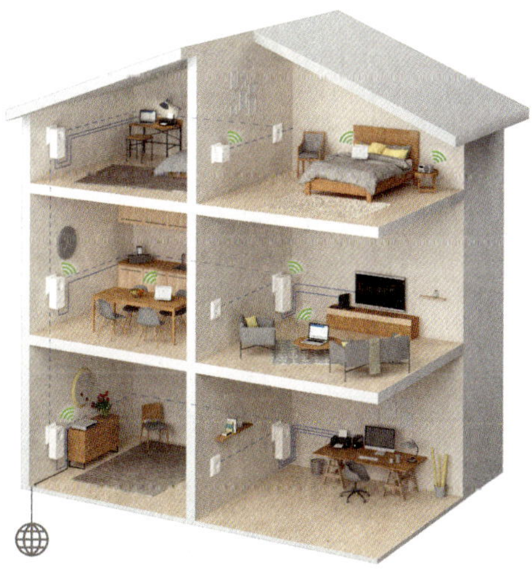

Bild 3.32: Beispiele für PLC-Anschlussszenarien

Somit sind mit entsprechenden PLC-Adaptern ohne zusätzliche Verkabelungsmaßnahmen u. a. folgende grundsätzliche Anschlussszenarien denkbar:

- Verbindung eines oder mehrerer PCs von verschiedenen Steckdosen im Haus mit einem zentral gelegenen DSL-Internetzugang
- Verbindung zweier PCs oder eines PCs mit einem anderen Netzwerkgerät (z. B. Drucker) über beliebige Steckdosen im Haus

- drahtlose Verbindung (WLAN) eines Laptops im gesamten Haus oder in einem abgelegenen Gebäudebereich mit einem zentral gelegenen DSL-Internetzugang bei Verwendung eines oder mehrerer WLAN-unterstützender PLC-Adapter (z. B. IEEE 802.11ax)
- Übertragung von Triple-Play-Diensten (z. B. Video-on-Demand, T-Home-Entertain, Audio-Streaming, VoIP) im gesamten Haus

Die Gefahr einer gesundheitlichen Beeinträchtigung bei Inhouse-Powerline, bedingt durch Signalabstrahlungen, ist umstritten, kann aber nach derzeitigem Kenntnisstand wegen der vergleichsweise niedrigen Signalleistung (< 250 mW) als gering angesehen werden.

3.4.2 Access-Powerline

Das bestehende Energieverteilnetz ist für die Übertragung elektrischer Energie bei einer Frequenz von 50 Hz optimiert (z. B. Leiterquerschnitt, Isolierung, Verlegung). Wird die Energieversorgungsleitung im Anschlussbereich zusätzlich zur Informationsübertragung verwendet, kann die Verbindung mit einem öffentlichen Kommunikationsnetz z. B. über die nächstgelegene Trafostation erfolgen. Hier befindet sich die **PNU** (**P**owerline **N**etwork **U**nit) mit Schnittstellen zum Internet, zum All-IP-Netz oder ggf. auch zu einem vom VNB betriebenen Weitverkehrsnetz, das mit Lichtwellenleitern (LWL) entlang der Hochspannungsleitungen des Verteilnetzes verlegt ist (Bild 3.29). Alle an einem Energieversorgungsstrang angeschlossenen Hausanschlüsse müssen sich hierbei die maximal mögliche Übertragungsrate der Versorgungsleitung teilen (Shared Medium).

Den Übergang vom Anschlussnetz zum Inhouse-Bereich bildet ein Signalumsetzer (**PNR**: **P**owerline **N**etwork **R**epeater) zur Überbrückung des Stromzählers (Bypass) und zur Entkopplung des Inhouse-Netzes.

Der bereits 2010 veröffentlichte Standard IEEE 1901 (**BPN: B**roadband over **P**owerline **N**etworks) definiert hierzu u. a., in welchem Frequenzbereich (bis 100 MHz) und mit welchen Übertragungsverfahren (OFDM, QAM; Kap. 4.1.5.2) die Daten bis zu 1,5 km über die Energieversorgungsleitungen des Anschlussbereiches übertragen werden sollen. Allerdings ist dieser Frequenzbereich gemäß den „Vorschriften für die Frequenzzuteilung" der Bundesnetzagentur[1] bereits in eine Vielzahl von Teilbereichen aufgeteilt, die mehreren verschiedenen Funkdiensten zugewiesen sind (z. B. Amateurfunk, Mobilfunk und andere).

Um Störungen dieser Dienste auszuschließen, wurde in Deutschland schon 2001 die „Frequenzbereichs-Zuweisungsplanverordnung" (FreqBZPV) und die darin enthaltene „Nutzungsbestimmung 30" (NB 30) verabschiedet. Diese wird regelmäßig aktualisiert und den jeweiligen technischen Anforderungen angepasst. Darin sind auch die zulässigen Grenzwerte von Störabstrahlungen von Leitern bei Frequenzen zwischen 9 kHz und 3 GHz festgelegt. Die Sendeleistungen, mit denen die PNU die Datenströme in der Trafostation einspeisen kann, werden hierdurch stark begrenzt, sodass kaum breitbandige Übertragungsraten über längere Strecken möglich sind. Diese sind lediglich im Inhouse-Bereich bei den dort kurzen Leitungslängen realisierbar (Kap. 3.4.1).

Dadurch konnte sich PLC als direkter Internetzugang im Anschlussbereich der Energieversorgung gegen die DSL-Techniken nicht durchsetzen.

---

1 siehe z. B.https://www.gesetze-im-internet.de/freqv/BJNR332600013.html [letzter Zugriff: 08.02.2025]

Im Zuge der Entwicklung von intelligenten Stromnetzen (Smart Grids) stößt Access-Powerline bei den Verteilnetzbetreibern inzwischen aber (wieder) auf zunehmendes Interesse.

Als **Smart Grid** bezeichnet man ein intelligentes Verteilnetz für die Energieversorgung. In einem Smart Grid werden die (dezentrale) Energieeinspeisung unterschiedlicher Kraftwerke (*power plants*), die Energieverteilung und der Energieverbrauch elektronisch überwacht und lastabhängig gesteuert.

Aufgrund seiner funktionalen Struktur handelt es sich bei einem Smart Grid um ein sog. cyber-physisches System.

Als **cyber-physisches System (CPS)** bezeichnet man allgemein eine technische Struktur, die aus einer Vernetzung von stationären oder mobilen mechanischen Komponenten sowie informations- und softwaretechnischen Elementen besteht und die ihre Umgebung mittels Sensoren wahrnehmen und über Aktoren beeinflussen kann. Hierzu ist es über entsprechende Dateninfrastrukturen mit Steuereinheiten, Speichern und CPU-Ressourcen verbunden und mit geeigneter Software ausgestattet. Ein CPS kann Daten speichern, mittels entsprechender Analysesoftware auswerten und dabei selbstständig aktiv oder reaktiv sowohl mit der physischen als auch mit der digitalen Welt interagieren.

Die Übertragung der erforderlichen Mess- und Steuersignale für Stromerzeuger, Energiespeicher, elektrische Verbraucher und Netzbetriebsmittel benötigt keine große Bandbreite. Daher können die Leitungen der vorhandenen Energieverteilnetze – auch über den Anschlussbereich hinaus – schmalbandig genutzt werden, ohne die zulässigen Grenzwerte von Störabstrahlungen zu überschreiten.

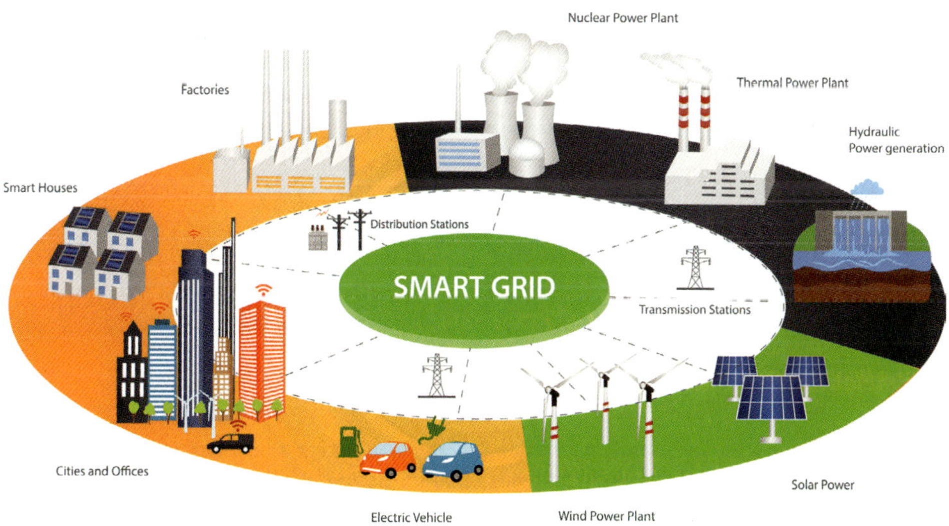

Bild 3.33: Struktur eines Smart Grids (Grundprinzip)

Als zentrale Komponente der diversen Steuerungen, der Überwachung sowie der erforderlichen bidirektionalen Kommunikation mit den intelligenten Verbrauchserfassungsgeräten (**Smart Meter**) innerhalb eines Smart Grids fungiert hierbei das sog. **Meter Data Management System (MDMS)**.

Als **Meter Data Management (MDM)** bezeichnet man das zentrale Datenmanagement in Smart Grids, das die Verbrauchswerte von vorhandenen Smart Metern in Gebäuden überwacht und verwaltet. Es stellt das Bindeglied zwischen der Prozessdatenverarbeitung und der erforderlichen Informationsverarbeitung innerhalb eines Smart Grids dar.

Bei der Übertragung von Prozessdaten zur Steuerung von Netzbetriebsmitteln und für die Übertragung von Verbrauchsdaten kommt in Smart Grids weniger die breitbandige Übertragungstechnik gemäß IEEE 1901 zum Einsatz, sondern mehrheitlich das Übertragungsprotokoll **G3-PLC**.

G3-PLC bezeichnet einen von der ITU und vom IEEE anerkannten Standard für die schmalbandige Datenübertragung auf Energieversorgungsleitungen (ITU G.9903). Diese Übertragungsart wird auch als **Schmalband-Powerline** (*narrowband powerline*; **NB-PLC**) bezeichnet.

Die für Europa zuständige Normungsinstitution **CENELEC** (**C**omité **E**uropéen de **N**ormalisation **Élec**trotechnique) hat hierzu anwendungsabhängig für die Datenübertragung prinzipiell vier Frequenzbänder definiert (**A:** 9–95 kHz; **B:** 95–125 kHz; **C:** 125–140 kHz; **D:** 140–148,5 kHz). Im amerikanischen Raum gibt die dort zuständige **FCC** (**F**ederal **C**ommunications **C**ommission) den Bereich von 10 bis 490 kHz vor.

Abhängig von der Spannungsebene (z. B. Niederspannung, Mittelspannung; „Einfache IT-Systeme“, Kap. 5.6.7) und dem verwendeten Frequenzband ermöglicht der G3-PLC-Standard eine Datenkommunikation über Leitungslängen von 1,5 km bis zu mehreren Kilometern. Die erreichbare Datenrate liegt hierbei zwischen 3 kbit/s und 100 kbit/s. Großen Einfluss auf die realen Übertragungseigenschaften haben aber stets die örtlichen Gegebenheiten und die vorliegende Netztopologie. Zur Reichweitenvergrößerung können zusätzlich noch entsprechende Repeater eingesetzt werden.

G3-PLC unterstützt das IPv6-Protokoll (Kap. 1.7.2) und schafft damit die Voraussetzungen für den Datenaustausch zwischen Smart Metern und den Kontrollzentren der Energieversorger auch über das Internet.[1] Für die Sicherheit der Datenübertragung wird der **A**dvanced **E**ncryption **S**tandard (AES) mit 128 Bit eingesetzt.

Schmalband-Powerline wird sowohl in Smart Grids als auch in der Gebäudeautomation, in Photovoltaik- und Windkraftanlagen, im Smart Metering, in Smart Homes und Smart Cities sowie in Ladestationen für Elektrofahrzeuge eingesetzt.

AUFGABEN

1. a) Welcher Grundgedanke bewirkte die Entwicklung der PLC-Technik?
   b) Welche grundsätzlichen Arten von PLC unterscheidet man? Erläutern Sie diese.
2. a) Nennen Sie zwei von unterschiedlichen Gremien entwickelte PLC-Übertragungsstandards für den hausinternen Einsatz. Sind diese Standards zueinander kompatibel (Antwort mit Begründung)?
   b) Welche Übertragungsraten sind theoretisch bei den genannten Übertragungsstandards möglich?
   c) Nennen Sie drei Beispiele für potenzielle Anschluss- und Verwendungsszenarien, die sich durch den hausinternen Einsatz der Powerline-Technik ergeben können.

1 *Siehe auch https://g3-alliance.com/ [letzter Zugriff: 08.02.2025]*

3. Zur Beurteilung der Übertragungsgeschwindigkeit wurde ein identisches Datenvolumen über ADSL2+, VDSL2 und PLC übertragen. Das Ergebnis ist im nebenstehenden Diagramm dargestellt.
   a) Wie groß ist das in allen drei Verfahren übertragene Datenvolumen?
   b) Geben Sie das Verhältnis der Übertragungszeiten an für PLC : ADSL2+ und PLC : VDSL2.

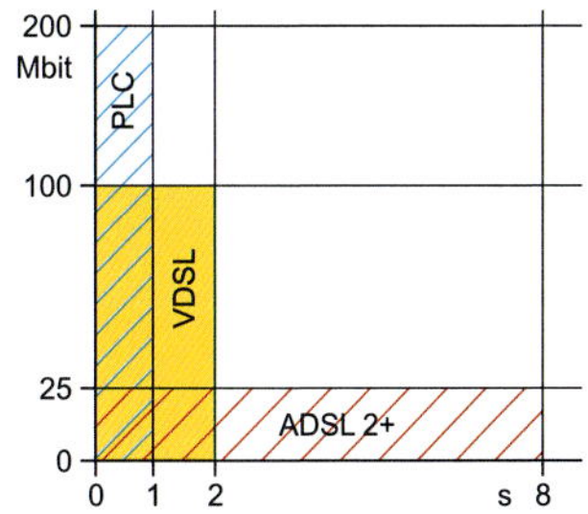

4. Wozu werden im Zusammenhang mit der Inhouse-PLC-Technik ggf. Phasenkoppler benötigt? Erläutern Sie deren prinzipielle Funktionsweise.
5. a) Was versteht man unter einem Smart Grid?
   b) Erläutern Sie die Bezeichnung G3-PLC und geben Sie an, wozu es innerhalb eines Smart Grids verwendet wird.
   c) Welche Frequenzbereiche stehen für G3-PLC in Europa zur Verfügung?
   d) Erweiterte Aufgabe: Nennen Sie weitere Anwendungsbereiche von G3-PLC und recherchieren Sie bei Bedarf im Internet weitere Informationen zu den von Ihnen genannten Bereichen.

3

3.5 Sonstige Festnetzstrukturen

Die öffentlichen Kommunikationsnetze sind in den letzten Jahren zunehmend zusammengewachsen und bilden übergreifende Strukturen. Darin eingebunden werden auch die nachfolgend exemplarisch vorgestellten Netzformen bzw. Netzstrukturen.

3.5.1 Metropolitan Area Network (MAN)

Als **Metropolitan Area Network (MAN)** bezeichnet man ein Backbone-Netz zur Verbindung von LANs innerhalb eines Stadt- oder Regionalbereichs.

Es erstreckt sich über einen Durchmesser von ca. 50 km bis 100 km und liegt damit in seiner Ausdehnung zwischen einem LAN und einem WAN (Kap. 1.1.2, Kap. 3.7). Netzwerke dieser Art werden in der Regel von lokal ansässigen Kommunikationsunternehmen angeboten. Die bereitgestellten Stadtnetze (bzw. Regionalnetze) weisen meist ringförmige Netzstrukturen unter Verwendung von Glasfasertechnik auf.

Das in Bild 3.34 beispielhaft dargestellte MAN besteht aus verschiedenen Subnetzen, die von einem **Management-Center** (NMC) verwaltet werden. Die einzelnen LANs werden an ein **Customer Gateway** (CGW) angeschlossen und über ein **Edge Gateway** (EGW) an ein Subnetz herangeführt. Die einzelnen Subnetze sind miteinander über **Router** (R) verbunden. Die Verbindung zwischen zwei MANs erfolgt über sog. **Inter-Router** (IR).

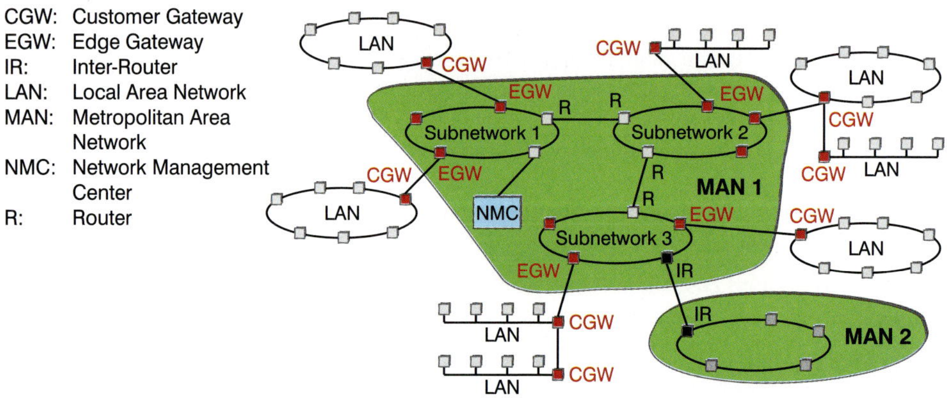

Bild 3.34: Struktur eines MAN (Beispiel)

An eine CGW lassen sich eine Vielzahl von LANs anschließen. Das CGW stellt Schnittstellen gemäß IEEE 802.3 (Ethernet) und IEEE 805.5 (Token Ring) zur Verfügung. Die verschiedenen LAN-Typen können auch direkt miteinander kommunizieren. Die Übertragungsgeschwindigkeit innerhalb des MAN liegt zwischen 10 und 100 Gbit/s. Die Verbindungen zwischen den einzelnen Stationen (Router, Edge- oder Customer-Gateways) erfolgt über zwei Ringleitungen, die gegenläufig in Sende- und Empfangsrichtung verwendet werden. In einem MAN sind sowohl verbindungslose als auch verbindungsorientierte Datenübertragungen möglich. Die Datenübertragung erfolgt auf Basis der SDH-Technologie (Kap. 4.1.10). Als vermittelnde Techniken werden zunehmend auch Ethernet-Technologien eingesetzt (**MEN: M**etro **E**thernet **N**etwork; Kap. 1.1.2.5).

3.5.2 MPLS-Netze

MPLS ist die Abkürzung für **M**ulti **P**rotocol **L**abel **S**witching. Hierbei handelt es sich um eine Technik, die eine *verbindungsorientierte* Übertragung von Datenpaketen innerhalb eines an sich *verbindungslosen* Netzes entlang eines zuvor festgelegten Weges ermöglicht. Ein Netz, das diese Übertragungstechnik bereitstellt, wird als **MPLS-Netz** bezeichnet.

Die MPLS-Technik macht die Vorteile verbindungsorientierter Protokolle (z. B. QoS) auch in verbindungslosen Netzen (in der Regel IP-Netze) nutzbar. Mittels MPLS lassen sich insbesondere IP-Datenströme schneller verbindungsorientiert transportieren als mit anderen Protokollstrukturen. Bild 3.35 zeigt den prinzipiellen Aufbau eines MPLS-Netzes.

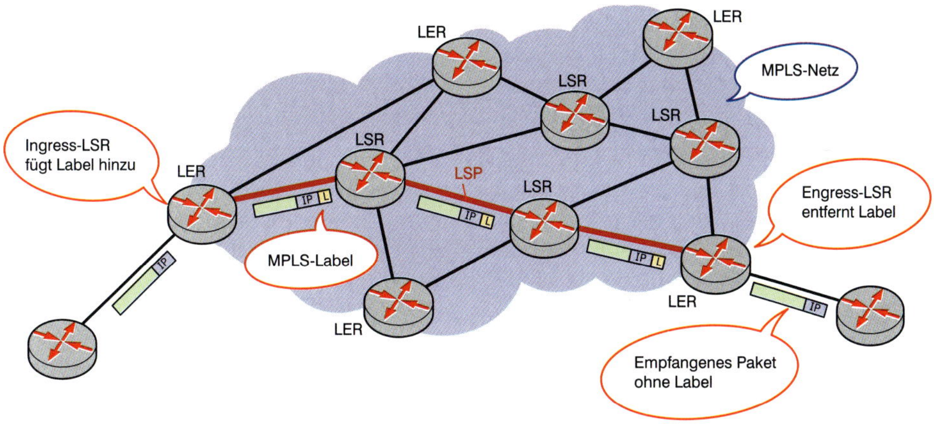

Bild 3.35: Prinzipieller Aufbau eines MPLS-Netzes

Ein MPLS-Netz besteht aus untereinander vermaschten **Label Switching Routern (LSR)**. Vor einer Nutzdatenübertragung erhalten zunächst alle beteiligten LSRs in einer verbindungslosen Übertragung die notwendigen Verbindungsinformationen. Diese werden den Headern der IP-Pakete im ersten auf dem Weg durch das MPLS-Netz liegenden LSR entnommen. Dieser erste LSR-Router trägt die Bezeichnung **Ingress-LSR** oder allgemein **Label Edge Router (LER)**. Er teilt die zu transportierenden IP-Datagramme in sog. **Forwarding Equivalents Classes (FEC)** ein, wobei er sich an den Layer-3-Zieladressen orientiert. Diejenigen IP-Pakete, die zu derselben FEC gehören, bilden einen gemeinsamen Datenstrom (Stream) und werden alle auf demselben Weg zum Ziel übertragen. Der hierzu geschaltete Verbindungsweg innerhalb eines MPLS-Netzes heißt **Label Switch Path (LSP)**. Der letzte Router auf dem Verbindungsweg trägt die Bezeichnung Engress-LSR oder ebenfalls allgemein **Label Edge Router (LER)**.

Damit die einzelnen Datenpakete ihren Weg durch das MPLS-Netz finden, wird deren Adresskopf um eine Information erweitert.

Die Kennzeichnung eines Datenpaketes innerhalb eines MPLS-Netzes wird als **Label** bezeichnet. Das Weiterleiten von Datenpaketen anhand dieses Labels nennt man **Label-Switching**.

Bei IP-Paketen wird dieses Label vom Ingress-LSR zwischen dem Layer-2- und dem Layer-3-Header (vgl. Kap. 1.1.3.2, Kap. 1.7.8) eingeschoben und auch als **MPLS-Shim-Header** oder **MPLS-Shim-Layer** bezeichnet. Dieser Layer ermöglicht innerhalb eines MPLS-Netzes das Switchen von Datenpaketen allein auf der Grundlage der Labelinformation.

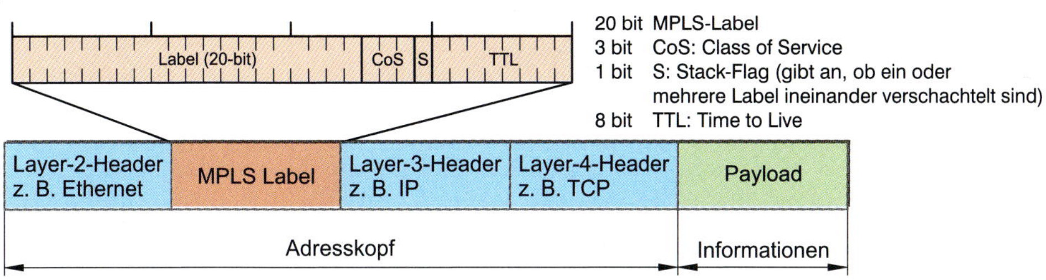

Bild 3.36: MPLS-Label im IP-Header

Die Labelinformation beinhaltet einen Tabellenindex, in dem der nächste Knoten genannt ist. In jedem Knoten wird der Tabellenindex aktualisiert und das Datenpaket zum nächsten Knoten gesendet. Beim Austritt aus dem MPLS-Netzwerk werden die vorhandenen MPLS-Label vom Engress-LSR aus den Datenpaketen entfernt.

Anhand der Labelinformation erkennt jeder LSR, zu welchem Stream ein Datenpaket gehört. Dadurch ist bei den nächsten Knoten keine Analyse der Layer-3-Information mehr erforderlich. Über zusätzlich vorhandene Informationen lassen sich sowohl Prioritäten (Service Class) als auch Bandbreiten (QoS) zuordnen. Durch die Verwendung von speziellen Transport-Profilen (**MPLS-TP: M**ulti **P**rotocol **L**abel **S**witching-**T**ransport **P**rofile; RFC 5654) lässt sich die Übertragungseffizienz weiter steigern.

Innerhalb eines MPLS-Netzes wird der günstigste Pfad einmal zu Beginn der Übertragung ermittelt und dann für die gesamte Übertragung einer Nachrichtensequenz genutzt.

Sämtliche zugehörigen MPLS-Datenpakete werden entlang dieses vordefinierten Pfads durch das Netz geleitet, ohne dass jeder zwischengeschaltete Router erneut den günstigsten Weg zum Weitertransport ermitteln muss. Dies führt zu einer deutlichen Entlastung der Routing-Systeme.

Die Labelzuweisung erfolgt durch die Signalisierungsprotokolle **LDP** (**L**abel **D**istribution **P**rotocol) bzw. **RSVP-TE** (**R**esource **R**e**s**er**v**ation **P**rotocol-**T**raffic **E**ngineering). Während das LDP einen Verbindungsweg anhand vorgegebener Algorithmen findet, umfasst das RSVP-TE sämtliche Maßnahmen für eine Optimierung des Weges für die jeweils unterschiedlichen Anforderungen einer Übertragung (z. B. Echtzeitdaten, Streaming, File-Transfer, E-Mail usw.). Hierzu gehören das **Traffic-Shaping** für optimale Wegewahl, das **Traffic-Policing** für die Kontrolle der Konformität des Datenverkehrs, das **Bandbreitenmanagement** zur effektiven Ausnutzung vorhandener Leitungsressourcen sowie die Überwachung der Verzögerungszeiten und der Laufzeitschwankungen bei der Übertragung.

Der Vorteil des Label-Switching im Gegensatz zu den Hop-by-Hop-Verfahren liegt in der höheren Effizienz bei der Weiterleitung von IP-Paketen, bei denen die Weiterleitung für jedes einzelne Paket durch Analyse des Headers im Router getroffen wird. Mit dieser Technik lassen sich auch Layer-2-VPNs und Layer-3-VPNs als Punkt-zu-Punkt-Verbindungen schalten. Die Datenströme verschiedener VPNs werden hierbei logisch getrennt über die gleichen Verbindungswege übertragen. Das MPLS vereint somit die Vorteile der ehemaligen ATM-Vermittlungstechnik mit der Flexibilität des IP-Routings. Multi Protocol Label Switching ist eine Virtual-Private-Network-Technik (VPN-Technik). Sie bietet die Möglichkeit, verschiedene virtuelle private Netze mit identischen IP-Adressbereichen ohne die Vermischung von Adressinformationen transparent über eine gemeinsame MPLS-Plattform zu verbinden. Jedes VPN ist ein in sich geschlossenes IP-Netzwerk. Dies trifft ebenfalls für das Internet zu, sodass auf einer MPLS-Plattform sowohl VPNs als auch Internet-Dienste realisiert werden können.

Darüber hinaus lässt sich die MPLS-Technologie prinzipiell auch auf LAN-Strukturen übertragen und wird dort mit **VPLS** (**V**irtual **P**rivate **LAN** **S**ervices) bezeichnet. VPLS bietet als Layer-2-VPN auch Multipoint-Verbindungen, die auf der bestehenden Ethernet-Technologie abgebildet werden können. Aus Sicht der Kundinnen und Kunden verhält sich ein solches Netz wie ein herkömmlicher LAN-Switch; der Einsatz teurer WAN-Interfaces und -Router ist nicht mehr erforderlich. Die komplette MPLS-Architektur ist in den RFCs 3031 und 3032 beschrieben. Darüber hinaus kann man sich im „MPLS-Forum“ über den jeweils aktuellen Stand der Entwicklung informieren.[1]

Eine Erweiterung des MPLS-Standards stellt **GMPLS** (**G**eneralized **M**ulti **P**rotocol **L**abel **S**witching; RFC 3945) dar. Hierbei werden die Label-Mechanismen von MPLS auf optische Switching-Komponenten übertragen (z.B. Add/Drop-Multiplexer, optische Switches). Hierdurch lassen sich auch in rein optischen Netzen die vorhandenen Ressourcen dynamischer und effizienter zuweisen. GMPLS wird beispielsweise in den sog. **Automatically Switched Optical Networks** (**ASON**; intelligente optische Netze; Kap. 3.2.2) in Verbindung mit **Wellenlängenmultiplex** (**WDM**; Kap. 4.1.8.3) eingesetzt.

AUFGABEN

1. Erläutern Sie allgemein die Struktur eines MAN sowie die Aufgaben der Komponenten, die mit den Abkürzungen CGW, EGW, NMC, R und IR bezeichnet werden.
2. Was bedeutet die Abkürzung „MPLS“ im Zusammenhang mit Datennetzen? Erläutern Sie die hierbei verwendete Übertragungstechnik und nennen Sie deren Vorteile.
3. Mit „LSR“ und „LER“ werden Komponenten eines MPLS-Netzes bezeichnet. Erläutern Sie die Abkürzungen und die Aufgaben dieser Komponenten.
4. Wo befindet sich das MPLS-Label im IP-Header eines Datenpaketes? Wie ist es aufgebaut?

3

3.6 Mobilfunknetze

In einem **Mobilfunknetz** (*mobile radio access network*) werden die verwendeten Endgeräte nicht über einen festen leitungsgebundenen Anschluss mit der Infrastruktur eines Kommunikationsnetzes verbunden, sondern der Netzzugang erfolgt leitungsungebunden mithilfe elektromagnetischer Wellen hoher Frequenz (**HF: H**igh **F**requency; „Einfache IT-Systeme“, Kap. 5.4.3). Überall dort, wo die verwendeten Endgeräte diese Frequenzen empfangen können, besteht die Möglichkeit zur Kommunikation mit anderen Teilnehmern.

Innerhalb des Sende- und Empfangsbereichs eines Mobilfunknetzes erfolgt der Netzzugang eines Endgerätes **ortsunabhängig** (*independent of location*) **über eine Funkschnittstelle** (*radio interface, wireless interface*).

Die Entwicklungsgeschichte des kommerziellen Mobilfunks wird in Abhängigkeit von den verwendeten Übertragungstechniken und dem Technologiestand in verschiedene „Generationen“ unterteilt. Hiervon werden weltweit noch die Standards **GSM** (**G**lobal **S**ystem for **M**obile Communications; Kap. 3.6.1), **LTE** (**L**ong **T**erm **E**volution; Kap. 3.6.2) und **5G** (Kap. 3.6.4) eingesetzt. Bei den einzelnen Standards unterscheidet man zusätzlich einzelne technische Entwicklungsschritte. Bild 3.37 fasst einige Merkmale dieser Entwicklungsschritte überblicksartig zusammen, die in den nachfolgenden Kapiteln näher erläutert werden.

1 *Siehe www.mplsforum.org*

Im Gegensatz zum elektromagnetischen Richtfunk (Kap. 4.1.12), bei dem die modulierten Trägerfrequenzen (Kap. 4.1.5) richtungsgebündelt zwischen ortsfesten Stationen gesendet und empfangen werden, ermöglicht ein Mobilfunknetz flächendeckend eine bidirektionale Kommunikation.

Wie bei den Festnetzen dienten die ersten, kommerziell eingesetzten Funknetze zunächst primär der Sprachkommunikation mit dem Fokus auf mobile, batteriebetriebene Endgeräte (z. B. Smartphone). Ab einem späteren Zeitpunkt verwendeten dann auch industriell eingesetzte Endgeräte zunehmend Funk-Infrastrukturen (z. B. Sensoren). Da diese anders geartete Anforderungsprofile aufweisen, wurden die bestehenden Mobilfunknetze mit speziell für den Datenaustausch zwischen Maschinen angepassten Infrastrukturen ergänzt (Kap. 3.7).

	Multiplexart (Kap. 4.1.8)	Modulationsart (Kap. 4.1.5)	Datenrate*	Merkmale
2. Generation (2G oder G2)	FDMA, TDMA	GMSK	9,6 kbit/s 14,4 kbit/s	▪ ab 1990er-Jahre ▪ digitale Sprach- und Datenübertragung gemäß internationalem GSM-Standard (Kap. 3.6.1) ▪ leitungsvermittelnd ▪ Beispiel: D-Netz, E-Netz
(2,5G oder G2,5)		PSK 16-QAM	384 kbit/s	▪ digitale Sprach- und Datenübertragung mittels GPRS, EDGE ▪ paketvermittelnd
4. Generation („3,9G", wegen „fließendem" Übergang von 3G)	OFDMA	QPSK 16-QAM 64-QAM	bis zu 300 Mbit/s	▪ ab ca. 2010 ▪ digitale Sprach- und Datenübertragung gemäß LTE-Standard Release 8 (Kap. 3.6.2) ▪ vollständig paketvermittelnd, IP-basierend
(4G oder G4)		bis zu 128-QAM	bis zu 3 Gbit/s	▪ seit ca. 2014 ▪ LTE-Advanced ▪ vollständig paketvermittelnd, IP-basierend ▪ Nutzung von Übertragungsfrequenzen bis ca. 4 GHz
(4,5G oder G4,5)		bis zu 256-QAM	bis zu 4 Gbit/s	▪ LTE-Advanced Pro, ab ca. 2017 ▪ paketvermittelnd, IP-basierend ▪ Erweiterung der Carrier Aggregation ▪ Übergang zu 5G-Netzen

	Multiplexart (Kap. 4.1.8)	Modulationsart (Kap. 4.1.5)	Datenrate*	Merkmale
5. Generation (5G oder G5)	OFDMA	bis zu 2048-QAM	bis zu 10 Gbit/s	▪ sukzessiver Aufbau seit 2019, Frequenzbereich zunächst basierend auf dem 4G-Standard ▪ Konnektivität und Kommunikation zwischen Menschen, Maschinen, Geräten, Sensoren und Aktoren ▪ mittelfristig Frequenznutzung auch oberhalb von 4 GHz (Kap. 3.6.4)

** Theoretische Maximalwerte im Download*

*Bild 3.37: Entwicklungsstufen der kommerziellen Mobilfunktechnik (**1G**, d. h. analoges C-Netz, und **3G**, d. h. UMTS-Netz, sind abgeschaltet)*

Da die Sendeleistung batteriebetriebener Endgeräte vergleichsweise gering ist, ist eine mehr oder weniger engmaschige Verteilung entsprechender Funkstationen erforderlich. Alle Mobilfunknetze sind daher im Zugangsbereich zellular aufgebaut. In jeder Zelle befindet sich eine aus Antennen bestehende **Sende- und Empfangsanlage**, die allgemein als **Mobilfunkanlagenstandort** (kurz: Mobilfunkstandort) bezeichnet wird und die Funkschnittstelle innerhalb der Zelle bereitstellt. Zusammen mit der Energieversorgungseinheit sowie den erforderlichen Schalt- und Steuerungselementen für die Antennen bilden sie eine ortsfeste **Mobilfunk-Basisstation**. Meist sind die genannten Komponenten zusammen auf einem Gebäudedach platziert. Befinden sich die Antennen auf einem separaten Funkmast, können die Steuer- und Versorgungselemente auch in einem nahegelegenen Betriebs- und Technikraum untergebracht werden.

Die Basisstationen sind über Lichtwellenleiter mit dem nachgeschalteten Kernnetz verbunden. Im Kernnetz sind die steuernden und verwaltenden Komponenten von GSM- und LTE-Netzen – ähnlich wie im herkömmlichen Festnetz – meist zentral in Mobilfunk-Betriebsstellen (ehemalige Bezeichnung: „Vermittlungsstelle"; vgl. Kap. 4) untergebracht. Im 5G-Netz hingegen sind diese Komponenten in der Regel dezentral platziert und räumlich verteilt (Kap. 3.6.4). Zusätzlich können im LTE- und 5G-Netz die Basisstationen untereinander auch mittels LWL-Verbindungen für einen direkten Datenaustausch vernetzt sein (Bild 3.38).

In der Praxis sind die Zellen weder exakt rund noch gleich groß, vielmehr variieren sie in Größe und Form in Abhängigkeit von der Geländebeschaffenheit, dem erwarteten Verkehrsaufkommen einer Region sowie dem verwendeten Frequenzbereich. Je höher die eingesetzten Trägerfrequenzen sind (Bild 3.40), desto kleiner werden physikalisch bedingt die erzielbaren Reichweiten. Die in Bild 3.38 prinzipiell dargestellte Überlappung der Sende- und Empfangsbereiche erfolgt dergestalt, dass der Zugang zum Mobilfunknetz auch bei Ausfall oder Überlastung einer Station durch eine oder mehrere Nachbarstation sichergestellt ist. Dennoch gibt es vereinzelt sog. „Funklöcher", in denen – entweder geländebedingt oder mangels fehlender Infrastrukturen – der Netzzugang nicht oder nur unzureichend möglich ist.

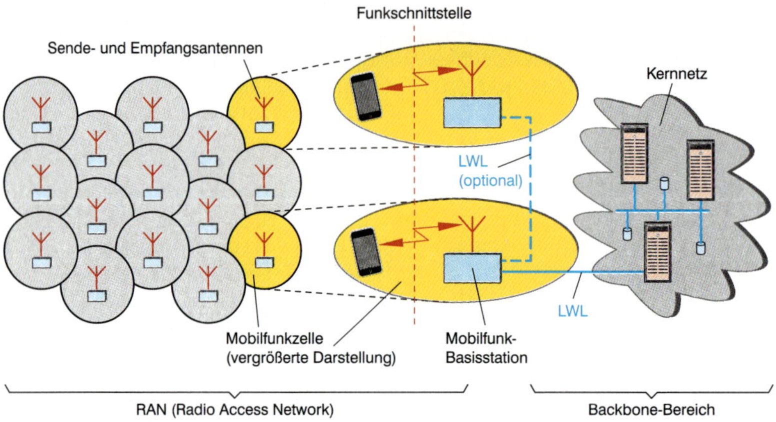

Bild 3.38: Struktur von Mobilfunknetzen (Grundprinzip)

Die Funkschnittstellen existieren jeweils nur zwischen dem mobilen Endgerät und einer oder mehreren nahe gelegenen Sende- und Empfangsanlagen. In der Regel verfügt eine Basisstation mindestens über drei voneinander unabhängige Sende- und Empfangsantennen mit je einem 120° breiten Öffnungswinkel, sodass insgesamt eine Rundumabstrahlung von 360° gewährleistet ist (Bild 3.39). Oft werden Mobilfunkstandorte gleichzeitig von mehreren konkurrierenden Netzbetreibern oder für Antennensysteme unterschiedlicher Mobilfunkgenerationen genutzt (Bild 3.39).

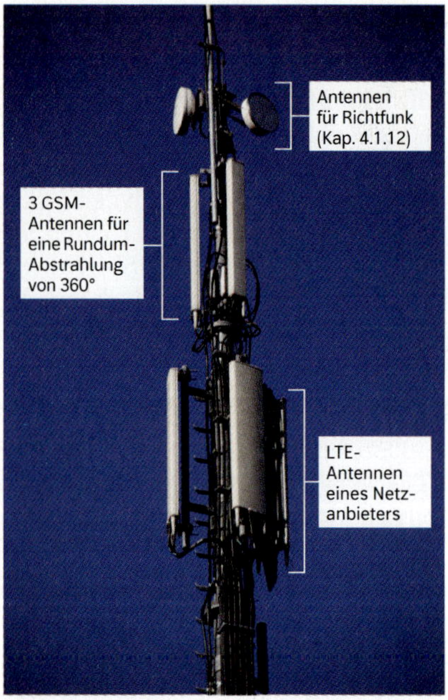

Bild 3.39: Anordnung von Mobilfunkantennen (Beispiel)

Zu den grundsätzlichen Aufgaben einer Basisstation gehören:

- Verwalten der zugewiesenen Funkkanäle
- Kanalcodierung und -decodierung
- Verschlüsselung und Entschlüsselung
- Verbindungskontrolle
- Überwachung des Empfangspegels
- Steuerung des Sendepegels
- Signalanpassung an die Schnittstelle, über die eine Verbindung zu anderen Netzkomponenten erfolgt
- Steuerung des „Handover“

Jedes entsprechend geeignete Endgerät (z. B. Smartphone, Sensor mit Funkmodul) baut nach dem Einschalten in der Regel automatisch eine Verbindung mit der nächstgelegen Basisstation auf. Die Basisstation prüft laufend die Empfangssignalstärken der innerhalb einer Zelle aktiven Endgeräte. Sinkt der Empfangspegel eines Endgerätes an einer Basisstation ab (z. B. bei einer Durchreise mit dem Auto) oder wird er an einer anderen größer, so erfolgt die Umschaltung des Übertragungskanals zu der besser empfangenden Station.

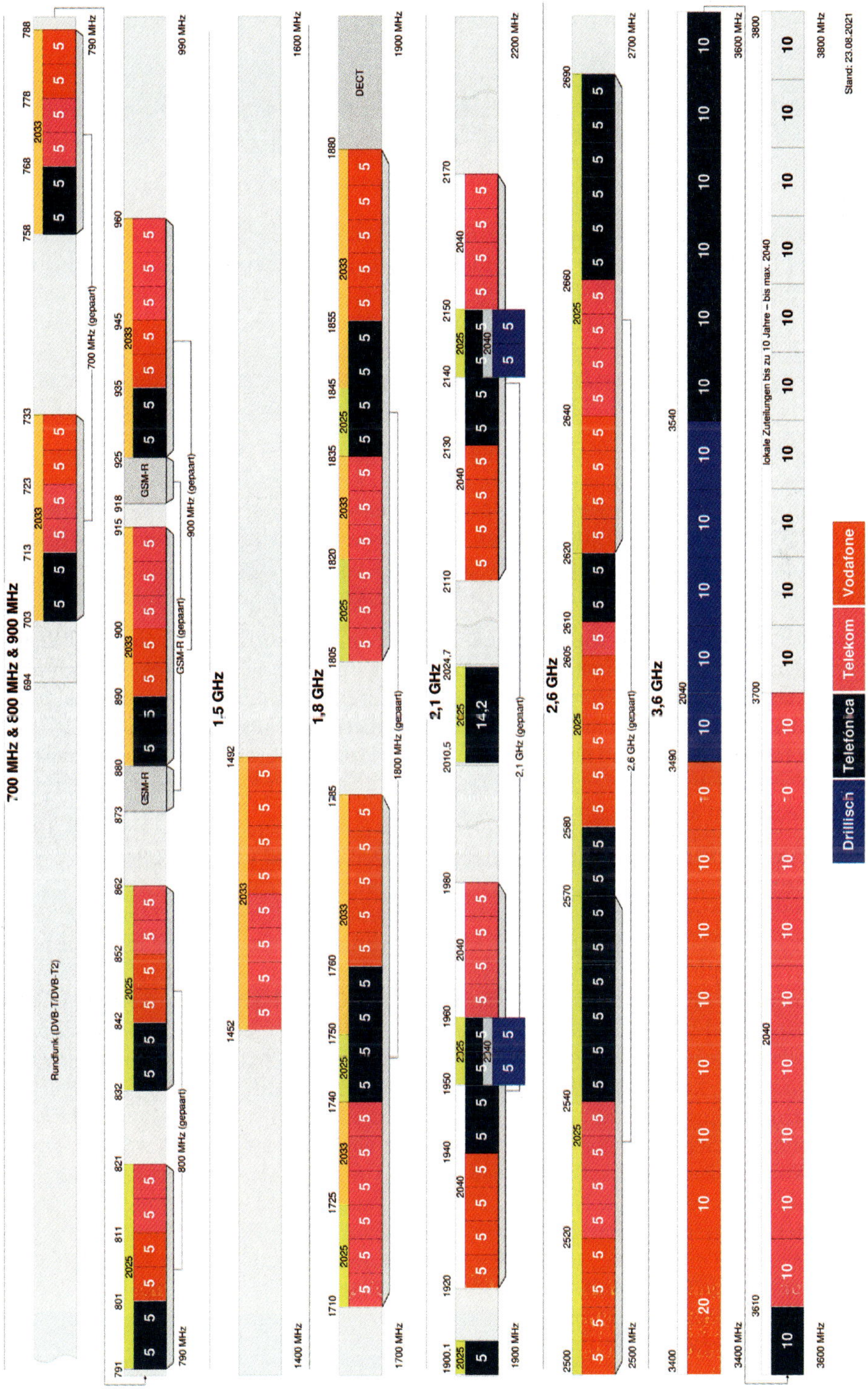

Bild 3.40: Drahtloser Netzzugang in den Bereichen von 700 MHz bis 3,8 GHz; Zuordnung von Mobilfunkfrequenzen in Deutschland (Stand 23.08.2021)

Diese Umschaltung erfolgt von den Nutzenden unbemerkt über die steuernden Komponenten des Mobilfunknetzes.

> Als **Handover** bezeichnet man die Umschaltung einer bestehenden Funkverbindung zwischen einem mobilen Endgerät und einer Basisstation auf einen anderen Übertragungskanal oder in eine andere Zelle.

Obwohl beim Handover aus Datenschutzgründen anstelle der IMSI-Nummer des Endgeräts („Einfache IT-Systeme“, Kap. 1.1.5) eine lokale, zeitlich begrenzt zugeordnete Identitätsnummer vergeben wird (**TMSI: T**emporary **M**obile **S**ubscriber **I**dentity), lassen sich bereits dann individuelle Bewegungsprofile erstellen, wenn ein Smartphone lediglich eingeschaltet ist, da dieses automatisch in regelmäßigen zeitlichen Abständen Signale mit Basisstationen austauscht. Auch eine Positionsbestimmung ist von den Nutzenden unbemerkt möglich, sofern mindestens drei Basisstationen das Smartphonesignal empfangen können.

Für die Funkübertragung stehen allen Standards von der ITU international festgelegte Frequenzbereiche zur Verfügung. Allerdings sind in Europa und den anderen Kontinenten aufgrund bestehender anderweitiger Nutzung teilweise unterschiedliche Bereiche für den Mobilfunk freigegeben. Daher sollten insbesondere Smartphones stets in mehreren Funkfrequenzbändern kommunizieren können, was von den Herstellen meist auch werbewirksam vermarktet wird (**„Triple-Band“**- bzw. **„Quad-Band“**-Smartphone).

Die Nutzungsrechte an denjenigen Frequenzbereichen, die in Europa für den Mobilfunk zur Verfügung stehen, werden in Deutschland jeweils von der **Bundesnetzagentur (BNetzA)** als nationale Regulierungsbehörde für einen bestimmten Zeitraum vergeben und in Form von Auktionen an die Mobilfunknetzbetreiber versteigert. Die letzte Versteigerung fand 2019 statt, bei der gleichzeitig der Nutzungsbereich um einige Frequenzbänder erweitert wurde, um den gestiegenen Bedarf an mobiler Breitbandkommunikation besser abdecken zu können.

Bei der letzten Versteigerung haben die **Telekom** Deutschland GmbH, **Vodafone** GmbH und **Telefónica** Germany GmbH & Co. OHG erneut Nutzungsrechte für einen vorgegebenen Zeitraum (Bild 3.40) erworben und betreiben untereinander konkurrierende Mobilfunknetze. Die **1&1** Drillisch AG, die bislang eher als Mobilfunkprovider ihre Produkte mittels Kooperationsverträgen mit Vodafone und Telefónica angeboten hat, startete 2023 ein eigenes Mobilfunknetz mit der sog. **Open-RAN-Technologie** (O-RAN: komplette Netzvirtualisierung, Private-Cloud-basierende Funkmaststeuerung mittels dezentraler Edge-Rechenzentren). Überall dort, wo dieses im Aufbau befindliche 5G-Netz noch keinen flächendeckenden Zugang ermöglicht, können 1&1-Kundinnen und -Kunden in Form von *nationalem Roaming* (derzeit noch) die Zugangsnetze von Telefónica nutzen. Alternativ bieten 1&1 und Telefónica unter Nutzung der 5G-Technologie auch die Nutzung von Wireless-Geräten *an festen Standorten* an (Wohngebäude, Büros; **FWA**: **F**ixed **W**ireless **A**ccess). Telefónica ist ein spanisches Unternehmen, welches u. a. die Netze der Firmen **E-Plus, O_2** und sonstiger regional tätiger Netzanbieter übernommen hat. Andere in Deutschland tätige Dienstleister können ihre Mobilfunkangebote nur noch über Kooperationsverträge mit den genannten Rechteinhabern offerieren (z. B. Aldi-Talk, Tchibo mobil). Derzeitige Planungen sehen vor, die 2025 auslaufenden Frequenznutzungsrechte nicht erneut zu versteigern, sondern um weitere fünf Jahre zu verlängern (vgl. Bild 3.40).

Trotz unterschiedlicher Anbieter ist es grundsätzlich möglich, jedes teilnehmende Endgerät in jedem beliebigen Mobilfunknetz unter der stets gleichen zugewiesenen Rufnummer zu erreichen. Voraussetzung hierfür ist allerdings ein sog. **Roaming-Abkommen** zwischen den jeweiligen Netzbetreibern. Außerdem muss das Endgerät die jeweils verwendeten – insbesondere im Ausland ggf. auch unterschiedlichen – Frequenzbereiche unterstützen.

Roaming bedeutet, dass ein teilnehmendes Endgerät national und international in jedem beliebigen Mobilfunknetz Rufe aussenden kann und unabhängig vom Standort stets unter der gleichen Rufnummer erreichbar ist.

Seit 2017 dürfen gemäß Gesetzesvorgaben innerhalb der EU – anders als früher – auch keine Roaminggebühren mehr erhoben werden. Weltweit sind diese jedoch noch nicht komplett abgeschafft, sodass lokal immer noch zusätzliche Kosten entstehen können (z.B. bei Telefonaten in die USA). Abhängig vom jeweils gebuchten Tarif eines Netzbetreibers gibt es aber auch innerhalb der EU zu beachtende Einschränkungen bei der mobilen Kommunikation im Ausland (z.B. mögliche Begrenzung der Kontingente für das Surfen im Internet).

Die Frequenzbereiche um 800 MHz, 900 MHz und 1 800 MHz (Bild 3.40) bildeten ursprünglich die Grundlage für den Aufbau der heutigen Mobilfunknetze, insbesondere für die flächendeckende mobile Sprachkommunikation mittels GSM. In diesen digital genutzten Frequenzbändern können wesentlich mehr Daten übertragen werden als bei vorheriger analoger Nutzung, da die digitale Übertragung einer gleich großen Datenmenge ein wesentlich geringeres Frequenzspektrum erfordert (nur ca. 10 %). Diesen Gewinn an Übertragungsvolumen bezeichnet man als **digitale Dividende 1** (*digital dividend*).

3

Die durch die Umstellung von DVB-T1 auf DVB-T2 (Kap. 3.3.3) zusätzlich frei gewordenen Frequenzen im Bereich um 700 MHz werden inzwischen ebenfalls für die mobile Kommunikation genutzt (**digitale Dividende** 2).

Seitens der Bundesnetzagentur wurden in allen Bereichen stets ganze Frequenzblöcke versteigert (z.B. 5-MHz-Blöcke, 10-MHz-Blöcke; Bild 3.40), welche die Netzanbieter inzwischen für alle verfügbaren Techniken nutzen können (GSM, LTE oder 5G). Zunehmend werden die Frequenzen aber maßgeblich für LTE- und 5G-Anwendungen verwendet.

Innerhalb der angegebenen Bereiche erfolgt die Datenübertragung von der Basisstation zum mobilen Empfänger und umgekehrt standardmäßig in getrennten Frequenzblöcken (**Frequenzduplex; FDD: F**requency **D**ivision **D**uplex; Kap. 4.1.7.3). Die Zuordnung der jeweils zusammengehörenden Up- und Downlinkbereiche bezeichnet man auch als **Paarung** (*pairing*), d.h., der erste 5-MHz-Block in einem Uplinkbereich (z.B. 700-MHz-Band: 703–708 MHz, Bild 3.40) ist auch dem ersten 5-MHz-Block im zugehörigen Downlinkbereich zugeordnet (700-MHz-Band: 758–763 MHz). In den unteren Frequenzbändern befindet sich zwischen dem Uplink- und dem Downlinkbereich eine sog. **Duplexlücke** (*duplex gap, duplex space*), in der keine Übertragungen stattfinden, um Störungen zwischen Up- und Downlinksignalen zu vermeiden (z.B. 733–758 MHz, Bild 3.40). An den Rändern einiger Übertragungsbänder existieren ebenfalls kleine Bereiche ohne Signalübertragung zur Vermeidung von Störungen anderweitig genutzter Nachbarfrequenzen (**Schutzbereiche**, *protective areas*; z.B. im 2,1-GHz-Band: 2010,0–2010,5 MHz, Bild 3.40).

Des Weiteren existieren aber auch einige ungepaarte Frequenzbereiche (z.B. 1,5-GHz-Band, 2,1-GHz-Band, 2,6-GHz-Band), in denen die Datenübertragung mittels **Zeitduplex (TDD: T**ime **D**ivision **D**uplex; Kap. 4.1.7.4) durchgeführt wird. Diese sind speziell für bedarfsorientiert anpassbare Breitbandzugänge vorgesehen.

Einige Frequenzbereiche sind auch für nicht-öffentliche Funknetze reserviert (z. B. im 900-MHz-Band: GSM-R für den Funk der Deutschen Bahn). Für Anwendungen des derzeit im Aufbau befindlichen 5G-Netzes gibt es inzwischen auch Frequenzen oberhalb von 4 GHz.

Bei allen Mobilfunkgenerationen werden einer Funkzelle für die Abwicklung des mobilen Sprach- und Datenverkehrs jeweils ein oder mehrere Up- und Downlinkbereiche zugeordnet. Mittels entsprechender Modulationsverfahren (Kap. 4.1.5.2) werden die Nutzdaten auf die in diesen Bereichen jeweils vorhandenen Trägerfrequenzen aufgeprägt und übertragen. Benachbarten, sich überlappenden Funkzellen werden andere Trägerfrequenzen zugeordnet, sodass sie sich gegenseitig nicht stören können. Da die Reichweiten aufgrund physikalischer Gegebenheiten begrenzt sind, können die gleichen Trägerfrequenzen nach einer bestimmten Entfernung von anderen Funkzellen erneut genutzt werden (Bild 3.41; Raummultipex; Kap. 4.1.8.6).

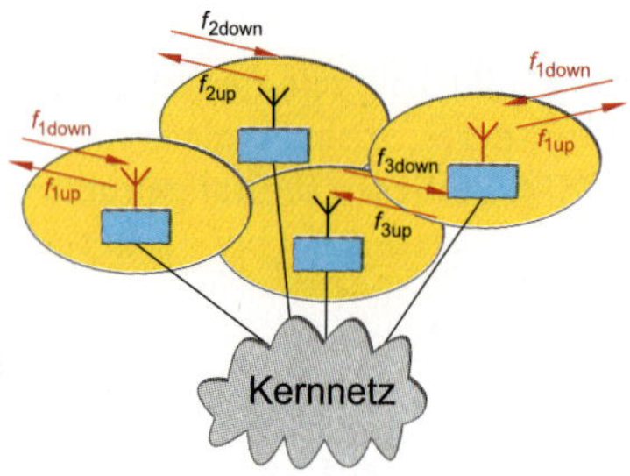

Frequenzzuteilung (Beispiele)	
f_{1up}	890,1 MHz
f_{2up}	890,3 MHz
f_{3up}	890,5 MHz
f_{1down}	935,1 MHz
f_{2down}	935,3 MHz
f_{3down}	935,5 MHz

Bild 3.41: Grundprinzip der Frequenzaufteilung (hier mit Mehrfachausnutzung von f_{1up} und f_{1down})

Strukturell sind die Basisstationen dem „Anschlussbereich" und das nachgeschaltete Festnetz mit seinen verwaltenden Komponenten dem „Kernnetz" zuzuordnen. Die Aufgaben der Komponenten zur Verwaltung und Steuerung der Datenströme unterscheiden sich bei einigen Aufgaben von denen in einem herkömmlichen Festnetz (z. B. Verwaltung der ortsungebundenen Zugangsmöglichkeit der Endgeräte). Auch die Anforderungen an die Mobilfunknetz-Infrastrukturen haben sich im Laufe der Zeit verändert, sodass weitere Funktionen hinzugekommen sind. Zur Unterscheidung verwendeter unterschiedlicher Technologien werden Funktionskomponenten bei den Mobilfunkgenerationen teilweise unterschiedlich benannt, obwohl sie prinzipiell gleichartige Funktionen ausführen (vgl. z. B. Bild 3.42 und Bild 3.44).

3.6.1 GSM-Netze

GSM-Netze basieren auf dem international verbreiteten GSM-Standard (**GSM: G**lobal **S**ystem for **M**obile Communications) und werden nach wie vor national von verschiedenen Betreibern angeboten. Obwohl inzwischen mit LTE und 5G wesentlich breitbandigere Netzstrukturen existieren, werden für die kommunikative Grundversorgung mit mobiler Telefonie weiterhin GSM-Netze verfügbar bleiben. Zudem kann GSM in zahlreichen **Maschine-zu-Maschine-Kommunikationen** (*M2M communication*) innerhalb von cyberphysischen Systemen eingesetzt werden, sofern andere Netzstrukturen nicht zur Verfügung stehen. Bild 3.42 visualisiert die wesentlichen Funktionseinheiten eines GSM-Netzes.

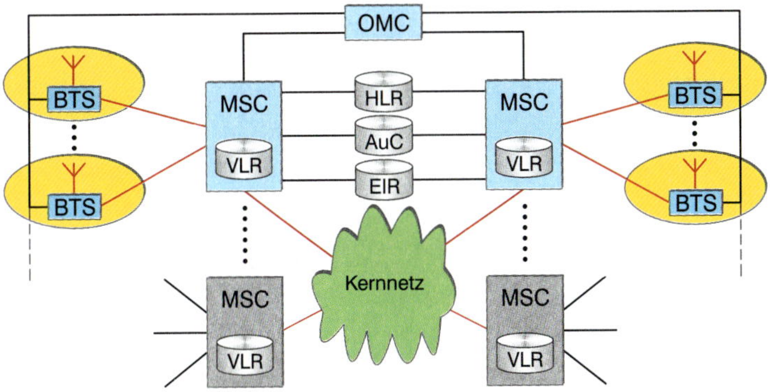

*Bild 3.42: Wesentliche Funktionseinheiten des GSM-Netzes (**BTS: B**ase **T**ransceiver **S**tation; **MSC: M**obile **S**witching **C**enter)*

Komponente	Funktion
Home Location Register (HLR) (Heimdatei)	Speichert alle spezifischen Daten einer Person bzw. eines Endgeräts, z. B. auf der SIM-Karte gespeicherte, international gültige IMSI-Nummer („Einfache IT-Systeme", Kap. 1.1.5), Zugriffsberechtigungen, Dienste und Dienstmerkmale, die der oder die jeweilige Teilnehmende nutzen kann; diese Informationen werden bei Bedarf von den Basisstationen abgefragt.
Visitor Location Register (VLR) (Besucherdatei)	Erfassung und Verwaltung temporärer Informationen über diejenigen mobilen Endgeräte, die sich gerade im Einzugsbereich einer Zelle befinden; verlässt ein Endgerät den verwalteten Zellbereich, so werden die Daten automatisch an die Besucherdatei der nächsten Station weitergereicht und ggf. in der Heimdatei aktualisiert.
Authentication Center (AuC) (Beglaubigungs-zentrale)	Geschützte Datenbank zur Speicherung aller Daten, die zum Schutz der Funkschnittstelle gegen unberechtigtes Abhören erforderlich sind (z. B. Kopie des jeweils auf der SIM-Karte gespeicherten Codes, der zur Authentisierung und zur Verschlüsselung der übertragenen Daten über den Funkkanal verwendet wird)
Equipment Identity Register (EIR) (Identitätsdatei)	Enthält eine Liste mit den international gültigen Gerätekennungen (IMEI-Nummer; „Einfache IT-Systeme", Kap. 1.1.5), mit deren Hilfe sich bei Bedarf defekte oder als gestohlen gemeldete Geräte erkennen lassen
Operation and Maintenance Center (OMC) (Betriebs- und Wartungszentrale)	Management-System des GSM-Netzes; steuert und überwacht sämtliche Funktionseinheiten und dient mithilfe von Hardwareredundanzen und intelligenten Fehlererkennungsmechanismen der Aufrechterhaltung aller Netzfunktionen (z. B. Rufweiterschaltung, Rufnummernanzeige oder Voice-Mailbox)

Bild 3.43: Maßgebliche Funktionen von GSM-Komponenten

Die GSM-Kommunikation zwischen der Basisstation einer Funkzelle und einem mobilen Endgerät erfolgt in Deutschland derzeit in verschiedenen Frequenzbereichen (700 MHz, 800 MHz, 900 MHz, 1 800 MHz; Bild 3.40). Alternativ zur Angabe der jeweils verwendeten GSM-Frequenzbereiche (z. B. GSM 800, GSM 900) werden national auch länderspezifische Benennungen verwendet, die eine Zuordnung zum jeweiligen Netzbetreiber ermöglichen (z. B. **D1:** Telekom Deutschland GmbH; **D2:** Vodafone). Der verwendete Frequenzbereich ist hierbei nicht mehr erkennbar.

Jeder Netzbetreiber verfügte ehemals über mehrere zugeordnete Netzvorwahl-Nummern (z. B. D1-Netz: 0170, 0171, 0175, 0151, 0160, 0161), anhand derer ursprünglich die Netzzugehörigkeit einer Person (bzw. ihres Geräts) eindeutig erkennbar war. Dies ist heute nicht mehr möglich, da Mobilfunkteilnehmende bei einem Anbieterwechsel ihre bisherige Rufnummer behalten können (**MNP: M**obile **N**umber **P**ortability).

Die zur GSM-Kommunikation verwendeten Uplink- und Downlink-Frequenzbereiche variieren in ihrer generellen Übertragungsbandbreite zwischen 30 MHz und 75 MHz (Bild 3.45). Von der jeweils zur Verfügung stehenden Bandbreite hängt die Anzahl der gleichzeitig möglichen Kommunikationsverbindungen ab.

Die Nutzdaten werden bei GSM mittels international festgelegter Verfahren (z. B. GMSK; Kap. 4.1.5.2) auf Trägerfrequenzen moduliert, die ihrerseits jeweils eine Bandbreite von 200 kHz benötigen (Kap. 4.1.5.3). Im GSM-800-Frequenzband lassen sich somit beispielsweise im Uplink- und Downlinkbereich jeweils 149 Trägerfrequenzen unterbringen. Über jede dieser Trägerfrequenzen können bis zu acht Kanäle zur Sprach- oder Datenkommunikation (z. B. SMS) in einem kombinierten Zeit- und Frequenzmultiplexverfahren (TDMA/FDMA; Kap. 4.1.8.1) genutzt werden.

Über einen solchen Kanal lassen sich Nutzsignale mit einer Standardrate von bis zu 9,6 kbit/s übertragen. Als erweiterter Standard sind durch Verwendung einer effizienteren Kanalcodierung (Kap. 4.1.11) auch bis zu 14,4 kbit/s möglich. Neben den Nutzkanälen sind aber noch zahlreiche Signalsierungs- und Hilfskanäle mit unterschiedlichen Übertragungsraten vorhanden, die ebenfalls in den genannten Frequenzbereichen übertragen werden (z. B. Anruf- und Kontrollkanäle).

Die maximale Zellengröße bei GSM-Netzen ist aufgrund von physikalischen Gesetzmäßigkeiten bei der Ausbreitung von Funkwellen abhängig vom verwendeten Frequenzbereich. Bei niedrigeren Frequenzen (z. B. GSM 700, GSM 800) sind bei einer Sendeleistung des Mobilfunkgeräts von bis zu 2 W theoretisch Zellen mit bis zu 35 km Durchmesser möglich, bei höheren Frequenzen (z. B. GSM 1800) nur bis zu 5 km, jedoch bei einer wesentlich geringeren Sendeleistung des Mobilfunkgeräts (0,25–1 W).

Um neben der Sprachkommunikation zusätzliche Datendienste anzubieten sowie eine höhere Datenübertragungsrate zu erzielen, verwenden die GSM-Netzanbieter die beiden spezielle Übertragungstechnologien GPRS und EDGE.

> **GPRS** (**G**eneral **P**acket **R**adio **S**ervice) bezeichnet einen von der ETSI[1] definierten Standard für eine paketvermittelnde (Kap. 4) Datenübertragung innerhalb von GSM-Netzen.

Die zu übertragenden Daten werden hierbei in Pakete verpackt, die je nach Bedarf und Kapazität übertragen werden. Anders als bei der (leitungsvermittelnden) Sprachkommunikation belegt GPRS einen Übertragungskanal lediglich für die Laufzeit der einzelnen Pakete. Dadurch lassen sich mit entsprechenden Zieladressen versehene Datenpakete von mehreren Nutzenden über einen einzigen Kanal transportieren. Die Tarifierung erfolgt jeweils nach dem Übertragungsvolumen.

Je nach Codierverfahren können in einem Kanal Datenraten zwischen 9,05 kbit/s und 21,4 kbit/s übertragen werden. Durch Kanalbündelung ergeben sich theoretisch Datenraten bis zu 171,2 kbit/s (maximal acht Kanäle mit je 21,4 kbit/s).

---

1 *ETSI = **E**uropean **T**elecommunications **S**tandards **I**nstitute (https://www.etsi.org/ [letzter Zugriff: 08.02.2025])*

GPRS unterstützt die Übertragungsdienste „**P**oint-**t**o-**P**oint" (**PTP**) und „**P**oint-**t**o-**M**ultipoint" (**PTM**). Zur Übertragung von Sprache ist GPRS jedoch nicht geeignet. Smartphones unterstützen deshalb sowohl den klassischen GSM- als auch den erweiterten GPRS-Standard, die Umschaltung zwischen beiden Übertragungsarten erfolgt automatisch.

GPRS-fähige Endgeräte eignen sich besonders für den sog. **„Always-on Betrieb"**. Da kein Kanal dauerhaft belegt wird, kann man sich einmal in eine Datenverbindung in das Internet, das Intranet oder die Mailbox einwählen. Nur nach Bedarf werden dann Daten übermittelt, wenn etwa eine neue E-Mail gesendet oder empfangen wird oder man eine neue Internetseite aufruft. Die Abrechnung erfolgt hierbei nur nach wirklich übertragener Datenmenge und nicht nach Verbindungszeit. Für den Downlink werden im Always-on-Betrieb in der Regel vier Kanäle gebündelt, für den Uplink wird lediglich ein einziger Kanal verwendet.

Die Übertragungsrate von GPRS erscheint aus heutiger Sicht vergleichsweise gering und eignet sich nicht zum breitbandigen Internetsurfen. Zur Übertragung (meist) schmalbandiger Prozessdaten kann GPRS aber durchaus verwendet werden – z. B. zur Fernsteuerung von betriebs- und haustechnischen Anlagen (z. B. Übertragung von Sensordaten, Heizungs- und Rollladensteuerung, Energieverbrauchskontrolle).

Der Nachfolgestandard **EGPRS** (**E**nhanced **G**eneral **P**acket **R**adio **S**ervice) wurde in die EDGE-Spezifikation eingebunden.

EDGE (**E**nhanced **D**ata-Service for **GSM** **E**volution) bezeichnet einen von der ETSI definierten Standard für eine schnellere Datenübertragung in GSM-Netzen, die speziell auf mobile Echtzeitanwendungen ausgerichtet ist.

EDGE umfasst vom Grundsatz her sowohl die leitungsvermittelnde als auch die paketvermittelnde Datenübertragung (Kap. 4). Der Einsatz spezieller Modulationsverfahren (PSK, GMSK; Kap. 4.1.5.2) in Kombination mit effizienten Kanalcodierungen ermöglicht die Übertragung von bis zu 59,2 kbit/s pro Kanal. Dies ergibt bei einer Bündelung von acht Kanälen theoretisch eine Datenrate von bis zu 473,6 kbit/s (in der Praxis wegen Übertragungsstörungen bis zu 384 kbit/s). Für die Nutzung sind entsprechende Endgeräte erforderlich, die sich auch möglicherweise per Software-Update auf **Evolved-EDGE** (Alternativbezeichnung: EDGE-Evolution; 32-QAM-Modulation) mit theoretischen Downloadraten bis ca. 1 Mbit/s aufrüsten lassen. EDGE kommt derzeit (noch) vornehmlich in Gegenden ohne LTE-Anbindung zum Einsatz.

3.6.2 LTE-Netze

LTE steht für **L**ong **T**erm **E**volution und wird als allgemeine Bezeichnung für die 4. Generation (**4G** bzw. **G4**) von zellularen Mobilfunknetzen verwendet. LTE gehört damit zum sog. **N**ext **G**eneration **M**obile **N**etwork (**NGMN**), einem Projekt des Entwicklungsgremiums **3GPP** (Third **G**eneration **P**artnership **P**roject) zur Entwicklung effizienter Mobilfunkstandards auf der Basis bestehender Strukturen.

Die Bezeichnung Long Term Evolution wurde gewählt, um die sich über einen längeren Zeitraum erstreckende technische Entwicklung von leistungsfähigen und effizienten Mobilfunkstandards sowie deren schrittweise Einführung zum Ausdruck zu bringen. Die

3GPP veröffentlicht ihre Entwicklungen unter der Bezeichnung **„Release“** mit einer fortlaufenden Nummerierung.

Aufbauend auf den jeweils vorher bestehenden kommunikationstechnischen Infrastrukturen, definiert jedes LTE-Release schrittweise die neuen, normierten Eigenschaften. Diese beinhalten im Allgemeinen:

- Entwicklungen hin zu schlankeren Netzwerkarchitekturen (weniger Netzkomponenten mit effizienteren Strukturen)
- Verbesserungen der auf IP basierenden Arbeitsweisen
- Maßnahmen zur Verringerung von Verzögerungszeiten (Latenzzeit, Delay: technisch bedingte Verzögerungen bei der Übertragung), um multimediale Inhalte besser auf mobilen Endgeräten in Echtzeit darstellen zu können
- Vergrößerungen des Datendurchsatzes durch höhere spektrale Effizienz und durch Einsatz fortschrittlicher MIMO-Techniken (SU-MIMO, MU-MIMO; Kap. 4.1.9)
- Optimierung der Zusammenarbeit mit anderen Netzstrukturen (z. B. GSM, All-IP-Festnetz)

Die in Europa auf dem Markt großflächig eingesetzten LTE-Netzstrukturen basieren größtenteils auf dem Release 8. Bild 3.44 visualisiert vereinfacht die hierauf aufbauende grundlegende Struktur eines LTE-Netzes.

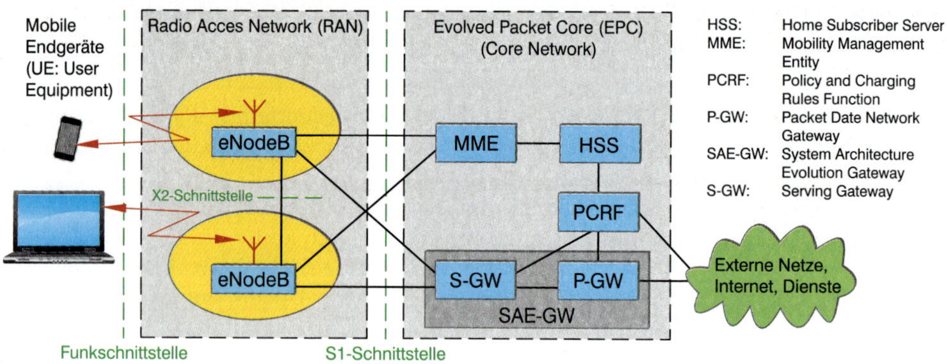

Bild 3.44: LTE-Struktur gemäß 3GPP Release 8 (vereinfachte Darstellung)

Jede Funkzelle enthält eine Basisstation, die bei LTE mit **eNodeB** bezeichnet wird. Neben den rein funktechnischen Aufgaben (z. B. Zuordnung einer Sendefrequenz) sind diese auch für die Optimierung der Datenübertragung und die Verbindungskontrolle (z. B. effiziente Kanalausnutzung) zuständig. Hierzu verfügen sie im Vergleich zu den Basisstationen der Vorgängernetze über eine höhere Eigenständigkeit und sind über LWL (Kap. 4.2.2) mit den benachbarten Stationen verbunden (X2-Schnittstelle). Den Übergang zwischen Funknetz (**RAN**: **R**adio **A**ccess **N**etwork) und Kernnetz (**EPC**: **E**volved **P**acket **C**ore) bildet die LTE-S1-Schnittstelle. Im Kernnetz fungiert das **S-GW** (**S**erving **G**ate**w**ay) als digitaler Netzknoten zwischen den LTE-Teilnehmern. Verbindungen zu Teilnehmern anderer Netze (z. B. GSM, NGN) werden über das **P-GW** (**P**acket Date Network **G**ate**w**ay) hergestellt. Das P-GW stellt auch Verbindungen zu anderen (Daten-)Netzen, dem Internet sowie zu den verschiedenen Dienstanbietern her und sorgt für die entsprechenden Protokollanpassungen. Beide Gateway-Typen werden funktionstechnisch im sog. **SAE-GW** (**S**ystem **A**rchitecture **E**volution **G**ate**w**ay) zusammengefasst. Der SAE-GW ist auch zuständig für das Handover, das Roaming, die Gebührenerfassung und die Überwachung des QoS.

Die Teilnehmerverwaltung erfolgt dezentral über **Home Subscriber Server** (**HSS**), die damit die Funktion der GSM-HLR (Heimdatei) bzw. GSM-VLR (Besucherdatei) übernehmen (Kap. 3.6.1). Die Rechteverwaltung, das Erfassen von Verbindungsdaten sowie die Signalisierung erfolgen hierbei in enger Zusammenarbeit mit den Hauptfunktionsgruppen **PCRF** (**P**olicy and **C**harging **R**ules **F**unction) und **MME** (**M**obility **M**anagement **E**ntity).

Die LTE-Strukturen wurden zunächst nur für den (breitbandigeren) Datentransport verwendet. Bei einem ankommenden (schmalbandigeren) Sprachanruf während eines Datendownloads musste dann ggf. auf die vorhandenen Vorgängernetze zurückgeschaltet werden, wodurch unter Umständen der Datendownload unterbrochen wurde. Inzwischen kann die Sprachkommunikation auch gleichzeitig und unterbrechungsfrei zu Datendownloads über LTE-Strukturen stattfinden (**VoLTE**).

Weltweit werden für LTE unterschiedliche Frequenzbereiche (Frequenzbänder) genutzt. Diese werden in technischen Unterlagen mit einer kennzeichnenden Bandnummer versehen (Bild 3.45).

Frequenzband	Uplink (von der Mobilstation zur Basisstation)	Downlink (von der Basisstation zur Mobilstation)	Bandbreite (jeweils Uplink und Downlink)	Nutzung
700 MHz (LTE Band 28)	703–733 MHz	758–788 MHz	30 MHz	FDD (Kap. 4.1.7.3) (teilweise Nutzung auch für GSM und für 5G)
800 MHz (LTE Band 20)	791–821 MHz	832 – 862 MHz	30 MHz	
900 MHz (LTE Band 8)	880–915 MHz	925–960 MHz	35 MHz	
1 800 MHz (LTE Band 3)	1 710–1 785 MHz	1 805–1 880 MHz	75 MHz	
2 100 MHz (LTE Band 1)	1 920–1 980 MHz	2 110–2 170 MHz	60 MHz	FDD (teilweise Nutzung auch für 5G)
2 600 MHz (LTE Band 7)	2 500–2 570 MHz	2 620–2 690 MHz	70 MHz	
	Ungepaarte Nutzung		**Bandbreite**	
1 500 MHz (LTE Band 32)	1 452–1 492 MHz		40 MHz	TDD (Kap. 4.1.7.4)
2 000 MHz (LTE Band 34)	2 010–2 025 MHz		15 MHz	TDD; wegen Schutzbereich zu Nachbarfrequenzen nur 14,2 MHz effektiv nutzbar (Bild 3.40)
2 600 MHz (LTE Band 38)	2 570–2 620 MHz		50 MHz	TDD

Bild 3.45: Maßgebliche LTE-Frequenzbereiche für die kommerzielle Nutzung in Europa

Die niedrigen, ursprünglich nur für GSM genutzten Frequenzbänder (700 MHz bis 900 MHz) ermöglichen vergleichsweise große Funkzellen (Ausdehnung bis zu einigen Kilometern). Dadurch sind sie technisch ideal, um möglichst günstig eine großflächige Abdeckung auch mit LTE zu gewährleisten. Dies ermöglicht auch eine kostengünstige, breitbandige Versorgung ländlicher Regionen, insbesondere bei fehlenden Alternativen (z. B. keine DSL-Abdeckung; Kap. 3.1.2). Aus diesem Grund verwenden alle Anbieter diese Frequenzen inzwischen auch für ihre LTE-Angebote. In den höheren Frequenzbereichen (z. B. 1 800 MHz) lassen sich funktechnisch bedingt nur wesentlich kleinere Zellen realisieren (Ausdehnung bis zu 500 m).

Der Einsatz von OFDMA (Kap. 4.1.5.2) in Kombination mit MIMO (Kap. 4.1.9) ermöglicht es, die von den einzelnen Unternehmen ersteigerten Frequenzblöcke (meist 5 oder 10 MHz; Bild 3.40) bedarfsorientiert auf verschiedene Bandbreiten zu skalieren (z. B. 1,25 MHz, 2,5 MHz, 3 MHz, 5 MHz, 10 MHz, 15 MHz, 20 MHz). Pro Block lassen sich so z. B. bis zu 300 Trägerfrequenzen unterbringen, auf denen in Kombination mit 64QAM (Kap. 4.1.5.2) die Datenübertragung erfolgt. So kann man flexibel und effizient auf unterschiedliche Anforderungen reagieren und einem Teilnehmer nur genau so viel Übertragungsbandbreite zuordnen, wie gerade erforderlich ist. Die Latenzzeiten betragen ca. 10 ms.

Neben Informationen über die LTE-Netzstrukturen sind insbesondere in Verkaufsgesprächen oder bei der Angebotserstellung auch Kenntnisse über die technischen Leistungsmerkmale entsprechender Endgeräte von Bedeutung. Zur Einordnung der LTE-Übertragungseigenschaften werden hierzu sog. **Endgeräte-Kategorien** definiert.

Die **LTE-Kategorie** (Schreibweise: **CAT** oder **Cat**) gibt an, wie hoch die Übertragungsrate von einem 4G-Endgerät theoretisch sein kann, sowie welche Frequenzbandbreite und welche MIMO-Technologie unterstützt wird.

Zu beachten ist hierbei, dass es sich stets um theoretische Spitzenwerte handelt, die unter idealen Bedingungen mit den verwendeten Geräten möglich wären. Die angegebenen Übertragungsraten müssen zudem auch von den Netzbetreibern angeboten werden können. Diese hängen von den regional sehr unterschiedlichen Ausbaustufen der jeweiligen Teilnetze ab und unterstützen vielfach nur Datenraten bis zu 500 Mbit/s im Download (Upload meist geringer).

	Endgeräte-Kategorie	Maximale Datenrate (in Mbit/s*)		Unterstützte Bandbreiten und Übertragungstechniken
		Down	Up	
Release 8	Cat1	10	5	▪ bis 20 MHz (nur gestufte Kanalbündelung) ▪ bis 4 × 4 MIMO down ▪ bis 64QAM (up und down)
	Cat2	50	25	
	Cat3	100	50	
	Cat4	150	50	
	Cat5	300	75	

** Werte gerundet*

Bild 3.46: Endgeräte-Kategorien bei LTE Release 8

Ein Smartphone der LTE-Kategorie 5 kann somit Daten mit maximal 300 Mbit/s herunter- und mit 75 Mbit/s hochladen. Bei Cat18 (Bild 3.49) wären es bis zu 1 200 Mbit/s im

Downstream und bis zu 225 Mbit/s im Upstream. Ein Cat18-unterstützendes Smartphone wäre demnach für künftige Netze gerüstet, könnte seine theoretische Leistungsfähigkeit im LTE-Netz derzeit aber nicht ausspielen.

3.6.3 LTE-Erweiterungen

Während LTE-Release 9 keine nennenswerte Weiterentwicklung beinhaltet, definiert Release 10 erheblich höhere Anforderungen, insbesondere an die Übertragungsraten der Funkschnittstelle.

> Release 10 (und Nachfolge-Releases) wird einer neuen LTE-Entwicklungsstufe zugeordnet und als **LTE-Advanced** (**LTE-A**) bezeichnet.

Mit Release 10 wird die MIMO-Technik erweitert. Im Gegensatz zu den bisherigen LTE-Endgeräten (Smartphones, Mobilfunkrouter, Tablets) können die Release-10-kompatiblen Endgeräte mit einer größeren Anzahl MIMO-fähiger Sendeantennen ausgestattet sein.

An den Basisstationen spezifiziert Release 10 nunmehr Arrays mit bis zu 8 MIMO-Sendeantennen sowie Modulationen bis 256QAM im Downstream und bis 64QAM im Upstream (Kap. 4.1.5.2). Mit diesen Strukturen lassen sich theoretisch bis zu 3 Gbit/s im Downlink und bis zu 1,5 Gbit/s im Uplink realisieren (LTE Cat8; Bild 3.47). Dieses Übertragungspotenzial lässt sich aber nur dann vollends ausschöpfen, wenn die Empfangseinrichtung ebenfalls über acht Empfangsantennen verfügt (z. B. stationärer LTE-Router). Bei mobilen Endgeräten mit einer geringeren Anzahl von Empfangsantennen ist die MIMO-Technik nur eingeschränkt anwendbar.

	Endgeräte-Kategorie	Maximale Datenrate (in Mbit/s*)		Unterstützte Bandbreiten und Übertragungstechniken
		Down	Up	
Release 10	Cat6	300	50	▪ bis 40 MHz ▪ bis 4 × 4 MIMO ▪ bis 64QAM down und 16QAM up
	Cat7	300	100	
	Cat8	3000**	1500**	▪ bis 100 MHz ▪ bis 8 × 8 MIMO ▪ bis 256QAM down und 64QAM up
Release 11	Cat9	450	50	▪ bis 60 MHz ▪ 4 × 4 MIMO ▪ bis 64QAM down und 16QAM up
	Cat10	450	100	

** Werte gerundet*
*** Theoretische Werte, in Deutschland nicht verfügbar*

Bild 3.47: Endgeräte-Kategorien bei LTE-A

Darüber hinaus werden bei Release 10 sog. Relay-Stationen definiert. Hierbei handelt es sich um Zwischenstationen, die das Signal eines Endgeräts (z. B. Smartphone) empfangen, verstärken und per LTE drahtlos an die nächste Basisstation weiterleiten. Erfolgt diese

Zwischenverstärkung auch umgekehrt (von der Basisstation zum Endgerät), ergeben sich folgende Einsatzmöglichkeiten:

- Einsatz am Rand einer Funkzelle zur **Reichweitenerhöhung** (*range extension, range increase*) der Basisstation
- Einsatz in Bereichen mit hoher Teilnehmerzahl. Mit einer vergleichsweise geringen Sendeleistung lassen sich mehrere kleine Zellstrukturen schaffen, die stark frequentierte Bereiche effizienter versorgen können (**Verdichtung**; *compression*).

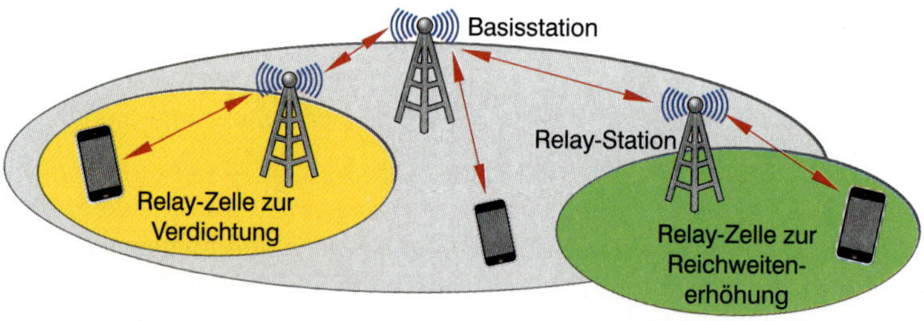

Bild 3.48: Relay-Stationen zur Verdichtung und Reichweitenerhöhung

Hierdurch entsteht ein Verbund aus großen und kleinen Zellstrukturen, der als **heterogenes LTE-Netz** bezeichnet wird.

Mit Release 10 ist die Entwicklung allerdings noch nicht abgeschlossen. Release 11 bringt weitere technische Verbesserungen (z. B. im Bereich heterogene LTE-Netzstrukturen und kooperierende LTE-Basisstationen, Erweiterung der MIMO-Strukturen, zusätzliche Übertragungsbandbreite: 60 MHz im Download). In einem weiteren Schritt werden nicht nur Basis- und Relais-Stationen zur Unterstützung LTE-basierender Endgeräte eingesetzt, sondern bestehende Funksysteme unterschiedlicher Art (z. B. WLAN, **UMB**: **U**ltra **M**obile **B**roadband) drahtlos miteinander vermascht.

Eine solche vermaschte Struktur bezeichnet man allgemein auch als **Mesh-Netz** (Kap. 3.6.5), die entsprechenden Zugangspunkte als **Mesh Access Points**.

Mit LTE-Advanced ist es auch möglich, Frequenzbereiche verschiedener, auch voneinander getrennt liegender Abschnitte des verfügbaren Spektrums zu bündeln. Diese Technik wird als **Carrier Aggregation** bezeichnet. Die Träger aus den verschiedenen Bändern werden hierbei logisch zu einer virtuellen Bandbreite zusammengefasst, sodass sich die nutzbare Bandbreite vergrößert und die maximal mögliche Übertragungsrate steigt.

LTE-Advanced ermöglicht die Bündelung von bis zu fünf 20-MHz-Trägern zu einer aggregierten virtuellen Gesamtbandbreite von bis zu 100 MHz. Die Bündelung arbeitet dynamisch und skaliert den Bereich abhängig vom jeweiligen Bedarf innerhalb von wenigen Millisekunden. Hierbei werden auch Kriterien wie die Auslastung, Quality of Service (QoS) oder Zustände der Übertragungskanäle berücksichtigt.

> Die Bezeichnung **LTE-Advanced Pro** (**LTE-AP**) umfasst alle Spezifikationen, die ab dem Release 13 veröffentlicht werden.

Da Release 12 in einigen Bereichen aber auch schon einen markanten Entwicklungssprung aufweist (z. B. Cat16-Download; Bild 3.49), ordnet man es teilweise ebenfalls LTE-AP zu.

Zudem werden ab Release 12 generell getrennte Up- und Download-Kategorien definiert. Hierbei sind unterschiedliche Kombinationen möglich. LTE-AP wird auch als Entwicklungsstufe 4,5G der Mobilfunktechnik bezeichnet.

Mit dem Zusatz „Pro“ soll ein weiterer Entwicklungsschritt in Richtung der 5G-Netze markiert werden. Diese Ausbaustufe bietet eine höhere spektrale Effizienz, wodurch auch bei einer geringeren Bandbreite Übertragungsraten bis über 1 000 Mbit/s möglich werden.

	Endgeräte-(Download-)Kategorie	Maximale Datenrate (in Mbit/s*)		Unterstützte Bandbreiten und Übertragungstechniken
		Down	Up**	
Release 12	Cat11	600	75 oder 105	▪ bis 100 MHz ▪ bis 4 × 4 MIMO ▪ bis 256QAM down und 64QAM up
	Cat12	600	150 oder 225	
	Cat15	780	105 oder 210	
	Cat16	1 000	150 oder 315	
Release 13–15	Cat18	1 200	105 oder 315	▪ bis 640 MHz ▪ bis 8 × 8 MIMO ▪ bis 256QAM down und 64QAM up
	Cat19	1 700	225 oder 300	
	Cat21	1 400	150 oder 300	

** Werte gerundet*

*** Die Beispiele zeigen eine Auswahl möglicher Kombinationen von Uploads mit der angegebenen Download-Kategorie.*

Bild 3.49: Beispiele für Endgeräte-Kategorien bei LTE-AP

LTE-Advanced Pro ist abwärtskompatibel zu LTE und LTE-Advanced. Endgeräte, die die Möglichkeiten von LTE-AP nutzen wollen, müssen einer zugehörigen Gerätekategorie entsprechen. Erfüllt ein Gerät die notwendige Kategorie nicht, ist es dennoch im LTE-AP-Netz nutzbar, fällt aber auf das Leistungsvermögen eines niedrigeren LTE-Release zurück.

Die LTE-AP-Technik ermöglicht dank verbesserter Features (z. B. effizienteres MIMO, Modulation bis zu 256QAM) Übertragungsraten im Gigabitbereich sowie die Reduktion von Latenzzeiten der Funkschnittstellen unter 10 ms. LTE-AP erweitert die Möglichkeiten der Carrier Aggregation auf die Bündelung von theoretisch bis zu 32 Trägern zu einer aggregierten virtuellen Bandbreite von 640 MHz. Durch den LTE-Ausbau auf weiteren Frequenzbereichen (Frequenzbänder 1 und 8; Bild 3.45) ergibt sich an einigen Orten eine bessere Netzabdeckung.

Die Releases 14 und 15 bringen LTE immer näher an die Mobilfunktechnik der fünften Generation heran und sorgen für einen möglichst nahtlosen Übergang. Daher werden nachfolgende Releases vielfach bereits dem 5G-Netz zugeordnet (z. B. in der Form 5G Cat16).

3.6.4 5G-Netze

5G ist die allgemeine Bezeichnung für die fünfte Generation des Mobilfunks. Diese umfasst aber nicht nur weiterentwickelte Strukturen für die mobile Sprach- und Datenkommunikation mittels Smartphones, sondern zielt darüber hinaus schwerpunktmäßig auf Endgeräte, die der Vernetzung von Maschinen und Sensoren dienen. Hierzu werden diverse neue Anwendungsbereiche mit völlig verschiedenen Anforderungsprofilen unterstützt.

International findet man auch die Bezeichnung **5G-NR** (NR: **N**ew **R**adio, da zur Übertragung neue Frequenzspektren erforderlich sind).

Maßgeblich beteiligt an der Standardisierung sind neben der **ITU** (**I**nternational **T**elecommunication **U**nion) auch das **IEEE** (**I**nstitute of **E**lectrical and **E**lectronics **E**ngineers) und das **3GPP** (**3**rd **G**eneration **P**artnership **P**roject) mit ihrer Initiative **IMT-2020** (**I**nternational **M**obile **T**elecommunication).

5G-Netze befinden sich in Deutschland seit 2019 im Aufbau. Ihr vollständiges Potenzial wird daher erst in einigen Jahren zur Verfügung stehen. Zu den gesetzten (langfristigen) Forderungen an das 5G-Netz gehören insbesondere:

- wesentlich höhere Datenraten als in heutigen LTE-Netzen (theoretisch bis zu 20 Gbit/s)
- niedrigere Latenzzeiten an der Funkschnittstelle (bis unter 1 ms; Hinweis: Die Gesamtlatenzzeit wird auch noch von anderen Komponenten bestimmt, z. B. der Verarbeitungsgeschwindigkeit.)
- Steigerung der Anzahl von gleichzeitig ansprechbaren Geräten pro Fläche (Gerätedichte)
- generelle Verringerung des Energieverbrauchs mobiler Geräte

Um möglichst schnell 5G-Angebote vermarkten zu können, wurden von den Netzbetreibern zunächst nur entsprechende Infrastrukturen im Anschlussbereich realisiert, da der Ausbau des 5G-Kernnetzes aufgrund seiner wesentlich komplexeren Strukturen wesentlich größere Investitionen erfordert und nicht so zeitnah umsetzbar gewesen wäre. Als Backbone-Netz wurde daher erst einmal auf die bestehenden LTE-Strukturen zurückgegriffen. Durch das Angebot zusätzlicher hoher 5G-Frequenzbereiche im Anschlussbereich wurden dadurch zwar in vergleichsweise kurzer Zeit Zugänge mit deutlich höheren Datenraten verfügbar, andere propagierte 5G-Eigenschaften konnten damit allerdings zunächst nicht realisiert werden (z. B. kürzere Latenzzeiten, Network Slicing). Diese Ausprägung wird als **5G NSA** (**5G** **N**on-**S**tand-**A**lone; Latenzzeit ca. 15–50 ms) bezeichnet, da hierbei noch auf die älteren bestehenden LTE-Komponenten zurückgegriffen wird. Erst die Ausstattung des Kernnetzes mit 5G-Komponenten ermöglicht die Umsetzung sämtlicher mit 5G verbundenen Eigenschaften. Diese Ausbaustufe wird als **5G SA** (**5G** **S**tand **A**lone; alternativ: 5G+; Latenzzeit ca 1–10 ms) bezeichnet.

Perspektivisch ist zu erwarten, dass 5G auch für Sprachdienste eingesetzt wird (**Vo5G: V**oice **o**ver **5G**; international auch: **VoNR: V**oice **o**ver **N**ew **R**adio; Vorteile: gleichzeitiges Telefonieren und Datendownload, da kein Umschalten auf LTE für Telefonate erforderlich ist, bessere Sprachqualität, schnellerer Verbindungsaufbau). Primär werden 5G-Netze aber die technische Grundlage für eine generelle stärkere Vernetzung im privaten und im industriellen Bereich bilden. Schlagworte wie das Internet der Dinge, Autonomes Fahren, E-Health, Smart Factory, Smart Home, Smart City, Smart Farming usw. umreißen einige der vielfältigen vorgesehenen Einsatzbereiche.

Die beteiligten Institutionen haben für die unterschiedlichen zu erwartenden Anwendungs- bzw. Nutzungsszenarien dieser Einsatzbereiche drei elementare Anforderungsprofile definiert (Bild 3.50).

Anforderungsprofil	Merkmale und Beispiele
uRLLC: **u**ltra **R**eliable and **L**ow **L**atency **C**ommunication (Kommunikation mit hoher Zuverlässigkeit und geringer Latenz)	Anwendungen mit hohen Datenraten und ultrakurzen Antwortzeiten (Latenzen), darüber hinaus hohe Ausfallsicherheit, Mobilität und Verfügbarkeit Beispiele: ▪ zeitkritische Anwendungen wie **Autonomes Fahren** und Steuerungen von Maschinen und Anlagen in Echtzeit ▪ **Car-to-Car Communication** (**C2C**; engl. **V2V**: Vehicle-to-Vehicle) zur Erhöhung der Sicherheit im Straßenverkehr ▪ **Predictive Maintenance** (d. h. „vorausschauende Wartung" durch laufende Auswertung von Mess- und Produktionsdaten von Maschinen und Anlagen)
eMBB: **e**nhanced **M**obile **B**roadband (verbessertes mobiles Breitband)	Anwendungen mit geringen Signallaufzeiten, die kurzzeitig sehr hohe Datenraten erfordern; große Reichweite bei lokaler hoher Gerätedichte Beispiele: ▪ Mobilgeräte/Smarthpones ▪ High Definition Video ▪ Virtual oder Augmented Reality
mMTC: **m**assive **M**achine **T**ype **C**ommunication (umfangreiche Maschinenkommunikation)	Weit verbreitete, aber eher kurzzeitige Anwendungen mit vergleichsweise geringen Datenmengen, verbunden mit hoher Energieeffizienz für die Endgeräte; hohe Verfügbarkeit Beispiele: ▪ aktive, vernetzte Sensoren ▪ IoT ▪ Vernetzung im industriellen Bereich

Bild 3.50: Definierte Anforderungsprofile im 5G-Netz

Vergleicht man diese Profile für Anwendungen, Geräte oder Nutzende miteinander, so wird ersichtlich, dass die vom Mobilfunknetz bereitzustellenden Funktionen und Leistungsmerkmale in Bezug auf die erforderlichen Übertragungsraten, Latenzzeiten, Reichweiten, Verfügbarkeiten oder maximale Gerätedichte immer unterschiedlicher werden. Ein herkömmlich strukturiertes Mobilfunknetzwerk, das stets gleiche funktionale Merkmale für alle Anwendungsbereiche bereitstellt, kann daher immer weniger sämtliche Anforderungen effizient abdecken.

Daher ist das 5G-Netz (im Vergleich zu LTE) grundsätzlich neu konzipiert und die Netzfunktionen sind in einer **serverbasierten Architektur** (*server-**b**ased **a**rchitecture*; **SBA**) nach Diensten aufgeteilt. Die für die Umsetzung dieser Dienste erforderlichen Hardwarekomponenten werden dezentral verteilt und bilden maßgebliche Bestandteile des Kernnetzes.

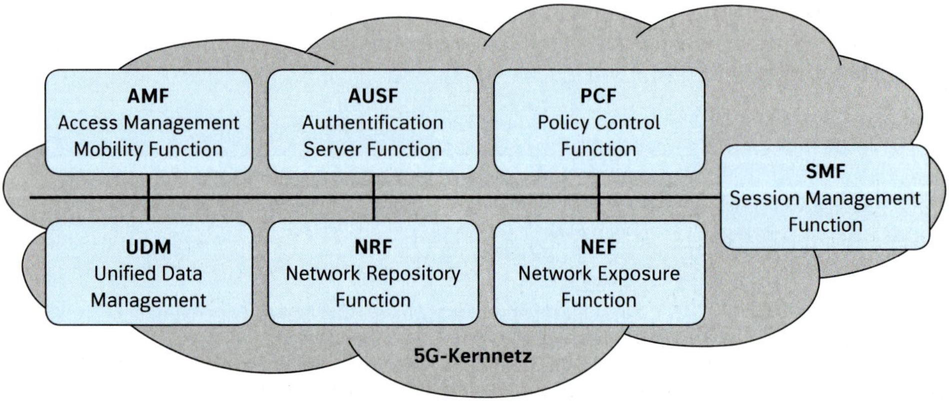

Bild 3.51: Struktur der serverbasierten Architektur des 5G-Netzes (Grundprinzip)

Bezeichnung	Grundsätzliche Funktion
AMF	**Access Management Mobility Function** Zugangs- und Mobilitätsverwaltung; steuert und überwacht den mobilen Zugang einer nutzenden Person bzw. eines Endgeräts
AUSF	**Authentification Server Function** Authentifikations-Server; überprüft den Identitätsnachweis einer nutzenden Person bzw. eines Geräts, schaltet in Kombination mit dem AMF gebuchte Netzdienste frei
NEF	**Network Exposure Function** Quasi eine Netzwerk-Überwachungsfunktion; verwaltet den Zugriff von externen Anwendungen auf 5G-Netzwerk-Ressourcen
NRF	**Network Repository Function** Quasi eine Netzwerk-Datenbank; fungiert als zentraler Speicherort für sämtliche Netzwerkfunktionen, ermöglicht Netzwerkfunktionen die Registrierung über eine standardisierte API
PCF	**Policy Control Function** Richtlinienkontrolle; stellt Richtlinien bereit und überwacht Nutzungsrechte, die mit Informationen des USM abgeglichen werden
UDM	**Unified Data Management** Zentraler Informationsspeicher mit entsprechender Datenverwaltung; verwaltet sämtliche Daten nutzender Personen bzw. Geräte; bietet Dienste für die Zugriffs- und Mobilitätsverwaltungsfunktion AMF
SMF	**Session Management Funktion** Sitzungsverwaltung; verwaltet die Konnektivität zwischen einem nutzenden Endgerät, das über die Funkschnittstelle die Verbindung zum 5G-Netz aufbauen möchte; hierzu gehören IP-Adressvergabe und Übertragung der IP-Pakete über die Funkschnittstelle

Bild 3.52: Maßgebliche Dienstfunktionen der 5G-Kernarchitektur (Auswahl)

Um dem Bedarf nach unterschiedlichen Anforderungen im 5G-Netz gerecht zu werden, wird das sog. Network Slicing eingesetzt.

> Der Begriff **Network Slicing** bezeichnet ein Konzept, um die physisch vorhandene Netzwerkinfrastruktur softwarebasierend ohne jegliche Veränderung der Hardware bedarfsorientiert in verschiedene virtuelle Netzwerke mit unterschiedlichen Eigenschaften aufzuteilen und diese parallel und unabhängig voneinander zu betreiben.

Network Slicing stellt eine maßgebliche Schlüsseltechnologie für 5G-Netze dar, da sich damit die jeweils erforderlichen Anforderungsprofile bedarfsgerecht realisieren lassen. Basisfunktionen für das Network Slicing sind das **Software-Defined Networking** (**SDN**), welches das Netzwerkverhalten von der physischen Netzinfrastruktur trennt, und die **Network Functions Virtualization** (**NFV**), welche die Implementierung und die Bereitstellung von Netzfunktionen allein auf Softwarebasis ermöglicht. Von außen betrachtet erscheint jeder Network Slice wie ein eigenständiges physisches Netzwerk. Jeder einzelne Slice lässt sich trotz der gemeinsamen Infrastruktur bezüglich seiner spezifischen Netzwerkeigenschaften unterschiedlich optimieren. Der Datenverkehr der Slices ist logisch voneinander getrennt und beeinflusst sich gegenseitig nicht. Die Slices können per Software unabhängig betrieben und gemanagt werden.

Zur Erfüllung der Anforderungen bedarf es auch zusätzlicher technischer Entwicklungen, die sich vielfach von den vorhandenen Netzen unterscheiden und die sukzessive einzuführen sind. Diese umfassen auch die nachfolgend aufgeführten Strukturen und Merkmale.

Frequenzbereiche

Prinzipiell lassen sich für 5G alle für den Mobilfunk vorhandenen und per Versteigerung vergebenen Frequenzbereiche nutzen. Bei bereits bestehender Nutzung durch die Vorgängerversionen GSM und LTE erfolgt dies mittels **Dynamic Spectrum Sharing** (**DSS**), einem Verfahren, mit dem sich zwei Netzgenerationen ein Frequenzspektrum teilen. Die Teilung der Frequenzen wird dynamisch über eine Software geregelt. Die Netzanbieter können hierdurch die bestehenden Infrastrukturen weiter nutzen und kostengünstig ihr bestehendes Netz zu einem (Teil-)5G-Netz erweitern (z. B. 700-MHz-Bereich).

In den vorhandenen niedrigeren Frequenzbändern lassen sich zwar größere Reichweiten erzielen (**„Low-Band“**-Bereich; bis ca. 2 GHz), allerdings können mit höheren Frequenzen größere Datenraten übertragen werden (derzeit bis zu 10 Gbit/s).

In Deutschland ist hierfür zunächst zusätzlich der zur Verfügung stehende Bereich 3,4–3,8 GHz vorgesehen. Dieser Bereich ist noch nicht vollständig verteilt, lokal können auf Antrag noch einzelne Frequenzblöcke vergeben werden (Bild 3.40). Europaweit werden mittelfristig Frequenzen bis ca. 6 GHz zum Einsatz kommen (FR1; **„Mid-Band“**-Bereich, ca. 2–6 GHz; Bild 3.53).

Für noch größere Datenraten werden aber auch Frequenzen oberhalb der bisher verwendeten Bereiche genutzt (z. B. verschiedene Bereiche zwischen 24 GHz und 60 GHz; **„mmWave“**, Millimeterwellen; FR2; **„High-Band“**-Bereich, ca. 24–100 GHz; Bild 3.53). Aufgrund der physikalischen Ausbreitungsbedingungen der Funksignale ergeben sich in diesem Frequenzbereich allerdings nur sehr geringe Reichweiten, da praktisch eine direkte „Sichtverbindung“ zwischen Sendeantenne und Empfänger bestehen muss (Millimeterwellen können keine Hindernisse durchdringen). Da dies bei mobilen Geräten nicht kontinuierlich realisierbar ist, kann dieser Frequenzbereich eher zur Versorgung stationärer Empfänger verwendet werden, z. B. bei einem 5G-Router mit Außenantenne als Alternative zu einem DSL-Anschluss.

Ähnlich wie bereits bei LTE werden auch die 5G-Frequenzbänder namentlich definiert. Allerdings ändert sich die generelle Bezeichnungsweise von „Band xy“ (Bild 3.45) zu „n xy“.

Frequenzband	FR (Frequency Range)	5G-Band-Bezeichnung	Nutzung
700 MHz	1	n28	FDD (Kap. 4.1.7.3) gepaart; großflächige Abdeckung pro Zelle; ländlicher Bereich
2100 MHz	1	n1	TDD (Kap. 4.1.7.4) ungepaart; mittelgroße Abdeckung pro Zelle; Kleinstadt und ländliche Gewerbegebiete
3500 MHz	1	n78	TDD ungepaart; kleine Abdeckung pro Zelle; Großstadtbereiche
26 GHz 28 GHz 39 GHz	2	n258 n257 n260	TDD ungepaart; sehr kleine Abdeckung pro Zelle; punktueller Ballungsraum: Station, Versammlungsplatz

Bild 3.53: Frequenzbandbezeichnungen bei 5G

Netzarchitektur

Die Netzarchitektur wird um einige Merkmale erweitert. Hierzu gehören:

Mobile Edge Computing (MEC)	Verarbeitungsprozesse werden dezentral bis an die Randzonen eines Netzwerks ausgelagert. Hierdurch reduzieren sich die Datenströme zu zentral gelegenen Rechenzentren. Dies führt auch zu einer Verkürzung der Reaktionszeiten (Latenzzeiten) bei Echtzeitsystemen durch kürzere Signalwege (Signalgeschwindigkeit; „Einfache IT-Systeme“, Kap. 5.1.2.3)
Zellverdichtung	Anstelle von Zellstrukturen mit vergleichsweise großen Versorgungsradien (Makrozelle: ≤ 10 km; Microzelle: ≤ 3 km; Picozelle: ≤ 500 m) kommen Funkzellen mit minimaler räumlicher Ausdehnung zum Einsatz (Femtozelle: ≤ 150 m, „Smart Cells“). Hierzu sind in Ballungsräumen hunderte von Sendestationen erforderlich.
Mesh-Network	Mobile Geräte oder sonstige geeignete Komponenten (Kap. 3.6.5) agieren als Relay-Stationen für andere Geräte mit schlechtem Empfang.
Device-to-Device-Kommunikation	Mobilfunk- und andere 5G-Geräte (z. B. beim autonomen Fahren) kommunizieren innerhalb einer Funkzelle direkt miteinander und entlasten so die Basisstationen.
Open RAN Technologie	Open **RAN** (**R**adio **A**ccess **N**etwork) ermöglicht aufgrund intelligenter und programmierbarer Funktionen die Zusammenarbeit mehrerer Netzbetreiber, um im Anschlussbereich vorhandene Netz-Infrastrukturen gemeinsam zu nutzen (Vorteil: z. B. Senkung der Gesamtbetriebskosten).

Bild 3.54: Merkmale der 5G-Netzarchitektur

Beamforming

Im Gegensatz zu herkömmlichen Mobilfunkantennen, die einen vergleichsweise gleich breiten, statischen Abstrahlbereich besitzen und mit MU-MIMO mit bis zu acht Einzelantennen arbeiten, lässt sich das Abstrahlverhalten beim **Beamforming** per Software fokussieren und bedarfsorientiert geometrisch anpassen (Bild 3.55; wird zum Teil auch bereits bei LTE eingesetzt).

Die 5G-Beam-Technologie kann hierzu derzeit bis zu 128 speziell angeordnete winzige Antennen auf kleinstem Raum zu einem Antennen-Array bündeln. Die einzelnen Antennen sind nicht nur besonders klein, sondern auch intelligent. Sie erkennen immer die beste Luftschnittstelle, um Nutzende auf direktem Weg zu erreichen. Die einzelnen „Beams“ (engl. *beam*: Strahl) bündeln sich in einer Antenne und werden gezielt auf den Empfänger ausgerichtet. Bewegt sich der Empfänger, verfolgen die Beams die Kundinnen und Kunden. Befinden sich allerdings sehr viele Teilnehmende im Umkreis, kommt diese Technik an ihre Grenzen. Alternativ bündelt das System dann mehrere Kundinnen bzw. Kunden in einem **Spotbeam** (engl. *spot*: Fleck, Punkt). Im Zusammenhang mit den beim Beamforming verwendeten Sendeantennen spricht man auch von **Massive MIMO-Funksystemen**.

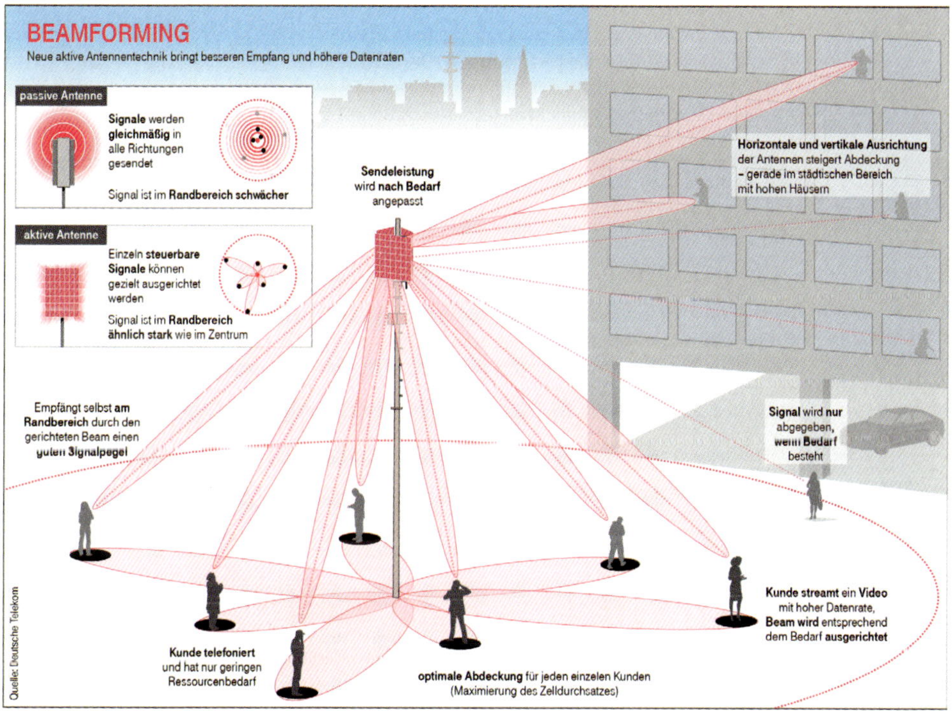

Bild 3.55: Grundprinzip des Beamformings

Sicherheit

Zur Erhöhung der Sicherheit werden im 5G-Netz zusätzliche Schutzmechanismen implementiert. Hierzu gehören beispielsweise:

- Absicherung aller 5G-Komponenten mithilfe getrennter, krypografischer Verfahren; bei Kompromittierung einer Komponente bleibt der Schutz anderer Komponenten bestehen.
- Die **IMSI**-Nummer (**I**nternational **M**obile **S**ubscriber **I**dentity; „Einfache IT-Systeme“, Kap. 1.1.5) einer teilnehmenden Person wird verschlüsselt übertragen.

- Beim Roaming (Kap. 3.6.1) in einem ausländischen Netz erfolgt zusätzlich eine Sicherheitsabfrage über die Identität dieses Netzes an den heimischen Mobilfunknetzbetreiber.
- Realisierung von virtuellen, in sich geschlossenen, besonders geschützten Netzbereichen (z. B. für eine lokal verteilte Firmenkommunikation)

Die Entwicklung und die Umsetzung von 5G-Netzen ist mit einer Vielzahl von Vorteilen verbunden, allerdings sollten auch einige der damit verbundenen Nachteile nicht unerwähnt bleiben. Einige davon zeigt Bild 3.56 auf.

5G-Netz	
Vorteile	▪ Optimierte M2M-Kommunikation ▪ Verbesserte Echtzeitkommunikation (z. B. autonomes Fahren) ▪ Durch garantierte Service-Levels höhere Netzverfügbarkeit ▪ In sich geschlossene, abgesicherte 5G-Netze (möglich durch Network Slicing z. B. auf einem Firmengelände oder im Campusnetz einer Uni) ▪ Kürzere Downloadzeiten, schnellerer Seitenaufbau ▪ Niedrige Reaktionszeiten (1–10 ms; z. B. Online-Gaming) ▪ Neue Anwendungsfelder (z. B. Augmented Reality, Virtual Reality in Echtzeit) ▪ Gezielte Versorgungsmöglichkeit (z. B. durch Beamforming) ▪ Ggf. Alternative zu Gigabit-Internetzugang über klassisches Festnetz
Nachteile	▪ Wesentlich höhere Anzahl von Sende-/Empfangsstationen für eine Flächenabdeckung erforderlich, da die Zellgrößen wegen der verwendeten hohen Trägerfrequenzen (GHz-Bereich) wesentlich kleiner sind ▪ Höhere laufende Betriebskosten durch die größere Anzahl der Sende-/Empfangsstationen ▪ Ggf. keine Anbindung ländlicher Regionen ▪ Erhöhte Komplexität, dadurch höhere Investitionskosten im Kernnetzbereich durch Schaffung neuer Infrastrukturen

Bild 3.56: Vor- und Nachteile des 5G-Netzes

Die Entwicklungsschritte der Datenraten in der kommerziellen Mobilkommunikation sind in Bild 3.57 zusammengefasst dargestellt.

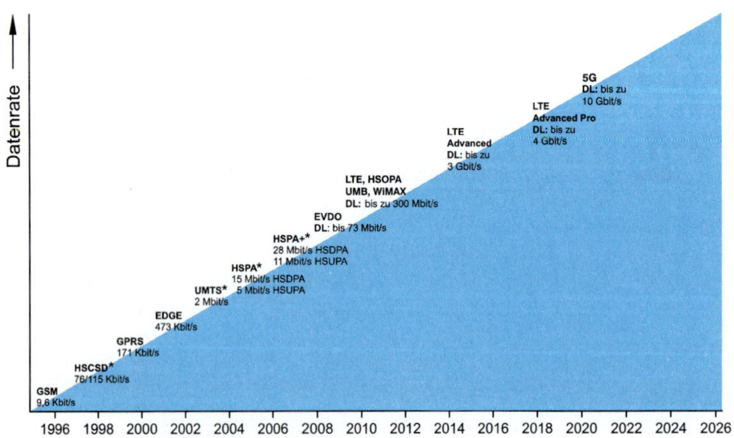

GSM: Global Systems for Mobile Communication
HSCSD: High Speed Circuit Switched Data
GPRS: General Racket Radio Service
EDGE: Enhanced Data Service for GSM Evolution
UMTS: Universal Mobile Telecommunications System
HSPA: High Speed Packet Access
HSDPA: High Speed Downlink Packet Access
HSUPA: High Speed Uplink Packet Access
EVDO: Evolution Data Optimized
LTE: Long Term Evolution
UMB: Ultra Mobile Broadband
WiMAX: Worldwide Interoperability for Microwave Access

* *inzwischen abgeschaltet*

Bild 3.57: Entwicklungsschritte der mobilen Kommunikation (Hinweis: Datenraten sind theoretische Maximalwerte, tatsächlich erreichbare Werte sind meist geringer.)

3.6.5 Mesh-Netze

Der Begriff **Mesh-Netz** (*mesh network*) bezeichnet allgemein eine zusammenhängende, räumlich begrenzte Netzstruktur mit mehreren Sende-Empfangs-Stationen, die untereinander vermascht sind und jeweils als Access Points für im Mesh-Bereich befindliche Endgeräte (Smartphone, Tablet, Drucker usw.) fungieren können.

Die Access Points eines Mesh-Netzes bezeichnet man auch als **Knoten** (*nodes*).

Bei einer rein drahtlosen Kommunikationsstruktur, wie etwa in einem WLAN, spricht man genauer auch von einem **Wireless Mesh Network (WMN)**. Solche vermaschten WLAN-Strukturen findet man inzwischen vielfach in öffentlichen Bereichen, bei denen unterschiedliche Anbieter räumlich begrenzt zusätzlich zum Mobilfunknetz einen (manchmal eingeschränkten) drahtlosen Internetzugang ermöglichen (z. B. in öffentlichen Gebäuden, Hotels, Krankenhäusern, Flughäfen, auf einem Firmengelände usw.). Der Begriff Mesh-Netz wird aber auch im Zusammenhang mit hybriden Strukturen verwendet, z. B. bei Kombinationen aus privatem WLAN und PLC (Kap. 3.4) oder bei LTE- und 5G-Netzen (Kap. 3.6.2, Kap. 3.6.4).

Anders als im klassischen privaten WLAN mit lediglich *einem* Access Point werden bei einem Mesh-WLAN *mehrere* WLAN-fähige Knoten zu einem intelligenten Verbund vernetzt (IEEE 802.11s). Während der Einsatz von *WLAN-Repeatern* primär der Reichweitenerhöhung dient und vielfach mit einer Verringerung des erreichbaren Datendurchsatzes einhergeht (bei Nutzung des gleichen Frequenzbandes), stehen in einem *Mesh-WLAN* mehrere Übertragungswege zur Verfügung, die sich bedarfsgerecht optimieren lassen. Dies geschieht durch die vollautomatische und dynamisch vermaschte Struktur sowie die angepasste Verwendung unterschiedlicher Frequenzbänder. Hierdurch können prinzipiell mehrere Routen erstellt werden, auf denen sich Informationen zwischen den untereinander verbundenen Knoten übermitteln lassen. Die dadurch erzielbare größere Konnektivität führt zu einer Erhöhung der **Netzwerkresilienz** (Stabilität gegenüber Störungen). Diese basiert auf den verwendeten Netzwerkprotokollen und nicht auf der physischen Topologie.

Physisch unterscheidet man zwei Topologien: Bei der **Full-Mesh-Topologie** ist jeder Knoten direkt mit allen anderen Knoten des Netzes verbunden, sodass eine Information stets zwischen zwei jeweils beteiligten Knoten ausgetauscht werden kann (Bild 3.59 a). Bei der **Partial-Mesh-Topologie** hingegen sind nur einige Knoten direkt miteinander verbunden. Verbindungsabhängig muss eine Information dann zusätzlich *einen* oder *mehrere* andere Knoten durchlaufen, um den gewünschten Zielknoten zu erreichen (Bild 3.59 b). Daher kann ein Mesh-Netzwerk auf logischer Ebene zwar vollvermascht erscheinen, physisch ist es das aber nicht.

Durch die Signalverteilung über mehrere Knoten kann ein räumlicher Bereich großflächig und ohne Reduzierung des Datendurchsatzes abgedeckt werden. Der Zusammenschluss der entsprechenden Geräte zu einem Mesh-Netz und deren Konfiguration erfolgt hierbei automatisch nach Inbetriebnahme. Ein Mesh-WLAN lässt sich theoretisch beliebig erweitern, selbst wenn nur ein einziger zentraler Internetzugang existiert (siehe z. B. Bild 3.60). Trotz zahlreicher interner Zugangspunkte erscheint es von außen betrachtet stets als ein in sich geschlossenes Netz mit einem einzigen Netzwerknamen (SSID; Kap. 1.1.2.4).

3

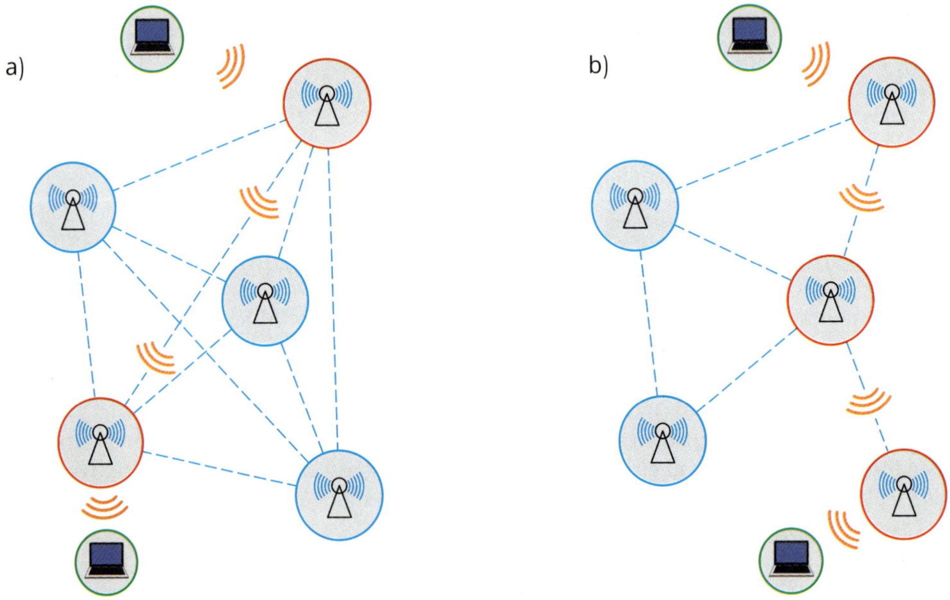

Bild 3.58: Mesh-Topologien: a) Full Mesh, b) Partial Mesh

Funknetze mit einer intelligent arbeitenden, dynamisch funktionierenden Struktur bezeichnet man auch als Self-Organizing Network.

Als **Self-Organizing Network (SON)** bezeichnet man allgemein Technologien für die einfachere und schnellere automatisierte Planung, Konfiguration, Verwaltung, Optimierung und Regeneration von Mobilfunknetzen.

Die Funktionalitäten und die Eigenschaften eines SON werden allgemein spezifiziert von Organisationen wie **3GPP** (**3**rd **G**eneration **P**artnership **P**roject) und **NGMN** (**N**ext **G**eneration **M**obile **N**etworks) anhand von Empfehlungen der Mobilfunkbranche.[1]

Ein Self-Organizing Network zeichnet sich z. B. durch die in Bild 3.59 aufgeführten Eigenschaften aus.

SON-Eigenschaft	Erläuterung
Self-Configuring	Automatischer und eigenständiger Aufbau eines vermaschten, räumlich begrenzten Netzwerks
Self-Managing	Erkennung und Überwachung von Leistungsmerkmalen vorhandener Geräte sowie selbstständige Reaktion auf festgestellte Leistungseinbußen (z. B. Erhöhung der Sendeleistung bei Empfangsstörungen)
Self-Healing	Überwachung der Verbindungswege; bei Ausfall eines Geräts wird automatisch ein alternativer Verbindungsweg geschaltet (z. B. ein anderer Access Point oder eine andere Sendeantenne)

1 *Siehe auch: Wikimedia Foundation: Self-organizing network, zuletzt bearbeitet am 14.11.2022, abgerufen am 10.10.2024 unter https://en.wikipedia.org/wiki/Self-organizing_network [letzter Zugriff: 08.02.2025]*

SON-Eigenschaft	Erläuterung
Self-Optimization	Automatische Anpassung der Betriebszustände einzelner Geräte in Abhängigkeit von der Auslastung (z. B. Energieeinsparung durch „Sleep-Modus" in Zeiten geringer Nutzung)
Self-Defending	Möglichkeit zur kundenseitigen Implementierung von Sicherheitstechnologien zur Detektion von ungewöhnlichen und potenziell gefährlichen Aktivitäten im SON-Bereich (z. B. sehr viele Zugriffsversuche in kürzester Zeit auf stets das gleiche Endgerät)

Bild 3.59: Typische Merkmale eines Self-Organizing Networks

Unter der Bezeichnung **Easy Mesh** existiert eine von der Wi-Fi Alliance verabschiedete (aber nicht verpflichtend in Geräte zu implementierende) Protokollerweiterung, die auch die Nutzung von Mesh-fähigen Access Points *unterschiedlicher* Hersteller ermöglicht (z. B. Router, Repeater, Powerline-Lösungen). Die meisten der für den privaten Bereich aktuell angebotenen WLAN-Router sind inzwischen Mesh-fähig und können daher meist problemlos verwendet werden. Hierdurch lassen sich private WLANs beliebig erweitern, ohne dass dies zu einer Verringerung des erreichbaren Datendurchsatzes führt.

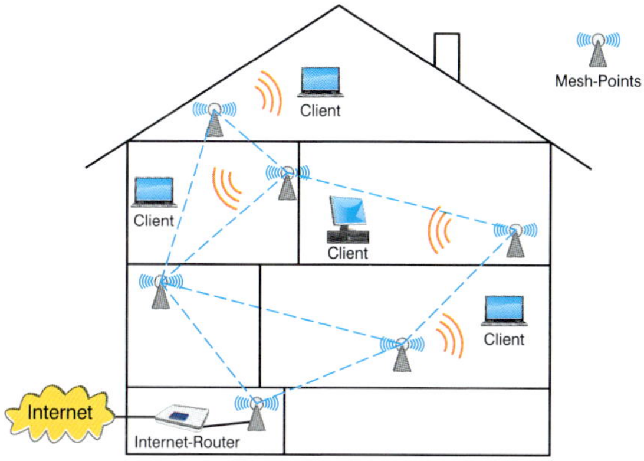

Bild 3.60: Beispiel für ein Mesh-Netz im privaten Bereich mit einem zentralen Internetzugang (Grundprinzip)

3

AUFGABEN

1. Nennen Sie die maßgeblichen Entwicklungsschritte der Mobilfunktechnik sowie mögliche Übertragungsraten bei den derzeit eingesetzten Standards.
2. Was versteht man unter dem im Zusammenhang mit dem Mobilfunk verwendeten Begriff der „digitalen Dividende"?
3. Was versteht man bei Mobilfunknetzen unter dem sog. „Handover"?
4. Zu den maßgeblichen Elementen eines GSM-Netzes gehören die Funktionseinheiten BTS, MSC, VLR, HLR, AuC und OMC. Erläutern Sie die Abkürzungen und die Aufgaben der genannten Einheiten.
5. Mobilfunkfrequenzen werden „paarweise" oder „ungepaart" genutzt.
   a) Erläutern Sie den Unterschied.
   b) Nach welchem Verfahren erfolgt hierbei jeweils die Datenübertragung? Erläutern Sie diese Verfahren und geben Sie Mobilfunk-Frequenzbeispiele an, in denen diese Verfahren angewendet werden.
6. Berechnen Sie mit den im Buch jeweils angegebenen technischen Daten die Anzahl der Übertragungskanäle, die in einem GSM-800- und einem GSM-1800-Netz für Sprach- oder M2M-Kommunikation mit der Standarddatenrate jeweils maximal zur Verfügung stehen.

7. Welche Verfahren werden bei GSM eingesetzt, um eine Vergrößerung der Standarddatenrate zu bewirken? Erläutern Sie diese und nennen Sie Anwendungsbeispiele.
8. a) Wieso ist es möglich, innerhalb eines Mobilfunknetzes vorhandene Übertragungsfrequenzen mehrfach zu benutzen?
   b) Wie bezeichnet man diese Art der Mehrfachausnutzung?
9. Was versteht man bei Mobilfunknetzen unter Roaming?
10. Mittels GPRS bzw. EDGE sind durch Kanalbündelung theoretisch bis zu 171,2 kbit/s (bzw. 473,6 kbit/s) übertragbar.
    a) Wie viele Kanäle müssen hierzu jeweils gebündelt werden?
    b) Erstellen Sie mithilfe eines geeigneten Programms eine Tabelle, in der jeweils die erreichbaren Datenraten bei den beiden verwendeten Codierverfahren in Abhängigkeit von der Anzahl der verwendeten Kanäle (von 1 bis zur unter a) angegebenen maximalen Kanalzahl) berechnet werden.
    c) Beurteilen und begründen Sie, ob die von Ihnen in der Tabelle berechneten Datenraten aus heutiger Sicht noch sinnvoll verwendbar sind.
11. a) Was bedeutet die Abkürzung LTE?
    b) Welche technischen Unterschiede bestehen zwischen LTE, LTE-Advanced und LTE-Advanced Pro?
12. Was versteht man im Zusammenhang mit LTE unter der Träger-Aggregation?
13. Bei LTE werden ab Release 8 sog. Endgeräte-Kategorien definiert.
    a) Welche technischen Merkmale werden hiermit festgelegt und warum sollte man beim Kauf eines LTE-fähigen Smartphones auf diese Kategorie achten? Geben Sie ein Beispiel an.
    b) Im Internet wird ein neues LTE-Smartphone beworben, das der Leistungsklasse Cat18 zugeordnet ist. Empfehlen Sie einer interessierten Kundin den Kauf (Antwort mit Begründung)?
14. LTE verwendet sowohl Single User MIMO als auch Multi User MIMO. Erläutern Sie den Unterschied.
15. Mit LTE Release 10 werden sog. Relay-Stationen definiert. Welche Funktionen haben diese?
16. Zur Abdeckung erweiterter Einsatzbereiche und Nutzungsszenarien werden im Zusammenhang mit dem 5G-Netz verschiedene elementare Anforderungsprofile definiert. Benennen Sie und erläutern Sie diese und geben Sie jeweils ein Anwendungsbeispiel an.
17. Was wird im Zusammenhang mit 5G als „Network Slicing“ bezeichnet?
18. 5G-Netze existieren in den Ausprägungen 5G NSA und 5G SA. Welche Unterschiede bestehen, und welche Auswirkungen hat dies für nutzende Personen oder Geräte?
19. Nennen Sie drei zusätzliche Schutzmechanismen, die in 5G-Netzen zur Erhöhung der Sicherheit implementiert sind.
20. Welche Vorteile sind mit der Nutzung von 5G-Netzen verbunden? Nennen Sie auch mögliche Nachteile.
21. Die Datenübertragung in 5G-Netzen erfolgt in unterschiedlichen Frequenzbändern, die sich in ihren technischen Eigenschaften voneinander unterscheiden. Strukturieren Sie diese und begründen Sie, für welche Einsatzbereiche diese jeweils am besten geeignet sind.
22. a) Was versteht man allgemein unter Mesh-Netzen? Welche Besonderheit weisen sie auf?
    b) Nennen Sie Beispiele, für welche Einsatzbereiche sich Mesh-Netze besonders gut eignen (Lösung ggf. mit Internetrecherche).

23. Welche Topologien lassen sich grundsätzlich bei Mesh-Netzen unterscheiden? Erläutern Sie die Unterschiede.
24. Mesh-Netze zählen zu den sog. „Self-Organizing Networks“. Durch welche besonderen Eigenschaften zeichnet sich ein solches Netz aus? Erläutern Sie diese.

3.7 LPWAN-Technologien

Die Verbreitung des IIoT (**I**ndustrial **I**nternet **o**f **T**hings) sowie der zunehmende Einsatz von cyber-physischen Systemen vergrößern den Bedarf an kostengünstigen und energieeffizienten Übertragungsalternativen zu den bestehenden Mobilfunknetzen. Zu diesen Alternativen zählen die LPWAN-Technologien.

LPWAN steht abkürzend für **L**ow **P**ower **W**ide **A**rea **N**etwork und bezeichnet Weitverkehrs-Infrastrukturen für die energieeffiziente, drahtlose Vernetzung einer großen Anzahl von ressourcen- und leistungsbeschränkten, meist batteriebetriebenen IT-Geräten. Ein LPWAN ermöglicht bei hoher Netzabdeckung die sichere Übertragung mit niedrigen Datenraten über eine Entfernung von mehreren Kilometern.

Die Kommunikation in einem Low-Power-Netz ist nur für geringe Datenmengen ausgelegt, somit also insbesondere für Anwendungen, die lediglich eine geringe Übertragungsbandbreite benötigen und ggf. auch größere Latenzzeiten bei der Übertragung verkraften können. Zu den typischen Anwendungen im industriellen Bereich mit einem solchen Anforderungsprofil zählen beispielsweise die M2M-Kommunikation oder Datenübertragung von Sensoren im IIoT, bei denen oft wenige Kilobit pro Sekunde ausreichen, um die erforderlichen Informationen zu übertragen.

Exkurs

Im „klassischen“ Internet erfolgt die Kommunikation meist zwischen nutzenden Personen oder als Zugriff einer Person auf von einer Maschine angebotene Services (z. B. Mailen, Chatten, Dateiübertragung, E-Commerce, Onlineshopping, Onlinespiele, Videostreaming usw.).

Alternativ können aber auch sog. „Smart Objects“ miteinander kommunizieren, also Objekte, die durch entsprechende technische Ausstattung in der Lage sind, auch ohne die direkte Aktion durch eine Person miteinander Daten auszutauschen. Hierzu sind spezielle Infrastrukturen erforderlich, für die eigene Bezeichnungen kreiert wurden.

***IoT** ist die Abkürzung für **I**nternet **o**f **T**hings (Internet der Dinge) und bezeichnet als Oberbegriff eine globale Kommunikationsinfrastruktur, mit deren Hilfe sich physische Objekte direkt miteinander vernetzen lassen. Beim IoT handelt es sich im Prinzip nicht um ein neuartiges Kommunikationsnetz, sondern vielmehr um eine Erweiterung der Funktionalität bestehender Internetstrukturen. Die im IoT vorhandenen Funktionalitäten ermöglichen automatisiert ablaufende Interaktionen sowohl zwischen Mensch und technischem System als auch zwischen technischen Systemen untereinander. Hierzu ist jedes Objekt im IoT mit mehr oder weniger „intelligenter“ Kommunikationstechnik ausgestattet und wird eindeutig mit einer IP-Adresse* *gekennzeichnet, über die es lokalisiert und angesprochen werden kann. Bei entsprechender technischer Ausstattung kann dies auch leitungsungebunden über Funkfrequenzen erfolgen (**WIoT**: **W**ireless **I**nternet **o**f **T**hings). Im Aufbau befindliche Systeme sind hierbei beispielsweise die **C**ar-**to**-**C**ar-Communication (**C2C**) und die **C**ar-**to**-**I**nfrastructure-Communication (**C2I**), um Verkehrsinformationen untereinander auszutauschen (vgl. Bild 3.50). Eine hinreichend große Anzahl von Adressen steht bei der Verwendung von IPv6 (Kap. 1.5.4.1) zur Verfügung.*

Der Einsatz entsprechender Geräte (z. B. Sensoren; „Einfache IT-Systeme", Kap. 5.5.6.1) kann Menschen bei ihren Tätigkeiten entlasten, unterstützen oder überwachen (z. B. Produktüberwachung eines Warensortiments, Gebäudeautomation zur Steuerung von Heizung und Rollläden, medizinische Geräte zur Patientenüberwachung).

***IIoT** (**I**ndustrial **I**nternet **o**f **T**hings) bezeichnet die spezielle, industrielle Ausprägung des IoT. Hierbei steht die Vernetzung intelligenter Sensoren und Aktoren zur Steuerung, Überwachung und Echtzeitanalyse von Fertigungs- und Produktionsprozessen im Vordergrund (z. B. Erfassung von Produktionsdaten in Echtzeit, frühzeitige Erkennung potenzieller Störungen, Lieferkettenüberwachung, Energiemanagement, Qualitätskontrolle). Die jeweils eingebundenen Sensoren und Aktoren können bei Bedarf selbstständig (ohne menschliche Aktion) untereinander sowie auch mit anderen Komponenten interagieren.*

*Den direkten, automatisierten Datenaustausch zwischen digital vernetzten Objekten (Maschinen, Fahrzeuge, Roboter, Sensoren, Server usw.) bezeichnet man als **M**achine-**to**-**M**achine-Kommunikation (**M2M**-Communication). Hierdurch ist es möglich, maschinelle Prozesse ohne die Überwachung oder Steuerung durch Menschen durchzuführen. Durch Fernüberwachung werden die jeweiligen Daten von einer Leitstelle erfasst und ausgewertet, sodass sich bei Bedarf entsprechende Produktionsparameter automatisch anpassen lassen.*

Derartige Daten lassen sich zwar auch über Mobilfunknetze (Kap. 3.6) übertragen, allerdings ist hierbei der technische und energetische Aufwand bei den Endgeräten meist größer. Außerdem ist man auf öffentliche Mobilfunkanbieter angewiesen, deren Anforderungsprofile prinzipiell andere Schwerpunkte aufweisen (z. B. Sprachübertragung in Echtzeit). Zudem entstehen Nutzungsgebühren. Die meisten Low-Power-Funktechniken hingegen lassen sich auch als *Private Networks* betreiben.

Zu den generellen Anforderungen an LPWAN-Technologien gehören:

- Verwendung von Funkmodulen mit langer Batterielaufzeit (bis zu 10 Jahre mit einer herkömmlichen Batterie)
- geringe Herstellungs- und Betriebskosten
- geringe Anforderungen an die eingesetzte Hardware
- sehr hohe, flächendeckende Verfügbarkeit
- Anbindung einer großen Anzahl von Endgeräten

Für die Datenübertragung werden meist Frequenzen in lizenzfreien Bereichen verwendet (z. B. im **ISM**-Band; **I**ndustrial **S**cientific and **M**edical Band bei 2,4 GHz). Prinzipiell können aber auch lizensierte Frequenzbereiche verwendet werden. Aufgrund der schmalbandigen Übertragung sind die erzielbaren Datenraten zwar wesentlich kleiner als im klassischen WLAN (Kap. 1.1.2.4), allerdings lassen sich je nach verwendeter Technik Reichweiten bis zu 50 km erzielen. Hierbei ist alles darauf optimiert, möglichst wenig Energie zu verbrauchen, damit auch mit herkömmlichen Batterien betriebene Funkmodule mehrere Jahre problemlos laufen können.

LPWAN	
Vorteile	**Nachteile**
▪ (Wenn überhaupt) nur geringe Lizenzkosten ▪ Geringer Aufwand mit Regulierungsbehörden ▪ Vereinfachte Baugenehmigungsverfahren für Senderstandorte ▪ Geringe Gerätekosten ▪ Niedrige Leistungsaufnahme der Endgeräte, daher nachhaltiger und umweltfreundlicher	▪ Aufgrund der geringen Endgeräte-Sendeleistung sind viele stationäre Empfangsstationen erforderlich, um eine Flächenabdeckung zu realisieren. ▪ Nur geringe Übertragungsrate möglich ▪ Eingeschränkter Einsatzbereich (z. B. meist nicht geeignet für Sprachkommunikation)

Bild 3.61: Vor- und Nachteile von LPWAN-Technologien

Die LPWAN-Technologie bietet zahlreiche Anwendungsmöglichkeiten im IoT- und im M2M-Umfeld. Mithilfe dieser Technik lassen sich Geräte wie Sensoren, Stromzähler, Brandmelder, medizinische Geräte und vieles mehr effizient vernetzen. Typische Anwendungsbereiche sind beispielsweise die Fernüberwachung der Parkdauer auf öffentlichen Parkplätzen, das Tracking in der Logistikbranche, der Diebstahlschutz von Fahrzeugen, die Überwachung von Kühlketten, landwirtschaftliche Anwendungen, medizinische Gesundheitsüberwachung und vieles mehr.

Für die Umsetzung eines LPWAN existiert eine Vielzahl von proprietären und standardisierten Technologien verschiedener Entwickler und Anbieter.

3

3.7.1 LoRaWAN

LoRaWAN ist die abkürzende Bezeichnung für **Long Range Wide Area Network**. Hierbei handelt es sich um eine von der LoRa-Alliance definierte, frei verfügbare Spezifikation einer LPWAN-Funktechnologie für drahtlose, batteriebetriebene Systeme, die über größere Entfernungen einen energieeffizienten, schmalbandigen Zugang zu einem regionalen, nationalen oder globalen Netzwerk ermöglicht.

Bei der LoRa-Alliance handelt es sich um eine weltweit operierende, offene und gemeinnützige Organisation. Die von ihr spezifizierte LoRaWAN-Technologie ist insbesondere für die Kommunikation von batteriebetriebenen Geräten im IoT (Internet of Things; Kap. 2.4.4) geeignet. Die hiermit verbundene Netzarchitektur ist im Prinzip sternförmig; die Endgeräte werden über eine Funkschnittstelle IP-basierend mit örtlich verteilten Gateways verbunden. Diese sind dann über ein vorhandenes Backbone-Netz an zentrale Netzwerkserver angeschlossen.

Die Server verfügen über Schnittstellen zu den jeweils angeschlossenen IoT-Plattformen und -Applikationen. Somit ermöglicht LoRaWAN die nahtlose Interaktion von verschiedenen Systemen und Techniken über größere Entfernungen ohne aufwendige Installationen.

Die LoRaWAN-Spezifikation definiert je nach Anwendung unterschiedliche Endgeräteklassen (Bild 3.62).

LoRaWAN Spezifikation	
Klasse A	▪ Prinzipiell bidirektionale Kommunikation möglich, stets ausgehend vom Endgerät ▪ Downloadverbindungen jeweils nur in zwei kurzen Zeitfenstern nach jedem Upload möglich ▪ Besonders energieeffizient, da sich Klasse-A-Geräte eigenständig in einen Energiesparmodus versetzen können ▪ Wegen Energiesparmodus vom Gateway nur dann erreichbar, wenn das Endgerät vorher einen Upload gestartet hat

LoRaWAN Spezifikation	
Klasse B	▪ Merkmale wie Klasse A-Geräte ▪ Zusätzlich periodische Downloadfenster programmierbar (maximal für 128 s) ▪ Dadurch ist bei Bedarf das Gerät auch vom Gateway ausgehend erreichbar, was jedoch zu gering höherem Energieverbrauch als bei Klasse-A-Geräten führt
Klasse C	▪ Merkmale wie Klasse A-Geräte ▪ Zusätzlich dauerhafte Empfangsbereitschaft für einen Download vom Gateway programmierbar ▪ Sinnvoll z. B. für Firmware-Updates, um Verzögerungszeiten zu vermeidenß

Bild 3.62: Endgeräteklassen bei LoRaWAN

Die Übertragung erfolgt bei allen Geräteklassen aus Energieeffizienzgründen in den meisten Fällen nur asymmetrisch und bedarfsorientiert im Upload, d. h. vom Endgerät zu einem LoRaWAN-Gateway. Hierbei lassen sich Datenraten bis zu 50 kbit/s bei Paketgrößen von 64 Byte (Header: 13 Byte; Nutzdaten: 51 Byte) erzielen. Das Gateway leitet die Daten weiter an einen Netzwerkserver, von welchem die Daten dann von autorisier-ten Personen oder Geräten zur Auswertung bzw. Weiterverarbeitung abgerufen werden können.

Die vergleichsweise niedrig angesetzte Übertragungsrate ist in vielen Fällen völlig ausreichend für IoT-Geräte (z. B. Sensoren; „Einfache IT-Systeme", Kap. 5.5.6.1) und ein Kompromiss zwischen der erforderlichen Dauer einer Nachrichtenübertragung, der Reichweite und dem hierzu erforderlichen Energiebedarf. Sie dient auch der Maximierung der Batterielebensdauer. Im Sendebetrieb ist lediglich ein Strom von rund 10 mA erforderlich, im Energiesparmodus sind es nur ca. 100 nA.

Mögliche Reichweiten erstrecken sich von 2 km in Stadtgebieten bis zu 15 km in ländlichen Regionen und sind damit größer als mit Bluetooth oder WLAN. Die Kommunikationssicherheit wird durch eine End-to-End-128-bit-AES-Verschlüsselung gewährleistet. Darüber hinaus kommen bei der Übertragung im Kernnetzbereich weitere Maßnahmen zur Netzwerkssicherheit zur Anwendung (z. B. Vergabe einzelner gerätespezifischer sowie applikationsspezifischer Schlüssel, VPN-Verbindung, Verwendung von TLS; Kap. 2.1.3; Kap. 1.10.5.2).

LoRaWAN verwendet in Europa unterschiedliche Frequenzbereiche im ISM-Band (z. B. 433,05–434,79 MHz) sowie Frequenzen von 863–870 MHz. In Deutschland kann LoRaWAN – sofern die entsprechende Infrastruktur zur Verfügung steht – bundesweit genutzt werden, ohne dass Mobilfunkkosten oder aufwendige technische Installationen anfallen. Für die Übertragung wird eine spezielle **Spread-Spectrum**-Technologie (Kap. 4.1.8.5) verwendet.

3.7.2 LTE-M und NB-IoT

LTE-M (Long **T**erm **E**volution for **M**achines; alternativ: **eMTC: E**nhanced **M**achine-**T**ype **C**ommunications) und **NB-IoT** (**N**arrow**b**and **IoT**; alternativ: **NB-LTE**) bezeichnen zwei vergleichbare 3GPP-Standards für den schmalbandigen Netzzugang von Sensoren und anderen typischen Endgeräten im IoT über ein bestehendes Mobilfunknetz.

Die Nutzung bestehender (LTE-)Mobilfunknetze für einfache IoT-Massenanwendungen wäre ohne technische Anpassung zu teuer und zu energieintensiv für viele angeschlossene Endgeräte (z. B. für Sensoren und Smart-Meter-Anwendungen). Beide Standards dienen daher dazu, vorhandene Mobilfunknetze für die typischen Anwendungen im Internet der Dinge zu optimieren. Sie basieren auf den Softwarestrukturen des klassischen LTE, sodass die vorhandenen Basisstationen der Netzbetreiber in der Regel lediglich per Softwareupdate nachgerüstet werden können. Eine einzige Mobilfunkzelle kann dann mit entsprechender Aufrüstung theoretisch bis zu 50 000 Endgeräte parallel vernetzen.

Seit 2020 werden LTE-M und NB-IoT von der Deutschen Telekom in Deutschland flächendeckend angeboten. Andere Anbieter (z. B. Vodafone) fokussieren sich mehr auf NB-IoT und bieten es deutschlandweit flächendeckend an. O_2 will Geschäftskundinnen und -kunden in Deutschland ebenfalls beide Formen zugänglich machen.

LTE-M ist ein ergänzender Standard zu LTE-Release 13 und bietet in der Version **LTE-Cat-M1** derzeit bis zu 1 Mbit/s im Up- und im Download (*Vollduplex*; Latenz: 10–15 ms; Trägerbandbreite: 1,08 MHz, 6 Kanäle mit je 180 kHz Bandbreite, d. h. ca. 167 kbit/s pro Kanal). In der nachfolgenden Aufbaustufe (**LTE-Cat-M2**; Release 14; Trägerbandbreite: 5 MHz, 24 Kanäle) werden bis zu 7 Mbit/s im Upload und bis zu 4 Mbit/s im Download angeboten werden.

NB-IoT in der Version **LTE-Cat-NB1** ermöglicht eine Uploadrate von bis zu 62 kbit/s und eine Downloadrate von bis zu 26 kbit/s (*Halbduplex*; Latenz: 1,6–10 s; Trägerbandbreite: 180 kHz). In der zweiten Ausbaustufe (**LTE-Cat-NB2**) werden dann bis zu 159 kbit/s up und bis zu 127 kbit/s down möglich sein.

Die Verfahren sind auf eine geringe Leistungsaufnahme optimiert. Die zu verwendenden Funkmodule sind im Vergleich zum klassischen LTE einfacher aufgebaut und benötigen weniger Energie, sodass einige Anwendungen mehrere Jahre lang mit einer Knopfzelle auskommen könnten.

Den beiden Standards LTE-M und NB-IoT ist gemeinsam, dass sie innerhalb bestehender LTE-Netze betrieben werden. LTE-M verfügt über eine höhere Übertragungskapazität, sodass prinzipiell auch Roaming und eine bidirektionale Sprachübertragung wie im herkömmlichen LTE möglich sind (z. B. für Notrufanlagen; VoLTE).

NB-IoT hingegen erzielt eine bessere Netzabdeckung, da es meist auf 800- und 900-MHz-Frequenzen arbeitet, die eine großflächige Abdeckung bei gleichzeitig guter Durchdringung von Gebäuden ermöglichen. Die Nutzung bestehender Netzstrukturen kann ohne Störung anderer Kommunikationen in folgenden Betriebsarten erfolgen:

- **Inband-Betrieb:** Das Trägersignal wird verlustfrei in das breitbandigere LTE-Signal eingebettet.
- **Guard-Band-Betrieb:** Das Trägersignal verwendet die bestehenden Lücken zwischen zwei LTE-Kanälen.
- **Standalone-Betrieb:** Die Übertragung erfolgt über bestehende, frei gewordene Kanäle quasi als eigenständiges Netz (z. B. in ehemaligen GSM-Kanälen).

3.7.3 Sonstige Low Power Technologien

Wi-Fi HaLow ist eine von der WiFi-Allianz im Standard IEEE 802.11ah spezifizierte LPWLAN-Variante. Sie ermöglicht eine energieeffiziente drahtlose Vernetzung von Smart-Home- und M2M-Endgeräten über eine Entfernung von bis zu 1 km unter Verwendung von Frequenzen im Bereich von 900 MHz.

Der zur Verfügung stehende Frequenzbereich lässt sich abhängig vom Einsatzzweck dynamisch in unterschiedlich breite Trägerfrequenzkanäle unterteilen. Die schmalbandigeren Kanäle (z. B. 1 MHz) ermöglichen bei kleineren Datenraten eine höhere Reichweite (bis 1 km mit bis zu 150 kbit/s), während sich mit breitbandigeren Kanälen (z. B. 4 MHz, 8 MHz, 16 MHz) bei geringeren Reichweiten auch höhere Datenraten übertragen lassen (bis ca. 5 Mbit/s).

Zur Steigerung der Energieeffizienz definiert Wi-Fi HaLow verschiedene Energiesparmodi mit Sleep-Zeiten und festlegbaren Zielzeiten der Kommunikation mit dem Access Point. Der Standard unterstützt die im WLAN-Bereich verwendeten Sicherheitsstandards (Kap. 1.1.2.4) sowie die Verschlüsselungsverfahren WPA2 und WPA3.

Die Endgeräte verbinden sich über angepasste Bitübertragungs- und MAC-Schichten mit einem erreichbaren Access Point. Als Übertragungsverfahren kommt ein orthogonales Frequenzmultiplexverfahren (OFDM; Kap. 4.1.5.2) mit bis zu 64 Trägerfrequenzen zum Einsatz.

EC-GSM-IoT (**E**xtended **C**overage-**GSM-IoT**) zählt zum Bereich der LPWAN-Technologie und ist ein Konzept für ein kostengünstiges, energieeffizientes, zellulares Mobilfunknetz für das Internet of Things (IoT), das auf Enhanced GPRS (EGPRS; Kap. 3.6.1) basiert.

EC-GSM-IoT überträgt Daten in den Frequenzbändern zwischen 800 MHz und 900 MHz mit einer Bandbreite von 200 kHz. Die verwendeten Trägerfrequenzen können gleichzeitig für vorhandene LTE-, NB-LTE- oder GSM-Übertragungen genutzt werden. Die Übertragung erfolgt im Halbduplex (Kap. 4.1.7.2) mit gleichen Datenraten im Up- und Downlink von ca. 500 kbit/s. Hierdurch wird der Energiebedarf batteriebetriebener Endgeräte so gering wie möglich gehalten, sodass die Batterien bis zu 10 Jahre genutzt werden können. Mit EC-GSM-IoT lassen sich Entfernungen von bis zu 15 km überbrücken.

Die Bezeichnung **6LoWPAN** steht abkürzend für **IPv6 over Low Power Wireless Personal Area Network**. Hierbei handelt es sich um ein von einer Arbeitsgruppe der **I**nternet **E**ngineering **T**ask **F**orce **(IETF)** entwickeltes Protokoll für die direkte Anbindung von batteriebetriebenen Geräten oder Sensornetzwerken an das Internet of Things (IoT).

Im Kern geht es bei diesem Protokoll darum, IPv6-Datenpakete effizient über IEEE-802.15.4-basierende Netze (d. h. über energiesparende Funknetze) übertragen zu können. Hierbei sind beispielsweise Anpassungen der Datenpaketlänge (IPv6: MTU mindestens 1280 Byte; 802.15.4-Funknetz: 127 Byte) erforderlich. Der 6LoWPAN-Adaption-Layer ermöglicht eine transparente Fragmentierung der IP-Pakete, sodass diesen virtuell eine größere MTU zur Verfügung steht.

Auch bei der Adressierung gibt es Unterschiede: Die IPv6-Adresse umfasst 128 Bits und ist hierarchisch aufgebaut, hingegen verwenden 802.15.4-Funknetze eine erweiterte 64-Bit-Adresse und eine 16-Bit-Adresse für das Personal Area Network (PAN) sowie spezielle Gruppenadressen. Die Adressen müssen mittels Address Mapping angepasst werden. Das 6LoWPAN-Protokoll wird in der RFC 6282 spezifiziert.

AUFGABEN

1. Für die Datenkommunikation im IIoT werden speziell entwickelte LPWAN-Technologien eingesetzt.
   a) Was versteht man unter LPWAN?

   b) Welche Anforderungen müssen diese Kommunikationstechniken erfüllen?
   c) Nennen Sie Vor- und Nachteile dieser Techniken.

2. Bei batteriebetriebenen Endgeräten im IIoT wird für die Kommunikation vielfach LoRaWAN eingesetzt.
   a) Erläutern Sie die Abkürzung.
   b) Welche Endgeräteklassen werden bei LoRaWAN definiert und wie unterscheiden sich ihre Spezifikationen?

3. Begründen Sie, warum LoRaWAN-Anwendungen innerhalb einer Smart-City im Vergleich zu WLAN oder 5G eine sinnvolle Alternative darstellen. Recherchieren Sie im Internet mögliche Anwendungen und erläutern Sie diese kurz.

4. Erläutern Sie die Abkürzungen IoT und IIoT. Nennen Sie Anwendungsbereiche.

5. Bei einer Internetrecherche zu Low-Power-Kommunikationslösungen finden Sie auch die Bezeichnungen WiFi-HaLow und 6LoWPAN. Erläutern Sie kurz diese Technologien.

3.8 Sprachkommunikation in All-IP-Netzen

Das analoge Telefonnetz (**POTS**: **P**lain **O**ld **T**elephone **S**ervices; **PSTN**: **P**ublic **S**witched **T**elephone **N**etwork) wurde ausschließlich für die Übertragung von Sprache konzipiert. Heute existiert aber praktisch kein eigenständiges Netz für die Sprachkommunikation mehr. Diese wird in einem All-IP-Netz lediglich als „Dienst“ angeboten, der bei Bedarf genutzt werden kann. Die Sprache wird hierbei nur noch in Form von VoIP transportiert.

3.8.1 VoIP

Die Übertragung von Sprache über IP-basierende Kommunikationsnetze wird allgemein als **Voice over IP (VoIP)** bezeichnet. Bei prinzipiell gleicher zugrunde liegender Technik findet man alternativ auch Bezeichnungen, die das verwendete Transportnetz näher charakterisieren, z. B. **Voice over DSL (VoDSL), Voice over LTE (VoLTE)** oder **Voice over 5G (Vo5G)**

Damit Sprache in einem IP-Netz übertragen werden kann, wird sie zunächst mittels PCM-Codierung digitalisiert (Kap. 4.1.5.4), anschließend in IP-Pakete gepackt und dann zusammen mit anderen IP-Paketen transportiert (Bild 3.63).

Zur Digitalisierung von Sprache werden in den Kommunikations-Endgeräten spezifizierte Coder/Decoder-Chips (kurz: Codec) eingesetzt. Abhängig vom Codec-Typ lassen sich hierbei unterschiedliche Sprachqualitäten realisieren (z. B. Codec G.711, Sprachqualität wie im Analognetz; Kap. 4.1.6).

Exkurs

Die menschliche Stimme umfasst einen Frequenzbereich von ca. 100 Hz bis 13 kHz mit einem für jede Person individuellen, d. h. wiedererkennbaren Frequenz-Verteilmuster (vgl. Bild 4.30 b). Im Analognetz wurde basierend auf international gültigen Festlegungen der übertragene Sprachfrequenzbereich durch Filterung auf 300 Hz bis 3 400 Hz begrenzt, um

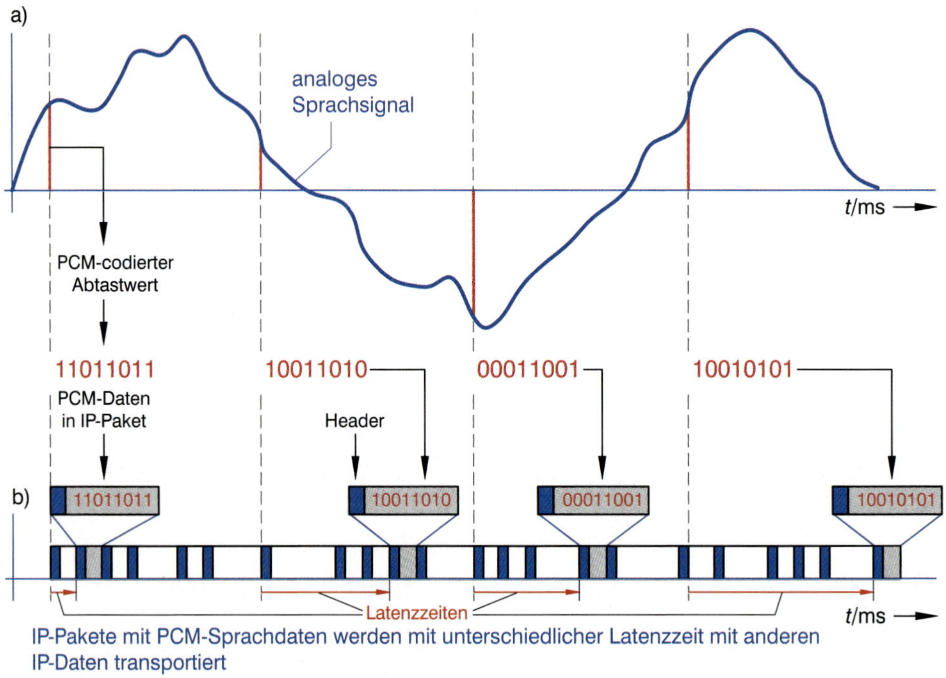

Bild 3.63: Umwandlung eines analogen Sprachsignals in IP-Pakete (Grundprinzip)

Übertragungsbandbreite einzusparen. Im Vordergrund stand hierbei nicht die natürliche Sprachwiedergabe, sondern lediglich die Verständlichkeit der Sprachsilben. Die für die Digitalisierung verwendete Abtastung erfolgte mit 8 kHz, woraus sich bei einer 8-bit-Codierung der Abtastwerte eine Übertragungsrate von 64 kbit/s ergab (Kap. 4.1.5.4).

Verwenden die Endgeräte stattdessen den Sprachcodec G.722, ergibt sich eine deutlich bessere Sprachqualität, da hierbei Sprachfrequenzen von ca. 50 Hz bis 7 kHz übertragen werden. Das Verfahren ist auch als „HD-Telefonie", „HD-Voice" oder bei schnurlosen DECT-Telefonen als „CAT-iq" bekannt (Kap. 3.8.3).

Die Sprachübertragung in IP-Netzen stellt einen sog. zeitkritischen Dienst dar. Die Integration solcher Dienste (Sprache, Streaming, Audio, Video) ist zum Teil mit erweiterten Anforderungen an die Netzinfrastruktur verbunden.

Als **zeitkritisch** (*time-critical*) bezeichnet man in diesem Zusammenhang einen Echtzeitdienst in einem IP-Netz, bei dem bereits kleine Verzögerungszeiten während der Übertragung zu einem Qualitätsverlust führen bzw. als störend empfunden werden.

Bei der Übertragung von IP-Sprachpaketen entstehen beispielsweise unvermeidbare wechselnde Verzögerungszeiten (**Latenzzeiten**, Bild 3.63 b), was einen unmittelbaren Einfluss auf die Wiedergabequalität hat. Daher müssen die Pakete auf der Empfangsseite zunächst in einem Puffer zwischengespeichert werden. Die Schwankung der Laufzeitverzögerung verschiedener Pakete wird als **Jitter** bezeichnet. Durch die Pufferung wird sichergestellt, dass an die nachfolgenden Decodier- und D/A-Wandeleinheiten ein nahezu kontinuierlicher (= isochroner) Datenstrom abgegeben werden kann.

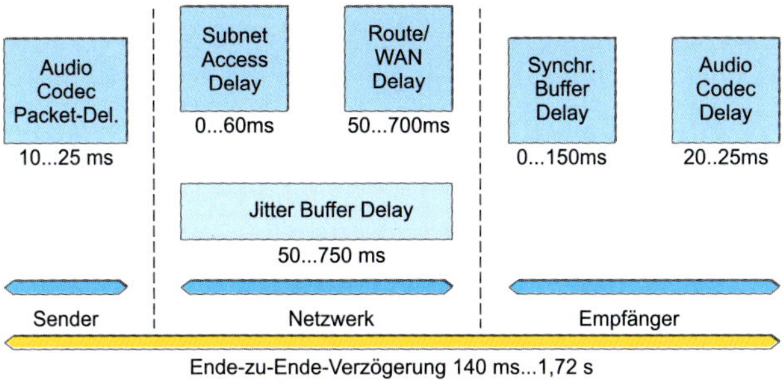

Bild 3.64: Mögliche Verzögerungen bei einer VoIP-Übertragung

Um eine optimale Sprachübertragung zu realisieren, sollte die Signallaufzeit gemäß ITU-Empfehlung maximal 125 ms und die Jitterzeit höchstens bis zu 10 ms betragen. Auch wegen der erforderlichen Signalbearbeitung sowohl im Sender als auch im Empfänger können sich zusätzliche Verzögerungen ergeben, die in Summe mit der reinen Übertragungszeit durchaus Werte > 1 Sek. annehmen können (Bild 3.64).

Ein All-IP-Anschluss bietet bei der Sprachkommunikation auch aus den Vorgängernetzen bekannte Dienstmerkmale. Hierzu gehören:

Abkürzung	Bezeichnung	Beschreibung
CFB	Call Forwarding on Busy	**Anrufweiterschaltung bei Besetzt:** Rufe werden nur dann an einen angegebenen C-Anschluss weitergeleitet, wenn der B-Anschluss besetzt ist.
CFNR	Call Forwarding on No Reply	**Anrufweiterschaltung bei Nichtmelden:** Rufe werden nur dann an einen C-Anschluss weitergeleitet, wenn der B-Anschluss den Ruf in einer vorgegebenen Zeit nicht annimmt.
CFU	Call Forward Unconditional	**Direkte Anrufweiterschaltung:** Alle eingehenden Rufe beim B-Anschluss werden zu einem C-Anschluss umgeleitet; der A-Anschluss erhält die Information, dass umgeleitet wurde; der C-Anschluss erhält die Information über den umleitenden B-Anschluss.
CLIP	Calling Line Identification Presentation	**Rufnummernübermittlung:** Die Rufnummer des A-Anschluss wird dem B-Anschluss vor der Gesprächsannahme mitgeteilt.
CLIR	Calling Line Identification Restriction	**Unterdrückung der Rufnummernübermittlung zum B-Anschluss:** Der A-Anschluss kann entscheiden, ob die Unterdrückung dauerhaft oder für den Einzelfall gelten soll.
CW	Call Waiting	**Anklopfen:** Während eines Telefonats wird dem B-Anschluss ein weiterer Ruf signalisiert; die Anklopfdauer ist auf 120 s beschränkt. Der B-Anschluss entscheidet, ob er den Ruf annimmt, zurückweist oder ignoriert. Der rufende A-Anschluss wird mit der Nachricht „Call is a waiting call" vom Anklopfen unterrichtet, sofern dies nicht vom B-Anschluss unterdrückt wurde. Bei Rufannahme durch den B-Anschluss wird die bereits bestehende Verbindung aufgelöst oder mit dem Dienstmerkmal „Hold" in den Haltezustand gebracht.

Bild 3.65: Beispiele für Dienstmerkmale eines Netzbetreibers bei der Sprachkommunikation im All-IP-Netz; ***A:*** *rufender Anschluss (calling party),* ***B:*** *gerufener Anschluss (called party),* ***C:*** *Anschluss, an den weitergeleitet wird*

3.8.2 SIP

Vor der eigentlichen Sprachübertragung mittels VoIP müssen im Anschlussnetz bestimmte Parameter festgelegt werden. Hierzu gehören neben der Auswertung der Rufkennung (Rufnummer oder IP-Adresse) eines gewünschten Ziels der Austausch von Codierverfahren oder Informationen über die erforderliche Bandbreite. Für diesen Zweck haben sich – neben herstellerspezifischen Signalisierungsprotokollen – für VoIP-Anwendungen allgemein die Protokolle **SIP** (**S**ession **I**nitiation **P**rotocol) und **H.323** etabliert, die bereits seit Längerem für die Sprachkommunikation via Internet verwendet werden. Anbieter solcher Kommunikationslösungen werden allgemein vielfach als **SIP-Provider** bezeichnet.

Der H.323-Standard wurde von der ITU-T entwickelt und beinhaltet die technischen Voraussetzungen für die multimediale Kommunikation über Netzwerke, die selbst keinen „Quality-of-Service" (also keine Dienstgüte) zur Verfügung stellen. Das Session Initiation Protocol ist ein von der IETF entwickeltes Signalisierungsprotokoll auf Anwendungsebene (OSI-Schichten 5–7). Beide Protokolle sind nicht zueinander kompatibel. Für die Signalisierung ist in jedem Fall ein eigener Kommunikationsweg im IP-Netz erforderlich.

Mit der Umstellung ihrer Anschlussnetze auf IP-basierende Kommunikation werden die Festnetzbetreiber quasi automatisch selbst zu einem SIP-Provider für angeschlossene

Anwendung	Mögliche Merkmale/Unterschiede
VoIP über den Betreiber des All-IP-Festnetzanschlusses	▪ Verwendung international standardisierter Protokolle (z. B. SIP, H.323) ▪ Primär Nutzung bestehender eigener Infrastrukturen, ggf. mit garantierter QoS-Implementierung ▪ In sich geschlossene Netzstruktur, dadurch autonome Serverkonfiguration durch den Anbieter ▪ Netzintern grundsätzlich verbesserte Sprachqualität, sofern von den Endgeräten unterstützt („HD-Voice") ▪ Standard bei Festnetzanschlüssen, bei Privatanschlüssen meist keine nomadische Nutzung möglich
VoIP über einen „externen" SIP-Provider	▪ Verwendung international standardisierter Protokolle, meist SIP-basierend ▪ Bereitstellung der Kommunikationsserver, verfügt nicht über eigene Netz-Infrastrukturen ▪ Informationsübertragung über bestehende beliebige IP-basierende Netzstrukturen; Sprachqualität und Zuverlässigkeit können ggf. schwanken, da diese in der Verantwortung verschiedener Betreiber liegen ▪ Standortunabhängige Nutzung möglich ▪ Mittels SIP-Trunking kostengünstige und flexible Möglichkeit der Verlagerung von Telefon-Infrastrukturen in eine Cloud
VoIP per Messenger-Dienst	▪ Verwendung nicht-standardisierter, proprietärer Protokolle (bzw. Apps; z. B. Skype, Facetime, Threema, Signal) ▪ Verwendung bestehender Internetstrukturen ▪ Kostenfreie Kommunikation nur zwischen Teilnehmenden möglich, die den gleichen Dienst (d. h. die gleiche App) nutzen ▪ Meist auch multimediale Kommunikation möglich (z. B. Videochat) ▪ Zusatzangebote zum Teil kostenpflichtig (z. B. Kommunikation mit einem Festnetzanschluss im All-IP-Netz) ▪ Serverstandorte teilweise in kritischen Regionen; ggf. unautorisierte Auswertung von Verbindungsdaten durch den Betreiber

Bild 3.66: Vergleich verschiedener VoIP-Anwendungen

Endgeräte. Hierbei setzen sie bei der Sprachübertragung sowohl im Anschluss- als auch im Backbone-Bereich allerdings primär auf jeweils eigene, von ihnen komplett kontrollierte, ortsnahe Server sowie Übertragungsstrecken mit einer möglichst reservierten und garantierten Übertragungsbandbreite (QoS). So können sie die Sprachdaten auf dem kürzesten Weg zum Empfangsgerät leiten und auf der gesamten Strecke priorisieren.

Die Kommunikationsserver anderer, untereinander konkurrierender SIP-Provider hingegen sind (auch aus Kostengründen) oft weltweit verteilt und verwenden allgemein zugängliche Internetstrukturen. Diese Strukturen liegen meist in der Verantwortung ganz verschiedener Betreiber, bei denen sich auch temporäre Kapazitätsengpässe ergeben können. Dadurch liegt die Wahrscheinlichkeit von Störungen im Sprachverkehr bis hin zu Unterbrechungen höher als bei einem Anbieter mit einem mehr oder weniger in sich geschlossenen Übertragungssystem. VoIP-basierte Sprachkommunikation kann sich in ihrer Qualität und ihrer Verfügbarkeit anbieter- und netzabhängig somit durchaus voneinander unterscheiden.

Im Gegensatz zum analogen Telefonnetz verwenden VoIP-basierte Sprachdienste keine Rufnummern zur Identifizierung von teilnehmenden Endgeräten, sondern IP-Adressen, die auch für die Bereitstellung von (Sprach-)Übertragungskanälen verwendet werden.

Exkurs

Im analogen Telefonnetz wurden Rufnummern nach länderspezifischen ***Nummerierungsplänen*** *vergeben. Jeder Telefonanschluss war unter einer oder mehreren zugeteilten Rufnummern erreichbar. Die vermittelnde Netzstruktur war ursprünglich hierarchisch unterteilt in die* ***Ortsebene*** *(local area) mit den voneinander unabhängigen Ortsnetzen, die* ***Fernebene*** *(far area), über die Ortsnetze miteinander verbunden waren, und die* ***internationale Ebene*** *(international area) für weltweite Verbindungen. Innerhalb eines Ortsnetzes konnte jeder Telefonanschluss durch alleinige Eingabe der ihm zugewiesenen Rufnummer angerufen werden (z. B. 1234567). Für den Verbindungsaufbau zu einem Telefonanschluss eines anderen Ortsnetzes musste der jeweiligen Anschlussnummer eine Null und die entsprechende* ***Ortsnetzkennzahl (ONKZ;*** *local area code) vorangestellt werden (z. B.* ***0214****-1234567). Eine internationale Rufnummer besteht aus zwei führenden Nullen, gefolgt von der* ***Länderkennzahl (LKZ;*** *country code; z. B.* ***49*** *für Deutschland), der Ortsnetzkennzahl und der Anschluss-Rufnummer (Bestandteile und Ziffernzahl sind festgelegt in der ITU-Richtlinie* ***E.164****; z. B. 0049 214 1234567).*

Obwohl ein All-IP-Netz keine hierarchische Struktur erfordert, wurden die bestehenden Nummerierungspläne beibehalten. Damit Endgeräte bei einer rein IP-basierenden Kommunikation weiterhin unter ihren bekannten E.164-Rufnummern erreichbar sind, muss ein Umwandlungsverfahren eingesetzt werden, das diese Nummern in eine routebare IP-Zieladresse umwandelt. Dieses Verfahren mit der Bezeichnung **ENUM** (**E**.164 **Telephone Number Mapping**) ist in den **RFC**s 6116, 6117 und 6118 (**R**equests **f**or **C**ommand) spezifiziert. Bild 3.67 zeigt prinzipiell die einzelnen Schritte am Beispiel der in einem Kontaktverzeichnis gespeicherten Telefonnummer +49 214 74757 (Hinweis: „+" steht abkürzend für die zwei führenden Nullen einer internationalen Nummer). Da ENUM prinzipiell eine Anwendung von DNS (Kap. 1.5.6) zur Übersetzung der herkömmlichen Telefonnummern in IP-Adressen ist, wurde hierfür eigens die Top-Level-Domain **„arpa"** (**A**ddress and **R**outing **P**arameter **A**rea) geschaffen.

Umwandlungsschritte	Ergebnis
Entfernen aller nicht numerischen Zeichen (z. B Leerzeichen)	4921474757
Einsetzen von Punkten zwischen den Ziffern	4.9.2.1.4.7.4.7.5.7
Umkehren der Reihenfolge	7.5.7.4.7.4.1.2.9.4
Anfügen der Zeichenfolge „e164.arpa"	7.5.7.4.7.1.2.9.4.e164.arpa

Bild 3.67: Umwandlung einer E.164-Rufnummer in eine IP-Adresse (Grundprinzip)

Prinzipiell ist damit die Sprachübertagung mittels VoIP nicht mehr fest an eine physische Telefonleitung gekoppelt, sondern lässt sich mit entsprechender VoIP-Hard- bzw. -Software von jedem Internetzugang aus verwenden (**„nomadische Nutzung"**). Da es für fast alle Smartphones VoIP-Software gibt, könnte man somit auch unterwegs im Inland und im Ausland – eine Mobilfunkdatenverbindung oder WLAN vorausgesetzt – zusätzlich zur Mobilfunknummer unter der eigenen Festnetznummer erreichbar sein und ausgehende Gespräche zum Festnetztarif führen. In der Praxis schränken die Festnetzanbieter insbesondere für Privatanschlüsse diese Möglichkeit jedoch vielfach ein, indem der All-IP-Anschluss jeweils an eine feste Anschlussleitung gebunden ist.

Für Firmenanschlüsse mit einer Vielzahl zugeordneter Rufnummern gibt es allerdings spezielle Konditionen ohne diese Einschränkungen. Auch untereinander konkurrierende SIP-Provider bieten diesbezüglich kostengünstige Kommunikationslösungen an. Hierbei ist es jeweils möglich, weltweit erreichbare VoIP-Nummern zugeteilt zu bekommen.

Wegen der vom Grundsatz her ohne geografisch festen Anschluss funktionierenden VoIP-Telefonie muss die Erreichbarkeit eines entsprechenden portablen IP-Endgeräts – ähnlich wie in Mobilfunknetzen – durch eine vorangehende Authentifizierung und eine damit verbundene Information über den momentanen Standort in Erfahrung gebracht werden.

Zu diesem Zweck erhält bei einem SIP-basierten Verbindungsaufbau ein entsprechend geeignetes VoIP-Endgerät (**„User Agent"**) bei der ersten Anmeldung am Registrierungs-Server (**„Registrar Server"**) eines entsprechenden Dienstanbieters eine eindeutige SIP-Adresse im **URI**-Format (**U**niform-**R**essource-**I**dentifier; z. B. sip:160554@Beispiel.com). Diese ist nicht wie eine Festnetzrufnummer an einen festen Anschluss gebunden, sondern prinzipiell von jedem Internetanschluss der Welt nutzbar. Nach jedem Einschalten baut das jeweilige Endgerät automatisch eine Verbindung mit dem Registrierungs-Server des eigenen Dienstanbieters auf und meldet sich mit seiner SIP-Adresse an. Nach der Anmeldung ist dem Server die momentane (lokale) IP-Adresse bekannt, unter der dieses Endgerät erreichbar ist. Diese Daten werden in einem **Location-Server** hinterlegt.

Dem anrufenden Endgerät ist die momentane IP-Adresse eines gewünschten Zielgeräts zunächst nicht bekannt. Zum Aufbau einer Verbindung schickt das anrufende Endgerät zunächst eine Ruf-Nachricht mit der SIP-Adresse des gewünschten Endgeräts an einen SIP-Proxy-Server. Diesem muss – im genannten Beispiel – der Domainname „Beispiel.com" und damit die SIP-Adresse des angerufenen Geräts bekannt sein. Durch eine entsprechende Abfrage beim Location-Server kann die aktuelle IP-Adresse des gerufenen Endgeräts ermittelt und an das rufende Endgerät übertragen werden. Gleichzeitig kann dem gerufenen Gerät mitgeteilt werden, von welcher IP-Adresse ein Verbindungswunsch besteht.

Eine direkte Kommunikation zwischen den beiden Endgeräten hat bis jetzt noch nicht stattgefunden. Für das eigentliche Telefongespräch sind die vermittelnden Server danach nicht mehr notwendig. Nach Bereitstellung eines entsprechenden Übertragungskanals senden sich die Endgeräte ihre Daten direkt an die jeweils übermittelten (temporären) IP-Adressen in Form von IP-Datenpaketen zu.

Die Sprachdaten werden bei der IP-Telefonie mittels **UDP** (Kap. 1.5.5) unter Einbeziehung von **RTP** (**R**ealtime **T**ransport **P**rotocol) und **RTCP** (**R**ealtime **T**ransport **C**ontrol **P**rotocol; vgl. Kap. 1.9.8.2) übertragen. SIP vermag neben UDP auch TCP als Transportmedium zu nutzen. Der Bandbreitenbedarf einer VoIP-Verbindung beträgt bei Verwendung eines G.711-Codecs (Kap. 4.1.6) ohne Berücksichtigung der erforderlichen Signalisierung ca. 100 bis 150 kbit/s.

SIP-Terminals können auch mit H.323-Endgeräten kommunizieren, sofern ein spezielles Gateway dazwischengeschaltet ist, das die Umsetzung der SIP-Kommandos in entsprechende H.323-Befehle vornimmt.

Unabhängig vom verwendeten Protokoll besteht bei der IP-Telefonie das Sicherheitsproblem, dass es prinzipiell ohne großen Aufwand möglich ist, sich in eine Kommunikation einzuschalten, sodass ohne entsprechende Schutzmaßnahmen kein Abhörschutz gegeben ist. Neben einer Reihe herstellerspezifischer Verfahren bietet der Einsatz von IPsec (Kap. 1.10.5.2) eine Ende-zu-Ende-Verschlüsselung, die unabhängig von der gewählten VoIP-Applikation ist.

3

Inzwischen wird seitens der **IETF** (**I**nternet **E**ngineering **T**ask **F**orce) auch an einer möglichen Ablösung von SIP durch ein http-basiertes Protokoll gearbeitet. Dieses als **RIPT** bezeichnete Protokoll (**R**ealtime **I**nternet **P**eering for **T**elephony Protocol) setzt auf HTTPS Version 3 auf und soll auch mit dem browserbasierten Kommunikationsprotokoll **WebRTC** (Kap. 1.9.8.4) konkurrieren. Die Verbindungen werden hierbei nicht mehr durch IP-Adressen und TCP/UDP-Ports gekennzeichnet, sondern unabhängig von diesen durch eine spezielle URI, die oberhalb der UDP-Ebene angesiedelt ist. Hiermit kann eine Trennung zwischen der eigentlichen Sprachverbindung und der zugrunde liegenden Netzwerkverbindung (Adresse und Port) ermöglicht werden.

Für die Signalisierung und die stattfindende Sprachkommunikation verwendet RIPT das UDP-basierende Protokoll **QUIC** (**Q**uick **U**DP **I**nternet **C**onnections). Obwohl UDP eigentlich verbindungslos arbeitet, wird hierbei über eine **Verbindungs-ID** quasi eine verbindungsorientierte Kommunikation ermöglicht und dadurch die Zuverlässigkeit erhöht (z. B. kommen Daten vollständig in der richtigen Reihenfolge an, es gibt keine Duplikate). Das Protokoll verfügt u. a. über folgende Merkmale:

- verkürzter Verbindungsaufbau
- FEC-Fehlerkorrektur, dadurch weniger wiederholte Übertragungen fehlerhafter Pakete
- Identifizierung einer Verbindung nicht durch eine IP-Adresse, sondern mittels einer **Verbindungs-ID** (64-bit-Verbindungserkennung); dadurch kann das Netz bzw. die IP-Adresse im laufenden Betrieb geändert werden (z. B. für netzübergreifendes **Handover** im laufenden Betrieb)
- zusätzliche Sicherung der Übertragung durch Authentifizierung und Verschlüsselung der Daten mittels TLS 1.3

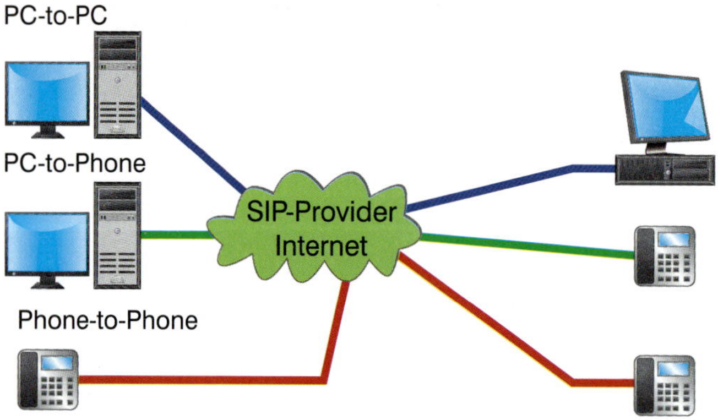

Bild 3.68: Kommunikationsmöglichkeiten mit VoIP

Sofern ein Unternehmen (für eine Übergangszeit) noch bestehende interne Kommunikationslösungen verwenden möchte (z. B. Endgeräte an analoger TK-Anlage), bietet sich das sog. **SIP-Trunking** an.

Ein **SIP-Trunk** verbindet über ein entsprechendes Media Gateway eine bestehende herkömmliche Telekommunikationsanlage (TK-Anlage, PBX; Kap. 3.8.3) eines Unternehmens IP-basiert mittels Session Initiation Protocol mit dem Netz eines Carriers (Kap. 3) oder dem Internet.

Im Gegensatz zu einem Standard-SIP-Account sind die Endgeräte-Durchwahlnummern (z. B. einer TK-Anlage) hierbei nicht einzeln beim SIP-Provider registriert, sondern als Rufnummernblock. Die Verwaltung einzelner Nummern erfolgt weiterhin lokal beim Unternehmen. Hierdurch ergeben sich einige Vorteile:

- Kostenersparnis bzw. Kostenstreckung, da vorhandene Infrastrukturen (zumindest für einen Übergangszeitraum) weiter verwendet werden können
- Bestehende Telekommunikationsanlagen (TK-Anlagen) lassen sich an moderne Cloud-Dienste anbinden.
- flexible Anzahl von Sprachkanälen bedarfsorientiert buchbar (wird lediglich begrenzt durch die zur Verfügung stehende Übertragungsbandbreite)
- keine neuen Rufnummern bei Standortwechsel erforderlich, da SIP-Trunks nicht ortsgebunden sind
- kein herkömmlicher Telefonanschluss mehr erforderlich, dadurch ggf. Gebühreneinsparung
- keine Hardwarekosten für Anlagenerweiterungen
- Web-basierte Benutzeroberfläche

3.8.3 DECT/IP-DECT

DECT steht für **D**igital **E**nhanced **C**ordless **T**elecommunication und bezeichnet einen europäischen Standard für ein digitales Übertragungsverfahren, das ursprünglich für die Sprachtelefonie zwischen dem Mobilteil und der zugehörigen Feststation bei Schnurlostelefonen entwickelt wurde.

Das Mobilteil wird als **Portable Part** (PP) und die zugehörige Feststation als **Radio Fixed Part** (RFP) bezeichnet.

Inzwischen ist die DECT-Technologie international standardisiert und hat sich weltweit im Bereich der schnurlosen digitalen Sprachkommunikation durchgesetzt. Der DECT-Standard definiert hierbei in erster Linie die Parameter der Luftschnittstelle (**CAI**: **C**ommon **A**ir **I**nterface) zwischen Mobilteil und Feststation. Mit DECT lassen sich aber auch komplette Netzwerke aufbauen, wodurch mit ein und demselben Mobilteil sowohl ein standortweites als auch ein standortübergreifendes Roaming möglich ist.

Die Anbindung von Teilnehmenden mit DECT-Mobilteilen an Telekommunikationsnetze wird mit dem Begriff **Cordless Terminal Mobility** (CTM) bezeichnet.

Zu den wesentlichen Merkmalen des DECT-Standards gehören:

- gute Übertragungsqualität durch digitale Übertragung
- Abhörsicherheit durch Datenverschlüsselung (Encryption mittels AES; Kap. 1.10.5.3; bei älteren Geräten aber nur unzureichend vorhanden)
- Fehlererkennungs- und Fehlerkorrekturmöglichkeit mittels **ARQ** (**A**utomatic **R**epeat re**Q**uest), **CRC** (**C**yclic **R**edundancy **C**heck) und **FEC** (**F**orward **E**rror **C**orrection)
- dynamische Kanalauswahl und Bandbreitenzuordnung
- durch Selbststeuerung keine Frequenzplanung erforderlich

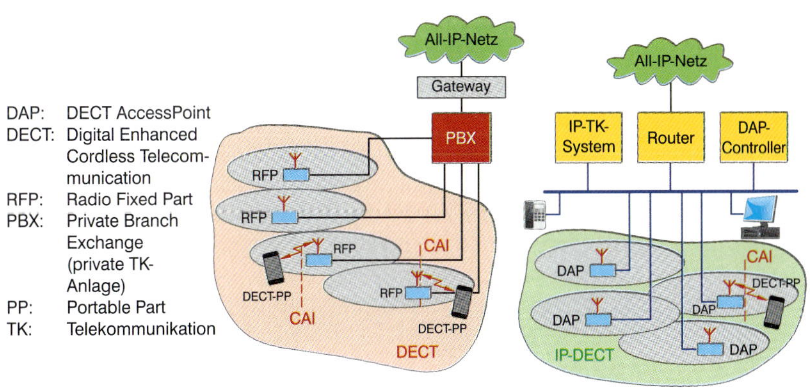

Bild 3.69: Beispiel für eine DECT- und eine IP-DECT-Kommunikationsstruktur

Bei Geräten, die zusätzlich die **GAP**-Funktionalität (**G**eneric **A**ccess **P**rofile) erfüllen, ist auch die Funktion zwischen DECT-Komponenten verschiedener Hersteller sichergestellt. Aufgrund der implementierten Fehlererkennungs- und Fehlerkorrekturmöglichkeiten liefert der DECT-Standard prinzipiell auch die Voraussetzungen für eine mögliche Datenübertragung, allerdings liegt hier nicht der Anwendungsschwerpunkt.

Bezeichnung	Werte
Modulationsverfahren	GMSK, QAM (Kap. 4.1.5.2)
Frequenzbereich	Standard in Europa: 1 880 MHz–1 900 MHz, im amerikanischen und asiatischen Raum auch bis 2 025 MHz
Multiplexverfahren	TDMA, FDMA (Kap. 4.1.8)
Trägerabstand (Standardband)	1,728 MHz
Trägeranzahl (Standardband)	10
Duplexkanäle pro Träger (Standardband)	12
Reichweite	Im Haus bis ca. 50 m; im Freien bis ca. 300 m (Basisstation maximal 250 mW Sendeleistung)
Sprachübertragung (ohne ARQ)	32 kbit/s (Standardwert, bidirektionale Übertragung)
Datenübertragung (mit ARQ)	25,6 kbit/s
Datenübertragung (mit FEC)	24 kbit/s
Kanalbündelung (symmetrisch, Vollduplex)	bis ca. 1 150 kbit/s (angestrebt: bis 10 Mbit/s)

Bild 3.70: Technische Daten des DECT-Standards

Die energiesparende Ausführung dieser Technologie trägt die Bezeichnung **DECT ULE** (**U**ltra **L**ow **E**nergy), bei der nur sehr wenig Energie für die Übertragung benötigt wird und dadurch die Laufzeit der Mobilgeräte erhöht wird. Diese lässt sich zusätzlich durch herstellerabhängige Einstellungen reduzieren („ECO-DECT"; z. B. entfernungsabhängige Regulierung der Mobilteil-Sendeleistung).

Der Nachfolgestandard der DECT-Übertragungstechnik wird mit **CAT-iq** (**C**ordless **A**dvanced **T**echnology – **i**nternet and **q**uality) bezeichnet. Hierdurch können neben Sprachübertragungen in verbesserter Qualität (**HD-Voice**, Codec G.722) auch Internetdienste (z. B. Musikstreaming, Videotelefonie, Informationsdienste) mit einer Datenrate bis zu 5 Mbit/s übertragen werden. Mit der Protokollerweiterung **DECT 5G** wird diese Übertragungstechnik auch in 5G-Netzen unterstützt.

Eine zusätzliche DECT-Anwendung firmiert unter der Bezeichnung **IP-DECT** (alternativ: DECT over IP), bei der die DECT-Technologie weiterhin zwischen Mobilteil und Basisstation eingesetzt wird, bei der aber für die Kommunikation zwischen der Basisstation und dem vorhandenen TK-System die IP-Technologie verwendet wird (Bild 3.69). Zu den zentralen Komponenten eines IP-DECT-Funkzellennetzes gehören:

Bezeichnung	Beschreibung und Aufgaben
DAP	DECT Access Point; Basisstation zum Aufbau einer Funkzelle; die Kommunikation der Funkschnittstelle erfolgt gemäß DECT-Standard, die Verbindung zum IP-TK-System erfolgt über 10/100 Base-T-Ethernet-Schnittstelle zur IP-basierten Anschaltung an das LAN. Die Stromversorgung des DAP erfolgt über das LAN (Power over Ethernet gemäß Spezifikation IEEE 802.3 af).
DAP-Controller	Konfiguriert und verwaltet die DAPs durch Bereitstellung entsprechender Dienste (DDS: DECT DAP Services) und steuert die Endgeräte; der Zugriff auf den DAP-Controller erfolgt über einen Konfigurations-PC.

Bezeichnung	Beschreibung und Aufgaben
IP-TK-System	Internetprotokoll-Telekommunikationssystem; IP-fähige TK-Anlage, weist den angeschlossenen Endgeräten IP-Adressen bzw. Portnummern zu und steuert den Verbindungsauf- und -abbau zwischen registrierten Endgeräten
Router	Übernimmt die Kommunikation mit dem öffentlichen IP-Netz

Bild 3.71: Komponenten einer IP-DECT-Umgebung

AUFGABEN

1. In modernen Kommunikationsnetzen erfolgt die Übertragung von Sprache grundsätzlich digital. Diese Übertragung wird allgemein als Voice over IP (VoIP) bezeichnet. Hierzu ist zunächst eine PCM-Codierung der Sprache erforderlich.
   a) Was bedeutet PCM?
   b) Benennen und beschreiben Sie kurz die drei erforderlichen Schritte bei der PCM-Codierung. Wieso ist bei diesem Vorgang eine Frequenzbandbegrenzung des Sprachsignals erforderlich? (Lösungshinweis: siehe ggf. Kap. 4.1.5.4)
   c) Nennen Sie die Vorteile von VoIP.
   d) Welche grundsätzlichen Probleme ergeben sich bei der Sprachübertragung mittels VoIP und wodurch werden sie verursacht?

2. Für die Sprachkommunikation sollen in ihrer Firma neue IP-fähige Endgeräte angeschafft werden. Bei Sichtung der vorliegenden Angebote erkennen Sie, dass sich die Geräte neben dem Preis auch bei der Unterstützung der Sprachcodecs unterscheiden. Einige Geräte unterstützen die Codecs G.722 *und* G.728, andere *nur* den Codec G.711, wiederum andere die Codecs G.711 *und* G.722.
   a) Erläutern Sie die grundsätzliche Funktion eines Codecs.
   b) Welche Unterschiede bestehen zwischen den genannten Codecs?
   c) Geben Sie eine Kaufempfehlung ab und begründen Sie diese.
   (Lösungshinweis: Verwenden Sie ggf. Informationen aus Kap. 4.1.6.)

3. Moderne Systeme zur Sprachkommunikation unterstützen eine Vielzahl von Dienstmerkmalen. Hierzu gehören beispielsweise CLIR, CW, CFB, CFNR und CFU. Welche Bedeutung haben diese Abkürzungen? Beschreiben Sie die jeweilige Funktion.

4. a) Welche Dienste stellt ein SIP-Provider zur Verfügung?
   b) Unter welchen Umständen ist für ein Unternehmen das sog. SIP-Trunking sinnvoll einsetzbar?

5. Was versteht man unter der Abkürzung ENUM? Erläutern Sie das mit dieser Abkürzung bezeichnete Verfahren.

6. a) Was versteht man unter dem DECT-Standard, und durch welche wesentlichen Merkmale zeichnet sich dieser Standard aus?
   b) Erläutern Sie die Unterschiede zwischen einem reinen DECT-Funknetz und einem IP-DECT-System.

3

4 Grundlagen der Übertragungstechnik

In modernen Kommunikationssystemen werden die folgenden Übertragungsmedien bzw. die genannten Übertragungsmechanismen zur Datenübertragung eingesetzt:

Übertragungsmechanismus		Beschreibung/Medium	Anwendungsbeispiele
Elektrisch	**Leitungsgebundene Übertragung elektrischer Signale**	Gerichtete Bewegung elektrischer Ladungen über elektrische Leitungen **Vorteile:** ▪ Größere Signalgeschwindigkeit als bei LWL (ca. 90 % der Lichtgeschwindigkeit) ▪ Mechanisch belastbar, problemlos biegbar und knickbar ▪ Vergleichsweise geringe Herstellungskosten **Nachteile:** ▪ Begrenzte Übertragungskapazität (wesentlich geringer als bei LWL) ▪ Elektromagnetische Abstrahlung (Störung und Abhörgefahr) ▪ Elektromagnetische Wechselwirkungen zwischen benachbarten Leitungen ohne Abschirmung (Nebensprechen; Kap. 4.1.3.1) ▪ Ggf. Brand- und Blitzschutzmaßnahmen erforderlich	▪ DSL-Anschlussleitung (**D**igital **S**ubscriber **L**ine) ▪ LAN
	Nicht leitungsgebundene (d. h. drahtlose) Übertragung elektromagnetischer Wellen im Spektrum der klassischen Funkfrequenzen	Ausbreitung elektromagnetischer Wellen vom kHz- bis zum GHz-Bereich **Vorteile:** ▪ Kein Leitungsmedium erforderlich ▪ Flächendeckende Ausbreitung möglich (kHz- und MHz-Bereich) ▪ Bei gerichteter Abstrahlung Entfernungen bis 100 km überbrückbar für Kommunikationsverbindungen mit entlegenen Regionen **Nachteile:** ▪ Frequenzabhängige Reichweite (je höher die Frequenz, desto geringer die Reichweite) ▪ Für flächendeckenden Einsatz bei hohen Frequenzen viele Sendestationen erforderlich (GHz-Bereich)	▪ DVB-S2, DVB-T2 (**D**igital **V**ideo **B**roadcasting; **S:** Satellite; **T:** Terrestical) ▪ GPS (**G**lobal **P**osition **S**ystem) ▪ Richtfunksysteme ▪ Terrestrische und satellitengestützte Funknetze

Übertragungs-mechanismus		Beschreibung/Medium	Anwendungs-beispiele
Optisch	**Leitungs-gebundene Übertragung optischer Signale**	Elektromagnetische Wellen bestimmter Wellenlänge, geführt über Glasfaserleitungen (Lichtwellenleiter, LWL) **Vorteile:** ▪ Niedriges Gewicht, kleiner Leitungsdurchmesser ▪ Sehr große Übertragungskapazität ▪ Geringe Signaldämpfung, daher ohne Zwischenverstärkung große Entfernungen überbrückbar ▪ Unempfindlich gegenüber vielen Umwelteinflüssen ▪ Keine Masse- oder Erdungsprobleme ▪ Keine Störstrahlung, unempfindlich gegenüber elektromagnetischen Störfeldern ▪ Keine elektromagnetische Wechselwirkung zwischen benachbarten Leitungen, daher keine kostenintensiven Abschirmungsmaßnahmen erforderlich **Nachteile:** ▪ Etwas geringere Signalgeschwindigkeit als bei Kupferleitungen (ca. 70 % der Lichtgeschwindigkeit) ▪ Keine Übertragung elektrischer Energie möglich ▪ Geringe mechanische Belastbarkeit, i. Allg. nicht beliebig biegbar, Knickschutz erforderlich, ggf. höherer Aufwand bei Verlegung ▪ Größerer Konfektionierungsaufwand (z. B. Stecker) ▪ Teurer in der LWL-Herstellung (hoher Reinheitsgrad erforderlich)	▪ Leitungen zwischen den Netzknoten von Backbone-Netzen ▪ FTTH (**F**iber **T**o **T**he **H**ome)
	Nicht leitungs-gebundene (d. h. drahtlose) Übertragung elektromagnetischer Wellen im Spektrum optischer Wellenlängen (Bild 4.66)	Ausbreitung elektromagnetischer Wellen im Nanometer-Bereich (i. Allg. vom menschlichen Auge nicht wahrnehmbares Licht) **Vorteile:** ▪ Bei Kurzstrecken einfache, gerichtete Signalübertragung möglich **Nachteile:** ▪ Nicht für flächendeckende Ausstrahlung geeignet ▪ Terrestrisch nur geringe Reichweite	▪ IR-Schnittstelle (**I**nfra**r**ot; z. B. TV-Fernbedienung) ▪ Optischer Richtfunk ▪ Satellitenübertragungen im Orbit (**OISL: O**ptical **I**nter-**S**atellite **L**inks)

Bild 4.1: Übersicht über Mechanismen und Medien der Übertragungstechnik

Die für die Datenübertragung verwendeten Transportnetze nutzen durchgängig die aus dem LAN-Bereich bekannte IP-Technik (vgl. Kap. 1.5). Wurde für die Verwaltung und Verteilung zu übertragender Daten früher der Begriff **„Vermittlung"** verwendet, benutzt man heute eher die englische Bezeichnung **„Routing"**. Die Einrichtungen für die Verteilung der Daten werden auch nicht mehr „Vermittlungsstellen" genannt, da sich ihre Funktionen von den traditionellen Vermittlungseinrichtungen stark unterscheiden. Stattdessen werden allgemein die Bezeichnungen **Betriebsstelle** (*central office, operating control center*) oder **(IP-)Netzknoten** (*IP-network node*) sowie für die vermittelnden Elemente beispielsweise **Softswitch** und **Media Gateway** verwendet.

4

Bei der IP-basierenden Übertragung werden die zu transportierenden Informationen bekanntlich in einzelne Datenblöcke zerteilt und mit zusätzlichen Adressinformationen ergänzt, anhand derer die Datenpakete zum gewünschten Ziel übertragen werden können. Technisch bedingt sind hierbei ggf. auch kurze Zwischenspeicherungen erforderlich, bis ein Datenpaket weitergeleitet werden kann. Allgemein wird diese Form des Datentransports als **Speichervermittlung** bzw. **Paketvermittlung** bezeichnet (*store and forward switching, packet switching*; hier wird der Begriff „Vermittlung" weiter verwendet; Vorteil dieser Technik: effiziente Aufteilung vorhandener Übertragungskapazität auf mehrere Kommunikationsverbindungen, Vereinfachung der Netzinfrastruktur; Nachteil: ggf. unterschiedlich lange Laufzeit einzelner Datenpakete, QoS schwieriger zu garantieren).

Obwohl die Verbindung scheinbar während der gesamten Zeit zu bestehen scheint, existiert sie zwischen den jeweiligen Endgeräten nur während der Laufzeit der Pakete. Abhängig vom jeweils verwendeten Transportprotokoll können die Pakete, die zu einer Datenverbindung gehören, entweder auf dem gleichen oder auf unterschiedlichen Wegen zum Empfangsgerät gelangen. Man spricht in diesem Zusammenhang auch von **virtuellen Verbindungen**.

Generell kann die Datenübertragung in einem Transportnetz verbindungsorientiert oder verbindungslos erfolgen.

Bei der **verbindungsorientierten Übertragung** (*connection oriented transmission*) muss zunächst ein Übertragungspfad zwischen den Endgeräten aufgebaut werden. Hierbei werden die entsprechenden Netzknoten zunächst mit den notwendigen Verbindungsinformationen versehen, damit diese die gesendeten Daten zwischen Quelle und Senke (Bild 3.3) korrekt weiterleiten können (Reservierung von Übertragungsressourcen). Die Datenpakete der Sendestation werden mit einer Verbindungs-ID versehen, anhand derer sie auf dem vorher definierten Weg zur Empfangsstation (meist) in der gleichen Reihenfolge übertragen werden. Treten während der Übertragung Probleme auf, werden diese unmittelbar der Gegenseite mitgeteilt.

Der gesamte Vorgang gliedert sich in die folgenden drei Phasen:

- Die vom Initiator der Verbindung übermittelte Zieladresse (z. B. eine IP-Adresse) wird vom Netz ausgewertet, die Kommunikationsbereitschaft des Ziels wird ggf. überprüft. Sofern diese besteht, werden die erforderlichen technischen Einrichtungen für eine Verbindung zur Verfügung gestellt. Das Schalten der Wegstrecke erfolgt in modernen Netzen per Router oder Switch.
- Zwischen den Kommunikationsgeräten findet eine Datenübertragung statt.
- Die Verbindung wird abgebaut, die verwendeten technischen Einrichtungen werden freigegeben und stehen für eine andere Verbindung zur Verfügung.

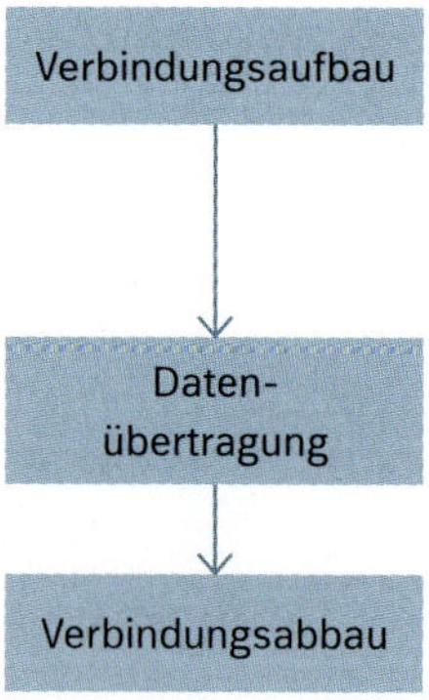

Bild 4.2: Phasen der verbindungsorientierten Datenübertragung

Bei der **verbindungslosen Übertragung** (*connectionless transmission*) stehen (in der Regel) mehrere Kommunikationspartner über entsprechende technische Einrichtungen ständig miteinander in Verbindungsbereitschaft. Ein Verbindungsauf- und -abbau finden nicht statt; es gibt nur die Phase der Datenübertragung. Die angeschlossenen Stationen senden spontan ihre Datenpakete. Jedes Paket beinhaltet komplette Adressierungen oder Routing-Informationen und wird von den Netzknoten einzeln und individuell weitergeleitet. Dadurch bedingt werden jedoch möglicherweise verschiedene Übermittlungspfade genutzt, was dazu führen kann, dass Daten nicht in derselben Reihenfolge beim empfangenden Endgerät ankommen, wie sie ursprünglich gesendet wurden. Auch bestehen Fehlerquellen, z. B. eine eventuelle „Nichterreichbarkeit“. Um Datenverluste und Datenkollisionen zu vermeiden, sind entsprechende Kommunikationsprotokolle erforderlich (Kap. 1.5 bis 1.9).

Während die heute nicht mehr gebräuchliche **Leitungsvermittlung** (*circuit switching*; eine physikalisch vorhandene Leitung wird ausschließlich für zwei Daten austauschende Endgeräte reserviert) nur verbindungsorientiert arbeiten konnte, hängt es bei der Paketvermittlung vom verwendeten Übertragungsprotokoll ab, ob eine Datenübertragung verbindungsorientiert oder verbindungslos arbeitet (z. B. UDP: verbindungslos, Kap. 1.5.5.2; TCP: verbindungsorientiert, Kap. 1.5.5.1).

Transportnetze verwenden im Backbone-Bereich inzwischen ausnahmslos optische Übertragungstechniken. Im Anschlussbereich werden vielfach (noch) elektrische Übertragungsmethoden eingesetzt.

4.1 Elektrische Übertragungstechnik

4.1.1 Elektrische Kommunikationsleitungen

Elektrische Leitungen gehören zu den passiven Komponenten eines technischen Kommunikationssystems. Ihre Aufgabe besteht darin, elektrische Signale möglichst unbeeinflusst und möglichst verlustfrei zu übertragen. Die Übertragungseigenschaften elektrischer Leiter hängen von ihren elektrischen Merkmalen und ihrem geometrischen Aufbau ab. Neben dem elektrischen Widerstand weisen Kabel stets auch kapazitive und induktive Eigenschaften auf (vgl. „Einfache IT-Systeme“, Kap. 5.5 .1, Kap. 5.5.2). Diese Eigenschaften werden im **Kabelersatzschaltbild** (*cable equivalent circuit*) als längenabhängige „Belagsgrößen“ dargestellt (Bild 4.3). Alle Leitungskennwerte hierzu werden in den Datenblättern der Hersteller angegeben.

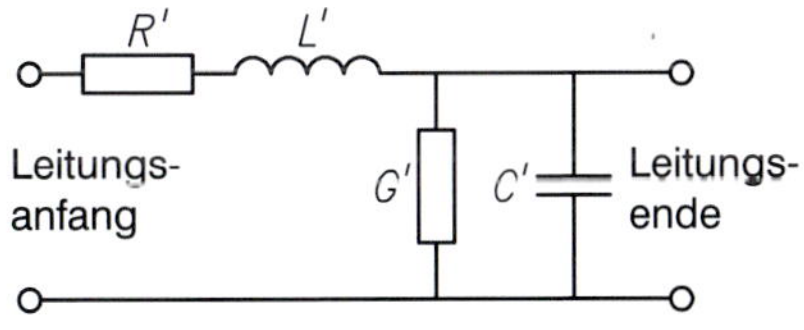

R' Widerstandsbelag in Ω/km (zusammen für Hin- und Rückleiter)

G' Ableitungsbelag in µS/km (Isolation zwischen den Leitern)

L' Induktivitätsbelag in mH/km (zusammen für Hin- und Rückleiter)

C' Kapazitätsbelag in nF/km (Kapazität zwischen den Leitern)

Bild 4.3: Ersatzschaltbild einer elektrischen Leitung und Leitungskennwerte

Abhängig vom Verwendungszweck kann man manchmal eine oder mehrere der vorhandenen Leitungseigenschaften vernachlässigen, manchmal aber auch nicht. So wirkt beispielsweise eine lange elektrische Leitung bei einer Gleichstromübertragung maßgeblich nur mit ihrem ohmschen Widerstand, bei einem Strom hoher Frequenz aber auch mit ihren induktiven und kapazitiven Eigenschaften.

Beispiel
Beträgt der Widerstandsbelag einer Leitung laut Datenblatt beispielsweise R' = 0,15 Ω/km (lies: „R Strich"), so hat eine aus Hin- und Rückleiter bestehende und 20 km lange Leitung im Ersatzschaltbild einen Widerstand von R = 3 Ω.

Diese längenabhängigen Größen sind nicht zu verwechseln mit einer anderen charakteristischen Kenngröße elektrischer Leitungen, dem sog. **Wellenwiderstand Z_W** (*characteristic impedance*; Kap. 4.1.3.3). Die Verwendung des Buchstabens *Z* anstelle des bekannten *R* (für ohmscher Widerstand) bei der Angabe von Kennwerten deutet darauf hin, dass neben ohmschen Widerstandsanteilen auch kapazitive und induktive Einflüsse („Einfache IT-Systeme", Kap. 5.5.1, Kap. 5.5.2) vorhanden sind und entsprechend berücksichtigt werden.

Je nach Art des Leiters betragen typische Werte von Z_W 50 Ω, 75 Ω, 100 Ω oder 150 Ω. Bei der Verlegung und der Installation elektrischer Leitungen sind die in der DIN EN 50174 beschriebenen Vorschriften zu beachten.

4.1.1.1 Symmetrische und unsymmetrische Leiter

Bei den elektrischen Kommunikationsleitungen unterscheidet man zwischen symmetrischen und unsymmetrischen Leitern. Im allgemeinen Sprachgebrauch wird hiermit der gleichartige (= symmetrische) bzw. unterschiedliche (= unsymmetrische) Kabelaufbau von Hin- und Rückleiter bezeichnet. Zu beachten ist allerdings, dass – unabhängig vom Kabelaufbau – die gleichen Bezeichnungen auch für die Art der Signalübertragung in Bezug zum Erdpotenzial (Bezugspotenzial 0 V) verwendet werden („Einfache IT-Systeme", Kap. 4.1.3).

4.1.1.2 Koaxialleiter

Koaxialleitungen (*coaxial cable*) bestehen aus einem zentralen Innenleiter, um den konzentrisch eine Isolierschicht (Dielektrikum), ein Außenleiter (Abschirmung) und eine Außenisolierung angebracht sind. Der Innenleiter dient als „Hinleiter", der Außenleiter dient als „Rückleiter". Aufgrund seiner Abschirmungsfunktion führt der Außenleiter das Potenzial 0 V (Bezugserde). Da dieser Leiter auch als Rückleiter dient, wird dieses Erdpotenzial für die Datenübertragung mitverwendet. Somit handelt es sich hier sowohl vom Aufbau als auch vom elektrischen Verhalten her um einen unsymmetrischen Leiter.

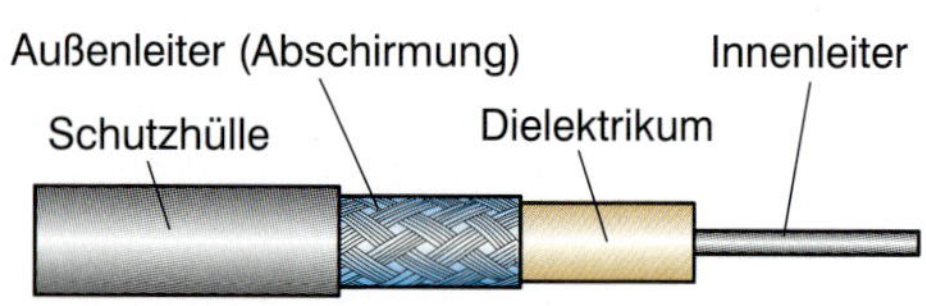

Bild 4.4: Grundsätzlicher Aufbau eines Koaxialleiters

Koaxialkabel ermöglichen Übertragungsraten bis zu einigen Gigabit pro Sekunde und besitzen dank dem Außengeflecht eine wirkungsvolle Schirmung gegen Fremdstörungen. Wichtige **Kabelparameter** sind die Impedanz, die Bandbreite und die Einstreuung, die durch die Qualität (und die Mehrlagigkeit) der äußeren Schirmung bestimmt werden. Koaxialkabel gibt es für die Datenübertragungstechnik mit unterschiedlichen Wellenwiderständen (z. B. 50 Ω, 75 Ω).

Die Eigenschaften der Koaxialleitungen werden auch durch die Art des Außenleiters beeinflusst, sodass für unterschiedliche Einsatzzwecke unterschiedliche Ausführungen existieren. Bei Leitungen für Basisbandübertragungen (d. h. keine „Verschiebung" der

Daten in einen anderen Frequenzbereich durch Modulation; Kap. 4.1.5) besteht die Abschirmung meistens aus einem Kupfergeflecht, bei Leitungen für Breitbandübertragungen (Kap. 3.3) werden zusätzlich Aluminiumfolien verwendet. Koaxialleitungen mit zwei Innenleitern, die eine spezielle Anordnung aufweisen und dadurch besondere Übertragungseigenschaften haben, werden als Twinaxialleitungen (kurz: Twinaxleiter) bezeichnet. In den meisten Anwendungsbereichen wurden die Koaxialleiter inzwischen durch Lichtwellenleiter (Kap. 4.2.2) ersetzt.

4.1.1.3 TP-Leitungen

Sehr weit verbreitet sind in der Kommunikationstechnik mehradrige elektrische Leitungen, deren einzelne Adern jeweils mit einem isolierenden Kunststoff überzogen und die innerhalb einer gemeinsamen Ummantelung entweder parallel geführt oder paarweise miteinander verdrillt sind (Bild 4.6 b).

Leitungen, die in einer gemeinsamen Ummantelung *paarweise* verdrillt (d.h. verdreht) sind, werden als **Twisted-Pair-Kabel** – kurz **TP-Kabel** – bezeichnet.

Mehrere verdrillte Adernpaare können innerhalb einer gemeinsamen Schutzhülle zusätzlich auch noch umeinander verdreht sein, dies bezeichnet man als Verseilung. Die **Verdrillung** und die **Verseilung** verringern die gegenseitige Beeinflussung durch elektrische und magnetische Effekte (Kap. 4.1.3.1 und „Einfache IT-Systeme", Kap. 5.4). Bezüglich ihres Aufbaus handelt es sich bei TP-Kabeln um symmetrische Leiter, da Hin- und Rückleiter gleichartig aufgebaut sind.

Die Vernetzung angeschlossener Kommunikationsgeräte (z.B. in einem LAN) erfolgt meist mit TP-Kabeln, die aus vier Adernpaaren (d.h. acht Leitungen) in einer gemeinsamen Schutzhülle bestehen. Die jeweils paarweise zusammengehörenden Adern sind farblich entsprechend gekennzeichnet (Bild 4.6 b). Hierbei gibt es unterschiedliche Kennzeichnungsnormen (z.B. **DIN**: **D**eutsche **I**ndustrie **N**orm; **IEC**: **I**nternational **E**lectrotechnical **C**ommunication; **EIA**: **E**lectronic **I**ndustries **A**lliance).

Mögliche Paar- und Farbzuordnungen								
Adernpaar	**DIN 47100**		**IEC 189-2**		**EIA/TIA 568 A**		**EIA/TIA 568 B**	
1	weiß	braun	grün	rot	weiß/ blau	blau	weiß/ blau	blau
2	grün	gelb	schwarz	gelb	weiß/ orange	orange	weiß/ grün	grün
3	grau	rosa	blau	orange	weiß/ grün	grün	weiß/ orange	orange
4	blau	rot	braun	schiefer	weiß/ braun	braun	weiß/ braun	braun

Bild 4.5: Mögliche Farbcodierungen eines 8-adrigen TP-Kabels

Auch die paarweise Zuordnung zu den RJ-45-Anschlusskontakten unterliegt unterschiedlichen Normierungen.

4

a) *b)*

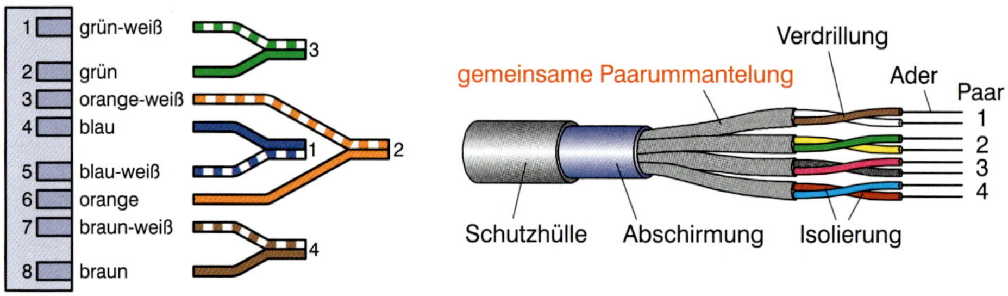

*Bild 4.6: a) RJ-45-Kontaktzuordnung und Paarkennzeichnung nach **EIA 568A** (bei **EIA 568B** sind die Farben Grün/Weiß-Grün und Orange/Weiß-Orange vertauscht); b) TP-Kabel mit Farbkennzeichnung nach DIN 47100*[1]

Bei den TP-Kabeln findet man folgende Ausführungen, die sich in der Art der (zusätzlichen) Abschirmung gegenüber elektromagnetischen Störungen (Kap. 4.1.3.1) voneinander unterscheiden. Eingesetzt werden hierbei Maßnahmen zur **Paarabschirmung** und zur **Gesamtabschirmung**.

Bezeichnungen		Merkmale	Prinzipieller Aufbau
aktuell	alt		
U/UTP	UTP	Unscreened/Unshielded Twisted Pair; Kabel ohne Gesamtabschirmung (U: Unscreened) und ohne Paarabschirmung (U: Unshielded)	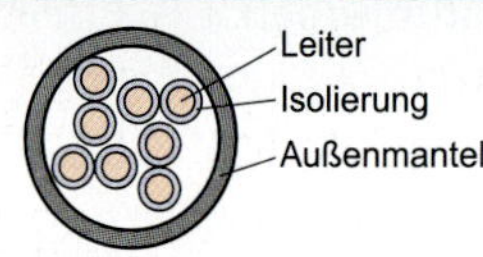
U/FTP; kurz. **FTP**	STP	Unscreened/Folied Twisted Pair; Kabel ohne Gesamtabschirmung (U: Unscreened), aber mit Paarabschirmung (F: Foiled) (alte Bezeichnung STP: Shielded Twisted Pair)	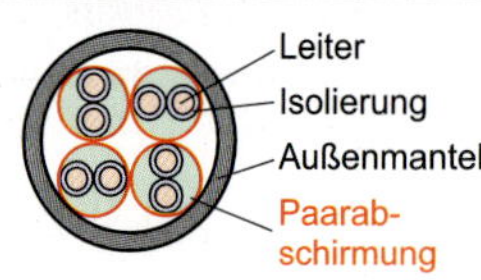
S/UTP, F/UTP, SF/UTP	S/UTP	Screened/Unshielded Twisted Pair; Kabel mit Gesamtabschirmung aus Metallgeflecht (S: Screened) oder Metallfolie (F: Foiled) oder beidem (SF: Screened Foiled), aber ohne Paarabschirmung (U: Unshielded)	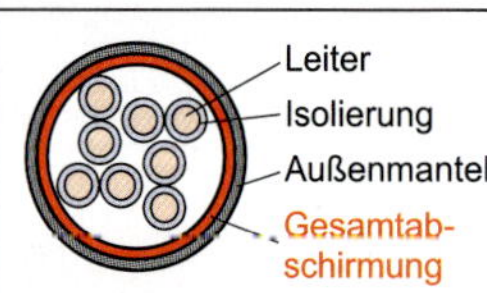
S/FTP, F/FTP, SF/FTP	S/STP	Screened/Shielded Twisted Pair; Kabel mit Gesamtabschirmung aus Metallgeflecht (S: Screened) oder Metallfolie (F: Foiled) oder beidem (SF: Screened Foiled), und zusätzlich mit Paarabschirmung (F: Foiled)	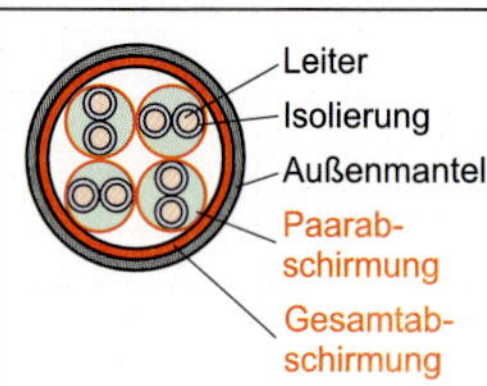

Bild 4.7: TP-Kabelarten

1 Obwohl diese Norm inzwischen zurückgezogen ist, wird sie in der Praxis nach wie vor in vielen Fällen als Referenz genannt.

Darüber hinaus werden TP-Kabel in verschiedenen Kabelkategorien klassifiziert, die im Standard ISO/IEC 11801 definiert sind.

Eine **Kabelkategorie** (*cable category*) definiert eine bestimmte Güte eines Kabels und garantiert dadurch entsprechende Übertragungseigenschaften.

Zu den in diesen Kategorien spezifizierten Gütekriterien gehören z. B. die Impedanz, die Bandbreite (Kap. 4.1.5.3), die Dämpfung (Kap. 4.1.2) und das Nahnebensprechen (Kap. 4.1.3.1). Im Einzelnen unterscheidet man:

Bezeichnung	Eigenschaften	Anwendungsbeispiele
Cat 1	Geeignet bis 100 kHz, ohne Abschirmung	Nur für Sprachübertragung (Telefon)
Cat 2	Geeignet bis ca. 1,5 MHz, ohne Abschirmung	Sprachübertragung, Telefon-Hausverkabelung (Altbestand, nicht bei Neuinstallation)
Cat 3	Geeignet bis ca. 16 MHz, U/UTP-Kabel	10 Mbit-Ethernet (z. B. 10 Base-T, Kap. 1.2.1), bei Neuinstallation aber nicht mehr eingesetzt
Cat 4	Geeignet bis ca. 20 MHz, U/UTP- oder U/FTP-Kabel	Bis 20 Mbit/s, in der Praxis wenig verbreitet
Cat 5	Geeignet bis ca. 100 MHz; F/FTP-Kabel; Standardkennzeichnung der Adern gemäß EIA/TIA 568 (siehe Bild 4.5)	Weit verbreitet, Einsatz in Computernetzen (Fast Ethernet und Gigabit-Ethernet; bei Gigabit-Ethernet Nutzung aller 8 Adern, daher höhere Schirmungsanforderungen; wurde früher als Cat 5e bezeichnet)
Cat 6	Geeignet bis ca. 250 MHz; F/FTP-, S/FTP- oder SF/FTP-Kabel	Gigabit-Ethernet
Cat 6a	Geeignet bis ca. 500 MHz; SF/FTP-Kabel	10-Gigabit-Ethernet; höhere Anforderungen an Rauschverhalten
Cat 7	Geeignet bis ca. 600 MHz; SF/FTP-Kabel; 4 einzeln abgeschirmte Adernpaare	10-Gigabit-Ethernet; neue Steckverbindungen erforderlich wegen höherer Anforderung an Abschirmung (RJ-45 nicht verwendbar, daher weniger verbreitet)
Cat 7a	Geeignet bis ca. 1 000 MHz; SF/FTP-Kabel; 4 einzeln abgeschirmte Adernpaare	10-Gigabit-Ethernet; neue Steckverbindungen erforderlich (RJ-45 nicht verwendbar, daher weniger verbreitet)
Cat 8	Geeignet bis ca. 2 000 MHz; SF/FTP-Kabel	40-Gigabit-Ethernet; ggf. verschiedene, miteinander konkurrierende Varianten mit unterschiedlichen Steckertypen (Cat 8.1, Cat 8.2)

Bild 4.8: TP-Kategorien

Eine einfache Ausführung eines TP-Kabels stellt der sog. **Sternvierer** dar, der in vielen Fällen als Anschlusskabel bei Telefonleitungen verlegt wurde (U/UTP-Kabel) und bis heute verwendet wird. Die Bezeichnung resultiert daraus, dass der Sternvierer aus zwei Adernpaaren besteht, die sich jeweils stets gegenüberliegen (kreuzförmige Verseilung). Jedes Paar wird hierbei als Stamm bezeichnet. Sofern die Mantelfarben aller Leiter gleichfarbig sind, tragen die Adern meist eine typische Kennzeichnung (Bild 4.9). Die Wellenwiderstände (Kap. 4.1.3.3) von TP-Kabeln betragen in der Regel 100 Ω, 120 Ω oder 150 Ω; die 100-Ω-Variante ist am weitesten verbreitet.

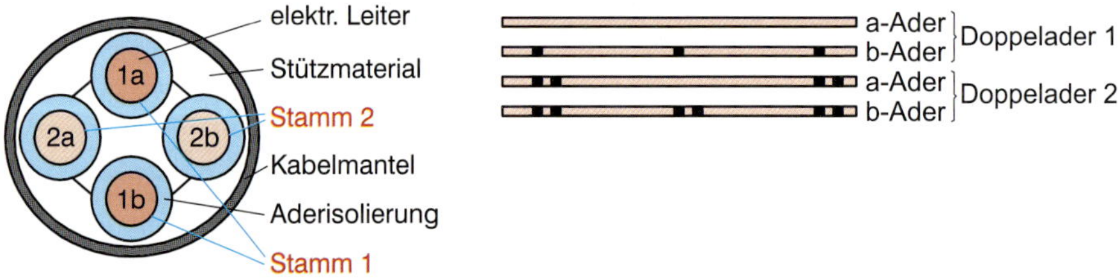

Bild 4.9: Links Aufbau eines Sternvierers, rechts typische Adernkennzeichnung

Die Schirmung erfolgt bei TP-Kabeln je nach Ausführung mit einem feinen Drahtgeflecht (Gesamtschirmung) und/oder mit einer alukaschierten Polyesterfolie (Paarschirmung, siehe Bild 4.7). Ein Kabel, bei dem jedes Adernpaar mit einer eigenen Metallfolie abgeschirmt ist, wird auch als **PiMF-Kabel** bezeichnet (**P**air **in** **M**etal **F**oil). Durch die Schirmungsmaßnahmen werden nicht nur gegenseitige Störungen durch elektromagnetische Felder verhindert, die auf die Stromführung in den Adern zurückzuführen sind. Sie dienen auch zum Schutz gegen äußere Störfelder und EMV-Einflüsse („Einfache IT-Systeme", Kap. 5.4.4).

Die Qualität einer Schirmung wird mit dem sog. **Schirmungsmaß** in der Einheit dB (Dezibel; Kap. 4.1.2.1) angegeben.

Je größer der angegebene dB-Wert ist, desto besser ist die Abschirmung. Durch mehrlagige Folien- und Geflechtschirme lässt sich das Schirmungsmaß beträchtlich erhöhen.

Schutz vor	Folienschirm	Geflecht	Folie und Geflecht	Folie und Geflecht, beides in doppelter Ausführung
niederfrequenten elektrischen oder kapazitiven Einflüssen	sehr gut	gut	sehr gut +	sehr gut +
hochfrequenten elektrischen oder kapazitiven Einflüssen	gut	gut	sehr gut	sehr gut +
niederfrequenten induktiven oder magnetischen Einflüssen	ausreichend	ausreichend	gut	sehr gut
hochfrequenten induktiven oder magnetischen Einflüssen	zufriedenstellend	zufriedenstellend	sehr gut	sehr gut +
elektromagnetischen Einflüssen	zufriedenstellend	zufriedenstellend	gut	sehr gut +

Bild 4.10: Qualitativer Vergleich der Eigenschaften von Schirmungsmaterialien

4.1.1.4 Kabelmantel

Neben der elektrischen Isolation und der farblichen Kennzeichnung muss die Ummantelung moderner Datenkabel nicht zuletzt aus Umweltschutzgründen zusätzlich eine Reihe anderer wichtiger Eigenschaften erfüllen.

- **Mechanischer Schutz:** Leiter und Schirmung sollen vor mechanischen Einflüssen geschützt werden.
- **Feuchtigkeitsschutz:** Adern und Schirme sollen vor korrodierender Feuchtigkeit geschützt werden.
- **Chemische und thermische Beständigkeit:** Der Mantel darf seine Eigenschaften in stark erwärmten Umgebungen oder aufgrund von Alterung nicht verändern.
- **Keine Brandfortleitung und nur geringe Brandlast:** Der Mantel darf einen Brand nicht selbstständig fortleiten (etwa wie eine Zündschnur). Unter der Brandlast eines Kabels versteht man die Wärme, die bei seiner Verbrennung entsteht. Sie wird üblicherweise in den Datenblättern in kWh/m angegeben und sollte möglichst gering sein.
- **Halogenfreiheit:** Halogene sind chemische Stoffe (Chlor, Brom, Fluor), die einen Kabelmantel zwar widerstandsfähiger gegenüber äußeren Einflüssen machen können, die jedoch im Brandfall giftige Gase freisetzen und so zu einer erheblichen Gesundheitsschädigung führen können.

4.1.2 Dämpfung und Verstärkung

Bei Schaltungsberechnungen („Einfache IT-Systeme“, Kap. 5.2) geht man zur Vereinfachung oft davon aus, dass die verbindenden elektrischen Leitungen keinen eigenen elektrischen Widerstand besitzen. Dies ist in der Praxis bekanntlich nicht der Fall (Bild 4.3), sodass man insbesondere bei der Übertragung von elektrischen Signalen über längere Distanzen die auf der Übertragungsstrecke entstehenden Leitungsverluste berücksichtigen muss. Infolge dieser Leitungsverluste wird ein elektrisches Signal bei seiner Ausbreitung längs der Leitung gedämpft.

Als **Dämpfung** (*attenuation*) bezeichnet man die Abnahme der Signalenergie bei der Übertragung elektrischer Signale.

4.1.2.1 Dämpfungsfaktor und Dämpfungsmaß

Eine elektrische Leitung mit Hin- und Rückleiter besitzt zwei Eingangs- und zwei Ausgangsklemmen. Daher bezeichnet man sie auch als **Vierpol** (*quadripole*) – im Gegensatz zu einem **Zweipol** (*two-pole, two terminal use*), der nur zwei Anschlussklemmen besitzt (z. B. ein Widerstand).

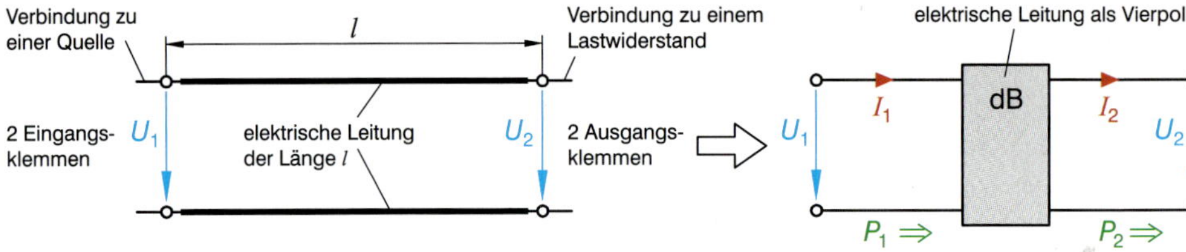

Bild 4.11: Elektrische Leitung und ihre symbolhafte Vierpoldarstellung

In der Vierpoldarstellung der elektrischen Leitung deutet die Beschriftung „dB" (s. u.) an, dass es sich um eine **verlustbehaftete Leitung** (*lossy pipe, lossy grid*) handelt. Hierbei sind die Ausgangsgrößen (P_2, U_2, I_2) kleiner als die Eingangsgrößen (P_1, U_1, I_1); die Leitung verursacht also eine Dämpfung. Die Größe der Dämpfung kann mit dem Dämpfungsfaktor D angegeben werden.

Der **Dämpfungsfaktor *D*** (*attenuation factor*) ergibt sich aus dem Quotienten einer **Eingangs**größe eines Vierpols zu seiner zugehörigen **Ausgangs**größe:

$$D = \frac{\text{Eingangsgröße}}{\text{Ausgangsgröße}}$$

Somit: $D_P = \frac{P_1}{P_2}$ *bzw.* $D_U = \frac{U_1}{U_2}$ *bzw.* $D_I = \frac{I_1}{I_2}$

Der Dämpfungsfaktor D ist ein dimensionsloser Zahlenwert, da sich die Einheiten in Zähler und Nenner wegkürzen; sein Wert ist stets ≥ 1. Zur Beurteilung eines Übertragungssystems wird vorwiegend das Verhältnis der Leistungen (D_P) oder das Verhältnis der Spannungen (D_U) verwendet, da zur messtechnischen Ermittlung von D_I die Strommessung nicht besonders geeignet ist, weil hierfür die Stromkreise aufgetrennt werden müssen.

In der Praxis hat es sich allerdings eingebürgert, nicht die dimensionslosen Dämpfungs**faktoren** D_P oder D_U zu verwenden, sondern das Dämpfungs**maß** a. Zur Unterscheidung vom Dämpfungsfaktor wird das Dämpfungsmaß mit der hinzugefügten Bezeichnung **dB** (**d**ezi**B**el) angegeben.

Das **Leistungsdämpfungsmaß a_P** eines Vierpols ist der Zehnerlogarithmus des Leistungsdämpfungsfaktors D_P:

$$a_P = 10 \lg \frac{P_1}{P_2} \text{ dB}$$

Hinweis: Die Schreibweise des Zehnerlogarithmus auf dem Taschenrechner ist **lg** oder **log**. Der Faktor 10 in obiger Gleichung resultiert aus der Korrektur für das Präfix d = dezi = 10^{-1}.

Mit $P \sim U^2$ („Einfache IT-Systeme", Kap. 5.1.5.5) und den Rechenregeln der Mathematik ergibt sich für das **Spannungsdämpfungsmaß a_U**:

$$a_U = 10 \cdot \lg \frac{P_1}{P_2} \text{ dB} = 10 \cdot \lg \left(\frac{U_1}{U_2}\right)^2 \text{ dB} = 20 \cdot \lg \frac{U_1}{U_2} \text{ dB}$$

Diese Umrechnung gilt ausschließlich für den Fall der Widerstandsanpassung (Kap. 4.1.3.3), der in den meisten Anwendungsfällen gegeben ist. Liegt keine Anpassung vor, ist die Umrechnung vom Leistungsdämpfungsmaß auf das Spannungsdämpfungsmaß umfangreicher.

Wird umgekehrt der Wert des Dämpfungsmaßes angegeben (meist ohne Index geschrieben, z.B. $a = 15\,\text{dB}$), so lassen sich aus den Gleichungen für das Dämpfungs**maß** durch Gleichungsumstellung auch der jeweilige Dämpfungs**faktor** bestimmen:

$$\frac{P_1}{P_2} = 10^{\frac{a}{10\text{ dB}}} \quad \text{bzw.} \quad \frac{U_1}{U_2} = 10^{\frac{a}{20\text{ dB}}}$$

Ist die Signaldämpfung entlang eines Leitungsabschnitts zu groß, muss ein Signal ggf. zwischendurch mithilfe eines Verstärkers wieder vergrößert werden, damit es auf der Ausgangsseite noch zu erkennen ist. Die Größe der Verstärkung kann als Übertragungsfaktor A angegeben werden.

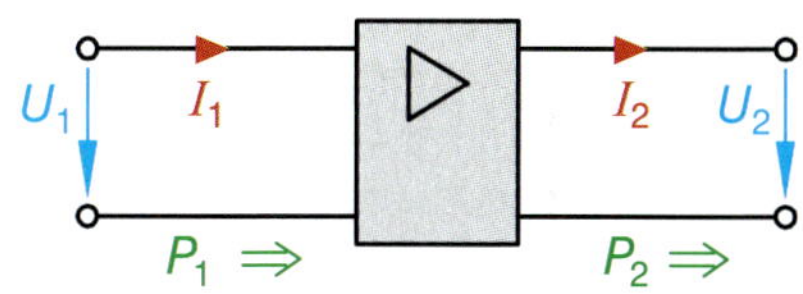

Bild 4.12: Vierpoldarstellung eines Verstärkers

Der **Übertragungsfaktor *A*** (*transmission factor*) ergibt sich aus dem Quotienten einer **Ausgangs**größe eines Vierpols zu seiner zugehörigen **Eingangs**größe:

$$A = \frac{\text{Ausgangsgröße}}{\text{Eingangsgröße}}$$

Somit: $A_P = \frac{P_2}{P_1}$ *bzw.* $A_u = \frac{U_2}{U_1}$ *bzw.* $A_I = \frac{I_2}{I_1}$

Alternativ wird der Übertragungsfaktor auch **Verstärkungsfaktor** (*gain factor, amplification factor* genannt.

Die Ausgangsgrößen eines Verstärkers (P_2, U_2, I_2) sind größer oder genauso groß wie seine Eingangsgrößen (P_1, U_1, I_1). Da hier – im Gegensatz zum Dämpfungsfaktor – die *Ausgangsgröße* im Zähler steht, ergeben sich ebenfalls dimensionslose Zahlenwerte, die stets ≥ 1 sind. Wie bei der Dämpfung arbeitet man bei der Verstärkung aber auch eher mit dem **Verstärkungsmaß** (d.h. $a_P = 10 \lg P_2/P_1$ dB bzw. $a_U = 20 \lg U_2/U_1$ dB). Alternativ wird vielfach auch die Bezeichnung **Übertragungsmaß** verwendet.

Die Gesamtheit von Leitungssegmenten und zwischengeschalteten Verstärkern bildet ein **Übertragungssystem** mit zwei Eingangs- und zwei Ausgangsklemmen. Der große Vorteil der dB-Rechnung liegt darin, dass bei mehreren hintereinandergeschalteten Vierpolen die einzelnen dB-Werte für die Dämpfungen und die Verstärkungen einfach nur addiert bzw. subtrahiert werden müssen, um das **Gesamtdämpfungsmaß** zu ermitteln.

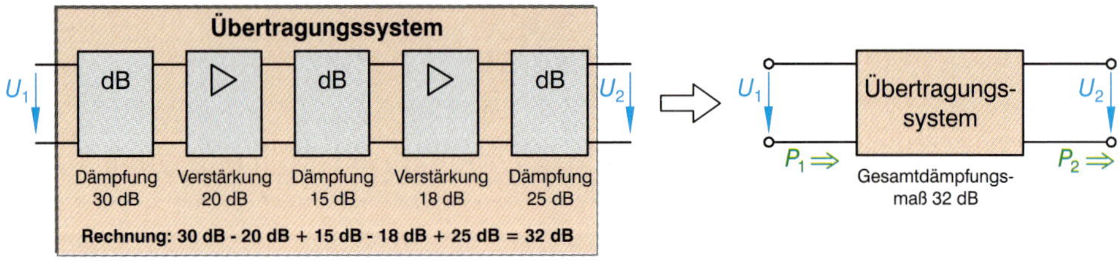

Bild 4.13: Übertragungssystem mit dämpfenden und verstärkenden Elementen

Bei einem Übertragungssystem, das aus einer Aneinanderreihung von dämpfenden Leitungssegmenten und Verstärkern besteht, arbeitet man meist einheitlich mit dem **Dämpfungsmaß**. Hierbei ist zu beachten, dass sich bei Teildämpfungen ein *positiver* Wert ergibt, da die Eingangsgrößen jeweils größer sind als die Ausgangsgrößen, und sich bei Teilverstärkungen ein *negativer* Wert ergibt, da die Eingangsgrößen jeweils kleiner sind als die Ausgangsgrößen. Anders ausgedrückt: Verstärkungen gehen bei Berechnungen im **Dämpfungsmaß** mit negativem Vorzeichen in die Rechnung ein (Bild 4.13). Ein negativer Wert beim Gesamtdämpfungsmaß bedeutet demzufolge, dass die Ausgangsgröße (z. B. U_2) größer ist als die Eingangsgröße (z. B. U_1). Für das Gesamtdämpfungsmaß wird in technischen Unterlagen alternativ auch die Bezeichnung **Restdämpfungsmaß** a_{rest} verwendet.

Wird in eine Übertragungsstrecke ein zusätzlicher Vierpol eingebaut (z. B. Verlängerung einer Antennenanschlussleitung zu einer entfernter platzierten Multimediadose), so kann eine zusätzliche Dämpfung entstehen. Daher wird für solche Elemente vom Hersteller die **Einfügungsdämpfung** angegeben.

Als **Einfügungsdämpfungsmaß** a_{in} (*insertion attenuation*) eines Vierpols bezeichnet man das logarithmische Verhältnis der Leistungen, die der Empfänger Z_L aufnimmt, wenn dieser ohne und mit dem Vierpol an die Signalquelle angeschlossen wird.

$$a_{in} = 10 \lg \frac{P_1}{P_2} \text{ dB}$$

P_1: Leistung am Empfänger vor dem Einfügen des zusätzlichen Vierpols
P_2: Leistung am Empfänger nach dem Einfügen des zusätzlichen Vierpols

4.1.2.2 Dämpfungsbelag einer Leitung

Das Dämpfungsmaß einer Leitung steigt mit zunehmender Leitungslänge *l*. Daher wird es von den Herstellern oft als Dämpfung pro Kilometer angegeben.

Das Dämpfungsmaß *a* pro Kilometer wird als **Dämpfungsbelag** α bezeichnet:

$$\alpha = \frac{a}{l} \text{ dB/km}$$

Hinweis: In Tabellenbüchern wird abhängig vom Kabeltyp der Dämpfungsbelag alternativ auch in dB/100 m angegeben.

Der Dämpfungsbelag α wird von den Kenngrößen der Leitung bestimmt und steigt mit zunehmender Frequenz. Typische Dämpfungswerte für Datenkabel zeigt Bild 4.14.

Kategorie	Cat 3	Cat 4	Cat 5	Cat 6	Cat 7
Frequenz in MHz	**Dämpfungswerte in dB/100 m**				
1,0	2,6	2,1	2,1	2,1	2,0
4,0	5,6	4,3	4,3	4,2	3,8
10,0	9,9	7,2	6,6	6,4	6,0
16,0	13,1	8,9	8,2	8,0	7,6
100	–	–	22,0	21,0	19,0
200	–	–	–	23,0	25,0
300	–	–	–	–	33
600	–	–	–	–	50

Bild 4.14: Typische Dämpfungswerte für Datenkabel

4.1.2.3 Pegel in Übertragungssystemen

Das Dämpfungsmaß ermöglicht zwar die Berechnung der Abnahme der Signalenergie bei der Übertragung, es gibt jedoch keine Auskunft über den tatsächlichen Wert der Signalleistung an einem konkreten Messpunkt innerhalb des Systems. Zu diesem Zweck wurde der **Pegel** $\boldsymbol{L}$ (*level*) definiert, der auch als absoluter Pegel bezeichnet wird (Bild 4.15).

> Der **absolute Pegel** $\boldsymbol{L}$ (*absolute level*) ist das logarithmische Verhältnis der Leistung P_M an einem Messpunkt zu einer festgelegten Bezugsleistung P_0.

In der Telekommunikationstechnik dient als Bezugsgröße die Nennleistung eines genormten Generators. Dieser liefert bei einer Frequenz von $\boldsymbol{f_0 = 800\,Hz}$ eine Leistung $\boldsymbol{P_0 = 1\,mW}$, wenn er mit einem Widerstand von $\boldsymbol{R_0 = 600\,\Omega}$ belastet wird. Daraus ergibt sich als Bezugswert der Spannung $\boldsymbol{U_0 = 775\,mV}$.

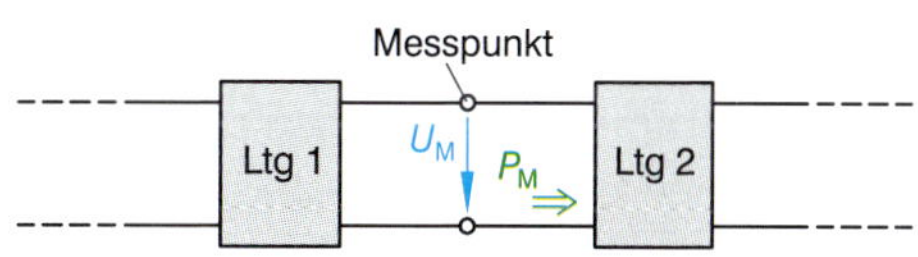

$$L = 10 \lg \frac{P_M}{P_0}\ \text{dBm} \qquad L = 20 \lg \frac{U_M}{U_0}\ \text{dBm}$$

Bild 4.15: Pegel in Übertragungssystemen

In der Bezeichnung dBm für den absoluten Pegel weist das „m“ auf die Bezugsgröße 1 mW hin (Bild 4.15). Ein Pegel von $L = 0$ dBm bedeutet, dass die Leistung am Messpunkt gleich der Leistung $P_0 = 1$ mW ist. Für Pegel $L < 0$ (negativer Pegelwert) ist die gemessene Leistung kleiner als P_0; für $L > 0$ (positiver Pegelwert) ist sie größer als P_0.

Der absolute Pegel kann auch über das logarithmische Verhältnis der entsprechenden Spannungen berechnet werden. Die in Bild 4.15 angegebenen Gleichungen gelten *nur für den Fall der Widerstandsanpassung* (Kap. 4.1.3.3), bei dem die besten Übertragungseigenschaften vorliegen.

Anstelle der für den absoluten Pegel verwendeten Bezugsleistung $P_0 = 1\,\text{mW}$ wird häufig die Leistung in einem Bezugspunkt innerhalb des Übertragungssystems zum Vergleich herangezogen. Als Bezugspunkt kann z. B. der Einspeisepunkt der Signalspannung am Anfang einer Übertragungsleitung gewählt werden. Ein Pegel, der auf einen solchen Bezugspunkt bezogen ist, wird als **relativer Pegel L_{rel}** bezeichnet und in **dBr** angegeben.

Der **relative Pegel L_{rel}** (*relative level*) ist das logarithmische Verhältnis der Leistung P_M in einem Messpunkt zur Leistung P_{Bez} in einem Bezugspunkt innerhalb des Übertragungssystems.

In der Praxis werden die relativen Pegel aller Messpunkte einer Übertragungsstrecke in einem **Pegeldiagramm** dargestellt (Bild 4.16).

In Bild 4.16 hat der Einspeisepunkt als Bezugspunkt des Systems einen relativen Pegel von $L_{rel} = 0\,\text{dBr}$. Auf den Leitungsabschnitten nimmt der Pegel infolge der Dämpfung ab; zwischengeschaltete Verstärker heben ihn wieder an. Die Differenz der Pegel zweier Messpunkte ergibt jeweils die Dämpfung zwischen diesen Punkten, z. B.:

$$a_3 = L_{rel3} - L_{rel4} = -2\text{ dBr} - (-10\text{ dBr}) = 8\text{ dBr}$$

Allerdings lässt die Angabe des relativen Pegels nur dann eine Aussage über den tatsächlichen Wert der Signalleistung (bzw. Signalspannung) an einem Messpunkt zu, wenn die entsprechenden Werte am Bezugspunkt des Übertragungssystems bekannt sind.

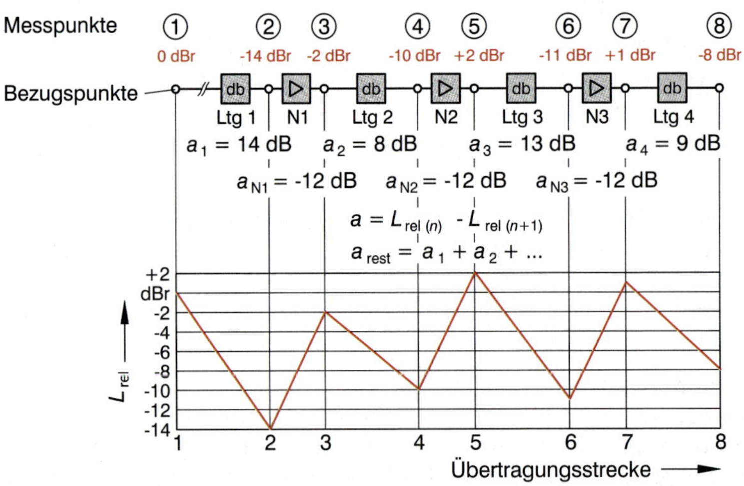

Bild 4.16: Pegeldiagramm einer Übertragungsstrecke

4.1.3 Störungen der Signalübertragung

Ein Signal kann bei der Übertragung durch sehr unterschiedliche Einflüsse gestört werden, denn eine Störung kann sowohl durch die Betriebsmittel des Übertragungskanals verursacht werden als auch von außen auf den Kanal einwirken. Man unterscheidet hierbei unterschiedliche Kategorien.

4.1.3.1 Nicht systembedingte Störungen

Nicht systembedingte Störungen (*non system related malfunction*) haben ihre Ursache außerhalb des Übertragungskanals. So können z. B. Störspannungen von Energieversorgungsleitungen in den Kanal eingekoppelt werden oder sich zwei benachbarte Übertragungsleitungen gegenseitig stören.

Bei parallel laufenden Kupferleitungen treten diese Störungen infolge unerwünschter induktiver Kopplungen insbesondere dann auf, wenn sie nicht gegeneinander abgeschirmt sind. Hierbei werden elektrische Signale von einem Adernpaar A durch elektromagnetische Induktion („Einfache IT-Systeme“, Kap. 5.4.2.4) auf ein Adernpaar B übertragen. Dieser Effekt führte früher bei einem *analog* übertragenen Telefongespräch auf *einem* Adernpaar in ungünstigen Fällen z. B. dazu, dass dieses auf einem *anderen* Adernpaar als Störgeräusch wahrgenommen wurde oder sogar stark gedämpft zu verstehen war (Bild 4.17). Seither werden eingekoppelte Störungen dieser Art als **Übersprechen** bzw. **Nebensprechen** (**XT:** Cross Talk) bezeichnet.

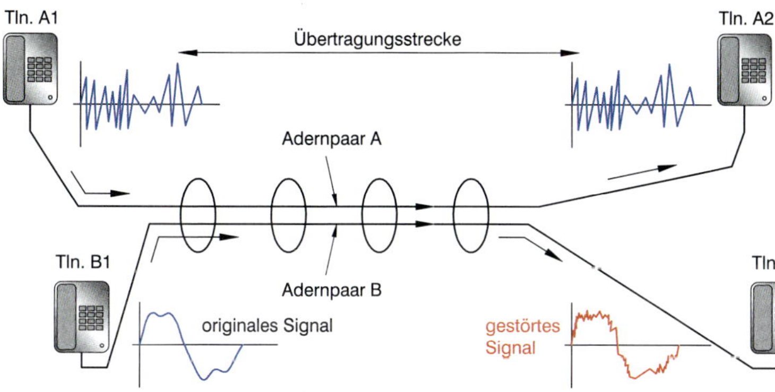

Bild 4.17: Fernnebensprechen (FEXT)

Befinden sich störender und gestörter Teilnehmer am entgegengesetzten Ende der Übertragungsstrecke (in Bild 4.17: Tln. A1 und B2), so bezeichnet man die Störung genauer als **Fernnebensprechen** (**FEXT:** Far End Cross Talk). Befinden sich die beiden Teilnehmer am gleichen Ende der Übertragungsstrecke (z. B. Tln. A1 und B1), so spricht man vom **Nahnebensprechen** (**NEXT:** Near End Cross Talk; Störung in Bild 4.17 nicht dargestellt).

Bei *digitaler* Übertragung von Daten kann eine solche induktive Störung die Signalqualität derart beeinflussen, dass die binären Informationselemente beim Empfangsgerät nicht mehr eindeutig erkannt werden können. Auch kapazitive Kopplungseffekte können zu derartigen Übertragungsstörungen führen, allerdings lassen sich solche – ansonsten unerwünschten – Kopplungseffekte mancherorts auch technisch nutzen (siehe Kap. 3.4). Um derartige als Störung auftretende Kopplungseffekte zu vermeiden, werden Kupferdoppeladern entweder miteinander verdrillt (Kap. 4.1.1.3) und/oder zusätzlich mit einer metallischen Abschirmung der Paare (U/FTP) versehen. Zudem kann die Leitung mit einer Gesamtabschirmung versehen sein (F/FTP). Dies dient nicht nur als Schutz vor Beeinflussung von außen, sondern verhindert auch die störende Einwirkung auf benachbarte Leitungen. Bei Koaxialkabeln sind die Störeffekte schon aufgrund des Kabelaufbaus wesentlich geringer (Kap. 4.1.1.2). Zur Vermeidung von Störungen lassen sich zusätzlich auch technische Kompensationsverfahren einsetzen (z. B. Vectoring; Kap. 3.1.4). Bei Glasfaserleitungen (LWL) treten derartige Störungen überhaupt nicht auf.

4.1.3.2 Systembedingte Störungen

Systembedingte Störungen (*system related malfunction*) werden durch die Betriebsmittel des Übertragungskanals verursacht. Induktivitäten, Kapazitäten, Übertrager, Verstärker usw. verändern den zeitlichen Verlauf des Nachrichtensignals; das Signal wird verzerrt.

> Als **Verzerrung** (*distortion*) bezeichnet man die **Änderung der Kurvenform** eines Nachrichtensignals.

Zum Verständnis der Verzerrungen muss man wissen, dass die verschiedenen Signalformen alle als Überlagerung reiner Sinusschwingungen mit unterschiedlichen Frequenzen betrachtet werden können (Frequenzspektrum; Kap. 4.1.5.3). Werden also auf einer Leitung die verschiedenen Frequenzen des Eingangssignals unterschiedlich stark gedämpft (höhere Frequenz = höheres Dämpfungsmaß), so ist das Ausgangssignal verzerrt.

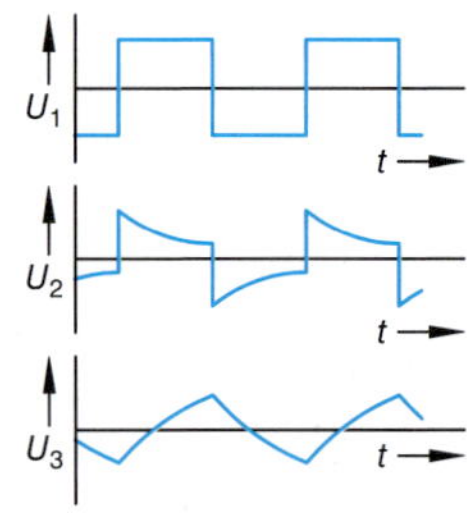

Bild 4.18: prinzipielle Beispiele für Verzerrungen eines symmetrischen Rechtecksignals

> Eine Signalverzerrung, die durch die unterschiedliche Dämpfung der Teilschwingungen eines Signals verursacht wird, bezeichnet man als **Dämpfungsverzerrung** (*attenuation distortion*).

Bei der Übertragung breiten sich Schwingungen mit einer höheren Frequenz schneller längs der Leitung aus als solche mit einer kleineren Frequenz. Die Laufzeit eines Signals nimmt also mit steigender Frequenz ab.

> Eine Signalverzerrung, die aufgrund der unterschiedlichen Laufzeiten der Teilschwingungen eines Signals entsteht, bezeichnet man als **Laufzeitverzerrung** (*delay distortion*).

Dämpfungsverzerrungen und Laufzeitverzerrungen sind **„lineare Verzerrungen“**, die sich durch geeignete Vierpolschaltungen (Entzerrer) weitgehend beseitigen lassen.

Elektrotechnische Bauelemente (z. B. Übertrager, Dioden und Transistoren; „Einfache IT-Systeme“, Kap. 5.5) verursachen durch ihre gekrümmte Übertragungskennlinie hingegen sog. **„nicht lineare Verzerrungen“**. Ein Maß für deren Größe ist der **Klirrfaktor** (*distortion factor*). Nicht lineare Verzerrungen können gering gehalten werden, indem der Arbeitsbereich in den relativ geradlinigen Teil der Übertragungskennlinie gelegt wird.

Zu den unvermeidlichen Störungen bei der Signalübertragung gehört auch das sog. **Rauschen** (*noise*). Ursachen hierfür sind beispielsweise die temperaturabhängigen unregelmäßigen Wärmebewegungen der Elektronen in einem Leiter oder die durch natürliche Ereignisse hervorgerufenen Entlade- und Ionisationsvorgänge in der Atmosphäre. In der Praxis interessiert in der Regel nicht der absolute Wert dieses Rauschens, sondern vielmehr das Verhältnis zum eigentlichen Nutzsignal. Abhängig vom Übertragungssystem muss das Nutzsignal nämlich um einen Mindestfaktor größer sein als das Rauschsignal, da sonst der Informationsgehalt sinkt.

Das Verhältnis der Signalleistung eines Nutzsignals zu der Signalleistung eines Rauschsignals wird als **Signal-Rausch-Abstand** (*signal-to-noise ratio*) oder **Störabstand** bezeichnet und in Dezibel (dB) angegeben.

Alternative Bezeichnungen sind Signal-Rausch-Verhältnis, Signal-Stör-Verhältnis oder kurz SNR bzw. S/N (Signal-to-Noise-Ratio; Signal/Noise).

4.1.3.3 Reflexionen

Bei der Übertragung von Datensignalen spielt auch die richtige Anpassung von Signalquelle, Übertragungsmedium und Empfänger (Senke; siehe Kommunikationsmodell in Bild 3.3) eine wichtige Rolle. Durch Fehlanpassungen können bei den heute üblichen hohen Signalfrequenzen (im MHz- und GHz-Bereich) am Leitungsende Signalreflexionen (*signal reflections*) entstehen, d. h., ein Teil des gesendeten Signals wird – auch bei offenen Anschlüssen am Leitungsende – zurück zur Quelle übertragen. Hin- und rücklaufende Signale überlagern sich dann und führen zu Störungen bis hin zur Auslöschung der gesamten übertragenen Signalinformation. Messungen zeigen, dass sich dies verhindern lässt, wenn der Eingangswiderstand R_E des Empfängers (z. B. Antennen-eingang, LAN-Eingang, USB-Eingang) dem sog. Wellenwiderstand der Leitung entspricht.

Der **Wellenwiderstand Z_W** (*characteristic impedance*) ist ein *übertragungstechnischer* Kennwert einer elektrischen Leitung, der u. a. vom jeweiligen Leitungsaufbau abhängt. Er wird vom Leitungshersteller in der Einheit Ohm angegeben. Der Wellenwiderstand ist *unabhängig* von der Leiterlänge *und nicht* zu verwechseln mit dem ohmschen Leitungswiderstand, der die Leitungsverluste beschreibt („Einfache IT-Systeme“, Kap. 5.3.2.1).

Ist der Wellenwiderstand Z_W gleich groß wie der Eingangswiderstand R_E eines am Leitungsende angeschlossenen Verbrauchers, bezeichnet man dies als **Widerstandsanpassung** (*impedance matching*). Hierbei entstehen am Leitungsende keine Signalreflexionen.

Einen solchen Leitungsabschluss bezeichnet man auch als **Terminierung** (*termination*).

Bei bidirektional genutzten Datenkabeln muss diese Widerstandsanpassung an beiden Leitungsenden erfüllt sein, um beiderseits Signalreflexionen zu verhindern. In einem solchen Fall liegt dann auch eine **Leistungsanpassung** vor („Einfache IT-Systeme“, Kap. 5.3.1.2).

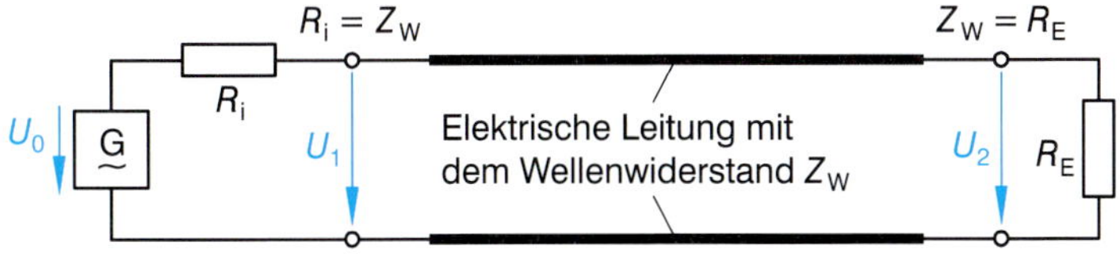

Bild 4.19: Widerstandsanpassung am Leitungsanfang und am Leitungsende (Grundprinzip)

4.1.4 Signalwandler

Zwischen der Quelle und dem Übertragungskanal bzw. dem Übertragungskanal und der Senke sind **Wandlersysteme** (*transducer systems*) erforderlich, welche die von der Quelle erzeugten Signale an das Übertragungsmedium anpassen und nach durchgeführter Übertragung wieder in ein für die Senke verständliches Format zurückwandeln.

In einem Telefon erfolgt die Wandlung von Schallwellen in elektrische Signale durch ein Mikrofon **(akustisch-elektrischer Wandler)**, die Rückwandlung der elektrischen Signale in akustische Wellen bewirkt ein kleiner Lautsprecher **(elektrisch-akustischer Wandler)**.

Die Umwandlung eines elektrischen in ein optisches Signal erfolgt mithilfe eines licht*emittierenden* Halbleiterbauelements (**elektrisch-optischer Wandler:** z. B. Leuchtdiode, Laserdiode), die Umwandlung eines optischen in ein elektrisches Signal erfolgt mit einem licht*empfindlichen* Halbleiterbauelement (**optisch-elektrischer Wandler:** z. B. Fototransistor). Sind Leuchtdiode und Fototransistor in einem gemeinsamen Gehäuse untergebracht, spricht man von einem **Optokoppler**.

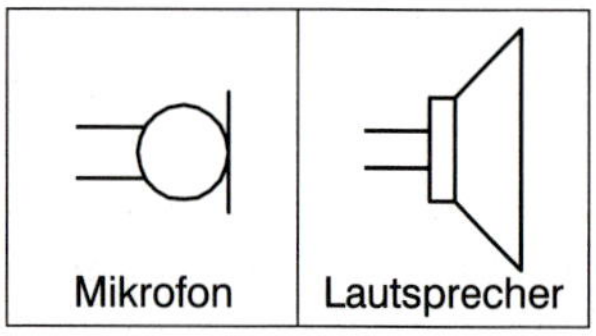

Bild 4.20: Schaltsymbole

Hiermit lassen sich zwar keine weiten Übertragungsstrecken überbrücken, jedoch wird dieses Bauelement dazu verwendet, um innerhalb einer Schaltung elektrische Stromkreise voneinander zu entkoppeln.

Die Umwandlung eines *analogen* elektrischen Signals in ein *digitales* elektrisches Signal erfolgt mit einem **Analog-Digital-Wandler** (A/D-Wandler), die Rückwandlung mit einem entsprechenden **Digital-Analog-Wandler** (A/D-, D/A-Wandler; „Einfache IT-Systeme", Kap. 4.4.4).

Bei den im Zusammenhang mit cyber-physischen Systemen eingesetzten Sensoren („Einfache IT-Systeme", Kap. 5.5.6.1) handelt es sich prinzipiell ebenfalls um Signalwandler, die eine zu messende physikalische Größe (z. B. mechanische Bewegung) in eine elektrisch auswertbare Größe umwandeln.

4.1.5 Modulation

Für die Übertragung ist es oftmals erforderlich, die Nutzinformationen aus ihrem normalen Frequenzbereich (z. B. klassischer Frequenzbereich beim Telefon-Sprechverkehr: 300 Hz bis 3400 Hz; Kap. 3.8.1) in einen anderen Frequenzbereich zu „verschieben". Gründe hierfür sind beispielsweise:

- **Mehrfachausnutzung:** Vorhandene Verbindungsmedien sollen gleichzeitig von mehreren im gleichen Frequenzbereich liegenden Nutzsignalen verwendet werden, ohne dass diese sich gegenseitig stören (Kap. 4.1.7).
- **Nicht leitungsgebundene Übertragung:** Die Nutzsignale müssen in einen Frequenzbereich verschoben werden, der sich mithilfe einer Sendeantenne abstrahlen und mit einer zweiten Antenne wieder empfangen lässt.

Diese „Verschiebungen“ erfolgen mithilfe der Modulation einer Trägerschwingung durch das Nutzsignal.

> Unter **Modulation** (*modulation*) versteht man die Beeinflussung einer der Kenngrößen einer hochfrequenten Trägerschwingung durch ein Nutzsignal.

Als Trägerschwingungen (kurz: Träger, engl.: *carrier*) werden sinusförmige Wechselspannungen oder periodische Rechtecksignale eingesetzt.

Eine sinusförmige Wechselspannung wird bekanntlich durch ihre Kenngrößen **Amplitude** $\hat{u}$ (Spitzenwert, Maximalwert), **Periodendauer** T bzw. **Frequenz** f ($T = 1/f$) und **Phasenwinkel** φ (Phasenlage, Phasenverschiebung) eindeutig beschrieben („Einfache IT-Systeme“, Kap. 5.1.1.6). Mit diesen Kenngrößen lassen sich auch rechteckförmige Signale eindeutig beschreiben. Zusätzlich erforderlich ist hierbei ggf. noch eine Information über die **Impulsdauer** (*pulse duration*) und die **Pausendauer** (*pause duration*) des rechteckförmigen Signals. In Bild 4.21 sind hierzu zur Veranschaulichung untereinander ein symmetrisches Rechtecksignal (d. h. ein Rechtecksignal mit Polaritätswechsel sowie gleicher positiver und negativer Amplitude), ein unsymmetrisches Rechtecksignal (d. h. ein Rechtecksignal ohne Polaritätswechsel) und ein Rechteckimpuls dargestellt.

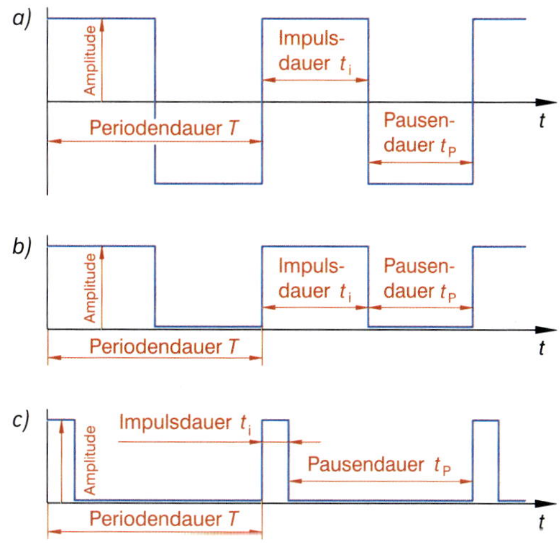

Bild 4.21: Kenngrößen rechteckförmiger Signale

> Von einem **Rechteckimpuls** (*square wave pulse*) spricht man, wenn die Impulsdauer t_i ungleich der Pausendauer t_p ist. Es gelten grundsätzlich folgende Zusammenhänge:
>
> $$T = t_i + t_p \text{ mit } T = \frac{1}{f}$$
>
> Das Verhältnis von Impulsdauer zur Periodendauer wird als **Tastgrad** g (*duty cycle, duty factor*) bezeichnet:
>
> $$g = \frac{t_i}{T}$$

4.1.5.1 Basismodulationen

Die Art der Modulation wird nach derjenigen Kenngröße benannt, deren Wert von einem Nutzsignal verändert wird. Hieraus resultieren die folgenden Modulationsarten:

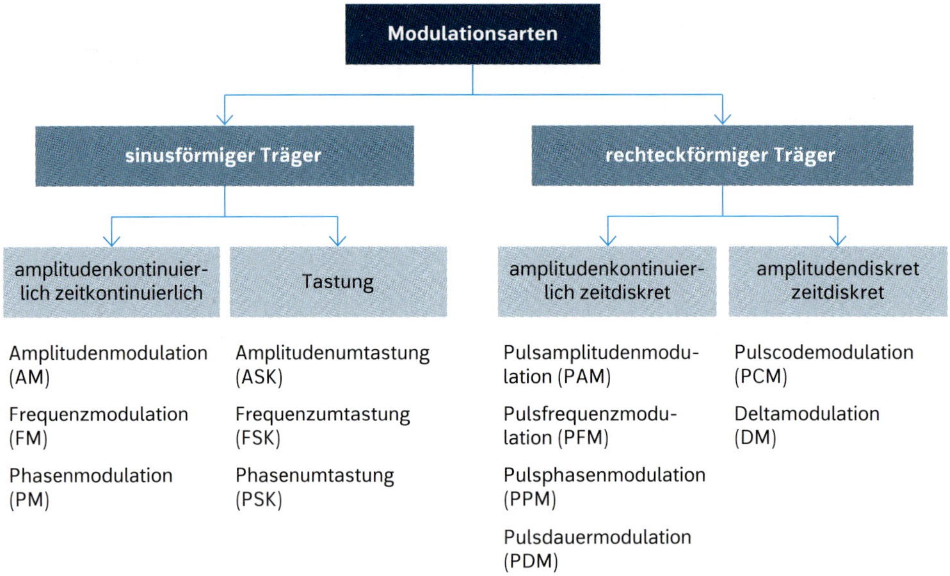

Bild 4.22: Modulationsarten

Amplitudenkontinuierlich bedeutet, dass die modulierte Spannung *beliebige* Werte zwischen einem Maximal- und einem Minimalwert annehmen kann; **zeitkontinuierlich** bedeutet, dass die modulierte Spannung *ständig* übertragen wird. **Amplitudendiskret** besagt, die Amplitude des modulierten Signals kann nur bestimmte *festgelegte Werte* annehmen; **zeitdiskret** heißt, das modulierte Signal wird mit Unterbrechungen nur in vorgegebenen *festen Zeitintervallen* übertragen (äquidistante Zeitabstände).

Die Bezeichnung **Tastung** (SK: **S**hift **K**eying) drückt aus, dass eine der Kenngrößen eines *sinusförmigen Trägers* von einem definierten *Rechtecksignal* (d. h. von einem binären Datensignal) verändert wird. Bei dieser Art der Ansteuerung kann das modulierte Signal lediglich zwei verschiedene Werte annehmen.

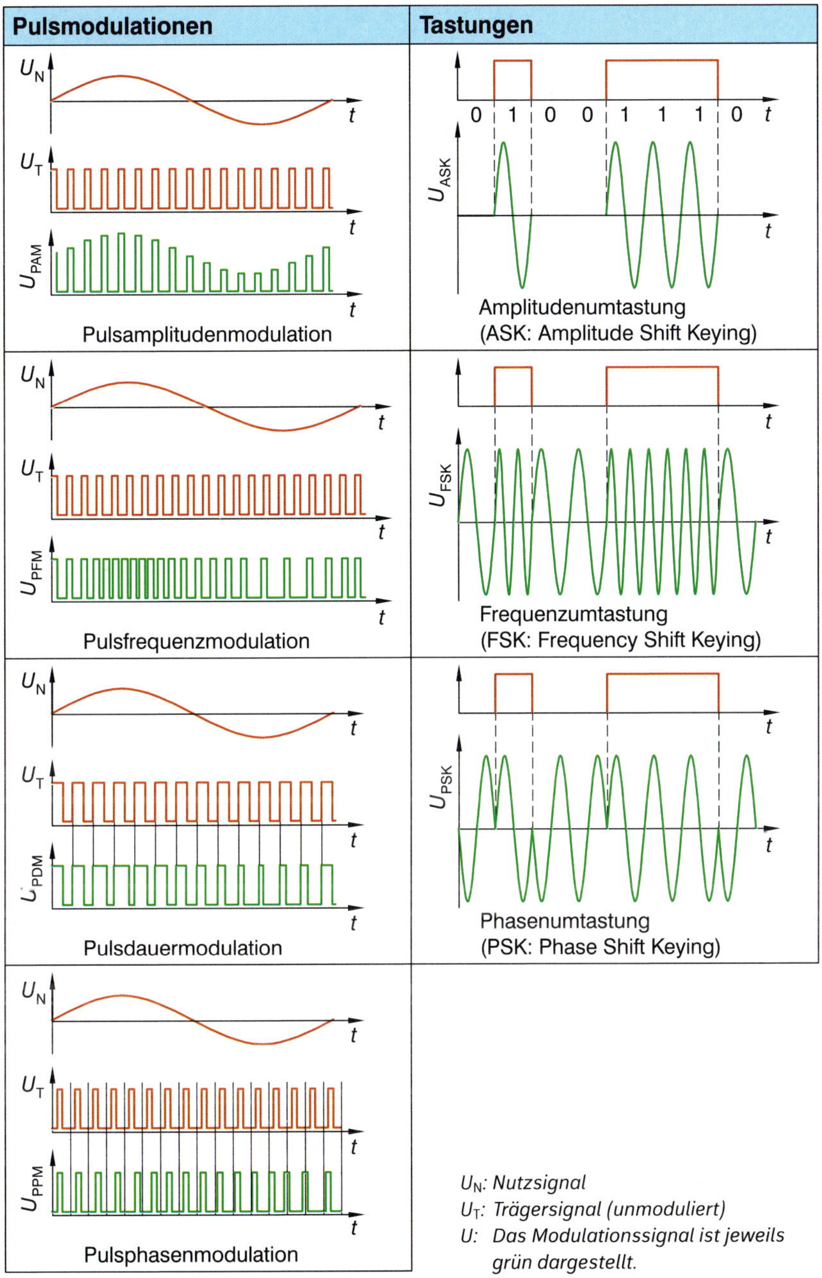

Bild 4.23: Übersicht über Pulsmodulationen und Tastungen (Grundprinzipien)

Bei den amplituden- und zeitkontinuierlichen Modulationen (AM, FM, PM) handelt es sich um rein analoge Übertragungsverfahren, die beispielsweise im Radio- und Fernsehbereich eingesetzt wurden, die dort aber inzwischen wegen ihrer Störanfälligkeit und ihrer geringeren spektralen Effizienz (Kap. 4.1.5.2) nahezu vollständig durch digitale Verfahren ersetzt wurden.

Die **Pulsamplitudenmodulation** (PAM) entsteht einerseits als Zwischenschritt bei der Digitalisierung analoger Signale (Kap. 4.1.5.4); die Spannungen der hierbei entstehenden PAM-Signale können dann innerhalb eines vorgegebenen Spannungsbereichs (z. B. ±10 V) beliebige Zwischenwerte annehmen (vgl. Bild 4.31). Andererseits kann man die Anzahl der möglichen Amplitudenwerte eines PAM-Signals aber auch begrenzen, z. B. auf drei, vier, fünf (oder mehr) Spannungswerte (PAM3, PAM4, PAM5) und diese PAM-Signale als Leitungscodes verwenden (Kap. 4.1.11). Abhängig von ihrer Anzahl lassen sich hierbei mit jedem Amplitudenwert mehrere Datenbits übertragen (z. B. bei PAM4 jeweils 2 Bits pro Amplitudenwert; Anwendungsbeispiele: **PAM3**: 1000Base-T1; **PAM4**: 400G Ethernet; **PAM5**: 1000Base-T). Die Pulscodemodulation (PCM; Kap. 4.1.5.4) wird primär zur Digitalisierung analoger Signale eingesetzt, um sie dann entweder direkt zu verarbeiten (z. B. mit dem PC) oder sie anschließend mittels anderer Modulationsarten an einen Übertragungsweg anzupassen und zu übertragen (z. B. VoDSL; Kap. 3.8.1).

Einen Überblick über die prinzipiellen Unterschiede der Pulsmodulationen und der Tastungen zeigt Bild 4.23. Bei den Pulsmodulationen kann das Nutzsignal jede beliebige Form annehmen, zur Darstellung der Funktionsprinzipien wird hier allerdings auf einen einfachen sinusförmigen Verlauf zurückgegriffen. Den Tastungen liegt als Nutzsignal stets ein binäres Digitalsignal zugrunde.

Die **Pulsdauermodulation** (PDM) kann vom Prinzip her technisch auch im Bereich der Steuerungstechnik eingesetzt werden. Betrachtet man das der PDM zugrunde liegende unmodulierte Rechtecksignal (U_T bei der Pulsdauermodulation in Bild 4.23) nicht als Datensignal, sondern unter energietechnischen Aspekten, so könnte es sich auch um eine Versorgungsspannung handeln, die fortlaufend ein- und ausgeschaltet wird. Durch Veränderung des Verhältnisses der Einschaltdauer (Impulsdauer, Bild 4.21) zur Ausschaltdauer (Pausendauer, Bild 4.21) ändert sich auch der Mittelwert der Spannung (und dadurch auch des Stroms), die einem angeschlossenen Betriebsmittel zugeführt wird. Man spricht in diesem Zusammenhang auch von einer **Pulsweitenmodulation (PWM)**.

Auf diese Weise lässt sich die elektrische Leistung („Einfache IT-Systeme“; Kap. 5.1.5.4) von Gleichstromverbrauchern (z. B. LED, Motor, Lüfter, Heizwiderstand) softwarebasierend auf einfache Weise regulieren (z. B. Helligkeit, Drehzahl, Wärmeabgabe), ohne analog arbeitende, spannungsregelnde Bauelemente (z. B. Leistungstransistoren) verwenden zu müssen, bei denen beim Regelvorgang unvermeidlich Energieverluste in Form von Abwärme auftreten.

Beispiel

Die in Bild 4.21 b und 4.21 c dargestellten Spannungen kippen ständig mit hoher Frequenz (kHz-Bereich) zwischen 0 V und 5 V. In Bild 4.21 b ist die Einschaltdauer pro Periode genauso groß wie die Ausschaltdauer. Der Mittelwert der Spannung an einem angeschlossenen Betriebsmittel beträgt somit 2,5 V.

In Bild 4.21 c beträgt die Einschaltdauer pro Periode nur ca. 1/8 der Ausschaltdauer. Der Mittelwert der Spannung an einem angeschlossenen Betriebsmittel beträgt somit nur ca. 0,3 V.

4.1.5.2 Höherwertige Modulationen

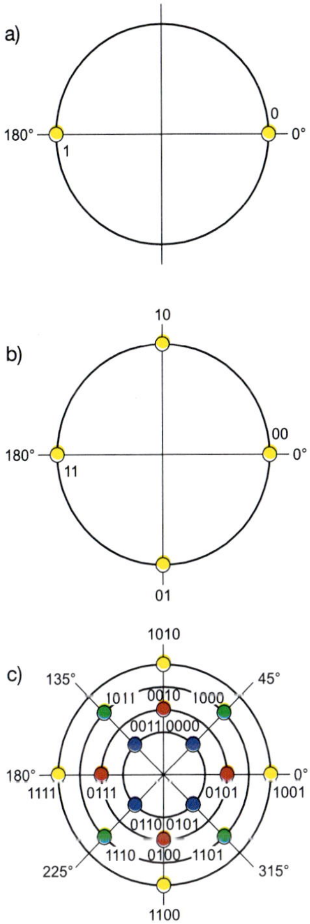

Bild 4.24: Amplituden-Phasendiagramme

Die genannten Modulationen bilden oft nur die Basis für moderne höherwertige Verfahren, die in der Praxis meist aus einer Kombination verschiedener Modulationsarten bestehen.

Die in Bild 4.23 dargestellte Phasenumtastung (PSK, manchmal auch Phasentastung genannt) arbeitet beispielsweise nur mit zwei jeweils 180° phasenverschobenen Signalen gleicher Amplitude und Frequenz (U_{PSK}). Damit können die beiden logischen Zustände „0“ und „1“ übertragen und auf der Empfängerseite eindeutig wiedererkannt werden.

Die 180°-Phasenverschiebung dieses U_{PSK}-Signals lässt sich im sog. **Amplituden-Phasendiagramm** (Alternativbezeichnung: **Konstellationsdiagramm**) durch Punkte visualisieren (gelbe Punkte in Bild 4.24 a). Der Abstand dieser Punkte vom Kreismittelpunkt entspricht der U_{PSK}-Signalamplitude.

Die dargestellte Phasenumtastung mit zwei Phasenlagen (0° und 180°) kann um weitere Phasenlagen ergänzt werden. Bei Verwendung von vier verschiedenen Phasenlagen (z. B. 0°, 90°, 180°, 270°; gelbe Punkte in Bild 4.24 b) kann die Übertragung binärer Daten doppelt so schnell erfolgen, da nun pro Signalzustand jeweils 2 bit übertragen und auf der Empfängerseite eindeutig wiedererkannt werden können.

> Eine Phasenumtastung mit vier verschiedenen Phasenlagen bezeichnet man als **QPSK** (**Q**uadrature **P**hase **S**hift **K**eying) bzw. **4 PSK** (Vierphasenmodulation).

Signale, deren Phasenverschiebung zueinander jeweils 90° beträgt, können gemeinsam übertragen werden, ohne sich gegenseitig zu stören. Dadurch sind solche Signale in der Übertragungstechnik von besonderer Bedeutung.

> Signale, die zueinander jeweils um 90° phasenverschoben sind, bezeichnet man als **orthogonal** zueinander.

Verwendet man für ein Signal nicht nur vier Phasenlagen, sondern darüber hinaus auch noch vier verschiedene Amplitudenwerte (Amplitudenumtastung, manchmal auch Amplitudentastung genannt), ergeben sich insgesamt 16 verschiedene Signalzustände (farbige Punkte in Bild 4.24 c). Pro Signalzustand lassen sich 4 bit (1 Quadbit) übertragen, die auf der Empfängerseite eindeutig erkannt werden können.

Die Kombination aus Amplitudenumtastung und Phasenumtastung bezeichnet man als **QAM** (**Q**uadrature **A**mplitude **M**odulation).

Die Bezeichnung **16-QAM** (Alternativschreibweisen: 16QAM oder QAM-16) bedeutet, dass insgesamt 16 verschiedene Signalzustände existieren, die sich in ihrer Amplitude oder ihrer Phasenlage voneinander unterscheiden. Möchte man beispielsweise die Quadbits 0010, 1100 und 0101 an einen Empfänger senden, so muss das folgende 16-QAM-Signal in drei Signalschritten übertragen werden (Bild 4.25).

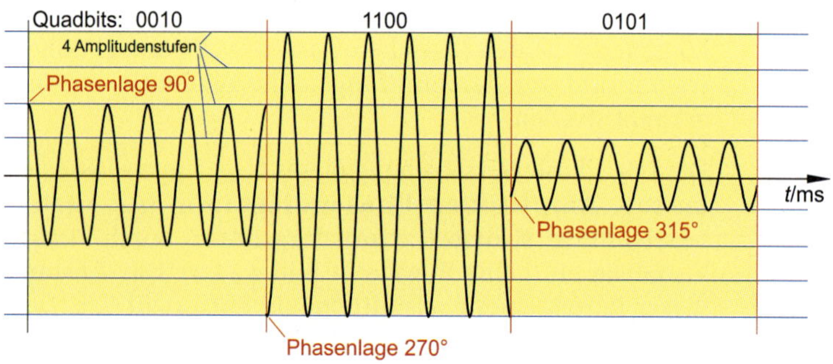

Bild 4.25: Zeitlicher Verlauf eines 16-QAM-Signals

Je größer die Anzahl der Signalzustände ist, desto mehr binäre Daten lassen sich pro Signalschritt übertragen. In der Praxis werden derzeit Systeme bis 2048-QAM eingesetzt.

QPSK und QAM bilden die Grundlage der modernen Übertragungstechnik und kommen in unterschiedlichen Varianten in aktuellen Kommunikationssystemen zum Einsatz. Die Nutzdaten werden hierbei meist nicht nur über ein einziges QPSK- oder QAM-moduliertes Trägersignal (**Ein-Träger-Modulation**) transportiert, sondern auf viele, meist eng benachbarte Trägersignale aufgeteilt (**Mehr-Träger-Modulation**). Da sich diese Trägersignale gegenseitig nicht stören, lassen sich beispielsweise auf einem ehemals analogen Fernsehkanal mit 7 MHz Bandbreite wesentlich mehr Daten übertragen. Es vergrößert sich also die Nutzungsmöglichkeit der zur Verfügung stehenden Bandbreite und damit die sog. **spektrale Effizienz**.

Abk.	Bezeichnung	Erläuterung	Verwendung
DQPSK	Differential Quadrature Phase Shift Keying	Variante der Phasenumtastung, bei der das Datensignal nicht direkt der Phasenlage eines Trägers zugeordnet wird, sondern die Phasenlage durch die Modulation eine definierte Änderung gegenüber dem Vorzustand erfährt (z. B. beginnend bei 10° folgt dann 25°, 40°, 55° usw.)	DVB-S (**D**igital **V**ideo **B**roadcast-**S**atellite), Mobilfunk
APSK	Asymmetric Phase Shift Keying	Mehrwertige Form der Phasenumtastung, bei der zu übertragende Bits auf Trägersignale unterschiedlicher Amplitude und unterschiedlicher Phasenlage verteilt werden; je höher die Amplitude, desto größer wird hierbei die Anzahl möglicher Phasenzustände	DVB-S2

Abk.	Bezeichnung	Erläuterung	Verwendung
GMSK, GFSK	Gaussian Minimum Shift Keying, Gaussian Frequency Shift Keying	Vergleichbar mit der Phasenumtastung; durch den Einsatz spezieller Filter (sog. Gauss-Filter) können sehr eng benachbarte Trägerfrequenzen verwendet werden, ohne dass diese sich gegenseitig stören	GSM, DECT
OFDM, OFDMA	Orthogonal Frequency Division Multiple (Access)	Ein Nutzdatenstrom wird in Teilströme zerlegt, die auf eine große Anzahl (N > 10) benachbarter, orthogonaler Trägerwellen verteilt werden; jeder Teilstrom moduliert dann jeweils einen Träger mittels QPSK oder QAM (Subträger: 64-QAM, 256-QAM oder höher)	Powerline, DVB-T2 (T: Terrestrial), LTE, 5G
COFDM, COFDMA	Coded Orthogonal Frequency Division Multiple (Access)	Erweiterung der OFDM-Modulation durch Implementierung speziell codierter Fehlerschutzmechanismen, die auch bei gestörtem Empfang eine Decodierung der übertragenen Information ermöglichen	DVB-T2, LTE, drahtlose SDH-Netze

Bild 4.26: Varianten höherwertiger Modulationsarten

4.1.5.3 Signalanalyse mit Linien- und Frequenzspektren

Eine elektrotechnische Schaltung, mit der ein Trägersignal (Trägerspannung u_T) durch ein Nutzsignal (Nutzspannung u_N) verändert werden kann, bezeichnet man als **Modulator**. Unabhängig vom komplexen technischen Aufbau einer solchen Schaltung wird ein Modulator allgemein durch das in Bild 4.27 angegebene Symbol dargestellt. Dieses Symbol wird auch für einen Demodulator verwendet.

Die prinzipielle Funktion eines Modulators wird in Bild 4.27 durch die beispielhafte Darstellung der zeitlichen Verläufe der Eingangssignale und des Ausgangssignals bei der Amplitudenmodulation (AM) verdeutlicht. Die AM lässt sich im Gegensatz zu anderen Modulationen relativ einfach grafisch visualisieren, sodass man wichtige Grundprinzipien übertragungstechnischer Zusammenhänge aufzeigen kann. Zur besseren (maßstabsgerechten) Darstellung wird hierbei eine vergleichsweise niedrige Frequenz der Trägerspannung U_T verwendet. In der Praxis liegt diese mehrere Zehnerpotenzen höher (z. B. MHz-Bereich, GHz-Bereich). Die Nutzinformation ist bei dieser Modulationsart in der sog. **Hüllkurve** der Modulationsspannung erkennbar (in Bild 4.27 die rote Strichlinie; sozusagen die Verbindungslinie der „Amplitudenspitzen“ des modulierten Signals).

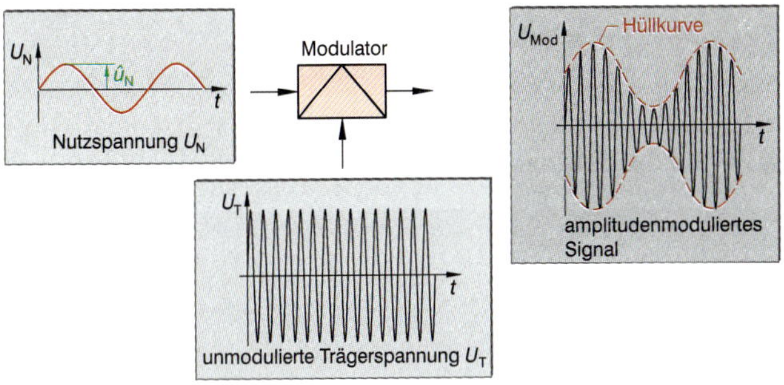

Bild 4.27: Modulator mit den Signalverläufen der Amplitudenmodulation (AM)

Die Darstellung des Verlaufs eines Signals in Abhängigkeit von der Zeit t bezeichnet man allgemein als **Liniendiagramm** (*line chart, line diagram*) oder **Linienspektrum** (*line spectrum*).

Für die Übertragung benötigt ein moduliertes Signal einen bestimmten Frequenzbereich, der auf einer Übertragungsstrecke zur Verfügung gestellt werden muss. Über diesen Frequenzbereich lässt sich dem Liniendiagramm (U_{Mod} in Bild 4.27) augenscheinlich keine Information entnehmen. Aus diesem Grund verwendet man eher die sog. spektrale Darstellung.

Bei der **spektralen Darstellung** (*spectral representation*) wird jede in einem Signal enthaltene Frequenz auf einer Frequenzachse als senkrechte Linie dargestellt, deren Länge dem jeweiligen Scheitelwert der Spannung dieser Frequenz entspricht (Alternativbezeichnung: **Frequenzspektrum**, engl.: *frequency spectrum*).

Eine derartige Zerlegung wird technisch von sog. **Frequenzanalysatoren** (*frequency analyzer*) durchgeführt. Bild 4.28 stellt den Modulationsvorgang aus Bild 4.27 als Frequenzspektrum dar. In dieser (idealisierten) Darstellung erkennt man die folgenden Zusammenhänge:

- Die sinusförmige Nutzspannung U_N hat die Frequenz $f_N = 2\,kHz$.
- Die sinusförmige Trägerspannung U_T hat die Frequenz $f_T = 10\,kHz$.
- Die modulierte Spannung U_{Mod} besteht in diesem Fall aus den sinusförmigen Frequenzen $f_U = 8\,kHz$, $f_T = 10\,kHz$ und $f_O = 12\,kHz$ (f_U: untere Seitenfrequenz; f_O: obere Seitenfrequenz). Das Frequenzspektrum beinhaltet also die Trägerfrequenz selbst sowie – im Abstand der Nutzfrequenz – eine zusätzliche Frequenz jeweils unter- und oberhalb der Trägerfrequenz.
- Für die Übertragung von U_{Mod} ist somit der Frequenzbereich von 8 kHz bis 12 kHz erforderlich.

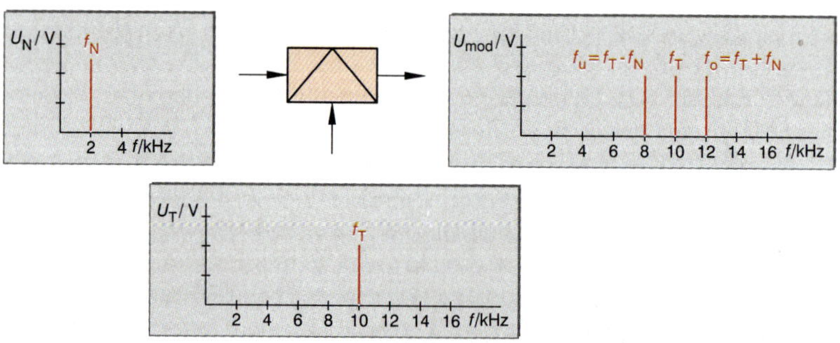

Bild 4.28: Frequenzspektren zu Liniendiagrammen in Bild 4.27 (idealisierte Darstellung)

Die Größe des für die Übertragung eines Signals erforderlichen Frequenzbereiches wird Bandbreite genannt.

Unter der **Bandbreite** b (*range, bandwidth*) versteht man den Bereich zwischen der höchsten und der niedrigsten in einem Signal enthaltenen Frequenz:

$$b = f_{max} - f_{min}$$

Im dargestellten Beispiel beträgt die erforderliche Übertragungsbandbreite somit 4 kHz. Bei einer Nutzfrequenz von 3 kHz hätte sich bei gleicher Trägerfrequenz das Frequenzspektrum 7 kHz, 10 kHz und 13 kHz ergeben und somit eine Übertragungsbandbreite von 6 kHz.

In der Praxis sind die Frequenzspektren zu übertragender Nutzsignale natürlich wesentlich umfangreicher (d. h., sie beinhalten mehr Teilfrequenzen) als bei der Modulation mit einem einzigen sinusförmigen Signal. Zur Bestimmung der hierbei erforderlichen Übertragungsbandbreite reicht es aber in den meisten Fällen aus, lediglich den Bereich der zu übertragenden Frequenzen anzugeben, ohne exakt die einzelnen darin enthaltenen Teilfrequenzen zu kennen. Betrachtet man beispielsweise das klassische analoge Fernsprechsignal, so beträgt dessen Bandbreite 3,1 kHz ($f_{max} - f_{min}$ = 3,4 kHz – 300 Hz; Kap. 3.8.1). Dieses Signal (U_N) dient als Grundlage der vereinfachten Darstellung in Bild 4.29 (abgeschrägter blauer Bereich links). Die Abschrägung visualisiert, dass die höheren Frequenzanteile des Fernsprechsignals in der Regel kleinere Amplitudenwerte aufweisen als die vorhandenen tieferen Frequenzen.

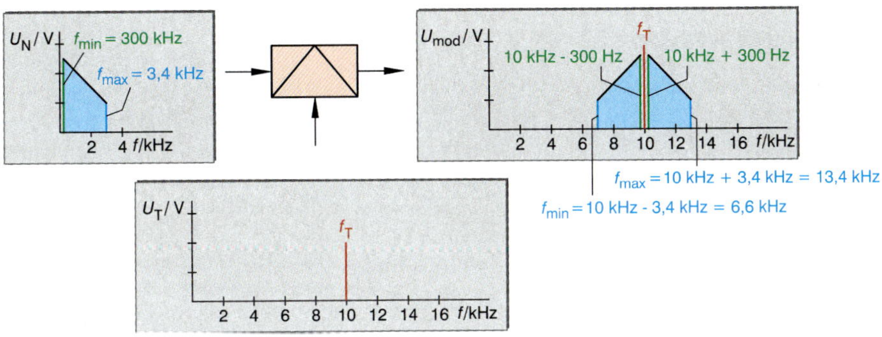

Bild 4.29: Frequenzspektren bei der AM-Modulation eines analogen Fernsprechsignals

Die erforderliche Bandbreite *b* des amplitudenmodulierten (Fernsprech-)Signals U_{mod} beträgt entsprechend den bisherigen Betrachtungen also 6,8 kHz ($f_{max} - f_{min}$ = 13,4 kHz – 6,6 kHz). Durch den Einsatz spezieller Modulationsverfahren lässt sich diese Bandbreite aber noch verringern. So besteht das modulierte Signal U_{mod} in Bild 4.29 aus der Trägerfrequenz f_T und Frequenzbereichen, die sich unterhalb und oberhalb der Trägerfrequenz anlagern (in Bild 4.29 rechts jeweils hellblau getönt). Der unterhalb von f_T angelagerte Frequenzbereich wird **unteres Seitenband** (*lower sideband*), der oberhalb angelagerte Frequenzbereich wird **oberes Seitenband** (*upper sideband*) genannt. Beide Seitenbänder besitzen die gleiche Verlaufsform wie der Sprachfrequenzbereich U_N, das untere Seitenband erscheint lediglich geklappt. Hieraus ist ersichtlich, dass in beiden Seitenbändern die Informationen des Sprachfrequenzbereiches enthalten sind. Es ist also völlig ausreichend, lediglich ein einziges Seitenband zu übertragen. Wird vor der Übertragung zusätzlich die Trägerfrequenz herausgefiltert, reduziert sich die erforderliche Übertragungsbandbreite des modulierten Signals auf 3,1 kHz (Einseitenband-Amplitudenmodulation mit unterdrücktem Träger). Allerdings ist hierbei die Demodulation technisch aufwendiger. Eine weitere Verringerung der erforderlichen Übertragungsbandbreite ist auch durch eine zusätzliche Komprimierung möglich (Kap. 4.1.6).

Die im dargestellten Beispiel gewonnenen Erkenntnisse zur Bestimmung der erforderlichen Bandbreiten modulierter Signale lassen sich prinzipiell auch auf die aktuell eingesetzten höherwertigen Modulationsverfahren übertragen. Allerdings können hierbei die wesentlich komplexeren Zusammenhänge nur noch mit erhöhtem mathematischen Aufwand berechnet werden.

Exkurs

Mithilfe mathematischer Methoden (Fourier-Synthese) kann man nachweisen, dass sich periodische Signale beliebiger Kurvenformen (z. B. Rechteck-, Dreieck-, Sägezahnform) durch Addition von sinusförmigen Frequenzen erzeugen lassen. Der (mathematischen) Addition entspricht elektrotechnisch die Überlagerung von Wechselspannungen (bzw. Wechselströmen) mit unterschiedlichen Frequenzen.

Dieser Vorgang lässt sich auch umkehren: Ein elektrisches Signal beliebiger Kurvenform kann auch in seine jeweils enthaltenen sinusförmigen Teilfrequenzen zerlegt werden (Fourier-Analyse). Diese Zerlegung lässt sich technisch mithilfe eines ***Frequenzanalysators*** *(frequency analyzer) durchführen, durch den Einsatz entsprechender Software können diese Analyse- und Synthesevorgänge aber auch mit einem PC realisiert werden.*

Prinzipiell zeigt sich hierbei:

- Periodische *Signale weisen ein für die jeweilige Signalform charakteristisches Anordnungsmuster der enthaltenen Sinusfrequenzen auf (z. B. Rechtecksignal; Bild 4.30 a).*
- Nicht periodische *Signale hingegen beinhalten meist durchgehend sämtliche Frequenzen innerhalb eines bestimmten Frequenzbereichs mit jeweils unterschiedlichen Amplitudenwerten und diffusen Verteilmustern (z. B. Sprachsignal; Bild 4.30 b).*

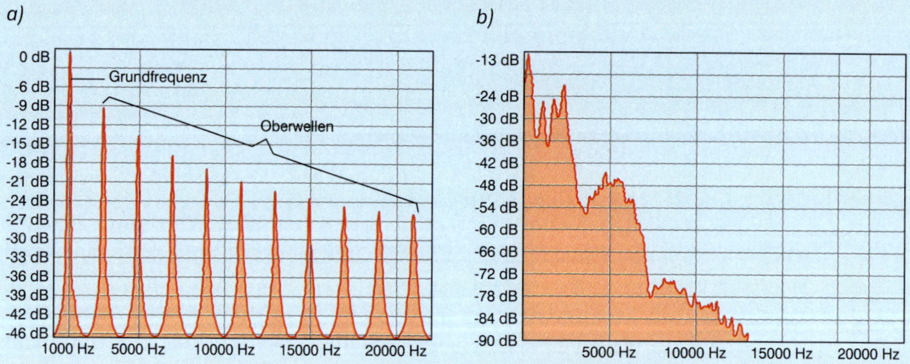

Bild 4.30: Typische, mittels Softwareanalyse visualisierte Frequenzspektren:
a) Rechtecksignal, b) Sprachsignal

Die tiefste im Spektrum eines periodischen Signals vorkommende Frequenz bezeichnet man als ***Grundfrequenz, Grundschwingung*** *oder* ***Grundwelle****. Diese bestimmt die Periodendauer T des Signals und kann auch im entsprechend zugehörigen Liniendiagramm abgelesen werden (f = 1/T, Bild 4.21; siehe auch „Einfache IT-Systeme“, Kap. 5.1.1.6). Alle höheren enthaltenen Frequenzen nennt man* ***Oberwellen****. (Hinweis: In Bild 4.30 a sind nur die Oberwellen bis 21 kHz dargestellt. Ein ideales Rechtecksignal würde – mathematisch betrachtet – unendlich viele Oberwellen enthalten.)*

In der Akustik bestimmt beispielsweise das Anordnungsmuster der Oberwellen – bei gleicher Grundfrequenz – die Klangcharakteristik des resultierenden Tons (der gleiche Ton klingt auf einem Klavier anders als auf einer Gitarre).

In der Übertragungstechnik wird die erforderliche Bandbreite umso größer, je mehr Oberwellen eines (periodischen) Signals übertragen werden sollen. Technisch bedingt kann in der Praxis aber nur eine begrenzte Anzahl von Oberwellen übertragen werden. Bei rechteckförmigen (Daten-)Signalen ist daher stets eine Bandbegrenzung erforderlich. (gilt auch für andere Signalformen)

4.1.5.4 Pulscodemodulation

Die Pulscodemodulation (PCM: **P**ulse **C**ode **M**odulation) ist ein klassisches Verfahren zur digitalen Übertragung analoger Signale. Durch die Digitalisierung lassen sich auf dem Übertragungsweg auftretende Signalveränderungen – z. B. infolge der Leitungsdämpfung und der Verzerrung (Kap. 4.1.3)– rückgängig machen, sodass auf der Empfängerseite das gesendete Signal unverfälscht zur Verfügung steht. Zur Steigerung der spektralen Effizienz (s. o.) werden die digitalisierten Daten vor einer Übertragung heute allerdings vielfach weiteren Modulationsverfahren unterzogen. Die eigentliche Digitalisierung erfolgt aber stets in den drei Schritten **Abtasten**, **Quantisieren** und **Codieren** (*scan, quantize, encode*).

Beim Abtasten werden der analogen Signalspannung (blaue Linie in Bild 4.31) zunächst in festen Abständen Signalproben entnommen. Als Zwischenergebnis entsteht ein pulsamplitudenmoduliertes Signal U_{PAM} (1. Schritt: rote Abtastwerte in Bild 4.31). Um aus diesen Signalproben die ursprüngliche Analogspannung wiedergewinnen zu können, muss – wie sich mathematisch nachweisen lässt – die sog. **Shannonsche Abtastbedingung** erfüllt sein.

4

Aus einem pulsamplitudenmodulierten Signal lässt sich der analoge Spannungsverlauf dann rekonstruieren, wenn gilt:

$$f_{Tast} \geq 2\, f_{Nmax}$$

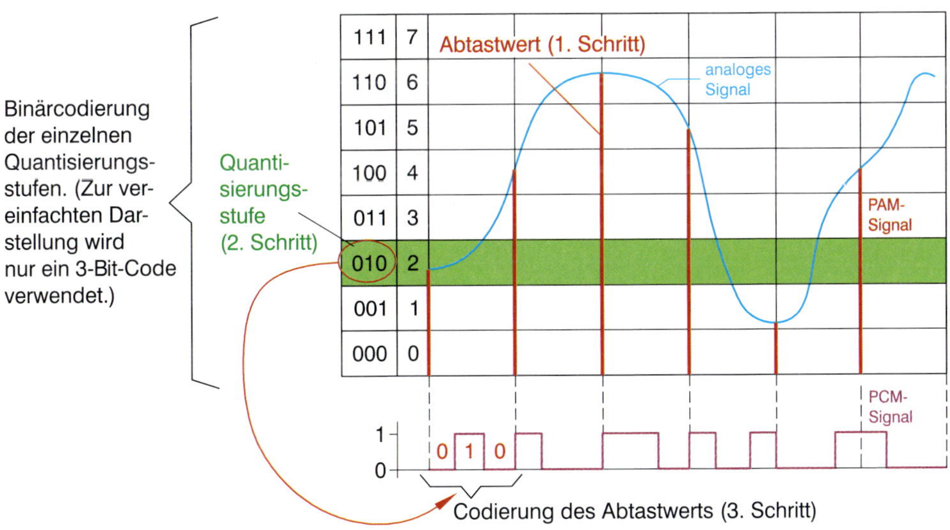

Bild 4.31: Prinzip der Pulscodemodulation

Dies bedeutet, dass die Abtastfrequenz f_{Tast} mindestens doppelt so groß sein muss wie die höchste vorkommende Nutzfrequenz f_{Nmax} und dass das zu übertragende Analogsignal bandbegrenzt werden muss (ohne Frequenzbandbegrenzung gäbe es keine höchste vorkommende Nutzfrequenz f_{Nmax}).

Gemäß der Abtastbedingung müsste beispielsweise die Abtastfrequenz des analogen Fernsprechsignals (300–3 400 Hz) mindestens 6 800 Hz betragen. International hat man diese Abtastfrequenz auf 8 000 Hz festgelegt. Der zeitliche Abstand zwischen zwei Abtastwerten beträgt demnach 125 µs (T = 1/f; „Einfache IT-Systeme", Kap. 5.1.1.6).

Die Schaltung zur Abtastung eines Signals und zum Halten des abgetasteten Signalwertes bis zum nächsten Abtastzeitpunkt trägt auch die Bezeichnung **Sample-and-Hold-Schaltung**. Die Abtastfrequenz wird auch **Sample-** oder **Sampling-Rate** genannt.

Ein analoges Signal besteht aus unendlich vielen unterschiedlichen Spannungswerten, die durch einen positiven und einen negativen Höchstwert begrenzt sind. Verwendet man zur Codierung eines Abtastwertes jeweils ein 8-Bit-Codewort, so lassen sich insgesamt $2^8 = 256$ verschiedene Amplitudenwerte codieren. Der analoge Spannungsbereich wird hierzu in 256 Teilbereiche (Intervalle) zerlegt (2. Schritt: Quantisierung). Jedem Intervall wird eindeutig ein Codewort zugeordnet (3. Schritt: Codierung). Obwohl in einem Intervall liegende Abtastwerte geringfügig unterschiedliche Amplituden aufweisen können, wird ihnen das gleiche Codewort zugeordnet (z. B. erhalten alle Abtastwerte, die im grünen Bereich in Bild 4.31 liegen, die Codierung 010). Den hierbei möglicherweise auftretenden Fehler bezeichnet man als **Quantisierungsfehler** (*quantisation error*), der sich im Empfangsgerät als Geräusch bemerkbar macht. Um diesen Quantisierungsfehler möglichst gering zu halten, verwendet man nicht – wie in Bild 4.31 zur Vereinfachung dargestellt – lineare Quantisierungsstufen mit gleichen Intervallgrößen, sondern eine **nicht lineare Quantisierung**, bei der die Intervalle bei kleinen Signalspannungen kleiner sind als bei großen (Bild 4.32).

Jeder codierte Abtastwert des digitalisierten Signals wird parallel in ein Schieberegister eingelesen und seriell ausgelesen („Einfache IT-Systeme", Kap. 4.4.3.2). Es ergibt sich eine Aneinanderreihung von 8-Bit-Codewörtern, die übertragen werden (violettes PCM-Signal in Bild 4.31). Auf diese Weise lässt sich das Signal über eine Kupferdoppelader senden.

> Bei der (klassischen) **Pulscodemodulation** ergibt sich bei einer **Abtastfrequenz von 8 000 Hz** und einer **Wortlänge von 8 bit** eine **Übertragungsgeschwindigkeit von 8 000/s · 8 bit = 64 kbit/s.**

Um die Übertragungsgeschwindigkeit bei gleicher Bandbreite des Übertragungskanals zu erhöhen, verwendet man in vielen Bereichen **AD-PCM** (**A**daptive **D**ifferential **P**ulse **C**ode **M**odulation) eine Pulscodemodulation mit zusätzlicher Datenkompression (Kap. 4.1.6).

Exkurs

Nicht lineare Quantisierungen werden international festgelegt und in Quantisierungskennlinien dargestellt. Das Diagramm zeigt die ***13-Segment-Kennlinie****, die in Europa verwendet wird. In dem Diagramm ist nur der positive Bereich der 13-Segment-Kennlinie vergrößert dargestellt und die Zuordnung der Quantisierungsintervalle zu den 8-Bit-Codewörtern angegeben. Aus der Zuordnung geht deutlich hervor, dass die kleinen Signalwerte mit einer feineren Stufung quantisiert werden als die großen.*

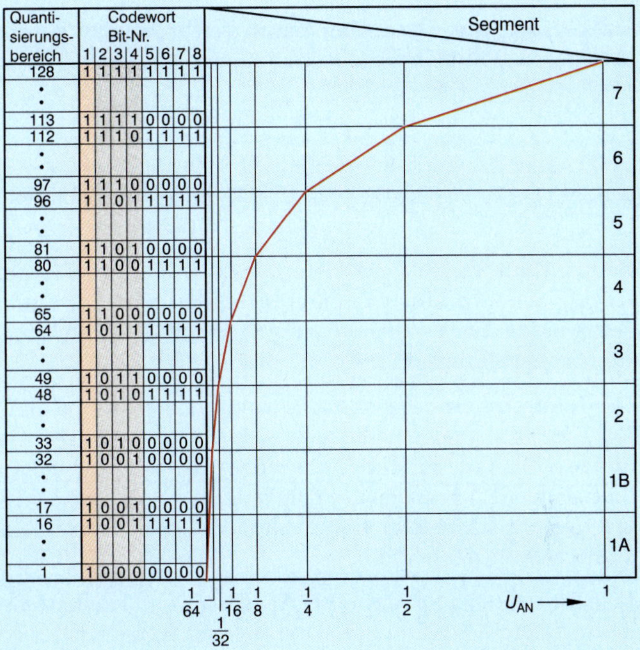

Bild 4.32: Nicht lineare Quantisierung

Für die Codierung der 256 Quantisierungsintervalle wird ein symmetrischer Binärcode verwendet (vgl. Kap. 4.1.11).

Die 8 bit eines Codewortes haben folgende Bedeutung:

- *Bit 1 (2^7) ist das Vorzeichenbit, „0“ kennzeichnet einen negativen, „1“ einen positiven Signalwert.*
- *Bit 2, 3 und 4 (2^6, 2^5, 2^4) kennzeichnen die jeweils acht Segmente der Grobstufung im positiven und im negativen Bereich.*
- *Bit 5 bis 8 (2^3 bis 2^0) kennzeichnen die 16 Feinstufen jedes Segments.*

Als spezielle Form der Pulscodemodulation kann die **Deltamodulation** (*delta modulation*) angesehen werden. Hierbei wird ein Analogsignal mit einer sehr hohen Tastrate abgetastet, wobei allerdings jeweils nur geprüft wird, ob ein Abtastwert größer oder kleiner als sein jeweiliger Vorgänger ist. Ist der Wert größer, so wird eine logische 1 übertragen, ist der Wert kleiner, so wird eine logische 0 übertragen.

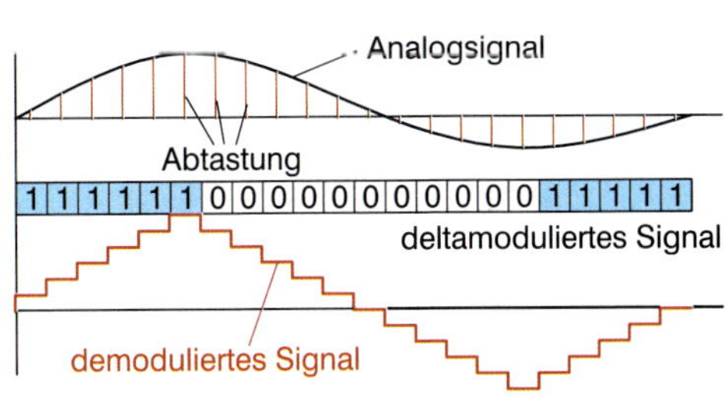

Bild 4.33: Prinzip der Deltamodulation

Durch anschließende Filterung lässt sich aus dem demodulierten Signal das Analogsignal zurückgewinnen.

4.1.6 Kompressionsverfahren

Um die bei einer Datenübertragung erforderliche Bandbreite zu reduzieren oder bei gleicher Bandbreite die Übertragungsgeschwindigkeit zu erhöhen, werden Kompressionsverfahren eingesetzt.

> Unter **Komprimierung** bzw. **Kompression** (*compression*) versteht man in der Übertragungstechnik technische Verfahren zur Reduzierung des zu übertragenden Datenstroms.

Beim Einsatz von Kompressionsverfahren wird somit nicht das eigentliche Signal übertragen, sondern nur ein entsprechender Code mit einer geringeren Bandbreite. Die Berechnung eines solchen Codes ist im Hinblick auf die Rechenleistung komplex und erfordert leistungsfähige Chips.

Die Komprimierung bzw. die Dekomprimierung erfolgt durch sog. **Codecs** (**Co**der-**Dec**oder). Entsprechend ihrer Einsatzgebiete lassen sich diese in **Sprachcodecs**, **Audiocodecs** und **Videocodecs** unterteilen. Der **Kompressionsfaktor** gibt hierbei das Verhältnis der Datenmenge des Quellmaterials zur Datenmenge nach der Bearbeitung an. Ein Kompressionsfaktor von 12:1 bedeutet also, dass ein Codec einen Datenstrom um das 12-Fache reduzieren kann.

Man unterscheidet zwischen **verlustloser** und **verlustbehafteter** Kompression. Bei der verlustlosen Komprimierung lässt sich das Signal auf der Empfängerseite wieder original rekonstruieren, während eine verlustbehaftete Komprimierung stets mehr oder weniger große Qualitätseinbußen mit sich bringt. Bei der Übertragung von Audio- und Videodaten wird als Gütekriterium die Wahrnehmbarkeit der Qualitätsveränderung angesetzt, bei der Sprachübertragung im Bereich der Telekommunikation war ursprünglich die *Verständlichkeit* und nicht die Originalqualität das maßgebliche Kriterium.

Die eingesetzten Sprachcodecs arbeiten mit genormten Komprimierungsverfahren, die im Allgemeinen untereinander nicht kompatibel sind.

Die (subjektiv wahrgenommene) Wiedergabequalität von Sprache wird in der Praxis durch den **MOS-Wert** (**M**ean **O**pinion **S**core) von 0 bis 5 beurteilt. Je größer der MOS-Wert, desto besser wird die Wiedergabequalität empfunden.

Codec-Standard	G.711	G.722.2 (ITU) TS 26.171 (3GPP)	G.728	G.729A	RFC 3951
Bezeichnung	Pulse Code Modulation (PCM), keine Kompression	Adaptive Multi-Rate Wideband (AMR-WB)	Low Delay Code Excited Linear Prediction (LD-CELP)	Conjugate Structure Algebraic Code Excited Linear Prediction (CS-ACELP)	internet Low Bitrate Codec (iLBC)

Codec-Standard	G.711	G.722.2 (ITU) TS 26.171 (3GPP)	G.728	G.729A	RFC 3951
Übertragungsrate (Verzögerungszeit)	64 kbit/s (ca. 2 ms)	6,6 kbit/s (ca. 2 ms; „Schmalband“) bis zu 12,65 kbit/s („Breitband“)	16 kbit/s (ca. 1,25 ms)	8 kbit/s (ca. 25 ms)	15,2 kbit/s (iLBC 20: bis ca. 30 ms, bei Paketverlust geringere Auswirkung auf Sprachqualität)
MOS	4,4	4,5 bis zu 4,9	4,2	4,0	< 4,0
Sprachfrequenzbereich	0,3–3,4 kHz	Schmalband: 0,3–3,4 kHz Breitband: 0,05–7 kHz	0,3–3,4 kHz	0,3–3,4 kHz 0,05–7 kHz (G.729J)	0,3–3,4 kHz
Anwendungsbeispiele	Standard-Codec für Festnetz- u. IP-Telefonie	UMTS, DECT („CAT-iq“), VoIP („HD-Voice“)	VoIP	VoIP („HD-Voice“)	VoIP, Audio-Streaming

Bild 4.34: Sprachcodecs im Vergleich

In Bild 4.35 sind beispielhaft einige Audio- und Videocodecs sowie Komprimierungsstandards und zugehörige Software aufgelistet.

Standards und Software	
VP9	▪ von Google aufgekauftes offenes Format für die Codierung von Videodaten ▪ verbesserte Bitrateneffizienz gegenüber H.264-Codierer (s. u.) ▪ vielfach implementiert in Web-Browsern (z. B. Google Chrom, Mozilla Firefox)
LPCM	▪ **L**inear **P**ulse **C**ode **M**odulation ▪ verlustfreies Verfahren für die Aufzeichnung und Übertragung von binär codierten Analogsignalen (störunempfindlich, da nur 0- und 1-Signale übertragen werden, aber dadurch hohe Datenübertragungsrate erforderlich, s. u.) ▪ unterstützt bis zu 8 Kanäle bei Abtastraten bis zu 192 kHz ▪ Dynamikbereich bis zu 144 dB (24-bit-Codierung) ▪ eingesetzt bei Audio-CDs (bis zu 1,5 Mbit/s, Stereo), DVDs (bis zu 9,6 Mbit/s; 5.1-Kanäle) und Blu-Ray-Discs (bis zu 28 Mbit/s; 7.1-Kanäle)
Audiocodecs	
Windows Media Audio	▪ Audiocodec von Microsoft; Verwendung zum Herunterladen von Dateien aus dem Internet und zur Darstellung von Streaming-Media, meist verlustbehaftete Kompression ▪ Neben dem klassischen **WMA-Audiocodec** (2 Tonkanäle) gibt es auch einen **WMA**-Codec für 7.1-Tonkanäle und **WMA Lossless** (5.1-Tonkanäle verlustfrei). ▪ bietet Vorkehrungen für Kopierschutz und digitales Rechtemanagement (DRM) sowie einen Tag für die Speicherung weiterer Informationen

4

Audiocodecs	
mp3	▪ basierend auf MPEG-1-Audio-Layer-3 oder MPEG-2-Audio-Layer-3 ▪ Kompressionsrate liegt bei ca. 80 % (gegenüber unkomprimierter Audio-CD); 2 Tonkanäle; verlustbehaftet, obwohl durch Verwendung psychoakustischer Effekte (nur für das Ohr wahrnehmbare Signalanteile werden codiert) bei der Codierung mit hinreichend hoher Datenrate (> 192 kbit/s) die Wiedergabe subjektiv genau wie das Original klingen soll. ▪ Weniger verbreitete Weiterentwicklungen sind z. B. mp3PRO (Verbesserung der Klangqualität bei Datenraten < 96 kbit/s und mp3-Surround; Wiedergabe von 5.1-Tonkanälen).
Lame	▪ weit verbreiteter, lizenzfreier mp3-Audio-Encoder (Open-Source-Projekt); in Stufen zwischen 8 und 320 kbit/s wählbare Qualitätsstufen; 2 Tonkanäle
AAC/AAC+ (Advanced Audio Coding)	▪ internationaler Standard der ISO und Bestandteil von MPEG-2 und MPEG-4 ▪ verlustbehaftete Codierung für qualitativ hochwertiges Audio mit Übertragungsraten von 64 kbit/s bis 320 kbit/s ▪ Kompressionsrate liegt bei ca. 95 % ▪ AAC ist lizenzpflichtig; die Lizenzen liegen bei AT&T, Sony, Dolby und dem Fraunhofer Institut. ▪ AAC+ (AACplus, MPEG-4 HE-AAC; HE = **H**igh **E**fficiency) ist eine Weiterentwicklung der AAC-Kompression, speziell für niedrige Bitraten bis zu 64 kbit/s.
Videocodecs	
DivX	▪ entwickelt von DivXNetworks ▪ basierend auf „MPEG-4 Part 2 Video Coding"; aktuelle Versionen unterstützen auch H.264 und Matroska-Container (s. u.; Hinweis: Die einzelnen Versionen sind untereinander nicht abwärtskompatibel.) ▪ Kompressionsfaktor 10:1
Xvid	▪ Open-Source-Videocodec ▪ basiert auf dem Kompressionsalgorithmus „MPEG-4 Part 2 Video Coding" ▪ unterstützt diverse Kompressionsformate
H.264/ AVC/ AVCHD	▪ allgemeiner ITU-Standard zur Videokompression für mobile Anwendungen (z. B. Digitalkameras), stationäres TV unterschiedlicher Auflösung (bis hin zu HDTV) und Blu-Ray ▪ unterstützt konstante Bitraten **(CBR)** und variable Bitraten **(VBR)** in der Größenordnung zwischen 64 kbit/s und 960 Mbit/s (abhängig von der jeweiligen Auflösung) ▪ Alternativbezeichnung: MPEG-4/AVC-Codec (AVC = **A**dvanced **V**ideo **C**oding, s. u.) ▪ hochentwickelte Videokompression, Steigerung des Kompressionsfaktors gegenüber MPEG-2 um bis zu 50 % ▪ **A**dvanced **V**ideo **C**oding: Weiterentwicklung von MPEG-4, basiert auf einer effizienteren netzwerkfähigen Codiermethode mit mehreren anwendungsspezifischen Profilen (z. B. Videotelefon, Videokonferenz, HDTV (bis 1080i bei 60 fps), Datei-Archivierung) ▪ auf diesem Codec aufbauend: AVCHD 2.0 (**A**dvanced **V**ideo **C**odec **H**igh **D**efinition); unterstützt auch 3D-Darstellung sowie HDTV im Progressive Mode mit bis zu 60 fps
H.265/ HEVC	▪ **H**igh **E**fficiency **V**ideo **C**odec (MPEG-H Teil 2); Nachfolgestandard von H.264 mit höherer Datenreduktion bei gleicher Bildqualität ▪ skalierbare Datenformate von 320 × 240 bis zu 8 192 × 4 320 Pixeln (8K, UHD-2) und Bildwiederholraten (fps: **f**rames **p**er **s**econd); z. B. FullHD: 128 fps; UHD: 300 fps ▪ Verwendung bei hochauflösenden TV-Programmen (z. B. DVB-T2), Blu-Ray und Streaming-Angeboten

Bild 4.35: Komprimierungsstandards und Codecs (Beispiele)

Darüber hinaus findet man im Zusammenhang mit Audio- und Videocodecs auch den Begriff des Containers.

Als **Containerdatei** bzw. kurz als **Container** bezeichnet man in der Datenverarbeitung allgemein eine Datei, in der Daten unterschiedlicher Codecs und damit verschiedener Datenformate zusammen abgespeichert werden können. Die Art der Zusammenführung dieser verschiedenen Datenformate bezeichnet man als **Containerformat**.

Im Bereich der Mediencontainer wird meist eine komprimierte Videodatei mit einer Audiodatei als Tonspur kombiniert. Auch die Speicherung mehrerer, meist verschiedensprachiger Tonspuren, zusätzlicher Untertitel oder interaktiver Menüstrukturen ist bei einigen Containerformaten möglich. Mithilfe entsprechender Programme (z. B. VirtualDub, Avidemux, FFmpeg) lassen sich die einzelnen Audio-, Video- und Containerformate untereinander konvertieren, sofern nicht vorhandene Schutzmaßnahmen innerhalb der Dateien dies verhindern.

Containerformat/ Dateiendung	Bezeichnung/Erläuterung
avi	**A**udio **V**ideo **I**nterleave; kombiniert z. B. einen MPEG4-Video-Stream mit mp3-Tonspur; sehr weit verbreitet, teilweise auch von DVD-Playern unterstützt
vob	**V**ideo **Ob**ject; Containerformat für DVD-Video
mov	Quicktime, Containerformat der gleichnamigen Apple-Abspielsoftware; arbeitet mit AVC
mp4	Containerformat für MPEG4-Medieninhalte, allerdings beschränkt auf bestimmte Formate (Video: MPEG-2 Video, MPEG-1 Video, MPEG-4 Part 2, MPEG-4 AVC/H.264; Audio: AAC, MP3, MP2, MP1; Bilder: JPEG, PNG)
flv, f4v	**F**lash **V**ideo; offenes Containerformat von Adobe Systems; insbesondere verwendet für Internet-Videostreaming
3gp	Containerformat für Smarthpones; unterstützt nur begrenzt Video- und Audiocodecs, z. B.: Video: MPEG-4 Part 2, H.263 oder H.264 Audio: AMR, AMR-WB oder AAC-LC
mkv, mka, mks, mk3d	Matroska; Open-Source-Containerformat, unterstützt die meisten Audio- und Videocodecs

Bild 4.36: Beispiele für Containerformate

4.1.7 Mehrfachnutzung eines Übertragungswegs

Dem ständig steigenden Bedarf nach Übertragungskapazitäten im Bereich der Übertragungsmedien wird neben dem Einsatz entsprechender Quellcodierungsverfahren zur Datenreduktion auch durch die Entwicklung von Verfahren zur effizienteren Ausnutzung vorhandener Medien Rechnung getragen.

4.1.7.1 Simplexverfahren

Die Ausnutzung einer Übertragungsstrecke (z. B. einer Kupferdoppelader) nur in einer Richtung wird als **Simplexverfahren** (*simplex method*) bezeichnet. Es kommt beispielsweise bei Messwertgebern zur Anwendung, bei denen Daten nur zur Auswertestelle übertragen werden müssen. Weitere Anwendungen stellen Radio- oder TV-Übertragungen über Kabel oder eine Funkstrecke dar.

4.1.7.2 Duplexverfahren

Das einfachste Verfahren zur Mehrfachausnutzung eines Übertragungswegs besteht in der Einrichtung eines Duplexsystems.

Bild 4.37: Grundprinzip des Duplexverfahrens

Hierbei wird ein Übertragungsmedium (z. B. eine Kupferdoppelader) von zwei Kommunikationsteilnehmern in entgegengesetzter Richtung genutzt. Die Endeinrichtungen fungieren in der Regel sowohl als Quelle wie auch als Senke. Man unterscheidet zwischen dem Halbduplex- und dem Vollduplexverfahren (Bild 4.38).

Bezeichnung	Beschreibung	Beispiel
Halbduplex	Abwechselnde Übertragung in jeweils nur einer Richtung	Funkverbindungen (Piloten-Funkverkehr, Polizeifunk, Funkamateure)
Vollduplex (Kurzform: Duplex)	Gleichzeitige Übertragung in beide Richtungen	Telefone, die über eine zweiadrige Leitung (a/b-Ader) oder einer Funkstrecke mit dem zuständigen Anschlussknoten verbunden sind; GSM-/LTE/5G- Funknetze, VDSL 2

Bild 4.38: Halbduplex- und Vollduplexverfahren

Bei **Halbduplex** (*half-duplex*) können sich die wechselweise entgegengesetzt laufenden Datenströme systembedingt nicht beeinflussen. Der Duplexer besteht im einfachsten Fall aus einem Umschalter, der bedarfsorientiert die Übertragungsrichtung wechselt.

Bei **Vollduplex** (*full-duplex*) hingegen muss verhindert werden, dass eine Quelle ihr eigenes Signal empfängt (z. B. beim Telefon: Quelle 1 = Mikrofon, Senke 1 = Lautsprecher im Handapparat). Hierzu werden zwei verschiedene Verfahren eingesetzt: das Getrenntlage- und das Gleichlageverfahren.

4.1.7.3 Getrenntlageverfahren

Bei diesem Verfahren werden die Signale in Sende- und Empfangsrichtung mittels Modulation auf verschiedene Bereiche der Frequenzachse verschoben und übertragen. Man bezeichnet dieses Verfahren als **Frequenzduplex** (**FDD**: Frequency Division Duplex; siehe auch

Frequenzmultiplex; Kap. 4.1.8.2). Die in den Bildern 4.39 und 4.40 beispielhaft angegebenen Werte beziehen sich auf derzeit vergebene, zusammengehörende Blöcke von Übertragungsfrequenzen beim Mobilfunk (vgl. Bild 3.40).

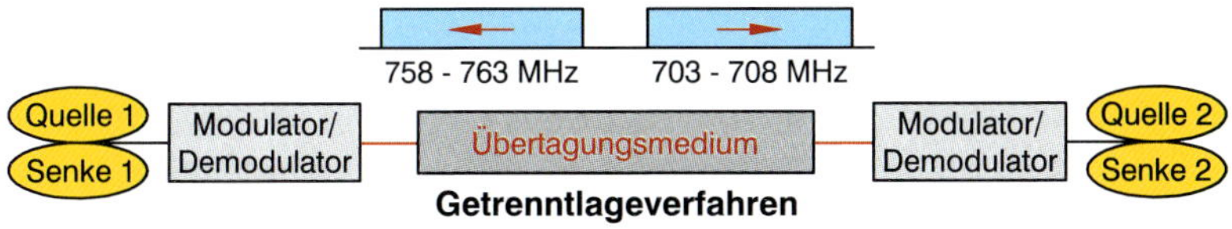

Bild 4.39: Beispiel für das Getrenntlageverfahren

4.1.7.4 Gleichlageverfahren

Hierbei werden Signale in Sende- und Empfangsrichtung im gleichen Frequenzbereich übertragen.

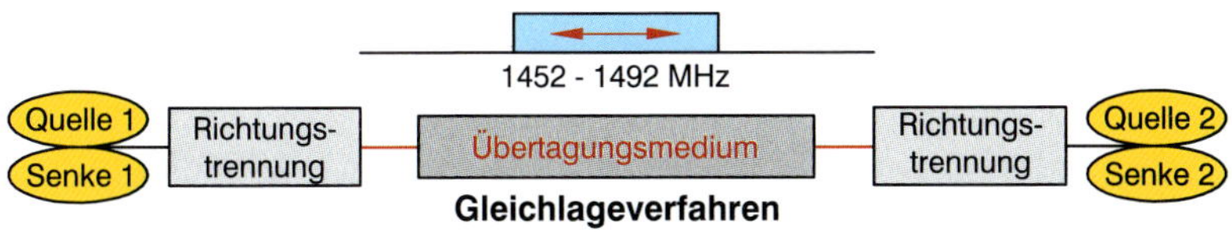

Bild 4.40: Beispiel für das Gleichlageverfahren

Die Richtungstrennung erfolgt im sog. **Zeitduplex** (**TDD**: **T**ime **D**ivision **D**uplex; siehe auch Zeitmultiplex; Kap. 4.1.8.4). Hierbei werden die Signale zeitlich getrennt im gleichen Frequenzbereich transportiert, indem beispielsweise die Sprache von zwei miteinander kommunizierenden Personen durch digitale Verfahren (Kap. 4.1.5.4) jeweils in kurze Datenblöcke zerlegt und dann wechselseitig übertragen wird. Es entstehen zwar systembedingt kurze Verzögerungen, trotzdem erscheint es so, als ob eine kontinuierliche Sprechverbindung besteht, da die Verständlichkeit in der Regel kaum beeinträchtigt wird.

4.1.7.5 Echokompensation

Treten auf dem Übertragungsweg Reflexionen auf, so überlagert sich dem empfangenen Signal der Gegenstation das eigene gesendete Signal, wodurch sich eine Störung ergibt. Eine solche Reflexion kann bei leitungsgebundener Übertragung auch durch eine Fehlanpassung am Leitungsende auftreten (Kap. 4.1.3.3).

Während früher bei analogen Übertragungen die Informationen (z. B. Sprache) von derartigen Störungen nur wenig beeinträchtigt wurden, können Signalreflexionen eine digitale Datenübertragung unmöglich machen. Aus diesem Grund werden auf digitalen Übertragungsstrecken, die das Gleichlageverfahren verwenden, zusätzlich spezielle „Echokompensationsschaltungen" eingesetzt, die auf mathematischen Verfahren beruhen und in ihrem technischen Aufbau meist sehr komplex sind.

Unter dem Begriff **Echokompensation** (*echo compensation*) versteht man technische Verfahren zur Unterdrückung reflektierter Signalanteile (Echos) des Sendesignals bei der elektrischen Signalübertragung.

Die genannten Verfahren zur Richtungstrennung sowie die Echokompensation finden auch bei den im Folgenden beschriebenen Multiplexverfahren Anwendung.

4.1.8 Multiplexverfahren

Im Gegensatz zum Duplexverfahren wird bei den **Multiplexverfahren** (*multiplex method*) das Übertragungsmedium in derselben Übertragungsrichtung gleichzeitig *mehrfach* benutzt.

Bild 4.41: Grundprinzip des Multiplex

In Bild 4.41 ist lediglich die Senderichtung dargestellt. Die entsprechend aufbereiteten Nutzsignale verschiedener Quellen werden hierbei von einem **Multiplexer** (MUX) gebündelt und als gemeinsames Signal auf den Übertragungskanal gelegt. Empfangsseitig spaltet der **Demultiplexer** (DX) das übertragene Signal wieder in die ursprünglichen Nutzsignale auf. Diese werden anschließend den entsprechenden Senken zugeführt.

In Abhängigkeit vom verwendeten Multiplexverfahren kann das Übertragungsmedium in der Regel auch bidirektional verwendet werden. Hierzu ist sowohl am Sende- wie auch am Empfangsort ein Multiplexer-Demultiplexer-Paar erforderlich. Zur Vereinfachung der Darstellung wird in den folgenden Beispielen aber stets nur eine einzige Übertragungsrichtung visualisiert.

Grundsätzlich lassen sich verschiedene Multiplexverfahren unterscheiden, wie in Bild 4.42 dargestellt.

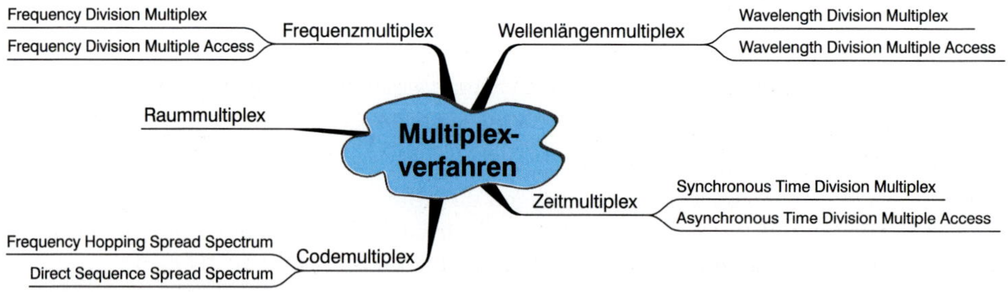

Bild 4.42: Multiplexverfahren

4.1.8.1 Zugriffsverfahren der Multiplextechnik

Der Zugriff auf vorhandene Übertragungskapazitäten lässt sich bei den genannten Multiplexverfahren sowohl zentral als auch dezentral steuern. Obwohl die zugrunde liegenden Multiplextechniken in beiden Fällen gleichartig sind, werden zur Unterscheidung international die folgenden Bezeichnungen und Abkürzungen verwendet:

Zentral gesteuerte Multiplexverfahren	Abk.	Dezentral gesteuerte Multiplexverfahren	Abk.
Frequency Division Multiplex	FDM	Frequency Division Multiple Access	FDMA
Wavelength Division Multiplex	WDM	Wavelength Division Multiple Access	WDMA
Time Division Multiplex	TDM	Time Division Multiple Access	TDMA
Code Division Multiplex	CDM	Code Division Multiple Access	CDMA
Space Division Multiplex	SDM	Space Division Multiple Access	SDMA

Bild 4.43: Internationale Bezeichnungen der verschiedenen Multiplexverfahren

Im Zusammenhang mit den Steuerungsmechanismen spricht man auch von einer **zentralen** und einer **dezentralen Reservierungstechnik** (*reservation allocation*).

Zentrale Reservierungstechnik

Bei der zentralen Reservierungstechnik unterscheidet man zwischen **statischer** und **dynamischer Zugriffssteuerung** (*static and dynamic access control*). Der wesentliche Unterschied besteht darin, dass bei der zentralen statischen Zugriffssteuerung jedem Quelle-Senke-Paar ein festgelegter Teil der insgesamt verfügbaren Übertragungskapazität eines Übertragungsmediums zur Verfügung gestellt und für die Dauer der Übertragung garantiert wird. Im Gegensatz dazu wird bei der zentralen dynamischen Zugriffssteuerung die verfügbare Übertragungskapazität bedarfsorientiert geändert.

Eine Quelle kann beispielsweise nacheinander oder gleichzeitig mehrere Senken ansprechen, sie kann auch zeitlich begrenzt mehrere Kanäle parallel belegen. Beide Arten der Steuerung werden vornehmlich in öffentlichen Telekommunikationsnetzen verwendet.

Dezentrale Reservierungstechnik

Bei der dezentralen Reservierungstechnik erfolgt keine Zuweisung von Kanalkapazitäten, vielmehr konkurrieren die Geräte (Quellen und Senken) um den Zugriff auf den gemeinsamen Übertragungskanal.

Dieser **Konkurrenzbetrieb** (*contention mode*) unterscheidet sich von der zentralen Vergabe von Übertragungskapazitäten im Wesentlichen durch folgende Merkmale:

- Freigabe von Übertragungskapazität durch Prioritäten, die an Quellen und Senken vergeben werden, Merkmale des Contention Modes
- ggf. entstehende Wartezeiten bis zur Zuweisung von Übertragungskapazität
- ggf. gestörte Übertragung bzw. Kollisionen bei zeitgleich zugreifenden Quellen
- keine Garantie dafür, dass die Übertragung einer Nachricht von einer Quelle zur Senke erfolgreich verlaufen ist
- Abhängigkeit der Performance (z. B. Datendurchsatz, Netzlaufzeit) von der Belastungssituation (Verkehrsaufkommen)

Angewendet werden die dezentral gesteuerten Multiplexverfahren insbesondere bei breitbandigen LANs und WANs sowie beim Mobilfunk.

4.1.8.2 Frequenzmultiplex

Das Frequenzmultiplex ist ein elektrisches Multiplexverfahren, bei dem die Nutzsignale, die ursprünglich alle im gleichen Frequenzbereich liegen (z. B. Sprachfrequenzen), durch Modulation und Filterung in verschiedene Frequenzbänder verschoben werden, die dann auf dem Übertragungsmedium gleichzeitig übertragen werden können, ohne sich gegenseitig zu stören.

Technisch betrachtet besteht ein FDM-Multiplexer im Wesentlichen aus einer oder mehreren Modulationsstufen sowie Filter- und Koppelelementen.

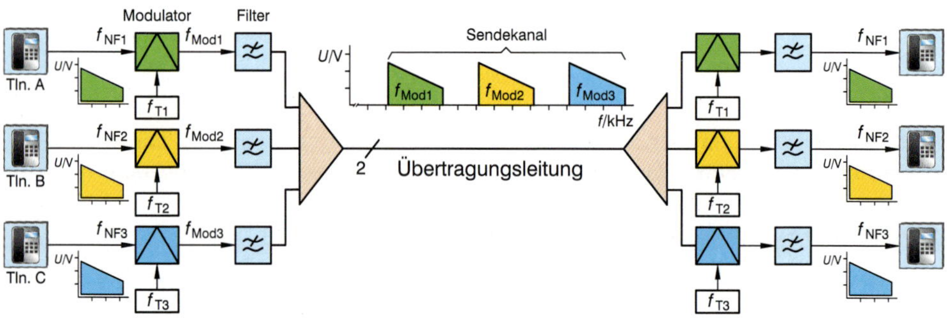

Bild 4.44: Anwendungsbeispiel für Frequenzmultiplex

Bild 4.44 visualisiert das Grundprinzip einer Frequenzmultiplexübertragung am Beispiel von drei niederfrequenten Telefonsignalen über einen gemeinsamen elektrischen Sendekanal mithilfe der Einseitenband-Amplitudenmodulation mit unterdrücktem Träger (Kap. 4.1.5). Die einzelnen Nutzsignale werden frequenzversetzt übertragen und am Ende der Übertragung wieder in ihre ursprüngliche Frequenzlage zurücktransformiert. Das reine Frequenzmultiplexverfahren ist heute weniger gebräuchlich, es findet sich jedoch noch implementiert bei OFDM (Bild 4.26) und im optischen Bereich als Wellenlängenmultiplex.

4.1.8.3 Wellenlängenmultiplex

Wellenlängenmultiplex (WDM: **W**avelength **D**ivision **M**ultiplex) lässt sich als Frequenzmultiplex im optischen Bereich interpretieren und wird daher im Zusammenhang mit den optischen Multiplextechniken in Kap. 4.2.8 dargestellt.

4.1.8.4 Zeitmultiplex

Die Mehrfachausnutzung eines Übertragungskanals mittels Zeitmultiplex (TDM: **T**ime **D**ivision **M**ultiplex) basiert auf der zeitlich begrenzten Zuordnung von Kanalkapazitäten zu einem Quelle-Senke-Paar.

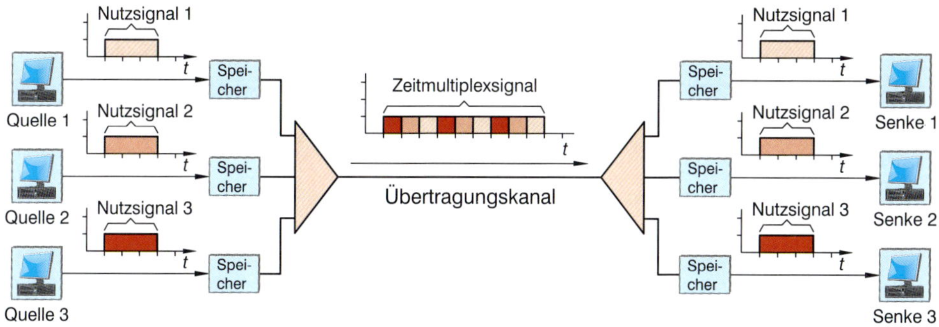

Bild 4.45: Grundprinzip der Zeitmultiplexübertragung

Die zu übertragenden Nutzsignale werden in einem Zwischenspeicher abgelegt. Dort werden sie in einzelnen Paketen an den Eingang eines Multiplexers gelegt, der die Datenpakete der verschiedenen Quellen in zeitlichen Abständen auf den Übertragungskanal legt. Auf dem Übertragungskanal entsteht ein kontinuierlicher Datenstrom. Auf der Empfängerseite wird der Datenstrom durch den Demultiplexer wieder den entsprechenden Senken zugeordnet.

Beim Zeitmultiplex unterscheidet man zwischen dem synchronen Zeitmultiplex (**STDM**: **S**ynchronous **T**ime **D**ivision **M**ultiplex) und dem asynchronen Zeitmultiplex (**ATDM**: **A**synchronous **T**ime **D**ivision **M**ultiplex).

Beim **synchronen Zeitmultiplex** werden die Signale verschiedener Nutzkanäle zeitversetzt mit jeweils einer festen Anzahl von Bits in äquidistanten Zeitabschnitten – sog. Zeitschlitzen (*time slots*) – übertragen. Die Bezeichnung „synchron" rührt bei diesem Verfahren daher, dass es sich um einen zentral gesteuerten periodischen Zugriff auf das Übertragungsmedium handelt.

4

Der entstehende periodische Signalabschnitt zwischen zwei Zeitschlitzen, die zu dem gleichen Nutzsignal gehören, bezeichnet man als **Pulsrahmen** (*pulse frame*).

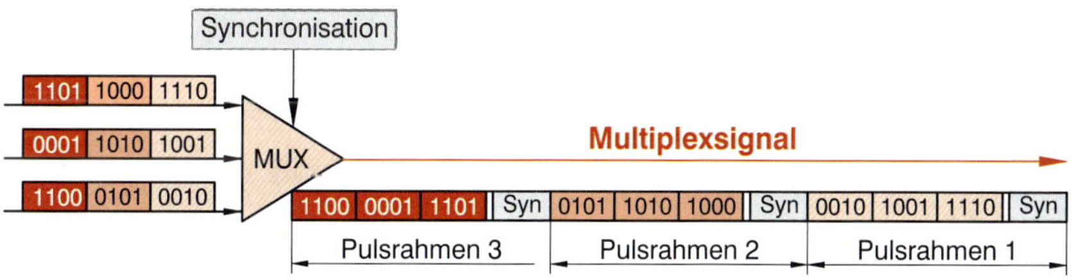

Bild 4.46: Prinzip der Pulsrahmenstruktur beim synchronen Zeitmultiplex

Diese Verfahrensweise hat den Nachteil, dass aufgrund der festen Rahmenstruktur mit Zeitschlitzen nur vergleichsweise unflexibel auf unterschiedlich hohe Datenströme reagiert werden kann.

Hier bietet das **asynchrone Zeitmultiplex** wesentliche Vorteile. Dabei werden die zu übertragenden Daten von Datenendeinrichtungen zwar auch zeitlich versetzt in Zeitschlitzen übertragen, allerdings erfolgt die Zuordnung von Übertragungskapazitäten nicht periodisch innerhalb eines festen Zeitrasters, sondern bedarfsorientiert in Abhängigkeit vom konkreten Übertragungsbedarf. Es liegt somit kein zentral gesteuerter Zugriff vor, sondern ein bedarfsgesteuertes Ressourcen-Sharing (TDMA: **T**ime **D**ivision **M**ultiple **A**ccess). Aus diesem Grund wird das asynchrone Zeitmultiplex vielfach in Rechnernetzen auf der Basis von Ethernet, Token Ring, Token Bus oder FDDI verwendet. Weitere Anwendungsbereiche sind beispielsweise der paketvermittelnde Datendienst GPRS innerhalb der GSM-Netze sowie das Internet.

4.1.8.5 Codemultiplex

Das Codemultiplex (CDM: **C**ode **D**ivision **M**ultiplex) gehört zu den modernsten Verfahren unter den Multiplextechniken. Es wird vornehmlich bei der leitungsungebundenen Kommunikation verwendet. Man unterscheidet verschiedene Varianten, die alle darauf beruhen, dass zur Übertragung ein größerer Frequenzbereich verwendet wird, als eigentlich erforderlich wäre. Wegen dieses größeren Frequenzbereiches werden diese Verfahren als **Spread-Spectrum-Techniken** bezeichnet. Mit diesen Techniken lassen sich Abhörgefahr und Störempfindlichkeit von Übertragungen drastisch reduzieren.

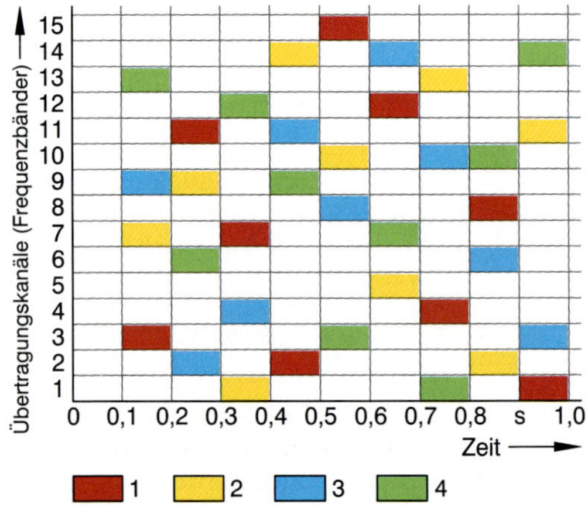

Bild 4.47: Grundprinzip des Frequenzsprungverfahrens (hier mit 4 Datenverbindungen; jeweils gleichfarbige Blöcke gehören zu einem Datenstrom)

Folgende Verfahren werden eingesetzt:

Frequency Hopping Spread Spectrum (FHSS)

Innerhalb eines festgelegten Frequenzbereiches wird eine Verbindung über wechselnde Frequenzen aufgebaut. Die Frequenzfolge und die Umschaltzeitpunkte müssen den jeweiligen Sendern und Empfängern bekannt sein, d. h., es muss eine Synchronisation stattfinden. Die jeweils freien Kanäle können von anderen Sendern und Empfängern genutzt werden. Je nachdem, wie schnell die Frequenzwechsel erfolgen, unterscheidet man:

Bezeichnung	Beschreibung
Fast **F**requency **H**opping **(FFH)**	Die Hoppingrate ist größer als die Bitrate, d. h., während einer Bitdauer findet ein Frequenzwechsel statt.
Slow **F**requency **H**opping **(SFH)**	Die Bitrate ist größer als die Hoppingrate, d. h., mehrere Bits werden auf einer Frequenz übertragen (z. B. in GSM-Netzen).

Bild 4.48: Frequenzhoppingverfahren

Direct Sequence Spread Spectrum (DSSS)

Das DSSS-Verfahren gewinnt im Zusammenhang mit den digitalen Funktechniken (z. B. LTE, 5G, Satellitenkommunikation) zunehmend an Bedeutung. Es basiert auf der Spreizung des Frequenzspektrums des zu übertragenden Nutzsignals und wird auch als

Wideband Code Division Multiple Access (WCDMA) bezeichnet. Es kann vereinfacht wie folgt beschrieben werden.

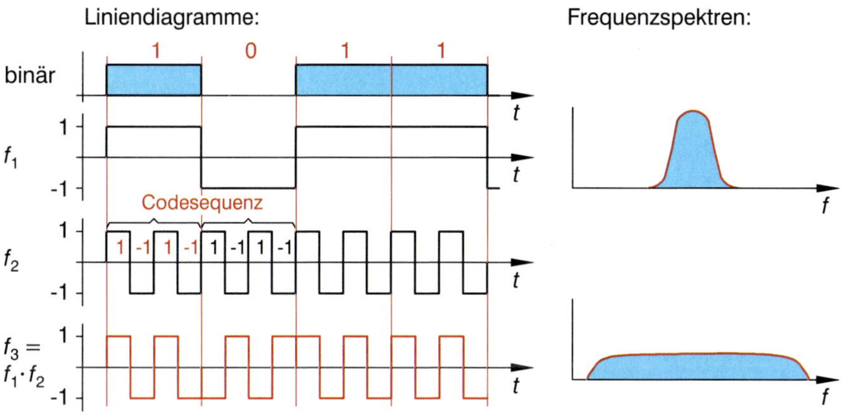

Bild 4.49: Spreizung eines Nutzsignals (Liniendiagramm und Frequenzspektrum)

Eine zu übertragende binäre Bitfolge (im Beispiel: 1011) wird durch die Signalwerte +1 und −1 (in Bild 4.49 Signal f_1; links: zeitlicher Verlauf; rechts: zugehöriges schmalbandiges Frequenzspektrum mit großen Amplitudenwerten) dargestellt und mit einer periodischen Pulsfolge f_2 multipliziert, deren Frequenz wesentlich höher ist als die der Nutzdaten. Diese Pulsfolge bewirkt eine Art Codierung des Nutzsignals. In der Regel ist die Periodendauer der Pulsfolge hierbei ein ganzzahliges Vielfaches der Dauer eines Datenbits. Durch die Multiplikation entsteht ein Sendesignal f_3, bei dem ein Bit durch n Impulse der Codesequenz dargestellt wird (im Beispiel: $n = 4$).

Mithilfe einer Frequenzanalyse (Kap 4.1.5.3) lässt sich nachweisen, dass durch diesen Vorgang das Spektrum des Signals – wie in Bild 4.49 mit Signal f_3 prinzipiell dargestellt – gespreizt wird und die Amplituden der enthaltenen Frequenzen kleiner werden. Der Spreizfaktor wird durch die Codelänge n bestimmt.

Auf der Empfangsseite muss das Signal nach der Übertragung wieder entspreizt werden, um die ursprüngliche Datenfolge zurückzugewinnen. Dies kann durch eine erneute Multiplikation mit derselben Codesequenz erfolgen, die zur Erzeugung des Sendesignals verwendet wurde (Bild 4.50).

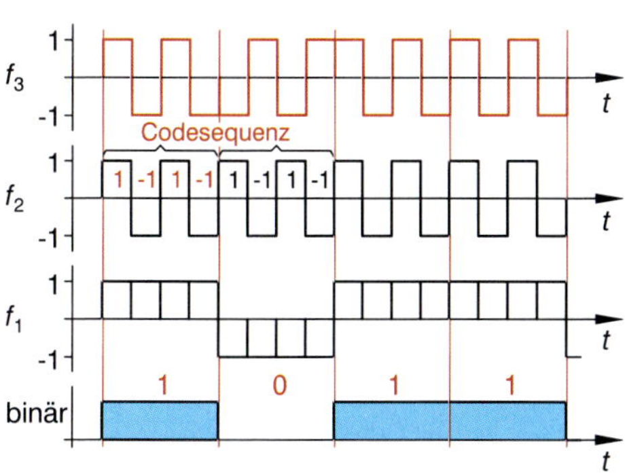

Bild 4.50: Entspreizung mit richtiger Codesequenz

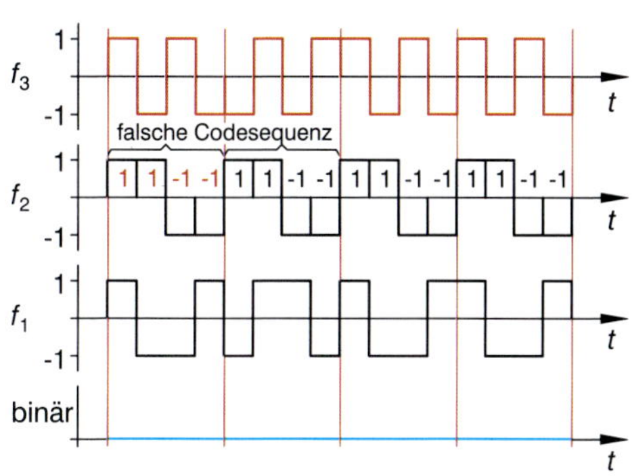

Bild 4.51: Entspreizung mit falscher Codesequenz

Ein Decodierungsversuch mit einer anderen Codesequenz ergibt auf der Empfängerseite nicht mehr das ursprüngliche Nutzsignal (Bild 4.51).

Das ursprüngliche Signal kann nur mit der richtigen Codefolge zurückgewonnen werden.

Wird im selben Frequenzbereich gleichzeitig eine weitere Verbindung zwischen einem zweiten Sender-Empfänger-Paar aufgebaut, auf der Nutzdaten übertragen werden, die mit einer anderen Impulsfolge codiert werden, so kann jedes Quelle-Senke-Paar nur die ihm zugeordneten Nutzdaten verwerten. Eine gegenseitige Störung oder Beeinflussung findet nicht statt. Die Spreizfunktion wirkt wie eine Codierung, bei der die Nachricht nur dann zu entschlüsseln ist, wenn die zur Spreizung verwendete Funktion (Code) beim Empfänger bekannt ist.

Durch die Zuordnung unterschiedlicher Spreizfunktionen (Codesequenzen) zu verschiedenen Sender-Empfänger-Paaren ist bei Mehrfachnutzung desselben Frequenzbereichs eine selektive Adressierung möglich.

Dieses Verfahren bildet die Grundlage für CDMA, welches in Kombination mit FDMA beispielsweise innerhalb von GSM-Netzen verwendet wird. Die Codefolge, mit der die Nutzdaten multipliziert werden, wird in GSM-Netzen aus der auf der SIM-Karte gespeicherten Kennung generiert. Eine abgewandelte Form dieses Frequenzspreizverfahrens wird auch im Zusammenhang mit LoRaWAN (Kap. 3.7.1) verwendet.

In der Praxis kann die Codelänge bis $n = 20$ betragen. WCDMA verwendet neben einer extremen Spreizung zur Verringerung der Störanfälligkeit zusätzlich orthogonale Frequenzen (Kap. 4.1.5.2) zur Vergrößerung des Datendurchsatzes (Einsatzbereich: z. B. LTE).

4.1.8.6 Raummultiplex

Als Raummultiplex bezeichnet man die Umverteilung von Informationsströmen von sog. „kommenden“ Leitungen auf „gehende“ Leitungen. Als kabelloses Raummultiplex bezeichnet man bei Funkverbindungen die begrenzte gebietsweise Zuordnung von Funkstrecken. Bei hinreichendem Abstand kann eine zugeordnete Funkfrequenz dann erneut verwendet werden (z. B. bei GSM-Funkzellen; Kap. 3.6.1). In der Regel wird ein Raummultiplex in Kombination mit einem Zeitmultiplex eingesetzt (Raum-Zeit-Multiplex).

4.1.9 MIMO-Techniken

MIMO ist die Abkürzung für **M**ultiple **I**n – **M**ultiple **O**ut und bezeichnet in der Übertragungstechnik ein **Mehrantennensystem** (*multi-antenna technology*), das durch Verwendung spezieller Codierverfahren über identische Funkfrequenzen gleichzeitig unterschiedliche Datenströme übertragen kann.

Dieser Technik liegen komplexe mathematische Berechnungen zugrunde, da sich die Funkfrequenzen abhängig von den örtlichen Gegebenheiten verschieden überlagern können (z. B. wegen Reflexionen an Gegenständen oder räumlicher Anordnung der Antennen). An dieser Stelle soll lediglich vereinfacht das Grundprinzip dargestellt werden (Bild 4.52).

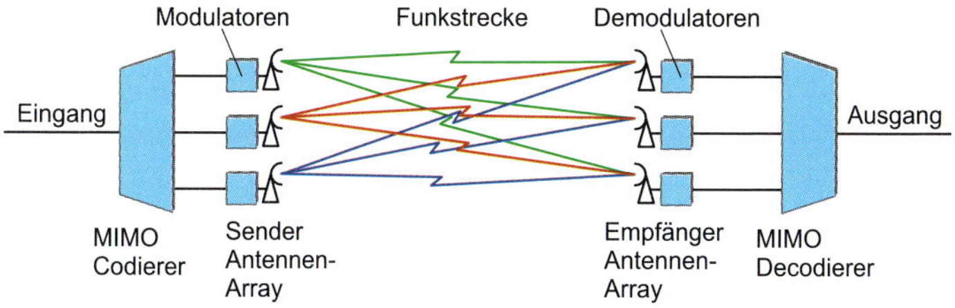

Bild 4.52: Grundprinzip von MIMO

Ein Gesamtdatenstrom, der für ein einzelnes Endgerät bestimmt ist, wird zunächst in Teilströme zerlegt, speziell codiert und auf mehrere Antennen verteilt. Das räumlich verteilte Antennen-Array strahlt von allen Antennen dieselben Frequenzen aus. Durch die Aufteilung der Datenströme auf die Antennen werden somit auf identischen Frequenzen unterschiedliche Nutzdaten moduliert übertragen. Auf der Empfängerseite treffen diese Funkfrequenzen bei allen ebenfalls räumlich verteilten Empfangsantennen minimal zeitversetzt ein. Ein leistungsfähiger Prozessor kann dann die jeweils empfangenen Summensignale (in Bild 4.52 jeweils aus blauen, roten und grünen Funklinien zusammengesetzt) decodieren und wieder zu dem Gesamtdatenstrom zusammensetzen. Im dargestellten Beispiel ist dadurch im Vergleich zu einer einfachen Antennenanlage innerhalb der gleichen Zeit theoretisch die Übertragung des dreifachen Datenvolumens an ein einzelnes Endgerät möglich, ohne dass eine zusätzliche Übertragungsbandbreite (d. h. ohne zusätzliche Sendefrequenzen) erforderlich ist. Diese Form der Übertragungstechnik wird genauer als **Single User MIMO (SU-MIMO)** bezeichnet.

Die Möglichkeiten dieser MIMO-Technik können allerdings nur dann vollständig ausgenutzt werden, wenn beide Seiten das MIMO-Verfahren beherrschen. Nutzt nur die Sende- oder nur die Empfangsseite diese Technik, ergibt sich lediglich eine Steigerung der Übertragungsleistung von bis zu 50 %. Die MIMO-Technik kann aber auch dazu verwendet werden, von einem Sendeantennen-Array zur gleichen Zeit und auf derselben Frequenz unterschiedliche Datenströme zu *verschiedenen* Endgeräten zu senden. Hierdurch vergrößert sich zwar nicht die Übertragungsrate pro Endgerät, wohl aber die Übertragungseffizienz der verwendeten Frequenzen. Diese Form der Übertragungstechnik wird genauer als **Multi User MIMO (MU-MIMO)** bezeichnet.

Die MIMO-Technik wird derzeit in Kombination mit OFDM bei den aktuellen WLAN-Standards (z. B. WiFi 4, WiFi 5, WiFi 6, WiFi 7; Kap. 1.1.2.4) sowie bei LTE und 5G eingesetzt. Außerdem kann diese Technik prinzipiell auch bei der leitungsgebundenen Übertragung eingesetzt werden (z. B. G.hn-Standard bei der Ausnutzung sämtlicher Leitungsadern des Energieversorgungsnetzes; „Einfache IT-Systeme“, Kap. 5.7.4.1). Die Übertragungsrate einer Funkschnittstelle lässt sich weiter steigern, indem man eine Technologie verwendet, die als **Massive MIMO** bezeichnet wird. Hierbei werden Antennensysteme eingesetzt, die (derzeit) aus 64 bis 128 Einzelantennen bestehen und zu einem Antennen-Array verschaltet sind. Hierdurch lässt sich ein Datenstrom gezielt auf ein Empfangsgerät fokussieren, auch wenn dieses sich bewegt (Kap. 3.6.4).

4.1.10 Digitale Hierarchien

Das in Bild 4.45 dargestellte Zeitmultiplexsignal besteht zur Veranschaulichung der verschachtelten Übertragung von Datenpaketen lediglich aus drei einzelnen digitalen Nutzsignalen. In einem Transportnetz wird eine wesentlich größere Anzahl einzelner Nutzsignale zu einem gemeinsamen Datenstrom zusammengefasst.

Um die Leitungskapazitäten vorhandener Übertragungswege optimal ausnutzen zu können, wurden hierzu im Laufe der Zeit in Abhängigkeit von der jeweils verfügbaren Technologie international standardisierte Übertragungsstrukturen spezifiziert.

In der Anfangszeit der Digitalisierung betrugen die zu übertragenden digitalisierten Nutzdaten zunächst nur wenige Kilobit pro Sekunde. So erfolgte bei einem Telefonat die Übertragung digitalisierter Sprache beispielsweise international standardisiert mit 64 kbit/s. Diese Datenrate resultierte aus dem zugrunde liegenden Digitalisierungsverfahren für die ursprünglich im analogen Telefonnetz übertragenen Sprachsignale (Kap. 3.8.1).

Die einzelnen Nutzsignale mussten für diese Zusammenfassung ursprünglich stets die *gleiche Datenrate* aufweisen (z. B. jeweils 64 kbit/s). Diese wurden dann zu sog. **Multiplexrahmen** mit standardisierten Übertragungsraten zusammengefasst. Typische, aufeinander aufbauende Rahmenstrukturen betrugen dann beispielsweise 2 Mbit/s, 34 Mbit/s oder 140 Mbit/s (Werte gerundet).

> Die für die effiziente Nutzung vorhandener Übertragungskapazitäten stufenweise aufeinander aufbauenden Multiplexrahmen bezeichnet man in der Übertragungstechnik als **digitale Hierarchie**. In einer solchen Hierarchie bildet jede Stufe eine sog. **Multiplexebene**.

Um den heutigen Ansprüchen an ein flexibles Management vorhandener Übertragungsressourcen gerecht zu werden, sind Übertragungsstrukturen erforderlich, die Nutzsignale auch mit völlig *unterschiedlichen Datenraten* bedarfsorientiert zu Multiplexebenen zusammenfassen können. Darüber hinaus sind heute auch wesentlich höhere Übertragungsraten erforderlich als zu Beginn der Digitalisierung. Beide Anforderungen werden aktuell weltweit mit den folgenden wirtschaftlichen Übertragungskonzepten realisiert.

Synchrone digitale Hierarchie (SDH)

Die **synchrone digitale Hierarchie** (*synchronous digital hierarchy*) ist die europäische Adaption des US-amerikanischen **SONET**-Konzepts (**S**ynchonous **O**ptical **Net**work) für ein einheitliches Übertragungsnetz. Der europäische Standard unterscheidet insgesamt fünf Multiplexebenen, die jeweiligen Multiplexrahmen werden als synchrone Transportmodule bezeichnet (Bild 4.53).

> Unter einem **synchonen Transportmodul** (**STM**; *synchonous transport module*) versteht man einen Multiplexrahmen der SDH, in dem Nutzdaten von mehreren Kanälen, die auch unterschiedliche Datenraten aufweisen können, bedarfsorientiert übertragen werden.

Das kleinste Transportmodul ist ein Multiplexrahmen mit der Bezeichnung **STM-1**. Aus diesem leiten sich die höheren Multiplexebenen der SDH ab (ITU-Spezifikation G.707). International gibt es auch Transportmodule anderer Größen, bis hin zum STM-1024-Rahmen.

Im Gegensatz zu vorherigen Hierarchieformen (z. B. **PDH: P**lesiochrone **D**igitale **H**ierarchie) ermöglicht SDH auf jeder Multiplexebene den direkten Zugriff auf jeden einzelnen Datenstrom. Dies erfordert einen etwas höheren Verwaltungsaufwand und eine komplexere Struktur der einzelnen Multiplexrahmen. Diese Strukturen werden auszugsweise und vereinfacht mit den folgenden Darstellungen am Beispiel des STM-1-Rahmens erläutert.

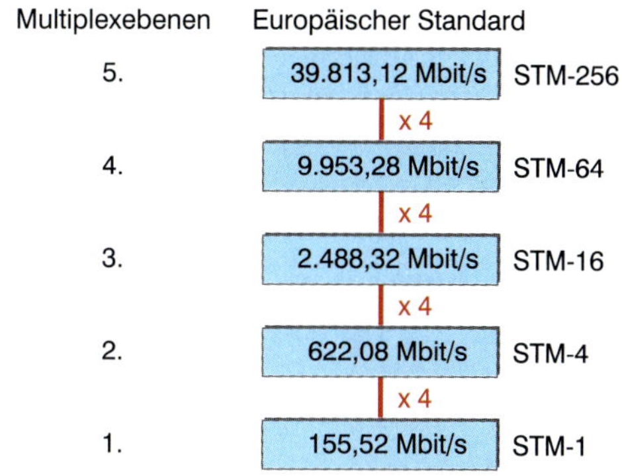

Bild 4.53: Hierarchieebenen der SDH (europäische Norm)

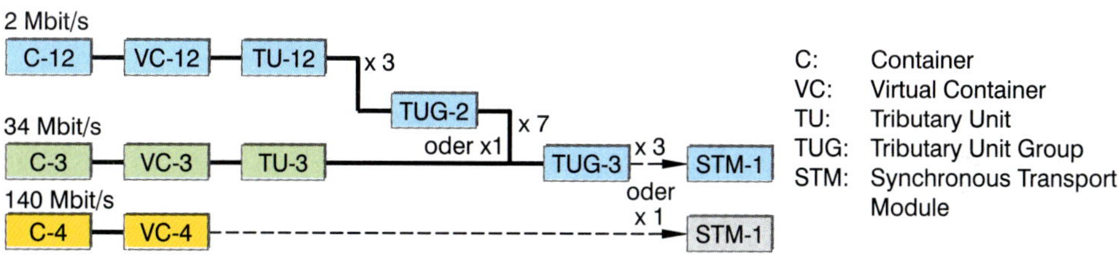

Bild 4.54: Vereinfachte Darstellung möglicher Strukturen eines Transportmoduls

Die eigentliche Transportkapazität in einem STM-1-Multiplexrahmen ist der **„Container“**, der – je nach Größe – Systeme unterschiedlicher Bitraten transportieren kann (Bild 4.54: C-12, C-3, C-4; Hinweis: Der Begriff „Container“ hat hier eine andere Bedeutung als im Zusammenhang mit Codecs; Kap. 4.1.6). Jedem Container wird ein **„Path Overhead“ (POH)** zugeordnet, der Informationen über die Struktur des zu transportierenden Containers sowie zusätzliche Steuerinformationen enthält. Beides zusammen bildet einen **„virtuellen Container“ (VC)**. Diese virtuellen Container lassen sich zu weiteren Einheiten zusammenfassen, die als **Tributary Unit (TU)** bzw. als **Tributary Unit Group (TUG)** bezeichnet werden. Hierbei handelt es sich – vereinfacht beschrieben – um logische Strukturen, die aus den VC und zusätzlichen Informationen bestehen, die sich teilweise auch im Kopffeld eines STM-1-Rahmens befinden (z. B. **SOH: S**ector **O**ver**h**ead; **Pointer**; siehe in Bild 4.55 dunkelblaue und rote Bereiche). Diese logischen Strukturen sind für das System erforderlich, um einzelne Informationsströme im Gesamtdatenstrom identifizieren zu können. Die Ziffern hinter den Bezeichnungen kennzeichnen den europäischen ETSI-Standard (**ETSI: E**uropean **T**elecommunications **S**tandards **I**nstitute), der sich teilweise bezüglich der transportierten Bitraten innerhalb der vorgestellten Strukturen vom amerikanischen Standard (SONET; basierend auf „Optical Carrier“ mit 51,48 Mbit/s) unterscheidet. Die STM-1-Rahmen werden alle 125 µs mit einer Bruttodatenrate von maximal 155,52 Mbit/s übertragen. In Abhängigkeit von der Struktur und der Übertragungsrate der zu transportierenden Datenströme ist das Nutzfeld (**Payload**) unterschiedlich aufgebaut.

Wie in Bild 4.55 dargestellt, werden in einem STM-1-Rahmen beispielsweise Daten eines 2-Mbit/s-Systems in einem C-12-Container übertragen. Dieser bildet zusammen mit dem zugehörigen POH einen VC-12. In Verbindung mit den zugehörigen Informationen im Kopffeld des STM-1-Rahmens ergibt sich als logische Einheit eine TU-12. Drei TU-12 bilden den Inhalt einer TUG-2. Sieben TUG-2 bilden wiederum einen TUG-3.

Als zweiten dargestellten Datenstrom mit prinzipiell gleicher Strukturierung (C-3, VC-3, TU-3) wird im Beispiel ein 34-Mbit/s-System in der zweiten TUG-3 des ersten STM-1-Rahmens übertragen. Im Payload des ersten STM-1-Rahmens lassen sich insgesamt drei TUG-3 transportieren.

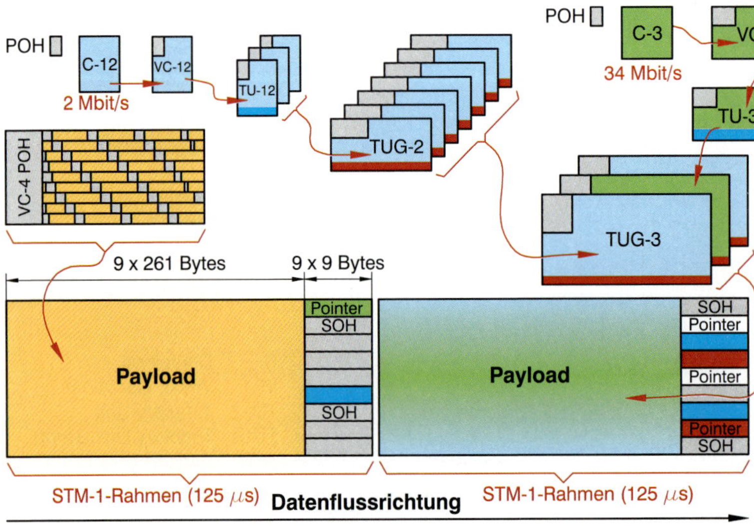

Bild 4.55: Möglicher Aufbau von STM-1-Rahmen (vereinfachte Darstellung)

Der direkt nachfolgende STM-1-Multiplexrahmen kann dann völlig anders strukturiert sein und überträgt beispielsweise zu einem VC-4-Container gehörende Daten. Die einzelnen Rahmen werden seriell übertragen. Welche Bitraten die zu übertragenden Systeme im Payload haben und wie sie strukturiert sind, ist ebenfalls im Kopffeld des jeweiligen Rahmens festgehalten. Der Beginn eines Informationsstroms im Payload wird jeweils über die „Pointer" gekennzeichnet. Aufgrund der Kennzeichnung jeder einzelnen Transportgruppe und jedes Containers sind diese jederzeit identifizierbar und können in unterschiedlicher Zusammenstellung durch das Netz geleitet werden.

Während sich STM-1-Rahmen über elektrische und optische Schnittstellen übertragen lassen, können alle höherwertigeren Rahmenstrukturen nur über optische Schnittstellen angekoppelt werden. Insgesamt sind alle SDH-Rahmen auf höchste Dienstgüte und Dienstverfügbarkeit ausgelegt. Im Fall einer Störung auf dem Übertragungsweg erfolgt automatisch die Umschaltung auf Ersatzwege.

> Die SDH-Technologie ermöglicht den direkten Zugriff auf Signale unterschiedlicher Bandbreite innerhalb eines hochkanaligen Systems, ohne die gesamte Multiplex-Hierarchie durchlaufen zu müssen. Mittels sog. **A**dd/**D**rop-**M**ultiplexer (**ADM**) können Nutzinformationen bis zur Containerebene herunter aus jeder Multiplexebene direkt hinzugefügt (engl.: *to add*) oder entnommen (engl.: *to drop*) werden.

Um auch die heute üblichen höheren Datenströme anderer Standards effizient übertragen zu können, wurden zusätzliche Protokollstrukturen entwickelt (z. B. um einen 100-Mbit/s-Datenstrom in einem STM-1-Rahmen mit seinen 155,52 Mbit/s mit anderen großen Datenströmen effizient zu kombinieren, ohne dass Payload-Bereiche ungenutzt bleiben). Die

SDH-Hierarchie mit diesen Protokollerweiterungen gemäß ITU-Spezifikation G.707 bezeichnet man als **Next Generation-SDH** (NG-SDH).

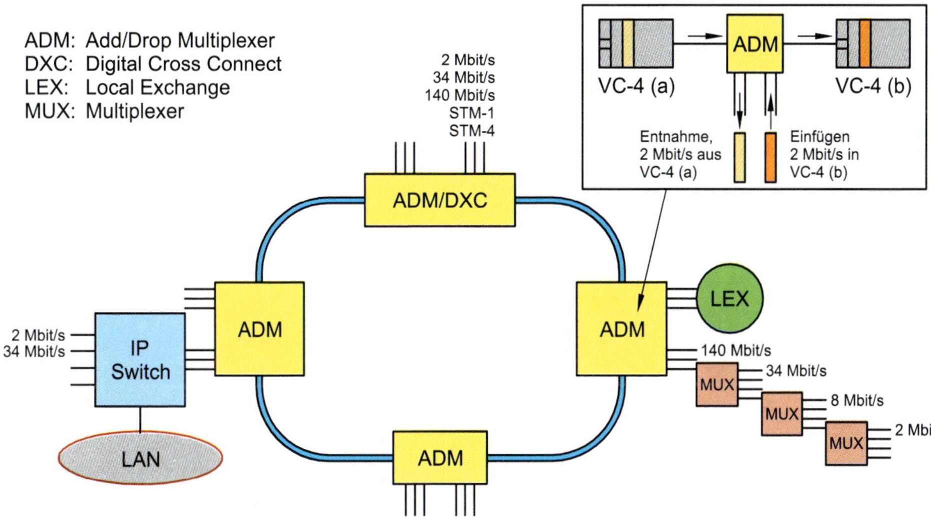

Bild 4.56: Prinzipielle SDH-Netzstruktur mit Add/Drop-Multiplexer

Optische Transport-Hierarchie (OTH)

Die **optische Transport-Hierarchie** (*optical transport hierarchy*) kann prinzipiell als eigenständige Weiterentwicklung der SDH mit anderen Spezifikationen angesehen werden. Hierbei steht die effiziente Einbindung von Datenströmen hochbitratiger Netzstrukturen im Vordergrund (z. B. Gigabit-Ethernet, Fiber-Channel). Die Übertragung dieser hohen Datenraten erfordert einen zusätzlichen Aufwand an Fehlerkorrekturverfahren sowie andere Multiplextechniken, die in der ITU-Spezifikation G.709 (**ITU: I**nternational **T**elecommunication **U**nion) standardisiert sind. Wegen dieser Unterschiede werden trotz ähnlicher Rahmenstrukturen und identischer Übertragungsmedien (Glasfaser) bei der OTH zur Abgrenzung gegenüber der SDH andere Bezeichnungen für die Transportrahmen verwendet (Bild 4.57).

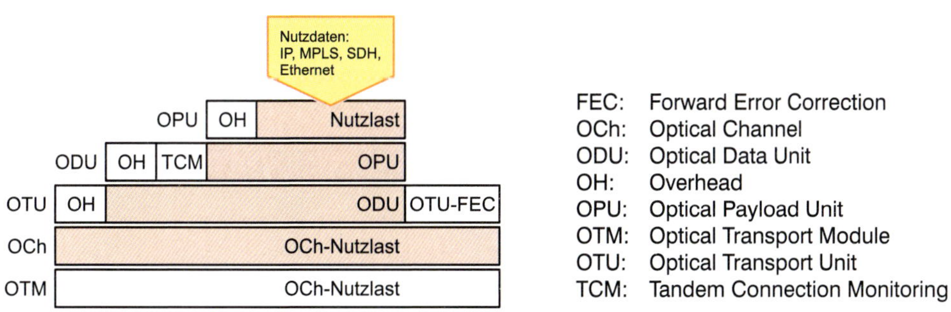

Bild 4.57: Prinzipieller Aufbau eines OTH-Transportrahmens

Der Transport von Datenströmen erfolgt bei der OTH in sog. **O**ptischen **P**ayload **U**nits (**OPU**), die funktional den virtuellen Containern der SDH-Technologie entsprechen. In den **O**ptical **D**ata **U**nits (**ODU**) und den **O**ptical **T**ransport **U**nits (**OTU**) werden die OPUs mit zusätzlichen Headern und Fehlerkorrekturinformationen versehen und als sog. **O**ptischer **Ch**annel (**OCh**) in Datenrahmen übertragen, die als **Optical Transport Module** (**OTM**) bezeichnet werden. Gemäß ITU-Standard G.709 sind hierbei die folgenden Übertragungsraten definiert:

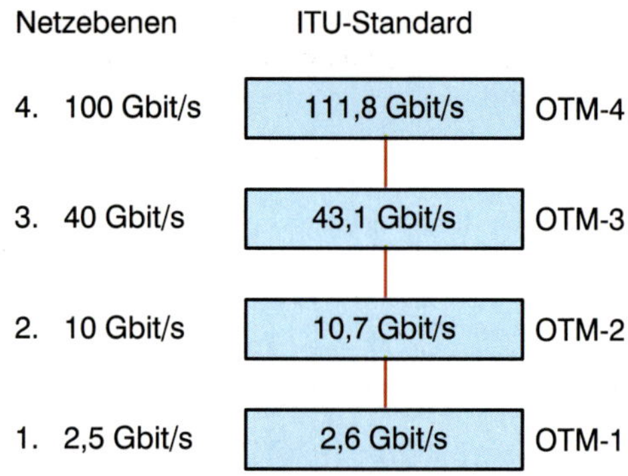

Bild 4.58: Optische Transportmodule gemäß ITU-Standard (Werte gerundet)

Bei Datenraten oberhalb von 40 Gbit/s kommt die spezielle Modulationsart **RZ-DQPSK** (**R**eturn to **Z**ero **D**ifferential **Q**uadrature **P**hase **S**hift **K**eying; Kap. 4.1.5.2) zum Einsatz. In Kombination mit dem optischen Wellenlängenmultiplex **DWDM** (**D**ense **W**avelength **D**ivision **M**ultiplex; Kap. 4.2.8) lassen sich über einen Lichtwellenleiter mehrere Terabit/s (Tbit/s) übertragen.

4.1.11 Leitungscodes

Wie bereits im Grundlagenband erörtert, eignen sich binäre Signale zwar hervorragend zur Daten*verarbeitung*, jedoch nur eingeschränkt zur Daten*übertragung* („Einfache IT-Systeme“, Kap. 4.3.8). Daher werden die Datensignale durch die Verwendung entsprechender Leitungscodes für die Übertragung an das jeweilige Medium angepasst.

Die Aufgabe der Leitungscodierung/des Leitungscodes unterscheidet sich hierbei maßgeblich von der **Quellcodierung**/dem Quellcode und der **Kanalcodierung**/dem Kanalcode.

Begriffsbestimmung	Beispiel
Die **Quellcodierung**/der **Quellcode** entfernt überflüssige (z. B. nicht erforderliche oder nicht übertragbare) Informationen einer Datenquelle, um das zu übertragende Datenvolumen zu verringern.	Bei einem Musikstück im mp3-Format werden zunächst sämtliche Frequenzanteile herausgefiltert, die vom menschlichen Ohr nicht wahrnehmbar sind (z. B. mehrere laute Töne überdecken einen leisen Nachbarton).
Die **Kanalcodierung**/der **Kanalcode** schützt das zu übertragende Signal durch Hinzufügen redundanter Informationen vor Störungen auf dem Übertragungsweg.	Ein mit 8 bit codiertes PCM-Signal erhält pro Abtastwert zusätzlich ein Paritätsbit, um auf der Empfangsseite eine Bitveränderung erkennen zu können.
Die **Leitungscodierung**/der **Leitungscode** passt das zu übertragende Signal an die Eigenschaften des Übertragungsmediums an, um beispielsweise eine erforderliche Gleichstromfreiheit zu realisieren, eine Taktrückgewinnung aus dem Datensignal zu ermöglichen oder die Schrittgeschwindigkeit zu verringern.	Siehe nachfolgende Ausführungen

Bild 4.59: Quellcodierung und Kanalcodierung

Im Folgenden werden exemplarisch einige grundlegende Prinzipien von Leitungscodierungen an vergleichsweise einfachen Beispielen vorgestellt.

4.1.11.1 AMI-Code

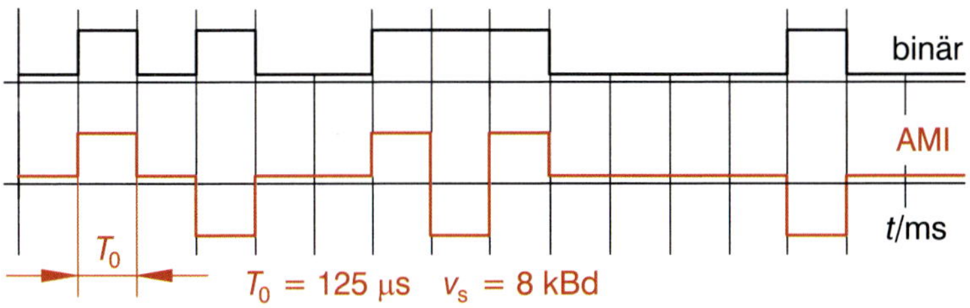

Bild 4.60: AMI-Code

Der **AMI-Code** (**A**lternate **M**ark **I**nversion) verwendet zur Übertragung der logischen „1" abwechselnd eine positive und eine negative Spannung (AMI-Regel). Auf diese Weise wird die Gleichspannungsfreiheit realisiert. Der AMI-Code lässt sich technisch einfach realisieren, verhindert allerdings keine langen Nullfolgen. Er wird auch als pseudoternärer Code bezeichnet, da zur Übertragung von zwei logischen Zuständen (0; 1) insgesamt drei Spannungszustände (+1; 0; –1) zur Verfügung stehen. Die Schrittdauer bei einem pseudoternären Code entspricht der Schrittdauer des binären Datensignals, das übertragungstechnisch als **NRZ-Code** (**N**on **R**eturn to **Z**ero) bezeichnet wird („Einfache IT-Systeme", Kap. 4.3.8).

In weiter entwickelter Form lassen sich für die Übertragung auch eine größere Anzahl von Spannungsstufen verwenden. Typisch sind abhängig vom Einsatzbereich vier, fünf, acht oder mehr Stufen. Die einzelnen Spannungsstufen werden auch als **Symbole** bezeichnet. Abhängig von ihrer Anzahl lassen sich mit jedem Symbol mehrere Datenbits übertragen. Der pro Symbol übertragbare Informationsgehalt (d. h. die Anzahl N der übertragbaren Datenbits) berechnet sich allgemein mit der Formel:

$$N = \log_2 x = \frac{\log x}{\log 2}$$

mit x = Anzahl der Symbole; $\log_2$ = Zweierlogarithmus; log = Zehnerlogarithmus

Somit ergeben sich bei PAM4 jeweils 2 Bits pro Symbol und bei PAM5 rechnerisch jeweils 2,32 Bits pro Symbol. Hiervon werden jeweils 2 Nutzbits übertragen und der Rest für Sicherungsmaßnahmen gegen Übertragungsfehler verwendet.

Wegen der Gleichspannungsfreiheit kann der AMI-Code (bzw. können auf AMI basierende Codes) auf allen telekommunikationstechnischen Leitungen eingesetzt werden, die mittels Übertrager („Einfache IT-Systeme", Kap. 5.5.2.5) angekoppelt sind.

Eine Datenübertragung, die für den Transfer binärer Daten mehrere unterschiedliche Spannungspegel verwendet, wird allgemein auch als **Multi-Level-Transmission (MLT)** bezeichnet.

Der hierzu verwendete Leitungscode wird allgemein auch **Multi-Level-Code (MLC)** genannt. Eine jeweils nachfolgende Ziffer gibt die Anzahl der verwendeten Spannungsstufen an (beim AMI-Code also MLT-3 bzw. MLC-3).

Übertragungstechnisch handelt es sich hierbei um eine **P**uls**a**mplituden**m**odulation (**PAM**; Kap. 4.1.5.1) mit einer jeweils festgelegten Anzahl von Spannungsstufen. Daher wird auch die Bezeichnung PAMx verwendet (beim AMI-Code somit PAM3).

4.1.11.2 4B/5B-Code

Der **4B/5B-Code** (4 **B**inary/5 **B**inary) verwendet zur Übertragung von 4 Datenbits (1 Quadbit) jeweils 5 binäre Zustände und gehört damit zu den sog. binären Blockcodes.

Ein **binärer Blockcode** fasst mehrere Bits eines Datenwortes zu einem Block zusammen und codiert sie dann mit einer anderen Anzahl von binären Datenworten. Um diese von den zu codierenden Nutzdaten zu unterscheiden, bezeichnet man die codierten Daten auch als **Symbole**.

Bei der Angabe der Datenrate muss zwischen der **Nutzdatenrate** (*user data rate*) und der **Symboldatenrate** (*symbol data rate*; kurz: Symbolrate) unterschieden werden.

Neben den in Bild 4.61 dargestellten 4B/5B-Kombinationen für die angegebenen Datenworte (Hexadezimalzahlen; siehe „Einfache IT-Systeme“, Kap. 4.2.3) gibt es weitere 5B-Worte, die für Steuerungszwecke verwendet werden. Die Zuordnung der 5B-Worte zu den Quadbits erfolgt so, dass maximal eine führende Null und maximal zwei Nullen am Ende auftreten. Auf diese Weise werden längere Nullfolgen vermieden, die ggf. Probleme bei der Taktrückgewinnung hervorrufen. Die Symbolrate liegt beim 4B/5B-Code 20% höher als die Nutzdatenrate.

Der 4B/5B-Code wird eingesetzt bei Fast-Ethernet sowie FDDI.

Bei Verwendung des 4B/5B-Codes auf elektrischen Leitungen werden den Signalzuständen entsprechende Spannungspegel zugeordnet, zur Wahrung der Gleichspannungsfreiheit zum Teil auch wechselweise positive und negative Spannungen (wie z.B. beim AMI-Code, Kap. 4.1.11.1). Die Übertragung der Signalzustände auf Glasfaserleitungen erfolgt durch unterschiedliche Lichtintensitäten (Lichtstärke, Helligkeit).

Die Veränderung der Lichtintensität (Intensitätenmodulation) entspricht elektrisch der Amplitudenmodulation (Kap. 4.1.5.1).

Bezeichnung	4B	5B
0	0000	11110
1	0001	01001
2	0010	10100
3	0011	10101
4	0100	01010
5	0101	01011
6	0110	01110
7	0111	01111
8	1000	10010
9	1001	10011
A	1010	10110
B	1011	10111
C	1100	11010
D	1101	11011
E	1110	11100
F	1111	11101

Bild 4.61: 4B/5B-Codetabelle

4.1.11.3 8B/10B-Code

Beim **8B/10B-Code** handelt es sich ebenfalls um einen binären Blockcode. Hierbei werden 8 Datenbits (1 Byte) mit 10 Bits codiert und anschließend übertragen. Mit 10 Bits ergeben sich 1 024 verschiedene Signalkombinationen (Symbole). Zur Codierung der $2^8 = 256$ möglichen Datenworte werden nur diejenigen Symbole verwendet, die maximal fünf aufeinanderfolgende Nullen oder fünf aufeinanderfolgende Einsen enthalten. Des Weiteren unterscheidet sich die Anzahl der Nullen in einem Symbol maximal um zwei von der Anzahl der Einsen. Hierdurch wird zunächst sichergestellt, dass sich keine längeren Folgen von Nullen oder Einsen bilden, sodass hinreichend viele Pegelwechsel zur Taktrückgewinnung vorhanden sind. Die Gleichspannungsfreiheit wird grundsätzlich realisiert, indem den binären Werten Eins und Null positive und negative Spannungen zugeordnet werden (z. B. „1"= U+; „0"= U-). Bei der Übertragung könnte sich dennoch eine Ungleichheit (*disparity*) der positiven und negativen Spannungswerte ergeben (z. B. mehrfach hintereinander Übertragung von Symbolen mit mehr Einsen als Nullen). Um dies zu verhindern, wird bei der Codierung zusätzlich die Ungleichheit ausgewertet (*disparity check*) und es erfolgt zwischenzeitlich ggf. eine Umkehr der vorhandenen Spannungszuordnung.

Neben den Symbolen für die Datenworte existieren auch einige Symbole für Steuerungs- und Überwachungsfunktionen (z. B. für den Disparity-Check). Da jedoch nicht sämtliche 10-Bit-Kombinationen gültige Codeworte darstellen, ist auch eine begrenzte Erkennung von Übertragungsfehlern möglich. Da diese jedoch unzureichend ist, werden zur effizienteren Erkennung und Korrektur zusätzlich Prüfsummen übertragen. Die Symbolrate ist 20 % höher (Overhead) als die Nutzdatenrate.

Der 8B/10B-Code wird bei sehr vielen seriellen Übertragungen verwendet, z. B. SATA, SAS, PCIe (bis Version 2.1), DisplayPort, DVI, HDMI, 10-Gigabit-Ethernet sowie Fiber Channel.

Ab PCIe 3.0 wird der **128B/130B-Code** verwendet, wodurch sich der Overhead gegenüber dem bis Version 2.1 verwendeten 8B/10B-Code beträchtlich verringert (ca. 1,5 %). 40-Gigabit-Ethernet und 100-Gigabit-Ethernet benutzen den **64B/66B-Code** (Overhead ca. 3 %).

4.1.11.4 2B/1Q-Code

Der **2B/1Q-Code** ist ein Beispiel für einen **Blockcode**, bei dem jeweils 2 bit des binären Codes (2B) entsprechend einer Codiertabelle einem Leitungssignal zugeordnet werden, das aus vier Spannungspegeln besteht (MLC-4 bzw. PAM4). Ein solcher Code wird als quaternärer Code (1Q) bezeichnet, den Spannungs pegeln werden die Werte −3, −1, +1 und +3 zugeordnet (zwecks Abgrenzung zum Binärcode mit 0 und 1). Die angegebenen Spannungen entsprechen typischen Werten in der Telekommunikationstechnik, bei störungsbehafteten Anwendungen können sie aber auch höher liegen (bis zu 20 V). Ihre Zuordnungen wurden hierbei so festgelegt, dass es bei ggf. auftretenden Spannungsschwankungen zu möglichst wenigen Übertragungsfehlern kommt.

2B-Wort	1Q-Wort	Spannung
0 0	−3	−2,5 V
0 1	−1	−0,833 V
1 0	+3	2,5 V
1 1	+1	0,833 V

Bild 4.62: Codiertabelle 2B-/1Q-Code

Die Schrittdauer T_0 („Einfache IT-Systeme", Kap. 4.3.8) des 2B/1Q-Codes ist doppelt so groß wie die des zugehörigen Binärsignals (Bild 4.63).

4

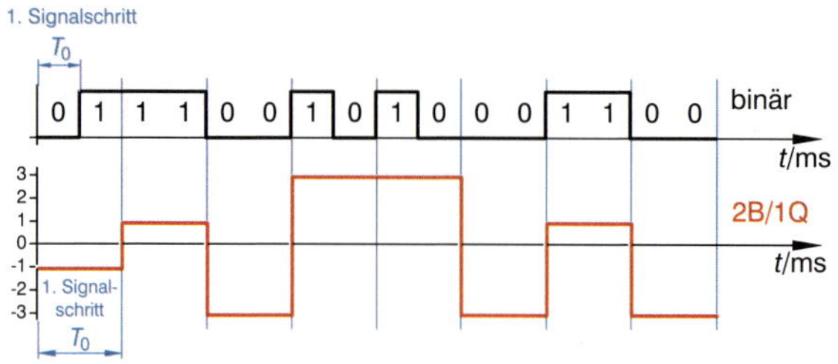

Bild 4.63: 2B/1Q-Code

Legt man der Darstellung in Bild 4.63 ein klassisches, PCM-codiertes Fernsprechsignal zugrunde (Kap. 4.1.5.4; bei 8-bit-Codierung werden somit zwei Abtastwerte dargestellt), zeigt ein Vergleich die sich ergebenden Unterschiede bei der Übertragung (Bild 4.64).

Kenngröße	Binär (= NRZ)	2B/1Q
Schrittdauer T_0	15,625 µs	31,25 µs
Schrittgeschwindigkeit v_S	64 kBaud	32 kBaud
Übertragungsgeschwindigkeit $v_Ü$	64 kbit/s	64 kbit/s
Übertragungsbandbreite B	64 kHz	32 kHz

Bild 4.64: Vergleich binärer NRZ-Code und 2B/1Q-Code

Der 2B/1Q-Code benötigt zur Übertragung von 2 bit in der gleichen Zeit nur einen Schritt, er hat somit eine geringere Schrittgeschwindigkeit als das zugehörige Binärsignal (Bild 4.64). Trotz der Reduzierung der Schrittgeschwindigkeit verringert sich aber nicht die Anzahl der Bits, die pro Sekunde übertragen werden. Aus diesem Grund muss hier zwischen der Schrittgeschwindigkeit v_S und der (Daten-)Übertragungsgeschwindigkeit $v_Ü$ unterschieden werden.

Zwar benötigt man bei diesem – oder einem ähnlich strukturierten – Leitungscode für die Übertragung mindestens vier verschiedene Spannungspegel, jedoch lässt sich dadurch entweder die erforderliche Übertragungsbandbreite (theoretisch) halbieren oder die (Daten-)Übertragungsgeschwindigkeit bei Ausnutzung der ursprünglichen Bandbreite verdoppeln. Im praktischen Einsatz werden diese Werte allerdings durch den Einsatz zusätzlicher Paritäts- und Kontrollbits nicht ganz erreicht.

4.1.12 Elektromagnetischer Richtfunk

Als **elektromagnetischen Richtfunk** (*electromagnetical directional radio, electromagnetical radio relay system*) bezeichnet man die leitungsungebundene, gebündelte (d. h. auf eine einzige Ausbreitungsrichtung beschränkte) Übertragung von Informationen zwischen zwei festen Standorten unter Verwendung hochfrequenter, elektromagnetischer Funkfrequenzen.

Elektromagnetische Richtfunksysteme werden innerhalb von Weitverkehrsnetzen zur Überbrückung größerer Entfernungen eingesetzt. Die Datenübertragung erfolgt mit Trägerfrequenzen unter Verwendung digitaler Modulationsverfahren (Kap. 4.1.5.2). Die

Abstrahlung einer Trägerfrequenz in zwei zueinander um 90° gedrehten Schwingungsebenen (horizontale und vertikale Polarisation) ermöglicht eine Vergrößerung des übertragbaren Datenvolumens ohne zusätzliche Übertragungsbandbreite. Dieses Verfahren wird auch beim Satellitenfunk eingesetzt (z. B. DVB-S2; Kap. 3.3.3). Die übertragbaren Datenraten können abhängig vom Anwendungsfall mehrere Gbit/s betragen.

Im Zuge diverser Projekte mit Richtfunk als Zubringertechnik für die 5G-Mobilfunkanbindung (Kap. 3.6.4) abgelegener Regionen wurden bereits Spitzendatenraten von bis zu 16 Gbit/s erreicht. Mit einer Richtfunkstrecke im Terahertz-Bereich sollen zukünftig mehr als 100 Gbit/s ermöglicht werden.

Beim elektromagnetischen Richtfunk (Mikrowellen-Richtfunk) liegen die verwendeten Trägerfrequenzen derzeit zwischen ca. 3 GHz und 85 GHz. Bei diesen hohen Frequenzen können elektromagnetische Wellen über Richtantennen gesendet und empfangen werden. Durch die starke Bündelung kann die Sendeleistung relativ klein gehalten werden (0,1–10 Watt). Dadurch ist es möglich, die benutzten Frequenzen in gewisser Entfernung wieder einzusetzen, ohne dass sich die räumlich getrennten Systeme störend beeinflussen (Raummultiplex; Kap. 4.1.8.6).

Die Abstrahlung bzw. der Empfang der zu übertragenden Trägerwellen erfolgt über Sende- bzw. Empfangsantennen, zwischen denen eine **Sichtverbindung** (*visual contact, clear view of the sky*) bestehen muss; damit sind terrestrische Übertragungsentfernungen frequenzabhängig bis zu 100 km möglich. Der Einsatz dieser Technik ermöglicht z. B. eine kostengünstige Versorgung abgelegener, ländlicher Gegenden mit schnellen Internetzugängen, die dann über ortsnah platzierte Schaltverteiler per Kabel angeschlossen werden können. Für größere Entfernungen – sog. Überhorizontalverbindungen – können zwischen den Endstellen zusätzlich eine oder mehrere Relais-Stationen erforderlich sein.

Als Antennen werden in der Regel **Parabolantennen** (*parabolic antenna, parabolic dish*; Bild 4.66) eingesetzt, bei denen der Sender bzw. Empfänger im Brennpunkt eines Parabolspiegels untergebracht ist. Dadurch wird die vom Sender abgegebene Strahlung gebündelt und gerichtet (Richtantenne). Auf der Empfangsseite wird die auf den Parabolspiegel treffende Strahlung auf den Brennpunkt des Spiegels fokussiert.

Die Größe der Parabolantennen hängt in starkem Maße von der Länge und Beschaffenheit des **Funkfeldes** ab.

Ein **Funkfeld** (*radio field, coverage area*) besteht aus den Antennenanlagen der sendenden und der empfangenden Richtfunkstation und dem Raum zwischen ihnen.

Wird die Ausbreitung der Funksignale in einem Funkfeld nicht behindert (z. B. durch Bäume, Gebäude), so spricht man von „Freiraumausbreitung“.

Die Planung des Funkfeldes gehört zu den wichtigsten Schritten bei der Errichtung einer Richtfunkstrecke. In diesem Zusammenhang kommt der Ermittlung der Funkfelddämpfung eine hohe Bedeutung zu.

Als **Funkfelddämpfung** (*radio field attenuation, path loss*) bezeichnet man die Dämpfung (Kap. 4.1.2) zwischen den Klemmen der Sendeantenne und der Empfangsantenne eines Funkfeldes.

Wichtigster Teil der Funkfelddämpfung ist die Freiraumdämpfung, deren Betrag mit zunehmendem Abstand von Sende- und Empfangsantenne (Funkfeldlänge) sowie zunehmender Frequenz ansteigt. Zusätzliche Dämpfung kann entstehen durch Hindernisse, wie z. B. Bäume und Gebäude, die in das Funkfeld ragen, oder durch unterschiedliche Wetterbedingungen, wie Regen- oder Schneefälle oder sonstige Luftverunreinigungen.

Eine spezielle Form des Richtfunks sind **Satellitenfunksysteme** (*satellite radio system*). Hierfür werden meist geostationäre Satelliten eingesetzt, die mit ihrer „Ausleuchtzone" (Footprint) etwa ein Drittel der Erdoberfläche abdecken. Zur vollständigen Versorgung der Erde (mit Ausnahme der Polarzonen) werden daher nur drei Satelliten benötigt (Bild 4.65). Diese Satelliten kreisen auf einer Umlaufbahn mit ca. 36 000 km Abstand von der Erde und scheinen, von der Erde aus gesehen, stillzustehen; daher müssen die Sende- und Empfangsantennen nur einmal ausgerichtet werden. Da die Satelliten mit Sonnenenergie betrieben werden, haben sie eine relativ geringe Sendeleistung.

Die Bodenstationen, sog. Erdfunkstellen, bilden den Übergang zwischen den erdgebundenen Kommunikationssystemen und den Satellitenfunksystemen. Sie senden und empfangen über Parabolantennen, deren Durchmesser von der geforderten Empfangsleistung abhängt.

Satellitenfunkverbindungen arbeiten in den gleichen GHz-Frequenzbereichen wie die erdgebundenen Richtfunksysteme. Damit das eingehende Signal das ausgehende Signal nicht beeinflusst, wird das empfangene Signal im Satelliten durch sog. **Transponder** vor der Rücksendung in einen anderen Frequenzbereich umgesetzt. Bild 4.66 zeigt das Prinzip einer solchen Verbindung. Wegen der großen Entfernungen, die das Signal hierbei zurücklegen muss, ergeben sich bei Satellitenverbindungen zwangsläufig wesentlich größere Verzögerungszeiten als bei rein terrestrischer Übertragung.

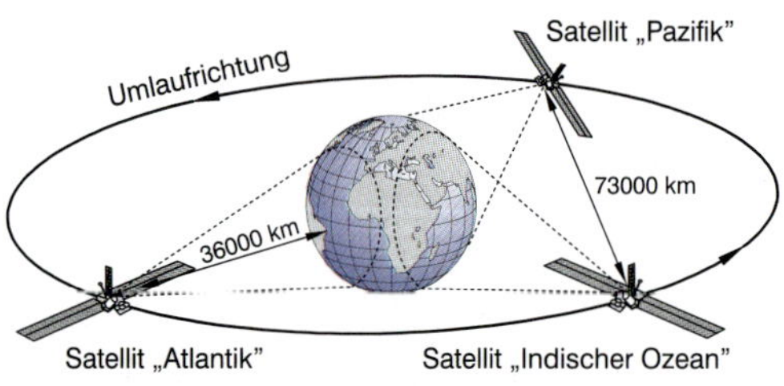

Bild 4.65: Geostationäre Satelliten

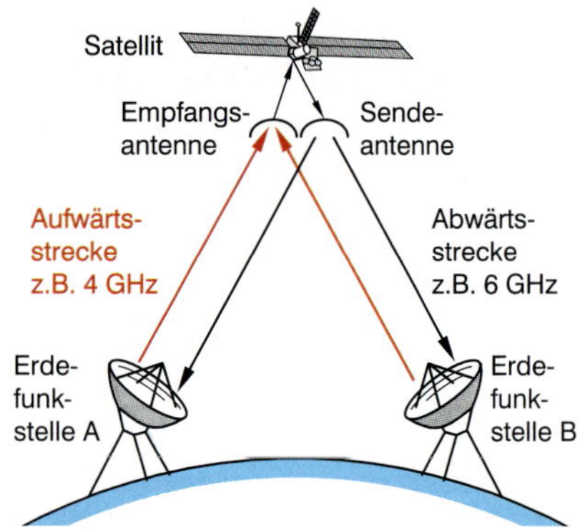

Bild 4.66: Satellitenfunkverbindung

AUFGABEN

1. Nennen Sie die Übertragungsmechanismen und die zugehörigen Übertragungsmedien, die in modernen Kommunikationssystemen eingesetzt werden. Geben Sie jeweils ein Anwendungsbeispiel an.

2. a) Die Datenübertragung in einem Transportnetz kann „verbindungsorientiert“ und „verbindungslos“ erfolgen. Beschreiben Sie die prinzipiellen Unterschiede zwischen beiden Verfahren.
   b) Im Zusammenhang mit den Begriffen „verbindungsorientiert“ und „verbindungslos“ findet man auch die Bezeichnungen „Packet Switching“ und „Circuit Switching“. Erläutern Sie grundsätzliche Merkmale beider Verfahren und bewerten Sie diese bezüglich ihres Einsatzes in modernen Transportnetzen.

3. Nennen Sie die Unterschiede im geometrischen Aufbau bzw. in der Leiteranordnung bei einem Koaxialleiter und einem TP-Leiter. Welche Vorteile ergeben sich jeweils aus diesen Anordnungen?

4. Erläutern Sie mithilfe des im Kapitel dargestellten Ersatzschaltbildes (Bild 4.3) die Eigenschaften einer elektrischen Leitung. Welche Auswirkungen haben diese Eigenschaften auf die Signalübertragung?

5. Welche Ausführungen und welche Kategorien unterscheidet man bei TP-Leitern? Nennen Sie jeweils die Leistungsmerkmale und ein Anwendungsbeispiel.

6. Ein Auszubildender im IT-Bereich hat in einem Fachaufsatz über elektrische Übertragungssysteme die ihm unbekannten Begriffe Dämpfung, Dämpfungsmaß, Verstärkungsfaktor und Übertragungsfaktor gelesen. Er bittet Sie um Erklärungen. Welche Informationen geben Sie ihm?

7. Bei Messungen an einer Übertragungsleitung stellen Sie fest, dass die Signalspannung am Leitungsende um die Hälfte kleiner als am Leitungsanfang ist. Wie groß ist der Dämpfungsfaktor, wie groß ist das Dämpfungsmaß?

8. Die Dämpfung einer 100 km langen Leitung betragt 40 dB. Wie groß ist der Dämpfungsbelag?

9. Nach der Installation eines leitungsgebundenen Übertragungssystems führen Sie u. a. Messungen mit einem Pegelmessgerät durch.
   a) Welcher Unterschied besteht zwischen dem absoluten Pegel und dem relativen Pegel?
   b) Lassen sich aus der Messung der Größe des relativen Pegels Rückschlüsse auf den tatsächlichen Wert der Signalleistung am Messpunkt ziehen? Begründen Sie Ihre Antwort.

10. a) Am Ende einer leitungsgebundenen Übertragungsstrecke ($Z_W = 600\ \Omega$) wird bei einer Frequenz $f_0 = 800$ Hz die Spannung $U_M = 0{,}14$ V gemessen. Wie groß ist der absolute Pegel, wenn das Übertragungssystem mit dem Lastwiderstand $Z_{L1} = 600\ \Omega$ abgeschlossen ist?
    b) Wird der unter a) berechnete Pegelwert mit dem Lastwiderstand $Z_{L2} = 1200\ \Omega$ kleiner oder größer? (Hinweis: Keine Berechnung durchführen, sondern nur qualitative Aussage mit Begründung)

11. a) Was versteht man unter der Verzerrung eines Nachrichtensignals? Welche Arten von Verzerrungen unterscheidet man und wodurch werden diese Verzerrungen verursacht?
    b) Wodurch können bei der leitungsgebundenen Datenübertragung Signalreflexionen entstehen? Welche Auswirkungen ergeben sich und wie lassen sie sich vermeiden?

4

12. Was versteht man bei einem Nachrichtensignal unter Nebensprechen? Erläutern Sie, zwischen welchen Arten von Nebensprechen man technisch unterscheidet. Durch welche Maßnahmen lassen sich diese Effekte unterdrücken?

13. Was versteht man übertragungstechnisch unter einem Wandler? Nennen Sie Beispiele.

14. a) Was versteht man übertragungstechnisch unter dem Begriff Modulation?
    b) Aus welchen Gründen werden in der Praxis Signale moduliert?
    c) Eine spezielle Modulationsform von sinusformigen Trägern bezeichnet man als Tastung. Erläutern Sie diesen Begriff und geben Sie ein Anwendungsbeispiel an.

15. Beschreiben Sie die einzelnen Schritte, die erforderlich sind, um ein analoges Sprachsignal in ein PCM-Signal umzuwandeln. Welche Bedingung muss bei dieser Umwandlung erfüllt werden?

16. Bei der PCM-Codierung unterscheidet man zwischen linearer und nichtlinearer Quantisierung. Beschreiben Sie den Unterschied und geben Sie eine Bewertung ab, welches der beiden Verfahren vorzuziehen ist.

17. Bei einigen PC-Audioprogrammen lässt sich die Samplingrate für Tonaufnahmen auf verschiedene Werte einstellen (z. B. 8 kHz; 24 kHz; 44,1 kHz). Berechnen Sie, bis zu welchen Audiofrequenzen jeweils eine Speicherung möglich ist. Bewerten Sie die einzelnen Einstellungen bezüglich ihrer Wiedergabequalität.

18. Im Zusammenhang mit den Übertragungsverfahren werden die Begriffe Gleichlageverfahren, Getrenntlageverfahren, Simplex, Halbduplex, Vollduplex, symmetrische und asymmetrische Übertragung verwendet. Erläutern Sie die einzelnen Begriffe.

19. Bei den Multiplexverfahren werden die zentrale und die dezentrale Reservierungstechnik eingesetzt. Vergleichen Sie beide Verfahren miteinander und nennen Sie Vor- und Nachteile.

20. Beschreiben Sie grundsätzlich das Frequenzmultiplex- und das Zeitmultiplexverfahren. Nennen Sie Anwendungsbeispiele.

21. a) Was versteht man unter einem Multi-Level-Code (MLC)?
    b) Geben Sie ein Beispiel für einen MLC-4-Code an.

22. a) Erläutern Sie prinzipiell das zur drahtlosen Datenübertragung eingesetzte MIMO-Verfahren. Worin liegen die Vorteile dieses Verfahrens?
    b) Welche Arten von MIMO unterscheidet man?

23. Im Rahmen einer firmeninternen Fortbildung erhalten Sie den Auftrag, Kolleginnen und Kollegen in Ihrem Arbeitsteam über aktuell in öffentlichen Transportnetzen eingesetzte digitale Hierarchien zu informieren. Welche Informationen vermitteln Sie? Bereiten Sie hierzu ggf. eine kleine Präsentation mit erläuternden Grafiken vor, bei der Sie erlernte Präsentationstechniken einsetzen.

24. Wozu benötigt man im Zusammenhang mit der SDH-Multiplextechnik einen sog. ADM? Erläutern Sie die Bezeichnung und die Funktion.

25. Für die Übertragung von Daten werden auf der OSI-Schicht 1 unterschiedliche Leitungscodierungen eingesetzt. Hierzu gehören der AMI-Code, der 4B/5B-Code und der 8B/10B-Code. Nennen Sie jeweils charakteristische Merkmale dieser Codierungen. Geben Sie Anwendungsbeispiele an.

26. Erläutern Sie die Unterschiede zwischen der Quellcodierung, der Kanalcodierung und der Leitungscodierung.

27. Die moderne Übertragungstechnik verwendet vielfach QAM zur Übertragung von Daten. Nennen Sie die Bedeutung dieser Abkürzung und erläutern Sie kurz die wesentlichen technischen Merkmale. Nennen Sie Anwendungsbeispiele.
28. a) Wie viele verschiedenen Amplitudenstufen sind bei einer auf 64-QAM basierenden Datenübertragung erforderlich (Antwort mit Begründung)?
    b) Begründen Sie, warum 64-QAM eine effizientere Datenübertragung ermöglicht als 16-QAM.
29. Mithilfe eines Temperatursensors im Serverschrank Ihrer Firma wird die Drehzahl des eingebauten PWM-gesteuerten Lüfters geregelt.
    a) Was bedeutet die Abkürzung PWM?
    b) Erläutern Sie den zugrunde liegenden PWM-Regelvorgang.
30. a) Aus welchem Grund werden bei der Übertragung von Daten Kompressionsverfahren eingesetzt?
    b) Der MOS-Wert von Sprachcodec A beträgt 4,4; der von Sprachcodec B beträgt 4,9. Welche Information kann man dem MOS-Wert entnehmen? Begründen Sie, welcher Codec zu bevorzugen ist.
31. Was versteht man in der Datenverarbeitung unter einem Containerformat?
32. Bei der Angabe der Datenrate, die übertragen wird, unterscheidet man häufig zwischen der Nutzdatenrate und der Symboldatenrate. Erläutern Sie den Unterschied und geben Sie ein konkretes Beispiel an.
33. Zur Visualisierung von Signalen verwendet man in der Übertragungstechnik sogenannte Linienspektren und Frequenzspektren. Erläutern Sie beide Darstellungsformen und geben Sie an, für welche Anwendungszwecke diese jeweils bevorzugt einzusetzen sind.
34. Was versteht man in der Übertragungstechnik unter einem PAM-Signal? Geben Sie ein Anwendungsbeispiel an.
35. a) Beschreiben Sie den grundsätzlichen Aufbau einer elektrischen Richtfunkstrecke.
    b) Welche Funktion hat hierbei ein ggf. eingesetzter Transponder? Nennen Sie ein Anwendungsbeispiel.

4.2 Optische Übertragungstechnik

Die Datenübertragung zwischen den Knoten im Kernbereich öffentlicher Netze erfolgt leitungsgebunden nur noch mithilfe optischer Verfahren. Selbst im Zugangsbereich kommen zunehmend Glasfaserleitungen (fast) bis zu den Kundinnen und Kunden zum Einsatz. Hierbei werden die Daten mithilfe elektromagnetischer Wellen im Bereich von Frequenzen übertragen, die physikalisch als „optische Strahlung“ bzw. „Licht“ bezeichnet werden. Dieser Frequenzbereich reicht von ca. $3 \cdot 10^{11}$ Hz bis ca. $3 \cdot 10^{15}$ Hz des elektromagnetischen Spektrums und umfasst das vom menschlichen Auge wahrnehmbare (sichtbare) Licht, den Infrarot-Bereich (IR) und den Bereich des ultravioletten Lichts (UV).

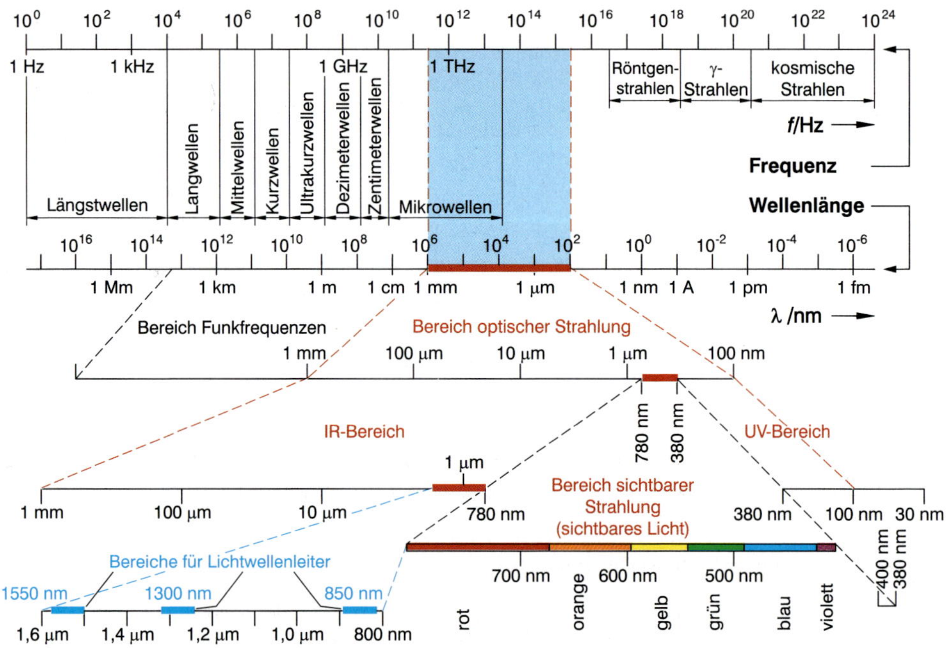

Bild 4.67: Elektromagnetisches Spektrum

Wegen der großen Zahlenwerte bei der Frequenzangabe verwendet man im optischen Bereich bei Größenangaben nicht die Frequenz, sondern die jeweils zugehörige **Wellenlänge**.

Zwischen der **Frequenz *f*** (*frequency*) einer Schwingung und deren **Wellenlänge** λ (*wavelength*; sprich: Lambda) besteht der durch folgende Gleichung dargestellte Zusammenhang:

$$c_0 = \lambda \cdot f$$

mit $c_0 \approx 3 \cdot 10^8$ m/s (Ausbreitungsgeschwindigkeit elektromagnetischer Wellen im Vakuum)

Die Wellenlänge wird hierbei meist in Nanometer angegeben (1 nm = 10^{-9} m; siehe Wellenlängenachse in Bild 4.66). So entspricht z. B. die Wellenlänge 760 nm (sichtbares Licht der Farbe Rot) der Frequenz von $3{,}9 \cdot 10^{14}$ Hz. In der Regel werden die bei der optischen Datenübertragung verwendeten Wellenlängen über ein optisch leitfähiges Medium übertragen. Eine direkte Abstrahlung wie bei den elektrischen Funkfrequenzen ist zwar möglich, allerdings ist hierbei eine direkte „Sichtverbindung“ zwischen Sender und Empfänger erforderlich, sodass sich hiermit nur relativ geringe Entfernungen überbrücken lassen (bis ca. 3 km). Das in der Praxis zur Lichtleitung verwendete Medium wird als **Lichtwellenleiter (LWL)** bzw. **Glasfaserleitung** (*fibre optic cable*) bezeichnet. Als Ausgangsmaterial für LWL dient normalerweise Quarzsand, aus dem man mit entsprechenden Fertigungsverfahren Quarzglas (Siliziumoxid, SiO_2) macht, das dann zu dünnen Fäden gezogen wird. Teilweise werden heutzutage aber auch spezielle Kunststoffe verwendet.

4.2.1 Optischer Leitungsmechanismus

Die hohen Frequenzen im Bereich optischer Strahlung ermöglichen wesentlich größere Datenübertragungsraten als im elektrischen Bereich. Aufgrund der Verwendung optischer Übertragungsmedien ergeben sich allerdings wesentliche Unterschiede zur (konventionellen) elektrischen Übertragungstechnik. Dies ist insbesondere darin begründet, dass der Leitungsmechanismus auf völlig anderen physikalischen Gesetzmäßigkeiten und Eigenschaften beruht. Zu diesen Eigenschaften gehört die **Lichtbrechung**.

Als **Brechung** (*refraction*) bezeichnet man die Eigenschaft von Licht, beim Übergang in ein anderes Ausbreitungsmedium seine Richtung zu verändern. Ein Maß für die Größe der Brechung ist der **Brechungsindex** n (*refractive index*; z. B.: Luft $n = 1$; Acrylglas $n = 1{,}5$).

Ursache der Lichtbrechung ist die Tatsache, dass Licht sich in verschiedenen Medien unterschiedlich schnell ausbreitet. Hierdurch nimmt das menschliche Auge beispielsweise einen teilweise in Wasser getauchten *geraden* Stab als geknickt wahr.

Die größte Ausbreitungsgeschwindigkeit c_0 erreicht Licht im Vakuum. Ein Medium, in dem sich Licht langsamer ausbreitet (z. B. Wasser, Acrylglas), wird als „optisch dichter" bezeichnet.

Bezüglich der **Ausbreitungsgeschwindigkeit *c* von Licht** (*propagation speed, velocity of propagation*) in einem Medium gilt:

$$c = \frac{c_0}{n}$$

c_0: Ausbreitungsgeschwindigkeit von Licht im Vakuum
n: Brechungsindex

Mithilfe dieses Zusammenhangs lässt sich beispielsweise die Geschwindigkeit bestimmen, mit der Daten über Glasfaserleitungen übertragen werden können. In der Übertragungstechnik spricht man in diesem Zusammenhang von der **Signalgeschwindigkeit** („Einfache IT-Systeme", Kap. 5.1.2.3). Die Signalgeschwindigkeit in einem Glasfaserkabel beträgt ca. 2/3 der Lichtgeschwindigkeit. Wegen ihrer extrem hohen Übertragungskapazität sind sie gegenüber Kupferkabeln vorzuziehen. Die Gesetzmäßigkeiten der Lichtbrechung werden in der Physik mit dem sog. **Brechungsgesetz** (*law of refraction*) beschrieben. In Abhängigkeit von den verwendeten Medien und dem Winkel, unter dem ein Lichtstrahl auf die Grenzfläche auftritt (Einfallswinkel φ_e), können hierbei die drei in Bild 4.68 dargestellten Phänomene auftreten.

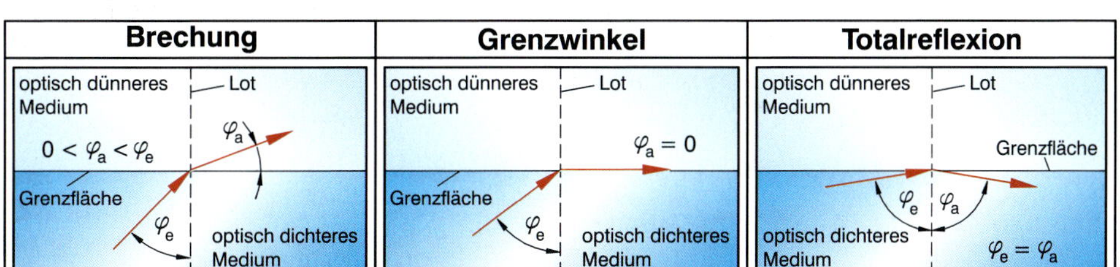

Bild 4.68: Phänomene bei der Lichtbrechung

Bei der Totalreflexion verbleibt der Lichtstrahl im Inneren des optisch dichteren Mediums. Dieser Effekt bleibt auch bei einer Biegung des Mediums erhalten, solange der Einfallswinkel φ_e auch im Biegebereich stets größer als der Grenzwinkel ist.

Der **Leitungsmechanismus bei einem Lichtwellenleiter** basiert maßgeblich auf dem Phänomen der Lichtbrechung.

4.2.2 Lichtwellenleiter (LWL)

Lichtwellenleiter (*fiber optic cable*) bestehen prinzipiell aus einem lichtleitenden Kern (Core) und einem ebenfalls lichtleitenden Mantel. Dieser Mantel wird von einer dünnen Kunststoffschicht umgeben (Primärcoating, Dicke 2 µm bis 5 µm). Beide lichtleitenden Bereiche weisen unterschiedliche optische Dichten auf. Dieser Aufbau gewährleistet, dass Licht aufgrund von Brechung bzw. Reflexion an den Faserrändern auch bei Biegung des Leiters innerhalb der Faser verbleibt und somit auch um Ecken geführt werden kann. Aus Gründen des mechanischen Schutzes und zur Erhöhung der Zugfestigkeit sind die lichtleitenden Bereiche neben dem Primärcoating von weiteren zusätzlichen Hüllen umgeben. Diese werden als **Sekundärcoating** bezeichnet.

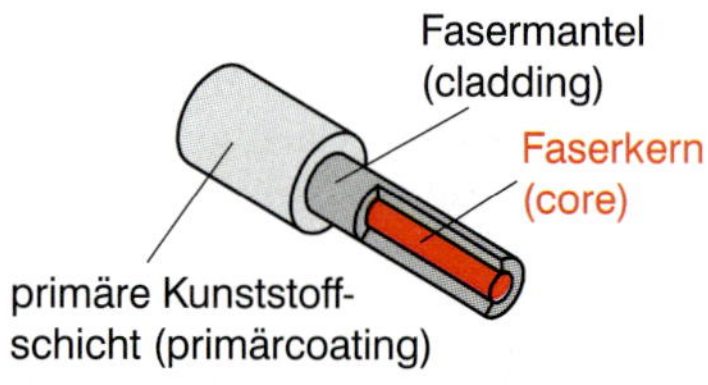

Bild 4.69: Prinzipieller Aufbau eines Lichtwellenleiters

Abhängig vom verwendeten Grundmaterial für den Faserkern und das Cladding findet man vielfach unterschiedliche Bezeichnungen, z. B.:

- **SSF**-Kabel (***S**ilica-**S**ilica-**F**iber*); Quarzglas-Quarzglas-Faser
- **PCF**-Kabel (***P**lastic **C**ladding **F**iber*); alternativ auch **PCS**-Kabel (***P**lastic **C**ladding **S**ilica*); Kombination von einem Quarzglas-Kern und einem (lichtleitenden) Überzug aus Kunststoff
- **POF**-Kabel (***P**olymeric **O**ptical **F**iber, **P**lastic **O**ptical **F**iber*); alternativ auch **APF**-Kabel (***A**ll **P**lastic **F**iber*): Faserkern und lichtleitender Überzug bestehen aus unterschiedlichen Kunststoffen (Polymeren)

Lichtwellenleiter unterliegen keinem witterungs- oder nutzungsbedingten Alterungsprozess und haben daher eine sehr lange Lebensdauer. Sie weisen ein Reihe von Eigenschaften auf, die für den technischen Einsatz von Bedeutung sind:

- unempfindlich gegenüber elektromagnetischer Einstrahlung
- keine elektromagnetische Abstrahlung
- galvanische Trennung ("Einfache IT-Systeme", Kap. 5.5.2.5) von Sender und Empfänger (Potenzialtrennung)
- geringe Dämpfung, dadurch große Übertragungsentfernungen
- geringes Gewicht, geringe Abmessungen
- geringe Herstellungskosten
- unempfindlich gegenüber Temperaturschwankungen

Als nachteilige Aspekte gegenüber dem Einsatz von Kupferleitungen können angesehen werden:

- die höheren Kosten bei der Verarbeitung des Grundmaterials (hoher Reinheitsgrad erforderlich)
- die aufwendigere Verbindungs- und Steckertechnik
- die größere Empfindlichkeit gegenüber mechanischen Belastungen

Bei der Verlegung ist darauf zu achten, dass Lichtwellenleiter nicht geknickt sowie vorgegebene Biegeradien nicht unterschritten werden dürfen.

Der **Biegeradius** (*bending radius*) gibt an, wie stark eine Glasfaserleitung gebogen werden darf, bevor sie beschädigt wird, eine erhöhte Dämpfung auftritt oder die Übertragungsbandbreite beeinträchtigt wird.

Auch übermäßige mechanische Belastungen durch Zugkraft oder Befestigungselemente können Glasfaserleitungen beschädigen (z. B. Mikrorisse). Die Industrie bietet inzwischen aber auch spezielle Glasfaserkabel an, die biegeunempfindlich sind.

4.2.3 LWL-Eigenschaften

Je nach Einsatzbereich weisen Lichtwellenleiter unterschiedliche geometrische Abmessungen und Querschnittsprofile auf. Diese beeinflussen maßgeblich die Art der Ausbreitung von Lichtstrahlen und das Brechungsverhalten. Hieraus resultieren unterschiedliche Leitungseigenschaften.

Liegt der Kerndurchmesser D_K in der Größenordnung der Wellenlänge λ des Lichts, können sich – physikalisch bedingt – nur noch ganz bestimmte Lichtstrahlen entlang der Faser ausbreiten. Betrachtet man Licht als elektromagnetische Wellen (Bild 4.67), so weisen diese Lichtstrahlen – vereinfacht formuliert – eine stets gleichbleibende Energieverteilung längs ihrer Ausbreitungsrichtung auf und breiten sich auch stets mit gleicher Geschwindigkeit aus. Diese Lichtstrahlen werden als **Moden** bezeichnet. Durch die Größe des Kerndurchmessers lässt sich also die Anzahl der übertragbaren Moden beeinflussen.

Lichtwellenleiter, auf denen sich mehrere Lichtstrahlen entlang der Faser ausbreiten können, bezeichnet man als **Multimodefaser**. Lichtwellenleiter, auf denen sich nur ein einziger Lichtstrahl entlang der Faser ausbreiten kann, bezeichnet man als **Monomode** bzw. **Singlemodefaser**. Ein solcher Lichtstrahl kann aber durchaus unterschiedliche, benachbarte Wellenlängen beinhalten.

4.2.3.1 Modendispersion

In einen Lichtwellenleiter eingekoppelte Lichtstrahlen werden an den Grenzflächen reflektiert und durchlaufen den Kern zickzackförmig. Hierdurch ergeben sich unterschiedliche Weglängen, somit auch unterschiedliche Laufzeiten und eine Impulsverbreiterung am Leitungsende.

Unter **Modendispersion** versteht man unterschiedliche Ausbreitungswege und damit verbunden unterschiedliche Signallaufzeiten in einem Lichtwellenleiter. Dies führt zu einer zeitlichen Verbreiterung von Lichtimpulsen.

4.2.3.2 Materialdispersion

Obwohl es zur vereinfachten Darstellung oft anders formuliert wird, bestehen die Lichtemissionen optischer Sender nicht aus einer einzigen Wellenlänge, sondern umfassen einen bestimmten Wellenlängenbereich. Dieser Bereich wird als Bandbreite bzw. Linienbreite $\Delta\lambda$ angegeben und beträgt typischerweise bei „normalen" Sendedioden ca. 50 nm, bei Laserdioden hingegen ca. 0,5 nm. Da die Ausbreitungsgeschwindigkeit c in einem Medium aber wellenlängenabhängig ist, resultieren hieraus geringfügige Laufzeitunterschiede Δt_{Lauf} zwischen den eingekoppelten Wellenlängen. Diese Laufzeitunterschiede bewirken ebenfalls eine Impulsverbreiterung am Ende einer Übertragungsstrecke.

Bild 4.70: Signalverbreiterung durch Materialdispersion (Grundprinzip)

Eine solche Verbreiterung von impulsförmigen Signalen erfordert einen bestimmten zeitlichen Mindestabstand zwischen zwei Signalimpulsen am Anfang der Übertragungsstrecke, da sich ansonsten zwei Impulse zeitlich überlappen und nicht mehr eindeutig voneinander zu unterscheiden sind. Dieser zeitliche Mindestabstand ist gleichbedeutend mit einer Begrenzung der Übertragungsgeschwindigkeit und damit der maximal übertragbaren Bitrate. Um den Einfluss der Materialdispersion zu verringern, werden inzwischen speziell entwickelte, hochwertige Laserdioden mit Bandbreiten von ca. 10^{-4} nm verwendet.

4.2.3.3 Optische Dämpfung

Die Ausbreitung von Licht in einem Lichtwellenleiter erfolgt nicht verlustlos, d. h., die Lichtleistung wird mit zunehmender Leitungslänge geringer. Allerdings ist der Dämpfungsverlauf in Abhängigkeit von der Wellenlänge nicht linear. Als Ursache der Dämpfung sind im Wesentlichen die **Lichtabsorption** und die **Lichtstreuung** (Raylaigh-Streuung) zu nennen. Bei der Absorption wird das Licht quasi „verschluckt", d. h., es gibt seine Energie an Materie ab und steht als Informationsträger nicht mehr zur Verfügung. Bei der Streuung wird das Licht „abgelenkt" und steht in Aus-

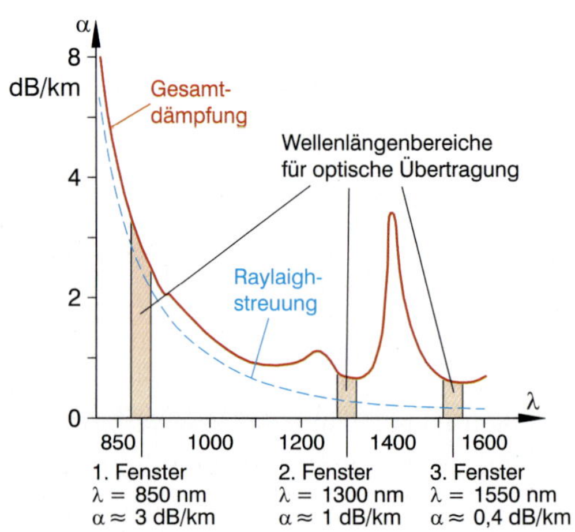

Bild 4.71: Dämpfungsverlauf von Lichtwellenleitern

breitungsrichtung nicht mehr zur Verfügung. Aus dem Dämpfungsverlauf ist ersichtlich, dass es „lokale Minima" der Dämpfungswerte gibt.

Bei Lichtwellenleitern bezeichnet man einen Wellenlängenbereich mit einer vergleichsweise geringen Dämpfung als **optisches Fenster** (**OF**; engl. *optical window*).

Die technisch nutzbaren optischen Fenster liegen im Bereich der Wellenlängen 850 nm (1. OF), 1 300 nm (2. OF) und 1 550 nm (3. OF). Der bevorzugte Bereich der optischen Übertragungstechnik liegt im Bereich des 2. und 3. Fensters.

4.2.3.4 Bandbreite-Länge-Produkt

Das Bandbreite-Länge-Produkt (alternativ auch **EMB**: **e**ffektive **m**odale **B**andbreite) ist ein wichtiger Qualitätskennwert für eine Glasfaserleitung. Diese Größe hat kein eigenes Formelzeichen, sondern wird in Tabellenbüchern und Herstellerunterlagen stets nur mit **„$B \cdot L$"** bezeichnet und mit der Einheit **„MHz · km"** bzw. **„GHz · km"** angegeben. Die Einheit MHz bzw. GHz resultiert hierbei aus dem Kehrwert der durch die Dispersionen verursachten Signallaufzeiten Δt_{Lauf}. Je größer der Zahlenwert des Bandbreite-Länge-Produkts ist, desto geringer sind die auftretenden Impulsverbreiterungen und umso höher liegen die erreichbaren Datenübertragungsraten. Häufig findet man auch die Angabe in **Gbit/s · km**.

4.2.4 LWL-Typen

Obwohl alle Lichtwellenleiter prinzipiell den gleichen Faseraufbau aufweisen, unterscheiden sie sich in der Praxis bezüglich ihrer geometrischen Abmessungen und ihrer Übertragungseigenschaften. Man unterscheidet grundsätzlich zwischen zwei Typen von Multimode-Fasern sowie den Singlemode-Fasern.

4.2.4.1 Multimode-Stufenindexfaser

Bei Stufenindexfasern ändert sich der Brechungsindex n sprunghaft an der Grenze zwischen Kern und Mantel, wodurch sich eine Totalreflexion ergibt. Aufgrund des Kerndurchmessers lassen sich mehrere Moden leiten.

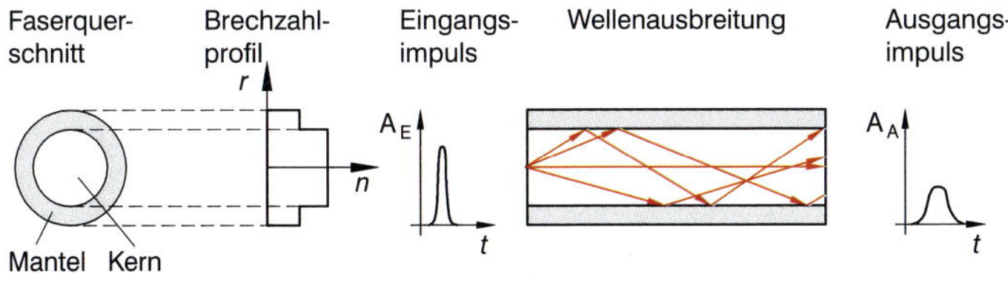

Bild 4.72: Eigenschaften einer Multimode-Stufenindexfaser

Diese Fasern weisen eine große Moden- und Materialdispersion auf. Aufgrund der dadurch bewirkten Impulsverbreiterung ergibt sich eine relativ starke Signaldämpfung und eine geringe verfügbare Bandbreite. Bei neuen Netzwerken wird dieser Fasertyp nicht mehr verwendet.

4.2.4.2 Multimode-Gradientenfaser

Bei diesem Fasertyp ändert sich die Brechzahl *n* von der Kernmitte bis zum Mantel kontinuierlich. Dadurch werden die Moden beim Durchlaufen der Faser zum Mantel in sehr kleinen Schritten gebrochen und kehren dann wieder zur Fasermitte zurück.

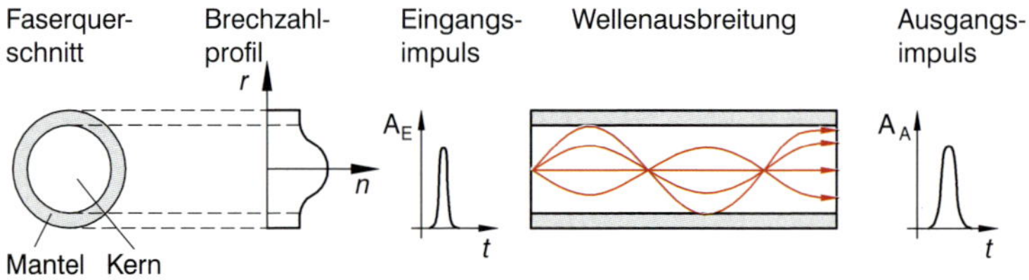

Bild 4.73: Eigenschaften einer Multimode-Gradientenfaser

Herkömmliche Multimode-Fasern waren meist optimiert für Datenübertragungen bei einer Wellenlänge von 850 nm. Um den ständig steigenden Datenverkehr zu bewältigen, werden inzwischen Gradientenfasern eingesetzt, die im Bereich der Wellenlängen zwischen 850 nm und 950 nm ein vergleichsweise breites optisches Fenster aufweisen (**WBMMF**: **W**ide**b**and **M**ulti**m**ode **F**iber). Dadurch lassen sich Datenraten oberhalb von 40 Gbit/s über eine einzige Glasfaser breitbandig mit einem speziellen Wellenlängenmultiplex (**SWDM**: **S**hort **W**ave **D**ivision **M**ultiplexing; Kap. 4.2.8) übertragen.

4.2.4.3 Singlemode-Glasfaser

Bei diesem Fasertyp ist der Kerndurchmesser so weit verkleinert, dass nur noch eine einzige Mode ausbreitungsfähig ist. Man spricht hierbei auch von einer sog. Wellenführung im Kern. Bei dieser Einmodenausbreitung können keine modenabhängigen Laufzeitunterschiede und keine Dispersion auftreten. Aufgrund physikalischer Gesetzmäßigkeiten ist dieser Fasertyp erst bei Wellenlängen oberhalb von 1 250 nm einsetzbar (2. und 3. OF, Bild 4.71).

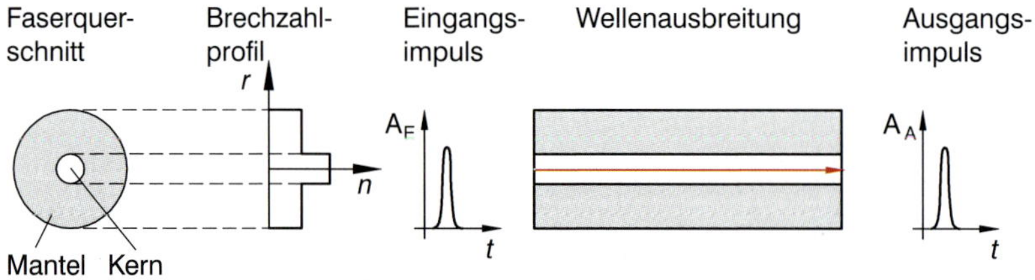

Bild 4.74: Eigenschaften einer Monomode-Stufenindexfaser

Aufgrund ihrer guten Übertragungseigenschaften sind die Singlemode-Glasfasern (Alternativbezeichnungen: Einmodenfaser, Monomode-Glasfaser) theoretisch für Entfernungen bis zu 180 km ohne Signalverstärker einsetzbar.

Vergleichbar mit den Kategorien bei TP-Leitungen (z. B. Cat 5; Kap. 4.1.1.3) gibt es auch bei den Glasfaserleitungen eine Einteilung, anhand derer man die Güte erkennen kann. Bei Multimode-Fasern unterscheidet man vier Kategorien (**OM**: **O**ptical **M**ultimode), bei

Singlemode-Fasern gibt es zwei Kategorien (**OS**: **O**ptical **S**inglemode; Bild 4.75). Glasfaserkabel sind international spezifiziert in der ISO/IEC 11801 bzw. in der DIN EN 50173.

Die Tabelle in Bild 4.75 fasst typische Werte von in der Praxis eingesetzten Glasfaserleitungen zusammen.

LWL-Typ	Kategorie	Typische Mantelfarbe	Durchmesser (in µm)		*B* · *L*-Produkt* (typ. Werte bei 850 nm)	Dämpfung* (bei 1 310 nm)	Typischer Einsatzbereich*
			Kern	Mantel			
Multimode	OM1**	Orange	50 62,5	125 125	200 MHz · km	1,5 dB/km	Kurzstrecke bis ca. 50 m; 100 Mbit/s-Ethernet-Anwendungen
	OM2**	Orange	50 62,5	125 125	500 MHz · km		Kurzstrecke bis 100 m; 1 Gbit/s Ethernet-Anwendungen
	OM3	Aquablau	50	125	1,5 GHz · km		Kurzstrecke bis 100 m; 10 Gbit/s Ethernet-Anwendungen
	OM4	Violett	50	125	3,5 GHz · km		Strecken bis ca. 1 000 m; 10 Gbit/s Ethernet-Anwendungen
	OM5	Neongrün	50	125	4,5 GHz · km		Strecken bis 1 000 m; Übertragung bis zu 100 Gbit/s bei Verwendung von SWDM (Kap. 4.2.4.2)
Monomode	OS1**	Gelb oder Grün	9	125	> 10 GHz · km	1,0 dB/km	Überbrückung von Distanzen bis zu 100 km und mehr mit hohen Datenraten
	OS2		9	125		0,4 dB/km	

** Werte sind wellenlängenabhängig*

*** Nicht mehr verwendet bei Neuinstallationen*

Bild 4.75: Typische Werte von Lichtwellenleitern

4.2.5 LWL-Kabelbezeichnungen

Die Kabelbezeichnung für LWL-Kabel erfolgt nach DIN/VDE 0888. Eine typische Kennzeichnung kann beispielsweise wie folgt aussehen:

A	–	D	Q	(ZN)	B	2Y	4x12	G	9/125		OS2	0,34	F	LG
1		2	3	4	5	6	7	8	9	10	11	12	13	14

Bedeutung		Symbol	Erläuterung
1	Kabelart	J A U oder A/J	Innenkabel Außenkabel Universalkabel
2	Adertyp	V H K D	Vollader Hohlader, ungefüllt Kompaktader Bündelader
3	Verseilelement/ Kabelseele	S Q F	Metallisches Verseilelement Längswasserdichtheit durch Quellmaterialien Füllung mit Petrolatgel
4	Zugentlastung	(ZN) (ZS)	**Z**ugentlastung **N**ichtmetallisch **Z**ugentlastung **M**etallisch
5	Bewehrung (Angabe nur bei Außenkabel)	B SR	Metallfreier Nagetierschutz Metallische Bewehrung
6	Kabelmantel	2Y Y H HH 11Y	PE-Mantel Halogenhaltiges PVC Mantel halogenfrei und flammwidrig Fasermantel und Außenmantel halogenfrei PU-Mantel
7	Fasernzahl		Anzahl der Bündel x Anzahl der Fasern pro Bündel
8	Faserart	E G E9U P	Single-Mode Gradientenfaser Singlemode Ultrafaser biegeoptimiert Kunststofffaser (Kunststoff/Kunststoff)
9	Kern (*core*)		Kerndurchmesser in µm
10	Mantel (*cladding*)		Manteldurchmesser in µm
11	Leistungsklasse	OM1, OM2, OM3, OM4, OM5, OS1, OS2	B-L-Produkt in MHz · km oder GHz · km
12	Dämpfung		Dämpfungsbelag in dB/km
13	Wellenlänge	B F H	850 nm 1 300 nm 1 550 nm
14	Zusatzinformation	LG	Lagenverseilung (optionale Angabe)

Bild 4.76: Mögliche Kennzeichnung von LWL-Kabeln (herstellerabhängig sind Abweichungen möglich)

4.2.6 LWL-Verbindungstechniken

Bei der optischen Verbindungstechnik unterscheidet man zwischen lösbaren und nicht lösbaren Verbindungen. Die lösbaren Verbindungen basieren auf dem Stecker-Kupplungs-Prinzip, die nicht lösbaren Verbindungen werden durch sog. Spleiße realisiert.

Unter einem **LWL-Spleiß** (*fiber optic splice*) versteht man technische Verfahren für das dauerhafte Verbinden von Lichtwellenleitern.

Bei der LWL-Spleißtechnik werden folgende Verfahren unterschieden:

Spleißart	Dämpfungswerte	Kurzbeschreibung
Thermischer Spleiß, Lichtbogenspleiß	< 0,1 dB	Mithilfe eines thermischen Lichtbogens werden die Faserenden dauerhaft miteinander verschmolzen.
Mechanischer Spleiß	0,2–0,4 dB	Die Fasern werden mittels einer Hülse mechanisch zusammengepresst und dauerhaft gehalten; Einsatz zu Reparaturzwecken.
Klebespleiß	0,2–0,4 dB	Dauerhafte Verbindung der Fasern mit UV-härtendem Zweikomponentenkleber

Bild 4.77: LWL-Spleißarten

LWL-Stecker (*fiber optic connector*) sorgen für eine lösbare Steckverbindung zwischen zwei Lichtwellenleitern. Hierbei wird meist nicht zwischen Stecker und Buchse unterschieden, die Steckverbindung besteht vielmehr aus zwei Steckern, die über eine Führungskupplung präzise miteinander verbunden werden. Geringste mechanische Fertigungstoleranzen oder Veränderungen durch häufiges Ein- und Ausstecken können die übertragungstechnischen Eigenschaften beeinträchtigen. Hierzu gehören insbesondere die Einfügedämpfung und die Rückflussdämpfung.

Die **optische Einfügedämpfung** (*optical insertion loss*) ist ein Maß für die Abschwächung eines optischen Signals durch ein Bauteil, das in einen Signalweg eingefügt wird. Die Einfügedämpfung wird in dB angegeben und sollte möglichst klein sein.

Die **optische Rückflussdämpfung** (*optical return loss*) ist das logarithmische Verhältnis von eingespeister Lichtenergie zu der von einer Grenzfläche reflektierten Lichtenergie. Die Rückflussdämpfung wird in dB angegeben und sollte möglichst groß sein.

Bei der Übertragung von Licht in einem LWL-Steckverbinder werden beide Fasern möglichst nahe zusammengeführt, um möglichst viel Lichtenergie von einer Faser in die andere Faser zu übertragen. Hierbei kommen unterschiedliche Techniken zum Einsatz (Bild 4.78).

Bezeichnung	Beschreibung	Grundprinzip
Stirnflächen-kopplung	▪ Stirnflächenkopplung ohne Luftspalt (**PC-Kopplung**: **P**hysical **C**ontact) ▪ Nahezu keine Reflexionen, daher hohe Rückflussdämpfung (*return loss*) ▪ Empfindlich gegenüber seitlichem Versatz der Fasern und Zerkratzen der Oberflächen ▪ Rückflussdämpfungswerte abhängig von der Polierqualität der Kontaktflächen: ▪ **SPC** (**S**uper **P**hysical **C**ontact): > 40 dB ▪ **UPC** (**U**ltra **P**hysical **C**ontact): > 50 dB ▪ **APC** (**A**ngle **P**hysical **C**ontact); > 60 dB	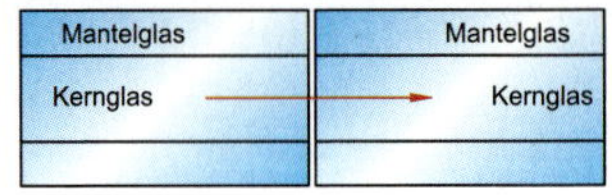
Schrägschliff-kopplung	▪ Stirnflächen sind ca. 8° gegeneinander geneigt (Angled Polished; z. B. E2000/APC-Stecker) ▪ Hohe Rückflussdämpfung (> 50 dB)	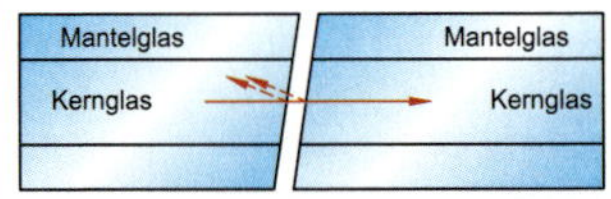
	▪ Schrägschliffkopplung mit **APC**-Schliff ▪ Nahezu ohne Reflexionen, d. h. sehr hohe Rückflussdämpfung (> 60 dB) ▪ Hoher Aufwand an Stirnflächenpolitur ▪ Einfügedämpfung < 0,5 dB	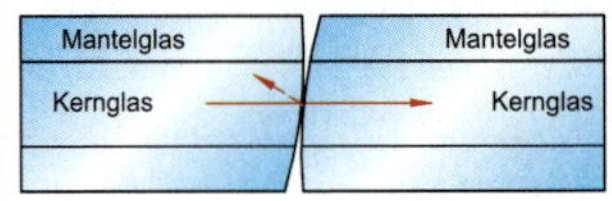

Bild 4.78: Grundsätzliche LWL-Stecker-Techniken

Für die Anschlusstechnik von Lichtwellenleitern gibt es eine Vielzahl von Steckverbindungen, die wegen ihrer kleinen Bauformen allgemein auch als **SFF-Stecker** (**S**mall **F**orm **F**actor) bezeichnet werden. Zu den gängigen Typen zählen der **ST-Stecker** (**S**traight **T**ip, Alternativbezeichnung **BFOC**: **B**ajonet **F**iber **O**ptic **C**onnector), der **FC-Stecker** (**F**iber **C**onnector), der **SC-Stecker** (**S**ubscriber **C**onnector) und der **LC-Stecker** (**L**ucent **C**onnector). Sämtliche Steckertypen sind untereinander inkompatibel, da sie sich grundsätzlich in der Bauform, der Ferrule (Adernendhülse), dem Verschluss und dem Einsatzbereich voneinander unterscheiden. Die Hersteller produzieren jedoch auch fertig konfektionierte LWL-Kabel mit unterschiedlichen Steckertypen an beiden Enden (z. B. LC-SC).

a) SC-Stecker *b) LC-Stecker* *c) ST-Stecker* *d) FC-Stecker*

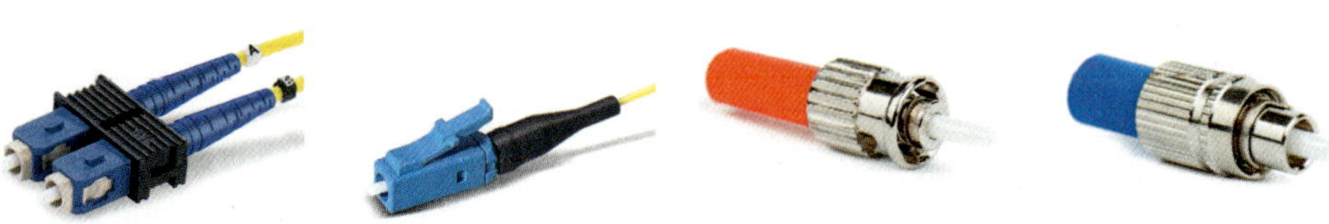

Bild 4.79: Beispiele für LWL-Stecker und Kupplungen

Stecker	Verschluss-mechanismus	Ferrulen-durchmesser	Einfügedämpfung	Faser-anzahl	Normung
FC	Schraubverschluss	2,50 mm	0,2 dB	1	IEC 60874-7
ST (BFOC)	Bajonettverschluss	2,50 mm	0,2–0,4 dB	1	IEC 60874-10
SC	Push-Pull-Prinzip	2,50 mm	0,2–0,3 dB	1	IEC 874-13
LC	Spannbügel-verschluss	1,25 mm	0,2 dB	1	IEC 61754-20

Bild 4.80: Technische Merkmale von LWL-Steckern

4.2.7 Optische Modulationsarten

Die Informationsübertragung in optischen Netzen erfolgt durch die Ausbreitung von Licht in einem Lichtwellenleiter. Dieses Licht wird meist mit einer Laserdiode erzeugt. Auf der Empfangsseite wird das Licht durch lichtempfindliche Dioden oder Transistoren wieder in ein elektrisches Signal zurückgewandelt. Wie bei der elektrischen Datenübertragung werden auch hier zur effizienten Ausnutzung vorhandener Übertragungskapazitäten spezielle Modulations- und Multiplexverfahren eingesetzt.

Prinzipiell kann man Licht in seiner Helligkeit, seiner Phasenlage und in seiner Polarisation modulieren. Die Änderung der Helligkeit entspricht elektrisch einer Veränderung der Amplitude und wird bei Licht als **Intensitätsmodulation** (*intensity modulation*) bezeichnet. Die Intensitätsmodulation erfolgt mit einer NRZ-Codierung (Kap. 4.1.11.1), die entweder direkt oder extern angewendet wird. Beim direkten Verfahren wird die Helligkeit des Lichts durch den sich ändernden elektrischen Strom gesteuert, der durch die Laserdiode fließt. Die Laserdiode wirkt hierbei als **elektrisch-optischer Wandler** (e-o-Wandler). Beim externen Verfahren sendet der Laser einen gleichbleibend hellen Lichtstrahl aus und wirkt als **optischer Sender**. Der Lichtstrahl wird erst in einer nachgeschalteten Modulationseinrichtung in seiner Intensität verändert. Eine solche Modulationseinrichtung bezeichnet man als **elektro-optischen Modulator** (z. B. Mach-Zehnder-Modulator oder Elektro-Absorptions-Modulator). Durch die Überlagerung entsprechend phasenverschobener Lichtstrahlen oder die Veränderung der Polarisation kann ein solcher Modulator einen vorhandenen Lichtimpuls entweder unterdrücken (auslöschen) oder durchlassen (abstrahlen).

4.2.8 Optische Multiplextechniken

Zur Mehrfachausnutzung werden bei der optischen Datenübertragung Raummultiplex, Zeitmultipex, Wellenlängenmultiplex und zunehmend auch Polarisationsmultiplex kombiniert eingesetzt.

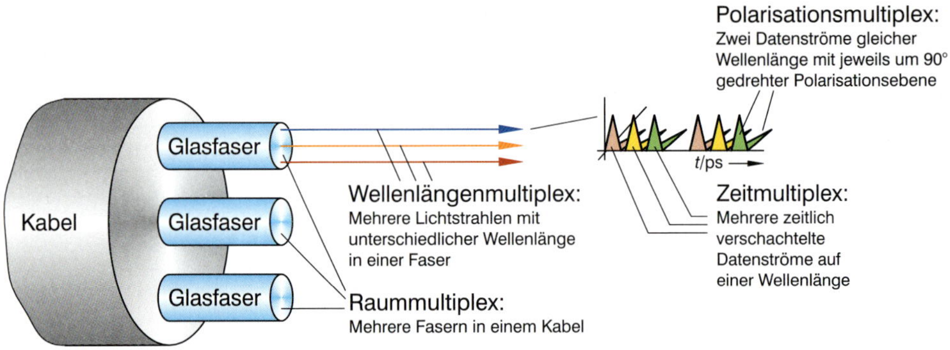

Bild 4.81: Kombination von Raum-, Zeit-, Wellenlängen- und Polarisationsmultiplex (Grundprinzip)

Beim optischen **Raummultiplex** (**SDM: S**pace **D**ivision **M**ultiplex) werden zur Vergrößerung der Übertragungskapazität mehrere Glasfasern gleichzeitig, d. h. parallel verwendet.

Beim optischen **Zeitmultiplex** (**TDM: T**ime **D**ivision **M**ultiplex) werden die Impulsfolgen verschiedener optischer Modulatoren zeitlich ineinander verschachtelt auf einer Faser übertragen. Bild 4.82 verdeutlicht das Grundprinzip.

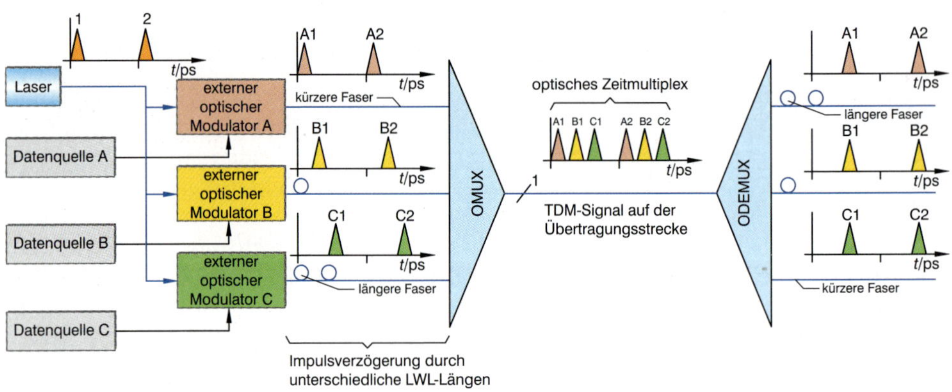

Bild 4.82: Optisches Zeitmultiplex (Grundprinzip)

Ein Laser emittiert Lichtimpulse einer bestimmten Wellenlänge in vorgegebenen zeitlichen Abständen (in Bild 4.82 mit den Ziffern 1 und 2 gekennzeichnet). Diese gelangen über eine Glasfaser an die externen optischen Modulatoren A, B und C, die von ihren jeweiligen elektrischen Datenquellen angesteuert werden und die Lichtimpulse des Lasers moduliert abgeben (in Bild 4.82 mit A1 und A2, B1 und B2 sowie C1 und C2 gekennzeichnet). Diese modulierten Lichtimpulse werden über separate Glasfasern zum optischen Multiplexer (OMUX) geführt. Aufgrund unterschiedlicher Faserlängen ergeben sich beim Durchlaufen dieser Glasfasern geringe zeitliche Verzögerungen, sodass der OMUX die Lichtimpulse der einzelnen Modulatoren zeitlich verschachtelt auf die Übertragungsstrecke legen kann. Die Wellenlänge der Lichtimpulse wird durch diesen Vorgang nicht verändert. Auf der Empfangsseite werden die Signale durch einen optischen Demultiplexer (ODEMUX) wieder getrennt. Durch entsprechend unterschiedliche Faserlängen lassen sich hier bei Bedarf wieder zeitgleiche Lichtimpulse erzeugen. Die erforderlichen

Verzögerungszeiten liegen im Picosekundenbereich (1 ps = 10^{-12} s) und werden durch Längenunterschiede im Millimeterbereich erzeugt.

Das **Wellenlängenmultiplex** (**WDM: W**avelength **D**ivision **M**ultiplex) lässt sich als Frequenzmultiplex im optischen Bereich interpretieren. Bei der Technik der direkten Intensitätsmodulation (Kap. 4.2.7) werden die elektrischen Nutzsignale einzeln jeweils mithilfe eines Lasers (e-o-Wandler) in ein Lichtsignal mit einer exakt vorgegebenen Wellenlänge umgewandelt (in Bild 4.83 mit $\lambda 1$, $\lambda 2$ und $\lambda 3$ bezeichnet).

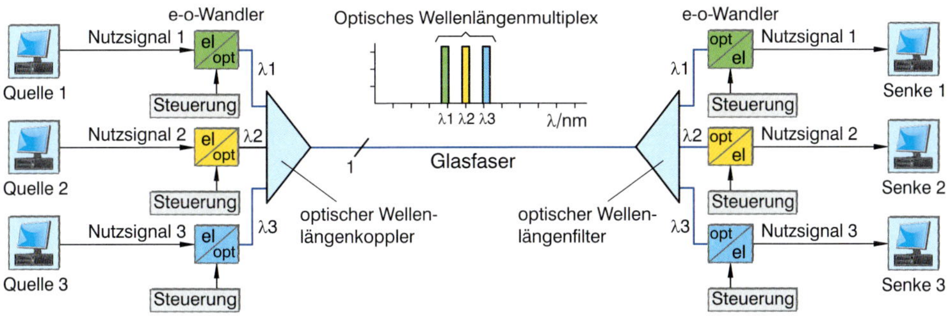

Bild 4.83: Optisches Wellenlängenmultiplex (Grundprinzip)

Mit einem optischen Wellenlängenkoppler, der aus passiven oder aktiven Bauelementen bestehen kann, werden diese einzelnen Wellenlängen dann zusammengeführt. Das entstandene wellenlängendiskrete Multiplexsignal wird übertragen und am Empfangsort durch einen optischen Wellenlängenfilter wieder getrennt. Anschließend werden die einzelnen optischen Signale mit o-e-Wandlern wieder in elektrische Nutzsignale umgesetzt.

Ein **optischer Wellenlängenkoppler** wird im allgemeinen Sprachgebrauch auch als **optischer Wellenlängen-Multiplexer (OWMUX)** und ein **optisches Wellenlängenfilter** auch als **optischer Wellenlängen-Demultiplexer (OWDEMUX)** bezeichnet.

In Bild 4.83 ist nur eine Übertragungsrichtung mit einer einzigen Faser dargestellt. Bei WDM-Backbones werden aus Sicherheitsgründen jeweils unterschiedliche Fasern für die Sende- und die Empfangsrichtung eingesetzt. Lediglich beim sog. Einfaserbetrieb bei den passiven optischen Zugangsnetzen wird ein einziger Lichtwellenleiter für beide Übertragungsrichtungen verwendet. Jeder Richtung werden dann unterschiedliche Wellenlängen zugeordnet.

Übertragungstechnisch betrachtet entspricht der optische **Einfaserbetrieb** dem elektrischen Zweidrahtbetrieb und der optische **Zweifaserbetrieb** dem elektrischen Vierdrahtbetrieb.

Bei einem WDM-System stellt ein Lichtsignal mit einer bestimmten vorgegebenen Wellenlänge jeweils einen **optischen Kanal** (*optical channel*) dar. Im allgemeinen Sprachgebrauch gibt man hierbei zwar stets nur eine einzige Wellenlänge λ an, die das abgegebene Laserlicht haben soll, tatsächlich besitzt es aber eine bestimmte Frequenzbandbreite Δf und damit auch eine bestimmte Linienbreite $\Delta\lambda$. Benachbarte Kanäle müssen somit einen geringen Wellenlängenabstand voneinander haben, damit sie sich gegenseitig nicht überlappen.

Die ITU-T hat in ihrer Richtlinie G.692 hierzu WDM-Varianten mit verschiedenen Frequenzrastern festgelegt. Diese geben an, in welchen Abständen die einzelnen Kanäle liegen dürfen. Bei DWDM und UDWDM sind dies beispielsweise die Abstände 100 GHz, 50 GHz, 25 GHz und 12,5 GHz (Bild 4.85).

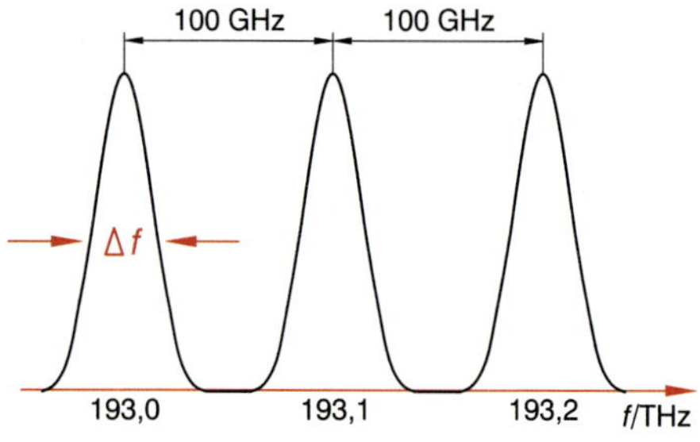

Bild 4.84: Optische Kanäle mit 100 GHz Kanalabstand (Beispiel)

Abkürzung	WWDM	CWDM	DWDM	UDWDM
Bezeichnung	**Wide WDM**	**Coarse WDM**	**Dense WDM**	**Ultra Dense WDM**
Kanalabstand	≥ 50 nm	20 nm (Kanalbreite 13 nm + 7 nm Sicherheitsabstand)	0,8 nm (bei 100 GHz) 0,4 nm (bei 50 GHz) 0,2 nm (bei 25 GHz) 0,1 nm (bei 12,5 GHz)	
Wellenlänge	1 300 nm/1 550 nm	1 300 nm/1 550 nm	1 550 nm	
Kanalanzahl pro Faser (typisch)	≤ 4 (typ. 4 mit je 2,5 Gbit/s)	≤ 20 (typ. 4 mit je 2,5 Gbit/s; 4 mit je 10 Gbit/s, Bitrate längenabhängig)	≤ 180 (typ. 16 bis 80 mit je 2,5 Gbit/s)	
Reichweite (ca.)	20 km	80 km	180 km	
Einsatzbereich	PON, Anschlussbereich	MAN, MEN	WAN	

Bild 4.85: Varianten bei Wellenlängenmultiplex

Innerhalb eines optischen Fensters (Kap. 4.2.3.3) können so je nach Kanalabstand mehr als 100 Kanäle über einen Lichtwellenleiter übertragen werden.

Eine weitere Möglichkeit, den Datendurchsatz über einen Lichtwellenleiter zu erhöhen, bietet der Einsatz des **Polarisationsmultiplex** (**PDM**: **P**olarization **D**ivsion **M**ultiplex). Hierbei werden die Lichtstrahlen in zwei jeweils um 90° gedrehte Polarisationsebenen aufgeteilt und in beiden Ebenen werden unterschiedliche Daten übertragen. Trotz gleicher Wellenlänge beeinflussen sich beide Datenströme nicht, sodass sich der Datendurchsatz nahezu verdoppelt. Für das Senden und Empfangen sind jeweils entsprechende polarisationsselektive Einrichtungen erforderlich. Die PDM lässt sich in Kombination mit Zeitmultiplex und/oder Wellenlängenmultiplex einsetzen.

4.2.9 Optische Schalter

Optische Schalter dienen dazu, Lichtsignale zwischen verschiedenen Lichtwellenleitern zu schalten (zu vermitteln), ohne sie vorher in elektrische Signale umzuwandeln. Hierdurch sind Schaltgeschwindigkeiten über 50 GHz (d. h. ≤ 20 ps) möglich, bei denen sich elektrische Schaltfunktionen nicht mehr problemlos realisieren lassen. Es werden unterschiedliche Verfahren eingesetzt, die meist mit wellenlängenabhängigen Filtern oder mit mikroskopisch kleinen Spiegeln arbeiten.

Bei den optischen Wellenlängenfiltern besteht eine mögliche Verfahrensweise darin, ein optisches Eingangssignal, das aus mehreren Wellenlängen besteht, zunächst auf alle Ausgänge zu verteilen, aber nur das Signal mit der gewünschten Wellenlänge am jeweiligen Ausgang passieren zu lassen. Dieses Verfahren wird als „Broadcast-and-Select-Prinzip" bezeichnet und beispielsweise statisch (d.h. ohne Änderungsmöglichkeit) bei passiven Sternkopplern (Splittern) im Anschlussbereich eingesetzt. Das Blockieren unerwünschter Wellenlängen erfolgt mit sog. dichroitischen Filtern (statische, wellenlängenabhängige Filter).

Besteht hingegen die Möglichkeit, die Wellenlängenfilter variabel anzusteuern, so lässt sich jede Wellenlänge am Eingang auf jeden beliebigen Ausgang schalten.

Optische Schalter mit Mikrospiegeln gehören zu den als **MEMS** (**M**icro **E**lectro **M**echanical **S**ystem) bezeichneten Bauelementen der Mikrosystemtechnik, die vom Grundprinzip her auch in DLP-Beamern verwendet werden („Einfache IT-Systeme", Kap. 1.12.7). Hierbei werden die Spiegel mechanisch um eine Achse gekippt, sodass sie einen Lichtstrahl in eine gewünschte Richtung reflektieren. Andere Verfahren arbeiten mit durchlässigen Spiegeln, bei denen ein Lichtstrahl abhängig vom Auftreffwinkel durchgelassen oder reflektiert wird (Bild 4.86).

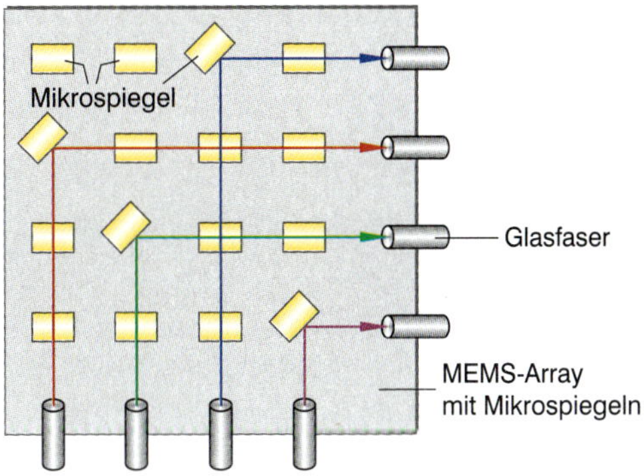

Bild 4.86: Optischer Schalter mit MEMS (Grundprinzip)

4.2.10 Optischer Richtfunk

Der optische Richtfunk basiert grundsätzlich auf der Tatsache, dass optische Wellen – auch das sichtbare Licht – ebenfalls elektromagnetische Wellen sind, nur in einem anderen, wesentlich höheren Frequenzbereich als die bekannten „Funkwellen". Anstelle der Frequenz gibt man im optischen Bereich daher eher die zugehörige Wellenlänge an (Kap. 4.2, Bild 4.67). Für praktische Anwendungen hat sich der Frequenzbereich „Nahes Infrarot" (NIR: **N**ear **I**nfra**R**ed) mit Wellenlängen von 780 nm bis 1 000 nm sowie der Bereich von 1 500 nm bis 1 600 nm als günstig erwiesen; die meisten handelsüblichen Systeme arbeiten mit Wellenlängen von ca. 850 nm.

Ein optisches Richtfunksystem besteht ebenfalls aus zwei Stationen, die jeweils einen (oder mehrere) Sender und Empfänger enthalten. Sie werden an den zu verbindenden Standorten aufgestellt und aufeinander ausgerichtet. Im **Sender** (*transmitter*) werden zur Übertragung der digitalen Signale die als Impulsfolgen vorliegenden Daten dem NIR-Licht von Leuchtdioden (LED) oder Laserdioden (e-o-Wandler; Kap. 4.1.4) aufmoduliert. Nach dem Zurücklegen der Luftstrecke werden im **Empfänger** (*receiver*) die optischen Signale durch große Linsen gebündelt und durch Fotodioden (o-e-Wandler) in elektrische Impulse zur Weiterverarbeitung umgewandelt.

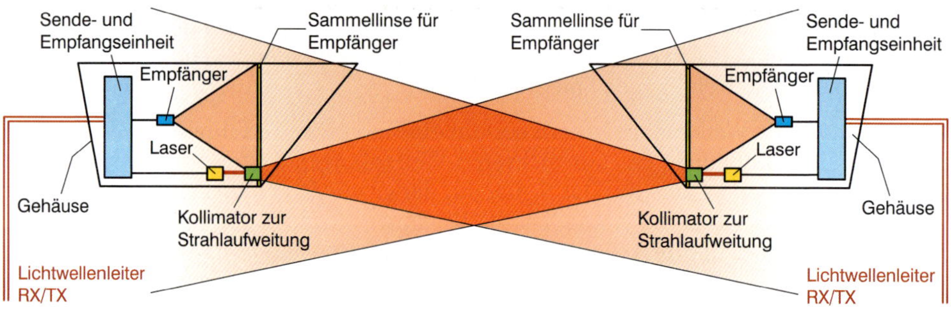

Bild 4.87: Grundprinzip einer optischen Richtfunkübertragung

Für das Betreiben von Anlagen zur optischen Freiraumübertragung (optische Richtfunkanlagen) gelten in Deutschland die Bestimmungen des Telekommunikationsgesetzes aus dem Jahr 1997 sowie seiner nachfolgenden Aktualisierungen. Demgemäß entstehen beim Betrieb der Anlagen keine einmaligen oder laufenden Gebühren; lediglich das Überschreiten von Grundstücksgrenzen ist anzeigepflichtig.

Vorteile optischer Richtfunkverbindungen sind:

- **Hohe Übertragungsraten** (*transmission rate, transfer rate*) bis zu mehreren Gbit/s sind verfügbar.
- Eine **Frequenzzuteilung** (*frequency assignment, spectrum assignment*) durch die Regulierungsbehörde (Bundesnetzagentur) ist nicht notwendig. Eine Zulassung für den Betrieb der Anlagen ist nicht erforderlich, weil es in diesem Wellenbereich keine gegenseitigen Beeinflussungen gibt.
- Die **Abhörsicherheit** (*interception protection, eavesdropping security*) ist im Vergleich zum Mikrowellenrichtfunk oder zu Kupferverkabelungen hoch. Es ist praktisch unmöglich, die Verbindung abzuhören, ohne den stark gebündelten infraroten Lichtstrahl zu unterbrechen; es ist äußerst schwierig, den unsichtbaren NIR-Strahl überhaupt zu finden.
- Die **schnelle und relativ einfache Installation** führt in vielen Fällen zu erheblicher Kosteneinsparung.

Demgegenüber stehen folgende **Nachteile**:

- Es ist eine **direkte Sichtverbindung** (*visual contact, clear view of the sky*) erforderlich; allerdings besteht die Möglichkeit einer aktiven Umlenkung über eine Zwischenstation (Hopping-Punkt). Damit ist auch dann eine Verbindung möglich, wenn die direkte Sichtverbindung durch ein festes Hindernis (z. B. Hochhaus, Berg o. Ä.) unterbrochen ist.
- **Wetterabhängigkeit** (*weather-dependency*); bei dichtem Nebel, Schneefall oder starkem Regen ist eine Übertragung nicht möglich; die maximale Reichweite wird auch stark beeinträchtigt durch Luftverwirbelungen, die z. B. durch Sturm oder intensive Sonneneinstrahlung entstehen können.
- Es besteht eine **geringe Reichweite** (*range of seeing*); bei den in Deutschland gegebenen Wetterbedingungen ergibt sich – mit Rücksicht auf die Verfügbarkeit der Anlage – eine sichere Reichweite von 2 km.

Als zukünftiges Anwendungsfeld für den optischen Richtfunk wird auch die direkte optische Breitbandübertragung über tausende Kilometer zwischen Satelliten im Weltraum erforscht und entwickelt.

AUFGABEN

1. Bei welchem Wellenlängenbereich des elektromagnetischen Spektrums spricht man von optischer Strahlung? Welcher Frequenzbereich entspricht diesem Wellenlängenbereich?
2. TFT-Displays erzeugen ein farbiges Bild nach dem RGB-Verfahren. Welche Wellenlängen müssen die zu einem Farbtripel zusammengefassten lichtemittierenden Elemente jeweils abgeben können?
3. Auf welchen physikalischen Gesetzen basiert der optische Leitungsmechanismus bei Glasfaserleitungen?
4. Bei Lichtwellenleitern unterscheidet man grundsätzlich zwischen drei Typen. Benennen Sie diese Typen und geben Sie charakteristische Merkmale an.
5. Was versteht man bei Lichtwellenleitern unter den sog. optischen Fenstern? Bei welchen Frequenzen befinden sich diese Fenster? Welche Bedeutung haben diese Fenster für die Übertragungstechnik?
6. Zwei Lichtwellenleiter unterscheiden sich durch ihr Bandbreite-Länge-Produkt. Bei Leiter 1 ist der Zahlenwert dieses Produktes größer als bei Leiter 2. Welcher Leiter weist eine höhere Qualität auf? Begründen Sie Ihre Antwort.
7. Welche grundsätzlichen optischen Verbindungstechniken unterscheidet man? Erläutern Sie die Unterschiede.
8. Bei LWL-Steckverbindungen unterscheidet man zwischen Stirnflächenkopplung und Schrägschliffkopplung. Erläutern Sie die technischen Unterschiede.
9. Die Intensitätsmodulation kann entweder „direkt“ oder „extern“ angewendet werden. Erläutern Sie den Unterschied.
10. Beschreiben Sie die in der Praxis eingesetzten optischen Multiplextechniken.
11. Wozu benötigt man in der optischen Übertragungstechnik einen OWMUX und einen OWDEMUX?
12. Die Abkürzungen WWDM, CWDM, DWDM und UDWDM bezeichnen unterschiedliche Arten von Wellenlängenmultiplex. Nennen Sie die Bedeutung der Abkürzungen sowie die jeweiligen technischen Merkmale.
13. Erläutern Sie das Funktionsprinzip eines optischen Schalters auf der Basis vom MEMS. Welchen Vorteil hat ein optischer Schalter gegenüber einem elektrischen Schalter?
14. Nennen Sie Vorteile und Nachteile terrestrischer optischer Richtfunksysteme.
15. Ein bislang leer stehendes Gebäude auf dem Gelände Ihrer Praktikumsfirma soll mit Büroarbeitsplätzen ausgestattet werden. Hierzu ist eine kommunikationstechnische Anbindung an die bestehende IT-Infrastruktur erforderlich. Zur Überbrückung der Strecke zum ca. 500 m entfernt liegenden Leergebäude sollen unterirdisch Kupfer- oder Glasfaserleitungen verlegt werden. Erstellen Sie eine Tabelle, in der Sie jeweils Vor- und Nachteile für die Verwendung von Kupfer- oder Glasfaserleitungen gegenüberstellen.

Beispiel für eine Lernsituation

Die Jugendorganisation BITS4KIDS e. V. hat in einem Technologiezentrum (TZ) einige Vereinsräume zur Verfügung gestellt bekommen. Die infrastrukturelle Anbindung umfasst auch die Anschlussmöglichkeit über die vorhandene Verkabelung an den Internetrouter des TZ. Die eigenen PCs sollen Internetzugang bekommen, der eigene Webauftritt soll auf einem eigenen Server gehostet werden. Um sicherzugehen, wird aber ein kleines (einstufiges) Sicherheitsgateway zwischen Verein und TZ gewünscht. Paketfilter und Webserver werden mit aktuellem openSUSE-Linux auf PC-Basis realisiert – allerdings sind diese PCs noch nicht beschafft. Deswegen entschließen Sie sich, das ganze Szenario auf Ihrem Arbeitsplatzrechner mit virtuellen Maschinen zu simulieren, sodass alle Konfigurationen und logischen Tests vorliegen, sobald die Hardware einsatzbereit ist.

Vorbereitung

- Stellen Sie durch entsprechende Überprüfung sicher, dass der Arbeitsplatzrechner, auf dem Sie arbeiten wollen, dieser Virtualisierungsaufgabe gewachsen ist:

  Quadcore, mindestens Windows 10, ≥4 GB RAM, ≥500 GB HD oder SSD
- Download der ISO-Datei (Image der Installations-DVD vom SUSE-Server)
- Entscheiden Sie sich für eine Virtualisierungslösung mit Typ-1- oder Typ-2-Hypervisor (Kap. 2.2.8), z. B. Hyper-V, Oracle Virtualbox, Hyper-V Server, vmWare vServer/ESXi, Proxmox VE.
  Begründen Sie Ihre Entscheidung auch mit Blick auf die zur Verfügung stehenden Ressourcen. Laden Sie anschließend die notwendige Software herunter und installieren Sie sie.
- Installation des Linux-Gastsystems vgl. (Kap. 2.3.1) und Inbetriebnahme
- Ausprägungen des Virtual Networking (nicht zu verwechseln mit VPN oder VLAN), z. B.:
  - Microsoft: Create a virtual network, veröff. am 12.08.2024 unter https://learn.microsoft.com/en-us/virtualization/hyper-v-on-windows/quick-start/connect-to-network [letzter Zugriff: 25.11.2024]
  - Oracle: Oracle VM VirtualBox - User Manual, Chapter 6, Virtual Networking, veröff. unter https://www.virtualbox.org/manual/ch06.html [letzter Zugriff: 25.11.2024]
  - Verah Ombui: Understanding VMware Networking with Practical Examples, veröff. am 29.08.2023 unter https://adamtheautomator.com/vmware-networking/ [letzter Zugriff: 25.11.2024]
  - Sachin Ganpat: Virtual Networking Within Proxmox, veröff. am 04.06.2022 unter https://essgeelabs.com/posts/virtual-networking-within-proxmox/ [letzter Zugriff: 25.11.2024]
- Protokolle der Transportschicht (Kap. 1.8)
- Paketfilter (Kap. 1.10.5.1), hier: Linux Netfilter, z. B.: Emmett Dulaney: How to Use Netfilter on Your Linux System: Enabling a Packet-Filtering Firewall, veröff. am 28.09.2018 unter https://www.dummies.com/article/technology/computers/operating-systems/linux/-255867/ [letzter Zugriff: 25.11.2024]
- Diskutieren Sie für den Einsatz möglicher Serverhardware Nachhaltigkeitsaspekte wie z. B. Erweiterbarkeit, Energiekosten, Weiterverwendung alter Systeme, Nutzungszeitraum (lang, aber hochpreisig oder kurz und günstiger) und Wiederverkaufswert.

Handlungsaufgaben

1. Erzeugen der virtuellen Maschinen (VM) (ca. 1 Std.)

Maschine	Beachten bei der Einrichtung	Besonderheiten dieser VM
Server in DMZ		
Router mit Paketfilter		
Interner Host (lokaler PC)		
Externer Host		

2. Installieren der Betriebs- und Anwendungssoftware (ca. 4 Std.)

Maschine	Besonderheiten dieser Maschine
Server in DMZ	
Router mit Paketfilter	
Interner Host (lokaler PC)	
Externer Host	

Dokumentieren Sie die Funktionsfähigkeit durch einen Screenshot.

3. Netzwerkkonfiguration ohne Firewall (ca. 4 Std.)

Erstellen Sie eine „Netzlandschaft"-Skizze mit der externen, der internen und der demilitarisierten Zone, den Hosts mit ihren Hostnamen und Netzwerkinterfaces sowie den IP-Netzen. Wählen Sie dazu geeignete Adressbereiche und Adressen. Verwenden Sie ein entsprechend geeignetes Anwendungsprogramm zur Erstellung der Skizze.

Netzlandschaft

Fassen Sie die Eigenschaften der Maschinen zusammen:

Maschine	Besonderheiten dieser Maschine
Server in DMZ	
Router mit Paketfilter	
Interner Host (lokaler PC)	
Externer Host	

Dokumentieren Sie die richtige Zuordnung der Interfaces zu den Zonen durch einen Screenshot.

Prüfen Sie die gegenseitige Erreichbarkeit mit Ping.

4. Firewallkonfiguration (nur Paketfilter)

Datenstrom	Richtlinie: Erlaubt ist, was nicht verboten ist.
ext ↔ gateway	
ext ↔ dmz	
ext ↔ int	
int ↔ gateway	
int ↔ dmz	
dmz ↔ gateway	

Richten Sie die Firewall mit YaST ein:

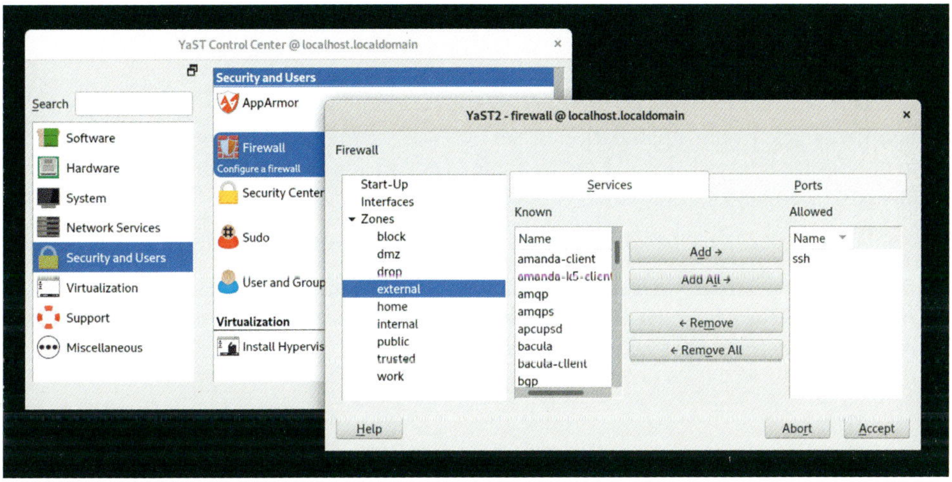

Erforschen Sie, wie der Zugriff von außen auf den Webserver in der DMZ ermöglicht werden kann (Tipp: Portforwarding).

Dokumentieren Sie den Zugriff von außen auf Port 80/TCP des Servers durch

a) einen Screenshot des zugreifenden Browsers und

b) einen Screenshot des überwachenden Packetsniffers auf dem Gateway.

5. Schwachstellenanalyse

Es zeigt sich, dass der interne Host (falsche) DNS-Daten von einem anderen als dem eigenen Server entgegennehmen kann.

Welcher iptables-Befehl kann diese Lücke schließen?

Methoden

Präsentation

Dokumentieren Sie wichtige Schritte bei der Konfiguration für später als Screenshot. Leiten Sie diese und die dort entstandenen Konfigurationsdateien, getrennt nach Gateway und DMZ-Server, über die gemeinsamen Ordner von Host und VM in ein Protokolldokument aus.

Reflexion

Wie bewerten Sie rückblickend und mit den Erfahrungen bei der Fertigstellung Ihre am Anfang geführten Überlegungen, Diskussionen und Entscheidungen zu den verfügbaren Hardwarekomponenten, der Auswahl der Virtualisierungssoftware und den Nachhaltigkeitsaspekten? Welche Punkte sehen Sie jetzt ggf. anders?

Hinweise/Tipps

- Führen Sie alle (Nach-)Installationen der Software zügig und rechtzeitig aus, sodass Sie in der Bootreihenfolge der VM die virtuelle Festplatte an die erste Stelle setzen können – das spart Zeit bei erforderlichen Neustarts.
- Prüfen Sie nach Neustarts die korrekte Initialisierung von NICs und Diensten.
- Beim Webserver macht es durchaus Sinn, den Ordner *htdocs* leer zu lassen, weil bei einer Anfrage die Uhrzeit in der Fehlermeldung erscheint. So kann ausgeschlossen werden, dass immer der gleiche Cache-Inhalt angezeigt wird.

Sachwortverzeichnis

Bildquellenverzeichnis

|2direct GmbH, Schalksmühle: 24.2. |AVM GmbH, Berlin: 399.1, 399.2; Di Gaspare, Michele (Bild und Technik Agentur für technische Grafik und Visualisierung) 383.1. |Bundesamt für Sicherheit in der Informationstechnik, Bonn: 227.1, 229.1. |Canonical Ltd. Ubuntu, London: 309.1, 309.2, 310.1, 310.2, 318.1, 324.1, 334.1. |Cisco Systems GmbH, Garching: 24.1. |Deutsche Telekom AG, Bonn: 437.1. |devolo solutions GmbH, Aachen: 407.1, 407.2. |Di Gaspare, Michele (Bild und Technik Agentur für technische Grafik und Visualisierung), Bergheim: 15.1, 15.2, 16.1, 16.2, 20.1, 30.1, 33.1, 40.1, 41.3, 43.1, 45.2, 45.3, 46.1, 51.1, 52.2, 53.1, 53.2, 54.1, 55.1, 55.2, 57.1, 57.2, 58.2, 66.1, 67.1, 75.1, 86.1, 92.1, 97.1, 102.1, 104.1, 109.2, 110.1, 110.2, 112.1, 114.1, 114.2, 117.1, 126.1, 128.1, 130.1, 137.1, 147.1, 148.1, 149.1, 150.1, 150.2, 152.1, 153.1, 155.1, 156.1, 157.1, 158.1, 159.1, 159.2, 160.1, 162.2, 168.1, 176.1, 187.1, 187.2, 188.1, 219.2, 238.1, 245.1, 315.1, 329.1, 362.1, 370.1, 372.1, 372.2, 375.1, 377.1, 380.1, 380.2, 381.1, 383.2, 383.3, 389.1, 392.1, 392.2, 393.1, 398.1, 401.1, 402.1, 403.1, 404.1, 411.1, 412.1, 413.1, 413.2, 418.1, 422.1, 423.1, 426.1, 430.1, 438.1, 440.1, 441.1, 450.1, 451.1, 456.1, 457.1, 463.1, 464.1, 466.1, 466.2, 466.3, 466.4, 466.5, 466.6, 468.1, 470.1, 471.1, 472.1, 473.1, 474.1, 475.1, 476.1, 477.1, 478.1, 479.1, 479.2, 481.1, 483.1, 484.1, 485.1, 486.1, 487.1, 488.1, 488.2, 489.1, 491.1, 491.2, 496.1, 497.1, 497.2, 498.1, 498.2, 500.1, 501.1, 501.2, 502.1, 503.1, 503.2, 503.3, 505.1, 507.1, 507.2, 508.1, 509.1, 509.2, 510.1, 511.1, 514.1, 516.1, 516.2, 520.1, 521.1, 522.1, 524.1, 524.2, 525.1, 526.1, 526.2, 530.1, 530.2, 530.3, 532.1, 532.2, 533.1, 534.1, 535.1, 536.1. |Filezilla - Tim Kosse, Köln: 173.1. |fotolia.com, New York: Cibura, Wolfgang 418.2. |Getty Images (RF), München: mikimad 1.1. |Google LLC, Mountain View: Google Docs™ web-based word-processing program is a trademark of Google LLC. 231.1; mozilla.org 241.2. |Hegemann, Klaus, Hörstel: 11.1, 25.1, 25.2, 26.1, 32.1, 34.1, 36.1, 41.1, 44.1, 44.2, 52.1, 56.1, 61.1, 61.2, 61.3, 61.4, 61.5, 69.1, 70.1, 70.2, 70.3, 71.1, 72.1, 74.1, 76.1, 77.1, 77.2, 80.1, 80.2, 80.3, 87.1, 91.1, 94.1, 95.1, 100.1, 103.1, 104.2, 105.1, 105.2, 108.1, 108.2, 109.1, 119.1, 122.1, 123.1, 124.1, 124.2, 134.1, 138.1, 140.1, 141.1, 141.2, 142.1, 142.2, 143.1, 143.2, 143.3, 151.1, 171.1, 191.1, 196.1, 196.2, 197.1, 198.1, 199.1, 209.1, 212.1, 213.1, 216.1, 217.1, 219.1, 226.1, 241.1, 243.1, 254.1, 254.2, 262.1, 264.1, 353.1, 354.1, 356.1; Di Gaspare, Michele (Bild und Technik Agentur für technische Grafik und Visualisierung), Bergheim 65.1, 71.2, 172.1. |IONOS SE, Montabaur: 346.1. |iStockphoto.com, Calgary: Mastepanov, Sergei 399.3. |Jouve Germany GmbH & Co. KG, München: 125.1, 172.3, 228.1, 266.1, 266.2, 267.1, 267.2, 288.1, 288.2, 288.3, 480.1. |mailbox.org, Berlin: 58.1. |Microsoft Deutschland GmbH, München: 75.2, 84.1, 135.1, 135.2, 161.1, 172.2, 175.1, 178.1, 248.1, 248.2, 249.1, 255.1, 255.2, 255.3, 256.1, 256.2, 256.3, 257.1, 258.1, 261.1, 263.1, 268.1, 269.1, 270.1, 271.1, 272.1, 272.2, 272.3, 274.1, 274.2, 276.1, 277.1, 278.1, 279.2, 280.1, 280.2, 281.1, 282.2, 282.3, 283.1, 284.1, 285.1, 285.2, 289.1, 289.2, 290.2, 291.1, 292.1, 292.2, 292.3, 293.1, 294.1, 294.2, 295.1, 296.1, 297.1, 300.1, 304.1, 305.1, 311.1, 347.1, 347.2; Hegemann, Klaus, Hörstel 273.1, 275.1, 279.1, 282.1, 283.2, 287.1, 290.1. |NetPeppers GmbH, Grafrath: 44.3, 45.1. |PantherMedia GmbH (panthermedia.net), München: artush 530.6, 530.7. |Rosenberger-OSI GmbH & Co. OHG, Augsburg: 530.4, 530.5. |Simplewall: 215.1. |Softerra, Inc.: 247.1. |stock.adobe.com, Dublin: Bullysoft 38.1; Gorodenkoff Titel; Ivaschenko, Roman 41.2; lassedesignen Titel; lrwilk 59.2; monicaodo 409.1; nsdpower 1.2; Sehenswerk 59.1. |SUSE Software Solutions Germany GmbH, Nürnberg: 541.1. |www.wireshark.org: 133.1, 162.1. |© Bundesnetzagentur für Elektrizität, Gas, Telekommunikation, Post und Eisenbahnen, Bonn: 419.1.